大家学术文库

文学大纲

（上）

郑振铎 著

江西教育出版社
JIANGXI EDUCATION PUBLISHING HOUSE

图书在版编目（C I P）数据

文学大纲 ：全 2 册/ 郑振铎著. -- 南昌 ：江西教育出版社, 2017.10（2020.1 重印）
（大家学术文库 / 蔡瑶主编）
ISBN 978-7-5392-9696-8

Ⅰ. ①文… Ⅱ. ①郑… Ⅲ. ①世界文学一文学史 Ⅳ. ①I109

中国版本图书馆 CIP 数据核字(2017)第 133541 号

文学大纲 ：全 2 册

WENXUE DAGANG: QUAN'ERCE

郑振铎 著

江西教育出版社出版

(南昌市抚河北路 291 号　　邮编：330008)

各地新华书店经销

河北盛世彩捷印刷有限公司印刷

635 毫米×960 毫米　16 开本　54.5 印张　字数 785 千字

2017 年 10 月第 1 版　　2020 年 1 月第 2 次印刷

ISBN 978-7-5392-9696-8

定价：98.00 元

赣教版图书如有印装质量问题，请向我社调换　电话：0791-86710427

投稿邮箱：JXJYCBS@163.com　　　电话：0791-86705643

网址：http://www.jxeph.com

赣版权登字-02-2017-423

“大家学术文库”编者按

中国学术，昉自伏羲画卦，至周公制礼作乐而规模始备。其后，王官失守，孔子删述六经，创为私学，是为诸子百家之始。《庄子》曰：“道术将为天下裂。”孔子殁后，儒分为八；墨子殁后，墨分为三。诸子周游天下，游说诸侯，皆以起衰救弊、发明学术为务，各国亦以奖励学术、招徕人才为务，遂有田齐稷下学官之设。商鞅变法，诗书燔而法令明；始皇一统，儒士坑而黔首愚，当此之时，学在官府，以吏为师，先王之学，不绝如缕。至汉高以匹夫起自草泽，诛暴秦，解倒悬，中国学术始获一线生机。其后，汉惠废挟书之律，民间藏书重见天日。孝武之世，董子献“罢黜百家，表彰六经”之策，定六经于一尊。其后，虽有今古之分、儒释之争、汉宋之异、道学心学之别、义理考据之殊，而六经独尊之势，未曾移也。

及鸦片战起，国门洞开，欧风美雨，遍于中夏，诚“三千年未有之变局”。当此之时，国人震于列强之船坚炮利，思有以自强；又羡于西人之政教修明，思有以自效。于是有“变法守旧之争”“革命改良之争”“排满保皇之争”，而我国固有之学术传统，亦因之而起变化。清季罢科举而六经独尊之势蹙，蔡孑民废读经而六经独尊之势丧。当此之时，立论有疑古、信古、释古之别，学派有“古史辨”与“学衡”之争，学说有“文学革命”“思想革命”“文字革命”“伦理革命”诸说，师法有“师俄”“师日”“师西”之分，众说纷纭，莫衷一是，百家争鸣，复见于近代。

民国诸家，为阐明道术、解救时弊，著书立说、授课讲学，其学术思想，历久弥新，至今熠熠生辉，予人启迪。然近人著作，汗牛充栋，多如恒河之沙，使人难免望书兴叹，不知从何下手，穷其一生，亦难以卒读。因此之故，我社特精选最具代表性之近人著作62种，分为6辑，依次出版，俾读者略窥学术门墙，得进学之阶。此次选辑出版，虽未能穷尽近人学术之精品，难免有遗珠之憾；然能示人以门径，使人借此以知近人学术规模之宏大、体系之完密，亦不失我社编辑出版“大家学术文库”之初衷。

此次出版，为适应今人阅读习惯，提升丛书品质，我社特对所选书籍做了必要之编辑加工。总体说来，约有如下诸端：

一、改繁体竖排为简体横排；

二、核查各书引文，改讹正误；

三、规范各书之标点符号用法，为一些书加新式标点；

四、校改原稿印刷产生之错字、别字、衍字、脱字；

五、凡遇同一书稿中同一人名有两种及以上不同写法者，一律统改为常用写法。

除以上所举五点之外，其余一仍其旧，力求完整保持各书原貌。

然限于编者之有限学力，书中疏漏之处，在所难免，尚祈广大方家、读者诸君不吝批评斧正。

编者

2017年6月（农历丁酉郁蒸）

文 学 大 纲 （ 上 ）

目 录

叙言

文学是没有国界的；阿剌伯人的故事，可以同样的使斯坎德那维亚人怡悦，英国人的最精纯的创作，可以同样的使日本人感受到他们的美好，中国的晶莹如朝露的词，波斯的歌着“人生如寄”的诗，俄国的掘发“黑土”之秘密的小说，也都可以同样的使世界上别一部分的人感受到与他们本土的人所感受的一模一样的情绪。文学是没有古今界的；希腊的戏曲，至今还为我们所称赏，二千余年前之《诗经》，至今还为我们所诵读，《红楼梦》写的是十八世纪的一个家庭的事，狄更司、莎克莱写的是六七十年前的英国，陶渊明抒写的是六朝时所感生的情绪，亚摩客耶唱的是中世纪时所感生的心怀，然而他们却同样的能为后来各时代的人所了解，同样的能感动了后来的各时代的无量数的人。

所以我们研究文学，我们欣赏文学，不应该有古今中外之观念，我们如有了空间的或时间的隔限，那末我们将自绝于最弘富的文学的宝库了。

我们应该只问这是不是最好的，这是不是我们所最被感动的，是不是我们所最喜悦的，却不应该去问这是不是古代的，是不是现代的，这是不是本国的，或是不是外国的，而因此生了一种歧视。

迷恋骸骨与迷恋现代，是要同样的受讥评的，本国主义与外国主义也同样的是一种痼癖。

文学的研究着不得爱国主义的色彩，也着不得“古是最好的”、

"现代是最好的"的偏见。然而有了这种偏见，或染了这个色彩的人却不在少数。

《文学大纲》的编辑，便是要辟除以上的偏见，同时并告诉他们：文学是属于人类全体的，文学的园囿是一座绝大的园囿；园隅一朵花落了，一朵花开了，都是与全个园囿的风光有关系的。

《文学大纲》将给读者"以文学世界里伟大的创造的心灵所完成的作品的自身之概略"，同时并置那个作品于历史的背景里，告诉大家以从文学的开始到现在，从最古的无名诗人，到丁尼生、鲍特莱尔，"人的精神，当他们最深挚的感动时，创造的表白在文学里的情形"，并告诉大家，以这个人的精神，"经了无量数次的表白的，实是一个，而且是继续不断的。"

这个工作真是一个伟大而艰难的工作；文学世界里的各式各样的生物，真是太多了，多到不可以数字计，一个人的能力，那里能把他们一一的加以评价，加以叙述！仅做一个作家的研究，一个时代、一个国的研究者，已足够消磨你的一生了。要想把所有文学世界里的生物全盘的拿在自己手里，那里能够做得到。然而已有许多好的专门研究者，做了那些一部分的研究工作了，也有好些很有条理的编者，曾经做过那种全盘的整理工作了。编者的这部工作，除了一小部分中国的东西外，受到他们的恩惠真不少。要没有他们的工作，本书乃至一切同类的书，其出现恐将不可能。这些书的名称，将在本书最后介绍一下。

编者尤其感谢的是 Johm Drinkwater，他编的《文学大纲》(*The Outline of Literature*) 的出版，是诱起编者做这个同样工作的主因；在本书的第一卷里，依据她的地方不少，虽然以下并没有什么利用。Macy 的《世界文学史》(*The Story of World's Literature*) 也特别给编者以许多的帮助。

本书的插图颇多，其中从 J. Drinkwater 的《文学大纲》里引用者不少，此外是编者自己搜集的结果。这些插图可以使本书的读者增加不少兴趣。关于中国的一部分，有许多未注明作者及所从出的书之名者，皆为引用《三才图会》者，这部图的书很有趣，是明人绘的，什么都有，从天文地理以至生物、器用，历代名人的图像也占了十几卷。因为未能一幅一幅的注明，故在此总注一下。

本书曾刊载于十五卷及其后的《小说月报》上。以后又陆续的增入了不少的材料，尤其是中世纪的一个时代及插图的一方面，成为现在的样子。

许多热心的朋友与读者曾时时给我以许多的指示与鼓励，他们的厚意，编者是不能忘记的。商务印书馆对于本书的出版，曾给与编者以种种的便利与帮助，也是编者所十分感谢的。

本书的错误与疏漏，自然是必不能免的，希望专门的研究者能随时的指教，予编者以更正的机会，此不独编者个人之幸也。

郑振铎

1926年7月9日

第一章

世界的古籍

一

文学的历史，其起源实远在人类能够写作文字之前。跳舞是最古的艺术，当初民战败或杀戮了他们的敌人之后，往往围绕着他们的火堆很快乐的跳舞着。他们跳舞时，同时并呼着喊着。这种呼喊之声渐渐的变得和谐，变得能够与跳舞的节奏相应和了。于是第一首的战歌便从此产生出来。又当人类对于神的观念发达时，祈祷之词也便形成了。那些歌声与祷词成了传袭的，一代一代的复述下去，每一代更把他自己的添加进去。

人类渐渐的更文明了，他们因为有三种的极重要的需要，使他们不能不发明一种作字的方法。一、有许多事情，如果遗忘了便会发生危险，所以不能不记录下来。二、他们的亲友或其他的人住在很远的地方，有常常的交换他们的意见与情思的必要，又不能不有一种传达的方法。三、一个人所有的财产，如器具、家畜之类，不能不有一种记数的方法，以免被人窃取，于是才智特出的人便发明了作字之法。最初，他们的写作文字完全是为了实用的缘故，到了后来，他们便用这种新的方法，以保存他们的战歌与他们的祷词了。但在古代的人民间，能够写作文字的人是很稀少的，能够读得懂文字的人也不多。

最古的文字不过是粗率的刻在岩石上，据后人的推想，以为这些岩石上的刻文都是先由一个能写作文字的人画好了字痕，然后由一个刻石匠来刻，那些刻石匠对于所写的文字是完全不懂得的。过了一时，人类又开始用一支尖笔在焙干的黏土板上写字。这些黏土板构成的书籍的遗文，曾被莱雅特（Sir Henry Layard）在小亚细亚的凯尔地亚（Chaldea）发现过。其中的一片，现在陈列在不列颠博物馆里，内容是一种洪水的纪事。这可算得是世界上所存在的最古的文字了。这片文字的写作时期，约在西历纪元前四千年。我们很有理由去相信，希伯莱人在作《圣经》的数千年之前，已在凯尔地亚的记载里发见了《创世记》上所述的洪水故事了。凯尔地亚人所用的文字，是一种“楔形文字”；每一个字，都是以一个楔，或几个楔联合在一起构成的。他们的写作方法都是从左到右，写字的笔是一种方头的尖笔。

凯尔地亚的写作文字的人都是受着宫廷的俸给的，当国王出去征战时，这司书者是他随从中的重要人员，他的职务是记载攻胜的城池的数目、杀死的敌人的数目，以及劫掠的财物的数目，用以增高国王的威力。凯尔地亚的僧侣，也是受王家的俸给的，他们著作凯尔地亚的宗教文学。除了战事记载与祈祷诗以外，在凯尔地亚的已发见的黏土板里，尚可找到关于农业、占星学及政治的文字。有人以为莱雅特及其他阿速利亚研究者所发见的那些黏土板，都是建在尼尼微（Nineveh）的阿述利亚王桑那考利蒲（Sennacherib）（公元前705年生，公元前681年死）的图书馆所藏的一部分。

埃及的文学是次于凯尔地亚的最古的文学。埃及的书籍都是写于纸草做的纸上的，这种纸草是芦苇之一种，产生在尼罗河下流，那些纸就是用纸草的干做成的。埃及人所用的笔是一管芦类之干做的，或者是草干，或者是竹干，我们所知道的最古的埃及书籍是《死书》（*The Book of the Dead*），它的著作在大金字塔建筑的时候。不列颠博物馆里也藏有《死书》一部。《死书》内所包含的是对于神的颂词、赞美诗、祈祷文以及精灵到将来世界的途中的经验与最后的审判等等。它是礼仪的一种，每一个坟墓里都要放一部在里面，以保灵魂在向未来世界进行的途中的安全。因为有了这个风俗，古埃及的司理葬事者便变为第一次在史书上记载着的书贾了。在埃及，文学的观念都集聚在庙宇里，在许多的埃及神中，助斯（Thoth-Hermes）是司书的大神，他是鸟头人身的，相传埃及的许多古书都是由他创作出来的。古埃及的文学不仅限于宗教文学的一种。此外尚有许多种类。如宫廷的文学与以民间故事构成的民众文学等都是。到了后来，埃及人产生的书籍更多，如小说、游记，以及关于宗教、法律、论理、算学、测量、几何、医学等类的书都有，在这许多书籍中，能流传到现在的却极少。即在亚历山大城的大图书馆里，古埃及的文学恐怕也难得有一部陈列在里面，它完全是一个希腊的图书馆。

除了《死书》以外，埃及还有一部书，名为《塔霍特浦的箴言》（*The Preceptes of Ptah - Hotep*）的，也是世界上的一部最古的书。塔霍特浦生于尼罗河附近的曼菲斯（Memphis）城，他的生活的时代约在西历纪元前三千五百五十年左右。此部最古的书的写作，乃在摩西的二千余年之前及印度的《吠陀》（Vedas）的二千余年之前。荷马的史诗及梭罗门（Solomon）的箴言之产生，则在其后约二千五百年。我们现在的人与梭罗门相距的年代尚不如梭罗门与塔霍特浦相距之远此书之古远，由此可知。此书写在一张纸草纸上，此纸长二十三呎七吋，阔五呎余，现藏在巴黎的 The Bibliothèque Nationale 里。

二

前于欧洲文学的开始数百年，中国即已有书了。中国的文字，发明得极早，最初的文字，在现在所能得到的，是商时的龟甲文，这是前十余年刘鹗在河南安阳县所发现的，文字都刻在龟板及牛骨上。周时的文字都写在竹简上；竹简上的字，有的是用刀刻的，有的是用漆书的。汉时，用缣帛来作书。至公元 100 年前，即东汉时，蔡伦发明造纸之法，书籍的传布的范围才广大。汉末，蔡邕写刻石经，树于鸿都门，一时车马阗溢，摹拓而归，已开印刷术之先。到隋唐时，已发明雕板之术，五代、宋以后，雕板的书籍流传极广。活字印书法，在宋初亦已发明。

中国古代的书籍，在用竹简时，以牛皮把各简联结在一处，至改用缣帛及纸以后，则以木为轴，以缣帛或纸卷于木轴上。后来则变为册；宋时多作蝴蝶装，逐叶翻看，展转至末，仍合为一卷。

中国的文字，自古至今变迁极少；因作家多追慕古人，文句大都为因袭的，因此遂与口语日益不同，直至最近，言文才合而为一。

印度的《吠陀》是桑士克里底（Sanscrit）人民的圣经，它的写作至少在公元前1000年。释迦牟尼生于公元前6世纪之末，他的教义，产生了许多印度的宗教文学；这些书籍，有的写在皮上，有的写在棕叶上。

最古的希伯莱书籍的写作约在公元前600年。

腓尼几人（Phoenicians）是商业的人民，他们的在北非洲的都城迦太基（Carthage）是世界的第一个商业的城市。他们是第一个教希腊人去写作文字的人民。

希腊人（Greeks）从菲尼几人那里学到作字之法，又从埃及人那里第一次得到著书的观念。希腊文的字母在公元前8世纪即已构成。文字的教育，在公元前5世纪已盛行于希腊。那时齐亚士（Chios）岛上已有学校，一般人都以不能识字或写字为耻。不过那时的希腊的文字教育，仅以能记账与能通信为已足，书籍的写作或诵读的习惯似尚未养成。希腊的游行歌者，在未有文字之前即已有之，他们都是在露天里背诵荷马的史诗一类的东西以娱悦听者。他们从这一城游行到那一城，如中国内地的或欧洲的游行的戏剧团体一样；他们的生活就依靠于背诵史诗。

亚历山大城继雅典而为希腊文化之首都。在亚历山大城的图书馆里，集有70万本的希腊书，公元前48年，被凯萨（Julius Caesar）烧去一部分。现在离那时已两千余年，不列颠博物馆的图书馆也不过只有400万本书。亚历山大城图书馆所有的书籍，与现在的书籍不同；他们的大多数都是用埃及的纸草做的纸写的，其他一小部则用羊皮纸写。纸草纸写的书籍，与中国的卷轴一样，文字只写在纸的一面，纸的一端先固着在一根木轴上，然后将全纸沿着木轴卷起来，其式样与近代的地图极相同。古代的钞写书籍的人，可算是最初的书贾；他们借了一部稿本来，抄了许多份拿来卖。公元前 50 年左右，雅典住有许多这些人。亚历山大帝时，书贾的事业已经成为一种商业了。亚历山大城之成为希腊文化的中心，在公元前 3 世纪时，同时，罗马的作家正在努力希慕希腊的作品。亚历山大城因地势不在战争的中心，又因埃及产纸，于是这城里的图书馆，便成为书籍出产的中心，一般书记，在许多著名的学者下面，孜孜的抄写各种书籍，经亚历山大城的书贾之手而传播全世界，直到希腊文不复为流行一时的文字，此城的地位才不显重要。

公元后 3 世纪时，书籍装订的式样又变更了。书籍改卷轴而为册页，书页都订在一块木板上。中世纪时，书籍都收藏在各处的寺院里，因那时惟有寺院为最安全的藏书处与抄写处。许多寺院都另备一间抄书室。此时代虽然极少新书出现，而书籍装璜之术却极精美，每页边每行间都有很美丽的图画。《童贞的祷仪》一书即为一例。到了哥但保（Gutenberg）发明印刷术后，寺院的传抄书籍的职务才停止。

三

我们在上面已经把书籍的产生的情形说过了，在未开始讲述文学的伟大成功之前，现在且更略言那激促人类在古代即已有著书的心的理由。古代的人类，生活非常不安，常常受环境的驱迫，对于天然现象，也常常不能明白；他们的智慧愈增，他们所要答复的也愈多。安特留·兰（Andrew Lang）曾把这些问题简述如下：

> 世界与人类与禽兽的启源是什么？星辰的布列与转动是怎样来的？日月的升沉是什么缘故？为什么这棵树有一朵红花，而这只鸟有一点黑斑点在它的尾上？种族的跳舞与这种那种的习惯的法律与

礼仪的启源是什么？

当他们找话来回答这些问题时，他们因为智慧的限制，所答复的与我们现在所答复的大有不同。他们相信一切动物都是有灵魂的。就是无生物也都有人格。希洛多托（Herodotus）告诉我们说，埃及人以火为一种活的兽类，以风为人，为群儿的父亲。安特留·兰说，“在野蛮人看来，天空、太阳，海洋及风，不仅是人类，而且他们是野蛮人。”古代的人，具有这种观念在心里，于是他们所答复的宇宙的问题，便天然的取了故事或所谓神话的形式。当文学开始创造，人类开始著作之时，他们天然的要最先的把那些一代一代复述下来的熟知的故事，如关于生与死的神秘与人对于所住的世界的一般关系之类的，述写下来，这些神话便是文学的最初基石。他们包含讲述世界与人类的启源的神话；包含讲述生活的艺术，如叙述始用耒耜的故事之类的神话；包含讲述日月星辰的神话；包含讲述死亡的神话；最后又包含有最有趣味的浪漫的神话，即叙述性爱及男女的关系的故事。在所有这些神话里，有一个公共的性质，即以人格给与一切生物与无生物，由这个观念，他们便觉得世界上住有许多的神灵，他们都是能干预人类的事，都能祸或福人类的，神话与宗教观念的发达是有很密切的关系的。文学的开始，大多数皆为神的行为的记述，而当宗教观念发达，人类建筑庙宇时，在世界的许多地方，庙宇又为书籍的最初的家。

我们研究民歌与民间传说，有一件事实觉得极重要而且极有趣味。东方所歌咏的事物与西方所歌咏的事物都有很相同的，而许多同样的故事，也同为世界一切人民所传述。这种神话的广播的原因，曾有许多理论来解释过它。有的说，这种的相同，完全是偶然的事；但这是很可笑的话。有的说，印度人、波斯人、希腊人、罗马人、德意志人、斯堪德那维亚人、俄罗斯人及克尔底人所有的故事，所以相同者，因为他们的祖先是同源，都是阿利安族；当他们没有西迁之前，都是同住在亚洲高原的。这种解释似乎理由很充足，但他们忘了一件事：有些阿利安族所传述的故事，在非阿利安族，如中国人与美洲的印地安人那里，他们也都同样的传述着。最令人满意的解释，是说，同样神话之所以有普遍性，是因为他们是普遍的经验与情感的结果。安特留·兰说："他们是初民心中的粗率产物，还没有印上种族与文化的歧异的特性的。"但无论解释如何，古代同样的故事的流布之广，却是非常有趣味的事实。且在这里举两个例。Cupid 与 Psyche 的故事是希腊神话里最著名的一节。Psyche 是一个国王的最少女儿，长得如此的美丽，竟至引起 Venus 的妒忌，于是这位女神便叫她的儿子 Cupid 去杀 Psyche。Cupid 跑进 Psyche 的房里，但是当他见她的可爱的样子时，他吃了一惊的退回，他自己手里执的箭，有一支进了他的肉里。他立誓不去伤害如此美丽的无辜的人。不久，他成了 Psyche 的情人，晚上就去找她，但要求她不要问他的名字，不要看见他的脸，并且警告她说，如果她不守约，他便不得不永远离开她了。她守得很久的约，后来，有一夜，她点了灯，看着熟睡的 Cupid。灯里的油偶然落了一滴在他的肩上，他立刻从床上跳起来，由窗户中飞出去。Psyche 因此经了许多苦难，才得再与他相见。这个同样的故事，讲到新妇不听她丈夫的话的，在北欧传说里有 Freja 与 Oddur 的一段故事，在印度的《吠陀》里也有 Pururavas 与 Uivasi 的一段故事。在威尔士（Welsh）与苏鲁（Zulu）也有这样同类的传说。希腊的关于狄爱娜（Diana）与安狄美恩（Endymion）的神话，在各民族里也有同样的传说。狄爱娜是月的女神，正驱着她银白色的马经过天空，突然看见山坡上睡着一个名为安狄美恩的美貌的牧童。她低头与他接吻，一夜夜的停车在这同样的地方。过了一会狄爱娜恐怕安狄美恩的美貌要丧失了；便使他永远睡着，且把他藏在永没有人见到的洞里。这个故事属于太阳的神话里，一般人都以为安狄美恩就是夕阳，月神每夜旅行时都要注视着他的。澳大利亚洲的土民，算是世界上最退化的民族，也有这个同样的故事，Cingalese 及非洲的几个部落；也都有这个同样的故事，不过略带些地方的色彩。

这些神话都是远在文学开始之前的人类的艺术的表现，他们都是最好的文艺的题材，曾激起古代及近代的许多诗人的情感，如这里所附的《阿波罗与女达芬》的雕像，即是一例，又曾使文艺复兴时代及近代的许多大画家为他们作了许多不朽的图画。

文学的开始是合作的，不是个人的；这是很重要的事实，我们应该记住的。古代的关于星辰的故事，与母亲对婴儿所唱的儿歌，都是一代一代传下来，时时加以变迁、添饰与进步的，最后才被写在纸上。同时，在神话以外，人类还有许多英雄的故事在流传。当家族扩大而为民族，当民族在渔猎时代，个人勇敢的冒险的机会是极多的。这些英雄的勇敢的行为一代一代的传下来，添加了不少的夸张与附会的神奇事迹进去，成为一个民族的光荣的故事。当人类开始去写作书籍时，这种多量的传记的与历史的传说已存在千百人的心里，预备给作书者写下了。此外，还有成为法律的生死结婚的仪节风俗，以及季候的变迁、神灵的祭祀、播种及收获时的祈祷酬庸，乃至口头流传的箴言及趣语之类，都是最初的作家能取得的已有的资料。

诗歌的启源，实在未有文字之前。许多民歌到现在还有许多农民在唱着。民歌（ballad）的一字是从古法文的动词“baller”变化出来的，就是跳舞的意思。所以民歌原来是一个跳舞者所唱的歌，文辞是跟随了动作的，这种古代的歌舞就是最初的“情感表现在艺术上的”。这些民歌也是最初的作者所写的书籍的资料之一。

所有这些最初文学的资料，都是绝对的属于民众的。共同的幻梦与共同的灵感，便是不知名的诗人的题材。直到后代，才于这些古代的民众艺术之外有个人的艺术；个人的艺术乃是特殊的情感的表现而不是共同情感的表现，所以它们是少数人的而不是民众的所有品。在希腊罗马盛时，能读书的人不多，而能唱诗歌的人则极多，中世纪也是如此。直到近代民众的读书能力大增，个人的艺术才得普及。但自古至今，口语的文学在不识字的民众中，却始终占有他们自己的绝大的势力。

所有这些口语的文学，都在等候最初的文学作家把他们写下来。所以最初的文学便是流传的艺术作品的总集，最初的作家便是把他们许多年代的祖先所熟稔的故事与诗歌拿来选择、整理与美化的。这个事实，当我们进一步而去研究古代的文学作品，荷马的史诗及《圣经》时，必须留意到。

参考书目

1.《希腊腊丁古字学大纲》（*Handbook of Greek and Latin Palaeography*）汤姆生（Sir E. Maude Thompson）著，保尔公司（Kegan Paul）出版的《国际科学丛书》（*The International Scientific Series*）之一。此书为讲述古代书籍的形式的，如手抄本及以尖笔书写之类的事。

2.《中国雕刻源流考》，孙毓修著，商务印书馆出版的《文艺丛刊》之一；讲述中国印书术的起源与变迁及书籍的装订与所用的纸张等甚详。

3.《书林清话》叶德辉著，中国各地旧书铺里都有寄售；纂辑各书中关于叙述书籍版本之类的文字。

4.《书籍贩卖史》（*The Romance of Bookselling* ）蒙白（F. A. Mumby）著，Chapman & Hall 公司出版；叙述自最古之时以来的书籍贩卖与出版的历史。

5.《印刷的书籍》（*The Printed Book*）阿尔地士（H. G. Aldis）者，康桥大学出版部的“*The Cambridge Manuals of Science and Literature*”之一。

6.《钞本的书籍》（*Books in Manuscript*），马但（Falconer Madan）著。

7.《书籍的装订》（*The Binding of Books*），霍倪（H. P. Hlorne）著。

8.《古代有插图的书籍》（*Early Illustrated Books*），波拉（A. W. Pollard）著。

自6至8皆在保尔公司（Kagan Paul）出版的丛书《论书籍的书》之内。

9.《中世纪的书籍与作书者》（*Books and Their Maders*），研究自罗马帝国之灭亡至十七世纪之末的文学的产生与传播的情形，共二册，普特南（G. H. Putnam）著，普特南公司（G. P. Putnam & Sons）出版。

10.《古代的作者与读者》（*Authors and Their Public in Ancient Times*）亦为普特南著，由同上的公司出版。

11.《饰花的稿本》（*Illuminated Manuscripts*），哈勃特（J· A. Herbert）著，Methuen 公司出版。

12.《图书馆与图书的创立者》（*Libraries and the Founders of Libraries*），爱德华（E. Edwards）著，Trubner & Co. 出版；讲述古代的埃及，希腊及

罗马帝国的图书馆，并及僧院的图书馆。

13.《图书馆的启源》(*The Beginnings of Libraries*)，李查得逊（E. C. Richardson）著，亚克斯福大学出版部（Oxford University Press）出版。

14.《圣经的图书馆：自公元前 3400 至公元后 150 年的图书馆的略史》(*Biblical Libraries*)，著者及出版者俱同上。

15.《寓言时代》(*The Age of Fable*)，蒲尔芬契（Bulfinch）著，邓特公司（Messrs. Dent）出版的《万人丛书》(Everyman's Library）之一。此书为初次研究神话学的人的极有用处的书。

16.《民间文学：一种历史的科学》(*Folklore as an Historical Science*)，哥姆（Sir G. L. Gomme）著，Methuen 公司出版。

17.《神仙故事学》(*The Science of Fairy Tales*）哈特兰（Hartland）著，Walter Scott Publishing Co. 出版。

18.《克尔底族诸国的神仙信仰》(*The Fairy Faith in Celtic Countries*)，万兹（W. Y. Evans Wentz）著，亚克斯福大学出版部出版。

19.《希腊及罗马的神话》(*Greek and Roman Mythology*)，史豆定（Dr. H. Steuding）著。

20.《北欧的英雄传说》(*Northern Hero Legends*)，犹里捷克（Dr. O. L. Jiriczek）著。

21.《北欧的神话》(*Northern Mythology*)，客夫曼（D. F. Kaufmann）著。

自 19 至 21 三书，皆在邓特公司（Messrs. Dent）出版的"*Temple Cyclopaedic Primers*"之内。

22.《神话学导言》(*An Introduction to Mythology*)，史宾斯（L. Spence）著。

23.《希腊与罗马的神话》(*Myths of Greece and Rome*)，歌尔保（H. A. Guerber）著。

24.《北欧人的神话》(*Myths of the Norsemen*)，哥尔保（H. A. Guerber）著。

25.《中世纪的神话与传说》(*Myths and Legends of the Middle Age*)，哥尔保（H. A. Gnerber）著。

26.《不列颠族的英雄神话与传说》(*Hero-Myths and Legends of the British Race*)，爱拔特（M. I. Ebbutt）著。

27.《克尔底族的神话与传说》(*Myths and Legonds of theCeltic Race*)，洛莱史顿（T. W. Rolleston）著。

28.《印度人与佛教徒的神话》（*Myths of the Hindus and Buddhists*），Sister Nevedita 及 Dr. A. Coomaraswamy 著。

自 22 至 28 各书皆为 Messrs. G. G. Harrap & Co. 出版的。此公司尚出有与此同类的书不少种。

29. 格里欣公司（The Gresham Publishing Co.）也出版有一种很有用的丛书名《文艺里的神话与传说》（*Myths and Legends in Literature and Art*），搜罗主要民族的神话不少。

30. 安特留·兰（Andrew Lang）在《英国百科全书》里，著有一篇论神话的文字，也极有用。

31.《金枝：魔术与宗教的研究》（*The Golden Bough: A Study in Magic and Religion*），共 12 册。法拉塞尔（Sir J. G. Frazer）著，麦美伦公司（Messrs. Macmillan）出版，此书为不朽的名著。近来麦美伦公司又把此书缩短，印为 1 册。

第二章

荷马

一

荷马（Homer）是一个最伟大的史诗作者，他把欧洲文明的最早的图画留遗给我们。无论就诗歌而言或就史书而言，《伊里亚特》（*Iliad*）与《奥特赛》（*Odyssey*）在世界文学上都能占一个极重要的地位。他们成为希腊有史时代的经典；所以她的许多哲学家，柏拉图（Plato）亦为其中的一个，常常从他们当中引了几行的诗句以解释道德的一点，或以帮助他们的辩论，正如基督教徒之征引《圣经》，或中国古代及近代的学者之征引孔子的及《六经》上的话一样。希腊人直称荷马为“诗人”（The Poet），也正如西欧的人之以《圣经》为“书”（The Book）一样。

他们是西欧的知道有荷马的各时代所产生的史诗的模范；如果荷马的这些诗歌丧失了，世界上也许便永不会有如魏琪尔（Virgil）、但丁（Dante）、米尔顿（Milton）诸人所作的创作的史诗了。

他们在欧美各处的影响是很可惊诧的；即在现在忙碌的工商化的世界上，也没有一个人不知道“荷马的”这个形容词的，虽然许多人不曾读过荷马诗歌的一行。荷马诗歌中的重要人物的性质，也为一般人所熟知，如阿且里斯（Achilles）的力量，海伦（Hellen）的美丽，优莱赛斯（Ulysses）的智略，潘娜洛甫（Penelope）的贞节，都是许多人口头所常说的。如“她的美丽如海伦”等类的话，在欧洲人的谈话或文字里，已如“有西施之貌”等类的话在我们中国人的谈话或文字里的一样的熟悉了。

二

荷马的《伊里亚特》中所叙的故事，是特洛伊战役（Trojan War）的故事。此故事开始于诸神的纷争。柏莱乌斯（Peleus）与西底斯（Thetis）结婚时，大宴众神，独没有请女神爱里斯（Eris），因此爱里斯大怒，把刻有“给最美丽者”的文字的金苹果投在众神的宴席上。约诺（Juno）委娜斯（Venus）及雅西娜（Athena）三位女神都要得这个苹果。众神中的神修士（Zens）决定叫她们三人到特洛伊国王披里安（Priam）的第二个儿子巴里斯（Paris）那里，由他评判谁是最美丽者。三个女神都到了巴里斯的面前，每一人都许巴里斯以一件东西，约诺许他以富和威权，雅西娜许他以名誉和功业，委娜斯许他以最美丽的妻子，要他把那金苹果判归给她。巴里斯接受了委娜斯的礼物，便说她是三人中的最美丽者。因此委娜斯成了他的友，而约诺和雅西娜成了他的敌。委娜斯叫巴里斯到希腊去。巴里斯便航海到了希腊，受斯巴达王麦尼劳斯（Menelaus）的款待。麦尼劳斯的后海伦是无比的美貌的妇人。巴里斯一见便恋爱了她。借了女神委娜斯的帮助，诱惑海伦和他同逃到特洛伊去。麦尼劳斯悲愤交集，与他兄弟阿加米农（Agamenon）商量，征集希腊各邦的军队，去攻伐特洛伊，夺回海伦。不久，希腊各邦的名王，如阿且里斯、优莱赛斯、狄奥米特（Diomed）、阿琪克斯（Ajax）、尼克托（Nec- tor）等都应召而来。阿加米农被推为希腊军的总指挥。他们乘船向特洛伊进行，把城围困住了。特洛伊方面的英雄是巴里斯的哥哥赫克托（Hector）。

众神也加入在这个战争里。约诺与雅西娜加入希腊军，委娜斯与麦尔士（Mars）则加入特洛伊方面。修士及阿波罗（Apollo）则守着中立。这个战争经过了九年，希腊军内部忽起了冲突，即阿且里斯与阿加米农之间发生了意见，伊里亚特的故事即开始于此。

《伊里亚特》共有二十四卷，仅为二十四日间的战事记载，其叙述的中心则为阿且里斯的愤怒。

阿且里斯愤怒的原因，在第一卷里叙出。当希腊军围困特洛伊城时，在四周掠夺了许多财物与妇女。被掳去的妇女都分配给各领袖做侍妾。阿波罗的一个祭司的女儿，也被掳去，做阿加米农的侍妾。祭司因此祈求阿波罗降疫病于希腊军。阿且里斯为了这个缘故，在会议席上与阿加米农起了激烈的争论。结果，阿加米农把祭司的女儿释放了，但却把阿且里斯所应得的一个妇人夺来以为报偿。阿且里斯因此大怒，退出战场之外，祈求他的母亲西底斯女神向这个专制者复仇。同时，大神修士遣梦神叫阿加米农出阵，阿加米农便整顿军队，预备开仗。正在两阵将要交锋之时，巴里斯独自出来，一见希腊军方面的麦尼劳斯，便觉得心惊胆怯。他的哥哥赫克托责备他的胆怯，又骂他，为了他之故，使特洛伊人民及父亲陷于痛苦之中。巴里斯自己辩护，并欲以海伦与财产为赌，与麦尼劳斯单骑相斗，希腊军答应了。巴里斯与麦尼劳斯的决斗便开始。海伦听到此事，也由城中到城壁上观看。她的美丽直至于无可形容；观战的老人见了她都惊叹起来，以为两军为了她而争战十年并不是不可思议的。二人决斗的结果是巴里斯的失败。但女神委娜斯救了他。希腊军依约要求海伦的复归，巴里斯坚持不允。两军的战事便又开始。希腊军因为没有阿且里斯，军势渐渐不振。中间经过了几次战事，阿加米农便请优莱赛斯诸人带了许多礼物，去邀阿且里斯再出助战，但被阿且里斯拒绝了。阿且里斯的拒绝助战的一席话是荷马的演说的极峰。希腊军不得已，又请出阿且里斯的好友柏特洛克劳斯（Patroclus）去劝他。阿且里斯还是不听，仅借了他自己的甲胄和战车给柏特洛克劳斯。柏特洛克劳斯穿了阿且里斯的甲胄出战，被赫克托所杀。于是，这个颤栗的戏曲便有了一个大转变。阿且里斯听见了他好友的死耗与甲胄的丧失，狂怒而起。他母亲为他求天上的铁匠弗尔甘（Vulcan）一夜把他的甲胄作好。叙写这副甲胄的话，是荷马诗歌中最著名的一段文字，且能使我们知道那时的艺术，实为历史方面极宝贵的资料，阿且里斯为报复爱友的仇，穿了他这副新的甲胄，带了满腔的悲愤，复出助阿加米农而与特洛伊军战。他如猛虎似的在特洛伊城外追杀特洛伊的军队。仅有赫克托留在城外。赫克托因为听了阿波罗的垂诫，常常避开了阿且里斯。但这时，他的最后的命运已到，却不得不与阿且里斯相见了。他的父母见阿且里斯的勇猛，叫他跑进城来。但他不听。二人交锋了。赫克托悟到自己的运命，回头逃了。阿且里斯在后追他，如鸷鹰之追鸽子。二人绕了特洛伊城追跑。所有众神都在看着他们。约芙（Jove）问——我们救赫克托呢，还是让阿且里斯杀死他呢？雅西娜说，——命运久已注定要他死的人，我们不能救。约芙在他的金天平上放了两个重物，每盘一个，赫克托的盘沉了下去。于是就是阿波罗也不能救他了。雅西娜立刻飞到战场上，变了赫克托弟弟狄福巴士（Diephobus）的样子，假装要帮助他。赫克托于是回身复与阿且里斯相斗，他向阿且里斯投枪，不中。正要向狄福巴士再要一根枪，狄福巴士忽然不见了。赫克托于是知自己的死期已至，便拔出剑来，猛攻他的敌人。阿且里斯一枪刺中他的背上，他受了重伤，倒地死去。临死时求阿且里斯把他的尸体还给特洛伊人。阿且里斯不听，把尸足缚在战车后面，在城外拖来拖去。赫克托的妻子安特洛玛琪（Andromache）听到凶耗便到城壁上来，向下一看，便也投身城下死了。阿且里斯举行他好友的葬礼以后，因了赫克托父亲的悲恳，便把赫克托的尸体还了他们。《伊里亚特》的故事便终止于赫克托庄严的葬礼的举行。此后，特洛伊城因优莱赛斯用木马之计而被攻落，与阿且里斯及巴里斯在城将陷时被杀害死等事，《伊里亚特》中都没有叙到。

三

《奥特赛》是叙述特洛伊城已陷落，希腊军得了全胜之后，优莱赛斯的浪游的故事。麦尼劳斯复得了海伦，偕归斯巴达。别的英雄们也都陆续归去。独有优莱赛斯在归途中，被风吹到别处去，经了许多年的飘流才得回家。

在《奥特赛》中，没有如在《伊里亚特》里的壮烈的迅雷疾雨似的战事记载，也没有如在《伊里亚特》里的电气似的震颤人的心肺的描写。班特莱（Bentley）说，《奥特赛》是为妇人而作的，《伊里亚特》是为男子而作的。这句话很可以使我们注意。除了极少的地方以外，优莱赛斯的浪游的故事，实远较《伊里亚特》为温和，为富有所谓家庭的趣味。所以说《奥特赛》是在较后的较文明的时代所写作的，实未尝没有充足的理由。至于忠于旧说的人，则以为他们实都是名荷马的一个诗人所写作的，因为《伊里亚特》是在他的生活的激动颠苦时所作，而《奥特赛》则是在他的静穆的晚年时所作的，所以二者的气象迥然不同。然而此二诗的气象的相差之远，实不能以米尔顿（Milton）所作的《失乐园》与《得乐园》二诗为比。此外尚有以《伊里亚特》系一男作家所著，而《奥特赛》则系一女作家所著的一说——蒲特劳（Butler）所主张的——虽能发前人所未发的议论，却亦未有确凿的证据。

《奥特赛》共有 24 卷。天然的可区分为六部分，每部分包含四卷，似乎著作者原是如此的计划着。第一部分叙优莱赛斯久不见回家，他家中妻子的盼望，求婚者的纷扰及他的儿子出去寻求他的情形。第二部分叙优莱赛斯离了仙女卡里甫莎（Oalypso）而到海王国（Sea Kings）的情形。第三部分叙他在海王国讲述他自己以前冒险的故事。第四部分叙他回到伊萨加（Ithaca）与他儿子台里麦基斯（Telemachies）相见的事。第五部分叙他假装为乞丐回家的事。第六部分叙他与台里麦基斯杀了一班求婚者，复与他妻子及父亲相见的情形。现在且依原来次序在此略述其故事的经过如下。

希腊军攻陷特洛伊城之后十年，所有从军的英雄，都已回家，独有优莱赛斯没有归去，留居在远离他的本国卡里甫莎所住的岛上。所有的神都怜悯他的飘流。只有海神柏赛顿（Poseidon）因为优莱赛斯曾伤害了他的独眼的儿子之故，还继续的憎恨他。（这件事下面有叙及）有一天，群神会聚时，柏赛顿适不在场。女神雅西娜向大神修士求放优莱赛斯归家。修士答应了。于是一面雅西娜到伊萨加去叫优莱赛斯的儿子台里麦基斯去寻父，一面合尔姆士（Hermes）到卡里甫莎那里，叫她释放优莱赛斯回家。这时，优莱赛斯家中的情形十分扰乱，许多求婚者聚在那里，要求他妻子潘娜洛甫的再嫁，他的儿子台里麦基斯又年幼无力，不能驱逐他们出去，只好坐视他们天天宴会，消耗他家的财产。雅西娜到了那里，变了他父亲的一个朋友，劝台里麦基斯出去寻父。台里麦基斯得了这位女神的帮助，便到了比洛斯（Pylos）去问尼克托（Nector），尼克托答以不知，但叫他自己的儿子伴了台里麦基斯到斯巴达去问麦尼劳斯，因为麦尼劳斯在回家之前，也曾飘游了许多地方。他们到了斯巴达，在麦尼劳斯的宫中，受极优越的款待。他们见了美丽的海伦，同话特洛伊的往事。这一段叙述是每个读者所极高兴读的。麦尼劳斯又告诉他们说，优莱赛斯现住在卡里甫莎的岛上。这个消息是麦尼劳斯在归途被风吹到一个荒岛，捉住海中的先知者柏洛梯（Proteus），迫他告诉出来的。当柏洛梯被捉时，幻变了许多模样，如狮、蛇、熊、一泉的流水，一株的大树等，以求脱逃，但麦尼劳斯紧紧的握住他不放。他才不得已而说出许多消息，并示麦尼劳斯以归途。

这里台里麦基斯正在受斯巴达王及海伦的款待时，那里的优莱赛斯也得了卡里甫莎放他归去的允诺。他编了一个木筏，卡里甫莎又赠了他许多食物。他们于是分别了。在海行的第八日，优莱赛斯已可看见海王国的岸影。突然，海神柏赛顿正从一个旅行归来，驱车在波涛上走，他一看见优莱赛斯便大怒起来。他虽知道众神的决议，却要再给优莱赛斯些苦难受，然后放他回去。于是他扬起风波来，把木筏打碎，优莱赛斯落身在海中。幸得海的神女伊诺（Ino）的帮助，经了二日二夜，才得到海王国的岸上。雅西娜显示她自己于海王国公主纳西卡（Nansicaa），叫她到河口去。她在那里遇见了优莱赛斯，赠给他衣服与食物，指示他到王宫去。优莱赛斯到了海王国的王宫里，很受国王阿尔西诺斯（Alcinous）的款待。阿尔西诺斯宫殿的壮丽，使优莱赛斯疑为天上的宫阙。当他们叫了歌者来，咏唱特洛伊的战事与以木马之计破敌的歌时，优莱赛斯的泪不觉落了下来。阿尔西诺斯觉得诧异，便要求他的客人说出他的姓名。优莱赛斯告诉他自己的姓名，并诉说十年来冒险的故事。

他说，他和他的同伴们被风吹到一个地方，这里的人都是食莲花以生存的。他们之中有三个人吃了甜蜜的莲花，便忘了家乡，要永久住在那里。他把他们追回船上，立刻开船走了。然后又到了赛克洛甫斯（Cyclops）族住的地方，这是野蛮而不知法律的种族。他们不耕不种，而果谷随处野生。他们一家家都住在山洞里，各不相顾。离他们的国土不远，有一个岛立在海中，但他们因没有船，永不曾到那里去过。优莱赛斯把许多同伴留在岛上，他自己同了一班水手们到赛克洛甫斯那里去。他遇见了一个赛克洛甫斯，他是一个独眼的巨人。他把优莱赛斯的水手们吃了好几个，优莱赛斯设计把他的独眼弄瞎了，把他自己及他的水手们缚在羊腹下，逃出赛克洛甫斯的石洞外。赛克洛甫斯哀祷他的父亲海神柏赛顿为他复仇。柏赛顿之与优莱赛斯为敌即因此而起。他们既逃出赛克洛甫斯的险地，遂会聚了岛上的同伴们，再解缆海行。于是他们便到了众神之友的阿奥劳士（Aeolus）所住的浮岛。岛的四周，绕以铜城。优莱赛斯诸人上了陆，阿奥劳士款待他们甚好，临别时，赠给他们装天下的风的皮袋一只。他是风的看守者，能够自由的装风入袋及放风出来。这时，只留西风在外，吹送他们回家。他们航行了九日，在第十日的时候，已可看见他们的祖国了。不幸优莱赛斯因倦极熟睡，他的同伴们竟私自把皮袋的口解开了。于是狂风四起，又把他们的船送到阿奥劳士那里去。这一次，阿奥劳士却不肯再帮助他们了。于是他们又到了巨人国，在那里优莱赛斯丧失了所有的船，只遗存他自己所坐的那一只船。他们很悲哀的把船驶到骚西（Circe）所住的地方。骚西是太阳的美发的女儿。她是真有魔法的女神，独声音与人类的妇女相同。他们到了岸边，把人分为两队，优莱赛斯带一队留守在船，别一个人带了二十二个人到陆上去。他们到了骚西所住的地方，屋的四周有狮狼之类围绕的站着，但都驯善如家犬。除了领袖以外，其余的人都进了屋。骚西给他们酒吃，他们全数变成了猪。领袖惊骇的跑回船上。优莱赛斯自己上岸去救他的同伴们。中途遇见了合尔姆士（Hermes）神，他给优莱赛斯以黑茎白花的奇草。他执了此草进室，因此得避免了骚西的害。他与骚西成了朋友，二十二个同伴因此又回复了人形。他们在这里住了一年，然后与骚西告别。骚西叫他先到死国去找先知者之灵特里西亚士（Teiresias），特里西亚士告诉优莱赛斯以未来的事，告诉他以他的结果。他在那里又看见他的母亲，与特洛伊一役已死的英雄，及阿加米农。阿加米农告诉他以被妻所杀的故事。这故事后来成为希腊最大悲剧之一的骨子。后来，优莱赛斯又离了死国，回到骚西那里去。骚西预备了食物给他们，又告诉他以前途的险巇。他们于是别了骚西，经过了西连斯（Sirens）的岛。西连斯就是歌者们，他们的歌声如此的能愉乐人，竟可使听者走近去听，不想回家，不想再见他们的妻子。幸亏他们受了骚西的教，迅快的经过此岛而不受其害。离了西连斯的岛，又经过一个狭隘的海峡。这个海峡的一边有旋涡，别一边又有可怕的西女拉（Scylla）住着。优莱赛斯把船靠近西女拉住着的一边驶着。西女拉突出攫了六个水手去。这些水手们最后还在呼着优莱赛斯的名字。他说，在他所有的冒险中，这是他所见的最悲惨的景象。过了这个海峡，便到太阳之神的美丽的岛。岛上牧畜着不死的神牛。优莱赛斯的同伴，把神牛杀了吃。于是太阳的神大怒，求大神修士降罚于优莱赛斯他们。当他们的船到了大海中，修士使大风雨雷雹交作，把他们都溺在海里，只遗下优莱赛斯一个人。他在海中九天，到了第十天，才到卡里甫莎所住的岛上。卡里甫莎与他同住，直到合尔姆士奉了修士之命要她放他回家之时。

优莱赛斯述他的故事，至此为止。阿尔西诺斯便命海王国的人民为他预备了船只，送他回家。他们还赠送许多礼物给他。于是优莱赛斯坐了异国的船，回到他的祖国依萨加。这时，女神雅西娜便到斯巴达国指点他的儿子台里麦基斯也回去。他们父子二人在牧豕奴的家里见面。优莱赛斯乔装了乞丐，回到自己的家里，只有他的老狗还认识他，但它一见他时便死去了。许多求婚者见了他，都凌辱他。他暗中与他儿子定了一计，把求婚者都杀死了。于是他与贞节的潘娜洛甫始得重聚。后来他又去见他的老年的父亲，又与伊萨加人相战斗。因女神雅西娜的帮助，他们回复以前平和的生活。而《奥特赛》一诗便终止于此。

四

荷马诗歌中所描写的英雄与妇人，都能很明白的表现出他们的性格，而不费什么文字。因为那里是他们所说的话，所做的事，诗人不必加以什么附注，而已足使读者知道他们。这是希腊著作的特质，而与近来作者的注重个人描写不同者。因为希腊作家以为个人的详细描写，会把一般结果弄模糊了。荷马所描写的众神，其性格表现的明晰也与所描写的凡人一样。他们都参与人间的事，一切悲喜的性情都与凡人一样，所异者，他们是不死的，而且他们的能力是超出于一切凡人之上的而已。

荷马史诗的显著的特质，就是他们把一个原始民族的，一个世界的儿童时代的新鲜与朴质，与完美的表白的技术（思想对于媒介物的完全制御）联结在一起。这个联结，如阿诺尔特（Matthew Arnold）在他的《论荷马的翻译》一书里所指出的，包含荷马风格的四个特点：迅速、思想的直捷、言辞的明白与壮丽（nobleness）。没有一个译本，无论是散文的，或是韵文的，能够把所有这些种特质都译出——至多只能译出一二种。

荷马诗歌之喜用“直譬”（Similes）也是他们的一个特质。从委琪尔到米尔顿的一班创作的史诗的作者，都模仿他们的这个特质。在《伊里亚特》中，共用了一百八十个直譬，在《奥特赛》中只有四十个。荷马所取以为比譬的事物的范围甚广，从最低微的东西至最高伟的东西都有。他把固执的阿琪克斯（Ajax）被敌人所围的事，比譬为一只驴子进了谷场，小孩子们打他也无用。有时，荷马且连用了好几个直譬：如形容希腊军到会集的地点去，说他们的模样，如火之吞林（因为他们甲胄的明亮），如噪鸟之飞翔（因为他们的喧哗与匆促），如无数的绿叶（当他们会集为变动的一群时），如营营的蝇（因营营的激昂之声从会集处发出），如许多群的羊被牧羊人所分开（当他们被领袖分别带开时）。火与瀑布与雪与电，也是荷马所常用以为比譬的，以狮为譬之处尤多，在《伊里亚特》中，几乎不下三十处。

这些直譬常常是历史的珠玉。如荷马常以狮为譬，我们便因此可以知道，在那个时候，狮是一种熟悉的猛兽。所以荷马所给与后来，实不仅是故事，而且是历史。这个断定，尤其在研究荷马的全部作品时更可明白。近来在希腊及其周围诸国，叠次发现了如荷马诗里所描写的古代城邑与器物。在米西那（Mycenae）发见了城墙与城门的余迹及国王的坟墓。在那些墓里获得了如《奥特赛》里所写的优莱赛斯所用的金胸针及如《伊里亚特》里所写的阿且里斯所用的奇异的甲胄之类的武器。在特洛伊所在的地方，近于 Dardanelles 的海边，有古代房屋的遗迹可见，更有一座坚固的倾颓的古城。在 Crete 地方，还遗留着弘丽的宫殿，可以反映《奥特赛》所写的海王国的文明。凡此种种，俱可断定荷马的诗歌实不是技巧的神话，乃是真实的曾生活于世界的一部分人类的记载。我们由他们那里可以得到荷马的世界的大概图形。

五

《伊里亚特》与《奥特赛》何以形成，何以能定为现在的样子？在胡尔福（Wolf）的“*Prolegomena*”（一七九五年出版）里，已指出四个要点：（一）荷马的诗歌的著作，是不赖文字的帮助的，那两部史诗里的诗歌，都是一代一代的在口头传述下来的，在传述的时代，他们变更了许多；（二）在纪元前 550 年左右，他们被写了下来，修正者与文艺批评者润饰那些诗歌，改更他们，使之合于艺术的趣味；（三）这两部史诗的艺术的统一，是后世修正的结果；（四）构成两部史诗的原来的歌曲，是几个作家的作品，不过我们已永不能指出何处是何人所作的。然而胡尔福还没有否认有一个名为荷马的开始编织那个网的诗人的存在。

我们在现在研究这两部大史诗，古来相传的作者的观念必须废弃。我们如相信《伊里亚特》与《奥特赛》为荷马一人所创作，正如相信《圣经》的现在的本子是从天上传下来的。荷马这个名字，本来就是“零片集合者”（Piecer - together）的意思。这已足证明《伊里亚特》与《奥特赛》之为荷马一人的创作的信仰之不能维持了。并且，就那些诗歌看来，处处都可以看出修改润饰的符记；例如古代的野蛮举动，在后来的较文明的希腊人以为可怕者，都已删染过，以期适合后来的文明。

但在许多地方，尤其是在英国，仍有许多人相信这些诗歌是一个人的作品的话。在德国，席劳（Schiller）与歌德（Goethe）也都相信此说。席劳且以胡尔福的话为野蛮的。这个大原因即在于：如果我们离了辩论，而去读那些诗歌，奋身跃入那故事的迅流的清溪中，我们便要觉得这故事的继续与和谐，不免要重生“这是个人的创作”的印象。

参考书目

1.《荷马》（*Homer*），格兰斯敦（W. E. Glaston）著，麦克美伦公司（Messrs. Macmillan）出版的《文学初步》（*Primers of Literature*）之一。

2.《荷马：伊里亚特与奥特赛的导言》（*Homer: An Introduction to the Iliad and Odyssey*），约蒲（Sir R. C. Jebb）著，麦克里霍士公司（J. Maclehose & Sons， Glasgow）出版。

3.《奥特赛》（*Odyssey*），柯林斯（W. Lucas Collins）著，勃拉克屋特公司（Messrs. W. Black， wood & Sons）公司出版的《古代名著丛书》（Ancient Classics for English Readers）之一。

4.《伊里亚特》（*Iliad*），著者与出版公司同上，亦为《古代名著丛书》之一。

自 1 至 4 各书皆为初次研究荷马者的很好的书。

5.《伊里亚特研究》（*A Companion to the Iliad for English Readers*）。

6.《荷马与历史》（*Homer and History*）。

7.《特洛伊，荷马的地理的研究》（*Troy， A Study in Homeric*

Geography）。自5至7皆李夫（Dr. Walter Leaf）所著，麦克美伦公司出版。

8.《荷马与他的时代》（*Homer and His Age*）。

9.《荷马与史诗》（*Homer and the Epic*）。

10.《荷马的世界》（*The World of Homer*）。

自8至10皆为安特留·兰（Andrew Lang）所著，朗门公司（Longmans）出版。

11.《论荷马的翻译》（*On Translating Homer*），亚诺尔特（Matthew Arnold）著，Rontledge及John Murray二公司都有出版。

12.《荷马与荷马时代的研究》（*Studies on Homer and the Homeric Age*），格兰斯敦（W. E. G1 dston）著，亚克斯福大学出版部（Oxford University Press）出版，共3册。

13.《荷马研究的目标》（*Landmarks of Homeric Study*），著者同上，1890年由麦克美伦公司出版。

14.《荷马年表》（*Homeric Synchronism; an Enquiry into the Time and Place of Homer*）著者及出版公司同上，1876年出版。

15.《奥特赛研究》（*Studies in the Odyssey*），汤摩生（J. A. K. Thomson）著，亚克斯福大学出版部出版。

16.《荷马与伊里亚特》（*Homer and the Iliad: An Essay to Determine the Scope and Character of the Original Poem*），史达惠尔（E. M. Stawell）著，邓特公司（J. M. Dent & Sons）出版。

17.《奥特赛的女作家》（*Authoress of the Odyssey*），蒲特劳（Satmuel Butler）著，约那辛开甫（Jonathan Cape）公司出版。蒲特劳在此书说明他以《奥特赛》为一个女作家所著的意见。

18.《荷马的滑稽》（*The Humour of Homer*），著者及出版公司均同上。

以上为研究荷马的英文著作，至于《伊里亚特》与《奥特赛》的英译本，则有下列各种：

19.《伊里亚特》，蒲伯（Alexander Pope）译。

20.《奥特赛》，蒲伯译。

此二译本，皆在佩尔公司（George Bell）出版的《彭氏丛书》（*Bohn's Library*）之内。蒲伯为英国的大诗人；他的译文美丽而不大忠实。

21.《伊里亚特》(散文译本)，安特留·兰(Andrew Lang)李芙(Walter Leaf)及迈尔(Ernest Myers)同译，麦克美伦公司出版。

22.《奥特赛》(散文译本)，蒲超(S. H. Butcher)及安特留·兰(Andrew Lang)同译，麦克美伦公司出版。

23.《伊里亚特》，惠依(A. S. Way)译(2册)。

24.《奥特赛》，惠依译。

此二译本的文字皆为韵文，均由麦克美伦公司出版。

25.《奥特赛》(韵文译本)，麦克尔(J. W. Mackail)译，穆勒公司(John Murray)出版，共3册。

26.《奥特赛》(用原韵的译本)，加尔菲尔特(Francis Caulfield)译，倍尔公司(George Bell)出版。

27.《奥特赛》(行对行的用原韵的译本)，考脱里尔(H. B. Cotterill)译，哈拉甫公司(Harmp)出版。

28.《奥特赛》(韵文译本)，莫利斯(William Morris)译，朗门公司(Longmans)出版。

29.《奥特赛》(散文译本)，蒲特劳(Samual Butler)译，约那辛，开甫公司出版。

30.《伊里亚特》，察甫曼(George Chapman)译。

31.《奥特赛》，察甫曼译。

察甫曼为英国依里沙白时代的诗人与戏曲家。此二译本可在邓特(Messrs. Dent)公司出版的 *Temple Classics* 中得到。

32.《伊里亚特》，柯卜(William Cowper)译，柯卜为是一个很著名的诗人，他的这部译文近代的重版本还没有出现。

33.《伊里亚特》，白里安特(W. C. Bryant)译，白里安特为美国的诗人，此译本的出版处为波士顿的 Houghton， Mifflin & Co.

34.《伊里亚特》，赫雪尔(Sir John F. W. Herschel)译，麦克美伦公司出版。

35.《伊里亚特》，爱德华(Edward， Earl of Derby)译，在 Messrs. Routledge 出版的《新世界丛书》(*New Universal Library*)中。

第三章

《圣经》的故事

一

古书的一个总集，被称为《圣经》（*Bible*）的，乃是有无比的价值与重要的一部书。它的势力遍及于全个世界，尤其是欧洲。它对于人类之道德的与宗教的发展之影响比之任何种文学都甚些。它记载千余年的人类文明的最显著的进步。其中的几篇，他们的艺术的精神直已达到了极峰。

《圣经》为什么会是一部极伟大的书呢？这可以说，因为它是纯一的，忠恳的，美丽的与有力的。全书中不过是一个主旨——人之寻求上帝。在历史与诗歌、预言与戏曲、福音与书翰之后，都藏有对于上帝的热感，觉得他是在面前。然而，《圣经》又幸而不是神学书的总集。它是如人类的生活一样的复杂，是一面映出人类的忍耐与懦弱，胜利与失败的明镜，是一部人类的精神发展的历史。因此之故，《圣经》中常有许多篇、许多节是极美丽的文字。他们的作者都是有忠恳的热情，被高尚纯洁的信仰所感发，而相信他对于人类是负有伟大的使命的。因此，这些人的文字是明白而简朴的，他们的思想是直接而有力的。他们的用字是经济的。他们的作品有一种灵感会找着读者。

我们必须常常记着，《圣经》不是一部书，乃是许多书的总集。《旧约》是希伯莱（Hebrew）民族在千年间所产生的最好的文学。《新约》则包含“不是一国的而是一种运动的”文学；它是一部希腊文作品的总集，在一个世纪之内所写的，其中所叙述的是耶稣的事迹与基督教信仰的初期的发达。但《新约》与《旧约》之间，关系是很密切的。这二种都是希伯莱的宗教家所写的。《新约》中所有的作者，似都是犹太人，除了一个圣路加（St. Luke），而路加之属于何民族，却是不明了的。且据历史家的考索，耶稣是伟大的希伯莱的预言家的直系子孙，思想的圣保罗是一个犹太人，不是一个希腊人，圣约翰虽用希腊的观念，他却是以西结的精神的后继者。所以基督教在实际上是从犹太教（Judaism）里自然的变化出来的。

在研究历史与宗教思想者看来，《圣经》中的《新约》实较《旧约》为重要；然而在文学方面看来，《旧约》却较《新约》为更可宝贵。在耶稣的时候，里万（Levant）地方犹太人所说的希腊话，已失掉它的纯粹。即以《新约》作者们的热忱与忠恳，也不能使之成为文学艺术的完全媒介。并且，文字与思想之所以能天然和谐者，全因他们所发达的思想，是表现在他们自己的言语里。以犹太的宗教思想，而倾注入希腊的铸范里，这种和谐是不能有的了。所以《新约》中虽有几节非常美丽的文字，却远不如《旧约》中之多而纯粹。我们这里所叙的是文学，不是宗教信仰，所以对于《旧约》较《新约》更为注意。

二

《旧约》是那一个民族产生出来的呢？他们的宗教思想是从什么地方来呢？

埃及历史的开端，依据我们现在的知识，可以推演到公元前

5000年。2000年以后，埃及与巴比伦（Babylonia）二国已成为很文明很强盛的国家。在幼发拉底河（Euphrates）流域，有萨摩的人（Sumerians）定居在那里，不久，那个地方，又为塞米底人（Semites）所夺取。阿拉伯沙漠中的几个游牧民族，也是属这个塞米底族。巴比伦与埃及的艺术、文字与思想都绝不相同，显然可以知道是两个不同的种族。在幼发拉底河与尼罗（Nile）河两帝国之间的，是阿拉伯沙漠与一个近于地中海的小国，古时名为迦南（Cannan），而现在则称之为巴勒斯坦（Palestine）的。迦南人也是属于塞米底族。最初，迦南人是被巴比伦之化的。后来，埃及扩张国土，迦南亦被征服。据1887年在塔勒尔阿麦那（Tellel-Amema）所发现的属于公元前1400年至1370年的著名的信札所载，知道迦南在那时候是很有组织的省分，对埃及付租税；但当埃及衰弱时，一切都变为混乱。公元前1234年，一个游牧民族的几部落，名为希伯莱（Hebrews）的，在摩西（Moses）的领导之下，从埃及回到他们的巴勒斯坦南部的沙漠间，仍从事于游牧。这些部落，所谓以色列（Israel）的子孙，也是塞米底族，与迦南人及在阿拉伯沙漠中的许多同族，言语习惯俱甚相同。他们的人类很少，不过几千人，他们住在沙漠中一世纪左右，然后开始出去征占迦南的沃土。这时埃及已非迦南的统治者了。但他们虽占据了山地，迦南人仍旧坚守着平原。经过长时期的战争与扰乱，到了以色列王大卫（David ）出来，迦南人与以色列人才混合而为一个民族。公元前1000年之后，希伯莱的文化，尤其是希伯来的宗教，才十分发达起来。

约与希伯莱人侵入迦南同时，菲力斯丁（Philistine）人似已占据了近于哥萨（Gaza）的海边平原。菲力斯丁人不是属于塞米底族，乃是阿利安（Aryan ）族中的航海人民。他们大约是从小亚细亚近于克里底（Crete）的海岸来的。《旧约》历史里，明白的指出，大卫利用菲力斯丁人以建设他的国家；考古学家也以为将灭的克里底的荣光的一星余烬经由菲力斯丁人的影响，而供献于希伯莱文化的发展里去。

希伯莱人从什么地方得到他们的宗教，它的原来的性质又是怎样的？这个问题，很难回答。勒南（Renan ）以为住在沙漠中的塞米底人，生活在景色如此单一的自然中，当然会成一神教的信徒。但这个学理，实没有什么证据。所有其他各族的塞米底人。一到了幼发拉底河等处，便都成了多神教徒。我们宁从《圣经》的传说，以希伯莱人的这个一神教系从摩西那里传来的之说。摩西必是一个极伟大的人，一个众人的天然的领袖，一个有特创的宗教思想的人。他的心必是创造的，他的性格必是严肃的，他的宗教的感情必是极丰富的。我们不能说，摩西的宗教思想是从埃及得来的。因为埃及人是多神教的，而先知们都坚执摩西的教义，以耶和华（Jehovah）为全世界的上帝。在摩西《十诫》里也绝没有埃及多神教的影响。在关于“来生”的教神上，埃及的与以色列的二宗教神，其不同为尤甚。无论在摩西的教训里，或在任何公元前600年以前的大先知者的言说里，都没有提到死后的生活与裁判的；而埃及的宗教则是充满了这种的信仰的。所以，谓摩西的宗教思想为特创的，为独立的，为直接感发的话，实无可反对的。

三

我们读《旧约》，必须先知道《旧约》中的各书，是什么时候写的，什么人写的。《旧约》的第一部分，所谓“法典”（The Law）的，向来最为重视。此部分共有五篇，即《创世记》《出伊及记》《利未记》《民数记》及《申命记》。这几篇相传以为都是摩西写的。所以又称为“摩西五书”。直至最近一世纪，这个传说才被打破。许多学者，都已完全同意，以为这五书的成为现在的形式，是在犹太的放逐之后，以斯拉（Ezra）的回归之前，换言之，即在公元前600年至450年之间。这“法典”大约在以斯拉从巴比伦回到耶路撒冷（Jerusalem）时所颁发的，很快的便被认为圣书。近代的学者都以为在这五书里，在摩西时代所写的极少，它的现在的形式，是许多的宗教改革的结果；而全部的结构，则为放逐期中在巴比伦的一派教士作家所编定的。

这种主张，实具有许多有力的证据。在《利未记》里，规定一切宗教的崇拜，必须集中于耶路撒冷，别的地方不能有祭坛。如果这条规定是摩西制定的话，以色列必始终遵守毋违，但在被俘以前的先知者们，对此规定竟不知道。且当所罗门（Solomon）在耶路撒冷建庙时，也并不遵照《利未记》里的法度。所以在放逐以前，《利未记》里的法律，实是没有人知道，并不是不遵守。

我们明白了这一层，再去看这五书类各作家的文字上风格的不同，便能够分别出某篇是某作家所写的，及约在某时写出。

在《旧约》中与摩西的关系最为密切的，为《出埃及记》20章至23章中所存留的《圣约记》（*The Book of the Covenant*）。它所包括的，除了《十诫》之外，还有几则简单的拜神的规律；允许在许多祭坛里拜神，对于祭师的职务，也没有指定必须谁去执行。此外还有些正直而宽厚的关于民事的法律。

在《创世记》里，有一大部分比较有趣的材料，是两个被圣经学者称为“裘”与“伊”的作家所写的。“裘”即是“裘定”（Judaen），“伊”即是“伊法拉米底”（Ephraimite），其意义是说：他们是属于南部及北部以色列的。裘约生于公元前9世纪的中叶；伊约生于裘后的百年之内。裘是所有希伯莱的历史家中最有天才且最伟大的，他的描写人物与其性格俱极好，他的文字也平易而庄严。他所作的有关于伊甸园的故事、亚伯拉罕的故事及利百加的事等，伊没有裘那样伟大，他所写的是约西夫在埃及的故事。

编定《摩西五书》的，上面已经说过是一班于放逐时住在巴比伦的教士作家，这些人，圣经学者称之为“僻”（P），其中的一人作了《圣经》的最初一章，即《创世记》的第一章。第二章以后的几章是裘所写的。这一章最初的创造的故事反映着巴比伦的科学思想的影响。

还有一个作家，被称为“狄”（D）的，是前于僻的作家，即作《申命记》的。他所写的是《摩西五书》中的最有价值的部分。他约生在公元前650年。

在《利未记》17章至26章里，有所谓“圣法”（Law of

Holiness）的，这些法律，与《圣约记》相同，大概都是向人民说的，不是向教士说的。其后半的金律：“你要爱你的邻人如你自己”，尤在无数的年代里，感发了无数的人。

为读者的便利，现在把《摩西五书》所构成的主要来源列一表于下：

《圣约记》	裘	伊	狄	《圣法》	僻
最古的关于民事与宗教的简单法律。	犹太北部的一个历史家。	以色列南部的一个历史家。	《申命记》的作家。	礼仪与民事的法典，有重大的宗教价值的，大约为以西结的一个友人或侍从所编。	一班在巴比伦的作家，编定《摩西五书》成为现在的形式。
大约与摩西最有关系，约在公元前1200年。	约在公元前850年。	约在公元前780年。	约在公元前650年。	约在公元前570年。	约在公元前550年至450年之间。

《旧约》的第二部分是“先知书”（*The Prophets*），其中包含：《约书亚》《士师》《撒母耳》上下、《列王》上下、《耶利米》《以西结》《以赛亚》及“其他十二个小先知书”八篇。这些篇的文字都是写在羊皮纸或纸草纸上，而各自成为一个卷轴的；这八卷的文字，构成“先知书”，正如那五卷的文字构成“法典”。

除了《法典》与《先知书》之外，其他的所有的《旧约》中的文字，构成第三部分，即所谓“杂著”（*The Writings*）者是。其中所包含的是《路得》《诗篇》《约伯》《箴言》《传道》《所罗门歌》《耶利米歌》《但以理》《以斯帖》《以斯拉与尼希米》及《历代上下》的十一篇。总结希伯莱的《旧约》的三部分，共有24篇。现在英译的与中译的《圣经》其次第与此不同；此因英译的圣经，其次序出于“范尔格”（*The Valgate*），这里的次序则从“赛甫塔琴”（*The Septuagint*）之故。（“范尔格”是基督徒的标准的腊丁文《圣经》译本之称，“赛甫塔琴”是犹太教的标准的希腊文《圣经》译本之称。）编定“赛甫塔琴”的诸作家，是欲依据各篇的性质而分类的。范尔格本的《圣经》则把这次序混乱了。因在古时，“杂著”的地位，与“法典”及“先知书”，不能平等，故不得不分别出来。到了后来，“杂著”渐渐的被承认为与他们有同样的神圣性质，所以范尔格本《圣书》便把他们混而为一。

构成“先知书”的是各种不同的文学。《约书亚》《士师》《撒母耳》与《列王》是叙述从出埃及到放逐的以色列人的历史的。这个历史的最初一部分不大真实。因在放逐时，重要的文件失去不少，卷轴多朽蚀。所以叙述古代的历史，大部分是后代人的“理想的”历史。好在失去的部分，还不大重要，讲到先知者的苦斗与胜利的地方还很明白。

《阿摩司》叙的是公元前760年的事，那时，希伯莱的中心在于北国，而这国有被阿述里亚并灭的形势。先知阿摩司以为耶和华将以阿述里亚为工具而惩罚作恶的以色列人民。耶和华是凭正义而裁判的——而对于他自己的人民尤其严正。《何西阿》继《阿摩司》而作。何西阿是北国最后的一个先知，他有诗人的性格，和热烈的宗教信仰。他以为耶和华是爱他的人民的，他要裁判，但裁判并不是终结。公元前722年，北国被灭了。希伯莱的一神教的精神，仅被保存在犹太的极少的国土内。于是贫穷人的先知者“弥迦”先出而反抗有权力者及坏教士与伪先知。然后以赛亚出来指导他的国人；他不仅是一个先知者，而且是政治家、理想家及改革者；他的影响极大。耶利米是教士的后代，所以他颇表同情于祈祷与宗教仪式，要求安慰于宗教。在他的文字里他给我们的是《旧约》中因受苦而得教训与力量的人物的最好例子。公元前586年。耶路撒冷陷落，耶利米也被囚。在此十余年前，以西结被掳到巴比伦。他相信流放的人民必能复归，常在梦想，在计划，在宣传。

在《旧约》的12篇《小先知书》里，前面已经叙过《阿摩司》《何西阿》《弥迦》的年代最早的三篇；在其他各篇里，我们可以找到不少亚历山大帝死时（公元前323年）以后的史料。其中以《约拿》

一篇为最可注意；它不是史书，是先知的寓言；作者约在公元前300年，他取了一篇古代的先知的传说，以为《旧约》中最好的道德训言之一的工具。

《杂著》虽然也包含些古代的材料，而他们的大部分都是在公元前140年之间的两世纪中所写的。这时的犹太，已复得自由成一独立的国家。“杂著”是犹太的国民文学，是诗歌、戏曲、哲学及后期历史的总集。犹太人在独立期中，把他们渐渐的收集起来，渐渐的重视他们。在耶稣降生前的一世纪，这个收集已完全告成了。《杂著》中最伟大的作品是《诗篇》，它是一部赞诗总集，一部最好的赞诗总集。在它里面，有许多诗是古代的，有些是大卫时代所作的，但大部分是放逐以后所作的。它是编来供耶路撒冷的教堂用的。这些赞诗，思想与表白都是异常的美丽；它们是纯粹的诗歌。（近代的赞诗有许多都不过是宗教的韵文。）世界上没有什么颂神的诗歌能够更超越过他们。如：

> 弟兄同居，何其善，何其美，就像亚伦头上至美的膏油，流到胡须，流到衣襟。又像黑门的甘露，像降在郇山的甘露；在那里主降福，在那里主赐长生。《诗篇》第133首。
>
> 我们曾坐在巴比伦河边，追想郇城，痛哭流泪。
>
> 我们将琴瑟悬在那里的柳树上，
>
> 因为在那里掳掠我们的要我们歌唱，欺压我们的要我们唱喜歌，说：‘将郇城的歌唱与我们听。’
>
> 我们怎能唱主的歌在异邦？
>
> 耶路撒冷，我要忘记你，情愿我右手忘记技能。
>
> 我若不记念耶路撒冷，我若不以耶路撒冷为我最喜爱的，情愿我的舌头粘贴上膛。
>
> 耶路撒冷遭难的日子，以东人说：拆毁！拆毁！直到根基，求主纪念此言。
>
> 必要灭亡的巴比伦城，有人报复你像你待我们，愿他得福。
>
> 将你的婴孩抛在磐石如此报复你，愿他得福。

都有一种热烈的愉意，或热烈的怨恨，压迫着读者。像这种真挚而伟大的诗歌，在《诗篇》里是到处可以遇到的。

在《杂著》里，还有其他两部诗歌作品，一是《耶利米歌》，一是《所罗门歌》。《耶利米歌》共分五章，作者艺术的手段是非常高的。第二章与第四章的作者，大约是亲见公元前586年耶路撒冷被毁的恐怖的人，其余的作者都在以后的时期。但即在后期的著作上，如第一章的开端的几句：

> 可叹这城，素昔民数众多，现在凄凉，如寡妇独立，在诸国中原为尊大，列邦尊以为后，而今反倒为人供役！
>
> 终夜哭泣，泪流满腮，爱慕他的人素昔众多，现在无一人来安慰他，众良友都辜负他，成为仇敌！

已足以引起读者的悲感了。《所罗门歌》共八章，是最美丽的恋歌，教士们虽然不很愿意把它当作神圣的，而在文学研究者却视之为无价之宝。现在且杂引几段：

> ……愿你与我接吻，因你的爱情胜于酒醴。
>
> 你的膏，香味甚美，你名如倾出的香膏，因此众女子都爱慕你。
>
> 我看我所亲爱的，如没药香囊，常在我怀中。
>
> “我的佳偶，你甚美丽，你甚美丽，你眼犹如鸽眼。”“我的良人，你也俊美，也甚可爱；我们床榻也青绿。”（第一章）

> 听阿，这乃是我良人的声音，他正蹦山越岭而来。
>
> 我良人如獐，又如小鹿，他站在我墙壁后，从窗户观看，从窗棂窥探。
>
> 我良人开言对我说：“我佳偶，我美人，求你兴起随来。
>
> 冬天已往，雨也止息，已经过去。
>
> 上百花都已开放，百鸟鸣叫的时候已到，我们地方斑鸠的声音业已听见。
>
> 无花果树结果芬芳，葡萄树开花发香，我的佳偶，我的美人，求你兴起随来。

我看你如鸽在磐石穴中，在山岩可藏之处，求你容我得见你的面貌，得听你的声音，因为你的声音娇丽，你的面貌秀美。

须为我们擒捕狐狸，就是毁坏葡萄园的小狐狸。因为我们葡萄方才开花。”

良人属我，我属良人，他游行在百合花中。

我的良人，我愿你归回，等到风凉气爽，日影已过，你必如獐如小鹿越过层峦叠嶂的山。——（第二章）

我妹子，我新妇，你夺去我心，你用眼一看我，你用你颈项上一珠串夺去我心。

我妹子，我新妇，你的爱情比旨酒更美，你膏的香味胜过一切香品。

我新妇，你的嘴唇犹如蜂房有蜜滴下。你的舌下如有蜜有奶。你衣服的香气如利巴嫩的香气。

我妹子，我新妇，犹如关锁的园囿、掩盖的井、封闭的泉源。

你园中所长的是石榴和佳果，古珀露花与那珥达。

那珥达和番红花、菖蒲、桂树、各样乳香木、没药、沉香与一切香品。

你又如园中的泉源，活水的井，利巴嫩的溪。

“花风兴起，南风吹来，吹在我的园中，使播扬香气，我的良人可进自己园中食享佳果。”——第四章

就上面的几段文字看来，我们已可见它是如何的美丽幽婉，如何的温柔感人了。难怪歌德（Goeth）极口的称赞它。这些甜蜜的恋歌所以能保存在《圣经》中者，以解者称其为所罗门（Solomon）所作的，且以为它所言的恋爱，是象征耶和华对于他的人民的爱的。这种曲说，直使这些最好的抒情诗永埋在宗教的祭坛之地下。然而到了近代，这种曲说，却已为有识者所推倒。它的作家大约不能在公元前3世纪之前。

《路得》也是《杂著》中的一篇最好的牧歌。歌德以为它是一篇流传下来的最可爱小牧歌。这故事充满了仁爱的精神。路得（Ruth）是摩押地方的女子，嫁了犹太寡妇拿俄米（Naomi）的一个儿子。拿俄米要从摩押回到犹太，对他两个媳妇说，“你们各自回娘家去。”于

是与她们接吻，她们放声大哭，一个媳妇回娘家了，只路得还是依恋拿俄米，她说道："你往那里去，我也往那里去，你在那里住宿，我也在那里住宿。你的民就是我的民，你的上帝就是我的上帝。"他们便同走回到伯利恒。以后路得在那里嫁了一个仁爱的人。这篇故事的时代，不能知道，但许多学者相信它是很古远的作品。

《约伯》是《杂著》中的一篇伟大的戏曲，里边的主旨是讲人类的痛苦。这篇戏曲似根据一个古代民间传说的故事而写，且经过好几个作家的增改。她是一面表现出希腊时代的犹太思想家的困恼的镜子。它是属于所谓犹太的"智慧的文学"的，欲以关于人生问题的智慧的问答以表显上帝的性质。在《约伯》之外，《箴言》及《传道》的大部分也是"智慧的书"。他们的作者大约都不能在公元前 250 年之前。《箴言》共分三大部分。最好的是最初的九章。它赞美智慧，以为智慧是最初与上帝同在的。"当他（上帝）造天空时，我在那里。当他造地基时，我也在他旁边。"《传道》是记录后期犹太的自由的思想的，是记录神学家们的自由讨论的。所以把它放入《旧约》中，是经了许久的迟疑的。

《杂著》中的《历代上下》及《以斯拉与尼希米》是继续的叙述，由一个作者编定的；他们是史书，叙自放逐归后的事的，但与《先知书》中的讲同样时代的史书一比，这些史书，虽是有趣，却是虚伪的。其他《杂著》中的作品，如《但以理》，是耶稣那时候的《天路历城》（*Pilgrim's Progress*），如《以斯帖》是一篇技术很精美的故事，表白犹太的国家的光荣的。

《杂著》在古时的地位虽不能与《法典》与《先知书》相比，而在文学上看来，却是《旧约》中最好的一部分。

四

在有些《圣经》里，于《旧约》与《新约》之间，还有名为"*Apocrypha*"的 14 篇文字（中译"*Apocrypha*"为《不经之书》）。

简单言之，这14篇文字，在亚历山大城的犹太人是承认它们列在《圣经》里的，而在巴勒斯坦的犹太人则反对之。罗马教堂则仅承认其中的三篇。

在文学上看来，这些“不经之书”中，尽有许多很好的著作。但其中也有些是不大好的。如苏撒纳（Susanna）的故事及《卑利与龙》（*Bel and the Dragon*）的故事，内容都很坏。《犹狄》（*Judith*）叙犹太的寡妇犹狄以计杀亚叙利亚元帅之事，事实很恐怖。《马喀比二书》（*The Second Book of Maccabees*）是杂以虚幻的传说的史书。《以士剌一书》（*The First Book of Esdras*）是不大有价值的史书；但其中却有一节很著名的故事，即叙三武士辩论世界上什么东西是最强的事。“第一个写，酒是最强的。第二个写，国王是最强的。第三个写，妇人是最强的”；但在一切之上，真理却得了胜利。《透比》（*The Book of Tobit*）的故事在中世纪后期是十分流行的，艺术家多就其中采取题材。《马喀比一书》为真有价值之作，叙公元前250年顷犹太人争自由而得胜利的史迹；其著作的时间，约在公元前100年。《耶稣西拉之子之智慧》（*Ecclesiastiois*）是许多《圣经》学者所最赞许的。它的作者耶稣是西拉的子或孙，是一个在巴勒斯坦的犹太人。他著此书，约在公元前180年。这个耶稣的孙，住在埃及时，曾把此书编定过而译成希腊文。此书与《旧约》中的《约伯》，俱为犹太的智慧文学中的最好者。《所罗门之智慧》是《不经之书》中第二部智慧之书。它的作者是一个巴勒斯坦的犹太人，约与圣保罗同时。以作者努力于求美丽之故，反失了自然的美。《以士剌二书》也甚被重视。其著作时代在公元后70年，耶路撒冷落陷之后。作者是一个犹太人。我们由此书可见初期基督教传道者的宗教的背景。此书写作时，犹太教与基督教之间的隔栏还未十分坚固，所以书中具有较后来的犹太教的更伟大更宽广的精神。此书及其他此类的书，对于基督教的发展都有影响。这种文学成了《旧约》与《新约》间的联锁者。

五

《新约》的各篇都是用希腊文写的，而作者则都是犹太人。——大约除了圣路加（St.Luke）之外。但是他们所用的希腊文，却不是荷马所用的，或是柏拉图（Plato）所用的希腊文；乃是公元 1 世纪时所通行的白话文，一般的希腊人对朋友对话时，或对家人及有关系的人写信时所用的希腊语言。那时代从事于文学的希腊人，所用的仍是“做作的”美文，即以古代名著的文字为模本的古文。最初，学者还很怀疑《新约》所用的希腊文，直至近代在埃及沙土中发现了那时代的家信与商业的信札，《新约》的文学的真实性质才大为明白。

《新约》的作者能利用当时的通行语言，实为很聪明的举动；他们以为宣传基督教的范围，不宜囿于少数的受教育的阶级中，实宜愈广愈好。而他们的信徒也实在都是从所谓中下阶级里出来的。即耶稣的亲密使徒的大部分也都是属于这个阶级里的。——虽然初期的传道者欢迎一切阶级的一切男女，而来者自以这个阶级里的人为最多——但他们虽用通俗的希腊文来著书，却并不是未受教育者。圣保罗（St. Paul）受过完全的神学教育，且似是他本乡的高级官吏的儿子。圣路加与圣约翰也都是有才能，受教育者。其他所有的《新约》作者也都能使用这“非本土的语言”的希腊文，表白所有要说的话语。虽然当时以为他们所用的是“非文学的”语言，而他们的叙述和表白却都能达到完美之境。他们确信他们是负有伟大的使命的，他们的文字自然而直捷。保罗的书札，使读者如见其人，有时其雄辩超出于一切文学之上。约翰的文字，虽以用“非本土的语言”之故，而时觉不纯熟；但他的《第四福音》（即《约翰传福音书》）与他的《第一书》却是宗教文学的两篇名著。路加是《新约》作者中的最好者。他的平易而庄美的风格，他的广大的同情，都使现在的读者更易感动。在他叙写圣保罗的破船的事的一段文字里，我们可以看出他的描写的能力。

即在《新约》的文学研究上，我们也不能忽略了上帝之爱子，拿撒勒的耶稣（Jesus of Nazareth）。他的人格，弥漫在全部的《新约》，而给它以统一的精神。我们读了《新约》，便知道他的思想，他的气质、他的性格、他的博大的同情。《四福音》的写作，至少在他死后 30 年，然而其中所载的他的训言，似乎比我们所预测的更是真确。他大约生于公元前 6 年，而被杀于公元后 29 年。他所说的是巴勒斯坦的阿拉玛克（Aramaic）地方的语言，但他知道希伯来语，似还知道希腊语。他的教训在《马太福音》里登山训众的一段，最为感人，最为具有永久不朽的灵感：

> 你们听见有对古人说的话，说："你不可杀人"，又说，"凡杀人的，难免受审判。"只是我告诉你们，凡人向弟兄动怒，难免受审判。……所以你在祭坛上献礼物的时候，若想起你弟兄向你怀怨，就把礼物留在坛前，先去同弟兄和好，然后来献你的礼物。……
>
> 你们听见有话说，"当爱你的邻舍，恨你的仇敌。"只是我告诉你们，要爱你们的仇敌，要为那逼迫你们的祷告。这样，就可以作你们在天上的父的儿子。因为他叫他的日头照好人，也照歹人，降雨给义人，也给不义的人。……

这些教训都是直接的，绝不踌躇的，而且忠恳的。他实是一位具有创造的天才的伟大的"道德的"与"宗教的"艺术家。他之被人所爱，比历史上一切人都甚些。我们读《四福音》，便如见他之立在前面一样。《福音》被无量数的人所读、所深思、所感动，即他的人格、他的灵感，在激发着无量数的人。

《四福音》中最古的是《马可福音》，约在公元后 70 年，耶路撒冷陷落时所写的，也许较此更早至十年以上。当亲见耶稣的人过去了，马可便把他的故事写了出来。（它的最后的一小部分，已经散佚了）《路加福音》与《使徒行传》是一个作家所作的；这个作家，大约就是路加。《使徒行传》中没有记载保罗殉道的事，因为这篇是作于保罗殉道之前。因此，我们可以说《路加福音》等二篇是在公元 60 年左右写的。但有些学者又以为他们是在后此一世纪所作的；有些学者则以为是一个不知名的作者用路加的日记而作的。据现在的研究，路加与作《马太福音》的作者，都是用马可的著作与一种已佚的文件，学者名之为"邱"（Q）的。这"邱"的文件，是记载使徒马太所记的耶稣的训言的。这训言的一部分已包入《第一福音》里，即登山训众的一段。因为这个缘故，所以《第一福音》，名为《马太福音》；实则它是为一个不知名的在巴勒斯坦的犹太的基督徒，用马可及“邱”，以及其他文件所作的。他的著作时期在公元后 80 年左右。《第四福音》，即《约翰福音》，至今对于它的作者与历史的价值还有人在辩论。与其说它是耶稣的传记，还不如说它是耶稣的精神的解释。此作者同时并作了《使徒约翰的三书》。此作者大约受约翰的影响，而又受保罗及流行的希腊哲学的感化。其著作时期在公元后 100 年至 115 年。使徒保罗有十书；其中给帖撒罗尼迦人的二书，约在公元后 50 年所写，算是《新约》中最古的文字；给哥林多人、罗马人及加拉太人的诸书，约后于此一二年。其他给哥罗西人、腓立比人、以弗所人及腓立门人的书，则大约作于公元 60 年。保罗之生，约与耶稣同时，其死则在公元 64 年尼禄（Nero）大杀基督教徒之时。所以这些书信都是保罗在最后十年所写的。给提摩太及提多二书，则非保罗原文，他们的文字不像他的；大约元后 100 年左右时，别个作者所修改编定的。给希伯莱人的一书，则并非保罗所作，而为在公元 80 年左右所作的。《彼得前书》及《雅各书》《犹太书》都是很短的，其作者及写作的时日，学者尚未定论。《彼得后书》为《新约》中最后之作，其写作的时期为公元后 130 年至 150 年。《使徒约翰启示录》是很美丽而有力的著作。它的作者为一个犹太人，但并不是做《第四福音》的约翰。它的著作时期约在公元后 95 年。它的大部分简直是诗歌，而不是散文，而其诗歌又是具有罕有的美丽与简朴的。且看其中的一段：

我又看见一个新天新地；
因为以前的天和以前的地已经过去了；
海也不再有了。
我又看见圣城新耶路撒冷从天上
上帝那里降下来，
预备好了，好像新妇妆饰好了等待丈夫。

作者的想象是异常丰富的；他的目的在宣告天国之将临于地上；善者终将受判得福；无论生与死，永无失败。在这个乐观的先知书中。《圣经》便告终止了。

参考书目

1.《新旧约》的中译本《新旧约》的中译本很多，有官话译本，还有上海、广东、福建各处的方言的译本。

2.《福音书的历史与它的转变》（*The Gospel History and Its Transmissions*），保吉特（F. C. Burkitt）著，1911年出版。

3.《旧约与新约间的宗教的发展》（*Religious Development Between the Old and New Testaments*），查理士（R. H. Charles）著，1914年出版。

4.《旧约书中的民间文学》（*Folk-lore in the Old Testament*），法拉曹（J. G. Frazer）著，共3册，1919年出版。

5.《圣经字典》（*Dictionary of the Bible*），赫斯丁（J. Hastings）著，共5册，1900年—1904年出版。此书的中译本，已出版，由上海广学会发行。

6.《菲力斯丁》（*The Philistines*），麦卡里斯脱（R. A. S. Macalister）著，1913年出版。

7.《旧约书中的信仰》（*The Faith of the Old Testament*），那痕（A. Nairne）著，1914年出版。

8.《新约书中的信仰》（*The Faith of the New Testament*），著者同上，1920年出版。

9.《圣经的注释》（*Commentary on the Bible*），僻克（A. S. Peake）著，1920年出版。

10.《旧约中的教律》（*The Canon of the Old Testament*），李尔（H. E. Ryle）著，1892年出版。

11.《圣地之历史的地理》（*Historical Geography of the Holy Land*），亚当斯密（G. Adam Smith）著，1896年出版。

12.《赛米底族的宗教》（*The Religion of the Semites*）罗勃孙·斯密

（W. Robertson Smith）著，一千八百八十九年出版。

13.《圣经之文学的研究》（*The Literary Study of the Bible : An Account of the Leading Forms of Literature Represented in Sacred Writings*），莫尔顿（Richard G. Moulton）著，比得曼公司（Sir Isaac Pitman & Sons）出版。

14.《希伯莱的圣诗（讲稿）》（*Lectures on the Sacred Poetry of the Hebrews*），英文本系从洛斯（R. T. Lowth）的腊丁文原本译出，1787年出版。

15.《英国文学中的圣经》（*The Bible in English Literature*），加底纳（J. H. Gardiner）著，菲萧·恩文公司（T. Fisher Unwin）出版。

16.《旧约的文学》（*An Introduction to the Literature of the Old Testament*），台里浮（S. R. Driver）著，国际神学图书馆出版。

17.《人类生活中的圣歌》（*The Psalms in Human Life*），朴洛赛罗（Rowland E. Prothero）著，约翰·穆勒公司（John Mur– ry）出版。

18.《圣经的文学选本》（*Passages of the Bible Chosen for Their Literary Beauty and Interest*），法拉曹（Sir J. G. Frazer）著，勃拉克公司（A.& C. Black）出版。

19.《文学者的圣经》（*The Literary Man's Bible*），考底那（W. L. Courtney）编，察卜曼与好尔公司（Chapman & Hall）出版。此书选《旧约》中之关于历史的、诗的及哲学的各部分，以表白希伯莱的文学，并附以引言及注释。

20.《文学者的新约》（*The Literary Man's New Testament*），编者及出版公司俱同上。此书照年次排列，而加以引言及注释。

21.《圣经的组成》（*The Building of the Bible*），哥尔特（F. J. Gould）著，瓦次公司（Watts & Co.）出版。此书依据近来的《圣经》评论而指示《旧约》与《新约》的出现的年代次序。

第四章

希腊的神话

一

希腊的神话，已成为欧洲艺术的最重要的原料之一。有多少甜美幽妙的诗篇是以它为题材的，有多少优雅雄伟的雕刻与绘画是写刻它的主要人物与事迹的。无论是在古代或是在近代，没有一个人不为它的美丽与有趣味的故事所感动的。且不惟成人感觉得它的好处，即全世界的所有儿童，也常取它当中的许多故事，以为童话的绝好资料。在欧洲各国的文字里，有许多的文字，也是与希腊的神话有密切的关系的。如“盘”（Pan）是希腊的山林中之神，他的名字有“全”的意义，所以供奉一切神的神庙，谓之“Pantheon”，还有如“委娜斯”（Venus）、“阿波罗”（Apollo）、“弗尔甘”（Vulcan）等等也都是各国文字里极常见的字。所以亚灵辟斯（Olympus）的诸神，在现代的人中间，虽然没有一个人是他们的崇拜者，然而他们在人类的心灵上永久有他们的位置。他们现在已不属于神学的范围，而属于文学与艺术的范围了。他们与世界上最好的诗歌与雕刻与绘画与论文等等，发生了最密切的关系；这些艺术的最高作品如永存在人间，他们便也将永存在人间了。因此我们如欲充分了解古代及近代的欧洲文学与艺术，便不能不对于这些希腊神话，先有一种了解；同时他们的故事的自身也是人类的想像的最高创造，在文学上也自有独立叙述的价值。所以我们在此专章把它叙述一下。

我们研究希腊的神话，第一须知它是它所自产生的那个时代的全部的智慧之库藏。他们对于宇宙的起源，对于人类的起源，对于四季的更迭，以及对于日、月、山林、农业、诗歌、艺术的一切见解，都可于此见之；第二须知他们的诸神都各具有一种特殊的象征的意义的，如周比特（Jupiter）为“天空”，阿波罗（Apollo）为“日”，狄爱娜（Diana）为“月”；即他们的相互的关系，也都是具有特殊的象征的意义的。如特登士（Titans）族的父子相争，他们的兄妹间的相婚配，与周比特的爱情的不专一，在近代的道德观念上，似都是很不合的，然而在古代却本不以这些事为非法，且在实际上大概也都不过是一种自然现象的象征而已。如在周比特的许多爱者中，约诺（Juno）是“空气”，狄恩（Dione）是“水气”，底美斯（Themis）是“正直”；他们之与周比特的婚配，都具有象征的意义。

二

宇宙是怎样造成的呢？众神是从什么地方来的呢？在希腊的神话里，他们有很有趣味的答案。

未有宇宙之初，一切东西都混在广大的无涯的无形体的一团里；没有地球，没有山，没有水，没有空气，没有日，没有月，只有一团黑漆的混沌。有一位名为混沌（Chaos）的神，与他的妻子夜的女神尼克司（Nyx）（一名诺克司 Nox）在那里统治一切。久之，这两位神倦于统治，便叫他们的儿子依里勃司（Erebus，“黑暗”）出来帮助，依里勃司推倒了他的父亲，而娶他母亲为妻，生了两个美丽的孩子，光明与白昼，他们也推倒了父亲，而自己来统治一切，并叫他们自己的儿子爱洛斯（Eros，一名阿摩尔 Amore 或爱）出来帮助他们，创造了海与地（Gaia）。爱洛斯给地以柔绿的草、飞鸣的鸟、青翠的树林、游泳的鱼，以及奔走的兽。地又创造了天（Uranus）以覆盖并且完成这些美丽的工作。地与天不久又迫去了他们的创造者而自己来统治一切。他们住在亚灵辟斯山顶不久，便生了十二个孩子，六个男，六个女，共名为特登士族（Titans）。他父亲很惧恐他们，当他们一生出来，便被弃在一个黑暗的地狱，名为泰泰鲁斯（Tartarus）的里边。后来这泰泰鲁斯里又陆续增加了六个孩子。他们的母亲很不平，便到泰泰鲁斯去，要孩子们出来反抗父亲。他们便以最少的特登士名为克鲁纳士（Cronus）的（又名萨吞 Saturn 或时间）为领袖而推倒了他们的父亲。他父亲诅咒克鲁纳士，以为他将来也会被他的儿子所推倒，为这次事变的报复。

克鲁纳士即位后，娶他自己的姊妹丽亚（Rhea，一名西丕尔 Cybele 或奥甫士 Ops）为妻，并令他的兄弟们分管世界的水与日月之类。不久，丽亚生了一个孩子，克鲁纳士想起他父亲的诅咒，非常的恐慌，便到他妻子那里去，把孩子要来，全个吞了下去。如此的继续吞了好几个孩子。等到最后一个孩子周比特（Jupiter，一名约芙 Jove 或修士 Zeus）生出时，他妻子欺了他，设法保存了周比特的生命。过了几时，少年周比特便出来战败了他的父亲，要求他吐出以前吞下去的几个不幸的孩子们，即尼普顿（Neptune）、柏鲁图（Pluto）、委西塔（Vesta）、赛丽斯（Ceres）及约诺（Juno）。于是周比特便成了宇宙之主、众神之王，分封他的兄弟尼普顿管领海洋及一切河水，柏鲁图管领地下的世界，即日光所不到的泰泰鲁斯，而他自己则管领天与地，并娶了他的姊姊约诺为妻。亚灵辟斯的神国自此便得到和平，而且日益发达起来。他们生了麦尔士（Mars，一名阿里斯 Ares）与弗尔甘（Vulcan），他们这几位神都各有象征的意义。

周比特是宇宙中最高的统治者，是天空的与一切空中现象的人格化，是人间秩序与和平的保卫者，一切的神都要听他的命令。

约诺（一名希拉 Hera，或希莱 Here）是天空的后，是空气与结婚的女神，是天上的光明。

尼普顿（一名柏赛顿 Poseiton）是海的人格化，他是爱他所环抱的地（即他的姊妹赛丽斯）的。

柏鲁图（一名地斯 Dis，或名海特斯 Hades，奥考斯 Orcus，阿杜纽斯 Aidoneus）是地下界的王，也是司死亡与财宝的神。人类说起他来都非常惧怕。

麦尔士是战争之神，是愤怒的乌云的天空的象征，他是天空——周比特——与天上的光明——约诺——所生的。他在希腊虽没有什么人崇拜，而在后来的罗马，则算是主要的神祇之一。

弗尔甘（一名海泛斯托 Hephaestus）是火与冶铸的神。

但神国虽和平而且发达，却常因周比特的爱情的不专一，与约诺的妒忌，时时有许多小事变发生。

周比特尝与黑夜的女神莱托娜（Latona，一名莱托 Leto）恋爱。约诺生了妒心，驱逐莱托娜到地上去，宣言：无论人与神都不得帮助她。可怜的莱托娜在地上走得疲倦，因为口渴，到一个池边去掬水喝。几个刈稻者听了约诺的诫言，不许她喝水，且跃入水中，搅起池底的泥。莱托娜抬起为泪所湿的眼，诅咒这些恶人。周比特立刻实行了她的话，把他们变成了青蛙；他们至今尚喜住在混泥的水池中。于是莱托娜又向前走到海边，向海神尼普顿求助。尼普顿叫海豚把她负到名为提洛（Delos）的一座浮岛那里去。浮岛的摇动，使莱托娜不安。尼普顿便把它用练固锁在爱琴海。在这个为诗人所赞美的风景幽美，气候温和的岛上，莱托娜产了她与周比特所生的两个双生子，阿波罗（Apollo）与狄爱娜（Diana），即日与月的神。

阿波罗（一名福尔保斯 Pholbus，或名沙尔 Sol、海里奥斯 Helios，或辛西斯 Cynthius）是众神中的最美丽者，是日神，是医药、音乐、诗歌，以及一切美术的神。他是九位司文艺的女神缪斯（Muse）们的领袖。这九位缪斯们是周比特与“记忆”的女神曼摩辛（Menmosyn）所生的女儿。虽然她们有时合唱，但却各有专司。克丽亚（Clio）是司历史的缪斯，头戴桂冠，手执书卷与尖笔，以备记载人与神的一切事。优脱卜（Euterpe）是司乐歌的女神，手执笛，戴着鲜花圈。赛丽亚（Thalia）是司喜剧与牧歌的缪斯，手执着牧童的杖与假面具，戴着野花做的冠。美尔鲍明（Melpomene）是司悲剧的缪斯，戴着金冠，手执短剑与帝王的杖。脱西库（Terpsichore）是具轻捷之足的司跳舞的缪斯，手执七弦琴。爱莱图（Emto）是司抒情诗的缪斯，手执一琴。波丽欣尼亚（Polyhymnia）是司赞歌的缪斯，卡丽奥卜（Calliope）是司叙事诗的缪斯，也戴着桂冠。乌莱尼亚（Urania）是司天文学的缪斯，手执着算具。

狄爱娜，是阿波罗的孪生姊妹，是月神，（一名辛西亚 Cynthia、福倍 Phoebe、赛伦 Selene，或阿底美斯 Artemis）是狩猎的神。她是美丽的女郎，穿着打猎的短衣，肩负一弓，腰悬一满插着箭的箭袋，头上有一新月。

周比特又与水气的女神狄恩（Dione）恋爱，生了一个女儿委娜斯（Venus，一名狄恩 Dione，阿弗洛狄特 Aphrodite 或西赛丽亚 Cytherea）一个司恋爱、美丽、欢笑与结婚的女神。但有些传说，又以为她不是周比特生的，而是从海中浪沫里跳出来的。她与麦尔士恋爱，生了好几个孩子，邱辟特（Cupid，一名邱辟杜 Cupido、爱洛斯 Eros，或阿摩尔 Amor）是她的第二个孩子，成为司爱之神。这个孩子，不能长大，始终是生着两小翼的小婴孩。委娜斯惧怕他的不健康，去问底美斯（Themis），她答道："恋爱没有热情不能长成。"委娜斯想了许多法去医治他都无用，直到她又生出热情之神安特洛斯（Anteros）时，邱辟特才长成而为美貌的少年。但当他与他的弟弟分离时，他却又变成婴孩的形体，带着爱淘气的癖性。

委娜斯有许多从者，有四个美丽的荷莱（Horae，即四季），她们是周比特与正直的女神底美斯所生的产儿；又有三位仁慈（Charities）的女神，她们是周比特与优丽农（Eurgnome ）所生的女儿；还有"爱的欲望"之神喜美洛斯（Himems），"爱的和协"之神波助斯（Pothos），"爱的柔语"之神修特拉（Shadela），及结婚之神喜曼（Hymen）。

周比特又与平原的女神美亚（Maia）恋爱，生了一个儿子莫考莱（Mercury，一名合尔姆士 Hermes），一个风神、神国的使者、雨神、商业之神、旅行者、牧童及盗贼的保护者。他与人间的儿童不同；他一产生出来，便创造了一个琴。到了晚上，因腹饿，又偷偷的从他母亲身边跑开，到阿波罗的牧场里，杀了两只牛吃，又藏了好几只牛在密林中，除了林中有了断枝与落叶之外，别的痕迹全没有。阿波罗发见了失牛之事，知道是他偷的，便把他从睡的摇篮里带到亚灵辟斯山。他在众神前，自认吃牛之事，以所作的那个琴，给阿波罗当做赔偿，阿波罗大喜，也给他以一根魔棒，他便常捧这魔棒在手里。这段故事，也可以很有趣的拿自然现象来解释；即阿波罗有许多牛羊（云），莫考莱（风）把他们吹开了，藏了起来，除留下断枝与落叶外，没有别的痕迹。

周比特与他的姊姊农业与文化的女神赛丽斯（Ceres，一名狄美特 Demeter）又生了一个女儿卜赛芳（Persephone ），她是司草木的女神。柏鲁图把她强劫了去，做他的死国之后。赛丽斯经了许久的寻找，才知她在柏鲁图那里，便去要求周比特，把卜赛芳送回。周比特答应她，说，卜赛芳在一年之中，可以有六个月与她母亲同住。于是，自后，每当卜赛芳由地下世界回到她母亲那里时，人间便充满生气、绿色的草木、芬芳的花与百鸟的鸣声。卜赛芳一到她丈夫柏鲁图那里去时，人间便变了灰色，草也枯了，树枝也变赤裸了，花也没有了，鸟也不见了。

周比特又与人间的女儿西美尔（Semel）恋爱，生了一个儿子巴考士（Bacchus，一名李保 Liber，或狄奥尼沙士 Dionysus），他是酒神。

雅西娜（Athene，一名美纳娃 Minerva，或柏勒斯·雅西娜 Pallas Athene）也是周比特的女儿，但她的产生，在周比特的一切儿女中，却算是最奇特的。有一天，周比特突然觉得头痛，即医药之神阿波罗也无法医好他。周比特不能再忍受，便叫铁匠弗尔甘拿了一柄斧头，把他的头劈开。雅西娜便从他父亲的头的裂缝中一跳而出，穿着盔甲，执着矛，唱着得胜的歌，亚灵辟斯的神国，自此增加了一位有力的神。她是和平的女神，是战争的卫护者，是极好的织工，是智慧的象征，自她出世，一位愚顽的神名为懵懂（Dulness）的，便永被驱逐出这个世界之外。

还有几位非周比特的子系的神。委斯泰（Vesta，一名海斯底亚

Hestia）是周比特的姊姊，是独身的女神，是管理火及家中火炉的女神，是保卫人类的女神。她在罗马时代，最为人民所崇拜。盘（Pan）是希腊山林之神中的最著名者。他是风神莫考莱与林中女仙所生的儿子。他人身、羊足、羊尾、头有角，在山林中到处游行，会吹笛。在现代文学上，盘的名字较别的希腊的神似更为作者所喜欢引用。

亚灵辟斯神国的主要诸神，佐周比特以宰制宇宙的，大约已尽于上面所述了。

三

宇宙已形成，神已各在其位，于是，且进而叙人类怎样起源的故事。在希腊的神话里，对此也有很有趣味的叙述。

当特登士族之盛时，兄妹们曾互相结婚；克鲁纳斯既娶了丽亚，伊卜脱斯（Iapetus）也娶了他哥哥奥西纳斯（Oceanus）的女儿奥西尼特斯（Occanides），他们共生了四个孩子，其中的二人柏洛美沙士（ Prometheus）（前思 Forethought）、依辟美沙士（Epimethus）（后思 Afterthought）即为人类的创造者。

大地既被爱洛斯（Eros）植以草木，播以动物，他觉得还应该创造一种能够保存而且享乐他们所受的生命的东西，于是他叫柏洛美沙上及依辟美沙士二人来帮忙。他们赐与已有的各种生物以各种赐品，如牙，如爪，如捷走的足，御敌的角之类；然后更范土造人，使其形象似神；又叫爱洛斯给它以生命，雅西娜给它以灵魂。自此，大地上便有了人类。柏洛美沙士觉得他的工作很好，又想给它以一种伟大的权力，别的生物所不能有的，使它超出于万物之上，使它更近于神的完全。于是他想只有“火”才能使人类具有这个权力。但火是神们的特有物，柏洛美沙士知道他们决不肯给火与人类，便乘黑夜私入亚灵辟斯，偷了火给人类。人类立刻得了火的各种功用，而歌颂赐火与他们的柏洛美沙士。周比特知道了这事，愤怒不可遏，便把不幸的柏洛美沙士囚于高加索山之顶。过了许久，他才被一个人间的英雄赫克士（Hercules）所释放。但偷火给人类者虽被罚，而人类自此快乐而且满足，无饥寒，无痛苦，无疾病，无死亡。周比特很不高兴，想用一个法子去责罚这得到天上的“火”的人种。他聚集众神，创造了妇人，各给她以一种美才，并名之为潘杜女拉（Pandora）。他们把潘杜女拉赐给依辟美沙士为妻。他们很快乐的过了一时。后来使者莫考莱负了一个箱子，寄顿在他们家里。潘杜女拉坚欲开了那个箱子看，依辟美沙士不肯。潘杜女拉竟私自把箱开了，从箱内飞出一切毒害人类的魔鬼，如各种的疾病、忧愁及罪恶之类。他们是可怕的小的有棕色之翼的东西，被释出箱外之后，立刻四散的飞到人间去，立刻便使幸福的人间变为惨苦的。幸而在众鬼之中，尚有一个善神，名为希望的杂在其中。她的职任在医治为那些魔鬼所伤的创痕。因此，人间虽自此变为忧郁而可怜的，却尚有一线将来的，幸福的曙光，熠熠的照耀于人间，不至使人类完全陷于失望。

世界渐渐充满了人类。最初的人类生活是无比的快乐的；不耕而获，无法律而治，后世称之为黄金时代。后来银时代随之而来，岁时分为四季，人类必须耕种而食，已不如黄金时代的幸福。后来，到了黄铜时代，人间的生活更觉得艰苦。再后来，到了铁时代，人类的情欲大纵，不复知敬神，终日自相残杀，大地染满了血，盗贼公行，杀人不禁。于是周比特大怒，使尼普顿掀起海波，暴风雨大作，地上洪水横流，人类尽被溺死。全世界仅留有柏洛美沙士的儿子豆克龙（Deucalion）及他的妻子辟拉（Pyrrha）二人。周比特因为他们的善行，把他们留了下来。他们避水在山顶上。洪水退时，他们便走下山来，看见从前的繁华城市，如今一无人迹，觉得十分凄凉恐怖，忽听有声音说道：“从这里起，拾起你们母亲的骨，向后抛掷。”豆克龙想了一想，便对辟拉说道：“大地是所有生物的母亲，石块大概是她的骨吧。”于是他们二人一边走，一边拾起石块向后抛掷；豆克龙所抛的都变成男人，辟拉所抛的都变了女人。于是大地上便第二次有了人类。豆克龙与辟拉不久生了一个儿子，取名希腊（Hellen），所有希腊民族就是以他的名字为名的；而他的二个儿子爱奥洛斯（AEolus）与杜洛斯（Dorus）及他的二个孙子依安（Ion）与阿旦斯（Achaeus），便是爱奥连族、杜林族、依奥尼族及阿且安族的祖先。

四

人类既繁生在大地上，便有许多英杰的人出来，做许多值得记载的故事，而神与人之间，便也常发生了种种的关系。叙述这些英雄的故事与人神间的关系的故事，有许多是极有趣味的。特洛伊战争，及优莱赛斯的历险，在荷马一章里已叙过，这里不再说。

周比特常到人间视察一切。有一天，他看见一个人间的美丽的女子名欧罗巴（Europa）的，便变成了一只大白牛，走近欧罗巴的身旁；她喜欢它的柔驯，便把野花做的花圈，套在它头上；看它前足跪了下去，便戏跨在它身上。白牛立刻站了起来，向海而奔，负欧罗巴跳入波中而去；到了一个新地，即今之以她的名为名的欧罗巴洲的，把她放了下来，他自己也复了原形。他们共生了三个孩子。

她的大哥哥卡狄摩斯（Cadmus）出去寻他的妹妹。到了台尔菲（Delphi）问神巫，它仅答道："随牛去，在她所息处住下。"他不得其解，仍向前走去。不久，他见了一牛，便随牛走去；牛止于一个地方，卡狄摩斯也即于此住下；此处即为他将来的都城名为底比斯（Thebes）的。那时跟他同来的人，觉得口渴，便到泉边去取水。卡狄摩斯见他们一去不回，觉得奇怪，便自己去看，原来他们都为一巨龙所吞。卡狄摩斯拔出刀来，把龙杀死。有一个声音对他说道："把龙的牙埋在地下。"卡狄摩斯种了龙牙。不久，从每一龙牙所植处，都长出一个身披甲胄的巨汉。他们见了卡狄摩斯，正要向前斗杀，忽有一个声音说道，"向他们投石。"卡狄摩斯便拾起石块，向他们抛去。他们以为是站在身旁的人抛的，于是便自相残杀起来，几分钟后，他们只剩了五个人。卡狄摩斯止了他们的争斗。他们帮助他建立了底比斯。

周比特除了欧罗巴以外，还有好些人间的恋爱者，其中以酒神巴考士的母亲西美尔为最得他的爱。他常从亚灵辟斯到西美尔那里去。

约诺起了疑心，不久，便完全知道周比特与西美尔的关系。她变了西美尔老乳母的样子，与她谈话，要她请周比特穿了神之王的常装，带了卫仗同来，不要那样的扮做凡人的样子。并说，“他如果不肯，便是假装的，不是真的神之王周比特。”西美尔为她的话所惑，当周比特来时，她便要求他穿了庄严的衣饰，带了卫仗来。周比特最初不肯，经了她的再三恳说，后来只好答应了。他回到亚灵辟斯穿饰起来，带了最弱的雷劈，驰在电的白光上，向西美尔家里来。西美尔是凡人，经不起这强烈的雷火，立刻倒地死了。周比特十分悲哀的跑近她的身边；但他头上的电火，把全屋燃着了，立刻使它成为灰烬；只由周比特手下救出他与西美尔所生的孩子巴考士。

巴考士少年时，即被命为酒与喧饮之神，一个半人半羊的神西里纳斯（Silenus）为他的教师，随他漫游世界各处。他乘一车，以野兽拖之，他的教师则骑驴随在后面。他的车非常敞大，乘有许多男人、女人、仙女、山泽之神等。他们都戴了长春藤做的花冠；饮酒，吃葡萄，跳舞，欢唱。他到一处便教人以酿酒之法；他的旅程，经过全部希腊、小亚细亚，甚至远至印度等处。有一次，他的教师与众相失，迷路到里底亚（Lydia）国王美达士（Midas）的宫殿里去。美达士把他送回去。巴考士感谢国王，问他有什么愿望。美达士要求点金术，巴考士便以此赐给他。美达士满心愉悦的回宫，立刻试他的点金术；什么东西一被他手指所触，便都变成了黄金。他合宫人预备一席盛大的宴席，请了许多的客。但是，凡他的手指所触的，一切都变成了黄金；桌布成了黄金的，杯盘俱成了黄金的，所有菜肴与美酒也都变黄金的，他们饿了一顿。美达士欣悦之心，渐成忧郁，他又跑到巴考士那里，要求解除了他的点金术，巴考士叫他到巴克图洛（Pactolns）河那里去洗手，以解除点金术。美达士到了河边，伸手入水，河沙为他手所触，都变了黄金。这就是现在河沙中有黄金之故。

有一天，巴考士坐在车上游行，遇见一个美丽的女郎，名为阿丽安（Ariadne）的，独自躺在沙岸上。她的情人底索士（Theseus）乘她睡时，弃之而去。她呼唤她情人。但是除了她自己的回声之外，别无他人答应她。她捶胸落泪。这时巴考士的快乐之群正经过这里。巴考士见了她，便跳下车来竭力安慰她。最后，她忘了她以前的情人，而与巴考士结婚。他们的婚礼极绚丽。新郎赠新娘以镶有七粒明星的冠。但婚后不久，阿丽安便病死。巴考士把她常戴的这顶冠抛到空中，它愈升愈高，神们把它固着在天空上，成了一个光明的星座，即名为阿丽安的冠。自此，巴考士消失了以前的欢乐之心，所有音乐、跳舞与喧饮，他都不高兴；直到周比特可怜他，把阿丽安从死国送回给他，又给她以永久的生命，他才重复快乐起来。

关于雅西娜，有两段很有趣的故事。当雅西娜产生不久，希腊来了一个菲尼几人西克洛卜斯（Cecrops），他在阿底加省建立一座美丽的城。众神都想以他或她自己的名字名这座城。经了一度集议，大家都退出这个竞争，只留有雅西娜与海神尼普顿二人。周比特宣称：谁能创造人类最有用的东西，便将此城归他或她保护。尼普顿击地，地中生出一匹壮马，而雅西娜则生出一株橄榄树。她告诉他们以此树的木材、果子、叶子及枝杈都有用处，并说，它是和平与发达的符记。大家都决定橄榄树较马为更有用。于是这城便以雅西娜之名，名之为雅典，而她便成了这城的保护者。

雅西娜不惟是善于用刀剑、用知识，而且善于用织梭，能织成一切的纹彩。在希腊的古时，住有一位女郎，名为阿拉庆（Arachne）。她美貌而且工于织，人间没有一个人能够胜过她的技巧的。她夸道，在她手指下织出的东西，即与雅西娜所织的相比，也不能相下。她常常的这样说。雅西娜听见了，便假扮成一个老妪，到阿女拉庆家里，与她谈话，劝她谦抑些。但她还是夸口，说，即雅西娜与她赛织，她也不敢相让。于是雅西娜复了原形，与她定比赛之约。她们沉默的各织她们的东西：阿拉庆织出欧罗巴的故事，白牛在海波中奔走，欧罗巴骑在它背上，海风吹得她的头发与衣服向后飘拂；雅西娜则织出她与尼普顿比赛的事，群神、马、橄榄树，以及一切，都似乎栩栩欲活。工作完了，阿拉庆一看雅西娜的织物，便自觉失败，以绳自缢死了。雅西娜把她变成蜘蛛，至今尚不停不息的在织着网。

关于阿波罗，也有下面的几段有趣的故事，阿波罗与一个美丽的女郎柯绿尼斯（Coronis）恋爱。不久，柯绿尼斯又爱了他人。阿波罗有一鸦，知道此事，便飞去报告他。失望与妒忌，阿波罗匆匆的取了弓箭，放了一箭，射死了柯绿尼斯。她一死，阿波罗的恋情又炽起来，他用了种种方法去救活她，但都无用。他诅咒报告消息的乌鸦，自此乌鸦不复能言。他们二人曾生了一个儿子，名伊士克拉辟（Aesculapius），阿波罗授他以医术；久之，他的技术，竟超过他的父亲，能够起死回生。周比特恐怕人类将移易畏敬他的心而去崇爱此医师，于是用雷矢把伊士克拉辟打死。他留下二个儿子，也精于医术；一个女儿，名海琪亚（Hygeia），则为视察人间的康健者。阿波罗见他爱子被杀，狂怒起来，泄愤在制造雷矢者赛克洛甫斯（Cyclopes）之身，将他杀死。周比特因此贬他到地上，服役于人间的底赛莱（Thessaly）王阿狄美脱（Admetus）一年。阿狄美脱令他牧羊，待他很好。役期满后，阿波罗报阿狄美脱以长生，但有一个条件，当他死期到时，须以一人代他死。阿狄美脱的妻子雅尔西斯底（Alcestic）愿代他死。他对于她的牺牲，非常悲伤；后来，赫克士把她的灵魂从死神手里夺回，使她复生。

阿波罗常到人间，驱除毒害，保护不幸者。有一次，他以他的金箭，射杀了一个为害人间的大毒蛇辟松（Python）。他心里很高兴的回去，在路上见委娜斯之子邱辟特在那里嬉弄弓箭。阿波罗对他说道："你这孩子，不要嬉弄你的弓箭。"邱辟特笑嘻嘻的答道："你的箭射中别的东西，但我的箭却要射中你。"于是他抽出两枝箭来，一枝是激起爱情的，一枝是拒绝爱情的，以第一枝射中阿波罗的心，以第二枝射到河神僻纳士（Peneus）的女儿达芬（Daphne）的身中。阿波罗的心立刻便燃着了爱情的火，爱恋着达芬，但达芬却无意于恋爱，她不想嫁人，许多求婚者都向她进行而都被她拒绝了。她父亲常常对她说道："女儿，你要为我找一个女婿，为我生一个外孙。"她的美丽的脸立刻红了，两臂抱着他父亲的头颈说道："父亲，我要如狄爱娜（Diana）一样永远不嫁人。"他父亲答应了，但叹道，"不过你自己的美丽的容貌，恐怕不能任你如此。"而现在，阿波罗又恋爱她，而想要得到她了。他看见她美发披散在肩上，说道，"松散着已是如此的可爱了，不知梳理起来时将怎样的好看呢！"他看她两眼，如星一般的明亮；他看她的朱唇，而不以仅仅的看着它为满足；他赞美她的手，她的袒露至肩的臂膀，而在想象她的不能见到的肉体，以为更美。他跟在她后边。她遁逃着，比风还要快。阿波罗一面追着，一面恳求着。他说道，“站住吧，僻纳士的女儿；我不是敌人，不要如羊之畏狼，鸽之畏鹰。我所求于你者是恋爱。我怕你因为我追逐你之故而被石绊倒了，跌伤了。请你跑慢些，而我也将追得慢些。我不是粗鄙的农夫。我的父亲是周比特，我是阿波罗，知道一切现在与未来的事，是歌与琴的神。我的箭能直中鹄的，但是，唉！现在一枝比我的更利害的箭已射中我的心中了！我是药医之神，知道一切药性。但是，唉！现在没有一件药能够医我的病！”达芬如不听见他的话似的，仍然如飞的遁逃。即在她飞跑时，他也觉得她的可爱。风吹着她的衣裳，她的松散的头发，在后飘扬着。他们如此的一前一后的跑着，如猎犬之追逐于野兔之后；他为爱情而追，她因恐惧而逃。后来，渐渐的，阿波罗已将追上她了。他的呼吸已可接触到她的头上，她的头发，也可飘拂在他脸上。她的力气消失了，快要倒下了，她呼唤她的父亲道：“救我，僻纳士，把地开了掩盖着我，不然，便变易了我这召祸的身体吧！”当她说了话，她的全身立刻起了变化：她的身成了树干；她的头发成了绿叶；她的手臂成了树枝；她的足固着在地，成了树根；她的脸成了树顶，什么都不是从前的达芬，而仅留着她的美丽。阿波罗惊骇的站住了。他触着树干，觉得肌肉还在干内跳动。他抱着树枝，向它接吻，树枝逃避了他的唇。阿波罗说道：“你不能做我的妻子，你将要成为我的树，我将以你为冠；我将饰你以我的琴与箭袋。我是永远的青年，因此，你也将永远的青绿，你的叶永不脱落。”变成了桂树的达芬，低下它的树梢，如感谢他似的。这故事，是叙写太阳对于露点的现象。阿波罗是日神，达芬是露水之神。太阳为露点的美丽所惑，欲追近它；露点惧怕它的热烈的爱人，逃遁了，当太阳的热息接触着它时，它消灭了，仅留一绿点在她消灭去的那个地方。

阿波罗与缪斯们既常常相见，于是便与其中的一个缪斯，卡丽奥卜，发生了恋爱。她时常做诗给他。他们生了一个儿子奥菲士

（Orpheus）；他得到他父亲的音乐诗歌的天才。他的歌声，感动了一切。他与优丽狄士（Eurydice）恋爱，为她歌唱，为她奏乐。不久，优丽狄士在林中为毒蛇所啮死。奥菲士非常悲痛，到亚灵辟斯去求周比特请把优丽狄士救回。周比特允许他到地狱去寻找他的妻子。地狱之门，有一个三头的猛狗守望着。奥菲士以他的琴声，驯服这猛狗，它才许他入门。在以前没有一个活人曾到过地狱。他走到死国之王柏鲁图的座前，恳求他许优丽狄士复生。柏鲁图允许他的要求，但警告他说，在未出地狱之前，不能向他妻子脸上注视。于是他们走出了地狱。正将离开地狱时，他忘了柏鲁图的嘱咐，看了他妻子一眼。而优丽狄士的形体便突然的在他眼前消失了。他什么希望都没有了，孤寂的向林中走去，奏他的悲悼之歌，只有林中的绿树、凉风、野兽在听他。有一天，几个酒徒在林中追着了他，要求他奏一曲欢乐之歌，使他们跳舞。现在的奥菲士除了哀歌外，还有别的什么乐声从他琴里弹奏出呢。于是众酒徒大怒，把他肢解了，投到河里。他的唇吻，还在微呼“优丽狄士”之名。这个善歌者留在世界上只有一个琴，众神把这琴位置在天上做一个星宿，而以奥菲士之名名之。

阿波罗又与一美丽的仙女克丽曼（Clymene）恋爱，生了一个孩子法顿（Phaeton）。每当清晨，太阳升于水平线上时，克丽曼便指点给她儿子看，告诉他说，他父亲阿波罗又坐车出来了。法顿听惯了关于他父亲的美丽而有权力的话，便常在游伴面前夸说。他们要求显出他的“神裔”的证明，不然，便闭口不要再夸说。法顿连忙回到他母亲那里，要求指点他到父亲所在的地方去。克丽曼告诉他一直向东去。他见了阿波罗，告诉一切故事，并要求他父亲给他以明证。阿波罗答应了他的要求，他便要他父亲借“日车”给他坐一天。阿波罗坚执不肯，因为这“日车”只有他自己才能驾御。法顿求之不已。阿波罗只得允许。第二天，“日车”起程时，阿波罗放法顿在车上，叮嘱他要谨慎驾御。最初，法顿尚谨守他父亲的话，后来他驱驰得更快起来，竟至迷失了路。“日车”如此的迫近了大地，所有植物都灼枯了，河泉都干得见底，烟焰从地上生起，所经过的地方的人民也都被灼得黑了。法顿现在觉得恐怖了，速速的把“日车”远离了大地，立刻又使大地感得寒冷。人民大声呼吁。周比特听见了呼声，又看见这种情形，立刻大怒，拿起雷矢，向法顿射去。法顿立刻从“日车”中堕到河中死了。他母亲哭他极哀。他的三个姊妹也在河边哭泣；神们可怜她们，把她们变为白杨树。他的一个挚友，常常没入河中。找出他的零肢残体，而把它们掩埋了。神们把他变成了白鸥。至今尚浮游水面，常常探头水中，继续他的悲哀的寻找。

关于狄爱娜也有几则很有趣的故事。有一天晚上，狄爱娜静悄悄的驱着“月车”走着。突然，她把马缰勒住了；因为她看见山坡上有一个美丽的牧童睡着，他的脸被月的柔光照着，更显得秀美。狄爱娜心跳着，观望他许久。然后轻轻的跳下车，走到他身边，静静的弯身下去。在牧童微张着的唇上，轻轻的接了一个吻。这少年名安狄美恩（Endymion），被吻而醒，他以睡眼诧奇的望着这美丽的幻景。狄爱娜被他一望，立刻匆匆的跳上车走了。安狄美恩从地上跳起来，擦着他的睡眼；但他以为近在身边的明月，这时却正浮游在青色的天空上。他以为这时不过是一个梦，一个甜蜜的梦，于是又躺下去睡，想能再梦见。第二天晚上，他又躺在那个地方，狄爱娜又来与他甜蜜的接了一个吻。如此的，每夜当月的银白光的光明，照着他的脸时，狄爱娜必停车一会，走到他身边，匆匆的接了一个吻去。后来，狄爱娜想到这少年的美貌，将因苦作，老年之故而变老丑，便设法使他永远的睡着，且把他藏在一个山洞里，夜夜凝视他的美容，而与他接一次温柔的吻。（安狄美恩是夕阳的象征）

狄爱娜不止爱安狄美恩一人，她也曾把她的恋情倾注在另一凡人名奥里恩的身上。这个少年，终日与他的爱狗在森林中游猎。有一天，他在密荫中，看见狄爱娜的一班侍女，阿底拉斯（Atlas）的女儿们，所谓七个女星（Pleiades）的；他欲与这些美貌的女郎们说话；她们转身逃去，变了七个白鸽飞上天去，在天上又变成一个含有七粒明星的星宿，即所谓“七女星”的。奥里恩怅然失望。后来他又与齐亚斯（Chios）国王之女美洛卜（Merope）相爱。她父亲要他先做出几桩英雄的事迹，然后才肯把女儿嫁他。奥里恩因此想秘密的把美洛卜带出宫外。这计划为国王所知，便把他两眼弄瞎，不许他再与美洛卜接近。他盲目而且失望的在各处漫游。后来到了赛克洛甫（Cyclopes）们住的山洞，有一个赛克洛甫指导他把眼弄得重明了。此后，他便又快快活活的山林中打猎了。狄爱娜在林中遇见了他，与他同猎，他们渐渐的相爱了。阿波罗很不高兴她的行为，便请与她同车，要她射一个在海中浮沉的黑点，以验她的射技。狄爱娜弯弓射中这黑点；它立刻沉了下去；原来这黑点便是奥里恩的头，他这时正在海中沐浴。狄爱娜知道她的错误，哭泣甚哀，立誓永不忘他，且把他与他的爱狗西里奥斯（Sirius）都变为天上的星宿。

委娜斯初与弗尔甘结婚，不久，又弃了他，而与麦尔士恋爱，生了爱神邱辟特。但她的爱情，并不完全给了麦尔士。她对人间的少年阿杜尼斯（Adonis），也发生一段爱情的故事。阿杜尼斯是勇敢的猎者；他的冒险的行为，常常使委娜斯惊吓。她要求他不要冒险打猎，而与她留在一处。阿杜尼斯笑着，跑开了，又去打猎去了。有一天，他猛急的追逐一只野猪。野猪被迫得发狂，回身向他猛攻。他被伤而死，委娜斯急急的从丛莽中奔到他身旁。荆棘刺破她的皮肤，她的血滴在沿途的白玫瑰花上。她看见阿杜尼斯尸已冰冷，便放声大哭，一切山中、水中的仙女，神与人，以及一切的自然界，都为她哭声所感动，而哀悼这少年的死。委娜斯的悲哀，与日俱深。她到亚灵辟斯，要求周比特把阿杜尼斯从死国送回给她。周比特答应了她的要求，而普鲁图却坚持不肯释放他的属民。后来，经过调停，他答应阿杜尼斯可以有六个月回到世上，与委娜斯同处。于是当早春之时，阿杜尼斯从地下回到人间，百花便盛开着，禽鸟歌唱着，以欢迎他；当阿杜尼斯要回到地下去时，那冬天——凶猛的野猪——便来杀死他，而万物也为之悲悼无欢。

委娜斯之子邱辟特与美丽的女郎赛克（Psyche）恋爱的故事，是神与人的关系间的最甜蜜的故事之一。赛克是她众姊姊中的最少的一个。她的异常的美貌与可爱，竟使她父亲的人民，称之为“美的女神”，而欲以崇敬她代替崇拜委娜斯。委娜斯闻之大怒，叫她的儿子邱辟特去杀死她。邱辟特带了他的弓箭并毒药，于夜里静悄悄的走到赛克所住的宫殿，走进她所睡的房间。他走进这美丽的女郎睡着的床边，弯下身去，想把毒药毒死她。一线月光，照在她脸上，显出她的无比的可爱。邱辟特吃惊的一退，他自己的一根爱情的箭因此刺进他的玫瑰色的肉里。他深印她的美丽的影像在心上，轻轻的退出来，誓不加害这无辜而美丽的女郎。委娜斯见此计失败，又想出种种方法，使赛克受种种的痛苦，使她不知生命的快乐。于是赛克要自杀，跑到一块悬岩边上，想跳下去。邱辟特知道她母亲所做的一切事；这时正偷偷的跟在赛克后边，一见她跳下悬岩，便叫西风（Zephyrus）在他柔和而强固的手臂间，把赛克带到一个远岛上去。她被置在一个美丽的花园中。到了夜间，邱辟特来了，他向赛克表白他的爱忱。赛克虽不见他的人，但听他的柔和的声音，觉得很快活，便答应与他相爱。邱辟特嘱咐她不要问他的姓名，不要看他的面貌；如果她不听他的话，他便要被迫的离开她而永不回来了。他们终夜的在一处，但当东方将白时，邱辟特便告别而去。赛克终日的想望她的神秘的情人。到了夜的阴影幕盖了一切时，邱辟特便又来了。后来，赛克告诉邱辟特说，她要再见她的两个姊姊。他踌躇了一会，才允许了她。第二天，赛克突然遇见了她的两个姊姊。她们长谈了许久。赛克把前后的事都告诉了她们。但她们本来妒忌她的美丽，现在听她诉说她的恋爱，看见她居住的奢华，益觉得嫉恨，立志要打碎她的幸福。于是她们告诉她说，她的爱人必是一个巨怪，不然，白昼何以不敢见她？又说她如一不小心，他也许会吞了她；并劝她藏一灯一刀在房里，偷偷的当他睡时点灯看他一下；如他果是巨怪，便用刀把他杀了。她们说完了话，便告辞回家。她们为赛克所诉说的故事所惑，希望也能得如她一样的情人，如她一样的奢华的居处。她们各各秘密的走到悬崖边上，踊身跳下，希望也被西风带去，而不料——她们竟就此跌死了。这里，赛克惑于她姊姊们的话，心里疑惑而痛苦。邱辟特那夜又来了。她等他熟睡时，轻轻的起来点亮了灯，一手握住了刀。灯光照在邱辟特脸上，原来是一个美少年。她的心快活而骄傲，她的灯倾倒了一下，灼热的灯油，落了一滴在邱辟特赤裸的肩上。他痛得醒了，看见这情形，立刻知道了一切，握取他的弓箭，便从窗中飞出去，说道："别了！没有忠实便没有爱情，而你的忠实现在是死了！别了！

我永不再来了！”于是他在空中消失了。外面暴风雨大作，可怜的赛克失望而且惊怕。第二天，所有宫殿与花园也都不见了。她第二次想投河自杀。河神把她带上岸，他的女儿——水仙们，把她救活。她于是漫游各处，寻找邱辟特，访问一切遇到的人，如水仙们、盘及西丽斯。西丽斯指点她到委娜斯那里去服役。赛克勤敏服役。委娜斯故意给她许多艰苦的事做。赛克有一切禽兽昆虫的帮助，什么都能做得很好。最后委娜斯差她到地狱里去取一个匣子。西风保护她平安的走到地狱，取了匣子回来。她在路上把匣子私开了，睡神从匣中跳出，捉住赛克，使她倒卧在路旁。邱辟特正经过那里，见了她，想起她的爱情与所受的痛苦，便抓了睡神，迫它再入匣中；并吻了赛克一下，使她醒来。于是他们手牵手的飞到亚灵辟斯，邱辟特对众神介绍他的新妇。委娜斯自此也忘了前仇，欢迎她为儿媳。

五

古代的人，不惟崇敬天上的众神，而且崇敬人间的英雄。希腊神话中的人间英雄赫克士、波索士、底索士诸人，其故事也与众神的故事同样的流传在许多代的人民的口中。

赫克士（Hercules，一名赫拉克士 Heracles 或阿尔西特士 Alcides），是周比特与人间的一个国王之女雅尔克曼（Alcmene）所生的儿子。当他出生时，神后约诺便想杀害他。她使两条毒蛇去杀这睡在摇篮里的婴孩。小赫克士两手紧捉住两蛇的颈部，生生的把它们缢死。这是他的神力的第一次的使用。约诺知道不能再害他，便决定要他冒历许多险，一生不得平安与快乐。赫克士幼时，受教育于一个半人半马的良好教师，他教赫克士使用各种武器，从事各种竞技。当他教育完毕时，便到世界上去找幸福。在路上遇见两个美妇人，善神与恶神。每个人都要作他的保护人。赫克士选了善神。后来他与底比斯国王的女儿美格拉（Megara）结婚，生了三个孩子。但神后约诺不愿意见他过平安愉快的生活，她使赫克士得了疯狂之病，在迷乱中杀了他的孩子与妻子。他又回复意识，觉得非常悲苦；决意到山中去静修。不久，神的使者莫考莱奉诸神的决议，叫他到亚歌斯（Argos）国王优莱索士（Eurystheus）那里，服役12个月。当赫克士知道他是被送到优莱索士当奴隶，他的理性几乎又迷失了，到处无目的的漫游，后来知道无法与命运抵抗，才回到优莱索士那里去。优莱索士要他完成了12件巨大工作，才肯放他自由。第一件工作是去杀一伤害人畜无算的巨狮。他追狮到狮穴，握住它的颈部，如他在婴孩时握两巨蛇一样，把它缢死；然后把狮皮剥下，披在身上。第二件工作是去杀七头蛇系特拉（Hydra）。赫克士把蛇头斩去，却又从斩处伸出一头来；于是他叫一个同伴用烙铁把斩处炀焦，这蛇才被杀死。他把蛇血去浸箭头，这血一轻触伤处，立可死人。第三件工作是去捉一只金角铜足的鹿。这鹿如疾风似的跑着。一直追到北方，才把它捉到。第四件工作是去杀一只野猪。他不幸把他从前的师误杀了；群神怜他的无辜，使他成为天上星宿之一。第五件工作是把阿琴斯王的大牛厩的污秽洗干净了。赫克士把厩旁的一条溪流，移流到厩中，而把它冲洗干净了，然后又把这溪流回复原位。第六件工作是获住一只发狂的牛。第七件工作是将突里斯（Thrace）王的身体给他自己所畜的群马吃了。突里斯王养了几只马而以人肉给它们吃；残害了不少的过往客人。赫克士即以其人之道，治其人之身，然后把这些马牵了回来。第八件工作是取到系波丽特（Hippolyte）的宝带。优莱索士的女儿听见阿莫逊（Amazons）国女王系波丽特有一宝带，想取得它。赫克士被差到这可怕的喜战斗的妇人国，去取宝带，途中经历了好些险阻。他向系波丽特请求这宝带，这女王请他住在宫中，且开一个宴会。约诺幻变了一个阿莫逊，散布谣言，说赫克士是借取宝带为名而来骗她们的女王。国人立刻围攻赫克士。但他最后终于得到那宝带而回。第九件工作是用毒箭射杀了一群可怖的铜爪鸷鸟。第十件工作是驱了巨人格里恩斯（Geryones）的神牛回来。在途中又杀了一个偷牛的巨人。第十一件工作是去取得夜明星或西方之神的女儿们的金苹果。这个冒险的故事是赫克士这些故事中最有趣味的。赫克士不知道这些金苹果放在什么地方。经了许多旅程与访问，才知道这些金苹果在非洲的一个花园的树上，树下有一巨龙，在那里日夜守护着。但这座花园在非洲的那一个地方呢？又没有人能够告诉他。他在一路上遇了许多艰险，见了许多奇景。他遇见依梨达纳（Eri danus）河的仙女们，她们告诉他去问海老人尼留士（Nereus）。赫克士乘尼留士躺在海边睡时捉住了他。这海老人变了许多怪形：如蛇，如狮，如大树，如可怕的大鸟，以求脱逃。赫克士始终不放他。海老人不得已告诉他去寻那偷火给人类而被周比特锁在高加索山上的波洛美沙士。赫克士到了高加索山，释放了波洛美沙士的囚禁。波洛美沙士指导赫克士到他兄弟阿底拉斯那里去说，他一定知道金苹果的所在。于是赫克士立刻去寻阿底拉斯；在路上杀了地的儿子安脱士（Antaeus）。他看见阿底拉斯以肩承负天空，告诉他一切。阿底拉斯说道："我知道金苹果之所在，我可以代你去取来，只要你肯代我承负天空一刻时。"赫克士答应了他。于是他承负了天空，而阿底拉斯去取金苹果。这巨人杀了大龙，取了金苹果回来。他不想再做这担天的劳苦而疲倦的工作。他对赫克士道："你继续承负着天空吧。我为你把金苹果送给优莱索士。"赫克士骗阿底拉斯道："可以的，但请你先替我把天空承负一下，我要在肩头上垫些东西。"阿底拉斯放下金苹果，重复肩承了天空。赫克士拾起金苹果就动身向归途走去，任阿底拉斯在后面喊叫。第十二件工作是把守望地狱的三个头的狗，紧紧缚住了，带到世界上来。这真是极难的事！但赫克士也终于把它完成了。

十二件工作都已完成，赫克士于是复得到自由。他在各处漫游，做了好些善事；又把阿狄美脱的妻子从死神手里夺了回来。后来，他因怒杀了一个人，又被众神罚他到里底亚女王恩菲尔（Omphale）那里去服役。他恋爱了恩菲尔，但众神不久又释他自由。他又到各处漫游，遇见了奥纽斯（Oeneus）的女儿狄安尼拉（Deianeira），二人互相恋爱着。但狄安尼拉已由他父亲许婚给河神阿且劳斯（Achelous）。于是赫克士与阿且劳斯开始争斗。阿且劳斯能够自由幻变；最后他变了一只大牛，用角向赫克士冲去。赫克士捉住了牛的双角，把它折断了。胜利终于属之赫克士，于是他与狄安尼拉结婚，二人一同到各处漫游。他们遇到一条河，无法过去。有一个半人半马的怪物，名尼沙士（Nessus）的，说，他可以负狄安尼拉过河。但尼沙士并不是真心相助。他一游到对岸，便负了狄安尼拉如飞的跑去。狄安尼拉的喊声，引起赫克士的注意，他这时正游泳过对岸来，便拉开弓向尼沙士射了一支毒箭。尼沙士倒地死了，将死时，他把长袍脱下给狄安尼拉，并在袍上渍些伤处的血。他对她说道："如果你发现赫克士有新的情人，把这件衣服给他穿，可以使你与他的旧情重复燃起。"时间一年一年的过去。赫克士常常离开狄恩尼拉去帮助被压迫与受苦难者。他离别的时间虽有长有短，而归来时对狄恩尼拉总与前一样的相爱。最后，他因事回到优来索士宫廷，与以前曾相爱的依奥尔（Iole）相见；旧时感情又重温热起来。一天一天的依恋在她身边，不肯回去。狄恩尼拉听见了关于这事的谣言，心里很妒恨。后来她听见赫克士与依奥尔同归，便想起尼沙士赠她的长袍，叫人把这袍送给赫克士。他一穿上这袍，尼沙士的毒血，便侵入他身中，使他痛苦难忍而死。他将死时，命他朋友把他火化了。周比特把他的灵魂带到亚灵辟斯，并赐美丽的"青春的女神"系璧（Hebe）与他结婚。（赫克士的故事，也是自然现象的象征。他是日；他生于阿格斯——光明的意义，——为天空——加比特——与黎明——雅尔克曼所生的儿子，在婴孩时，即缢死黑暗的蛇。终生劳苦，永不停息。在他途次，完成了十二件工作；这十二件工作，或指黄道十二宫，或指一年的十二月，或指白昼的十二时，而波索士与底索士的故事也有同样的意义。）

波索士（Perseus）是周比特与阿格斯王阿克里索（Acrisius）的女儿达娜（Danae）所生的儿子。阿克里索只有达娜一个女儿，非常的爱她。但当一个神巫预言他将为他的外孙所杀之后，他便十分忧惧。他筑了一座铜塔，把她囚禁于塔内。他以为现在可以使她永不会生子了。但天上的周比特却悦达娜的美貌，从窗中来与她相恋。他们生了波索士。阿克里索听见了外孙生出的消息，又十分恐慌起来。他把他们母子二人，放在箱内，弃之海中。达娜紧抱她的婴孩在胸前，垂泣祷天。他们为一人所救，住在西里福斯（Seriphus）岛。金发的波索士在此长大。后来这里的国王波里狄克（Polydectes）见达娜的美丽，欲迫娶她。达娜不肯，波索士也宣言决不让人夺他母亲。于是波里狄克设计叫波索士去取米杜萨（Medusa）的头颅。米杜萨是三郭甘（Gorgons）之一。她的二个姊姊的容貌很丑，而米杜萨却极美丽。她们所住的是阳光不到之区。米杜萨要求雅西娜许她到美丽的日光所照的南方去。雅西娜不许。于是米杜萨怨恨，以为雅西娜自己不美，所以不许美丽的她到日光中。雅西娜大怒，立刻把米杜萨的美发变成了长蛇，并说，谁要一看她的美丽的脸，便要化为石像。这时。众神听见波索士要去杀她，便各赠他以神奇之物，以助他成功。柏鲁图借他一顶神盔，戴起来人不能见他，莫考莱借他那双有翼的飞履；雅西娜借他那面光明如镜的盾。（在另一传说上说，波索士这三件东西是从守金苹果的三位女仙系丝辟丽们 The Hesperides 那里得来的）波索士如此的装束了，飞到三人而仅有一眼一齿的老妇人们那里，夺到那仅有的一眼一齿，迫她们说出到米杜萨住的地方的途程；她们只得告诉了他。于是波索士飞到郭甘们住的地方，极谨慎的走近熟睡的米杜萨的身边。他不敢正视米杜萨的脸，借镜似的盾面，以映视一切，迅速的斩下米杜萨的头。然后迅急的飞回家。米杜萨的血，滴在非洲的沙漠上的，变成害人的爬虫，滴在海中的，海王尼普顿把它变成著名的飞马辟格沙斯（Pegasus）。在他归途上，也有许多冒险。他看见阿底拉斯以肩承天，他脸色灰白，因永久担负这巨大的重量，觉得疲劳而且忧郁。他知道波索士斩了米杜萨的头，便求他把这头给他一看，使他化了石，以免永久受苦。于是波索士取出米杜萨头给他看，而他便化了石，变成了现在的高耸云中的阿底拉斯山。波索士又向前进，到了海边，看见了一个美丽的少女被锁系在石上。这少女是公主安狄洛美达（Andromeda）；因为她母亲卡西奥璧（Cassiopeia）自夸其貌胜于海上的仙女，于是海中出来一个大海怪，在各处吞食人畜。神巫言，须以安狄洛美达给它吞食了，才不会再蹂躏人民。卡西奥璧只得把她女儿送给海怪。当波索士看见她，海怪已爬近岸来，将把安狄洛美达吞去。于是波索士急速的飞了下来，把海怪杀死了。全国的人都欢呼以祝波索士。卡西奥璧便以安狄洛美达嫁给波索士。他们二人同回西里福斯岛，这时国王迫达娜益甚。波索士回来，听他母亲一诉说，便大怒，带了米杜萨的头到宫廷里去，把恶君臣们都化了石像。后来达娜便带了儿与媳同回本国。那时，她父亲的皇位，已为他人所篡取。波索士把叛人驱去，从囚禁中把他外祖父救出。有一天，他戏掷铁环，这铁环竟误落他外祖父的头上把他杀死。神巫之言竟见验了！波索士悲伤他自己的行为，不忍统治他外祖父的国，便与别国的国王交换王位。当他死时，众神把他和他的妻子安狄洛美达及岳母卡西奥璧都变成了天上的星宿。

底索士（Theseus）是雅典王爱琴士（Aegens）之子。当爱琴士少年时，曾航海到特洛辛（Troezene），与一个美丽的公主爱斯拉（Aethra）结婚。他们生了底索士之后，爱琴士忽因要事匆匆回国。他把他的剑与履藏在一块巨石之下，并对爱斯拉说，当儿子长大，能移动这巨石，取出剑履时，便告诉他到雅典去。时间过得很快，底索士已至成人时了；他母亲叫他移动巨石，取出剑履；当他把剑履取出时，他母亲便告诉他前事，叫他到雅典去寻父。底索士立刻出发了。在途程中，他做了许多惊人的伟绩。最初，他遇见天上铁匠弗尔甘之子巨人辟里弗底（Periph etes）；他执一巨棒，常打杀过往的旅客。底索士把他杀了，取了他的巨棒。到了科林斯（Corinth），他又遇见二次险阻。第一次遇见混名为“屈松者”的恶汉西尼斯（Sinis），；他常把松树之顶弯到地面，叫旅客帮助他执一下，同时却突然把弯松放松了，旅客便被松树弹到空中，生生的跌死了。底索士听见此事，便设计把西尼斯捉住，即以他施于旅客的方法施于其身。第二次遇见巨盗史克龙（Sciron）；他常强令旅客在一条海边的狭路上为他濯足。当旅客俯身为他濯足时，他便出其不意把旅客踢下海去饲一巨鳖。底索士亦早闻其事。当他过此时，便取刀与这强盗争斗，强迫这强盗为他濯足，亦出其不意把这残害旅客者踢下海去饲鳖。此后，他又杀了一个喜角力的恶人色克安（Cercyon），及一个残酷的巨人柏鲁克拉士（Procrustes）。柏鲁克拉士见旅客过时，必请其入屋；屋内有长短二床；旅客身长者必使之卧于短床，截去其肢体以就床；旅客身短者则使之卧于长床，强把他肢体拉长以就床。底索士乘其不意，捉住他，使他并尝这长短两床的痛苦，除了旅客的大害。最后他还经过几次冒险，才到达雅典。当他至雅典时，听见他父亲爱琴士又娶了一个巫女美达（Medea）为妻。他匆匆的到了王宫。美达知道他是爱琴士的子，恐怕要夺了她将来的儿子的王位，便倾了一杯毒酒，要国王送给这旅客吃。国王正捧杯，一眼见底索士悬的剑上有他自己的名字，立刻知道是他的儿子。二人互相拥抱，毒酒被碰倒地下，杀了一狗。美达见恶计不就，底索士已为国王所识，便驾了她的魔龙车，一去不回。底索士回雅典不久，忽闻见全城中有许多哭声。他问了人民，才知道以前雅典曾被克里底（Crete）战败，约定每年须送七男七女到克里底，以供牛头人身的巨怪米诺妥（Minotaur）的食料。这巨怪米诺妥常为害民间，克里底人以为是神所遣，不敢加害。乃使著名的建筑师底德洛斯（Daedalus）建造了一座迷楼，以安放米诺妥。这迷楼建得极工巧，使入者永不得出。即建筑此迷楼的底德洛斯与他的儿子伊卡洛斯（Icarus）也试了好几天而不能走出。于是底德洛斯为他及他的儿子各造两翼，附在臂上，飞了出去。他儿子因飞得太高，太近于日，那胶结羽毛的蜡，被热而溶，遂跌落海中而被溺死。他所溺死之海，后人即名之为伊卡林海（Icarian）。（另一传说，谓底德洛斯建了迷楼之后，因得罪于国王，遂造了飞翼，与其子同飞出克里底国境之外。其子因高飞溺死。）而米诺妥自被囚人迷楼后，克里底人时时仍须以人畜与之为食料。所以他们当战胜了雅典，便订有那个规定。当时底索士听了人民的诉说，决意要自列于那 14 个为牺牲的男女之中，与他们同到克里底，除去此害。他父亲爱琴士劝他不听，便与他约定，如平安回来时，船上须挂白帆。底索士到了克里底，美丽的公主阿丽安（Ariadne）很可怜他，便私自走到狱中，给他以一球线，一把刀，告诉他缚线的一端于迷楼的门口，线球置在手中，行时一路放线，以后便可循线出迷楼。底索士谢了她。第二天，他们 14 人都被放进迷楼。底索士如阿丽安所教，一路走进，一路放线。迷楼中有许多白骨，都是为米诺妥牺牲的。他们走了不远，便遇见了米诺妥。底索士奋力杀了它。他们一同循线走出迷楼。阿丽安已在船上等候他同归雅典。船于中途停在一个美丽的岛上。阿丽安上岸去游散；躺在草地上睡着了。这时底索士对她已厌倦，便开船弃她而去。她醒来，不见船，大哭，为酒神巴考士所见，极力安慰她。（他们的恋爱故事，上面已叙过。）底索士这个行为，后来也得到相当的责罚。他在归途，忘了挂白帆。爱琴士日在海岸上观望，见归船不挂白帆，以为底索士已死，便从岩上自投于海中；后人也以他的名字名这个海为爱琴海（Aegean）。底索士知道他父亲为他而死，觉得非常悲哀，便又出去漫游，以忘他的愁苦。他到了以前赫克士取到宝带的阿莫逊国，带了女王系波丽特同回，生了一个孩子。阿莫逊国人因为他骗去女王，兴师来攻。在战场里，系波丽特中了一箭，倒在底索士臂间死了。此后，底索士又经过了好些忧患，最后变成严肃而专制，国人迫他退位，把他放逐到一个岛上；岛王听了雅典人的吩咐，把他推到海中溺死。不久，雅典人又想到他的好处，为他建筑一著名之庙。

六

迦逊、奥特甫、亚泰冷他、别莱洛芳诸人的故事，在希腊神话中，也是极有趣味的。

迦逊（Jason）是底赛莱（Thessaly）王阿逊（Aeson）与他的王后雅尔西美特（Aldmede）的儿子。阿逊的王位被他的兄弟柏利亚（Pelias）夺去，他只得与雅尔西美特逃到僻乡去隐避，一面把他的儿子迦逊交给一个半人半马的神去受教育。迦逊的武技学得极精。他的教师便告诉他叔篡夺王位的事。迦逊立刻要去为父亲复仇。在路上，他帮助一个老妇人渡河，而这妇人却是神后约诺假装的。于是约诺便做了他的保护者。他到了王宫，要求他叔叔柏利亚退位。柏利亚设计开一大宴会，在宴时叫乐工奏唱菲里克沙士（Phryxus）与希丽（Helle）的故事；他们是兄妹二人，为要逃避后母的虐待，同骑一只有翼金毛羊，飞到柯尔齐斯（Colchis），当飞到海面时，希丽觉得害怕，手握不住羊毛，便跌落海中溺死。自此，这部分的海便名为希丽斯帮（Hellespont）。但他的哥哥菲里克沙士却平安飞到柯尔齐斯。他杀了羊祭神，而把羊的金色毛悬挂在一株树上，叫一巨龙日夜守望着。到了现在，这金羊毛还悬挂在那里，等待一个勇士杀了龙去取得它。这故事十分引起迦逊的热情，柏利亚又假意的叹曰："可惜现在没有英雄，能把这金羊毛取来。"于是迦逊从座上跳起来道："我可以去取。"柏利亚以为他这一去，必定回不来，自己的王位便可永保，心里觉得很高兴。迦逊先到约诺庙里，去问一个神巫——一株会说话的橡树——这橡树叫他斩下它的一个大枝，雕成船头。这船头可以引船直向柯尔齐斯驶去。这船又是雅西娜做成的，驶行得极快。于是迦逊名此船为亚各（Argo），邀请许多勇士，如赫克士、波索士等诸人同去。途中，常常登岸，常常有冒险的事。有一次，赫克士和一个少年名希拉士（Hylas）的，到林中伐木做新桨；他命希拉士到溪间去取水。当希拉士弯身取水时，水中的仙女们看见了他，爱悦他的美丽，便把他拖下水去。赫克士等他同伴不来，去寻，也寻不到，觉得很悲伤，便取路回家，不与迦逊同去。其他的冒险甚多，不能悉记。最后到了柯尔齐斯，国王阿特士（Aectes）不欲他取去这宝贵的金羊毛，说道，"你欲取金羊毛，必须先驯服了两只喷火的巨牛，然后用牛去种龙齿，叫龙齿生出巨人，再把这巨人杀死。"迦逊得了国王的女儿美狄亚（Medea）的帮助，一切都如国王所言实行了。于是他杀了龙，取了金羊毛，与美狄亚同归。阿特士听见了这个消息，十分着急，尤其因为美狄亚把他的少儿子也带走了；于是他召集了一班水手，坐船去追迦逊他们；不久，竟被追上。美狄亚急把她弟弟杀了，将肢体抛落海中，阿特士忙着去拾他儿子的尸骸，才被他们逃走了。他们回到本国，柏利亚知道势力不敌，只得退位。迦逊复即王位，美狄亚以魔术使他复变为少年。柏利亚的两个女儿，亦使他们的父亲复变为少年，求美狄亚授她们以方法，不料施行不慎，竟因此杀了柏利亚。此后，他们过了好久快乐的生活。后来因迦逊别有所爱，美狄亚妒怒不已，竟杀了他的情人和她自己的儿子，乘龙车走了。迦逊不久亦死。（这故事的意义是指希腊的第一次商业的航行，迦逊所取回的金羊毛，是东方无比的财宝的象征。）

美刚的亚泰冷他（Atalanta）是阿卡狄亚（Arcadia）国王的女儿；她父亲希望得男，而竟生女，觉得非常愤怒，便把她弃于荒山中。有一母熊乳养她至大。她因此成了最捷足的猎者。这时，卡里顿

（Calydon）国大祭众神，独忘了祭猎神狄爱娜，她便使一个大野猪为害于国内。女王雅尔底亚（Althaea）召集勇士，去杀这个野猪。亚泰泠他应招而来，与许多壮士同去杀猪，她射中了那猪，国王的儿子美里格（Meleager）乘机把它杀了。他把这猪的皮归于亚泰泠他，他的两个舅父不服。美里格凭一时的愤怒，杀了两个舅父。女王雅尔底亚听见她两个兄弟为她儿子所杀，大怒，想复仇。以前，当美里格生时，命运曾说，他的寿命与一根在火炉中燃烧的木棒同久。雅尔底亚急忙把这木棒从炉中取出，保存起来。现在，愤怒之极，便把这木棒取出，投入炉中，烧为灰烬；同时，美里格即在归途中暴卒。雅尔底亚悲伤不已，也自杀而死。

亚泰泠他自猎猪后，就回到她父亲那里，他因为这时还没有儿子，竟待她十分仁爱。有许多少年，都要向亚泰泠他求婚。亚泰泠他道："先与我竞走，胜者娶我，如败则须偿以死。"许多少年，因此而死。最后，有一个美貌的少年名美拉尼恩（Milan- ion）（一名希波曼士 Hippomenes）的，得了委娜斯的保护，并从她那里得了三个金苹果，走来要与亚泰泠他赛跑。她很快的追过了他，但他急急的投她以一个金苹果，她因俯身去拾，便被他追过。如此的三次，美拉尼恩竟得到胜利，而娶了她。但这个幸福的新郎，却忘了酬谢委娜斯，于是她把他们夫妻变成了一对狮子，去驾地神西璧尔（Cybele）的车。

奥特甫（CEdipus）是底比斯国王莱士（Laius）与他的后约卡士泰（Jocasta）的儿子。神预言他将杀父娶母，使国大乱。莱士于是大恐，叫一个侍臣把这婴儿带到山中杀死。这侍臣仅把他弃于林中，并不杀他。一个牧羊人听见他的哭声，把他带到科林斯，国王波里卜士（Polybus）正苦无子，便以他为己子，名他为奥特甫，后来，他长大了；因一个醉人说他非国王之子，跑去问他母亲，又吞吐不肯告诉，便到台尔菲去问神巫。神巫说他将杀父娶母，使国大乱。于是奥特甫非常悲伤，立志漫游各处，永不再回科林斯见他父母，以免巫言的实现。后来，他在路上遇见一个老人坐着车走来，车前的卫士叫他让路，他不肯，因此争斗起来，把他们连车上的老人都杀死了。他不知这老人即是他自己父亲莱士。他这时正从底比斯要到台尔菲去问神巫以事。于是奥特甫懒懒的向前走去。他走到底比斯，城中正十分纷乱的说，国王及全部卫士，都在路上给一班强盗杀死了。奥特甫并不疑心他所杀的老人即为底比斯王。百姓们又诉说，有一个狮身、鸟翼、妇人面的巨怪，名史芬克斯（Sphinx）的，站在大路上，出一个难谜问过往的人，有不能答或误答的，它就把他们吞食了，不知已吞了多少人进去。正在这时，奥特甫又听见王宫的使者到处的传说："谁能除去史芬克斯，王后就下嫁给他。"奥特甫因为神巫之言，已把自己的性命看得很轻，便跑到史芬克斯那里去，它问道："告诉我，早上有四只足，中午有两只足，夜间有三只足的动物是什么？"奥特甫答道："是人。当他幼时，以手足爬行，壮时，以两足走，老时则用一拐杖。"史芬克斯见答得对，想飞走，但奥特甫以刀迫它走到悬岩边，它跌到岩下死了。当奥特甫回城中时，便娶了他母亲约卡士泰，即了底比斯的王位；他们生了四个孩子，二男二女。过了许多幸福的生活，底比斯忽生大疫。奥特甫叫人去问台尔菲的神巫，他答道，"只有把杀前王的人捉住，大疫才能止。"使者四处去搜求罪人。不久，集了许多证据，知道杀前王的就是奥特甫，而那个以前把婴孩带到山中的侍臣，也自认并未将他杀死。于是一切事都明白了。奥特甫竟如神巫所言，杀父娶母，使国大乱。约卡士泰听见这事，自杀而死。奥特甫也失望的把自己的眼弄瞎了。他孤寂的、悲伤的和他的女儿安特宫（Antigone）同离了底比斯到各处漫游。现在还爱他的，只有安特宫一人。后来，他进入森林中，叫他女儿回去。雷电交作，大风狂吼，他们再到这森林寻找奥特甫时，他已不见，大家都以为他已被带入地狱，受应得的刑罚去了。

别莱洛芳（Bellerophon）是科林斯王西西福士（Sisyphus）的孙子；他因在林中打猎，误杀了他的兄弟，因此逃避到阿格斯王柏洛脱（Proetus）那里去。柏洛脱的后安特亚（Anteia）恋爱了他，但他以国王待他极厚，不忍与她相爱，于是安特亚大怒，向柏洛脱说了他许多坏话。柏洛脱不肯自己杀他，便使他持一信到里西亚（Lycia）王依奥拔特（Iobates）那里，叫依奥拔特杀这持信者。依奥拔特款待了别莱洛芳好几天。最后，别莱洛芳才想起那封信来，于是把信送给依奥拔特。他看完了信，非常踌躇。他不忍取这客人的生命，便叫别莱洛芳去杀一个可怕的狮头、羊身、龙尾的怪物齐米拉（Chimaera）。别莱洛芳得了雅西娜的保护，骑上米杜萨的血所化的飞马辟格沙斯杀了齐米拉而回。国王又叫他去攻击那喜战的妇人们——阿莫逊人——也得胜而回。依奥拔特知道不能再伤害他，便把他的女儿嫁给别莱洛芳。别莱洛芳最后是平安而且快乐了。但他因常骑着飞马，觉得已非凡人，可与不朽的神同在，便于一日，骑了辟格沙斯，要飞到亚灵辟斯去。周比特使一牛虻叮咬辟格沙斯，这马跳跃不定，便把别莱洛芳从马上颠了下来，跌瞎了两眼。

七

在希腊神话中，还有好几篇恋爱的故事，其感人也不下于“邱辟特与赛克”及那些英雄的故事。

爱神委娜斯为少年男女所最崇拜者；她喜欢看见美丽而真诚的情人的结合，她喜欢帮助那些热恋的情人，除去他们向爱之路走去的阻碍。如可爱的女郎希洛（Hero）与勇敢美丽的少年林特（Leander）的结合，即为其一例。希洛的父母，把她奉献于委娜斯，做她的寺殿里的女尼。他们把她住在海上一个孤寂的塔中。与她为伴者仅有一老乳母。她的美丽，一天一天的增加，她的美名，远播于各处。少年林特心中燃着要见这可爱的女尼的热望，从他本乡跑到希洛所住的地方。这时，这个地方正举行委娜斯的大祭典礼。林特走入殿中，看见希洛的莫可形容的美丽，益觉得心旌摇摇。委娜斯命邱辟特向他们二人各射了一枝爱情的箭。林特得了委娜斯的助力，便向希洛表白他的爱，要求希洛答他，不然，他便要去死。希洛告诉他以她所住的地方，并许他夜间到塔里去。夜来了，黑暗覆盖了大地；林特踊身入海，游泳到塔下，希洛燃火炬在塔口待他。到了东方黎明时，二人便分离开。如此的，快乐的经过了夏天，没有一个人觉察出他们的关系。到了一个冬日的清晨，风浪甚大，希洛叫他不要回去，省得夜间再冒险。但林特笑了一笑，答应她夜里再来。海上的波涛，到了夜间，更见凶恶，希洛燃了火炬等待她的情人。林特不顾危险，踊身入海，终于溺死在海中。而希洛的火炬为风所灭，又去燃了起来。直等到东方明亮，还不见林特到来。后来，她看见了林特的尸身在塔下海波上浮泛着，便立刻也踊身跳入海中，与他同死了。

辟拉摩士（Pyramus）与底士白（Thisbe）的恋爱故事，也与希洛与林特的有同样的悲惨。他们是邻居，同住在巴比伦。他们很快活的同在一处嬉游。后来，因为两家父母口角，便不许他们相见，不许他们谈话。他们常常叹气，委娜斯给他们以助力，使两家的隔墙，有了一个小洞，他们可以由此洞互相看望、谈话、亲吻。后来，他们约好一天，在城门外一株白桑树下相会。底士白先到，但不见她的情人。她正在诧异，忽闻身边丛莽中有沙沙的声响。她以为辟拉摩士故意躲藏在那里，正想高声唤他，忽见一只巨狮从那里扑出。底士白惊得半死，把面纱除下，如飞的逃去。狮子把面纱捉到口中，扯得粉碎，然后徐徐的回到森林中去。不久，辟拉摩士匆匆的跑来；他不见底士白，只见地上巨狮足迹及破碎的面纱，以为底士白一定被狮所杀，便拔出刀来，自刺其心而死。几分钟后，底士白又轻轻的走来，看狮子已否走开，不料忽见辟拉摩士直僵僵的躺在树下，她自己的面纱，覆在他的唇上，他胸中插有一把刀。她立刻明白了一切，惊呼一声，走近他身边，拔出陷在他胸中的刀，向她自己胸前一刺，也倒在地上死了。桑椹的颜色本是白的，后成为红色者，即因被辟拉摩士及底士白二人的血所染之故。

柏洛克丽丝（Procris）与西发洛士（Cephalus）的故事，也很可使人感伤。西发洛士是一个猎者，娶了服侍狄爱娜的一个仙女柏洛克丽丝，她带来一只猎狗与一根百发百中的镖枪。他们很快活的生活在一起。后来，“黎明的女神”依奥丝（Eos）想恋爱西发洛士而没有成功。她妒忌柏洛克丽丝，要打断她的幸福。当炎夏的中午，西发洛士常择在荫凉之地坐着，召呼一阵凉飔来吹散他的炎热。依奥丝知道他的这个习惯，便跑去对柏洛克丽丝说，她丈夫有了一个情人，常于中午在树荫相会，柏洛克丽丝信了她的谎话，便匆匆的到她丈夫那里去。这时，正是中午，她藏在附近的丛林中，西发洛士照常的叫道："可爱的凉飔，请来吧！"柏洛克丽丝以为他真的在呼唤他的情人，便晕倒在地。西发洛士见丛林突然沙沙的作响，以为是野兽，便把镖枪掷去，正掷中她的胸前；她哀叫一声而死。西发洛士立刻知道自己是错了，便跑到她身边，在她最后一息未绝之前，解释一切给她听。柏洛克丽丝知道她丈夫的全个心仍然是她的，便微笑的死去。

爱歌（Echo）与那西沙士（Narcissus）的故事，也是一件悲哀的恋爱故事。爱歌是一个可爱而喜谈话的仙女。她遇见美丽的那西沙士在林中打猎，一见便深深的爱他，但那西沙士却并不理会她。她十分失望，祷求委娜斯惩罚这狠心的少年。自此，她终日悲郁，惟求速死，远离她的同伴而漫游于山林中。她的身体渐渐因忧愁而消灭，惟余美丽的声音在那里。众神以她不自尊，罚她居于山岩及阴僻处，复述她耳中所听见的最后的声音，以儆其他的仙女。但委娜斯却很可怜她，没有忘掉她的最后的祷告。她设法去惩罚那西沙士。有一天，那西沙士打了好久的猎，到一个清澈无比的池里去饮水。他跪下去，弯身向水面，预备喝水，忽见水底有一个极美丽的脸向他注视，他以为一定是一个仙女从水底向他看，伸手想去捉住她。但当他的手触到水面，那仙女便不见了。他又缩回手，静静的等候她的复出。水一澄静，仙女的注望他的双眼又可看见。他屈身向水面，仙女的头也全部可以看见。他开口向她说话，仙女的红唇也微微的开阖，不过听不见语声。他伸出两臂，水中也有白如雪的双臂向他伸来。他又想去抱她。水面一被触动，她又迅速的消失去了。如此的重复了好几次，到了夜间，那西沙士还守在池里。他在夜影里向池中观望，她也还在那里观望他。如此的，不饮、不食、不睡，终日夜在池边守望，一直到了死，并不疑惑水中所见的仙女，即是他自己的影。爱歌的仇报复了。但众神很可怜他的美丽的尸身，便把他变成了与他同名的花。此花至今尚盛殖于美丽明澄的池边，它的影很清晰的反映在池面上。

辟格麦里恩（Pygmalion）与他的石像加拉他（Galatea）的恋爱故事，却与上面的几段故事都不同，它有一个喜剧的结局。辟格麦里恩是西卜洛斯（Cyprus）的国王，一个极著名的雕刻家。他的所有闲暇的时候，都费在雕刻神像上。有一天，他忽想雕一个美丽的妇人。这石像雕成后，极为美丽，竟使这个雕刻家热烈的喜爱她。他为她取名为加拉他，并求委娜斯赐她以生命，做他的妻子。辟格麦里恩本是一个固执的独身主义者，常常宣言不结婚。现在，委娜斯见他忽然肯娶亲，便很高兴，决意答应他的请求。有一天，当辟格麦里恩抱着这石像在胸前时，他的热气传入石像的冰冷的胸；当他与她接吻时，她的冷唇忽变和柔而温热起来，她的雪白的两颊，忽有红润之色出现，她的肺部有了呼吸，全身也有了红血。石像活了！辟格麦里恩心里因喜悦而急跳。过了不久，他与加拉他便结了婚。

在上面冗长的叙述里，已把希腊的许多重要神话约略的写出了；当我写时，也不禁为它的那些永久美丽的故事所紧紧的吸引住。以前的许多诗人及艺术家，已屡屡的把他的血液，注入他们的作品的最内部了，以后的许多诗人及艺术家必仍将屡屡的回顾到这些故事，而把他们作为最好的题材。人类一日觉得生命的负担与神秘，他们便将一日不灭在人类的记忆与感情里。

参考书目

1.《寓言时代》一名《神话的美测》（*The Age of Fable，or Beauties of Mythology*），蒲尔芬契（Thomas Bulfinch）著，邓特（Dent）公司出版的《万人丛书》（*Everyman' s Library*）之一。

2.《英国文学里的希腊神话》（*The Classic Myths in English Literature*），格莱（Charles Mills Gayley）著，波士顿的格林公司（Green & Co.）出版。此书根据于蒲尔芬契的《寓言时代》，而搜集了许多有价值的附注，如学者对于各种神话的解释，以及诗人、画家、及雕刻家对于那些的应用之类。

3.《古希腊罗马的神话与传说》（*The Myths and Legends of Ancient Greece and Rome*），白林士（E. M. Berens）著，白拉吉公司（Blakie & Co.）出版。

4.《希腊与罗马的传说》（*Legends of Greece and Rome*），科甫弗

（Grace H. Kupfer）著，哈拉甫公司（G. G. Harrap & Co.）出版。这是一部给儿童读的很有趣味的书。

5.《著名的希腊神话》（*Favourite Greek Myths*），希特（Lilian Stoughton Hyde）著，出版公司同上。此书亦为儿童的读物。

6.《希腊罗马的神话：他们的故事意义与启源》（*The Myths of Greece and Rome : Their Stories, Signification, and Origin*），哥尔保（H.A.Guerber）著，出版公司同上。

7.《希腊与罗马的神话》（*Greek and Roman Mythology*），史透定（H.Steuding）著，邓特公司出版的"*The Temple Cyclopaedic Primers*"之一。

8.《古希腊的神话与传说》（*The Muses' Pageant: Mythsand Legends of Ancient Greece*），何兴孙（W. M. L. Hutchinson）述，共3册，邓特公司出版的《万人丛书》之一。第一册为《关于诸神的神话》，第二册为关于《英雄的神话》，第三册为《底比斯的传说》。

9.《英国文学的外来影响》（*The Foreign Debt of English Literature*），吐甲（T. G. Tucker）著，佐治倍尔公司（George Bell & Sons）出版。

10.《名著辞典》（*A Classical Dictionary*），莱卜里尔（Lem priere）著，佐治·路特莱格公司（George Routledge & Sons, Ltd.）出版。

11.《希腊神话》译述者不署名。商务印书馆出版的《说部丛书》初集之一。此书为中国的唯一的关于希腊神话的书籍，但它的叙述却不很详确。

第五章

东方的圣经

一

每一个宗教，都有它的圣经。——大约都是赞歌、传说、神学的推论及礼拜仪式的指示等的总集。基督教的《圣经》与世界上别的《圣经》有一个很奇怪的不同之点。基督教可以说是西部世界——欧洲与美洲——的宗教，但它的《圣经》却是从东方传到西方的。现在所叙的东方的圣经则不然，他们的大部分都是到现在还在所产生的本地被人民所崇敬着的。乔答摩及梭洛阿斯特（Zoroaster）的著作，虽不是如此，而也只传播邻近的诸国。世界的智慧都从东方出来，而存留于东方本地的智慧，却没有那流传于西方的智慧之蓬勃有生气。东方的圣经的来源，大部分都是极古远的，有时且是生活在许多时代的许多人的著作的偶然的总集；只有《可兰经》（*Koran*）与西克人（Sikhs）的《格兰斯》（Granth）是例外。

二

东方圣经中最为古远的是印度婆罗门（Bramans）的《吠陀》（Vedas）。印度人占印度半岛上全人口的70%。他们的一部分是从阿利安族流传下来的。希马拉耶山是阿利安族的摇篮；当世界史的初期，一部分的阿利安族越希马拉耶山而西，现在的欧洲的各大民族，如腊丁民族、条顿民族、克尔底（Celtic）民族与史坎德那维亚民族等，全都是这一支阿利安族的遗裔；另有一部分的阿利安族则越希马拉耶山而南，成为印度民族。当这一支阿利安族南迁时，印度半岛已有很多的人民住在那里。阿利安族带来他们自己的宗教与他们自己的文化。他们与印度的土人同居的结果，是种族的混杂；但阿利安族却自居于最高的、贵族的地位，创立了阶级制度，且发展了一个奇异而且几乎不可思议的宗教。所谓印度教（Hinduism）就是这个奇异的宗教的共同的总名，共包含有23000不同的神，几乎每个乡村都有他们自己的特异的崇拜的神。这个印度教，即4000年前，阿利安族从北方带来的婆罗门教的残余。

大多数的宗教，都是由一个教主创造出来的，如基督教为耶稣所创，佛教为乔答摩所创之类。至于印度教与婆罗门教则不然，他们不能追溯到一个伟大的教师。纯正的婆罗门教，宣称有一个无所不包的精灵，名为婆罗马（Brahma）的存在，他是一切有生之物的原始的原因与终极的目的。所以在它的最初，婆罗门教是与回教一样，为绝对的一神教的。但于信仰一个抽象的无所不包的神之外，又发生一个第二信仰，承认三个大神的存在，每一个大神代表绝对的权力的一方面。这些大神是婆罗马——创造者，委西奴（Vishnu）——保存者，及西瓦（Sva）——破坏者。据一个印度的传说所称，最初的婆罗马，创造了原始的水，在水中放了一粒种子，那种子变成了一个金蛋。创造者的婆罗马即由这个金蛋中产生出来。他出世之后，便把这金蛋的两个半壳，创造了天与地。据另一个传说，又以为婆罗马是从委西奴神身中长出的一朵莲花中产生出来的。创造者婆罗马的形象常以为是具有四头四手的有须的人。他一手执着王杖，表示权力，一手执着一卷纸，代表印度的圣经《吠陀》，一手执着一瓶印度的圣河，恒河的水，又一手则执着一串念珠，代表祈祷。但婆罗马虽是婆罗门教与印度教的三个大神之一，却不是一个通俗的神，在全印度，他的寺殿仅有四所，他所有的信徒，还远不如纯粹的地方的神之多。

印度社会制度的最大特点是阶级的制度——一种宗教的创造。他们的社会，原来分为四个阶级，一为婆罗门（Brahmins）即僧侣，一为刹帝利（Kshatryas ）即武士，一为毗舍（Vaisyas ），即地主、工、商及农民，一为首陀（Sudras），即奴隶，如樵夫、汲水者之类。从许多年代以来，这四个阶级，又分为百数十的小阶级，但婆罗门的一个阶级，（他们的名字从婆罗门神那里得来的）却始终维持其最高的地位。婆罗门不像其他的禁欲的僧侣与牧师，他们是结婚的，但只在他们自己的阶级里互通婚媾，所以他们比别的印度人更为是纯粹的阿利安人种。

在现在的印度乡村所崇信的宗教里（他们崇奉兽形的神，礼仪极复杂，祷词极歧异），原始的婆罗门教已存在得很少了，除了信仰灵魂转生之说，及卡马（Karma）的教训，以为经过了在许多轮回中的许多经历，（轮回的次数，以行为的善恶而定）之后，灵魂最后便从个体中解放了，复与无所不包的神婆罗马合而为一。这个教训，换一句话说，就是每个人的灵魂都是如婆罗马一样的，无始亦无终，每个人生存的情况，都是他在前生的行为的结果。

印度虽然经过乔答摩的佛教的宣传，经过回教徒的有力的压迫，经过基督教徒的热忱的传道，而婆罗门教与印度教的势力，在那里并不稍衰。婆罗门至今仍为印度人民的教师，仍为他们的习惯与礼仪的守护者。婆罗门至今仍能默诵《吠陀》（*Vedas*）中的文字，这些文字在他们的祖先几千年前即已在讽诵着。当《吠陀》最后被写在纸上时，他们是用桑斯克里底（Sanscrit）文写的；这个文字现在已成一种死文字，其与今日印度言语的关系，正如古时腊丁文之与意大利语言。但《吠陀》虽然早已被写在纸上，而虔敬的婆罗门仍然是把他们默记在心上，因为它是写着：“那些贩卖《吠陀》的人，与那些抄写《吠陀》的人，与那些玷秽《吠陀》的人，他们都将到地狱去。”

“吠陀”这个字的意思是“知识”。《吠陀》共包括四部颂诗与祈祷诗的书，四部解释颂诗与祈祷诗的启源与意义的散文集，及两部礼仪的与哲学的讨论的总集。四部颂诗与祈祷诗集的名称是《里克》(*Rich*)《赛门》(*Saman*)《叶迦斯》(*Yajus*)及《阿萨文》(*Atharvan*)；四部散文集。总名为《婆罗门那》(*Brah manas*)，即分附于这四部颂诗与祈祷诗集之后，两部礼仪的及哲学的讨论集，则名为《阿兰耶迦》(*Aranyakas*)及《优盘尼沙昙》(*Upanishads*)；《阿兰耶迦》大部分讨论更奥秘的仪礼的，《优盘尼沙昙》则大部分是讨论宇宙的问题与人的宗教的目的。《吠陀》的著作的确实时代，不易决定，但他们显然是许多不同时代的许多诗人的作品。《里克》《吠陀》中的颂诗是最古，至少是3000年以上的作品，大约较《圣经》的最古的书还早三百余年，但他们所记载的宗教信仰却更为古远——大约是在阿利安族仍住在希马拉耶高原时，在他们没有西去与南迁时所即已具有的。

三

佛教与婆罗门教不同，它是有一个创造者的；这个创造者名乔答摩。他是一个印度人。但佛教虽然是婆罗门教的一种理想的发展，而在现在的印度，佛教徒却极少。佛教与婆罗门教之关系，有如基督教之与犹太教，或新教之与旧教。现代的佛教徒，五分之四是中国人，其他大部分是住在日本、高丽、西藏、暹罗与锡兰等处。

乔答摩生于彭加尔(Bengal)的北方，其生活时代，约在公元前600年至500年间，他的家庭是属于印度的治者阶级的。他很富裕，而且很美貌，娶了一个美丽的妻子，生了一个孩子，但他的和平而安易的生活，却使他不能堪。当他29岁的时候，他离了家庭。带了一个仆人。走了不久，他又叫那仆人带了马匹与刀回家，自己一个人穿了乞丐的破碎的衣服。他与一班学者同住在一个洞内许久。后来，经过了长久的寂寞的默思，然后出来宣传他的教义，在皮那尔

（Benares）城，得了好些信徒。乔答摩是世界历史上的最伟大的人物之一——寂静，自己牺牲，具有灵感的。他死后，他的教训在信徒口中复述着。到了许多年后，这些训言被写在纸上，名为《辟塔加士》（*The Pitakas or Baskets*）。《辟塔加士》是用柏利（Pali）文，即印度人平常用的口语写的。《辟塔加士》的内容是佛教徒的教言的解释，他们包括鬼的故事、散文的箴言、各种的解释与规约以及祈祷诗与颂诗。乔答摩是一个平民主义者，他主张一切众生皆平等，反抗阶级的分别，反抗当时的阶级制度。他以为世间的一切苦恼，皆有自私心，及贪欲而起。凡贫富贵贱男女，若能杜邪欲，脱离一切，便都能于未来世，同受无量福。婆罗门以献祭品为敬神赎罪之道，乔答摩则只言悔过祷拜而已。婆罗门杀牲以祭神，乔答摩则以杀牲为戒；且怀疑婆罗门的圣书《吠陀》。因此，佛教徒在印度便常受婆罗门教徒的驱迫；虽然佛教有一个时期在印度很兴盛，但后来终于为婆罗门所迫，仅传播于东方，而在本国几至于全无势力。

四

乔答摩以外，别的一个东方宗教的大师是梭洛阿斯特（Zoroaster）。他的确实的生活时代，我们不能知道，有的人以为他生在纪元前一千年，有的人以为他是与乔答摩同时的。他以为在万物之初，有两个神，一个是站在光与生命方面的，是法律、秩序、与真理的创造者；一个是站在黑暗与死方面的，是一切罪恶的创造者。这两个神于人的灵魂中从事永久的争斗，而梭洛阿斯特则预言善神之将得最后的胜利。相传梭洛阿斯特著作了20部书，写在12000张的牛皮上。许多他的教训，据说是包含在波西人（Parsees）的圣书《桑·阿委斯塔》（*The Zend - Avesta*）之内。虽然这部书的编著时代约在公元后250年至600年之间，但其确实的时期却不能断定。

马拉伯山（Malabar Hill）的最高处，（此山在彭拜Bom- bay的城外），有许多塔在那里，塔有二十五英尺高；在这些塔上，波西人把他们已死的人的尸体，放在上面，供鸷鹰的食粮，以免沾渎土地。波西人的宗教，禁止尸体的火化与土葬。波西人在现在世界上是一个很小的民族，是梭洛阿斯特的宗教的唯一的信仰者；他们在1200年前，被阿拉伯人逐出于波斯，此后遂定居于印度。好几世纪以前，梭洛阿斯特教曾有数十万的信徒住在西至底格里斯河东至印度斯河（Indus）、北至客斯宾海（Caspian Sea）、南至波斯湾与印度洋的大平原上。关于他们的圣经《桑·阿委斯塔》有一点很有趣味，即在现在的世界上已没有第二部存在的书是用与它同样的文字写的。《桑·阿委斯塔》包含五个部分。第一部分是祈祷诗与颂诗的礼式；第二部分也是一部关于礼式的书；第三部分包含传说与箴训；第四部分是诗歌与祈祷诗；第五部分是祈祷诗。

《桑·阿委斯塔》的性质，在下面的一段文字中可见一斑：

> 对于仇敌，为公道而战，对于朋友，以众友所赞许的对待他。对于怀恶意的人，不要与他冲突，也不要用任何法子去恼怒他。对于贪婪的人，不要与他合股，也不要信任他做首领。对于不名誉的人，不要与他联络。对于无知识的人，不要与他同盟及联合。对于愚蠢的人，不要与他辩论。对于酒醉的人，不要与他同路走，对于坏脾气的人，不要向他借债……
>
> 你不要以世界上任何幸福自恃，因为世界上的幸福如
> 雨天的时候的片云
>
> 你不要以多珍宝与财富自恃；因为到了结局时，你必须离弃了你所有的……
>
> 你不要以有伟大的亲戚与种族自恃；因为到了结局时，你的依靠是你自己的行为。
>
> 你不要以生命自恃；因为死最后要到你身上来，而那可毁灭的部分要倒在土上的。

五

回教的始创者是莫哈默德（Mohammed）；他们的圣书是《可兰经》（*The Koran*）。莫哈默德是世界历史上最伟大的人物之一。他生于纪元后 570 年。他在幼年是一个牧童，后来到了一个富家的寡妇那里当仆人，在他 25 岁的时候，他娶了这寡妇为妻。他经过很痛苦的精神上的怀疑与争斗。在他那个时候，西里亚（Syria）已有好些基督教的礼拜堂与许多犹太人的殖民地，莫哈默德必定曾把他们的宗教与他自己的人民的无知的信仰比较了一过。当他出来宣传时，年已四十；他以为人间只有一个真神，人死后必以他的行为，得罚或受赏。他的运命也与别的宗教改革者一样，受了许多人的嫉视，他不得不于午夜的时候，从米加（Mecca）逃到美地那（Medina）。这一次的逃亡，回教徒以为是莫哈默德生平大事件之一。他在米加得了许多信徒，他与异己者战争，得了许多次的胜利。当他在 62 岁死时，他已成了阿拉伯全部的主人了。他死后三年，即在公元后 635 年，回教的圣书，《可兰经》第一次被搜集起来，成为一书，搜集者是阿皮·白客（Abu Bekar），他采集了许多的写在纸上的断片文字，与莫哈默德的同伴与使徒的记忆，成为《可兰经》。

回教徒的根本信仰是世间只有一个神。莫哈默德与他的后继者，持这个教义，以教训崇拜星辰的阿拉伯人，信异教的波斯人，崇信偶像的印度人，与无一定信仰的土耳其人。现在回教徒的数目，较罗马教为尤多；住在印度之内已有 6250 万人。《可兰经》告人信仰一个上帝，“除了阿拉（Allah）没有别的神”，信仰上帝的天使，信仰上帝的书《可兰》，信仰先知。回教徒视莫哈默德为“显示世界创造的意志”的工具；他们极端的信仰《可兰经》，当它为行为的指导，绝不对它发生疑问。地狱的景象，《可兰经》中描写得很详细。地狱共有七层；第一层为不好的回教徒而设，经过多少时间的刑罚，可以释放。第二层为犹太人而设，第三层为基督教徒而设，最下的地狱则为伪善的人而设。他们的天国，则描写得极为美丽。它的美丽直超出于想像的梦境之外，所有愉心、悦目的东西，天国里一切都有——珠宝与宝石，快乐的树结着凡人所永不曾见的果实，潺湲的川流，或容载着水，或容载着白乳，或容载着酒（酒在这个世界是禁止的，在天国里却不禁止）或容载着蜜。天使唱着歌，其快乐非凡人所能想像。尤其足以愉悦的是晨夕与上帝相对。但女人却不能进这天国。《可兰》并告诉人相信魔神（Genii）与天使的存在。所谓魔神的性质，我们可以从《天方夜谭》的许多故事里看得出。《可兰》又要人每天在规定的时间祈祷五次，并鼓励人朝拜圣地米加。它禁止饮酒、赌博、剥取重利与食几种的肉。它允许多妻制度的存在，离婚也很容易。

“可兰”这个字是“应读的书”的意思，全书共分114章，每章又分成许多短节。《可兰》的古本有七种，两种在米地那出版，一种在米加出版，一种在古法（Cufa）出版，一种在巴斯拉（Basra）出版，还有一种则在西里亚出版。第七种被称为通行本。据说，每一种本子都包有77639个字，323015个字母。《可兰》是用散文写的，它的文字是最纯洁的阿拉伯文。我们现在可以无疑的说，可兰的作者是莫哈默德他自己；但回教徒则相信《可兰》的第一稿本是莫哈默德受之于上帝的。此书先被写在无限大的板上；后来天使格皮莱尔（Gabriel）取了写在纸上的一个抄本，显示给莫哈默德，在23年之中，陆续的显示出来，或在米加，或在米地亚。

《可兰》在17及18世纪间，被译成腊丁文与法文。法文译本之一，又在1649年被转译成英文。佐治·赛尔（George Sale）的著名的英译本，则第一次出现于1734年。《可兰经》中的许多话，可以循迹在《圣经》（Bible）中找出，且回教徒虽与基督教徒常为激烈的争战，而《可兰经》却以阿伯拉罕、摩西及耶稣为最可崇敬的先知。

《可兰经》里关于“上帝”的性质的说明，可于下面所引的一段中得之：

> “东与西都是属于上帝的；所以无论你向哪一方向祈祷，都是祷着上帝；因为上帝是无所不在的、无所不知的。所有在天上的与在地上的都是属于他的；一切都为他所有，他是天与地的创造者。
>
> “呵，真诚的信仰者呀，忍耐的求助，并且祈祷着，因为上帝是

向于忍耐的人的。

“上帝是无边的，聪明的，他以聪明给与他所喜欢的人；适受到上帝所给聪明的人，得到许多好处；但除了心的聪明以外，别的都不足算。无论你所给的施舍，无论你所起的罚咒，上帝都确实的知道它；但那不敬上帝的却不会有人去帮助他们。如果你使你的施舍表现出来，那是好的；但如果你藏盖了他们，把他们给穷人，这于你更有好处，将偿赎你的罪：上帝知道你所做的事。”

六

犹太人的圣经是《塔尔摩特》（*The Talmud*）。《塔尔摩特》的重要在于它在现在仍是住于西欧以及世界各处的大群的犹太人的有力的指导。《塔尔摩特》是早时的《圣经》讨论的文字与各时代一生专力研究《圣经》的人的注释的一个总集。它是一部民事与刑事、人与神的法律的百科全书。但它不仅仅是一部法律的书；它记载一千余年的犹太人民的国民生活的思想；所有他们的口头的传说，都以爱恋的热诚，谨慎的收集而且保存在它的真朴里。对于热诚的犹太人，宗教的伦理与礼仪两方面，有一种密切的关系，这个事实，给《塔尔摩特》以它的兴趣与重要。

《塔尔摩特》的完成，费了300年以上的时间。这部书开始编著于公元4世纪之初直至6世纪之末才告成。《塔尔摩特》分为两部分。第一部分名为《米希那》（*Mishna*），是依据《旧约》的法律判决案的一个总集。第二部分名为《奇马拉》（*Gemara*）。《米希那》是用考克（Stanley Cook）所谓“一种后期的希伯莱的文学方式”写成的。《奇马拉》是用阿拉米克文（Aramaic）写成的，这个文字就是《新约》的大部分的原稿所用的文字。

下面是从《塔尔摩特》中取来的一段寓言：

有一次，一个县城的县长差他的仆人到市场里去买鱼。当他到了市场时，看见所有的鱼，都已卖完，只有一尾鱼还没有卖去，而这尾鱼有一个犹太的裁缝正在要买。县长的仆人说道，“我要给你一个金买这鱼。”裁缝匠说道，“我给你两个金。”县长的仆人于是表白他的意思，说要给三个金来买这尾鱼，但裁缝匠要买这尾鱼，他说，即使不得不付十个金去买这尾鱼的话，他也是不愿失去它的。县长的仆人于是回家去，很怒的把这情形告诉给他主人听。县长差人叫了裁缝匠来，当裁缝匠来时，他问道：

“你是什么职业的？”

“一个裁缝匠，先生。”这人回答道。

“那末，你怎么能够出怎样大的一个价钱去买一尾鱼，且怎么敢出比我仆人出的更大的价钱去买它，以侮辱我的尊严呢？”

裁缝匠答道：“我明天要禁食，我想今天吃了鱼，才有气力如此做。即便用十个金去买它，我也不愿失了它。”

“明天怎么会比别天不同呢？”县长问道。

“您怎么会比别的人不同呢？”裁缝匠回答道。

“因为国王任命我做这个官。”

裁缝匠答道：“那末，众王之王也指定这一天比别天更为神圣，因为在这一天，你们希望上帝将恕免我们的罪过。”

县长说道：“如果事情是如此，那末你是不错的。”这以色列人便和平的回去了。

所以，如果一个人志愿服从上帝，没有东西可以阻止它的完成。在这一天，上帝命令他的孩子们禁食，但他们必须前一天吃东西，强健他们的身体去服从他。这是一个人的义务，去虔洁他自己的身体与灵魂，为这个伟大日子的来临。他须预备好，无论在何时，以悔改与善行为他的伴侣，进到可怕的面前。

七

《格兰斯》(*Granth*)是西克人(Sikhs)的圣书，包含西克教的精神的与道德的教训。西克人尊称此书为《阿地·格兰斯·萨希》(Adi Granth Sahib)，这个名称，常常应用在第五古鲁(Guru)阿将

（Arjan）所编的那部《格兰斯》；它里面包含西克教的始创者古鲁那那克（Guru Nanak）的著作，与他的后继者的几个古鲁的作品，印度诸圣如犹地夫（Jaidev）、客比尔（Kabir）诸人的颂诗，回教圣人法里特（Farid）的诗歌以及其他。第九古鲁的作品也常包含在这本《阿地·格兰斯》里面。此外还有第二部《格兰斯》，为西克人在1734年所编的，通常名为“第十古鲁的格兰斯”；它没有《阿地·格兰斯》的同样的威权。

这两部《格兰斯》都是用几种不同的文字写出的。《阿地·格兰斯》的大部分是用潘酌比（Punjabi）语及印度语的古文写的，但又参合些柏拉克里底（Prakrit）、波斯（Persian）、马拉底（Mahratti）及古拉底（Gujrati）的文字，《第十古鲁的格兰斯》则用古旧而最艰难的印度语写出。

《格兰斯》里的颂诗的排列，不依作者的次序，而依音韵的次序。《阿地·格兰斯》共有这种音韵31个。

西克教是反对印度教与回教的。他们的教徒是一神教徒，相信上帝只有一个，反对印度教的偶像崇拜。他们以为在上帝的眼中，一切人类皆是平等的；所以又反对婆罗门，反对印度的阶级。在《格兰斯》里，西克人的饮酒与吸烟都是被禁止的。他们又反对印度教的妇人殉夫的风俗——虽然有些西克人后来受了印度教的感化，而染有这种残忍的风习。西克人的身体很强健，他们并不禁止食肉；他们都是很勇敢的武士，常忠于为他们的统治者英国人服役。在欧战时，他们也显出很好的成绩。

参考书目

1.《回教》（*Mohammedanism*），麦各里握斯教授（Prof. D. S. Margoliouth）著，《家庭大学丛书》（*Home University Library*）之一，威廉与诺格特（Williams & Norgate）公司出版。

2.《佛教》（*Buddhism*），大卫士夫人（Mrs. Rhys Davids）著，《家庭

大学丛书》之一，威廉与诺格特公司出版。

3.《印度教》(*Hinduism*)，巴那特(Dr. L.D. Barnett)著，《古代与近代的宗教丛书》(*"Religions Ancient and Modern" Series*)之一，君士脱卜尔公司(Constable)出版。

4. 约翰·慕莱(John Murry)公司，曾出版了一种很有用的丛书，名《东方的智慧》(*"The Wisdom of the East" Series*)，其中有《婆罗门的知识》(*Brahma Knowledge, an Outline of the Philosophy of the Vedanta*)(巴那特 L.D. Barnett 著)，《梭洛阿斯特的教训与波斯宗教的哲学》(*The Teachings of Zoroaster and the Philosophy of the Persia Religion*)(客柏狄亚 S. A. Kapadia 著)，以及关于佛教、道教及孔子的书。

5. 握克斯福大学出版部(*The Oxford University Press*)也出版了一种重要的丛书，名《东方的圣经》(*The Sacred Books of the East*)，译者都为各专门的学者，编辑者为穆劳(Max Muller)。

6. 菲力特里克·瓦痕公司(Frederick Warne，& Co.)出版了《可兰经》与《塔尔摩特》(*Talmud*)的英文译本。

7. 中译的关于佛教的书籍极多，最著名的出版处为：金陵刻经处、医学书局及商务印书馆。

8.《可兰经》也有中文的译本。

第六章

印度的史诗

一

印度的史诗《马哈巴拉泰》(*Mahabharata*) 与《拉马耶那》(*Ramayana*) 是两篇世界最古的文学作品，是印度的人民的文学圣书，是他们的一切人，自儿童以至成年，自家中的忙碌的主妇以至旅游的行人，都崇敬的喜悦的不息的颂读着的书。印度的圣书《吠陀》其影响所及，不过是一部分的知识阶级，远不如《马哈巴拉泰》及《拉马耶那》之为一切人所诵读。平常的人都能举出他们当中的英雄的姓名，都能背诵他们的诗句，讲述他们的故事，惊骇于他们的英雄的冒险，悲欢于他们的妇人与壮者之厄运，喜悦于他们的主人翁之得最后的成功与胜利，不知有许多男女的儿童在印度是喜欢着拉马 (Rama) 与赛泰 (Sta)，而以他们为将来的模范的。在事实上说来，这两篇史诗实可算是最幻变奇异的；在文学艺术上说来，他们又是可惊异的精炼的，在篇幅上说来，他们又是世界上的所有的史诗中的最长的。《马哈巴拉泰》共分为 18 篇，包含诗句二十余万行，其篇幅八倍于本书前述之希腊二大史诗《伊利亚特》与《奥特赛》的合计；《拉马耶那》略短，共分为七篇，包含诗句25000行。他们都是世界文学中最伟大的作品。本书前已叙及希腊的大史诗《伊利亚特》及《奥特赛》，对此二大著作，自不能不更有所述——虽然在影响上讲，《伊利亚特》及《奥特赛》为世界的，而《马哈巴拉泰》及《拉马耶那》的最大多数的读者至今未出于印度的境外。

《马哈巴拉泰》与《拉马耶那》的出产之地不同，其内容亦歧异。《马哈巴拉泰》产出于西部印度，而《拉马耶那》则产生于东部印度。《马哈巴拉泰》叙潘度斯（Pandavas）与卡洛斯（Kurus）两族战争的故事，而《拉马耶那》则叙一位英雄拉马的冒险故事，其事实较《马哈巴拉泰》为更简明，更浪漫的；因为在《马哈巴拉泰》之中，其连续的故事，常为冗长的别的故事及冗长的哲理的讨论所间断。

《马哈巴拉泰》产生的时代较《拉马耶那》为古远。它的作者相传以为是《吠陀》的编者委沙（Vyasa），然在实际上，与其说是一个诗人的著作，不如说是一个时代的文学的结果。大约最初的时候，其中的不同的事迹与情节都各为起讫，为人民所唱所诵，到了后来，才渐渐的融合成一片，成为如此伟大的一部作品，而被写在纸上。

《拉马耶那》的作者，相传是瓦尔米基（Valmiki），然而这个瓦尔米基的伟大名字也与希腊的荷马一样，同为不可知的一个虚无缥缈的诗人；即便实有瓦尔米基的一个诗人，此大著作也未必为其个人的创作，因《拉马耶那》包含了不少的民间传说与宗教制度的描写，决非个人所能写出的。大约它也与《马哈巴拉泰》一样，是由无数不同的诗篇融合而为一的。它的产生时代大约略略后于《马哈巴拉泰》。有许多人读了这篇《拉马耶那》，如果他们是已读过希腊的《伊利亚特》的便都会觉得有些诧异：《伊利亚特》以海伦的被掳而兴师而围城，而《拉马耶那》也以赛泰的被掳而兴师而围城，其结构与事迹之相同，几令相信为一个故事的转变。有人解释，以为《伊利亚特》也许是依据于《拉马耶那》的，但有人则以为，与其说《伊利亚特》之依托《拉马耶那》，不如说二者之源皆在于阿利安族未南迁及未西迁之时民间所流传的传说里之为当。我们也以后说为比较可信。

在后代，虽然印度还产出了不少的史诗，但都不大有注意的价值，他们都脱离不了《马哈巴拉泰》及《拉马耶那》的范围，所以这里不说。

下面略叙《马哈巴拉泰》及《拉马耶那》两篇史诗的重要的经过。读者对于他们，想必可引起很浓厚的兴趣。

二

《马哈巴拉泰》的经过事实如下：

印度的两个皇家要请一个教师，教导他们的儿子们以各种武技。有一天，那一班小孩子都在树林中游戏，他们的球落到古井中去了。他们想了许多方法，都不能把球由井中取出来。正当孩子们焦急懊恼之际，他们看见一个婆罗门坐在近旁休息。孩子们围住了他，叫道，“啊，婆罗门！能否告诉我们以取球的方法？”那个婆罗门微笑道，“怎么，你们不会取么？如果你们答应给我一顿饭吃，我不仅能把你们的球拾起，还能把我现在掷在井中的一个戒指拾起来，只要用几根草。”说时，他脱下自己的戒指，掷入井中。一个孩子叫道，“婆罗门，如果你真能拾起球和戒指，我们可以使你生活富裕。”于是那个婆罗门随手在近旁拔起一把长草，他把一根草，向井中掷去，草如一根针似的直贯穿于球中，然后又掷了一根草，恰好穿在第一根草上。如此，继续的掷去，成了一根草绳把球引出井外。孩子们的兴趣现在集中于婆罗门的技艺上，连球也忘了，同声叫道，“啊，婆罗门！再把戒指拾起来！”特洛那（Drona）——这个婆罗门的名字——拿起他的弓，从箭袋中取出一枝箭，向井中射去，这枝箭飞回他的手中，带上了那个戒指。孩子们又惊又喜，问道：“我们能为你做什么事呢？”特洛那说道：“去告诉你们的保护人拜喜马（Bhishma）说，特洛那在这里。”孩子们飞快的跑回家，告诉拜喜马以一切的经过，拜喜马知道特洛那是大圣巴拉特瓦爵（Bhradwaja）的儿子。巴拉特瓦爵居于恒河发源地近旁的山中，其住处成为伟大学问的中心，又听人传说特洛那自他父亲死后，又苦心研求，学会了神奇的武技，于是决定聘请特洛那为教师，教导孩子们。他问起特洛那到这里之由来：原来特洛那娶了亲，生了一个孩子，因为他孩子的需要，他才第一次感觉到他的穷苦，想去寻找他幼年的同学。那时，他的最亲密的朋友是特鲁柏达（Drupada），现在已做了盘察拉斯（Panchalas）的国王。他便去寻这国王，诉说他的穷苦。但特鲁柏达以今昔地位的不同，竟不招待他。于是特洛那大怒，想得到几个学生，以为报仇之地。因此拜喜马的邀请，使他十分喜欢。当他做了皇子们的教师不久，有一天，他聚了他的生徒，要求他们答应一件事，就是，当他们的技术练成时，须为他做一件心中所欲做的事。所有的皇子都沉默不言，仅其中的一个，潘度斯（Pandavas）家的第二子阿琪那（Arjuna）诚挚的设誓说，他愿为先生效劳。从此以后，特洛那特别的喜欢阿琪那，阿琪那也特别的专心学习武术。特洛那所教的生徒愈多，所有卡洛斯（Kurus）及潘度斯二皇家的子弟，都成了他的生徒。从别处来的皇子也有不少。其中有一个生徒名为卡尔那（Karna）的，为一个皇家圉人的继子，他的真实的家世，没有人知道。他与阿琪那很早的就互相竞争，互相反对，常立于卡洛斯的兄弟们的一方面，以反对潘度斯的兄弟们。

在向特洛那求学的生徒中，来了一个非阿利安种的属于低阶级的皇子依卡拉夫耶（Ekelavya），但特洛那却不肯收留他，因为恐怕这低阶级的领袖将专心学技，超越过阿利安族的诸皇子而尽得他们的军事学的秘密。于是依卡拉夫耶辞了回去，到森林中，用泥土造了一座特洛那的像，向它跪拜，敬它为师，日日在像旁专心学射，最后遂成了国中极著名的弓箭手。后来，皇子们在森林看见他的神技，且羡且妒，因问他以他的教师的名字。他道："也是特洛那！"特洛那知道了这事，偕了阿琪那同去访寻依卡拉夫耶。依卡拉夫耶见了特洛那，立刻施了礼，合掌而立，待他的命令。特洛那道："英雄！如果你真是我的生徒，那末，请你拿出先生的束修来！"依卡拉夫耶欣然的说道："什么都给你，请你说！"特洛那道："我要你右手的大拇指。"依卡拉夫耶毫不思索的割下他自己的右手的大拇指，放在特洛那的足下。但当特洛那回去后，依卡拉夫耶又去拿起弓箭练习，而他的射箭的能力竟已完全没有了，因为他的右手的大拇指已割去。于是在国中能武术的人中遂无能与这一班高阶级的皇子相并肩的。

在潘度斯的诸皇子中，第一皇子犹狄希苏拉（Yudhishthira）最善于车战，习为军官，第二皇子拜摩（Bhima）最善于用棒锤，双生的两个皇子那古拉（Nakula）及萨海地瓦（Sahadeva）则最善于马战及用刀。卡洛斯的皇子特里奥海那（Duryodhana）则与拜摩相同，最善于用棒锤。特洛那自己的儿子阿喜瓦赛曼（Ashvatthaman）则最善于战术。至于潘度斯的第三皇子阿琪那，则无所不精，一切都超出于他们，有智谋，富战略，且善用各种的武器，常为诸皇子的领袖。有一天，特洛那想一个法子试验他们的武技，他把一只假鸟放在一株树顶上，对他的生徒们说道："拿起你们的弓箭，以鸟为鹄。听我一下令，即放箭射断鸟颈。一个个的试。"最初，叫犹狄希苏拉来，问道："你看见树顶的鸟么？看见树么？看见我么？看见你的兄弟们么？"犹狄希苏拉道："都看见的。"连问了三次，都是如此答复，于是，特洛那道："那末，你先站开。"其他的皇子，一个个都问过，一个个的答语，都与犹狄希苏拉一样，只有阿琪那最后试，最后的答道："不，先生，我只看见树顶的鸟，且只看见它的头，此外，并不看见树，也不看见你，也不看见兄弟们！"特洛那快乐的说道，"你射！"于是阿琪那一箭射去，鸟头果落。过了几时，特洛那见诸皇子的武技已成，请于国王特里泰勒特拉（Dhritarashtra），择日开一比武会。国王答应了。比武的那一天，一切人都到场，卡洛斯诸子的母亲以及潘度斯诸子的母亲肯泰（Kunti）也来了。白发的教师特洛那全身穿了白衣，看过去如明月之在于皎洁无云的天空上。他们先试了马战、车战与刀战。以后拜摩与特里奥海那二人比武；他们二人的凶猛的争斗，激起了许多观者的情感，有的表同情于拜摩，有的表同情于特里奥海那。特洛那急止了他们的比赛，因为恐怕引起了真的战争。最后，阿琪那出来展试他的武技，正在他的展试完毕时，武场门外走进一个人来，即皇家圉人之子卡尔那。潘度斯的母亲一见他，觉得很害怕，因为他乃是她未与她的丈夫潘度（Pandii）结婚时所生的儿子，久已弃去的，他的父亲乃是一个神，即太阳。这时，卡尔那也要求加入比赛，他因大家不知其身世，只知其为圉人之继子，故不允加入皇子的比赛之中。但卡洛斯的诸子拥卫他，立刻拥立他为一个小国的王；他与特里奥海那及他的兄弟们遂成了永久的朋友。不久，太阳西沉，比武亦告终止。

现在，特洛那要向皇子们收取先生的束修了。他把所有的生徒集合在一起，说道："去把盘察拉斯国王特鲁柏达在战争中捉了来见我，这是我做你们教师的唯一报酬。"皇子们集了车马，向盘察拉斯国都而去。先是卡洛斯的兄弟们去与盘察拉斯国王特鲁柏达战斗，他们虽有神勇的卡尔那的帮助，但不能得胜。后来潘度斯的兄弟们出来向特鲁柏达进战。大力的拜摩执着棒锤为先驱，开始去杀死特鲁柏达的许多象，阿琪那则独自向特鲁柏达而进。斩断他的旗杆，跳下自己的车，捉住国王特鲁柏达，如一只大水鸟之啄住一只水蛇。他们全体遂带了特鲁柏达回到他们的国里，去见先生特洛那。特洛那向特鲁柏达说道："我现在之爱你，还不殊于我们当日为儿童时，你愿我们为朋友如前么？"于是他释放了特鲁柏达回国。他的复仇已成功了！但特鲁柏达则深耻之。他回国后，到各处专心拜祷，欲生一子，为他复此仇。

诸皇子战胜特鲁柏达一年后，国王特里泰勒特拉意欲选立潘度斯的长子犹狄希苏拉为皇位的承继者，因为这皇位原是犹狄希苏拉的父亲潘度的，现在盲目国王特里泰勒特拉应该将皇位还给犹狄希苏拉，而不能传之于他的儿子们——即卡洛斯的皇子们。但潘度斯皇子们，这时正向各地攻略，得了无数的财宝，以实于皇库。特里奥海那从孩提时即已嫉忌潘度斯的诸兄弟，这时更觉得妒火如烧，即他的父亲——国王特里泰勒特拉，也觉得很妒忌起来，于是特里奥海那便劝他父亲寻一个机会以驱去潘度斯的诸兄弟。国王于是秘密的授意于一部分的臣子，常常赞美皮那士城（Benares）的美丽弘壮。潘度斯的诸兄弟及其他皇子，为他们的话所动，说他们兄弟很想去看看这美丽弘壮的皮那士城。国王乘机慈爱的向他们兄弟说道："那末，去，你们兄弟，五个人在一起，且同到皮那士住几时，并带了应分得的财宝同去。"隔不到几天，五位皇子便偕了他们的母亲肯泰同赴皮那士城。

在他们未动身之前，特里奥海那先差了一位友人到皮那士预备迎接五位皇子，布设杀害他们的计划。这友人受委托造了一所极易着火的弘丽的宫殿，给他们住，他自己也住在里面，装作一个看守者，等有机会便去放火。原来这座宫殿全是用松胶造成的。但在朝中，潘度斯兄弟们也不是没有聪明的参议者；他们有一位为他们通消息、设计谋的老友，名委杜拉（Vidura），虽然生在卑贱的阶级，却是一位正直之神。他警告五位皇子要小心防备。当松胶之屋已造成，皇子们方住在里面时，他立刻从都城差了一个最好的泥水匠，到皮那士城，为皇子们掘了一条地道，为失火时逃避出宫之用。过了一年，潘度斯的兄弟们见那位特里奥海那派来乔装看守者的人已完全疏忽于防备，便思量了一个脱身的方法，预备离开皮那士。有一夜，肯泰举行了一个大宴会，宴散后，夜如死的沉寂，大风开始吹刮，拜摩轻轻的出来，先把看守人的房子点着了，然后各处点火。拜摩背负母亲，两肩各夹两个兄弟，由地道中逃进森林。皮那士城的百姓们终天看着宫殿在烧。第二天发现一个穷妇人与五个孩子的骨骸，以为即潘度斯的母子们；他们责备看守者，但他也已被烧死在内。国王及卡洛斯的皇子们得到这个消息非常喜欢。同时潘度斯的兄弟们已逃到恒河边，这里，委杜拉已为他们预备了一只船渡过对岸。他们假装为沿门求乞的学者，大家都以为他们是婆罗门。

当潘度斯的兄弟们乔装为婆罗门隐住在某处时，盘察拉斯国王特鲁柏达正为他美丽的女儿特绿巴戴（Draupadt）求婿。当他们为特洛那的生徒们所擒辱时，他私自希望着他的女儿能嫁给阿琪那。现在，假装婆罗门的阿琪那及他的兄弟们听见这个消息，果然偕了母亲，同到盘察拉斯的都城来。特鲁柏达造了一个极大的弓，悬了一只戒指在极高的地方，宣言谁能用这弓射穿戒指，即可得美丽的特绿巴戴为妻。许多国王都来了，即特里奥海那也偕了他的最好的朋友卡尔那同来。许多人都不能拉动这个弓。卡尔那走了上来，已把弓拉得弯曲了，但公主特绿巴戴却叫道：“我不要这圉夫的儿子为夫！”卡尔那苦笑着，放了弓箭，仰首望望太阳，退了去。国王及皇子们都失败了，最后上来了假装婆罗门的阿琪那！没有人认识他的真相；他把弓拉得满满的，连射了五箭，都穿戒指。许多婆罗门喜跃大呼。犹狄希苏拉恐怕被人认出，偕了两个小的兄弟先退出，只留下阿琪那及拜摩在场。特鲁柏达许这少年婆罗门为婿，特绿巴戴沉默的认他为夫。全场的空气如夏天黑云之弥漫于天空一样，顷刻变了，国王们与皇子们都恼怒起来，他们取了武器向特鲁柏达冲去，阿琪那举了弓，拜摩拔起了一株大树当兵器，以保护他。大力的拜摩的这个举动，使他们惊吓得退回一下。恶战了一会，两方面又讲和了。阿琪那与拜摩偕了新妇同到母亲那里去。她看见新妇特绿巴戴，慈爱的互相拥抱着。

这个时候，有两个客人来看潘度斯的兄弟们。这二人是克里希那（Krishna）与他的弟弟。他们是潘度斯皇子们的表兄弟，也是二个皇子；在会场中，他们即已认出乔装的阿琪那及他的兄弟们了。他恭祝他们逃出松胶之宫，又贺他们得新妇。国王特鲁柏达知道他的婿就是阿琪那，觉得喜欢无已，而且觉得骄傲，现在他什么人也不怕了。潘度斯的兄弟们尚生存的消息传播得极快，卡洛斯的兄弟们及他们的父亲都已知道。他们召集了一班亲臣，商量此事，卡尔那主张战争，有的人主张散避，但他们的保护者拜喜马及教师特洛那，正直之神委杜拉反对他们的主张，坚持着：招潘度斯的兄弟们回国，给他们以他们所应得的一半的国土。国王特里泰勒特拉只得听从拜喜马他们的主张，遣使去邀潘度斯诸皇子回国。于是犹狄希苏拉遂同了他的母亲及他的兄弟们，偕了新妇同回他们的故乡。国王告诉他们，为避免同族的再起纷争，他要分给他们兄弟以一半国土。但所给与他们兄弟的却是荒芜的土地。他们服从了国王的命令，很快乐的到他们自己的新国土里去。以他们的能力，他们的勤恳，建筑了一座新城，其美丽与弘壮在人间无可比者。国内的政治，平允而清明，各地都和平而且发达，而且快乐。现在，犹狄希苏拉预备要举行登基典礼了。举行到典礼的日期，他尊他的忠诚的朋友克里希那为首席，有一个客人希苏配拉（Shishupala）起来反对，以为克里希那是年最长的么？是他们的先生么？是他们的最好的联盟者么？是他们的尊爱的保护者么？都不是的！那末，为什么独以他为首席呢？犹狄希苏拉及拜摩愤愤的生气；拜喜马平静的立了起来，说这个希苏配拉的历史。他说，希苏配拉是一个国王的儿子，生出时，有三只眼，四只手臂。一落地即如驴子似的到处乱走，他们很害怕，想弃了这个孩子，有一个声音在空中说道："不要怕，这孩子毁灭的时候还没有到。杀他的人乃是把他抱在膝上时，他的多余的眼与手臂即刻消失去的一个。"有一天，那位少年皇子克里希那，就是现在的首席，同他的兄弟到这个地方，国王要求他抱这个孩子；这个孩子在他膝上时立刻消失去他的多余的一眼与二臂。国王求他一件事，即当这孩子违抗他时，请恕了他。克里希那说，可以的，即这个孩子以后侵犯他 100 次，他都可以恕他，但 100 次以外，则不能。这个孩子，希苏配拉现在长大了，现在又来侵克里希那，这是他的结局的时候到了。希苏配拉听了拜喜马的话，大怒，执刀欲斗。这一次是第 101 次的对于克里希那的侵犯。希苏配拉遂应预言而死。

典礼过后，卡洛斯家的特里奥海那还留在潘度斯的宫殿里做客人。他看见水晶做的地板，以为是水池，投下衣服去洗，即刻发现他自己的错误。第二天，他走到一个水池边，还以为也是水晶的地板，便走下水去，弄得一身都湿了。什么东西都使他感痛苦。水晶的门开在那里，他却误认为关着，关着的，他却误认为开着。宝石镶的墙，弘壮的大厅，一切都使他妒忌而烦恼。他归家后，与他恶友商量，设了一个巧计，以毁坏幸福的潘度斯的兄弟们。他知道他们是极守信实的，又知道他们是不大会赌博的，于是要求他父亲国王特里泰勒特拉召了潘度斯的兄弟们，到国都来赌博。犹狄希苏拉偕他的兄弟们应召而来。自然他们是赌不胜那赌棍。于是他们失去了无数的财宝，最后，竟以他的国为赌，也输了，以他自己，他兄弟们及特绿巴戴为赌，也输了，于是他们成了特里奥海那的奴隶。但国王很惧怕纷争的再现，释赦了他们全体，给还他们以国土。特里奥海那心中愤极，又向他父亲恳诉。于是潘度斯的兄弟们在归家的半路上，再被国王召回再赌，结果，又输尽了一切东西。他们被罚居于森林中 12 年，不能进城市，如进城市，当再罚居森林 12 年。他们沉默的到放逐的地方去，显然的在他们的脸上有可怖的复仇的光。犹狄希苏拉明白他们兄弟与卡洛斯的兄弟们的将来，必将以战争决他们的幸福。在潘度斯的兄弟们的放逐期中，特里奥海那已取得了皇位的继承者与财宝，所有他们的朋友都已输忠于他。特洛那及他的生徒们，尤其是卡尔那，如当战争时，必决定为特里奥海那之友，而与潘度斯家为敌。即拜喜马也成了卡洛斯家的人了！不久，有一个圣者到森林中来，要他们中的一人，到喜马拉耶山去见大神。阿琪那受了这个使命，走到喜马拉耶山，大神幻化了一个猎夫，与他相见；大神赐给他以一张神弓，世间的人无能与他对敌的。

12 年的放逐期过去了，潘度斯的兄弟再出现于他们的朋友们中。他们在联盟国中，开了一个大会议。国王特里泰勒特拉听见了这事，遣一个使臣以空言安慰他们，表示好意，但不说起归还他们的土地与财宝的事。犹狄希苏拉的答语是："归还我们的国土，不然，则请预备战斗！"现在事实是很明白的，潘度斯的兄弟们与卡洛斯的兄弟们除了战争以外，没有别的路走了，战云黑暗而浓密的悬挂于两家的屋上。特里奥海那把指挥卡洛斯的军队的权交给他们的保护人拜喜马；卡尔那则等到拜喜马死后再出来。潘度斯的军队则受指挥于盘察拉斯的亲王，即国王特鲁柏达之弟特利希塔杜那（Dhrishtadugmna）。恒河的平原上，拥挤着全身甲胄的国王们、皇子们，以及无数的象、无数的战车、无数的步兵，看来正如明月升时的大洋一样。潘度斯的军队集中于盘察拉斯的国都，向战地出发。在未战之前，阿琪那声言不愿与他的亲爱的保护者、师长及同胞们战争。克里希那说了一段极著名的话（名为 *The hagavad Gita*），以鼓励他们；这个"Gita"（即歌），现在成了全印度的"福音书"。太阳方升于东方，两方大军已面对面的站着，整齐而且严肃，如两座大城。角声一吹，战事开始，人众涌动，如大洋之波涛的起伏，如一阵飓风之扫过森林。兵士们互相扑击，大声呼喊，尘土飞迷天空，血液染渍地上。潘度斯与卡洛斯两家如为魔鬼所凭，力战不已。父与子、师与徒、兄弟与兄弟，各不相认。大象以牙相攻，群马委死于地，大车碎于地上。刀枪之光闪耀，密密的箭雨四射。拜喜马在战事最密处，穿着白甲，坐着白车，如满月在无云之天上，指挥着卡洛斯的军队。夜色笼罩了一切，两军方才罢战。第二天清晨，战事又开始。一天一天的过去，到了第九天，潘度斯的兄弟们知道拜喜马不死，卡洛斯军决难打败，但阿琪那悲切的不忍见他幼时的亲爱的保护人死于他们的手中。到了第二天，即战事开始后的第十天，拜喜马受了重伤而死。卡洛斯军的指挥权归到他们的教师特洛那的手中，卡洛斯军在特洛那的指挥之下，与在拜喜马指挥之下一样，连连的胜利。他的战略极为精密；他欲生擒潘度斯家之王犹狄希苏拉。潘度斯军方面的战略也在集中攻击特洛那个人；阿琪那的希望则愿生获他最亲爱的先生。有一天，拜摩杀死了一只与他儿子同名阿喜瓦赛曼的象，叫道："阿希瓦赛曼死了！阿希瓦赛曼死了！"特洛那以为是他儿子被杀死，心中悲伤不已，不能作战，遂为潘度斯军所乘，头落于地。于是卡洛斯军的指挥权又落于卡尔那的身上。卡尔那与他的从童时即相仇的阿琪那相见，两个英雄俱出死力相斗，有类乎《伊里亚特》中的赫克托与阿且里斯的相斗。结果，卡尔那死于阿琪那之手，正如赫克托之死于阿且里斯的手中。卡尔那死后二天，战事的胜负已分明，潘度斯军已占了优势，但特里奥海那还不灰心，还要决一死战。结果，他也死了。最后的胜利遂归于潘度斯军，而为他们仇敌的少年学友则俱已死亡净尽。于是18日的大战遂告终结；卡洛斯家的诸兄弟，如日中之灯，已永永熄灭。潘度斯家的诸兄弟遂得了全国国土，居其所应居的皇位。

《马哈巴拉泰》至此尚未完篇，此后尚继续的叙述：潘度斯家的五个兄弟们统治了全印度帝国36年，然后他们知道他们的终局到了，传位于他们的后继者而出外游历——走向死国的游历。他们走到喜马拉耶山峰上，跳了下去，独有犹狄希苏拉升上天去，他们的四个兄弟及特绿巴戴都跌落峰下而死。犹狄希苏拉游历了天国与地狱，受了众神的各种试验；后来，他的四个兄弟及特绿巴戴也都到了天上，与犹狄希苏拉同受快乐与光荣。

三

《马哈巴拉泰》叙两家的战争，《拉马耶那》则叙一个英雄名为拉马者的冒险的故事。它的重要的经过如下：

古时，有一座壮丽的大城，名为“永胜”。在这国中的一切人都正直而快乐，诚信而知足，有学问而知敬神。他们的国王名达沙拉赛（Dasharatha），是人中之圣，群星中之月。他一切都满足，独没有一个儿子以传继他的皇位。有一次，他遂举行一个最大的祭礼——马祭，向群神求子。他的三个妻子知道这事都很快活，脸色如早春之莲花。这时，天上的众神，正受他的祭奉；他们集合在一起，告诉创造者婆罗马说：“一个恶魔名莱瓦那（Ravana）的，极压迫我们，但我们总十分的忍受，因为你曾允许他不被神及一切魔鬼所杀。但他现在的无礼，已出于我们的所能忍受的范围以外。请你设法毁灭了他！”大神婆罗马答道：“只有凡人才能杀死这恶魔。”正在这时，大神委西奴来了，群神遂求他投生为人，以杀恶魔莱瓦那。于是委西奴遂化身为四，投生于世，以国王达沙拉赛为他们的父亲。达沙拉赛祭神后不久，三个妻子遂都有孕，生了四个儿子，一名拉马（Rama），一名白拉泰（Bharata），一名拉克希曼那（Lakshmana），一名沙特洛那（Satrughna）。同时，群神又创造了许多强大的猴子，勇敢、聪明、敏捷，不易被杀死，为委西奴战恶魔的帮助。四个孩子到了成人，勇敢与道德都超越众人之上。拉马尤为他父亲及百姓们所爱。他知道《吠陀》，明象、马、车诸战术。在诸兄弟中，拉克希曼那与他尤相爱，如影之随形，他始终跟随在拉马的左右。如此，拉马到了16岁。

现在，有一个名为委希弗米特拉（Vishvamitra）的隐士，来求国王达沙拉赛，请拉马去为他驱除两个魔鬼。这两个魔鬼得了莱瓦那的帮助，继续的扰乱他的祭典，亵渎他的圣火。拉马与拉克希曼那遂偕了委希弗米特拉同到他那里去。国王甚不安心他儿子，但委希弗米特拉保证拉马必得胜利而归。这是拉马的成人的、恋爱的及争斗的开始。万物都喜欢看见拉马。凉飔扇拂拉马的脸，花朵如阵雨似的从天上落在他们身上。他们到了目的地，委希弗米特拉遂偕祭师们开始祭祀；怪形的魔鬼们如雨云之蔽天的，冲了下来。拉马把两个恶魔斫伤了，把其他恶魔杀死了；受伤的逃遁去了。祭礼过后，拉马问委希弗米特拉还有什么事要做的。他说道：“人中时虎呀！请和我同到约那卡（Janaka）那里，看他的大祭与他的大弓吧！”国王约那卡的大弓，是一件神物，没有一个神与魔与人能够用它的。许多国王与皇子都来试拉过它，但是没有一个不是失败而去。国王约那卡欢迎这个隐士及拉马兄弟。他们二人在众人中行走，如狮、如象、如神，第二天，约那卡请他们兄弟去看大弓，先对他们说道：“我有一个女儿赛泰（Sita），不是人类生的，乃是，当我耕地时，从犁痕中跳出的。如果谁能弯动那个大弓，我当即以赛泰给他为妻。”于是大弓放在八轮车上，以五百个大汉拖车出来。拉马试去弯这大弓，很容易的把它弯曲过来。后来，大弓折断为二，声如雷轰，如地震，观者都震骇不已。于是约那卡把赛泰许给拉马为妻，并遣人去邀国王达沙拉赛来参预他儿子的婚礼，同时，又把他的第二、三、四个女儿都给了拉马的三个兄弟为妻。他们偕了新妇们随他们父亲回国，天空把花朵散在他们身上，乐声隐隐可闻。

现在，达沙拉赛做了许多年国王，觉得厌倦，要把王位传给拉马。大臣与皇子们都赞成他的意见。拉马如明月之在清明繁星的秋空，从众人中出来受他父亲的训示。达沙拉赛说道：“孩子，我明天就要立你为太子了。”全夜，都城街上都拥挤着，语言如大洋的波涛的啸号。每个人都喜欢看见明天拉马立为太子典礼。这个时候，拉马的兄弟白拉泰的母亲开吉耶（Kaikeyi）正在受她恶乳母的教唆。恶乳母道：“拉马要为太子了！为什么你的儿子白拉泰不为太子？现在，快想一个法子挽回此事，救你自己，救白拉泰，救我！”但开吉耶不为所动，她也是喜欢看见拉马为太子的。但恶乳母用了许多话激动她的好荣心与妒嫉心，最后，她便真的生了气，说道：“今天拉马必须放逐出国，白拉泰必须为太子！但你有法子完成我的这个志愿么？”恶乳母便提起她与国王以前的一件故事。国王达沙拉赛尝与魔鬼大战，受重伤卧于地上，幸得开吉耶救了他，把他治好，当时，他曾允许给她两个愿。“现在老乳母说道，“可以向他请求这两个愿了。就是白拉泰的为太子与拉马的放逐。”于是美丽的开吉耶的心如繁星之天空为黑云所蔽，向达沙拉赛请求以前所许的两个愿。达沙拉赛说，“必实行你的所愿的！”她便祷告诸神诸生物以为证，又说起以前的事。现在，他如鹿之陷于猎人的围中，莫知所措。她要求道："第一愿是把拉马放逐到森林中 14 年。第二愿是立白拉泰为太子。"达沙拉赛震骇而且悲哀，说道："唉，你要使我发狂了！我怎么能一天不看见拉马呢？"但他却不能不守信实。第二天，拉马朝见他父亲，达沙拉赛的心沉了下去，悲痛的微语道："拉马！拉马！"拉马不知何事，见他父亲的悲郁心里也极忧沉。便问开吉耶道，"父亲今天为什么如此呢？"开吉耶便毫不羞耻的把事情告诉他，要他到森林中住 14 年。拉马对此不忧不怒，说道，"当如你所愿的做去。但我只忧愁父亲的悲苦。现在，快叫人去请白拉泰来，我不管他愿不愿，即要到森林中去了。"于是他到宫中，别了他自己的母亲，偕他妻子赛泰及兄弟拉克希曼那同到被放逐的森林中去。达沙拉赛见他最爱的儿子走了，向开吉耶怒视，誓言不再与她同住，他说道，"只有拉马的母亲那里，是我所欲久住的。"拉马走了以后，都城中一切人都觉得忧苦。到了第五天，达沙拉赛死了，因为悲哀拉马的放逐而死了！白拉泰被使者召到都城，他知道父亲已死，十分悲伤，又知道拉马被逐，更是难过。他对他母亲说道："母亲，你完全不明白我！你不知道我是怎样的爱拉马！王位是拉马的，我决不愿意即位！我要到森林中寻回拉马！"达沙拉赛的葬礼已过，大臣们请白拉泰即位，但他拒绝了；他叫他们预备车马，同去迎接拉马回来。走了几天，到了拉马所隐居的森林了。他单身去见拉马，哭着，求他回国即位。拉马道："父母叫我住在森林里，我怎么能回去呢？请你不要责怒母亲开吉耶，服从是我们儿子的天职。"任是白拉泰如何劝请，拉马都不答应，大臣们说了许多话，他也不肯听，于是白拉泰不得已的誓道："在这十四年中，我代你摄行国政。如果十四年后你不回来，我便用火自烧死。"这个计划，拉马同意了。他抱着白拉泰说道："不要同开吉耶生气，孝敬她如初；这是我和赛泰所祷求的。"白拉泰及大臣们遂回朝，置拉马的金拖鞋于座上，自己则代他摄行国政，如大臣们一样。

现在，拉马要迁居了。这有两个原因，第一，许多群的魔鬼，因为嫉忌拉马，常出来烦扰这里的隐士们；第二，都城的人常来见他。于是他同赛泰及拉克希曼那迁到远处，进入最深的森林中，如太阳之为一堆的黑云所蔽隐。他在这座森林中，受隐士们的欢迎，做他们的保护，为他们战杀魔鬼。如此，他们在森林中居了十年。有的时候，住在这个隐士家，有的时候，住在那个隐士家。有一次，一个凶恶的魔鬼捉住了赛泰，要把她擒去，但拉马与拉克希曼那出死力杀了他。又有一次，他遇见一个大鹰名约太左（Jatagu），他是拉马父亲的朋友，他答应帮助拉马。当拉马兄弟出外时，他将保护赛泰。最后，他住到一个地方，河岸上生着开满花朵的树，禽鸟浮于水面，麋鹿游于林中，孔雀郭郭的鸣着，山上都是嘉树、异花、美草。拉马在此建了一座竹屋，大鹰约太左也来与他们同住。他们现在觉得很满足，如天上的神。一个女魔名沙柏娜克（Surpanakha），是莱瓦那的妹妹，她看见拉马，喜欢他，但拉马拒绝了她。她又要求为拉克希曼那的妻，但他也拒绝了她。于是她想杀死赛泰以泄愤。拉克希曼那捉住了她，割去了她的耳鼻。她奔了回来，红血滴滴的，遇见了她的兄弟卡拉（Khara），即莱瓦那的少弟。卡拉知道了她的不幸，立刻大怒，差了十四个恶魔去杀拉马兄弟及赛泰，把他们的血带给沙柏娜克喝。但拉马把这十四个恶魔都射杀了。于是卡拉更是愤怒，自己带了一万四千的可怕的残勇的恶鬼，去杀拉马他们。拉马把赛泰及拉克希曼那藏在密洞中，他自己一个人去敌这一班的恶鬼。所有在空中在天上的神与鬼都来观战。恶鬼们如海洋，如黑云，把千万兵器，齐向拉马刺去。林中之神惊骇而逃。拉马坚定的立在那里，用他的弓箭，把所有一万四千的恶鬼都杀死了，然后与卡拉面对面的恶战一会；他们之战，如狮与象之战。最后，拉马又把卡拉杀死了。群神大喜，撒花在拉马身上。赛泰与拉克希曼那也从石洞中走出。莱瓦那听见了这个消息，大怒；带这个消息的人又劝莱瓦那把赛泰擒来。他便叫有智谋的墨莱蔡（Maricha）去做这事。但墨莱蔡劝他不要为此不可能的事。莱瓦那受劝而止。莱瓦那有十只头，二十只手臂，他坐在金座上如熊熊的火一般。他身上留着许多伤痕。都是与群神战争的余迹。他不能为神或鬼或鸟或蛇所杀死。他常破坏婆罗门的祭礼，夺取别人的妻。他住的地方是兰克（Lanka）城，现在，他的妹妹沙柏娜克又去见他了。她把伤痕给他看，激动他为她及卡拉报仇，又劝他去捉赛泰来为妻。这一次，他决定要去与拉马为敌了。他迫了墨莱蔡同去。墨莱蔡变了一只金鹿，在拉马竹屋左近出现。这鹿的美丽真是无比！赛泰见这鹿，便极喜欢，要求拉马去猎取它来。拉马也为这鹿的美所惑，虽然拉克希曼那警告他说，“这鹿也许是魔鬼幻化的，”但拉马坚欲追它，答道，“那是更好，我正要杀他。请你守着赛泰，与约太左在一起。”这鹿时现时隐，时近时远，以诱引拉马远出。后来，拉马倦息于树荫下，这鹿又出现在左近。拉马一箭射去，把它射死。墨莱蔡临死时，现出原形，假装拉马的声音叫道：

“赛泰，拉克希曼那！”赛泰听见这呼声，强迫拉克希曼那去助拉马。他一走开，莱瓦那便幻形为乞丐，持钵走近赛泰。要求赛泰做他的妻，弃了竹屋与他同住在宫殿中。赛泰惊骇怒骂。莱瓦那遂现出原形，把她捉住了，跳入他的金车中，飞上天空。赛泰高叫道：“树呀，鹿呀，鸟呀，林神呀，请你们告诉拉马说，我已被莱瓦那捉去了。”她看见大鹰约太左在一株树上，便求他救助。约太左从睡梦中醒来，看见莱瓦那与赛泰，便向莱瓦那说道，“快放还赛泰，我在此决不让你把她窃走。”于是他们在天空中大战，后来，这鸟王受伤落地死了。莱瓦那遂如此的把赛泰窃去了。自然界都为她悲哀：莲花萎谢了，太阳暗了，山泉呜咽如哭，小鹿为之流涕，林神也都惊骇；但创造之主婆罗马在天上却笑道：“我们现在的工作要成功了。”因为他见莱瓦那已走上死路。莱瓦那的车经过山峰时，赛泰看见有五个大猴在那里，她投下她的珠饰给他们，想求他们带给拉马。他们到了兰克城。莱瓦那把赛泰放置于内宫，看守极严密，一面又差奸细去侦探拉马的动作。然后他到赛泰那里，把他的宫殿、财宝、御苑给她看，恳求她为妻，但赛泰脸躲着他，沉默不言的哭着。他再迫她，她便誓说，他必死于拉马之手，恶鬼之国必全灭。于是莱瓦那大怒，叫几个极凶恶的鬼来，负看守赛泰之责，要他们或用武力，或用诱惑，把她灵魂裂碎。温柔的赛泰便这样的居于兰克城，如牝鹿之在于群犬中。

拉马射死了墨莱蔡回来，在路上遇见拉克希曼那，同回家中，但赛泰已不在这里了。他们到处的寻找，石洞、森林，都寻找过了，却不见有赛泰的影迹。拉马以为必定是什么魔鬼为报复卡拉之仇，而把她吃去了。但后来，他们走到大鹰约太左落地的所在。约太左还未死，他微声的告诉拉马以一切的经过，并叫拉马到莱瓦那那里去找赛泰，说完了话，他便死去了。拉马悲苦约太左的死，愤痛赛泰的被窃，立刻同拉克希曼那去救赛泰。在路上，他们遇见了一个可怕的恶魔，把他杀死了。这恶魔临死时很快活，因为，他乃被一个隐士咒禁为恶魔之形的，拉马杀了他，他才自由。于是他们用柴把他的尸身烧了，他在葬火中升到天空，坐在车内，对拉马说道，“你要到里夏墨客山（Rishya mukha）去找大猴苏格里瓦（Sugriva）及他的四个同伴的帮助，如此，才能杀死莱瓦那，救回赛泰”。于是他以手指示拉马以里夏墨客山的方向，渐升上天空不见。拉马与拉克希曼那遂到了里夏墨客山。大猴苏格里瓦是被他残恶的兄弟委里（Vali）逐出家庭的，他的妻子也被占去。他见有两个人带了兵器去找他，以为是委里派来的奸细，不敢出见，先差哈纳曼（Hanuman）乔装隐士，出与他们相见。他们告诉哈纳曼以救助的意思。这时，苏格里瓦亦正欲求人帮助复仇，遂与拉马成为好友，相约互助。猴子们又说起赛泰掷下珠饰给他们的事。拉马见了珠饰十分悲哀。于是拉马助了苏格里瓦打败了委里，使他复为猴国之王。四个月的雨季过去了，天色清朗，水流平静，苏格里瓦遂发令召集猴军，猴军从远而至，由石洞，由森林，由东，由西，由喜马拉耶山，或由他处，全世界的猴子，都毕集于苏格里瓦之前。他遂令他们受拉马的号令，等候出发攻莱那瓦。但拉马以至苏格里瓦都不过仅闻莱那瓦之名，却不知道他的住处，或把赛泰藏于何处。于是苏格里瓦便令猴军四向去探寻，在一个月之内必须寻到。但他们信托全军还不如信托哈纳曼个人之深。哈纳曼是风神之子，有他父亲的能力与迅捷，勇敢而且机警。拉马把一只戒指交给哈纳曼，叫他见到赛泰时，以此为信。哈纳曼率了一部分的猴子，向南去探寻。一个月过去了，向东、向西、向北探寻的猴子们都回来了，都说没有，独有向南的为哈纳曼所统率的一队未回。哈纳曼率诸猴到处寻找，都不见赛泰。最后到了大海边岸，海波汹涌，猴子们眼望着海，无法可想。一个月之后，哈纳曼遇见了大鹰桑巴底（Sampati），他是约太左的兄弟，猴子告诉他以约太左的死耗。他便说道，“我看见赛泰被莱瓦那捉去，莱瓦那就住在兰克，由此渡过海约有百里。我希望他们能救得赛泰，杀死害我兄弟的人。”于是哈纳曼飞渡过海到了兰克城。他乘黑夜进城，走到莱瓦那官旁的山顶上。现在，月轮皎洁的高悬于碧空，如一只白鹄浮渡天海。他看见宫中的许多人，他一处一处都寻过，但不见赛泰。到了莱瓦那所住的地方，也不见她，最后，他才看见一个女人被囚禁于一个屋内，他知道，这一定是赛泰了，又见她为莱瓦那所迫。莱瓦那去后，他便出来与她说话，以戒指为信；她知道拉马近状，十分喜欢，但当哈纳曼要把她负出宫外，与她同回拉马那里时，她却不肯允许。一因，她怕恶魔们追来，二因，她除了拉马，不欲接触第二人身体，三因她愿救她与灭莱瓦那的光荣属之于拉马。她说道：“请快叫拉马来救我！”于是给哈纳曼以信物，并他们二人的秘语，使拉马相信哈纳曼确已见到她。哈纳曼在此还不以已见赛泰为满足，他毁灭了许多树杀了许多人，最后，被缚到莱瓦那面前。他劝莱瓦那放了赛泰，以救自己的性命。莱瓦那大怒，把哈纳曼的尾缚了浸油的棉花，把火引着，然后放了他回去。赛泰知道了这事，求火不要烧灼了哈纳曼，因此，他的尾便不觉得热痛。他飞行空中，在兰克城以熊熊的尾四处放火，杀了无数的魔鬼，烧倒了一半的宫殿与房屋，于是把尾放入海中，浸灭了火，飞了回去。到了对岸，加入猴群，告诉他们以一切经过。个个猴子都喜欢得跳起来。于是他们回到都城。哈纳曼安慰拉马，并给他以赛泰的信物与言语。沉忧的拉马便转为快活。苏格里瓦发令猴军全体出发到兰克城去。他们到了海岸，但不知怎样能渡过海。同时莱瓦那的兄弟委希沙那（Vibhishana）因为劝他送还赛泰不听，便率四个从者投入拉马军中。拉马允许他，待莱瓦那死后，即立他为兰克的王。他告诉他们说，要渡海，只有去问海神。拉马去问海神。海神道：猴中有一个名那拉（Nala）的，有大力，能筑桥。于是那拉率领群猴造桥渡海。桥至第五日而成，拉马等率了猴军过桥，包围了兰克城。两方战事极烈，土地震动着，云端落着红血。在此战中，拉马与拉克希曼那都受了伤，幸得治愈了。莱瓦那令了许多凶猛的战士出战，多被拉马等所杀。两方战士的血如一条河流。熊王张巴文（Jambavan）也加入拉马之军，但受了重伤。哈纳曼到乳洋（Milky Ocean）去求仙草，把所有死的伤的自己这方面的战士都医活了。最后，莱瓦那自己出战了。他与拉马力战，如两狮之死斗。拉马斫去了莱瓦那的一个头，但他从斫处又生出一个头来。然后，拉马知道平常的兵器，不能杀死他。便取出大神婆罗马给他的武器去杀莱瓦那。这魔王便应群神的所愿，死在拉马的手中。自此，世界便再和平了，群神与人类都不再被恶魔所扰了；空气清鲜而且光明，太阳明亮的射照在人与魔的战场上。委希沙那成了兰克城之主、众魔的王。拉马与赛泰至此方重复聚首。群神降临于地上，训教拉马，允他以一个愿，拉马道，"我愿猴子之战死者都复生。"于是他们便都复生了，如从睡梦中醒来。群神又要拉马回国登王位。拉马遂偕同赛泰及拉克希曼那动身回国，并偕了魔王委希沙那，猴王苏格里瓦等同行，猴军与熊军也都随了去。他们到了国都，正是拉马被放逐后的十四年又五日。白拉泰这时已隐居于别处。拉马遣哈纳曼去请白拉泰回来。哈纳曼告诉他以拉马的一切的经过。白拉泰大喜，立刻回到都城见他兄弟拉马。他把国政交还拉马。拉马与赛泰登了王位。其登极的典礼，弘伟无比，熊王、猴王、魔王都为拉马执职事。拉马把财宝分赐给一切效劳于他的人，自苏格里瓦以至熊军、猴军，无不有赏赐。不久，他们都告辞回家。拉马公正而伟大，他在王位时，人民寿至千岁，风雨以时，无疾病，无攻战，无野兽之侵袭，一切人都快乐而且安居。

拉马在位一万年。他在位时，曾判决了好几件事，《拉马耶那》里都记载着。后来，拉马听见人们说，赛泰曾在莱瓦那宫中住过，为不洁之妇人，于是他不得已而使拉克希曼那把赛泰送到恒河过岸去住。而他自己却十分悲哀。她在那里遇见《拉马耶那》的作者隐士瓦尔米基，即住在瓦尔米基家里。不久，赛泰在此为拉马生了两个双生子。瓦尔米基作了《拉马耶那》，叫拉马的两个孩子唱着。拉马听见这歌，想起了赛泰，即遣人请了赛泰来。她随了瓦尔米基同来。瓦尔米基诉说赛泰的无辜，并使拉马认知他的两个双生子。这时，赛泰的结局已到，她出于土，这时要复归于土了。土中耸起一个神座，土地伸出她的臂，欢迎赛泰，置她于神座之上，然后神座又沉没入土中，赛泰不见了。拉马低首悲苦，全世界似乎都空虚了。大神婆罗马向他显示，说，“拉马！你不要悲苦，你须记着你的前身乃是委西奴！你即将在天上与赛泰相见。现在，让瓦尔米基唱完了《拉马耶那》。”于是拉马与他三个兄弟复合而为大神委西奴，升到天上，群神向他顶礼，快乐的欢迎他。

《拉马耶那》便如此的告终止了。“没有儿子的，读了拉马的一诗即可得子。读它或听它在诵读的，一切罪恶都将洗净。背诵《拉马耶那》的，可得丰富的牛群与金的赐品。读《拉马耶那》的，将得长生，将同他的子与孙，在这个世界并在天上受荣誉。”印度人带着如此的信念去诵读《拉马耶那》，于是这世界大史诗的《拉马耶那》在他们看来，乃非文学作品，而为具有无上的威权的圣书。

参考书目

1.《印度人与佛教徒的神话》(*Myths of the Hindus and Buddhists*)，尼委地泰及柯马拉史瓦美（Nivedita and Coomaraswamy）合著。伦敦佐治·哈甫公司（George G. Harrap & Co， London）出版。

2.《印度文学史》(*A Literary History of India*)，法拉曹（R.W.Frazer）著，《文学史丛书》(*The Library of Literary History*)之一，伦敦菲萧·恩文公司（F. Fisher Unwin， Ltd.）出版，初版在1898年。

3.《印度文学史》(*History of Indian Literature*)，韦鲍（Albrecht Weber）著，原文为德文，由约翰·曼痕（John Mann）等译为英文，为《特鲁甫纳东方丛书》(*Trubner's Oriental Series*)之一，伦敦克甘保罗·特林契特鲁甫纳公司（Kegan Paul， Trench， Trubner & Co.）出版。英译本在1878年初版。

4.《桑斯克里底文学史》(*A History of Sanskrit Literature*)，麦克杜那（Arthur A. Macdonell）著，伦敦海涅曼（Heinemann）公司出版，1900年初版。

5.《印度神话、宗教、地理、历史及文学的名著字典》(*Classical Dictionary of Hindu Mythoogy and Religion， Geography， History and*

Literature)，杜逊（J.Dowson）著，亦为《特鲁甫纳东方丛书》之一，出版公司同上。

6.《世界文学纲要》(*Handbook of Universal Literature*)，蒲泰（Anne C. Lynch Botta）著，美国波斯顿的霍甫顿·米弗林公司（Houghton Mifflin & Co.）出版。1884年初版。

7.《世界文学》(*Literature of the World: An Introductory Study*)，李却特逊及奥文（W. L. Richardson & Jesse M. Owen）合著，波斯顿琪痕公司（Ginn & Co.）出版。

8.《印度的语言与文学》(*Hindu Language and Literature*)，谢里格尔（Schlegel）著，出版公司未详。

9.《桑斯克里底文学史》(*History of Sanskrit Literature*)，马克思·穆劳（Max Muller）著，出版公司未详。

10. 各种百科全书中亦都有关于《马哈巴拉泰》及《拉马耶那》的记述。

11.《马哈巴拉泰》及《拉马耶那》除了在印度有几种今文的译本以外——原文为桑斯克里底文，即印度的古文所写——世界各国都还不曾有过完全的译本。英文中仅有几段的译文。

第七章

《诗经》与《楚辞》

一

我们开始叙述中国的文学，觉得有一件事很奇怪：中国在她的文学史的第一章，乃与前述的希腊与印度不同，中国无《伊里亚特》与《奥特赛》，无《马哈巴拉泰》与《拉马耶那》，乃至并无一篇较《伊里亚特》诸大史诗简短的劣下的足以表现中国古代的国民性与国民生活与伟大的人物的文学作品。中国古代的人物，足以供构成史诗的资料的，当然不在少数，却仅能成为简朴如人名地名字典的编年史与叙事极简捷的《史记》的本纪或列传中的人名，而终于不能有一篇大史诗出现。我们不能相信，当古代的时候，中国的各地，乃绝对的没有产生过叙述大英雄的，国民代表的伟大事迹的简短的民歌；但其所以不能将那许多零片集合融冶而为一篇大史诗以遗留给我们者，其最大原因恐在于：那时没有伟大天才的诗人如所谓荷马，瓦尔米基之流以集合之融冶之；而其一小部分的原因，则在于中国的大学者如孔丘、墨翟之流，仅知汲汲于救治当时的政治上社会上道德上的弊端，而完全忽略了国民的文学资料的保存的重要。因此，我们的在古代的许多民间传说，乃终于渐渐的为时代所扫除所泯灭而一无痕迹可寻了。这真是我们的一种极大的损失！

我们现在所能得到的中国古代的伟大的文学作品，只有两部：一部是《诗经》，一部是《楚辞》。这两部大作品，都是公元前三四世纪后（商之中叶）至公元前1世纪（汉中叶）的出产物。《诗经》大约是公元前三四世纪至公元前6世纪的中国北部的民间诗歌的总集（《诗经》内容甚杂，但以民间诗歌为最多）;《楚辞》大约是公元前3世纪至1世纪的中国南部的作品的总集，其中亦有一部分是“非南方人”所仿作的。除了这两部作品以外，古代的中国文学中，没有什么更重要的更伟大的作品了。虽然有几篇作品，可以追溯到公元二十五六世纪左右，如《吴越春秋》所载之弹歌，“断竹续竹，飞土逐肉”，相传以为是黄帝时作，又如《帝王世纪》所载之《击壤歌》《尚书大传》所载之《卿云歌》三章，相传以为尧、舜时作之类，虽我们不能说其伪迹如明人所作之《皇娥歌》《白帝子歌》之明显，然其真实之时代我们却决不能断定能较《诗经》为更早至一二世纪以前。记载这些诗歌的书，本不甚可靠，也许其时代较《诗经》为更后。且此种作品，俱为不甚重要之零片，在文学史上俱无甚价值可言，自上古以至秦，除《诗经》与《楚辞》外，合真伪的诗歌而并计之（其实大部分是伪的），其总数不过百篇，只能集成极薄的一小本。所以我们论中国的古代文学，舍《诗经》与《楚辞》以外，直寻不出什么更重要的更伟大的文学作品出来。且这两部不朽之作，在中国文学史上都有过极伟大极久远的影响。

二

《诗经》在孔子、孟子时代的前后，对于一般政治家文人等等，即已具有如《旧约》《新约》及荷马的二大史诗之对于基督教徒与希腊作家一样的莫大的威权。政治家往往引《诗经》中的一二诗句以为辩论讽谏的根据，论文家及传道者亦常引用《诗经》中的一二诗句以为宣传或讨论的证助；有的时候，许多人也常常讽诵《诗经》的一二诗句以自抒叙其心意。

晋师从齐师，入自丘舆，击马陉。齐侯使宾媚人赂以纪甗，玉磬，与地；……晋人不可，曰："必以萧同叔子为质，而使齐之封内尽东其亩。"对曰："萧同叔子，寡君之母也。若以匹敌，则亦晋君之母也。吾子布大命于诸侯，而曰必质其母以为信，其若王命何！且是以不孝令也。诗曰：'孝子不匮，永锡尔类。'若以不孝令于诸侯，其无乃非德类也乎？先王疆理天下物土之宜而布其利，故诗曰：'我疆我理，南东其亩。'今吾子疆理诸侯，而曰尽东其亩而已。唯吾子戎车是利，无顾土宜，其无乃非先王之命也乎！……今吾子求合诸侯，以逞无疆之欲。诗曰：'布政优优，百禄是遒。'子实不优，而弃百禄，诸侯何害焉！……"晋人许之。(《左传》)

孟子见粱惠王，王立于沼上，顾鸿雁麋鹿，曰："贤者亦乐此乎？"孟子对曰："贤者而后乐此，不贤者虽有此不乐也。诗云：'经始灵台，经之营之；庶民攻之，不日成之。经始勿亟，庶民子来。王在灵囿，麀鹿攸伏，麀鹿濯濯，白鸟鹤鹤。王在灵沼，於牣鱼跃。'文王以民力为台为沼而民欢乐之，谓其台曰灵台，谓其沼曰灵沼，乐其有麋鹿鱼鳖。古之人与民偕乐，故能乐也。"(《孟子》)

宋玉因其友以见于楚襄王，襄王待之无以异宋玉让其友。友曰："……妇人因媒而嫁，不因媒而亲。子之事王，未耳。何怨于我！"宋玉曰："不然。昔者齐有良兔曰东郭㕙，盖一旦而走五百里。于是齐有良狗曰韩卢，亦一旦而走五百里。使之遥见而指属，则虽韩卢不及众免之尘；若蹑亦而纵緤，则虽东郭㕙亦不能离。今子之属臣也，蹑迹而纵緤与？遥见而指属与？诗曰：'将安将乐，弃我如遗，'此之谓也。"其友人曰："仆人有过，仆人有过！"(《新序》)

孔子曰："昔者周公事文王，行无专制，事无由己——可谓子矣。武王崩，成王幼，周公承文武之业，履天子之位……可谓能武矣。成王壮，周公致政，北面而事之……可谓臣矣。故一人之身，能三变者，所以应时也。诗曰：'左之左之，君子宜之；右之右之，

君子有之。'"（《韩诗外传》）

像这种的例子，在《左传》《国语》，以至其他诸古书中，到处皆是。由这个地方，我们可以看出《诗经》的势力，在那些时候是如何的盛大！到了汉以后，《诗经》成了“中国圣经”之一，其威权自然是永远维持下去。

就文学史上看来，《诗经》的影响亦极大，汉至六朝的作家，除了《楚辞》以外，所受到的影响最深的就算是《诗经》了。自韦孟的《讽谏诗》《在邹诗》，东方朔的《诫子诗》，韦玄成的《自劾诗》《戒子孙诗》，唐山夫人的《安世房中歌》，傅毅的《迪志》，仲长统的《述志诗》，曹植的《元会》《应治》《责躬》，乃至陶潜的《停云》《时运》《荣木》，无不显著的受有《诗经》里的诗篇的风格的感化。不过，自此以后，《诗经》成了圣经，其地位益高，文人学士，都不敢以文学作品看待它，于是《诗经》的文学上的真价与光焕，乃被传统的崇敬的观念所掩埋，而它的在文学上的影响便也渐渐的微弱了。

《诗经》里的诗歌，共有305篇；据相传之说，尚有《南陔》《白华》等六篇笙歌，有其义而亡其辞。（此说可信否，待后讨论）此三百余篇的诗歌，分为风、雅、颂三种。风有十五，雅有小雅大雅，颂有周、鲁、商三颂。现在据《毛诗》的本子，将其前后的次序列表如下：

类别			篇数	篇名举例
国风 凡十五国风。 共160篇。		周南	十一篇	《关雎》《葛覃》《卷耳》等。
		召南	十四篇	《鹊巢》《草虫》《野有死麕》等。
		邶	十九篇	《柏舟》《燕燕》《终风》等。
		鄘	十篇	《墙有茨》《桑中》《相鼠》等。
		卫	十篇	《淇奥》《硕人》《伯兮》等。
		王	十篇	《黍离》《君子于役》《葛藟》等。
		郑	二十一篇	《将仲子》《子衿》《出其东门》等。
		齐	十一篇	《鸡鸣》《东方未明》《南山》等。
		魏	七篇	《园有桃》《葛屦》《陟岵》《伐檀》等。
		唐	十二篇	《蟋蟀》《山有枢》《扬之水》等。
		秦	十篇	《车邻》《蒹葭》《黄鸟》《无衣》等。
		陈	十篇	《东门之杨》《月出》《泽陂》等。
		桧	四篇	《羔裘》《素冠》等。
		曹	四篇	《蜉蝣》《鸤鸠》等。
		豳	七篇	《七月》《鸱鸮》《伐柯》等。
雅凡大小二雅共105篇	小雅 凡小雅。 共74篇。	鹿鸣之什	十篇	《鹿鸣》《四牡》《常棣》《采薇》等。
		南有嘉	十篇	《南有嘉鱼》《湛露》《车攻》等。
		鸿雁之什	十篇	《鸿雁》《黄鸟》《无羊》等。
		节南山之什	十篇	《节南山》《正月》《十月》《小弁
		谷风之什	十篇	《谷风》《蓼莪》《小明》《楚茨》等。
		甫田之什	十篇	《甫田》《大田》《青蝇》《宾之初筵》等。
		鱼藻之什	十四篇	《鱼藻》《采菽》《都人士》《白华》等。
	凡大雅。 共31篇。	文王之什	十篇	《文王》《大明》《绵》《灵台》等。
		生民之什	十篇	《生民》《既醉》《民劳》《板》等。
		荡之什	十一篇	《荡》《抑》《烝民》《江汉》等。

<table>
<tr><th colspan="3">类别</th><th>篇数</th><th>篇名举例</th></tr>
<tr><td rowspan="5">颂凡
周鲁
商三
颂共
四十
篇</td><td rowspan="3">周颂
凡周颂。
共三十一篇。</td><td>清庙之什</td><td>十篇</td><td>《清庙》《维清》《天作》《思文》等。</td></tr>
<tr><td>臣工之什</td><td>十篇</td><td>《臣工》《振鹭》《丰年》《武》等。</td></tr>
<tr><td>闵予小子之什</td><td>十一篇</td><td>《闵予小子》《小毖》《良耜》《丝衣》等。</td></tr>
<tr><td colspan="2">鲁颂
駉之什</td><td>四篇</td><td>《駉》《有駜》《泮水及閟宫》。</td></tr>
<tr><td colspan="2">商颂</td><td>五篇</td><td>《那》《烈祖》《玄鸟》《长发及殷武》</td></tr>
</table>

这个次序，究竟可靠不可靠呢？所谓风、雅、颂之意义如何呢？风、雅、颂之分，究竟恰当与否呢？这都是我们现在所要研究的。

据传统的解释家的意见，以为："风，风也，歌也，……上以风化下，下以风刺上。至于王道衰，礼义废，政教失，国异政，家殊俗，而变风变雅作矣。……雅者，正也，言王政之所由废兴也，政有小大，故有小雅焉，有大雅焉。颂者美盛德之形容，以其成功告于神明者也。"（《诗序》）他们的这种意见是很可笑的；因为他们承认《关雎》《麟之趾》以及其他"二南"中诸诗篇，为受王者之教化，而其他的大部分国风之诗篇则为刺上的讥时的；于是"二南"中的情诗，便被他们派为后妃之德，其他国风中的同样的情诗却被他们说成"刺好色"了。其实"二南"中的诗与邶，卫，郑，陈诸风中的诗其性质极近，并无所谓"教化"与"讥刺"的区别在里面的。他们的雅颂的解释，也极不清楚。

推翻他们的传说的附会的解释的，是郑樵的"乐以诗为本，诗以声为用，八音六律，为之羽翼耳。仲尼编诗为燕享祀之时用以歌而非用以说义也"之说。（见《通志乐略》，他的《六经奥论》亦畅发是说）郑樵以为古之诗，即今之辞曲，都是可歌的，"仲尼……列十五国风以明风土之音不同，分大小二雅以明朝廷之音有间，陈周、鲁、商三颂之音所以侑祭也。定《南陔》《白华》《华黍》《崇邱》《由庚》《由仪》六笙之音，所以叶歌也。得诗而得声者三百篇，……得诗而不得声者则置之，谓之逸诗……有谱无辞，所以六诗在三百篇中，但存名耳。"这种解释，自然较汉儒已进了一步，且在古书中也有了不少的证据。但《诗经》中的所有的诗，果皆有谱乎？果皆可以入乐乎？这是一个很大的疑问。且诗之分风、雅、颂，果为乐声不同之故乎？他说，“仲尼编诗，为燕享祀之时用以歌而非用以说义也。”实则孔子固常言：“不学诗，无以言，”“小子，何莫学夫诗！诗，可以兴，可以观，可以群，可以怨，迩之事父，远之事君；多识于鸟兽草木之名。”“诵诗三百，授之以政，不达，使于四方，不能专对，虽多，亦奚以为！”可见孔子对于诗之观念，恰与郑樵所猜度者不同，他固不专以诗为燕享祀之用，而乃在明了诗之情绪，诗之意义以至于诗中的鸟兽草木之名，以为应世之用。

据我的直觉的见解，《诗经》中的大部分的诗歌，在当时固然是可以歌唱的，可以入乐的，但如几个无名诗人的创作如《无羊》如《正月》如《十月》如《雨无正》(俱在《小雅》)都是抒写当时的政治的衰坏（如《正月》等），及描写羊牛与牧人的情境的（如《无羊》)，都是一时间的情绪的产品，决非依谱而歌的，也决无人采取他们以入乐的。(《诗经》中入乐的诗与非入乐的诗，似有显然的区别，细看可以知道。)所以说全部《诗经》的诗篇当时都是有谱的乐歌，理由实极牵强。

至于风、雅、颂的区别，我个人觉得这也是很无聊很勉强的举动。就现在的《诗经》看来，此种分别早已混乱而不能分别，“雅”为朝廷之歌，而其中却杂有不少的民歌在内，如《小雅》的《秋杜》与《魏风》的《陟岵》，一言征夫之苦，一言行役之苦，如《小雅》的《菁菁者莪》《都人士》《裳裳者华》及《隰桑》诸诗，与国风中的《草虫》《采葛》《风雨》《晨风》诸诗置之一处，直是毫无差别！如《白华》，如《谷风》，也都是极好的民歌；“颂”中都是祭祀神明之歌，似无将所有的颂神诗都归入“颂”内，而不料许多的颂神诗，如《小雅》中的《楚茨》《信南山》《甫田》《大田》，如《大雅》中之《凫鹥》却又不列于“颂”中而列于“雅”中。似此混杂无序的地方，全部《诗经》中不知有多少，现在不过略举几个例而已。这种混杂无序的编集，不是因为编定《诗经》的无识，便是因为汉儒的窜乱。我以为“汉儒窜乱”的假定，似更为可信，因编定《诗经》者，当他分别风、雅、颂时，必定有个标准在，决不至于以应归于“颂”的诗而归之于“雅”，或把应归于“雅”的诗而归之于“风”。汉儒之窜乱古书，与他们之误解古书，是最昭显的事实；所以一部《诗经》如非经过他们的窜乱，其次序断不至于纷乱无序到如此地步。不知今古来许多说《诗经》的人，怎么都只知辩解诗义或释明“风”“雅”“颂”之意义，却没有一个人能够注目到这一层。

现在，我们研究《诗经》却非冲破这层迷障不可了！我们应该勇敢的从诗篇的本身，区分他们的性质。我们必要知道《诗经》的内容原是极复杂的，“风”、“雅”、“颂”的三个大别，本不足以区分全部《诗经》的诗篇。所以我们不仅以打破现在的《诗经》的次序而把他们整齐的归之于“风”、“雅”、“颂”三大类之中，且更应进一步而把“风”、“雅”、“颂”的类别大打破，而另定出一种新的更好的次序来。

我现在依我个人的意见，姑把全部《诗经》中的诗，归纳之下列的几个范围之内：

诗经

- **一、诗人的创作（《正月》《十月》《节南山》《嵩高》《烝民》等。）**
- **二、民间歌谣**
  - **(1)恋歌(《静女》《中谷》《将仲子》等。)**
  - **(2)结婚歌(《关雎》《桃夭》《鹊巢》等。)**
  - **(3)悼歌及颂贺歌(《蓼莪》《麟之趾》《螽斯》等。)**
  - **(4)农歌(《七月》《甫田》《大田》《行苇》《既醉》等。)**
  - **(5)其他。**
- **三、贵族乐歌**
  - **(1)宗庙乐歌(《下武》《文王》等。)**
  - **(2)颂神乐歌或祷歌(《思文》《云汉》《访落》等。)**
  - **(3)宴会歌(《庭燎》《鹿鸣》《伐木》等。)**
  - **(4)田猎歌(《车攻》《吉日》等。)**
  - **(5)战事歌(《常武》等。)**
  - **(6)其他。**

诗人的创作，在《诗经》中并不多，卫宏的《诗序》所叙的某诗为某人所作的话，几乎完全靠不住。在我们所认为诗人所创作的许多诗篇中，大概都是无名的诗人所作的，只有一小部分，我们从他们的诗句中，知道了作者的姓名，如《小雅》的《节南山》言“家父作诵，以究王汹”，《大雅》的《嵩高》《蒸民》俱言“吉甫作诵”之类。此外我们从《尚书》《左传》以及汉人所著的书里，也可以知道几个诗人的姓名，但这种记载，却都是不甚可靠的。不过在许多诗篇中，那一篇是诗人的创作，我们约略可以知道而已。在这些创作中，有几篇是极好的诗，如：

“冬日烈烈，飘风发发。民莫不穀，我独何害！……匪鹑匪鸢，翰飞戾天；匪鳣匪鲔，潜逃于渊。”(《小雅·四月》)

“彼何人斯？其为飘风！胡不自北？胡不自南？胡逝我梁，祇搅我心！”(《小雅·何人斯》)

“予羽谯谯，予尾翛翛。予室哓哓，风雨所漂摇。予维音哓哓。”(《豳·鸱鸮》)

之类都是很美的，很能表白出作者的真恳的情绪的。

民间歌谣都是流传于大多数孺妇农工之口中，而无作者的名氏的。其中最占多数的是恋歌；这些恋歌真是词美而婉，情真而迫切，在中国的一切文学中，他们可占到极高的地位。如：

“东门之杨，其叶牂牂，昏以为期，明星煌煌。

“东门之杨，其叶肺肺。昏以为期。明星晢晢。”(《陈风·东门之杨》)

“十亩之间兮，桑者闲闲兮，行与子还兮。

“十亩之外兮，桑者泄泄兮，行与子逝兮。(《魏风·十亩之间》)

“青青子衿，悠悠我心。纵我不往，子宁不嗣音？

“青青子佩，悠悠我思。纵我不往，子宁不来。

“挑兮达兮，在城阙兮。一日不见，如三月兮。”(《郑风·子衿》)

“自伯之东，首如飞蓬。岂无膏沐，谁适为容？……”(《卫风·伯兮》)

随意举几首出来，我们已觉得他们都是不易见的最好的恋歌了。“结婚歌”在《诗经》中也有好些首，如《关雎》《鹊巢》《桃夭》之类，我们看：“桃之夭夭，灼灼其华。之子于归，宜其室家”（《周南·桃夭》）“参差荇菜，左右采之，窈窕淑女，琴瑟友之。参差荇菜，左右芼之，窈窕淑女，钟鼓乐之。”（《周南·关雎》）明明可以看出前者是嫁女时乐工唱的祝颂歌，后者是娶亲时所唱的乐歌，（近人辟《诗序》释《关雎》之错误，以为《关雎》本是恋歌，其实也错了，《关雎》明明是一首结婚歌）“挽歌”，《诗经》中很少。只有《蓼莪》《葛生》等数首；《葛生》为悼亡而作。如：“角枕粲兮，锦衾烂兮，予美亡此，谁与独旦！”诸句，读之使人凄然泪下。《蓼莪》哀悼父母之歌，如“父兮生我，母兮鞠我，拊我畜我，长我育我，顾我复我，出入腹我，欲报之德，昊天罔极”诸句，亦至情流溢。“颂贺歌”如《麟之趾》等是，但不多，且不甚重要。关于“农事”的歌，《诗经》中亦不甚多，但都是极好的，如《七月》是叙农工的时序的，如《楚茨》，如《信南山》是农家于收获时祭祖之歌，如《甫田》如《大田》，是初耕种时的祷神歌，如《行苇》，如《既醉》，似都是祭事既毕之后，聚亲朋邻里宴饮之歌。如《无羊》，则为最好的牧歌：“谁谓尔无羊，三百维群；谁谓尔无牛，九十其犉。尔羊来思，其角濈濈。尔牛来思，其耳湿湿。或降于阿，或饮于池，或寝，或讹，尔牧来思。何蓑何笠，或负其糇。三十维物，尔牲则具。尔牧来思，以薪以蒸，以雌以雄，尔羊来思，矜矜兢兢，不骞不崩，麾之以肱，毕来既升。牧人乃梦：‘众维鱼矣，旐维旟矣。’大人占之：‘众维鱼矣，实维丰年。旐维旟矣，室家溱溱。’”其他不属于上列的范围的民歌亦甚多。

贵族乐歌，大部分都是用于宗庙，以祭先祖先王的，或是祷歌及颂神歌。其他一部分则为宴会之歌，为田猎之歌，为战事之歌。这种乐歌，我们都觉得不大愿意读，因为他们里面没有什么真挚的诗的情绪。（正如当我们翻开《乐府诗集》时，不愿读前半部的《汉郊祀歌》《齐明堂歌》之类，而愿意读后半部之《横吹曲》《相和歌》之类的情形一样。）

《诗经》的时代之难于稽考，也与它的诗篇的许多作者姓名之难于稽考一样。我们现在仅知道，除了《商颂》中的五篇，为商代（公元前 1700 年以后，公元前 1200 年以前）的产物以外，其余 301 篇都是周代（公元前 1100 年至公元前 550 年左右）的产物。在这 301 篇的诗歌中，多数的诗篇都是带着消极的悲苦的辞调，对于人生的价值，起了怀疑，有的言兵役之苦，有的则攻击执政者的贪暴，有的则因此遁于极端的享乐之途。如“踧踧周道，鞫为茂草。我心忧伤，惄焉如捣，假寐永叹，维忧用老。心之忧矣，疢如疾首。……我躬不阅，遑恤我后。”(《小雅・小弁》) 如“采薇采薇，薇亦作止！日归日归，岁亦莫止！靡室靡家，猃狁之故！不遑启居；猃狁之故。”(《小雅・采薇》) 如“坎坎伐檀兮，置之河之干兮。河水清且涟漪。不稼不穑，胡取禾三百廛兮！不狩不猎，胡瞻尔庭有悬貆兮？彼君子兮，不素餐兮！”(《魏风・伐檀》) 如“硕鼠硕鼠，无食我黍！三岁贯女，莫我肯顾！逝将去女，适彼乐土！乐土，乐土！爰得我所！”(《魏风・硕鼠》) 如“山有枢，隰有榆。子有衣裳，弗曳弗娄；子有车马，弗驰弗驱。宛其死矣，他人是愉！山有栲，隰有杻。子有廷内，弗洒弗扫；子有钟鼓，弗鼓弗考。宛其死矣，他人是保！山有漆，隰有栗。子有酒食，何不日鼓瑟？且以喜乐，且以永日？宛其死矣，他人入室。”(《唐风・山有枢》) 诸诗，都足以表现出丧乱时代的情形与思想。而这个丧乱时代大约是在周东迁的时代前后，(《小雅》中的《正月》且明显的说：“赫赫宗周，褒姒灭之。”) 所以那些诗篇，大约都是东迁前后的作品。我们研究《诗经》的时代，仅能如此大略的说。至于如卫宏的《诗序》，如何楷的《诗世本古义》所指的某诗为某王时的产品，则其不可信，也与他们之妄指某诗某诗为某人所作一样。

《诗经》的编定者是谁呢？《史记》言：“古诗三千余篇，及至孔子，去其重，取可施于礼义，”册定为 305 篇，这是说，《诗经》为孔子所删定的；汉人都主此说。其后渐渐有人怀疑，以为孔子不会把古诗删去了十分之九。郑樵则以为孔子取古诗之有谱可歌三百篇，其余则置之，谓之逸诗。有一部分人则以为古诗不过三百，孔子本不曾删。崔述也赞成孔子未删诗之说，以为“文章一道，美斯爱，爱斯传……故有作者即有传者。但世近则人多诵习，世远则就湮没；其国崇尚文学而鲜忌讳，则传者多，反是则传者少；小邦弱国，偶逢文学之士，录而传之，亦有行于世者，否则失传耳。”（《读风偶识》）其意盖以《诗经》之流传，为有人爱好诵习之故，并没有什么人去删定。但以上诸说，都有可疑之处。古诗三千余首之说，原不足信，但古代之诗不止《诗经》中的三百，则为显然的事实。在《国语》《礼记》《左传》《论语》诸书中，我们曾看到好几首零片的逸诗，故古诗不过三百之说全不足信；郑樵以三百篇俱是有谱可歌的诗，也不足信（上面已提过）；崔述之说，理由甚足；但口头流传的东西，决不能久远，如无一个删选编定的有力的人出来，则《诗经》中的诗决难完整的流传至汉。（如当时没有一个编定者，恐《诗经》的诗，至汉时至多不过存十分之一。观古诗除《诗经》中之诗外，流传下来的极少，即可知。）这有力的删选编定者是谁呢？当然以是“孔子”的一说，为最可靠，因为如非孔子，则决无吸取大多数的传习者以传诵这一种编定本的《诗经》的威权。大约在辗转传习之时，其次序必有被窜乱的，也必有几篇诗歌被逸散了。如《六笙诗》，恐就是有其题名而逸其辞的，并不是什么“有其义而亡其辞”，也不是郑樵所猜度的什么本是“有谱无辞”。

古代的诗歌，流传到现在的虽仅有《诗经》中的306篇，（此外所存的极少）然在《诗经》中的这306篇诗歌，却有好些首是重复的，因地域的歧异，与应用之时不同，而一诗被演变为二为三的。有一部分的诗，虽不能截然断定他们是由一诗而演变的，但至少却可以看出他们的一部分的诗意或辞句的相同。现在且举几个例：

南有樛木，葛藟纍之；乐只君子，福履绥之。
南有樛木，葛藟荒之；乐只君子，福履将之。
南有樛木，葛藟萦之；乐只君子，福履成之。

（《周南·樛木》）

南山有台，北山有莱。乐只君子，邦家之基。乐只君子，万寿无期。
南山有桑，北山有杨。乐只君子，邦家之光。乐只君子，万寿无疆。
南山有杞，北山有李。乐只君子，民之父母。乐只君子，德音不已。
南山有栲，北山有杻。乐只君子，遐不眉寿。乐只君子，德音是茂。
南山有枸，北山有楰。乐只君子，遐不黄耇。乐只君子，保艾尔后。

（《小雅·南山有台》）

采菽采菽，筐之筥之。君子来朝，何锡予之。虽无予之，路车乘马。又何予之，玄衮及黼。

觱沸槛泉，言采其芹。君子来朝，言观其旂，其旂淠淠，鸾声嘒嘒。载骖载驷，君子所届。

赤芾在股，邪幅在下。彼交匪纾，天子所予。乐只君子，天之命之。乐只君子，福禄申之。

维柞之枝，其叶蓬蓬。乐只君子，殿天子之邦。乐只君子，万福攸同。平平左右，亦是率从。

泛泛杨舟，绋𫄨维之。乐只君子，天子葵之。乐只君子，福禄膍之。优哉游哉，亦是戾矣。

（《小雅·采菽》）

扬之水，不流束楚。终鲜兄弟，维予与女。无信人之言，人实迋女。
扬之水，不流束薪。终鲜兄弟，维予二人，无信人之言，人实不信。

（《郑风·扬之水》）

扬之水，不流束薪。彼其之子，不与我戍申。怀哉怀哉，曷月予还归哉。
扬之水，不流束楚。彼其之子，不与我戍甫。怀哉怀哉，曷月予还归哉。
扬之水，不流束蒲。彼其之子，不与我戍许。怀哉怀哉，曷月予还归哉。

（《王风·扬之水》）

风雨凄凄，鸡鸣喈喈。既见君子，云胡不夷。
风雨潇潇，鸡鸣胶胶。既见君子，云胡不瘳。
风雨如晦，鸡鸣不已。既见君子，云胡不喜。

（《郑风·风雨》）

菁菁者莪，在彼中阿。既见君子，乐且有仪。
菁菁者莪，在彼中沚。既见君子，我心则喜。
菁菁者莪，在彼中陵。既见君子，锡我百朋。
泛泛杨舟，载沉载浮。既见君子，我心则休。

（《小雅·菁菁者莪》）

隰桑有阿，其叶有难。既见君子，其乐如何。
隰桑有阿，其叶有沃。既见君子，云何不乐。
隰桑有阿，其叶有幽。既见君子，德音孔胶。
心乎爱矣，遐不谓矣？中心藏之，何日忘之。

（《小雅·隰桑》）

蓼彼萧斯，零露湑兮。既见君子，我心写兮。燕笑语兮，是以有誉处兮。 蓼彼萧斯，零露瀼瀼。既见君子，为龙为光。其德不爽，寿考不忘。 蓼彼萧斯，零露泥泥。既见君子，孔燕岂弟？宜兄宜弟，令德寿岂。…… （《小雅·蓼萧》）
裳裳者华，其叶湑兮。我觏之子，我心写兮。我心写兮，是以有誉处兮。 裳裳者华，芸其黄矣。我觏之子，维其有章矣。维其有章矣，是以有庆矣。 裳裳者华，或黄或白。我觏之子，乘其四骆。乘其四骆，六辔沃若。 左之左之，君子宜之。右之右之，君子有之。维其有之。是以似之。 （《小雅·裳裳者华》）
有頍者弁，实维伊何？尔酒既旨，尔殽既嘉。岂伊异人，兄弟匪他。茑与女萝，施于松柏。未见君子，忧心弈弈。既见君子，庶几说怿。 有頍者弁，实维何期？尔酒既旨，尔殽既时。岂伊异人，兄弟具来。茑与女萝，施于松柏。未见君子，忧心怲怲。既见君子，庶几有臧。 有頍者弁，实维在首。尔酒既旨，尔殽既阜。岂伊异人，兄弟甥舅。如彼雨雪，先集维霰。死丧无日，无几相见。乐酒今夕。君子维宴。 （《小雅·頍弁》）
喓喓草虫，趯趯阜螽。未见君子，忧心忡忡。亦既见止，亦既觏止，我心则降。 陟彼南山，言采其蕨。未见君子，忧心惙惙。亦既见止，亦既觏止，我心则说。 陟彼南山，言采其薇，未见君子，我心伤悲。亦既见止，亦既觏止，我心则夷。 （《召南·草虫》）

在第一及第三组的这十首诗里，显然的可以看出每组里的几首诗，都是由一首诗演变出来的。这种演变的原因有二：一、因为地域的不同，使他们在辞句上不免有增灭歧异之处，如在流行的几种民歌《孟姜女》与《五更转》之类，各地所唱的词句便都有不同。（此种例太多，看近人所编的各省歌谣集便更可明了。）二、因为应用的所在不同，使他们的文字不免有繁衍雕饰的所在，如民间所用的这个歌是朴质的，贵族用的便增出了许多浮文美词了。（第一组的《樛木》《南山有台》）及《采菽》即是一个好例。第二组的二首诗，则仅开始的辞句相同，这个例最多。）

古诗的辞句，大概都是四言的，如《书经》的皋陶谟所载的舜与皋陶的赓歌："股肱喜哉，元首起哉，百工熙哉！"（帝舜）"元首明哉，股肱良哉，庶事康哉！"（皋陶）之类，即为一例。《诗经》也不能外此；其中大多数的诗都是四言的；间有三言的（如“螽斯羽，诜诜兮”），五言的（如“谁谓雀无角，何以穿我屋”），以及杂言的，但俱不甚多。所以我们可以说，《诗经》中的诗篇，四言是其正体。

《诗经》在文学上给了我们以不少的抒情的珠宝。同时，在中国的史学上，也有极高的价值，因为它把它的时代完完全全的再现于我们的前面，使我们可以看出那时代的生活，那时代的思想，那时代的政治状况以及那时代的人民最熟悉的植物，禽兽、鱼类、虫类（植物有七十种左右，树木有30种左右，兽类有30种左右，鸟类有30种左右，鱼类有10种左右，虫类有20种左右），以及那时代的人民所用的乐器，兵器之类。这种极可靠的史料都是任何古书中所最不易得到的。

三

《楚辞》虽没有《诗经》那样的普遍的威权，虽没有什么政治家或传道者拿它的文句为宣传或箴谏的工具，虽没有什么论文家引用它的文句，以为辩论的根据，如他们之引用《诗经》的文句以为用一样，然而在文学史上的地位，《楚辞》却并不比《诗经》低下：《楚辞》在文学上的影响，且较《诗经》为尤伟大。《诗经》的影响，在汉六朝之后，似已消失，此后，没有什么人再去模拟《诗经》中的句法了。同时，《诗经》经过汉儒的误释与盲目的崇敬，使它成了一部宗教式的圣经，一切人只知从它里面，得到教训，而忘记了——也许是不敢指认——它是一部文学的作品，看不见它的文学上的价值；一切选编古代诗歌的人，都不敢把《诗经》中的诗，选入他们的选本中。（直到曾国藩编《经史百家杂钞》时，这个见解才毅然的被他推倒。）至于《楚辞》，则幸而产生在战国，不曾被孔子所读诵所“删订”，所以汉儒还勉强认识它的真面目，没有把“圣经”的黑面网把它罩蔽住了。因此，《楚辞》在文学上的威权与影响，乃较《诗经》为更伟大，它的文学上的真价，也能被读者所共见。

受《楚辞》的影响最深者，自然是汉与三国六朝。而六朝之后，《楚辞》的风格与句调，尚时时有人模拟。汉朝的大作家，如贾谊、如司马相如、如枚乘、如扬雄都是受《楚辞》的影响极深的。贾谊作赋以吊屈原，枚乘之《七发》，其结构有类于《招魂》《大招》，司马相如的诸赋，也显然印有屈宋的踪痕。扬雄本是一个拟古的大家，他的《反离骚》，即极力模拟屈原的《离骚》的。自曹植以后，直至于清之末年，所有的作者，无不多少的受有《楚辞》的影响。其影响的范围，则除了直接导源于《楚辞》之“赋’的一种文体外，其他的诗歌里以至散文里，也无不多少的受有《楚辞》的恩赐。所以在实际上我们可以放胆的说，自战国以后的中国文学史全部，几乎无不受到《楚辞》的影响。《楚辞》的风格与情绪，以及它的秀丽的辞句，感发了无量数的作家，给与了无量数的资料于他们（朱熹的《楚辞后语》六卷，共 52 篇，即总集受《楚辞》的影响的作品，但我们决不能说《楚辞》的影响，便尽在于这 52 篇作品之中。）

《楚辞》是一种诗歌的总集。《诗经》所选录的都是北方的诗歌，《楚辞》所选录的则都是南方的诗歌。《汉书·艺文志》著录《屈原赋》25 篇，《唐勒赋》4 篇，《宋玉赋》16 篇，但无《楚辞》之名。所谓《楚辞》者，乃刘向选集屈原宋玉诸楚人所作诸辞赋及后人的模拟他们而作的辞赋而为一书之名。现在刘向原书已不传，现在所传者为王逸的章句及朱熹的集注本。据王逸章句本，共有作品 17 篇，据朱熹的集注本，则共有作品 15 篇。朱熹的后半部所收的各篇、逸的章句本不同。兹将这两种本子的篇目列表如下：

王逸章句本		朱熹集注本	
篇名	作者姓名	篇名	作者姓名
离骚经	屈原作	离骚经	屈原作
九歌	屈原作	九歌	屈原作
天问	屈原作	天问	屈原作
九章	屈原作	九章	屈原作
远游	屈原作	远游	屈原作

王逸章句本		朱熹集注本	
卜居	屈原作	卜居	屈原作
渔父	屈原作	渔父	屈原作
九辩	宋玉作	九辩	宋玉作
招魂	宋玉作	招魂	宋玉作
大招	屈原作或曰景差作	大招	景差作
惜誓	不知谁所作或曰贾谊作	惜誓	贾谊作
招隐士	淮南小山作	吊屈原	贾谊作
七谏	东方朔	服赋	贾谊作
哀时命	严夫子（即庄忌）作	哀时命	庄忌作
九怀	王褒作	招隐士	淮南小山作
九叹	刘向作		
九思	王逸作		

但两种本子，都非原来的刘向所定的《楚辞》本子。朱熹的集注本是他自己编定的，不必论，即王逸的章句本，虽标明是刘向所定，然把班固所说的话：

> 始楚贤臣屈原，被谗放流，作《离骚》诸赋，以自伤悼。后有宋玉、唐勒之属，慕而述之，皆以显名。汉兴，高祖王兄子濞于吴，招致天下娱游子弟。枚乘、邹阳、严夫子之徒，兴于文景之际，而淮南王安都寿春，招宾客著书。有严助，朱买臣，贵显汉朝，故世传“楚辞”。

拿来一看，便觉得它不大靠得住，因为班氏去刘向之时不远，且多读刘氏之书，如果王逸注本的《楚辞》，乃刘向所编的原书，则班氏所述《楚辞》作家的姓名，不应与现在所传的王逸本《楚辞》的作家的姓名不同。（如无王褒、东方朔之名，而王逸注本却有之。）大约刘向所定的《楚辞》必曾为王逸所窜乱增订过，刘向、王褒诸人的作品，大约也、逸自己所作的《九思》一样，是由他所加入的。

《楚辞》的名称，不是刘向所自创的，大约起于汉初。《史记·屈原列传》言："屈原既死之后，楚有宋玉、唐勒、景差之徒者，皆好辞而以赋见称。"司马迁虽未以《楚辞》二字连缀起来说，然楚之有所谓辞，及楚之辞，乃为当时所最盛行的读物，则是显然的事实。《汉书·朱买臣传》，言买臣善《楚辞》，又言，宣帝时，有九江被公善《楚辞》，大约《楚辞》之名，在那时已很流行。说者谓屈宋诸骚皆是楚语，作楚声，纪楚地，名楚物，故谓之《楚辞》。大约最初作《楚辞》者皆为楚人；《楚辞》的风格必是当时楚地所最流行的，正如《诗经》里的诗篇之盛传于北方人民的口中一样。至于后人所作，则其作者不必为楚人，在实际上，都不过仅仅模拟《楚辞》的风格而已。

我们对于《楚辞》，所最应注意的，乃为《大招》以上的所谓屈原、宋玉、景差诸人所作的《楚辞》——《离骚》《九歌》《天问》《九章》《远游》《卜居》《渔父》《九辩》《招魂》《大招》等十篇作品。至于《惜誓》《招隐士》《哀时命》《九叹》《九思》等汉人的模拟的作品，则我们可以不必注意，正如我们之不必注意于《楚辞后语》中的52篇模拟的作品一样。所以现在置他们于不论，只论屈宋诸人的作品。

屈原是《楚辞》中最伟大的一个作家，全部《楚辞》中，除去几篇别的作家的作品外，便可以成了一部"屈原集"。古代的诗人，我们都不大知道他们的名字，《诗经》里的诗歌，几乎都是无名作家所作的，偶然知道他们名字的几个诗人，其作品又不大重要，只有屈原是古代诗人中最有光荣之名的，最占有重要的地位的一个。在中国上古文学史，要找出一个比他更伟大或可以与他比肩的诗人是不可能的。但我们对于这个大作家，却不知道他的生平；除了《史记》里一篇简略的《屈原传》之外，别的详细的材料，我们不能再寻到了。

屈原名平，为楚之同姓。约生于公元前343年（即周显王二十六年，楚宣王27年）或云，他生于公元前355年。初为楚怀王左徒，博闻强志，明于治乱，娴于辞令，入则、图议国事，以出号令，出则接遇宾客，应对诸侯，原是怀王很信任的人。有一个上官大夫，与屈原同列争宠而心害其能。怀王使屈原造为宪令，原属草稿未定，上官大夫见而欲夺之，屈原不肯给他。上官夫人因在怀王前谗言屈原道："王使屈原为令，众莫不知。每一令出，屈每自伐其功，以为非他不能做。"怀王怒，遂疏远屈原。屈原疾王听之不聪，谗谄之蔽明，邪曲之害公，方正之不容，于是忧愁幽思而作《离骚》。屈原既疏，不复在位，使于齐。适怀王为张仪所诈，与秦战大败，秦割汉中地与楚以和。怀王曰："不欲得地，愿得张仪。"仪至楚，厚赂怀王左右，竟得释归。屈原自齐反，谏怀王曰："何不杀张仪？"怀王悔，追张仪不及。后秦昭王与楚婚，欲与怀王会，王欲行，屈原曰："秦，虎狼之国，不可信，木如无行。"怀王稚子子兰劝王："奈何绝秦欢！"怀王卒行入武关，秦伏兵绝其后，因留怀王以求割地。怀王怒不听，竟客死于秦而归葬。长子顷襄王立，以其弟子兰为令尹。子兰使上官大夫短屈原于顷襄王，顷襄王怒而迁之。屈原至于江滨，被发行吟泽畔，颜色憔悴，形容枯槁。乃作《怀沙》之赋，于是怀石自投汨罗以死。死时约为公元前 290 年（即顷襄王九年）左右。他的死日，相传是五月五日；这一日是中国的很大的节日，竞赛龙舟，投角黍于江，以吊我们的大诗人屈原，到现在尚是如此——虽然现在的端午节已没有这种吊悼的情意在里面。

近来有些人怀疑屈原的存在，以为他也如希腊的荷马，印度的瓦尔米基一样，是一个为后人所虚拟的大作家。其实屈原的诗与荷马及瓦尔米基的诗，截然不同。荷马他们的史诗，是民间的传说的集合融冶而成者，屈原的诗则完全是抒写他自己的幽苦愁闷的情绪，带着极浓厚的个性在里面，大部分都可以与他的明了的生平相映照；所以荷马他们的史诗，我们可以说是"零片集合"而成的，荷马他们的自身，我们可以说是"零片集合者"。至于屈原的作品及屈原的自身，我们却万不能说他或它们是虚拟的人物或"零片集合"而成的作品。因为屈原的作品，本来是融成一片的，本来是显然的为一个诗人所创作的。如果说《离骚》《九章》等作品不是屈原做的，那末，当公元前 340——前 280 之间，必定另有一个大诗人去写作这些作品。然而除了屈原之外，那时还有那一个大诗人出现？还有那一个大诗人的生平能与《离骚》等作品中所叙的情绪与事迹那样的切合？

屈原的作品，据《汉书·艺文志》说，有赋25篇。据上面所列的表，王逸注本与朱熹集注本所收的屈原作品皆为七种，但《九歌》有11篇，《九章》有9篇，合计正为25篇，与《汉志》合。（对于这25篇的篇目，论《楚辞》者尚有许多辩论，这里不提及，因为这是很小的问题。）不过这25篇的作品究竟是否皆为屈原作的呢？25篇的篇目是：

一、《离骚》一篇。　二、《天问》一篇。　三、《远游》一篇。　四、《卜居》一篇。　五、《渔父》一篇。

六、《九歌》11篇：《东皇太一》《云中君》《湘君》《湘夫人》《大司命》《少司命》《东君》《河伯》《山鬼》《国殇》《礼魂》

七、《九章》9篇：《惜诵》《涉江》《哀郢》《抽思》《思美人》《惜往日》《橘颂》《悲回风》《怀沙》

《离骚》与《九章》之为屈原的作品，批评家都没有异辞。我们在它们里面，可以看出屈原的丰富的想像，幽沉的悲思，与他的高洁的思想。《离骚》不惟为上古的最伟大的作品，也是中国全部文学史上罕见的巨作。司马迁以为“《离骚》者犹《离忧》也”，班固以为“离，犹遭也。骚，忧也”。二说中，以班固之说糊（《离骚》，英人译为“Fallen into Sorrow”，其意义极明白。《离骚》的全译本在英文中有Legge教授所译的一本。）《离骚》全部共三百七十余句，自叙他的生平与他的愿志；他的理想既不能实现，于是他最后只好说：“已矣哉！国无人，莫我知兮，又何怀乎故都！既莫是与为美政兮，吾将从彭咸之所居！”在《离骚》中，屈原的文学天才发展到极高点。他把一切自然界，把历史上一切已往的人物，都用他的最高的想像力，融冶于他的彷徨幽苦的情绪之下。试看：

“跪敷衽以陈词兮，耿吾既得此中正。驷玉虬以乘鹥兮，溘埃风余上征。朝发轫于苍梧兮，夕余至乎悬圃。欲少留此灵琐兮，日忽忽其将暮。吾令羲和弭节兮，望崦嵫而勿迫。路曼曼其修远兮，吾将上下而求索。饮余马于咸池兮，总余辔乎扶桑。折若木以拂日兮，聊逍遥以相羊。前望舒使先驱兮，后飞廉使奔属。鸾凤为余先戒兮，雷师告余以未具。吾令凤鸟飞腾兮，又继之以日夜。飘风屯其相离兮，帅云霓而来御。纷总总其离合兮，斑陆离其上下。吾令帝阍开关兮，倚阊阖而望予。时暧暧其将罢兮，结幽兰而延伫。世溷浊而不分兮，好蔽美而嫉妒。朝吾将济于白水兮，登阆风而緤马。忽反顾以流涕兮，哀高丘之无女。溘吾游此春宫兮，折琼枝以继佩。及荣华之未落兮，相下女之可诒。吾令丰隆乘云兮，求宓妃之所在。解佩纕以结言兮，吾令蹇修以为理。纷总总其离合兮，忽纬繣其难迁。夕归次于穷石兮，朝濯发乎洧盘。保厥美以骄傲兮，日康娱以淫游。虽信美而无礼兮，来违弃而改求。览相观于四极兮，周流乎天余乃下。望瑶台之偃蹇兮，见有娀之佚女。吾令鸩为媒兮，鸩告余以不好。……凤凰既受诒兮，恐高辛之先我。欲远集而无所止兮，聊浮游以逍遥。及少康之未家兮，留有虞之二姚。理弱而媒拙兮，恐导言之不固。世溷浊而嫉贤兮，好蔽美而称恶。闺中既以邃远兮，哲王又不寤。怀朕情而不发兮，余焉能忍而与此终古。”

在这一小段中，他把许多历史的人物，神话上的人物，如羲和、如望舒、如飞廉、如丰隆、如宓妃、如有娀之佚女、如少康、如有虞之二姚，许多神话上的地名，如咸池、如扶桑、如春宫、如穷石、如洧盘，许多禽鸟与自然的现象，如鸾凤、如飘风、如云霓、如鸩都会集在一处，使我们不但不觉其繁复可厌，却反觉得它的有趣，如在读一段极美丽的神话，不知不觉的被带到他的想像之国里去，而如与他同游。这种艺术的手段实是很可惊异的！

《九章》中的九篇作品，每篇都是独立的，著作的时间也相差很远，有的在将沉江之时作的（如《怀沙》）。有的在他被顷襄王谪迁的时候做的（如《哀郢》与《涉江》）。不知后人为什么把它们包含在一个“九章”的总题目之下？我们读这九篇作品，可以把屈原的生平及思想看得更明白些。

《天问》，有的人以为非屈原所作的。英国的魏莱（Arthur Waley）在他的英译的中国诗选第三册“*The Temple and Other*

Poems”中，曾说，《天问》显然是一种“试题”，不知何故被人杂入屈原的作品中。我们细看《天问》，也觉得它是一篇毫无情绪的作品；所问的都是关于宇宙的、历史的、神话的问题，并无什么文学的价值，可决其为非我们的大诗人屈原所作的。且它的句法都是四言的，与《楚辞》的风格也绝不相同。但这篇文字，在历史学上却是一篇极可珍异的东西。在它里面，我们可以考出许多古代历史上的事迹与古人的宇宙知识。

《远游》亦有人怀疑它非屈原所作的。怀疑的主要理由，则在于文中所举的人名，如韩众等，并非屈原时代所有的。

《卜居》与《渔父》二篇之非屈原的作品，则更为显明，因为他们开首便都说：“屈原既放”，明为后人的记事，而非屈原所自作的。这两篇东西，大约与关于管仲的《管子》，关于晏婴的《晏子》一样，乃为后人记载他们的生平及言论而作，而非他们自己所作的。但在《卜居》与《渔父》中，屈原的傲洁的不屈于俗的性格与强烈的情绪，却未被记载者所掩没。

《九歌》中有许多篇极美丽的作品，我们读到《湘夫人》里的“帝子降兮北渚，目眇眇兮愁予。袅袅兮秋风，洞庭波兮木叶下”；读到《山鬼》里的“若有人兮山之阿，被薜荔兮带女萝，既含睇兮又宜笑，子慕予兮善窈窕。……雷填填兮雨冥冥，猿啾啾兮狖夜鸣，风飒飒兮木萧萧，思公子兮徒离忧”诸句，未有不被其美的辞句所感动的。《九歌》之名，由来已久，如《离骚》中言：“启《九辩》与《九歌》兮”，又言：“奏《九歌》而舞韶兮”，《天问》中亦言：“启棘宾商，《九辩》《九歌》。”于是有的批评家便以为《九歌》原是楚地的民歌，不是屈原所作的。有的批评家便以为《九歌》是古曲，但王逸却说：“昔楚国南郢之邑，沅湘之间，其俗信鬼而好祠，其祠必作歌乐鼓舞，以乐诸神。屈原放逐，窜伏其域，怀忧苦毒，愁苦怫郁，出见俗人祭祀之礼，歌舞之乐，其词鄙陋，因为作九章之曲。”这是说屈原作《九歌》，乃为楚地祀神之用的。我觉得民间的抒情诗歌都是很短的，稍长的民歌便词意卑俗，无文学上的价值，看小书摊上所有的“小曲”即可知；其文辞秀美，情绪高洁者，大都为诗人之创作，或诗人的改作，而流传于民间，为他们所传诵者。（如广东的《粤讴》，据说都是一位太守做的）以此例彼，那末，如《九歌》之词高文雅，似必非楚地的民众所自作，而必为一个诗人为他们写作出来的，或所改作出来的了。所以王逸的话较别的批评家更为可信。至于作者是屈原或是别的无名诗人，则我们现在已无从知道。

宋玉是次于屈原的一位楚国的大作家。他的作品在《楚辞》中只有两篇，一为《九辩》，一为《招魂》。其他见于《文选》中者，有《风赋》《高唐赋》《神女赋》《登徒子好色赋》4 篇，见于《古文苑》者，有《笛赋》《大言赋》《小言赋》《讽赋》《钓赋》《舞赋》等 6 篇，合之共 12 篇，与《汉书·艺文志》所著录之《宋玉赋》16 篇，数目不合；如以《九辩》作为 9 篇计算，则共为 20 篇，又较《汉志》多出 4 篇。大约《汉志》所著录之本久已亡失。有许多人以为宋玉是屈原的弟子，这是附会的话。《史记·屈原传》说："屈原既死之后，楚有宋玉，唐勒，景差之徒者，皆好辞而以赋见称。然皆祖屈原之从容辞令，终莫敢直谏。其后楚日以削，数十年竟为秦所灭。"可见宋玉未必能及见屈原，大约宋玉的生年，总在于公元前 290 年左右（屈原自沉的前后），约卒于公元前 222 年以前（即楚亡以前）。至于他的生平，则史记并未提起。除了在他的赋里看出些许外，他处别无更详细的记载。大约他于年轻时曾在楚襄王那里（约当襄王末年），做过不甚重要的官，其地位至多如东方朔、司马相如、枚皋之在汉武帝时。其后便被免职，穷困以死。死时的年龄必不甚老。

在宋玉的赋中，《笛赋》显然是后人依托的，因为其中乃有"宋意将送荆卿于易水之上，得其雌焉"之句。其他《风赋》《高唐赋》《神女赋》《大言赋》《小言赋》《登徒子好色赋》《讽赋》《钓赋》《舞赋》等九篇，亦似为后人所记述而非宋玉所自作。因为这九篇中都称"宋玉"，称"楚襄王"或"襄王"，与《卜居》《渔父》之称"屈原既放"一样，显然可以看出是后人记述的，正与后人记述管仲的事为《管子》一书而称为管仲所自著者同例。但这几篇赋，虽未必出于宋玉之手，其辞意却很有趣味，很有价值，显出作者的异常的机警与修辞的技巧，使我们很高兴读它们，与汉人诸赋之务为夸诞，堆饰无数之浮辞，读之令人厌倦者，其艺术之高下真是相差甚远。如：

楚襄王既登阳云之台，令诸大夫景差唐勒宋玉等并造《大言赋》，赋毕而宋玉受赏。王曰："此赋之迂诞则极巨伟矣！抑未备也。且一阴一阳，道之所贵，小往大来，剥复之类也。是故卑高相配，而天地位；三光并照，则大小备。能大而不小，能高而不下，非兼通也。能粗而不能细，非妙工也。然则上座者未足明赏贤人。有能为《小言赋》者，赐之云梦之田。"景差曰："载氛埃兮乘剽尘；体轻蚊翼，形微蚤鳞，聿遑浮踊，凌云纵身。经由针孔，出入罗中。飘妙翩绵，乍见乍泯。"唐勒曰："折飞糠以为舆，剖秕糟以为舟。泛然投乎杯水中，淡若巨海之洪流。凭蚋眦以顾盼，附蠛蠓而遨游。准宁隐微以原存亡而不忧。"又曰："馆于蝇须，宴于毫端，烹虱胫，切虮肝，会九族而同哜，犹委馀而不殚。"宋玉曰："无内之中，微物潜生。比之无象，言之无名。蒙蒙灭景，昧昧遗形。超于大虚之域，出于未兆之庭。纤于毳末之微蔑，陋于茸毛之方生。视之则眇眇，望之则冥冥。离朱为之叹闷，神明不能察其情。二子之言，磊磊皆不小，何如此之为精。"王曰："善！"赐以云梦之田。（《小言赋》）

楚襄王与宋玉游于云梦之浦，使玉赋高唐之事。其夜，王寝，果梦与神女遇，其状甚丽。王异之。明日以白玉。玉曰："其梦若何？"王曰："哺夕之后，精神恍忽，若有所喜，纷纷扰扰，未知何意。目色髣髴，乍若有记。见一妇人，状甚奇异。寐而梦之，寤不自识。罔兮不乐，怅然失志。于是抚心定气，复见所梦。"玉曰："状如何也？"王曰："茂矣，美矣！诸好备矣！盛矣，丽矣！难测究矣！上古既无，世所未见，瑰姿玮态，不可胜赞。其始来也，耀乎若白日初出照屋梁；其少进也，皎若明月舒其光。须臾之间，美貌横生，晔兮如华，温乎如莹，五色并驰，不可殚形。详而视之，夺人目精。其盛饰也，则罗纨绮缋盛文章，极服妙采照万方。振绣衣，被袿裳，秾不短，纤不长。步裔裔兮曜殿堂，忽兮改容，婉若游龙乘云翔。嫷被服，侻薄装，沐兰泽，含有芳，性和适，宜侍旁，顺序卑，调心肠。……"（《神女赋》）

大夫登徒子侍于楚王，短宋玉曰："玉为人体貌闲丽，口多微词，又性好色，愿王勿与出入后宫。"王以登徒子之言问宋玉。玉曰："体貌闲丽，所受于天也。口多微辞，所学于师也。至于好色，臣无有也。"王曰："子不好色，亦有说乎？有说则上，无说则退。"玉曰："天下之佳人，莫若楚国，楚国之丽，莫若臣里，臣里之美者，莫若臣东家之子。增之一分则太长，减之一分则太短，著粉则太白，施朱则太赤。眉如翠羽，肌如白雪，腰如束素，齿如含贝。嫣然一笑，惑阳城，迷下蔡。然此女登墙窥臣三年，至今未许也。登徒子则不然，其妻蓬头挛耳，齞唇历齿，旁行踽偻，又疥且痔。登徒子悦之，使有五子。王熟察之，谁为好色者矣？……"（《登徒子好色赋》）

《讽赋》与《登徒子好色赋》其辞意俱极相似，大约本是一赋，其后演变而为二的；或宋玉原有这一段事，因为记述这段事者有二个人，故所记名有详略及互异处。

在宋玉的所有作品中，其可称为他自己所著的，只有《楚辞》里的两篇，《招魂》与《九辩》。但《招魂》一篇，尚有人把它归之于屈原的著作表里面。不过他们却没有什么充分的理由说出来。所以我们与其剥夺宋玉的《招魂》的著作权而并归之于屈原，毋宁相信它们是宋玉所作的。且在文辞与情思二方面，这一篇东西，也都与屈原的别的作品不同。最可以使我们看出宋玉的特有的情调的是《九辩》：

"悲哉秋之为气也！萧瑟兮草木摇落而变衰。潦栗兮若在远行，登山临水兮送将归。泬寥兮天高而气清，寂寥兮收潦而水清。憯凄增欷兮薄寒之中人，怆怳懭悢兮去故而就新。坎廪兮贫士失职而志不平，廓落兮羁旅而无友生，惆怅兮而私自怜。燕翩翩其辞归兮，蝉寂漠而无声。雁廱廱而南游兮，鹍鸡啁哳而悲鸣。独申旦而不寐兮，哀蟋蟀之宵征。时亹亹而过中兮，蹇淹留而无成。"（《九辩》的第一节）

《楚辞》中尚有一篇《大招》，王逸以为是屈原或景差作；朱熹则径断为景差作。景差与宋玉同时，《史记·屈原传》里曾提起他的名字，宋玉的（？）《大言赋》与《小言赋》里也有他的名字。大约他与宋玉一样，也是楚王的一位不甚重要的侍臣。其他事实则我们毫无所知。他的著作，除了这篇疑似的《大招》以外，别无他篇。《汉书·艺文志》著录的，只有《唐勒赋》四篇，并无景差的赋。所以这篇《大招》究竟是不是他做的，我们实无从断定。不过《大招》即不是景差作的，也不能便说是屈原作的，因为《大招》的辞意与《招魂》极相似，而屈原的情调，却不是如此。

> 魂兮归来！去君之恒干，何为四方些？舍君之乐处而离彼不祥些。魂兮归来，东方不可以托些！……（中叙四方及上下之不可居与反归故居之乐）酎饮尽欢，乐先故些。魂来归兮，反故居些。（《招魂》）
>
> 魂魄归徕，无远遥只。魂乎归徕，无东无西，无南无北只！东有大海，溺水浟浟只……（中叙四方之不可居与反归故居之乐）昭质既设，大侯张只。执弓挟矢，揖辞让只。魂乎徕归，尚三王只。（《大招》）

这两篇的结构是完全相同的，意思是完全相同的，仅修辞方面相歧异而已。我们虽不敢断定的说，这两篇本是由一篇东西转变出来的，但至少我们可以说，《招魂》与《大招》的文意与结构必当时有一种规定，如现在丧事或道观拜天时所用的榜文奏文一样，因为这两篇是两个诗人作的，所以文意结构俱同而修辞不同。或者这两篇文字当中，有一篇是原作，有一篇是后人所拟作的也说不定。

《楚辞》与《诗经》不同，它是诗人的创作，是诗人的理想的产品，是诗人自诉他的幽怀与愁郁，是欲超出于现实社会的混浊之流的作品，而不是民间的歌谣与征夫或忧时者及关心当时政治与社会的扰乱者的叹声与愤歌，所以我们在它里面，不能得到如在《诗经》里所得到的同样的历史上的许多材料。但它的在文学上的影响已足使它占于中国文学史里的一个最高的地位；同时，它的本身，在世界的不朽的文学宝库中也能占到一个永永不朽的最高的地位。

参考书目

1.《毛诗正义》，汉毛亨传，郑玄笺，唐孔颖达疏。此书共40卷，为《诗经》的传统的解释中最重要的书；虽对于现在的研究《诗经》者无大用处（只有名物文字的解释一部分有用），但它的威权维持得极久。此书现在流行的版本，有阮元刻的《十三经注疏》本及其他坊刻本；以阮刻本为最好。后附有阮元的《毛诗校勘记》(《十三经注疏》有石印本)。

2.《诗集传》宋朱熹撰。此书共8卷，为攻击汉儒所传《毛诗说》最有力的书。它的威权也极大。但它的本身却不很有价值，谬误的解说并不比“毛传”少。此书坊刻本极多，商务印书馆亦有铅印本。

3.《诗经原始》清方玉润撰。共18卷。此书为超出于“毛序”“朱传”之外而解说《诗经》的；所说多采姚际恒的《诗经原始》，有时很有新的独到的意见；但仍脱离不了传统的见解，不能把《诗经》的真价完全呈露。且加了许多批语，赞赏《诗经》中诗句的结构与比兴的好处，尤觉得讨厌。此书有《鸿濛室丛书》本，版存云南图书馆；最近有泰东图书局的石印本。

4.《诗三家义集疏》王先谦撰。共28卷。汉时传诗者有四家（齐、鲁、韩及毛），其后三家之说皆亡，独《毛传》流行至今。宋时，王应麟从古书中搜集三家遗说，为《诗考》一书。清儒继续他的工作，编了这一类的书不少。王先谦的这部书是总集他们的工作的结果。三家诗说，未必较《毛传》更好——其附会误谬处与《毛传》亦不相上下——但研究《诗经》者却应该知道些他们的意见。此书有虚受堂刊本。

5.《读毛诗序》，郑振铎撰，刊于《小说月报》第14卷第1号。

6.《诗经的厄运与幸运》，顾颉刚撰，尚未完篇，仅说至周时为止。刊于《小说月报》第14卷第3号至第5号。

7.《诗经研究》谢无量编，商务印书馆出版《国学小丛书》之一。此书并无新见解，而过信传统的《诗经》的解释。所以错谬处极多。以其系最近出版，颇流行，故附举于此。

8.《楚辞》后汉王逸章句，宋洪兴祖补注。此书于名物及文字的解释上，很有用处，惟见解太固陋了。王逸执定“屈原的作品是怨君”的意见，于是处处都把他们解成怨君了，如《山鬼》之“被石兰兮带杜衡，折芳馨兮遗所思。余处幽篁兮终不见天，路险难兮独后来”诸句，本是极美丽的辞句，却被他依旧说解成：喻已带忠信，又以嘉言而纳于君，却不得见君，谗邪填塞，难以前进，所以索居于此。竟把他们解得索然无味了！这种对于文学作品的曲解，是中国解释家最惯为之的。此书共17卷，坊刻本极多。

9.《楚辞集注》宋朱熹撰，共8卷，并附《辩证》2卷，《后语》6卷。此书打破王逸的见解，但朱熹自己的见解，也不见得很高明。

10.《陈萧二家绘离骚图》此书分5卷，集清初陈洪绶及萧云从二家所作《离骚图》为一书。有上海蟫隐庐影印本。

11.《屈原》陆侃如编，上海亚东图书馆出版。内容分三部分，1、《屈原评传》，2、《屈原集》，3、《附录》。此书为最近研究屈原作品的很好的一部书。

12.《楚辞新论》谢无量著，商务印书馆出版的《国学小丛书》之一，无特创的见解。

第八章

中国最初的历史家与哲学家

一

如果有人编著中国古代的文学史，他于叙述《诗经》与《楚辞》之外，对于几个历史家与哲学家的著作，也必定会给以很详细的记载；因为这些历史家与哲学家的著作，不惟在历史上、哲学上，有他们自己的很高的地位，即在文学上也有他们的不朽的价值与伟大的影响。如《左传》、如《战国策》、如《孟子》、如《庄子》、如《列子》，他们的在文学上的影响，实不下于《诗经》与《楚辞》。他们的隽利而畅达的辩论、秀美而独创的辞采，俊捷而动人的叙写，给了后来的文学者以言之不尽的供献。即到了现在，还有无数的人把他们拿来当文学的课本。所以我于讲《诗经》与《楚辞》之后，对于他们也简单的讲述一下。

二

中国史书的最初一部是《尚书》(《书经》)。这部史书是许多时代的文诰誓语的总集。间有几篇，为历史家记述的文字，如《尧典》《禹贡》之类。间有几篇，则于文诰之前，加以很简略的记事，如《洪范》，于箕子说“洪范”之前，加以“惟十有三祀，王访于箕子。王乃言曰：呜呼，箕子！惟天阴隲下民，相协厥居。我不知其彝伦攸叙……”的一段话之类。相传《尚书》为孔子所编定，内容原有百篇。经过秦代的焚书之祸后，仅存28篇。汉时，有伏生诸人传授之。这28篇是《尧典》《皋陶谟》《禹贡》《甘誓》《汤誓》《盘庚》《高宗肜日》《西伯戡黎》《微子》《牧誓》《洪范》《金縢》《大诰》《康诰》《酒诰》《梓材》《召诰》《洛诰》《多士》《多方》《立政》《无逸》《君奭》《顾命》《吕刑》《文侯之命》《费誓》及《秦誓》。这种文诰及记事所包含的时代，为自公元前23世纪（即尧时）至公元前627年（即周襄王二十五年）。但在实际上，他们的最早的作者却决不是生在公元前23世纪里的，因为在《尚书》的第一篇《尧典》——即叙公元前23世纪里的事的一篇史书——的开头，它的作者便说：“曰，若稽古帝尧。”既曰：“粤稽古帝尧”，可知作者的时代必离帝尧的时代很远了。大约《尚书》里的第一位作者，或记载者，至早是生在公元前20世纪左右的。

伏生所传的《尚书》传到了晋时，有名梅赜者，自称又获得“古文尚书”的一种。这一本《尚书》除了28篇与伏生所传的相同外又增多了《大禹谟》《五子之歌》等25篇，又从《尧典》中分出《舜典》1篇，从《皋陶谟》中分出《益稷》1篇，从《顾命》中分出《康王之诰》1篇，又将《盘庚》一篇，析为3篇，合共58篇。当时，并没有什么人怀疑它。宋人才对它生了疑问。到了清初，阎若璩作《古文尚书疏证》一书，力攻它的伪造，而伪造的事实遂判定。

次于《尚书》而产生的是《春秋》。据旧说，这部书是孔子根据“鲁史”而编著的。它所记载的时代为自鲁隐公元年（即公元前722年，周平王四十九年，）至鲁哀公十四年（即公元前481年，周敬王三十九年）。隔了三年，四月，时孔子死。《春秋》的文字极简单，除了记载当时所发生的重大事件以外，并没有什么叙述。于是有左邱明、公羊高、穀梁赤三人前后依它的原文，更作较详细的记载或说明。但公羊高及穀梁赤二人所作的传，仅注意于《春秋》的义例，详细说明孔子的褒贬之意，而对于事实并不详述。只有左邱明的传，叙述事实很详尽。左邱明的生平，没有什么记载留传下来，据传说，他是一个盲人，他的《春秋传》，不惟供给许多历史的事迹给史学家，且于文学上也有很大的影响。他的文字简质，而叙写却极活跃。有时，也有很美丽的描写，下面举两个例：

> 十年春，齐师伐我。公将战，曹刿请见。其乡人曰："肉食者谋之，又何间焉？"刿曰："肉食者鄙。未能远谋。"乃入见，问何以战。公曰："衣食所安弗敢专也。必以分人。"对曰："小惠未遍，民弗从也。"公曰："牺牲玉帛，弗敢加也，必以信。"对曰："小信未孚，神弗福也。"公曰："小大之狱，虽不能察，必以情。"对曰："忠之属也，可以一战。"战则请从，公与之乘，战于长勺。公将鼓之，刿曰："未可！"齐人三鼓，刿曰："可矣！"齐师败绩，公将驰之，刿曰："未可！"下观其辙，登轼而望之，曰："可矣！"遂逐齐师。既克，公问其故。对曰："夫战，勇气也，一鼓作气，再而衰，三而竭。彼竭我盈，故克之。夫大国难测也，惧有伏焉。我视其辙乱，望其旗靡，故逐之。"（《左传·庄公十年》）
>
> 晋程郑卒，子产始知然明，问为政焉。对曰："视民如子，见不仁者诛之，如鹰鹯之逐鸟雀也。"子产喜，以语子大叔，且曰："他日吾见蔑之面而已，今吾见心矣。"子大叔问政于子产。子产曰："政如农功，日夜思之。思其始而成其终。朝夕而行之，行无越思，如农之有畔，其过鲜矣。"（《左传·襄公二十六年》）

孔子的《春秋》，终于鲁哀公十四年，左邱明的传，则书孔子卒，直至哀公二十七年始告终止。

记载自公元前九九〇年（即周穆王十二年）至公元前453年（即周贞定王十六年）的诸国的史绩者，有《国语》一书。相传这部书亦为左邱明所作。邱明作《春秋传》意有未尽，“故复采录前世穆王以来，下讫鲁悼智伯之诛，邦国成败，嘉言善语，……以为《国语》。”但有的人则以为左邱明并没有著这部书。这部书的性质与《春秋传》不同。《春秋传》是编年的体例，《国语》则分国叙述。《国语》共有21卷，分叙周（3卷），鲁（2卷），齐（1卷），晋（9卷），郑（1卷），楚（2卷），吴（1卷），及越（1卷）等八国的重要的史事。它在文学上亦有伟大的影响。现在举一二个例在下面，以见它的叙写的一斑：

赵文子与叔向游于九原。曰：“死者若可作也，吾谁与归？”叔向曰：“其阳子乎？”文子曰：“夫阳子行廉直于晋国，不免其身，其智不足称也。”叔向曰：“其舅犯乎？”文子曰：“夫舅犯见利而不顾其君，其仁不足称也。其随武子乎！纳谏不忘其师，言身不失其友，事君不援而进，不阿而退。”（《国语·晋语》）

越王勾践栖于会稽之上，乃号令于三军曰：“凡我父兄昆弟及国子姓，有能助寡人谋而退吴者，吾与之共知越国之政。”大夫种进对曰：“臣闻之，贾人夏则资皮，冬则资絺，旱则资舟，水则资车，以待乏也。夫虽无四方之忧，然谋臣与爪牙之士，不可不养而择也；譬如蓑笠，时雨既至，必求之。今君王既栖于会稽之上，然后乃求谋臣，无乃后乎？”勾践曰：“虽得闻子大夫之言，何后之有！”执其手而与之谋，遂使之行成于吴。……（《国语·越语》）

继续《国语》的体例，而叙三家分晋至楚汉，未起之前的重要史事者，有《战国策》书。《战国策》在文学上的权威，不下于《春秋》《左传》及《国语》；大部分的读者，且喜欢《战国策》过于《左传》与《国语》。在《战国策》里面，我们看不到一切迂腐的言论，与一切遵守传统的习惯与道德的行动；这个时代是一个新的时代，旧的一切，已完全推倒，完全摧毁，所有的言论都是独创的，直捷的，包含可爱的机警与雄辩的；所有的行动都是勇敢的，不守旧习惯的，都是审辨直接的利害极为明了的，因此，《战国策》遂给读者以一个新的特创的内容。它如一部中世纪的欧洲的传奇，如一部记述“魏蜀吴”三国的史事的小说《三国志》，使读者永远的喜欢读它。《战国策》初名《国策》或名《国事》，或名《短长》，或名《长书》，或名《修书》，卷帙亦错乱无序。汉时，刘向始把它整理过，定名为《战国策》，分之为三十三篇。所叙的诸国，为东周（1篇），西周（1篇），秦（5篇），齐（6篇），楚（4篇），赵（4篇），魏（4篇），韩（3篇），燕（3篇），宋卫（1篇），及中山（1篇）。底下举了它的三段文字，可以略见它的风格与内容的一斑：

> 甘茂亡秦，且之齐。出关遇苏子，曰："君闻夫江上之处女乎？"苏子曰："不闻！"曰："夫江上之处女，有家贫而无烛者，处女相与语欲去之。家贫无烛者将去矣，谓处女曰：'妾以无烛故，常先至扫室布席。何爱余明之照四壁者？幸以赐妾，何妨于处女？妾自以有益于处女，何为去我？'处女相语以为然而留之。今臣不肖，弃逐于秦愿为足下扫室布席，幸无我逐也。"苏子曰："善，请重公于齐。……"（《秦策二》）
>
> 靖郭君将城薛，客多以谏。靖郭君谓谒者无为客通。齐人有请者曰："臣请三言而已矣！益一言，臣请烹！"靖郭君因见之。客趋而进曰："海大鱼！"因反走。君曰："客有于此。"客曰："鄙臣不敢以死为戏。"君曰："亡，更言之。"对曰："君不闻大鱼乎？网不能止，钩不能索，荡而失水，则蝼蚁得志焉。今夫齐亦君之水也？君长有齐，奚以薛为？夫齐，虽隆薛之城到于天，犹之无益也。"君曰，"善！"乃辍城薛。（《齐策一》）
>
> 张仪为秦破从连横，说楚王曰："秦地半天下，兵敌四国，被山带河，四塞以为固，虎贲之士百馀万；车千乘，骑万匹，粟如丘山，法令既明，士卒安难乐死；主严以明，将知以武。虽无出兵甲，席卷常山之险，折天下之脊。天下后服者先亡。且夫为从者无以异于驱群羊而攻猛虎也。夫虎之与羊，不格明矣，今大王不与猛虎而与群羊，窃以为大王之计过矣！凡天下强国，非秦而楚，非楚而秦。两国敌侔交争，其势不两立。而大王不与秦。秦下甲兵，据宜阳，韩之上地不通，下河东，取成皋，韩必入臣于秦。韩入臣，魏则从风而动。秦攻楚之西，韩魏攻其北，社稷岂得无危哉！且夫约从者，聚群弱而攻至强也。夫以弱攻强，不料敌而轻战，国穷而骤举兵，

此危亡之术也。臣闻之，兵不如者勿与挑战，粟不如者勿与持久，夫从人者饰辩虚辞，高主之节行，言其利而不言其害。卒有楚祸无及为已。是故愿大王之熟计之也。……”（《楚策一》）

除了上面的几部史书以外，尚有《逸周书》《竹书纪年》及《穆天子传》等几部。《逸周书》的性质与《尚书》相同。相传为晋时束晳所见之“汲冢书”之一。或谓此书非汲冢中所出，乃为孔子删削《尚书》之所遗者。《竹书纪年》的性质，与《春秋》相同，记黄帝至周隐王之重要史事，文字极简单，相传亦为束晳所见之汲冢书之一。但后来的人也颇有疑其非汲冢的原本者。《穆天子传》亦为汲冢中书之一。体裁与《尚书》《春秋》二书俱极异，乃叙周穆王游行之事。《左传》言：“穆王欲肆其心，周行于天下，皆使有车辙马迹焉。”大约穆王的游行天下的事，必为当时所盛传者；所以有人记录他的游迹，作为此传。文字多残阙。现在录其一节如下：

庚戌，天子西征，至于玄池。天子休于玄池之上，乃奏广乐，三日而终，是曰乐池。天子乃树之竹，是曰竹林。癸丑，天子乃遂西征。丙辰，至于苦山西膜之所茂苑。天子于是休猎，于是食苦。丁巳，天子西征。己未，宿于黄鼠之山西，乃遂西征。癸亥，至于西王母之邦。

吉日，甲子。天子宾于西王母。乃执白圭玄璧，以见西王母，好献锦组百纯，组三百纯。西王母再拜受之。乙丑，天子觞西王母于瑶池之上。西王母为天子谣曰：“白云在天，山陵自出。道里悠远，小川间之。将子无死，尚能复来。”天子答之曰：“予归东土，和治诸夏，万民平均，吾顾见汝。比及三年，将复而野。”西王母又为天子吟曰：“徂彼西土，爰居其野。虎豹为群，于鹊与处。嘉命不迁，我惟帝女。彼何世民，又将去子。吹笙鼓簧，中心翔翔。世民之子，唯天之望。”天子遂驱升于弇山，乃记名迹于弇山之石，而树之槐眉曰，西王母之山。（《穆天子传》卷二至三）

像穆王这样的周游天下，远适荒僻，是中国的人民所甚为惊奇不置的，所以当时关于这一件事的传说，流传各处。《列子》书中亦有

《周穆王》一篇，所叙之事，亦与此传大体相同。这一部书，对于考察古代中国的地理产物也极有用处；它的体例又是古代的史书中之最特创的。

尚有《越绝书》《吴越春秋》及《晋史乘》楚史《祷杌》诸书，大概都是纂辑古书中的记载而为之的。《越绝》记越王勾践前后的事，相传为子贡撰，或子胥所为，俱为依托之言。或断定为汉时袁康，吴平所撰。《吴越春秋》叙吴越二国之事，自吴太伯起至勾践伐吴为止。亦为汉人所作。(《古今逸史》题为汉，赵晔撰。)晋史《乘》及楚史《祷杌》二书，则历来书目俱不载，至元时乃忽出现。显然是好事者所伪作的。二书前有元大德十年吾邱衍序，以为此二书乃他所发现，实则即他自己辑集《左传》《国语》《说苑》《新序》及诸子书中关于晋楚的记事而编成的。

三

在中国古代哲学家所著的书中，有许多是带有很丰富的文学的意味的；许多的哲学家都喜欢用很美丽的文辞，很有文学趣味的比喻，以传达他们的哲学思想。这许多哲学家都是生活在公元前570年（周灵王时）至公元前230年（秦始皇时）中间的。这个时代，正是春秋战国的时代。中国各处都继续的陷在局部战争之中，政治的社会的纷扰达于极点；同时，传统的道德社会阶级，以及思想，都为这个扰乱所摧坏。于是新的创造的哲思，纷然的产生出来，有的表现消极的厌世的破坏的思想，有的努力欲维持古代的传统的积极的思想，有的欲以仁爱及实用之学救此扰乱，有的则欲以严明的政治及法律救此扰乱。思想的勃蓬与绚烂，为中国哲学界前所未曾有，后所未曾有。且离开他们的本身的价值而言，他们的在文学上的影响，亦为以前及以后的所有论哲理的书所未曾有。这时代的哲学书有许多是后来文学者所承认为最好的不朽的作品，如《孟子》、如《庄子》、如《列子》、如《韩非子》等书即是一例。

这些哲学家中，最先出现者为老子。老子姓李，名耳，字聃，楚国人。关于他的神话甚多，有的说他活了二百余岁，有的说他入关仙去，后世的人遂以他为“道教”的始祖。孔子曾见过他。因为他做过周守藏室之史。所以孔子向他问礼。大约他的生活时代与孔子相差不远，其生当在公元前750年（周灵王初年）左右，其卒，至晚当在公元前470年（周元王时）以前。老子所代表的思想是消极的厌世的思想。他的书有《道德经》上下二篇，共81章，文字极简捷，他因为当时政治的龌龊，言治者纷然出，而天下愈扰，于是主张无为，主张无治，以为：“不尚贤，使民不争，不贵难得之货，使民不为盗，不见可欲，使民心不乱。是以圣人之治，常使民无治无欲。”鸡犬之声相闻，而民至老死不相往来，这就是他的理想国的景象。他不主张法治，以为：“民不畏死，奈何以死惧之！”他不喜欢贤能与强力，而以谦下与柔弱为至德。他说：“江海所以能为百谷王者以其善下之，故能为百谷王。”又说：“天下莫柔弱于水，而攻能强者，莫之能胜。其无以易之！”他的悲观，极为彻透。他说：“天地不仁，以万物为刍狗；圣人不仁，以百姓为刍狗。”这种悲观的消极的思想，在当时极为流行；一部分的人，以生为苦，于是唱着：“知我如此，不如无生！”一部分的人，则流于玩世不恭，讥笑一切仆仆道路的以救民救世为己的人，如《论语》中所载长沮、桀溺诸人都是。

因为这一派厌世的消极的思想的流行，于是孔子便起来反抗他们的思想，宣传尧舜文武之治，努力维持传统的政治的与社会的道德，以中庸的积极的态度，始终不懈的从事于改良当时的政治，以复于他所理想的古代清明的政治状况。他在当时的影响极大，主要的弟子有七十余人，他名丘，字仲尼，鲁国人。生于公元前551年（即周灵王二十一年），卒于公元前479年（即周敬王四十一年）。他的事迹与言论，许多书上都有记载着，但以《论语》所记者为最可靠。他曾做过鲁国的司空及司寇。后来去官周游列国。到了68岁时，复回鲁地。专心著述，编订《尚书》《诗经》《周易》及《春秋》，还订定了礼与乐。卒时，年73。孔子的思想，是入世的，是极为积极的。《论语》虽为曾子的门人所记，文字虽极简朴直捷，却能把孔子的积极的思想完全表现出。老子主张无治无为，孔子则主张有为，主张政刑与德礼为治世者所必要，他说："道之以政，齐之以刑，民免而无耻。道之以德，齐之以礼，有耻且格。"孔子是竭力欲维持传统的道德的。所以齐陈恒杀其君，孔子三日斋而请伐齐。季氏舞八佾于庭，孔子说道："是可忍也孰不可忍也！"当时的人，常讥嘲孔子之仆仆道路，而无所成，但孔子则不悲观，不为他们所动，仍旧积极的做去。"楚狂接舆歌而过孔子曰：'凤兮，凤兮！何德之衰！往者不可谏，来者犹可追。已而，已而，今之从政者殆而。'孔子下，欲与之言，趋而辟之，不得与之言。长沮桀溺耦而耕，孔子过之，使子路问津焉。长沮曰：'夫执舆者为谁？'子路曰：'为孔丘。'曰：'是鲁孔丘欤？'曰：'是也。'曰：'是知津矣！'问于桀溺，桀溺曰：'子为谁？'曰：'为仲由。'曰：'是鲁孔丘之徒与？'对曰：'然。'曰：'滔滔者天下皆是也，而谁以易之！且而与其从辟人之士也。岂若从辟世之士哉。'耰而不辍。子路行以告。夫子怃然曰：'鸟兽不可与同群。吾非斯人之徒与而谁与！天下有道，丘不与易也！'"（《论语·微子》）这种精神，真足以感动一切时代的人！

较孔子略后，而与孔子具有同样的积极的救世的精神者为墨子。墨子为主张博爱、非攻的哲学者，他的势力，在当时亦极大。老、孔、墨三派的思想，在当时几乎三分天下。墨子名翟，或以他为宋人，或以他为鲁人。他的生活时代约在公元前 500 年（即周敬王时）至公元前 416 年（即周威烈王时）之间。关于墨子的书，有《墨子》53 篇。但未必为墨子所自著，大约一部分是墨者记述墨子的学说与行事的，一部分是后人加入的。墨子一方面有孔子的积极救世的精神，其救助被损害之国的热忱，且较儒者为尤强烈。孟子的"墨子兼爱，摩顶放踵利天下，为之"数语，即足表现他的精神。楚国使公输般造云梯欲攻宋，墨子走了十日十夜，赶去见公输般，说服了他，使他中止攻宋。这件事是最使世人称道的。但同时，他又与儒家有好几点反对。儒者主张王者之师，并不反对战争，墨子则彻底的主张非攻。儒者主张爱有等次，墨子则主张博爱。儒者不信鬼，而信天命；重礼乐，重视丧葬之事。墨子则主张明鬼而非命，提倡节葬而非乐。下面录《墨子》中的一段，可以略见他的思想：

> 今有一人，入人园圃，窃其桃李，众闻则非之，上为政者得则罚之。此何也？以亏人自利也。至攘人犬豕鸡豚者，其不义又甚入人园圃窃桃李。是何故也？以亏人愈多，其不仁兹甚，罪益厚！至入人栏厩，取人马牛者，其不仁义又甚攘人犬豕鸡豚，此何故也？以其亏人愈多。苟亏人愈多，其不仁兹甚，罪益厚。至杀不辜人也，拖其衣裘，取戈剑者，其不义又甚入人栏厩取人马牛。此何故也？以其亏人愈多。苟亏人愈多，其不仁兹甚矣，罪益厚。当此天下之君子，皆知而非之，谓之不义。今至大为攻国，则弗知非，从而誉之，谓之义。此何谓知义与不义之别乎？杀一人，谓之不义，必有一死罪矣。若以此说往，杀十人，十重不义，必有十死罪矣，杀百人，百重不义，必有百死罪矣，当此天下之君子，皆知而非之，谓之不义。今至大为不义攻国，则弗之非，从而誉之，谓之义。……今有人于此，少见黑，曰黑，多见黑曰白，则以此人不知白黑之辩矣。少尝苦曰苦，多尝苦曰甘，则必以此人为不知甘苦之辩矣。今小为非则知而非之，大为非攻国，则不知而非之，从而誉之，谓之义，可谓知义与不义之辩乎？是以知天下之君子也，辩义与不义之乱也。(《非攻》上)

儒、老、墨三派，互相辨难，都各有他们的信徒。到了后来，儒墨之中又各分派，儒分为八，墨离为三。墨中的巨子，其著作大约都已包含于《墨子》一书之中。儒中的重要者，则著书颇多；《大学》相传为曾子及其门人所作的。《中庸》相传为孔子之孙子思所作，又有《孝经》，相传为孔子为曾子所说的，由后人记载下来，还有其他各书，但他们都不甚重要。其中最重要的，且最有影响于后来的文学的作品的是孟子和荀子二人所著的书。

孟子名轲，邹人。生于公元前 372 年（即周烈王四年），卒于公元前 289 年（即周赧王二十六年）；卒时，年 84。他曾受业于子思的门人，见过齐宣王、梁惠王，所如不合，“退而与万章之徒，序诗书，述仲尼之意，作《孟子》七篇”(《史记》)。有的人颇疑《孟子》，以为系后人所伪作，有的人则以为《孟子》一书未必为轲所自著，而是弟子所记述的。大约以后说为较可靠。当孟子时，天下竞言功利，以攻伐从横为贤，孟子乃称述唐虞三代之德，痛言功利之害，宣传仁义之说，努力维持传统的道德。是以时人都以他为“迂远而阔于事情”。但他一方面却亦染了战国辩士之风，颇好辨难，喜以喻比宣达他的见解。因此，《孟子》一书较之《论语》及《孝经》诸书，其文辞更富于文学的趣味；辞意骏利而深切，比喻赡美而有趣，使它的读者都很喜欢它。下面举几个例：

梁惠王曰：“寡人之于国也，尽心焉耳矣。河内凶，则移其民于河东，移其粟于河内，河东凶亦然。察邻国之政，无如寡人之用心者。邻国之民不加少，寡人之民不加多。何也？”孟子对曰：“王好战，请以战喻。填然鼓之，兵刃既接，弃甲曳兵而走，或百步而后止，或五十步而后止。以五十步笑百步，则何如？”曰：“不可！直不百步耳，是亦走也。”曰：“王如知此，则无望民之多于邻国也。不违农时，谷不可胜食也。数罟不入洿池，鱼鳖不可胜食也。斧斤以时入山林，材木不可胜用也。谷与鱼鳖不可胜食，材木不可胜用，是使民养生丧死无憾也。养生丧死无憾，王道之始也。五亩之宅，树之以桑，五十者可以衣帛矣，鸡豚狗彘之畜，无失其时，七十者可以食肉矣。百亩之田，勿夺其时，数口之家，可以无饥矣。谨庠序之教，申之以孝悌之义，颁白者不负载于道路矣。七十者衣帛食肉，黎民不饥不寒，然而不王者，未之有也！狗彘食人食而不知检，涂有饿莩而不知发。人死，则曰，非我也，岁也。是何异于刺人而杀之，曰，非我也，兵也。王无罪岁，斯天下之民至焉。”(《梁惠王上》)

孟子谓齐宣王曰：“王之臣有托其妻子于其友，而之楚游者。比其反也，则冻馁其妻子，则如之何？”王曰：“弃之。”曰：“士师不能治士，则如之何？”王曰：“已之。”曰：“四境之内不治，则如之何？”王顾左右而言他。(《梁惠王下》)

齐人有一妻一妾而处室者。其良人出，则必餍酒肉而后反。其妻问所与饮食者，则尽富贵也。其妻告其妾曰：“良人出，则必餍酒肉而后反。问其与饮食者，尽富贵也。而未尝有显者来。吾将瞷良人之所之也。”蚤起，施从良人之所之。遍国中无与立谈者。卒之东郭墦闲之祭者，乞其余。不足，又顾而之他。此其为餍足之道也。其妻归，告其妾曰："良人者，所仰望而终身也。今若此！"与其妾讪其良人，而相泣于中庭。而良人未之知也，施施从外来，骄其妻妾。由君子观之，则人之所以求富贵利达者，其妻妾不羞也，而不相泣者几希矣。(《离娄下》)

荀子名况，字卿，赵人。初在齐，三为祭酒，齐人或谗荀卿，卿乃适楚。春申君用他为兰陵令。春申君死，荀卿失官，因家兰陵。著书数万言而卒。卿的生活时代约在公元前310年至公元前230年左右。他的书《荀子》，有33篇，内有赋5篇，诗2篇。汉魏六朝以至唐，最盛行之文体之一，即为赋，而其名实荀卿始创之。荀卿并不墨守儒家的思想；他批评墨，道及诸子之失时，对于儒家之子思，孟子也不肯放过。他主张人性是恶的，反对孟子性善之说，主张法后王，反对儒家法先王之说，又主张人治，反对天治，对于盘据于中国人的心中的"相"的观念，加以严肃的驳诘。他的文字纯浑而畅直。举一例于下：

天行有常，不为尧存，不为桀亡，应之以治则吉，应之以乱则凶。强本而节用，则天不能贫，养备而动时，则天不能病，修道而不贰，则天不能祸。故水旱不能使之饥渴，寒暑不能使之疾，祆怪不能使之凶。本荒而用侈，则天不能使之富，养略而动罕，则天不能使之全，倍道而妄行，则天不能使之吉。故水旱未至而饥，寒暑未薄而疾，祆怪未至而凶；受时与治世同，而殃祸与治世异，不可以怨天，其道然也。……（《天论》篇）

道家自老子之后，最著者有列子与庄子，他们所著的书，俱为后来文学者所最喜悦者。列子名御寇，其生年略前于庄子，所著书名《列子》。或谓列子并无其人，其书乃后人杂采诸书以为之者。但其文辞却绚丽而婉曲尽致，很能使读者感动。举一段为例（或谓《列子》为六朝人所伪作）：

詹何以独茧丝为纶，芒针为钩，荆篠为竿，剖粒为饵，引盈车之鱼于百仞之渊，汩流之中，纶不绝，钩不伸，竿不桡。楚王闻而异之，召问其故。詹何曰："臣闻先大夫之言，蒲且子之弋也，弱弓纤缴，乘风振之，连双鸧于青云之际，用心专，动手均也。臣因其事，放而学钓，五年始尽其道。当臣之临河持竿，心无杂虑，唯鱼之念：投纶沉钩，手无轻重，物莫能乱。鱼见臣之钓饵，犹沉埃聚沫，吞之不疑，所以能以弱制强，以轻致重也。大王治国诚能若此，则天下可运于一握，将亦奚事哉！"楚王曰："善。"（《汤问》篇）

庄子名周，蒙人。尝为蒙漆园吏。与梁惠王、齐宣王同时。约死于公元前275年左右。他甚博学，最喜老子的学说。著书十余万言。其文字雄丽洸洋，自恣以适已。"以天下为沉浊不可与庄语，以卮言为曼衍，以重言为真，以寓言为广，独与天地精神往来，而不敖倪于万物，不谴是非，以与世俗处。……上与造物者游，而下与外生死无终始者为友。……"他的书，《庄子》，现在存33篇，其中《让王》《说剑》《盗跖》《渔父》诸篇，是后人伪作的。在下面举的两个例里，可以见他的美丽而雄辩的文辞的一斑：

孔子见老聃而语仁义。老聃曰："夫播糠眯目，则天地四方易位矣，蚊虻噆肤，则通昔不寐矣。夫仁义憯然，乃愤吾心，乱莫大焉。吾子使天下无失其朴，吾子亦放风而动，总德而立矣。又奚杰然若负建鼓而求亡子者邪？夫鹄不日浴而白，乌不日黔而黑。黑白之朴，不足以为辩，名誉之观，不足以为广，泉涸，鱼相与处于陆，相呴以湿，相濡以沫，不若相忘于江湖。"（《天运》）

秋水时至，百川灌河，泾流之大，两涘渚崖之间不辩牛马。于是焉河伯欣然自喜，以天下之美为尽在己。顺流而东，行至于北海。东面而视，不见水端。于是焉河伯始旋其面目，望洋向若而叹曰："野语有之曰，闻道自以为莫己若者，我之谓也。且夫我尝闻少仲尼之闻，而轻伯夷之义者，始我弗信。今我睹子之难穷也。吾非至于子之门，则殆矣！吾长见笑于大方之家！"北海若曰："井蛙不可以语于海者，拘于虚也；夏虫不可以语于冰者，笃于时也；曲士不可以语于道者，束于教也。今尔出于崖涘，观于大海，乃知尔丑，尔将可与语大理矣。天下之水，莫大于海。万川归之，不知何时止，而不盈，尾闾泄之，不知何时已，而不虚，春秋不变，水旱不知。此其过江河之流不可为量数，而吾未尝以此自多者，自以比形于天地，而受气于阴阳，吾在天地之间，犹小石小木之在大山也，方存乎见少，又奚以自多！计四海之在天地之间也，不似礨空之在大泽乎？计中国之在海内，不似稊米之在大仓乎？号物之数谓之万，人处一焉。人卒九州谷食之所生，舟车之所通，人处一焉。此其比万物也，不似毫末之在于马体乎？五帝之所连，三王之所争，仁人之所忧，任士之所劳，尽此矣！伯夷辞之以为名，仲尼语之以为博，此其自多也，不似尔向之自多于水乎？”河伯曰：“然则，我大天地而小毫末，可乎？”北海若曰：“否，夫物，量无穷，时无止，分无常，终始无故是故大知观于远近。……由此观之，又何以知毫末之足以定至细之倪？又何以知天地之足以穷至大域？”……（《秋水》）

中国古代的重要的思想家，在道、儒、墨三派的范围以外者，尚有不少，如杨朱、如惠施、如公孙龙、如邓析、如宋钘、如尹文、如申不害、如尸子、如商君、如许行、如驺衍、如田骈、如慎到、如韩非，都是各树一帜，以宣传他们的思想与主张。但他们的思想多少总受有儒道墨三大派的影响。他们所著的书，大部分都已散佚（如杨朱、惠施、宋钘、许行、驺衍、田骈等），我们只能从别的书中，见到他们的重要的主张。如《列子》中有杨朱一篇、言杨朱思想甚详。《孟子》中亦言及许行的主张。这些人，我现在不讲。至于在那有书遗留下来的“诸子”中，有一部分却是后人搜集重编的（如《尸子》），有一小部分又显然可以看见他是伪托的（如《商子》），这些人，我现在也不讲。公孙龙、邓析诸人，他们的书虽尚存在，但也不甚重要，且对于后来的文学者也无什么影响，所以我现在也不讲。只有韩非一人，我们应该加以注意。

韩非是韩国的诸君子，喜刑名法术之学。与李斯同事荀卿。他口吃，不能说话，而善于著书。他看见韩国日以削弱，数以书谏韩王，不见用，进作《孤愤》《五蠹》《内外储》《说林》《说难》十余万言以见志。后韩国使非于秦，非在秦被李斯诸人所杀，他死的时候，是公元前二百三十三年（即秦始皇十四年）。他的书，《韩非子》，有55篇，其中一部分是他自己著的，一小部分是后人加入的。他的文辞致密而深切，后来论文家受他的影响者甚多。现在举其一段于下，以为例：

> 上古之世，人民少而禽兽众，人民不胜禽兽虫蛇，有圣人作，搆木为巢，以避群害，而民悦之，使王天下，号曰有巢氏。民食果蓏蚌蛤，腥臊恶臭，而伤害腹胃，民多疾病。有圣人作，钻燧取火，以化腥臊，而民悦之，使王天下，号之曰燧人氏。中古之世，天下大水，而鲧禹决渎。近古之世，桀纣暴乱，而汤武征伐。今有构木钻燧于夏后氏之世者，必为鲧禹笑矣。有决渎于殷周之世者，必为汤武笑矣。然则，今有美尧、舜、汤、武、禹之道于当今之世者，必为新圣笑矣。是以圣人不期修古，不法常行。论世之事，因为之备。宋人有耕田者，田中有株，兔走触株，折颈而死。因释其耒，而守株，冀复得兔。兔不可得，而身为宋国笑。今欲以先王之政，治当世之民，皆守株之类也。……（《五蠹》）

此外尚有《管子》一书，托名管仲著，《晏子》一书，托名晏婴著，《孙子》一书，托名孙武著，《吴子》一书，托名吴起著，以及其他如《鬻子》之数，皆为后人所作，且对于后来文学者俱无大影响，所以这里也都不讲。

春秋战国时代的灿烂无比的思想界，到了战国之末，渐渐的衰落下来；于是有秦相吕不韦集许多宾客，使各著所闻，以为八览、六论、十二纪，名之曰《吕氏春秋》。这一部无所不包的杂书，就是中国古代思想界的总结束。到了秦始皇统一各国，焚天下之书，以愚天下人民之耳目，各种的思想便一时被扑灭无遗。汉兴，儒、道二派的余裔，又显于世，但俱苟容取媚于世，已完全没有以前的那种精神与积极的主张了。（《吕氏春秋》的文字也与它的内容一样的混杂，没有什么可以特叙的价值。）

参考书目

1.《尚书》，汉孔安国传（实为梅赜所伪托），有《相台五经》本。（《相台五经》，为宋岳珂所刻，金陵书局有翻刻本。）

2.《尚书正义》，唐孔颖达等撰。有阮元刻的《十三经注疏》本。

3.《尚书读本》，宋蔡沈撰，坊刻本极多。此书代表朱熹一派的见解，与汉唐儒的见解相反抗者。

4.《尚书古文疏证》，清阎若璩撰，同治六年振绮堂刊本。

5.《春秋经》，《春秋经》单刻本极少见，多附于《左传》。

6.《春秋左氏传》，晋杜预注，有《相台五经》本。

7.《春秋左传正义》，唐孔颖达等撰，有阮元的《十三经注疏》本。

8.《春秋公羊传》，以汉何休的注本为最流行。此书有《十三经注疏》本。

9.《春秋穀梁传》，以晋范宁的注本为最流行。此书有《十三经注疏》本。

10.《国语》，吴韦昭注，通行本极多。以《士礼居丛书》本为最精。

11.《战国策》，汉高诱注，通行本极多，《士礼居丛书》内亦有之。

12.《竹书纪年》，有《古今逸史》本、《汉魏丛书》本，及《平津馆丛书》本。

13.《逸周书》，有《汉魏丛书》本。清丁宗洛有《逸周书管笺》一书，通行本。

14.《吴越春秋》及《越绝书》，有《汉魏丛书》本及《古今逸史》本。（《古今逸史》仅见有明刊本；未知近有翻刊本否。）

15. 晋史《乘》及楚史《梼杌》，有《古今逸史》本。

16.《穆天子传》，有《汉魏丛书》本及《平津馆丛书》本。

17.《老子》，《老子》的刻本极多，以世德堂刊的《六子》本为最好。（《世德堂六子》有影印本。）

18.《论语注疏》，魏何晏集解，宋邢昺疏，有《十三经注疏》本。

19.《论语读本》，宋朱熹集注，通行本极多。

20.《墨子》，《墨子》的注本，有毕沅校的《墨子》，有孙诒让注的《墨子间诂》。此二书俱甚易得。

21.《大学》《中庸》，有朱熹的《四书集注》本。《孝经》有《十三经注疏》本。

22.《孟子》，有汉赵岐注，宋孙奭疏的本子（《十三经注疏》本）。有宋朱熹集注的本子（《四书集注》本）。

23.《荀子》通行本俱为杨倞注的。近有王先谦的《荀子集解》出版。（《荀子集解》有原刊本，有商务印书馆影印本。）

24.《列子》，晋张湛注，通行本极多，以《世德堂六子》本为最好。

25.《庄子》，晋郭象注。通行本极多，以《世德堂六子》本为最好。近王先谦有《庄子集解》出版。（《庄子集解》有原刊本，有商务印书馆影印本。）

26.《韩非子》，通行本甚多，近有王先谦《韩非子集解》。

27.《吕氏春秋》，通行本甚多。

28.《玉函山房辑佚书》（马国翰辑）中，搜辑了不少古代的“诸子”书。

29.汇刻各种“子”书，有湖北书局刻的《百子全书》及浙江书局刻的二十余种。湖北书局刻的很不精细。近来，又有石印本的《百子全书》出版。

第九章

希腊与罗马

一

我们在讲述希腊诸大诗人的成绩之前，须先说说希腊的精神。希腊是一个很小的小国；但她在公元前第5世纪中产生了一种无比的弘丽与高洁的文学，同时，在建筑术与雕刻方面，也到达了极高的精美之境，又把算学、物理学及哲学的基础打定了。有人说，“除了基督教以外，希腊人几乎是近代世界所能夸扬的一切东西的创始者。”

希腊人的知识范围极狭隘，他们不知道过去的史事，他们不知道地理，他们不知道别的人种的事，但他们却具有一种大资产，即一种美丽的文字，特别适宜于为美丽的思想的不朽的表现，有力而且正确。希腊人自己是文明程度很高，但他们与野蛮人仅隔了一层极薄的藩篱。他们是欧洲人民的曙光，突然而照射出来的曙光。希腊人是一种青年民族，生活在早晨的清冷空气中的。希腊人与希伯莱人之间，有一种极不相同处。希伯莱人以为世界的忧愁是起因于不服从一位权威无上的上帝的法律的。希腊人则没有“一神”的观念，他们有无数的神，神与神之间，常常互相争斗，他们也时时参预于人间的事，他们都具有与凡人同样的热情，有他们自己的冒险故事。但在诸神之后的却有命运，神与人的运命都受其支配而不能反抗。那是希腊悲剧的流行的调子。它带来了一种伟大的庄严的意识。“自己尊重”要求人类承受运命的判定而不反抗，且不隐冒事物的真相，不求那不可得的。“自己尊重”同时并迫人类避恶从善，毫不想到诸神的欲望。希腊人不是神秘的，乃是写实的。有人说，在荷马看来，海波“不过是盐的水”。希腊人看“死”即是“死”。死后的事，他不知道，也不耐烦去猜想。希腊人以为人在世界上是孤独的无助的站立着的，且因为他时时的战胜阻碍，庄严的承受命运的最严刻的判定，于是“人道”的崇拜成了希腊生活与希腊宗教的主要的特点。因为这个崇拜，便受慕使人类生活美好的一切物。这一切物中，“美”自然是第一。印度与埃及的偶像都是可怕可憎的，代表恐怖与权威的，但希腊人却只崇拜美丽的众神，他们的雕像安放着崇拜者的梦与理想。希腊人于美之外，还爱正直、自由与真理——一切都是为人类的快乐所必要的。希腊人也许是因为没有古来相传的风俗习惯，所以他们不是感伤的（Sentimental）。且因为他们是写实者，所以他们爱简朴与不雕斫的。希腊的诗歌毫无繁缛的辞藻，如我们在英国诗人米尔顿（Milton）的《失乐园》（Paradise Lost）一诗中所见者。它是朴素的。在希腊人的文学里，如在他们的雕刻里，他们成就了简朴的直捷的美——直白的真实的美。

下面的三件事，我们必须特别注意。第一，希腊人是一种小民族，住在好几处“城国”（City State）中的，每个城国都只有几千人民；他们全体是临海的。雅典是他们当中最著名、最有趣味的。希腊文学的最大部分，现在流传下来给我们的，都是产生在这个小城国——地域不及今日伦敦的一个乡郊，而居民则更为稀少的小城国里的。第二，希腊文学的大部分，——约百分之八十——已散佚无存。所有流传至今的小部分，都是被保存在亚历山大城的。第三，希腊人战胜了波斯，是欧洲爱国主义的产生。对于野蛮民族的惧怕，不仅激起了爱国之心，且使希腊人觉得他们自己是文化的保护者，是反抗野蛮民族的摧残者。

希腊的精神，总括言之，乃是不虚饰的美，素朴、真理、自由与正直的爱慕；而夸张、感伤及浮饰则为他们所不喜。

古代的神话在本书第三章所述者，乃是希腊浪漫文学的实质。这些神话，展放在欧洲生活的初期，为浪游的歌者所唱咏，一代一代的复述、增饰，在海西亚特（Hesiod）及荷马里，算是第一次被写下来。在这些同样的故事中，伟大的希腊戏曲家也寻到了他们戏剧的题材。

这是很可注意的，伟大的雅典的戏曲乃在很短的时间中产生出来。阿斯齐洛士（Aeschylus）在公元前 484 年，得到他的第一次的奖金，而优里辟特的《美狄亚》（Medea）——他的艺术的最高的成功——则产生在公元前 431 年。这 53 年的时间即为被称许为世界所有的最伟大的艺术品的全部的发达的时代。其情形与在伊利沙白时代的英国（Elizabethan England）一样，伊利沙白的光华远射的戏曲，如沙士比亚诸人所作的，都不过在 38 年以内产生出来的。

二

早期的希腊戏曲，都是宗教的。他们是从礼神的舞蹈发生出来的；这种礼神的舞蹈是于春日，在狄奥尼沙士（即巴考士，酒神，葡萄园之神，果神）的神座前举行。直到大戏曲家阿斯齐洛士、沙福克里士（Sophocles）及优里辟特的盛时，这个葡萄园与果实之神，对于戏曲的密切关系尚不曾消减。雅典剧场的第一排座位是留给教士们坐的，而狄奥尼沙士的教士却占据了正中的一把特别的曲臂椅。那时，所有的人民都可以到剧场里去。当大政治家辟里克尔（Pericles，公元前 495 年—公元前 429 年）的时代，雅典正到了它的权力与光荣的最高处，所有国民的观剧费用都是由国家代付的。雅典的剧场可容三万人，每个人都到剧场去，这是一种国家的义务。

所有表演的戏曲都是政府举行竞争的结果，演剧的人，则受富人的俸给，如果一个戏曲作家要参预竞争，——每年只有三个竞争者——他必须先得到一部歌唱队，这就是说，某一个富人为你供给俸金于演唱你所写的剧本的一群伶人。因为失败的观念是宗教庆典中不幸之兆。所以每个竞争者在这竞争中都能得到一个奖赏。

希腊的剧场，在上面所举的三个大作家所代表的伟大的悲剧时代中，逐渐的发展起来。最初，所有的伶人的动作都在舞台与观客之间的空地上表演，而他把所谓“舞台”（Scene）却并不是现在之所谓舞台，乃是一个布篷，伶人在里面改换衣服的，且用来代表一个门，或一种通路的；同时并用来掩蔽观客使他们看不见不表演的东西。因为希腊的戏曲与我们现代的戏曲不同，所有不测的变故，如自杀、如谋害之类都是不在剧场中表演出的。在阿斯齐洛士的剧本里，歌唱队的人物占据了这个演剧的空地，因为这个原因，且因为歌唱队是悲剧全部从那里发展出来的元素，所以歌唱队在戏曲的表演中占重要的部分。到了后来，剧场的技术渐渐进步，舞台成为略略高出于平地的台，伶人的说话都在台上发出，而歌唱队则留于台下的平地上，于是他们成了戏剧表演的辅助者，而不是表演中的一分子了，在优里辟特的许多剧本中，大部分都是这样的。

演剧的人面戴大面具，这种大面具有增大语声的力量，使演者的声音能清晰的于露天中达到剧场的众多听者之耳。他们穿着半靴，带有极厚的靴底的大靴，因此，他们见得比平常人高大。因为他们的服装如此，且因为他们所表演的故事是多用对话而不常用动作传达出来，所以他们很少在舞台上走动。舞台下面，在空地上，歌唱队团绕着狄奥尼沙士的神座，当伶人说话时，他们静寂寂的不言不动；当他们的时间到了，他们的全体便唱着歌，跳着舞；他们唱时，并不是全体同时唱，却把队员分为两部分，第一部分唱完了一歌，第二部分才接了下去唱。在告诉故事里有各种习惯。在戏曲表演之最初常有一个小引以表白其情境，不幸的事，如自杀之类，上面已说过，是不在舞台上表演出的，这种事实，常由一个预告者（Messenge）叙述给听众，他的说话，常是一篇戏曲的最高点。表演戏曲至结束时，常有一位神出来，用几句安慰或和合的话把戏曲的悲剧的情感总结起来，使听众带着和平的心意散归。（在优里辟特的进步的技术里，他的戏曲都是如此结局的，虽然他前辈的两位戏曲作家，阿斯齐洛士与沙福克里士并不常常如此。）

三

阿斯齐洛士（Aeschylus）是三个伟大的希腊戏曲作家中的最先出现者。他是一个兵士。他生在公元前525年。当雅典军队大败波斯军队于著名的麦拉松（Marathon ）之战时，他即在雅典的军队中。这个小小的民族对于强大的波斯帝国的最后胜利在阿斯齐洛士的性格及他的作品上有很大的影响。他的戏曲恰是在一个英雄的时代所写的，这个时代的人正都为不期望的偶然的国家的胜利所激动。阿斯齐洛士写他的第一篇剧本时，他只有26岁，这时正是奇异的世纪——公元前5世纪——开始的第一年。他同英国的莎士比亚一样，在他自己写的戏曲里当演员。他的戏曲据说有90种，但流传到现在的只有七种。有一个传说，关于他的死亡的，据说：他的死是由于一个大鹰，误认他的光头为一块光石，将它所不能啄破的龟壳，掷落在他头上，因此，打死了他。

在阿斯齐洛士的戏曲里，宗教的热情与国家种族的光荣——麦拉松之胜利的光荣——合在一起。他是在依鲁西斯（Eleusis）的，这个地方是现代人所不大明白其性质的那些宗教的神秘的家。当他在童年时必经过精神的扰惑，寻求着人生问题的解释，或者，他的扰惑，后来已经解除，到了他成人以后，他便坚信人类不能逃脱运命与复仇女神（Furies）的追捉。他的剧本的题材，乃取之于民间的神话。他自己曾说，他的悲剧不过是“荷马的大宴席中的几口羹菜”。他的戏曲所以能不朽，所以能使二千四百余年后的读他们的人还很有兴趣，还很愉快者，其原因在于他是一个勇敢而感动人的前驱者：他的音乐，是在他以前的人所毫未听闻到的：他的著作里充满着恐怖，震栗的权威，激动的热情。雅典的大喜剧作家阿里斯多芬（Aristophanes）责备阿斯齐洛士为“夸大的”作家，而这就是他的伟大处。在他的戏曲里，看不到恋爱的影子。他所喜叙的是原始的势力；运命与恐怖、正直与不正直，他都给与他们以人格。阿斯齐洛士的权威是如此的震撼读者，希腊人竟相信他的著作是由众神的指点的。有一个故事说，当他是一个童子时，他到葡萄园里去看榨葡萄，在那里睡着了。当他睡时，狄奥尼沙士神到他面前，命令他去写悲剧。他醒后，便开始去写，便立刻成功了。沙福克尔曾说到他的这位伟大的竞争者道："他做了他所应该做的，但却是不自知的做去的。"有几个他同时的人说，他写他的悲剧，都在他饮酒至醉之时。大约他的创造力与天才使他同时代的人非常惊异，所以他们只得为他们寻出些超越人间的解释。

在阿斯齐洛士仅存的七个剧本中，最有趣味的是《囚禁的柏洛美沙士》(*Prometheus Bound*)；这是一部三连剧中的第二篇。这部三连剧的第一篇名为《取火者柏洛美沙士》(*Prometheus Fire-Bearer*)，第三篇名为《柏洛美沙士的释囚》(*Prometheus Unbound*)；第一第三两篇，都已散佚（仅第三篇的一部分被西赛罗［Cicero］译为腊丁文，尚留传于世）。只有这第二篇的《囚禁的柏洛美沙士》尚完全的保存着。在这个剧本的开始，叙柏洛美沙士因触怒了大神修士，被海泛斯托（Hephaestus，即弗尔甘 Vulcan）锁在一块岩石上。修士正建立了他的天国，想毁灭了人类，在地球上传播一种更好的生物。柏洛美沙士是帮助人类的。他偷了天上的火给人类，以阻止大神修士的毁灭人类的计划（火是一切艺术的最古者），又常常教导人类以木匠的技术，农耕的方法，以及医药、航海术等。修士因为他有意反抗自己，便把他判了一个可怖的责罚。当他被缚在岩上时，他仍旧骄傲的沉默着。到了海泛斯托离开了他，他才哭着向地与日诉说他本是一个神，却被别的神所苦至此。海中的仙女也去访问他。他心中只有一件高兴的事，因为大神修士将遇到的一个恶命运，只有他知道。他说，"修士将从最高的权威上一跌而无存。"他的预言达到了修士的耳中，便叫神的使者合尔姆士（Hermes）到他那里去，问他详细的情形。他不肯告诉，修士便降更酷虐的刑罚到他的身上。一个大鹰啄嚼他身上的肉，土地裂开了，他被锁在那里的那块岩石，沉到深渊中去。在已散佚的第三篇《柏洛美沙士的释囚》中，则叙柏洛美沙士与修士复相和好而得了释放的事。阿斯齐洛士在这剧中所含的宗教的意义，讨论的人极多。这部三连剧的道德，是："众神知道法律的严肃的精神，但用他们的对于人道的天然的同情，养成了他们的性格。于是生了那新的秩序，那合理的法律的例条。"

阿斯齐洛士所创造的人物，最有趣味的，除了柏洛美沙士外，便是雄伟的戏曲《阿加米农》中的一位女主人翁克丽丁尼丝特拉（Clytemnestra）。克丽丁尼丝特拉是荷马的《伊里亚特》中的英雄阿加米农（Agamemmon）的妻子。她是一个铁做的人，当她杀阿加米农时，她并不觉得懦怯，也不忧歉。她是运命的代理人，正直的代理人，希腊人的典范的复仇女神。阿加米农是一个不大可爱的人，他妻子的嫉恨并不是没有理由。但克丽丁尼丝特拉的罪过却不能宽恕，她的责罚也无可躲避。她的儿子亚勒斯特（Orestes）为他父亲复仇，于是在《阿加米农》的续篇《曲孚里》（*Choephori*）一剧中，亚勒斯特遂杀了他的母亲。因此，他又被夜的女儿们及刑罚的执行者依丽尼们（Erinnyes）所追捉。在第三剧《优曼尼特》（*Fumenides*）里，亚勒斯特经过了大困苦之后，被众神所赦免。这里，如在所有别的地方一样，阿斯齐洛士断言，罪恶在被宽赦之前，必须受相当的刑罚。

阿斯齐洛士在公元前456年死于西西利（Sicily）。据说，在一次雅典举行盛大的戏曲争竞时，第一奖被他的后起的竞争者沙福克里士所得，于是他便愤怒的跑到西西利去。

四

沙福克里士（Sophocles）是文学史上性情最快活的大作家之一。他生于公元前495年，比阿斯齐洛士少了30岁，比第三位大悲剧家优里辟特老过15岁。当他在童年时，便以他的美貌与精熟音乐与体育著称。当他16岁，他被选为少年歌唱团的领袖，以庆贺萨拉米（Salamis）海战的大胜利。他赤裸着，头戴着花圈，手携着琴，出现在这个宴会中。他与阿斯齐洛士一样，是在一种爱国的热情的空气中长成的，但他的少年却在一个较安静的时代里度过，爱好艺术的雅典人，以伟大的光荣与爱感对待沙福克里士。他被他们称为“雅典的蜜蜂”（Attic Bee）。他的性格可以大喜剧家阿里斯多芬在他死后所说的一句话总束之：“仁爱的在冥国里，一如他是在世上。”沙福克里士的得人民的普遍的崇信，可于下面的一件事实里看出：当他57岁时，人民公举他为萨明战役（Samian War）中的大将。被公举大将而仅仅因为他的诗人的天才，由现在的人看来，自然觉得诧异，但他当时受人民的如何的爱敬，却由此可见。一个爱好“美”与“乐”的诗人，生在爱好“美”与“乐”的时代，自然难忘他过着清教徒的道德的生活。中庸，但不禁欲，是典型的希腊道德。柏拉图（Plato）说起，沙福克里士晚年的时候，他喜欢他自己能从热情的奴役里释放出来。“我极快乐的从它那里逃出，我觉得我似乎是从一个发狂的愤怒的主人那里逃出。”

沙福克里士所写的剧本，共有百余种，只有七种流传于世，其余的都已散佚无存。这七种是：《国王奥特甫》（*Edipus the King*）、《奥特甫科洛纳》（*Edipus Colonus*）、《阿琪克斯》（*Ajax*）、《安特宫》（*Antigone*）、《依勒克特拉》（*Electra*）、《特拉齐尼爱》（*Trachiniae*）及《菲洛克特》（*Philocte tes*）。他的戏曲较阿斯齐洛士的已有许多进步。他比阿斯齐洛士更为人间的：从神归到人，从超人间归到人间，从一种正直世界的宗教的信仰归到合理的人生观。他是典型的希腊人。在他的生活，与他的作品里，他到达了希腊的大理想的和谐（the great Greek ideal of harmony）。但对于运命的信仰，他却与阿斯齐洛士一样；他不能逃出流行的希腊人的运命观念的范围。在戏曲的形式上，他对于阿斯齐洛士所创造的，也有许多变动。他给演剧者以较美观的服装，他增加歌唱团的人数，有的时候，他且允许三个演剧者同时出现于舞台上（阿斯齐洛士原来只许二个人在舞台上）。在这个地方，对话便成为更重要的了。他的戏曲较阿斯齐洛士宁静得多。

《安特宫》一剧可算为沙福克里士艺术的典型。底比斯的国王克里恩（Creon）下令禁止柏里尼塞（Polynices）尸身的埋葬。柏里尼塞是在一次攻城的战役中被杀的。国王下了一道命令说：“通告城中人民，不准埋葬他或悲哀他。须要不哭，不为他营坟。让众鸟去吃他的尸身。”柏里尼塞的姊妹安特宫不顾国王的这个命令，决意要把柏里尼塞葬了。她说道：“我要葬了他：就是因此而死也是好的。”国王克里恩遂捕了安特宫来。她并不抗辩。她知道国王的意思，知道她自己因此事所得的结果。“我受此罚并不忧苦；但如果我看着我兄弟的尸身暴露不葬，那才使我忧苦。”于是安特宫被活葬于一个“岩穴”中。这里有一段恋爱的故事。安特宫曾与国王的儿子海蒙（Haimon）定过婚。海蒙向他父亲要求赦免安特宫的罪罚，但克里恩固执的不听他的话。父与子的这一段对话是非常活跃而且非常近代的。一位盲目的先知，也告他赦了她，但克里恩仍旧不听。盲目的先知警告国王说，他的固执立刻便要引起相当的责罚。果然，责罚来了。海蒙在安特宫的坟旁自缢了，他的母亲，王后优丽狄士（Eurydice）悲伤她儿子的死，也以刀自刺而死。这个卤莽的愚人克里恩遂孤独的悲苦着。

沙福克里士活到了和乐的老年。他的墓碑上写着下面的名句：

> 十分快乐的沙福克里士！在安乐的老年，
> 被赞为一个人，被赞为一个有技术的人，
> 他死：他的许多悲剧是美好的，
> 他的结局，也是美好的，他不知道一点忧愁。

五

三个悲剧作家中，阿斯齐洛士是一个兵士；沙福克里士是一个爱国的雅典人民，喜欢参预国事的，独有第三个，最后的大作家优里辟特（Euripides）与他们不同，他是一个隐士，与时世不相投合，深恶雅典的群众的情调，恶城市生活而喜乡村间的简朴的生涯。在艺术一方面，他是一个改革者，而他的改革，他的打破习惯，使他成了守旧党中的守旧者的喜剧作家阿里斯多芬的攻击的鹄的。阿里斯多芬原是痛恨一切的变异的。优里辟特的性情是很苦闷的，且因他的两个妻子

对于他都不忠实之故，使他更觉得烦恼。他生于公元前 480 年。当他在 25 岁时，即着手写他的第一篇戏曲；但直到十年以后，他才得到第一奖。后来，他离开了雅典，到马其顿去；他在那里，写他的最后的戏曲伯茶》(Bacchae)。马其顿国王待他很好，因此引起几个侍臣的嫉妒，据说，他们使一群野狗去攻击他，他被撕裂成片片而死。他的死年是公元前 406 年。

当优里辟特开始著作时，雅典人民已不复信仰众神。这些神的存在与他们的无所不能的权威是阿斯齐洛士戏曲的基础。信仰的时代已过去了。优里辟特被迫去用希腊舞台的精密方法，但他却选了男人与女人，以为他戏中的人物，并不选众神，因为这个原因，他被称为浪漫的戏曲之父。虽然他在许多方面都是与当时社会不合，但他却与他们持同一的怀疑主义。在他看来，那些神的传说是不道德的。如果他们是真实的，那末，神们是不足使我们崇拜、尊敬的。如果他们是非真实的，那末，古代希腊的宗教的全部组织都要粉碎了。他看来对于神是没有一定的信仰或不信仰。称阿里斯多芬为无神论者，并不是没有理由的。但他坚持的说，不信仰一神或众神，并不影响于道德。我们记住，优里辟特是一个希腊人。在他看来，道德是可爱的，因为它是美丽的。完全离开什么赏与罚，乐与苦的观念，道德之被人遵守与赞许乃是因为它的美丽。

在优里辟特的戏曲里，对于人物的性格有锐敏的分析，尤其对于妇人的性格；这个对于妇人的完全领解，使慕莱 (Gilbert Murray) 称优里辟特为“古代的易卜生”(The Classic Ibsen)。

优里辟特至少写了 75 种 (一作 92 种) 的剧本，其中有 18 种 (据《万人丛书》的译本。或又作 17 或 19 种) 流传于世。他生平只得到五个第一奖，这因为他与那奖官不熟悉之故，但他的剧本之流传，却反较阿斯齐洛士及沙福克里士为独多，这可知道他的许多剧本在当时读者必极多。在这些流传于世的剧本中，《美狄亚》(Medea) 可为代表；这是优里辟特早年作品之一，其根据为迦逊 (Jason) 及美狄亚的传说。(参看本书第四章) 这篇剧本所叙的是这故事的一部分。剧本的开端，叙迦逊对于美狄亚已觉得厌倦，便又娶了科林斯

（Corinth）国王的独生女为妻。美狄亚心中燃烧着嫉妒的火。科林斯国王因为自己的女儿之故，又要把美狄亚驱逐出城外，只许她多留一天。美狄亚与迦逊相见，责备他的负恩。帮助他去取金羊毛的是她；救他性命的是她；杀了他的恶叔父柏利亚的也是她；而现在，情人竟变了仇敌。美狄亚计划着一个完全的可怕的复仇。先把迦逊的新妻、科林斯国王的女儿以计谋死。这还不够，美狄亚以为迦逊不应无妻，且应无子。于是她便去把她自己生的孩子们也都杀死了。最后，迦逊见美狄亚坐了飞龙所驾的车，孩子们的尸体也载在车上；美狄亚向迦逊预言他将来的惨运，便乘车飞上天去。恶事必得恶报，优里辟特这样的说；善的生活是美的生活，恶的生活是危险的生活，做错的事常引起危害。

阿里斯多德（Aristotle）赞美优里辟特的天才；当优里辟特卒时，他的前辈沙福克里士与所有国民都觉得悲哀（沙福克里士与优里辟特同年死，但死期较后）。他死，希腊戏曲的伟大时代便随了他而告终止。

六

当希腊的悲剧的光荣时代，喜剧亦出现于世。希腊喜剧的启源，本与悲剧不同，“Comus”原是乡村祭宴的意思。希腊人最初于秋天葡萄收获之时，在乡间举行一种快乐的表演。“喜剧”（Comedy）就是村社的歌的意思。到了后来，喜剧的表演，才加入春祭，与狄奥尼沙士神有关系。当祭神之时，尊严的悲剧之外，喜剧亦加入。歌唱队的歌声停止时，团员穿了滑稽的化装，以轻松发笑的对话，愉悦听者。喜剧即由此发生。喜剧中还联合着讽刺诗，叙公共或私人的错误，过恶与愚呆，以为笑资。喜剧每年也举行竞争，与悲剧一样。雅典最好的喜剧作家是阿里斯多芬（Aristophanes）；他生于公元前 448 年，是三个大悲剧作家同时代的人。他的详细生平，没有人知道。他共作了 54 种喜剧，流传于世的有 11 种（希腊喜剧之被保留到现在的，只有这 11 种）。阿里斯多芬是一个守旧者，他与艺术的改革者的悲剧作家优里辟特为敌。他以为优里辟特破坏阿斯齐洛士的习惯便是毁坏了悲剧的美。他憎恶战争，憎恶民治主义，憎恶知识阶级。他讽嘲着战士、政治家、哲学家与法律家。他是世界上最伟大的机警者之一。他的作品，以《蛙》（*The Frogs*）为最著名。他的死年为公元前 385 年。自阿里斯多芬死后，旧的讽刺政治的与个人的喜剧已成了过去之物，而“新的喜剧”（The New Comedy）继之而起，较旧喜剧更优美，更有个性，更有情节。阿里斯多芬剧中的所有歌唱团，在以后的新喜剧中已不见。据说，这是因为比罗奔尼梭战役（Peloponnesian War）之后，雅典已没有富人能担负歌唱团的经费之故。新喜剧的领袖作家，是曼那特（Menander）（生于公元前 342—前 291 年），但他的作品没有一篇流传于世；不过我们还可以从罗马时的摹仿“新喜剧”的作者柏洛托士（Plautus）及杜伦斯（Terence）的作品那里，见到希腊的“新喜剧”的体裁的一斑。

七

当荷马的歌咏英雄事迹的史诗，盛行于时，在波育地亚（Boiotia）地方，亦有大诗人海西亚特（Hesiod）出来。海西亚特之生，约后于荷马一世纪。荷马为贵族的诗人，海西亚特则为平民的诗人。海西亚特所咏，非复英雄事迹，乃为农村耕作之歌。他的身世，似是波育地亚的农民。他的诗歌画出当时的完全的图画。《工作与时间》（*Works and Days*）是他主要的作品，一首包含八百余段的长诗。这诗是教训诗，或带着说教或教导的性质的；它反对懒惰，喜欢忠诚的劳动，叙农夫的工作，最后为凶吉日占。其中颇有极好的几段，但全部则沉闷而笨重。还有一篇诗，名为《神谱》（*Theogony*），相传亦为海西亚特作，叙众神与希腊英雄们的家世与生平。海西亚特的诗，虽不如荷马的史诗之盛行，但其对于后作家的影响则甚大。

自海西亚特之时至波斯战役，（约公元前 735—公元前 480 年），其间出了九个抒情诗人，只有七个诗人有断片的作品流传到现在。

希腊抒情诗中最有趣最重要的几篇断片是女诗人莎孚（Sappho）的作品。虽然莎孚的诗流传下来的极少，然而她的名字却与诗人之父荷马并列在一起。正如荷马之被称为“诗人”（The Poet）一样，她亦被称为“女诗人”（The Poetess）。她住在莱斯波（Lesbos）岛，生于希腊悲剧作家之前约150年（约生于公元前6世纪）。她被希腊人推为“第十诗神”（Tenth Muse），或“格莱女神们的花”（Flower of the Graces）。她的诗歌原有九卷，后俱散佚，仅一首名“*Hymn to Aphro dite*”的是完全的流传于世，其余俱为断片。近年又发现些她的诗歌的零句，写在埃及的纸草纸上。西蒙特（J. A. Symonds）说，世界上所损失的东西，没有比莎孚的失去的诗更为重大了。苏伦（Solon）听见人唱莎孚的诗，以为愿于未死时得一读之。希腊的批评家们——他们很有幸福能读到莎孚的全集——都以为莎孚的每一句诗都是完美的，即我们从那些仅存的断句里看来，也已可见出他们的无比的美丽。《希腊诗选》保存了她的两首短诗。这是一首为一个渔父的墓写的诗：

这把桨，这个篮，放在辟拉公·曼尼士考（Pelagon Meniscus）的坟上，

使经过他的墓的人看　如何少呀一个渔父所能有的财产。

还有两首的断句，名为《美》（*Beauty*），英国诗人罗塞底（Rossetti）曾译出，现在转译于下：

（一）

如甜蜜的苹果，熟在最高的枝头，

在最高枝的顶上，——撷果者不知怎样忘记了它——

不，没有忘了它，不过撷不到它，因为直到现在还不曾有人得到它。

（二）

如野生的风信子，生在小山上，

过往的牧童的足，践碎，伤害，
直到紫花的花朵，在地上跳舞着。

莎孚之后，有聘达（Pindar），他的诗流传下来的很多。他与西曼尼特（Simonides）是后期希腊抒情诗人的最大的代表（这里只叙他们二人，其余的几个诗人姑略之）。他们不是地方的诗人，而是全希腊的，希腊人也以聘达为他们的主要抒情诗人。他死在公元前443年。他的诗，完全的是祝亚灵比亚比技的胜利的，其他零句，包含颂神诗、赞歌、合唱歌、挽歌等——种类极多。他的家在底比斯（Thebs）。他信仰当时所信仰的宗教。他的性格似系坚强而自私的。他曾对西曼尼特说，“我乃为我自己而生活，并不为别的什么人。”他的诗包含从各种的来源而生的无数的想像——从日常生活，从游艺与田猎，从自然界，从旅行。他的歌大半叙神话；文辞都很美丽，如“时间的房门开了，美丽的植物，看见了芬芳的春天”之类，是一个例，但有的时候，他的诗颇隐晦难懂。

西曼尼特（Simonides）生于公元前556年，死于公元前469年。他的生地是西阿士岛（Ceos），但他的时间大半都在雅典度过。曾有一篇故事，说起他与聘达及阿斯齐洛士曾有一时同在西拉考士的国王谢洛（Hiero）那里。他是一个伟大的创造的诗人。他写了挽歌与墓志，战胜的歌，赞颂人们的歌；所有的诗都是很美丽的；最好的零片是叙波索士的母亲，抱了她的婴儿，想着婴儿不知道黑暗与波涛汹涌的海的危险，觉得略略安心的事。

最后，要讲一讲《希腊诗选》（*The Greek Anthology*）。这部书原来是短诗的总集，在公元前二百年时编成的。希腊人常在庙宇，坟墓，及公共大宅里写诗句，第一次的这个诗选即搜辑这些诗句而成。别的抒情诗及短诗选从公元前60年至公元6世纪，时时有人在编，到了10世纪时，君士坦丁的一个学者，合之为七册。这个最后的选本遂于1606年出现于世。这部书极为重要，除了保存不少的诗歌的最好珍宝以外，还可以使我们看出自最初的古典时代至东罗马帝国陷落之时的希腊人的生活。

八

讲到散文的著作，古代希腊的最重要的作品，是演说、史书与哲学。狄摩桑士（Demosthenes）是所有希腊的演说家中最著名的。他是雅典人。他生于公元前384年，死于公元前322年，正当希腊各邦势力涣散，甚受马其顿的压逼之时。他极热忱的欲联合希腊各邦而为一，以反抗外来的侵袭。到处都显出他是一个有远大眼光的政治家。他常常以演说鼓励希腊人，大声疾呼的反对马其顿国王菲力（Philip）以为他将危害希腊的自由。这些演说都是极著名的，共为一集，名为《菲力辟克士》（*The Philippics*），内容共九篇。

希腊的历史家，最著名的有希洛多托（Herodotus），修西地特士（Thucydides）及谢诺芬（Xenophon）二人。希洛多托（公元前484—前425）被称为“历史之父”。他的开始著作，正当雅典战胜波斯，文明灿烂之时。他生在小亚细亚，35岁以前，还是属于波斯的人民。在大政治家辟里克尔（Pericles）的盛时，他才定居于雅典。他是沙福克里士的朋友。在他少年时，他是一个大旅行家。他所写的历史共有九卷，前六卷是引言，述希腊与波斯的古代史迹；后三卷则叙波斯希腊之战。他所叙的，直追溯到埃及的历史，但这些上古的史迹，大半是他所猜想的史迹。其他叙述中，神话、传说与史迹也都杂放在一起。但他的描写却活跃而且有趣。在他作品里有一种史诗的弘丽；他看波斯的失败，谓系一种神的裁判。

修西地特士（公元前471—前400）的大著作是《比罗奔尼梭战史》（*History of the Peloponnesian War*）。自这个战争之后，雅典衰落了，希腊的古典文学也随之而衰落。他于这次的战争是身与其役的，所以描写得非常真切。《战史》共有七卷，其中已少有希洛多托的作品中所具有神的意味。他求史迹的重要原因，以完全客观的态度去写他当代的事。他的《战史》中并包含了不少的历史上大人物的演说。

谢诺芬（公元前430—前357）在少年时，曾认识苏格拉底（Socrates），后来，他写了《曼摩拉皮里亚》（*Memorabilia*）一书以卫护这个大教师。公元前401年时，他加入一班希腊人，伴了波斯王的兄弟，到波斯内地，以反抗他的哥哥。他在他的《阿那倍西士》（Anabasis）叙写这一次的远征。这是谢诺芬的最好的著作。当他归来时，他加入斯巴达军以反对雅典。在他的《希伦尼加》（*Hellenica*）里，他叙希腊从公元前411—前362的历史，补续修西地特士的书以后的事。

希腊尚有一个大的传记家，名柏鲁泰契（Plutarch）。他的作品虽然是用希腊文写，但他的著作时期，却在罗马帝国及基督教时代之内。他的名著《希腊罗马名人传》（*Lives of the Noble Grecians and Romans*），在近代思想上，较之别的古典著作更有影响。他的英译本，是莎士比亚的关于罗马的几篇剧本的根据。许多历史上的人物，在他的这部书里，也时时的得到灵感。

九

公元前5世纪之末，雅典最重要的人物是哲学家苏格拉底（Socrates）。他是石匠的儿子。公元前4世纪之初的最重要的人物是苏格拉底的弟子柏拉图（Plato）及阿里斯多德（Aristotle）。苏格拉底没有写过什么著作，他的训言都保存在柏拉图的《问答》（Dialogues）里，但这哲学有多少是先生的，有多少是学生的，却是一个疑问。柏拉图（公元前429—前347）活到80岁。他曾到过西西利（Sicily）二次，想把他的政治理想施于实际，但都失败了。其余的时间，他都住在雅典，在他学校的荫廊里教哲学；这个学校在一个离雅典城一英里的公园里。在他学生中，最著名的是阿里斯多德。阿里斯多德后来成了亚历山大帝的教师，他自己也设立了一个学校在雅典。他是近代科学的父。他的《诗学》（*Poetics*）及其他著作，影响于后来文学者至深且大。

柏拉图不仅是一个大哲学家，且是一个大文学家，具有希腊人的爱好“美”与“生”的特性。他的著作，除《问答》外，尚有《理想国》（*The Republic*）与《法律》（*Laws*）。《理想国》是柏拉图最著名的书，其根本的观念是：善人只能生存在善的国家里。当时，希腊的统治者多无识而自私。所以最要紧的是，统治者须受教育。儿童须教之爱“美”而憎“恶丑”，并“承认、欢迎真理。”因为“美”与“知”是神的实质，所以柏拉图的教育观念的结局是神的实现与人的服务。柏拉图的文学技能，在他的“Phaedo”，描写他的先生苏格拉底的死的一段里，完全表现出来。苏格拉底在公元前399年，被罚饮毒药而死。柏拉图的这段描写，真是可惊异；那位老哲学家临死时的情景，被写得极活跃、极动人。

十

没有两种民族，比之希腊与罗马更不相同的。希腊人是艺术家，爱好“美丽”，注重一切使个人生活光明而且快活的东西。他们是智慧的探险者、玄想的索问者，且勇于做他们所信仰的事。罗马人则与他们不同。罗马人是实际的、无想像的；他们的所长，在政治与战争，他们所注重的是秩序与商业的发达。罗马军队所到之处，总带了法律同去，且在那里建筑道路。他们有统治与殖民的天才。

希腊的历史，就我们所知道的，开始于伟大的文学的成功。

荷马是第一个希腊人。但是我们虽然在公元前8世纪已知道罗马的史迹，而罗马的文学，却迟之又久，直到了600年以后才发生——实在的，在罗马人未与希腊的文化密切接触时，并没有什么罗马的文学。在公元3世纪之时，即在罗马与迦泰基（Carthage）的第一次战役之后，罗马人攻取了西西利岛。这个岛在一世纪之前，希腊人本已在那里殖民。希腊的文化，这时在西西利甚发达，在托美那（Toarmina）及在西拉考司（Syracuse）的二地方，建有比希腊本国任何地方更完备的剧场。在西西利被罗马人略取了之后，希腊的学者与艺术家便迁住到罗马去。罗马人这时还是一个粗暴的民族，没有艺术，没有文学，只有最朴素、最无想像的宗教，突然第一次接触了希腊的光明的文化，竟被眩惑住了，正如一个久居于暗室的人突然见到了阳光满晒的花圃一样。

腊丁的文学，开始于公元前3世纪时荷马的《奥特赛》的翻译，后来，希腊人为奴隶于罗马的，又译了几篇希腊的悲剧。同时，罗马人受希腊人的影响，开始去建筑剧场，摹仿雅典的式样，不过建筑的材料，乃用木以代石；他们又用希腊人位置歌唱团的空地，作为元老们及其他重要人物的座位。在这些早期的罗马剧场里所演的戏曲，都是依据于希腊的喜剧，且常是在阿里斯多芬之后的雅典喜剧作家的剧本的翻译。

第一个重要的拉丁喜剧作家是柏鲁托士（Plautus），他的作品属于公元前3世纪之末及2世纪之初，他所写的共有130种剧本，到现在只存了20种在世上。他们与近代法国的笑剧相似，以叙愚蠢的父亲、浪费的纨绔子、嫉妒的丈夫、机警的奴隶及狠恶的商人的诸故事为发笑之资。柏鲁托士生于公元前254年，死于公元前184年。继柏鲁托士之后的作家为忒棱斯（Terence），他生在迦泰基，在罗马为奴隶。主人喜其聪敏，为脱其奴籍。忒棱斯所有的剧本，几俱取材于希腊，且具有希腊人的根本观念，即行为须根据于理性，权威须伴以审慎。忒棱斯生于公元前190年（或作195年），死于公元前159年（或作149年）。柏鲁托士所作，纯为希腊的风格，其口气亦如希腊人所说的，至忒棱斯始脱去此弊。

罗马人比起伟大的希腊的悲剧作家阿斯齐洛士、沙福克里斯及优里辟特，简直是不会写悲剧。忒棱斯的同时作家依尼士（Ennius），有时被称为罗马诗歌之父，自夸以为荷马的灵魂经由一只孔雀而传入他的身上。然而在他史诗里，或在他的悲剧里，却不能证明他这句话的真实。

总之，我们可以说，在公元前1世纪之前，拉丁文学，没有一种很重要的作品。公元前1世纪之时，才是罗马的黄金时代，（就文学而论亦然）正如公元前5世纪之时，乃为雅典的黄金时代一样。这个世纪是西塞罗（Cicero）与凯萨（C•sar）、贺拉士（Horace）与维琪尔（Virgil）、李委（Livy）、奥维特（Ovid）、卡托洛士（Catullus）

及洛克里托士（Lucretius）的时代。罗马人的文学，留遗给我们的，十之九是产生于这个时代的。这个世纪看见共和之终灭与帝国的开始。这是罗马的物质上最发达、最光荣的时代。她的领土，向东与西、南与北扩张。到了亚细亚洲，到了非洲大沙漠的边境，到了多瑙（Danube）的河岸，经过西班牙、意大利与英吉利。罗马是第一个世界帝国；正当她的光荣到极达点时，她的文学便发生。希腊也有同样的事发生，因为我们已说过，希腊戏曲的产生是跟着雅典之战胜波斯军而来的。

十一

维琪尔生于公元前 70 年，死于公元前 19 年。他是所有罗马作家中的最爱国的。他的父亲是一个小农，他是在乡村中生长的；所以在他的一生，都保存着对于乡村生活的挚切的爱，与那斯巴达农人的道德。他的《牧歌》（*Eclogue*）是一部牧歌集，开始写于他在乡居时，完成于他在罗马时，那时，他是 33 岁。七年以后，他完成了《佐治克士》（*Georgies*），在这诗里，他描述意大利农人的一年的工作。《佐治克士》是非常美丽精致的作品。它使农园工作更光荣，但还不仅此。因为维琪尔是农夫之子，所以他以知识与同情把农工理想化了，同时，因为维琪尔是一个自然的爱者，所以沉醉在世界的种种美景中。太阳与风雨，夏星与冬潮，彗星与日月之蚀，他都爱，他的诗神也喜欢收获已过之田野及牧场的静谧和平的景色。对于野兽，他也有强烈的爱感。与自然接近的人，尤其是住在南方的人，常说，没有别的书比之《佐治克士》更可爱的。

维琪尔的伟大的诗《阿尼特》（*Aeneid*），脱稿于公元前 19 年。他留下教言，要把这诗的手稿毁弃了——他的意思本想再用三年的工夫以润饰此诗——但他的教言为奥古斯都大帝的命令所阻止而不能实现。在《阿尼特》里，维琪尔为他当时的人民写出他们的启源与他们生存的理由。荷马的《伊里亚特》与《奥特赛》给所有环居于地中海之滨的希腊人民以他们的启源的故事，这故事使他们满足，且使他们激动。至于罗马人民呢，他们已渐渐的在所有希腊神话所流传的地方得到了政治上的统治权，然而他们自己，除了罗末洛士（Ro mulus）及来末士（Remus）的凡庸的故事，以卡辟托尔（Capitol）地方的狼的铜像为他们的征象以外，在过去的时代，别无可以附会于他们身上的事迹了。于是维琪尔在他的荷马式的史诗《阿尼特》里，为罗马人预备了一个国民的故事；这故事写得非常美丽，且处处与当时流传的希腊的传说相应合。阿尼士（Aeneas）是这篇史诗中的英雄。他是特洛伊战役中的一个英雄。在特洛伊城被希腊人攻下之后，他向西方做了七年的长旅行，在非洲北岸的迦泰基登陆。迦泰基的女王狄杜（Dido）对他发生了恋爱，阿尼士告诉她以特洛伊失陷的故事。在这个故事里，维琪尔第一次叙述出木马的传说。希腊人把精兵藏入硕大的木马中，特洛伊人以木马为神所赐，迎入城中，因此希腊人便乘机夺取了特洛伊城。诸神警告阿尼士，叫他不要留在迦泰基，于是他秘密的预备离开。狄杜发现了他的意图，竭力劝他留在那里与她同住。当她知道她所有的劝告与谄媚俱不能变更阿尼士的计划，她便用阿尼士的刀自刺而死。在《阿尼特》的第六卷里，维琪尔才使他所爱的祖国与这个特洛伊人——阿尼士——相见。阿尼士登陆于意大利的西海岸。他匆匆的到女巫西比尔（Sybyl）的洞。他告诉这个女预言家说，他要到地狱去看安齐昔士（Anchises），于是他以这个女巫为导，走到死者的阴土。他们二人被冥国的渡者察龙（Charon）渡过史特克河（Styx），走过失望之地，见了许多幻象与怪物。他在那里遇见许多特洛伊战役的英雄，并在那里遇见女王狄杜，她眼中燃着嫉妒。最后，他们到了依里兴（Elysium），在那里，阿尼士的父亲出现，对他说他的种族的将来的光荣。他叫阿尼士看他后嗣的精灵，他们就是罗马人的英雄们，被判定要回到地球上，以他们的光荣充满于世界。阿尼士离开了鬼国，到了底白尔（Tiber）河口。老林丁（Laurentines）的国王拉底纳士（Latinus）很欢迎他，阿尼士便娶了他的女儿为妻，他们就是罗马的祖先——这个诗人所叙的罗马的神话的启源即止于此。

《阿尼特》的动人处，在于它的对于古神、古鬼及罗马古代的光荣之深挚的崇敬。至于诗中的人物的本身却没有荷马所创造的人物那样的感人。因为维琪尔缺乏使他人物带有活泼的人格的才能。只有狄杜是他的最大的成功。在《阿尼特》的第四卷里，她是诗歌中所写的最有生气最热血的妇人之一，而她的故事且是世界上第一篇浪漫的作品，且是这种作品中最伟大者之一。

维琪尔葬于尼泊尔（Naples）。他是一个高的黑的美男子，性情中庸而和顺、沉默、怯弱，而且信宗教，一生过着和平的生活，爱他的朋友，且爱他的国家。没有一个大作家比他更受同时代的人的深挚的爱的，而他的在他本国，在他当时的荣誉，也始终光耀无比。中世纪的学者，熟读他的著作，如他们之读《圣经》一样。文艺复兴更给以更广大的赞赏。维琪尔的一部分的永久的影响，在于他的一首诗的被误解：在他的《牧歌》第四部，曾有一段诗，说到将有一个新生的婴孩——"他将最初的把那个铁时代终止，邀一道金色的曙光照在广漠的世界上；"这一段话，被早期的基督教徒误解为它是维琪尔对于耶稣降生的预言。在但丁（Dante）的《神曲》里，他也把维琪尔作为游地狱、净土及天堂的指导者。

十二

昆脱·贺拉士·弗拉考士（Quintus Horatius Flaccus）——通常名之为贺拉士（Horace）——的作品是所有罗马名著中最被人爱，最常为人引用的。他生于公元前65年，死于公元前8年。他是最可交的人。福禄特尔（Voltaire）称他为最好的宣道者，他不是从讲台上宣道的，乃是，以最友爱的方法在你肩旁讲着。有一个人说："他用这样柔和的手去探测每一个伤处，竟使病者在受术之时还微笑着。"他是一个最好的同行的伴侣，在空虚与不安的时刻也不会弃了你，常常给你以快乐的话，或温柔的机警，以移转你的情调。他不夸叙英雄的事迹，这是维琪尔的事而不是他的；他不发启宇宙的神秘，这是洛克里托士的事而不是他的；他不讲论运命与机会与人类生活的变动，这是希腊悲剧家的事而不是他的。他乃是老练亲密的参谋，当他见他的话有用处，便说话。

他是从民间出来的。他的父亲曾做过奴隶，后来成了自由人，做到一种与拍卖场中的掮客相类的事。然而贺拉士受他的影响极深。贺拉士离开罗马的学校后，又到雅典完成他的教育。当凯萨被刺的消息传播四处，他正在雅典。刺杀了凯萨的白鲁托士（Brutus）及卡西士（Cassius）来到那里，取得罗马东方诸省的政权。那时，贺拉士及他的同学俱同情于这些拥护共和者，而卷入战事中，虽然贺拉士那时仅22岁，却甚得白鲁托士的信任，受到一个军队的司令的委令。后来军事失败，他回到罗马去。这件事在他性格及作品上并没有什么影响。他在罗马时，交了好些著名的朋友，维琪尔又介绍他与著名的爱好文人的富翁马西那士（Maecenas）相见，马西那士是奥古斯都的朋友与主要的咨议。贺拉士虽然曾在共和军方面为将吏以反对奥古斯都，这时却完全得到他的新的朋友们的信任。他带了马西那士的扈从，到白里地西（Brindisi）去旅行；他的这次旅行的记述是最自然最活泼的罗马生活与习惯的一瞥。后来马西那士送了他一处小地产。在离罗马三十英里的那个小田园里，贺拉士达到了他的诗的退休的梦。他在这里过着简朴的生活，望着罗马的世界在旁走过，时时做些诗，种植园地，常常邀请些朋友，离开烟尘、喧扰、罪恶的罗马而与他同住几天。这些朋友，都是当时的大军人、朝臣、政客之类。他们都爱贺拉士，他为他们的忠实的咨议。至今他还是我们全体的忠实的谘议。他的福音是自制、合理的努力、满足，愉乐每日的生活。他劝马西那士弃罗马的无乐可言的宴席与炎热，到和静而清凉的乡间来：

这人快乐，只有他一人是，
可说是他自己的主宰，
今天至少可算是我自己的，
因为我清楚的活在今天：
那末，随他明天是云弥漫也好，
是更光洁的太阳布在喜悦的天空也好。

有人以为贺拉士的话是平凡的。是的，他是如此，但他们的平凡却正是每个时代所需要的，他给他们以如此完备的抒情诗的形式，使他们经过近 2000 年的时间而尚为读者所喜，一如他们方写出之时。又有人说，他的哲学是逃避生命，但他们最好是说，他教训他们以不要让生命带了我们最好的自己而去，带了我们的使它快乐而且进步的真能实力而去。

他在罗马诗人中，不是最伟大的，但却没有一个别的诗人比之他更能不朽。他在生时，已快乐的说，他将不会为人所忘。

十三

罗马的诗歌，除了维琪尔的史诗与贺拉士的抒情诗外，尚有三种诗体。一为洛克里托士（Lucretius）的伟大的哲理诗《物性咏》（*On the Nature of Things*），这是写于公元前 1 世纪的早年的。此诗共有六篇，在洛克里托士将死时才完成。洛克里托士生于公元前 96 年，卒于公元前 55 年，是前于维琪尔而出的诗人。赫胥黎（Huxley）说，“洛克里托士比之古代或近代的诗人（除了歌德之外）饮进更深的科学的精神。”

二为被称为社会诗的奥维特（Ovid）的作品。他是维琪尔的同时人，一个爱“快乐”的艺术家。他因为决志置身于当代的政争旋涡之外，并不设法阻止奥古斯都把他谪徙到黑海之滨的一个城中；在那里，他远离却罗马的华荣与欢娱。在奥维特的作品《变形记》（*Metamorphoses*）里，他重述出许多古代希腊的神话。《变形记》共 15 卷，使他得大名者即此诗。他又善作恋歌。他的生年为公元前 43 年，死年为公元后 17 年。

三是讽刺诗。作讽刺诗者甚多，最重要者为朱味那尔（Juvenal）；他的时代很晚，生于公元 60 年而卒于公元 140 年。其讽刺诗有五卷，凡 16 章。那时是罗马帝国之时，古代的爱国精神已不见，政治混乱，诸恶横流，这种痛苦扰乱的情形，都在他诗中写出。

十四

卡托洛士（Catullus）约生于公元前87年。他的生地是佛绿那（Verona）。他的父亲佛莱里士（Valerius）是一个富翁，是凯萨的朋友，所以卡托洛士之作诗，并不以此依托富人为生，乃纯为娱悦他自己及他朋友而作——尤其是因他的女友们。在他的女友中，最著者为他名她为莱丝比阿（Lesbia）的一个女郎。他曾为莱丝比阿的爱雀咏了一首诗，这诗引起了当时许多小诗人的嫉妒与失望。没有一个诗人像他那样多方面的。他是最机警的人之一；他表现于挽他兄弟的歌里的是深挚的情感；他的恋歌是所有古典诗中的最优美者；他的风格是富于色彩的。

十五

西塞罗是拉丁散文作家中的最著名的。他生于公元前106年，死于公元前43年。他是一个忙碌的律师与政治家。他的生活都在罗马共和毁灭，帝政开始的政治的纷扰中度过。他的性情很易变动，最容易恕谅他的仇敌，最不能憎恶人，常常对昨日最狠的仇敌，说最友善的话。这样的一个人想必是一个宗旨不定的政治家，其实却不然。他虽然称赞凯萨，然而他却是一个最忠实的主张共和的人。他虽然是带些怯懦心的人，但在他的晚年，却对于执政者安东尼（Mark Antony）下极动人的攻击；这时，他正与屋大维（Octavius）同进罗马不久（屋大维方在东方打败了白鲁托士）。他的演说，壮烈而正大，有如雷霆轰击，使闻者失色的声势。安东尼切齿痛恨，立志要杀害这个大演说家，使他的激壮的语声永不再为罗马人听见。过了几天，西塞罗便被人杀害。杀西塞罗者把他的首级与双手送给安东尼，安东尼便把这些头与手钉在西塞罗所常在那里讲演的讲台之前。

在西塞罗的一生，他担任过许多重要的官职，但他的政治演说尚不如他法律演说的著名。这些在法庭中为人辩护的演辞，带着激动与兴味，使现在的读者读之，一如听他在法庭中侃侃而辩。西塞罗的演讲稿，有的是曾写好而未曾公读的。有一个人，在旅馆中杀了一个罗马的著名的人；他请西塞罗为辩护士。西塞罗缺乏勇气，当他到法庭时，他见兵士满立着，便失了脑力，只说了几句断续不全的话。杀人者遂被判谪逐。过了几个礼拜，这个犯人却接到西塞罗预备好的辩护辞。这个演说稿即为著名的 *Pro Milone*，至今尚为欧洲学童最熟悉的文章之一。

西塞罗于他的演说之外，尚著有几篇哲学论文及书札一束。这些信札表现共和末年的罗马生活甚详。他又尝作诗，但流传于今者甚少。

十六

凯萨（Gaius Julius Cassar）是罗马最著名的军人与政治家，但他的著作也很得人的赞许。他生于公元前 102 年，在公元前 44 年时，被白鲁托士所刺杀。他的重要著作，传于今者有“Commentaries”，是叙述他在高卢战争的事的。这书为拉丁文中书籍在近代学校中流传最广者，几乎学拉丁的学生没有一个不曾读过它。

罗马的史书，除了凯萨所著的以外，尚有两个最著名的历史家所作的书；这两个历史家是李委（Livy）与泰西托士（Taci- tus）。李委生于公元前 59 年，死于公元 17 年；泰西托士则生于公元 55 年，死于公元 135 年。李委所叙的是古代罗马王的故事，罗马共和国的建立的故事，罗马经过纷扰困苦而成为地中海的控制者的故事。他的史书中最感人者为叙罗马与迦太基间的战争。迦太基人被罗马所征服，并无文学流传于世，所以李委所叙的战事是一面之辞；然李委所叙，乃是有所依据的，这是古典文学中第一次可以寻出一个作家的著作的根源的。大部分的他的材料，都是根据于一个历史家名为柏里比士（Polybius）的，原文用希腊文写，因他生活时代离这个大战役未久，所以能得到详细的记述。

泰西托士所著的史书有二，一为《史记》共14卷，叙法拉委士（Flavius）朝的事，一为《纪年史》共16卷。他的史书的特质，在于欲以历史为教训为工具，以警告后来的政治家与国民。他的著作的力量在于一面叙各代皇帝及各政治家的事，一面加以他自己的评论。但泰西托士的重要，还不全在他的史书，他还是第一个罗马的作家下笔去写一部传记的，这部传记是叙他叔父罗马大将阿格里柯拉（Agricola）的事。在欧洲人现在所有的传记中，此书算是最古的了。

还有修图尼士（Suetonius）也著作了一部有名的传记《罗马各帝的生平》（*Lives of the Caesars*）。价值远在他们之上的是柏鲁太契的用希腊文写的一部大传记，这部书在上面已叙及。

十七

拉丁文学的黄金时代，前半部止于共和的毁灭，其后继续的经过奥古斯都时代，至公元17年而告终止。此后则为白银时代的开始，至公元120年朱味那尔之死而告终止，白银时代的作家，除了泰西托士与朱味那尔二人之外，还有修托尼士（Suetonius），他的作品《罗马诸帝的生平》，叙初期十二帝的事的，上面已提起过；西纳加（Seneca）（生于公元前4年，死于公元65年），他是一个哲学家又是著名的恶王尼禄（Nero）的教师；马特尔（Martial）（生于公元43—104年），他与西纳加同为西班牙人，但常住在罗马，善作短诗（Epigram），共集成十四册；鲁甘（Lucan）（生于公元39—65年），他也是一个西班牙人，做了一部十卷的大史诗《法萨利亚》（Pharsalia），叙述凯萨与彭倍（Pompey）的争乱。

拉丁文学跟随着罗马帝国的衰落而衰落。诗歌的著作已不复见，古典文学史遂以阿卜利士（Lucius Apuleius）的《金驴》（*The Golden Ass*）一书为结束。阿卜利士约于公元125年生于非洲。初学于希腊，后在罗马为律师。因旅行于罗马帝国境内，识一富家的寡妇，娶之。因此，得专心致力于文学。《金驴》是世界最古的小说之一。他是一部小说式的自叙传，颇杂以滑稽的趣味。初言他因杀害了三只酒瓶被判决受罚，为一个女巫所救得生。他本想变形为一只鸟，随跟这个女巫，但因某种错误，竟不变鸟而变成了一只驴子。神人教以食玫瑰花叶才能复变人形。于是他便去寻找玫瑰花叶，在这个寻找里，他遇到了许多奇异的冒险。他为他自己的马所追吓，为他自己的圉人所鞭打。他清楚的听见他朋友们说到他的话。此外还有许多有趣的经历。博卡西奥（Boccacio）、西万提司（Cervantes）及李赛格（Le Sage）诸人都常从《金驴》里借取些材料；此书的英译本在1566年出版。

奥莱里士（Marcus Aurelius）的《默想录》（Meditations）可算是罗马帝国的最后的文学的成功。奥莱里士是罗马的一个皇帝，他的登极之时，为公元161年。但他的这部大著却是用希腊文写的。他的性格高尚，对待人民很好。《默想录》是他的对生活及人性的日常感想的记录，是史多葛派哲学（Stoic Philosophy）的完全的表白。这个哲学与依辟克特托（Epictetus）的哲学极相似。依辟克特托是尼禄时一个朝臣的希腊奴隶，跛足，身体极弱，终身穷苦而卑贱。这个奴隶与这个皇帝同样的相信：道德是它自己的酬报，人须完全听命于上帝。而上帝所做的都是对的。《默想录》的教训可以在下面依辟克特托的一段话里表白出：

> 记住你是一出戏里的一个演员，是随着著者所喜以给它的这样的一种演员。如果短便成了一个短的人，如果长，便成了一个长的人。如果他喜欢要你做一个穷人，一个跛者，一个总督或一个平民，看，你便自然而然的演它出来。因为这是你的事，去好好的演作派定给你做的人物；至于选择它呢，那是别人的事。

参考书目

1.《希腊文学史》(*A History of Greek Literature*)，约文士(F. B. Jevons)著，格里芬公司(C. Griffin & Son)出版。

2.《希腊文学初步》(*Primer of Greek Literature*)，约伯(Sir Richard Jebb)著，麦克美伦(MacMillan)公司出版。

3.《古代希腊文学》(*Ancient Greek Literature*)，慕雷(Gilbert Murray)著，为海涅曼公司(Messrs. Heinemann)所出的《世界各国的文学》(*Literatures of the World*)之一。

4.《优里辟特与他的时代》(*Euripides & His Age*)，著者同上，为《家庭大学丛书》(*Home University Library*)之一。

5.《希腊诗歌讲义》(*Lectures on Greek Poetry*)，马克尔(Mackail)著，朗门·格林公司(Longmans, Green & Co.)出版。

6.《希腊的诗人》(*The Greek Poets*)，西蒙士(Symonds)著，赫卜公司(Harper & Brothers)出版。

7.《希腊的剧场与其戏曲》(*The Greek Theatre & Its Drama*)，法里金格(Flickinge)著，支加哥大学出版部(University of Chicago Press)出版。

8.Theocritus, Bion, and Moschus，英国安度留·兰(Andrew Lang)译，(用散文译)麦克美伦公司出版。

9.《希腊诗选中的短歌选译》(*Select Epigrams from the Greek Anthology*)，马克尔(Mackail)著，朗门·格林公司出版。

10.《希腊人的才能与它的影响》(*The Greek Genius and Its Influence*)，柯卜(Cooper)著，耶鲁大学出版部(Yale University Press)出版。

11.《罗马》(*Rome*)，瓦特·富劳(W. Warde-Fowler)著，《家庭大学丛书》之一。

12.《光荣的希腊》(*The Glory That Was Greece*)，斯杜巴(J. C. Stobart)著，西特委克与约克逊(Sidgwick & Jackson)公司出版。

13.《宏的罗马》(*The Grandeur That Was Rome*)，著者及出版公司俱同上。

14.《罗马文学》(*Rome Literature*)，委尔金士(A. S. Wilkins)著，麦克美伦公司出版的《文学初步》(Primers of Literature)之一。

15.《罗马文学史》（*A Literary History of Rome*），杜弗（Duff）著，查理·史克里甫纳公司（Charles Scribner' s Sons）出版。

16.《拉丁文学》（*Latin Literature*），马克尔（Mackail）著，查理·史克里甫纳公司出版。

17.《拉丁文学》（*Latin Literature*），丁士台尔（Dims-dale）著，阿卜里顿公司（D. Appleton & Co.）出版。

18.《贺拉士与他的时代》（*Horace and His Age*），达尔顿（D' Alton）著，朗门·格林公司出版。

19.《拉丁的诗歌》（*Latin Poetry*），特莱尔（Tyrrell）著，霍甫顿·米弗林公司（Houghton Mifflin Company）出版。

20.《古代的古典戏曲》（*Ancient Classical Drama*），慕尔顿（Moulton）著，亚克斯福大学出版部（Oxford University Press）出版。

21. 大部分重要的希腊及拉丁作家的作品的英译本，在《万人丛书》（*The Everyman's Library*）（Dent），《世界名著丛书》（The World' s Classics）（Oxford University Press）及《彭氏丛书》（*Bohn's Library*）（George Bell）中可得到。

22. 佐治·爱兰及奥文公司（Messrs. George Allen & Unwin）出版了慕雷（G. Murray）教授的著名的优里辟特戏曲的英译本。

23. 剑桥大学出版部（Cambridge）出版了约伯（R. C. Jebb）的沙福克里士戏曲的英译本（用散文译的）。

24.《洛爱甫古典丛书》（The Loeb Classical Library），为海尼门公司所出版，包含所有重要的古典作家的著作，现已有不少种出版。每一种都载希腊或拉丁的原文，以英译文印在对页，以相对照。

第十章

汉之赋家、历史家与论文家

一

自秦始皇破灭六国，统一天下（公元前 221 年）以来，文学也与其他的学术一样，受专制的火焰的焚迫，而成为灰烬。战国时光华灿烂的文艺作品，不复出现，所有者仅庞杂的《吕氏春秋》与李斯的拟古颂功的诸刻石而已。汉之初年，因黑暗之势力，仍未除去，故亦无大作家出现。至惠帝四年（公元前 191 年）残酷无比之“挟书律”宣告废除，而文艺学术才渐渐的有人去注意。以后，便酿成了枚乘、司马相如、贾谊、司马迁、扬雄、王充诸人的时代。大约当时的作家可以分为赋家、历史家及论文家三派。这时代约当罗马的黄金时代的前后。

二

“赋”原是诗之一体，自屈原、宋玉以后，《诗经》里的简短的抒情诗歌已不复见，代之者乃为冗长的辞赋。屈、宋诸人之作，犹满含着优美的抒情的诗意。到了汉代，作赋者大都雕饰浮辞，敷陈故实，作者的情感已不复见于字里行间，故几不能复称之为“诗”。然而这种“赋”体，在当时却甚发达。帝王如武帝及淮南王之流都甚喜之，作者且借此为进身之阶。

最初的作者为陆贾，然不甚成功。其后有贾谊（生于公元前200年，卒于公元前168年），怀才而不得志，作《怀沙》《鹏鸟》诸赋，为汉代最带有个性的赋家。但他的论文却较他的赋为尤重要。其专以作赋著名者为枚乘、司马相如、东方朔诸人。

枚乘字叔，淮阴人，死于公元前141年。曾游于吴及梁。所作有《七发》诸赋，而以《七发》为最著。《七发》的结构，颇似《楚辞》中的《招魂》《大招》，显然是受有他们的很深的影响；赋言楚太子有疾，吴客往见之，欲以要言妙道说而去之，历说以妙歌、美食、驰骋、游观、射猎、望涛之乐，太子不为之动，最后言使方术之士若庄周、魏牟、杨朱、墨翟之伦，论天下之精微，理万物之是非，孔老览观，孟子持筹而算之。太子便涩然汗出，霍然病已。此种文体的结构实至为简单。在文辞一方面，亦颇有雕斫浮夸之弊。如：“驯骐骥之马，驾飞軨之舆，乘牡骏之乘，右夏服之劲箭，左鸟号之雕弓。游涉乎云林，周驰乎兰泽，弭节乎江浔。掩青苹，游青风，陶阳气，荡春心，逐狡兽，集轻禽。于是极犬马之才，困野兽之足，穷相御之智巧，恐虎豹，慑鸷鸟……”之类，殊觉堆冗无味，然后来赋家几无一不仿效之者，且益加甚。所以汉赋虽甚发达，在中国文学史上却不能占重要的地位。乘所作，除赋之外，尚有人以《古诗十九首》中之《行行重行行》《西北有高楼》《青青河畔草》等八首认作他的著作者，但其凭证极为薄弱。他们所据者为徐陵的《玉台新咏》，但《史记》《汉书》中的乘本传，俱未言乘曾为此类诗，《汉书·艺文志》的“歌诗”类里亦不载乘的这些诗，即萧统的《文选》曾勇敢的把许多诗加上了李陵、苏武的名字的，却也并不曾把《古诗十九首》分出一部分作为枚乘的。何以徐陵却独知道是乘作的？实则像《古诗十九首》那样的诗体，决不是枚乘那个时代所能产生的；乘时所能产生的是“大风起兮云飞扬”（刘邦歌），是“草木黄落兮雁南归”（刘彻辞），是“日月星辰和四时”（柏梁诗），是“肃肃我祖，国自豕韦”（韦孟诗），却决不是“东城高且长，逶迤自相属，回风动地起，秋草萋已绿”及“迢迢牵牛星，皎皎河汉女，纤纤擢素手，札札弄机杼”等的完美的五言诗（《十九首》的时代问题待下一章讨论）。

乘死之时，正是刘彻（汉武帝）（其统治的时代为公元前140年至公元前87年）初即位之时。彻甚好辞赋，其自作亦甚秀美。《汉书·艺文志》载其有自造赋二篇。今所传《李夫人歌》及《秋风辞》："秋风起兮白云飞，草木黄落兮雁南归。兰有秀兮菊有芳，怀佳人兮不能忘……"，《落叶哀蝉曲》："罗袂兮无声，玉墀兮尘生，虚房冷而寂寞，落叶依于重扃"以及其他，都是很有情感的。彻对于汉代文学很有功绩。一即位便用安车蒲轮征枚乘，乘道死，又访得其子皋为郎。司马相如、东方朔、严忌、严助、刘安、吾丘寿王、朱买臣诸赋家皆出于其时。大历史家司马迁亦生于同时，且亦善于作赋（《汉书·艺文志》载司马迁赋八篇）。此时可算是汉代文学的黄金时代；秦火之后，至此时始有大作家出现。

司马相字长卿，蜀郡成都人（生于公元前179年，死于公元前117年），为汉代最大的赋家。初事景帝为武骑常侍，非其所好。后客游梁，著《子虚赋》。梁孝王死，相如归，贫无以自业。至临邛，富人卓氏女文君新寡，闻相如鼓琴，悦之，夜亡奔相如。卓氏怒，不分产于文君。于是二人在临邛买一酒舍酤酒，文君当炉，相如则著犊鼻裈涤器于市中。卓氏不得已遂分予文君僮百人，钱百万，相如因以富。后来戏曲家以此事为题材者甚多。武帝时，相如复在朝，著《天子游猎赋》。后为中郎将，略定西夷。不久，病卒。所著尚有《大人赋》《哀秦二世赋》《长门赋》等。相如之赋，其靡丽较枚乘为尤甚。《子虚赋》几若有韵之地理志，其山则什么，其土则什么，其东则什么，其南则什么，所有物产地势，无不毕叙；班固、张衡、左思诸人受此种影响为最深。大约赋家之作，情感丰富，含意深湛者极少；大多数都是意极肤浅，而词主夸张，弃绝真朴之美而专以堆架美辞为务的。

东方朔，齐人，与司马相如同时，亦善于为赋，喜为滑稽之行为，尝作《七谏》《答客难》等，其与相如诸赋家异者，为在相如诸人的赋中，绝不能见出他们自己的性格，而朔的赋则颇包含着浓厚的个性，他的《答客难》一作，尤为著名，引起了后人的无数的拟作。

此外，严忌（亦作庄忌）作赋 24 篇，其族子助亦作赋 35 篇，刘安作赋 82 篇，吾丘寿王作赋 15 篇，朱买臣作赋 3 篇（皆见《汉书·艺文志》），但这些作品传于今者绝少，且亦不甚重要，故不述。刘安为汉宗室，曾封淮南王，有一赋名《招隐士》者曾被编入《楚辞》中，但乃他的客所为，非他所自作的。

刘彻死后，赋家仍不衰。三百余年间，作者辈出；最著者有刘向、扬雄、王褒、班固、冯衍、王逸、李尤、张衡、马融及蔡邕等。

刘向字子政，汉之宗室（生于公元前 80 年，死于公元前 9 年）。宣帝时、褒、张子侨等并以能文辞进。元帝时，与萧望之同辅政。向不独以作赋著，亦为汉代大编辑家及论文家之一。所作赋共 33 篇，今《楚辞》中有其赋一篇。王褒、张子侨俱与向同时，但名不若向之著。褒字子渊，为谏议大夫，作赋 16 篇，今《楚辞》中有其作品《九怀》一篇，其他《洞箫赋》《四子让德论》《甘泉宫颂》等俱有名。张子侨官至光禄大夫，有赋三篇，今无一存者。

扬雄字子云，蜀郡成都人（生于公元前 53 年，死于公元后 18 年），善作赋，亦善为论文，辞意甚整练温雅，但甚喜摹拟古人，没有自己的创作的精神。作赋仿司马相如，又依傍《楚辞》而作《反离骚》《广骚》《畔牢愁》，效东方朔之《答客难》而作《解嘲》，拟《易》而作《太玄》，像《论语》而作《法言》。年四十余，自蜀来游京师，除为郎，桓谭、刘歆皆深敬爱之。其赋以《甘泉》《羽猎》《长杨》等为最著，然堆砌美辞之弊，仍未能免，如“于是钦柴宗祈，燎薰皇天，皋摇泰壹，举洪颐，树灵旗，樵蒸昆上，配藜四施，车烛沧海，西耀流沙，北熿幽都，南炀丹厓。玄瓒觩髎，秬鬯泔淡，肸蚃丰融，懿懿芬芬……”之类，都是故搜异字，强凑成篇，无甚深意的。

刘歆为向之子，与雄同时，亦能为辞赋，然其所作远不如雄之有声于时。歆之影响乃在所谓经学界而不在文学界。

班固字孟坚（生于公元32年，死于公元92年），扶风安陵人。年九岁能属文，为兰台令，述作《汉书》，成不朽之业。其所作诸赋亦甚为当时所称，以《两都赋》为最著。《两都赋》之结构，甚似《子虚赋》，先言西都宾盛夸西都之文物地产以及宫阙于东都主人之前，东都主人则为言东都之事以折之，于是西都宾为其所服；在文辞一方面也仍不脱司马相如、扬雄诸人的堆砌奇丽之积习。又作《答宾戏》，亦为仿东方朔《答客难》而作者。永元初（公元89年），大将军窦宪出征匈奴，以固为中护军。后宪败，固被捕死狱中。

与固同时者有崔骃，亦善为辞赋。所作《达旨》亦仿东方朔之《答客难》，其他《反都赋》诸作，今已散佚不见全文。

冯衍字敬通，京兆杜陵人，其生年略前于班固，亦以能作赋名。王莽时不仕，更始立，衍为立汉将军、光武时为曲阳令。所作有《显志赋》及书、铭等。

张衡字平子，南阳西鄂人（生于公元78年，死于公元139年）。善作赋。所作有《西都赋》《东都赋》《南都赋》《周天大象赋》《思玄赋》《冢赋》《髑髅赋》等，又有《七谏》《应间》，仿枚乘、东方朔之作。此种著作，在现在看来，自不甚足贵。其足以使他永久不朽者乃在他的《四愁诗》：

> 我所思兮在太山，欲往从之梁父艰，侧身东望兮涕沾翰。美人赠我金错刀，何以报之英琼瑶。路远莫致倚逍遥，何为怀忧心烦劳。
>
> 我所思兮在桂林，欲往从之湘水深，侧身南望涕沾襟。美人赠我金琅玕，何以报之双玉盘。路远莫致倚惆怅，何为怀忧心烦伤。……（下二节意略同）

此诗之不朽，在于它的格调是独创的，音节是新鲜的，情感是真挚的；杂于冗长浮夸的无情感的诸赋中，自然是不易得见的杰作。衡并善于天文，为太史令，造浑天仪，候风地动仪，精确异常，可算为中国古代最大的天文家。后出为河间相，有政声，征拜尚书，卒。

李尤字伯仁，广汉雒人（约生于公元55年，约死于公元137

年）。初以赋进，拜兰台令史。与刘珍等撰《汉记》。后为乐安相卒。有《函谷关赋》《东观赋》等。其《九曲歌》仅余二句："年岁晚暮时已斜，安得力士翻日车（下阙）"却甚为人传诵。

马融字季长，扶风茂陵人（生于公元79年，死于公元166年）。为汉季之大儒，但亦工于作赋，善鼓琴，好吹笛，达生任性，不拘儒者之节，常坐高堂，施绛纱帐，前授生徒，后列女乐。所作以《笛赋》为最著。

王逸字叔师，南郡宜城人，元初中举上计吏，为校书郎。顺帝时为侍中。其不朽之作为《楚辞章句》一书，此书中，他自作之《九思》亦列入。此外尚作《机赋》《荔支赋》等，俱不甚重要。

蔡邕字伯喈，陈留圉人（生于公元133年，死于公元192年）。为汉末最负盛名之文学者。召为议郎，校正六经文字，自书丹于碑，使工镌刻，立于太学门外。观视及摹写者车乘日千余两，填塞街陌。后免去。董卓专政，强迫邕诣府，甚敬重之，三日之间，周历三台，最后拜左中郎将。卓被杀，邕竟被株连死狱中。所作文甚多，赋以《述行》为最著。有诗名《饮马长城窟行》者，辞意极婉美：

> 青青河畔草，绵绵思远道。远道不可思，宿昔梦见之。梦见在我傍，忽觉在他乡。他乡各异县，展转不可见。枯桑知天风，海水知天寒，入门各自媚，谁肯相为言！客从远方来，遗我双鲤鱼。呼童烹鲤鱼，中有尺素书。长跪读素书，书中竟何如？上言加餐食，下言长相忆。

编邕集者多把它列入。《文选》录是诗，题为无名氏作，至《玉台新咏》始题为邕作，不知何所据。但当邕时，五言诗的体裁已完美，已盛行，将此诗归之于邕，自然不比将《古诗十九首》的一部分归之于枚乘的无理。

邕有女名琰，字文姬，博学有才辩。夫亡，居于邕家。兴平中，天下丧乱。琰为胡骑所获，没于南匈奴左贤王，在胡中12年，生二子。曹操痛邕无子，遣使者以金璧赎琰归。此事曾为不少的戏曲家捉入他们的戏曲中为题材。琰天才甚高，躬逢丧乱，所作《悲愤诗》凄楚悲号，读者皆为之泫然。所叙皆她自己的经历，所以真挚凄惋之情充盈于纸间，汉世之诗赋，不是浮夸的便是教训的（如韦孟之诗），似此诗之真情流露自然是极少见的。

……来兵皆胡羌。猎野围城邑，所向悉破亡。斩歼无孑遗，尸骸相掌拒。马边悬男头，马后载妇女（中叙到胡地，下叙来迎归汉）。已得自解免，当复弃儿子……儿前抱我颈，问母欲何之？“人言母当去，岂复有还时！阿母常仁恻，今何更不兹！我尚未成人，奈何不顾思！”见此崩五内，恍惚生狂痴。号泣手抚摩，当发复回疑。兼有同时辈，相送告离别，慕我独得归，哀叫声摧裂。马为立踟蹰，车为不转辙，观者皆嘘欷，行路亦呜咽。去去割情恋，遄征日遐迈。悠悠三千里，何时复交会？念我出腹子，胸臆为摧败。既至家人尽，又复无中外。城郭为山林，庭宇生荆艾。白骨不知谁，从横莫覆盖。出门无人声，豺狼号且吠。茕茕对孤景，怛咤糜肝肺……

此诗还有第二首，格调与上所举的一首不同，叙述略简，而情节意思则完全相同，可决不是一诗的二节，而是两个作者所作的二诗。大约一诗为琰原文，一诗乃为后人所演述者，至于究竟那一首是原诗，则疑不能明。尚有《胡笳十八拍》一诗，亦叙琰之去胡与归来事，情节与《悲愤诗》俱同，仅增加了些繁细的描述。通常皆以此诗为琰所自作，或有疑其为后人所重述者。我则相信此诗决非琰所自作；因为她已做了《悲愤诗》，何必更去做同样的别的诗篇？且细读《胡笳十八拍》实不似诗人自己所创作者，而大类乐人演述琰之事以歌唱之辞。如：

十七拍兮心鼻酸，关山阻修兮行路难……胡笳本自出胡中，缘琴翻出音律同。十八拍兮曲虽终，响有馀兮思无穷。是知丝竹微妙兮，均造化之功，哀乐各随人心兮有变则通。……

此显然不是琰所自说的话。大约琰的故事在当时及其后必流传极盛，于是乐人乃以《十八拍》之新声，演此故事歌唱之。

三

汉代之文学多为模拟的，殊少独创的精神，以与罗马的黄金时代相提并论，似觉有愧。她没有维琪尔，没有贺拉士，没有奥维特，甚至于没有朱味那尔与柏鲁托士，但只有一件事却较罗马的为伟大，即汉代多伟大的历史家。司马迁的《史记》，实较罗马的李委与泰西托士的著作尤为伟大，他这部书实是今古无匹的大史书，其绚灿的光采，永如初升的太阳，不仅照耀于史学界，且照耀于文学界。还有，班固的《汉书》与刘向的《新序》《说苑》《列女传》、韩婴的《韩诗外传》，也颇有独创的精神。荀悦的《汉纪》体裁虽仿于《左传》，叙述却亦足观。故汉代文学，昔之批评家多称许其赋，实则汉赋多无特创的精神，无真挚的情感，其可为汉之光华者，实不在赋而在史书。

司马迁字子长，左冯翊夏阳人，生于公元前 145 年（即汉景帝中五年丙申），其卒年不可考，大约在公元前 86 年（即汉昭帝始元元年乙未）以前。父谈为太史令。迁“年十岁则诵古文，二十而南游江淮，上会稽探禹穴，窥九疑，浮于沅湘，北涉汶泗，讲业齐鲁之都，观孔子之遗风，乡射邹峄，厄困鄱薛彭城，过梁楚以归”。初为郎中，后继谈为太史令，紬史记石室金匮之书。后五年（太初元年）始着手作其大著作《史记》。因李陵降匈奴，迁为之辩护，受腐刑。后又为中书令，尊宠任职。

迁之作《史记》，实殚其毕生之精力。自迁以前，史籍之体裁简朴而散漫，有分国叙述之《国语》《战国策》，有纪年体之《春秋》，有录黄帝以来至春秋时帝王公侯卿大夫祖世所出之《世本》，其材料至为散杂；没有一部有系统的史书，叙述古代至战国之前后的。于是迁乃采经摭传，纂述诸家之作，合而为一书，但其材料亦不尽根据于古书，有时且叙及他自己的见闻，他友人的告语，以及旅游中所得的东西。其叙述始于黄帝（公元前 2697 年），迄于汉武帝，“凡百三十篇，五十二万六千五百字”（自序）。分本纪十二，年表十，书八，世家三十，列传七十。本纪为全书叙述的骨干，其他年表、书、世家、列传则分叙各时代的世序，诸国诸人的事迹，以及礼仪学术的沿革，此种体裁皆为迁所首创。将如此繁杂无序的史料，编组成如此完美的第一部大史书，其工作真是至艰，其能力真可惊异！中国古代的史料赖此书而保存者不少，此书实可谓为古代史书的总集，自此书出，所谓中国的“正史”的体裁以立，作史者受其影响者至2000年。此书的体裁不惟为政治史，且包含学术史、文学史，以及人物传的性质，其八书——《礼书》《乐书》《律书》《历书》《天官书》《封禅书》《河渠书》《平准书》——自天文学以至地理学、法律、经济学无不包括；其列传则不惟包罗政治家，且包罗及于哲学者、文学者、商人、日者，以至于民间的游侠。在文字一方面亦无一处不显其特创的精神，他串集了无数的不同时代，不同著者的史书，而融贯冶铸而为一书，正如合诸种杂铁于一炉而烧冶成了一段极纯整的钢铁一样，使我人毫不能见其凑集的缝迹，此亦为一大可惊异之事。大约迁之采用诸书并不拘于采用原文，有古文不可通于今者则改之，且随时加入别处所得的材料。兹举《尚书·尧典》一节及《史记·五帝本纪》一节以为一例：

（《尚书》）	（《史记》）
曰若稽古帝尧，曰放勋，钦明文思安安。允恭克让，光被四表，格于上下。克明俊德，以亲九族。九族既睦，平章百姓。百姓昭明，协和万邦，黎民于变时雍。乃命羲和，钦若昊天，历象日月星辰，敬授人时。分命羲仲，宅嵎夷，曰旸谷，寅宾出日，平秩东作，日中星鸟，以殷仲春。厥民析，鸟兽孳尾。申命羲叔，宅南交，平秩南讹，敬致，日永星火，以正仲夏。厥民因，鸟兽希革。分命和仲，宅西，曰昧谷……允厘百工，庶绩咸熙。帝曰：畴咨若时登庸？放齐曰：胤子朱启明。帝曰：吁，嚚讼，可乎？帝曰：畴咨若予采？驩兜曰：都，共工方鸠僝功。帝曰：吁，静言庸违，象恭滔天。……	帝尧者，放勋，其仁如天，其知如神，就之如日，望之如云，富而不骄，贵而不舒。黄收纯衣，彤车乘白马。能明驯德，以亲九族。九族既睦，便章百姓。百姓昭明，合和万国。乃命羲、和，敬顺昊天，数法日月星辰，敬授民时。分命羲仲，居郁夷，曰旸谷，敬道日出，便程东作。日中星鸟，以殷仲春。其民析，鸟兽字微。申命羲叔，居南交。便程南为，敬致。日永星火，以正中夏。其民因，鸟兽希革。申命和仲，居西土，曰昧谷。……信饬百官，众功皆兴。尧曰：谁可顺此事？放齐曰：嗣子丹朱开明。尧曰：吁，顽凶，不用。尧又曰：谁可者？灌兜曰：共工旁聚布功，可用。尧曰：共工善言，其用僻似恭漫天，不可。……

《史记》此节的材料虽全取之于《尚书》，然于当时已不用之文字如宅、如厥、如平秩、如畴，以及不易解之句子，如方鸠僝功之类，无不改写为平易之今文。观此，仅一小节，已改削了如此之多，其他处之如何改定原文亦可推想而知。《史记》虽集群书而成，而其文辞能纯整如出一手，此种改削实为其重要之原因。

在后来文学史上，《史记》之影响亦极大，有无数的作家去拟仿他的叙写的方法与他的风格；而作传记者更努力的想以《史记》之文字为他们的范本。这种拟古的作品，自然是不堪读的。而《史记》本身的叙写，则虽简朴而却能活跃动人，能以很少的文句，活跃跃的写出人物的性格。下面是《刺客列传》（卷八十六）的一段，可作为一例。

> 荆轲者，卫人也。……日与狗屠及高渐离饮于燕市。酒酣以往，高渐离击筑，荆轲和而歌于市中，相乐也。已而相泣，旁若无人者。荆轲虽游于酒人乎，然其为人沉深好书，其所游诸侯，尽与其贤豪长者相结。其之燕，燕之处士田光先生亦善待之，知其非庸人也。居顷之，会燕太子丹质秦亡归，……归而求为报秦王者，国小力不能。……鞠武曰："……燕有田光先生其人，智深而勇沉，可与谋。"太子曰："颇因太傅而得交于田先生可乎？"鞠武曰："敬诺。"出见田先生，道："太子愿图国事于先生也。"田光曰："敬奉教。"乃造焉，太子逢迎却行为导，跪而檄席。田光坐定，左右无人，太子避席而请曰："燕秦不两立，愿先生留意也。"田光曰："臣闻骐骥盛壮之时，一日而驰千里，至其衰老，驽马先之。今太子闻光盛壮之时，不知臣精已消亡矣。虽然，光不敢以图国事，所善荆卿可使也。"太子曰："愿因先生得结交于荆卿可乎？"田光曰："敬诺。"即起趋出。太子送至门，戒曰："丹所报先生所言者国之大事也，愿先生勿泄也。"田光俯而笑曰："诺。"偻行见荆卿……曰："愿足下急过太子，言光已死，明不言也。"……乃装为遣荆卿……太子及宾客知其事者，皆白衣冠以送之。至易水之上，既祖取道。高渐离击筑，荆轲和而歌，为变徵之声，士皆垂泪涕泣，又前而歌曰："风萧萧兮易水寒，壮士一去兮不复还。"复为羽声慷慨，士皆瞋目，发尽上指冠。于

是荆轲上车而去，终已不顾，遂至秦。……轲既取图奏之。秦王发图，图穷而匕首见。因左手把秦王之袖而右手持匕首揕之。未至身，秦王惊，自引而起，袖绝拔剑，剑长操其室。时惶急，剑坚故不得立拔。荆轲逐秦王，秦王环柱而走。群臣皆愕，卒起不意，尽失其度。……惶急不知所为。左右乃曰："王负剑。"负剑，遂拔以击荆轲，断其左股。荆轲废，乃引其匕首以而秦王，不中，中铜柱，秦王复击轲，轲被八创。轲自知事不就，倚柱而笑，箕倨以骂曰："事所以不成者以欲生劫之，必得约契以报太子也。"……高渐离变名姓为人庸保，匿作于宋子，……秦始皇召见。人有识者，乃曰："高渐离也。"秦皇帝惜其善击筑，重赦之，乃矐其目，使击筑，未尝不称善，稍益近之。高渐离乃以铅置筑中，复进得近，举筑扑秦皇帝不中，于是遂诛高渐离，终身不复近诸侯之人。

《史记》130篇，曾缺10篇，褚少孙补之，其他文字间，亦常有后人补写之迹。但这并无害于《史记》全体的完整与美丽。

迁卒后百余年，有班固者作《汉书》。《汉书》的体例几全仿于《史记》，此为第一部摹拟《史记》的著作。其后继固而作者几乎代有二三人。固书与迁书唯一不同之点在于《史记》为通史，而《汉书》则为断代的，起于汉之兴，而终于西汉之亡。《汉书》共100篇，凡帝纪十二，表八，志十，列传七十。《史记》所有之世家，《汉书》则去之，归入列传中，《史记》之"书"，《汉书》则改名为志。二者之不同，仅此而已。但《汉书》之体裁，亦有不尽纯者。固虽以此书为断代的，仅记西汉二百二十九年间之事，然而其中《古今人物表》却并叙及上古的人物，《艺文志》亦总罗古代至汉的书籍。尤可异者，则其中之《货殖列传》且叙及范蠡、子赣、白圭诸人。其体例殊不能谓为严整。大约《古今人物表》及《艺文志》皆为《史记》所无者，班固之意似在欲以此二篇补《史记》之缺（至于《货殖传》叙述之淆乱，则不知何故）。《汉书》之文字，叙汉武帝以前的事者大都直钞《史记》原文，异处甚少，故亦颇有人讥其剽窃。至其后半，则大半根据其父彪所续前史之文，而加以补述增润，亦有是他自己的手笔。固经营此书亦甚费苦心，自永平中始受诏作史，潜精积思，二十余年，至建初中乃成。当世甚重其书，学者莫不讽诵。其中八表及《天文志》乃为固妹昭所补成，因固死时，此数篇尚未及竟。

除《史记》与《汉书》之二大史书外，刘向之《说苑》《新序》《列女传》及韩婴之《韩诗外传》亦殊有一叙的价值。此数书皆为传记一类的著作。

韩婴，燕人，汉文帝时为博士，又历官于景帝、武帝二世。婴所专习者为《诗经》；汉初传诗者三家——齐、鲁、韩——婴即韩诗的创始者，曾作《诗经外·内传》《内传》今散佚，独《外传》尚存，即所谓《韩诗外传》。但此书却不是《诗经》的注解，乃是与《说苑》《新序》同类的书。"大抵引诗以任事，非引事以明诗。"（王凤洲语）其文辞颇简婉而美，其所叙之故事，亦颇有些很好的故事在着。

刘向前已言其为大编辑者，现在所讲之《说苑》《新序》《列女传》三书，其原料亦皆集之于古代各书，向第加以一番编纂的工夫。《说苑》共20篇，以许多的片段故事分类归纳于《君道》《臣术》《建本》《立节》《贵德》《复恩》《政理》《尊贤》《正谏》《敬慎》《善说》《奉使》《权谋》《至公》《指武》《丛谈》《杂言》《辩物》《修文》《反质》之二十个题目之下。《新序》之性质，亦与《说苑》相同，今所传者有十卷，其第一卷至第五卷为《杂事》，第六卷为《刺奢》，第七卷为《节士》，第八卷为《义勇》，第九卷及第十卷为《善谋》。《列女传》为专叙古代妇女的言行者，其体裁亦与《新序》《说苑》相同，以许多的故事，归之于《母仪》《贤明》《仁智》《贞顺》《节义》《辩通》《孽嬖》等几个总目之下，每传并附以颂一首。此书有一部分为后人所补入者。后来的人以附有颂者定为刘向原文，无颂者定为后人所补，大抵无颂者都为汉代人及向以后人，可以知道不是向原文所有。凡此三书，其中故事有许多是很可感人的，很值得作为戏曲、诗歌的原料的；有许多则其机警譬解甚可喜。兹举一二例于下：

孔子之楚，有渔者献鱼甚强，孔子不受。渔者曰："天暑远市，卖之不售，思欲弃之，不若献之君子。"孔子再拜受，使弟子扫除，将祭之。弟子曰："夫人将弃之，今吾子将祭之，何也？"孔子曰：

"吾闻之，务施而不腐余财者圣人也。今受圣人之赐，可无祭乎！"(《说苑》五)

晋平公浮西河，中流而叹曰："嗟乎，安得贤士与共此乐者！"船人固桑进对曰："君言过矣。夫剑产于越，珠产江汉，玉产昆山，此三宝者，皆无足而至。今君苟好士，则贤士至矣。"平公曰："固桑来。吾门下食客者三千余人。朝食不足，暮收市租，暮食不足，朝收市租。吾尚可谓不好士乎？"固桑对曰，"今乎鸿鹄高飞冲天，然其所恃者六翮耳。夫腹下之毳，背上之毛，增去一把，飞不为高下。不知君之食客，六翮邪，将背腹之毳也？"平公默然而不应焉。(《新序》一)

"正史"与"传记"二者之外，古代《左传》式的"编年史"至汉末亦复活。当献帝时，荀悦为侍中。帝好典籍，常以班固《汉书》文繁难省，乃令悦依《左氏传》体，以为《汉纪》30 篇。此为《左传》的第一部拟著的摹作，此后，类此的著作，便常常的有出现了。荀悦子仲豫，颍川颍阴人（生于公元 148 年，卒于公元 209 年）。好著述，初在曹操府中，后迁黄门侍郎，曾作《申鉴》五篇。《汉纪》虽非他的特创之作，然辞约事详，亦颇自抒其论议。

四

汉之论文，远不如战国时代之炳耀，思想则几皆秉孔子之遗言而毋敢出入，不复有战国时电闪风发之雄伟的论难——只有二三人是例外——文辞则几皆冗衍而素朴，无复有战国时比譬美丽而说理畅顺之辞采。中国之批评者多重汉之论文，以为浑厚，实则远逊于战国时代——即自此以后二千年间，好的论文亦绝难一遇。

最初出现者有陆贾。贾为汉开创之帝刘邦时人，作《新语》十二篇，每奏一篇，邦未尝不称善。此书虽至今尚传，然为后人所依托，原书已不传。后有贾谊，曾上《治安策》于汉武帝，议论畅达而辞势雄劲，似较其辞赋为更足动人。今所传有《新书》58 篇，多取《汉书》谊本传所载之文割裂章段，颠倒次序而加以标题，大约是旧本残逸，后取谊文割裂重编之故。然谊固可追踪于战国诸子之后，自是汉代第一流的大论文家。今举其《治安策》的一节：

> 臣窃惟事势可为痛惜者一，可为流涕者二，可为长太息者六。若其他倍理而伤道者难遍以疏举。进言者皆曰："天下已安矣。"臣独曰未安。或者曰："天下已治矣。"臣独曰未治。恐逆意触死罪。虽然，诚不安，诚不治，故不敢顾身，敢不昧死以闻。夫曰天下安且治者非至愚无知，固谀者耳，皆非事实，知治乱之体者也。夫抱火措之积薪之下而寝其上，火未及燃，因谓之安，偷安者也，方今之势何以异此。……

景帝之时，有吴楚七国之叛乱。这个时代，智谋之士颇多，如晁错、如邹阳、如枚乘，其说辞皆畅达美丽而明于时势，有类于战国诸说士，枚乘曾两上书谏吴王，当时称其有先知之明。晁错颍川人，为景帝内史，号曰智囊，即首谋削诸侯封地者，吴楚反，以诛错为名，错遂为这次内乱的牺牲者。错深明当时天下情实，故所说都切当可行，亦当时之一大政论家。邹阳齐人，初事吴王濞，以王有邪谋，上书谏之不听，遂去吴之梁，从孝王游。左右恶阳于孝王，王怒，下阳于狱，将杀之。阳乃从狱中上书，辞甚辩而富情感，读者都能为其所感动。故孝王得书，立出之，待为上客。此种文章，自阳后便不易得见。

武帝时，董仲舒、公孙弘诸儒者皆曾上书论事，然意见文辞都不足称。同时有刘安者为汉之宗室，封淮南王，好学喜士，曾招致天下诸儒方士，讲论道德，总说仁义，著书 21 篇，号曰《鸿烈》，即今所谓《淮南子》，尚有外篇，今不传。此书之性质甚似《吕氏春秋》，文辞尚留战国诸子的遗迹，而所论者殊驳杂而无确定的主张。

后七八十年，有刘向、向所编之传记三部，上面已讲过，当时他曾时时上书论时事，亦为大政论家之一，而其见解文辞，却无甚可特述者。其后二十余年有扬雄，曾拟《论语》作《法言》，他的见解虽有时可以注意，而文辞中摹拟之病甚深，处处都仿效著《论语》之简质的语法，直忘了《论语》是何时代的作品，且忘了《论语》是弟子所记的语录而非孔子所自作的，殊觉可笑；甚至《论语》13 篇，他的《法言》亦写了 13 篇以相匹对，更是无谓之至。与雄同时者有桓宽，曾作一部《盐铁论》，至今尚传，其体裁殊特别，但其文辞亦不足观。

其后四十余年，有大论文家王充出。充卒于公元 90 年间（汉和帝永元中），字仲任，会稽上虞人。曾师事班彪，仕郡为功曹，以数争谏不合去。闭门潜思，绝庆吊之礼，户牖墙壁，各置刀笔，遂成《论衡》85 篇。《论衡》实为汉代最有独创之见的哲学著作。当时儒教已为思想界的统治者，而充则毅然能与之问难。他在《问孔篇》上说："世儒学者好信师而是古，以为贤圣所言，皆无非，专精讲习，不知难问。夫圣贤下笔造文，用意详审，尚未可谓尽得实，况仓卒吐言，安能皆是。不能皆是，时人不知难，或是而意沉难见，时人不能问。案贤圣之言，上下多相违，其文前后多相伐者，世之学者不能知也。"这些话那时更有什么人敢说！又在《物势篇》上说："儒者论曰：天地故生人，此言妄也。夫天地合气，人偶自生也。犹夫妇合气。子则自生也。夫妇合气，非当时欲得生子。情欲动而合，合而生子矣。且夫妇不故生子，以知天地不故生人也。"这些话亦是说得很勇敢的。但充的文辞殊觉笨重而不能畅顺的达其意。这是很可惜的。略后于充者有王符，符字节信。安帝时人。志意蕴愤，隐居著书，以讥当时之得失，不欲彰显其名，故曰《潜夫论》，凡 36 篇，但其言论无甚新意，文辞亦殊平冗。

此后，至献帝时，又有三个论文家出现。一为仲长统，统字公理，山阳高平人（生于公元 179 年，卒于公元 219 年）。性倜傥，不矜小节，语默无常，时人或谓之狂生。曾参曹操军事。每论说古今及时俗行事，恒发愤叹息，因著论名曰《昌言》，凡 34 篇。一为荀悦，悦之《汉纪》，前已述及。其论文集名《申鉴》凡 5 篇，名《政体》《时事俗嫌》者各一篇，名《杂言》者二篇。一为徐幹，幹字伟长，北海人（生于公元 171 年，卒于公元 218 年），著《中论》20 余篇，传于今者凡 20 篇。曹操曾屡辟之，俱不应。此三人的思想俱不脱儒家的范围，文辞亦无可特称之处。

参考书目

1.《全上古秦汉六朝文》，清严可均编，共七百四十六卷，广雅书局刊本，此书搜罗古代至隋的散文及赋甚完备，较梅氏《文纪》及其他各种选本为好。

2.《汉魏六朝一百三家集》，明张溥编，自贾谊以至隋卢思道薛道衡诸重要作家著作略多者，都已被包括在内。此书坊刻本甚多。

3.《汉魏六朝名家集》，丁福保编，凡 110 家，现已刻 40 家。上海医学书局出版。此书较张溥所编者为精审。

4.《史记》130 卷，汉司马迁撰，有归入二十四史中的刻本，有单行刻本。

5.《汉书》100 卷，汉班固撰，刻本亦甚多，以王先谦的《汉书补注》为最好。

6.《新序》《说苑》及《列女传》，汉刘向撰，此三书商务印书馆出版的《四部丛刊》有收入，所根据的原刻本都甚好。

7.《汉纪》，汉荀悦撰，有《四部丛刊》本。

8.《新语》(题陆贾作，实伪托的)，在湖北书局刻的《百子全书》内。《四部丛刊》内亦有之。

9. 贾谊的《新书》亦在《百子全书》内，但亦有单刻本。

10. 刘安及其客所撰的《淮南子》，刻本甚多，最近刘文典君曾作了一部《淮南子集解》，在商务印书馆出版。

11. 扬雄的《法言》《百子全书》及《四部丛刊》俱收之，单行刻本亦甚多。

12. 桓谭的《新论》，有问经堂辑本。

13. 王充的《论衡》单刻本甚多，《百子全书》及《四部丛刊》中俱有之。近来王充的研究甚流行，谢无量有《王充哲学》一书。中华书局出版。

14. 王符的《潜夫论》，有《汉魏丛书》及《四部丛刊》本，亦有单刻本。

15. 桓宽的《盐铁论》《百子全书》及《四部丛刊》中俱有之。

16. 仲长统的《昌言》有《玉函山房辑轶书》本。

17. 荀悦的《申凿》《百子全书》及《四部丛刊》中俱有之。

18. 徐干的《中论》,《百子全书》及《四部丛刊》亦俱有之。

19. 梁萧统所编的《文选》包括汉代的文学作品，自辞赋以至史论，诗歌甚多，但其分类颇不经。

20. 汉之诗歌，除《文选》包括不少外，其较完备的总集可看冯惟讷的《古诗纪》及丁福保的《全汉晋三国六朝诗纪》。但《古诗纪》今不易得，仅购丁氏的书亦已足。

第十一章

曹植与陶潜

一

自屈原以后，至汉代之末，几无一个重要的大诗人出现。汉代的诗歌，前章已略述其概，大概西汉之诗人，刘彻的天才是很高的，其他若韦孟、韦玄成之诗，都是教训垂谏之意，而无诗的美趣，不足使我们注意；梁鸿诸诗，却较韦氏诸作为胜，然除《五噫》外也都不甚成功。东汉之诗人，则推班固、傅毅、张衡、蔡邕、蔡琰诸人。然两汉的这一班诗人，所作都仅数首，自不能当大诗人之称。同时，有《铙歌》十八曲者，作者的姓氏已不传，其中有数曲，可算为很好的诗，《战城南》与《有所思》二曲尤好：

> 战城南，死郭北。野死不葬乌可食。为我谓乌：且为客豪。野死谅不葬，腐肉安能去子逃。水深激激，蒲苇冥冥。枭骑战斗死，驽马悲回鸣。梁筑室，何以南，何以北。禾黍不获君何食，愿为忠臣安可得！思子良臣，良臣诚可思。朝行出攻，暮不夜归。（《战城南》）
>
> 有所思，乃在大海南。何用问遗君。双珠玳瑁簪，用玉绍缭之。

闻君有他心，拉杂摧烧之。摧烧之，当风扬其灰。从今已往，勿复相思，相思与君绝。鸡鸣犬吠，兄嫂当知之。妃呼豨，秋风肃肃晨风飔，东方须臾高知之。(《有所思》)

又有《古诗十九首》者，始见于《文选》，题为无名氏作，几乎没有一首不是好的。徐陵的《玉台新咏》始以其中之八首为枚乘所作，又以“冉冉孤生竹”一首为傅毅之辞。又有题为苏武，李陵所作之诗十余首；苏武诗四首，及李陵《与苏武诗》三首见《文选》，其他各诗见《古文苑》。更有题为古诗者许多首，俱为无名氏作。这些诗，也都是辞华焕发而蕴情至深的。

明月何皎皎，照我罗床帏。忧愁不能寐，揽衣起徘徊。客行虽云乐，不如早旋归。出户独彷徨，愁思当告谁。引领还入房，泪下沾裳衣。(《十九首》之一)

结发为夫妻，恩爱两不疑。欢娱在今夕，燕婉及良时。征夫怀往路，起视夜何其。参辰皆已没，去去从此辞！行役在战场，相见未有期。握手一长叹，泪为生别滋。努力爱春华，莫忘欢乐时。生当复来归，死当长相思。(苏武诗［？］)

良时不再至，离别在须臾。屏营冲路侧，执手野踟蹰。仰视浮云驰，奄忽互相逾。风波一失所，各在天一隅。长当从此别，且复立斯须。欲因晨风发，送子以贱躯。(李陵《与苏武诗》［？］)

《古诗十九首》中所谓枚乘作的数首，上章已辩明必非乘所作，至于称为傅毅之作的一首，恐亦系臆测之辞。苏武李陵诸作，虽见于《文选》，然《汉书·苏武李陵传》中并不载苏李二人之诗，仅言武还汉时，李陵置贺武曰：“异域之人，一别长绝，”因起舞而歌曰：“径长里兮度沙漠，为君将兮奋匈奴。路穷绝兮矢刃摧，士众灭兮名已陨。老母已死，虽欲报恩将安归！”泣下数行，遂与武决。《艺文志》中亦不言陵及武有诗篇。当时，苏李的故事，盛流传于知识阶级及民间，果苏李作有这许多诗，班固当然不会不知，既知也不会不录入传中或载入《艺文志》中的。何以固时尚不知有这些诗，而至数百年后萧统诸人之时反倒知道？以我所见，苏李之时，决不会产生那样完美的五言诗。大约这些诗必为后人所作，而被昭明诸人附会为其故事感人至深的苏李二人所有的。细读各诗，更可见他们全非出于苏李之手笔。如苏武之诗："行役在战场，相见未有期，"他赴匈奴，系出使，并非出战，何以言"行役在战场"？又他的《别李陵》："二凫俱北飞，一凫独南翔。……一别如秦胡，会见何讵央。"所谓"二凫俱北飞"何意？他们既当相别，那末，相别之后，武则至汉，陵则在胡，正是一秦一胡，何以诗中却说，"一别如秦胡"呢？

大约此种完美的五言诗，在西汉决不会发生。最初的五言诗作家至早当生在东汉之初期。班固的《咏史》："三王德弥薄，惟后用肉刑"是较可靠的最初的五言诗。自此以后，此种诗体，流传渐广，渐代四言体及《楚辞》体而占领了诗的领土。然其盛时，似当在建安（公元196—219）左右。钟嵘在他的《诗品》上说："去者日以疏四十五首，虽多哀怨，颇为总杂。旧疑是建安中曹王所制。"也许《十九首》等古诗，竟是建安中曹王诸人所制也未可知。

以此完美的五言体所作的叙事诗，有《陌上桑》《妇病行》《孤儿行》《古诗为焦仲卿妻作》等，那些诗的作者的姓名，今亦不可知。

> 日出东南隅，照我秦氏楼。秦氏有好女，自名为罗敷。罗敷善蚕桑，采桑城南隅。青丝为笼系，桂枝为笼钩。头上倭堕髻，耳中明月珠，缃绮为下裳，紫绮为上襦。行者见罗敷，下担捋髭须；少年见罗敷，脱巾著帩头；耕者忘其耕，锄者忘其锄；来归相怨怒，但坐观罗敷……（《陌上桑》）
>
> 孔雀东南飞，五里一徘徊。"十三能织素，十四学裁衣，十五弹箜篌，十六诵诗书。十七为君妇，心中常苦悲。君既为府吏，守节情不移。鸡鸣入机织，夜夜不得息。三日断五匹，大人故嫌迟。非为织作迟，君家妇难为。妾不堪驱使，徒留无所施，便可白公姥，及时相遣归。"府吏得闻之，堂上启阿母："儿已薄禄相，幸复得此妇。结发同枕席，黄泉共为友。共事二三年，始尔未为久。女行无偏斜，何意致不厚？"阿母谓府吏："何为太区区，此妇无礼节，举动自专由。吾意久怀忿，汝岂得自由。东家有贤女，自名秦罗敷，

可怜体无比，阿母为汝求。便可速遣之，遣之慎莫留。”府吏长跪答：“伏惟启阿母，今若遣此妇，终老不复取。”阿母得闻之，捶床便大怒：“少子无所畏，何敢助妇语。吾已失恩义，会不相从许。”府吏默无声，再拜还入户，举言谓新妇，哽咽不能语。“我自不驱卿，逼迫有阿母。卿但暂还家，吾今且赴府。不久当归还，还必相迎取……”……出门登车去，涕落百馀行。府吏马在前，新妇车在后，隐隐何甸甸，俱会大道口。下马入车中，低头共耳语……入门上家堂，进退无颜仪。……府吏闻此变，因求假暂归。……其日牛马嘶，新妇入青庐……揽裙脱丝履，举身赴清池。府吏闻此事，心知长别离，徘徊庭树下，自挂东南枝。……（《古诗为焦仲卿妻作》）

这些诗大约也都是建安左右的作品。《古诗为焦仲卿妻作》一首，可算是中国第一首的长诗。其序言：“汉末建安中，庐江府小吏焦仲卿妻刘氏，为仲卿母所遣，自誓不嫁。其家逼之，乃没水而死。仲卿闻之，亦自缢于庭树。时伤之，为诗云尔。”则其作者当在建安中，或系当时民间流行之唱辞，后来诗人为之润饰者。

综言之，自屈原以至汉末，实无一个可称得大诗人的重要作家出现，直到了建安之时才有大诗人曹植与曹操、曹丕、王粲、刘桢等起，而以曹植为尤伟大。

二

曹氏的三诗人操、丕、植，其风格与情思俱远高出于当时的诸作家。曹操字孟德，沛国谯人（生于公元155年，死于公元220年）。少任侠放荡，不治行业，后掌兵权，渐破灭群雄，专汉政。操天才甚高，虽常在军中，征讨不休，而所作殊佳，极豪逸悲凉之致。其《短歌行》：“对酒当歌，人生几何，譬如朝露，去日苦多，”《苦寒行》：“树木何萧瑟，北风声正悲，……行行日已远，人马同时饥。担囊行取薪，斧冰持作糜，”尤为有慨慷悲壮之美。丕、植俱为其子。丕字子桓，操之长子，八岁能属文。操死，继立为魏王，受汉禅，于公元

220年即皇帝位。所为诗，佳者亦不少；《善者行》："上山采薇，薄暮苦饥。溪谷多风，霜露沾衣……高山有崖，林木有枝，忧来无方，人莫之知。"及《杂诗》："西北有浮云，亭亭如车盖。惜哉时不遇，适与飘风会。吹我东南行，行行至吴会。吴会非我乡，安得久留滞。弃置勿后陈，客子常畏人"，可为一例。又作《典论》，其中《论文》一篇，评论当时文士，所见甚高。中国的文学评论，存于今者，当以此篇为最古。

植字子建（生于公元192年，死于公元232年）。其作品不惟为曹氏三诗人中的最伟大者，且亦为当时诸文士的领袖，世称天下共有才十斗，子建独有其八。实则其词彩绚耀，才华高旷，并世之诗人固无及者，即六朝初唐之诗人，除陶潜外，恐亦无其肩比。钟嵘言："陈思之于文章也，譬人伦之有周孔，鳞羽之有龙凤，音乐之有琴笙，女工之有黼黻，俾尔怀铅吮墨者，抱篇章而景慕。映余晖以自烛。"诚哉，六朝诸诗人，谁不曾映子建之余晖者！植性简易，不治威仪，操于诸子中特宠爱之，几欲立之为太子者好几次。卒因丕之善于娇饰，遂不立植而立丕。丕因此怨植，及即位，即杀植之至友丁仪，丁廙，又贬削植之爵位。植常悒悒无欢。明帝时，封陈王，不久，即发疾卒，年41，谥曰思。

植前后所著赋颂诗铭杂论凡百余篇，今传集十卷。植之诗，情绪既真挚迫切，铸词又精妙美适。如：

> 明月照高楼，流光正徘徊。上有愁思妇，悲叹有余哀。借问叹者谁，言是宕子妻。君行逾十年，孤妾常独栖。君若清路尘，妾若浊水泥。浮沉各异势，会合何时谐！愿为西南风，长逝入君怀。君怀时不开，贱妾当何依！（《七哀》）
>
> 初秋凉气发，庭树微销落。凝霜依玉除，清风飘飞阁。朝云不归山，霖雨成川泽……（《赠丁仪》）
>
> 白日曜青春，时雨静飞尘。寒冰辟炎景，凉风飘我身。清醴盈金觞，肴馔纵横陈。齐人进奇乐，歌者出西秦。翩翩我公子，机巧忽若神。(《侍太子坐》)

这几首随意举出，不一定是他最好的诗；然即由这几首里，我们亦可看出他的作品的极可注意的二点：其一，像“流光正徘徊”、“时雨静飞尘”等的独创的铸句与用字法，是古诗人所极少有的，独子建常用之，然却用得极自然，极适合，绝不见雕斫与牵合的缝痕，这是他最大的成功之一点；其二，在诗歌中，对偶的句子，子建亦用得很多，像“凝霜依玉除，清风飘飞阁”，“白日曜青春，时雨静飞尘”，虽不如后来齐梁陈唐的诗人对得那样的准确整齐，然实为他们的先驱，开辟了这条诗歌中的对偶的路给他们走。这是子建有最大的影响于后世的地方——虽然这影响不是什么好影响。不过在子建的诗里，这种对偶的句子，我们却并不觉得讨厌，反觉得很可爱，这也是因为是写得自然适合而并不强凑强对的缘故。

与曹氏三诗人同时者，有建安七子及杨修，繁钦诸人。建安七子者，为孔融、王粲、徐干、陈琳、阮瑀、应玚及刘桢，他们都是生于建安中，且大半都是为曹操所引用者。曹丕曾论及他们，谓：“今之文人，鲁国孔融文举，广陵陈琳孔璋，山阳王粲仲宣，北海徐干伟长，陈留阮瑀元瑜，汝南应玚德琏，东平刘桢公干，斯七子者，于学所无遗，于辞无所假，咸以自骋骥騄于千里，仰齐足而并驰。……王粲长于辞赋，徐干时有齐气，然粲之匹也。如粲之《初征》《登楼》《槐赋》《征思》，干之《玄猿》《漏卮》《圆扇》《橘赋》虽张蔡不过也。然于他文未能称是。琳瑀之章表书记，今之隽也。应玚和而不壮，刘桢壮而不密。孔融体气高妙，有过人者，然不能持论，理不胜词，以至乎杂以嘲戏，及其所善，扬班俦也。”这几个人都不能胜于曹氏父子，至较之子建，则子建为清光泻地的明月，粲等则闪熠的群星而已。杨修诸人所造亦未能过于七子。

三

建安之后，至陶潜未出之时，诗人之著者有嵇康、阮籍、张华、傅玄、陆机、潘岳、左思、刘琨、郭璞诸人。

嵇康字叔夜，谯国钟人（生于公元223年，死于公元262年）。好老庄，常修养性服食之事，弹琴咏诗，自足于怀，惟与阮籍、山涛、向秀、刘伶、阮咸、王戎友善，常为竹林之游，世谓之“竹林七贤”。康与魏宗室婚，拜中散大夫。时司马氏欲篡魏，思翦除其宗室姻亲，遂藉细故杀康。康之诗喜说玄理，然亦时时有旷逸秀丽之句，如《赠秀才入军》十九首中的一首：“轻车迅迈，息彼长林。春木载荣，布叶垂阴，习习谷风，吹我素琴；交交黄鸟，顾俦弄音。感悟驰情，思我所钦。心之忧矣，永啸长吟。”又一首的“目送归鸿，手挥五弦”诸句，俱为他的最好的诗的例子。他又为上古以来高士作传赞。

阮籍字嗣宗，陈留尉人（生于公元210年，死于公元263年）。志气宏放，任性不羁，常闭户读书，累月不出，或登临山水，经日忘归。尤好庄老，嗜饮酒。高贵乡公时封关内侯，徙散骑常侍。时天下多故，名士少有全者，籍以酒自隐，乃求为步兵校尉，远世避害。所作以《咏怀诗》八十余首为最著，虽未必每首都是好的，然秀逸的美好的诗却不少，如“夜中不能寐，起坐弹鸣琴。薄帷鉴明月，清风吹我襟。孤鸣号外野，朔鸟鸣北林。徘徊将何见？忧思独伤心”等，尤为后人所传诵。

张华字茂先，范阳方城人。（生于公元232年，死于公元300年）辞藻温丽，朗瞻多通。初著《鹪鹩赋》，为阮籍所叹赏，由是知名。晋时为黄门侍郎，力赞伐吴之议，果灭吴而天下归于一。后为太子少傅，被孙秀等所害。华所作有《博物志》十篇。其诗华整，“多儿女之情，少风云之气。”如“居欢惜夜促，在戚怨宵长。抚枕独吟叹，绵绵心内伤”，如“巢居觉风飘，穴处识阴雨。未曾远别离，安知慕俦侣”（俱见他的《情诗》）诸句，可见他的作风的一斑。

傅玄字休奕，北地泥阳人，与张华同时（生于公元217年，死于公元278年）。初为弘农太守，入晋为驸马都尉，迁太仆。尝作《傅子》百余卷，为当时有特见的论文家。其诗有古乐府的风格，朴质自然，不涉靡丽，而情感深挚动人，如他的《短歌行》：“长安高城，层楼亭亭，干云四起，上贯天庭，蜉蝣何整，行如军征；蜉蟋何感，中夜哀鸣；蚍蜉愉乐，粲粲其荣。寤寐念之，谁知吾情！昔君视我，如掌中珠。何意一朝，弃我沟渠！昔君与我，如影如形。何意一去，心如流星！昔君与我，两心相结。何意今日，忽然两绝！”可为一例。

陆机与潘岳略后于张，傅，其作风则与张、傅甚异；张、傅古朴，而潘、陆则繁缛富丽。陆机字士衡，吴郡人（生于公元261年，死于公元303年）。太康末，与弟云俱入洛。张华深爱重之，尝谓之曰：“人之为文，当恨才少，而子更患其多。”后司马颖与司马颙起兵讨司马乂，以机为河北大都督，因战败，被宦者孟玖诬杀。机当时与弟云齐名，时称二陆，然云之诗远不如机。机虽时伤于缛丽，然常亦有轻俊之作，如《猛虎行》：“渴不饮盗泉水，热不息恶木阴。恶木岂无枝，壮士多苦心。整驾肃时命，杖策将远寻。饥食猛虎窟，寒栖野雀林。日归功未建，时往岁载阴。崇云临岸骇，鸣条随风吟。静言幽谷底，长啸高山吟。急弦无懦响，亮节难为音。人生诚未易，曷云开此衿。眷我耿介怀，俯仰愧古今。”之类者。他又作《文赋》，是有名的文学评论之一。以最不易达意的文体，而畅丽的叙他的文学见解，不能不谓之成功。

潘岳字安仁，荥阳中牟人，幼称奇童，长善为诗。为散骑常侍，与石崇等友，酬吟不绝。司马伦辅政时，孙秀用事，以旧怨杀崇及岳，时为公元300年，亦即张华被杀之一年。岳所著有《西征赋》《闲居赋》，又善为哀诔之文，然其不朽之作，当为《悼亡诗》，这是他从极深挚的情感里流泻出来的，是他的呜咽的哭声，是他的悲苦的诉语。我们读至：“望庐思其人，入室想所历。帏屏无髣髴，翰墨有余迹。流芳未及歇，遗挂犹在壁。怅恍如或存，回惶忡惊惕”；读至：“凛凛凉风升，始觉夏衾单。岂曰无重纩，谁与同岁寒！岁寒无与同，月朗何胧胧。展转盼枕席，长簟竟床空。床空委清尘，虚室来悲风。独无李氏灵，髣髴睹尔容。抚襟长叹息，不觉涕沾胸。沾胸安能已，悲怀从中起。寝兴目存形，遗音犹在耳”，谁能不凄然与之表同情！如遇与他同情景的人，则直欲悲哭而不忍卒读了。像这种至情的作品，在充满了刻板的虚伪的情感的中国诗歌中，真可算为极珍异的宝石。

左思字太冲，刘国临淄人，与潘、陆同时，曾被征为秘书郎。其巨作为《三都赋》，至十年乃就。其赋出时，人竞传写，致使洛阳纸价一时为之贵。然此种作品，在今视之却殊无大价值。其诗则世人都称许其《咏史》八首，然此等作品亦无甚意义。若如“非必丝与竹，山水有清音。何事待啸歌，泼木自悲吟”（《招隐》）之句，乃真为可传之作耳。同时又有张载，张协兄弟，亦善为诗，而协较其兄得名为盛；如“房栊无行迹，庭草萋以绿。青苔依岑墙，蜘蛛网四室。”（张协《杂诗》）亦其有名之句。此外张翰、孙楚、夏侯湛、石崇、曹摅诸人，亦以能诗名，然都无特加以叙述的必要。

刘琨字越石，中山魏昌人，其卒年较诸人为后（生于公元 270 年，卒于公元 317 年）。初为司隶从事，常与石崇等酬唱。永嘉元年为并州刺史，后进司空，为段匹磾所杀。他的诗，因他的生活曾经五胡之乱，遂不觉变为慷慨悲壮的，如“据鞍长叹息，泪下如流泉。系马长松下，发鞍高岳头。烈烈悲风起，泠泠涧水流。挥手长相谢，哽咽不能言。浮云为我结，归鸟为我旋。去家日已远，安知存与亡。慷慨穷林中，抱膝独摧藏。”可为一例。

郭璞字景纯，河东闻喜人，与刘琨略同时，而卒年为后（生于公元 276 年，死于公元 324 年）。好古文奇字，并通五行天文卜筮之术。后为王敦所杀。其词赋为东晋之冠，其《山海经注》等亦极著名，其诗则以《游仙诗》十四首为最好。《游仙诗》诚为超逸而具特异的风格与情调之作；如“绿萝结高林，蒙笼盖一山。中有冥寂士，静啸抚清弦。放情凌霄外，嚼蕊挹飞泉。赤松临上游，驾鸿乘紫烟。左挹浮丘袖，右拍洪崖肩”可为一例。

此时前后，清谈之习甚盛，士大夫皆贵黄老。此风嵇康、阮籍时已开其端，后乃益炽。正如钟嵘所言：“于时篇作，理过其祥，淡乎寡味。”所以郭璞之后几近七八十年（公元 324 年至公元 400 年的略前）无重要诗人出现。最后乃得陶潜。

四

陶潜可谓六朝中最伟大的诗人，除曹植外无可与之比肩者。他的出现，可谓异军的突起，其作品乃绝不类于前代的作家，亦绝不类于并世及后来的诸诗人，如孤鹤之展翮于晴空，如朗月之静挂于午夜，所谓“超然寡俦”者，潜足以当之无愧。大抵六朝诗人不是工于拟古，仿古诗乐府，便是涂饰繁丽之辞，雕琢精工之语，失了诗的自然真璞之美。独潜则绝不熏染这种习惯，萧疏自在，随笔舒写其欲写的情思，而无不绝工。辞虽平淡，无故作奇丽的句子，而“外枯而中膏，似淡而实美。”（苏轼语）黄庭坚言：“谢康乐，庾义成之诗，炉锤之功，不遗馀力，然未能窥彭泽数仞之墙者。”这是确切不移之评语。灵运的“池塘生春草”一语，人盛称之；他苦思半生，仅能于睡梦中得此一句较自然的句子，至于潜则无语不是如此之自然真切。

潜字渊明，或谓名渊明字元亮，浔阳柴桑人（生于公元 365 年，卒于公元 437 年），少有高趣，“尝著文章自娱，颇示已意，忘怀得失。”曾出就吏职，一度为彭泽令，不乐居官，赋《归去来辞》，自解归，遂不复出仕。有集八卷，萧统盛称之，为之作序。

> 结庐在人境，而无车马喧。问君何能尔？心远地自偏。采菊东篱下，悠然见南山。山气日夕佳，飞鸟相与还。此中有真意，欲辩已忘言。（《饮酒》之一）
>
> 孟夏草木长，绕居树扶疏。众鸟欣有托，吾亦爱吾庐。既耕亦已种，时还读我书。穷巷隔深辙，颇回故人车。欢然酌春酒，摘我园中蔬。微雨从东来，好风与之俱。泛览《周王传》，流观《山海图》。俯仰终宇宙，不乐复何如！（《读山海经》之一）
>
> 荒草何茫茫，白杨亦萧萧。严霜九月中，送我出远郊。四面无人居，高坟正嶕峣。马为仰天鸣，风为自萧条。幽室一已闭，千年不复朝。千年不复朝，贤达无奈何。向来相送人，各自还其家。亲戚或馀悲，他人亦已歌。死来何所道，托体同山阿。（《挽歌》之一）

由这几首诗，可以看出他的作风的一斑。他的《闲情赋》：“愿在衣而为领，承华首之余芳；悲罗襟之宵离，怨秋夜之未央。愿在裳而为带，束窈窕之纤身；嗟温凉之异气，或脱故而服新。愿在发而为泽，刷元鬓于颓肩；悲佳人之屡沐，从白水以枯煎。愿在眉而为黛，随瞻视以闲扬；悲脂粉之尚鲜，或取毁于华装。愿在莞而为席，安弱体于三秋；悲文茵之代御，方经年而见求。愿在丝而为履，附素足以周旋；悲行止之有节，空委弃于床前。愿在昼而为影，常依形而西东；悲高树之多荫，慨有时而不同。愿在夜而为烛，照玉容于两楹；悲扶桑之舒光，奄灭景而藏明。愿在竹而为扇，含凄飙于柔握；悲白露之晨零，顾襟袖以缅邈。愿在木而为桐，作膝上之鸣琴；悲乐极以哀来，终推我而辍音。考所愿而必违，徒契契以苦心。拥劳情而罔诉，步容与于南林。”虽萧统评它为渊明作品中的“白璧微瑕”，然此赋实为最好的情诗之一。统之见解殊迂腐可笑。苏轼评他为“强作解事”，未为委屈他。

五

陶潜以后的诗人有颜延之、谢灵运、谢惠连、鲍照等。再后，则沈约等起，诗体为之大变；沈约等都归入下一章中讲，这里只叙到在他以前的诸诗人。

颜延之字延年，琅琊临沂人，（生于公元384年，卒于公元456年）与谢灵运俱以词采齐名，时称“颜谢”。延之曾为始安太守，及永嘉太守，最后为秘书监，光禄勋太常。其诗追踪潘陆的靡丽，而更过之，时称他的作品为“错彩镂金”。如：“婺女俪经星，常娥栖飞月。惭无二媛灵，托身侍天阙。阊阖殊未晖，咸池岂沐发。”（《为织女赠牵牛》）等类的文句，殊觉得雕斫过甚，毫无生气。

谢灵运，陈郡阳夏人（生于公元385年，卒于公元433年），晋名将谢玄之后，袭封康乐公。入宋降爵为侯，起为散骑常侍。后出为永嘉太守，不久，又弃职居会稽，以游放歌诗自娱。每有一诗至都邑，贵贱莫不竞写。最后，以受诬，兴兵反抗，失败被杀。他的诗与延之同病，亦伤于靡丽，而无自然高远的情致。如他的《登池上楼》，世所盛称：“倾耳聆波澜，举目眺岖嵚。初景革绪风，新阳改故阴。池塘生春草，园柳变鸣禽。”然我们读之，终觉得累重而无诗的真趣。他的族兄瞻，族弟惠连亦善为诗。瞻没有什么天才，惠连的诗，则较灵运的为自然、真朴，而有生气。“春日迟迟，桑何萋萋，红桃含夭，绿柳舒荑”（《秋胡行》）自较“园柳变鸣禽”好得多。他的《祭古冢文》及《雪赋》尤为当时人所称。又有谢庄，亦以诗名，但其作风终不能脱“颜谢”的范围。

鲍照字明远（约生于公元421年，约卒于公元465年），初为刘义庆佐史，后为中书舍人，与其妹令晖同以诗名。照尤以拟古乐府诸作见称。此种拟古之作品，本无他自己的生命，不足论，其诗则较“颜谢”为平易朴静，钟嵘论照：“贵尚巧似，不避危仄，颇伤清雅之调，故言险俗者，多以附照。”然照之不“清雅”而近于“险俗”，正在他的较颜谢无生气的雕斲品的高出处，如他的《咏燕》：“可怜云中燕，旦去暮来归。自知羽翅弱，不与鹄争飞。寄声谢飞鹄，往事子毛衣。琐心诚贫薄，叵忝节荣衰。阴山饶苦雾，危节多劲盛。岂但避霜雪，当儆野人机。”自较涂浓绿深红，镂精金璞玉之颜谢的诗为好。

六

这个时代（晋宋之时），有所谓“吴声歌曲”者，系当时南方民间盛传之歌辞，大部分都是恋歌——极好的恋歌。自《诗经》之外，像这种的真挚的恋歌，中国的诗坛上是绝少有的。这种恋歌，重要者有《子夜歌》《子夜四时歌》《懊侬歌》《华山畿》《读曲歌》等。

《子夜歌》者，《唐书·乐志》谓系晋曲。“晋有女子，名子夜，造此声，声过哀苦。”《乐府解题》言：“后人更为四时行乐之词，谓之《子后四时歌》，又有《大子夜歌》《子夜警歌》《子夜变歌》，皆曲之变也。”今所传者，《子夜歌》有42首，《子夜四时歌》有75首，《大子夜歌》《子夜警歌》各2首，《子夜变歌》3首。

今日已欢别，合会在何时？明灯照空局，悠然未有期。
朝思出前门，暮思还后渚。语笑向谁道？腹中阴忆汝。
欢愁侬亦惨，郎笑我便喜。不见连理树，异根同条起。
别后涕流连，相思情悲满。忆子腹糜烂，肝肠尺寸断。
夜长不得眠，明月何灼灼！想闻散唤声，虚应空中诺。
（以上《子夜歌》）
梅花落已尽，柳花随风散。叹我当春年，无人相要唤！
反覆华簟上，屏帐了不施。郎君未可前，待我整容仪
初寒八九月，独缠自络丝。寒衣尚未了，郎唤侬底为？
（《子夜四时歌》）

《懊侬歌》今传者14首。《古今乐录》曰："《懊侬歌》者，晋石崇绿珠所作，唯'丝布涩难缝'一曲而已。后皆隆安初民间讹谣之曲。"

发乱谁料理？托侬言相思。还君华艳去，催送实情来。
（《懊侬歌》）

《华山畿》今传者25首。《古今乐录》曰："《华山畿》者，宋少帝时《懊恼》一曲，亦变曲也。少帝时，南徐一士子，从华山畿往云阳，见客舍有女子，年十八九。悦之无因，遂感心疾。母问其故，具以启母，母为至华山寻访，见女，具说。女闻感之，因脱蔽膝，令母密置其席下卧之，当已。少日果差。忽举席见蔽膝而抱持，遂吞食而死。气欲绝，谓母曰：'葬时，车载从华山度。'母从其意。比至女门，牛不肯前，打拍不动。女曰：'且待须臾。'装点沐浴，既而出，歌曰：'华山畿，君既为侬死，独活为谁施！欢若见怜时，棺木为侬开。'棺应声开。女遂入棺。家人扣打，无如之何。乃合葬，呼曰神女冢。"这段悲惨的恋爱故事的后段，太神奇不足信，大约是后人附会的；也许此故事竟是臆造的。但此曲中，可爱的恋歌却不少：

啼著曙，泪落枕将浮，身沉被流去。
一坐复一起，黄昏人定后，许时不来已。
不能久长离，中夜忆欢时，抱被空中啼。
松上萝，愿君如行云，时时见经过。
夜相思，风吹窗帘动，言是所欢来。

《读曲歌》今传者89首。此歌的起原，有不同的二说：一、《宋书·乐志》曰："《读曲歌》者，民间为彭城王义康所作也。其歌云：'死罪刘领车，误杀刘第四'是也。"二、《古今乐录》曰："《读曲歌》者，元嘉十七年，袁后崩，百官不敢作声歌。或因酒宴，止窃声读曲细吟而已。"此二说未知孰是。但民间的歌曲本无什么明了的起原。各史《乐志》及《古今乐录》《乐府解题》各书的话，大抵都是臆测的，不大靠得住的。

折杨柳，百鸟园林啼，道欢不离口。
忆欢不能食，徘徊三路间，因风觅消息。
嘘欷暗中啼，斜日照帐里。无油何所苦，但使天明尔。
打杀长鸣鸡，弹去乌臼鸟。愿得连冥不复曙，一年都一晓。
（以上《读曲歌》）

七

这个时代的散文作家，且在最后提一下。

历史家甚多。初有谯周，作《古史考》，薛莹、韦曜、华覈共撰《吴书》。周为蜀人，字允南。在蜀为仆转家令，入魏为阳城亭侯。莹，曜及覈，俱为吴人。曜为孙皓所杀，莹则随孙皓降曹，授为散骑常侍。莹又著书八篇，名曰《新议》。

晋初，有皇甫谧著史书及传记甚多。谧字士安，安定朝那人，性澹泊，累征俱不出仕，自号玄晏先生。所作有《帝王世纪年历》《高士传》《逸士传》《列女传》及《玄晏春秋》。又有陈寿，时称为大历史家，作魏吴蜀《三国志》，论者谓其善于叙事，有良史之才。又撰《古国志》50篇，《益都耆旧传》10篇。寿字承祚，亦蜀人。少时师事谯周。晋初为佐著作郎，出补阳平令。他的《三国志》至今仍认其为不朽的巨著，然其体例总不出司马迁与班固的范围。

略后，有袁宏，字彦伯，曾仿荀悦的《前汉纪》作《后汉纪》30卷，又作《竹林名士传》3卷。宏后，有何承天，东海郯人，曾为宋的著作佐郎，撰国史，当时称为名史家。又有徐广字野民，作《晋纪》46卷，又有裴松之字世期，河东闻喜人，注陈寿的《三国志》，又作《晋纪》。其子骃亦注司马迁的《史记》。同时，北朝有崔浩，字伯渊，作《国史》30卷。因记事不善讳饰，北人忿怒，浩被杀，兼夷灭全族。为历史上最残酷的文字狱之一。

略后，有范晔，字蔚宗，顺阳人，初为秘书监，因事出为宣城太守，不得志，乃删众家《后汉书》为一家之作，其体例亦不出于司马迁、班固的范围。后晔因欲拥彭成王义康为帝，被杀。同时有刘义庆者，宋之宗室，封临川王，撰《徐州先贤传》及《世说新语》。《世说新语》中颇多名隽之言。又有臧荣绪，东莞莒人，隐居不仕，括东西晋的史事为一书，凡纪录纪传110传，为时所称。

论文家却不甚多。曹丕作《典论》，前已讲过。后有傅玄，作《傅子》，为内外中篇，凡有四部六录，合140首。玄之后有江统者，字应元，陈留圉人，为晋时最具深虑远识的政论家，曾作历史上著名的《徒戎论》。当时政府不用其言，未及十年，五胡果乱华，如统所料。统之后有葛洪，字稚川，丹阳句容人，著《抱朴子》，凡内外篇八卷，内篇论神仙修炼符箓劾治诸事，外篇则论时政得失，人事臧否。这些作家的思想，俱不能出儒家的范围。

大抵此时代的散文殊不发达，史学则拘守迁、固之成规而不敢稍有缅越，论文则多伤于文字的俳偶，不易畅达所欲言，而作者的思想亦无可特加以注意的必要；远不如其诗歌之时有好的伟大的作家出现。

参考书目

1. 三国晋宋诗人之有专集者绝少。可读张溥的《汉魏百三家集》及丁福保的《全汉三国晋六朝诗》，此二书俱甚易得。

2.《蔡中郎集》六卷，汉蔡邕著，有商务印书馆的《四部丛刊》本。

3.《曹子建集》一卷，魏曹植著，有明刊本，有通行坊刻本，有《四部丛刊》本。

4.《嵇中散集》十卷，魏嵇康著，有《四部丛刊》本。

5.《陶渊明文集》十卷，晋陶潜著，版本极多，有汲古阁本，有《四部丛刊》本，又有《陶靖节诗注》四卷，宋汤汉注，拜经楼校本。

6.《鲍氏集》十卷，宋鲍照著，有《四部丛刊》本。

7. 谯周的《古史考》有平津馆辑本。

8. 皇甫谧的《帝王世纪》有宋翔凤辑本，浮溪精舍刊。

9. 陈寿的《三国志》有单刻本，有《二十四史》本。

10. 袁宏的《后汉纪》有《四部丛刊》本。

11. 范晔的《后汉书》有单刻本，有《二十四史》本。

12. 刘义庆的《世说新语》有《四部丛刊》本。

13. 傅玄的《傅子》有《聚珍版丛书》本。

14. 葛洪的《抱朴子》有《平津馆丛书》本。

第十二章

中世纪的欧洲文学

一

所谓中世纪的欧洲，通常系指自公元410年罗马被阿拉列（Alaric）率领西哥德人（Visigoths）攻陷时起，至公元1453年君士坦丁堡（Constantinople）被土耳其人攻陷时止的那一个时代的欧洲。在西罗马帝国未灭亡的二百余年间，欧洲文学界已呈沉滞灰暗的景象，文学作品产生极少，罗马连年与北方的诸蛮族战争，叠遭失败。蛮族侵入这个老帝国的边境，移居于莱茵河及多瑙河的流域间。诸蛮族中最可怕者为阿提拉（Attila）所统领的匈奴族（Huns），全部的光华的罗马文明，统统为无知无识的军队所蹂躏。罗马文学的肉体是永久死灭了。

西欧的那些新的主人翁们都是不注意于文化的；他们的生活是军旅的生活，他们的知识与技能也限于兵事的知识与技能。他们的大部分都是不会读书，且不会写字的。几个世纪以后，欧洲渐渐的因种族的混合与帝王及统治者的兴废，创造了各国的国民性及不同的国民生活。英国为安格尔人（Angles）、萨克森人（Saxons）、丹麦人

（Danes）及诺曼人（Normans）所侵入，法国则为条顿民族之一的法兰克族（Franks）及诺曼人所侵入。诺曼的武士，其势力且及于欧洲的南部；西西利岛也归在他们的统治之下。

有一千余年，欧洲的景象是时时的战争、瘟疫、饥荒。平民常不胜诸侯贵族的暴虐与压迫。教堂的势力渐渐的增大。在这种无比的扰乱情形之下，一切文学的产生自然是不可能的了。所有产生于希腊而乳育于罗马的知识，俱为那些横暴好战的首领所忽视，所踏践，但古代产生的伟大书籍究竟未完全散佚。各种的书本大都被本多派的教士（The Benedictine Monks）的寺院很谨慎的保存着，传抄着。在中世纪里仅有他们是在保存罗马文化的余烬。圣本多（St. Benedict）生于公元 480 年，是这个黑暗时代里的绚耀的光明之一。教士们服从他的训条的，须读书，研求学问。

在爱尔兰以及英格兰的几个地方所受的中世纪的毁坏较之欧洲大陆为少，古代学问尚有存在；至于欧洲大陆呢，除了西班牙之外，什么地方已都不见有什么古代学问的踪影了。西班牙在公元 709 年为阿拉伯人所占领，此后几有八百年继续的屈伏于这些回教徒的统治之下。阿拉伯人当侵入埃及时，即与希腊的文明接触，而当欧洲不知有所谓古学的黑暗时代，他们却在大麦斯克（Damascus）、巴格达（Bagdad）、开罗（Cairo）及西班牙的考杜华（Cordova）诸地建立了学院及学校等；在那里，阿里斯多德、柏拉图及优克里特（Euclid）是与《可兰经》同时为学生所研习的。在中世纪的后半叶，法国或英国的学者热心求真实的知识，他们都动身到考杜华、托里杜（Toledo）或西未里（Seville）去跟从犹太的或摩尔的教授。据说，在 13 世纪时，圣汤麦士阿坤那（St. Thomas Aquinas）就是从一个西班牙的大学里的一位摩尔人的教师学习希腊文，及读阿里斯多德的书的。在他的一生的最后三年，他写了他的“Summa Theologica”，这部书至今仍被称为可惊的永久的伟著。

好些闪熠的光明即在最黑暗的时代亦有出现：个人的学者则有如可敬的皮特（The Venerable Bede），他是诺桑盘兰（Northumberland）的一个教士，曾在 8 世纪时写了一部安格尔·萨克森的历史；伟大的民众运动，则有如震撼全欧的十字军。当彼得隐士（Peter the Hermit）教训在法国及德国的第一次十字军，而人民快活的听他讲时，欧洲的灵魂已开始苏醒了。实在的，黑暗时代之告终止乃远在于中世纪的结局之前。在13世纪时，洛格·培根（Roger Bacon），一个亚斯福（Oxford）的法兰西斯派（Franciscan）的教士，叫人们不要承受教训与威权，在他们自己没有疑问过、经验过之时。在许多方面，他是分受近代的发现者的荣誉的。在同一世纪，但丁（Dante）亦出生。至于出现于中世纪的开始时者则有圣·奥古斯丁（St. Augustine）等。

圣约洛摩（St. Jerome）一个圣奥古斯丁的同时代人，是罗马帝国最后期中的最伟大的基督教学者。但圣约洛摩在他未做基督教徒之前已是一个学者。他熟悉古典的作家；《圣经》的文体，在他看来，似为粗俗不文。耶稣在一个梦中对他显示。于是他决意以他的余生来研究《圣经》；其结果便产生了他的著名的《圣经》的腊丁文译本。他以犹太学者们的帮助，从希伯莱文里译了《旧约》。他又由察尔地（Chaldee）文里，译了《不经之书》的一部分，由希腊文里译了《新约》。圣约洛摩的译本，即世所称的"范尔格"本（Vulgate），这个译本，虽然在后世曾订正过，然至今仍为罗马加特力教堂的《圣经》定本。圣约洛摩死于公元420年。他的著作很多，他的性质很执拗，常常坚持己见。

二

圣·奥古斯丁（St. Augustine）生于354年。罗马城在410年被阿拉列（Alaric）所占夺，这事感兴了他，使他写作《神之城》（The City of God），在这书中，他宣言道："世间的最大的城是毁荒了，但神之城却是永在的。"圣奥古斯丁在文学史上之占有地位，几全因他的《忏悔录》（Confessions）一书。这书具有人的兴趣，如彭扬（Bunyan）及卢骚（Rousseau）的自己表现的那二部书一样。

圣·奥古斯丁的生地是北非洲的一个村落。他的父亲是一个异教徒，他的母亲摩妮加（Monica）却是一个诚笃的基督教徒。他在迦泰基（Carthage）受教育，后来成了一个文学及演说学的教授。他早年时代的生活，是当时之有为的，有知识的少年人的日常生活。后来他在《忏悔录》里曾痛言他的少年时的罪过。他有好几年想在古代的各种哲学系统里求安息与解释，但最后究竟在米兰（Milan）改归基督教。在那个地方，他被命为伦理学的教授。他的母亲从非洲来与他同住，后来他受了洗礼，他们便一同启程回到非洲。奥古斯丁想过着避世的诚敬的生活。他们在罗马的海岸渥斯底（Ostia）住了一二夜，摩妮加即在这个地方得病死去。她对于奥古斯丁有极深的影响。他后来曾说道："她是我的两次的母亲：在肉体方面，我是被她生在尘世的光明中，在灵魂方面，我是被她生在天上的光明中。"自他的母亲死后，圣奥古斯丁在罗马住了一年，后来便回到家里，不久，即被任为希浦（Hippo）的主教。

他是他的时代的著作最多的文人；据说，他所著的书不下于 230 种，此外还有无数的说教的讲义。

奥古斯丁不惟为基督教的一个圣者，且是一个艺术家。他爱悦"美"，他喜欢音乐；实在的，他常常的忏责他自己之太受美术的快乐所感动了。他的《忏悔录》是极忠实的。它的人间的价值在于它是一个十分真实的人的内在生活的不朽之图画。圣奥古斯丁是教堂诸神父中之最有威权者。然他虽是遁世者，却仍旧是一个人，仍旧不灭绝人的本性，这使研究他者更感得兴趣。《忏悔录》具着很活泼的想像，它的文句曾有些流入欧洲各国的文字里，成为常用的文字。

教堂中的文学传统为圣约洛摩及圣奥古斯丁所创始者，以后未尝无继续的人。其中重要者为圣本多（St. Benedict），生于奥古斯丁死后的百年之时，他教导他的教士们研究保存及抄录古代的手稿。圣·科伦巴（St. Columba）是卡里杜尼亚（Caledonia）的传教师，也是中世纪初期的文学教士之一。但无论热心的教会的学者如何努力，在圣·奥古斯丁死后，欧洲文学史上却有七百余年无重要的事迹可纪，无重要的作者出现。教士们的努力只在保存的一方面。这时代正是所谓黑暗的时代。

三

在这黑暗的时代里，各国的文学却渐渐的露出他们的曙光。正如黑夜孕育着黎明，黑暗时代也孕育着欧洲各国的文学的第一次光明。各国的民间史诗都在这个黑暗时代完成。现在举德国的大史诗《尼拔龙琪歌》（Nibelungen Lied）及其他各国重要的史诗为代表。

《尼拔龙琪歌》是德国的《伊里亚特》，是近代乐圣魏格纳（Wagner）寻到他的许多歌剧的故事的宝库。

一个12世纪时的德国诗人，他的名字我们已不能知道，搜集了北方人民的许多原始的英雄故事，正如好几个世纪以前荷马之搜集古代希腊人的神话与传说一样。这些北方人民的英雄故事，差不多在他们不知道写作文字之时已在火光之旁歌唱着了。这个无名的诗人名他的故事为《尼拔龙琪歌》，其意即为“黑暗人民的歌”（The Songs of the People of Darkness）。至今，德国人仍以希腊人之对于《伊里亚特》及《亚特赛》的同样热情对待这些民间故事。正如荷马的故事是伟大的希腊戏剧家们的题材，《尼拔龙琪歌》也同样的在魏格纳的歌剧里得到不朽的位置。

《尼拔龙琪歌》的故事包含着39个冒险故事。开始叙英雄西格弗里（Siegfried）——尼什兰（Netherland）国王西格摩特（Siegmund）的儿子——到和姆（Worms）去，向保根台（Burgundy）国王龚曹（Gunther）的妹妹，无比美丽的克丽希尔（Kriemhild）求婚。这个英雄西格弗里在他的少年时代曾有好些奇异的冒险，那时他在一个刀剑作里做学徒。他杀了一条龙，在龙的血里沐浴，因此，他的身体成了不能伤害的，但当他浴时，一片菩提树叶落在他的两肩之间，龙血没有洗到，因之那个地方独成为一个可以被刀兵所伤害的地方。他还得到一把名为巴尔蒙（Balmug）的刀，具有无限的力，一件披了不使人见的外衣，具有12个壮士的力量，一根神棒，可以打胜一切的人，最后，还得有尼拔龙琪的宝库（一个神话上的金银宝石的府库），用了这个宝库，他管辖了矮人阿尔拔里契（A1berich）与他的所有的精兵。后来，当国王龚曹立意要航行到伊森兰（Isenland）去求得美丽而顽强的女王白鲁希尔（Brunhild）为妻时，西格弗里便矫装作他的属臣，与他同去；立约，如果他帮助了龚曹成功了这个危险的婚事，他便也可以得到克丽希尔为妻。这个白鲁希尔，如我们在魏格纳歌剧中所用的西格弗里的故事的更原始的形式里所见，实在是一个弗尔基（Valkyr），或一个武士，她的职任在于引导异教的英雄的灵魂，从他们战死的战场到弗尔哈拉（Valhalla）去的；她如果与一个凡人有了恋爱，她的不死的资格便消灭了。到了后来，在《史诗》里，她的性质变为温和些了，成为一个人间的具有血肉的女郎，而不是神，不过仍带有怪特的性格：凡想娶她的男子，都须先掷枪，跳跃，掷石，以制服她。龚曹得了西格弗里的帮助——他借了那件神袍的力帮助了龚曹——力量突增了许多。结果，竟胜了这位奇异的女王，得到了她，偕回和姆结婚。在和姆，举行了两次的结婚礼，一次是国王龚曹的，又一次是西格弗里与克丽希尔的，结婚仪式布设得非常的宏丽。但是可怕的女郎白鲁希尔在她的结婚之夜，因仍具有她的神奇的处女力，用她的衣带，把龚曹的双手双足扎捆得紧紧的，然后将他悬挂在墙上的一根钉子上。又是西格弗里帮助了龚曹解除了这个厄运。当白鲁希尔已成婚，不复为处女时，她的所有力量便都失去不复存了。西格弗里取了这个可怕的女郎的指环与衣带以为酬物；这两件东西，他又转赠给他自己的爱妻克丽希尔。许多时候过去了，他们都很幸福的、很快乐的生活着。只有一件小小的烦恼的事，便是，女王白鲁希尔以为西格弗里不过是龚曹的属臣，她自己是比女王克丽希尔高过一等的。某时，西格弗里与他的妻子，他的父亲以及国人，同到和姆的一个大宴会。白鲁希尔与克丽希尔争执起来；白鲁希尔说道："一个国王的后不能让一个属臣的妻子在她前面走。"于是克丽希尔大怒，便取出以前的指环与衣带，说出她以前的事以羞辱她。白鲁希尔哭了，立誓要报复这个损害她的光荣的大仇。她把报仇的事，委托给一个狞猛的武士赫岑（Hagen）。他从克丽希尔那里诱探出西格弗里的两肩之间有一个可以得致命伤之部位的秘密。于是英雄西格弗里便在一次出猎时，被赫岑所暗害了。寡妇克丽希尔依靠以生活的神秘宝库又为赫岑所盗去，于是她过了 13 年的穷苦忧愁的生活。后来，有一个远地匈牙利国王伊塞尔（Etzel）要想与她结婚，她答应了，心想，这个新的婚姻可以给她以打倒她的仇敌白鲁希尔的权力。好几年过去了，克丽希尔送一个请帖，邀请龚曹及他的属下同到他丈夫的宫城里来。赫岑立刻猜出这个邀请的寓意，力劝国王不要去，但不能见听，于是只得上途同去。这时，赫岑的头发已斑，精力已稍衰，但他仍旧不怕一切；他带了铁弓，相信仍能从他的敌人的盔上击奏出奇异的音乐。

国王伊塞尔完全不预闻克丽希尔的复仇计划；他以快乐的好客的态度接待龚曹及赫岑他们。大宴时，争端现了。赫岑迅速的斩了伊塞尔及克丽希尔所生的儿子的头，以回答她的挑战。于是她如复仇女神似的，一个大战开始了，经了全夜，至黎明才终止。这战是英雄们的结局，赫岑也死了。“他们从窗中抛出死尸，血流如水；大厅着了火，他们用血灭了它；他们自己觉得口渴，也用血来止渴。”这战事的热烈，使我们想到《伊里亚特》中的战事。

《尼拔龙琪歌》叙述不大清楚，且不大有联络。它如一条古旧的挂帷，在风中摇荡。自然是远不及荷马的伟大。

《皮奥伏尔夫》《西特》，与北欧的新旧两《伊达》也与《尼拔龙琪歌》一样，是中世纪文学的瑰宝。

《皮奥伏尔夫》（Beowulf）是用古英文写的一部史诗，作者与产生的时代都未知，大约是在 7 世纪的时候，一个基督教诗人把古时英雄歌诗组编而成的。诗里的景色与性格都完全是斯坎德那维亚的。所以有人主张这诗的材料是安格尔人（Angles）住到英国时所带去的，又有人主张是作者游历斯坎德那维亚时所得来的。这诗表现出北欧封建时代，英雄时代的图画，其弘伟与完整，都不下于荷马的两部大史诗。这诗叙的是丹麦王的宫殿，夜间为巨怪格林台（Grendel）所扰害，他把贵族们于他们的睡梦中吞下去。皮奥伏尔夫（义为蜂狼，即熊）是瑞典南部格兹族（Geats）王的外甥。他带了 14 个从人，过海到丹麦，要去救他们出于这个巨怪的残虐的手中。丹麦国王热烈的欢迎他。到了夜间，他与他的从人们便留在大殿上防守。当他们睡时，巨怪格林台来了，吞下一个从人。他的身体极坚固，刀枪是不能伤害，于是皮奥伏尔夫只得把他紧紧的捉住。他挣扎的逃去，失了一只臂膀，逃到一个湖底的洞中而死去。宫中的人真快活呀！乐队唱着古英雄的歌，国王送了许多宝物给皮奥伏尔夫。但还有一个巨怪却活着，那就是格林台的母亲。她那一夜就到了大殿中，要为她儿子复仇。她吞了国王的一个侍臣。皮奥伏尔夫追她到了湖底。

她把他引到洞中。他的刀是无用的，而她的匕首却几乎要杀了他。最后他在洞中寻到了一把神刀，才把她杀死。然后，他又把格林台的头斫下，带到岸上来。现在国王又开宴谢他，欢歌喜舞的闹了好几天，他才回国。经了良久的时间以后，格兹王及他的儿子相继的死于兵阵及刺杀，把国家传给了他。他为王公平而正直，做了 50 年。于是，有一只火龙出现于国中。皮奥伏尔夫带了 12 个人去杀它。他已受了重伤，因了一个勇敢的从人的帮助，才能把那凶恶的火龙杀死。但他自己也因伤重而死。

皮奥伏尔夫大约也不是非真实的人物，但被民间的传说者加上了许多异迹异闻，把他神话化了。

《西特》(The Cid) 是 12 世纪流行的一部史诗，叙的是西班牙最有名的英雄西特的事。西特的名字被那些传说诗歌所隐晦，几乎成了一个非历史上的人物。许多奇迹都累积在他的身上，许多好行为都为西班牙爱他的国民聚合在他的身上。所以有一部分学者便主张说，所谓西特，实在本来没有这样的人。即在西班牙也不乏主张此说者。然而事实却并不如此。西文提司 (Cervantes) 在他的名著《吉诃德先生》(Don Quixote) 里说得最好："有西特那样的一个人的存在是无疑的，所可疑的乃是他究竟有没有成就了如大家所累积于身上的事业。"经了历史家的搜讨，益可证明西文提司之说确切不移。原来历史上的西特与传奇中的西特，性质却大不相同，不过在西班牙的响影却是一样。

历史上的西特，虽然曾落了他国人的爱恋者所黏附于他身上的诗的理想，却仍不失为英雄时代的西班牙的最伟大的一人——是基督教与回教在长期战争中产生出的最伟大的战士，是十二世纪最完全的卡士特力人（The Castilian）的代表。他的真名字是洛特里哥（Rodrigo Diaz），但阿拉伯人给他的尊号西特却更有名。西特乃是阿拉伯字，意为爵主或首领。他是卡士特力的贵族，生年约在 1030 至 1040 年之间。在 1064 年时，他曾随菲荻南一世到过法国与意大利。1065 年，菲荻南死去，割裂国土，分赐他的五个子女。以后，基督教诸小国与回教诸小国时有阋墙的变乱，各向外面求联盟。在这个内乱期内，西特显出他的异常的勇敢与才能。但后来他却为卡士特力王放逐出去。自此以后，他便独立率领一军，为了他自己的利益，有时帮助基督教徒以抗回教徒，有时又帮助回教徒以抗基督教徒。他的最著名的战役是攻克了那半岛上最富裕的城凡林西亚（Valencia）。攻下时，杀掠甚惨。但以后四年，西特却以力量与公平统治凡林西亚及麦西亚（Murcia）全境。最后阿尔摩拉委人（The Almora vides）集合了雄厚的兵力与西特开战。老年而久战的西特便于 1099 年死于此役。他的妻子还在凡林西亚拒守了三年，但后来终于退出了，把城让了慕尔人。她把西特的尸体带出，葬在卡地那（Cardena）的一座僧院里。

所以历史上的西特，乃是一个最有力的战士，最真实的西班牙英雄。他的一身包含着所有国民的善德与一大部分的恶德。他以同样的热忱与基督教及回教抗争，以同样的热忱去烧毁礼拜堂及清真寺，他为了生活而杀人盈野，他与那些因爱国的与宗教的目的而战争者之杀伐一样。在他的性格与习气上，是同时具有基督徒与回教徒的性格与习气的。他在历史上的真正地位便是那个时代西班牙所生的那样的武士的最伟大的代表。

传奇中的西特，身经千百战，而有无数的传说的西特，在文学上是神化了。他为爱国者所永远崇拜，他是完全的人，他是生在快乐时间的人，他是武士道德的模式，爱国责任的镜，基督教一切善德的花，与历史上反复无常的勇士的西特，真是完全两样的人了。在西班牙的民间文学上，西特所占的地位在别一国是无可与比的，他们都称之为“我的西特”。在近代，他还被认为咏歌的目的；在 12 世纪游行歌者所唱的西特，到了 19 世纪还为人所讴歌呢。

约在西特死的百年后，他的名字便已成了一部全系神话的中心了。《西特歌》(The Poem of the Cid) 写于 12 世纪的后半叶，那里的西特已全与历史上的不同，已成了神明化了。《西特歌》是具着 3744 行的一篇残诗，虽然风格与韵律很粗，却燃着诗的真火，充满着真朴的美与史诗的弘丽，反映着那时代的活泼泼的图画。但真实的古作仅为小部分，专门研究者相信其中大部乃为 16 世纪时所写的。

《伊达》(Edda) 是两部著名的古冰岛 (Iceland) 文学的总集。一部是很早时候就编成了的，一部是到了近代才发现的。前一部为古冰岛文学里最伟大的作家史诺里 (Snorri Sturlason) 所编，他生于 1178 年，死于 1241 年，《伊达》之编成大约在 1222 年。通常称他的《伊达》为《散文伊达》或《新伊达》(*The Prose or Younger Edda*)。其他一部则名为《诗的伊达》或《古伊达》(*The Poetic or Elder Edda*)，是一部包罗古代神话的诗歌的集子，以前并没有知道，直到了 1643 年才为冰岛教士白林琪·史文孙 (Brynjulf Sveinsson) 所发现，他误名之为《沙曼的伊达》(The Edda of Saemund)。

《新伊达》虽为史诺里所编辑所润色，但据学者所猜想，这个总集之集成，实在 1140 至 1160 年之间。这个集子分为五部分。第一部分为序言，简单的叙述自亚当，夏娃以来的世界的历史，都与基督教的传说相符合。第二部名《格尔法几宁》(*Gylfaginning*)，叙格尔夫王的事，中杂以亚丁 (Odin) 之神迹。此部分用散文写，但间插简明的诗句。第三部分为《皮拉琪拉奥》(Bragarour) 或名为《皮拉琪 (Bragi) 的语录》，叙诗神白拉琪事，而也杂以关于诸神的传说。第四部分为《史卡尔克巴麦》(*Skaldskaparmal*) 或《诗的艺术》，包含皮拉琪说的古诗的法则与原理，常引冰岛古诗人之诗为例证。这一部分是《新伊达》中最重要的。不仅包含短诗的节文，且有好几首长诗的全文。第五部分为《赫太太尔》(The Hattatal)，系论史诺里为挪威王赫公 (Haakon) 而作的三首诗的技术的。有几种《新伊达》的本子，附有一个诗人表，几篇哲学的论文与文法的讨论，然而这些都是属于史诺里之后的东西。

《古伊达》或《诗的伊达》在1643年之前，完全未为世人所知。当白林琪·史文孙发现此集时，他以为是沙曼（Saemund Sigfusson）编的。沙曼是挪威王家的后裔，约在1055至1132年时住于冰岛。这集里的诗篇，大约都为10世纪及11世纪的产物，大部分只是长的英雄歌的残篇断简。他们以冰岛的古韵文，写斯坎德那维亚早期的神话与宗教的传说。这是很明白的，他们都是从口传的韵文里搜集下来的。同一的故事，常有用不同的格式复写出的，有的显然的可见其比较别的为古。某有力的学者完全否认沙曼编辑之说，他以为现在的《诗的伊达》乃是1240年所编的，编者无疑的为一个冰岛的人。在这个宝贵的总集里，最古的最可注意的是名《华绿斯巴》（*The Voluspa*）或《华尔瓦的预言》（*Prophecy of the Volva or Sibyl*）的一篇。华尔瓦是一位女预言家。她坐在她的高座上，对大神亚丁说着话，众神都静听着。她唱着未有众神之前的世界，唱着神之造成，唱着巨人、人类及矮人的起源，唱着动物的快乐的开始，与悲惨的结局。此外，可注意的诗篇也不少。《赫瓦麦尔》，一名《亚丁之训言》，包含着亚丁为他自己而作训言及故事等。《华夫卜鲁纳的训言》（*Lesson of Vafprudnir*）叙亚丁乔装去见巨人华夫卜鲁纳，访问他关于诺斯的宗教的历史等。《格林尼斯麦尔》（*Grimnismál*）是一半用散文写成，写的是亚丁为格洛王（Geirrod）所囚所苦的故事。《斯连之歌》（*The Song of Thrym*）后之上举诸篇更多诗的趣味，写的是助尔（Thor）的锤，为巨人斯连所偷。他要求把女神法丽耶（Freyia）嫁给了他，才肯把锤交还。于是助尔乔装为法丽耶到了他那里杀死了他，得回了锤。此外关于神的，关于英雄的歌还不少，但以互相重复及残缺者为最多。然在以后《沙格》（*Saga*）里，我们却有幸的可找出不少用散文写的这些故事的全部。《诗的伊达》的最后的一部分，含有一首很奇怪的诗篇，有的本子直接以其为沙曼所作，名为《太阳之歌》（*The Song of the Sun*），系叙一个已死的父亲的鬼灵对他的在世的儿子训以人生之格言，与《赫瓦麦尔》很相像。此诗混杂着异教的与基督教的情调，所以论者以为新旧训条更递时代的作品。

除了上面那些民族的英雄的大史诗之外，中世纪还产生两部很有趣的史诗，那就是通常所称的“狐”与“玫瑰”。

所谓“狐”，乃是一部伟大的禽兽史诗名为《列那狐的历史）（Reynard the Fox）的。这部禽兽史诗极有趣，内容充满了对于当时无知的君主、横暴的贵族与一切的僧侣的冷隽的讽刺，而把这些人都穿上了禽兽的衣服。书中的主人翁列那，是一头机警绝伦的狡狐。他用他的智力、他的谎话，来逃避了刑罚，玩弄了兽国的王与后与贵族，欺压了无告的兔与羊与鸡。在那时，惟有他那样的人才能得胜，才能生存于当时的社会。作者在这里真是满蕴着他的悲愤的冷讥与热嘲！

有许多讽刺的作品，在当时是很有趣，时间一过去，便成了一点也不能动人的东西。《列那狐的历史》却不是如此，她是永久的讽刺作品之一。我们在如今也许还可浓浓的舐到她的讽刺的辣味。同时，她的故事的本身却又是一部最可爱的童话，无论老年、少年、儿童以及有无鉴赏力的人，都可为她所描写的逼真的禽兽国的情景与书中主人翁列那的绝世聪明所感动。作者的描写力真不坏；熊呀、狼呀、母猴呀、猫呀、兔呀、鸡呀、狮呀以及一般趋炎附势的禽与兽，个个都写得像活的，天真的小孩子真看不出每个禽或兽的面具之后隐藏着的却是人，是日常出现于我们社会里的人！作者很能活用古代的寓言，他把伊索的以及当时流传的寓言，插用了许多在这部大史诗里，却都如已成为融化了的原料似的，毫不觉得有缝纫的线痕。

全书的故事是如此。

在一个天气极好的日子，狮王坐朝了。许多禽兽都来，却只有列那狐不到。狼在控告列那，小猎狗也控告他抢去他的布丁，海狸也证实了他的罪状。列那的外甥猪貛却替他辩护，正在他称赞列那之隐士生活时，雄鸡恰好带了两个小鸡抬着一只被列那所杀之小雌鸡的尸首而来。于是狮王差熊去召列那来对案。不料熊却被他所骗，受了重伤而回，狮王大怒，又差猫去召他。不料猫又被欺而受了重伤回来。第三次是猪貛去召列那。列那来了。他欲以巧辩掩盖他的罪，但是无益于事。他终于被判决死刑。但在他立在绞架上时，却编成了一大篇的谎话，说有一个宝库，只有他晓得的地方。同时并诬陷了熊与狼。于是狮王赦了他，要他去掘宝。但他又设辞要先去朝陵。其实他是回了家。这时，他又杀了兔，还使山羊死于狮王之手。狮王终于察出了他的狡计，大怒起来。猪獾又奉命去召列那。但他在王座前的一席话，又使他自己脱离了危险。狼对他的恶感极深，立起要求与他决斗，决斗的结果，却又被他用狡计得了胜利。于是他很光荣的回到了家。

关于《列那狐的历史》，学者间的争论颇不少，第一是她的作者问题，第二是她的产生地的问题。关于她的作者，有的主张是由民间传说发展而成的，有的主张是“僧侣诗人”们的创作。关于她的产地，有的主张是德国，有的主张是法国。但不管那许多纷纭莫决的主张，我们现在却有了一种概念。这部《列那狐的历史》原是有一个民间传说的来源，这来源是在法国。然在10世纪与11世纪时，经了“僧侣诗人”与法国“宫廷诗人”的润饰，加上了时代的色彩与讽刺的意味，当时宫廷诗人大约必以此诗与那些古代史诗、骑士传奇，同样的读诵于听者之前，以娱悦他们。到了12世纪时，有了一种德文本，又有了拉丁文本。变异的同源作品有数种。后来又有了散文本。到了18世纪之末，大诗人歌德又著了“Rainecke Fuchs”。在文辞方面，是加上了不少的美漆，然她的原来的朴质爱的风趣，却丧失了些。

所谓“玫瑰”，乃是一部抒写恋爱的寓言诗，名为《玫瑰的故事》（*Romance of the Rose*）的。她是法国文学中最早的作品之一。这篇长诗分为两部分：第一部分包含四千行，作者为洛里士（Guillaum de Lorris），著作时代约在1230年，第二部分包含19000行，较第一部分增多了五倍，著作者为麦恩（Jian de Meun），著作时代约后于洛里士四十年。

洛里士的生平，我们已不能考知，只晓得他是法国中部的人。他把关于恋爱的一切抽象的东西都人格化了。他所写的恋爱的经过，也许便是他自己的一种经验，在这诗里，他技巧的美丽的表现出行吟诗人的恋爱哲学。在发端里，他告诉我们说，这部“传奇”是包含一切的恋爱的艺术。下面继续着便写“爱者”在梦中游历到一座壮大的花园，园的四周，围了一座墙，墙上画的是憎恨、罪恶、贪婪等等的图像。在园中，他遇见了邱辟特（Cupid）、美丽、财富、礼貌以及其他好物。他选择了一枝在盛开的玫瑰花，但看见它是为一层厚而密的荆棘篱笆所围绕。“和爱的欢迎”允许他去吻玫瑰。但“恶口”到处喋喋的谈着这事。于是嫉妒把玫瑰囚禁于一个塔内，用了危险，恐惧，及羞耻来护守着。爱者与他的玫瑰离别，沉浸他自己于失望之中。洛里士的“传奇”至此而止，乃是未完之稿，于是麦恩于40年后再把她续了下去。爱者因了邱辟特、委尼斯（Venus），自然与天才的帮助，终于攻下了嫉妒的塔，得与玫瑰相会。全诗遂于此结束。

洛里士是颂赞妇人与骑士的爱的。麦恩却似乎是讥诮着他们，因为麦恩把爱情减到官能的快乐上，对于中世纪所崇拜的东西一点也不表示尊敬。麦恩的诗才没有洛里士高，然搜集的材料却极丰富。

这部传奇曾引起了一时的热烈的欢迎，也有一方面的人在反对。英国诗人却赛（Chaucer）曾把她介绍一部分到英国去，在却赛的作品上也可以看出所受到的她的不小的影响。

四

在被摩尔人占领时代的西班牙，发生了一种温文有礼的生活。琴与曼杜令（Mandoline）的音乐横越了柏里尼斯（Pyrenees），而到了柏鲁文斯（Provence）与兰古杜克（Languedoc），又到了西西利与意大利，最后所有的西欧也都有了游行的行吟诗人（Troubadours）及恋爱诗人（Minnesingers）的足迹了。游行的诗人，用本地的乡音歌唱着，要他的听者静听一个故事，“比之夜莺尤为好听”；他们乃是近代欧洲的所有浪漫的及感情的文学的先驱者。在行吟诗人中，也有些贵族与国王在内。英国的狮心李查王（Richard Coeur-de-Lion）便曾用中世的法文做过诗。现在还留着一首美丽的诗在世，这诗是在他从十字军回家，被奥大利公所囚时之作。

行吟诗人的时代，前后大约有两世纪；差不多与11世纪与12世纪的时代相合。曾有一群幻异的传说与行吟诗人的名字相联的；他们的热情在南方社会上地位很高，娇贵的公主们都承受他们的心，如对于“美”的供献。他们之中，有的是勇敢的十字军英雄；许多的他们，当恋爱的时期永远过去了时，便去做了教士。所有他们之中，最浪漫的人物，可算是鲁特尔（Jaufre Rudel），他的灵魂永向于忒里波丽（Tripoli）的贵妇美里珊特（Melisand）。英国诗人白朗宁（Browning ）及史文葆（Swinburne）都曾把他的故事写入他们的诗里。

我们在此处必须注意一件事：这一班行吟诗人即使他生世卑微，也常常是一个有权力的人——在每个无天才的贵族之前，他以他的诗的天才贵傲。近代的传奇作家常把他们与“约格劳”（Jogller）或音乐家相混；这种音乐家乃带着琴与曼杜令以和他的歌诵的；他们乃是较低下的阶级，不过是那些从这个城堡到那个城堡以表演舞乐（Dance music），轻巧的技能，或兽戏的“快活人”（The merry-man）的后继者而已。

较之行吟诗人影响略小者，有所谓“忒洛弗里斯”（The Trousveres）或“宫廷诗人”（court poets）的，他们于12世纪及13世纪间，出现于北部及中部的法兰西。他们不是那些恋爱诗人，在他们年华正绚灿时向着他们的所爱的贵妇歌唱的；他们也没有什么传说联合于他们的名字之下；他们如幻想似的走过一国的历史上而消灭了，其重要在于政治与战争方面而不在于诗歌方面。他们较之南方的热情的歌者，似稍冷淡而且远于人生。他们是鼓励武士道的行为与理想的。但他们究竟是欧洲文学的前驱者，与行吟诗人一样。

中世纪游行的歌者所唱的有韵的传奇，最著名的是《洛兰之歌》（*The Song of Roland*），这是一个11世纪的无名诗人所写的，以优美的戏曲的真朴，写出查利曼（Charlemagne）的军队与萨拉哥沙（Saragossa）的萨拉森人（Saracens）在柏里尼斯（Pyrenees）地方的一个隘口的一次大战。查利曼领着他的主力军，被萨拉森人所骗，越过山岭，回到法兰西去，留下洛兰与后卫军守着隘口。洛兰被萨拉森人联合奸细的基督教武士们所袭击。经过了一次大战之后，洛兰被他们所杀，全军俱覆没了。

在后期产生的法国故事中，最有趣的是《阿克森与尼柯勒》（*Aucassin and Nicolette*）；这书属于12世纪的产物，是一篇恋爱的传奇，他的文字，散文与韵文，互相交错。写的是一对恋人为了宗教与生地的不同而分离，后来终于结合事。

阿克森是皮克尔（Biancarère）公爵的儿子与一位萨拉森的女郎尼柯勒发生了恋爱。尼柯勒是在阿克森父亲的管家家里养育大了而成为一个基督徒的。公爵知道了阿克森的恋爱，命令管家把尼柯勒移居别处。于是管家把她囚禁于他自己的家里。阿克森竭力设法去见尼柯勒，却为管家所阻止。他警告这位热情的少年说，他如果与她恋爱，便将堕入地狱。阿克森在这里便赞颂地狱而诅咒天堂。他说，地狱成了好的武士与贵妇与行吟诗人的住所，比之天堂之为乞丐、牧师、僧侣的家为尤可爱。后来，阿克森因事被监禁于一座塔内。恰好尼柯勒由她房的窗中逃出，到了塔边，由墙罅中与阿克森交谈。她告诉他，她决意要逃开了。他们的谈话为城市护兵的到来而中断。尼柯勒跨越了墙与沟，逃到了邻近的森林中。她遇见了几个牧童，他们却当她是一位仙女。她把告诉阿克森的话留给牧童们，叫他们转告，自己却用树枝叶搭盖了一所茅舍以为隐藏之所。当尼柯勒逃走的消息宣布时，阿克森乃得被赦出狱。他骑马经过森林，遇见了牧童们，他们指示他，尼柯勒曾到过这里。经了许多的寻找，他才到了茅舍。两位情人的相会，作者用真朴的诗的美写出。后来二人又为萨拉森的船所带走，各相分离，各回自己的本国。阿克森回时，见他父母已死，便承继了他们的爵位。尼柯勒回到她父亲加泰基王那里。但当他主张为她结婚时，她却假装了一个行吟的乐人而逃去，逃到阿克森的宫殿中。她向他歌唱她自己的故事，最后才露出她的真面目。故事的结局是他们俩的快乐的结婚。

还有一部《罗马人的行迹》（*Deeds of the Romans*）也应该在这里说一下。这是一部拉丁文写成的传说与奇谭。内容以罗马的历史、传说、奇闻占多数，一部分为东方及欧洲的故事。此籍何时产生，不能确考，大约在13世纪末或14世纪初。作者亦不传，或臆测为 Helinaudus 及 Peturs Berchorius 所集。惟观每节题名，强以基督教义，道德附会，必出于僧侣之手。书中所集的传说，复杂异常，有许多是毫无意义的。大概是随意收集的原故。又各个故事，并无有机的联络，当系抄写的人随己意所好，后来插入的。原书在文学上具有相当的价值：一、将古代罗马的传说搜集在里面。二、此书直到中古始以拉丁韵文写成，在那时流传很广，是中古文学中最通行的著作。三、近世的许多文学家，都从此书得到题材。如英国著名的却赛的《刚脱白莱故事》中的一部分，及莎士比亚的*Lear*都以此书中的故事为底本。原书所收的传说，有几篇是近代人所斥为野蛮的，有叙父亲与女儿奸通的，有叙兄与妹私、母与子结婚的。有几篇是写人情的，有的写轻微的讥刺，有的是朴实的故事。有的则已具小说的雏形了。

五

但丁（Dante）是全部文学史中最为我们所熟悉的人之一——一个身材高大的人，身穿着灰色的长袍，头戴着红冠，冠的四周，环以桂叶，脸是一副忧郁的鹰嘴脸。他的生平我们知道很详细，他是世界上一个最奇异、最美丽的恋爱故事里的英雄。他在公元1265年生于法洛林斯（Florence）。当他九岁的时候，他遇到了比特丽斯，（Beatrice）一个与他同龄的女孩子。他们都没有开口说话，但是这位诗人却宣言道："从那天以后爱情竟主宰了我的灵魂。"比特丽斯永远是他自己所称的"我心灵中的光荣的贵妇人"。后来，他回想起，在他生平最奇异的日子，她穿着一件最高贵的颜色，柔和的深红色，装饰得最适宜于她的极温和的年纪。九年过去了，这个诗人再遇见比特丽斯一次，穿着白衣，同着两个别的妇人同在法洛林斯的街上走着。他们仍旧不曾交言，但她转眼看着但丁心乱的站立在的地方；因了她的默默无言的敬礼，她竟使他觉得那时已见幸福的极边。他仅再看见比特丽斯一次。比特丽斯竟始终不知道她会在这个伟大的心胸里引起深挚的热情，这个心胸是意大利最高贵的心胸，这个热情则熔铸在文学上最高贵的杰作里而成为不朽。这真是很悲惨又是很可笑的事。后来，比特丽斯出嫁了，死时年只35岁。但丁在她死后写道："当我失去我灵魂的第一快乐（就是比特丽斯）时，我如此的为忧愁所刺射，竟乃没有东西可以安慰我。"他的恋爱的故事曾在他的第一本著名的用意大利文写的书《新生》（*La Vita Nuova*）里叙述出。在但丁写了《新生》之后，著手去写《神曲》（*The Divine Comedy*）之前，他除了写些抒情小诗之外，不曾用他的本国文字写过别的东西。在这中间的时候，所作的都是拉丁文的著作，我们不必去注意他们。他生平的大著乃是他贡献给他所爱的女郎。但丁的《神曲》乃是为死去的比特丽斯而写的。比特丽斯死去两年之后，我们的诗人娶了一个贵族的女郎为妻。她的性格忠实而刚强，常因烦恼而暴怒，这不能更使一个为悲剧所烦扰而且失望的生命因之而烦苦。

我们要明白但丁，不能不对于他的生活的背景有些概念。他是中世纪与文艺复兴时代的桥。他生在中世纪的黄金时代，他的同时代的人有洛琪培根，圣汤麦士·阿坤那（ST. Thomas Aquinas）及法兰西的圣路易（St. Louis）。伟大的中世纪的画家乔托（Giotto）是他的同伴与朋友。因为但丁是第一个伟大的意大利的作家，用他本国的文字去写东西的，所以有人以他为文艺复兴的先驱者。但《神曲》包孕所有加特力教的最美丽最奇异的东西。读者可以在它里面得到中世纪的哲学、神学及武士道的菁粹。这部诗的结构比之《伊里亚特》的结构尤为弘伟；它的意想的高超与它的人物的奇异的复杂，在文学中是无可比并的。它的丰富的想像也许可以在别种文字的译本里表现出来，但是，唉！它的韵文的美却当然的失去了。正如莎士比亚之没有后来的英国诗人足与他相比，李白、杜甫之没有后来的中国诗人足与他们相比一样，但丁在意大利文学上也是如此的高高的站立着。但是他还不仅是一个意大利的人物，他乃属于全个欧洲的；他与他的著作乃是中世纪的冠冕与峰巅。

但丁不幸在少年时即被卷入法洛林斯的政争之中。那时政党有两派，一派是归尔富（Guelphs ），一派是吉柏林（Ghibellines）。第一派是主张教皇（Papal）掌执政权的，第一派是拥护皇帝——一个德国亲王住在维也纳的——在意大利的统治权。但丁在此两党之间依违了好些年，后来遂左袒于吉柏林党方面，所以，当归尔富党得胜时，他便在1302年被放逐出法洛林斯的境外。自此之后，永远流居于外边，直到1321年他死去之时。在这个时期内，他常从这一城市漫游到那一城市，甚且远至巴黎；据传说，他尚到过英国的牛津（Oxford）。但大半的时间，他都是很不快活的消磨在意大利的各个城市中。《神曲》大约都是在弗洛那（Verona）及拉文那（Ravenna）写作的。

散布于《神曲》的超自然的事实中，常常有叙到这个诗人自己的生活——不仅叙到他的悲哀的可感动的恋爱，且叙及政争及与他有关的政事。

《神曲》是一部描写天堂、地狱及净土（Purgatory）的书。在文字的表面上说来，它是死后灵魂的情形的一种幻想；在寓意一方面说来，则它是指示人之需要精神的光照与指导的。

在我们随了但丁取路向地狱的边界走去之前，有两件事要记在心上：第一，"地狱"（Inferno）一部是，离开别的东西不讲，世界上最伟大的冒险故事；第二，它是被写成如生的真实，带着活泼有神色的描写，如《鲁滨孙飘流记》或《高利弗游记》（*Gulliver's Travels*）的所具着的描写一样。"地狱"的大景色如图画似的现出，存在心的眼中，他们是一群不能忘记的壮大景色。

地狱的形状是一个无涯大的陷阱，如一个倒立的圆椎体，它的顶点是在地的中心，它的边则具有阶级或由凸出的岩石，一级一级的低下，自然是第二级的面积比第一级小，第三级的面积又比第二级小，如此的逐渐缩小了，罪恶最大的罪人就在最下级。

但丁在一个深林中迷路了，遇见了委琪尔（Virgil），答应领导他去看地狱的刑罚。他跟随了委琪尔到了地狱之门，门上写有可惊怖的文句——"进到这里来的，所有的希望都弃绝了。"他们进了门，门内就是一个黑暗的平原，这里算是地狱的边廊，所有自私的、懒惰的，以及此类的鬼魂都在那里，被黄蜂及大水蜂所螫刺，且永远在一面旋转的旗的后面追跑着。他们经过了平原，到了阿齐枕河（The River Acheran），即愁河。在察龙（Charon）的渡头，有群众聚着待渡。那个凶恶的老人，眼睛如火轮似的，渡了他们过去。但丁惊怖的在恍惚着，忽被一阵雷声所惊，则他们已到了岸。自此，他们走下林拔（Limbo），即地狱的第一级。他在那里见到异教的诸大哲学家，他们生前虽高贵，却不曾受过洗礼。荷马、贺拉士、奥维特都欢迎但丁，如他们中的一个。走下了第二级的地狱，但丁在进口处见到米诺士（Minos），地狱的裁判官，是一个可怕的具有人头的狗，他在那里施行有罪的恋爱者的责罚；他们如鹭鸶似的被狂风所吹卷。他们看见许多古代著名的恋爱者，如《伊里亚特》中的海仑（Helen），柏里斯（Paris ），以及其他。其中有法兰昔斯加（Francesca）及她的情人宝洛（Paolo），其故事极悲惨。但丁使此故事不朽。其事是法兰昔斯加她自己告诉他的——怎样的他们一同被她的丈夫里米尼（Rimini）之主跛约翰（John the Lame）所杀死。他们到了第三级的地狱，在那里，贪食者卧于泥涂中，天下永远的落下冰雹、雪以及污水。同时巨犬西壁劳（Cerberus）又向他们嚎吠着，撕咬着。在第四级地狱，他们起首看见财富之神柏鲁托斯（Plums）领管着败家子与守财奴，这些鬼魂的时间全消磨在转运巨石以互相压榨；再进一层，便到了可怕的沼泽斯的克士（Styx），在这沼泽里，凶恶者的鬼魂如黄鳝似的在捩曲着，在这种黑水中，愤怒者的鬼魂也在争斗着。

以后，他们又到了一座高塔之下，从塔上射出二个作符号的火光；现在他们看见了柏里加斯（Phlegyas），湖中的渡者，迅速的过来，渡他们过了湖的对岸。从阴惨的雾气中，看见火光绚耀的萨坦的狄士（Dis）城的塔顶与尖阁之顶。各城门都是一群魔鬼在守着；城堞之上，染着血的复仇女神们，撕拉着他们头发的蛇，锐声叫米杜莎（Medusa）把来客变成了石像。一个喜悦骄贵的天使，迅速的走过湖面，足并不湿，把这些恶魔赶出了大路之外，于是这两位诗人便进了城，见到一片大平原，平原上都是无掩盖的坟墓，每个坟墓都是火，被这红热的床所握捉着的都是那些异教者的痛苦的鬼魂。从这些坟中，法林那他（Farinata）的骄傲的鬼魂，抬起他的头，看去似乎很以地狱之苦自娱。

两人又沿着一道裂岩的荒沟走下了第七层的地狱。他们到了血川，在川中站立着的是暴君们，一阵人头马身的东西（即所谓

Centaur)，以齐龙（Chiron）为首领，在河岸上往来疾驰，以箭射这些罪人。他们还在第七层地狱里，走进了一座自杀者的阴惨的森林，自杀者的鬼魂都变成了粗的生机不发达的树，树上生着毒果，供鹫身妇人面的大鸟（所谓即 Harpy）吃；又有别的鬼魂逃过了这座森林，后面追着的是地狱的猎狗。这座森林之前，是赤裸的平原，即一片灼热的沙地；这沙地是暴乱之区，天上徐缓的吹下永久的火燃的雨。他们沿着流过沙地的血川的岸走去，到了一个地方，那里血水成了一个瀑布，流下深谷去。委琪尔把但丁的衣带解下，抛入深渊之中，他们看见：应这个符记之召而起的是一只巨异可怕的东西，经过黑漆漆的空中而游来——它就是奇里安（Geryon）（三身而生翼的巨怪）。他们骑在奇里安的背上，下至了第八层的地狱，这个地狱，分成了十个深谷，乃是惩罚各种的欺诈者的地方。第一谷里是引诱妇女者，为生角的恶鬼所鞭打。第二谷里是谄媚者，浸溺于污水之中。其他一谷中是买卖圣职者（Smonists），他们的头倒植于深狭的洞中，其足伸出于岩石的地平线上，如灯似的燃烧着。又有一谷里是虚伪的先知者，他们的头颈扭向后面，所以他们的面只是向着身后。过此，又到了一条其中载着滚热的柏油的壕沟，在这壕沟里是吞款者的鬼魂，他们在热油中游着，有时潜入油中；看守着他们的是许多手执尖叉的身有黑翼的恶鬼。他们两人又沿着深谷，看见了伪善者为金色的铅冠所压倒；窃贼悲苦的变成了蛇，又由蛇变成了人身；恶毒的参议员们，每人都有火光如奇异萤火虫似的在他们喉头上跳舞；奸臣与别立教门者带着奇伤，其中有一鬼魂，名白里安（Brian），生前曾反叛英王亨利第二，他对但丁说话。

以后，这两位诗人又向第九层地狱进行。大角的声响如雷声似的震刺他们的耳膜。不久，他们便看见三个巨人站在地狱的最下层的边界。其中之一巨人，名安托士（Antaeus）的，把他们举起，放下在陷渊之底，这地方是一个永久的冰的海，痛苦的鬼魂的形状如蝇在水晶中一样；有两个鬼魂同被冻于一个穴中，其一如狗似的咬着其他一个的髑髅。他告诉但丁他的悲惨的故事。他是奥格林诺（Ugolino），同着他的孩子们被人抛进饥饿之塔内饿死。他讲到的他的两个孩子之死，是世界上最悲惨的故事之一。他的伴侣是大主教鲁琪（Ruggiere），即把他们送进塔中的。于是我们在此见了最后的景色；地狱的最下层，名犹狄加（Judecca）即从犹太（Judas）得名的，乃是大奸人们的所在。最大的叛者萨坦永久的站在它的中心，咬着三个罪人在他的三个大嘴里；他的漠大的蝠翼，扇出一阵冰冷的风，可以把所有的海都冻结了。两位诗人经过他面前，由一道长的陡峻的通路，走到净土的山上，在平静的繁星照着的天空之下。但丁之描写净土，与别的中世纪作家不同；但丁想像净土是在露天之下的。环绕于净土的山的四周的陡坡的，有七个圈层，每一层与中世纪教会所认为七个死罪之一相应，在较下一层是赎灵魂之罪的；在第四层，是赎灵魂并肉体之罪的，在三个最高层是仅赎肉体上之诸罪的。在每一层之首，都有与某种罪恶相反之某种善德的例子，且在每一层之末，都站立着一个天使，以象征某种之善。最后，但丁与他的领导者经过了净土的最后一层，便进了"地上的天堂"（Earthly Paradise）；在这个地方之末，但丁看见比特丽斯坐在车上，身上穿着红的，白的，绿的，神秘之色的衣，头戴着橄榄叶的圈环——智慧与和平的象征——放下白如雪的面纱，四周有一百余的天使围绕着，唱着歌，散着花朵。她一来，委琪尔便消失不见了，他是复回到他出来的林拔（Limbo）的阴郁的住所去了。

于是但丁随了比特丽斯到了天堂（Paradise），这里是《神曲》中的最光荣的所在。比特丽斯领导了但丁，走过九天，他们到了不动而固定的天，名为"火天"（Empyrean）的。那七层较低的天，以月、日及行星等为名，第八天则以恒星为名。所有这八层天，在地上都可以见到。在他们之上的是第九天，或名"晶天"，这个天以它的运动，指导其他诸天的每日的行动。自然界都发生于此；时与动俱发源于此；所有世界上的所受的神的影响亦俱发动于此。在此天之上——幻象的顶点——乃是那无限无动的神圣之爱的海（Sea of divine love），上帝在那里祝福圣者们与天使们。

但丁《神曲》的旧的注释家，说了许多话，论及他的神学、他的哲学、他的比譬的用法，以及这一类的东西；正如中世纪的委琪尔的注释家一样，他们不以他为一个大诗人，却当他为一个有智能的预言家，从他的诗里，引出好些上帝的预示。他们说，这一个圣山，比特丽斯以之代表教会，别一个圣山，她又以象征上帝的爱。对于这一类的话，凡是这个大诗歌，《神曲》的爱者，都是掩耳不欲闻的。所有这种的废物，都应扫入灰桶中，被我们完全忘记了他们；然后，但丁的这部大著，才能使我们赏悦它的真相——一部伟大高超的诗歌，一个不朽的喜与忧的故事，在人类的著作中无有可以与之比肩者。

六

法洛依沙特（Froissart）的《英国、法国及西班牙史记》（*Chronicles of England, France, and Spain*）是中世纪的史记的一个代表，就是所谓“历史的传奇”（The Romance of History）。法洛依沙特生于公元1338年，他的大半生都消磨在欧洲各国的宫廷之中；他往来各国，拾集遗闻逸事。他的主要的东道主是和善的皇后菲丽拜（Philippa），爱德华第三之妻。他的史记是14世纪的历史，且是叙述英法间的战争的历史。此书的著作目的，不以传达史迹为主要，其主要之点乃在：——如作者所自言——“鼓励一切勇敢的心，示给他们高贵的模范”；并且，在第二层，也是一个画像的陈列所，勇敢的王与贵族——他们都是法洛依沙特所熟悉的——用他们自己的行为与言语把他们自己描绘出来。

法洛依沙特很不注意平民；他们死了1000人，作者不为乏忧戚，但一个著名勇士之死，他却受感动而至于哭。史各德（W. Scott）道：“他的历史少一种叙述的空气，而多一种戏剧的表现。人物活泼泼的在我们之前走动；我们不仅知道他们所做的事，且更知道所做的事的方式与进程，以及做事时所说的话……在法洛依沙特的书里，我们听见他所写的武士们商决争斗的条件与袭击的状态；我们听见兵士们呼喊着战号；我们看见他们以靴距刺他们的马；叙述的活跃使我随了他们进战之旋涡中。”

菲里甫·孔敏士（Philippe de Commines）所著的一部史书则与法洛依沙特之作完全异趣。他是法国路易十一时的首相，以忍耐与机警的政治手腕，打定了近代法兰西的基础。他的书不是热烈的英雄的传奇，乃是他所统治的时代的平心静气的评判的记录。

七

在但丁既死之后与文艺复兴时代之前，意大利曾产生了两个大作家，即彼特拉契（Petrarch）与鲍卡西奥（Boccaccio）。彼特拉契所写的著作，有的用古腊丁文，有的用当时的意大利文。但他所以在文学史上占一重要的地位者，乃因他的用意大利文做的情歌，在这歌里，他使绿拉（Laura）之名成了不朽。鲍卡西奥在1344年至1350年之间，写了他的杰作《狄卡米龙》（De Cameron）（即《十日谈》）的大部分。这书是《天方夜谈》式的散文著作；叙法洛伦斯城瘟疫流行，有女子七人，男子三人避疫于郊外花园中，每日每人谈一故事，共十日，得故事百篇，大半都是恋爱的故事。当时的作家与后来的作家受此书的影响或取其中的故事为他们的诗歌或戏剧的题材者不少。当时英国文学之父却赛（Chaucer）的名作《刚脱白莱的故事》（The Canterbury Tales）即受此书的感兴而作者。鲍卡西奥被称为意大利散文之父，而他的故事集正是意大利国民性格的反映。

却赛（Geoffrey Chaucer）是英国诗歌之父，他生于公元1340年。他的时代正是爱德华第三及黑亲王（Black Prince）军事屡胜之时。他少年时，被派至法国的英国军队内服务，后来在宫廷中得了一个小位置。后来到意法二国当外交官。在意大利，他遇见了诗人彼特拉契，又得读鲍卡西奥的《十日谈》。当他坐下写他的《刚脱白莱的故事》时，显然他还没有忘记了鲍卡西奥的故事集。《刚脱白莱的故事》的开始是一篇序幕，描写一群典型的中世纪的英国男人与妇人要从南瓦克（south Wark）的泰巴旅馆（Tabordlnn）到刚忒保莱的圣汤麦士（St. Thomas）的神殿去——有武士，有女尼，有磨坊主人，有法律家，有牧师，有浴堂之妻等等。每一个人物都用很好的技能描写出，英国的读者觉得他们是真的男人与妇人。序幕之后，却赛便叙每个游客所述的故事；武士述一个古代的传奇，女尼述一个“我们的贵妇”的传说，牧师述一个鬼的故事，浴室之妻（Wife of Bath）述高文（Sir Gaerwairi）与他的新妇的浪漫故事。这些故事的性质各各不同，有的是喜剧的，有的是伤感的，有的是庄严的，有的是快乐的；其叙述都极有神色。

却赛死于1400年。在他的时候，英国受教育的人仍旧以说着法国语为高贵。却赛在英国文学上的大功绩即在于：他以英国话做诗而大得成功，使后来者不得不用他们本国的语言做诗与文。

与却赛同时代的英国作家有威廉·蓝兰（William Langland），他于公元1332年生于牛津州（Oxfordshire），曾作了“Piers Plowman”一书；有纳翰·高弗（John Gower），他死于公元1408年，其著作有“*Pyramus and Thisbe*”。“*Piers Plowman*”系描写当时平民因西欧不息的无意识的战争所生的痛苦。

八

英国的汤麦士·马洛里（Sir Thomas Malory）在中世纪之后半，作了一部著名的传奇《亚述之死》（*Morte d'Authur*），这是中世纪后半的许多传奇的代表著作。《亚述之死》不是一部创作；其大体系从法国的几部传奇编辑而成的。但法国的这些传奇亦系根据于古代克尔底（Celtic）传说。所以“圆桌”（Round Table）的武士中，有一班英国的英雄，可以比得希腊神话及德国的《拔尼龙琪歌》中的英雄。

汤麦士·马洛里的生平，据说系一个华委克州（Warwickshire）的上流社会中人，在公元1445年时受了武士之职，且成了国会的一个议员。在玫瑰战役时，他被敌军所俘，《亚述之死》的一部分，即为在监狱中所作者。此书在1470年时告成；算是在印刷术引进前的最后的一部大著，且是英国第一部印字机中第一次印刷的书籍之一。

《亚述之死》是那些叙述亚述，龙西洛特（Launcelot）、格拉哈特（Galahad）、柏西瓦尔（Percival）、忒里斯忒兰（Tristram）及其他大人物的恋爱与冒险的单一故事的总集。全书分为21部。第一部叙亚述的出生与早年的传说。有一天，突然在一个英国礼拜堂的空地上出现了一块大石与一把置在一块铁砧上的刀。金字写在云母石上道："谁能从这块石与铁砧里拔出这把刀，他便是全个英国的天生的王。"亚述从外面回家，到了空地上，立刻把刀从大石下拔出，因此，成了英国的王。他即位以后，有了许多冒险，有一次与11个王及一大群人大战，他的武勇使所有的人惊奇。他娶了美丽的姬尼弗（Guenever），他们在威尔士的卡里安（Carleon）城里荣盛的生活着，围绕着许多武士与许多美丽的贵妇。武士中最勇敢的几个坐在国王的最近处，与他同坐在"圆桌"。这些武士从亚述的宫中向各处出发冒险——保护妇人，惩罚压迫人者，释救被迷者，锁禁巨人与恶侏儒。读他们的故事，正如随他们恋爱着最大的情人，随他们进了多塔的城，中古武士的梦境。这里有许多可动人的故事：高文（Gawaine）与高海里士（Gaheris）与四个武士战争，被他们所败，最后二人的性命因四贵妇的请求而得救；一个贵妇要求柏莱诺（Pellinore）的帮助，他为了她与两个武士争斗，第一击即杀死了他们的一个；绿湖贵妇（the Lady of Lake）从要烧灼他的大衣里救了国王亚述，别一个贵妇又在考特·美尔·泰尔（La Cote Mail Taile）力战一百武士时救了他；龙西洛特杀了一个扰苦一切贵妇的武士及一个守桥的奴隶；还有其他类似的无数故事，在这些故事里，恋爱常是与武勇它自己同样的重要。

在《亚述之死》的中部描写著名的武士忒里斯忒兰很详细。忒里斯忒兰在法国学弹琴、打猎等；他打败了"圆桌"的两个武士，因此很荣耀的加入英国武士之列。他在亚述宫廷里有大名，因他勇于私人的决斗。他救了巴洛米特（Palomides）的性命，不久，他们又执武器相决斗了。忒里斯忒兰说道："你须记着你的允许，今天的夜半，你必须与我决斗。"巴洛米特说道："我不会失信的。"于是二人上了马，并骑而去。

这大故事的最后，是悲剧的结局。武士龙西洛特与国王亚述之妻姬尼弗相爱。亚述不久即死去。

希腊的神话借给雅典大戏剧家以题材，德国的民歌也给德国的大创作家以歌剧的故事，同样的，马洛里所叙的亚述的故事也感兴了许多英国的作家。斯宾塞（Spencer）的《仙后》（*Faerie Queen*）向它借材。弥尔顿（Milton）也在1639年写了一篇叙亚述之故事的史诗。其后的大诗人丁尼生（Tennyson）、史文葆（Swimburne）、慕里士（Morris）、马太·亚诺尔（M. Arnold）等，也俱曾以它的材料作为诗歌。

九

中世纪的文学史，终于魏龙（Francois Villion）的这个名字。魏龙是一个不幸的法国的盗贼诗人（poet-thief），生于1431年。他是一个强盗，且是一个杀人者，他的生活都消耗在巴黎的卑污的阿尔沙特（Alsatias）。他常常被捕，却都能在行刑之前逃脱，如有神助一样。最后，他从世界上销声匿影的离开了，没有一个人知道他究竟是怎么离去的，或到什么地方去的。他死的时期不能知道，他葬的地方也没有人晓得。

魏龙取了法国的古的诗式，而给他们以新的生命与新的美。他的诗极和谐。他讥嘲生命，他夸耀他的罪，但他的诗却全在囚狱的阴影之下写的，死的恐怖永没有离过他。他似乎是叙说中世纪的苦与惧的，正如但丁之叙说他们的弘丽与理想，却赛之叙说他们的快乐的笑声一样。

参考书目

1.《黑暗时代》(*The Dark Ages*),开尔(W. P. Ker)著,勃拉克屋特公司(Wm. Blackwood & Sons)出版的丛书《欧洲文学的各时代》(*Periods of European Literature*)之一。

2.《14世纪》(*The Fourteenth Century*),史耐尔(F. J. Snell)著,亦为《欧洲文学的各时代》之一。

3. 圣奥古斯丁的《忏悔录》有朴塞(Pusey)的英译本,为邓特公司(Dent)出版的《万人丛书》(*Everyman's Library*)之一。

4.《尼拔龙琪歌》(*The Lay of the Nibelungs*)有爱里司·赫顿(Alice'Horton)英译,经倍尔(Eduand Bell)校订的本子,为佐治倍尔公司(George Bell & Sons)出版的《彭氏丛书》(*Bohn's Library*)之一。此书之前,并附卡莱尔(T. Carlyle)的《论尼拔龙琪歌》(*The Essay on the Nibelengen Lied*)一文。

5.《行吟诗人》(*The Troubadours*),察托尔(H. J. Chaytor)著,*The Cambridge Manuals of Science and Literature* 之一,剑桥大学出版部(Cambridge University Press)印行。

6.《但丁》(*Dante Alighieri*),吞比(Paget Toynbee)著,美逊公司(Methuen)出版的《牛津传记丛书》(*Oxford Biographies*)之一。

7. 但丁的《神曲》(*Divine Comedy*),有卡莱(Henry Francis Cary)的英译本,在邓特公司的《万人丛书》中。又有诺顿(C. E. Norton)的散文译本,共三册,由 Houghton Miffin 公司出版。又有蒲特劳(A. J. Butler)的译本,亦为散文的,由麦克美伦(MacMillan)公司出版。

8. 法洛依沙特(Froissart)的《史记》(*Chronicles*),在邓特公司的《万人丛书》中有之。

9. 彼特拉契(Petrarch)的诗集(*Sonnets, Triumphs and Other Poems*)有倍尔公司出版的《彭氏丛书》本。

10.《从狄卡美龙里选的四十小说》(*Forty Novels from the Decameron*),洛忒莱琪公司(Routledge)出版,有慕莱(Henry Morley)的序言。

11. 麦洛里(Malory)的《亚述之死》(*Morte d'Arthur*)共2册,在邓特公司出版的《万人丛书》内。

12.《魏龙的生平与时代》(Francois Villon, His Life and Times),史泰克普尔(H. de Vere Stacpooles)著,赫清逊(Hutchinson)公司出版。

第十三章

中世纪的中国诗人（上）

一

中世纪的欧洲文学，可算是在黑暗的时代，重要的作家极少，不朽的名著，除了《神曲》及诸国民歌外，也并不多见；但在这个同一的时代，中国的文学，却现出十分绚烂的光华，重要的诗人产生了不少，不朽的名著也时时的出现于各时代的文坛里。到了中世纪的末期，且有伟大的小说家及戏曲家的出现（在这个时候，欧洲的小说家还没有一个出现）。现在分数章来叙述这个时代的文学，头两章叙“诗”与“词”，以后两章则叙小说与戏曲。这个时代，包括中国的齐代（公元 479 年起）至明代的中叶（约公元十五世纪前后），正是中国文学最发达的时代，所谓“唐诗”“宋词”“元曲”以及“明的小说”等，不朽的作品都已包括在内。

这个时代的诗歌，可划分为二期，第一期可称为“第一诗人时代”，即自沈约等变诗之古体为近体起，中经五七言律绝诗之大发达，至唐五代间此种诗之衰落为止，第二期可称为“第二诗人时代”，即自五代时“词”之一体的开始发展起，至宋元之间此种诗体之衰落为止。此后则剧诗，即所谓“曲”的，大为盛行，已入于戏剧家的时代，重要的大诗人殊不多见于中国文坛上了。

二

第一诗人时代虽开始于沈约，而实导源于曹植及建安诸子，那时，五言的诗体已代四言的古诗体而盛流行于文坛，诗句亦渐由散漫而变为对整，由朴质而趋于雕琢。此后，到了宋之颜延之、谢灵运，诗体益复渐于靡丽整齐，如“白云抱幽石，绿条媚清涟”之句，可为当时诗歌的一个例子。到了齐初，沈约、王融、谢眺诸人出，便把古代的散漫的诗体改变了，创成一种新的诗的韵律，要大家来遵守。在他们之前，所谓诗之韵律是十分的自由，任诗人自己去自由的运用的，自此以后，便有了一种固定的格式来范围后来的诗人了。当时的作家无不拜倒于这个新韵律的规则之下，虽萧衍自称独不受其压迫，然于无意中究竟也多少被圈入了他们的范围之内而不尽能自脱。试读下列诸诗：

抱月如可明，怀风殊复清。丝中传意绪，花里寄春情。
掩抑有奇态，凄锵多好声。芳袖幸时拂，龙门空自生。

（《琵琶》王融作）

娥娟侍窗北，结根未参差。从风既袅袅，映日颇离离。
欲求枣下吹，别有江南枝。但能凌白云，贞心荫曲池。

（《秋竹曲》谢朓作）

洛阳大道中，佳丽实无比。燕裙傍日开，赵带随风靡。
领上蒲萄绣，腰中合欢绮。佳人殊未来，薄暮空徙倚。

（《洛阳道》沈约作）

春草醉春烟，深闺人独眠。积恨颜将老，相思心欲然。
几回明月夜，飞梦到郎边。

（《闺思》范云作）

这些诗显然的已与齐以前的诗歌异趋，而成为唐代律绝诗的先声了。

此时之诗的新韵律所以创成者，以受梵文发音之法的影响为主要原因。齐有周颗作《四声切韵》，定平上去入四声。沈约本之，作《四声谱》，倡言为诗当讲究四声，以求其谐合。当时诗人谢眺，王融和之，于是诗的新韵律遂告成立。他们的诗，世呼为“永明体”（永明为齐武帝年号，起自公元483年，终于493年）。这个新韵律，后来诗人受其影响者极久，且亦极深。

三

沈约字休文，吴兴武康人，生于公元441年（即宋文帝元嘉十八年）。幼时，甚贫苦，以笃志好学，研通群籍，渐得名于世。初仕宋为尚书度支郎。入齐为步兵校尉，管书记，侍太子，又曾出为东阳太守。此时，约已为当代文士的领袖，他的提倡诗的新韵律，即在此时。他的《四声谱》已佚，但他的主张，可在他的《谢灵运传》后（《宋书》卷六十七）所说的几句话里，见其一斑：“夫五鲁相宣，八音协畅。由乎玄黄律吕，各适物宜，欲使宫羽相变，低昂互节。若前有浮声，则后须切响。一简之内，音韵尽殊，两句之中，轻重悉异。妙达此旨，始可言文。”他以为这种话是由他自己创始的。“自骚人以来，此秘未睹。至于高言妙句，音韵天成，皆暗与理合，匪由思至。”虽陆厥给他一信，说他这话不对，然而在我们看来，新的诗体之成立，约实为其首功，在他之前，此种主张，未见有人提倡过，所以这话并不算是他的夸诞之辞。萧衍夺齐祚，改国号为梁时，约为尽力赞助者之一，以此，得封建昌县侯，为尚书仆射。其卒年为公元513年（即梁武帝天监十二年）。所著书甚多，存于今者有《宋书》100卷，及文集9卷，其他著作并散佚。在他的文集中，以诗歌为最好。钟嵘说：“观休文众制，五言最优。”如《石塘濑听猿》：“噭噭夜猿鸣，溶溶晨雾合。不知声远近，惟见山重沓。既欢东岭唱，复伫西岩答。”及《六忆诗》：“忆来时，灼灼上阶墀。勤勤叙别离，慊慊道相思。相看常不足，相见乃忘饥。……忆眠时，人眠强未眠，解罗不待劝，就枕更须牵。复恐傍人见，娇羞在烛前。”诸作，俱为其佳著。

谢朓的诗名，在当时较沈约为著。朓字玄晖，陈郡阳夏人，其生年约在公元464年至499年。初为豫章王太尉行参军，后出为东海太守，又为宣城太守，迁至吏部郎，兼卫尉。江祐以东昏王失德，欲立始安王，谋于朓，朓依违不决，且言于外，遂被杀。他的诗，沈约极好之，尝云："二百年来无此诗也。"李白亦倾心于他。论者谓其诗佳处如青苔红叶，濯于春雨，秀色天然可爱。大约如《怀故人》："芳洲有杜若，可以赠佳期。望望忽超远，何由见所思。行行未千里，山川已间之。离居万岁月，故人不在前。清风动帘夜，孤月照窗时，安得同携手，酌酒赋新诗。"如《晚登三山还望京邑》："灞涘望长安，河阳视京县。白日丽飞甍，参差皆可见。馀霞散成绮，澄江静如练。喧鸟覆春洲，杂英满芳甸。去矣方滞淫，怀哉罢欢宴。佳期怅何许，泪下如流霰。有情知望乡，谁能鬒不变。"诸作，俱可算是他的好诗。

王融字元长，琅琊人，生于公元468年（即宋明帝泰始四年）。举秀才，为太子舍人。与竟陵王萧子良交好。齐武帝病笃，融谋立子良不得。后郁林王即位，便捕融下狱死，时为公元494年，融年才27。他的诗，不足与谢朓比肩，论者颇讥其琢饰，然亦偶有佳句，如《古意》："游禽暮知反。行人独不归，坐销芳草气，空度明月辉。嚬容入朝镜，思泪点春衣。"亦有自然之趣。

同时作者有萧子良、谢超宗、王俭、刘绘、张融、孔稚珪、陆厥诸人。萧子良为齐宗室，封竟陵王，有文集40卷，在当时为诸文士的馆主。谢超宗诗，佳者殊少，钟嵘谓其祖袭颜延之。王俭在齐为左仆射，文笔为世所重。刘绘在齐为中庶子，钟嵘称他、融"并有盛才，词美英净，至于五言之作，几乎尺有所短"。张融字思光，为司徒左长史，自名其集为《玉海》。孔稚珪字德珪，为太子詹事，与张融情趣相得。厥字韩卿，死时年甚轻，曾与沈约讨论声韵。凡此诸人，其诗存者俱不多，且亦不甚重要，故不详述。

四

后此数年，萧衍即位为皇帝，改国号为梁。他与他的儿子统（昭明太子），纲（简文帝）及绎（元帝）俱喜为诗，且亦有天才，故当时朝士亦多为诗人。其中著名者有江淹、范云、任昉、王僧孺、庾肩吾、柳恽、何逊、邱迟、吴均、到溉、到洽、王筠、徐陵、庾信、王褒诸人；沈约在当时则为老年的领袖诗人。

萧衍字叔达，南蒲陵中都里人，生于公元464年（即宋孝武帝大明八年）。初仕齐，与沈约，谢朓，范云，任昉诸人并为萧子良所友善，同游于他的西邸。公元502年，夺齐祚，即皇帝位。晚年侯景作乱，衍被围于台城，饥饿而死，时为公元549年。衍笃信佛法，著作极多。他的诗喜为艳语，时有深情的制作，如《子夜四时歌》《白纻辞》《江南弄》等俱为佳作。

统字德施，为衍之长子，生于公元501年，卒于公元531年。他极喜爱学，曾集文士选集古今诗文为《文选》30卷，又择五言诗之善者为《文章英华》20卷。《文选》至今尚为很有权威的文学选本。

纲字世缵，为衍之第三子，统卒，他继为太子。他生于公元503年。在公元550年，即皇帝位，第二年即为侯景所杀。他亦喜为诗，自己尝说："余七岁有诗癖，长而不倦，然伤于轻艳，当时号曰宫体。"如"梦笑开娇靥，眠鬟压落花。簟文生玉腕，香汗浸红纱。夫婿恒相伴，莫误是倡家。"（《咏内人昼眠》）可为一例。

绎字世诚，为衍的第七子，生于公元508年。初封湘东王。侯景之乱，他遣王僧辩讨杀之，遂于公元552年即皇帝位。后三年，西魏来伐，他被杀。他的著作甚富，有文集50卷，《孝德传》30卷，《忠臣传》30卷。

江淹字文通，济阳考城人，生于公元444年（即宋文帝元嘉十年）。宋时为吴兴令，齐时为骁骑将军。入梁，为散骑常侍，封临沮县开国伯，以公元505年（即梁武帝天监四年）卒。他早年文名甚著，晚年才思微退，时人皆谓："江郎才尽。"所作甚富，他自编为前后集，前集20卷，后集10卷，又撰《齐史·十志》。他的诗在六朝诗人中尚为不尽琢饰之作，如《贻袁常侍》：“昔我别楚水，秋月丽秋天；今君客吴坡，春色缥春泉……”；如《悼室人》：“适见叶萧条，已复花庵郁。帐里春风荡，檐前还燕拂。垂涕视去景，摧心向徂物。今悲辄流涕，昔欢常飘忽。幽情一不弭，守叹谁能慰。”可为一例。钟嵘谓淹“诗体总杂，善于摹拟”，实则摹拟之作，具体未见得好。

范云字彦龙，南乡舞阴人，生于公元451年（即宋文帝元嘉二十八年）。他在齐为零陵内史。入梁，与沈约同辅政，封霄城县侯，有文集30卷。其卒年为公元503年（即梁天监二年）。他为文下笔辄成，未尝定稿，时人每疑其宿构。钟嵘谓他的诗“清便宛转，如流风回雪”。但细读其作，未见其足当此喻。

任昉字彦升，乐安博昌人，生于公元460年（即宋孝武帝大明四年），死于公元508年（即梁天监七年）。早年深为王俭、沈约所推挹。梁初为吏部郎中，掌著作。后出为义兴太守，又入为秘书监，手校秘阁四部篇卷。所著文章甚富。他早年长于作应用文，而诗不工，世称：“沈诗任笔。”昉深恨之。及其晚年，诗亦渐佳。然好用事，论者颇病之。如“谁其执鞭，吾为子御。刘略班艺，虞志荀录。伊昔有怀，交相欣勖。”（《赠王僧孺》）是其一例。

王僧孺东海郯人，生于公元465年（即宋泰始元年），卒于公元522年（梁普通三年）。齐时为中书郎，领著作。他的著述甚多，有文集30卷。其诗丽逸，如：《忽不任愁聊示固远》：“去秋客旧吴，今春投故越。泪逐东归水，心挂西斜月。未应岁贬颜，直以忧残发。”之类，可算是他的佳作。

庾肩吾字子慎，新野人，其生年与任昉诸人约同时。八岁能赋诗。尝为安西、湘东二王录事参军。萧纲即位，以他为度支尚书。最后为江州刺史卒。有文集10卷。肩吾诗以整练称，于“树影临城日，窗含度水风。遥天如接岸，远帆似凌空。”（《和晋安王薄晚逐凉北楼回望应教》）诸句可见之。

柳恽与何逊，为当时诸诗人中略能脱出浮艳雕琢之习者。恽字文畅，河东解人。齐时，萧子良引为法曹参军。梁初，除长史，后为吴兴太守，甚清正。郡民怀之。有集12卷。何逊字仲言，东海郯人。

梁天监中，出仕为建安王水曹参军。王爱文学，日与宴游，后除庐陵王记室，随王往江州卒。有集 7 卷。

邱迟字希范，吴兴乌程人。钟嵘称其诗“点缀映媚，似落花依草”。梁初为散骑常侍，后出为永嘉太守，再入为司空从事中郎。有集 11 卷。张率字士简，吴郡人。其生年较邱迟约后十年。齐时为太子洗马，梁时为秘书丞，后出为新安太守。有集 38 卷。

吴均字叔庠，吴兴故鄣人，生于公元 469 年（即宋泰始五年），卒于公元 512 年（即梁普通元年）。梁初为郡主簿，著作甚富，文集 20 卷。其文清峻，甚有影响于当时文坛，后进多数之，谓之“吴均体”。如《与柳恽相赠答》：“秋云静晚天，寒夜方绵绵。闻君吹急管，相思杂采莲。别离未几日，高月三成弦。……”及《咏怀》：“仆本报恩人，走马救东秦。黄龙暗迢递，青泥寒苦辛。野战剑锋尽，攻城才智贫。唯馀一死在，留持赠主人。”其情调颇异于当时他诗人。

王筠字元礼，一字德柔，琅琊临沂人，生于公元 481 年（即齐建元三年），卒于公元 549 年（梁太清三年），有文集 100 卷。梁时，为秘书监，迁司徒左长史。沈约为当时文宗，少所推服，惟见筠文，每以为己所不逮，尝谓箫衍：“晚来名家，唯见王筠。”但读筠诗，未见能如约所称许者，如《春游》：“聚兰已飞蝶，杨柳半藏鸦。物色相煎荡，微步出东家。既同翡翠翼，复如桃李花。欲以千金笑，回君流水车”之类的诗，殊觉率累琢饰，不能高出于当时的诗人。

这时，有萧氏诸兄弟者，皆为齐宗室之后，皆善于为诗；如萧子范、萧子显、萧子云及萧子晖皆是。子范在梁为光禄大夫，有集 12 卷，子显为吴兴太守，有集 20 卷，子云为东阳太守，有集 19 卷，子晖为骠骑长史，有集九卷。

同时又有刘氏诸兄弟、孝绰、孝仪、孝胜、孝威、孝先亦皆善为诗。他们是彭城人。孝绰最著名，颇负才凌人，曾为吏部尚书郎，后左迁为临贺王长史，有文集 14 卷。孝仪曾为都官尚书，豫州内史，有集 20 卷。孝胜为司徒右长史。孝威为太子中庶子，有集 10 卷。孝先为黄门郎，后迁侍中，他与孝胜的诗，在兄弟中为较劣下者。刘氏诸女，亦皆能诗，孝绰三妹，并有才学，一适王淑英，一适张嵊，一适徐悱，以徐悱妻为最著，算是当时一个重要的女流作家。又有到溉、到洽二兄弟，亦彭城人，并能为诗。溉字茂灌，官吏部尚书；洽字茂沿，官寻阳太守，有文集15卷。

徐陵字孝穆，东海郯人，生于公元507年（即梁天监六年）。八岁能属文。初为梁晋安王参军，迁至散骑常侍。为元帝使齐，被拘留。后复得归，仕陈为吏部尚书，领大著作，封建昌县开国侯。以公元583年（即陈至德元年）卒。有文集30卷。陵在陈时，为一代文宗，于当时影响极大，曾编诗选，名《玉台新咏》，凡10卷，多录艳婉多情之作，可见其所好。他的诗也是如此，如《春日》："岸烟起暮色，岸水带斜晖。径狭横枝度，帘摇惊燕飞。落花承步履，流涧写行衣，何殊九枝盖，薄暮洞庭归。"是其佳作之一斑。

庾信、褒皆初仕于梁而后仕于周者，他们以南人入北朝，颇变当时北人的粗涩的文风，而他们自己也不免受些北方环境的影响，将风格略略变异。庾信字子山，肩吾之子，生于公元513年（即梁天监十二年）。初为湘东国常侍，与父肩吾及徐陵并为抄撰学士。他们才华耀辉，所为诗文并绮艳，为时人所楷式，世号为徐庾体。信后聘于周，被拘留于长安，礼遇甚厚，为开府仪同三司，寻征司宗中大夫。以公元581年（即周大定元年）卒。有文集21卷。信在北虽蒙厚待，然常有家国之思，所作《哀江南赋》，曾感动了不少人；其晚年的诗亦因此而益蕴深情。如《怨歌行》："家住金陵县前，嫁得长安少年。回头望乡泪落，不知何处天边。胡尘几日应尽，汉月何时更圆？为君能歌此曲，不觉心随断弦。"如《咏怀》："楚材称晋用，秦臣即赵冠，离宫延子产，羁旅接陈完。寓卫非所寓，安齐独未安。雪泣悲去鲁，凄然意相韩。唯彼穷运恸，知余行路难"诸诗，皆可见他的此种幽情。

王褒字子渊，琅琊临沂人，其生年约与庾信同时。初仕梁为吏部尚书，与萧绎同为周人所执，绎被杀，褒则执入长安，礼遇甚厚。时信已在北，二人同为北人所仰模。褒官太子少保，后出为宜州刺史，有文集21卷。他的诗亦深蕴家国之思，如《渡河北》："秋风吹木叶，还似桐庭波。常山临代郡，亭障绕黄河。心悲异方乐，肠断陇头歌。

薄暮临征马，失道北山阿。”又如“岁晚悲穷律，他乡念索居。寂寞灰心尽。摧残生意余。”(《和殷廷慰岁暮》)与庾信诸作有同一情调。至如“松古无年月，鹄去复来归。石壁藤为路，山窗云作扉”(《过藏矜道馆》)之类的诗，则陶潜以后，久未见此种清隽之作了。

五

陈承梁后，作风未易。陈后主叔宝即皇帝位后，尤喜招延文学之士，其自作诗亦甚靡丽。当时诗人以徐陵为首，次则有江总、阴铿、张正见、沈炯等。江总字总持，济阳考城人，生于公元 519 年（梁天监十八年），初仕于梁，后入陈，官尚书仆射。隋灭陈，总入隋为上开府。以公元 594 年（即隋开皇十四年）卒。有文集 30 卷。总为诗于五言七言尤善，然伤于浮艳。如《岁暮还宅》：“悒然想泉石，驱驾出成台。玩竹春前荀，惊花雪后梅。青山殊可对，黄卷复时开。长绳岂系日，浊酒倾一杯。”即其一例。阴铿字子坚，武威人。初仕梁为湘东王法曹行参军。入陈，为晋陵太守，散骑常侍卒。有集 3 卷。他的五言诗为世所重，风格甚类何逊，故时人每以阴何并称。张正见字见赜，清河东武城人。梁时为彭泽令，因乱避住匡俗山。入陈，为散骑常侍。太建中卒。有集 14 卷。沈炯字礼明，吴兴武康人，约之后。仕梁为吴令，元帝立，领尚书左丞。入陈为御史中丞，后又为明威将军。有前集 7 卷，后集 13 卷。

六

上面所叙的都是南方的文士，至于北方的文学，则著名的作家极少；其诗初尚质朴，不染南朝浮艳之习。其时，较著的诗人有高允、温子升、王德、邢邵、魏收、萧悫、高昂诸人。高允字伯恭，渤海蓨人，官镇军大将军，领中秘书，历事魏五帝，有集二十卷。温子升与邢邵二人的诗，其情调已近于南方，所以庾信北来，惟称许他们二人。子升字鹏举，太原人，官侍中，后下狱死。有集 39 卷。邵字子才，河间郑人，在北齐官太常卿，有集三十卷。魏收字伯起，巨鹿下曲阳人，仕魏典起居注，与子升及子才齐名，时号三才子。后官尚书右仆射，有集 70 卷，又有《后魏书》130 卷，甚著名。萧悫字仁祖，兰陵人，为梁宗室，后入齐为太子洗马。有集 9 卷。王德生平无考，其诗仅传《春词》一首："春花绮绣色，春鸟弦歌声。春风复荡漾，春女亦多情。爱将莺作友，怜傍锦为屏。回头语夫婿，莫负艳阳征。"此为北人不易得之佳著。高昂字敖曹，北海蓨人，齐初为侍中司徒，好为诗，雅有情致。其诗今传者数首而已，然《征行诗》："垄种千口牛，泉连百壶酒，朝朝围山猎，夜夜迎新妇。"却甚为后人所称。

约在此时，无名诗人曾作《敕勒歌》："敕勒川，阴山下。天似穹庐，笼盖四野。天苍苍，野茫茫，风吹草低见牛羊。"此诗写北方荒野景色，直浮现于读者之前，博得后人极端的倾倒，可谓为最带北方色彩的诗。然自北人渐与南方文士接触后，此种作品即渐消失不见。到了庾信、王褒北来，他们受了感化，更努力的去学"徐庾体"的诗。及隋平陈，南士北来者益多。北部作家受了南方文学的洗礼者益多。隋炀帝杨广，亦甚好文学，且能自作诗，有集 55 卷。其诗如《悲秋》："故年秋始去，今年秋复来。露浓山气冷，风急蝉声哀。鸟击初移树，鱼寒欲隐苔，断雾时通日，残云尚作雷。"如《失题》："寒鸦飞数点，流水绕孤村。"即南士亦不能及。因之当时朝士能诗者甚众，以杨素、卢思道、薛道衡为最著。杨素字处道，弘农华阴人，初仕周，入隋为丞相，封越国公，有集 10 卷。其《赠薛播州》诗 14 首，《北史》称其"词气颖拔，风韵秀上，为一时盛作。"今读："北风吹故林，秋声不可听。雁飞穷海寒，鹤唳霜皋净。含毫心未传，闻音路独敻。唯有孤城月，裴徊独临映。吊影余自怜，安知我疲病"诸句，诚为当时不易得之作。卢思道字子行，范阳人。齐时入仕，至周授仪同三司。入隋，为散骑侍郎，有集 30 卷。薛道衡与思道齐名当代，他为河东汾阴人，字玄卿，在齐为散骑常侍。隋文帝时，尝使于陈。时陈文章称盛，道衡所作，却常为他们所倾倒。后杨广即位为皇帝，道衡因先与有隙，被杀，有集70卷。此数人外，尚有李德林、柳䛒、诸葛颖、许善心、王胄诸作者，亦颇有名于世。

当时并出数女流作家，颇有深情之作。杨广宫女侯夫人尝作《自感》："庭绝玉辇迹，芳草自成窠。隐闻箫鼓声，君恩何处多。"及《自伤》："长门七八载，无复见君王。春寒入骨清，独卧愁空房。……平日亲爱惜，自待却非常。色美反成弃，命薄何可量。……家岂无骨肉，偏亲老北堂。此身无羽翼，何计出高墙。……"因缢于栋下而死。此种诗读之不仅为侯夫人一人悲，直可作为无量数的"何计出高墙"的宫女的凄切的呼声！又有李月素作《赠情人》："感郎千金意，含娇抱郎宿。试作帷中音，羞开灯前目。"及其他女诗人作数诗，俱为不下于《子夜歌》之恋诗，然这数诗俱不见于可据的古书，仅见明刻《续玉台新咏》及《诗纪》，似未可信。

无名诗人的作品，如《鸡鸣歌》："东方欲明星烂烂，汝南晨鸡登坛唤。曲终漏尽严具陈，月没星稀天下旦。千门万户递鱼钥，宫中城上飞乌鹊。"及《叹疆场》："闻道行人至，妆梳对镜台。泪痕犹尚在，笑靥自然开。"俱可为好诗。又有盛传于许多时代的妇孺口中的《木兰辞》亦为此时前后的无名诗人的产品。

七

隋祚为唐所夺后，唐太宗李世民甚好文学，开文学馆延当代文士。此后高宗，武后，玄宗继之，俱甚注意词章，且以诗登用人才，是以当时朝士俱能为诗。诗人如云之突起，如浪之汹涌；《全唐诗》凡九百卷，录者凡二千二百余人，得诗四万八千九百余首；此三百年中所存之成绩，实较自《诗经》至隋的千余年间多过数倍。论者分唐全时代的诗歌为四时期，即初唐、盛唐、中唐、晚唐。初唐者，自唐初至于玄宗开元之初，凡百余年；盛唐者，自开元至代宗大历之初，凡五十余年；中唐者自大历至于文宗太和九年，凡七十余年；晚唐者，自文宗开成之初至于唐末，凡八十余年。初唐的著名诗人为魏徵与王勃、杨炯、卢照邻、骆宾王之四杰及陈子昂、沈佺期、宋之问、刘希夷、张若虚之流。盛唐的著名诗人为李白、杜甫、王维、孟浩然、王昌龄、高適、岑参之流。中唐的著名诗人为韦应物、韩愈、柳宗元、白居易、元稹、刘禹锡、孟郊、贾岛之流。晚唐的著名诗人，为杜牧、李商隐、温庭筠、罗隐、司空图、陆龟蒙、杜荀鹤之流。女诗人亦时出，如上官婉儿、鱼玄机之流，亦可称为大作家。但这四个时期的区分，并没有什么划然的疆域，且每一个时期，亦不能见其独特的作风，譬如盛唐的一期，作家如李、杜、高、岑之流，各有其作风，决难能有任何共同的情调与色彩。所以我们殊不必从这个区分。

八

自隋入唐的诗人，有虞世南、陈叔达、褚亮、李百药、王绩诸人。虞世南，字伯施，越州余姚人，初为徐陵所知。入隋为秘书郎，入唐为秘书监，有集30卷，又善书，为世所宝爱。陈叔达字子聪，陈之宗室，入隋为绛郡通守，入唐为礼部尚书，有集15卷。褚亮字希明，杭州钱塘人。入隋为太常博士，在唐为散骑常侍，有集20卷。李百药字重规，为李德林子，隋时为学士，入唐为中书舍人。王绩字无功，绛州龙门人，在隋为六合县丞，有文集5卷。

魏徵为唐之等一诗人；徵字玄成，魏州曲城人，少有大志。隋乱，诡为道士，初从李密，后归李世民，拜谏议大夫，有文集20卷。他的诗存者虽不多，然刚隽慨慷，一洗六朝丽靡之习，其《述怀》："中原初逐鹿，投笔事戎轩。纵横计不就，慨慷志犹存。杖策谒天子，驱马出关门。请缨系南粤，凭轼下东藩。郁纡陟高岫，出没望平原。古木鸣寒鸟，空出啼夜猴。既伤千里目，还惊九折魂。岂不惮艰险，深怀国士恩。季布无二诺，侯嬴重一言。人生感意气，功名谁复论"一诗，足以开后来的作风。继之而起的诗人有来济，李义府，许敬宗及王、杨、卢、骆之四杰。来济为扬州江都人，贞观时为庭州刺史。

突厥入寇，济赴敌死。有文集30卷。李义府，瀛州饶阳人，为中书舍人，后贬推州以死。当时与来济并有文名，号称“来李”。敬宗字延族，杭州新城人，为礼部尚书。许李二人甚善逢迎谄媚，故为世所诟病。

王勃字子安，绛州龙门人，生于公元648年（即唐贞观二十二年）。幼极聪慧，六岁能文词，九岁即知指摘颜师古《汉书注》之误。年未及冠，才名已扬闻于京邑。授为朝散郎，客于沛王府。上元二年，往交趾省父；渡南海，溺水而死，年仅29。勃著作甚富，有文集30卷。杨炯华阴人，幼亦敏慧，神童举，拜校书郎。后为盈川令。有文集30卷。卢照邻子昇之，幽州范阳人。初为邓王府典签，王称他为“寡人之相如”。

后拜新都尉，染风疾去官，居于太白山中。病益甚，不堪其苦，遂自投颖水而死。时年四十，有文集二十卷。骆宾王，婺州义乌人，善五言诗。少落魄不护细行，好与博徒游。高宗末为长安主簿，后又失官。徐敬业举兵讨武氏，宾王为他书记。敬业失败，宾王亦被杀，或传其遁去为僧，似为附会之辞；他有文集10卷。这四个人同时飞扬于上元前后的文坛之上，时人因并称之为“四杰”。他们的诗颇袭六朝繁缛之遗习，未能有甚大的特创的成绩。惟卢照邻卧疾甚久，因之生厌世思想，其诗遂间有特异之情调；如《羁卧山中》：“卧壑迷时代，行歌任死生。红颜意气尽，白璧故交轻。涧户无人迹，山窗听鸟声。春色缘岩上，寒光入溜平。雪尽松帷暗，云开石路明。夜伴饥鼯宿，朝随驯雉行。度溪独忆处，寻洞不知名。紫书常日阅，丹药几年成。扣钟鸣天鼓，烧香厌地精。倘遇浮丘鹤，飘摇凌太清。”可见他的欲勉以仙境自解脱的心情；然幻想上的乐园，究敌不过肉体上的痛苦，他最后遂不得不以自杀为免苦之唯一方法了。

继四杰之后，大启唐律之体格者，有宋之问、沈佺期二人，同时并有崔融、杜审言等助之。《唐书》本传谓：“魏建安后讫江左，诗律屡变。至沈约、庾信以音韵相婉附，属对精密。及之问、佺期又加靡丽；回忌声病，约句准篇，如锦绣成文，学者宗之，号为沈宋。”所谓“律诗”之体式遂至此而形成。后世受其影响者至深。此种影响自然是不见得好的；后来大诗人之不能有甚伟大之诗篇，如委琪尔之《阿尼特》、米尔顿（Milton）之《失乐园》、但丁之《神曲》之类者，其重要原因，未始非因律诗之格律过于严整之故；且即小诗亦颇受其害，“回忌声病，约句准篇”之末弊，必至于强截文情或虚增蛇足以求合诗律。所以沈宋虽有大影响于后来的文学史，而其弊害亦极甚。宋之问字延清，一名少连，虢州弘农人（一作汾州人）。武后时，之问与杨炯分直习艺馆。他媚附张易之兄弟。及武氏败，他被贬陇州。中宗时，他又被召为修文馆学士。睿宗即位，他再被配徙钦州，不久，被杀于徙所。有文集10卷。他的五言诗，当时无相比肩者。沈佺期字云卿，相州内黄人，长于七言诗，与宋之问齐名。初为给事中，后流驩州，又起为修文馆直学士，有文集10卷。之问的作风可于《途中寒食题黄梅临江驿寄崔融》：“马上逢寒食，愁中属暮春。可怜江浦望，不见洛阳人。北极怀明主，南溟作逐臣。故园肠断处，日夜柳条新。”见其一斑。佺期的作风可于《古意呈补阙乔知之》：“卢家少妇郁金香，海燕双栖玳瑁梁。九月寒砧催木叶，十年征戍忆辽阳。白狼河北音书断，丹凤城南秋夜长。谁谓含愁独不见，更教明月照流黄。”见其一斑。杜审言字必简，襄州襄阳人，以恃才傲世见嫉于人，为修文馆直学士。有文集10卷。崔融齐州全节人，为国子司业，有文集60卷。同时并有李峤、苏味道、王无竞、阎朝隐诸人，也与沈、宋交往，而俱以能诗名于世。

不附庸于沈宋之例而能独创一风格者有陈子昂。子昂字伯玉，梓州射洪人。家世富豪，少年时任侠使才，后苦志读书，遂成一大诗人。初入京师，未见知于人。有卖胡琴者，价称百万，豪贵侍视而不能辨。子昂排众突出，顾左右以千缗市之。众惊问。答曰：“余善此乐。”皆曰：“可得闻乎？”曰：“明日可集于某所。”众如期偕往。即具酒肴，而置胡琴于前，捧琴曰：“蜀人陈子昂，有文百轴，驰至于京毂，碌碌于尘土而不见知于人。此乐贱工之役耳，岂宜留心哉！”举而碎之，以其文遍赠于在会者。一日之内，声华溢于都门，遂被举进士，转右拾遗。武攸宜伐契丹，以子昂为书记。以父被贪吏所辱，还乡里，竟被贪吏囚于死狱中。时为公元698年（即武后圣历元年），得年43。当唐显庆龙翔间，“徐庾体”尚为诗人的准式，及子昂的《感遇诗》38首出，为当时第一出现的重要的五言古诗，始扫艳丽之旧习而趋于雅正劲炼。王適见此诗，惊曰：“此子必为海内之，文宗。”子昂尝自言曰：“文章道弊，五百年矣。汉、魏风骨，晋、宋莫传。然而文献有可征者。仆尝暇时观齐梁间诗，彩丽竞繁，而兴寄都绝，每以永叹思古人，常恐逶迤颓靡，风雅不作，以耿耿也。”唐之诗歌虽因沈宋而律诗以成立，然仍时时露清劲朴质之气分者，子昂的独特的作风，实与以很大的影响。“本为贵公子，平生实爱才。感时思报国，拔剑起蒿莱。西驰丁令塞，北上单于台。登山见千里，怀古心悠哉。谁言未忘祸，磨没成尘埃。”（《感遇诗》第35）这种诗在“沈宋派”盛行时，自然是极不易见得到的。

与子昂约同时而亦不受沈宋之影响者有刘希夷、张若虚。希夷一名庭芝，汝州人，为宋之问之甥。少落魄不拘常格，后为人所害。世传系之问因欲夺得其诗，以土囊压杀之，恐无此理。希夷之诗善为从军闺情，诗词悲苦。有集10卷。若虚扬州人，为兖州兵曹。他的诗存于今者仅二首，其中《春江花月夜》一首：“春江潮水连海平，海上明月共潮生。滟滟随波千百里，何处春江无月明。江流宛转绕芳甸，月照花林皆似霰。空里流霜不觉飞，汀上白沙看不见。江天一色无纤尘，皎皎空中孤月轮。江畔何人初见月？江月何年初照人？人生代代无穷已，江月年年只相似。不知江月待何人，但见长江送流水。白云一片去悠悠，青枫浦上不胜愁。谁家今夜扁舟子？何处相思明月楼？可怜楼上月裴回，应照离人妆镜台。玉户帘中卷不去，捣衣砧上拂还来。此时相望不相闻，愿逐月华流照君。鸣雁长飞光不度，鱼龙潜跃水成文。昨夜闲潭梦落花，可怜春半不还家。江水流春去欲尽，红潭落月复西斜。斜月沉沉藏海雾，碣石潇湘无限路。不知乘月几人归？落月摇情满江树”为不朽的佳作。

九

沈宋及子昂之后，便入于开元天宝的时代，这时代产生了不少的伟大的诗人，其中自以李白、杜甫为最重要。白诗以飘逸清骏胜，如天马之行空，如怒涛之回浪，汗漫自适，无往不见其卓绝的天才；甫诗则以沉静庄肃胜，如笛师之作响，如明月之丽天，循规蹈矩，自守其天才于绳墨之中。二人固不能妄加以轩轾。惟后世诗人因白之骏逸的风神不易学，而甫之谨严的法度有可循，故所受于甫的影响较之白为深久。然以诗论诗，则李白纯为诗人之诗，杜甫则有时太以诗为他的感事伤时的工具，且其强求合于韵律之处，亦常有勉强牵合之病。

李白字太白，号青莲，陇西成纪人，以出生于蜀，故或又以他为蜀人。他的生年为公元 701 年（即唐长安元年）。少有逸才，志气宏放，任侠尚气，轻财重施，尝因事手刃数人。他的《与韩荆州书》："白陇西布衣，流落楚汉。十五好剑术，干于诸侯。三十成文章，历抵卿相。"这可算是他早半生的自传。他初年尝隐于岷山。州举不应。后出游于襄汉，南从于洞庭，东至于金陵扬州，更为客于汝梅，还至于云梦。此时娶故相许氏之孙女为妻。又识郭子仪于行伍之间，言于主帅，使脱其罪。既又去至齐鲁，客于任城。与孔巢父诸人交好，居于徂徕山，号"竹溪六逸"。他之识杜甫，大约亦在此时，所以他的《鲁郡东石门送杜甫诗》说："醉别复几日，登临遍池台。何时石门路，重有金樽开？秋波落泗水，海色明徂徕。飞蓬各自远，且尽手中杯。"此二大诗人的交谊至深，且历时至久；白长流夜郎时，甫有《天末怀李白》之作："凉风起天来，君子意如何？鸿雁几时到，江湖秋水多。文章憎命达，魑魅喜人过。应共冤魂语，投诗赠汨罗。"

又有《梦李白》："死别已吞声，生别常恻恻。江南瘴疠地，逐客无消息。故人入我梦，明我长相忆。恐非平生魂，路远不可测。魂来枫林青，魂返关塞黑。君今在罗网，何以有羽翼。落月满屋梁，犹疑照颜色。水深波浪阔，无使蛟龙得。"二人交谊之深挚于此可见。天宝初，游于会稽，与道士吴筠共居郯中。筠被召至京师，因荐太白于朝，玄宗即下诏征之。白至京师，遇贺知章，知章一见叹曰："子诚谪仙人也。”玄宗甚礼待之。白在长安三年，不见容于宫庭中的亲侍。乃请还山。这时他受道箓于齐州之紫极宫。他之受道箓，留意于神仙之事，似为欲以幻梦的静美的仙境寄顿他的狂热的不合于当世的心情。此后，他又浮游于四方，北至赵魏燕晋，西涉邠岐，经洛阳、淮泗再入会稽，最后至于金陵。天宝十四年，安禄山作乱，白避地在庐山。永王李璘辟他为府僚。后璘失败，白连坐当诛，赖郭子仪救护，得免死长流夜郎，中道遇赦还。此后的生活便在寻阳、金陵、历阳、宣城等处度过，或乘扁舟而一日千里，或遇胜景则终年留居。最后，以族人李阳冰为当涂令，往依之，遂病卒于当涂，年 66，时为公元 762 年，即唐肃宗宝应元年之十一月。或传其欲探海中之月，遂踏水而死者，实非；大约乃后人欲以一种浪漫超奇的举动以结束此浪漫超奇的大诗人的最后而故为此说。白的诗散佚者极多，李阳冰尝为之编纂成集，后来又经数人的继续增入，大约现在之《李太白集》，其中多少不免有误入之作。白对于诗的见解，亦为不重琢丽之文句而欲以真朴之美与读者相见的。他的《古风》的一首说：“大雅久不作，吾衰竟谁陈！王风委蔓草，战国多荆榛。龙虎相啖食，兵戈逮狂秦。正声何微茫，哀怨起骚人。扬马颓波澈，开流荡无垠。废兴虽百变，宪章亦已沦。自从建安来，绮丽不足珍。圣代复元古，垂衣贵清真。群才属休明，乘运共跃鳞。文质相炳焕，众星罗秋旻。我志在删述，垂辉映千春。希圣如有立，绝笔于获麟。”可算为他的宣言。他的诗诚为具有最活跃的天才者，我们读之，无往不见其潇洒豪放之气分，正如我们读陶渊明时之见着陶氏的闲远淡泊的情态一般。如“遥看汉水鸭头绿，恰似葡萄初酦醅。此江若变作春酒，垒曲便筑糟丘台。”（《襄阳歌》）“青天有月来几时，我今停杯一问之。人攀明月不可得，月行却与人相随……今人不见古时月，今月曾经照古人。古人今人若流水，共看明月皆如此。”（《把酒问月》）“两人对酌山花开，一杯一杯复一杯。我醉欲眠卿且去，明朝有意抱琴来。”（《山中与幽人对酌》）诸句，纵逸飞劲的文辞与他的浪漫豪放的心情直相映于我们之前。他的《古乐府》如《远别离》、《蜀道难》俱为不朽的杰作，其音调之锵亮，文辞之流顺，如明珠之转于玉盘，瀑布之倒于深潭，使人非一口气读完了不可。此外，如《梦游天姥吟留别》诸作，细画出他所幻见的乐园，亦使人惊骇于他的想像力之丰富。李阳冰称他：“驰驱屈宋，鞭挞扬马。千载独步，惟公一人。”韩愈诗言：“李杜文章在，光芒万丈长。”决非过分的赞词。

杜甫字子美，号少陵，襄阳人，乃审言之孙，生于公元712年(即唐先天元年)。少时贫不自振，开元间客游吴越之间，又曾赴京兆一应进士试，不第。以父闲为兖州司马，乃游于齐赵之间，他与李白友，约即始于此时。天宝时，曾有《奉呈韦左丞丈》一诗；“纨绔不饿死，儒冠多误身。丈人试静听，贱子请具陈。甫昔少年日，早充观国宾。读书破万卷，下笔如有神。赋料扬雄敌，诗看子建亲。李邕求识面，王翰愿卜邻。自谓颇挺出，立登要路津。致君尧舜上，再使风俗淳。此意竟萧条，行歌非隐沦。骑驴三十载，旅食京华春。朝叩富儿门，暮随肥马尘。残杯与冷炙，到处潜悲辛。……今欲东入海，即将西去秦，尚怜终南山，回首清渭滨。常拟报一饭，况怀辞大臣。白鸥没浩荡，万里谁能驯。”当时之人每喜以大言干贵官，李白、韩愈亦未能脱俗，甫此诗自不免亦染此习。然于此颇可使我们见出他的早年的生活的一斑；“读书破万卷，下笔如有神”诸语，尤可见他的诗歌的功力之所在。此后，曾数上赋颂。玄宗奇之，使侍制于集贤院。后授右卫率府胄曹参军，尝上书自称道，以扬雄、枚皋自况比。当时政治废弛，天下将乱，甫目见其危，心常抑抑，而一发其恳挚忧愤之情于诗篇之中，如《自京赴奉先县咏怀》一篇，可为一例：“穷年忧黎元，叹息肠内热。取笑同学翁，浩歌弥激烈。非无江海志，萧洒送日月。生逢尧舜君，不忍便永诀。”这是他从心底吐出的忠恻不忍之情。至于“朱门酒肉臭，路有冻死骨”诸句，则把当时社会的不平倾吐无遗。当时天下大乱之原因，亦可于此诗窥见其大半。不久，安禄山果反，长安陷，玄宗逃蜀。甫为贼所捕，陷居长安城中，伤时思家，一一泄之于他的诗中，如《春望》：“国破山河在，城春草木深。感时花溅泪，恨别鸟惊心。烽火连三月，家书抵万金。白头搔更短，浑欲不胜簪。”及《哀江南》中之数语：“清渭东流剑阁深，去住彼是无消息。人生有情泪沾臆，江水江花岂终极。黄昏胡骑尘满城，欲往城南望城北。”颇可见他那时的情怀。自经此丧变，全盛时代之开元天宝的文化为之一扫无遗，回纥、吐蕃又相率侵扰。诸诗人俱深受其刺感，于是从前雍容流丽之诗篇不多见，而悲壮沉郁的歌声则为之大扬。甫即为受此种刺激最深而他的歌声因变而成最悲郁的一个诗人。他在长安一年余，卒逃得出至凤翔见肃宗，拜为左拾遗。他的《述怀》：“去年潼关破，妻子隔绝久。今夏草木长，脱身得西走。麻鞋见天子，衣袖露两肘。朝廷悯生还，亲故伤老丑。涕泪受拾遗，流离主恩厚。柴门虽得去，未忍即开口。寄书问三川，不知家在否？此闻同罹祸，杀戮到鸡狗。山中漏茅屋，谁复依户牖。摧颓苍松根，地冷骨未朽。几人全性命，尽室岂相偶。嵚崟猛虎场，郁结回我首。自寄一封书，今已十月后。反畏消息来，寸心亦何有。汉运初中兴，生平老耽酒。沉思观会处，恐作穷独叟。”完全叙出他那时的情况。后此，他曾回去省家一次，肃宗还西京，他自家赴京。后因救房琯之免相，被出为华州司功参军。不久，即弃官客于秦州，又入蜀，流落于成都，在城西之浣花溪，营草堂居之。适严武为剑南东西川节度使至成都，他乃依武为节度参谋，检校尚书工部员外郎。后武死，蜀中大乱，他乃偕家属避居于夔州。此时他为 55 岁。以后的诗，自己称赞为“老来渐于诗律细”，如《秋兴》八首即为当时之作。后此，他又飘游于四方，出瞿塘，下江陵，泝沅湘，登衡山，最后客于来阳，时大水猝至，旬日不得食。县令知之，送酒食给他。或传县令送他牛炙白酒，他大醉，一夕而死。或又谓他并不死于此。但他的卒年实在于公元 770 年，即唐代宗大历五年的秋冬之间，得年 59。他的诗为最足以见他的性情及行为的，中国的诗人没有一个能够如他一样的可于其诗中求其详细的生平及性格的。同时社会上的状况及当时的史事亦多见于他的诗中，如《石濠吏》《新婚别》以及其他，都可见当时民间的疾苦。所以有的人称之为“诗史”。但因此，颇有些附会的杜诗解注家，把他的所有的诗歌都认作“忧时怀君”之作，直埋没了不少的好的抒情诗。我们欲看见杜甫的真价，对于此种解注自不能不加以扫除。

十

约与李白、杜甫同时的著名诗人甚多。略前于他们的有张九龄。九龄字子寿，韶州曲江人，生于公元673年。他官至中书令，后贬为荆州长史，有文集20卷。他的诗《感遇》，甚为后来所称，论者比之于陈子昂的《感遇》，以为他们在以后诗坛同有大影响。九龄之后，孟浩然、王维、王昌龄、高适、岑参诸诗人相继出现，与李杜同时相映耀。

孟浩然，襄州襄阳人（公元689年一740年）。隐于鹿门山，以诗自适，年40，游京师，有声于诸文士间。尝集秘省联句，浩然吟曰："微云淡河汉，疏雨滴梧桐。"一座嗟服。张九龄、王维，甚称许之。大约浩然之诗制句俱如明珠之清莹，而无繁缛之病。王维字摩诘，太原祁人（公元699年—759年）。初为左拾遗，天宝末为给事中。长安被安禄山攻陷，维为他所获，迫授官职。肃宗克复京师，降禄山者多得罪，独维以"万户伤心生野烟"一诗得免。最后，为尚书右丞卒。他的诗神韵悠远，如"明月松间照，清泉石上流。"（《山居秋溟》）"人闲桂花落，夜静春山空。月出惊山鸟，时鸣春涧中。"（《鸟鸣涧）"空山不见人，但闻人语响。返景入深林，复照青苔上。"（《鹿柴》）"野花丛发好，谷鸟一声幽。坐夜空村寂，松风直似秋。"（《过感化寺罢兴上人院》）"桃红复含宿雨，柳绿更带春烟。花落家僮未扫，莺啼山客独眠。"（《田园乐》）读之如见幽静的山中景色，给他的辋川以不朽的图画。他又善画，论者尝称其"诗中有画，画中有诗"。王昌龄字少伯，太原人。举进士第，补秘书郎。后以不矜细行贬龙标尉。以世乱还乡里，为刺史闾丘晓所杀。他的诗绪密而思清，与高適、王之涣等齐名。如《斋心诗》："女萝覆石壁，溪水幽濛笼。紫葛蔓黄花，娟娟寒露中。朝饮花上露，夜卧松下风。云英化为水，光彩与我同。日月荡精魄，寥寥天府空"可为一例。高适字达夫，一字仲武，沧州渤海人。少落魄不治生涯。年过50，始留意诗什，数年之间，声华已传。初为汴州封丘尉，后为淮南节度使，散骑常侍。有文集20卷，以公元765年卒。他的诗多言胸臆事，且有气骨，音节甚悲壮，如《封丘作》云："乍可狂歌草泽中，宁堪作吏风尘下。只言小邑无所为，公门百事皆有期。拜迎官长心欲碎，鞭挞黎庶令人悲。"不羁之态，使人如见。岑参南阳人，官职方郎中兼侍御史，卒于蜀。他参佐戎幕，往来于鞍马烽尘之间十余年，备极征旅离别之情，故他的诗，情调高旷而悲壮，与高適相似，世因并称之曰"高岑"。他的《天山雪送萧沼归京》云："天山有雪常不开，千峰万岭雪崔嵬。北风夜卷赤亭口，一夜天山雪更厚。能兼汉月照银山，复逐胡风过铁关。交河城边飞鸟绝，轮台路上马蹄滑。晻霭寒氛万里凝，阑干阴崖千丈冰。将军狐裘卧不暖，都护宝刀冻欲断。正是天山雪下时，送君走马归京师。客中何以赠君别，唯有青青松树枝。"这里所叙写的天山大雪，以及其他各诗中所写的景物，皆为向来中国诗人的笔锋所未及的，此为他的特色。与他们同时而较著名的诗人，尚有李颀，官新乡尉。常建，开元十五年进士。崔灏，官盱眙尉。王之涣，并州人。陶翰，润州人。贾至，洛阳人，官散骑常侍。崔曙，宗州人。储光羲，官监察御史，等。

继于他们之后的大家有顾况、钱起、韦应物、刘长卿、孟郊、刘禹锡、韩愈、柳宗元、白居易、元稹、杜牧、李商隐、温庭筠、罗隐等，相继出现。至罗隐时，则五七言的古律诗已至落潮之候，而为一种新体的诗，所谓"词"的，大盛行的时代了。

顾况字逋翁，苏州人，官著作郎，颇任性，好诙谐。后贬饶州司户，有文集 20 卷。钱起，吴兴人，天宝进士，与卢纶、韩翃、司空曙、苗发、吉中孚、崔峒、耿沣、夏侯审、李端等十人并称"大历十才子，"又与郎士元齐名，时谓之"钱郎"。韦应物初为洛阳丞，后由比部员外郎出刺滁州，改刺江州，贞元初，又刺苏州。他的诗淡远闲放，与柳宗元诗并类陶渊明，故时以"韦柳"同称。刘长卿字文房，以诗驰声上元。宝应间，官终随州刺史，时人甚重之。孟郊字东野，湖州人。年 50 始得进士，为深阳尉。后随郑余庆至兴元而卒。郊诗最为韩愈所称，然思苦奇涩。刘禹锡字梦得，彭城人，初与柳宗元同为王叔文所引用，后连遭贬逐。会昌中为检校礼部尚书。晚年与白居易相酬答，居易称他为诗豪，以为"其锋森然，少敢当者"。时人并号之为“刘白”。韩愈字退之，昌黎人。他提倡古文，力挽当时颓靡的文风，后来散文受其影响者至深。他的诗也严正古拙，颇有人以他为规法。初官四门博士，后贬为潮州刺史，最后为吏部侍郎以卒。柳宗元字子厚，河东人，也以古文著名于文坛，他的诗也晶莹动人。初为王叔文所引用，后贬为永州司马，移为柳州刺史卒。在这时，集于韩愈左右的诗人又有李贺、贾岛、刘叉等，以李、贾为最著称。又有卢仝，与孟郊齐名，于当时亦甚有诗名。贺字长吉。每出游，常从一小奚奴，骑距驴，背一古锦囊，遇有所得，即书投囊中。及暮归，从婢取书研墨叠纸足成之。尝以诗谒韩愈。愈时为国子博士，已送客解带，门人呈卷，旋读之。贺死时年不过27。岛字浪仙，范阳人，初为僧，名无本，后乃举进士，终普州司户。叉行为亦诡僻。少放肆，为侠行，因酒杀人，亡命。后更折节读书，能为歌诗。闻韩愈接天下士，步谒之，作《冰柱》《雪车》二诗，出卢仝，孟郊右。后以争语不能下宾客，因持愈金数斤去，曰：“此谀墓中人得耳，不若与刘君为寿。”愈不能止。归齐，鲁，不知所终。仝，济源人，尝居东都。韩愈为河南令，厚礼之，自号玉川子。

白居易与元稹齐名，时称“元白”。他们的诗俱平易明畅，为妇孺所共晓，所以当时流传极广。“二十年间，禁省观寺邮候墙壁之上无不书，王公妾妇牛童马走之口无不道。至于缮写模敕，炫卖于市井，或持之以交酒茗者，处处皆是。”（元稹《长庆集序》）甚至流传于国外，诚为“自篇章以来未有如是流传之广者”。居易字乐天，号香山居士，太原人，生于公元772年（唐大历七年）。官左赞善大夫，因事贬江州司马，又为主客郎，知制诰，最后为太子少傅，以公元846年（即唐代宗会昌六年）卒。他的不朽之作为《长恨歌》《琵琶行》《新丰折臂翁》诸篇。中国诗人最少为长篇的叙事诗，独居易作此类诗甚多，此亦为他的独特之点。他自分其诗为“讽谕，闲适”数类，自言：“讽谕则意激而言质，闲适则思澹而辞迂。”元稹字微之，河南人。官左拾遗，因事出为通州司马，最后为武昌节度使，以公元831年（即唐文宗太和五年）卒。他与居易的诗，当时少年拟仿者甚多，号为“元和体”。

杜牧字牧之，京兆万年人，生于公元803年。初为临察御史，喜论事，又出为黄、池、睦三州的刺史，最后为中书舍人。他性情豪迈，甚自负其经济才略，其诗亦慷慨悲凉，当时盛传之，如“烟笼寒水月笼沙，夜泊秦淮近酒家。商女不知亡国恨，隔江犹唱后庭花。”（《泊秦淮》）之类，甚为论者所称。或以他与杜甫并举，号之为小杜，以别于甫。李商隐字义山，怀州河内人，生于公元813年（即唐元和八年）。初为弘农尉，后从王茂元，柳仲郢诸节镇，掌书记，最后为检校工部郎中。他的诗以华艳称，所及于后来的影响亦甚大。温庭筠与之齐名，时号“温李”。二人之情调颇相类，俱以艳词靡曲著称，后人称他们之诗为“西昆体”。庭筠字飞卿，并州人，为方城尉。他们的诗，可以庭筠的《阳春曲》为一例：“云母空窗晓烟薄，香昏龙气凝辉阁。霏霏雾雨杏花天，帘外春寒著罗幙。曲阑伏槛金麒麟，沙苑芳郊连翠茵。厩马何能啮芳草，路人不敢随流尘。”又有段成式，也与他们齐名。罗隐字昭谏，余杭人，长于咏史诗，因乱归乡里，钱镠辟之为从事。他在当时甚有诗名，为一个浪漫的人物，民间多以怪特的故事，集于他的名字之下。与他同时的诗人，尚有：陆龟蒙字鲁望，居松江甫里，以善品茶著称；司空图字表圣，河中虞乡人，著《诗品》，很有名，为人有节概，唐哀帝被杀，他也不食而死；杜荀鹤号九华山人，朱温时为主客外郎，知制诰；皮日休字袭美，襄阳人，为黄巢所杀；郑谷字若愚，袁州人，为都官郎中；许浑字仲晦，润州丹阳人。为郢州刺史，晚年隐居。韩偓字致尧，唐末仕颇高达，后谪官入闽；韦庄字端已，杜陵人，为王建之相国。

这个时代的女诗人以上官婉儿为最著，婉儿为唐中宗昭容，初佐武则天，对于当时文学，颇有提倡的功绩，后来韦氏失败，婉儿亦被杀。以后有鱼玄机、薛涛等。玄机字幼微，为咸通中西京咸宜观女道士。以笞杀女童绿翘下狱。其在狱中诗，有“明月照幽隙，清风开短襟”之句。薛涛为蜀中女子，相传系营妓。她与元稹同时，尝给稹诗，有：“诗篇调态人皆有，细腻风光我独知。月夜咏花怜暗淡，雨朝题柳为欹垂”诸句。

十一

在这个第一诗人时代里，重要的论文家与历史家并不多见。所有的文学者的功力俱集中于诗歌的一方面。故这里对于论文与史书仅叙一二。史书大都承袭班马的体裁，而无特创的杰作，较重要者为：沈约的《宋书》，凡100卷；萧子显的《南齐书》，凡59卷；魏收的《后魏书》，凡112卷；又《晋书》，凡130卷，为唐太宗时诸文臣所撰；《周书》，凡50卷，为令狐德棻等所撰；《梁书》，凡56卷，《陈书》，凡36卷，俱为姚思廉所撰；《北齐书》，凡50卷，为李百药所撰；《南史》，凡80卷，《北史》，凡100卷，俱为李延寿所撰；《隋书》，凡85卷，为魏徵等所撰。又有萧衍，曾集合文臣，仿司马迁《史记》之体作《通史》，自上古直叙至当代，打破传统的断代为史之习惯，但此书后即散佚不传。当这时代之中末，又有刘知幾字子玄，著《史通》，叙史书的义例及方法甚详尽，可称为一部不朽的大著。

初期的论文家有萧绎，作《金楼子》；其后有王通号文中子，作《中说》，为摹拟《论语》之著作。又有《刘子》者，或谓系梁之刘勰作，或谓系北齐之刘画作。颜之推亦为北齐人，曾作《颜氏家训》。此后更有苏瑰，封许国公，张说，封燕国公，俱能以俊丽之散文，论叙时事，时称“燕许大手笔”。颜真卿论事，亦以忠恳明切著称。陆贽字敬舆，苏州人，尤善以对偶之表谕的文体，表达最深挚的自己的情感。当他在唐德宗奉天中执笔为制诰时，所下制书，虽武人悍卒，无不感动流涕，可谓一个大作家。与贽同时者，有独孤及、李华、萧颖士，权德舆并著名于世；又有令狐楚者，以著作偶俪的章表著名，如李义山之流，俱受其影响。所谓“古文”的大作家韩愈亦出现于此时，柳宗元、刘禹锡、张籍、李翱等，俱属于他的一派。籍字文昌，乌江人，并能诗。翱字习之，赵郡人，为愈之侄婿。同时，有李观，字元宾，皇甫湜，字持正，亦皆为这一派的作家。湜之弟子，为来无择。无择之后为孙樵，字可之。然这个“古文派”，流派虽长，而在当时却仅有一部分的势力，直至公元10世纪之末，再度为欧阳修，苏轼所提倡，才在文坛上占了很大的威权。再后，在这时代的末年，有罗隐，作《谗书》，亦很有名。

十二

文学评论在此时代略露曙光，即有《文心雕龙》与《诗品》的两部大著出现；此二大著俱为初期的产品。《文心雕龙》为刘勰所撰。勰为萧衍时人，后剃度为和尚，专力于佛典。《文心雕龙》似为他早年的著作；凡分上下二部。上部25篇，都为论文学体裁之别的；下部24篇，则论文学的工拙之由，有类于修辞学。他以最难达意的当代文体，创作如此伟大的一部文学评论的专著，且甚严密有条理，其魄力之大与天才之高越殊令人惊异。《诗品》为钟嵘所作。嵘亦刘勰的同时代者。但《诗品》却没有《文心雕龙》之伟大，凡分三卷，将汉以来的诗人归纳于上中下三品之中，且每人叙其诗的源渊之所在并略评之，偶然有些很好的见解，但错谬之处亦不为少。此后，则此类著作又隐没不见。末叶的司空图，亦曾作《诗品》的一篇，然性质与钟嵘的完全不同，不能算为文学评论。

文学的选本，重要者在初期也产生了不少，如萧统有《文选》30卷，又有《诗苑英华》二十卷；徐陵也撰集《玉台新咏》10卷。到了中期，更有一部很大的总集，名为《文馆词林》的，为初唐诸文臣所编成。此后，则此类的书也没有人去做。

参考书目

1. 此时代初期的诗，可于张溥的《汉魏六朝百三名家集》及丁福保的《全汉魏晋六朝诗》二书得之。

2. 此时代后期的诗，可于清代编纂的《全唐诗》中得之。《全唐诗》凡900卷，有原刊本，有石印缩小本。诸重要诗人有单行的专集的并列于下。

3. 谢朓诗集有拜经楼校本，又有《四部丛刊》本。

4.《昭明太子集》，萧统撰，有《四部丛刊》本。

5.《江文通集》10卷，江淹撰，《四部丛刊》本，又有《江文通集汇注》10卷，明胡人骥注刻。

6.《庾子山集》16卷，庾信撰，《四部丛刊》本，又有《庾子山集注》16卷，倪瑶注，通行本。

7.《徐孝穆集》6卷，徐陵撰，《四部丛刊》本，又有吴兆亘的《笺注》本。

8. 初唐王杨卢骆之四杰的文集，《四部丛刊》中亦有之。

9.《陈伯玉集》11卷，陈子昂撰，《四部丛刊》本。

10.《李太白集》，通行本极多，有缪曰艺刻本（此本有石印者），有王琦注本，有《四部丛刊》本。

11.《杜工部集》，杜甫撰，《四部丛刊》中亦有之，又有仇兆鳌的《详注》本，杨伦的《镜铨》本，此外注本尚有许多，不能遍举。

12.《王右丞集》6卷，王维撰，有《四部丛刊》本，又有赵殿成的注本。

13.《高常侍诗集》8卷，高適撰，《四部丛刊》本。

14.《孟浩然集》四卷，《四部丛刊》本。

15. 岑参、刘长卿、韦应物、钱起的文集，《四部丛刊》中俱有之。

16.《韩昌黎集》，韩愈撰，刻本及注本极多。

17. 柳宗元文集，通行本亦甚多。

18. 刘禹锡文集，有近人董氏仿宋刻本，甚精。

19.《元氏长庆集》，元稹撰，有《四部丛刊》本。

20.《白氏文集》，白居易撰，有《四部丛刊》本。

21. 李商隐、杜牧、温庭筠、罗隐诸人的文集，《四部丛刊》内亦俱有之。

22.《唐五十家小集》，近人江标翻宋刻本。

23.《全唐诗录》100卷，徐倬编，通行本。

24. 刘勰的《文心雕龙》，通行本甚多，以黄叔琳的注本为最好。

25. 钟嵘的《诗品》，在何氏刻的《历代诗话》中有之。近有单行石印本。

26.《文选》以李善注的60卷本为最好，有胡克家仿宋刻本。

27.《玉台新咏》通行本甚多。

第十四章

中世纪的中国诗人（下）

一

五七言的古律诗，经齐至唐的大盛时代，许多作者对之便有些厌倦了。在此种陈旧的诗式里，他们觉得很难完全表白出他们的情思而使之异常的动人，于是他们便开辟了另一条新路走，这条新路便是所谓“词”的一种新诗体了。这种新诗体，其导源远在萧衍（公元5世纪之后半至6世纪之前半）之时，衍的《江南弄》：“众花杂色满上林，舒芳曜彩垂轻阴。连手蹀躞舞春心。舞春心，临岁腴。中人望，独踟蹰。”论者已推之为“词”之先驱了。到了公元7世纪之后半，李景伯、沈佺期诸人作《回波乐》；相传大诗人李白亦作《桂殿秋》《清平调》《菩萨蛮》《忆秦娥》诸新调，“词”之一体始渐渐的形成。如（菩萨蛮》：“平林漠漠烟如织，寒山一带伤心碧。暝色入高楼，有人楼上愁。玉阶空伫立，宿鸟归飞急。何处是归程？长亭更短亭。”及《忆秦娥》：“箫声咽，秦娥梦断秦楼月。秦楼月，年年柳色，霸陵伤别。乐游原上清秋节，咸阳古道音尘绝。音尘绝，西风残照，汉家陵阙。”俱为“绝妙好词”。如非白作，亦必为一很伟大的诗人所作。

此后，此种新诗体时时有人试作。然所作究不多，且亦不甚重要，故未能即引起很大的影响。到了唐之末年，即公元 9 世纪之后半，“词”始大行于世。至五代之时（10 世纪），则它差不多要占夺了五七言古律诗的地域了。当时的重要诗人，除了罗隐、司空图、杜荀鹤诸老诗人外，其余的人，都甚致力于此种新诗体。在上者如李晔（唐昭宗）、李存勖（后唐庄宗）、王衍（蜀主）、孟昶（后蜀主）等亦善为词，至于南唐二主，李璟（嗣主）、李煜（后主），则直为两个伟大的词人，所作可冠于那时的一切诗人之上。前于他们的则有温庭筠；在他们治下的词人则有：韩偓、皇甫松、韦庄、牛峤、毛文锡、和凝、牛希济、薛昭蕴、顾夐、鹿虔扆、魏承班、李珣、欧阳炯、阎选、孙光宪、张泌、冯延巳等。他们大都不善于作五七言的旧体诗，有的简直连一首这类的旧体诗也不曾遗留到后世来。试以李煜为例：他的旧体诗《渡中江望石城泣下》：“江南江北旧家乡，三十年来梦一场。吴苑宫闱今冷落，广陵台殿已荒凉。云笼远岫愁千片，雨打归舟泪万行。兄弟四人三百口，不堪闲坐细思量。”较之他的词《浪淘沙》：“帘外雨潺潺，春意阑珊，罗衾不耐五更寒。梦里不知身是客，一晌贪欢。独自暮凭阑，无限江山，别时容易见时难。流水落花春去也，天上人间！”任何人都知道其间相差至远。这二首内的凄恻眷恋的情感原是一样的，然因《渡中江望石城泣下》穿了旧的诗衣，便不觉得有什么动人处，《浪淘沙》用了新诗体，便觉得深情凄楚，感人至深，此正是他善于以新体诗而不善于以旧体诗来表达他的婉曲悲切的内情的一证。其余的诗人，至少有一部分是与他的情形相同的。

二

李晔（唐昭宗）生于公元 867 年，为唐懿宗第七子，以公元 889 年即皇帝位。是时，朱全忠势力方盛，晔虽为天下主，实则在全忠的旗影下度苟生偷活的生活而已。至公元 904 年，他遂为全忠所杀。他善作词，如《巫山一段云》：“蝶舞黎园雪，莺啼柳带烟。小池残日艳阳天，苎萝山又山。青鸟不来愁绝，忍看鸳鸯双结。春风一等少年心，闲情恨不禁。”似为他未经忧难时所作；至如《菩萨蛮》：“登楼遥望秦宫殿，茫茫只见双飞燕。渭水一条流，千山与万岳。远烟笼碧树，陌上行人去。安得有英雄，迎归大内中。”则为他度困苦生活时的作品。

李存勗（后唐庄宗）生于公元 885 年。其先本为西突厥人，唐懿宗时赐姓李氏。公元 923 年，起兵灭梁，即皇帝位。他精晓音律，与伶人昵游。在位四年，以公元 926 年，为他们所杀。他的词，如《如梦令》：“曾宴桃源深洞，一曲清歌舞凤。长记别伊时，和泪出门相送。如梦如梦，残月落花烟重”之类，深情妮婉，使人浑不记得这是一个武人，一个入籍于中国不久的西突厥的武人所作的。

蜀主王衍及后蜀主孟昶，自作之词不多。然当时中原大乱，文士不渡江而往依南唐，即西至蜀而归于王氏及继其后的孟氏。所以当时西蜀的文学，称为极盛。

南唐嗣主李璟，字伯玉，生于公元 916 年，而以公元 961 年卒。他的词传于今者仅三首，然“细雨梦回鸡塞远，小楼吹彻玉笙寒”，及“青鸟不传云外信，丁香空结雨中愁”《摊破浣溪沙》二首中语）诸句，甚为后人所称，自足为当时词人之一领袖。

南唐后主李煜，字重光，璟之子，生于公元 936 年。他的天才较其父为尤高；善属文，工书画，妙于音律。尝著《杂说》百篇，时人以为可继曹丕之《典论》，又有集 10 卷，今皆不传。传于今者仅诗词五十余首。然仅此数十首之诗词，已足使他成为一个不朽的大诗人。宋兴师灭南唐，煜降于他们，被迁住于宋都，终日愁苦，以眼泪洗面。宋太宗甚忌之，公元 977 年，他遂为其所杀。他的词可分为两部分：第一部分是在江南的欢乐繁华的生活中的作品，第二部分是降宋后的悲苦寂寞的生活中的作品。第一部分的作品可用他的《浣溪沙》：“红日已高三丈透，金炉次第添香兽，红锦地衣随步皱。佳人舞点金钗溜，酒恶时拈花蕊齅，别殿遥闻箫鼓奏”为代表，这是他的“慢脸笑盈盈，相看无限情”，“归时休放烛花红，待踏马蹄清夜月”的时代的出品，这是他黄金时代的生活的反映；然他的天才此时尚未臻于成熟，词的内里尚未具甚深挚的情绪。直到了他的生活的第二期，即囚禁的悲苦时代，其作品才如曜于秋光中的苹果林，静躺于夕阳中的黄金色的熟稻田一般，无人不惊诧其美丽与其丰实的内容。我们试读他的《忆江南》："多少恨，昨夜梦魂中。还似旧时游上苑，车如流水马如龙，花月正春风"；《捣练子》："深院静，小庭空，断续寒砧断续风。无奈夜长人不寐，数声和月到帘栊"以及《相见欢》："无言独上西楼，月如钩。寂寞梧桐深院锁清秋。翦不断，理还乱，是离愁，别是一般滋味在心头"等等，殆无一首不使人凄然而表深切的同情于他的。无疑的，当时的最大诗人之号，舍他外实无人足以当之。

前于李晔而在公元第九世纪的前半出现的大诗人有温庭筠。温庭筠，本名岐，字飞卿，太原人，与李义山齐名，时称"温李"，上面一章已经讲起过他。这里专叙他的词。他的词才思艳丽，韵格清拔，且所作甚多，可算为最初的一个大"词"家。如《忆江南》："梳洗罢，独倚望江搂。过尽千帆皆不是。斜晖脉脉水悠悠，肠断白蘋洲。"及《菩萨蛮》："小山重叠金明灭，鬓云欲度香腮雪。懒起画娥眉，弄妆梳洗迟。照花前后镜，花面交相映。新帖绣罗襦，双双金鹧鸪"之类，可为他的代表作。大抵他的此种作品皆词意婉靡而别有一种特殊的情调，所叙的皆不过是儿女的柔情与离愁别绪之类，自然不如李煜之伟大，然他对于后来一般作词者的影响却极大。又有韩偓，略后于温庭筠，尝左右李晔，甚得其信任，卒被朱存忠所忌而出官于闽。他的词的情调，亦甚类于庭筠。又有皇甫松，约与偓同时，亦甚有词名。

入五代时，即公元 10 世纪之开始时，向为诗人的集中地的中原，因变乱的频频，而其诗坛顿现冷落之状。老诗人罗隐等，俱四散避地于兵戈未及之区。新体诗的大作家韦庄及牛峤因亦迁居于蜀，开蜀中诗坛的隆盛的先声。韦庄字端己，杜陵人，以公元 894 年（即唐昭宗乾宁元年）得进士。授校书郎，转补阙。李询为两川宣谕和协使，辟他做判官。他以中原兵乱相寻。遂依王建，建辟为掌书记。后建立国，以他为平章事。但他亦未尝无故乡之思念，在他的《菩萨蛮》之一："洛阳城里春光好，洛阳才子他乡老。柳暗魏王堤，此时心转迷。

桃花春水渌，水上鸳鸯浴。凝恨对残晖，忆君君不知”里可见之。他的词，好的很多；《女冠子》二首：“四月十七，正是去年今日，别君时。忍泪佯低面，含羞牢敛眉。不知魂已断，空有梦相随。除却天边月，没人知。”（其一）“昨夜夜半，枕上分明梦见，语多时，依旧桃花面，频低柳叶眉，半羞还半喜，欲去又依依。觉来知是梦，不胜悲。”（其二）明白如话，而蕴情至深，是词坛里不易得见的好作品。

牛峤字松卿，一字延峰，陇西人。以公元 878 年（即唐懿宗乾符五年）第进士，历官尚书郎。王建镇蜀，以他为判官。及建立国，峤为给事中。他的词也不脱当时一切词家的喜用婉靡的情意与艳丽的词句的习惯，惟《定西蕃》一词：“紫塞月明千里，金甲冷，戍楼寒，梦长安。乡思望中天阔，漏残星亦残。画角数声呜咽，雪漫漫。”其情调为特异。

当时，留居于中原的诗人，自不能说没有，然实无甚著名者。其善于作新体的“词”者，不过和凝一人而已。和凝字成绩，郓州须昌人，生于公元 898 年，以公元 955 年卒。后唐天成中为翰林学士，知贡举。入晋为中书侍郎同平章事。入汉拜太子太傅，封鲁国公。周初，仍为太子太傅。他所作诗文甚富，有集百卷，自篆于版，模印数百帙，分赠于人。文集之自印行，似以凝为第一个人。他的词亦甚艳丽，如《薄命女》：“天欲晓，宫漏穿花声缭绕。窗里星光少。冷露寒侵帐额，残月光沉树杪。梦断锦帏空悄悄，强起愁眉小”可为一例。

蜀中文学，此时极盛，词家尤多。中原诗坛，好像已搬迁到那边去。当时词家之著者有毛文锡、牛希济、薛昭蕴、顾敻、鹿虔扆、魏承班、尹鹗、毛熙震、李珣、欧阳炯、阎选等。毛文锡，字平珪，事蜀为翰林学士，后历文思殿大学士，司徒。他的词可以《醉花间》：“休相问，怕相问，相问还添恨。春水满塘生，鸂鶒还相趁。昨夜雨霏霏，临明寒一阵。偏忆戍楼人，久绝边庭信”及《纱窗恨》：“新春燕子还来至，一只飞。叠巢泥湿，时时坠涴人衣。后园里看百花发，香风拂绣户金扉，月照纱窗恨依依”为代表。牛希济为峤兄子，仕蜀为御史中丞，降于后唐。为雍州节度副使。他的词可以《生查子》：“春山烟欲收，天澹星稀小。残月脸边明，别泪临清晓。语已多，情未了，回首犹重道。记得绿罗裙，处处怜芳草”为代表。薛昭蕴为蜀侍郎；顾敻初为蜀茂州刺史，后官至太尉；鹿虔扆为蜀永泰军节度使，加太保；魏承班为蜀太尉；尹鹗为蜀参卿；毛熙震为蜀秘书监；李珣字德润，梓州人，有《琼瑶集》；欧阳炯，盖州华阳人，为蜀门下侍郎平章事；阎选为后蜀时之处士。他们都是可归在一派之内的，他们的词意都是靡丽而婉微的。写天然景色的美妙如画，是他们的特长；他们的短处则在情调太相同了，不易使人分别出某个作家的个性来。如“恨身翻不作车尘，万里得随君，”（欧阳炯的《巫山一段云》）如“秋雨连绵声，散败荷丛里。那堪深夜听，酒初醒，”（李珣的《酒泉子》）如“弱柳万条垂翠带，残红满地碎香钿，蕙风飘荡散轻烟，”（毛熙震的《浣溪沙》）如“烟月不知人事改，夜阑还照深宫”（鹿虔扆的《临江仙》）这一类的文句，俱能细腻的婉曲的达出自己的深挚的情绪，描出无人曾画描过的景色，自是他们的不朽之一点。

又有孙光宪，亦可附于这一派；他字孟文，陵州人，为荆南高从诲书记，历检校秘书兼御史大夫。他的词甚有名于当时，可以《渔歌子》之“泛流萤，明又灭，夜凉水冷东湾阔。风浩浩，笛寥寥，万顷金波重叠”数句为代表。

南唐文章之盛，在当时亦不下于西蜀。二主词华照耀，如旭日之丽天，当时无可与匹敌者，其臣下更有张泌、冯延巳等，亦为词坛之杰出的将星。张泌（一作佖）字子澄，淮南人，仕南唐为句容县尉，后官至内史舍人。他的词亦为情思靡丽而描写婉腻之作；如《南歌子》：“柳色遮楼暗，桐花落砌香。画堂开处远风凉，高卷水精帘额衬斜阳”及《江城子》：“浣花溪上见卿卿，脸波秋水明，黛眉轻。绿云高绾，金簇小蜻蜓。好事问他来得么？和笑道，莫多情”可以为例。

这时有赵崇祚者，尝选自温庭筠以下至张泌诸人之作，为《花间集》10卷。这一派婉腻靡丽的新体诗作家的重要作品大抵已总集于这部书里了。所以我们或可称他们为“花间派”。惟冯延巳之作，亦近于此派，乃不见收于赵崇祚，不知何故。

冯延巳一名延嗣，字正中，广陵人，初在南唐为翰林学士，后进中书侍郎同平章事，有《阳春集》一卷。他的词以《谒金门》：“风乍起，吹皱一池春水。闲引鸳鸯芳径里，手挼红杏蕊。斗鸭阑干独倚，碧玉搔头斜堕。终日望君君不至，举头闻鹊喜”一首最为人所称，然如《蝶恋花》之数句：“窗外寒鸡天欲曙，香印成灰，坐起浑无绪。庭际高梧凝宿雾，卷帘双鹊惊飞去”及《忆江南》：“去岁迎春楼上月，正是西窗夜凉时节，玉人贪睡堕钗云，粉消妆薄见天真。人非风月长依旧。破镜尘筝，一梦经年瘦。今宵帘幕飏花阴，空余枕泪独伤心”等，亦为不弱于《谒金门》之作。

三

赵匡胤夺了周祚（公元 960 年），次第削平诸国，中国复成了统一的局面。此后各方文士便复集中于京师。新体诗的作者益多。自大臣至武士，无不能为词；公私席会的乐歌是词，优妓所学的歌唱亦是词；历三四世纪而不衰；其盛况甚类于前数世纪的五七言诗。

老词人入此时代者，有欧阳炯诸人。但此时代中的重要诗人，乃后数十年始有出现。最初出现者为晏殊。殊字同叔，临川人，生于公元 991 年，卒于公元 1055 年。康定间（公元 1040 年）拜集贤殿学士，同中书门下平章事，兼枢密使，卒谥元献，有《珠玉词》一卷。晁无咎言：“元献不蹈袭人语，而风调闲雅。”刘贡父谓殊尤喜冯延巳歌词，其所自作亦不减延巳。大抵此最初的宋代大词人，自不免多少受有些前代的影响，也许如刘贡父所说，他所受影响以冯延巳为最深。然他的词与延巳的，其色彩及情调却俱不相同。如他的《清平乐》：“红笺小字，说尽平生意。鸿雁在云鱼在水，惆怅此情难寄。斜阳独倚西楼，遥山恰对帘钩。人面不知何处，绿波依旧东流。”延巳词决无此闲易。与他略同时的词家，重要的有范仲淹及宋祁二人。范仲淹字希文，吴县人，生于公元 989 年，官至枢密副使参知政事，以公元 1052 年卒。他的词不多，然如《御街行》：“纷纷坠叶飘香砌，夜寂静，寒声碎。真珠帘卷玉楼空，天澹银河垂地。年年今夜，月华如练，长是人千里，愁肠已断无由醉，酒未到，先成泪。残灯明灭枕头欹，谙尽孤眠滋味。都来此事，眉间心上，无计相回避”等，深情婉曲，可谓为不朽的名作。宋祁字子京，安州安陆人，生于公元 998 年，卒于公元 1062 年，官翰林学士承旨。他的《玉楼春》:“东城渐觉风光好，縠绉波纹迎客棹。绿杨烟外晓寒轻，红杏枝头春意闹。浮生长恨欢娱少，肯爱千金轻一笑。为君持酒劝斜阳，且向花间留晚照。”盛传当时，他因此被大词人张先称为“红杏枝头春意闹尚书”。

略后于晏殊，有大作家欧阳修、柳永、张先相继而出。欧阳修字永叔，庐陵人，生于公元 1007 年，卒于公元 1072 年。官枢密副使，参政知事，后以太子少师致仕，有《六一词》。他在当时，以提倡古文得大名。然他虽在古文里所现出的严肃的孔教徒的护道的脸孔，而在他的词中，却完全把他的潜在的热烈的诗人真面目现出了。有的人常把他的许多极好的作品，杂入《花间集》或冯延巳的《阳春集》中，以为非他所作，使他完成他的严肃冷酷的护道者的目面，然此种手段殊无谓。在许多公认为他的作品的《六一词》中，他的天真的诗人的一副面目仍是完全的显现出。如《采桑子》:“轻舟短棹西湖好，绿水逶迤，芳草长堤，隐隐笙歌处处随。无风水面琉璃滑，不觉船移。微动涟漪，惊起沙禽掠岸飞。”如《踏莎行》:“候馆梅残，溪桥柳细，草熏风暖摇征辔。离愁渐远渐无穷，迢迢不断如春水。寸寸柔肠，盈盈粉泪，楼高莫近危栏倚。平芜尽处是春山，行人更在春山外。”如《蝶恋花》:“庭院深深深几许？杨柳堆烟，帘幞无重数。玉勒雕鞍，游冶处，楼高不见章台路。雨横风狂三月暮，门掩黄昏，无计留春住。泪眼问花花不语，乱红飞过秋千去”(此词或入《阳春集》，李清照称是《六一词》)如《临江仙》:“柳外轻雷池上雨，雨声滴碎荷声。小楼西角断虹明。阑干倚处，待得月华生。燕子飞来窥画栋，玉钩垂下帘旌。凉波不动簟纹平，水精双枕，旁有堕钗横”；无一首不表现一个浪漫的善感的诗人的欧阳修来。谁还记得他是一个以护道自命的大古文家！

张先字子野，吴兴人，生于公元 990 年，为都官郎中，有《安陆词》。他享寿甚长，至公元 1078 年始卒。他的词甚有声于当时。宋祁尝往见之，一将命者道：“尚书欲见‘云破月来花弄影，郎中。”盖因他的《天仙子》：“水调数声持酒听，午睡醒来愁未醒。送春春去几时回？临晚镜，伤流景，往事悠悠空记省。沙上并禽池上暝，云破月来花弄影，重重帘幕密遮镜。风不定，人初静，明日落红应满径”中有此数语。

柳永在当时，词名较欧阳修及张先尤盛。时人尝谓：“有井水饮处无不知歌柳词者。”其流传之广远，大约可与唐之元白的诗相类了。柳词之所以能有此广大范围的读者歌者，完全在他的词脱下了花间派的衣衫，而自创一格，能勇于运用白话与浅显的文字。这一点是他的最大特色。他初名三变，字耆卿，崇安人。以公元 1034 年（即景祐元年）第进士，官至屯田员外郎，有《乐章集》三卷。他之又一特色，在于善作长词，在他之前，词家大都善于小令（短），而不善于慢词（长），自他起来后，慢词才大行于时。如他的《昼夜乐》：“洞房记得初相遇，便只合长相聚。何期小会幽欢，变作别离情绪！况值阑珊春色暮，对满目乱花狂絮，直恐好风光，尽随伊归去。一场寂寞凭谁诉？算前言总轻负。早知恁地难拚，悔不当初留住。其奈风流端正外，更别有系人心处。一日不思量，也攒眉千度”及《鹤冲天》：“闲窗漏永月冷，霜华堕悄悄下，帘蟆残灯火。再三往事，离魂乱，愁肠锁，无语沉吟坐。好天好景，未省展眉则个。从前早是多成破，何况经岁月相抛亸。假使重相见，还得似当初么？悔恨无计，那迢迢良夜，自家只恁摧挫。”俱能婉曲的在长的词句里，细细的表达出一种深挚的情绪，且用了“恁地”、“则个”、“也”、“么”诸口话入词，使它更易为时人所领悟。他的词流行的广远，岂是偶然的！典雅派，正统派的批评家虽常在讥诮他，然而所谓正统派的词人那一个可比得上他的伟大！

与他们同时的作家有晏幾道、王安石。晏几道为殊的幼子，字叔原，曾监颍昌许田镇，有《小山词》，黄庭坚尝评之道：“叔原乐府，寓以诗人句法，精壮顿挫，能动摇人心。”他的《临江仙》：“梦后楼台高锁，酒醒帘幕低垂。去年春恨却来时，落花人独立，微雨燕双飞。记得小蘋初见，两重心字罗衣，琵琶弦上说相思。当时明月在，曾照彩云归”可为他的一个代表作。王安石字介甫，临川人，生于公元1021年。神宗时，同中书门下平章事，封舒国公，加司空。以变法图强，受守旧者最强烈的攻击与讥诮。以公元1086年卒，有词一卷。他的词可以《清平乐》："云垂平野，掩映竹篱茅舍，阒寂幽居实潇洒，是处绿娇红冶。丈夫运用堂堂，且莫五角六张。若有一卮芳酒，逍遥自在无妨"为代表。

略后于他们的作家有大天才的苏轼。轼以散文，以旧体诗著盛名于当代，而他的词也有大影响于同时代人。轼字子瞻，眉山人，生于公元1036年。初官翰林学士，绍圣初（公元1094年），安置惠州，徙昌化，以公元1101年卒于常州。轼的词，人谓多不谐音律；晁无咎则谓其"横放杰出，自是曲子内缚不住者"。陆游谓："东坡词歌之，曲终觉天风海雨逼人。"陈师道谓轼乃"以诗为词"，然如他的《赤壁怀古》(《念奴娇》)："大江东去，浪声沉千古风流人物。故垒西边，人道是三国孙吴赤壁。乱石崩云，惊涛掠岸，卷起千堆雪。江山如画，一时多少豪杰。遥想公瑾当年，小乔初嫁了，雄姿英发。羽扇纶巾，谈笑间，樯橹灰飞烟灭。故国神游，多情应是，笑我生华发。人间如寄，一尊还酹江月"，以及"荷篑过山前，曰：'有心也哉此贤'"(《醉翁操》)诸句，乃直似在做论文。这可算是引古文以入词，与柳永之引口语入词，正成一绝妙的对照。此种粗豪恣放之作，后来辛弃疾的一派受其影响至深，《吹剑续录》曾记一段笑话。"东坡在玉堂日，有幕士善歌。因问：'我词比柳耆卿何如？'对曰：'柳郎中词只好十七八女孩儿按红牙拍，歌杨柳岸晓风残月。学士词须关西大汉，执铁绰板唱大江东去。'"此未免嘲诮过甚。实在他的词亦不尽为"大江东去"之类，如《卜算子》："缺月挂疏桐，漏断人初静。时见幽人独往来，缥缈孤鸿影。惊起却回头，有恨无人省。拣尽寒枝不肯栖，枫落吴江冷"之类，其描写亦甚细腻婉曲。

论者归之于苏轼门下的词人，有黄庭坚、秦观、晁补之、张耒、陈师道及程垓等，而以秦七（观）黄九（庭坚）为最著。《词苑丛话》言："秦少游自会稽入京见东坡，坡云：'久别当作文甚胜。都下盛唱公山抹微云之词。'秦逊谢。坡遽云：'不意别后公却学柳七。'秦答曰：'某虽无识，亦不至是。先生之言，无乃过乎！'坡云：'销魂当此际，非柳词句法乎？’秦惭服。”实则不仅秦观受柳永影响，即黄庭坚亦受有他的影响；不过观所受的柳永影响乃在所谓“销魂当此际”的一方面，庭坚的则在于引用口话的一方面。庭坚字鲁直，分宁人，生于公元1045年，为起居舍人，以公元1105年卒，有《山谷词》。如他的《沁园春》：“把我身心，为伊烦恼，算天便知。恨一回相见，百方做计，未能偎倚，早觅东西。镜里拈花，水中捉月，觑著无由得近伊。添憔悴，镇花销翠灭玉瘦香肌。奴儿又有行期。你去即无妨，我共谁向眼前。常见心犹未足，怎生禁得真个分离。地角天涯，我随君去，掘井为盟无改移。君须是做些儿相度，莫待临时。”直较柳永为尤近于白话而大类元人的曲子。但庭坚之词，亦有甚琢饰典雅者，不尽为此种。秦观字少游，高游人，生于公元1049年。以苏轼荐，除太学博士，迁正字，兼国史院编修，后遭党禁被流放，以公元1100年卒，有《淮海词》。他的词，在当时为最正则的，所以称许者极多，得名过于轼及庭坚。晁无咎言：“近来作者皆不及少游。”蔡伯世言：“子瞻辞胜乎情，耆卿情胜乎辞。辞情相称者，惟少游而已。”试引其词数首为证：“遥夜沉沉如水，风紧驿亭深闭。梦破鼠窥灯，霜送晓寒侵被。无寐无寐，门外马嘶人起。”（《忆仙姿》）“山抹微云，天黏衰草，画角声断。谯门暂停征棹，聊共引离尊。多少蓬莱旧事，空回首，烟霭纷纷。斜阳外，寒鸦数点，流水绕孤村。消魂当此际，香囊暗解，罗带轻分。谩赢得青楼薄幸名存。此去何时见也？襟袖上空染啼痕。伤情处，高城望断，灯火已黄昏。”（《满庭芳》）此种秀雅之词自较“大江东去”及“假使重相见，还得似当初么”为更易得文士们的欢迎了。晁补之及张耒诸人，词名皆不及秦、黄之著。补之字无咎，巨野人，为著作郎，亦坐党禁被流放。陈质斋谓其词佳者固未逊于秦七黄九。张耒字文潜，淮阴人，以直龙图阁知润州。晚年主管崇福宫。陈师道字履常，一字无己，彭城人，为秘书省正字。程垓字正伯，眉山人，为轼之中表兄弟，有《书舟雅词》。垓的词，如《酷相思》：“月挂霜林寒欲堕，正门外催人起。奈离别如今真个是！欲住也留无计，欲去也来无计。马上离魂衣上泪，各自个供憔悴。问江路梅花开也未？春到也须频寄，人别也须频寄”之类，是显然受有柳永之影响的。大抵所谓“苏门”的这几个人，在词的这一方面，实际并没有受到苏轼的什么影响，所以归之于“苏门”，原是委屈了他们；倒是柳永的影响，在他们之中颇可显著的看出。苏轼的影响是直到后数十年才在辛弃疾、刘克庄诸人里发现出来的，他们才可算是真的“苏派”。

略后于苏轼的著名词人，有毛滂、周邦彦、贺铸。毛滂字泽民，江山人，为杭州法曹。尝作《惜分飞》一词，赠妓琼芳：“泪湿阑干花著露，愁到眉峰碧聚。此恨平分取，更无言语空相觑。断雨残云无意绪，寂寞朝朝暮暮。今夜山深处，断魂分付潮回去。”苏轼见而赏之，因此得名。后来他知武康县，又知秀州，有《东堂词》。贺铸字方回，卫州人，生于公元1063年，卒于公元1120年。元祐中通判泗州，后退居吴下，自号庆湖遗老，有《东山寓声乐府》。张耒谓：“方回乐府妙绝一世。盛丽如游金张之堂，妖冶如揽嫱施之祛，幽索如屈宋，悲壮如苏李。”当时颇传唱他的《青玉案》：“凌波不过横塘路，但目送芳尘去。锦瑟年华谁与度？月台花谢，琐窗朱户，惟有春知处。碧云冉冉蘅皋暮，彩笔新题断肠句。试问闲愁都几许？一川烟草，满城风絮，梅子黄时雨”，此词最后一句，“梅子黄时雨”，极为时人所赞赏，故或叫他为“贺梅子”。

周邦彦对于后来的影响，较贺铸、毛滂为大。这因为他懂得音律之故。他字美成，钱塘人。历官秘书监，进徽阁待制，提举大晟府，后徙处州卒，有《清真集》。他善于作慢词，有的时候，辞句很典雅，有的时候也杂入些口语。刘潜夫谓：“美成颇偷古句。”陈质斋也说，“美成词多用唐人诗语，檃括入律。”实则此种的剽窃“成语”“旧意”，本为大多数词人的通病，固不仅他一人如此。现在举《六丑》(《蔷薇谢后作》)一词以见他的作风的一斑：“正单衣试酒，怅客里光阴虚掷。愿春暂留，春归如过翼，一去无迹。为问家何在？夜来风雨，葬楚宫倾国。钗钿堕处遗香泽。乱点桃蹊，轻翻柳陌。多情更谁追惜，但蜂媒蝶使时叩窗槅。东园岑寂，渐蒙笼暗碧，静绕珍丛，底成叹息。长条故惹行客，似牵衣待话别。情无极，残英小，强簪巾帻。终不似一朵钗头颤袅，向人欹侧。漂流处莫趁潮汐，恐断鸿尚有相思字，何由见得。”

四

公元1126年，北方的金人，起兵侵入宋境，攻陷汴京，擒了宋徽宗、钦宗二帝北去。此后中国内部扰乱了好几年。宋室终于不能再在北方立足，便迁都于临安，即所谓“南渡”。中国又成了如5世纪时南北朝分立的局面，直到13世纪的后半，才再得统一。这事影响于文学很大，一方因异族之入主中国中部，破坏旧的典雅文学，而产生了新的口语文学，造成将来戏剧、小说的创作；同时因这个大变动，文人的情绪极受激刺，引起不少作家的爱国的热情；大部分的作品，便弃去了向来靡丽婉约的作风，而向壮烈、慷慨激昂的路走去。第一个大诗人，应这个呼声而起的，便是辛弃疾。

辛弃疾字幼安，历城人，初在刘豫处，后南来投宋，为浙东安抚使，加龙图阁待制，进枢密都承旨。他出入兵间，甚有才略；他的词也慷慨豪恣，如他的为人。如《永遇乐》(《京口北固亭怀古》)：“千古江山，英雄无觅孙仲谋处。舞榭歌台，风流总被雨打风吹去。斜阳草树，寻常巷陌，人道寄奴曾住。想当年金戈铁马，气吞万里如虎。元嘉草草，封狼居胥，意赢得仓皇北顾。四十三年望中，犹记灯火扬州路。可堪回首，佛狸祠下，一片神鸦社鼓。凭谁问：廉颇老矣，尚能饭否？”及《菩萨蛮》(《书江西造口壁》)：“郁孤台下清江水，中间多少行人泪。西北是长安，可怜无数山。青山遮不住，毕竟东流去。江晚正愁余，山深闻鹧鸪”可为一例。他的作风甚似苏轼，大概所受于轼的影响是很深的。

继弃疾的这种作风的有陆游、刘克庄及刘过诸人。陆游字务观，山阴人，生于公元1125年。少年时具热烈的爱国心，甚思有所作为。后至蜀为范成大参议，自号放翁，最后为宝章阁待制，以公元1210年卒，在他的词里，我们也可看出他的悲壮的气概，如《夜游宫》：“雪晚清笳乱起，梦游处不知何地。铁骑无声望似水，想关河雁门西，青海际。睡觉寒灯里。漏声断，月斜窗纸。自许封侯在万里，有谁知！鬓虽残，心未死”；《桃园忆故人》：“中原当日，山川震，关辅回头煨烬。泪尽两河征镇，日望中兴运。秋风霜满青青鬓，老却新丰英俊。云外华山千仞，依旧无人问”及《谢池春》：“壮岁从戎，曾是气吞残虏。阵云高狼烟夜举。朱颜青鬓，拥雕戈西戍。笑儒冠自来多误。功名梦断，却泛扁舟吴楚。漫悲歌伤怀吊古，烟波无际。望秦关何处？叹流年又成虚度”可以为例。在他的五七言诗里，我们更可常常的看出他的这种壮烈的情绪。刘克庄字潜夫，莆田人，官龙图阁直学士，有《后村词》。他的作风与辛陆甚相似，于《玉楼春》(《吴林节推》)“年年跃马长安市，客里似家家如寄。青钱唤酒日无何，红烛呼卢宵不寐。易挑锦妇机中字，难得玉人心下事。男儿西北有神州，莫洒水西桥畔泪”一词可见之。刘过字改之，襄阳人，一云太和人，有《龙洲词》。他曾客于辛弃疾处，故作风也甚相似。读他的《清平乐》：“新来塞北，传到真消息，赤地居民无一粒，更五单于争立。维师尚父鹰扬熊罴，百万堂堂；看取黄金假钺，归来异姓真王”可见。

经过宋南渡的大变动的，尚有一个伟大的女流作家李清照。她字易安，是格非之女，嫁给赵明诚，有《漱玉集》。但她虽经这个大变动，在她的词里却不甚可见什么痕迹。她的作品并不多，然几无一首不好的。她不善作五七言诗，所专致力的乃是词。如《壶中天慢》：“萧条庭院，又斜风细雨，重门须闭。宠柳娇花寒食近，种种恼人天气。险韵诗成，扶头酒醒，别是闲滋味。征鸿过尽，万千心事难寄。楼上几日春寒，帘垂四面，玉阑干慵倚。被冷香消新梦觉，不许愁人不起。清露晨流，新桐初引，多少游春意。日高烟敛，更看今日晴未？”如《醉花阴》：“薄雾浓云愁永昼，瑞瑙销金兽。佳节又重阳，玉枕纱厨，半夜凉初透。东篱把酒黄昏后，有暗香盈袖。莫道不销魂，帘卷西风，人似黄花瘦”；如《声声慢》：“寻寻觅觅，冷冷清清，凄凄惨惨戚戚。乍暖还寒时候，最难将息。三杯两盏淡酒，怎敌他晓来风急！雁过也，正伤心，却是旧时相识。满地黄花堆积，憔悴损，如今有谁堪摘？守着窗儿独自，怎生得黑！梧桐更兼细雨，到黄昏点点滴滴。这次第怎一个愁字了得”之类，无不盛传于人口。朱熹说，“本朝妇人能文者，惟魏夫人及李易安二人而已。”魏夫人为丞相曾子宣妻，亦善作词，如《菩萨蛮》：“溪山掩映斜阳里，楼台影动鸳鸯起。隔岸两三家，出墙红杏花。绿杨堤下路，早晚溪边去。三见柳绵飞，离人犹未归”之类，意境也甚高。但李易安固不仅为妇女中之能文杰出者，即在各时代的诗人中，她所占的地位也不能在陶潜、李、杜及欧阳修、苏轼之下。

自南渡之后，江南的地方，又渐渐的恢复了歌舞升平的盛况；虽然有辛弃疾、陆游之流，不欲苟安于小朝廷的局面，然而大多数的词人又都已心满意足的曼声唱着闲歌艳曲，回向典雅婉和的大路走去了。这一派的词家最多，朱敦儒、康与之最先出。

朱敦儒字希真（一作希直）洛阳人，为两浙东路提点刑狱，后告归，有《樵歌》三卷。汪叔耕言，“希真词多尘外之想，虽杂以微尘，而其清气自不可没。”在《渔父》：“摇首出红尘，醒醉更无时节。生计绿蓑青笠，惯披霜冲雪。晚来风定钓丝闲，上下是新月。千里水天一色，看孤鸿明灭”一词里，我们可见其作风一斑。康与之字伯可，南渡初以词受知高宗，官郎中，有《顺庵乐府》，论者以他比于柳永。沈伯时说他未免时有俗语。

此后词人之最著者有范成大、姜夔、史达祖、高观国、卢祖皋、吴文英、蒋捷、张炎、陈允平、周密、王沂孙等。又有女流作家朱淑真。姜夔与吴文英对于后来词坛尤有很大的影响。

范成大为伟大的田野诗人，他的五七言诗甚著名，我们在他的词里也可见他的闲适的作风之一斑：《眼儿媚》：“酣酣日脚紫烟浮，妍暖破轻裘。困人天气，醉人花气，午梦扶头。春慵恰似春塘水，一片縠纹愁。溶溶曳曳，东风无力，欲皱还休。”他字致能，吴郡人，生于公元1125年，卒于公元1193年。曾出为帅，又入为资政殿学士，有《石湖集》。姜夔字尧章，鄱阳人，流寓吴兴，不第而卒，有《白石词》。他善吹箫；自制曲。初则率意为长短句，然后协以音律。范成大评他有“裁云缝月之妙手，敲金戛玉之奇声”。他的《暗香》：“旧时月色，算几番照我梅边。吹笛唤起玉人，不管清寒与攀摘。何逊而今渐老，都忘却春风词笔。但怪得竹外疏花，香冷入瑶席。江国正寂寂，叹寄与路遥，夜雪初积。翠尊易泣，红萼无言耿相忆。长记曾携手处，千树压西湖寒碧。又片片吹尽也，几时见得！”可算为他的代表作。史达祖字邦卿，汴人，有《梅溪词》，姜夔称他的词，“奇秀清逸，融情景于一家，会句意于两得。”如《万年欢》：“两袖梅风，谢桥边岸痕犹带阴雪。过了匆匆灯市，草根青发，燕子春愁未醒，误几处芳音辽绝。烟溪上采篆人归，定应愁沁花骨。非干厚情易歇，奈燕台句老，难道离别。小径吹衣，曾记故里风物。多少惊心旧事，第一是侵阶罗袜。如今但柳发晞春夜，来和露梳月”可见一斑。高观国字宾王，山阴人，有《竹屋痴语》。陈唐卿说他的词“要是不经人道语”。如《菩萨蛮》：“春风吹绿湖边草，春光依旧湖边道。玉勒锦障泥，少年游冶时。烟明花似绣，且醉旗亭酒。斜日照花西，归鸦花外啼”可为一例。他与史达祖二人都是很受秦观、周邦彦的影响的；他们作品的情调都近于周、秦。卢祖皋字中之，永嘉人，（一云邛州人）为军器少监，有《蒲江词》。他的作风也是承袭“典雅派”的，与史、高二人俱甚注意于用很鲜巧的辞句，例如《乌夜啼》（《离恨》）：“柳色津头泫绿，桃花渡口啼红。一春又负西湖醉，离恨雨声中。客袂迢迢西塞，余寒剪剪东风。谁家拂水飞来燕，惆怅小楼空。”吴文英字君特，四明人，有《梦窗甲乙丙丁稿》。尹惟晓谓：“求词于吾宋，前有《清真》（周邦彦），后有《梦窗》。”不仅当时人如此推许，即后来词人，也多以他为“正统派”之宗匠的。但有一部分人却反对他，如张炎说，“吴梦窗如七宝楼台，眩人眼目。折碎下来，不成片段。”此实对于一般所谓“典雅派”的大多数作家的最确切的评语，不仅吴文英一人如此。他的词，可以《唐多令》：“何处合成愁？离人心上秋，纵芭蕉不雨也飕飕。都道晚凉天气好，有明月怕登楼。年事梦中休，花空烟水流。燕辞归，客尚淹留。垂柳不萦裙带住，漫长是系行舟”及《风入松》：“听风听雨过清明，愁草瘗花铭。楼前绿暗分携路，一丝柳一寸柔情。料峭春寒中酒，交加晓梦啼莺。西园日日扫林亭，依旧赏新晴。黄蜂频扑秋千索，有当时纤手香凝。惆怅双鸳不到，幽阶一夜苔生”为代表。蒋捷字胜欲，吴兴人，宋亡不仕，有《竹山词》。他的作品，有一部分是纤巧的，是属于正统派的，如“红了樱桃，绿了芭蕉，送春归，客尚蓬飘，昨宵榖水，今夜兰皋，奈何云溶溶，风淡淡，雨潇潇……”（《行香子》）之类；有一部分是粗豪的，是属于苏辛一派，所谓“别派”的，如“甚矣君狂矣！想胸中些儿磊磈，酒浇不去。据我看来何所似：一似韩家五鬼，又一似杨家风子……”（《贺新郎》），然后者所作不多。张炎字叔夏，为宋宗室之后。宋亡后，流落播迁，游于四方，所交皆遗民逸士，故他在公元1279年宋亡以后所作的词辞意隐约而一往情深，亡国之痛郁结于纸背。集名《山中白云词》（一名《玉田词》），郑思肖为作序，如《玉漏迟》：“……幽趣尽属闲僧，浑未识人间落花啼鸟。呼酒凭高，莫问四愁三笑。可惜秦山晋水甚却向，此时登眺清趣少，那更好游人老”及《春从天上来》：“海上回槎，认旧时鸥鹭犹恋蒹葭。影散香消，水流云在，疏树十里，寒沙难问钱塘。苏小都不见，擘竹分茶更堪嗟。似荻花江上，谁弄琵琶。烟霞自延晚照，尽换了西林窈窕纹纱。蝴蝶飞来不知是梦，犹疑春在邻家。一掬幽怀难写，春何处？春已天涯减繁华，是山中杜宇，不是杨花”都可约略见到他的这种隐约而热烈的悲痛。陈允平也是一个宋的遗民，字君衡，号西麓，明州人，有《日湖渔唱》。他的作风可于《唐多令》：“休去采芙蓉，秋江烟水，空带斜阳一片征鸿。欲顿困愁无顿处，都著在两眉峰。心中寄题红，画桥流水东。断肠人无奈秋浓。回首层楼归去懒，早新月挂梧桐”见其一斑。周密字公谨，济南人，侨居吴兴，自号弁阳啸翁，宋亡后也不出仕，有《草窗词》（一名《蘋州渔笛谱》）。他也属于正统派的，与张炎同为当时最著名的词人；他的作品可以《点绛唇》：“午梦初回，卷帘尽放春愁去。昼长无侣，自对黄鹂语。絮影蘋香，春在无人处；移舟去。未成新句，一砚梨花雨”为例子。王沂孙字圣与，号碧山，又号中仙，会稽人，有《碧山乐府》（一名《花外集》），常与张炎等相酬和。

在这时，词已成了旧体，又有新体的诗所谓“曲”的渐行于时，且已有人以“曲”来作剧本了。所以自蒋捷以下诸人，他们的后半生，都不独是宋代的遗老，且也成了诗国的遗老了。

朱淑真为李清照后的一个女流大作家，她的五七言诗与词都很好。她是钱塘人，境遇很悲惨，嫁了一个很坏的丈夫，终日抑抑不欢，所以她的诗词中多蕴着愁苦之音。当时人集她的作品，名之为《断肠集》，这名正可以反映出她的生平。她的词可以《谒金门》：“春已半，触目此情无限。十二阑干倚遍，愁来天不管。好是风和日暖，输与莺莺燕燕。满院落花帘不卷，断肠芳草远”及《生查子》(《元夕》)：“去年元夜时，花市灯如昼。月上柳梢头，人约黄昏后。今年元夜时，月与灯依旧。不见去年人，泪湿春衫袖”（此词或以为非她所作）为代表。

五

自 1126 年南北朝对立之后，北朝的文士，有一部分迁到南方。但异族的金朝，在当时也颇知提倡文学，于是到了后来，作家也产生了不少。单说词，可称为作者的，前后有吴激、刘迎、王寂、李俊民、韩玉、赵秉文、党怀英、段克己、段成己及元好问等。吴激字彦尚，建州人，为米芾之婿，使金被留。刘迎字无党，东莱人，有《山林长语》。韩玉字温甫，有《东浦词》。王寂有《拙轩词》，李俊民有《庄靖先生乐府》。赵秉文字周臣，与元好问俱以古文著名。党怀英字世杰，有《竹溪集》。段克己字复之，河东人，有《遁斋乐府》。段成己为克己弟，字诚之，有《菊轩乐府》。元好问字裕之，秀容人，为北朝最大的作家，有《遗山乐府》。段克己、成己及元好问俱经见过蒙古（元）灭金的悲剧的，他们入元都不出仕，在当时也是诗国的遗老，与张炎、周密他们一样。

此后，入元时，词的新兴作家未尝没有，然已无复有清新的气韵与动人心魄的描写了。代之而兴起，为公元十三四世纪的文学中心者乃为戏曲。一般所谓诗国的遗老及遗少，固然不屑动笔去写那种新体裁的作品，然而新起的作家却风起泉涌的出来，占领了当时的这个新文坛。这将在以后另述。

六

上面所叙的都是关于公元10世纪以来的诗之一新体所谓词的；我们承认中世纪里的第二诗人时代，其重心乃在于这种新体诗。然而五七言的古律诗，在这个时代——公元10世纪至13世纪的后半——也未尝无重要的作家值得使我们叙述一下的。大抵在五代及宋初之时，五七言古体诗的地位，确曾被新体的词占夺了一时；到了梅尧臣、苏舜卿、欧阳修、苏轼、黄庭坚诸人出时，一方面词固在开展他的势力，一方面五七言诗也在澄炼他的内质，另改了一种新面目，以维持他的威权；所谓“宋诗”，即后人给他的特殊名号。曹学佺谓宋诗取材广而命意新，不剿袭前人一字。虽然所谓宋诗之全部，不能当他的这种赞美，然而大多数的作家却可以说是如此的。

宋诗的最初期，有杨亿、钱惟演、刘筠等十余人，以晚唐的李商隐为宗向，其诗琢饰纤靡，号为“西昆体”。然不久即为石介、梅尧臣诸人所推翻。与他们同时而不受其染的有王禹偁、徐铉、寇准、韩琦、潘阆、林逋、石介诸人。王禹偁字元之，济州巨野人，为翰林学士，出知黄州，徙蕲州而死，有《小畜集》，他的诗颇受有杜甫的影响；然如他的《畬田调》：“北山种了种南山，相助力耕尚有偏。愿得人间皆似我，也应四海少荒田”平易如口语，已开了后来宋诗的风气之先。徐铉字鼎臣，会稽人。初仕南唐，后入宋为检校工部尚书。冯延巳说，“凡人为文，皆事奇语。不尔，则不足观，惟徐公率意而成，自造精极。”由此已可见其作风之如何。寇準字平仲，华州下邽人，为中书侍郎同中书门下平章事，有诗集。《四库全书总目提要》谓他的诗“含思凄婉，绰有晚唐之致。然音韵特高，终非凡艳所可及。”如《春雨》：“散乱萦花坞，空濛暗柳堤。望回肠已断，何处更莺啼！”可为他的作品的一例。韩琦字稚圭，相州安阳人，官至右仆射侍中，有《安阳集》。潘阆字逍遥，大名人，为滁州参军。林逋字君复，钱塘人，结庐西湖孤山，不娶，以梅鹤为伴，赐号和靖先生。其诗平澹邃美，梅圣俞谓咏之令人忘百事。如《湖村晚兴》：“沧洲白鸟飞，山影落晴晖。映竹犬初吠，弄船人各归。水波随月动，林翠带烟微。寺近疏钟起，萧然还掩扉”可为一例。他的《山园小梅》中之数语：“疏影横斜水清浅，暗香浮动月黄昏”尤为时人所传诵。石介字守道，兖州奉符人，为太子中允，人称之为徂徕先生。他是正统的古文家，一面攻杨亿等之靡丽诗及骈文，一面又攻佛老，韩愈所提倡的古文之复兴，他很有功绩。

梅尧臣、苏舜卿及欧阳修继他们而起，开创了宋诗的局面。梅尧臣字圣俞，人称宛陵先生，宣州宣城人，生于公元1002年，卒于公元1060年，为尚书屯田都官员外郎。他在当时诗名极大，为公元11世纪前半的最大诗人，他少年时即以诗知名，此期的诗，为清丽闲肆平淡，至后半生，则其诗涵演深远，气力刚劲，间亦琢剥以出怪巧。龚啸谓他：“去浮靡之习于昆体极弊之际，存古淡之道于诸大家未起之先。”诚然，西昆体之灭绝他是与有大力的。在《河南张应之东斋》：“昔我居此时，凿池通竹圃：池清少游鱼，林浅无栖羽。至今寒窗风，静送枯荷雨。雨歇吏人稀，知君独吟苦”及《田家》：“高树荫柴扉，青苔照落晖，荷锄山月上，寻径野烟微。老叟扶童望，羸羊带犊归。灯前饭何有？白薤露中肥”可见其作风之一斑。苏舜钦字子美，梓州桐山人，生于公元1008年，卒于公元1048年。他在当时与梅尧臣齐名，号为“苏梅”。刘克庄谓其歌行雄放于圣俞，轩昂不羁，如其为人。大抵他与梅尧臣都是于古朴中具灏落渟宁畜之妙的，但梅则深远闲淡，他则超迈横绝，此为二人不同处。他的诗有“会将趋古淡，先可去浮嚣”之句，此可为宋诗诸作家的共同宣言。他的作风可于《若神栖心堂》：“予心充塞天壤间，岂以一物相拘关。然放一物无不有，遂得此身相与闲。上人构堂号栖心，不欲尘累相追攀。冷灰槁木极溃败，虽有善迹辄自删。予尝浩然无所挠，与予异指亦往还。卷舒动静固有道，期于达者诚非艰”一诗见一斑。欧阳修的诗较梅、苏为富腴，情调从容而敷愉，然不如他的词之蕴有深情，如《晓咏》：“帘外星辰逐斗移，紫河声转下云西。九雏乌起城将曙，百尺楼高月易低，露裛兰苕惟有泪，秋荒桃李不成蹊。西堂吟思无人助，草满池塘梦自迷”可为一例。

与他们同时的，还有邵雍，著有《伊川击壤集》。他的诗平淡闲适，大部分无深挚的情绪，且喜说道理，成所谓“理学派”的诗的始祖。我们读他的《击壤集》，差不多到处可以遇见类似格言或教训文的韵文，如《生男吟》：“我今行年四十五，生男方始为人父，鞠育教诲诚在我，寿夭贤愚系于汝。我若寿命七十岁，眼前见汝二十五。我欲愿汝成大贤，未知天意肯从否。”此简直不能复称之为诗；但也间有好诗。他的影响很大，如理学家周敦颐、张载、程颢等都是他的嫡派，其他如司马光、富弼也与他同调。这一派的诗，淡易清和而毫不沾染华艳气，是可称许的，然有时则太淡了，淡如白水之无味，有时则以诗为说“道理”的工具，成了有韵的格言，这都是他们的大病。

继续梅尧臣诸人之后的有王安石、苏轼、苏辙兄弟、孔武仲、平仲、文仲兄弟，以及郑侠、王令、米芾、张耒、晁补之、秦观、沈辽、徐积等。黄庭坚也与他们同时，但他对于后来的影响却最大，开创了所谓“江西诗派”的一个潮流；与他同时的陈师道、韩驹、晁冲之，都是受他的感化的，南渡以后的诸大诗人如陆游之流，也都甚受他的影响。

王安石少年时的诗，一往直前而无涵蓄，晚来始见深婉不迫，如《金明池》：“宜秋西望碧参差，忆看乡人禊饮时。斜倚水开花有思，缓随风转柳如痴。青天白日春常好，绿发朱颜老自悲。跋马未堪尘满眼，夕阳偷理钓鱼丝”可为一例。苏轼的诗豪迈奔放如他的词，且气象洪阔，铺叙宛转，黄庭坚、秦观、张耒、晁补之等都曾多少的受其感化。如《雨晴后》：“雨过浮萍合，蛙声满四邻。海棠真一梦，梅子欲尝新。拄杖闲挑菜，秋千不见人。殷勤木芍药，独自殿余春。”及《送晁美叔》：“我年二十无朋俦，当时四海一子由。君来扣门如有求，颀然病鹤清而修。醉翁遣我从子游。翁如退之蹈轲丘，尚欲放予出一头。酒醉梦断四十秋，病鹤不病骨愈虬。惟有我颜老可羞。醉翁宾客散九州，几人白发还相收。我如怀祖拙自谋，正作尚书已过优。

君求会稽实良筹，往看万壑争交流”可为一例。苏辙字子由，为轼之弟，当时也甚文名，时称二苏，然他的天才实不如兄。孔武仲字常父，临江新喻人，与兄文仲，弟平仲并有文名，时称“三孔”。他们的诗都甚豪迈，今取平仲的《元丰四年十二月大雪郡侯送酒诗》为例："平明大雪风怒嗥，屋上卷来亭下高。更深更密皆能到，所在纷纷如雨毛。堆床压案扫复聚，取笔欲书冰折毫。须眉沾白催我老，自颈以下类拥袍。此时只好闭门坐，右手把酒左持螯。奈何巑岏据听事，千兵跆籍泥如糟。强登曹亭要望远，纸伞掣手不可操。黑阴遮眼铺水墨，寒气刮耳投兵刀。饥肠及午尚未饭，更搜诗句无乃劳。幸有使君怜寂寞，亟使兵厨分冻醪。余虽不珍为一釂，两颊生春红胜桃。醉眼瞢腾视天地，螺蠃螟蛉轻二毫。勿令小暖气便壮，自笑世间皆我曹。"郑侠字介夫，福清人，以进《流民图》，反对王安石的变法得大名。他的诗亦疏朴老直，今以《苞苴行》为例："苞苴来，苞苴去，封书裹信不得住。君不见箕山之下有仁人，室无杯器，以手捧水，不愿风瓢挂高树。"王令字逢原，广陵人，卒时年仅28，他的诗亦古拙，例如："秋夕不自晓，百虫齐一鸣。时节适使然，鼓胁亦有声。争喧鼠公盗，悉窣蛇阴行。独有东家鸡，苦心为昏明。"米芾字元章，太原人，徙居襄阳。善画山水人物，自成一家，书亦劲奇；他的诗亦为时人所称。苏轼谓："元章奔逸绝尘之气，超妙入神之字，清新绝俗之文，相知二十年，恨知公不尽。"他的作品，今举一例："六代萧萧木叶稀，楼高北固落残晖。两州城郭青烟起，千里江山白鹭飞。海近云涛惊夜梦，天低月露湿秋衣使君肯负时平乐，长倒金钟尽醉归。"(《甘露寺》)张耒的诗受白居易的影响为多，甚闲适蕴籍，例如《秋日》："陨叶鸟不顾，枯茎虫莫吟。野荒田已获，江暗夕多阴。夜语闻山雨，无眠听楚砧。敝裘还补绽，披拂动归心。"晁补之与秦观的诗，俱为甚受苏轼的感化者；补之文调灏衍而拗拙，例如："无心看春只欲坐。偶骑马傍春街行。可怜愁以草得暖，一寸心从何处生。"(《漫成呈文潜》)观的作风则宛丽婷泓如其词，例如："睡起东轩下，悠悠春绪长。爬搔失幽啭，款欠堕危芳。蛛网留晴絮，蜂房受晚香。欲寻初断梦，云雾已冥茫。"(《睡起》)当时称他二人及黄庭坚、张耒为苏门四诗人。沈辽字睿达，钱塘人，与兄遘，俱有诗名，常、安石等相唱和。徐积字仲车，楚州山阳人，亦以诗名，事母甚孝，卒时谥为节孝处士。文同字与可，梓州人，与东坡为中表，善画。其诗清肃，无俗学补缀气。

黄庭坚自号山谷老人，时人尝以他与苏轼并称。他的诗自成一家，虽只字半句不轻出，同时诗人及后人都甚受其感化。凡宗向于“江西诗派”的作家皆师承之。江西诗派的末流，其诗句至于拗拙之极而不能读，此病在庭坚尚不甚著，例如：“海南海北梦不到，会合乃非人力能。地褊未堪长袖舞，夜寒空对短檠灯。相看鬓发时窥镜，曾共诗书更曲肱。作个生涯终未是，故山松长到天藤。”（《次韵几复和答所寄》）及“狂卒猝起金坑西，胁从数百马百蹄；所过州县不敢谁，肩舆虏载三十妻。伍生有胆无智略，谓河可凭虎可搏。身膏白刀浮屠前，此乡父老至今怜。”（《题莲华寺》）吕居仁作《江西诗派》，所列者自庭坚以下凡 26 人，然其中除陈师道、晁冲之、韩驹外，并无甚著名之作家。陈师道字履常，一字无己，号后山，彭城人，为秘书省正字。其诗为直受黄庭坚的影响的；例如《答黄生》：“我无置锥君立壁，春黍作糜甘胜蜜。绨袍不受故人意，乐饵肯为儿辈屈。割白鹭股何足难，食鸬鸶肉未为失。暮年五斗得千里，有愧寒檐背朝日。”晁冲之字叔用，初字用道。少年举进士，在京师豪华自放。后遭党祸，栖遁于具茨之下，号具茨先生。他的诗气势洪阔而笔力宽余，论者谓陆游可以继其后。韩驹字子苍，蜀仙井监人，尝从苏辙游，其诗甚整炼，不吝改窜，有寄人数年复追取更定一二字者。

宋南渡之后，诗人有沈与求、王庭珪、汪藻、孙觌、叶梦得、张元干、张九成、陈与义、刘子翚、程俱、吴儆等，而以叶梦得与陈与义为最著。沈与求字必先，湖州德清人，南渡后尝参知政事，有《龟谿集》。王庭珪字民瞻，安福人，有《卢溪集》。汪藻字彦章，德兴人，有《浮溪集》。孙觌字仲益，以尝提举鸿庆宫，故自号鸿庆居士。叶梦得字少蕴，吴县人，南渡后为江东安抚大使兼知建康府。他经过南渡的大事变，然其诗仍萧闲疏散，不甚受此大事变的影响，例如：“涧下流泉涧上松，清阴尽处有层峰。应知六月冰壶外，未许人间得暂逢。”张九干字仲宗，永福人，有《芦川归来集》。张九成字子韶，开封人，学者称之为横浦先生。陈与义字去非，号简斋，汝州叶县人，官至参知政事。其诗甚工，当时有盛名，刘后村谓：“元祐后诗人迭起，不出苏黄二体，及简斋始以老杜为师。”如《秋夜》：“中庭淡月照三更，白露洗空河汉明。莫遣西风吹叶尽，却愁无处著秋声”及《中牟道中》：“杨柳招人不待媒，蜻蜓近马忽相猜。如何得与凉风约，不共尘沙一并来。”可为他的作品的一例。刘子翚字彦冲，学者称之为屏山先生。程俱字致道，开化人，为中书舍人，其诗萧散古澹。吴儆字益恭，为朝散郎，学者称之为竹洲先生。

继他们之后的有陆游、杨万里、范成大三大家，皆受江西诗派之影响者；又有号为“永嘉四灵”之徐照、徐玑、翁卷、赵师秀四人，为反抗“江西派”而主张复晚唐之诗风的。其他诗人更有尤袤、陈造、周必大、朱熹、陈傅良、薛季宣、叶適、楼钥、黄公度、裘万顷等。

陆游与范成大、尤袤、杨万里俱为江西派诗人曾几的弟子，所以多少受些黄庭坚的影响，但他能别树一风格，表白出他自己的创造的性格。他意气豪迈，常欲有所作为，所以灏漫热烈的爱国之呼号，常见于他的词与诗，而在诗中尤其显跃，例如：“半年闭户废登临，直自春残病至今。帐外昏灯伴孤梦，檐前寒雨滴愁心。中原形胜关河在，列圣忧勤德泽深。遥想遗民垂泣处，大梁城阙又秋砧。”（《秋思》）。他的咏写“田野”的诗也甚著名，例如：“避雨来投白版扉，野人怜客不相违，林喧鸟雀栖初定，村近牛羊暮自归。土釜暖汤先濯足，豆黐吹火旋烘衣。老来世路浑谙尽，露宿风餐未觉非。”（《宿野人家》）杨万里字廷秀，吉州吉水人，为秘书监，尝自号其室曰诚斋。他的诗，自言始学江西，既学后山，半山，晚学唐人，后忽有悟，遂谢去前学而后涣然自得，时目为“诚斋体”。他亦善于描写田野景色，例如：“一晴一雨路干湿，半淡半浓山叠重。远草平中见牛背，新秧疏处有人踪。”（《过百家渡》）其他各诗也闲澹多自得语，例如：“雨歇林间凉自生，风穿径里晓逾清，意行偶到无人处，惊起山禽我亦惊。”（《桧径晓步》）“百千寒雀下空庭，小集梅梢语晚晴。特地作团喧杀我，忽然惊散寂无声。”（《寒雀》）范成大为咏写田园的大诗人。杨万里于诗无当意者，独推服成大之作，例如：“已报舟浮登岸，更怜桥踏平池。养成蛙吹无谓，扫尽蚊雷却奇。”（《积雨作寒》）“柳花深巷午鸡声，桑叶尖新绿未成。坐睡觉来无一事，满窗晓日看蚕生。”

“昼出耘田夜绩麻，村庄儿女各当家。儿童未解供耕织，也傍桑阴学种瓜。”“静看檐蛛结网低，无端妨碍小虫飞。蜻蜓倒挂蜂见窘，催唤山童为解围。”“秋来只怕雨垂垂，甲子无云万事宜。获稻毕工随晒谷，直须晴到入仓时”（《四时田园杂兴》）之类，都是未经人写过的景色。

徐照字道晖，永嘉人，诗学晚唐，然颇多好的，例如：“初与君相知，便欲肺肠倾，只拟君肺肠，与妾相似生。徘徊几言笑，始悟非真情。妾情不可收，悔思泪盈盈。”（《妾薄命》）徐玑字文渊，从晋江迁永嘉，为长泰令。翁卷字灵舒，亦永嘉人。徐照等因卷字灵舒，亦各改字为灵晖（照）、灵渊（玑）、灵秀（师秀），“四灵”之号即因此而起。赵师秀字紫芝，尝出仕。他们都喜作五言律体诗。师秀尝言：“一篇幸止有四十字，更增一字吾未如之何矣。”所以他们对于江西派的长诗甚致不满。

尤袤在当时诗名虽与陆、范、杨并盛，然其诗存于今者不多。陈造字唐卿，高邮人，自号江湖长翁，陆游、范成大俱甚称许他。周必大字子充，一字洪道，庐陵人，为枢密使右丞相。朱熹字元晦，一字仲晦，徽州婺源人，为焕章阁待制。他是南宋大理学家，虽自称不能诗，然如：“拥衾独宿听寒雨，声在荒庭竹树间。万里故园今夜永，遥知风雪满前山”（《夜雨》）之类，并不弱于当时诸大诗人。陈傅良字君举，居温州瑞安，习经世之学，其诗苍劲。薛季宣字士龙，永嘉人，其诗质直畅达。叶适字正则，也是永嘉人，其诗用工苦而造境生。楼钥字大防，自号攻媿主人，鄞人，其诗雅赡。黄公度字师宪，莆田人，洪迈谓其诗“精深而不浮于巧，平澹而不近俗”。裘万顷字元量，豫章人，其诗也有闲适之趣。

略后于他们的大家，有刘克庄、戴复古及方岳。刘克庄字潜夫，号后村，莆阳人，在当时为最负盛名之诗人。初为建阳令，后为福建提刑。他的诗初为受“四灵”派之影响，后则自成一家，例如：“夜深扪绝顶，童子旋开扉。问客来何暮，云僧去未归。山空闻瀑泻，林黑见萤飞。此境惟予爱，他人到想稀。”（《夜过瑞香庵作》）戴复古字式之，天台黄岩人。负奇尚气，慷慨不羁。尝学诗于陆游，复漫游于四方。以诗鸣江湖间50年。方岳字巨山，新安祁门人，为吏部侍郎。其诗主清新，工于镂琢。

这时代的女流作篇朱淑真，亦善为五七言诗，音甚楚苦，然如《马塍》:“一塍芳草碧芊芊，活水穿花暗护田。蚕事正忙农事急，不知春色为谁妍?”之类，亦具闲澹的趣味。

刘克庄死后数年，蒙古由北方侵入南方，宋室便为他们所破灭。许多诗人都不忍见异族之成南方的主人，或隐遁于山林，或悲楚的漫游于四方，或则以死来泯灭一己的悲感。这些诗人之著者，有文天祥、谢枋得、谢翱、许月卿、林景熙、郑思肖、真山民及汪元量等。文天祥字履善，庐陵人。南宋末年为右丞相，至蒙古军讲解，为所留后得脱逃归，起兵为最后的战斗。兵败，复为他们所执，居狱四年，终于不屈而死。谢枋得字君直，号叠山，信州弋阳人。南宋亡后。尝起兵图恢复。兵败，隐于闽。元累次征聘，俱辞不就，后为他们所迫胁，不食死，有《叠山集》。谢翱字皋羽，长溪人。自号晞发子。尝为文天祥谘议参军。天祥被杀，他亡匿，漫游于各处，所至辄感哭。此时之诗情绪绝沉痛悲愤，例如:《游钓台》:“百台临钓情，遗像在苍烟。有客随槎到，无僧依树禅。风尘侵祭器，樵猎避兵船。应有前朝迹，看碑数汉年。”许月卿字太空，婺源人，宋亡后，深居一室，十年而卒。林景熙字德阳，号霁山，平阳人，宋亡不仕，著《白石樵唱》诗集。郑思肖字忆翁，号所南，福州连江人，宋亡后，坐卧不如向，他的诗清隽绝俗，例如:“石窦云封隐者家，一溪流水绕门斜，满山落叶无行路，树上寒猿剥藓花。”真山民不知其真名，但自号山民。其诗澹赡，张伯子谓他为“宋末一陶元亮”。汪元量字大有，号水云，钱塘人。宋亡后随王室北去，后为道士南归。其诗怆恻，如《幽州歌》:“汉儿辫发笼毡笠，日暮黄金台上立。臂鹰解带忽放飞，一行塞雁南征泣。”在这里所蕴蓄着的是多少的亡国泪!

北朝的金的五七言诗作者，亦有多人；吴激，与蔡松年齐名，时称吴、蔡，二人诗并清丽。其后则有党怀英、李纯甫、杨云翼、赵秉文、雷渊诸人。党怀英的诗较他的词为著名。李纯甫字之纯，号屏山，弘州襄阳人，纵酒自放，喜为诗。杨云翼字子美，乐平人，官至资善大夫，与赵秉文齐名，时称杨赵。赵秉文字周臣，磁州滏阳人，号闲闲老人，有《滏水集》，其诗亦甚有名。雷渊字希颜，应州浑源人，师李纯甫，尚气节。此后则有王庭筠、王若虚、李献能、元好问等，而以元好问为最著。庭筠字子端，河东人，号黄华山主。若虚字从之，藁城人，有《滹南遗老集》。献能字钦叔，河中人。好问年弱冠，即被称为元才子，后官至翰林，金亡不仕。著《遗山集》，编《中州集》。其诗沉郁悲壮，笔力极雄健。为当代之盟主，且亦为元代诸作家之冠。

七

在这"第二诗人时代"，散文并不见得发达，除了所谓"古文"的作家之外，其他重要的历史家及论文家俱不多见。这时哲学的著作很多，然比之公历纪元前四五世的周秦诸子则远有逊色，思想且不论，即以文章而论，周秦诸子的乃是很优美的文学作品，这时代的诸哲学家的却极难有什么可以算为"文学的"之著作。但在这时代的后期，却有用口语写的几种小说出现，此于后来中国小说的发展甚有影响，当于下一二章内论之。

这时代的历史家，最初有刘昫，他是后晋时的一个宰相，曾编了《唐书》一部，但这部书却不能算为文学的。以后，有宋祁、欧阳修不满意于他的这部书，又另编著了一部同性质的书，人别名之为《新唐书》。欧阳修又自己独著了一部《五代史》。此二书虽是他们用古文家的笔来写的，然而在叙述里并不见有什么动人的地方。略后，有司马光，著了一部《通鉴》，仿《左传》的编年体裁，叙战国至五代的事，是一部极专心的大著作。再以后，便没有什么值到提起的史书了。

古文的运动，本起于中唐时韩愈、柳宗元诸人，他们欲扑灭自六朝至那时的骈俪的文体，而复归于纯朴古雅。在当时即成了文学上的一支潮流，然却并未有绝大的影响与优越的地位。宋初，杨亿诸人尚从事于丽靡的文。后来石介、尹洙、柳开、穆修诸人起，才推倒了杨亿等而宣传韩柳的古文。欧阳修继之而鼓吹，而古文始大行于文坛。曾巩，王安石以及苏洵、苏轼、苏辙之父子三人皆为受他的影响而兴起的。自此以后，古文遂成了散文的正统体裁，作者不绝。在文坛上，占领了极优越的地位。南渡以后，古文作家之著者有王十朋、吕祖谦、陈亮、朱熹、叶適、谢枋得等。北朝亦染受此种风气，古文作家之最著者，有赵秉文、党怀英、王若虚及元好问。这个运动，最大的功绩在摧毁了不自然而雕琢过度的骈文的权力，而其病则在以“古”为尚，以摹学所谓太史公，扬雄的文字为高，不知向独创的路走去；而以文学的尺来估量他们的作品，也使我们不敢恭维他们有什么伟大的成绩。所以他们虽在文学史上成了一个大潮流，我们却不能给他们以重要的地位。

参考书目

1. 五代词在《全唐诗》的最后一册（第十二函第十册）里，已差不多收罗完备。

2.《花间集》10卷，蜀赵崇祚编，有汲古阁刊本及《四部丛刊》本，又有其他通行本。此书除南唐二主及冯延巳不列入外，五代的重要词人几全收罗进去。

3.《南唐二主词》有《晨风阁丛书》本。又有刘继曾的《南唐二主词笺》，无锡图书馆印。

4. 冯延巳词有王鹏运刻的《四印斋》本。

5. 韦庄的《浣花集》有《四部丛刊》本。

6.《词综》36卷，朱彝曾编，选唐五代至宋元的词，有原刻本，又有坊刻本，附王昶的补遗。

7. 最好的词集丛刻，近有3种，①《双照楼所刻词》，为吴昌绶编刻；②《四印斋所刻词》，为王鹏运编刻；③《彊村丛书》，为朱祖谋编刻。以《彊村丛书》所收录为最多，且最易得。

8. 汲古阁刻的《宋六十家词》也甚有用，近有石印本。

9. 欧阳修的《文忠集》甚易得，《四部丛刊》中亦有之。

10. 苏轼的全集，较好的有《东坡七集》，近有翻刻本。

11. 柳永、周彦邦、贺铸、辛弃疾、吴文英、姜夔诸人的词集，在《六十家词》及《彊村丛书》中俱有之。

12. 张炎的《山中白云词》有《古今名家词》刻本，周密的《草窗词》，有《知不足斋丛书》本，但《彊村丛书》中亦俱有之。

13. 李清照的《漱玉词》，在汲古阁刻的《诗词杂俎》中（此书近有石印本）。《四印斋所刻词》中亦有之，最完备。

14. 汲古阁刻的《词苑英华》中，包罗了不少的“词选”，如《花间集》《绝妙词选》等。

15. 宋诗总集以吴之振编的《宋诗钞》为最著，近有商务印书馆的翻印本，并印行《宋诗钞补》一书。

16. 梅尧臣的《宛陵集》，有震泽徐氏刻本，又有《四部丛刊》本。

17. 苏舜钦的《苏学士集》有宋荦校刻本，又有《四部丛刊》本。

18. 王安石的《临川集》，通行本甚多，《四部丛刊》中亦有之。

19. 黄庭坚的诗集，通行本甚多，《四部丛刊》中亦有之。

20. 陈师道的《后山集》，陈与义的《简斋诗集》《四部丛刊》中亦有之。

21. 范成大、杨万里、陆游、刘克庄诸人的集子，《四部丛刊》中俱有之。

22. 元好问的《遗山先生文集》《四部丛刊》中亦有之。

23. 吕祖谦编的《宋文鉴》及续于此书之后的《南宋文范》及《南宋文录录》均有江苏书局刻本。

24.《金文雅》为庄仲方编，亦为江苏书局出版。

第十五章

中世纪的波斯诗人

一

中世纪的波斯，在文学上，真是一个黄金时代；虽然她曾被阿剌伯人侵入了一次，接着又被蒙古人所统治，然而她的诗的天才，在这个时代却发展得登峰造极，无以复加；正有类于同时的我们的中国，那时，我们也恰是诗人的黄金时代。所有近代欧洲人所熟知的弗达西、亚摩客耶、沙地，赫菲兹诸大诗人，都产生在这时。

波斯的文学，以诗歌为主体，无论在哪个时代都是如此。但在古代流传下来的诗歌，却不过是些断片或不重要的作品，或叙述医学、地理之类的韵文而已。到了中世纪的时候，才有伟大的诗人出来，而许多的伟大的诗人，也只在中世纪呈现他们的异彩，以后，便又不大有什么可以与相比肩的作家了；尤其在公元 11 世纪之初至 14 世纪之末，是波斯诗人的黄金时代。

关于波斯诗人的生平与作品，有好些重要的诗选存在于今，足以供我们的取材与研究。除了几个大作家有专集流传的之外，其余的诗人，便不能不靠这些诗选以保存他们的作品了。

自阿剌伯人侵入了波斯之后，灌输了两种的东西进去，一种是回教，一种是阿剌伯文。波斯人信仰回教的不少，用阿剌伯文做诗和文的尤不少。而在诗歌的作品上，用阿剌伯文的尤为习见。但也有不肯舍弃他们本国的语言文字，而仍旧用他们的祖国的文字来写作诗歌的。所以波斯的诗人，有两群，一群是用波斯文写他的诗的作家，一群是用阿剌伯文写的作家。这些文字都不是我们所熟悉，或可以说，所曾常常见到的，所以这里便不再细细的分出哪个作家是用波斯文，或哪个作家是用阿剌伯文的了。

我们的讲述，开始于波斯的回教时代。所谓回教的波斯的第一个真的大诗人便是路达吉（Rùduki or Rúdagi）。与他同时代的作家们便已给他以很高的名誉了，有人竟称他为“诗人的王”。相传他一生出来，便已瞎眼。他不仅是一个优美的诗人，且还是一个最好的歌者，还会奏琴。他常在那沙二世（Nasr II，913-942，A. D.）之前，和琴而歌，颇得那沙的喜爱。到了后来，当他晚年时，他的宠爱衰了，便贫穷而死。据说当他盛时，他有二百个奴隶，他的行囊须有一百只骆驼去背载。他的诗有 100 卷，但传于今却已不多，今译其一首如下：

> 把那酒，你可以称之为红宝石融化于杯中的酒，带来给我，这酒还如一把出了鞘的偃月刀，在正午的太阳光之下照耀着。
>
> 它是玫瑰的水，你可以说，蒸馏得纯洁了的；
>
> 它的甜蜜之悦人，如睡神的手掌偷偷的经过初倦了的眼上。你可以称那杯子为云，那酒便是从云中落下的雨点，
>
> 或可以说，你所长久祷求的充满心中的快乐，终于来到了。如果没有了酒，所有的心，都要如一片的荒漠，困闷而黑暗，但如果我们的生命的最后呼吸已经告终，一看见了酒，便更会带了它回来的。
>
> 呵，如果一只鹰迅飞了下来，攫取了那酒带到天空上去，
>
> 带到所有的卑下的人都得不到之处，谁不会如我似的喊了一声“好呀！”呢？

路达吉之后，有达恢恢（Daqiqi），他的名字虽是阿剌伯的，但他

却信仰波斯的古教，此可于他之赞美饮酒的诗中见之。达恢恢的大名望存在于一部未完成的波斯史诗中；他开始写了一百韵，讲到古教的起源与建立，突然的为他的一个所爱的奴隶，一个土耳其的童子，所刺死了。以后弗达西著他的大史诗时，便把达恢恢的著作运用进去。达恢恢的诗名，在当时很大，曾有一个大臣，引进了一个诗人给某个王，说道："陛下，我带了一个诗人来给你，自达恢恢的脸为死所幕后，时间的眼还没有看见像他一样的诗人呢。"达恢恢的抒情诗，流传于今者不过40韵，今译其一首如下：

停留得太久了，我是轻轻的想道：走呀！
即如一位贵客，也许可以停留得过久。
然在井中的水，储得时间多了，
便要失去它的流性，它的甜味也要走了。

此外，在路达吉和达恢恢同时，还有不少的小诗人，却不是这里所能尽举。

二

苏丹马摩特（Mahmud，940—1020，A.D.）在位时，波斯的文学很发达。他自己会作诗，手下的诗人很不少，其中最有名的便是弗达西（Firdawsi）。相传，有一天，马摩特左右的三个诗人正在某处谈话，一个从异地来的人却要加入他们的群中。一个诗人便起来说道："兄弟，我们是国王的诗人，须要是诗人才能进我们的群中。现在我们联句，每人都作一句，如果你能把第四句接得上，那末便可以进我们的群中了。"这个客人答应了。他们有意把第四句的韵弄得很难，然他却做得很好。这个客人便是弗达西。他们同时发现，弗达西对于波斯古代的传说和历史的知识，非常的丰富。于是他们便进言于苏丹马摩特，叫他继续达恢恢，把那部大史诗做完全了。弗达西于是专心去做这个大工作。马摩特并答应他，每1000韵，给他1000个金钱。他努力了30年，这部《帝王之书》（*The Shahnamah*）才告成功。当他大功告成时，便以一份抄本呈献于马摩特。他待这位大诗人很冷淡，对于《帝王之书》也并不表示热烈的欢迎。弗达西很不高兴，便写了些讽刺诗。这个讽刺诗到了马摩特的耳中，他也生气了，便仅以六万的小钱，代替六万的金钱，偿报他的劳苦。当钱到时，弗达西正在公共浴池中。他接受了赐钱，又惊又怒，便立刻把这些钱分给浴池的侍者和扛钱来的奴隶们了。他想到了一个复仇的方法，便写了一首很刻毒的讽刺诗，托一个宠爱的首相代呈，并说，这诗须于国王政务忙时当众诵读，以娱悦他。他自己立刻动身到报达的王宫中以避祸。报达的王却给他以六万的金钱；他又在《帝王之书》上，加了1000韵。他的著名的诗篇，这时已传诵于众口。马摩特很后悔他以前的行为，便卑辞厚礼，差了一个人，送了以前所许的金钱，并国袍一袭给弗达西，要请他回来。但当这位使臣到时，弗达西已经死了。他死时，年已八十。

他的诗名极高，在欧洲人所知道的波斯的诗人中，他是他们所熟知的第一个大诗人，如希腊之荷马一样。《帝王之书》包含波斯古代至弗达西之前代，即阿剌伯人之侵入时（公元636年）时为止。他所用的文字是波斯文字的最纯粹者，阿剌伯字用得极少。《帝王之书》中有许多节是非常美丽的，其描写力之伟大与音律之谐和，没有一个诗人可以比得上他。他的抒情诗也很好，兹举其一首如下：

我的头要是偎靠在你胸前一夜，
它便要高扬到天空之上了；
我要把笔碎在水星的手指中，
我要把太阳的冠，握取来当做我的奖品。
我的灵魂要飞在九天之上，
土星的高傲的头，却还躺在我的足下。
然而我却可怜那失望的爱者们，悲苦得伤了，死了。
如果你的美貌，或你的丹唇，或你的双眼成了我的。

阿萨地（Asadi）亦名大阿萨地，因为他儿子也是作者。相传他是弗达西的先生，又是他很好的朋友，他死在弗达西之后，大约年龄是很高大了。当苏丹马摩特要把大史诗《帝王的书》请他编著时，他辞以年老；这个责任便落在弗达西的身上。后来，弗达西快要死了，而他的《帝王的书》却还有最后的4000韵没有写好；阿萨地便以一日一夜的工夫把它完全写好了，第二天读给将死的弗达西听，以安慰他。但阿萨地的名望并不系于此，他自有他自己的大著作在。他以善于作战诗（Strife-poem）称，共作了这样的诗五篇，一为《阿剌伯人与波斯人》，二为《天与地》，三为《盾与弓》，四为《日与夜》，五为《回教与波斯教》，其中以《日与夜》为最有名。阿萨地也与弗达西一样，最后却为苏丹马摩特所不喜；因为他在《阿剌伯人与波斯人》中，称扬了马摩特的仇人。

三

以后的时代，便是那骚·伊·古斯拉（Nasir-1-Khusraw），亚摩客耶（Umar Khaygdm）及几个别的大诗人的时代了。

那骚·伊·古斯拉是一个诗人，游历家；关于他的传说，非常的多。相传他是巴尔克（Balkh）的国王，被他国民所逐放，寄居于永江（Yumgdn），他的家中，饰以最美丽的浴池、花囿和武士，而浴池之弘丽尤为后人所艳称。他的大著作是用一部散文写的《游记》，一部诗歌全集，名《狄王》（*Diwan*）及一部《光的书》（*Book of Light*）等。由他的《游记》里，我们可以略略知道些他的生平。他是某地政府里的秘书，在公元1045年的冬天，因为受一个梦境的警告，他便立志把他所称为“能够减少世界的忧愁的唯一东西”的酒禁绝了，并动身到米加去朝圣地。这时，他大约是四十岁。以后游历了许多地方，在1047年到了埃及的大府开罗，在那个地方约住了二三年。这个游历共经过了七年才归到本乡。他的《狄王》这时已经告成了。他的哲学，是以自由意志说代替了定命论。他说道：

虽然上帝创造了母亲，胸头与乳汁，

孩子们却要自己把母亲的乳汁啜来吃。

你的灵魂是一本书，你的行为是如写的东西：除了好的话以外，不要写别的东西在你的灵魂上：

啊，兄弟，把那好的，完全好的话写在那本书上吧，因为笔是在你自己手上的。

在他的《狄王》上，都是些长的诗篇，兹节译其中的几节如下：

你的身体对于你是一条铁练，世界对于你是一所狱室：

你竟把这个狱室当做家，而以铁链为好的东西么？

你的灵魂是弱于智慧，且也赤裸裸的没有工作：

去求智慧的强健吧，去把你的裸体竭力隐藏了吧。

你的文字是种子；你的灵魂是农夫，而世界是你的园地：

让农夫好好的耕种，园地上便要出产丰富了。

《狄王》是有力的、原创的、忠恳而有热诚勇毅而具学问，在别的波斯诗人中，没有一个是像他那样的积极的。

那骚·伊·古斯拉以外，同时有四个大诗人，都是以写作四行诗（波斯的一种特别诗体）著名。第一个便是“天文家诗人”亚摩·客耶，第二个便是方言诗人巴巴·太哈（Ba baTahir），第三个便是有名的神秘者阿皮尔·客尔（Abil-Khayr）第四个是巴利·安萨（Pir-i-Ansar）。

亚摩客耶为了英国文人菲兹格拉（Fitz-Gerald），曾翻译了他的诗，几乎在欧洲成了一个东方最大的诗人，比他在本国所得的声望大得多了。在他的本国波斯，他的名望乃大部分在于他的算学与天文学，而非他的诗的成功。在尼达米（Nidhami）的《四个讨论》（*Four Discourses*）中，曾有一段关于亚摩客耶的记载，非常的动人。他说，他在一个地方和亚摩相遇，听见亚摩说道：“我的坟，将来一定在一个地方，那里，树上的花，将每年两次落在我上面。”这件事似乎不可能的，所以他将信将疑，然而他却知道亚摩是不说虚话的。当公元1135—1136年时，他叫了一个向导，在某一个礼拜五的黄昏，引他到亚摩的坟上。他的坟正在一个花园的墙脚，坟上恰好有一株梨树和一株桃树，伸出他们的头，落了无数无数的花瓣在他的坟上，几乎使他的尘土埋葬在花下。于是他想起了亚摩以前说的话，他掩面哭了。

在欧洲，亚摩的故事，流传于众口者不少，却大半为浪漫的故事而非真实的事迹。他的著作，以《鲁拜集》(*Ruboiyyat*)为最有名，凡包含四行诗158首，即菲兹格拉所译者是。

巴巴·太哈(BábáTáhir)是一个方言诗人，如英国的葆痕士(Burns)一样。他的生平，我们知道的很少；波斯的作家，或以他为生于公元11世纪之初，或以他为生于公元13世纪之末；然经了几个学者的考察的结果，断定他是生在11世纪中。在波斯的一部古书中，有一段关于他的故事。苏丹皮格(T Beg)到了哈马丹(Hamadan)，看见了二个圣者，巴巴·太哈是其一.他立刻跨下了马，走近他们，吻他们的手。巴巴·太哈问道："你对待上帝的儿子什么样子？"苏丹道："听从你的意见。"巴巴道："还是听从上帝的意见吧，上帝喜的是正直和好的行为。"苏丹哭了，说道："我将这样办。"巴巴取过他的手来，把一只破的长颈瓶，套在他指头上，说道："如此，我将世界的国放在你的手上：你要正直！"苏丹把这瓶当做宝物，每次出战，一定把它套在指上。可见巴巴是如何的能感动人。这次的会见，约在公元1055—1058年，故知巴巴必生于11世纪中。

阿皮尔·客尔(Abil Khayer)生于公元967年，死于公元1049年，是第一个把四行诗用来当做传达宗教的、神秘的与哲学的思想的工具的人，相传他和巴巴·太哈为友；当他们第一次相见而分离后，那神秘家说道："我所见的东西他知道。"那哲学家则道："我所知道的东西，他看得见。"阿皮尔·客尔的生平大约不很平稳，他的经验大都在"灵魂的世界"，而不在"地平线上的世界"。这使他与别的好些诗人不同。他的诗，另有一种可爱的地方，与亚摩客耶他们的情调是两样。现在译其三首如下：

（一）
先生，如果我喝了酒，如果我
耗费我的生活在把酒和爱情渗合在一处，请你不要责备我；
当我酒醒了时，我和敌人们坐着；但当
我忘了我自己时，我是和朋友坐着。

（二）
我说道："你的美是属于谁的！"
他答道："因为只有我一个存在，所以属于我；
爱者被爱者与爱情都是一个，就是我，
美，和镜，和能看的眼，也都是一个，就是我。"

（三）
要去殉道的战士们，去为信仰而打仗；
他们难道不知道：
更高尚些的殉道的爱者们，
乃为被杀于朋友之手而非死于敌人之手者么？

他还有一首更有名的诗，如下面的，曾被一位诗人完全引用入他自己献给他的恋爱者的诗中：

要是你呼唤我时，虽然我的身体躺在沉重的墓场的泥土之下，
虽然我的骨已经消去了，我仍将答应你的。

巴利·安萨（Pir-i-Ansar）是四个四行诗作家的最后一个；批评者说，他的许多半神秘、半伦理的著作（这些著作有时用有韵的散文写成，有时用散文杂以真的四行诗写成）贡献于神秘的、教训的诗歌的发达者，比之任何别的诗人都多些。他以他的《祷歌集》（*Munajat*）及他的《鲁拜集》（*Rubáiyyát*，即四行诗集）著名，他生于1006年，死于1088年。底下的一首东西是他的《祷歌》中取出来的：

啊，上帝！两片的铁，从同一地方取出，一片成了一个马蹄铁，一片成了一个王的镜子？啊，上帝！自你有了分离的火后，为什么你只燃着那地狱的火，啊，上帝！我幻想我知道你，但现在我把这幻想抛在水中了。啊，上帝！我是无助的，迷惑着的；我不知道我有什么，也没有了我所知道的东西了。

四

以上讲的都是神秘的诗人，底下四个是他们同时代的非神秘派的诗人。

客特伦（Qutran）曾与那骚·伊·古斯拉谈过话。那骚说道："我在太白里（Tabris）见到一个诗人，名为客特伦。他写得很好的诗，但不大知道波斯文。"客特伦对于艺术，非常的讲究，曾创造了几种很难的韵式，后人模仿者不少，成了一个诗派。

小阿萨地是大阿萨地的儿子，名为阿里（Ali），曾作了一篇模仿《帝王的书》的英雄史诗，名《格沙士那马》（Garshasp-nama），叙一个古代传说中的英雄格沙士的历险和成功。此诗共有9000或10000韵，告成于公元1066年。他的最重要的著作是一部波斯文的《辞典》（Lexicon），据说是他在晚年才编成的。

阿沙特（Fakhru'd-Din As'ad）以作浪漫的诗歌《委士与赖明》（*Wis and Ramin*）著名，如果没有这篇东西，他的名字，便早已湮没了。兹引《委士与赖明》最后的一歌以见这诗的一斑：

啊，快乐的委沙，她的红唇，微笑的承认他们的恋爱，
紧压在赖明的红唇上，
上帝祝福他们愿望的成功，
而马巴（Mubad）的无结果的热情是白费力了。

弗西喜（Fasihi）与阿沙特是同乡，他也著了一部很著名的诗，讲述那曾为许多诗人所传述的《瓦美与阿特拉》（*Wamiq and Adhra*）

的故事。关于这个故事，有一件事很重要。某一日，一个人送了一部书给一个总督当作赠品。总督问他是什么书。他说是《瓦美与阿特拉》的传奇，很有趣的故事，一个聪明人为某王写的。总督说道："我们是读《可兰经》的人，除了《可兰经》与先知者的著作外，别的都不读。如这一类的书，我们都不需要，因为他们是魔术家所编的，我们一见就要看不顺。"于是他命这书抛在水中了。并下令，凡波斯人及魔术家做的书都用火烧了。所以当时波斯的诗坛遭了一个大劫。据说，有好几种的《瓦美与阿特拉》的传奇都因此而散失不传了。

这四个诗人以外，阿尔马里（Abul-Ala al-Maarri）是应该在最后一举的；他是叙利亚的一个小村镇的人，四岁时因天花瞎了一只眼，后来，又瞎了一只。他非常的富裕，奴隶极多，但他自己却过着隐士的生活，穿着粗布的衣，每日吃着半块面包。那骚·伊·古斯拉，经过他住的地方，曾与他见面过。他在诗歌与文学上，地位极高，又是一个很伟大的思想家。虽不是一个波斯人，也不曾住在波斯的地方，然却对于以后波斯的悲观的与怀疑派的诗人影响很大。他的最有名的著作有：《西托士·桑特》（*Siqtu'z-Zand*），包含他早年的诗歌；《洛苏米耶特》（*Luzumiyyat*），包含他晚年的哲理与悲观的诗；他的《尺牍》，有名的东西不少；再有《天堂与地狱》（Risalatul-Ghufràn），乃是一种散文的《神曲》，马里叙写他自己的想象的地狱旅行的。这里译了他的一首四行诗：

啊，你阿蒲尔阿拉，苏莱门（Sulayman）的儿子，
真的，你的盲目乃有益于你的；
因为，你若能看见人类，
在他们之中，将没有一个人是你的瞳子所要看见的。

五

此后，阿剌伯文的势力渐衰，波斯文的势力一天天的盛大，一般的诗人，都采用本国语言来发表自己的情思。在这个时代的初期，沙那依（Sanai）是一个很重要的作家，他的生平，我们不大知道，仅晓得他是一个王庭中的诗人；他的著作以《真理之国》（*Garden of Truth*）为最著，其他《行为的书》《恋爱的书》《理性的书》等，流传得极少。《真理之园》有11000韵。与其说是纯粹的神秘的书，不如说是道德的与伦理的。全书分为十卷。但他行文用韵处，很沉笨无趣，为波斯最沉闷的书之一。他的《狄王》（*The Diwan*）却比《真理之园》高得多了。他的抒情诗也很美丽可爱。

摩齐（Amir Muizzi）是桑酉（Sanjar））朝的桂冠诗人。论者称他为“波斯的最甜蜜的歌者与最美丽的机警者之一，他的诗到达了新鲜与甜美的最高点，流利与可爱都是无比的。”他甚为桑酉所宠爱，家产很富裕，但结局却很忧悲；因为有一次，桑酉正练习箭术，却无意中把他射死了。但有的人说，他并没有死，不过受伤而已，不久，便复元了。他的死年约在公元1147或1148年。

与他们同时代的诗人很不少，这里只好都略去了。

六

以后便是公元12世纪的后半叶了。这时产生了四个很伟大的诗人，安瓦里（Anwari）是其中最早出来且最有名的一个。在世界上，除了安瓦里的本国批评家外，多不知道安瓦里乃是波斯的三大诗人之一，与弗达西及沙地（Sadi）并肩而立，而超越过那骚·伊·古斯拉诸人之上。安瓦里的生平，知道的人不多；仅晓得他初时专心于科学，对于天文学、几何学、论理学以及其他，无不有精深的研究。相传他在学校时，是一个穷苦的学生。有一天，校门外边，经过了一个骑着高头大马的人，四周都是奴隶和侍者们围护着。安瓦里便问他是什么人。后来知道了他原来是一个诗人，便叫道："天呀，科学的地位这样的高，而我却如此的穷，诗的等级这样的低，而他却如此的显赫么？我敢立誓，从今天起，我要做诗了，那是我最低的工作！"于是当夜，他便作成了一首诗。第二天早晨，他便立在苏丹的宫门外背诵他的诗。苏丹问他是要钱呢，还是要宫庭中的一个位置。他答道：

> 除了在你的门口，世界上没有我息足的地方了，
> 除了这个宫墙之内，我的头便再也找不到别的地方躺下了。

于是苏丹给了他一个位置。但他的性情是不适宜于宫廷生活的，他常说道："行乞是诗人的法律。"他又告诉人说，诗人如不到了50岁便不应该作诗；然而他自己的诗人生活，却至少经过了40年以上（公元1145—1185年）。他的晚年，相传曾为某城的人民所辱。因为城中出现了一册讽刺诗，很刻薄的骂那里的居民，他们都以为这是安瓦里做的——其实并不是他——便把他拿去游街，头上戴了女饰。亏得中途被他的几个有力的朋友救了。他作了一首《巴利诺狄亚》（*Palinodia*）的长诗，记载此事，并感谢救他的人。但他的最好的诗乃是《柯拉桑之泪》（*The Tears of Khorassan*）一诗。此诗写于公元1155年，叙的是一族野蛮民族的变乱事。波斯某处，有蛮族古兹人聚居，地方官惧其势力伸张，便用兵去讨伐，却失败了，苏丹桑酉（Sanjar）自己派兵去，古兹人恐惧求和，他不答应。于是古兹族拼命打仗，打散了官兵，把桑酉也掳获来，并攻入都城及各地，焚略杀夺，无所不至。这是历史上的一件大事，安瓦里在这诗里写得尤为惊人；其中有一段是如此：

> 啊，晨风呀，如果你经过了沙麦旷（Samarquad），
> 把柯拉桑人民的信带给王子吧，
> 这封信的开头是肉体的痛苦，灵魂的悲感，
> 这封信的结束是精神的忧郁，心头的燃烧，
> 这封信的字里行间，是充满了可怜者的叹息，

这封信之内，含储的是被害者的红血，
这封信的一个一个的字母是如被压迫者的胸的一般干枯，
它上面写的地位是为忧苦之眼所潮湿了；
所以耳朵的通道，当听了这封信时是受伤了，
所以眼睛的瞳人，当见了这封信时是变为血了。

第二个大诗人是卡客尼（Khaqani）；他的诗以隐晦难读著称，或称之为“波斯尚蹈派”（Persian Parnassus）中最重要的诗人之一。他生于公元1106或1107年，他父亲是一个木匠，但很早的死了；他叔叔教养他，授他以阿剌伯文，医学，天文学等。他的学诗由于宫庭诗人阿蒲尔·阿拉（Abul-Ala）之指示，他并给他女子为他的妻。后来他到了一个王宫里，但那里的生活却不大好。他很想到柯拉桑去，因为听见苏丹桑酌待遇诗人很好，但这个计划似乎并没有实现，因为他有一诗道：

为什么原因他们不让我到柯拉桑去呢？
我是一个夜莺，然而他们却不让我去拜访玫瑰园。

不久，柯拉桑为野蛮人所毁，桑酌又死了，他的游历柯拉桑之意遂消灭了。他曾到过某地，受到与安瓦里所受的上面所说的待遇差不多。他们发见了一首蔑辱人民的诗，误会为卡客尼所作，他便赶快的作了一首颂扬这城的人的诗，以解此围。后来回到了家，为国王所恶，囚之于狱中，他作了一首有名的狱歌。他在公元1185年死去，葬于苏客布（Surkhab）的“诗人墓地”中。

第三个大诗人是尼达米（Nidhami），一个有名的传奇诗作者。他生于公元1140或1141年；他的第一部传奇诗是《神秘的宝藏》（*Treasury of Mysteries*），第二部的传奇诗是《柯史拉与希林》（*Khusraw and Shirin*）的故事，第三部是《莱拉与马琪纳》（*Layla and Majnun*）的故事，第四部是《亚历山大帝》的故事，第五部，即最后的一部，是《七个肖像》（*The Haft Paykar*）。这五部传奇合称

为“五宝”。他死的时候是公元1202—1203年，得年63。他具有高尚的诗人性格，不肯做一个宫廷诗人，也不肯如别的诗人一样去颂扬当代之主。然他在当时的名望，却无与比伦，在波斯与土耳其，他至今还有很大的影响。他的抒情诗也很有名。大都以原创的，成熟的意境与韵律著，有不可及的崇高的天才。波斯的诗人，像他那样的诗才伟大而性格又高尚纯洁的，很少得见。《神秘的宝藏》是五部中最短的一部传奇诗，可以说是一部神秘诗，而以古事为说明的，不能算作传奇。《柯史拉与希林》叙的是某地的王柯史拉与美丽的女郎希林的恋爱，及他的情敌法哈特（Farhad）的不幸的运命。《莱拉与马琪纳》的故事，本是东方最流行的恋爱故事之一，不仅在波斯，即在土耳其及西亚西亚也流行着。诗中所咏的地方，乃不是波斯而是阿剌伯，诗中所写的英雄与女英雄，乃不是皇家贵族而是沙漠中平常的阿剌伯人。诗里曾有一段写柴伊特（Zayd）在梦中见莱拉与马琪纳同在天堂上，可以打破平常人以为回教不准妇人入天堂及把纯洁忠实的爱情看得很低的误会。《亚历山大帝》分为二部分，一部为“亚历山大的幸运的书”，一部是“亚历山大的智慧的书”。《七个肖像》是叙一个有名的传说，主人翁是国王巴兰（Bahram Gúr）。他的勇敢与武技在史书上有得记载着。却说巴兰有一天在密室里看着七个肖像，都是美丽无比的女子，有的是中国皇帝之公主，有的是西方国王的公主，有的是印度王的公主等等。巴兰为这美丽的肖像所迷惑。在他即王位以后，便向她们的父亲求婚。建立了七个弘丽的宫殿以居她们，巴兰每天到一处，轮流的住着。公主们也每天轮流的讲故事给他听，有些学《天方夜谭》的样子。这部传奇止于巴兰的死。其中插叙了一部故事，很有趣。巴兰每次出猎，总带了一个女郎同去，在休息时，奏琴给他听。有一天，国王正猎射得高兴，心里很想女郎赞美他。但女郎却不声不响。国王道：我的箭法不好么？那边有一只驴来了，你看，我要射中它的眼。女郎道：不算数！能射中它的耳朵和蹄底才好呢。果然，巴兰射中了驴的耳和蹄。女郎道，那不算希奇，因为你的箭法练习得很久了。巴兰大怒，立刻命侍臣把她牵去杀了。她哀求这个侍臣赦了她，把她藏在猎室里，因为国王要杀她，原是一时之气，以后，一定会再想到她的。在这个猎室之门前，有 60 级的石梯。她每天负了一只新生的犊从这石梯上下。犊一天天的大了，她的力量也一天天的增了。有一天，侍臣请巴兰到他村庄中吃饭。女郎幕了面，到巴兰之前献技，巴兰极赞赏她的体育的发达，要求看她的脸，便快乐的知道她原来就是以前的女郎，并没有死。

达希尔（Dhahir）是第四个伟大的诗人，但他的名望却没有以上的三个人大，他的诗才虽很高，现在却已很少有人去读了。当时批评家每称，他的诗所具有的绚丽，乃非别的诗所曾具有的。有的人则以为他的诗较之安瓦里的，更为新鲜而优美。他也是一个宫廷诗人，到了晚年，却被放逐出宫，死于公元 1201 年。在他的诗里宗教的气息是看不见，他的情调完全是世间的，文辞则修饰得光彩，很灿丽，如一班的宫廷诗人一样。他也如别的宫廷诗人一样，虽然信着回教，却不大守教规，仍赞美着酒，在他的一首四行诗里曾说道："与其在天堂做一个醒者，倒不如在地狱里喝酒。"他常作诗颂扬当代之主，以求得金钱；如果颂言失了效用，那么讥刺的诗也很足以使人拿钱来给他。许多宫廷诗人都是如此的。达希尔是一个最显著的例。然而他却常常在穷困之中。他尝说道："债主是常驻在我的门口，而你的门口却驻着幸运。"

七

当公元 1258 年，蒙古人西侵，报达为他们所攻陷；波斯人死者达 80 万人，所有许多年代以来所蓄储的财宝，无论是物质的，文学的或科学的，一切都毁弃无遗。波斯自此遂沦在蒙古人的统治之下，直到中世纪之末，（14 世纪）还是如此，这时，也正是中国为他们所攻陷，而自古世界所未有的最大帝国遂开始建立成功。

但蒙古人虽毁陷了报达及其他波斯名城，对于文人却还知道保护。当时历史家、传记家出现了不少，神秘家（Mystics）也不少，其中以柯白拉（Kubra）为最有名，他死于公元 1221 年蒙古人攻陷克瓦拉辛（Khawarazm）城之役。据某史家说，成吉思汗早已知道柯白拉的名字，要想保存他，便差了一个使者对他说道："现在要攻克瓦拉辛城，而屠杀城中的人民。你是当代最伟大的有德的人，应该出城来，到我这里住，免得同归于尽。"柯白拉却答道："要我出来我便和城中的人民一同出来。"因此便死于城中。还有一个神秘家，名马希犹定（Muhiyyu'd Din ibnul-Arabi），生于公元1165年；他又是一个诗人，他的情调是奇异而高贵的。

这个时代，虽然是纷扰而被统制于异族的时代，大诗人却有不少，波斯三大诗人之一的沙地（Sadi）也即出生于此时。

阿泰（Faridu'd -Din Attai）是这时代第一个重要的神秘诗人。他的著作，共有114种，但大部分是散佚了，现存的只有30种。《鸟语》（*Language of the Birds*）是一部用诗体的神秘的比譬，《痛苦的书》（*Book of Affliction*）与《神书》（*The Divine Book*）是他的诗集，此外还有别的好几种。

第二个重要诗人是路米（Jalalu'd Din-i-Rumi），他生于公元1207年，也是一个神秘的诗人。他的抒情诗是可以永生的。有人称他的作品为波斯文写的《可兰经》，是圣教之根，是"重合"与"实知"的神秘的发现者。他的作品译出为英、法、德文的不少，所以亦有欧洲人熟悉的波斯诗人之一。下面译他的诗一首，可以见他的风格与思想之一斑：

啊，我是不知道我自己的，天呀，现在我将怎么办？

我不崇拜那十字架，也不崇拜那新月，我不是一个基督徒，也不是一个犹太人。

我的家不在东也不在西，不在陆也不在海，我不和天使也不和恶魔为伴，

我不是火也不是水所造出，我的身体不是尘土也不是露水所形成。

我不生在远的中国，也不在赛辛（Saqsin）也不在保尔加尔（Bulghar）；

我不在有五条河的印度长成，也不在伊拉（Iraq）也不在柯拉桑。

我不存在这个世界，也不在那个世界，不在天堂，也不在地狱；
我不从阿丁园（Eden）与天堂落下，也不是由亚当传下。
在尽端的地方之外，在一个路径的踪影的太空，
我超越于灵魂与肉体，我活泼泼的住在我“爱的一个”的灵魂中！

沙地（Sadi）是这时代第三个伟大的诗人，也是波斯的三大诗人之一，或称他为三个“诗歌的先知者”之一——其他二人是弗达西与安瓦里。没有一个波斯诗人，到了现在，还有比他更大的名望的，或比他更被人所敬爱、所诵读的。他的《玫瑰园》（*Gulistan*）和他的《果园》（*Bustan*），凡是波斯的学生，读第一本名著时，便要首先读到；他的抒情诗，与以后的大诗人赫菲兹（Hafitz）同样的为最大多数人所读。他和上面的两个诗人很不相同，他们是神秘的、热诚的信教的诗人，他却半虔敬的、半世间的之诗人。在这时代，神秘主义充溢在空气中，连日常谈话也免不了有些这种气息；沙地的作品，自然是不能逃避了这样的空气。但在大体上，我们可以毫不踌躇的说，沙地的主要的特点，乃是世间的智慧而不是神秘主义，所以《玫瑰园》一书乃是波斯文字中最机谲的作品。他生于公元1184年，死于公元1291年，可算是世界诗人年龄最高的人。他的生平，可分为三时代；第一时代，是读书时代，终止于公元1226年，这时，他大都住在报达。第二时代是旅行时代；自1226年起，约有30年，都在回教的诸国中到处的游历。到了公元1256年，他回家了，这是他的第三时代的开始。这个时代乃是他主要的从事于文艺工作之时代。归来的一年，即公元1257年，他发表了他的《果园》，一部诗集，隔了一年，又发表了他的《玫瑰园》，一部故事集，这些故事都是从他的丰富的观察与经验中出来的，却同时带着有道德的反省与世间智慧的格言，文辞是散文，却安放了不少诗篇进去。这两部书都曾译成了不少国的文字，与亚摩客耶的《鲁拜集》同为欧洲人最熟悉的波斯作品。他的作品，除了这两部以外，还有不少，各种的诗体，他差不多都试了一试。他曾有一首诗，有一个著名的开始道：“不要把你的心专一的放在什么土地上或朋友上，因为土地与海是不可数的多，而甜蜜的心也

是无穷的。”又有一首抒情诗，赞颂之者很不少，兹节译其一段如下：

> 啊，幸福不让我把我的情人紧搂在我的胸前，
> 也不让我紧紧的吻着她的甜蜜的唇，以忘我的久流于异地，
> 她用她的圈套来络住远而广的许多牺牲者，
> 我要把这圈套偷走了，那么，有一天，我便将把她也诱引我这边来了。
> 然而我不敢用过于勇敢的手去抚摩她的头发，
> 因为圈套在那里呢，如鸟在网罗中一样，那里络住的乃是许多恋爱者未说出的心。……

还有许多零句，也是很可爱的：

> 全个城市乃是没有家的人的家，
> 穷人的家，乃是黑夜在那里追到了他的地方。
> 一个人被杀在他爱者的帐幕之前，那没有什么，
> 所可注意的是生者的人，看他如何能把他的灵魂救活。
> 你骂了我，我是满意的：上帝赦你，你说好话：
> 一句苦恶的回答，适宜于本来吃着糖的红唇！
> 爱与忠实的美点，不在那个美丽的脸上。

除了以上三人之外，小诗人还不少，这里只好都不说。

八

沙地与路米之后的时代，乃是波斯历史家的时代，但那时的诗人却也不少。

阿米尔·柯史拉（Amir Khusraw）是一个著名的诗人与音乐家。他是土耳其人，生于公元1253年，他的有名的诗乃是悲悼他母亲之死的一首，其中有很动人的句子，兹译如下：

……我母亲死了，躺在泥土之下；
如果我把泥土倾在我自己的头上，那是奇事么？
我的母亲呀，你在哪里，在什么奇异的地方？
母亲，你不能把你的脸显给我看了么？
再从地的心中，发出了微笑，
以慰我悲痛的哭泣吧！
过去的时候，你的足所走过的地方，
现在我回想起来，都是天堂了。……

蒲·伊·巴巴（Pur-i-Baba）第一次在他的诗里，引进了不少土耳其与蒙古的文字，同时，专门的名词也用了不少。他的风格是以前宫廷诗人的风格，善于润饰，且堆了不少美丽的字眼，有时比譬繁富，有时且用了巧妙的文字以为游戏。

伊马米（Imami）是某地的一个游历于贵族卿相间的献诗的诗人，死于公元1268—1269年。当时曾与沙地及汉格尔（Hamgar）相酬唱。

汉格尔（Hamgar）也是一个为贵人总督食客之诗人，他的四行诗很有名，有时也作很刻毒的四行诗：

一只猪比起你来还好看些，
见你的脸，倒不如见一只猴子的，心里还高兴些。
你的脾气却比你的脸更为丑恶，
比起它来，你的脸却是美丽而有光彩的。

伊拉恢（Iraqi）比上面的几个诗人都伟大，他的诗才很高。他的诗大都是神秘的。在他的童年时，即已会背诵《可兰经》。他死于1289年。他的著作以抒情诗为最好，一册名《爱者的书》（*Book of Lovers*）的诗，亦极有名。散文著作，名《闪光》（*Flashes*）的，在波斯思想界亦有很大的影响。其中有一零句，兹译如下：

脸只有一个，但当你在
许多面镜子中看时，它却变了许多个。

阿赫特（Awhadi）死于公元1337—1338年，他的名作是《表现世界的镜子》（*World-displaying Glass*），这部书一出现，在一个月之内已有了400部抄本，都卖得好价。他的抒情诗也很有名。

除了这几个人以外，当时还有许多诗人，不能在这里举出。

九

蒙古大帝国，到了1335年瓦解了，同年却有一个怪杰产生出来，这人就是帖木儿（Timur），不到多少年，便重光了这个蒙古帝国，中世纪的波斯，便在他的统治之下告了结束。

在帖木儿时代，波斯诗人足以使我们注意的很不少，其中最有名的便是赫菲兹（Hafiz），此外还有好几个，都各现出他们的特异的光彩，以增饰这个中世纪的晚霞天气的美丽。

第一个要说的是耶敏（Ibn-i-Yamin），他的祖先是土耳其人，他的死年是公元1368年，他的著作流传于今者有《零片集》（Fragments），其中的诗，大部分为哲学的、伦理的或神秘的性质。

你知道孩子对于把他作为承继者的父亲，
也并不表示感激么？
他似乎说道："那是你，损害了我的和平，
把我带到了如此可怜的世界上来！"

在这诗里，我们可以看出耶敏的悲观思想来。

克瓦朱（Khwaju）是第二个要说的，他曾为某苏丹的宫廷诗人，死于公元1352年。在他的《新年之日与玫瑰》，曾叙述他自己的生平。他的著作，包含五篇传奇诗及零句与四行诗等。

萨客尼（Ubayd-i-Zdik（ini）是波斯讽刺诗人中的最有名者，他的《贵族的伦理》(Ethics of Aristocracy）是一篇无比的讽刺好诗，此外尚有不少别的作品。他死于1371年。

赫菲兹（Hafiz）是这时代的诗人中最有名者，他的名字，不仅杰出于一代，乃是在不朽的大诗人弗达西、沙地之中的。他的父亲是一个商人，但很早的死了，赫菲兹不得不于幼年时即出来谋生。但在余暇时，他还进邻近的学校中读书；他随后即学会作诗。然那时还未成功，直到了某一日，一个老人给他吃了些神异的仙物，并告诉他从此以后，诗的天才与知识库的锁匙是给了他了时，他才成为真正的诗人。以后，他历在诸王及诸大吏间为食客。在公元1387年，他与大英雄帖木儿相见。还有许多帝王都争邀他到他们的宫中去住。他在当时的声望是极大的。他与波斯的别个宫廷诗人不同，他们之献诗于国王与贵吏，乃为了金钱，到了宠爱衰了时，却又去写讽刺诗了。他却全不是如此。他永不曾用过卑鄙的手段去取得金钱，也永不曾作过讽刺诗骂他们。赫菲兹所歌咏的，大都为春天、玫瑰、夜莺、酒、少年与美丽。他的无比的天才，使这些东西都永生于他的诗里；他的流丽可爱，音节谐和的作品，模仿他的人虽多，却没有一个曾及得上他。现在译他的诗数首如下：

（一）

红玫瑰烂缦的开着花，蓓蕾在饮着春天的气味，
祝福呀，爱酒的人，一切祝福！

（二）

高高的举起盛着红色酒的钵呀，因为这里便是自由的大厅，
圣人与酒徒是一个，农夫是不殊于帝王。

（三）

酒宴告毕了，夜已深了，酒店的第二个门大开了。低的人和有力量的人必须低了头，经过生的穹门，去与在外面的什么……相遇呢？

赫菲兹死于公元1389年，他的墓在一个美丽的花园内，这园即名为赫菲兹园。历代都有人修理，时时都有人去游历。他自己一首诗里的话应验了：

当你经过我们的墓时：寻求一个祝福，因为它将成为
一个为全个世界的浪子们来游历的地方。

他的短句，在最后也应译几首给我们的读者：

（一）
欢迎，呵，带了幸福的使命而来的吉鸟！
你来得好！有什么消息？朋友在哪里？道路怎么走？

（二）
显示出你的脸，从我的记忆中，把所有我的自己生存的思想都取了去；
叫那风把那人的收获完全带了去吧。

（三）
我说道，我等待着你！她答道，你的等待将要告终止的。
我说道，你做我的月吧！她答道，如果它不出来了呢！

（四）
呵，上帝，你曾把那新鲜而微笑的玫瑰，委托了我。
我现在从花床的妒眼里把它委托给你了。

这时代的重要诗人至少有十个，现在这里因为篇幅的关系，只好仅举上面的几个以为例了。

参考书目

1.《波斯文学史》(*A Literary History of Persia*)，共2册，白朗（E. G. Brown）著，为菲萧恩文（T. Fisher Unwin）公司出版的《文学史丛书》（*The Library of Literary History*）之一。

2. 鞑靼治下的《波斯文学史》(*A History of Persian Literature under Tartar Dominion*)，亦白朗著，为《波斯文学史》的第三册，康桥大学出版部（Cambridge University Press）出版。

3.《波斯诗人传》(*Biographical Notices of Persian Poets*) 奥赛莱（Sir Gore Ouseley）著，1847年出版于伦敦。

4.《亚摩·客耶的鲁拜集》(*Rubaiyat of Omar Khayyam*)，菲兹格拉（E. FitzGerald）英译，各种的印本极多，伦敦的 Siegle， Hill & Co. 的一本，系以 F. Sangorski 及 G. Sutcliffe 二人手写手绘的稿本付印，是诸本中之最美丽者。

5. 沙地的《玫瑰园》(*Sddi's Gulistan*)，柏拉兹（L. T. Platts）英译，伦敦 Crosby Lockwood & Son 出版，在《史格得丛书》(*Scott Library*) 中亦收入。

波斯诗人作品的英译者，除了上面的《鲁拜集》与《玫瑰园》之外，有通行本者极少，大都视为专门研究之书，颇不易得，今不一一列举。

第十六章

中世纪的印度与阿剌伯

一

中世纪的印度，曾为回教徒所侵入，又曾为蒙古人所侵入；佛教的势力在那时是很薄弱；婆罗门教仍占着绝大的权威。中世纪的后半，却为婆罗门教与回教的二大宗教势力所统治。当7世纪时，有一个很可纪念的事件，便是三藏法师的由中华而至印度，带了不少佛经到中国来。在那时，印度的戏曲，已是很发达了。中国戏曲在中世纪后半期之突然而发生，受印度的影响，想必是不少。在这一点，我们希望将来有专门的研究者能更详确的说明。

中世纪的印度文学，并无什么重要的诗歌与传奇，他们的光荣乃是戏曲，所以中世纪的印度文学时代，可以称之为戏曲的时代。这时有两大戏曲家，巴瓦希底（Bhavabhuti）与开里台沙（Kalidasa），其成就都是很伟大的。

最有名的印度戏曲，曾受到近代世界上的注意的，是《泥车》（*Mud Cart*），作者及著作时代都不能确知；据一部分的学者的研究，谓系出于公元6世纪中。这个戏曲的开始，先由剧场经理到台上说明关于剧本及作者的赞美的话。据他说，这剧作者是修特拉加(Sudraka)，他是一个王，又是一个武士，一个诗人。剧中的故事是如此：查鲁达泰（Chamdatta)，一个少年而穷苦的婆罗门，为一个美女瓦桑太西那（Vasantasena）所爱；她把首饰箱留在查鲁达泰的家中。在第三幕中，这个首饰箱乃为一个坏的婆罗门所窃取。他的妻把她所有的珠宝都取出来，给她丈夫，叫他偿还查鲁达泰。然那个窃箱的婆罗门，却把箱送给他所恋爱的一个瓦桑太西那的侍女。她却复献上给瓦桑太西那。她便使那侍女与那婆罗门结婚。她与查鲁达泰的爱情突然的增进了，不管外面的人如何的反对与诅咒。他坐在他的乐园中，等待她的来访。她来了。后来，她住在查鲁达泰家中，醒来时，见他已先往邻近的一个乐园中，留一信叫她跟去。她正要登车时，车夫见无车垫，驰马去取。恰好国舅的空车经过街中。因为前途拥挤，车夫把车停在查鲁达泰门前，而去清路。瓦桑太西那以为那是自己的车，便登上车，驰去了，恰好有一个罪犯阿里亚加（Aryaka）上场；他由御监中逃出，手还有桎梏锁关着。他见无垫的空车，便也登了上去，驰到乐园，遇见查鲁达泰。他可怜他的境遇，便把他的桎梏取下，给他一把刀，指引他逃走之路。同时，国舅到了这个乐园，瓦桑太西那也到了。国舅向她求爱，她不去理会他。国舅大怒，把她扼死了，却贾罪于查鲁达泰，将他判决死刑。最后一幕，即第十幕，见查鲁达泰已将受刑，忽真相大明，他遂被释放。恰好，国王被杀，阿里亚加即位为王，给查鲁达泰以高位。他最后遂复回到他妻子那里。这剧的艺术是很高的。

开里台莎（Kalidasa）的生平，约在此剧出现之前；他乃是印度戏曲的莎士比亚，他的剧本表示出印度古剧之最纯洁、最崇高的艺术方式。别的作家都有多少的受有外来的影响，独有开里台莎是完全的站在独立的地位上，以纯粹的古典形式，表现出古时的生活与思想。他的生年，有的说是公元第一世纪，有的则把他放在以后的时代。至少，他是在中世纪的初期的。他共留有三剧。第一剧是《莎甘泰莱》(Sakuntala)。事实是如此：一个少年的国王，行猎于林中，来到了一个隐士的村落，村中有一位美丽若仙的少女莎甘泰莱，其父为有名之圣隐士，其母则为一天女。国王一见这个少女的美貌，不禁的起了爱心；莎甘泰莱对于他也动情了。他们遂结了婚。但国王不久因有要事，急要回国，遂留下一个戒指给她而去。她终日梦想着她的丈夫，疏忽了敬礼一个大圣，那个大圣大怒，遂诅咒道，国王将不再认识她的脸。后来又说，如见了戒指，便可复相见。大圣的诅咒实现了。莎甘泰莱浴时，失去了戒指，为鱼所吞。她带了孩子到王宫来，国王不认识她。后来两个渔夫复得了那个戒指，国王的记忆才回复过来，承认了莎甘泰莱为后。这剧是印度戏剧艺术的顶点，写的是英雄的神似的人物，而非人民的实际生活，其中辞藻至为繁缛，其原本的桑斯克里底文，乃非一般人所能懂得。开里台莎的第二部戏曲是《奥瓦赛》（*Urvasi, Won by Valour*）。共有五个短幕，写的是一个仙女奥瓦赛的历险；她为恶魔所困，亏得她的情人，一个英雄的国王，把她救了。他的第三部戏曲是一部历史剧，写的是：国王阿尼米特拉（Agnimitm）不管他二后之反对，而与宫中的一女侍恋爱，终于娶了她，而得二后之承认。

第二个大戏曲家巴瓦希底（Bhavabhuti），约生于公元7世纪之末。他也留有三部剧本。他的艺术也是很高超而精粹的，如果不是预先研究，第一次去听，其难懂的句子是很多的。他自己说，他的剧本不是为一般人所看，乃是专为学者及文人所著的。他写道："批评我们的人，他们所知是如何的少。这剧不是为他们的。与我同好的人也许有几个或将有几个存在，因为时间是无穷的，世界是广大的。"他的第一剧是《梅莱底与梅台瓦》（*Malati Madhava*）。写的是：女郎梅莱底被养育于一个佛教的尼庵中，一个少年梅台瓦也到那里读书。当地的印度教徒，选取梅莱底为神的牺牲，把她缚在地上，以待烧献于神。正在这时，梅台瓦进来了；他与恶魔们争斗了许久，终于杀了牧师，救了梅莱底出来。后来二人又经过些别的灾难，而终于结合。最后一个佛教的尼姑上场，背诵经典上的话。此剧的价值，在表现印度的思想，不仅证明了佛教在那时代的地位，且有影响于后来的印度信仰。他的第二剧是《马海委拉·查利特拉》（*Mahavira Charitra*）。把大史诗《拉马耶那》的前六卷戏剧化了的。自拉马失去他的妻赛泰，至救回她为止。他的第三剧《乌泰拉·拉马·查利特拉》(Uttara-Rama-Charitra)，把《拉马耶那》的第七卷戏剧化了；在那里，赛泰的贞操为拉马及国人所疑，二人离婚了一时，到了后来，经过了许多事，才复团圆。

在以上所说二大作家之戏曲以外，印度还有几部戏曲应该一说的。

《那格南达》(*Nagananda*)是仅有的佛教的戏曲，或以为它是国王西莱地底亚二世(Siladitya II)著的，其实，乃是一个诗人台瓦加(Dhavaka)所作。最后二幕，写的是"金翅鸟王"(Gimida)每日吞吃一只那加(Naga)，一种有人性蛇类。剧中的英雄乾妙泰瓦希那(Jimutavahana)把他自己的身体给他吃，因此救了那加族的灭亡。金翅鸟王知道他是一佛子，叫道我造下了什么大罪！我刚才吃的乃是一个佛子。"乾妙泰瓦希那复活了，告金翅鸟王以佛教的敬爱万物的教条。"不要杀害生命；忏悔你以前的行为。"

《摩特拉·拉克希莎》(*Mudra Rakshasa*)，相传为一个名为委莎克台泰(Visakadatta)的作家所著，约产生于公元12世纪，为上述的几部戏曲中最晚作之作品，叙的是公元前4世纪的历史上的一件变乱。婆罗门教的势力在那里是极鲜明的写出。

二

中世纪的阿剌伯真是一个伟大的国家；大宗教家莫哈献德由那里崛起，创造了回教，一手执《可兰经》，一手执剑，以宣传其教义于各处。公元8世纪时，他们又渡过地中海而到了西班牙。直到了13世纪，蒙古人侵入后，他们的黄金时代方才过去。然而回教的信徒，却已遍及世界各处。在这个黄金时代，阿剌伯的大诗人出现了不少，还有不少的科学家，历史家以及其他。这里只说到他们的诗人，及他们的绝大著作《天方夜谭》。

回教未发生之前，阿剌伯的诗歌是极盛。这样的盛代，约有一世纪（公元后6世纪），自第一首诗歌产生，到了莫哈默德在公元622年逃到美地那（Medina）那一年（即回教纪元第一年）为止。这120年的文学，其影响是很伟大而永久的。在这时代，诗人是最光荣的人物。当阿剌伯的某一家，有一个诗人出现时，别的邻族们便都来庆贺他们。大宴了好几天，歌着舞着。所以这时代的诗是极优美的，植根于民众的生活上；诗歌在这时，不是有教育的少数人之侈奢品，乃是全体人民的文学表白的媒介。每一族都有他们的诗人，他们自由的把他们所想到的，所觉到的说出。他们的话，“比箭还快的飞越过沙漠”。最初，阿剌伯的诗人原带有神巫或与超自然的东西接近的人物，后来，乃渐渐变为一个文人，为一族的光荣的文人。最初的诗歌，除了泉歌——倦游的旅客，见到了泉水是常常喜欢得唱起来的——战歌、祷神歌以及情歌、挽歌之外，还有讽刺歌，作讽刺诗，乃是当时诗人要务之一，这乃是战争元素之一，其重要乃如实际的战争。

这时代，有七个大诗人，他们所著的七篇的长诗，后人合编为《长诗集》（*Mu’allaqat*）。第一个诗人，且是最有名的一个，为伊摩鲁（Imru’u’l-Qayo）。有许多浪漫的故事，是以他为中心的。有一件故事是如此，伊摩鲁的父亲把他逐出家庭，他和同辈的人四处的浪游。后来，他父亲被杀的信到了，他叫道：“我父亲消耗了我的青春，现在，我老了，他却把‘血仇’的重担放在我肩上了。今天且喝酒，明天做事！”接着七夜，他痛饮着，以后便立誓，不再吃肉，不再喝酒，不再近妇人，不再洗头，直到报完仇之后。他到了一个神前，抽取了“报仇”，“不报”，“等机会”三支箭中之一。他抽到了“不报”，立刻把箭折断了，掷到神的脸上，说道：“如果你的父亲也被杀了，便不会如此了！”但他的报仇显然没有成功。后来，他到了君士坦丁堡，皇帝约士丁尼（Justinian）任命他为巴勒斯坦的长官。在中途，他却不意的死了（约在公元后540年）。据说皇帝因为他与公主私通，所以送一件毒袍给他，把他暗杀了。通常都认他为回教发生前的最大诗人。莫哈默德称他为“到地狱之火去的人们的领袖”。他的长诗，无人不赞许其辞句之美，想像之富，描写之可爱而复杂，音韵之铿锵与温甜；他所引起的感兴乃是青春的快乐与光荣。

泰拉法（Tarafab. Al-’Abd）是第二个长诗作家。他早年就有作讽刺诗的天才，不管友与敌，都一律的讥嘲着。他家族把他逐出了一次，后来又许其复归。他的长诗，曾得一个富人的赞赏，而得暂时的独立。后来，他到一个国王那里去。初甚得宠，后以写讽刺诗及他事触王之怒。他叫他送一信给某处总督，信中乃叫总督把他杀了。他的青春之花遂如此的消灭了。据有的记载，说他这时还未满 20 岁。

阿摩尔（Amr b. Kulthum）是第三个长诗作家，在他诗里表现出自己的高尚的人格与坚定的勇力的。相传，有一个国王曾召他和他母亲到宫中去。国王陪他饮酒，他母亲则在皇太后那里款待着。太后叫她去端一个盆子，那是对待宾客不应该的事。他母亲说道谁要什么，他们自己可以站起来去取。”太后却继续的说着。他母亲大叫道：“羞呀！救呀！”阿摩尔在外听见了，血冲到脸上来，取下了壁上挂的唯一的刀，把国王杀了。

第四个诗人是赫里士（Harith b. Hilliza），他的诗没有阿摩尔那样的有趣，却有些历史上的价值。安泰拉（Antam b. Shaddad）是第五个诗人，以勇力著，大家都忘记了他的诗，而记着他为一个传奇的英雄。他母亲是一个黑奴。原来，奴隶生的儿子，也是奴隶，直等到他父亲承认他才算是自由人。某一次，他和他父亲同出，骆驼为人所劫，他们与之战争。安泰拉却不加入，说道：“一个奴隶不知道怎样的打仗，他的工作是喂骆驼，上鞍缰。”他父亲叫道：“你是自由了。”于是安泰拉加入了，他的刀比谁都勇敢。他的长诗以刺激人的战争景色著名。

安泰拉咏唱的是战争的事，他的同时代作家萨赫尔（Zuhayr b. Abi Sulma）——第六个长诗作家——却在他的诗里歌咏着战后的和平，称赞那些值得称赞的英雄。他的诗很精美。据说，他写了一首诗，要费四个月的工夫，还要改正了四个月，还要给同时诗人看了四个月，方才肯发表。相传，他曾与莫哈默德相遇，那个大先知叫道：“呀，上帝，把我离了他的恶魔吧。”

拉比特（Labid b. Rabid）是最后的一个长诗作家，生于 6 世纪的后半期，而死于公元 661 年左右。他信了回教，即弃去了诗歌，他说道："上帝给我《可兰经》以换诗歌。"他的长诗，是回教前阿剌伯诗中之最优美的例子之一，写出沙漠生活与景色的新鲜图画，写得很可爱。

在七个长诗作家之外，还有三个大诗人要一举的，头二个是公认为可以列在阿剌伯最伟大的诗人之列的。

那比加（Nabigha）生在回教发生前半世纪中，曾住于两处的王庭中。希拉（Hira）国王奴曼（Nu'man）与他尤为亲密。他有许多时浴于国王的宠爱的日光中，一切都很如意。后来，奴曼叫他作一诗赞王后之美貌，他赞得太好了，使奴曼起了疑心，因此只得离开了。有的说，他之离开希拉，乃因仇人故作一首讽刺奴曼的诗，以为是他作的，因此失宠。他离了希拉，便到别一国，然其心仍在希拉；常作诗自明无辜，并叙客居之可怜。最后，奴曼遂与他复和了。他自己说是一个"宗教的人"，但他是死在回教发生之前，乃为一个未受洗礼基督教徒，不然，也将成一个回教徒了。

那比加诗里严肃而忠恳的情调，在他的同时代的少年阿莎（A'sha）诗里，却不见了踪影。阿莎乃是一个职业的行吟诗人，他手里执着琴，走遍阿剌伯全境，恭维那些有报酬给他的人。他的讽刺诗人之名极著，他所要求的东西，很少数人敢于拒绝他。他是站在阿剌伯诗歌的前线的，有人且以为他比别的诗人都高。他的漫游的生活，使他与阿剌伯所有各种的文化接触。在他的诗里，似见他受着些基督教的影响。他最善于描写酒及酒宴。

第三个诗人阿尔卡马（Alqama b. Abada）的生平，知道的人很少。他的最有名的诗乃是一首献给一位战胜者，恳求他释放他的同族的。

阿剌伯前期的诗坛上，女诗人不多，他们都带有男性的。他们的歌很少唱恋爱，而多唱的是死。他们特别的地域是挽歌。其中最有名的诗人是康莎（Khansa），她约生在6世纪的后半。她最好的挽歌是悲悼她两个兄弟之战死的。

此外，还有许多诗人，不能一一的举出。

三

回教的开始时期，对于文学是并不有好感的。其初，他们忙于战胜、扩地、组织，其后，又忙于内战；直到了乌麦耶特（Umayyads，661–750）朝，古代的异教精神才复活起来。乌麦尔（Umar b. Abi Rabià，公元 719 年）是这时阿剌伯本土诗人中的领袖。他为一个富商之子。他半生都追逐于贵妇人之后，而歌咏着她们；专诚的回教徒乃以他为犯了对于上帝最大的罪。此外还有几个小诗人这里不能列举了。大约这时的情歌，大都为民间的产品。

乌麦耶特朝的最重要的诗人乃是阿克泰尔（Akhtal）、法拉兹达（Farazdaq）、加劳尔（Jarir）三人；他们都不是阿剌伯人，乃是生长于米索不达米亚的；他们不是回教的骑士，他们除了在情场以外，拒绝别的打仗。

这三个诗人中，最年长的是阿克泰尔，他是一个基督教徒，终身不改信仰；据说某次加利弗曾以巨款给他，要他改信回教，而他拒绝了。他虽为加利弗所敬，而常常受牧师所责备。有一次，他见牧师经过，连忙叫妻子去吻牧师的袍。但他的妻只能吻着牧师的驴尾。阿克泰尔安慰她道："他和他的驴尾，那都是一样。"他的长诗，曾被赞为纯洁、修整、正确。某批评家把他放在回教时代诗人之首。他的三种诗是无比的：赞颂诗、讽刺诗与情诗。

法拉兹达与加劳尔是齐名于当时，先后几月，同死于公元 728 年。法拉兹达一生发生了许多恋爱的事；他的诗常提到他的表妹娜瓦尔（Nawar）。当她将与别人结婚时，他用了一个诡计，迫她嫁了他。他们常常的口角，不久，遂离了婚。离婚以后，他却又常忏悔着，失望着。"法拉兹达的悔恨"后来乃成了一句代表痛苦的追悔与失望的成语。

加劳尔与法拉兹达是同族；他是一个宫廷诗人。他的讽刺诗是极著名的；他自己以为坏的，如出之于别的诗人却已是很好的了。盲诗人巴喜夏（Bashshar b. Burd，公元 783 年）说道："我讽刺了加劳尔，但他以我为太年轻，不屑注意。如果他答了我，我将成了世界上最优美的诗人了。”

这三个大诗人之后，隔了很久时候，才有格依兰（GhaylAn b. Uqba）出来，他的诗摹仿沙漠诗人，风格殊软弱。后来的哲学家，喜其风格之古而难读，遂赞扬过度。有人说，诗歌开始于伊摩鲁而终止于格依兰。

四

自公元749年阿巴西特朝（Abbasid Dynasty）立基之后，至公元1258年报达（Baghdad）为蒙古人攻陷之时止，整整有五个世纪，是为阿巴西特朝代。在那个时候，出现了不少大诗人、大学者、历史家、哲学家以及科学家，那时是回教文学的黄金时代。这时代的诗歌，矫正了乌麦耶特朝诸诗人的摹古之习，及崇古尊古之观念；几个批评家笑着那些只知耗费时力于古代著作的文人；又有批评家主张：古与今之高下不必论，只论其成就之如何而不必注意其时代。于是新诗派以生。那时，诗人之特性有一点与以前不同者，即自始至终，他们皆为宫庭诗人，以恭维王室为事者。一则，那时，没有有组织之书业，没有豪富之出版家，所以他们只好依帮加利弗为生。二则，这样的风气，以阿剌伯人迁入报达后为盛。最早时代的阿剌伯诗人，如上所述者，原来并不如此。波斯的诗人，向来就以作恭维诗著名，阿剌伯诗人不过受其影响而已。

这时的代表诗人有五个，即莫底（Muti b. Iyás）、阿皮诺瓦士（Abù Nuwás）、阿皮阿泰希耶（Abu’l-Atahiya）、摩泰那皮（Mutcnabbi）及麦亚里（AbuI-A-Ma’arri），都是宫庭诗人。

莫底是新派诗人的最早的一个。他的诗歌，开始写于乌麦耶特朝，后来，阿巴西特朝成立了，莫底便依附于他们的势力之下。他曾与当时一群自由思想家在一处。他的歌咏爱情及美酒的诗，是以轻妙及秀雅著名的。

阿皮诺瓦士是一个很伟大的诗人，在当时及其后，无可与他并肩者，在古代的诸大诗人中亦未有胜过他的。他生在8世纪的中叶，家世很贫寒。他的血统不是纯阿剌伯的。他和好些阿剌伯人同到沙漠中浪游了一次之后，便到了报达，在宫廷中战胜了一切的同辈诗人。他的脾气很坏，又不善自掩饰，常触怒了加利弗，说要杀他，又曾真的把他下狱了几次。到了他老年时，他却悔恨着以前的行为——“恶魔死时，恶魔要成一个僧侣了。”阿皮诺瓦士的诗，种类很繁杂，有颂圣诗，有讽刺诗，有打猎诗，有宗教诗；但恋爱与酒却是他天才被感兴的两个动机。他的酒歌常被视为无比的好；其中有一首，开始道：

> 啰！一杯，酌满了它，告诉我这是酒，
> 因为如果我能在光明处饮酒，我决不到暗处去喝！
> 当我醒时，每一个时候都是诅咒与穷苦，
> 当我醉得东颠西倒时，我却是富人。
> 羞羞的说那爱人的名字吧，且浮夸的假装独自在着；
> 在快乐里把面幕抛却了，那是没有好处的。

阿皮诺瓦士实行了他所说的话；常常的他觉得快乐是人生的无上要务；宗教的训条是不许挡在路上的。他还常劝别人不怕过度的享乐，因为上帝的慈悲是比人所能造的所有罪恶都大的。（他死于公元810年）然而与他这一派自由思想者及享乐的诗人相对待的，还有许多同时代的信仰道德与宗教的回教徒的诗人们，阿皮阿泰希耶（Abul-’Atahiya，公元748-828年）即是其一。

阿皮阿泰希耶是纯正的阿剌伯人，他少年时以售卖陶器为生。他的诗才，是那样的好，当他自呈于加利弗之前时，他竟厚酬他，后来，且得到了年俸。在报达时，他爱上了一个女奴，但她却并不回答他的热情，也不注意到他赞美她及诉说她之受苦的诗篇。他失望了，遂转念去潜修，放下了浮夸人世的诗，而专心去用他的诗才于干枯的道德之默想上，这些诗在他国人心上深沉的感应着。他和麦阿里及其他诸人一样，疏忽了正当的回教训条，而采用了根据于经验，与反省的一种道德哲学，所以许多人都称为自由思想家。这是很显明

的，在他的诗中，常说到死，却从来不说到“复活”与“裁判”。他的诗常呼吸着一种悲闷与无望的悲观精神。死及死后的事，人的无能与可怜，以及人世的快乐之虚空——这些都是他的诗的题材。他的风格，真朴、平易而自然。他的宗教诗非宫廷或学者所读的，乃是给那些“最爱他们所能懂得的东西”的平民读的。他乃为“街上的人”而著作。不管传统的繁缛之辞采，而只知以平浅之语，传达一般的感情与经验。他是阿刺伯文学上，第一个，也许也是最后的一个，能够运用完全平常的文句而不失其为大诗人的作家。他的诗的情调可于下面几个短句及一诗中见之：

人坐在那里，如狂饮者在举杯饮酒一样，
从世界的手中，饮着那一个个传来的死之酒。
如果人看见一个先知者在求乞，他们便将推他，揶揄他了。
你的朋友，当你不必靠他而可做事时永远是你的；
但如果你，有需要去求他时，他便将推你开去了。
远远的离了平安之路，希望你要被救么？
船在陆地上是走不动的
信仰是一切悲哀的医药，
怀疑仅只扬起了一群的纷扰而已。

“生与死”

人的生命是他的美誉，不是他的活的年寿；
人的死亡是他的恶名，不是那将近的死日。
那末，以好的行为，生存你的美誉吧：
啊，世人呀，如此的，在这个世界上两个活着，你便将活着。

阿皮阿泰希耶在他同时代不得大名望，他死时，年龄已很高。有的人以为他的真实的诗才较阿皮诺瓦士为尤高；然而他们俩却是当时的二个著名的代表，不能相比的。一个代表豪华的享乐之社会，一个却代表着中下级人民的宗教感情与信仰。

摩泰那比（al-Mutanabbi，即 Abu’1-Tayyib Ahmad b. Husayn,

公元915-965年）生于阿剌伯，据说他父亲是一个挑水者。他早岁在外留学，表现出很高的诗才。他自命为一个先知者，信从他的人很不少；后来为一个总督所捕，下之于狱。释出之后，四处游荡，后来成为了宫廷诗人，甚受国王之款待。他很感激，真的感激他那主人；他的颂圣诗是具着纯洁而高尚的感情，比之一般的及他以后所作的颂圣诗不同。后来，他不幸与国王有了意见，逃到埃及，却所如不合。公元965年时，他旅游巴比伦，为强盗所杀。他的诗在当时极流行，此可于其诗集注释及批评者之多见之。他的国人，每以他为阿剌伯最大诗人之一；且有好几个人，竟以他为第一个诗人。麦亚里，他自己也是一个大诗人，以为，他有时要改摩泰那比诗中的一个字，竟不能有所改。"他的诗是完美的"。但到了后来，却又有人大肆攻击。"一个人功绩愈高者，他的过失愈益计数得出。"他虽把珍珠与砖石放在一处，而珍珠之价值终于无损。他的诗极美，尤其善于用美的文句来描写妇人的美貌，如：

她松下了她的三鬈黑发，
如此的，在夜里，她立刻造成了四个夜，
但当她抬头向天看月时，
她的脸，我看见了两个月在一处。

他的想像常很新奇而善于比譬，如：

我不过是一根箭在空中，
当落下了时，找不到躲身之处。

他还喜在关于人生的题目上说着道德；他乃是一个东方人所喜的习语哲学的大作者，如：

那些与世界熟悉了很久的人，
当他转眼周围一看时，
他乃看见：外表那样美观的，乃是如何的虚假呀。

圣者在他最快乐的幸福中，
他的心还使他悲苦着，但可怜的愚人，
就在他们的穷苦中还可寻见快乐。

阿巴耶特朝在这时候衰落了，社会的败坏，政治的扰乱，都足以使感觉锐敏的诗人起了悲观；在麦亚里（Abul-'Ala Al- Ma'arri，公元 973-1057 年）的诗里，这样的悲观倾向是很显明的映着。麦亚里生于一个叙利亚的城中。童年时因出了天花，把双眼盲了。他并不写诗恭维以求得赏，仅只为练习他的诗技而已。公元 993 年，他回到本乡，自此，住在那里 15 年，以教授他早年所得之学问，如阿剌伯诗、古物学等为生。他的名誉渐渐的高了，后来，他到人才荟萃的报达去，立刻在一班学者及文人中得了一个地位。不到二年，他因母病，又回了家。这一次，却不再出来了，数十年的时间，都于静修中经过。他母亲死了，使他受了大刺激，他又盲着，又孤独着。于是，他的默想是很深沉的。他不仅是一个诗人，还是一个哲学家。他坚信着一神教，但他之信上帝，正如信一切东西都为运命所统辖一样。他不欲死者之复活，如：

我们笑着，但我们是不该笑的，
我们要哭，要悲哀的哭着，
我们如玻璃似的碎了。从今后
不再铸造！

死是人类的终点，他却希望死之速到，以解脱人于生的痛苦中。他以为生子是一种罪恶。所以他一生不娶。据说，他曾欲人将下面的一句诗刻在他的坟上：

这个错误我的父亲已经为我做了，
但我却不再做了。

他既憎厌现在之生，倦于担负其重责，于是除了回到无生之外，便不再别的更好的途径了。然而，有的时候，他又是很理想的，很积极的，他有他的道德训条，他说道：

> 把理性当做你的指导者，做她所赞成的事，
> 她乃是实际上的最好的咨议者。

在这里，他的态度乃不是绝对的消极而为积极的了。波斯的诗人古斯拉（Nasir–i–Khusraw）曾旅游过麦亚里住的地方；他在游记中说起麦亚里乃是城中的领袖，很富裕，有200以上之学生，从各地方来，听他文学与诗歌的讲演，与他在作品中自叙之孤寂情形是绝异的。他虽不参预政治，而自己说："我乃是我时代之子。"在他的诗里很活泼的表现出当时纷乱社会的情况。

在最后，于叙这五个代表诗人之外，至少还要提到一个叙事诗作家阿蒲杜拉（Abu' l–Abbás–Abdulláh，公元861–908年）。他乃是加利弗摩泰兹（al–Mutazz）之子，一个很著名的叙事诗作家。大家都以为阿剌伯没有如《伊利亚特》及波斯的《帝王史》那么伟大的史诗，只有如历史小说似的散文叙述。即阿蒲杜拉的叙事诗亦未能弥补其缺点。他还写了第一部重要的论诗的著作。他曾一度即位为加利弗，不到几点钟，即被杀而死。

阿剌伯的神秘诗远在波斯的作品之下，且作者亦不多，这里不能叙及了。但阿剌伯却有一种特有的文体，那就是有韵的散文（Rhymed prose）。这种有韵的散文，在回教未发生前，即已用为宗教的宣传了，而其最有权威的用处，即为用在写《可兰经》上。在公元9世纪的中叶，这种文体又成为加利弗及大臣们出公告时之所用，后来，更进一步而为专门讲演者及官文书记所用。使这种文体成为普遍习用之第一功臣，为哈马达尼（al– Hamadhani，公元1007年殁）。他的大作《马开麦》（*Maqumat*），是一部叙事的著作，其英雄为一个机警而浪游的人，以表现他的伦理、诗歌及其他学问为生的。在《马开麦》里所用之文体，继其后者俱没有改动。每一个"马开麦"成为一个独立的部分，把全部合在一处便可成为一部讲述那个

英雄之生平的小说了。赫里里（Hariri，公元 1054-1122 年）继哈马达尼之后，而其成就尤为伟大。他的《马开麦》是 8 世纪以来公认为"《可兰经》之外，阿剌伯语中之主要宝库"。赫里里的《马开麦》，其英雄为阿皮·萨依特（Abu Zayd）。这里有一段故事：赫里里有一天和一班仆人坐在巴奴赫兰（Banu Haram）的清真寺里。有一个旅行疲倦的老人进来了。他们问他是谁，从哪里来。他说自己是阿皮·萨依特，从一个美索不达米亚的城中来。然后，他以滔滔不绝的动人的口语，描写出他的本城为希腊人所劫掠，他们把他女儿劫去了，把他赶到外边去，因此，飘流在外。赫里里甚受其感动，当夜即开始写他的《巴奴赫兰的马开麦》（*Maqàma of the Banú Harám*）。其成功乃是一个绝大的成功。阿剌伯人都以为这部作品乃是他们的文字，古物及文化的无比之纪念碑，"每一行都值得用金来写的。"

此外哲学、宗教、地理及一切科学的著作，这里都不能提及，虽然是有不少有名的大作。

五

自公元 1219 年，成吉思汗率领了蒙古人侵入阿剌伯领土之后，其孙希拉格（Húlágú）便于公元 1256 年正月占领了阿巴西特朝的都城报达。在蒙古的侵略之后，阿剌伯的文化，颇为不振，直到中世纪之末，还无什么很伟大的作家出现。当时最好的诗人乃是一个优秀的艺术家，把文辞雕琢得很精美，此外，便更无别的东西了。希里（Safyyu' l-Din al-Hilli，公元 1278—1350 年）被称为"他那时代独一的诗人"，韵节很讲究，而无伟大的气魄。在当时，民歌是很发达，无论在东方阿剌伯国，或在西班牙——西班牙的阿剌伯文学这里不能讲了——都是如此。此时也产生几个历史家及传记家，都非本书之篇幅所能提及的。为这时的唯一光荣者乃为《一千零一夜》（Alf Layla wa-Layla），这部绝大绝有趣味的故事书，在世界上的名望，比之《可兰经》为尤伟大，更不必说别的作品了。有许多的人，不晓得一点阿剌伯的别的东西的，却都知道《天方夜谭》——《一千零一夜》之别名，全个世界的小孩子，凡是有读故事及童话的幸福的，无不知《一千零一夜》中之许多有趣的故事；这部书已成为世界文化的一部分而非阿剌伯之所独有的了。这部书在这个时代才完成为最后的形样。讲起它的别名“天方夜谭”来，却不完全近于事实。原来《一千零一夜》中故事的来源，不完全为阿剌伯的。有一个学者，在公元956年时，即举出一部波斯的古书，名为《一千个故事》(Hazàr Afsána)，这个故事集，“常被称为《一千零一夜》；这是国王与他的维齐的故事，以及维齐的女儿及她的奴女之故事。”在别的地方，也有许多证明，可以指出现在的《一千零一夜》里面，至少有许多故事是波斯的。这是很显明的，波斯的《一千个故事》，乃是《天方夜谭》之核子。如《渔父与魔鬼》《幻马》诸类的有趣故事，其来源都是波斯。时间过去了，原来的故事库中，又增加了不少别的宝物进去；这些后来增加的宝物，有两个大来源，都是赛米底的性质：其一是属于报达的，包含大部分诙谐的故事及恋爱的传奇，有名的加利弗阿尔拉齐(Haronn Alraschid)，常常被这些故事所提及；还有一个来源是以开罗为中心的，其特质为机械的超自然主义，如《阿拉丁神灯记》一个故事即其一例。除了这三个来源——波斯、报达与开罗——之外，《天方夜谭》还在许多世纪中，继续的吸收了无数的东方民间故事，来源与风格都不相同。这部书有全译的英译本，共17册，乃葆尔顿(Burton)所译。中译本也有，却只选精拔萃的译了四小册。

《天方夜谭》之外，《安泰尔的传奇》(*Romance of Antar*)也是一部大故事书，相传以为是一个大语言学家阿史马依(Asmai)所作的。这大约是东方咖啡肆中，专门说故事者之所编的，他们天天坐在肆里，说些故事以娱悦听者。有几个学者研究，谓此书之现在形式，乃定于公元1150年左右者。书中之英雄，为本章上面所言之七个长诗作家之一安泰拉(Antara b. Shaldad)，他是一个诗人，又是一个著名的武士。这故事的组织之纷乱与叙述之冗长，虽有普通民间传说之通病，然写当时的生活却殊活泼而真切。这部传奇，全书凡32册，因为太长了，所以世界上全译本几乎没有。

参考书目

1.《印度文学史》（*A Literary History of India*），法拉曹（R. W. Fraser）著，T. Fisher Unwin公司出版。

2.《桑士克里底文学》（*Sanskrit Literature*），麦克杜尼尔（A. MacDonell）著，D. Appleton公司出版。

3.《阿刺伯文学史》（*A Literary History of the Arabs*），尼柯尔孙（R. A. Nicholson）著，T. Fisher Unwin公司出版。

4.《阿刺伯文学》（*Arabic Literature*），赫尔特（Clement Huart）著，D. Appleton公司出版。

5.《一千零一夜》的英译全本，共17册，Burton译；此外不同的英译节本，至少有数十种。

6.《天方夜谭》，乃《一千零一夜》之中文节译本，奚若译，凡4册，《说部丛书》之一，商务印书馆出版。

第十七章

中国戏曲的第一期

一

希腊的戏曲开始得极早；在公元前5世纪时，即已有极弘大的公共剧场，即已有极伟大的悲剧作家与喜剧作家，即已有永久不朽的使今人读之犹为之愉悦的伟大剧本。中国的戏曲的开始却较希腊的迟得多。当中国的诗歌已改变了好几种的形式，当中国的散文已经历了好几次的新潮，且当中国的小说已发生了之后，她的戏曲才第一次出现于文坛；她的伟大的戏曲作家，她的不朽的剧本才有的产生出来。这时约在公元十二三世纪，即金、元等外族相继侵入中国内部之时。离开希腊戏曲的开始，已有一千八百余年了；离开中国第一诗歌总集《诗经》的产生时代已有两千余年了。

中国戏曲的发展为什么如此的迟缓呢？当春秋之时，即有关于优伶的纪载。如楚有优孟，怜贤相孙叔敖后裔之穷困，因在楚王之前，为孙叔敖衣冠，王大感动，即欲以他为相，他不欲，说了好些讽谕的话。楚王因此大悟，便给孙叔敖以赠赐。后来类此的纪载甚多。大约所谓“优伶”，都为娱乐帝王贵族之人，以愉快的滑稽的行动，锋利机警的言谈，引帝王们的发笑（有时则使他们自省其非）为目的。虽往往装扮古人的形状，但其目的似不专在于搬演故事，而在于假此以使人发笑，乃是所谓“弄人”之流，而非所谓正式的演剧家。北齐时，有兰陵王长恭，才武而面美，常著假面以对敌。尝击周师金墉城下，勇冠三军。齐人壮之，为“大面”（亦称代面）舞以效其指挥击刺之容，谓之“兰陵王入阵曲”。（见《旧唐书·音乐志》）此为戴假面的歌舞剧的开始，其后类此者尚有所谓“拨头”，“踏摇娘”，“参军戏”等。拨头者，《乐府杂录》言，“昔有人父为虎所伤，遂上山寻父尸。山有八折，故曲八叠。戏者被发素衣，面作啼，盖遭丧之状也。”踏摇娘的启源，据《旧唐书·音乐志》，谓，“河内有人，貌恶而嗜酒，常自号郎中。醉归必殴其妻。其妻美色善歌，为悲苦之辞。河朔演其声而被之弦管。因写其夫之容。妻悲诉，每摇顿其身，故号踏摇娘。”郎中之状，乃“著绯带帽面正赤，盖状其醉也”（据《乐府杂录》，其题为《苏中郎》，盖即《踏摇娘》）参军戏则似为不戴假面之戏。赵璘《因话录》言：“肃宗（唐）宴于宫中，女优有弄假官戏，其绿衣秉简者，谓之参军椿。”像这一类的零碎纪载甚多，俱可为中国戏曲在十三世纪之前已发生之证。但在十三世纪之前，我们却不能找到一本流传于今的剧本，不能找到一个著名的戏曲作家。《宋史·乐志》言，“真宗不喜郑声，而或为杂剧词，未尝宣布于外。”苏轼的诗有言：“搬演故人事，出入鬼门道。”则当北宋时已有剧本与具有演者出入之门——鬼门——的剧场了。周密的《武林旧事》载宋官本杂剧段数，多至 280 本，陶九成的《辍耕录》载金人所作院本 690 种，大约那时的戏曲必甚发达，剧本作者也必已很多了。但这 900 余种的杂剧院本无一传于今者，故不知其体裁之何若。其作者的姓名也都无可考。至今可考知的戏曲作者，且至今尚得读其剧本者，乃始于金末元初之时，即公元 13 世纪的前半之时。大约中国戏曲的发展所以如此的迟缓，其最大的原因乃在于：（一）文人以戏曲为下等的艺术，为以娱乐他人为业的“弄人”们的专业，不屑去顾问他；（二）诗赋策论为历来文士得官的阶梯，故他们注全力于此，自无暇注意到与科举功名全无关系之戏曲了。到了金、元之时，科举久停，文士无所用心，适值当时民间演戏之风甚盛，于是许多文学者便移他们的注意于科举功名之心而注意于民众的艺术上，而戏曲的伟大作家因此便产生了许多出来了。臧晋叔谓元朝以剧本取士，所以元剧作者特盛，且俱为当时才智之士。实则他的话是没有什么确据的。“以杂剧取士”的话，在历史上并无记载，在别的书上也并无记载，且大作家关汉卿、王实甫等俱为由金入元者，早已以作剧著名，更与元之“举科”无关。晋叔的话想必是他的对于元剧特盛之因由的“想当然”之解释。

二

中国戏曲的组成，由于下面的三个部分：一为“科”，即指示演者在舞台上的动作的；一为“白”，即演者的说话；一为“曲”，即演者所唱的辞句。三者之中，以曲为最重要。近来影刊的《元剧三十种》系依据于元时的坊间刊本，其中科、白俱极简略，有时仅在曲前注明“孤夫人上云了，打唤了，旦扮引梅香上了，见孤科”，并不写出他们的对话；有时则竟在全剧中连一点科、白也不写出，全部都是曲，如“关张双赴西蜀梦”即为一例。这可见当时戏曲所注重的全在于唱，至于举作与对话则并不重视，可以由伶人自己去增饰表演。(《元曲选》中科、白俱全，有的人说这是明人所加的，有的人则说是作者原来所有的。以后说为较可靠。大约作者当初原都有很完全的科、白，坊间刊印剧本时，图省事，每都将他们删去。) 但到了后来，则所刊印的剧本大概都把所有的科、白刊上了。

宋时伶人所唱者都为当时盛行的新体的“词”。后来金人占据了中国北部，“旧词之格，往往于嘈杂缓急之间，不能尽按，乃别创一调以媚之。”(见王世贞《艺苑卮言》) 这就是“北曲”的启源。公元12世纪、13世纪中的剧本都是用这种新体的诗写的。到了公元14世纪的前半，即元末明初之时，南曲又渐渐的发达。南曲为南方的人改变词调所创造的，在宋时已有之。当北曲极盛时，南方也被收入了它的势力范围之内，浸至南方的诗人亦俱善于作北曲。在公元13世纪的后半，善作北曲的诗人大都为南方的人，或北人而流寓于南方者。然北曲究竟不大谐适于南人的耳官。所以不久南曲便发达起来，渐渐有占夺了北曲的地位之倾向。当公元16世纪之时，即为南曲最发达之时，那时北曲虽然未全消灭，然其势力已甚微弱了。但这是后话，本章所述，止于中世纪，即公元15世纪之末，仅能述至南曲初起之时。

最初的一个最伟大的北曲作家是董解元。董解元的名字是什么，我们已无法知道，大约因为他在金时中过解元，所以人便称之为董解元。他的生年约在12世纪的后半。著名的《西厢挡弹词》便是他的大著。论者每以此书为中国的第一部剧本，钟嗣成的《录鬼簿》著录戏曲家也以他为第一人。实则此书并非剧本，乃是一个人用琵琶挡弹的；他一面念唱曲调，一面弹奏琵琶，颇类现在流行各地的说书或夏夜在妇女丛中一面敲鼓，一面念唱的弹词。不过其中有白、有曲，除了为一人搊唱而非多人表演，为叙事式的一人代言的说唱之书而非直接由伶人扮演说唱的剧本之外，其他各点，对于后来剧本的结构上都很有影响，尤其在曲的一方面。这部书的题材是完全根据于元稹的《会真记》的，但加了不少的人物及穿插等等。王实甫之著名的《西厢记》剧本，其事实及情节即完全依照于它而写的，它实可算是一部极伟大的史诗；像这种的体裁的著作，在中国只有这一部，离开它的别种重要之点不说，即以它的本身的文艺价值而论，也可以使它在文学史占一不朽的地位。它写人物的个性，翩翩如活，诗句也有许多是极好的。如“要酒后厨前自汲新泉，要乐当筵自理冰弦，要绢有壁画两三幅，要诗后却奉得百来篇，只不得道著钱”，（卷三，三十八页，《暖红室本》）及“莫道男儿心如铁，君不见满川红叶，尽是离人眼中血。”（卷四，一页）等是其例子。

继《西厢搊弹词》之后的，便为结构很完备的剧本了。13世纪时的剧本，都是用北曲写的，前面已经说过，他们的结构都是很相同的；全部分成四折，所谓“折”便是现在的所谓“幕”，便是南剧里所谓“出”的意思。有的时候于四折之外，又加上了一个“楔子”，大约在四折不够叙演尽某种故事时，才添加上这种楔子。这种的例子在《元曲选》里极多；如马致远的《汉宫秋》，无名氏的《衣锦还乡》《合同文字》等俱是有楔子的。北剧（现在名他们这种剧本为北剧，或谓之杂剧）所用的角色不少，但却只有两个主要角色可以唱曲，即正末与正旦，其余的角色都仅可说“白”以帮助主角；而这两个主角在同一剧本又不能并唱，如此戏为正末主唱的，则须由他一人从楔子或第一折直唱到第四折之最后，旦角不能唱一句；如果是正旦主唱的，则须由他一人从楔子或第一折直唱到底，正末——如果剧中有这个角色——也不能唱一句。如《元曲选》中的《汉宫秋》等即为正末主唱之一例——此例最多——而同书中的《风光好》（戴善夫作），则为正旦主唱之一例。但在同一剧中，主角如正末等，又可以一个角色装扮好几种人物；如在第一折中他扮书生，在第二折中他又可以改扮神道。因此，唱的虽只有他一个人，而在剧场上，却可以在不同折里有不同的人物在唱着。譬如元无名氏的《朱砂担》，在楔子里，在第一折及第二折里，正末俱扮王文用，后来王文用被白正所杀，正末便在第三折里改扮东岳太尉（神）而出唱。

到了第四折，正末又扮了王文用的鬼魂而出场歌唱，而东岳太尉在这一折里则不出唱，另由一人扮之。举此一例，可以概知其他。

这种结构，那时的戏曲作家都守之极坚，无一人肯出此范围之外。虽然王实甫的《西厢》，尝破全剧由末或旦一人独唱之例，但他对每剧必以四折为限之成例仍始终不敢打破，宁可使很长的《西厢》故事分成四个剧本，却不愿使它连为一气而为一部具有二十折的长剧。而除实甫此剧外，他人也无有破例者。

但像这种结构简单的剧本，后来究竟渐渐的不足以使人满意了。因为每种剧本只限四折，在剧情简短的时候原可以适用，而一到了采取长的故事为题材时便不够应用；且在短的故事里也不能将人物性格，事实背景描写得详尽，虽然可以加上了一个楔子，但究竟还是不够。且全剧仅由一个角色唱，未免太单调了，听者也觉得乏味。于是后起的南剧（或谓之传奇）便把这些北剧的成例全推翻了。在南剧里，无论哪一个角色都可以唱，就是最不重要的角色也可以唱几句。

因此，在戏曲上有许多大进步，第一，听众见了许多不同的人在唱，有时一人独唱，有时数人合唱，自然较之始终仅见同一的人在唱者为更觉得有兴趣。第二，当仅以正末或正旦一人主唱之时，唱者自易疲倦，万不能继续演唱长部的剧本，元剧之以一部四折为定例者，其原因未始不原于此。现在，一切角色都可以唱了，正末及正旦的唱的担负便轻得多。大家轮流唱着，剧本自可拉得很长了。所以南剧的出数，大都有 30 至 50 之数，如《琵琶记》有 42 出，《幽闺记》有 40 出，《荆钗记》有 48 出，《白兔记》有 33 出。如此，剧情便可以描写得尽致，不至因限于篇幅之过短而有强行截去作者之情思之患了。南剧之与北剧不同者尚有一点，即在南剧之开始（第一出），总有一段叙述全剧大意与情节的引子，由一个“副末”在剧场上报告出来，这个引子，名称很不相同，有时称之为“家门始终”，有时称之为“家门大意”，有时称之为“家门”，有时称之为“开宗”，有时称之为“副末开场”，有时称之为“先声”，有时则称之为“楔子”。但这种楔子与北剧所谓楔子的内容完全不同；北剧的楔子则全剧情节的一部分，而此之所谓楔子或家门大意，则为全剧中的一个小引，为将全剧的大纲先括述出来的一种“提要”之类的东西。又南剧的楔子必须最先，北剧则或在最先，或在各“折”之中间，俱不一定。

自南剧打破了北剧的成规之后，北剧的作家，也便不复再坚守以前的死规例了。明人作杂剧者，如朱有燉，如汪道昆，如徐渭他们，都已把北剧的四折的制度推翻，而成为一种“独幕剧”的体裁，同时，正末正旦主唱的旧规例也完全被破坏了。这在北剧本身一方面实是一种大进步。

但当戏曲的结构进步到很完美的时候，戏曲的文辞，却又由“本色”的、新鲜的、活泼的，而渐渐的被文人们粉装珠饰而成了非民众的，只供文人贵族赏玩的失真趣的文艺作品，与五七言诗、词、古骈文同一类的陈腐东西了。这是后期的话，在第一期中，这种雕饰艳辞腐语的倾向，尚未见很显著。

三

元代的戏曲作家甚多，见于钟嗣成的《录鬼簿》者，凡 117 人。钟嗣成是一个元末的人，此书初作于公元 1330 年（至顺元年），（据他的自序）大约此后他尚时时加以修改，所以书中所叙的时代却迟至公元 1345 年（至正五年，乔吉甫的死年），离开初作书时已有 15 年之久了。因此，此书所叙的作家与作品颇为完全。他在此书里将元曲的作家分为三个时期来说，（一）前辈已死名公才人有所编传奇行于世者；（二）方今已亡名公才人他所相知的及已死才人他所不相知的；（三）方今才人相知的及方今才人闻名而不相知的。王国维在他的《宋元戏曲史》上，以钟氏的第一期为蒙古时代，自太宗窝阔台取中原至世祖忽必烈统一南北为止（公元 1234—1279 年）；第二期为统一时代，自此后至顺、后至元间，（即公元 1340 年以前）为止；第三期为至正时代（公元 1341—1367 年）即元末之时代。兹将钟氏所举作者的时代及生地列表于下：

时 地	第一期		第二期	第三期
大都	关汉卿 58 庾天锡 15 王仲文 10 纪天祥 6 费庚臣 3 梁进之 2 赵明道 2 石子章 2 李时中 2 王伯成 2 涿州	王实甫 14 马致远 12 杨显之 8 费君祥 1 张国宾 3 孙仲章 2 李子中 2 李宽甫 1 红字李二 1 京兆	曾瑞 1	

中书省所属	**李好古**③保定	彭伯威①保定	**宫天挺**⑥大名	高君瑞 真定
	白 朴⑮真定	**李文蔚**⑫真定	赵良弼①东平	
	尚仲贤⑩真定	**戴尚辅**⑤真定	陈无妄 东平	
	侯正卿①真定	史九山人①真定	**乔吉甫**⑪太原	
	江泽民①真定	**郑廷玉**㉓彰德	**郑光祖**⑰平阳	
	赵文殷③彰德	李进取③大名	李显卿 东平	
	陈宁甫①大名	王廷秀④益都		
	武汉臣⑩济南	**岳伯川**②济南		
	康进之②棣州	**高文秀**㉜东平		
	张时起④东平	顾仲清②东平		
	张寿卿①东平	**吴昌龄**⑲西京大同		
	李寿卿⑩太原	刘唐卿②太原		
	石君宝⑩平阳	于伯开⑥平阳		
	赵公辅②平阳	**狄君厚**①平阳		
	孔文卿①平阳(?)	**李行甫**①绛州		
	李直夫⑪女直			
河南江北等处行中书省所属	赵天锡②汴梁	陆显之①汴梁	睢景臣③扬州	孙子羽①扬州
	姚守中③洛阳	**孟汉卿**①亳州		张鸣善②扬州

江浙等处行中书省所属		廖　毅　建康 **金仁杰**❼杭州 **范　康**❷杭州 沈　和❺杭州 鲍天祐❽杭州 陈以仁❷杭州 范居中　杭州 施　惠　杭州 黄天泽　杭州 沈　拱　杭州 吴本世　杭州 周文质❹ 胡正臣　杭州 俞仁夫　杭州 张以仁　湖州 顾廷玉　松江 李用之　松江	**秦简夫**❺杭州 **萧德祥**❺杭州 陆登善❷杭州 **王　晔**❸杭州 王仲元❸杭州 徐再思　嘉兴 **吴　朴**　平江 黄公望　姑苏 钱　霖　松江 顾德润　松江 张可久　庆元 江勉之　庆元 赵善庆❺饶州
未详	赵子祥❸　李　郎❷	屈彦英 王思顺 苏彦文 李齐贤 刘宣子	吴仁卿❹ 高可道 屈子敬❺ 李邦杰 **朱　凯**❷ 曹明善 高敬臣 高安道 王守中

▲注一：表中各作者姓名下所注之数字，乃表示他们作曲之数。

▲注二：此表完全依据《录鬼簿》，故所载作曲之数与现在所知者略有不同，如关汉卿，今知他的剧本共有63种，但《录鬼簿》仅载58种。现在仍依《录鬼簿》所载。

▲注三：作者姓名下未注数字者，乃《录鬼簿》不载他们的作曲之数者。

▲注四：表中作者的姓名用粗黑字印者乃表示他们的剧本尚有传于今者，孔文卿姓名下所注一“疑问号（?）”者，乃表示他的所仅存于今的一个剧本与别一作者所著的剧本同名，未知是否即他所著。

▲注五：元曲作者有剧本存于今者，尚有二人，一为罗本，一为杨梓，为《录鬼簿》所未载，故此表亦未列入，特附注于此。

在这表里，我们可以看出元曲的变迁的大势。第一期里的作者共有56人，其生地大都为北方，江浙等处未有一人；仅有马致远、尚仲贤、张寿卿诸人做吏于南方，他们当系传播北曲于南方的最有力量者。这时的作者的中心集合地大约系大都。大都即今之北京。然在第二期第三期里，我们便可看出一个大变动的时局了；第二期的作者仅30人，而南方的人已占了17，尤以杭州为最多；北方的作者则仅有六七人，且尚系与南方都有若干关系的，如曾瑞则后半生居于杭州，郑光祖及赵良弼俱为杭州的官吏，乔吉甫与李显卿也住于杭州（只有宫天挺一人未到南方来）。到了第三期，则北方的戏曲家仅有高君瑞一人为南方所闻知，其余的许多作者都是南方的人。由此可见，在这两个时期，南方的杭州竟已代大都而为戏曲作家的中心集合地了。但在戏曲的本身讲来，则第一期的作者最多，且其作品流传于现在者也最多，到了第二三期则作者似都已疲乏，无复有第一期一人而作30剧50剧的魄力了，他们的作品传于今的也较第一期少得许多。

在这一百十余的作家中，最有名者，为第一期的关汉卿、马致远、白朴、王实甫及第二期的郑光祖、乔吉甫，世称之为六大家。现在将较重要而有剧本留传于今的作家依次叙述一下。

关汉卿为最先出的一个戏曲作家，他是大都人，号已斋叟，曾做过太医院尹。他的生年大约在公元1234年（金亡之年）以前。他的戏曲作品，据《录鬼簿》所载仅有58种，而据今所知的则有六十三种；大多数俱已散佚，仅有《玉镜台》《谢天香》《金线池》《窦娥冤》《鲁斋郎》《救风尘》《蝴蝶梦》《望江亭》(以上俱见《元曲选》),《西蜀梦》《拜月亭》《单刀会》《调风月》(以上俱见《元刊杂剧三十种》)及《续西厢》(附于王实甫的《西厢记》后）等13种尚存于今，尤以《窦娥冤》及《续西厢》为最著名。《窦娥冤》连楔子共五折。楔子里叙楚州蔡婆生了一个男孩子，家里颇有些钱；有一个窦秀才名天章的，向她借银数十两，不能偿还，便把他的女儿名端云的给了她为媳妇，改名窦娥，这窦娥便是此剧中的女主人翁。蔡婆收下了媳妇，便送了些盘缠给天章上京应举去了。第一折的开端叙一件意外的遭遇，赛卢医借了蔡婆的钱，不能还，便把她诱至郊外，欲用绳绞死她，恰值张驴儿与他的父上场救了她，卢医逃去了。全剧的波澜便由此掀起。张驴儿与他的父依仗着救死的恩惠，随蔡婆回家，欲父娶了蔡婆，而他自己娶了窦娥（那时蔡婆的儿子已死去了）。窦娥执意不肯嫁他。第二折叙张驴儿遇见赛卢医，强迫他给些毒药，欲毒死蔡婆而将窦娥做妻，不料被他的父亲误吃了而死。驴儿强指系窦娥下药毒死的，告了官，将她定了死罪。第三折叙窦娥被杀的情景，这一折是世界上最凄苦的文字之一。什么人读了都要战栗起来，是全剧的最高点，窦娥临死时，说，如她是冤枉的，颈血便都将飞溅在丈二白练上，那时虽是六月，也将下雪，且那个地方也将亢旱三年。果然，一切都应了她的预言。第四折叙窦天章做了廉访使，到了楚州，调阅案卷，窦娥的鬼魂向他诉冤，便捉了张驴儿，赛卢医，各给他们以相当的罪名，报了窦娥的怨冤。虽然如此结束，然而我们为窦娥的屈死而引起的悲愤心还不能宁谧下去；这个题材原太悲苦了，而汉卿的叙写又紧张之极，迫切之极，自然使人读后更难于忘记了。中国的悲剧本来极少，这一剧可算是所有悲剧中之最伟大的。

《续西厢》是续王实甫的《西厢》四剧的。王氏的《西厢》止于草桥梦莺莺，关氏所续则为“张君瑞庆团圆”之一幕剧情。董解元的《西厢搊弹词》原有这一段事实；《西厢》是全依据于它而写的，故汉卿也要作了第五本的《西厢记》以补足王氏的未完的四本。《西厢记》与《续西厢》的作者为谁，从前曾争论了许久，或以为关著而王续，或以为王著而关续，或以为全部是王著，或以为全部是关著，到了现在，则“王著而关续”的话，差不多成了定论了。关的续本，金喟曾极力施以攻击，以为“狗尾续貂”，这是他未见《董西厢》，不知原本本是如此的之故。且续本里的好词句，也未必少于前四本，如：“我这里开时和泪开，他那里修时和泪修。多管阁著笔尖儿未写，早泪先流。寄来的书，泪点儿兀自有。我将这新痕把旧痕湮透，正是一重愁翻做两重愁。”（《暖红室刊西厢十则》第三册第三至四页）即是一例。

王实甫也是大都人，他的生年也与关汉卿约略相同。他的著作的开始在金朝未亡之前；《丽春堂》一剧叙的是金代的事，而最后言，“万邦齐仰贺当今皇上”，可为一证。所作剧本凡 14 种，存于今者仅《丽春堂》(见《元曲选》)及《西厢记》2种，而《西厢记》尤为流传最广之作品。如果他什么都不作，仅作了《西厢记》一书，则此书已足使他不朽。《西厢记》系依据董解元的《西厢搊弹词》而改作剧本的，共分四本，凡16折；第一本为“张君瑞闹道场”，第二本为“崔莺莺夜听琴”，第三本为“张君瑞害相思”，第四本为“草桥店梦莺莺”。在第一本里叙崔家寄寓于普救寺张珙来游，偶然见了莺莺，大惊羡，便也寄寓于寺之西厢，想觅一个机会与她通殷勤。借着做道场，又与莺莺相见了一回。第二本叙孙飞虎率军围寺，欲劫了莺莺去。大家惊惶无措。崔夫人说，“但有退得贼兵的，将小姐与他为妻。”于是张珙草了一书递与镇守蒲关的大将杜确，统军来解了围。不料夫人又反悔了，说“莺莺幼昔许与郑恒为婚”，只以兄妹之礼使莺莺与张生相见。张生大失望，莺莺也很凄楚。第三本则叙他们二人的互相恋慕的感情；为他们的传递消息的人为一个婢子名红娘的，在这一本里，这红娘是一个最重要的角色。靠了她，莺莺与张生终于私自成了婚。第四本便叙他们的恋爱成功的情形。后来，这事被老夫人发觉了，她无可如何，只得又许了张生的婚姻，着他到京应举。热恋的二人的分别是全剧的故事中最凄楚的一节。他的所写即止于此。后来的张生与莺莺的团圆的事，在关汉卿的续本里写出。在这个剧本里，人物的个性分得十分清楚；老夫人是有老夫人的个性，张生是有张生的个性，莺莺是有莺莺的个性，红娘是有红娘的个性，其他几个和尚与孙飞虎等也各活泼泼的现在纸上。在这一点上，王实甫的描写能力似较董解元更进步。中国的戏曲小说，写到两性的恋史，往往是二人一见面便相爱，便誓订终身，从不细写他们的恋爱的经过与他们的在恋时的心理。《西厢》的大成功便在它的全部都是婉曲的细腻的在写张生与莺莺的恋爱心境的。似这等曲折的恋爱故事，除《西厢》外，中国无第二部。董解元的《挡弹词》也是着力从这一点上写的；但没有王实甫写的腻婉。全剧中又充满了诗意的描写，在各支“曲”子里，我们又可以找到不少的极好的抒情诗，如：“我和他乍相逢，记不真娇模样，我到索手抵着牙儿，慢慢的想”，“四围山色中，一鞭残照里，遍人间烦恼填胸臆，量这些大小车儿如何载得起！”“想人生最苦离别。可怜见千里关山，独自跋涉。似这般割肚牵肠，倒不如义断恩绝！”等便是其例子。实甫的《丽春堂》一剧，其重要便远不如《西厢》;《丽春堂》的题材很简短，系叙金朝右丞相完颜，在赐宴时与李圭相争，被皇帝贬于济南，后因盗贼蜂起，复召他回朝。百官们在他家的《丽春堂》设宴贺他。李圭也来谢罪。以如此的简短的故事衍为四折，却并不见其拖牵繁累，且还具有戏曲的趣味，这也可见作者的艺术的高超。

马致远号东篱，也是大都人，曾任江浙省行省务官。他的生年略后于关、王二人。《录鬼簿》载其戏曲共12种，今知共有14种，其中的一半（七种）尚传于今，即《汉宫秋》《荐福碑》《岳阳楼》《黄粱梦》《青衫泪》《陈抟高卧》，及《三度任风子》，俱见于《元曲选》中。他的戏曲喜叙神仙的奇迹，如《岳阳楼》《黄粱梦》《三度任风子》等俱是，这是他与关、王二人不同的一点。他的作品的风格，俱甚潇洒自然；不像关之凝重，也不像王之婉曲。《汉宫秋》可谓他的诸剧的代表。《汉宫秋》系叙汉时的美姬王昭君远嫁的故事的。这个故事曾感动了不少的诗人；然致远此剧的描写中心乃不在昭君而在汉元帝，这是它与别的以此同一故事为题材的作品大殊异的一点。故事的起点为匈奴求婚于汉室。先此，毛延寿曾为汉元帝的使者，往各处搜求美女，以实后宫，并图其形以备临幸。有名王嫱字昭君的一个美女，因不肯贿赂延寿，被他在图上点破，因此久不得临幸。后元帝偶然见了她，大惊其美，便十分的宠爱她，问知延寿的舞弊，即欲斩他，延寿逃到匈奴，说单于指名要王嫱为阏氏。汉庭官吏怕动刀兵，便极力劝元帝割舍了王嫱，送给匈奴和亲。元帝不得已而许之。昭君与元帝的相别，是全剧的极高点，写得极凄凉。番使护着昭君渐渐的去远了，元帝还立在那里凝望着；这里的一段曲，是写他那时的心境的：“呀，俺向着这回野悲凉！草已添黄色，早迎霜。犬褪得毛苍，人搠起缨枪，马负着行装，车运着糇粮，打猎起围场。她，她，她，伤心辞汉主；我，我，我，携手上河梁。她部从入穷荒，我銮舆返咸阳。返咸阳，过宫墙；过宫墙，绕回廊；绕回廊，近椒房；近椒房，月昏黄；月昏黄，夜生凉；夜生凉，泣寒螀；泣寒螀，绿纱窗；绿纱窗，不思量！”后半段的音节是如何的迫切！自昭君去后，元帝抑抑无欢，一夜在梦中见了昭君，醒来时正听见孤雁在叫。这个情境真足使任人都为之感动。后来，昭君走到了黑龙江，投水死了，匈奴便拿了毛延寿，送回汉庭治罪。全剧便如此的结束了。

白朴字仁甫，后改字太素，真定人，生于公元1226年（即金正大三年），号兰谷先生，赠嘉议大夫，掌礼仪院太卿。他也是后于关、王的作剧家。所作剧本共15种，存于今者仅二种，即《梧桐雨》与《墙头马上》，俱见《元曲选》。《梧桐雨》是叙唐明皇与杨贵妃的恋史的，《墙头马上》是叙李少俊与李千金的恋史的。《墙头马上》是一篇有趣的喜剧，描写得很大胆，里面有许多好的抒情诗，如“榆散青钱乱，梅攒翠豆肥。轻轻风趁蝴蝶队，霏霏雨过蜻蜓戏，融融沙暖鸳鸯睡。落红踏践马踏尘，残花酝酿蜂见蜜”之类。《梧桐雨》是一篇极高超的悲剧；无数的中国悲剧，其结果总是止于团圆或报仇，即关汉卿的《窦娥冤》，马致远的《汉宫秋》也是大圆满，快人意的结束；无数的叙唐明皇，杨贵妃的故事的文字，其结果也都是止于幻造的大团圆之境地，如陈鸿的《长恨歌传》乃有叶法善的传语，洪昇的《长生殿》，乃以天上的重圆，结束全剧，全失了悲剧的意境；独仁甫此剧，则为最完美的悲剧，其全剧乃在唐明皇于杨贵妃死后的悲叹声中而收局。他写明皇的悲怀，甚为着力，使人读完了此剧，也为之感伤无已。试举其一段。

正末（扮明皇　做睡科，）唱，〔倘秀才〕“闷打颏，和衣卧倒，软兀剌方才睡着。”〔旦上云〕“妾身贵妃是也，今日殿中设宴，宫娥，请主上赴席咱。”〔正末唱〕“忽见青衣走来报道，太真妃将寡人邀宴乐。”〔正末见旦科，云〕“妃子你在那里来？”〔旦云〕“今日长生殿排宴，请主上赴席。”〔正末云〕，“吩咐梨园子弟齐备着。”〔旦下〕〔正末做惊醒科云〕“呀，元来是一梦。分明梦见妃子，却又不见了。”〔唱〕，〔双鸳鸯〕“斜亸翠鸾翘，浑一似出浴的旧风标，映着云屏一半儿娇。好梦将成还惊觉，半襟清泪湿鲛绡。〔蛮姑儿〕懊恼，窨约惊我来的，又不是楼头过雁，砌下寒蛩，檐前玉马，架上金鸡；是兀那窗儿外梧桐上雨潇潇，一声声洒残叶，一点点滴寒梢，会把愁人定虐。”

这一场梦境，这一阵滴落于梧桐上的雨点，使全场增添了不少的活气。

高文秀，东平人，府学生。他虽然死得很早，但他的戏曲作品却不少，据《录鬼簿》所载有32种，据今所知有34种，存于今者仅《须贾谇范雎》《黑旋风双献头》(以上2种见《元曲选》)及《好酒赵元遇上皇》(此1种见《元刊杂剧三十种》)3种。《谇范雎》(“雎”，《元曲选》作“叔”)系叙战国时范雎为魏齐及须贾所辱，伪死，得脱奔秦，做了秦的丞相，因得报复了他的旧怨。此剧《元曲选》作无名氏撰，兹据《录鬼簿》，知为文秀所作。《黑旋风双献头》(“头”,《元曲选》作“功”)系他所作的“《水浒》”剧本之一。他善于写《水浒》故事，尤喜写黑旋风李逵此类剧本，所作不下8种，存于今者仅此1种。此剧叙宋江的旧友孙孔目欲偕妻郭念儿赴泰安神州庙烧香。他到梁山泊请一个“护臂”(即今所谓保镖的人)。李逵自己出来要担任这差事。他们同到了泰安。有一个白衙内原与郭念儿相恋着，这时便乘机在饭店里拐了郭念儿回去。孙孔目到大衙门去告他，不料这衙门的官正是白衙内，便把孙孔目下在死牢。李逵进监牢用蒙汗药把禁子迷倒了，救了孔目出来，夜间又去杀了白郭二人，把双头带上山去献功。此剧里的李逵，虽然形状生得黑怪，性格生得烈憨，然尚知道用计，心思也很精细，且杀人后会题诗在墙上，与《水浒传》的一部小说上所描写的完全憨直愚鲁的李逵不同。《好酒赵元遇上皇》系叙一酒徒，因饮酒常醉而为家庭所弃，却也因饮酒而遇到了微行的上皇，认做兄弟，反得了好结果。

郑廷玉彰德人，所作剧本共23种(据《录鬼簿》)，存于今者有《楚昭公》《后庭花》《忍字记》《看钱奴买冤家债主》等，俱见于《元曲选》，又有《崔府君断冤家债主》一种，《录鬼簿》未著录，《也是园书目》以为系郑廷玉作，今亦见于《元曲选》。《楚昭公》系叙战国时，吴子胥伐楚，楚昭公战败，赖申包胥向秦国求得了救兵，又恢复了楚国的事。其中还杂着些神怪的故事:(一)这次战事的开始，此剧说，系因吴国的一柄宝剑名湛卢的飞到楚国去，吴向楚王索取不得之故。（二）当楚昭公兵败时，逃难过江，船小人多。梢公说须疏者下船，以救此船的倾覆，于是昭公的妻与子都跳入水中。但龙神把他们都救上了岸。楚国恢复时，他们又得团圆了。《后庭花》系以“包公故事”之一为题材，《忍字记》系叙贪狼星被贬下凡，后复回原位的故事。《看钱奴》《元曲选》作无名氏撰，《录鬼簿》及《也是园书目》俱以为廷玉作，系叙周秀才因穷卖子，后复得复聚的事，其中也杂有神灵的奇迹，《崔府君断冤家债主》也是叙幽明果报的故事。就廷玉现存的几篇戏曲看来，差不多没有一篇不有神道在内的，大约他很喜欢以神灵的奇迹来缘饰他的故事，也许他自己竟是一个迷信果报、相信神灵的奇迹的人。

尚仲贤，真定人，为江浙行省务官。他所作的戏曲，《录鬼簿》载有10种，今知共有11种，存于今者有《单鞭夺槊》《柳毅传书》及《气英布》三种，俱在《元曲选》中。《单鞭夺槊》有两种不同的本子，俱系叙尉迟敬德的事，而事实不同；在《元曲选》中的一种，系叙尉迟敬德初投唐，单鞭打了单雄信，救了李世民的事；在《杂剧三十种》中的一种，系叙唐初诸国都削平了之时，李建成及元吉，欲夺太子之位，因世民有猛将尉迟敬德不敢下手，便在高祖面前说敬德的坏话，高祖便将敬德拿下，后又得赦免的事。这两种不同的剧本，也许是尚仲贤一人所做，将尉迟恭的前后二事分开二本写的，也许一种是尚仲贤做的，而其他一种是别的人做的。在这两个假定中，似以前说为较可信，《柳毅传书》系叙龙女被她夫家弃在泾河岸边牧羊，请柳毅为她传书于母家；她叔叔钱塘君大怒，便去与她丈夫争斗，将他吞入腹中，而以龙女许了柳毅为妻的事。《气英布》《元曲选》作无名氏撰，《录鬼簿》所载尚仲贤所作剧目，有此一种，黄文旸《曲目》也以为此剧系仲贤所作，系叙楚汉相争之际，随何说降了楚将英布；汉高祖初于濯足时接见他以折挫他的锐气，后又十分的笼络他的事。

武汉臣，济南府人，所作戏曲共11种，（《录鬼簿》仅载10种）存于今者有《老生儿》《玉壶春》《生春阁》3种。《老生儿》系叙六十岁的刘从善，家甚富有而无子，后散了家财，便得了一子的事。《生春阁》也是以“包公故事”之一为题材的，包公在那时，已是一位中国古来最有名的审判官了，所以许多“故事”都附着于他的名下；即在元曲中，叙述他的故事的也不在少数。《玉壶春》系叙妓女李素兰誓志欲嫁李玉壶，二人终于团圆了的事。

吴昌龄，西京人，所作戏曲凡 11 种，存于今者有《风花雪月》及《东坡梦》2 种，俱在《元曲选》中。《风花雪月》系叙八月十五月明之夜陈世英与桂花仙子相恋着。一宵过去，仙子别去了，世英恋念着她而病了的事。《东坡梦》系叙苏轼携妓白牡丹去见佛印禅师，欲诱他娶了白牡丹而还俗，终于不成的事。

杨显之，大都人，是关汉卿的一个最好的朋友，所作戏曲凡八种，今存 2 种，即《酷寒亭》与《潇湘雨》，俱见于《元曲选》。《酷寒亭》叙郑孔目救了宋彬，二人结为兄弟。后孔目娶一妓为妻。她又与李成相恋。孔目知道这事，乘夜杀了妻，李成逃去了。孔目因杀妻事被刺配于沙门岛，李成恰是解差，欲害他，到了酷寒亭，被宋彬救去，并杀了李成报仇。《潇湘雨》叙张商英被贬到江州去，在淮河中船沉了，与他女儿翠鸾失散。翠鸾为渔父崔老所救。后来与他的侄子崔甸士结婚了。甸士中了举，又与考官的女儿结了婚，翠鸾去寻他，却被他当做逃婢，押配远地。她在临江驿遇见了父亲，这时商英已做了廉访使，便去捉了崔甸士来欲杀他。因崔老的恳求，而赦了前罪，他与翠鸾复成了夫妻。这剧里的甸士，直不似一个有心肠的人，事实较之高明的《琵琶记》略略的有些相同，然《琵琶记》中的蔡邕较似崔甸士好得多。在描写人物的心理与性格方面，《琵琶记》也较这部《潇湘雨》进步得千百倍。

李寿卿，太原人，将仕郎，曾除县丞。他的剧本共有 11 种（《录鬼簿》仅载 10 种），存于今者有 2 种，即《伍员吹箫》与《度柳翠》，皆在《元曲选》中。《伍员吹箫》即叙费无忌害了伍员全家，伍员逃出楚国，沿途受了许多苦，后做吴国的相国，攻楚，拿住费无忌报仇的事。郑廷玉也有一剧叙此故事，但他系从楚昭王方面写，此则从伍员方面写。《度翠柳》《元曲选》作无名氏撰，但《也是园书目》则题李寿卿作，《录鬼簿》载他的所著剧名，也有此剧在内。此剧系叙月明和尚因妓翠柳本是如来法身，便去引度她成了正果的事。

石君宝，平阳人，所作戏曲凡10本，存于今者有《秋胡戏妻》及《曲江池》2种，俱见《元曲选》。又有《风月紫云亭》1种，见于《元刊杂剧三十种》《录鬼簿》载君宝及戴尚甫的戏曲名目俱有此一种。不知现存的这一部究为何人所作。《秋胡戏妻》叙鲁大夫秋胡初时家甚穷苦，与罗梅英结婚才三日便被迫去从军。梅英为他守贞，不肯别嫁。十年之后，秋胡官至中大夫，请假回家，他走到近家的地方，见一女子在采桑，便以黄金挑引她，这女子不肯。他回家了，他的妻子随后也归来，原来她就是那采桑的女子。她大骂了他一顿，欲与他离婚，结果，因秋胡的母的劝慰，便复和好了。《曲江池》叙少年郑元和因恋着妓女李亚仙，堕落为"与人家送殡唱挽歌"的人。他父亲郑府尹知道了这事，便把他打得死去。他苏醒后又沦落为乞丐。幸得李亚仙救了他，劝他读书，后成为知县。这两件故事都是民间流传得最广最久的，至今尚有无数的人在重述着，尚有无数的伶人在演唱着；大约这些故事的所以传播的范围如此之大者，石君宝的剧本是与有很大的力量的。有许多古代的故事，为民间所盛传者，大半都是因元明小说，剧本取了他们为题材之故。

戴尚甫，真定人，曾为江浙行省务官，所作戏曲共5种，今存者，除《紫云亭》一种不知是否即他所著的外，尚有一种《风光好》，见《元曲录》。《风光好》叙宋高祖时陶榖奉使南唐，被宋齐丘等以妓秦弱兰诱惑他，因此不能毕其使命，只得逃依故人杭州钱椒王处。不久，宋兵灭了南唐。秦弱兰避难来杭，因与陶榖结婚了。

张国宾一名酷贫，大都人，为喜时营教坊勾管，即当时人所称为倡夫的；他所作的戏曲凡4种，(《录鬼簿》作3种)，存于今者有3种，即《合汗衫》《罗李郎》及《薛仁贵》，皆见《元曲选》。当时与他同道的人，以戏曲家著称的，还有赵文敬、红字李二及花李郎；他们的剧本，都皆不传。国宾诸人虽为士大夫所看不起，然他们的作品在当时却流传得极广，戏曲的艺术价值也不见得比所谓士大夫的坏。

以上诸人皆为第一期戏曲家中作品留传于今稍多的，至于仅余一种作品的戏曲家，则尚有王仲文、纪天祥、孙仲章等十余人。

王文仲，大都人，作曲十种，仅《救孝子》一剧传于今。（见《元曲选》)。纪天祥，也是大都人，与李寿卿、郑廷玉同时，作曲6种，今传《赵氏孤儿》1种，见《元曲选》。孙仲章，也是大都人，或以为他是姓李，作曲3种（《录鬼簿》作2种），有《勘头巾》1种传于今，见《元曲选》。石子章也是他们的同乡，作曲2种，今存《竹坞听琴》1种于《元曲选》中。王伯成，琢州人，作曲2种，今存《李太白贬夜郎》1种，见《杂剧三十种》中。李好古，保定人，或云西平人，作曲3种，今传《张生煮海》1种，见《元曲选》。李文蔚，真定人，曾为江州路瑞昌县尹，作曲12种，今仅存《燕青博鱼》1种，见《元曲选》。岳伯川，济南人，或云镇江人，作曲2种，今传《铁拐李》1种，见《元曲选》。康进之，棣州人，或以他为姓陈，作曲2种，皆叙黑旋风李逵事，今存其一，名《李逵负荆》，见《元曲选》。张寿卿，东平人，浙江省掾吏，作曲1种，名《红梨花》，今存于《元曲选》中。狄君厚，平阳人，有《晋文公火烧介子推》一剧，见于《杂剧三十种》中。孔文卿是狄君厚的同乡，有《东窗事犯》一剧，亦见于《杂剧三十种》中。在第二期戏曲家金仁杰的戏曲目中，亦有与此剧同名的1种。不知此剧究竟是谁作的？李行甫（一作行道）绛州人，有《灰阑记》一剧，见《元曲选》中。李直夫，女直人，住于德兴府，作曲凡12种（《录鬼簿》作11种），存于今者仅《虎头牌》1种，见于《元曲选》。孟汉卿，亳州人，作曲1种，名《魔合罗》，亦见《元曲选》中。

第二期的作家，有作品之存于今者，较之第一期少得许多；在三十个作家中，仅有曾瑞，宫天挺，乔吉甫，郑光祖，金仁杰及范康等六人，我们现在尚能读到他们的剧本，至于其余的人，则所作都已散佚无存了。

曾瑞字瑞卿，大都人（亦作大兴人），从北方迁于南方，定居在杭州，不愿仕，自号褐夫。他死的时候吊者有千余人。他所作曲仅有一种，即见于《元曲选》的《留鞋记》。

宫天挺字大用，大名开州人，为钓台书院山长，死于常州。他所作剧凡6种，存于今者2种：《范张鸡黍》见于《元曲选》，系叙范巨卿张元伯的生死不渝的友情的；《严子陵垂钓七里滩》见于《杂剧三十种》，系叙严子陵，刘文叔（即汉光武）的不以富贵易操的友情的。

乔吉甫字梦符，太原人，号笙鹤翁，又号惺惺道人，旅居杭州，卒于至正五年二月。他所作曲有 11 种，今传其 3 种，《金钱记》《扬州梦》及《玉箫女》，俱见于《元曲选》。吉甫为元六大剧作家之一，与同时的郑光祖及第一期的关、王、马、白齐名，《金钱记》系叙韩翃的恋爱故事；《扬州梦》系叙杜牧的恋爱故事；《玉箫女》系叙韦皋与韩玉箫的恋爱故事。

郑光祖字德辉，平阳襄陵人，以儒补杭州路吏。他与乔吉甫同为第二期最负盛名的作家。钟嗣成谓他“名闻天下，声振闺阁；伶伦辈称郑老先生，皆知其为德辉”。所作剧本凡 19 种（《录鬼簿》载 17 种），传于今的凡 4 种；《王粲登楼》《倩女离魂》《㑇梅香》3 种见《元曲选》，《辅成王周公摄政》1 种见《杂剧三十种》。《王粲登楼》叙王粲辞母出游，所至不遇，后到荆州，登高楼而思乡，最后则做了大官，与蔡邕女结婚，复与母重聚的事。《倩女离魂》叙倩女与王文举相恋，文举赴京应举，倩女的魂离了躯体偕他同去的事。《㑇梅香》叙白敏中幼与裴度之女小蛮定婚，后裴夫人不提起婚事，而敏中却与小蛮热烈的相恋，由一个梅香樊素在中传信；全剧的结构极似《西厢记》《西厢》里的红娘便是这剧里的樊素。《周公摄政》叙周公辅政，管、蔡流言，但后来周公与成王，终于谅解的事。

金仁杰字志甫，杭州人，曾为建康崇宁务官，天历二年卒。所做凡 7 种，今存《萧何追韩信》1 种，见《杂剧三十种》中。尚有《东窗事犯》1 种，亦见《杂剧三十种》中；但孔文卿亦有与此同名的一剧，不知究为何人所作。《萧何追韩信》系叙楚汉之际的大英雄韩信，流落不遇，后终为萧何所力举，得成灭楚的大功业的事。

范康字子安，杭州人，作曲二种，今传《竹叶舟》一种。钟嗣成谓他“编《杜子美游曲江》，一下笔即新奇”，惜此剧今不传。《竹叶舟》系叙吕洞宾点化陈季卿成仙的事。

在第二期的初时，尚有杨梓及罗本。杨梓曾作《豫让吞炭》《霍光鬼谏》《敬德不伏老》诸剧，但《录鬼簿》并未叙到他。他是海盐人。至元三十年（公元 1293 年）时，元师征爪哇，他以招谕爪哇等处宣慰司官，以五百余人，船十艘，先往招谕之。元兵继进，爪哇降。后为安抚大使，官至嘉议大夫，杭州路总管。元曲作家都为末官小吏，为大官者，仅梓一人而已。他的剧本，存于今者有《霍光鬼谏》1 种，见于《杂剧三十种》中，又有《豫让吞炭》1 种，见于《元明杂剧二十七种》中。罗本字贯中，武林人，作小说甚多；近来尚流行之《三国志演义》《隋唐志传》《残唐五代》，俱相传为他所著。所作剧本，有《宋太祖龙虎风云会》存于今，见于《元明杂剧二十七种》中。

第三期作家的作品，存于今者尤少；在二十五人中仅有秦简夫、萧德祥、王晔、朱凯四人各有作品一二种流传下来而已。

秦简夫作剧五种，存于今者有《东堂老》《赵礼让肥》2 种，俱见于《元曲选》。《东堂老》叙赵国器因子不肖，将死时，托孤于李实，实有君子风，人称为东堂老，果然不负所托，使败子终于回头了。《赵礼让肥》叙赵孝、赵礼兄弟孝于母，在虎头寨被马武所捉，欲杀之，兄弟争死，马武因释放了他们，后马武助刘秀打平了天下，又举荐赵氏兄弟二人为官。

萧德祥，杭州人，以医为业，号复斋，善于作南曲。所作剧本共五种，今仅存《杀狗劝夫》1 种，见《元曲选》。（原作无名氏作）此剧为后来南剧中有名的《杀狗记》所本，叙孙荣与弟孙虫儿不和，反去亲近乡里小人。他的妻杨氏欲劝谏他，便将一狗杀了，去了头尾，穿上人衣。孙荣见了，以为杀死了人，便大惊起来，欲请朋友帮助拿去埋了，他们都不肯去，只有他兄弟孙虫儿肯。后来，他们反到官去告孙荣杀人。开了土看，却原来是一只狗。孙荣无事回家。自此他便与兄弟和睦起来。

王晔字日华，也是杭州人，作剧三种，今有《桃花女》一种，存于《元曲选》中（原作无名氏撰）。此剧叙洛城算卦的周公因知桃花女有妙道高法，甚妒嫉她，因此，托词娶她为媳妇，欲陷害她。不料桃花女道法更高，周公只得屈伏，以儿子得到一个高明的妻自慰。

朱凯字士凯，他是什么地方人，我们不知道。他作小曲极多，剧本有二种，今传《昊天塔孟良盗骨》一种，见《元曲选》中（原作无名氏撰）。孟良盗骨系叙宋初“杨家将”故事之一则。“杨家将”的故事至今尚盛传于中国民间，杨令公、杨六郎及孟良之名差不多连妇孺都十分的熟悉。

《录鬼簿》所不载的戏曲作家，尚有李致远、杨景贤二人，其作品俱见录于《元曲选》中；他们的真确时代，我们不能知道，大约是第三期左右的人。李致远所作为《还牢末》一剧，叙的是“水浒”故事之一。李逵奉令下山邀刘唐，史进入伙，因打死人入狱，赖李孔目救之，得以免死。李孔目的第二个妻，与赵令史相恋，便去告他私通梁山泊，以李逵给李孔目的金环为证。他被捕下狱，幸得李逵又下山救了他，并捉了赵令史及孔目的第二个妻回山杀死。杨景贤所作为《刘行首》一剧，系叙仙人马裕奉师命度脱一个女子名刘行首的故事。

在这三个时期中，还有许多无名作家的剧本流传于今；在《杂剧三十种》里的，有《诸葛亮博望烧屯》《张千替杀妻》及《小张屠焚儿救母》3种；在《元明杂剧二十七种》里的，有《汉钟离度脱蓝采和》《龙济山野猿听经》《苏子瞻醉写赤壁赋》3种；在《元曲选》里的，有《冯玉兰》《碧桃花》《货郎旦》《连环计》《抱妆盒》《百花亭》《盆儿鬼》《梧桐叶》《渔樵记》《马陵道》《神奴儿》《小尉迟》《谢金吾》《冻苏秦》《朱砂担》《来生债》《鸳鸯被》《风魔蒯通》《陈州粜米》《合同文字》《隔江斗智》《举案齐眉》及《三虎下山》等23种；其中有好几篇是不下于关、马等六大家的作品的。他们的题材，一部分是“水浒”的故事，一部分是“包公”的故事，也有取“三国”、“战国”及其他流传的故事的；而以取“包公”故事为题材的为最多，如《合同文字》《神奴儿》《盆儿鬼》《陈州粜米》等都是。

四

当元的末季，杂剧的作者稍倦，于是“传奇”的作者便起于南方，钟嗣成的《录鬼簿》虽专载杂剧——北剧——的作家，然于叙萧德祥的一段文字里，却言他“凡古文俱槩括为南曲，街市盛行。又有南曲戏文等”。可见那时南曲已甚流行。到了公元1369年（即明洪武二年），朱元璋的部下，征定了中原，攻陷了北京，把蒙古民族逐回他们的北方去；久陷于异族统治之下的中原，这时始复为汉族所恢复。在这时的先后，产生了好几部伟大的长篇剧本，即所谓传奇的。在剧曲的技术上，传奇较杂剧进步了许多；因此，这些传奇甚为当时人所欢迎，几有压倒杂剧之势。

这时，最盛行的传奇为“《荆》《刘》《拜》《杀》”及《琵琶记》等5种：“荆”即《荆钗记》，为明太祖之子朱权作；“刘”即《刘知远》，一名《白兔记》，为无名氏作；“拜”即《拜月亭》，一名《幽闺记》，相传为元施惠作；“杀”即《杀狗记》，为明初徐畛作；《琵琶记》则为明初高明作。

施惠字君美，一云姓沈，杭州人，《录鬼簿》列之于元曲的第二期作家中。《录鬼簿》仅叙他“居吴山城隍庙前，以坐贾为业……每承接款，多有高论。诗酒之暇，惟以填词和曲为事，有《古今砌话》，亦成一集，其好事也如此”，并不言及他曾作《拜月亭》一剧。也许此剧竟不是他所作的。王国维君跋此剧，谓“此本第四折中，有‘双手劈开生死路’一句，此乃用明太祖微行时为阉豕者题春联语”，因此断定它为明初所作。王氏说颇可信，在元曲的第二期，似尚不能产生如此完美的南剧。此剧共40出。较之仅有四折的杂剧，自是一部大著作。王实甫曾作《才子佳人拜月亭》一剧，今不传；关汉卿也有《闺怨佳人拜月亭》一剧，至今尚传。论者或以此剧为王实甫所作；这完全是一段很可笑的误会的话，无论在实甫的时候，决不会有如“传奇”的一种在技术有大进步的剧本产生，即想到实甫是一位向未到过南方的北部的人的一层，也便会决定他之万不至于作此剧了。大约此剧乃是根据汉卿及实甫的那两本同名的杂剧而写的。传奇的题材，常常取材于杂剧。如《杀狗记》之取材于萧德祥的《杀狗劝夫》杂剧，便是一个最显著的例子。《拜月亭》的故事是如此：蒋世隆与妹瑞莲，在家守分读书。当时蒙古族侵略金人，金庭大臣陀满海牙主张不迁都，且举他的儿子兴福率师御敌，大臣聂贾则主张迁都以避元军的锐锋。金主听了聂贾的谗言，把陀满海牙杀死。陀满兴福因此避难在外。某日因逃胥隶的追捕，跃入蒋氏园中。蒋世隆知他的来历，便与他结拜为兄弟而别离了。兴福别世隆后，经过一山，被一群强盗戴为首领，暂在那里落草。同时，兵部尚书王镇，奉命辞家往边庭缉探军情；他家中有一女，名瑞兰，即此剧中的女主人翁。不久，元军南下，金人迁都，各处大乱，蒋世隆与瑞莲及王瑞兰与她的母亲俱避难而飘流于外。在人群中，世隆与他的妹子失散了，瑞兰也与她的母亲失散了。世隆匆急的把“瑞莲！瑞莲！”这样的叫着，王瑞兰听见了，以是她母亲叫她，便答应了，走了过去。原来二人都是误会。他们便假作夫妻，同路走着。同时，瑞莲也遇到瑞兰的母亲，也结伴同行。世隆与瑞兰经过一山，被强盗捉上山去；不料寨主乃是他的兄弟福兴，反赠金与他而别。二人到了旅舍，由店主人的主婚而成了真的夫妇。世隆在此生了病，恰遇王镇公毕归去，经过此处，见了瑞兰。她告诉他们结婚的事，但王镇大怒，不肯允认，强迫着瑞兰与他同归，而把世隆单独留下。作者把这个别离，写得很凄惨。王镇到了官驿，恰遇到他的妻及蒋瑞莲，王氏一家是很欢悦的团圆了。但悲戚的还有二人，瑞莲在想念她的哥哥，瑞兰则在想念她的丈夫。这时，世隆独自卧病在旅舍，凄凉万状，且更悲念他的妻子。幸遇兴福上京应举（元军已退，金庭赦免诸罪复举行贡举），见到了他。待他病愈，二人便同赴京城应考，各中了文武状元。王镇奉旨，将他的两个女儿招文武状元为婿。那知只有兴福及瑞莲二人从命，至于瑞兰呢，她想念着世隆，世隆也恋念着她，因此，俱不肯从命。后来，王镇请世隆到府中宴会，认了久散的妹妹，才说明了一切，知道他所要与为婚的原来就是那在旅舍相依恋的妻瑞兰。至此，一部《拜月亭》便在两对新人的结婚礼中闭幕了。

《拜月亭》的文章，明人何元郎、臧晋叔、沈德符等俱以为高出《琵琶记》，但也有持反对的论调的。近人王国维以为《拜月》的佳处，都出于关汉卿的《闺怨佳人拜月亭》。平心论之，拜月里好的文句究竟不少。如第26出《萍迹偶合》里的几段：

〔销金帐〕黄昏悄悄助冷风儿起。想今朝，思向日：曾对这般时节，这般天气，羊羔美酒，销金帐里；兵乱人荒，远远离乡里，如今怎生，怎生街头上睡！

〔前腔〕初更鼓打，哽咽寒角吹，满怀愁分付与谁？遭逢这般磨折，这般离别，铁心肠打开，打开鸾孤凤只！我这里恓惶，他那里难存济。翻覆，怎生，怎生，独自个睡！

〔前腔〕冬冬二鼓，败叶敲窗纸，响扑簌聒闷耳。谁楚这般萧索，这般岑寂，骨肉到此，伊东我西去。又无门住，又无依倚。伤心，怎生，怎生街头上睡！

及第32出《幽怀密诉》里的几段：

〔齐天乐〕〔旦上〕恹恹捱过残春也，犹是困人时节，景色供愁，天气倦人，针黹何曾拈刺。（小旦上）闲庭静悄，琐窗潇潇，小池澄澈。（合）叠青钱泛水，圆小嫩荷叶。……

（小旦）姐姐，当此良辰媚景，正好快乐，你反眉头不展，面带愁容，为什么来？

〔青衲袄〕（旦）我几时得烦恼绝，几时得离恨彻！本待散闷闲行到台榭，伤情对景肠寸结。

（小旦）姐姐，撇下些罢。

（旦）闷怀些儿，待撇怎生撇！待割舍难割舍！倚遍阑干，万感情切都分付长叹嗟。

下面描写姐妹二人拜月诉怀也是写得非常的动人。

《白兔记》不知作者的姓名，大约也是与《拜月》同时的产品。全剧共33出，是叙刘知远与他的妻的离合的故事的。刘知远被继父所逐，飘游于外。有李文奎，生有二子洪一，洪信及一女三娘。他在庙中遇见知远饥寒交迫，便把他带回家。一日，他见知远昼卧，火光透天，更有蛇穿窍出入，知道他必会大贵，便把女三娘嫁给他为妻。后文奎死了，洪一逐知远出去，并逼他写休书，又叫他看守瓜园，园里有铁面瓜精，会杀害人。知远杀了瓜精，它化了一道火光，钻入地中，掘开一看，原来是石匣装着头盔衣甲，及兵书宝剑。于是他别了妻，出去建立事业。这里，三娘留在家中，兄嫂要她改嫁，她不肯，便受了他们的许多磨折，日间挑水，夜间挨磨。不久，生了一个孩子，因系自己咬断脐带，便名之为咬脐郎。兄嫂欲害此子，她便托窦老抱去，带给知远。这时，知远又娶了岳家小姐，便将孩子留在那里养育。后知远讨贼有功，升为九州安抚使。咬脐郎已长大，一日，出去打猎，因追赶白兔，到了沙陀村，遇见受了千万痛苦的母亲三娘。他不知道她就是他的母亲，回家后，诉与父亲知道。知远告诉他一切的事。他们便迎接了三娘回来同住，又捉了兄嫂来，把兄赦了，把嫂杀死报仇。正与罗马帝尼禄，以基督教徒为夜烛一样，知远也取香油50斤，麻布100丈，将他妻的嫂做了照天蜡烛，全剧便在此告了终止。

《白兔记》的文辞朴质明显，连“曲”文也都是非常明白，妇孺都能懂得的，远比不上《琵琶》与《拜月》的典雅；因此，我觉得《白兔》大约是当时民间流传的一篇剧本，或由优伶编纂而成的，决不像《拜月》《琵琶》之出于文人的手笔。如〔北一枝花〕“昔日做朝内官，今做个山中寇。俺只为朝中奸诈多，有功的恨杀为仇，杀功的即便封侯。因此上撇了名锁利勾”（第25出）及〔江儿水〕“那日因游猎，见村中一妇人，满怀心事从头诉。裙布钗荆添凄楚，蓬头跣足身落薄，却元来亲娘生母。爹爹，你负义辜恩，全不念糟糠之妇。”（第31出）等数曲便是一例。所以典雅派的文人对它都不满意（实在的，它里面所最缺乏的是富于诗趣的叙写），然亦因此，它的流传却能够广而久。

《杀狗记》也是以文辞朴质为论者所不满的。它的作者是徐畛。畛字仲由，淳安人，明洪武初（公元1368年）征秀才，至潘省辞归，有《巢松阁集》。他自己尝说：“吾诗文未足品藻，惟传奇词曲，不多让故人。”此剧系依据于萧德祥的《杀狗劝夫》而写的。其剧共36出，至少较德祥的同名的一剧增大至四倍以上，因此，剧中人物增加了不少，情节也复杂得许多。他将孙虫儿改为孙荣；《杀狗劝夫》里不说孙华与孙荣不和的原因，此剧则言孙荣劝谏他哥哥不要与小人交往，因此二人不和。孙荣被逐，忍不住饥寒，投水自杀，被人所救，暂住于破窑的一段事，也是《杀狗劝夫》杂剧中所无的。又孙华在《杂剧》中只有一妻，这里却增了一妾，又增了一个雇仆吴忠。其他两剧相异之点，不能在此一一举出。徐畛此剧，因欲使读者及观剧者更表同情于孙荣，所以对于他的在外困苦的情形，着力描写着，且时时将他哥哥的豪华举出与他的穷寒相较；又写两个恶友的性格与举动也较“杂剧”所写更为刻毒些。这使它更易感动一般读者及观剧者。在描写人物的一方面，也较萧德祥的“杂剧”为有进步。它的文辞与《白兔记》同其朴讷，如〔宜春令〕“心间事难推索，我官人作事全不知错。存心不善，结交非义谋凶恶。更不思手足之亲，把骨肉埋在沟壑。唬得人战战兢兢，扑簌簌泪珠偷落。”（第 25 出）自然比不得《拜月》《琵琶》等作那样的为文人所欢迎了。近人吴梅因此不相信此剧是徐畛所作的，他说“余尝读其小令曲《满庭芳》……语语俊雅，虽东篱，小山，亦未多逊。不知所作传奇，何以丑劣乃尔。或者《杀狗》久已失传，后人为托仲由之作，羼入歌舞场中耳。”（《顾曲麈谈》卷下，八十三页）这个意见，似不甚妥确。徐畛作此剧或系应当时剧场或伶人的需要，自然不能如其作抒情诗之可任意用渊雅的文辞；也许他自己反以此剧文辞之能为一般民众所领悟而自喜呢！即假定此剧非徐畛所作，也断不是徐畛以后人所能伪作；因此种文辞朴讷明显的剧本，在明初以后便决不会有人去作了。那时的剧作家正是群趋于雕饰艳词雅语之时，似此种“本色”的，明白的剧本，怎么会产生出来呢？所以我们只可以说，此剧也许如《白兔记》一样，乃元明之间的民间流传的剧本之一而非徐畛所作；却不能说它是后人伪托畛名之作。

《荆钗记》为明初宁献王朱权所作，权为朱元璋的第 17 子，自号曜仙，涵虚子，丹丘先生。洪武二十四年（即公元 1391 年）就封大宁，永乐元年改封南昌，以正统十三年（即公元 1448 年）卒。他深于音律，曾著《太和正音谱》，于《荆钗记》外，又作杂剧许多种。明代戏曲之发达，他的提倡是与有力量的。《荆钗记》共四十八出，剧中的故事是如此：王十朋与钱流行的女儿玉莲定婚，以荆钗为聘礼。富人孙汝权见玉莲的美丽，也欲娶她。她的继母与姑娘都欲逼她嫁了汝权，但她不从，于是她与十朋很简陋的结了婚。十朋上京赴试，他的母亲与玉莲寄住于岳家。他中了状元，万俟丞相欲妻以女，他坚执不从。孙汝权这时也在都，私将十朋家信改写了。说已娶万俟丞相的女儿，欲将前妻玉莲休了。玉莲的继母等因此又逼她改嫁孙汝权。玉莲不从，投江自杀，被钱安抚所救，拜他为父，同赴福建任上。十朋知道了她自杀的消息，十分的悲痛。万俟丞相因他不肯为婚，将他改调至广东潮阳为佥判，而将他的饶州本缺换了王士宏。后来，玉莲要求钱安抚派人到饶州去打听王十朋的消息，回报说，王佥判全家死亡。玉莲也误会了，以为十朋是真的死了。后来，十朋升任吉安，钱安抚欲将玉莲嫁他，他不知是玉莲，执意不肯。又经了几番波折，他与玉莲才得重圆。这个故事，并不是朱权所创造的，在很久的时候，即已流传于民间了。《欧江佚志》谓此故事系宋时史浩门客造作以诬王十朋及孙汝权的，因十朋为御史，首弹丞相史浩，其事实汝权怂恿之，所以他们用此故事以蔑十朋及他。但此说亦不大可信。汝权在此故事中固被写成一个很坏的小人，然十朋却仍是被写成一个很贞坚的好人。造作故事以蔑人的，似不会反把他写得很好的。大约民间流传的故事，都是喜以历史上著名的人，强附着于他们的故事之上的，正如人之喜以美观的衣服附着于自己的身上。至于这种故事之与真实的历史相符合与否，他们是不管的。所以造作《荆钗记》的故事以诬蔑王十朋孙汝权之说，可以说是全无根据。像这类的错误的解释，在中国文学上是无时不遇到的。我们应该彻底的扫清了他们。《荆钗记》的文辞，较《白兔》《杀狗》为文雅，然仍带有一种“朴讷质白”之特质，所以王元美评他“近俗而时动人”。第 35 出《时祀》的一曲，我认它是剧中最感人的一段：“〔沽美酒〕纸钱飘，蝴蝶飞，纸钱飘，蝴全蝶飞，血泪染，杜鹃啼，睹物伤情越惨凄。灵魂恁自知，灵魂恁自知。俺不是负心的，负心的。随着灯灭。花谢有芳菲时节，月缺有团圆之夜；我呵，徒然闲早起晚寐，想伊念伊。妻，要相逢，除非是梦儿里，再成姻契！〔尾声〕昏昏默默归何处？哽哽咽咽思念你。直上姮娥宫殿里。”

《琵琶记》，明·高明作，叙汉蔡邕事；其题材非高明所创造，也是依据于一个以古代的大人物强附着于其上的民间故事。这个故事，在宋时已流传于民间了，南宋人诗云："斜阳古道柳家庄，负鼓盲翁正作场。死后是非谁管得，满村听说蔡中郎。"或以为高明作此记，系讽王四的。王四与他为友，登第后，弃其妻而赘于太师不花家，故他借此记以讽。名《琵琶》者取其四王字为王四，元人呼牛为不花，故谓之牛太师。实则这些话都是穿凿附会的，绝不足信。高明此剧原是依据于自宋时即流传于民间的蔡中郎故事的，与什么王四及不花太师，都是毫无关系的。高明字则诚，永嘉人，至正五年（公元1345年）中进士，授处州录事，辟丞相掾。方谷真起事，他避地于鄞之栎社。他的文名盛称于世，《琵琶记》尤为当时人所赞许。朱元璋也甚喜此剧，即位时，便欲召他到金陵，他以老病辞。不久，病卒，著有《柔克斋集》。《琵琶记》共42出，它的内容是如此：蔡邕与赵五娘结婚才二月，他父亲便要他到京应举。他不得已只好辞了高年的父母与热恋的妻而上道。到京后，以高才硕学，得中状元。牛太师欲以女嫁他，他再三不肯，又上表求归。牛太师请天子主婚，又不准他回去。他只好勉强的留在京中与牛小姐结婚。这时，他家中因他出去，显得穷困万状，只有赵五娘一人侍奉老人，营求衣食；后来老人只有几口淡饭吃，五娘自己则什么也没有得吃，只好强咽糠秕充饥。婆婆死了，公公又死了。她将头发剪下，想去卖了办理葬事。又用麻裙包土来筑坟。然后背着公婆的真容，拿着一个琵琶，到京去寻他丈夫蔡邕。她至牛府，与牛小姐相见，被留居府中，说明了一切，乃知他丈夫并非贪名逐利不肯回家，却是被人逼留在此。他回府时，牛小姐与他说知，他才知父母俱已亡故，便大哭着与五娘相见。他们同回祭墓。后来他与五娘及牛小姐同过着很安乐的生活。全剧便于此告终。高明此剧的文章很典雅，与《拜月》是同类，而与《白兔》《杀狗》则雅俗殊异，所以许多人都极顶的称许他。第21出叙赵五娘强咽糠秕事尤为评者所称。"糠和米本是相依倚，被簸飏作两处飞。一贱与一贵，好似奴家与夫婿，终无相见期。丈夫，你便是米呵，米在他方没寻处。奴家恰便似糠呵，怎的把糠来救得人饥馁；好似儿夫出去，怎的教奴供膳得公婆甘旨！”一曲，实为全戏的最警策处。相传则诚居栎社沈氏楼，夜案烧双烛，填至吃糠一出，句云“糠和米本一处飞”，双烛光交为一，因名其楼曰瑞光。这虽是一段神话，然这一个好曲原足以当此种神话的夸饰而无愧。

五

在传奇盛行之时，杂剧作者仍有不少，作《荆钗记》的朱权也作有杂剧12种。与他约同时的，有王子敬、刘东山、谷子敬、汤式、杨景言、贾仲名、杨文奎及朱有燉，俱为明初有名的杂剧作家。

王子敬作剧4种，今存《误入天台》1种，见《元曲选》。刘东山作《娇红记》等2种，俱无传本。谷子敬作剧3种，有《城南柳》1种，亦存于《元曲选》中。汤式字舜氏，号菊庄，宁波人，作剧2种，俱无传本。杨景言作剧2种，也俱无传本。贾仲名（一作仲明）作剧4种，今存《萧淑兰》《对玉梳》《金安寿》3种于《元曲选》中。杨文奎作剧4种，今存《儿女团圆》1种，也在《元曲选》中。

朱有燉（周宪王）在他们当中是最伟大的。他为朱元璋子周定王的长子，甚负文名，作杂剧凡27种，散曲尤多。李梦阳《汴中元宵》绝句云：“中山孺子倚新妆，赵女燕姬总擅场。齐唱宪王新乐府，金梁桥外月如霜。”可见他的歌曲流传之盛，他死于正统四年（即公元1439年）。自他死后，杂剧的作者直至公元15世纪之末叶才再有出来。他的杂剧存于今的有《洛阳风月牡丹仙》及《刘盼春守志香囊怨》2种，见于《盛明杂剧》；《清河县继母大贤》《赵贞姬身后团圆梦》等8种见于《杂剧十段锦》，近又见10余种，不久将由商务印书馆印行。

六

继《琵琶》及《荆》《刘》《拜》《杀》之后至公元15世纪之末的传奇作者，有沈受先、姚茂良、苏复之、王雨舟、邱濬、沈采、邵深数人。除邱濬之外，他们的确实时代，我们都不能知，大约都是公元15世纪的后半的前后的人吧。

沈受先字寿卿，里居未详，作传奇《三元》《银瓶》《龙泉》《娇红》等记凡4种，《三元记》今见《六十种曲》中，系叙冯商好行善，生子，连掇三元事。姚茂良字静山，武康人，作《精忠记》《金丸记》《双忠记》三传奇。《精忠记》见《六十种曲》，叙宋名将岳飞被秦桧所诬杀事。《曲品》谓："词简净，演此令人眦裂。"然作者在最后因欲慰悦悲愤的观众，竟以秦桧诸人受地狱的裁判结果，大失伟大的悲剧的性质。《双忠记》系叙张巡，许远事。苏复之的里居未详，尝作《金印记》一剧，叙苏秦事，《曲品》谓其"近俚处具见古态"。王雨舟的里居也不详，所作有《连环记》一种，系叙三国时吕布，貂蝉的事。邱濬字仲涤，琼州人，为当时的一个大儒，生于公元1418年，卒于1495年。所作有《五伦》《投笔》《举鼎》《罗囊》四记。《五伦记》在戏曲中传达道德的训条，论者多目之为腐。沈采字练川，吴县人，所作有《千金记》《还带记》《四节记》等三种。《千金记》今传于《六十种曲》中，系叙汉名将韩信事，因他于成功时曾以千金赠给漂母，故名《千金记》。邵深字励安，常州人，官给谏，曾作《香囊记》，叙张九成事，今存于《六十种曲》中。《曲品》谓他此记"词工白整"。自此以后，剧作家都益趋于典雅渊深的路上走去，词益斫饰，白益工整，一般民众渐渐的不易领悟他们了。

七

这个时代的诗与散文都没有什么很伟大的作家。元人侵入中国后，宋之旧作家仍在这个黑暗时代维持他的势力者有赵孟頫诸人。孟頫字子昂，为宋之宗室，（1254—1322）以善书名。其后则有虞集、许衡、刘因、吴澄、金履祥、戴表元、袁桷、姚燧、马祖常、元明善、欧阳玄、吴莱、柳贯、黄溍、苏天爵、揭奚斯、鲜于枢诸人，皆为古文家，重扬韩、柳古文运动之余波。重要的诗人则有虞集、杨载、范梈、揭奚斯，并称为四大家，稍后则有萨天锡、倪瓒、顾瑛、张雨、杨维桢。

虞集（公元1272—1348年）字伯生，尝从吴澄游，仕至翰林直学士，兼国子祭酒。自号邵庵。有《道园学古录》50卷。相传集初不能诗，及在京师，遇杨载，授以诗法，遂超悟其理，成了一个名家。杨载字仲弘，浦城人，其诗在当时很有影响。范梈（公元1272—1330年）字亨夫，清江人。揭奚斯（公元1274—1344年）字曼硕，富州人。虞集尝评他们的诗，以为：杨载如百战健儿，范梈如唐人临晋帖，揭奚斯如美女簪花。并自称，如汉廷老吏。

许衡字仲平，河内人；吴澄（公元1249—1333年）字幼清，抚州崇仁人，二人同为元代古文的双柱。姚燧出衡之门下，虞集则受澄之影响。其流风至于明初未绝。

萨都剌字天锡，号雁门，虞集称其最长于情，流丽清婉。张雨字伯雨，钱塘人，为道士，早年与虞集诸人唱和，晚年则与杨维桢倪瓒诸人为友，有《句曲外史诗集》。

倪瓒（公元1301—1374年）字元镇，号云林，无锡人，工画，诗亦清俊。顾瑛（公元1310—1369年）一名阿瑛，昆山人，与瓒齐名。

杨维桢（公元1296—1370年）是元代后半最负盛名之作家。维桢字铁崖，号铁笛道人，山阴人，诗文古拙而雄于才气，从横排奡，自辟町畦。然誉之者固多，毁之者亦不少。明初，有王彝者，至作《文妖》一篇以诋諆之。吴莱（公元1292—1340年）字立夫，与黄溍、柳贯，并称为古文三家，其诗则与维桢齐名，有《渊颖集》，王士禛论诗绝句道："铁崖乐府气淋漓，渊颖歌行格尽奇。"而他后来，乃尤重莱，所选七言古诗，惟录莱而不及维桢焉。

入明，传古文之诸派者，有宋濂、刘基、王祎。宋濂（公元1310—1381年）字景濂，金华潜溪人，从朱元璋于军中。元璋即皇帝位后，以濂为翰林学士知制诰，并修《元史》。后因孙获罪，元璋欲杀之。幸免死，贬茂州，中途而卒。有《潜溪集》。濂初从吴莱学，后又学柳贯与黄溍，故其文力崇所谓“古文派”之正宗，清顺而乏气骨。刘基（公元1311—1375年）字伯温，青田人，参朱元璋军事，多出奇计。洪武初，为御史中丞，封诚意伯。其为文亦清莹，而较濂为有才气。其诗尤有名，素朴真挚，气韵高雅。有《覆瓿集》等。王祎（公元1321—1372年）字子充，义乌人，与宋濂曾同学于黄溍，又曾同修《元史》。所作有《华川集》。朱元璋尝谓：才思之雄，祎不如濂，学问之博，濂不如祎。

明初诗人，以高启、杨基、张羽、徐贲为四杰，而袁凯亦有盛名。启字季迪，长洲人，自号青邱子。洪武初，预修《元史》，授翰林院国史编修，后为朱元璋所腰斩，年仅39（公元1336—1374年）。王祎评其诗：“隽而清丽，如秋空飞隼，盘旋百折，召之不肯下，又如碧水芙渠，不假雕饰，翛然尘外。”杨基、张羽、徐贲三人之诗，俱不及启之高。基字孟载，号眉庵，官山西按察使。贲字幼文，官河南布政使；二人俱以曾为张士诚客，下狱死。羽字来仪，又字附凤，官太常司丞，后获罪投龙江死。文字之狱，大约没有一个时代比明初更残酷的了！袁凯字景文，自号深叟，华亭人，官监察御史，有《在野集》。尝在杨维桢座，客出所作《白燕诗》，凯微笑，别作一篇以献。维桢大惊赏。人遂呼之为袁白燕。

这时代最后的古文家为方孝孺。孝孺（公元1357—1402年）字希直，一字希古，宁海候城人，从宋濂学，亦为正统派之作家，有《逊志斋集》。明成祖起兵入京，孝孺以不屈被杀。相传成祖并灭其十族，为历史上最残酷的文字狱之一。论者以为“天下读书种子绝矣”。

参考书目

1.《元曲选》明臧晋叔编刊，上海商务印书馆有影印本，共录杂剧100种。元人杂剧多赖此书以传；存于今的元曲，只有116种（《西厢》

五剧算作5种），而在此书中的已有94种（其他6种是明初人作）。

2.《元刊杂剧三十种》，此书日本有影印本，最近上海朴社也把它影印了出来。此书中所载之杂剧有13种与《元曲选》同，有17种为《元曲选》所无。

3.《元明杂刊二十七种》，此书未有翻印本，今藏江南图书馆。

4.《西厢五剧》，元王实甫作四剧，关汉卿续作一剧。此书坊刻本俱将五剧合并为一，分为二十折，全失了原文的体裁，暖红室刊的《西厢十则》里的一部，是完全依照原本分成五剧的。

5.《录鬼簿》，元钟嗣成撰，有暖红室刊本。此书为最初的一部叙元曲作家的书，给我们以不少的戏曲史的原料。

6.《曲录》，王国维著，在沈氏刊的《晨风阁丛书》中；在《曲苑》中的一本是不全的。王氏为现代研究中国曲最努力的人，所得的成绩已不少。又有《戏曲考原》，亦为他所著，也在《晨风阁丛书》中。

7.《宋元戏曲史》，王国维著，商务印书馆出版。

8.《六十种曲》，明阅世道人编，汲古阁刊。此书为“传奇”的一部最大的汇刊。除《西厢》外，都是明人的作品。惜现在所有的这部书，都为烂版甚多的，全书字迹完全而清晰的极不易得。

9.《琵琶记》，明高明撰，《六十种曲》中有之，暖红室亦有刊本。

10.《拜月亭》《白兔记》《杀狗记》及《荆钗记》4种，《六十种曲》中俱有之，暖红室也都有刊本。

11.《杂剧十段锦》有武进董氏的影印本。

12.《盛明杂剧》也有武进董氏的影刊本，极精美，但仅出初集30种，第二集尚未见。

13.《金印合纵记》，明苏复之撰，有暖红室刊本。

14.《千金记》《三元记》《精忠记》及《香囊记》四种，俱见于《六十种曲》中。

15.《曲品》《新传奇品》，明郁蓝生撰，高奕续，有暖红室刊本。《曲苑》中亦有之。此书也给我们以许多关于明代戏曲的原料。

16.《曲苑》，上海石印本，此书收集关于戏曲的书14种，甚有用，大多数是由武进董氏刊的《读曲丛刊》（八种）影印而来的。有了此书，《读曲丛刊》便可以不必备。近陈氏又印《重订曲苑》，材料更多。

第十八章

中国小说的第一期

一

中国的小说，其开始较戏曲早得多，但其完成之时却较戏曲为后；如在《庄子》《列子》一类的书中，已有好些很有趣的小说似的叙写了，而其伟大的小说，如《三国演义》《水浒传》《西游记》之类，却在元代杂剧已发达至顶点，长剧的“传奇”也已出现了之后，才出现于人间。

在《三国》《水浒》《西游》之前，中国也未尝无小说的一种东西，不过他们的重大与成功，却决不能与《三国》《水浒》等几部伟大作品相比匹。《汉书·艺文志》的《诸子略》里，载有小说一家，所录自《伊尹说》以下至《虞初周说》凡 15 家，1380 篇。现在这些东西已片言只字无存，所以我们不知道他们的内容究竟如何。尚存于今的小说，最古的是《燕丹子》，系叙燕太子丹欲报秦仇，遣荆轲入秦刺始皇的事。略后则有托名于东方朔所作的《神异经》与《海内十洲记》，托名于班固著的《汉武故事》与《汉武内传》，又有题为郭宪撰的《别国洞冥记》，题为伶玄撰的《飞燕外传》，无名氏撰的《杂事秘辛》及赵晔的《吴越春秋》，袁康的《越绝书》等，以上俱传为汉时的人所作。其中除《杂事秘辛》为明杨慎所伪撰外，以《吴越春秋》及《越绝书》为最可信，是后汉人所作，其他《神异经》《汉武故事》《飞燕外传》及《别国洞冥记》等，其作者俱未必为汉时人，大约都是晋以后的人所依托的。六朝之时，这一类的著作，异常的发达；在他们明标出为六朝人所著的这些作品中，可大别之为二类；一类是叙述超自然的神怪的故事的，如《搜神记》《续齐谐记》等，一类是叙述人间的名隽可传的言行及一切琐杂之事的，如《西京杂记》《世说新语》等。第一类的著作极多，影响于后来的作者也极大，直到公元十七八世纪以及今时，还有他们的嫡派的模仿者，如《阅微草堂笔记》之类。最初出现的这一类的作品为《列仙传》《隋书》题为曹丕撰，《新旧唐书》则以为张华作，今此书已佚，尚有遗文为他书所录。又有《博物志》也相传以为张华作，杂记各地奇物异闻。干宝的《搜神记》，凡20卷，为此类书中的最著者。宝字令升，为东晋初期人（公元4世纪中），初为著作郎领国史，后为始安太守，迁散骑常侍。续他此书的有《搜神后记》10卷，题为陶潜撰，实则为依托者。此后，此类的著作极多，如《灵鬼志》（荀氏作），《甄异传》（戴祚作），《述异记》（祖冲之作，今有《述异记》二卷，题梁任昉撰。实为唐、宋间人依托），《拾遗记》（王嘉作），《异苑》（刘敬叔作），《续齐谐记》（梁吴均作）等。当此时，佛教在中国已甚流行，于是此种志怪之书又印上了无数的释家因果报应及经佛救人之事；如宋刘义庆《宣验记》，齐王琰《宣祥记》，隋颜之推《集灵记》《冤魂志》，侯白《旌异记》俱是专叙经像显效，因果报应的。今惟《冤魂记》流传于世，其他各种的遗文也有存于《法苑珠林》《太平广记》诸书内。今录《搜神记》《冥祥记》，各一则，以见此一类书的一斑：

> 阮瞻字千里，素执无鬼论，物莫能难。每自谓此理足以辨正幽明。忽有客通名诣瞻，寒温毕，聊谈名理。客甚有才辩，瞻与之言良久，及鬼神之事，反复甚苦。客遂屈，乃作色曰："鬼神古今圣贤所共传，君何得独言无！即仆便是鬼！"于是变为异形，须臾消灭。

瞻默然，意色大恶，岁余而卒。(《搜神记》)

宋，王淮之字元曾，琅琊人也。世尚儒业，不信佛法。常谓：身神俱灭，宁有三世耶？元嘉中为丹阳令。十年，得病绝气，少时还复暂苏。时建康令贺道力省疾，适会下床。淮之语道力曰，“始知释教不虚，人死神存，信有征矣。”道力曰：“明府生平置论不尔，今何见而乃异之耶？”淮之敛眉答云：“神实不尽，佛教不得不信。”语讫而终。(《冥祥记》)

第二类记述人间琐事隽言的书，实始于魏晋之时。那时清谈之风甚盛，士大夫每以一二名隽之言相夸赞。晋隆和中（公元 362 年），处士河东裴启，便撰录汉、魏以来至当时的言语应对之可称者，谓之《语林》，盛行于世。今此书已佚，遗文尚有存者。宋临川王刘义庆的《世语新说》则为继《语林》的后尘的，凡分 36 篇，每篇各以《德行》《言语》《政事》《文学》以及《雅量》《简傲》《仇隙》等标名，梁刘孝标为之作注。这一类的书的后继者亦甚盛；梁沈约作《俗说》，殷芸撰《小说》，其后唐、宋以至近时，亦时时有人踵其遗规而作书。现在举《世说新语》一二则以为例：

庾公造周伯仁。伯仁曰，“君何所欣说而忽肥？”庾曰，“君复何所忧惨而忽瘦？”伯仁曰：“吾无所忧，直是清虚日来，滓秽日去耳。”(《言语篇》)

世目李元礼谡谡如松下劲风。(《赏誉篇》)

二

像以上所举的小说，都是琐杂的记载，不是整段的叙写，也绝少有文学的趣味，所以不足跻列于真正的小说之域。到了唐时，才有组织完美的短篇小说，即所谓“传奇”者出现。这些“传奇”所叙事实的瑰奇，为前代所未见，所用的浓挚有趣的叙写法，也为前代所未见，于是便盛行于当时，且为后人所极端赞颂。后来的诗人，戏曲家也都取他们所写的事实为其作品的题材；所以唐人传奇在中国文学上便成了文坛的最初资料之一种，便有了与荷马史诗、《亚述王故事》以及《尼拔龙琪故事》在欧洲文学上的同样位置了。在这些传奇中，最可使读者感动的，有《霍小玉传》《李娃传》《南柯记》《会真记》《离魂记》《枕中记》《柳毅传》《长恨歌传》《虬髯客传》《刘无双传》等。大约可分之为三类。一类为恋爱故事，一类为豪侠故事，又一类则为神怪故事。第一类叙恋爱的故事，以《霍小玉传》《会真记》等为代表。《霍小玉传》为蒋防作，是一篇惨恻动人的恋史。名妓霍小玉与进士李益相爱，约为婚姻。二年后，益因授郑县主簿，别去。他到了家，知他母亲已为他订婚于卢氏。他不敢拒，遂与小玉绝音问。这里小玉却因思念益而病了，家产也少了，连最心爱的紫玉钗都卖去了。李益却还避她不见。一天，他在崇敬寺看牡丹，忽被一黄衫豪士强邀到霍氏家。小玉力疾见之，举杯酒酬他道，“我为女子，薄命如斯；君是丈夫，负心若此！韶颜稚齿，饮恨而终，慈母在堂，不能供养，绮罗弦管，从此永休！征痛黄泉，皆君所致。李君！李君！今当永诀！我死之后，必为厉鬼，使君妻妾，终日不安！”于是引左手握他的臂，掷杯于地，长恸号哭数声而死。在这文里，使我们也与当时的人一样，无不怒益的薄行与反覆的！后面以益与他的妻妾果然终日不安作结，却使这故事的感人力减削不少。《会真记》为元稹撰；稹字微之，为公元8世纪至9世纪中的大诗人之一，与白居易齐名，时号“元白”。此记亦名《莺莺传》，系叙崔莺莺与张君瑞相恋的故事，这故事即为后来诸戏曲家所作的各种《西厢记》所取材的本源，所以最为人所熟知。这故事的结果是以悲剧终，但后来的戏曲家却都使崔、张二人终于团圆了。此外，如《李娃传》《章台柳传》《长恨歌传》《非烟传》《离魂记》等，也都是属于此类的。《李娃传》系白行简作；行简字知退，系大诗人白居易的季弟。李娃为长安名妓，常州刺史荥阳公之子因溺恋她而致堕落。后李娃终于救了他，使他勉力求上进。至今尚盛传的郑元和、李亚仙的故事即本于此。行简又作《三梦记》一篇，见《说郛》。《章台柳传》系许尧佐作，叙韩翃的恋人柳氏为蕃将沙吒利所取，他无计把她取回。侠士许虞侯闻之，便自告奋勇，把柳氏劫了来还翃。此为实事，孟棨《本事诗》亦叙及之。“章台柳，章台柳，昔日青青今在否？”的相酬答的诗，至今尚流诵于读者之口，可见此故事的盛传。《长恨歌传》为陈鸿作。鸿为白居易的友人，居易作《长恨歌》，鸿因为之记其本事，以作此传。明皇与太真的故事本是很感人的题材，所以他的文字甚缠绵凄楚。他又作《东城老父传》，也是记开元天宝的盛衰之情况的。《非烟传》为皇甫枚作，叙步非烟与少年赵象相恋，被其丈夫所知而笞死的事。《离魂记》为陈元祐作，叙张倩娘与王宙相爱甚深，其父欲将倩娘嫁别人。她不欲，宙亦悲且恨，诀别上船。夜半他忽见倩娘追踪而至。相处五年，生两子，然后二人同到倩娘父家。父大惊奇，因倩娘原卧病在家，并未出去。病的倩娘闻归来的倩娘至，便起床相迎，二女合而为一身。乃知随宙去的是倩娘的魂。此事后来戏曲家也把它取为题材。此外，人与鬼神的恋爱，也为这些传奇作家的好题材，如《柳毅传》《湘中怨》及《秦梦记》等。《柳毅传》为李朝威作，叙柳毅与龙女的恋爱。《湘中怨》与《秦梦记》俱为沈亚之作；亚之字下贤，为南康尉，有“吴兴才人”之号。《湘中怨》叙郑生遇孤女，相处数年，女乃言她是“蛟宫之娣”，今谪限满，当别去，《秦梦记》则亚之自叙经长安，梦为秦官，与秦穆公女弄玉结婚事。

第二类是叙豪侠的故事的。这些故事显然是受有司马迁的《刺客传》与《游侠列传》的影响。而所以会发生这些故事的直接原因，则为天下的扰乱，藩镇的专横，人人心理上都希望着有这样的一种剑侠出来，以惩罚那些凶恶的军阀。这二派的后继者也极多，他的嫡系子孙至今尚未绝迹呢。《红线传》《刘无双传》及《虬髯客传》是他们的代表作。又有《剑侠传》，托名为段成式作，实则明人所伪托，乃杂采成式的《酉阳杂俎》中之文数篇及其他作者之文而成者。《红线传》传为杨巨源作的，实乃托名；此文原出于《甘泽谣》中，《太平广记》曾录之。（《广记》卷一百九十五）红线是潞州节度使薛嵩的青衣。魏博节度使田承嗣想吞并潞州。嵩忧惧，红线乃请为探其虚实。一更去，隔了不久，嵩忽闻“晓角吟风，一叶堕露”，惊而起问，即红线回，取床头金盒为信。嵩乃遣使者还金盒于承嗣。承嗣惊惧，遂修好于嵩。此事后，红线请别。嵩乃夜张宴，大集宾客为红线饯别，客有作歌者，曰："还似洛妃乘雾去，碧天无际水空流。"歌竟，嵩不胜其悲。红线拜且泣，因伪醉离席，遂亡所在。《无双传》为薛调作，叙刘无双许配于王仙客。后兵乱相失。仙客问旧仆塞鸿，始知无双已召入后宫，悲痛欲绝。因访侠士古押衙诉说其事。古生别去，半年无消息。一日，喧传守园陵的一宫女死，仙客赴视之，乃无双，于是号哭不已。夜半，古生忽抱无双的尸身至，灌以药，得复生。于是二人逃去。古生杀塞鸿，并自杀以灭口。《虬髯客传》为杜光庭作。光庭为唐末的蜀道士，事王衍，所著甚多，以此作为最盛传，系叙李靖谒杨素，素身旁一执红拂妓，夜亡奔靖，二人途中逢虬髯客，意气相得。虬髯客见李世民，谓中原有主，便推资产与靖，自到海外去。后至扶馀国，杀其主，自立为王。在伪托的《剑侠传》中，除《酉阳杂俎》之文数篇，如《京西店老人》《兰陵老人》《庐生》等外，其最著的数篇乃为从裴铏的《传奇》里抄下的《昆仑奴》与《聂隐娘》。《昆仑奴》叙崔生奉父命往视"盖天之勋臣一品"病，一品乃命一妓（穿红绡的），以一瓯绯桃，沃甘酪以进。生脸红不吃。一品命妓以匙进之。及生辞去，红绡妓送出院，临别出三指，反掌三度。然后指胸前一镜为记。生归，苦念妓，又不解其意。家中有昆仑奴名磨勒的，见他忧苦状，问其故，生告之。磨勒道："立三指是示她住于第三院，三度反掌是示十五之数，胸前镜子是指明月，即要你十五夜月明前来之意。"于是磨勒负生入一品家，逾十重垣与红绡妓相见，又负他们二人同出。后来一品知其事，命捕磨勒，他从重围中飞出，不复见。隔十余年，崔氏家人却在洛阳见磨勒在市卖药，容貌如旧。《聂隐娘》叙魏博大将聂锋有女隐娘，十岁时为尼诱入山中受剑术，术成，送她回家。后她嫁了一个磨镜的少年。魏帅田氏与陈许节度使刘昌裔不和。魏帅使隐娘去取昌裔的头。隐娘与少年共骑黑白卫（驴）到许。刘有神算，豫知其来，于中途厚礼迎之，隐娘遂留许为昌裔用。后月余，魏帅又使精精儿去杀隐娘及许帅，却反被隐娘所杀。接着又使妙手空空儿来，又被隐娘设计，使他一击不中，翩然远去。刘昌裔死，隐娘便隐去。

第三类叙神怪故事的作品，以琐杂的短篇集为最多，如当时著名的大人物牛僧孺曾作《玄怪录》，李复言继之而作《续玄怪录》；又有薛渔思作《河东记》，张读作《宣室志》，皆为此一类的作品，然都无甚佳美隽永的意味，仅有沈既济的《枕中记》及李公佐的《南柯太守传》是极有美趣的著作。沈既济为苏州吴人，生于大历中。以杨炎荐召拜左拾遗史馆修撰，后为礼部员外郎。《枕中记》叙道士吕翁行邯郸道中，在逆旅遇卢生，见他穷困叹息，便给他一枕道："子枕此，当荣适如意。"卢生枕之，便梦娶美妻，登显宦，不数年便为宰相，后寿至八十，子孙满前而死。至此，卢生欠伸而醒，身仍在旅舍，主人蒸黄粱尚未熟。吕翁顾他笑道，"人世之事，也不过如此而已。"生怃然，良久，拜谢而去。《南柯太守传》的结构与意境，较《枕中记》为尤隽妙。作者李公佐，字颛蒙，陇西人，举进士，元和中为江淮从事。所作于《南柯太守传》外尚有《谢小娥传》《庐江冯媪》及《李汤》三篇，俱见于《太平广记》中，然俱无《南柯太守传》之动人。此传叙淳于棼所居宅南，有大槐树一株，清荫数亩。某日，他醉寝，梦见到槐安国去，做了国王的女婿，统治南柯郡。守郡 30 年。后将兵与檀萝国战，败绩，公主又死，因此罢郡，后遂被国王送之离国而回故乡。至此他便醒了。"见家之僮仆拥篲于庭，二客濯足于榻，斜日未隐于西垣，余樽尚湛于东牖。梦中倏忽，若度一世矣。"他感念嗟叹，呼二客而语之，惊骇，因同出外，寻槐下穴。他指道："此即梦中所经入处！"遂命仆发窟。"有大穴洞然明朗，可容一榻。根上有积土壤，以为城郭台殿之状。有蚁数斛，隐聚其中。中有小台，其色若丹。二大蚁处之，素翼朱首，长可三寸，左右大蚁数十辅之，诸蚁不敢近，此其王矣。即槐安国都也。又穷一穴，直上南枝，可四丈，宛转方平，亦有土郭小楼，群蚁亦处其中，即生所领南柯郡也。……又穷一穴，东去丈余，古根盘屈，若龙虺状，中有小土壤高尺馀，即生所葬妻龙冈之墓也。追想前事，感叹于怀，披穴穷迹，皆符所梦。不欲二客坏之，遂令掩塞如旧。是夕风雨暴发，视其蚁遂不见，莫知所去。故先言因有大恐，都邑迁徙，此其验矣。"

此外，可属这三类中的作品尚有不少，不能一一在此举出。不能属于某一类的杂琐的笔记集，尚有苏鹗的《杜阳杂编》，参寥子、高彦休的《唐阙史》，康骈的《剧谈录》，段成式的《酉阳杂俎》，范摅的《云溪友议》等。

到了宋初，传奇及志怪的书笔记的书的作者尚有不少。李昉所监修的《太平广记》，凡500卷，又目录10卷，自汉晋至宋初的小说、笔记，大概都被拣选搜集进去，可算是一部巨大的书。宋人所自著者，有徐铉的《稽神录》，张君房的《乘异记》，张师正的《括异志》，聂田的《祖异志》等，俱为祖述前代神怪故事的笔记集的体裁的。吴淑作《江淮异人录》，则多叙民间豪侠奇能之士。《乐史》所作之《绿珠传》《杨太真外传》，无名氏所作之《大业拾遗记》《开河记》《迷楼记》《海山记》及《梅妃传》等，亦皆为此时的出品，而后人多误以为唐人所作。又有秦醇作《赵飞燕别传》《骊山记》《温泉记》《谭意歌传》等四篇，见于刘斧所编的《青琐高议前集》及《别集》中。至北宋之末，又有郭彖作《睽车志》5卷，洪迈作《夷坚志》420卷。但这些宋人所作的，意境既不高隽，题材也不动人，而叙写又无唐人的深刻，所以我们不必去注意他们。宋人的小说成绩，足以使我们注意的，乃是他们偶然遗留下的几部“话本”。

三

中国文艺作品大都为古奥渊雅的，专供所谓“士”的一阶级所阅读的。如唐人传奇的一类小说，其高深的文辞，也非一般民众所能享受。然民间也并非没有什么文艺作品，他们也自有他们的小说，也自有他们的相传的故事。这些文字几乎全部泯灭，为我们所不能见到。直到于最近的数十年来，才陆续的发现了好些用白话写的流传民间的小说。最古的是清光绪中，敦煌石室里发见的唐五代人的抄本小说数种；其中如《目莲入地狱故事》等现藏于京师图书馆，如《唐太宗入冥记》《秋胡小说》等现藏于伦敦博物馆。其后有《梁公九谏》，叙狄仁傑谏武后事，为宋人所作，见于《士礼居丛书》中，又有《大宋宣和遗事》亦在于同书中。近来又有《京本通俗小说》《新编五代史平话》《大唐三藏法师取经诗话》等三种陆续刊出。最古的白话小说，现在所能得到的已尽于此了。

宋代盛时，民间游乐之事甚多，其中有“说话”，业此的人名之为“说话人”，大约如今之说书。南渡以后，“说话”之业仍不衰。吴自牧在《梦粱录》上（卷二十）说：

> 说话者，谓之舌辨，虽有四家数，各有门庭。
>
> 且“小说”者，名“银字儿”，如烟粉、灵怪、传奇、公案、扑刀、捍棒、发迹、变态之事……谈论古今，如水之流。
>
> “谈经”者，谓演说佛书。“说参讲”者，谓宾主参禅悟道等事。……又有“说浑经”者……
>
> “讲史书”者，谓讲说《通鉴》汉唐历代书史之传，兴废战争之事。
>
> “合生”，与起今随今相似，各占一事也。

此种说话，也有底本，谓之“话本”。今所传的《五代史平话》即“讲史书”的话本，《京本通俗小说》即“小说”的话本。此二类对于后来的影响都极大，如《三国演义》《隋唐演义》等都是继《五代史平话》之后的，如今所知的明人的《醒世恒言》《醉醒石》《今古奇观》等都是为《京本通俗小说》之后的。

《五代史平话》凡《梁史》2卷，《唐史》2卷，《晋史》2卷，《汉史》2卷，《周史》2卷，共10卷。今所传者已有残缺。《梁史》仅余上卷，《晋》史上卷缺首叶，《汉史》亦缺下卷。其体裁，每卷各以一诗起，后入正文，再以一诗结。《梁史》之首，先叙荒古以来兴亡之事，然后才入正文。后来的“讲史”（“演义”）也都是模仿这种体裁的：

> 诗曰：龙争虎战几春秋　五代梁唐晋汉周
>
> 　　　兴废风灯明灭里　易君变国若传邮

> 粤自鸿荒既判，风气始开，伏羲画八卦而文籍生，黄帝垂衣裳而天下治，作十三卦以前民用，便有个弦木为弧，剡木为矢，做着那弓箭，威服乖争。那时诸侯皆已顺从，独蚩尤共着炎帝，侵暴诸侯，不服王化。黄帝乃帅诸侯，兴兵动众，驱着那貅貔罴熊虎猛兽做先锋，与炎帝战于阪泉之野，与蚩尤战于涿鹿之地。斗经三合，不见输赢。有那老的名做风后，乃握机制胜，做着阵图来献黄帝。黄帝乃依阵布军，遂杀死炎帝，活捉蚩尤，万国平定。这黄帝做着个厮杀的头脑，教天下后世习用干戈。此后虞舜征伐三苗，在两阶田地里舞着干羽。过了七十个日头，有苗归服。如汤伐桀，武王伐纣，皆是以臣弑君，篡夺了夏殷的天下。汤武不合做了这个样子……

下面历叙自周至唐的兴亡，然后才叙到唐末大乱，黄巢、朱温的历史而入了正文。这部《五代史平话》的叙述，于历史上大事，固然都有叙及，而于个人的生平以及逸闻传说叙得尤为详尽，且对于琐事多着力渲染，这是它远于正式的史书而成了“历史小说”的大原因。且举其中叙刘知远微时事一则为例：

> 一日是二月八日庆佛生辰时分，刘知远出去将钱雇倩针笔匠文身：左手刺个仙女，右手刺一条抢宝青龙，背脊上刺一个笑天夜叉。归家去激恼义父慕容三郎，将刘知远赶出门去。在后阿苏思忆孩儿，终日凄惶，泪不曾干，真是：
>
> 玉容寂寞泪阑干
>
> 梨花一枝春带雨
>
> 慕容三郎见他浑家终日价凄惶无奈，未免使人去寻得知远回归。那时知远年登十五了。义父一日将钱三十贯令知远将去汾州城里纳粮……担取这钱奔前去。才经半日，又撞见有六个秀才在那灌口二郎庙下赌博。刘知远挨身去厮共博钱。不多时间被那六个秀才一齐赢了。刘知远输了三十贯钱，身畔赤条条地正似乌鸦中弹，游鱼失波，思量纳税无钱，归家不得，无计奈何。

以后便叙他被李长者所收留，妻以其女三娘。后来李长者死，知远为两舅所不容，出去投军。三娘生一子，哥哥又想害他，她便将孩子送与知远。这孩子长大，闻知母亲在孟石村河头担水辛苦，便请知远去救她。上一章所叙的《刘知远》(《白兔记》) 一剧的内容，大约即是依据于此的，只是添了一只白兔出来。

《京本通俗小说》不知原有多少卷。今本也是残缺的，只存卷十至卷十六的七卷；每卷各有小说一篇，其名为《碾玉观音》《菩萨蛮》《西山一窟鬼》《志诚张主管》《拗相公》《错斩崔宁》，及《冯玉梅团圆》。它们的体裁与《今古奇观》大概相同，每篇之首，往往先说些闲话，或叙一二段可与正文相映照的故事（或相类的，或相反的）。然后才入正文。《碾玉观音》一篇欲叙秀秀养娘入咸安郡王府，便先叙咸安郡王的游春，欲叙咸安郡王的游春，便先举春词至十余首之多，这是后来的摹拟作品所不常有的。现在举《冯玉梅团圆》的前数段，以为这种作品的一个例子。

冯玉梅团圆

帘卷水西楼，一曲新腔唱打油。宿雨眠云年少梦，休讴，且尽生前酒一瓯。明日又登舟，却指今宵是旧游。同是他乡沦落客，休愁，月子弯弯照几州。

这首词末句，乃是借用吴歌成语。吴歌云：

月子弯弯照几州，几家欢乐几家愁。

几家夫妇同罗帐，几家飘散在他州。

此歌出自我宋建炎年间，述民间离乱之苦。只为宣和失政，奸佞专权；延至靖康，金虏凌城，掳了徽钦二帝北去；康王泥马渡江，弃了汴京，偏安一隅，改元建炎。其时东京一路百姓，惧怕鞑虏，都跟随车驾南渡，又被虏骑追赶，兵火之际，东逃西躲，不知拆散了几多骨肉！往往父子夫妻，终身不复相见。其中又有几个散而复合的，民间把作新闻传说。正是：

剑气分还合，荷珠碎复圆。

万般皆是命，半点尽由天。

话说陈州有一人姓徐名信，自小学得一身好武艺。娶妻崔氏，颇有容色，家道丰裕，夫妻二人正好过活。却被金兵入寇，二帝北迁，徐信共崔氏商议，此地安身不牢，收拾细软家财，打做两个包裹，夫妻各背了一个，随着众百姓晓夜奔走。行至虞城，只听得背后喊声震天，只道鞑虏追来，却原来是南朝杀败的溃兵。只因武备久弛，军无纪律，教他杀贼，一个个胆寒心孩，不战自走；及至遇着平民，抢虏财帛子女，一般会耀武扬威。徐信虽然有三分本事，那溃兵如山而至，寡不敌众，舍命奔走，但闻四野号哭之声，回头不见了崔氏。乱军中无处寻觅，只得前行。行了数日，叹了口气，没奈何只索罢了。……谁知今日一双两对，恰恰相逢，真个天缘凑巧！彼此各认旧日夫妻，相抱而哭。当下徐信遂与刘俊卿八拜为交，置酒相待。至晚将妻子兑转，各还其旧。从此通家往来不绝。有诗为证：

夫换妻来妻换夫，这场交易好糊涂。

相逢总是天公巧，一笑灯前认故我。

此段话题做“交互姻缘”，乃建炎三年建康城中故事。同时又有一事，叫做“双镜重圆”，说来虽没有十分奇巧，论起夫义妇节，有关风化，到还胜似几倍。正是：

话须通俗方传远，语必关风始动人。

话说高宗建炎四年，关西一位官长，姓冯，名忠翊，职授福州盐税，此时七闽之地，尚然全盛。忠翊带领家眷赴任，——一来凭山负海，东南都会富庶之邦；二来中原多事，可以避难。——于本年起程，到次年春间打从建州经过。舆地志说建州碧水丹山，为东闽之胜地。今日合着了古语两句：

洛阳三月花如锦，偏我来时不遇春。

自古“兵荒”二字相连，金虏渡河，两浙都被残破；闽地不遭兵火，也就见个荒年。此乃天数。话中单说建州饥荒，斗米千钱，民不聊生。却为国家正值用兵之际，粮饷要紧，官府只顾催征上供，顾不得民穷财尽。常言巧媳妇煮不得没米粥，百姓既没有钱粮交纳，又被官府鞭笞逼勒，禁受不过，三三两两逃入山间，相聚为盗。蛇无头而不行，就有个草头天子出来。此人姓范名汝为，仗义执言，救民水火。群盗从之如流，啸聚至十余万，无非是：

风高放火，月黑杀人。无粮同饿，得肉均分。……

《大唐三藏取经诗话》及《大宋宣和遗事》二书，其体裁与“讲史”“小说”的话本又不同，“近讲史而非口谈，似小说而无捏合”，且《取经诗话》全书分17章，更与“小说”之体例不合。鲁迅君作《中国小说史略》因别名之为“拟话本”，以它们为受话本的影响的作品。

《三藏取经诗话》亦名《大唐三藏法师取经记》，旧本在日本，后为罗振玉君借来影印。其所以称为“诗话”者，以其每章必有“诗”。原本缺第一章，自第二章遇“猴行者”以后俱全。后来的“《西游》”故事，大约是本于此而加以许多增饰改造的；现在举此书中最可注意的数章如下，我们取来与吴承恩的《西游记》对读一过，便可觉得“西游”故事蜕化的痕迹，且可使我们生出许多的趣味来。

行程遇猴行者处第二

僧行六人，当日起行。法师语曰：“今往西天，程途百万，各人谨慎。”小师应诺。行经一国以来，偶于一日午时，见一白衣秀才从正东而来，便揖和尚：“万福万福！和尚今往何处？莫不是再往西天取经否？”法师合掌曰：“贫僧奉敕，为东土众生未有佛教，是取经也。”秀才曰：“和尚生前两回去取经，中路遭难；此回若去，千死万死。”法师云；“你如何得知？”秀才曰：“我不是别人，我是花果山紫云洞八万四千铜头铁额猕猴王。我今来助和尚取经。此去百万程途，经过三十六国，多有祸难之处。”法师应曰：“果得如此，三世有缘。东土众生，获大利益。”当便改呼为猴行者，僧行七人，次日同行，左右伏事。猴行者乃留诗曰：

百万程途向那边，今来佐助大师前。
一心祝愿逢真教，同往西天鸡足山。

三藏法师答诗曰：

此日前生有宿缘，今朝果遇大明贤。
前途若到妖魔处，望显神通镇佛前。

入大梵天王宫第三

法师行程汤水之次，问猴行者曰：“汝年几岁？”行者答曰：“九度见黄河清。”法师不觉失笑，大生怪疑。遂曰：“汝年尚少，何得妄语？”行者曰：“我年纪小，历过世代万千，知得法师前生两回去西天取经，途中遇害。法师曾知两回死处无？”师曰：“不知。”行者曰：“和尚盖缘当日佛法未全，道缘未满，致见如此。”法师曰：“汝若是九度见黄河清，曾知天上地府事否？”行者答曰：“有何不知。”法师问曰：“天上今日有甚事？”行者曰：“今日北方毗沙门大梵天王水晶宫设斋。”法师曰：“借汝威光，同往赴斋否？”行者教令僧行闭目；行者作法。良久之间，才始开眼，僧行七人，都在北方大梵天王宫了。且见香花千座，斋果万种，鼓乐嘹亮，木鱼高挂；五百罗汉，眉垂口伴，都会宫中，诸佛演法。偶然一阵凡人气，大梵天王问曰：“今日因何有凡人俗气？”尊者答曰：“今日下界大唐国内有僧玄奘僧行七人赴水晶斋，是故有俗人气。”当时天王与罗汉曰：“此人三生出世，佛教俱全。”便请下界法师玄奘升座讲经。请上水晶座，法师上之不得。罗汉曰：“凡俗肉身，上之不得。请上沉香座。”一上便得。罗汉问曰：“今日谢师入宫。师善讲经否？”玄奘曰：“是经讲得，无经不讲。”罗汉曰：“会讲《法华经》？”玄奘：“此是小事。”当时五百尊者，大梵王，一千余人，咸集听经。玄奘一气讲说，如瓶注水，大开玄妙。众皆称赞不可思议。斋罢辞行，罗汉曰：“师曾两回往西天取经，为佛法未全，常被深沙神作孽，损害性命。今日幸赴此宫，可近前告知天王，乞示佛法前去。……得多难。”法师与猴行者，近前咨告请法。天王赐得“隐形帽”一事，“金珪锡杖”一条，“钵盂”一只，三件齐全，领讫，法师告谢已了，回头问猴行者曰：“如何下得人间？”行者曰：“未言下地，法师且更咨问天王，前程有魔难处，如何救用？”法师再近前告问。天王曰：“有难之处，遥指天宫大叫一声，当有救用。”法师领指，遂乃拜辞。猴行者与师同辞五百罗汉，合会真人。是时尊者一时送出，咸愿法师取经早回。尊者合掌颂曰：

水晶斋罢早回还，展臂从风去不难。
要识弟兄生五百，昔曾行脚到人间。

法师诗曰：

东土众生少佛因，一心迎请不逡巡。
天宫授赐三般法，前路摧魔作善珍。

过长坑大蛇岭处第六

行次至火类坳白虎精。前去遇一大坑，四门陡黑，雷声喊喊，进步不得。法师当把“金珪杖”遥指天官，大叫：“天王救难！”忽然杖上起五里毫光，射破长坑，须臾便过。次入大蛇岭，目见大蛇如龙，亦无伤人之性。又火类坳坳下下望，见坳上有一具枯骨。长四十馀里。法师问猴行者曰：“山头白色枯骨一具如雪？”猴行者曰：“此是明皇太子换骨之处。”法师闻语，合掌顶礼而行。又忽遇一道野火达天，大生烟焰，行去不得。遂将“钵盂”一照，叫天王一声，当下火灭，七人便过此坳。欲……一半，猴行者曰：“我师曾知此岭有白虎精否？常作妖魅妖怪，以至吃人。”师曰：“不知。”良久只见岭后愁云惨雾，细雨交霏；云雾之中，有一白衣妇人，身挂白罗衣，腰系白裙，手把白牡丹一朵，面似白莲，十指如玉，睹此妖姿，遂生疑悟。猴行者曰：“我师不用前去，定是妖精。待我向前问他姓字。”猴行者一见，高声便喝：“汝是何方妖怪，甚相精灵？久为妖魅，何不速归洞府？若是妖精，急便隐藏形迹；若是人间闺阁，立便通信道名。更若踌躇不言，杵灭微尘粉碎！”白衣妇人见行者语言正恶，徐步向前，微微含笑，问师僧一行，往之何处？猴行者曰：“不要问我行途。只为东土众生。想汝是火类坳头白虎精，必定是也！”妇人闻言，张口大叫一声，忽然面皮裂皱，露爪张牙，摆尾摇头，身长丈五。定醒之中，满山都是白虎……猴行者将“金珪杖”变作一个夜叉，头点天，脚踏地，手把降魔杵，身如蓝靛青，发似朱砂，口吐百丈火光。当时白虎精吼哮近前相敌，被猴行者战退。半时，遂问虎精甘伏未伏？虎精曰：“未伏！”猴行者曰：“汝若未伏，看你肚中有一个老猕猴！”虎精闻说，当下未伏。一叫猕猴，猕猴在白虎精肚内应。遂教虎开口，吐出一个猕猴，顿在面前，身长丈二，两眼火光。白虎精又云：“我未伏！”猴行者曰：“汝肚内更有一个！”再行开口，又吐出一个，顿在面前。白虎精又曰：“未伏！”猴行者曰：“你肚中无千无万个老猕猴，今日吐至来日，今月吐至来月，今年吐至来年，今生吐至来生，也不尽。”白虎精闻语，心生忿怒。被猴行者化一团大石，在肚内渐渐会大。教虎精吐出，开口吐之不得；只见肚皮裂破，七孔流血。喝起夜叉，浑门大杀，虎精大小，粉骨尘碎，绝灭除踪。僧行收法，歇息一时，欲进前程，乃留诗曰：

火类坳头白虎精，浑群除灭永安宁。

此时行者神通显，保全僧行过大坑。

经过女人国处第十

僧行前去，沐浴殷勤。店舍稀疏，荒郊止宿，虽有虎狼禽兽，见人全不伤残。次入一国，都无一人，只见荒屋漏落，园篱破碎。前行渐有数人耕田，布种五谷。法师曰："此中似有州县，又少人民，且得见三五农夫之面。"耕夫一见，个个眉开。法师乃成诗曰：

荒州荒县无人住，僧行朝朝宿野盘。

今日农夫逢见面，师僧方得少开颜。

猴行者诗曰；

休言荒国无人住，荒县荒州谁去耕。

人力种田师不识，此君住处是西城。

早来此地权耕作，夜宿天宫歇洞庭。

举步登途休眷恋，免烦东土望回程。

举步如飞，前遇一溪，洪水茫茫。法师烦恼。猴行者曰："但请前行，自有方便，"行者大叫天王一声，溪水断流，洪浪干绝，师行过了，合掌擎拳。此是宿缘，天宫助力。次行又过一荒州，行数十里，憩歇一村。法师曰："前者都无人烟，不知是何处所？"行者曰："前去借问，休劳叹息。"又行百里之外，见有一国，人烟齐楚，买卖骈阗。入到国内，见门上一牌云："女人之国。"僧行遂谒见女皇。女王问曰："和尚因何到此国？"法师答言："奉唐帝敕命，为东土众生往西天取经作大福田。"女王合掌，遂设斋供。僧行赴斋，都吃不得。女王曰："何不吃斋？"僧行起身唱喏曰："蒙王赐斋，盖为砂多，不通吃食。"女王曰："启和尚知悉：此国之中，全无五谷。只是东土佛寺人家，及国内设斋之时出生，尽于地上等处收得，所以砂多。和尚回归东土之日，望垂方便！"法师起身，乃留诗曰：

女王专意设清斋，盖为砂多不纳怀。

竺国取经归到日，教令东土置生台。

女王见诗，遂诏法师一行入内宫看赏。僧行入内，见香花满座，七宝层层，两行尽是女人，年方二八，美貌轻盈，星眼柳眉，朱唇榴齿，桃脸蝉发，衣服光鲜，语话柔和，世间无比。一见僧行入来，满面含笑，低眉促黛，近前相揖："起咨和尚，此是女人之国，都无丈夫。今日得睹僧行一来，奉为此中起造寺院，请师七人，就此住持。且缘合国女人，早起晚来，入寺烧香，闻经听法，种植善根；又且得见丈夫，夙世因缘，不知和尚意旨如何？”法师曰：“我为东土众生，又怎得此中住院？”女王曰：“和尚师兄岂不闻古人说：‘人过一生，不过两世。’便只住此中，为我作个国王，也甚好一段风流事。”和尚再三不肯，遂乃辞行。两伴女人，泪珠流脸，眉黛愁生，乃相谓言：“此去何时再睹丈夫之面？”女王遂取夜明珠五颗，白马一匹，赠与和尚前去使用。僧行合掌称谢，乃留诗曰：

愿王存善好修持，幻化浮生得几时？
一念凡心如不悟，千生万劫落阿鼻。
休喏绿鬟桃红脸，莫恋轻盈与翠眉。
大限到来无处避，髑髅何处问因衣？
女王与女众，香花送师行出城。诗曰：
此中别是一家仙，送汝前程往竺天。
要识女王姓名字，便是文殊及普贤。

《大宋宣和遗事》分四集，叙宋徽宗、钦宗及高宗三代，即宋南渡前后的事。全书有的是文言，有的是白话，有时又发议论，显系杂合好几部书而成此一书的。卷首以诗起，接着叙历代的兴亡，然后才入正文，与“讲史”的体裁正同。“水浒”故事也最初见于此书的元集及亨集。先叙朱勔运花石纲时，分差杨志、李进义、林冲、王雄、花荣、柴进、张青、徐宁、李应、穆横、关胜、孙立12人为指使，前往太湖等处押人夫搬运花石。那12人结义为兄弟，誓有灾厄，各相救援。后来十人俱回，独有杨志在颍州等候孙立不来，因值雪天，旅途贫困，将一口宝刀出市货卖，遇恶少后生相争，被杨志手起刀落杀死了，因此押配卫州军城。孙立在中途遇见了，便连夜进京报与李进义等知道。兄弟11人因杀了防守军人，救得杨志，同去落草为寇。接着便叙晁盖、吴加亮、刘唐、秦明、阮进、阮通、阮小七、燕青等八人劫梁师宝送蔡京的礼物，因宋江私通消息，得不被捕而逃去；便邀约了杨志等12人，共20人结为兄弟，前往太行山梁山泊去为寇。一日，他们思念宋江相救恩义，差刘唐将带金钗一对去酬谢宋江。宋江将这金钗把与娼妓阎婆惜收了，不幸被她知得来历。一日，宋江回家省父病，途中遇着杜千、张岑、索超、董平四人要去落草，他便写信送这四人到梁山泊去投奔晁盖。当宋江的父亲病好，他便回县城，阎婆惜却已与吴伟打暖，更不睬理宋江。他大怒，便杀了阎婆惜、吴伟二人，然壁上写了四句诗而逃去。县官得知此事，率兵追赶，宋江走到九天玄女庙里躲藏。等到官兵已退，他出来拜谢玄女娘娘，却见香案上一声响亮。打一看时，有一卷文书在上。宋江才展开看了，认得是个天书，又写着36个姓名，末后一行字写道："天书付天罡院36员猛将，使呼保义宋江为帅，广行忠义，殄灭奸邪。"他因此又帅了朱同、雷横并李逵、戴宗、李海等九人直奔梁山泊。那时晁盖已死，大家便推宋江为首领。（连晁盖共33人）各人统率强人，略州劫县，放火杀人，攻夺淮阳京西河北三路二十四州八十余县，政府遣呼延绰及已降海贼李横出师收捕宋江，屡战屡败，二人反投入宋江伙内了。那时又有僧人鲁智深来投，36人恰好数足。后来张叔夜出来招降宋江等36人，各授武功大夫告敕，分注诸路巡检使去了。后遣宋江收方腊有功，封节度使。一部伟大的《水浒传》的骨干，便树立于此。我们拿它与《水浒传》来细细比较，见出一般事实的蜕化与增大的痕迹，觉得很有趣味。在这书里叙徽宗、钦宗二帝被金人所掳后，在北方所过的困厄的生活，也写得异常动人。

四

自宋亡之后，"讲史"一类的著述仍未衰灭。虽然我们不知道那时"说话"的游艺还有存在否，然此类著作，却自元至明，作者继出。最著名而约在公元15世纪之前出现的，有《水浒传》《三国志》《隋唐志传》及《三遂平妖传》等。

《水浒传》即叙宋江等人的故事。《宣和遗事》只叙36六人，这书则增多至108人；36人的姓名也与《遗事》有异同，如《遗事》中的李进义，吴加亮即此书的卢俊义与吴亮。在小说的描写技术上看来，此书较之“唐人传奇”、“宋人话本”都有极大的进步。108人中，写得个个人都有个性，个个人都如活的，会从纸上跳出来一样；且将每个人的环境，每个人的出身都细细的写，而一无重复的地方。性格同样刚强的人如林冲，如武松，如鲁智深，如李逵，却被写得各个人的神采行动绝不相同。这真是非有绝大的艺术手腕者不办！中国的小说，自此书出现，才到达了成功的地域。但此书传于今的有许多不同的本子，且经过好些人的删改，原本绝不可见。明崇祯末与《三国志》合刻为《英雄谱》的一本，文辞最简拙，可信为最近于原本的一种。此本共150回，自洪太尉误走妖魔叙起，直至破辽，平田虎、王庆、方腊之后，宋江服毒自杀，兄弟们次第死亡，诸人的神灵复聚于梁山泊为止。今所盛行之本为金人瑞所批改的70回本，其书止于卢俊义梦108人被张叔夜所擒杀，以叙招安以后事的为续本，且痛斥其非。

此书的作者，传说不一，有的说是元钱塘人施耐庵作的。胡应麟的《庄岳委谈》说：“元人施某所编《水浒传》特为盛行。世率以其凿空无据，要不尽然也。余偶阅一小说序，称：‘施某尝入市肆，细阅故书于敝楮中，得宋张叔夜擒贼招语一通，备悉其108人所由起，因润饰成此编。’”有的说是钱塘人罗贯中作的。郎瑛的《七修类稿》及王圻的《续文献通考》俱如此说。贯中，名本（王圻说他名贯，字本中），大约是元明之间的人，是当时的一个大小说家，今所传的《三国志演义》《隋唐志传》等都相传是他作的。又中有《龙虎风云会》杂剧一种，见于《元人杂剧选》及《元明杂剧二十七种》中。有的说是施耐庵集纂，罗贯中编修的，有几个《水浒传》的传本便如此的题着。因此，有人便以罗贯中为施耐庵的门人。胡应麟说：“其门人罗某亦效之为《三国志》，绝浅鄙可嗤也。”他便以《水浒传》为绝对非罗贯中作的。但无论说是施耐庵作的，或说是罗贯中作的，或说是二人合作的，俱无确切的证据可见。我们或可以说，这书在元时原有一种草创的本子，或为施耐庵作，或为其他人作，其后曾经罗贯中或其他人的润饰。至于现在流传的通行本，则又曾经明人的大大润饰了。若金人瑞以70回为施耐庵作，而其后为罗贯中所续之一说，原是他自己编造出来的谎话，绝不足信。

《水浒传》叙写妇人处却是大失败，他写阎婆惜、写潘金莲、写杨雄妻恰都似一模子里铸出的人，毫无显著的个性。也许作者对于妇人性格是完全不曾留心观察的。

罗贯中也许是一个"箭垛式"的人物，也许是一个极伟大、著作极多的大小说家。明代所传罗贯中作的小说，不下数十种；传于今而有名者，除上面《水浒传》的一种，有施耐庵与之争名外，尚有《三国志演义》《隋唐志传》《北宋三遂平妖传》三种，皆相传为他所著，以《三国志演义》为最著名。

"三国"的故事本为宋说话人所专讲的故事之一。《东京梦华录》叙说话之事，以"说三分"与"讲五代史"并列为说话的一个专科。苏轼《志林》说："涂巷中小儿薄劣，其家所厌苦，辄与钱，令聚坐听说古话。至说三国事，闻刘玄德败，频蹙眉，有出涕者。闻曹操败，即喜唱快。"金、元杂剧中也常有以三国故事为题材的。可见三国故事之盛流传于民间。罗贯中作此书，或者便是依据于传下的话本的也说不定。此书文辞，文言白话杂用，与《水浒传》大不相同，故或以为此二书决非罗贯中一人所作。但如果罗贯中只是一个编纂者，润饰者，则因二书之原本不同，而润饰或二种不同的定本，原是在情理中之事。《三国志演义》所依据的多半是陈寿的《三国志》及裴松之注，故明嘉靖时本题作"晋平阳侯陈寿史传，明罗贯中编次"。但其中也有一部分是采用民间的传说的。此书因须处处顾及历史上的史实，所以对于各个人物都不敢放胆写，所以其结果远不及《水浒传》之伟大。此书原本，今也不可得见。现在所流传的乃是清康熙时毛宗岗的删改评定本。他的见解与改定的方法，全是师金人瑞之对于《水浒传》的方法的。今举一例于下，以见此传文辞的一斑：

> 玄德同关张并从人等来隆中，遥望山畔数人，荷锄耕于田间而歌曰：
>
> "苍天如圆盖，陆地如棋局，世人黑白分，往来争荣辱。荣者自安安，辱者定碌碌。南阳有隐居，高眠卧不足。"玄德闻歌，勒马唤

农夫，问曰：“此歌何人所作？”答曰：“乃卧龙先生所作也。”玄德曰：“卧龙先生住何处？”农夫曰：“自此山之南，一带高冈，乃卧龙冈也。冈前疏林内草庐中，即诸葛先生高卧之地。”玄德谢之，策马前行。不数里，遥望卧龙冈，果然清景异常。后人有古风一篇，单道卧龙居处，诗曰：

襄阳城西二十里，一带高冈枕流水，高冈屈曲压云根，流水潺潺飞石髓。势若困龙石上蟠，形如草凤松荫里。柴门半掩闭茅庐，中有高人卧不起。修竹交加列翠屏，四时离落野花馨。床头堆积皆黄卷，座上往来无白丁。叩户苍猿时献策，守门老鹤夜听经。囊里名琴藏石锦，壁间宝剑印松文。庐中先生独幽雅，闲来亲自勤耕稼。专待春雷惊梦回，一声长啸安天下。

玄德来到庄前，下马亲叩柴门，一童出问，玄德曰：“汉左将军宜城亭侯领豫州牧皇叔刘备特来拜见先生。”童子曰：“我记不得许多名字。”玄德曰：“你只说刘备来访。”童子曰：“先生今早少出。”玄德曰：“何处去了？”童子曰：“踪迹不定，不知何处去了。”玄德曰：“几时归？”童子曰：“归期亦不定。或三五日，或十数日。”玄德惆怅不已。张飞曰：“既不见，自归去罢了。”玄德曰：“且待片时。”云长曰：“不如且归，再使人来探听。”玄德从其言，嘱付童子，如先生回，可言刘备拜访，遂上马。行数里，勒马回观隆中景物，果然山不高而秀雅，水不深而澄清，地不广而平坦，林不大而茂盛。猿鹤相亲，松篁交翠，观之不已。忽见一人，容貌轩昂，丰姿俊爽，头戴逍遥巾，身穿皂布袍，杖藜从山僻小路而来。玄德曰：“此必卧龙先生也。”急下马向前施礼，问曰：“先生非卧龙否？”其人曰：“将军是谁？”玄德曰：“刘备也。”其人曰：“吾非孔明，乃孔明之友，博陵崔州平也。”玄德曰：“久闻大名，幸得相遇。乞即席地权坐，请教一言。”二人对坐于林间石上。关、张侍立于侧。州平曰：“将军何故欲见孔明？”玄德曰：“方今天下大乱，四方云扰，欲见孔明，求安邦定国之策耳。”州平笑曰：“公以定乱为主，虽是仁心。但自古以来，治乱无常。自高祖斩蛇起义，诛无道秦，是由乱而入治也。至哀平之世，二百年太平日久，王莽篡逆，又由治而入乱。光武中兴，重整基业，复由乱而入治。至今二百年，民安已久，故干戈又复四起，此正由治而乱之时，未可猝定也。将军欲使孔明斡旋天地，补缀乾坤，恐不易为，徒费心力耳。岂不闻顺天者逸，逆天者劳，数之所在，理不得而夺之，命之所定，人不得而强之乎？”玄德曰：“先生所言，实为高见，但备身为汉胄，合当匡扶汉室。何敢委之数与命。”州平曰：“山野之夫，不足与论天下事。适承明问，故妄言之。”玄德曰：“蒙先生见教，但不知孔明往何处去了？”州平曰：“我亦欲访之，正不知其何往。”玄德曰：“请先生同至敝县若何？”州平曰：“愚性颇乐闲散，无意功名久矣。容他日再见。”言讫长揖而去。玄德与关张上马而行。

《隋唐志传》的原本现在也不得见，流传于民间的仅有清康熙间褚人获的改订本。他将原名改为《隋唐演义》，其删改的程度，似较《水浒》《三国》二书为尤甚。他的序说：“《隋唐志传》，创自罗氏，纂辑于林氏，可谓善矣。然始于隋宫剪綵，则前多阙略，厥后补缀唐李一二事，又零星不联属，观者犹有议焉。”可见其增润之多。此书的叙写也与《三国演义》有同病，即人物太多，未能个个都写得很活跃，又为“历史”的事实所牵束，不得尽情抒写。但它在民间所得到的权威与影响，却与《三国》《水浒》差不多。

《三遂平妖传》原本20回，今所传本有40回；据张无咎的序，说是犹子龙所补。此书系叙贝州王则以妖术变乱事。《宋史》卷二百九十二《明镐传》，言王则为涿州人，因岁饥，流至恩州（即唐的贝州），庆历七年僭号东平郡王，改元得圣，66日而平。大约他的故事在民间传说甚盛，所以罗贯中据之而作此传。原本开首即叙汴州胡浩得仙画，其妻焚之，灰绕于身，因有孕，生一女，名永儿，有妖狐圣姑姑授以道法，遂能为纸人豆马。后永儿嫁给贝州军排王则，术人弹子和尚、张鸾、卜吉、左黜，皆以则当王，先后来相聚会。值知州贪酷，他们遂以术运库中钱米买军倡乱。文彦博率官军讨伐他们，不能胜。弹子和尚、张鸾、卜吉因则无道，却又先后引去。弹子和尚更化身为诸葛遂智，助官军镇伏邪法。马遂诈降，击则裂其唇，使他不能念咒。李遂又率掘子军作地道入城。因此终于擒了王则及胡永儿二人。出力灭则的三人皆名为遂，故号《三遂平妖传》。犹子龙的补本，在原本之首，加了15回，叙弹子和尚及妖狐圣姑姑的受得道术的由来，又有5回，则补述诸妖民琐事，散入原本各回中。

讲史的继作者，在罗贯中之后，出现了不少，自天地开辟至两宋都有成书。但其确实的年代虽不可知，而大概却都可算是15世纪以后的出品，故留在以后叙述。又摹拟“小说”的作品，在15世纪以后，也出现了不少。

参考书目

1.《燕丹子》，有《平津馆丛书》本，有湖北书局的《百子全书》本。

2.《神异经》《海内十洲记》《汉武内传》《别国洞冥记》《飞燕外传》《杂事秘辛》《吴越春秋》《越绝书》，俱在《汉魏丛书》内。

3.《汉武故事》，有《古今说海》本。

4.《博物志》《搜神记》《搜神后记》《续齐谐记》《冤魂记》俱见于《汉魏丛书》。

5.《世说新语》，有湖北书局本，有商务印书馆铅印本。

6.《唐代丛书》(一名《唐人说荟》)，包括“唐人传奇”不少，然错谬处极多，远不及《太平广记》及《顾氏文房小说》的可靠。

7.《太平广记》有清乾隆间黄氏刊的袖珍本。近又有石印本出现，然石印本错误太多，不足据。

8.《杜阳杂编》《酉阳杂俎》《云溪友议》俱见于《稗海》。

9.《唐阙史》，有《知不足斋丛书》本。

10.《江淮异人录》，有《知不足斋丛书》本。

11.《青琐高议》，有武进、董氏刊本。

12.《睽车志》，有《古今逸史》本。

13.《夷坚志》，有《十万卷楼丛书》本，有正书局石印本。

14.《士礼居丛书》，有原刊本，有石印本。

15.《大宋宣和遗事》，在《士礼居丛书》内，近有商务印书馆刊本。

16.《京本通俗小说》，为江东老蟫刊，在《烟画东堂小品》中。

17.《新编五代史平话》，有武进、董氏刊印本。

18.《三藏取经诗话》，有罗振玉刻本。

19.《水浒传》，有商务印书馆铅印本，系金人瑞的批本；有亚东图画馆铅印本，系加新式标点，有胡适的考证。又有《水浒后传》也是亚东铅印的。

20.《三国志演义》，有亚东图书馆本，有商务印书馆本。

21.《隋唐演义》，有原刻本，有石印本，有商务印书馆铅印本。

22.《三遂平妖传》，有坊刻本，有石印本。

23.《中国小说史略》，共2册，北京大学新潮社出版。鲁迅著。叙中国小说的发达史的，此书为第一本，论叙甚审慎可据，本章多所取资，应在此志谢。

24.《小说考证正续补编》，商务印书馆铅印本。

25.《小说丛考》，商务印书馆铅印本。以上二书颇有些足供参考的资料，但其叙述太凌乱，且都杂了许多叙戏曲的材料在内。

第十九章

中世纪的日本文学

一

日本古代有无文字，为现今争辩的问题。《古今拾遗》《假名字源》等书，主本无文字。如《神代口诀》《古史征》《解题记》《神字日文辩》则谓古代早有文字。折衷之说，谓古人结绳代字，以为视觉上的符号。后有神代文字传世，疑为后世人所假造。至王仁由百济东渡，献《论语》《千字文》(应神天皇在位之八十五年，当公元285年，我国晋武帝六年)，始用汉字，作汉文。直到了中世纪才大受中国文学之影响，而产生了好几部大作品。

当古代之时，除了祝词与和歌之外，差不多没有别的作品，文坛情况，实至为简陋。当公元8世纪时，是为奈良时代，而日本文学始有可称。散文如《古事记》，诗歌如《万叶集》，皆极重要之作品。而《万叶集》在以后的日本文学上，尤有很大的影响。兹分述如下：

(一) 诗歌《万叶集》

(二) 散文《古事记》《风土记》《氏文》《祝词》《宣命》

(一)《万叶集》(*Manyoshiu*)《万叶集》产生的时代，未能确考，大约成于奈良朝的末叶。著者也不能确知，据僧契冲著《万叶集代匠记》，称为大伴家持（？—公元785）所辑。家持自幼将见闻的歌笔记下来，成为此集，又混入自己所作的歌。原集共20卷，从公元7世纪后半，至公元8世纪前半，共130年间的歌，都搜罗在内。歌数约4500。作者包罗皇帝、皇后、农夫、渔夫、大臣、将军、兵卒、衙役、艺技，各阶级的人，足以代表当时民族的性情，是许多自然的、原始的、纯朴的歌。歌的形式可分长歌、短歌、旋头歌、杂歌、四季杂歌、四季相闻、相闻（即广义的恋歌，不仅咏男女的爱情，又咏父子、兄弟的离情等）譬喻歌、挽歌、反歌（即反复歌咏之意，附在长歌的后面，将长歌之意再咏一遍，或因长歌之意有未尽，又歌咏之）。短歌在集中最多，与反歌合计约4173首，短歌诗形为31字。集中的歌人有631人，中有女子71人。

集中负盛名者，为柿本人磨，下译诸句，可窥一斑。

（一）短歌

秋山的红叶繁茂，欲觅迷途的妻，但不识山径。

去年看过的秋夜的月，依旧照着，同眺的妻，渐渐的远了。

下二首丧妻后作

天边的香具山，今日晚霞叆叇，春，将来了。（春杂歌）

住家在梅花开着的冈边，不断的听着莺的歌声。（好快活呀！）（咏鸟）

相思着过了今朝，有霞笼照的明日的春日，怎样过呢！（春相闻，寄霞）

莫问立在那里的是谁呀！是九月露沾湿了的待着君的我。（秋相闻）

这样的深夜休要归去呀！道旁的小竹上铺着霜的夜。（冬相闻，寄霜。）

秋风生凉了，不并骑到郊外去吗？看荻的花。（秋杂歌，咏花）

今朝破晓时郭公鸟的鸣声，你听着了么？或是在朝寝？

（二）柿本人磨妻死后作一——（长歌）

轻（地名）是妻的乡里，
到轻去的路途，时时可见，
若竟去了，要惹起人家的注意，
常常去呢，人家是会知道的。
我心这般思忖：
横竖日后要相逢，
便坐在屋里恋想着度日，
不去又何妨呢！
水藻般附在我身旁的妻呀！
你如落山的夕阳，
你如浮云蔽着的月儿，
——逝了，逝了。
使者来告时，
听着他的声音，
我无所措，忐忑不宁。
我深深恋着的情，能有几分得着安慰？
我妻平时眺望的轻市，
我在那儿静立着听——
亩火山的鸟声不闻，
何处能听妻的声音？
路上来往的行人，
更无一个似我妻，
吁嗟！万事皆休，
唤着妻的名儿，
拂袖而归。

人磨的短歌、长歌甚多，歌咏山川的风物与离别、恋爱之情，雄浑优雅。尤以长歌为最优。文辞端丽，格调整律，在《万叶集》中，无出其右者。所作哀悼诸诗，富于情感，最能动人。

与人磨齐名的，有山部赤人，并称歌圣。赤人身世，亦不可考。惟知曾侍圣武天皇，官位甚低。侍驾游纪伊、大和、伊豫诸地。他的歌多咏自然之美，声调闲雅，亦富想像。下列十首，可以窥他的情绪。

山部赤人歌十首

和歌浦中潮满时，砂洲已看不见了，白鹤朝芦边鸣着飞去。（反歌）

夜渐深了，长着楸树①的清净的河原，千鸟②频啼。

①楸树生在荒山溪流旁或野火烧过的土上。与杂草同，为自生的落叶乔木，干高五六尺，或达二丈。叶对生，形似桐叶。嫩叶与叶柄均带美丽的红色。

②音 Chidori 水禽名。——原注

三吉野的象山间的林梢，无数小鸟的啁啾。

江心的波，岸边的波，都静寂了。去打鱼罢，藤江浦的渔船嚷着呢！（反歌）

到春日的野外摘紫云英的我，恋着野外，竟夜忘归了。

想送给友人看的梅花，积了白雪，花也难于分辨了。

从明日起去摘嫩叶，预定的野外，昨天落了雪，今天也落雪。

在武津浦荡着的小舟呀！背着粟岛，可羡的小舟呀！

同笼罩飞鸟川上的雾一样，慕念旧都之情，没有一个时候忘记。（登神岳）。

到田儿浦去一看，粉白的雪，降落在富士山的顶上。（反歌）

山上忆良亦《万叶集》人中，为精深汉学者，信仰佛教。歌里所表现的，多为敬神忠君的思想。曾著《类聚歌林》，今已不传。《令反感情歌》，咏人世的羁绊，纠正遁世出家之念。又有贫穷问答的歌，同情于下级贫民的贫乏，满怀悒郁，若生于今日，亦不失为一社会主义的歌人。

大伴家持为大伴旅人的儿子。他的歌可以分做三个时期。第一期为热情时代，那时他是一位贵公子，欲得才媛闺女的欢心，以杜鹃鸟、梦等作题目，作恋爱歌。第二期是模仿时代，他仿柿本人磨，作歌哀悼自己的兄弟；仿山部赤人，咏二上山；仿山上忆良，悲人世无常，欲入山修道。至于咏鹿、雪、梅、荻等物，则多受他的父亲的感化。第三期为成熟时代，这时的作品，使他在《万叶》歌坛成为名家。

女流歌人有阪上郎女（旅人的妹，家持的叔母）、额田女王、大伯皇女、石川郎女、誉谢女王。阪上郎女长于短歌，为《万叶集》中第一流的女诗人。

（二）《古事记》——国史　天武天皇在位十年时，有舍人名稗田阿礼，年少多才，得天皇宠幸。天皇以历代皇位继承及先代旧事口授于他。天武天皇崩，一时中止。元明天皇和铜五年（当我国唐睿宗时，公元720年）太安磨得阿礼的口传，奉旨编撰。其后八年，即养老四年，舍人亲王编《日本书纪》，他以《古事记》非纯以汉语编成，引为憾事，特用汉文作此。修史之体裁与记事的正确，当推《日本书纪》。若从文学方面看，则《古事记》的艺术的价值，极为重大。因《日本书纪》为历史的，而《古事记》则为文学的古籍。

我们应该注意的，便是《古事记》即日本的神话。大凡一种民族，立国之初，必托于神话，亦即国史的最初一页。《古事记》中《神代卷》就是日本的开辟神话，也可看作日本的开国史。《神代卷》中，谓国土流动，未成形，日月亦未照临斯土。混沌的世界中，有二神出现（乃天神所命，一名伊邪那岐，一名伊邪那美）。从天上浮桥，窥探下界。以矛搅动海水，矛上滴下的海水，积累成为一岛，是为自凝岛。此地便是二神生殖的场所。

二神的交欢，不仅产生日本的国土，如海神风神及其他多数的神，都是这次交媾所生的。然有生必有死，女神因为产火神，下身被火灼死。男神伏枕旁嚎啕大哭。女神至黄泉国，男神因欲带回他的爱妻，亦跟随到黄泉国，因为犯了“不可窥视”的禁令，后来二人以争斗了结。女神发誓咒每日死亡1000人，男神誓每日产生1500人。

男神产天照大神，月读之命，须佐之男三神。因有高天原神话，出云神话，大国主的神话的产出。大国主的神话，以《稻羽的白兔》始，为后代流传最广的传说。

八十神欲求婚于八上比卖，以大穴牟迟神为从者，使负袋同赴稻羽，既抵气多，见一裸兔伏地。八十神曰："汝何为者？曷浴海水，伏于高山顶上，临风晒干？"兔果如八十神所言，皮为盐水所浸，被烈风吹破肌肤，痛极而哭。大穴卒迟神方自从远来，问故。兔曰："我自隐岐来，欲渡海至此，但无渡者，因骗海中鳄鱼佯言我族数多于鳄，若不信，可招同类至此，并列海面。鳄鱼信以为真，满浮海面，遂从鳄背渡海。鳄被欺怒甚，将我衣剥去。因此流泫。八十神过此，令我浴海水中，因以伤身。"大穴牟迟神闻言，命兔以淡水洗身，并用蒲花敷患处。兔身遂得复原。

（三）《风土记》8世纪之初，日本政府命诸国编纂风土记。记载各处物产及地名之起原，地名之传说等。这些风土记大抵散佚，存者以公元733年所成之《出云风土记》为最有名。

此外，当日散文之可注意者，仅《续日本纪》（汉文）中之宣命而已。宣命之文体酷肖祝词。本居宣长曾别为编印，并加注释，即所谓《历朝诏词解》一书是。

二

桓武天皇延历十三年（公元794，即唐德宗十年），京城迁至京都（Kioto），是为平安朝。这时国内宴安，讴歌太平。宫殿的宏壮，邸宅的华丽，为历代所无。商贾兴盛，人民乐业。一切文物，多仿我国唐代制度。惟习于逸乐，易流于淫惰。花阴月下，饮酒赋诗，公子情深，佳人薄命，此数语可以形容那时的人物。谈虎变色，闻盗心惊，面色苍白，肢体柔弱，举止迟钝，行为因循，则为贵族社会的写真。当时的宫廷，充满女官，有女御、更衣、内侍、典侍等。一旦得宠，更可册封皇后，家族借此显达，得为皇朝外戚。大家都知道这条路是终南捷径。若自己生了女儿，便设法送入宫内。遂令天下父母心，不重生男重生女。皇宫里面，俨如贵族女校，首习和歌，是今之国语；琴筝琵琶，今之音乐；棋、双六，今之游戏。此外尚有主要科目，则

"恋爱学"是也，如互通殷勤，眉目传情，情书往来，伴残灯而相思，结果或悲或喜，则又为"恋爱学讲义"的节目也。无论男女，在当时均视为"必修科目"，以为人生真义，尽在于此。描写当时恋爱的种种相者，韵文有《古今和歌集》，散文有《源氏物语》。此时的文艺，总括一句说，乃是贵族的、女性的、恋爱的文学。

当时朝野均重文事，所以文学极其发达，在奈良朝末期，已有片假名的文字，到现在又创成平假名，工具已经完全，文字可用假名缀成，不必依赖难解的汉文了。"名作如林"，这时的文学，可以当之无愧。此期的韵文有:《古今和歌集》(亦称《古今集》)《后撰集》《拾遗集》《后拾遗集》《金叶和歌集》《词花集》《千载集》《神乐歌》《催马乐》《朗咏集》《今样》；散文有:《竹取物语》《伊势物语》《源氏物语》《大和物语》《宇都保物语》《落洼物语》《狭衣物语》《后者物语》《堤中纳言物语》；日记有:《土佐物语》《蜻蛉日记》《和泉式部日记》《紫式部日记》《赞岐典侍日记》《更科日记》；随笔有:《枕草纸》；历史文学有:《荣华物语》《大镜》《水镜》《今镜》《今昔物语》《宇治拾遗物语》《国史》。今择其要者略述于下:

(一)《古今和歌集》(《古今集》)　醍醐天皇延喜五年(公元905年，即唐哀帝天祐二年)，帝命纪贯之、纪友则、凡河内躬恒、壬生忠岑撰《古今集》，搜集《万叶集》所未载的和歌，并加入时人的著作，延喜五年四月十八日纂竣，共20卷。是为敕撰歌集的滥觞。此集之出，于其时代有密切的关系。(A)此集出世，以作诗集的先驱，供后人模范。(B)我国唐末离乱，文采荡然。国民自觉他人文物终不可恃，遂起此种反动。(C)假名全备，抒情述怀，极其自由。(D)汉诗汉文，字句思想，过于艰深，不易了解，且乏兴趣。和歌简洁，随口成章，诗趣活泼易解。在稠人广座中，易于博人称赏。(E)和歌在当世成为一种流行的文学，女子亦能制作，非阶级所专有。(F)醍醐帝风流儒雅，喜弄词章，"上有好者下必有甚焉。"(G)有应付这时代的要求的几位天才出现，如贯之、躬恒等。全集有歌千百余首，分四季、贺、离别、羁旅、物名、恋、哀、伤、杂歌、杂体长歌、旋头歌、俳谐歌、大歌所歌。作歌者约124人。20卷中，有四分之一是咏恋爱的。是当时宫廷生活的反映，也是表现上流阶级的国民心理的。歌里的思想，融合儒佛二教，见花而感聚散，窥月而叹无常，多因果宿命的观念。

月ヤアラヌ春セ昔ノ春ナラヌ我身ヒトツハモトノ身ニシテ
（月非昔日的月，春非昔日的春，惟有我是昔日的我。）

上歌为在原业平所作，他是平城天皇的皇子，阿呆亲王的第五子，母亲是桓武天皇的公主。他有兄名叫行平。赐姓在原。官近卫权中将，那时国内当权的是藤原氏，他颇郁郁不得志，住洛北小野的山庄中，日耽吟咏。他的性情温静而幽雅，对于那时的浮华轻佻之习，异常愤恨。他的诗正合他的性情，富天真之趣，作时不费琢磨，将感触着写出，很能动人。

纪贯之幼承家学，作歌亦精。官御书所头，后任土佐守。他的才气宏焕，每作一歌，必深思推敲。所作稳健闲雅，与在原业平之自由奔放不同，他作歌的态度很是谨严。

アスシラヌ我身ト思ヘド暮レヌムノケフハ人コソカナシカリケレ
（想起不知明日的我，趁未暮的今日，忧念我的人儿吧！）

（二）《后撰集》　村上天皇天历五年（公元960年，即中国后周广顺元年）命源顺、大中臣能宣、清原元辅纪时文、坂上望城等，搜集《古今集》以后的歌咏，撰为此集。后撰集就是撰于古今集后的意思。

源顺称为村上时代的纪贯之，尝著《倭名类聚抄》，所作歌兼有优雅、雄劲、纤巧诸长。优美的句，如——

ミヅノ上ニ照ル月并ヲカソレフバ今宵ゾ秋中ナリケル
（数那映在水上的月份，今宵呀是中秋！）

纤巧的如——

一昨年モ去年モ今年モ一昨日モ昨日モ今日モ我ガ恋フ君
（前年、去年、今年；前天、昨天、今天；恋着君的我呀！）

均有新颖的趣味,《后撰集》据后人的批评，有几点不及《古今集》:（1）撰者自作的歌不多。（2）偏于恋爱。（3）词调不整齐。（4）杂采赠答之歌，忘歌集原卷，着力于消息之传递。都是此集的缺点。

（三）《拾遗集》 撰者为藤原公任，成于一条天皇时。曾根好忠为集中的新派歌人。以俗语、新语入歌，别创一调，为当日的人不容；但不失为一改革的先驱者，他有一首歌是："荠鼠曲草接骨草古蓬。"格调为前人所无。

（四）《后拾遗集》 载源经信、藤原范长、能因法师、良暹法师诸人的歌。

（五）《金叶集》 为崇德天皇天治九年源俊赖所撰。

（六）《词花集》 近卫天皇天养二年，藤原显辅撰。这两种所收的歌都是卑俗浅近的，有嘲谑的味道。

（七）《千载集》 为后岛羽天皇文治二年，藤原俊成撰。

（八）《神乐歌》 供祭神之用，始于奈良朝末期，有谱，屡经改订。所咏多关神事，也咏风俗、恋爱、自然、父子之情，兼意讽刺。

（九）《催马乐》 乃当时的俗谣，或谓系当时各地朝贺君主时，赶驮马的马夫口中所唱的，故有此名。

（十）《朗咏集》 是藤原公任的女儿出嫁后，在花晨夜夕所集的和汉古今的名集，故又名《和汉朗咏集》。

（十一）《今样歌》 为一种赞美歌，与基督教的赞美诗，佛教的梵赞类似。在当时极流行，可以合拍而舞，有如今之表情体操，为歌剧之滥觞。

平安朝重要的散文为物语类（Monogatari），物语中最古者为《竹取物语》，作者与年代不详。为神话以后的一种想像的著作，开小说之端。题材取自《广大宝楼阁经》《善住秘密陀尼经序品》《华阳国志》。藤冈博士谓脱胎自我国《汉武内传》西王母的故事。原著者融合读书所得、已往的经历、社会的见闻，作成此集。原书梗概如次：

从前有一个采竹的老翁，在一棵光泽的竹节里得了一个女儿，长约寸许，他放在掌上带回家中，不到三月，便长成一个美貌的女郎了。艳名噪远近，来求婚的人很多，有自荐者五人。翁劝女儿速选定一人。五人都是贵胄，每日有的吹笛，有的唱歌，以博女郎的欢心，女郎不堪其扰，便提出了五个难堪的条件——

叫车持王子	取蓬莱山的玉枝
叫石作王子	取天竺佛的石钵
叫右大臣阿部	取支那火鼠做成的皮裘
叫大纳言	取龙首的五色石
叫石上中纳言	取燕子的子安贝

谁先取得来，便嫁给谁。五人虽知是难题目，但只好应喏。石作皇子外游三年，取大和国某寺的不动尊前的石钵回来，图欺骗她，被她查破了。取玉枝的车持王子，则命人围护他的秘密室，假造玉枝。果然瞒着了美女，看不出破绽，美女叫他叙经过的苦难，他便上天下地，胡言一阵。恰好此时有人走进室内，向他讨秘密室的租钱，于是功败垂成。右大臣阿部家财富饶，命人到支那求火鼠的皮裘，据说此裘入火不燃。果然得了，不料当着美女的面前投入火内，仍然化为灰烬，这一位又失败了。大纳言想得龙首上的玉，集群臣会议，诸臣无不愿效劳奔驰。于是他斋戒沐浴，祈祷天地，早得美妇。他率众人出外寻觅，过了几年，尚未得着，众有怨言。正在此时，海中忽起波浪，水上有绿色的圆球两粒，他以为龙王来也，大喜过望。后来看见不是什么玉之类的东西，乃是李子两个。石上中纳言要得燕子所生的子安贝，每天叫匠人到每家的屋檐上屋顶上寻找燕窠，始终没有寻着子安贝。有人教他说，燕子产子安贝，它的尾必向上回转七次。寻来寻去，只得着燕子的陈粪，懊丧几乎死去。此事被皇帝知道，便叫老翁速将女儿送入宫内，媪以问女，女不允。并言三五之夜，将离去人

世。翁媪闻之，大惊且悲，言于帝。帝命甲士2000人，在月圆的晚上，严防美女升天。那夜月色有异，空中降下密雪，美女就与来使同去了。去时还拿不死的药赐给皇帝，帝将不死之药焚于山顶，名其山曰不死山云。

《源氏物语》出于紫式部女史之手，她是硕学藤原为时的女儿，生而聪慧，读书很多，后嫁藤原宣孝，未几宣孝殁，授官中宫上东门院（即皇族家庭教师），博闻强记，著《源氏物语》54帖。结构共分两段，前部44帖，写篇中主人光源氏的恋爱生活，后10帖写他的儿子薰大将。构思的巧妙与行文的富丽，在日本文学中允称独步。心理描写之纤细，为近代小说之先河。原文有八种特色：（1）修辞巧妙；（2）描写内心的活动；（3）描写细密；（4）优雅；（5）照应巧妙；（6）引用古歌，催马乐等，乃以歌心所作的散文；（7）短歌与文相联络；（8）写情写景融化为一。自此籍出后，一切小说，多模仿他的体裁，尊为典型。惟式部文华虽优，亦不免微有缺点，如省略主格与固有名词。文字亦晦涩难解，后人不易阅读。

《源氏物语》54帖，其名如下。

（1）桐壶	（2）帚木	（3）空蝉
（4）夕颜	（5）若紫	（6）末摘花
（7）红叶贺	（8）花宴	（9）葵
（10）榊	（11）花散里	（12）须磨
（13）明石	（14）零漂	（15）蓬生
（16）关屋	（17）绘合卷	（18）松风
（19）薄云	（20）槿	（21）乙少
（22）玉鬘	（23）初音	（24）胡蝶
（25）萤	（26）常夏	（27）篝火
（28）野分	（29）行幸	（30）藤袴
（31）直木柱	（32）梅枝	（33）藤里叶
（34）若菜上	（35）若菜下	（36）柏木
（37）横笛	（38）铃虫	（39）夕雾
（40）御法	（41）幻、雪隐	（42）匂宫

（43）红梅	（44）行河	（以下字治 10 帖）
（45）桥姬	（46）椎本	（47）总角
（48）早蕨	（49）寄生	（50）东屋
（51）浮舟	（52）蜻蛉	（53）手习
（54）梦浮桥		

物语文学除源氏外，尚有《大和物语》。此书著者不详。或谓花山院之作，有人说是在原滋春“业平之子”编的。是一部杂纂体的书。搜集从来的诗话，贞信公的名歌，有许多首收在里面。

《字都保物语》叙藤原俊荫的故事。《落洼物语》叙幼子被虐待的故事。《狭衣物语》，世称紫式部之子贤子所作，可视为《源氏物语》的续编，惟书中人物则注重狭衣大将。

日记亦为平安朝文学的特色，可以分为三种：一为旅行日记，如：《土佐日记》《更科日记》等。一为记录日常生话状况的，如《紫式部日记》。一为叙事的物语，如《蜻蛉日记》和《泉式部日记》《赞岐典侍日记》。

纪贯之为土佐守时，失爱儿爱子，后来返京，便将途程的经历记出，便是《土佐日记》《更科日记》一卷，为管原孝标之女所作，叙随父赴上总介任，与橘俊通结婚，生子仲俊，丧夫后 40 年间的欢悲，感伤的色彩颇著。《紫式部日记》，为《源氏物语》作者紫式部官上东门院时的记录。自中宫怀妊记起，至后一条天皇、后朱雀天皇诞生止，此籍足为考证《源氏物语》的帮助。《蜻蛉日记》，右大将军道纲的母亲，记她 21 年情绪生活，兼有自叙传、日记文、小说的构思，原本三卷。

《枕草纸》常与《源氏物语》并称为这时代的两大名作，作者清少纳言，亦与《源氏物语》之作者紫式部一样，是一个贵妇人，以其清才，得侍皇后定子（一条帝之后），公元 1002 年，后薨，她即归隐，一说她到了一个尼庵中，后忽得一条帝之眷顾，但或又以为其后半生乃贫苦不堪。所谓《枕草纸》，乃少纳言将原稿置于枕边，思事，观事之所得，朝夕即就枕边写之之意。此书乃后来日本“随笔”之作的先锋，各篇皆随笔写成，并无什么联络，所写的东西也极复杂，大都为一己的所见闻及感想。

《荣华物语》为关于历史之作；作者未详，或以为女诗人赤染卫门作，然其中却记着卫门死后之事。大约以11世纪末所写为最确。《荣华物语》凡40卷，记载日本历史亘二世纪；记的是藤原道长富贵荣华之故事。道长历事三帝为首相，死于公元1027年；此书后半，并记其二子赖通、教通，继承其父之权威的事迹。

《大镜》亦为历史之著作，始于公元851年，止于公元1036年，凡叙十四代之历史，作者为藤原为业，剃发致仕。改名寂念。《大镜》全书八卷，其中颇多传奇的倾向，不尽为干燥的史绩。《大镜》之外，有《增镜》《水镜》《今镜》，合称为“四镜”，性质皆同。

三

此后，即为镰仓时代（公元1186—1332年），这时内战频仍，外患（元人攻日）亦至，各地武人多重兵法而轻文事，文学因之而衰颓。保存文艺之人，乃为一般僧侣。当时作品不复有平安时代之闲雅雍容之态，所写者都为民间情况及战争事迹。或以为平安时代之文学，如雨后之海棠，镰仓时代之文学则如雪霜中放香之梅花。

当时历史文学之著名者有《源平盛衰记》《平家物语》《水镜》《保元物语》《平治物语》等。此外之文艺作品，以鸭长明之《方丈记》为较有名。长明通音乐，于1212年作《方丈记》，记其生平见闻，文章以秀拔遒劲著。长明又作《无名抄》及《四季物语》，前者论和歌之体，后者述朝廷一年中之行事。

此后即为南北朝时代（公元1332—1392年），而中世纪的文学，则于继其后之黑暗时代（即室町时代，公元1392—1603年）中结束。

这时之大作为《神武正统记》，一部史书，作者为北畠亲房。亲房尚作《元元集》（八卷）《东家秘传》（一卷）等书，皆关于神道者。而《太平记》亦为有名之作，其作者或以为是小岛法师。而兼好法师之《徒然草》尤为黑暗期的沙漠中的绿洲。

此时的时代精神，一为个人主义；二为党派的争轧；三为武士道的兴盛。当时文学，也受了时代精神的响影。倡个人主义的结果，作品颇少用国家、社会为题材的，如《曾我物语》《义经记》等皆以个人的事迹为主。受我国宋元文学的影响，谣曲、狂言因以产生。儿童心理与佛教的劝善惩恶思想结合，遂有物臭太郎等《伽草纸》一类的文学。连歌与俳偕，为平民文学的先驱。称室町为黑暗时代；然黑暗之中，未尝不有一线光明。

室町时代的散文，可用“谣曲”代表。谣曲是一种包含歌与舞的文学，材料取自《源氏物语》，及中国的史实。谣曲用于能乐中，演者共三人，略与希腊悲剧相似。“狂言”为演于“能”乐间的一种滑稽剧。“能”乐谨严，“狂言”洒脱。狂言足以代表日本人乐天的性情。

《连歌》为室町时代特有的一种韵文，仿自我国的联句。其法如次。

春至则雪消

雪消则草萌芽

故春至则草萌芽　诗句的关系可以图表之。

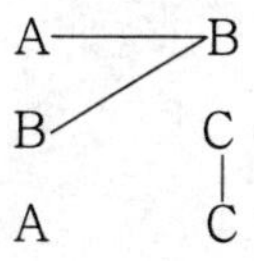

《太平记》40卷为记战的物语。记花围天皇文保二年至后光严院贞治六年约50年间的史迹。文字华丽，说佛理之处甚多。为室町时期历史文学之一。

《伽草纸》为一种教训的小说，即寓言、童话之类。以古代及民间传说缀为散文体，为后世儿童文学之先驱。

参考书目

1.《日本文学史》(*Japanese Literature*)，奥斯顿（W. G. Aston）著，阿卜里顿公司（D. Appleton & Co.）出版的《世界的文学》(Literature of theWorld）丛书之一。

2.《日本文学史》，奥斯顿著，芝野六助译补，大日本图书株式会社出版。此为前书之译文，颇补正了不少东西。

《日本文学史》，用日文写的极多，今不具举。

3.《万叶集》中文本，有谢六逸君的选译本，不久可由文学研究会出版。

4.《源氏物语》(*Genji Monogatari*)，有委莱（Arthur Waley）的英译本，去年出版第一卷。

5.《狂言十番》，周作人中译，北新书局出版。

6. 日本能乐（No Play），有委莱的英译本。

7.《日本古代诗歌》(*Classical Poetry of the Japanese*)，张伯林（B. H. Chamberlain）著，1880 年出版，把《万叶集》及《古今集》中的诗一部分，译为英诗，又录译“能”及“狂言”几篇。

8. 本章之写成，得谢六逸君之帮助极多；其中有大部分乃直接袭用谢君之《日本文学史》讲义之原文者，应在此声明并志谢意。

年表
（公元前4000年——公元1500年）

公元前4000年——凯尔地亚刻石约产生于此时。

公元前1316—前1307——特洛哀（Troy）为希腊人所围。这是荷马大史诗《伊利亚特》故事的根据。

公元前3000年——《死书》（埃及）及《塔霍特甫的箴言》（埃及）约出现于此时。

公元前2500年—前2000年——《尚书》中最古的一部分，约产生于此时。

公元前1766年——汤放桀于南巢。

公元前1500年—前1122年——《诗经》中最古的一部分的产生于此时。

公元前1388年——盘庚自奄迁都于北蒙。

公元前1200年——《旧约圣经》中最古的一篇《圣约记》约产生于此时。

公元前1122年——武王伐纣，战于牧野，纣自焚死。

公元前1000年——委沙编印度的大经典《吠陀》约在此时。

公元前900—前800年——希腊史诗作家荷马约生于此时。

公元前770年——周平王东迁于洛邑。

公元前750年——中国哲学家老子约生于此时。

公元前700年——希腊诗人海西亚特作《神谱》及《工作与时间》约在此时。

公元前600年——希腊女诗人莎孚约生于此时。

公元前557年——佛教的创始者乔答摩，即释迦牟尼生。

公元前556年——希腊诗人西曼尼特生。

公元前551年——孔子生。

公元前550年（？）——希腊寓言作家伊索生。

公元前525年——希腊第一悲剧作家阿斯齐洛士生。

公元前500年——中国哲学家墨翟生。

公元前500—前300年——印度史诗《马哈巴拉泰》及《拉马耶那》约产生于此时。

公元前495年——希腊第2悲剧作家沙福克里士生。

公元前490年——希腊军大败波斯军于麦拉松。

公元前484年——阿斯齐洛士第1次得第1奖。

公元前484年——希腊历史家希洛多托生。

公元前480年——希腊第3悲剧家优里辟特生。

公元前479年——孔子死。

公元前477年——乔答摩死。

公元前471年——希腊历史家修西地特士生。

公元前469年——西曼尼特死。

公元前469年——希腊哲学家苏格拉底生。

公元前456年——阿斯齐洛士死。

公元前448（？）年——希腊喜剧作家阿里斯多芬生。

公元前444—429年——贝理克（Pericles）握雅典政权。

公元前443年——希腊诗人聘达死。

公元前431年——优里辟特作《美狄亚》。

公元前430年——希腊历史家谢诺芬生。

公元前429年——希腊哲学家柏拉图生。

公元前425年——希洛多托死。

公元前416年——墨翟死。

公元前406年——优里辟特死。

公元前406年——沙福克里士死。

公元前400年——修西地特士死。

公元前399年——苏格拉底死。

公元前385（？）年——阿里斯多芬死。

公元前384年——希腊演说家狄摩桑士生。

公元前384年——希腊哲学家阿里斯多德生。

公元前372年——孟轲生。

公元前357年——谢诺芬死。

公元前356年——亚历山大帝生。

公元前347年——柏拉图死。

公元前343年——屈原生。

公元前323年——亚历山大帝死。

公元前322年——狄摩桑士死。

公元前322年——阿里斯多德死。

公元前310年——荀卿生。

公元前290年——屈原死。

公元前289年——孟轲死。

公元前275（？）年——庄周约死于此时。

公元前254年——罗马戏曲家柏鲁托士生。

公元前230年——荀卿死。

公元前230年——韩非为秦人所杀。

公元前221年——秦灭6国。

公元前202年——刘邦即皇帝位，是为汉之始祖。

公元前200年——贾谊生。

公元前190（？）年——罗马戏曲家忒梭斯生。

公元前184年——柏鲁托士死。

公元前179年——司马相如生。

公元前168年——贾谊死。

公元前159（？）年——忒梭斯死。

公元前145年——司马迁生。

公元前141年——枚乘死。

公元前 140 年——刘彻即皇帝位，是为汉武帝。

公元前 117 年——司马相如死。

公元前 106 年——罗马演说家，政治家西塞罗生。

公元前 104 年——司马迁始作《史记》。

公元前 102 年——罗马大军事家、政治家凯萨生。

公元前 96 年——罗马诗人洛克里托士生。

公元前 87 年——汉武帝刘彻死。

公元前 87 年——罗马诗人卡托洛士生。

公元前 86（？）年——司马迁死。

公元前 80 年——刘向生。

公元前 70 年——罗马诗人维琪尔生。

公元前 65 年——罗马诗人贺拉士生。

公元前 59 年——罗马历史家李委生。

公元前 55 年——洛克里托士死。

公元前 53 年——扬雄生。

公元前 48—前 44 年——凯萨为罗马的专政者。

公元前 44 年——凯萨被刺死。

公元前 43 年——西塞罗被安东尼所杀。

公元前 43 年——罗马诗人奥维特生。

公元前 31 年——屋大维为罗马皇帝。

公元前 30 年——维琪尔作《佐治克士》。

公元前 19 年——维琪尔作《阿尼特》成。

公元前 19 年——维琪尔死。

公元前 9 年——刘向死。

公元前 8 年——贺拉士死。

公元前 6 年（？）年——耶稣生。

公元 1 年——旧约以耶稣生于此年。（汉平帝元始元年）

公元 17 年——奥维特死。

公元 17 年——李委死。

公元 18 年——扬雄死。

公元 29 年——耶稣被钉于十字架。

公元 32 年——班固生。

公元 46 年（？）年——希腊传记作家柏鲁泰契生。

公元 55 年——罗马历史家泰西托士生。

公元 60 年——罗马讽刺诗人朱味那尔生。

公元 70 年——《新约圣书 4 福音》里最古的《马可福音》约产生于此时。

公元 78 年——张衡生。

公元 79 年——马融生。

公元 90 年——《论衡》的作者王充死。

公元 92 年——班固死。

公元 120（？）年——柏鲁泰契死。

公元 125 年——《金驴》的作者阿卜利士生。

公元 133 年——蔡邕生。

公元 135 年——泰西托士死。

公元 139 年——张衡死。

公元 140 年——朱味那尔死。

公元 148 年——荀悦生。

公元 153 年——孔融生。

公元 155 年——曹操生。

公元 161 年——作《默想录》的奥莱里士登极为罗马皇帝。

公元 166 年——马融死。

公元 171 年——徐干生。

公元 177 年——王粲生。

公元 179 年——仲长统生。

公元 180 年——奥莱里士死。

公元 192 年——蔡邕被杀。

公元 192 年——曹植生。

公元 196（？）年——祢衡被黄祖所杀。

公元 200 年——谯周生。

公元208年——孔融被曹操所杀。

公元209年——荀悦死。

公元210年——阮籍生。

公元217年——杨修被曹操所杀。

公元217年——王粲死。

公元217年——傅玄生。

公元218年——徐干死。

公元219年——仲长统死。

公元220年——曹操死。

公元220年——曹丕代汉，即皇帝位。

公元223年——嵇康生。

公元232年——曹植死。

公元232年——张华生。

公元233年——陈寿生。

公元261年——陆机生。

公元262年——嵇康被杀。

公元263年——阮籍死。

公元265年——晋武帝受魏禅。

公元270年——刘琨生。

公元270年——谯周死。

公元276年——郭璞生。

公元278年——傅玄死。

公元291年——贾后专政。(自此，诸王相杀，5胡乱中国，至420年始略安定。)

公元297年——陈寿死。

公元300年——张华被杀。

公元300年——石崇被杀。

公元300年——潘岳被杀。

公元303年——陆机被杀。

公元317年——刘琨被杀。

公元321年——王羲之生。

公元324年——郭璞被王敦所杀。

公元328年——袁宏生。

公元354年——古代大宗教家圣·奥古斯丁（St. Augustine）生。

公元365年——陶潜生。

公元372年——裴松之生。

公元376年——袁宏死。

公元379年——王羲之死。

公元384年——颜延之生。

公元385年——谢灵运生。

公元397年——谢惠连生。

公元398年——范晔生。

公元403年——刘义庆生。

公元420年——刘裕受晋禅，为宋之始祖。中国自此分为南北朝。

公元421年——谢庄生。

公元421年（？）——鲍照生。

公元430年——圣·奥古斯丁死。

公元433年——谢惠连死。

公元433年——谢灵运被杀。

公元437年——陶潜死。

公元441年——沈约生。

公元444年——刘义庆死。

公元444年——江淹生。

公元445年——范晔被杀。

公元451年——裴松之死。

公元456年——颜延之死。

公元460年——任昉生。

公元462年——刘峻生。

公元 464 年——梁武帝萧衍生。

公元 464 年（？）——谢朓生。

公元 465 年（？）——鲍照死。

公元 466 年——谢庄死。

公元 468 年——王融生。

公元 469 年——吴均生。

公元 479 年——萧道成代宋，即皇帝位，是为齐高帝。

公元 480 年——宗教家圣本多生。

公元 481 年——王筠生。

公元 494 年——王融死。

公元 501 年——萧统生。

公元 502 年——萧衍即皇帝位，是为梁武帝。

公元 503 年——萧纲生。范云死。

公元 505 年——江淹死。

公元 507 年——徐陵生。

公元 508 年——任昉死。萧绎生。

公元 512 年——吴均死。

公元 513 年——沈约死。庾信生。

公元 519 年——江总生。

公元 522 年——王僧孺死。

公元 531 年——萧统死。

公元 540 年——阿剌伯诗人伊摩鲁死。

公元 549 年——王筠死。萧衍饿死于台城。

公元 550 年——萧纲即皇帝位。

公元 551 年——萧纲被杀。

公元 552 年——萧绎即皇帝位。

公元 554 年——萧绎被杀。

公元 570 年——回教之创始者莫哈默德生。

公元 581 年——庾信死。

公元 583 年——徐陵死。陈叔宝即皇帝位，是为陈后主。

公元 589 年——陈叔宝为隋所执，陈亡。

公元 594 年——江总死。

公元 601 年——700 年——大史诗《皮奥伏尔夫》约产生于此时。

公元 604 年——杨广即皇帝位，是为隋炀帝。陈叔宝死。

公元 609 年——薛道衡被杀。

公元 618 年——杨广被杀。

公元 622 年——莫哈默德逃至美地那。

公元 629 年——僧玄奘赴天竺求经。

公元 632 年——莫哈默德死。

公元 635 年——阿皮白客编《可兰经》。

公元 648 年——王勃生。

公元 659 年——贺知章生。

公元 661 年——阿剌伯诗人拉比特死。

公元 667 年——张说生。

公元 673 年——张九龄生。

公元 675 年——王勃死。

公元 689 年——孟浩然生。

公元 698 年——陈子昂死于狱。

公元 699 年——王维生。

公元 701（？）年——李白生。

公元 709 年——阿剌伯人占领西班牙。

公元 712 年——杜甫生。日本作家太安磨编《古事记》。

公元 728 年——阿剌伯诗人法拉兹达死。阿剌伯诗人加劳尔死。

公元 730 年——张说死。

公元 740 年——孟浩然死。

公元 744 年——贺知章死。

公元 748 年——阿剌伯诗人阿皮阿泰希耶生。

公元 750 年——沈既济生。

公元 751 年——孟郊生。

公元 754 年——陆贽生。

公元759年——王维死。

公元762年——李白死。

公元765年——高适死。

公元768年——韩愈生。

公元770年——杜甫死。

公元772年——白居易生。刘禹锡生。

公元773年——柳宗元生。

公元779年——元稹生。

公元783年——阿剌伯诗人巴喜夏死。

公元785年——《万叶集》之编者日本诗人大伴家持死。

公元788年——贾岛生。

公元790年——李贺生。

公元800年——沈既济死。

公元803年——杜牧生。

公元810年——阿剌伯诗人阿皮诺瓦士死。

公元813年——李商隐生。

公元814年——孟郊死。

公元816年——李贺死。

公元828年——阿皮阿泰希耶死。

公元819年——柳宗元死。

公元824年——韩愈死。

公元831年——元稹死。

公元846年——白居易死。

公元833年——罗隐生。

公元843年——贾岛死。

公元852年——杜牧死。

公元858年——李商隐死。

公元861年——阿剌伯诗人阿蒲杜拉生。

公元867年——李晔生。

公元885年——李存勗生。

公元 889 年——李晔即皇帝位，是为唐昭宗。

公元 894 年——韦庄中进士第。

公元 898 年——和凝生。

公元 901 年（？）——《希腊诗选》约于此时编成。

公元 904 年——李晔被杀。

公元 905 年——日本诗人纪贯之等编纂《古今和歌集》。

公元 908 年——阿剌伯诗人阿蒲杜拉死。

公元 909 年——罗隐死。

公元 915 年——阿剌伯诗人摩泰那比生。

公元 916 年——南唐中主李璟生。

公元 923 年——李存勗即皇帝位，是为后唐庄宗。

公元 926 年——李存勗为伶人所杀。

公元 936 年——南唐后主李煜生。

公元 955 年——和凝死。

公元 960 年——赵匡胤即皇帝位，是为宋太祖。

公元 961 年——李璟死。

公元 965 年——阿剌伯诗人摩泰那比死。

公元 967 年——波斯诗人阿皮尔·客尔生。

公元 973 年——阿剌伯诗人麦亚里生。

公元 977 年——李煜被杀。

公元 989 年——范仲淹生。

公元 990 年——张先生。

公元 991 年——晏殊生。

公元 998 年——宋祁生。

公元 1001 年（？）——《洛兰歌》约产生于此时。

公元 1002 年——梅尧臣生。

公元 1006 年——波斯诗人巴利·安萨生。

公元 1007 年——欧阳修生。阿剌伯作家哈马达尼死。

公元 1008 年——苏舜钦生。

公元 1021 年——王安石生。

公元 1030—1040 年——西班牙英雄西特生。

公元 1034 年——柳永中进士第。

公元 1026 年——苏轼生。

公元 1045 年——黄庭坚生。

公元 1047 年——波斯诗人那骚·伊·古斯拉至开罗。

公元 1048 年——苏舜钦死。

公元 1049 年——秦观生。波斯诗人阿皮尔·客尔死。

公元 1052 年——范仲淹死。

公元 1054 年——阿剌伯诗人赫里里生。

公元 1055 年——晏殊死。

公元 1057 年——阿剌伯诗人麦亚里死。

公元 1060 年——梅尧臣死。

公元 1062 年——宋祁死。

公元 1063 年——贺铸生。

公元 1066 年——波斯诗人小阿萨地著《格沙士那马》成。

公元 1072 年——欧阳修死。

公元 1078 年——张先死。

公元 1086 年——王安石死。

公元 1088 年——巴利·安萨死。

公元 1099 年——西班牙大史诗《西特》中之英雄西特战死。

公元 1100 年——秦观死。

公元 1101—1120《尼拔龙琪歌》约产生于此时。

公元 1101 年——苏轼死。

公元 1105 年——黄庭坚死。

公元 1106—1107 年——波斯诗人卡客尼生。

公元 1120 年——贺铸死。

公元 1122 年——阿剌伯诗人赫里里死。

公元 1125 年——陆游生。范成大生。

公元 1126 年——金人攻陷汴京，掳宋徽宗、钦宗北去。

公元 1140 或 1141 年——波斯诗人尼达米生。

公元1147或1148年——波斯诗人摩齐死。

公元1150年（？）——阿剌伯的大传奇《安泰尔的传奇》约在此时编成。董解元《西厢记》约出现于此时。

公元1155年——波斯诗人安瓦里著《柯拉桑之泪》。

公元1178年——《散文伊达》的编者北欧作家史诺里生。

公元1184年——波斯诗人沙地生。

公元1185年——波斯诗人卡客尼死。

公元1193年——范成大死。

公元1200年（？）——关汉卿、王实甫约生于此时。

公元1201年（？）——《阿克森与尼柯勒》约产生于此时。

公元1201年——波斯诗人达希尔死。

公元1202或1203年——波斯诗人尼达米死。

公元1207年——波斯诗人路米生。

公元1210年——陆游死。

公元1222年——史诺里编《散文伊达》成。

公元1226年——白朴生。

公元1230年——洛里士著《玫瑰的故事》。

公元1240年（？）——《诗的依达》约产生于此时。

公元1241年——史诺里死。

公元1253年——波斯诗人柯史拉生。

公元1254年——赵孟頫生。

公元1258年——蒙古人攻陷波斯京城报达。

公元1265年——意大利大诗人但丁生。

公元1268或1269年——波斯诗人伊马米死。

公元1278年——阿剌伯诗人希里生。

公元1279年——蒙古人灭宋。

公元1289年——波斯诗人伊拉恢死。

公元1291年——波斯诗人沙地死。

公元1296年——杨维桢生。

公元1302年——但丁被放逐。

公元1310年——宋濂生。

公元1311年——刘基生。

公元1321年——但丁死。

公元1222年——赵孟頫死。

公元1324年——全欧行吟诗人大会于托洛斯。

公元1336年——高启生。

公元1337或1338年——波斯诗人阿赫特死。

公元1338年——法国历史家法洛依沙特生。

公元1340年——英国诗人却赛生。

公元1344—1350年——鲍卡西奥著《十日谈》。

公元1345年——乔吉甫死。高明中进士第。

公元1348年——虞集死。

公元1350年——阿剌伯诗人希里死。

公元1352年——波斯诗人克瓦朱死。

公元1357年——方孝儒生。

公元1368年——波斯诗人耶敏死。

公元1369年——明师入北京，逐蒙古人于漠北。

公元1370年——杨维桢死。

公元1371年——波斯诗人萨客尼死。

公元1374年——高启被杀。

公元1375年——刘基死。

公元1381年——宋濂死。

公元1387年——波斯诗人赫菲兹与帖木儿会见。

公元1389年——赫菲兹死。

公元1391年——朱权就封于大宁。

公元1400年——却赛死。

公元1402年——方孝儒被杀。

公元1410年——法洛依沙特死。

公元1418年——邱濬生。

公元1431年——法国盗贼诗人魏龙生。

公元1439年——朱有燉死。

公元1447年——李东阳生。

公元1448年——朱权死。

公元1453年——君士坦丁堡为土耳其人所攻陷。

公元1466年（？）——荷兰大作家伊拉司摩生。

公元1469年——政治作家马查委里生。

公元1470年——马洛里著《亚述之死》。唐寅生。

公元1472年——李梦阳生。王守仁生。

公元1474年——意大利诗人亚里奥斯托生。

公元1478年——英国作家慕尔生。

公元1480年——意大利小说家彭特洛生。

公元1483年——何景明生。

公元1488年——杨慎生。

公元1490年——法国作家拉培莱生。

公元1492年——科伦布发见美洲。

公元1495年——邱濬死。

大家学术文库

文学大纲

（下）

郑振铎 著

江西教育出版社
JIANGXI EDUCATION PUBLISHING HOUSE

文学大纲（下）

目录

第二十章

欧洲文艺复兴时代的文学

一

“文艺复兴”（Renaissance）的意义就是“再生”（rebirth）。欧洲历史上的所谓文艺复兴的时代，就是那公元15世纪及16世纪的学问的复活，文艺的重生的时代。自圣奥古斯丁（St. Augustine）死后，六百余年间，欧洲是被包裹在一层智慧黑暗的雾里，古代的学问仅被保存于几个僧院中。黎明的曙光射来得很慢，直到但丁与却赛（Chaucer）起来后，文艺的天空的东方才现出微微的白色。到了文艺复兴时代，太阳是在新鲜的光彩里熊熊的燃照着，在发达的诸种观念里，在新发见的美的表白里表现了它自己。这个文艺苏醒的原因，在这里只能略略的说一下。当1453年时，君士坦丁堡为土耳其所攻占，希腊的学者，随即奔亡到意大利来，与他们同来的是希腊文学的知识，这些东西在西欧早已完全失去了。离此一世纪之前，意大利人已从摩尔人（Moors）那里，学得了造纸之法；并且，还有一件极重要的事，即当君士坦丁堡被土耳其人占领的前十年，第一个的书籍印刷所已在德意志的曼志（Mentz）地方设立起来了。到了1492年，科伦布（Coummbus）发现了亚美利加洲，人类开始对于世界有了一个完全的新观念。社会的、政治的与宗教的观念都改革了，疑问的精神与智慧的活跃，预示宗教改革运动的到来。新的知识与宣传知识的新工具——印刷机，差不多同时到了欧洲；在世界的历史上，没有一件事比之这事更巧合得有趣了。

文艺复兴运动始于意大利，这因为意大利是最近于希腊，且是罗马文化的承袭者之故。在这个地方，人开始从中世纪的死的预占回转身来，从长久住于墓道的地方抬起眼来，以享受地上的亲切生活与这个美丽世界的光耀的快乐。西蒙士（Symonds）说："法洛林斯（Florence）从雅典借她的光明，正如月之以太阳光线反对出而照耀着一样。"意大利的学者回转他们的注意，从一种朽烂的死亡中，把古代手稿救出。希腊罗马的古代作家的著作，向来埋葬于僧院之中的，现在都翻译出来了。

二

简略的讲起意大利文艺复兴时代的文学，我们所最注意的是马查委里（Machiavelli）与亚里奥斯托（Ariosto），虽然在这个时代还有许多别的作家在意大利忙着，他们的作品也是很有趣、很重要的。意大利文艺复兴的文学，对于英国大作家如史宾塞（Spenser）、莎士比亚、马洛（Marlowe）及米尔顿（Milton）都很有影响。例如，莎士比亚所作的名剧《路米亚与朱丽叶》（*Romeo and Juliet*）及《第十二夜》（*Twelfth Night*）的结构，便是从彭特洛（Matteo Bandello）所写的故事里取来的。

亚里奥斯托的著名的诗《奥兰度的狂怒》（*Orlando Furioso*）是被西蒙士（J. Addington Symonds）称为"文艺复兴时代诗歌的最纯粹，最完全的现存的例子"。这篇诗是有它的时代的特质，即它是具着人的兴趣的，是不管神的事或墓之前的生活的。中世纪的世界是对于别个世界生兴趣的。文艺复兴是对于这个世界生兴趣的。

亚里奥斯托（Lodovico Ariosto）生于1474年。当他19岁时，他便在the Cardinal d’Este那里做事了。他于1505年开始写《奥兰度的狂怒》，到了十年之后才告成。这篇诗在意大利给他以一个大名誉，教王李握第十（Leo X）成了他的保护者之一。他在完成这篇诗之后，又动手去写喜剧，摹仿腊丁作家柏劳托士（Plautus）及托兰士（Terence）的作品。在他的生活的末年，亚里奥斯托被任命为位于阿平宁山（Apennines）最高旷处的一省的省长。同最多数的诗人一样，亚里奥斯托是常在穷乏之乡的，他所以受命做这个与性情必定不合的省长者，也是因为省长的薪俸可以救穷之故。他所统治的这个省中，强盗极多，且极横行，有一回，这个“诗人省长”他自己也堕入他们的手中。当群盗的领袖知道他的俘虏乃是《奥兰度的狂怒》的作者时，便立刻向他请罪，且放了他归去。

《奥兰度的狂怒》是一篇浪漫的诗，描写基督教武士与异教武士间的恶斗，及惊人的冒险与武士的恋爱的。它的题材与亚述王的故事是同类的。全诗具有好几章，每章各有一个序言，为各段换话间的联锁，且给这个诗人以机会去说道德的及爱国的教训话。大概全诗中最优美的几节，要算亚里奥斯托描写奥兰度（Orlando）发见他的爱人安琪里加（Angelica）不忠于他而嫁了美杜洛（Medolo）时的失望而至于发狂的情形。

> 我不是我，不是我从前的那个人，
> 奥兰度，他是葬了，是死了。
> 他的最不快乐的恋爱，（唉，愚的少女呀！）
> 已杀了奥兰度而割去了他的头。
> 我是他的鬼，走上来下，必须经过于
> 这个痛苦的永延着的窄谷，
> 成一个可怕的模范与一个定则
> 给所有那些把他们的真诚放在恋爱上的愚人看。

在别一个地方，亚里奥斯托描写一个豪侠的少年的王之死也是很可爱的。

看如何一朵紫花萎枯而死。
经了割草者之手而慢慢的躺下了；
在花园中，罂粟花的头堕下了，
为暴风雨所压下而破坏了。
如此的达狄那尔（Dardinell）堕倒在地上，仰着他的灰白的脸，
如此的他离开生命而死去了。
他离开了生命而死去，与他同去的是
他的一族的精神与勇敢。

在这诗的开始，亚里奥斯托宣言道：

我唱的是贵妇人们与武士们是武器与恋爱，
是好客与勇敢的行为。

这诗的精神是表白在这二行中：

但是他，恋爱的，诚然是永久遗留着，
当生命与一切都过去了，他还是恋爱着，服务着。

虽然亚里奥斯托的生活比较得贫苦，而他的天才却为他的国人所共仰，他们以他为“神的亚里奥斯托”，据说，他的同时代的大伟人加里罗（Galileo）能背诵《奥兰度的狂怒》的全部。英国依丽莎白时代的诗人，如莎士比亚等，都是受有他的很显著的影响的。

马查委里（Nicolò Machiavelli）是文艺复兴初期欧洲最重要的政治家。威尔士（H. G. Wells）在他的《历史大纲》上描写过马查委里的著名作品《帝王论》（*The Prince*）对于众人的思想及人间的事务上有如何大的影响。

马查委里于1469年生于法洛林斯。在他30岁之前，他被任为法洛林斯共和国政府中的秘书。这个官职使他常被任为使臣到别的意大利城市以及法兰西的路易十二（Louis XII）的宫庭里去。他的

最重要的一次使命是在 1502 年，当时他被差去代表法洛林斯政府与西萨·布琪（Cesare Borgia）商议某事（西萨生于 1476 年，死于 1507 年，是意大利大主教的与军事的领袖）。在这时候，他的权力正是最高时。马查委里在好几封信叙出这次使命的事迹。在这些信里，他描写西萨为“一个为自己而统治的王”。在别一地方，他又说到他，以为是“一个没有怜悯心的人，反叛上帝，一个蛇王，一个希特拉（hydra，多头蛇，希腊神话中的东西），应该受最坏的结局的”。然而马查委里对于这个巨怪有的地方很赞许，而在《帝王论》中，西萨竟成了一种为别的统治者所要摹仿的模范了。在 1512 年的时候，曼狄西士（Medids）在法洛林斯的统治权又重得到了。马查委里因此失了他的官职。他被囚禁，受了好些苦楚，后来才得退休于一个小村庄中，《帝王论》即在那个地方写的。他死在法洛林斯，那时，他是 58 岁。

“马查委里安”（Machiavellian）这个字有机诈不法的法术的意思。但是普通对于马查委里的评判是不完全公平的。他是一个实际主义者，不大信仰上帝，也不大信仰人。他在《帝王论》里立出现在德语所谓“实际政策”（Realpolitik）的原理，那就是后来依丽莎白女皇、拿破仑、俾斯麦的政治原理。马查委里不是一个理想主义者。他之论叙众人，不是叙他们应该如何样子，乃是叙出他们的真相。培根（Francis Bacon）是一个大大称赞《帝王论》的人，他说：“我们是十分感谢马查委里及其他写出人所做的事，而不写他们应该做的事的作家。”霍布士（Hobbes）、蒲林白洛克（Bolingbroke）、休谟（Hume）与孟德斯鸠（Montesquieu）都在某程度上是他的学徒。

文艺复兴后期的意大利作家，最超越的是诗人杜卡托·泰沙（Torquato Tasso）。他做了一部名著《耶路撒冷的被救》（*Jerusalem Delivered*）。他生于 1544 年，死于 1595 年。泰沙是一个多情感的诗人，而多情感使他热迫的要求着妇人与音乐。泰沙在他 32 岁时完成他的伟大的诗。此后 20 年，他的生活是悲剧的生活。他成了半疯狂的，消耗他的时间，“如世界所拒绝的旅客似的漫游着。”

三

继于意大利之后，法兰西也来了文学复兴的潮流。法兰科司·拉培莱（Francois Rabelais）是所有法国文艺复兴期中的作家的最伟大的。他生于1490年，死于1553年。这个法国人拉培莱，与西班牙人西万提司（Cervantes）及英国人莎士比亚，无问题的，是文艺复兴期的三巨人。文艺复兴是随着一个死呆的时代而来的一个美富生活的时代，一个学问的，乐观的，勇敢的时代。它的精神很有力的表现于拉培莱的两部大著《加敢泰》（*Gargantua*）及《潘泰格鲁尔》（*Pantagruel*）中。

拉培莱生于法国南部托兰（Touraine）省的齐农（Chinon）地方。他的少年之事很少人知道，有的人说，他的父亲是一个制药师，有的人则说是一个旅馆主人。他在1510年，得了牧师的地位。在这个时期的前一二年直至1524年，他是一个法兰昔司加（Franciscan）教士，住在方特那·里.·孔德（Fontenay le Comte）的僧院中，后来，他成了一个本多派（Benedictine），在1530年，他弃去了僧徒生活，成了一个俗家的牧师。他死于1553年4月9日。关于拉培莱死时的情形，有许多的传说。据说，他临死时叫道："笑剧（Farce）是告终了"及"我是去寻求那伟大的或然了（To Seek the great Perhaps）"。但是所有这些故事都颇可疑。

文艺复兴，在一个意义上，是对于狭窄、无识的僧院专制的一个反抗。拉培莱做了三十余年的僧人。他非常的明白幽闭生活的坏处，他笑僧侣们，再进一层，他笑同时的大多数的人与事物，全心全意的在笑着。桑次堡莱教授说：拉培莱"不冷嘲，也不愤怒"。他是16世纪的狄更司（C. Dickens）一类人，"一个纯粹真朴的滑稽家，感觉常常是忠厚的，思想常常是滑稽的"。《加敢泰》及《潘泰格鲁尔》二书是很不容易读的。他们是很粗俗，然较之同时代的别的作品也不特别不好。《加敢泰》及《潘泰格鲁尔》的宗旨是宣讲"潘泰格鲁尔主义"（Pantagruelism）的福音，它教训说，只有以滑稽与笑，世界才能清净，才能得救。"潘泰格鲁尔主义"诚然是一个好而真的福音，为这个伟大的法国笑的哲学家以后的许多别的伟大人物所常宣讲的。为证明拉培莱是真朴而不变，及他之被诬为不过是一个“龌龊的老流氓”，下面引录几段他描写西连寺（Abbey of Theleme）的僧侣与女尼的生活的文字（据 Sir Thomas Urquhart 的英译）：

> 所有他们的一生不是消耗于法律、成规或规则中，却是依据着他们自己的自由意志与喜乐。他们从床上爬起来，当他们以为起来好时；他们吃、喝、工作、睡眠，当他们心里想这样做时，便这样的做去。没有人去惊醒他们，没有人去强迫他们吃、喝或做一切别的事；因为加敢泰是如此的规定。在所有他们的规律，他们的秩序的严束中，只有下面这一个条文要注意：
>
> 做你们所要做的事。
>
> 因为人们是如此的自由，好的出生，好的养育，又交友于忠诚的伴侣中，天然的有一种天性与激刺，以鼓励他们做好的事，避免他们做坏的事，那就叫做名誉。那班同样的人，当受赤裸的统治与禁束时，他们是被压在底下，被放在下面，现在他经从那种高贵的性格转开了，他们从前是以那种性格而倾向于道德的，现在他们卸去并且打坏那种奴隶的束缚，他们从前是被如此的专制奴使着的；因为这是合于人的天性的想望所禁止的东西，要求所不肯给我们的东西。

在这个乌托邦的图画中，表现着的是文艺复兴的爱美丽与爱适合的特质，它与同等的文艺复兴的特质，光耀着人道主义（humanism）。

曼唐（Montaigne）的著书约后于拉培莱一世纪。他没有他的同国人拉培莱的粗犷，没有他的滑稽，也没有他的对于生的喜跃。当旧教徒逼害新教徒，新教徒也逼害着旧教徒时，曼唐并不偏袒任一方；他尽他的力量去庇护两方面的人。在他的论文里，他是喋喋多言的，是好性子的，常常过于琐碎——一个很和善的哲学家。

宽恕、慈善、温顺、文明，是曼唐的论文的情调。他常常说到他自己，但是在他字里行间却没有卢骚（Rousseau）那样的“可惊的自省”。曼唐是一个怀疑派，是文艺复兴期的自安于不知者（the agusstic）。“我知道什么？”他继续的问着。他永没有找到一个回答能够十分满足他自己的。他不是以足踢还敬拳打的人，但他想将容忍与自尊联合在一处。在他的一篇论文里，他引一个古水手的话，那个水手道：“嗄，上帝，如果你愿意，你便救我，如果你要毁灭我，你便毁灭了我吧，但是，无论如何，我总将时时把我的舵握直。”那就是曼唐。

他的论文就是他自己。当亨利第三（Henry III）告诉他说，他喜欢他的书时，他答道，“我就是我的书。”它差不多包含了所有人间的经验。它表白出世界上的一个和善的人的全心灵。“一个人在它那里找到一个人所曾想到的。”

曼唐是一个旧教徒。然而像他这样的一位怀疑派，对于新教难说是绝对的不信仰。他憎厌狂热的信仰者，他憎厌残酷的举动，他深恶当时恐怖的刑罚。诚然的，他的人道主义在今日还是占在很高的水平线上：

> 至于我呢，我永不能这样的忍受住，而不怜悯悲哀，去看一个可怜的愚呆的无辜的兽类被猎且被杀了，它是无害于人的，且没有保护之力的，我们简直没有受到它的任何抵抗。这是常常遇到的。当鹿开始逃奔得口里吐沫，觉得它的力量是堕去了，它没有别的自救的方法，便呻吟着把它自己贡献于追猎它的我们，眼泪淋淋的向我们求怜，血从喉中流出，泪从眼中流出，
>
> 它似乎叫着求他的怜悯，
>
> 这对于我永是一幅悲惨的现象。我极罕取得活的兽类，但我都给他以他的自由。毕沙古拉（Pythagora）（希腊的哲学家）常向渔父处买鱼，捕禽人处买鸟，于是再把他们放去了。

从他的智慧的书卷中，我们还可以选出下面几段最具特性的文字来：

> 恐惧　有些人常常的恐惧失去他们的货物，恐惧被充军，或恐

惧被奴使，生活在继续的苦恼与劳役中；因此，常常丧失了他们的饮食与他们的休息。至于那些穷人、被充军的人，与愚仆，他们倒是不注意的生活着，与别的人一样的快乐。

有恒　一个人的名誉与价值包含在他的心与意志上，这里含着看的光荣：有恒（Constancie）是力量，不是手臂与腿足的，乃是心灵与勇气的：它不含于我们的幸的精神与勇气，也不含于我们的武器，乃是含于我们自身里。

光荣　在所有世界的愚事中，最普通的、最为人所接受的是名誉的注意与光荣的注意，我们对于他是如此的仰慕，甚至疏忽了，抛弃了财产、朋友、睡眠、生命与康健，以跟随于那个空虚的印象，无用、简单的声音之后，它是既没有实质，又不能握捉住的。

曼唐的全部法律与训言可以在一句话里包括起来："世界上最大的事就是要一个人去知道怎样才算是他自己的。"

四

在西班牙，文艺复兴期的文学的光荣就是西万提司（Cervantes）的光荣，在这里，如在意大利、在法兰西、在英吉利一样，苏生的黄金时代，看见一种主要的国民生活的重现，这种国民生活在一种精密的国民艺术及文学里表白出来。16世纪是西班牙的伟大时代。摩尔人（Moors）是最后竟被逐回非洲了，犹太人也已被驱出境外了，这个半岛成了一个统一的国家，以她的探险者的勇敢、她的军队的强盛，而成为富裕、著名。这是在这个国家的光荣的空气中，委拉司凯（Velasquez）在画图，西万提司在著作。除了莎士比亚的戏曲以外，西万提司的大著《吉诃德先生》（*Don Quixote*）是文艺复兴期的对于世界文学最美丽、最奇异的贡献。虽然西万提司作此书时，初本有意于讥诮武士制度的观念——这种武士制度在12世纪及13世纪时是真的人的行动，但到了16世纪却已成了一种悖理可笑的事了——然而此伟大的书在他手下写出时却成了一本超越于仅仅以讥诮为事的书了。英国批评家韩志里特（Hazlitt）曾说到《吉诃德先生》道：

《吉诃德先生》他自己是最完全的“无趣”（disinterestedness）之一。他是一个最可爱一类的热心者；一个性情坦白、和善、宽厚的人；一个真理与公平的爱好者；一个热激于武士制度及传奇的美梦的人，直到他们把他从他自己劫夺了，以一种对于他们的实况的信仰哄入他的脑筋中为止。

没有一种错误比之以《吉诃德先生》为仅仅不过一本讽刺的作品，或一种排斥“久已忘记的武士制度”的平庸的企图为更大了。久已不存在的东西本不必再去排斥。并且，西万提司他自己原也是一位具最血诚最热心的性格的人；即从这位雕斫而被攻坏的人物的武士身上，武士的精神仍带着不灭的光耀而映照着；似乎作者是想复活过去时代的模范，再度“迷惑世界以高尚的骑士制度”。

西万提司（Miguel de Cervantes）死于1616年，死的日子正与莎士比亚同日。他生于1547年，他的生活是他的世纪的一个典模的西班牙人的冒险生活。他在里邦托（Lepanto）的那次著名海战中参战，在这次海战中，奥大利的大将邓约翰（Don John）统率了24只的西班牙战舰，打败了土耳其人。在战中，西万提司受了三次枪伤，一次竟把他左手失去了，他自己说：“右手因之有了更伟大的光荣了。”四年以后，他由驻军的地方回国，中途遇见摩尔人的海盗，被掳到阿尔基（Algiers），直到1580年，才由他的亲友醵资把他赎出。这时，他已34岁了。此后，西万提司的生活仍不很好。他一边著书，一边在政府里当小差事。他常时是十分的穷苦。他被捕下狱不止一次。《吉诃德先生》的第一部分还是在一个监狱中写的呢。这个第一部分在1605年出版，立刻得了大成功。以后几年，法国、英国，便都有了译本了。然而作者却没有从那里得到一些酬报。《吉诃德先生》的第二部分出版于1615年。《吉诃德先生》给读者以16世纪西班牙社会的全景。开莱（Fitzmaurice Kelly）说到：

贵族、武士、诗人、宫廷的上等人、牧师、商人、农夫、理发匠、驴夫、厨役，以及罪犯；受完全教育的贵妇、热心的小姐、摩尔的美人、天真的村女，以及和善的道德有沾的厨下娼女——所有这些人物都以出之于同情的内部观察的恳切的忠实表现出来。《吉诃德先生》之能立刻风行于世，大部分因它的事变的繁异，因它的富于邻近笑剧的喜剧，也许，也因它的对于超贵的同时人的尖利的攻击；至于它的无言中的威力，它的广大的人道主义，它的对于人生的深彻的评判，是到较后来才被人赞赏。

吉诃德先生中的各色人物与却赛的《刚脱白莱的故事》的人物同样的动人。而这部杰作的情调乃是一种明显的人道主义，这主义不仅是文艺复兴的最光明的性质，且也是所有真实的伟大文学的特质。在讲述吉诃德先生的故事时，西万提司开头是笑，终结是祈祷。吉诃德先生年近五十，身体瘦弱，但他生平嗜读侠义小说，因此，遂欲为武士，周游天下，以雪直人间不平事。于是，便于绝早骑瘦马，穿甲执盾，带了从徒山差邦（Sancho Panza），不别家人而去漫游天下。他自信极坚，没有一事不失败，不贻笑于现实社会，而他终于不悟，还是自行其所是。以风磨为巨人，而骤马往刺之，以羊群为军队而单骑冲入杀敌，又杀散护送囚犯的兵士，释放了他们，而反为他们所苦虐，最后则以驰入牛群中，为牛所伤而死。差不多没有一件事不是滑稽得使人笑得肚痛。然而在这种无数的笑声中，却隐隐的露出严肃的光荣的可赞美的气概来。我们纵然笑吉诃德先生，然而却于不知不觉之中反受他的感动了。西万提司在此发见：心灵衰弱的人乃正是伟大心胸的人，且愚人是常常比之聪明人更值得赞美的。这位武士永不失堕武士精神，他的信仰是不可摇动的。此书中所叙吉诃德先生斗风磨的故事是全书最著名的事变之一。这位武士与山差邦同行，看见前面平原上有风磨30或40具。他叫道："好运气，是我们初料不到的：朋友山差邦，看前面，你不见至少有30个巨人要我去打服么？"山差邦问道："巨人在哪里？"武士道："你不见长臂而远立的许多人么？"山差邦道："请你再看清楚，这是风磨，不是什么巨人。"吉诃德先生不信，纵马挺槊直刺风磨之叶。槊陷入磨叶中，风吹叶动，武士连人带马乃被抛掷出数丈之外。吉诃德先生受伤卧地，然仍坚信风磨乃巨人所化，且决不以失败自馁。这种精神是一切前驱者的精神！西万提司在这里给世界以一个最伟大、最高尚的人物，常常是完全的可爱的。

在《吉诃德先生》之外，西万提司还著了不少书，如小说有《加勒细亚》(*Galatea*)，戏剧有《阿尔基俘虏的生活》及《奴曼西亚》(*Numanda*)，然俱不如《吉诃德先生》之著名。

五

文艺复兴期看见两个伟大的运动，比之什么都伟大，甚至较之法国革命还伟大，他们在欧洲历史上有极大的影响，即“宗教改革”(Reformation)及“反宗教改革”(Counte-Reformation)是。“宗教改革”运动的发生，差不多接着印刷术的发明而来；这是天然的，改革家与古代信仰的卫护者间的苦斗，引起了无数的辩论文字的刊布。叙到过去时代的宗教的与神学的艰难的书，读来并不动人，而且也不能算作有什么重大的文学价值。但是，有一个16世纪的神学家，却是一个伟大的学者、伟大的著作家。他是荷兰人，名做伊拉司摩(Erasmus)，与《乌托邦》(*Utopia*)的作者慕尔(More)是朋友。在文艺复兴期的开始，一般人对于学问的热心比之欧洲历史上任何时代都更甚些，而在所有的文艺复兴期的学者中，伊拉司摩是以最博学著称的。教皇们，各国的帝王们，都敬仰他。

伊拉司摩是以拉丁文著书的最后欧洲大作家之一。他是一位著作等身的作家，而对于近代的读者最有趣味的书是《愚的赞颂》(*The Praise of Folley*)的一书。这部书在几个月内曾再版了七次以上。在《愚的赞颂》里，伊拉司摩讥刺“带着病容的学生、自己满足的文法家、琐琐强辩的哲学家、爱屠杀的猎人、信仰神像与殿宇的功德的迷信者”。

汤麦士·慕尔(Sir Thomas More)与伊拉司摩同时，而且是朋友；可以说英国的文艺复兴期是随了他的著作而同来的。他的生年较莎士比亚约前一世纪，与亚里奥斯托、马查委里及拉培莱是同时代。慕尔是一个伟大的法律家，一个学者，一个具着广博知识与赏鉴的人。他后因反对英王亨利第八（Henry VIII）被其所杀。慕尔在少年时，即受新的学问的影响，他是最初的学读希腊文的英国人中之一。他的著名作品《乌托邦》(*Utopia*)，曾给影响于培根（Bacon）及许多别的人的做着将来的美梦的作者的，显然是根据于柏拉图的《理想国》(*Republic*）的。我们如果不记着文艺复兴期是发见新的国土与发见古书的快乐的时代，我们便不能明白这个时代的精神；这个时代是伟大的航海者的时代，也是伟大的诗人的时代。亚美利加的奇异的新洲是已发见了，这是天然的，给一位文艺复兴期的思想家，他本是厌倦古代的坏处，想慕着一个更近理更和平的社会的，去想像这样一个远岛，一个乌托邦的存在，在那里，人们是快乐而满足的聚居着。慕尔随着伊拉司摩之后，也以拉丁文写他的《乌托邦》。此书第一次出版于 1516 年。第一本英译，出版于 1551 年（Ralph Robinson 译的）。在《乌托邦》里，慕尔描写一个理想的岛地的共和国，一群人民生活于理想生活中的家。柏底孙（Mark Pattison）说，在《乌托邦》里，慕尔“不仅灭除通常的权威的罪恶，但还证明一个感情的光明，远出于他同时代作者的大部分政治家似的思想之上，不仅声言异教的宽容，且竟到达了不注意宗教信条的哲学的观念的地位”。

英国文艺复兴期散文作家的重要者还有赫克里特（Richard Hakluyt），他作了一部《旅行》(*Voyages*)，写特莱克（Drake）及他的探险的同伴之事；李莱（John Lyly），他作了一部《优苐士》(*Euphues*)，这是流行于那时众人正开始证明他们本国文字的充分美丽的时候的颜色太浓、雕饰过甚的作品的一例。

六

冒险的精神、美的悦乐、古希腊的新知识及意大利文艺复兴期的诗歌，皆有影响于英国伊丽莎白时代的诗歌。伊丽莎白（Elizabeth）女皇她自己是很好的学者，且为文人的庇护者。在她登皇座之前，英诗人之著者有魏特（Sr Thomas Wyatt）及沙莱伯爵（the Earl of Surrey），这两个诗人俱在亨利八世时代，被这位专制者所杀。魏特是第一个用英文写十四行诗的人。在十四行诗之外，他还写了好些别的诗，他的优美的诗才在下面的一首《情人的诉语》（The Lover's Appeal）可以看出：

你将这样的离开我么，
我把我的心给了你；
永不曾想到离别，
也永不曾想到痛苦或悲楚：
而你竟将这样的离开我么？
说不！说不！
你将这样的离开我，
而没有一点怜悯我，
那个爱你的人么？
唉！你的残忍呀！
你竟将这样的离开我么？
说不！说不！

魏特与沙莱是西特尼（Sydney）及史宾塞（Spencer）的前驱者。西特尼（Sir Philip Sidney）是英国文学史中最有趣的人物之一——他是诗人、学者、游历家及兵士。他的《阿卡狄亚》（Arcadia）是一部散文的传奇。他的《诗的辩护》（*Apology for Poetry*）是一篇诗人辩护他的艺术的有趣文章。他的《阿史特洛弗与史特拉》（*Astrophel and Stella*）是一集的十四行诗，叙那他自己的悲苦的恋爱故事的，有时涂饰太过，但大体是很恳挚的。

史宾塞（Edmund Spencer）是《仙后》的作者，1552 年生于伦敦；他的诗有道：

> 愉乐之伦敦，我的最慈爱的乳母，
> 给我以这个生命的最初的乡土之源。

当他还是一个童子时，他已能把古诗人辟特拉契（Petrarch）的著作译成英诗。他的第一册诗集《牧人的日历》（*Shepherd's Calender*）出版于1579年，是贡献于西特尼的。到了1580年，史宾塞被任命为爱尔兰的the Lord Deputy的秘书，他的以后的生活便大部分消磨于这个地方。他死于1599年，葬于威士敏斯特寺，靠近于却赛的坟。他的伟大作品《仙后》（*The Farrie Queene*）是在爱尔兰写的。它是描写一个英国人的性格与教育的，比譬繁富，非常不容易懂。这诗的故事里，有勇敢的武士，有可怕的巨龙。它在文学上的价值依靠于诗句的悦耳、想像的繁富与美感的充溢。查尔司·兰（Charles Lamb）称史宾塞为“诗人中的诗人”；后来的大诗人如米尔顿、蒲伯（Pope）、济慈（Keats）等都自称受他的影响。

伊丽莎白时代的作家还有拉莱（Sir Walter Raleigh），他是史宾塞的朋友，一个最有豪侠气的人，一个从事于实际活动的人。伊丽莎白死后，苏格兰的琪摩士（James）即位，他被这个新君囚禁于塔中13年，在这个时候，他写了他的《世界历史》。特莱顿（Michal Drayton）是莎士比亚与琼生（Ben Jenson）的朋友，生于1563年，死于1631年，所写的十四行诗可以比肩于莎士比亚。他的著作最多，最优美的一部分可以在他的早作《牧人的花环》（*The Shepherd's Garland*）里找到。

莎士比亚（William Shakespeare）是所有伊丽莎白时代作家中的最伟大者，也是文艺复兴期的三大作家之一。莎士比亚在英国文学史上的地位，较之中国的伟大诗人杜甫在中国文学史上的尤为重要，而且影响更大。他所遗留于世界文库里的宝藏是任何作家所不能企及的。莎士比亚生于1564年，幼年时甚贫苦。22岁至伦敦，初在剧场里为演剧者。后乃为剧场修改古代戏曲，再后则自己制作剧本，供剧场的演作。他的一生，自壮年时起，差不多无一刻不与剧场相联合，他的全部力量也都耗费在戏曲上。他的著作剧本的时期，前后历

20 年，所作剧本凡 37 篇，可以分为喜剧，悲剧，历史剧三类。喜剧以《夏夜梦》等为代表，悲剧以《韩莫雷特》《奥赛洛》《麦克伯》等为代表，历史剧以《凯萨》《亨利第六》等为代表。他死于 1616 年。他的剧本里的人物极为复杂，有的是日常遇到的人，有的是历史上的人物，有的是人间的英雄，有的超人间的神仙。而他写来都各栩栩欲活，各个时代的生活，各种社会的里面，也都极真切的表现于读者之前。很少作家写作的范围有他这样广漠而且复杂。他的作品里所具有是最飘逸的幻想、最静美的仙境、最广阔的滑稽、最深入的机警、最深挚的怜悯心、最强烈的热情，以及最真切的哲学。他的喜剧使人嬉笑，他的悲剧使人感泣。他早期的作品多半是喜剧，中期多作历史剧，晚年则多作悲剧。但他在悲剧之中，亦间杂有喜剧的分子。他觉得喜剧与悲剧在人的生活里是时时杂在一处的，泪与笑是有一个共同的根源而流于共同的沟渠中的。他在最后的七八年中，他的生活算是最快乐。他的心灵成熟了，他的热情柔和了，希望的热病已退去了；他已得到了永久的地位，他的使命已完成了。在最后的三年中，他差不多什么剧本也没有写。综读他的作品，最足以使我们感动的，是他的喜剧《夏夜梦》(*Midsummer Night's Dream*)及《威尼司商人》(*Merchant of Venice*)与他的悲剧《罗米奥与朱丽叶》(*Romeo and Juliet*)、《韩莫雷特》(*Hamlet*)、《奥塞洛》(*Othello*)、《麦克伯》(*Macbeth*)、《凯萨》(*Julius Caesar*)及《安东尼与克丽亚巴特拉》(*Antony and Cleopatra*)等。《夏夜梦》以纯然滑稽的文笔叙仙群间与人群间的恋爱故事，充满仙境的美趣，发笑的资料。《威尼司商人》是叙犹太商人夏洛克的刻毒与安东尼的忠厚，鲍梯霞的机警的，更串插着可笑的琐事；所有的全是人间的事实，与《夏夜梦》之带超自然的色彩者不同。《罗米奥与朱丽叶》叙生于两个仇家的一对青年男女互相恋爱，然因两家相仇之故，二人终于很凄楚的死去。此剧描写恋爱的情境与心理是极有趣味的。《韩莫雷特》叙丹麦太子韩莫雷特为父复仇之事。这是世界最伟大的悲剧之一。感动了无量数读者的心，使之凄然欲泣。《奥塞洛》也是最悲痛的悲剧之一；威尼司的摩尔人奥塞洛因攻战勇敢而引动一个女子的心，她终于嫁了他，后来，他却误杀了她，留下不可磨灭的创痕在他的心上，且留下不能消失的悲感在读者的心上。《麦克伯》是叙麦克伯及他的妻篡王位而终于失败的事，剧中弥漫了一种阴鸷可恐的空气。《求里·凯萨》叙罗马的最伟大人物凯萨的事；他描写凯萨被其友白鲁托士（Brutus）所刺死的一段，我们觉得如身在其间看凯萨之受刃倒地，看白鲁托士慷慨的在演说道："我不是爱凯萨浅，是因为我爱罗马深，"看安东尼指着满身血污的凯萨尸体，悲壮的在鼓动市民思念这个伟大人物的生平而为之复仇。《安东尼与克丽亚巴特拉》则叙罗马后三雄之一的安东尼与埃及女王克丽亚巴特拉恋爱，而终至于以死为他们恋爱的结局的事。大概莎士比亚的剧本的题材，多有所本，然而同样的一个故事，一经他的烘染便立刻有了活泼泼的生气，无论在舞台上，在纸上，都足以使无量数的人如亲睹其事，如身历其境。他的超绝的艺术手腕诚然是无有可与并肩的！当这个时候，即所谓莎士比亚的时代，戏剧的技术，尚是幼稚。舞台并不高出于地，有些观众简直就坐于台上。演剧的时间都在白昼，不能容什么神秘的机关变化之类的东西。所以无论什么超自然的印象，如《韩莫雷特》及《麦克伯》二剧中之鬼，《夏夜梦》剧中之仙等必须写得为演者能力及观众想像所能及。

马洛（Christopher Marlowe）是莎士比亚的朋友，且也是一个伟大的戏剧作家；他的生年与莎士比亚是同年。史文葆（Swinburhe）称他为"英国悲剧之父，英国无韵诗的创造者"。他的父亲是一个鞋匠。他进康桥大学，在1584年得了学位。他的第一篇悲剧《大唐保兰》（*Tamburlane the Great*）在他24岁时便在剧场演唱。不久，他的第二部杰作《法乌斯特的悲史》（*Tragical History of Doctor Faustus*）又出现。这篇悲剧的题材是依据于中世纪的德国的一个传说。《马尔泰的犹太人》（*The Jew of Malta*）及《爱德华第二》（*Edward the Second*）继此而出现。据相传说，莎士比亚的《亨利第六》一剧有一部分是马洛写的。1593年的春天，马洛由伦敦到狄甫福，（Deptford）在旅馆中为人所杀死。

琼生（Ben Jonson）也是莎士比亚的友人，他比莎士比亚及马洛后生了八年。他的父亲是新教的传道师。琼生曾做了几时的兵士，但在20余岁时，他即与伦敦的伶人与剧作家厮混在一起，以在一次决斗中杀了一个伶人得名。他的第一部剧本《每个人在他的滑稽中》（*Every Man in his Humour*）出演于1598年，莎士比亚也是演员之一。此后，他又写了不少的剧本，以《沉默的妇人》（*The Silent Woman*）等三四剧为最著。他讥刺他那时代的人与风俗，正如阿里斯多芬之讥刺雅典人。他也写作论文及格言等，然俱不大好。他的最可传的作品是他的美丽的抒情诗。他死于1637年，葬于威司敏斯特寺。

英国的伟大散文作家，在慕尔之后的，有培根（Francis Bacon）。培根是政治家、法律家、哲学家及文学家；在每一方面，他都占到优越的地位。他的知识范围极为广博，那时存在的学问，他无有不知，无有不熟悉。他以他的思想感动了全世界，以一个新的战术反抗无知与无秩序。培根的生活时期正是伊丽莎白的全盛时代。他生于1560年，死于1626年。他在儿童时，即承受文艺复兴期的丰富光荣的知识遗传。在他中年，他看见史宾塞、曼唐、西万提司及莎士比亚杰作的刊行。在他死前，法国文学的黄金时代正在初放曙光。科学界在这些时候，有了一种新的大变动，中世纪的神秘的与魔术的信仰已为实验的，合理的归纳法所推倒。他承受这一切。他是最后一个用拉丁文来写他最重要的作品的。在莎士比亚的时代，他还不肯信任英国文字的将来，而仍顽固的用拉丁文来写东西，这实是很无谓的。他的著作，最著的有《论文集》（*Essays*）、《亨利第七时代的历史》（*The History of Henry Ⅷ*）及《新大西洋》（*The New Atlantic*），而尤以《新大西洋》为最足代表他的思想。《新大西洋》是一部哲学的小说，依据于柏拉图的西洋中失去的一岛的故事。培根做此书，并没有做完。他与柏拉图、慕尔及其他近代做《理想图》《乌托邦》的书的作者一样，在《新大西洋》里把他的理想中的共和国——人世的天堂，细细的描写出。他除了这些著作外，还译些赞歌为英文。

六

文艺复兴的潮流，也流到了欧洲北部的德意志，酿成了绝大的宗教改革运动。然马丁·路德（Martin Luther）诸人，本为宗教家，而于文学方面无甚关系。这时期的德国文学者，最著的有费士查特（Johann Fischart）及沙克士（Hano Sacks）二人。费士查特生于1550年，死于1590年。他初学法律，被任命为法官。曾译拉培莱的《潘泰格鲁尔》，又以假名作诗歌，攻击旧教，所著 Das Gl ü ckhafte Schiff Von Z ü rick 一卷，其中所有的诗都很精美。

沙克士生于1494年。他的家况很贫苦，他的父亲是缝匠，他自己曾学为鞋匠。后渐作诗歌，成为著名的诗人。他的诗境甚静美，当时喧扰攻难之风毫不沾染到。他又作戏曲，差不多用他的全力去作，先后共作有二百余种之多。他死于1576年。

参考书目

1. 萧尔（Edith Schel）的《文艺复兴》（*The Renaissance*）一书可为对于文艺复兴一般研究的帮助。

2. 西蒙士（John Addington Symonds）的《意大利的文艺复兴》（*The Renaissance in Italy*）共7册。

3.《加敢汉传》（*The Life of Gargantua*）有 Urquhart 的英译本。

4.《帝王论》有伍光建的中译本（译本名《霸术》），商务印书馆出版。

5.《在他作品里的拉培尔》（*Rabelais in his Writings*），斯密士（W. F. Smith）著。

6.《伊拉司摩的书简》（*The Epistles of Erasmus*），英译本凡3册，系尼考尔（F. M. Nicholls）所编。

7.《愚的赞颂》（*In Praise of Folly*），伊拉司摩著，英译本附有伊拉司摩的传及他给慕尔的一封信。

8.《乌托邦》（Utopia），汤麦士·慕尔（Tnomas More）著，*Scott*

Library 中有之。

9.《吉诃德先生》(*Don Quixote*)，西万提司著。英译本在《万人丛书》(*Everyman's Libray*)中有之，共2册。

10. 研究伊丽莎白时代的英国文学可读桑次保莱教授（G. Saintsbury）的《伊丽莎白时代文学史》(*A History of Elizabethian Literature*)。

11. 莎士比亚的全集，版本极多，他的剧本亦有各种单行的本子可得。

12.《莎士比亚传》(*The Life of Shakespeare*)，西特尼·李（Sir Sidney Lee）著。

13.《莎士比亚时代》(*The Age of Shakespeare*)，西康（T. Seccombe）及亚连（J W. Allen）合著，倍尔公司（Messrs. Bell）出版的"英国文学小丛书"(*Handbook of English Literature*)之一。

14. 马洛（C. Marlowe）的全集，C. F. Tucker Brooke 编，牛津大学出版部出版。

15. 琼生（Ben Jonson）的戏曲集，凡2册，有《万人丛书》本。

16. 培根的《论文集》，共2册，Abbott 编，郎门公司（Longmans）出版，《万人丛书》中亦有之，仅1册。

17. 培根的《新大西洋》在牛津大学出版部的《世界名著》(*The World's Classics*)中有之，与他的 *Advancement of Learning* 合订为1册。

第二十一章

17 世纪的英国文学

一

欧洲文学在 17 世纪的时候顿现沉滞不进之状，德、意、西班牙诸国俱无甚伟大的作家出现；所可注意者唯英、法二国而已。

17 世纪的英国是清教徒的时代（the Puritan Century）。在伊丽莎白时代的初期，好些大诗人都可算是清教徒。如西特尼及史宾塞都是对于文艺复兴期的一般异教思想不表同情的。然而这个诗歌与清教思想的联合，只是一时的现象。到了莎士比亚的时候，便看不见它的踪迹了。因为诗人厌弃了清教，于是清教徒乃至一般非清教徒而具有宗教思想的人，开始视诗歌为一种魔鬼的东西。赫倍特（George Herbert）当他受圣谕（Holy Orders）时，竟将他的恋歌都投于火炉中了。杜尼（Donne）也想以火来烧毁他自己的诗歌。亏得被他的朋友阻止住了。但当大部分的英国在注意于宗教的及无代表则不纳税的问题时，那些真正的爱自然，爱生命的人却未尝没有表现他们自己在文学里，如赫里克（Robert Herrick）便是其中最著名的一个。赫里克是台文萧（Devonshire）的一个牧师，他几有 20 年住在一个荒僻的乡村中，对于在他四周的生活都极感兴趣。他的性情很奇怪，据说，他常教一只猪从酒瓶饮酒，又有一次，他在聚会讲道时，因为他们不注意听讲，他便把讲稿抛掷去了。他是忠于英王而憎厌清教徒的，所以当共和时代，他被他们所驱逐。到了王政恢复，他又归来。在 84 岁的高龄死于他的教区里。赫里克的爱自然，在英国文学里弹奏出一种新调。他差不多是第一个“教士诗人”。他的诗，如安特留兰所批评，是：“像一片广大的笑耀着的草原，在六月的初旬，点缀着花朵，而柔荡着群鸟的歌声。”

赫里克的忠于王室，使他失业了数年，而同时诗人洛委莱士（Richard Lovelace）的忠于王室，却使他丧失了全部幸福。清教徒深恨他，判决了他死刑。他死时年才 40。他是一个光荣美貌的骑士诗人。1642 年时，洛委莱士被囚禁于威士敏斯脱，因为要求英王的复位。在那里，他写一首著名的诗《狱中寄亚尔茜》（To Althea from Prison）中，有一节最为后人所传诵：

> 石墙不能成为一所监狱，
> 铁窗也不能成为一笼；
> 无辜而沉静的心灵，
> 视这些如一所隐居之屋。
> 如果我在我的恋爱中有自由，
> 如果我在我的灵魂里是自由，
> 那末，只有翔翱于天上的安琪儿，
> 才享受得到这样的无拘束。

在赫里克与洛委莱士之外，瓦劳（Edmund Waller）也是一个爱王室的诗人。这实是一件奇怪的事，在英王与国会争斗的时期中，所有虔敬上帝的文学乃都出于忠于王室的教士的笔端而不出于清教徒的手下。

二

在内乱之前数年所出版的许多书籍中，葆顿（Robert Burton）的《忧郁的解剖》（*Anatomy of Melancholy*）是最著名者之一。葆顿也是一个“教士的文学家”，他的散文在英文学里是可以列于第一流的。《忧郁的解剖》包含忧郁的定义，关于致忧郁的诸种原因的讨论及他所提示的救治法。恋爱的忧郁占了一部分，在那里，葆顿的奇妙的滑稽充分的表白出。他引用古今作家的名言以解释他的意思，许多人猜测，他所引用的名句，有一大部分是他自己所创出的。葆顿的滑稽与聪慧可在下引的几句中看出，这些句子现在差不多都已成了英国人日常口说的话语了。

> 一个矮子站在一个长人的肩上，可以看望得比长人他自己更远些。
>
> 他，造鞋子的人，自己却赤着足走路。
>
> 辨士聪明，金镑糊涂。
>
> 所有我们的鸭子都是鸿鹄。
>
> 同样羽毛的鸟飞集在一处。
>
> 上帝有庙殿的地方，恶魔也将有祈祷所。

汤麦士·白朗（Sir Thomas Browne）的 *Riligio Medici* 也是那时的极著名的作品之一。在白朗还活在世上时，此书即已译成法、德、意、荷兰诸国的文字而流传于各处。白朗生于1605年，是一个布帛商的儿子，他曾受教育于文齐斯德（Winchester）及握斯福（Oxford），又在大陆学了几年的医，后来到诺威契（Norwich）为医生，在那里住了40年以上。白朗还写了《基督教的道德》《给一个友人的信》及 *Urn Burial*。白朗的文字很喜欢雕饰，而且雕饰得异常精美。哥斯（E.Gosse）说：“白朗被人大大感兴趣的是文辞的美丽以及他们的声音，他们的形式，他们所引起的想像。”然而他的书是不易读的。

三

米尔顿（John Milton）是共和时代的最大诗人，是可与莎士比亚比肩而立的一个大作家。他是中产阶级的一个家庭的儿子，在1608年生于伦敦。1629年，毕业于剑桥大学；在30岁之前写了不少的短诗，又到大陆游历。在英王查利第一被杀后，他成了国家议会的拉丁文秘书，这时他作了不少论文。1651年，他的眼睛开始失明。王政恢复，他又失了他的职位。这时以后，他陆续著成了不朽的大著：《失乐园》（*Paradise Lost*，1667），《得乐园》（*Paradise Regained*，1671）及《参孙》（*Samson Agonistes*）。他的这些大著就是口述给他的女儿听而由她记录下来的。他死于1674年，得年66岁。《失乐园》是荷马与委琪尔之后最伟大的史诗，它留遗给现代读者以清教徒的神与人的关系观。米尔顿在这书里表现出他的最丰富的想像、最精巧的叙写。材料极繁复，而诗的音调极优美。每一行都可反映出这位大诗人的性格。《失乐园》的题材是叙人被逐出乐园的故事，叙到这事的原因及其结果。全书共12卷。开首叙萨坦（Satan）与上帝反抗而失败之后从天堂落到地狱，他在那里再集合同党。他到外面去游历，幻变为一个光明的天使进了世界，到太阳上去，到地球上去，又到了天堂上去。他在天堂里看着亚当、夏娃在那里的快乐生活，想破坏它，便用了一个梦欲引诱夏娃向罪恶之路走去，但为一阵守护着的天使们所阻住而不得逞。这是头四卷的故事，是全诗中最美丽最动人的地方。在继续下去的四卷里，米尔顿追述萨坦所以被逐出天堂的原因，并描写世界的创造。这些故事他都把他们放在天使长拉弗尔（Raphael）口中说出，拉弗尔是上帝派遣来警告亚当、夏娃，叫他们不要不听话，且答复他们的问语的。他叙出萨坦与他同伴反抗上帝，经过了三天的战事，而萨坦失败了的事，又叙出上帝创造世界的事。为求叙事方法的变换，在第八卷里，米尔顿使亚当自己向拉弗尔叙述夏娃创造出来及禁食善恶知识树的果子的事。拉弗尔嘱咐亚当保护夏娃，不要求知识。在这四卷里，此诗的兴趣减削了不少，半因第七卷叙世界创造的故事过于求合于《创世纪》，半因第七第八二卷中萨坦都没有被写入。最后的四卷则叙人的被罚。在第九卷里叙夏娃不听亚当的劝告，独自散步于园中，萨坦幻变了一条蛇，告诉她说，他是蛇，因为吃了知识树上的果子所以会说话，并劝夏娃也吃这些果子以增进智力。夏娃被诱惑而吃了智果，还要求亚当也去吃。亚当因为爱她，决意反违上帝而与她同受罚，便也吃了这果。在最后的二卷里，在亚当与夏娃将出乐园时，上帝遣天使长米齐尔（Michael）告诉他们说，他们的刑罚在上帝之子牺牲他自己时便可以赦免。亚当、夏娃便带了将来可以复归乐园的希望而出了乐园。全诗遂止于此。这四卷又得了与首四卷同样的史诗的弘丽。《得乐园》共四卷，没有《失乐园》那样的使人注意。《参孙》（*Samson Agonistes*）也是以《圣经》的一个故事为题材。参孙是一个力士，不剃发，曾手裂一狮。后仇人以计剃他的发，他的力遂离身。因被执仇人矐其目，使他旋磨于狱中。后参孙发渐长，力亦复原，乃于仇人演剧之时，力折托柱，观剧者俱死，他自己也以身殉仇。

马委尔（Andrew Marvell）是米尔顿的朋友，虽然他原来很表同情于查利第一，而通常都称他为一个清教徒的诗人。他常作诗讽刺长期国会。他是一个田野的诗人，爱悦花园、森林、河流及禽鸟。没有一个英国诗人比他更爱自然的，他描写村郊，观察它的各种特质，赞赏它的特异的可爱与美丽的地方。

还有瓦尔顿（Izaak Walton）也是爱自然的作家。他生于1593年，他的名著《完成的钓者》（Compleat Angler）则出现于1653年，这时他正是60岁。他从幼年起，所交游的都是上流阶级。1644年时，他便退老于家，此后，还继续活了四十年，《完成的钓者》及《传记》（*Lives*）都是这个时期产生的。《完成的钓者》显然的是一位已致于肃静的老年的作家所著的；全书的意思可表现于最后一页的“习静”（Study to Be Queit）数字上。它是一部实际的钓鱼术，然其价值远过于此。乡村的景色是瓦尔顿所赞赏不已的，他尤其喜的是乡村的沉静与安息，温柔与静美，使人读之便如置心于和平而沉静之境，浑忘了有世间的饥饿与苦作等事。他的《传记》也是传记中的珍宝。约翰生（Johnson）甚称许此书。

米尔顿是宣扬清教徒的文化的，与他同时而宣扬清教徒的热忱的，有约翰·彭扬（John Bunyan），彭扬的大著《天路历程》（*The Pilgrim's Progress*）是一部极感人的作品，论者尝谓“无数千的人曾读之而流泪”。《天路历程》中全以抽象的德性与恶行作为有人格的，他的想像力极为丰富，几使他们真成为人。他的文笔是如此的动人，竟使两个“性格”的对话，比之平常剧本中两个真实的人的对话还迫真。彭扬并没有受过什么教育。他父亲是一个补锅匠，他自己也是一个补锅匠。他常说道：“我没有到过学校，读过亚里士多德或柏拉图，但是很贫贱的在我父亲屋里长大，所交游都是穷苦的乡人。”他生于1628年。在内乱的初期，彭扬是一个兵士，一年后，他归家结婚。他于受洗礼后即出外传道，不久，即大得名誉。王政复古后，彭扬被捕下狱，在狱中住了12年。他在狱中很自由，家族朋友可以随时入见，且可在狱中宣道，每天还能出狱走走。在这几年的囚禁生活中，彭扬得益不少；监狱给他时间以读书、思想、著作。《天路历程》的第一部即写于狱中。出狱后，续作了它的第二部，又作《反对基督教的讨论》（*Discourse upon Anti-Christ*）、《恶人君的生平及其死》（*The Life and Death of Mr. Badman*）、《神圣战争》（*The Holy War*），以及许多的诗。以《天路历程》为最著。自《圣经》之外，此书便算是最为多数英国人所读的了。其他诸国没有无译本的，连中国也早已有之。彭扬死于1688年。

《天路历程》的开始，叙一个名基督教徒（Christian）的，在田野中读书，悲哀的叫道：“怎样能得救呢？”一个传道使者指示他向方便门走去，好意开了门，又叫他向一条窄路走。他到了度济路，担负从背上落下，身体轻松了。又到了艰难山，懦怯与惑者劝他回转，但他仍努力向前，到了美丽宫，遇见聪明、谨慎、慈惠诸人。由此上路到卑躬谷，遇见一个恶魔名阿波龙（Apollon）的，与他争斗，幸得打败了阿波龙，经过死影谷而遇到忠诚，与他同进名利市场。忠诚被妒善公（Lord Hategood）所杀，基教徒幸得脱险，又遇到一友希望。不料二人又迷路而至疑宫，疑宫的主人是失望巨妖，他的妻子是猜疑，他们把基督教与希望囚禁在狱中，给与种种的虐待。基督徒偷开了监狱的锁偕希望逃了出去。到了愉快山，那里有一群牧羊人，名为知识、经验、诚恳等的，欢迎他们。他们又由此动身，遇见趋奉，被引入罗网中，亏得一位光明的使者裂破了罗网，使他再得上路。此后，他们便平安的进了天城，许多人拿着乐器欢迎他们，全城金钟齐响，似乎在欢呼道："进来与你的主同享欢乐。"这是第一篇的故事，至于第二篇则叙基督徒的妻与子女们离了绝灭城，进入天国而与她丈夫重聚的事。读者通常尤爱读其第一篇。

四

王政复古时代的作家有柏比士（Samuel Pepys）、特里顿（Dryden）诸人。柏比士生于1633年，死于1703年，他的著名是因他的《日记》，这部日记开始于1660年的正月，至1669年的5月31日为止，此后便因眼疾增剧而不能再记录了。全书原都用缩写字记下，且杂以外国文。直到他死后120年，此日记才被译出印行。这是一部无比的有趣的书，细写出作者的心底的秘密及日常的极琐碎的行动。在历史上，此书也很有用处。

依弗林（John Evelyn）也是当时的一个日记作家，他生于1620年，死于1706年。他的日记的价值是在于告诉我们17世纪的畏敬上帝的乡村中上流人的生活，正如柏比士之日记告诉我们那时大部分未受教育的国民的生活一样。

蒲忒劳（Samuel Butler）的《希狄巴拉士》（*Hudibras*）是英国文学上名著之一；柏比士告诉我们说，它是当时最流行的书。

然而蒲忒劳却未于此得什么利益。他是忠于王室的，然而却也并未于国王那里得到一点东西。所以他的生活很穷苦。他生于1612年，并未参预于内战，是当时许多坐观国会与英王争斗的文人之一。他极受西万提司的影响。《希狄巴拉士》就是《吉诃德先生》的后继者。

特里顿（John Dry den）是这时最大的诗人，也写着畅美的散文。他生于1654年，在康桥大学受教育。他是他的时代的最为多方面的诗人。1681年，他发表了*Absalom and Achitophel*，这是英国文字中第一篇整洁的讽刺诗。*Religio Laid*是史格得（Scott）所称为最可赞美的诗篇之一。他的许多剧本是死了，但他的“寓言”（Fables），用韵文写的长故事，却在任何国文字中都不会死朽。有好几篇，读者每非读至终卷不释。他们是小的史诗，在最好的节段，可以比得上荷马的风格。他的高贵的歌（Odes）也是值得记忆住的。

在戏剧方面，这时也现出新时代的精神。当查利第二在座时，莫里哀（Moliere）正在法国著作；自然的，英国王政复古时代的戏剧家要受到这位伟大的法国喜剧作家的影响。孔格里夫（w. Congreve）是这时最可注意的戏剧家，他的《世道》（*The Way of the World*）是不可及的一篇喜剧杰作。还有魏查莱（W. Wycherley）比孔格里夫老了30岁，也作了《乡妇》等剧。特里顿也是当时著名剧作家之一，但他的伟大却不在他的戏剧上。

参考书目

1. 赫里克的《诗集》在牛津大学出版部的《世界名著》（*The World's Classics*）中有之。

2. 汤麦士·白朗的著作，共3册，在倍尔（G.Bell）公司出版的《彭氏丛书》（*Bohn's Library*）中。

3. 白朗的*Religio Medici*单行本在邓特公司出版的（万人丛书）中。

4. 葆尔顿（R.Burton）的《忧郁的剖解》收在倍尔公司的《彭氏丛书》中。

5. 米尔顿的《英文诗集》（*English Poems*），包含《失乐园》《得乐园》、*Samson Agonistes*及早年的诗，共二册，为R. C. Browne编的，牛津大学出版部出版。

6.《米尔顿传》（*Life of Milton*），马逊（David Masson）作。

7.《米尔顿》，柏底孙（Meark Puttison）著，在麦美伦公司出版的《英国文人丛书》（*The English Men of LetterSeries*）中。

8. 瓦尔顿（J. Walton）的《完成的钓者》在《万人丛书》中。

9. 瓦尔顿的《传记》，有史格得（Walter Scott）公司出版的1本。

10. 马委尔的《诗集》共2册，Rontledge公司出版。

11. 彭扬的《天路历程》及其他，有牛津大学出版部出版的1本。

12. 彭扬的《神圣战争》及其他，亦由牛津大学出版部出版。

13.《约翰·彭扬：他的生平，时代及著作》(*John Bunyan: His Life, Times, and Work*)，白朗（Dr. John Brown）著，共2册，辟特门（Pitman）公司出版。

14. 麦考莱（Macaulay）也有一篇《彭扬论》。

15.《柏比士的日记》，惠特莱（H. B. Wheatley）编，共8册，在倍尔公司的《彭氏丛书》中。《万人丛书》中亦有之，共2册。

16.《柏比士》(*Pepys*)、洛薄克（Percy Lubbock）著，在《文学家传》（*Literary Lives*）丛书中。Holder & Stoughton出版。

17.《希狄巴拉士》(Hudibras)，瓦劳（A. R Waller）编，康桥大学出版部出版。

18. 特里顿的《诗集》，有牛津大学出版部印的1本。

19. 特里顿的《戏剧的论文集》在《万人丛书》中。

20.《万人丛书》中，有一本《王政复古时代的戏曲集》，为哥斯（E. Gosse）所编。

21. 菲萧·恩文（Fisher Unwin）公司出版的《"Mermaid"古代戏剧丛书》中有特里顿（共2册）、孔格里夫，魏查莱诸人的戏曲集。

22.《特里顿》，桑次葆莱（Saintshury）作，在《英国文人丛书》中。

第二十二章

17 世纪的法国文学

一

柏斯哥尔（Blaise Pascal）是法国17世纪前半的少数的大作家之一，他是一个法国的清教徒（即jansenist）。他生于1623年，是一个算学家、神学家，同时又是一个伟大的作家。在他的Lettres Provinciales及他的“杂思”（PensSes）里，柏斯哥尔讲到人生的大问题。宇宙是如此的大，人是如此的小。柏斯哥尔望着天空，叫道：“那些无垠的空间的永久沉默，给我以恐惧。”他的许多的“杂思”都简明而动人，差不多在各国都已成了日常的熟语。这里举两个例：

> 人不过是一根芦苇，自然界里最软弱的东西，但却是一根有思想的芦苇。
>
> 如果克丽亚巴特拉（Cleopatra）的鼻子短了些，世界全部的历史便要变动了。

大主教李查留（Richelieu）对于法国文学的发达是很有功绩的。

他在1629年创立了法兰西学院（The French Academy）。他对于文学，也与他之对于一切东西一样要求权威与秩序。然因此便不免偏于守旧。这个学院造成了正确的法国语言，建立了一个公认的文学批评的标准，创造了一种文学的权威，同时却对于每个新的文学潮流都给以守旧的反对；因此，几个最伟大的法国作家，如莫里哀、福洛贝尔（Flaubert）都不曾被举在那些“不朽者”中占一席地。这个学院的最初行动之一，便是鄙夷产生于法国的17世纪的第一部有天才的书——孔耐尔（Pierre Corneille）的《西特》（*Le Cid*）。

孔耐尔于1606年生于洛因（Rouen），他的第一篇剧本则产生于1636年。孔耐尔的死年是1684年，他的后期的剧本是属于路易十四（Louis XIV）的时代。他站立在法国文学史上的地方，是一个伟大的文学时代的前驱者，而不是那个时代的一个正角。孔耐尔的性格是浪漫的；他爱文辞，如拉培尔之爱他们。孔耐尔又是一个非常不平衡的作家。莫里哀有一次说道：“我的朋友孔耐尔有一个魔神感发他去写作世界上最优美的韵文。有时，这位魔神不在了。那么，他就写作得非常的坏了。”他的文名在他生活的时代很盛大，但后来的批评家，却算他于不大重要的作家之列。

在孔耐尔的大著《西特》出版数月之后，伟大的法国哲学家狄卡尔（René Descartes）也发表了他的《方法论》（*Discours de la Methode*）。在本书里不能叙述到狄卡尔在哲学上的地位，然而他在法国文学史上却自有他的地位；他是一位具有流利真朴的风格的散文作家。他生于1596年而死于1650年。他的第一部著作完成时，年才16，此后，在一生中，著作不辍，成了许多卷的杰作。

二

莫里哀（Moline）是法国17世纪的最大作家，他在法国戏剧上的地位，恰如莎士比亚之在英国。他于1622年生于巴黎，正当莎士比亚死后的第六年。他的真名不是莫里哀，是蒲克林（Jean Baptiste

Poquelin），莫里哀乃是他的演剧的名字。他的父亲是法王的随侍。他少时受耶稣会学校的教育，读过亚里士多德的著作，译过 Lucretius 的文字。他出学校后，原可以继续他父亲的地位，为王宫的买办。但他的性质却不适宜于此种事。后来，他的父亲变成废人，不能再做事，他才迫不得已的到国王身边去接差办事。1641 年，他随路易十三到兰克杜（Lanquedoe）游历。回到巴黎后，他决意投身于戏剧界。这时，他是 20 岁。他与好些伶人组织了一个社，租了巴黎的一处网球场，布置成舞台，以为演剧之用。然而那时却不是适宜于舞台发达的时代。巴黎是在常常的政治骚扰之中；道路上不很平安，百姓们无观剧的意念。莫里哀与他的同伴在各个网球场上演剧，结果却都不成功。在 1645 年，他还因不能偿付剧场上用的烛费而被捕下狱一次呢。

经过在巴黎的四年的失败之后，莫里哀决定到各省去寻求他的幸运。此后十年之久，他的生活都是过着游行演剧者的生活，一种艰苦而冒险的生活。当临时舞台在网球场或谷场设立了，四面围挂以花毡，伶人进出都要与重厚的挂毡相撞。大厅通常以一个插有四支烛的烛盘照耀着，从天花板上挂下来，上面是用滑车，以便时时的把这烛盘放下来，看客中便有人把烛花剪去。

莫里哀是一个身材高长的、可爱的慈心人，慷慨、忠厚，而且心情快乐。他的鼻子很厚，他的大嘴带着厚唇，他的脸皮是棕色的。他的眉毛是浓黑的，他常动他的浓眉，这给他以他的在剧场上的滑稽的表白。所有他的同时代人都承认为一个伟大的喜剧演员及一个有天才的戏剧作家。莫里哀的著名剧本有《装腔作势》（*Les Precieuses Ridicules*）、《上流人》（*Le Bourgeois Gentilhomme*）、《矫伪人》（*Tartuffe*）、《孤独人》（*Le Misauthrope*）及《想像的病》（Le Malade Imaginaire）等，所有这些剧本，直至今日，舞台上还在演着，正如英国莎士比亚的喜剧及悲剧一样。

莫里哀的大成功，就是法国喜剧的创造，他是一个写实主义者，有兴味于当时的人民生活。他所写的是日常生活的戏曲，而以滑稽的笔写之。因此，在《装腔作势》里，他笑着一种爱好文艺的妇人们；在《矫伪人》里他笑着伪善的人；在《想像的病》里，他则讥笑着医生们。《孤独人》是他所有戏剧中的最伟大者；剧中的英雄阿尔西士(Alceste)是一个感伤的、孤独的无幻象的人，他站立在一个黑暗寂寞的小街角上，以仇视那个冷酷、浅薄、无同情的世界。

莫里哀的剧本里，所包含的事变很少，他全时间都用在人物的发展上。每一件事变，每一个地位，如果不能用来使他的人物在看客前更清楚的显出，他便抛舍了它。他所置于舞台的每个人，他也仅只叙到他的特性。他所画的是轮廓，不是详细的图。譬如太托夫(Tartuffe)是一个矫伪人，他爱妇人，又爱权力。那就是莫里哀所告诉我们的关于他的全部了，那就是他剧本的目的，那就是我们所欲知的他的全部了。

像许多伟大的滑稽家一样，莫里哀是容忍的。他是永不愤怒，即对于他所写的恶人也是如此，因为他们也是人，有他们自己个性的人。他不保护他们，或代他们辩解，但他确正的、冷淡的描写他们，承认所有的人类，无论他们有如何的缺点，却同时又都具有某种的高贵之点。

莫里哀的最被人所知的喜剧是《上流人》。剧中主人翁名左定(Jourdain)，一个有钱的店主，他渴欲进入社会之中。为欲得适当的礼节与适当的谈话，他便请了一个音乐教师，一个跳舞教师，一个剑术教师及一个哲学教师。他的女儿要与一个与他同阶级的少年结婚他拒绝了，直到这少年穿了东方的衣装，自称为土耳其帝之子，他才允许他的请求。这篇《上流人》原是情节很简单的笑剧，然而它极合于舞台的表演，人物很滑稽，对话是可爱的机警。

莫里哀的一生，不仅是一个忙碌剧场经理者，且也是一个继续的被他敌人的阴谋所攻击的人——嫉妒的同业，愤怒的教会中人，都是他的敌人，教会中人之所以攻击他的理由，我们不能知道，然而他们坚持的以他为上帝之敌，即在他死后，他们还不稍减其敌意。然而向他表示好意的也未尝无人，法王路易十四始终的爱顾他，为他的保护人。《矫伪人》的表演初被禁止，后来路易十四竟将禁令取消。《想像的病》是他最后所写的戏，也是他最后的演作的戏。1673 年 2 月的一天，他在演《想像的病》的时候，忽然气闭，抬回家后便死了。

莫里哀的剧本，影响于法国语言者甚大，法国人的日常用语之得于莫里哀的，比之任何法国的作家都多。史特拉齐（Lytton Strachey）说道："在法国的文学上，莫里哀占了与西万提司在西班牙，但丁在意大利，莎士比亚在英国的同样的位置。"安特留·兰（Andrew Lang）说道："在法国文学上，他的名字是最伟大的名字，在近代戏曲上，他的名字是莎士比亚后的最伟大的名字。"

三

蓝辛（Jean Racine）的戏曲在今日还在法国剧场上表演着，论者都以他为一个超越的法国作家。他生于1639年。他的家庭是约辛派的教徒（Jansenists）。约辛教派与英国的清教是一样的。他的幼年在著名的一个僧院中受教育。他的早期专心于文学，深为他的虔敬上帝的亲属所不悦。在他的一信里，他说，因写了咏马萨林（Mazarin）的一首诗使他被教会逐出会外。他的第一篇戏剧La Thébaide于1664年，为莫里哀的剧团所表演，大约莫里哀他自己也在内当一个角色。蓝辛的第二篇戏剧《亚历山大帝》（*Alexandre de Grand*）也为莫里哀所表演。过了二个星期，这位戏剧作家却把他的这篇剧本给了一个反对莫里哀的剧团去表演，显然的，他是与莫里哀不和了。此后十年中，蓝辛继续写了不少的剧本。其中最著名的是《安特洛马丘》（*Andromague*）、《菲特》（Phèdre）及《阿萨里》（*Athalie*）三剧。

1673年，他被举入法兰西学院中。《菲特》产生于1677年，虽然蓝辛此后还活了20年，然在实际上，这篇剧本却是他的最后的剧本，以后便搁笔不再写了。他悔恨以前的生活，便与一女子结婚，安心的生活于一个安静的家庭中，以路易十四所给与年俸自给。他死于1699年4月20日。

《菲特》是蓝辛的所有剧本中的最著名的。每个法兰西有天才的女伶，都想终于能一饰菲特的一角，正如英国的每一个有天才的男伶，都欲一饰莎士比亚的韩姆雷特（Hamlet）一角。这是一篇悲剧，依据于希腊故事而有许多变异；是一篇动人的恐怖、神秘而妒忌的戏曲，表达出些希腊人的教条，所谓人在运命的手中是无助的。他的较此剧早出的一篇剧本《安特洛马丘》，表现出蓝辛之能以最少数的人物与事实而显出戏曲的动人的威权来。这篇戏中只有四个人物，二男二女。安特洛马丘是赫克托（Hector）的寡妇，年纪甚轻，她在世上只有二事是热切的想念着，即她的幼年的儿子阿史他那（Astyanas）及她已死的丈夫。她与阿史他那都为特洛伊（Troy）的攻陷者辟尔好士（Pyrrhus）所掳，辟尔好士是一个一往直前的，勇侠的，但有点野蛮的王子，他虽然已与海美安（Henmione）定婚，却不顾一切而恋爱着安特洛马丘。海美安是一个美丽的雌虎，全心只爱着辟尔好士；而还有一位名奥莱司特（Oreste）的男子，一个忧郁而有些弱病的人，却以求得海美安的爱为一生的目的。这些便是这篇悲剧的元素，正如一堆火药一样，只待有一星火花落在上面，便要炸发。这一星火花的燃起，乃在辟尔好士向安特洛马丘说道，如果她不嫁他，他便要杀了她的儿子之时。安特洛马丘答应了，但却决心秘密的在结婚后立即自杀，如此，她一面救了她的儿子，一面又保存了她始终为的赫克托的妻子的荣光。海美安为了此事，妒嫉得灼燃着忿火而宣言道，如果奥莱司特答应她一个条件，她便与他同走——这个条件即杀了辟尔好士。奥莱司特不顾一切的名誉与友谊，答应了；他杀了辟尔好士，回到她那里求践诺。此下乃是蓝辛一生所写的剧中最激动的一幕了。海美安知辟尔好士已死，悔惧且怒，反数落奥莱司特的罪一顿，便跑去自杀，这里，闭幕时，只剩了奥莱司特一人在舞台上。

蓝辛的性情正与莫里哀相反。他是嫉妒、傲慢，而且易怒，没有乐受人批评的度量。

四

拉芳登（Jean de la Fontaine）是一个著名的寓言作家，生于1621年。他在本乡大学里受教育，初欲为教士，后来觉得与性情不合，便改而学法律。1647年，他与一个年才16岁的女子结婚，这女子带了二万的里弗（Livre，法国古币名）的嫁妆来。然在精神上，这个结婚却并不快活。拉芳登夫人读了小说过多，对于家务都疏忽而不管，隔了十年之后，他们便离开了。

拉芳登之开始著作，在他过了30岁之后，在那时，他并没有发见他自己是一个寓言作家。他逐着时代的风气，写着短诗与歌，求几个东道主，他能谀媚的“供献”（dedicate）他的诗，而以保护他、给他以经济的助力为酬劳。

拉芳登的寓言的动人，在于美而真朴，包含诗意，而又包含深邃的哲理。他把动物人格化了，而又不失那些动物的真性；他能捉住各种动物的特异之点，各还它一个真，所以我们读他的寓言，觉得所写的驴，就是活的驴，所写的狼或兔或狐，就是活的狼、兔、狐。而他在这些动物里却装放以人世最深切的哲理。所以有人说，拉芳登的动物是带着人的心的真实动物。下面举他的寓言一则，可由此窥见他的可爱的文字的一斑：

二驴

二驴各负一物于背，
——驴负的是雀麦；一驴负的是税银。
负银的驴以他所负之物为光荣，
骄傲的向前走去；
由他的叮当的铃声中，
可知他非常喜欢他所负的东西。
但在一个野树丛生的山谷中，
有一群的强盗，
向这二驴冲来，
他们看见银子非常喜欢，
便把那只傲贵的负银的驴子的缰头捉住。
可怜的驴子呀！他挣扎着反抗他的残暴的敌人，
他被刀所刺而跌倒了，他痛苦的叹气，
他叫道：“这就是他们所许我的运命吗？

我的卑谦的朋友并不受祸，
而我却滚跌于我的血中而要死去。”
他的同伴的驴答道：“我的朋友，
一个人的工作太高是不好的。
如果你如我似的，为一个磨麦人的奴隶，
你便不会如此死去了。”

拉芳登把朴质的寓言发展成一个小小的人间故事，使他们不仅成为一种动物的故事，而他的同时代作家辟拉尔特（Charles Perrault）却因引进神仙的分子，而更使它普遍流行。辟拉尔特搜集了许多流行的民间故事，而以他自己的活泼明快的风格重述出来：他的最著的故事有：《小红冠》（*Little Red Riding-hood*），《睡美人》《青须》《着靴的猫》《美人与兽》《辛特里拉》（*Cinderella*）等，这些故事都是现在无人不知、无人不读的，已成了世界的神仙故事。辟拉尔特本不看重他的这些故事，他以他的别的作品为更重要。然而那些作品却早已被人忘了，只剩下这些民间故事还被无量数的成人，儿童所读诵。

鲍哇洛（Boileau）是属于路易十四时代后半期的一个作家。批评者以为他是把文学从天上带到地上来，从贵族那里带到平民那里来的。他的锐利的讽刺与绝顶的机警，都为论者所赞颂，有时，他们且称之为“近代的贺拉士”（Horace）。他的名著为 *Lutrin*，曾被英国大诗人蒲伯（Pope）所赞许，所模拟。

赛文夫人（Madame de Sevigne）也是这个时代的一个很著名的人物，她写了许多的尺牍，在那里，表现出路易十四的时代，正如依弗林的日记之表现出英国查利第二的时代一样。在文学上，这些尺牍也是很有价值的。到了现在，许多国的学校里还都取来当作法文课本。

白里耶（La Bruyére）是一个道德家，悲观主义者，他留下一幅王宫侍臣的讽刺图画给我们，那些侍臣把脸向着国王，却把背向着上帝了。

法奈龙（Fénelon）亦为当时的一个大作家，他的 *Telemaque* 曾被译为德文而受全德国人的欢迎。又有《给男人的信》及《给女人的信》也是动人的名著。

洛极法卜（La Rochefoucauld）是著名的《格言集》（*Maximes*）的作者，一个贵族。他与当时别的作家都不同，冷酷而切实，底下引他的格言数则，可见他的特质及他的时代的特质，那时是美丽而光荣，却已为大革命的恐怖的预备：

> 最简朴的人而具热情，比之最辩给的人而无热情的，更为感动人。
>
> 哲学很容易的战胜过去与未来的罪恶，但现在的罪恶却很容易的战胜哲学。
>
> 老年的人喜欢给好的劝告，因欲安慰他们自己以已不会长久的站在一个给坏榜样的地位了。
>
> 我们常常要对我们最好的动作自羞，如果世界证明了我们做这些好动作的动机。
>
> 没有人是如他们所想像的那样幸福或不幸。

参考书目

1.《法国文学短史》（*Short History of French Literature*），桑次葆莱教授（Professor Saintsbury）著，牛津大学出版部出版。

2. 莫里哀的《戏曲集》，有瓦尔（C. H. Wall）的英译本，共3册，在倍尔公司出版的《彭氏丛书》（Bohn's Librayr）中。

3. 蓝辛的《戏曲集》，有波士惠尔（R. Bruce Boswell）的英译本，共2册，亦在《彭氏丛书》中。

4. 拉芳登的《寓言》（*Fables*），有莱特（E.Wright）的英译本，亦在《彭氏丛书》中。

5. 法奈龙（Fénelon）的《给男人的信》（*Spiritual Letters to Men*）及《给女人的信》（*Spiritual Letters to Women*）都有英译本，为朗门公司（Longmans）所出版。

6. 柏斯哥尔（Pascal）的《杂思》（*Thoughts*），有约兰（C. S. Jerram）的英译本（Methuen 出版）。

第二十三章

中国小说的第二期

一

这一期是中国小说史中最光耀的时期。有无数的至今尚传诵于民间的通俗小说是产生于这个时期的，有许多重要的不朽的名著是产生于这个时期的；前期所叙的《水浒传》也是在这个时期才完成而为一部不朽的书。齐天大圣、岳飞、杨六郎、薛刚、狄青、秦琼诸人的姓名，都在这个时期输到了民间，成了他们最崇拜的英雄。短篇的评话，如《今古奇观》一类的东西，在这时期内也放射出莫为之前，莫为之后的光彩来。这个时期约包括了三个世纪，即自 15 世纪起，（明建文帝时）至 17 世纪（清康熙后半）止。

二

像《五代史平话》一类的“讲史”，是这个时期内最流行的小说体裁。差不多自开辟至两宋的史迹，都有讲述。《开辟演义》为周游作。叙盘古开天辟地，至周初的事为止。《东周列国志》则叙周室东迁至秦灭六国的事。又有《前汉演义》《后汉演义》以置于《三国演义》之前，《西晋演义》（亦名《后三国演义》）《东晋演义》以继于《三国演义》之后。与《隋唐志传》并行于世者，亦有《说唐前传》《说唐后传》。继之者，又有《五代残唐》及《飞龙传》等。《五代残唐》中之英雄为李克用及其嗣子李存孝；《飞龙传》有二种，一种较近于史实，一种则叙赵匡胤三打韩通诸事。大约这些演义都是民间所最流行的历史教科书的。所有民间的历史常识差不多都是由这种书中得到的。但这种小说的作者，文笔都极钝笨而干枯，又无精切的描写能力，叙事又都依附于史迹（有的则逞空想以创造种种的英雄），异常的草率，比之《三国志》尚远为不及，所以没有什么可详叙的价值。

还有一类，可算得是上面叙的历史小说的旁支，就是以一个英雄为叙述的中心的讲史；如《精忠全传》（吉水邹元标编次），叙宋南渡时岳飞的始末；《英烈传》（一名《云合奇纵》），叙明开国时诸功臣事，特别表扬郭英之战功；《征东征西全传》，叙薛仁贵、薛丁山、薛刚诸人的功绩；《杨家将》，叙杨业、杨延昭（六郎）、杨宗保诸人的事迹；《五虎平西平南传》，叙狄青荡平诸国事；在民间都有极大的势力与影响，至今还有无数的人执着这些书读，为这些英雄们忧、喜，舞台上也极常的表演他们的故事。这些小说，大半的叙述都是虚幻的，不根据于历史的。但前后的事实，以一人为中心，较之《东周列国》诸讲史之人物过多，叙述散漫者，实更足动人。可惜他们的叙写太幼稚了，不能成为第一流的历史小说。

《隋炀艳史》约产生于16世纪，叙隋炀帝的始末。采用《大业拾遗记》《开河记》《迷楼记》《海山记》以及诸史书，几乎无一句无来历。褚人获在1675年增订《隋唐志传》，前十余回即完全采用《艳史》之文。全书共40回，结构殊为完密，在许多讲史中，这可算是较好的一部。又有《梼杌闲评》，不知作者姓名，叙魏忠贤及客氏之罪恶，而纬以因果报应之说；《女仙外史》，吕熊作，叙青州唐赛儿之乱，亦杂以怪诞妖异之言。他们的叙写虽较一般讲史进步，然实无什么可观的，在民间也没有什么影响与势力。

三

历史小说是不容易作得好的；太服从于历史的叙述，则必会如《东周列国》《两晋演义》之无甚活泼的小说的趣味，离开史实太远了，则必会如《杨家将》《薛家将》之以荒诞无依据见讥，兼之，又无伟大的作家去运用这些材料，所以在这一个时期，讲史虽最发达，却没有什么很好的作品；其在文学上有不朽的价值者，乃为《西游记》与《金瓶梅》。

《西游记》流行于今者为吴承恩著之百回本。相传此书为元长春真人邱处机作，实则《长春真人西游记》，乃李志常所记，叙处机西行的经历，完全与现在之《西游记》小说无关。在吴本《西游记》之前，《三藏取经诗话》之后，尚有一种41回本之《西游记传》为齐云、杨致和编。我们在《三藏取经诗话》里，知道他所叙的与吴本的《西游记》相差得如何的远。在杨致和的《西游记传》，我们却看出他所叙的与吴本已差不多完全相同了。不过杨致和的故事只有二薄本，吴承恩却把它放大成了十倍以上。我们拿这两本《西游记》对读了一下，立刻可以看出吴本叙写的技术是如何的进步。在杨致和的《西游记传》第六回《真君收捉猴王》里，有一段叙二郎神与孙悟空决斗，各相变化的事：

> 二人各变身长万丈，战入云端，离却洞口。康、张、姚、李等，传令草头军纵放鹰犬，搭弩张弓，杀入洞去，众猴赶得逃窜无路。大圣正在斗战，忽见本山众猴惊散，抽身走转。真君大步赶上，急走急赶。大圣慌了，摇身一变，钻入水中。真君道："这猴入水，必变鱼虾，待我变作水獭逐他。"大圣见真君赶来，又变一鸨鸟，飞在树上。真君拽起弓，一弹打落草坡，遍寻不见。回转天王营中，云及猴王败阵等事，今赶不见踪迹。李天王把照妖镜一照，急云："那

妖猴在你灌江口去了。”

下面是吴承恩叙写的同上的一段故事：(《西游记》第六回)

他两个斗经三百余合，不分胜负。那真君抖擞神威，摇身一变，变得身高万丈，两只手举着三尖利刃神锋，好便似华山顶上之峰，青脸獠牙，朱红头发，恶狠狠望着大圣头就砍，这大圣也使神通，变得与二郎身躯一样，嘴脸一般，举一条如意金箍棒，却就似昆仑顶上擎天之柱，抵住二郎神。唬得那马流元帅，战兢兢摇不得旌旗，崩、芭二将，虚怯怯使不得刀剑。这阵上康、张、姚、李、郭申、直健传号令撒放草头神，向他那水帘洞外纵着鹰犬，踏弩张弓，一齐掩杀。可怜那些猴抛戈弃甲，撇剑丢枪，跑的跑，喊的喊，上山的上山，归洞的归洞。大圣忽见本营中群猴惊散，自觉心慌。收了法象，掣棒抽身就走。真君赶上道："哪里走！趁早归降，饶你性命！"大圣不恋战，只得跑起，将近洞口，正撞着康、张、姚、李四太尉、郭申、直健二将军，一齐挡住道："泼猴那里走！"大圣慌了手脚，就把金箍棒捏做绣花针，藏在耳内，摇身一变，变作个麻雀儿，飞在树梢头钉住。那六兄弟慌慌张张，前后寻觅不见，一齐吆喝道："走了这猴精也！走了这猴精也！"正嚷处，真君到了，问兄弟们赶到那里不见的。众神道："才在这里围住，就不见了。"二郎圆睁凤目观看，见大圣变了麻雀儿钉在树上，就收了法象，撇了神锋，卸下弹弓，摇身一变，变作个饿鹰儿，抖开翅飞将去扑打。大圣见了，飕的一翅，飞起去，变作一只大鹚老，冲天而去。二郎见了，急抖翎毛，摇身一变，变作一只大海鹤，钻上云霄来嗛。大圣又将身按下入涧中，变作一个鱼儿，淬入水内。二郎赶至涧边，不见踪迹，心中暗想道："这猴狲必然下水去也。定变作鱼虾之类，等我再变来拿他。"果一变，变作个鱼鹰儿，飘荡在下溜头波面上，等待片时。那大圣变鱼儿，顺水正游，忽见一只飞禽，似青庄毛片不清，似鹭鸶顶上无缨，似老鹤腿又不红，"想是二郎变化等我哩。"急转头打个花就走。二郎看见道："打花的鱼儿，似鲤鱼尾巴不红，似鳜鱼花鳞不见，似黑鱼头上无星，似鲂鱼头上无针。他怎么见了我就回去了，必然是那猴变的！"赶上来刷的啄一嘴，那大圣就撺出水中，一变变作一条水蛇，游近岸，钻入草中。二郎因嗛他不着，

> 忽听水响，见一条水蛇撺出去，认得是大圣，急转身又变做一只朱绣顶的灰鹤，伸着一个长嘴与一把尖头铁钳子相似，径来吃这水蛇。水蛇跳一跳，又变做一只花鸨，木木樗樗的立在蓼汀之上。二郎见他变得低。那花鸨乃鸟中至贱至淫之物，不拘鸾凤鹰鸦，都与交群，故此不去拢傍。即现原身，走将去，取过弹弓，拽满一弹子，把他打个蹦踵。那大圣趁着机会，滚下山崖，伏在那里，又变变做一座土地庙儿，大张着口，似个庙门，牙齿变做门扇，舌头变做菩萨，眼睛变做窗棂，只有尾巴不好收拾，竖在后面，变做一根旗竿。真君赶到崖下，不见打倒的鸨鸟，只有一间小庙，急睁眼细看，见旗竿立在后面，笑道："是这猴狲了，那今又在那里哄我。我也曾见庙宇，更不曾见一个旗竿竖在后面的，断定这畜生弄鬼。他若哄我进去，他便一口咬住，我怎肯进去。等我掣拳先捣窗棂，后踢门扇。"大圣听得心惊道："好狠，好狠！门扇是我牙齿，窗棂是我眼睛。若打了牙，捣了眼，却怎么是好！"扑的一个虎跳，又冒在空中不见。真君前前后后乱赶，只见四太尉二将军一齐拥至道："兄长拿住大圣了么？"真君笑道："那猴儿才自变做庙宇哄我。我正要捣他窗棂，踢他门扇，他就纵一纵又渺无踪迹。可怪可怪！"众皆愕然四望，更无形影。真君道："兄弟们在此看守巡逻，等我上去寻他。"急纵身起在半空，见那李天王高擎照妖镜，与那哪吒住立云端。真君道："天王曾见那猴王么？"天王道："不曾上来。我这里照着他哩。"真君把那赌变化，弄神通，拿群猴一事说毕，却道："他变庙宇，正打时就走了。"李天王闻言，又把照妖镜四方一照，呵呵笑道："真君快去快去！那猴使了个隐身法，走出营围，往你那灌江口去也！"

在这两段里，我们立刻可以不加思索的，知道吴承恩所写的较杨致和所写的，无论在质上、在量上，都进步了不少。量是多了十倍，质的进步也不下于此。杨致和写这一段最热闹的事，本不怎么动人，给吴承恩一写，却顿变为有声有色，最有趣的一段了。在别的地方也无不可看出这种显然的进步的痕迹来。这不过举其一例而已。

与杨致和的《西游记传》同时出现，而被人合称为《四游记》的，尚有《东游记》《南游记》及《北游记》。《东游记》一名《上洞八仙传》，共2卷，56回，为兰江吴元泰著，叙李玄、钟离权、吕洞宾、蓝采和等八仙得道之由，又叙到吕洞宾帮助辽萧后以与宋杨家将相抵抗，及八仙与四海龙王及天兵交战，因观音讲和而和好如初诸事。《南游记》亦名《五显灵光大帝华光天王传》，共 4 卷，18 回，余象斗编，叙华光之始末，事迹至为变幻，自始至终，都在反抗的斗争中，有些似《西游记》的开始数回。最后，华光到地狱去寻母亲，因偷桃医母之食人癖，致与齐天大圣相斗，被大圣女月孛所击，将死。火炎王光佛出而讲和，华光始得逃死，终归依于佛道。《北游记》一名《北方真武玄天上帝出身志传》，凡 4 卷，24 回，亦余象斗编，叙玉王大帝忽因贪念而以其三魂之一，下凡为刘氏子。后历数劫，扫荡诸魔，复归天为真武大帝。这四部书的故事都极变幻可爱，但文笔却都笨拙无活趣。《西游记》之名所以独最著名，乃完全因吴承恩之有力的润饰。

吴承恩字汝忠，号射阳山人，嘉靖中岁贡生，官长兴县丞，著有《射阳存稿》及《西游记》（约 1510—1580 年）。他善谐利，以著作杂记（《西游记》即其一）名震一时。他的集子今不得见，《明诗综》中有他的诗数首。他的《西游记》，前后的次第，大体与杨致和的相同，然叙写却大改观。杨本只是一个故事的骨架，吴承恩却给它以丰美的肌肤与活泼的灵魂了。《南游记》及《北游记》中的故事，也被采入数段。《西游记》中的铁扇公主，即曾见于《南游记》中者。全书共 100 回，前七回为孙悟空闹天宫的始末，自第八回以后为唐三藏的出现，为唐太宗魂游地府；后请三藏去求经，他于途中收了悟空、悟能（八戒）、悟净，经历了八十一难而卒得取了经回来，成了正果。作者的滑稽的口吻，时时可以在书中各处发现。他的想像力也异常的丰富；八十一难是很容易写得重复的，他却写得一难有一难的不同的经历。决不使读者有重复之感。所写的人物也极活泼真切，三藏、悟空、八戒、沙僧都各有各的性格、口吻、举动。甚至连每个怪，每个魔，也各有各的性格，各包含着极真挚的人性。无论取了其中的那一段来，都可成为一篇很好的童话。自此书出，曾有不少人为之作解释，如悟一子，悟元真人，张书绅诸人之《真诠》《原旨》《正旨》等，或以为这书是讲道的，或以为他是谈禅的，或以为他是劝学的，一句句的加解释，一节节的加剖白，使完整的文艺作品成为支解的佛经、道书或《大学》《中庸》，使无瑕的莹玉似的巨著，竟蒙上了三寸厚的尘土，不能见其真的文艺价值。我们要见《西游记》的真面目，便非对于这一切的谬解都扫除了，廓清了不可。

吴本《西游记》在当时大为流行，于是续作纷起。有《后西游记》，凡40卷，未知作者，署天花才子评点。中叙花果山于产生孙悟空后，又于某年产生一石猴，称为小圣。当唐宪宗时护了唐半偈到西天去求真解，中途又收了猪八戒之子一戒及沙僧之徒沙弥。一路上经了不少的困难，终于到了西天，得到真解而回。作者设想拟仿前《西游》，连主要人物亦相似，自然不容易写得好。所以处处都有做作生强的样子，没有前《西游》之流丽活泼。又有《西游补》，凡16回，为董说作。说字若雨，乌程人，生于万历庚申（1620年）。明亡后，削发为僧，号南潜。《西游补》即接原书"三调芭蕉扇"之后，写孙悟空化斋，为鲭鱼精所迷，入了梦境，欲寻秦始皇，借驱山驿驱前途各山，经历了许多过去未来之事，得虚空主人一呼，始离梦境。说的文字极为诡幻，驱使许多历史上的名人，放入书中，诙谐戏弄，信笔所之，较之一般被拘束于原书之拟作者，自然高出万倍。但因为书气太重，非儒者不能觉得有趣，所以难得流行于民间。

出现于《西游记》之后，而亦以写奇幻之神仙异迹见称者，有《封神传》及《三宝太监西洋记演义》。《封神传》凡100回，未知作者。本为叙武王克殷的一段史实，却杂入了无数的神魔仙佛，已不能算是历史小说了。中叙商纣暴虐，狐狸化身妲己以迷惑他，用了种种酷刑以杀忠良。于是姜子牙奉师命下山辅助周武王灭殷。却有许多截教魔怪出来帮助殷纣。于是阐教诸仙助子牙以敌截教诸魔。终于截教大败，纣王自焚，武王入殷都，大封功臣。子牙亦设坛大封应劫而死的诸仙诸魔，故谓之《封神传》。作者的叙写手腕，较逊于《西游》的作者，故没有什么活泼有趣的描写。其足以使读者移情者，仅其事实之变幻无穷而已。其中也有好些大胆的故事，如杨任反殷，哪吒敌父，在视"忠""孝"为天经地义的中国，却是不易见到的。

《三宝太监西洋记演义》亦有100回，分20卷，是二南里人罗懋登于万历丁酉（1597 年）编成的。中叙明永乐时，太监郑和等，造大舶，服外夷三十九国，咸使朝贡事。郑和，云南人，即世所称三保太监。前后凡七奉使，世俗盛称其功。故作者因而缘饰，杂以无数的荒诞怪异之言，成了这部《西洋记》。那里面差不多每页都有鬼怪出现，也不能算是历史的小说了。作者又喜调弄笔墨，殊着意于文章上的整炼，如：

> 却说王神姑带了这一挂数珠儿，那珠儿即时间就长得有斗来大，把个王神姑压倒在地上，七孔流血，满口叫道："天师，你来救我也！"天师起头看来，那里有个深涧，那里有个淤泥，明明白白在草坡之中。原来先前的高山大海，两次深涧，樵夫，藤葛，龙蛇蜂鼠，俱是王神姑撮弄来的。今番却被佛爷爷的宝贝拿住了。天师的心里才明白，懊恨一个不了。怎么一个懊恨不了？"早知道这个宝贝有这等的妙用，不枉受了他一日的闷气。"王神姑又叫道："天师，你来救我也！"天师道："我救你我还不得工夫哩。我欲待杀了你，可惜死无对证，我欲待捆起你，怎奈手无绳索。我欲待先报中军，又怕你挣挫去了。"（第 40 回）

即是一例，却还有比这个更利害的弄笔舞文的地方。因此，颇失了些自然的情趣。

四

《金瓶梅》与《水浒传》及《西游记》并被当时称为三大奇书。袁宏道见数卷，即大赞许。万历庚戌（1610 年）始有刻本，计 100 回。其中 53 回至 57 回原阙，刻时所补。此书未知作者，沈德符说是嘉靖间大名士所作，世因拟为王世贞作。相传，世贞作此书以献于其仇人严世蕃，渍毒液于书页。世蕃以口涎润手翻页，于是毒液入口而死；又传，世贞所毒者非世蕃，乃陷其父之唐顺之，所以清初张竹坡评刻此书，乃有《苦孝说》列于卷首。实则此种传说，皆为无稽的谰言。此书叙写家庭琐事、妇人性格以及人情世态，莫不刻划至肖。其成功尤在妇人的描写。中国小说如《水浒传》诸作，描写妇女，俱不着意，此书则与《水浒》截然不同。如潘金莲，在《水浒》为一个不重要的角色，为一个草率的写着，与杨雄妻无大异的妇人，在此书则成为一个女主人公，一举一动，一言一语，无不曲曲的传出她的个性。如月娘，如李瓶儿，如孟玉楼，如春梅、秋菊等等，也都各有其极鲜明的个性，活泼泼的现在纸上。此书在世为禁书，以其处处可遇见淫秽的描写。这也许是明人一时的风气。如删去了这些违禁的地方，却仍不失为一部好书；它的叙写，横恣深刻，《西游》恐怕还比不上，不要说别的了。因违禁而被埋封在屋角，殊为可惜！

书名《金瓶梅》，盖以潘金莲、李瓶儿及春梅三个主要的女主人翁的名字拼合起来而成。《水浒传》中曾叙及武松嫂潘金莲与西门庆奸，鸩杀了武大郎。后来武松为兄报仇，杀了西门庆及金莲。在本书里，则以此为线索，叙西门庆在清河县与帮闲游惰之人应伯爵、谢希大、花子虚等结为兄弟。一天，偶见武大妻潘金莲，即设计与之通好，又鸩杀武大，娶了金莲为妾。后武松来报仇，误杀了他人，刺配孟州。于是西门庆益发放恣。家有数妾，尚到处引诱妇人。又纳了李瓶儿为妾，通婢女春梅，得了两三场横财。家道荣盛。不久，李瓶儿生子，他又因赂蔡京得了金吾卫副千户，于是气象益与前不同。后来瓶儿所生的儿子惊风死了，瓶儿不久也死。西门庆自己又于某夜淫欲过度暴卒。于是他的家渐渐衰落。金莲出居王婆家中。武松遇赦归，竟杀了她。春梅被卖为周守备妾。后来金兵南下，各处大乱，庆妻吴月娘带了遗腹子孝哥，出奔济南。至永福寺，梦见西门庆一生因果，知孝哥即西门庆托生，因使孝哥出家为和尚，以修后缘。《水浒传》里一二回的文字，在本书却放大到如此的百回，然并不觉得其有什么拖拓拉长的痕迹。现在举二例如下，可以见出作者的描写能力：

敬济喝毕，金莲才待叫春梅斟酒与他。忽有吴月娘从后边来，见奶子如意儿抱着官哥儿，在房门首石台基上坐。便说道：“孩子才好些，你这狗肉又抱他在风里。还不抱进去！”金莲问：“是谁说话？”绣春回道：“大娘来了。”敬济慌的拿钥匙往外走不迭。众人都下来迎接月娘。月娘便问：“陈姐夫在这里做什么来？”金莲道：“李大姐整治些菜，请俺娘坐坐。陈姐夫寻衣服，叫他进来吃一杯。姐姐，你请坐。好甜酒儿你吃一杯。”月娘道：“我不吃。后边他大妗子和杨姑娘要家去，我又记挂着你孩子，径来看看。李大姐，你也不管，又教奶子抱他在风里坐的。前日刘婆子说他是惊寒，你还不好生看他！”李瓶儿道：“俺陪着姥姥吃酒，谁知贼臭肉三不知，抱他出去了。”月娘坐了半歇，回后边去了。一回，使小玉来请姥姥和五娘，六娘后边坐。那潘金莲和李瓶儿匀了脸，同潘姥姥往后来，陪大妗子杨姑娘吃酒。（33 回）

西门庆刚绕坛拈香下来，被左右就请到松鹤轩阁儿里，地铺锦毯，炉焚兽炭，那里坐去了。不一时，应伯爵、谢希大来到。唱毕喏，每人封了一星折茶银子，说道：“实告要送些茶儿来，路远，这些微意，权为一茶之需。”西门庆也不接，说道：“奈烦，自恁请你来陪我坐坐，又干这营生做什么！吴亲家这里点茶，我一总都有了。”应伯爵连忙又唱喏，说：“哥真个！俺每还收了罢。”因望着谢希大说道：“都是你，干这营生！我说哥不受，拿出来倒惹他讪两句好的。”良久，吴大舅、花子虚都到了，每人两盒细茶食，来点茶。西门庆都令吴道官收了。吃毕茶，一同摆斋。咸食斋馔，点心汤饭，甚是丰洁。西门庆同吃了早斋。原来吴道官叫了个说善的，说西汉评话《鸿门会》。（39 回）

论者谓《金瓶梅》中人物亦有所指，如沈德符所谓：“蔡京父子则指分宜（严嵩），林灵素则指陶仲文，朱励则指陆炳，其他亦各有所属。”但我们对于这种捕风捉影的索隐，尽可以完全打翻，不必去注意他们。相传作者又曾作了《金瓶梅》的续编，名《玉娇李》，但今已不传。今所传之《续金瓶梅》为丁耀亢所作。耀亢字西生，号野鹤，山东诸城人，为明诸生。清初入京，充镶白旗教习。后为容城教谕。年 72 卒（约 1620—1691 年）。所著有诗集十余卷，传奇四种及《续金瓶梅》。《续金瓶梅》凡 64 回，本题紫阳道人编，但书中屡引丁野鹤诗文，卷首有《太上感应篇·阴阳无字解》。署“鲁诸邑丁耀亢参解”，本书第 62 回，又言丁野鹤自称紫阳道人，可知此书实为他所作。中叙《金瓶梅》里诸人各复投身人世。西门庆出世为沈金哥，李瓶儿为银瓶，潘金莲为黎金桂，春梅为孔梅玉，各了前世之因果报应。全书以《感应篇》为说，每回都有引子，叙劝善戒淫恶之说，却又如《金瓶梅》一般，也杂之以淫秽之描写，故后来亦为禁书。文笔较《金瓶梅》为琐屑，却亦颇放恣，较高于他种“续书”之恹恹无生气者。其中叙金人南下的行动，与汉人受苦之状，颇似作者正在描写他自己亲身的经历，却甚足以动人。今摘录其一段于下：

却说那吴月娘和小玉紧紧搀扶，玳安背着孝哥，一路往人丛里乱走。忽然金兵到来，把拐子马放开一冲。那些逃难百姓，如山崩海涌相似，那里顾得谁。玳安回头，不知月娘和小玉挤的那里去了。叫又叫不应，只得背着孝哥往空地里飞跑。且喜金兵抢进城去，不来追赶。这些人拖男领女，直跑到十里以外，各自寻处藏躲。这些土贼们也有夺人包袱的，也有报仇相杀的，生死在眼前，还不改了贪心狠毒，如何不杀！可怜这玳安，又乏又怕，忽望见应伯爵脸上着了一刀，带着血往西正跑。他家小黑女，挟着个包袱，跟着应二老婆一路走。玳安也是急了，叫声：“应二叔，等等咱一路走！你没见俺大娘？”应伯爵回回头，那里肯应。玳安赶上道：“咱且慢走。金兵进了城，放抢去了。咱商议着那里去？”伯爵骗的人家银钱，做了生意，都撇了。腰里带了些行李，都被人要去了。还指望玳安替月娘有带的金珠首饰，就立住了脚和玳安一路商议往那里去躲。伯爵道：“西南上黄家村，是黄四家，紧靠着河崖，都是芦草。那里还认的人，且躲一宿。”依着玳安，还要找月娘，又不知往那里去好。没奈何跟着走罢。把孝哥放下。拖着慢走，这孩子又不见了娘，又是饥饿，一路啼哭。应二老婆看不上，有带的干饼和炒面，给了孝哥吃些。这孩子到了极处，也就不哭了。一口一口且吃饼。走到了黄昏时候，那黄四家走的甚么是个人影，床帐桌椅，还是一样，锅里剩了半锅饭，也没吃了，不知躲的哪里去了。这些人饿了一日，现成家伙，取过碗来，不论冷热，饱餐一顿。前后院子，净净的连狗也没个。原来黄四做小盐商，和张监生合伙，先知道乱信，和老婆躲在河下小船上，那里去找。这些土贼要来打劫人家，逢人就杀。年小力壮的，就掳着做贼。那夜里商议要来黄家村扫巢子。亏了应伯爵有些见识，道："黄四躲了，这屋里还有东西。咱多少拿着几件，休在他家里宿，恐有兵来没处去躲。"且到河下看看，见这妇女们都藏在芦柴里，没奈何也就打了个窝铺。到了二更天，听见村里呐喊，发起火来，把屋烧的通红。这些人们谁敢去救。待不多时，这些男女们乱跑。原来贼发火烧这芦苇，一边掳人，又抢这人家的包裹。月黑里乱走，谁顾的谁，到了天明，把玳安不知那里去了。只落得个孝哥乱哭撇在路傍。（第15回）

又有《隔帘花影》48回，乃改易《续金瓶梅》中人名（如以西门庆为南宫吉，吴月娘为楚云娘），及回目，并删去絮说因果之语而成，书尚未完，《续金瓶梅》中淫秽之语却仍旧被保存着，所以亦为禁书。

六

佳人才子的小说，在这一时期内也出现了好几种，以《玉娇梨》《平山冷燕》及《好逑传》等为最著。此种小说的故事，不外才子恋慕佳人，中经小人之播弄，各历苦难，终于才子得中高第，与佳人荣谐花烛，白首团圆。情节既复相同，结构也陈陈相同，叙写更不足动人，所以这一类东西，几使人读之即生厌。然《玉娇梨》《平山冷燕》《好逑传》都有法译本，《好逑传》且更有德译本，这些书在国外，其得名乃远过于《水浒》《西游》。

《玉娇梨》（一名《双美奇缘》，非为《金瓶梅》续编之《玉娇李》），不知作者，凡20回，叙才子苏友白与才女白红玉及卢梦梨的遇合故事，中经好几次之误会，友白终于并得白红玉及卢梦梨为妻。《平山冷燕》也有20回，题荻岸山人编，相传为清初张劭十四五岁时所作，其父执某续成。所谓《平山冷燕》，盖合书中主人翁平如衡，山黛，冷绛雪，燕白颔四人之姓为之，山黛与侍女冷绛雪俱为才女，以诗受知于天子，尝变装与才子平如衡，燕白颔相唱和，为奸人所讦陷。适平、燕二人中了会元会魁。于是天子乃作主张，以山黛嫁燕白领，冷绛雪嫁平如衡。佳人才人，天子赐婚，极一时之盛。《好逑传》一名《侠义风月传》，凡18回，题名教中人编，叙铁中玉与水冰心遇合事，二人不惟有才，且还有智有勇，能以计自脱于奸人。此为它与前二书不同处。又有《铁花仙史》，题云封山人编，凡26回，于才子佳人之故事中，又插入仙妖怪异之争斗，也未见得能超越过《平山冷燕》诸小说。

七

在这个时期的最后，有两部小说很可以注意，一部是《后水浒传》，一部是《野叟曝言》。这两部小说，都不仅为写故事的态度而去写小说，却各有一种抒写自己心意与见解的特点。

《后水浒传》凡40回，题"古宋遗民著，雁宕山樵评"。实则为陈忱所作。忱，浙江乌程人，为明末遗民，痛心于异族之宰制中华，所以著《后水浒传》以寄其意。后传接续于百回本《水浒传》之后，叙宋江、吴用、李逵诸人死后，金人南侵。梁山泊残余之英雄，竭力为中国御外敌，奉李俊为首领，后俊见中原事不可为，乃率众浮海，至暹罗国为王，终不忘故国之思念。

《野叟曝言》凡154回，分20卷，以"奋武揆文，天下无双正士，熔经铸史，人间第一奇书"20字编卷。作者为清康熙时江阴夏敬渠。敬渠字懋修，诸生。英敏积学，通经史，旁及诸子百家、礼、乐、兵、刑、天文、算数之学，无不淹贯。生平足迹，几遍天下，于《野叟曝言》外，著有《纲目举正》《全史约编》及诗文集等。相传《野叟曝言》成时，适值清圣祖南巡，欲装潢进呈。诸亲友以书多秽语，恐召祸，设计阻之，卒不得献呈。敬渠终于诸生，生平经济学问，郁郁不得一试，乃尽出所蓄，著为这一部小说，凡"叙事、说事、谈经、论史、教孝、劝忠、运筹、决策，艺之兵、诗、医、算，情之喜、怒、哀、惧，讲道学，辟邪说，"无所不包。凡古今来之忠孝才学，富贵荣华，率萃于书中英雄文白（字素臣）之一身。一切小说中纪武力，述神怪，描春态，一切文籍中谈道学，论医理，讲历数，无不包罗于此书。作者之意，乃欲以文素臣为儒教中最完备之代表；凡他所认为好的与善的才学与行为，完全都见之于文素臣之生平。有的人说，文白就是作者自己（析“夏”字为文白二字）。他把自己生平所学的、所欲做的、欲梦想的，完全写在《野叟曝言》中了。所以这部小说，乃成了抒写作者才情，寄托作者梦想的工具。但在文艺上看来，这部小说却不是一部很好的小说，它的主人翁处处都是空想的行动，都是不自然的做作，都是强把他的学问度载于小说中的。像这样的小说，自然是不会得好的。

八

短篇小说集，继于宋人平话之后者，在这个时期内也出现了不少。最流行于今者为《今古奇观》。但《今古奇观》是一个选本。在《今古奇观》之前或其同时或略后，平话集之出现者，有《喻世明言》《警世通言》《醒世恒言》《醉醒石》《石点头》《拍案惊奇初二刻》《西湖二集》《十二楼》等等。

《喻世明言》《警世通言》及《醒世恒言》三书俱为冯梦龙所编。梦龙字犹龙，长洲人（一作吴县人，或常熟人）。崇祯中，由贡生选授寿宁知县。曾著《七乐斋稿》《智囊补》，增补《平妖传》，刻《墨憨斋传奇定本十种》，在当时文坛上很有一部分影响。《通言》今已不传，《明言》《恒言》二书亦不多见。然于《今古奇观》中，却保存“三言”之文不少。松禅老人序《今古奇观》，谓合选“三言”及《拍案惊奇》之文而成此本。今知《今古奇观》40回中，选《拍案惊奇》者凡10篇（第9、10、18、29、34、36、37、38、39、40回），其余32篇俱为“三言”之文（第30回一篇，未详所本）。《醒世恒言》凡40回，被选于《今古奇观》者凡11篇，其余之21篇，乃为《通言》及《明言》之文。在“三言”中，所叙之故事，其来源极为复杂，有重述晋唐小说者（如《恒言》中之《李汧公穷途遇侠客》），有选录宋人词话者（如《恒言》中《十五贯戏言成大祸》，即宋人词话中之《错斩崔宁》），亦有叙写当时之见闻者。大抵重述之文，必不能宛曲动人，叙写近事之作，则都活泼有生气，甚工于描状世态人情。

自“三言”之刻，同时代之作者受其影响极深，相类之作，一时纷起。《拍案惊奇》凡75卷，载故事75篇，亦多重述前代奇闻轶事之作。作者为即空观主人。以其多秽语，后来列为禁书。书首亦题墨憨斋鉴定。《石点头》凡14卷，载故事14篇，为天然痴叟作，冯梦龙曾为之作序作评，文字亦颇生动有情致。《醉醒石》凡15卷，载故事15篇，题东鲁、古狂生编，所叙皆明代近事，仅第六回《高才生傲世失原形》一篇，为重述唐人小说中李微变虎之事者。《西湖二集》凡34卷，载故事34篇，题“武林、济川子、清原甫纂”，皆叙写西湖有关之古今事迹。但称为“二集”，似当有初集，然今不可见。《十二楼》凡12卷，载故事12篇，皆与“楼”名有关者，每篇各有一题，即以楼名为题名，如:《合影楼》《夺锦楼》《三与楼》《夏宜楼》《归正楼》《萃雅楼》《拂云楼》《十卺楼》《鹤归楼》《奉先楼》《生我楼》及《闻过楼》是。事迹多奇诡可喜者，叙写亦甚横恣活泼。题“觉世稗官编次”，实则李渔所作。李渔字笠翁，清初人，曾作戏曲17种，其中以《十种曲》为最著名，其诗文杂著，名为《笠翁全集》者，也很流行。

自“三言”及《拍案惊奇》出现后，合之有200事，观览难周，于是抱瓮老人选出其中40篇，编为《今古奇观》一书。今《醒世恒言》诸书，俱不甚流行，独《今古奇观》一书犹最为世人所喜。如《醉醒石》诸书，乃反被书贾标为几续《今古奇观》之名。今所见者，《今古奇观》已有五续，皆无识之书贾，擅改他书之名以为之者，甚至有收什么笔记而亦改名几续《今古奇观》者，其诞妄可知！所传《续今古奇观》，凡30卷，载故事30篇，即取《今古奇观》选余之《拍案惊奇初刻》29篇为之，再加以《今古奇闻》1篇（《康友仁轻财重义得科名》），以足30之数。《今古奇闻》凡22卷，亦每卷载一故事，内容也很复杂，其中有《醒世恒言》之文4篇，《西湖佳话》之文1篇（《梅屿恨迹》），其余未知所本。最后乃载太平天国时故事一则，全为文言之笔记，并非“词话”体裁，显为后人所窜入。

所谓笔记小说，承唐人小说及宋人《江淮异人传》之绪余者，在这个时期内并不发达，仅于最后之时，有蒲松龄之《聊斋志异》出现，为较著名之作。松龄字留仙，号柳泉，山东淄川人，老而不达，以诸生授徒于家，至康熙辛卯始成岁贡生，越四年卒，年八十六。（1630—1715）所作于《聊斋志异》外，又有诗文集等。《志异》凡431篇；一部分是空想的创作，一部分是传闻的记录，一部分则为重述唐宋人旧文而加以变异者。所叙不外狐仙物怪、社会奇闻，亦有寓作者之愤郁及见解于故事中者。大抵无意义之作为多，然如《婴宁》《林四娘》《香玉》《黄英》《马介甫》《粉蝶》诸作，却很宛曲有情致。Giles曾译《志异》为英文，故在国外殊为著名，或且以此书为中国之民间传说集，实则大半皆作者与其友朋空想之叙录而已。

参考书目

1.《开辟演义》诸书，坊刻本及石印小字本极多，甚易得。

2.《隋炀艳史》有明刻本，有清初复刻本；石印本删节甚多。《梼杌闲评》及《女仙外史》俱有清嘉、道时刻本。

3.《四游记》有同治时刻本，有石印小字本。

4.《西游记》有商务印书馆铅印本，有亚东图书馆标点本。其他《西游真诠》《西游原旨》等印本俱甚夥。

5.《后西游记》有同治时刻本及石印本。《西游补》有清初刻本，又有石印本，在进步书局出版之《说库》中。

6.《封神传》有坊刻本及石印，铅印本。《三宝太监西洋记》有明刊本，有申报馆铅印本，有商务印书馆铅印本。

7.《金瓶梅》虽为禁书，然不难得，有张竹坡评刻本，有日本铅印本。《真本金瓶梅》，乃删改原书之淫秽语而成者，有铅印本。

8.《续金瓶梅》有坊刻本，然不易得，又有铅印本，改名为《金屋梦》。

9.《玉娇梨》《平山冷燕》《好逑传》及《铁花仙史》俱有坊刻本。

10.《后水浒传》有亚东图书馆标点本，有石印本。

11.《野叟曝言》有申报馆铅印本。

12.《喻世明言》《醒世恒言》有坊刻本，今不易得见。

13.《拍案惊奇》有坊刻本，曾被列于禁书，今不易得。

14.《石点头》有原刻本，有石印本（改名）。

15.《醉醒石》有原刻本，有武进董氏刻本，有石印本（改名）。

16.《西湖二集》有原刻本，今不易得。

17.《十二楼》有石印小字本，有坊刊本。

18.《今古奇观》有商务印书馆铅印本，此外印本极多。《续今古奇观》等，也俱有石印小字本。

19.《聊斋志异》坊刻本至多，又有同文石印本，商务铅印本。

20.《中国小说史略》，鲁迅编，北京北新书局发行。本章依据于此书之第16篇至21篇的地方至多。

第二十四章

中国戏曲的第二期

一

中国戏曲的第二期，包括传奇的最盛时代，通常所称为“唐诗”、“宋词”、“元曲”、“明传奇”的定评，即可表示这个时代的传奇的盛况。自“《荆》《刘》《拜》《杀》”四大传奇产生之后，大作家陆续的出现。在技巧方面是益有进步，在文辞方面也益见其优雅。以前的传奇，是为民间一般人的娱乐而作的，所以辞句务求其浅显明白，不惟宾白是真实的人民的对话，即曲文也多用平常的口语，所以无论什么人都可以懂得。如《杀狗记》、如《刘知远》(即《白兔记》)，便因此大为文人们所不满。到了这一时期，作家的趋向却向“优雅”的方面走去，把文辞修斫得异常的整齐、美丽，不但曲文是“择句务求其雅”，“选字务求其丽”，即宾白也骈四俪六，语语工整，其甚者如《浣纱记》、如《祝发记》，乃至于通剧无一散语。当时大多数的作家俱跟随了这个新的倾向，虽然有一部分的作家未必是如此，却也多少总不免受有些影响。这个倾向，当然不是怎么样的好，然其娟秀的风格，丽雅的辞句，却能使之在文坛上占了很久很稳固的地位。

这时期的传奇作家，以汤显祖为最伟大，而郑若庸、屠隆、梁辰鱼、张凤翼、王世贞、沈璟、陆采、徐复祚、梅鼎祚、汪延讷等，也俱有盛名，最后则有阮大铖、尤侗、李玉、李渔等作家出来。无名氏之传奇，传于今者亦多。大约当时作家，不出南中，以江南、浙江为最多，江西诸地次之，其他山东、河南、直隶诸地。前为杂剧最盛之区者，传奇作者却俱不过一二人而已。今将这时期传奇作家，有籍贯可考者，列一表于下，并于每个作家之下同时注明他的作曲之数目；这可以使读者更明白当时传奇作者之地理上的分配。其作家籍贯无可考者，则不列入此表。

南直隶（江南）	浙江	其他
邵　深❶常州 一	王　济❶乌镇	汤显祖❺临州 五
沈　采❸吴县 一	姚茂良❸武康 一	郑之文❸南城
王世贞❶太仓 一	陈与郊❶海宁	冯之可❶彭泽
梁辰鱼❶昆山 一	李日华❶嘉兴 一	以上江西
郑若庸❸昆山 一	卜世臣❷秀水	
沈　璟㉑吴江 一	单　本❷会稽 一	卢　柟❶大名濬县
陆　采❺长洲 二	屠　隆❸鄞县 二	张四维❷元城
张凤翼❻长洲 二	龙　膺❶武陵	以上直隶
顾大典❹吴江 一	叶宪祖❺余姚 一	
陆　弼❶江都	戴子晋❷永嘉	许　潮❶靖州
冯梦龙❹吴县	陈汝元❷会稽 一	谢廷谅❶湖广
黄伯羽❶上海	车任远❷上虞	以上湖广
陆济之❶无锡	沈　鲸❹平湖 一	
顾希雍❶昆山	秦雷鸣❶天台	邱　濬❹琼州
顾仲雍❶昆山	谢　谠❶上虞 一	以上广东
徐复祚❹常熟 二	张太和❶钱塘	
朱从龙❶句容	钱直之❶钱塘	李玉田❶汀州
杨柔胜❶武进	章大伦❶钱塘	以上福建
卢鹤江❶无锡	金无垢❶鄞县	
朱　鼎❶昆山 一	高　濂❷钱塘 一	王　异❸部阳
吴　鹏❶宜兴	程文修❷仁和	以上陕西
王玉峰❶松江	吴世美❶乌程	

张景严❶溧阳	史　槃❷会稽	李开先❷章邱
沈　祚❶溧阳	祝长生❶海盐	以上山东
黄廷俸❶常熟	汪　镂❶钱塘 一	李雨商❶河南
李素甫❺吴江	胡文焕❸钱塘	以上河南
吴千顷❶长洲	吕　文❶金华	附言：
蒋麟征❶长洲（?）	陆江楼❶杭州	❶本表依据于《曲录》卷四。
朱寄林❸苏州	王　恒❶杭州	❷作家籍贯无可考者本表概不列入。
邹玉卿❷长洲	张从怀❶海宁	❸每个作家下面所注之阴文数字，系表示其作剧之数目。旁有方体数字者，系注其剧本被收入《六十种曲》中之数目。
王鸣九❶吴县	杨　珽❷钱塘 一	❹蒋麟征或言其为乌程人，顾瑾或言其为华亭人，故俱加（?）。
陆世廉❶长洲	黄维楫❶天台	
王翔千❶太仓	朱　期❶上虞	
程子伟❶江都	顾　瑾❶杭州（?）	
许自昌❹吴县 一	杨之炯❶馀姚	
周公鲁❶昆山	赵於礼❷上虞	
	邹逢时❶余姚	
顾采屏❶昆山	谢天佑❶杭州	
马守真❶金陵	吾邱瑞❶杭州	
以上今江苏	金怀玉❾会稽	
梅鼎祚❶宣城 一	王　翊❹嘉兴	
汪廷讷❿休宁 二	沈　嵊❸钱塘	
余聿云❷池州	姚子翼❹秀水	
吴犬震❷休宁	许炎南❷海盐	
程丽先❷新安	李九标❶武陵	
龙渠翁❶安庆	庚　庚❶杭州	
阮大铖❺怀宁	周朝俊❶鄞县	
汪宗姬❶徽州		
以上今安徽		

二

汤显祖为传奇作家中最伟大的一个，所作上抗《琵琶》《拜月》，下启阮大铖诸人，这个时代的诸作家中，直无一足以与他相比肩者。所著《牡丹亭》(《还魂记》) 至今还为文士佳人所喜爱，且为剧场所常常扮演，其盛况与王实甫之《西厢记》正复相同。传奇作品，受同样的荣誉者绝少，有的是案头之书，读者虽多，而少见扮演，有的扮演虽盛，而读者却未见感甚高的兴趣，独《牡丹亭》则无往而不受盛大的欢迎。相传《牡丹亭》初出，娄江女子俞二娘酷嗜其词，至断肠而死。又传冯小青读之，尝题一诗于书端：“冷雨幽窗不可听，挑灯闲读《牡丹亭》。人间亦有痴于我，岂独伤心是小青。”此外尚有种种传说。大约传奇之动人，恐无过于此者。显祖字义仍，号若士，江西临川人，万历十一年癸未进士，官礼部主事，以上疏劾首辅申时行，谪广州徐闻典史，后迁遂昌县知县。投劾归。《列朝诗集》谓：“义仍穷老蹭蹬，所居玉茗堂，文史狼藉，宾朋杂坐，鸡塒豕圈，接迹庭户，萧闲咏歌，俯仰自得。”（生于公元1550年，死于公元1611年。）所作凡五种，于《牡丹亭》外，有《南柯记》《邯郸记》《紫钗记》及《紫箫记》。《牡丹亭》与《南柯》《邯郸》《紫钗》合称为“四梦”，最流行，《紫箫》则知者较少。

《牡丹亭》凡55出，叙写杜丽娘与柳梦梅的生死恋爱事。南安太守杜宝为杜甫之后，生有一女，名丽娘，未议婚配。某一日春昼，到花园中游览了一回，归来忽觉怀春，便入睡梦。梦中见书生柳梦梅（柳宗元之后），互相爱恋，即成婚好。不料梦回睡醒，一切俱幻。自此，渐入沉思，日见消瘦，自画容像，以寄所怀。不久，遂得了一病而亡。柳梦梅却是实有其人。某日，无意中拾到丽娘的自画像，惊为绝色，便供了起来，早晚玩拜。后来，丽娘鬼魂寻到他住处，与他相聚，誓为夫妻。梦梅偷开了丽娘的棺，她便复活了。偕到他处同住。后来，梦梅赴考，恰遇寇乱。待寇平后，梦梅却中了状元。带了丽娘与她父母相见。在这个出于意料外的相遇里，全剧便结束了。事迹是很可诧怪的，若士写来却至为流动，至为自然；其描状女子怀春之心境，生死不变之恋感，实为空前的名著。文辞之飘逸秀美，真挚动人，亦为自《西厢记》后未多见之作。其对于人物的描写，也各具个性。《惊梦》一出，尤为人所传诵，如：

梦回莺啭，乱煞年光遍。人立小庭深院。炷尽沉烟，抛残绣线，恁今春，关情似去年。……遍青山，啼红了杜鹃，荼蘼外，烟丝醉软，牡丹虽好，他春归怎占的先？闲凝眄，生生燕语明如翦，呖呖莺歌溜的圆。……没乱里春情难遣，蓦地里怀人幽怨，则为俺生小婵娟。拣名门，一例里神仙眷。甚良缘，把青春抛的远！俺的睡情谁见，则索因循腼腆，想幽梦谁边？和春光暗流转，迁延。这衷怀那处言？淹煎，泼残生除问天。

自然是不朽的名句，却在别处也颇不少可比于这些的佳曲好语。

或以为《牡丹亭》有所指，有所讽刺，甚且说若士以此剧写某家闺门之事，以报其私怨，这些都不足以置信。若士此剧或系受“华山畿”故事之影响，颠倒其结局而为之，或系依据于《剪灯新话》中之《金凤钗记》一则，而略有变异。然其旨则不在叙此“荒唐”之故事，而实欲抒写那坚贞纯一，生死不变之恋情。故于女主人翁之描写，最为着力；情之所至，梦而可遇，死而可生。如《惊梦》《写真》《魂游》《幽媾》《冥誓》《回生》诸出，实全剧之精华。所以事迹虽荒唐而论者不以为怪。数千年来，中国少女之情感，总是郁秘而不宣，若士却大胆的把她们的情意抒写出来了，这大约是《牡丹亭》特别为少女所喜爱之一端吧。

《南柯记》凡44出，依据于唐李公佐的名作《南柯太守传》，写淳于棼梦入蚁国，为驸马，任南柯太守，荣贵之极。后公主病死，与敌战又败，遂失国王意，回归故乡。原来却是一梦。公佐的传文至此而止，若士的戏曲却又于此后添上了二出，叙淳于棼请僧追荐蚁国众生，使他们都得升天，复见其父及国王、公主。公主约在忉利天等他，可以再为夫妻，只要他加意修行。他便大彻大悟。

《邯郸记》凡30出，乃依据于唐沈既济的名作《枕中记》而写的。山东卢生不得志，于旅邸遇吕洞宾而叹息，洞宾便借他一枕。卢生倚枕而睡，梦中进士，为高官，富贵荣华，谪迁忧苦，无所不历。寿至80，一病而死。遂从梦中醒来，主人炊黄粱饭尚未熟。卢生遂大悟，从洞宾入山中，遇见群仙，为一个扫蟠桃落花的仙童。

《紫钗记》凡53出，乃依据于唐蒋防的名作《霍小玉传》而写的。诗人李益与霍小玉誓为夫妻，后复分别，小玉郁郁成病将死。有侠士黄衫客强要益重至小玉家，二人复得相见。蒋防原传，叙至此，本言小玉诉益负心，遂晕绝而死。若士此剧，则改为小玉晕去未死，为益所唤醒，乃复为夫妻如初。蒋传中的李益是一个负心的男子，《紫钗》中则把二人的分离，归罪于奸人。

《紫箫记》凡 34 出，所叙亦李、霍事，乃《紫钗》之初稿，结局亦为团圆。叙小玉嫁了李益，益到朔方参军去了。小玉每日相思，年年七月七日，为他曝衣晒书。某一个七夕，益却由朔方回来；恰与是日天上的二星一般，欣喜的话着情语而团圆了。

若士之传奇，论者每谓其曲文不合韵律，故歌者常常改易原文以合伶人之口。若士尝对那些改本深致不满。他曾说道："予意所至，不妨拗折天下人嗓。"他的曲文之能潇洒绝俗，抒写自如，大约即由于此。现在之传奇差不多已成为书架上的读物，实演的机会已绝少，故对于他的合律不合律的辩论，已可不必注意。

三

王世贞字元美，号凤洲，又称州山人，太仓人，官至刑部尚书，（公元 1526—1590 年）所作有《鸣凤记》。尝与李攀龙、谢榛、宗臣、梁有誉同结诗社，世称五子，而王、李之名尤著。《鸣凤》凡 41 出，所叙写当代之事。夏言、曾铣遭谗被杀，严嵩父子专政误国，杨继盛上疏净谏，被陷狱中，终死东市，其妻也同殉。后来邹应龙又上疏劾嵩，终得达到目的，芟夷奸党。继盛的死，是明代最动人最感人的一件大事；那样的壮烈激昂，那样的从容就义，到如今还足以令人零涕愤慨。所以无论剧本、小说，写来俱足以动人。相传元美于嵩败后写成此剧，曾由前事东楼之优童金凤，登台扮演他，以其熟习，举动酷肖，名噪一时。

梁辰鱼与郑若庸、张凤翼、屠隆诸人齐名。同以"骈绮"之曲文见称于时。辰鱼字伯龙，崑山人，以清词艳曲，名盛当代，所撰《江东白苎》，包括他的小令散套，流行极盛。时同邑魏良辅能喉啭音声，变弋阳、海盐、胡调为昆腔。伯龙填《浣纱记》付之。此剧至传海外，吴中演奏之盛，更不待言。王世贞曾有诗云：“吴阊白面冶游儿，争唱梁郎雪艳词”，盖即指此。《浣纱记》凡45出，主人翁为范蠡与西施，而以吴、越之和战为线索。范蠡载西施泛湖而去越，本为传疑之故事，《浣纱》则以此为根据，而演衍出范蠡本与西施有婚姻之约，因国家之故，不得不割断爱恋，将她献于吴王夫差。后来越王勾践起兵报仇，灭吴而归，范蠡始复得与西施相见，同辞勾践而泛湖隐去。

郑若庸字中伯，号虚舟，昆山人，早岁以诗名天下。赵康王闻其名，走币聘入邺，客王父子间。王父子亲迎接席，与交宾主之礼。康王卒，乃去赵，居清源，年80余始卒。诗名《蛣蜣集》。又善于作曲，所作有《玉玦记》《大节记》《五福记》3种，以《玉玦记》为最著，其他2种皆失传。《玉玦记》凡36出，叙王商与其妻秦氏庆娘离合事。商上京求名，下第羞归，被人导为狭邪游，貂敝金尽，幸遇吕公收留，奋志读书。会胡骑南侵，秦氏被掳不屈。后来商一举成状元，与秦氏重会癸灵庙。《曲品》谓：“《玉玦》典雅工丽，可咏可歌，开后人骈绮之派。”同时有薛近衮者，作《绣襦记》，叙郑元和，李亚仙事。相传若庸作《玉玦》，以其叙妓女之薄情，旧院人恶之，乃共馈金求近衮作此以雪其事。《玉玦》出而曲中无宿客，及此记出而客复来。

张凤翼字伯起，长洲人，与二弟并有才名，吴人谓之“三张”。凤翼所作传奇凡7种，传于今者有《红拂记》《灌园记》《祝发记》等数种。《红拂记》叙李靖与红拂妓的恋爱故事，乃依据于唐杜光庭的《虬髯客传》而写者，凡34出，以虬髯客即位扶余国王，帮助李靖擒了高丽国王，唐帝封他为海道大总管为结束，远不如《虬髯客传》结局之气度高远。《灌园记》凡30出，叙齐太子田法章复国事。以田单乐毅之战争，与田法章之恋爱，错综叙写，颇不落于单调。当齐亡时，法章逃于太史家避祸，改名王立，为灌园人，故谓之《灌园记》。此二剧为凤翼早年所作，还看不出受多少“绮骈派”的影响，说白也很自然，并没有对仗工整的谈吐。《祝发记》为凤翼晚年所作，为其母上寿而著者，风格已较前大变，至于通本皆作俪语。

屠隆字长卿，又字伟真，号赤水，鄞县人，官至礼部主事，为人所讦，罢归。纵情诗酒，好宾客，卖文为活。所作有《昙花记》《修文记》《彩毫记》3种。《彩毫记》叙李白事，凡42出。中并插叙天宝之乱及明皇、杨妃事，以郭子仪报恩救白为结束。《修文记》叙李贺事。贺每从小奚奴，骑巨驴，背一古破锦囊，遇有所得，即书投囊中。后病卒，其母哀不自解。一夕，梦贺来道：今在天上甚乐，为上帝作新宫记，纂乐章。隆此记即写此事。《昙花记》为隆废后所作，凡55出，叙唐时木清泰与郭子仪同扶唐室，富贵无匹，后忽感悟，弃家访道，家中一妻二妾也焚香静修。二子继父之勋业，复扶王定乱，后来一家同证正果，并列仙班。隆尝“命其家僮衍此曲，指挥四一顾，如辛幼安之歌千古江山，自鸣得意”。

沈璟与汤显祖齐名于世，璟之循规践矩，严守曲律，正与显祖之不守绳墨成一对照。璟字伯瑛，号宁庵，世称词隐先生，吴江人。万历间进士，官先禄寺某官。著《南九宫谱》23卷，作剧21种，为这个时期作家中之最多产者及最懂得音律者。其所著剧中以《义侠记》《桃符记》《红渠记》等为最有名。《义侠记》刊本最多，故最流行。《义侠》所叙，乃最流行之英雄传奇《水浒》的故事之一。《水浒》故事，除小说外，元人杂剧中已多叙写之，明人传奇中亦多有之，如《灵宝刀》及此剧都是。此剧凡36出，所叙为武松的始末，事实大都依据《水浒传》，惟加入了一个武松的妻贾氏。武松父母在日，曾为聘下贾氏，因他四处飘泊，久未成亲。后武松刺配在外，贾氏亦逃避于尼庵。结局是宋江等受了招安，武松与贾氏成亲。（友人某君常憾武松以盖世英雄乃不得其俪配，而以行者终老，得此剧读之，可以释其不平之念矣。）璟未染当世骈绮之风尚，曲文宾白多本色语，明白而真切，自较《浣纱》《祝发》之有意做作者为胜。

《灵宝刀》为任诞先作，亦一叙水浒故事之剧本。诞先一作诞轩，浙江人，生平未详。作剧2种。此剧凡35出，写林冲的始末，事迹亦依据于《水浒传》而略有变异。冲妻为高明所逼，亏得锦儿替嫁。她和王妈妈连夜脱逃，到了四花庵为庵主。后来冲报了大仇，到庵中谢神，恰与她重复相见。

陆采以作《南西厢》及《明珠记》得名。采字子元，号天池，长洲人，为粲之弟。粲为谏臣，甚有声，尝草《明珠记》，由采踵成之。《明珠》叙王仙客与无双事，依据唐薛调之《无双传》而写，凡43出。无双与仙客有婚约，遇乱，无双被没入宫掖。有侠士古押衙设计使无双暴卒，领尸出，复得生，乃得与仙客终老。《南西厢》乃改王实甫之《西厢记》为传奇者。自叙云："李日华取实甫之语翻为南曲，而措词命意之妙，几失之矣。"他的此作，乃惩日华之失者。采所作，于以上二剧外，尚有3种，《怀香记》《椒觞记》及《分鞋记》是。《怀香记》以有《六十种曲》本，故得与《明珠》及《南西厢》并传于今，《椒觞》与《分鞋》，则恐已不传了。《怀香》叙韩寿事。寿被贾充辟为司空椽。充有幼女午姐，待字闺中，见寿爱之，遂相恋。后因为充所知而离散。经了许多苦难，二人终得为夫妇。

李日华字君实，嘉兴人，万历壬辰进士，官至太仆寺少卿。所作《南西厢》，凡20出，颇为时人指摘，日华自己也声明非他所作，乃他人所托名。

梅鼎祚字禹金，宣城人，弃举子业，肆力诗文，撰述甚富，所作传奇，有《玉合记》一种，亦为步绮骈派作家之后尘者。此剧凡40出，乃衍叙唐许尧佐的《柳氏传》者（《本事诗》亦载之）。诗人韩翃（一作翊）有姬人柳氏，为番将沙叱利所夺。许俊以任侠自喜，闻其事，骑马直入沙叱利之宅，载柳氏而归翊。

汪廷讷字昌朝（一作昌期），一字无如，休宁人，官盐运使，作传奇凡10种，盛传于世者有《狮吼记》及《种玉记》。《狮吼》凡30出，写陈季常惧内事。季常为苏轼之友，妻柳氏，美而妒，季常惧之。轼乃设计，私赠以家姬。后以佛印之力，降伏了号为河东狮子之柳氏。这剧是有名的喜剧，充满了诙谐的叙写，其描述美妻之积威，惧内者之懦怯，极为逼真而有趣。此种情境，中国戏曲描叙之者殊鲜。《种玉记》凡30出，叙霍休文为平阳小吏，偶遇侯门侍女，相恋不久，乃为其兄卫青拆散。后休文生二子，皆得大名，去病为将，光为首辅，父子完聚，夫妻团圆。

与他们约同时的作家，有作品传于今者，兹亦略述于下。

顾大典字道行，吴江人，官至福建提学副使以善作剧名。所作凡四种，以《青衫记》为最著。白居易作《琵琶行》，本抒写情怀，毫无故事可述，而有元以来之戏剧作家乃往往附会其事，强以弹琵琶之商人妇，为居易之情人。此剧也是如此，以商人妇为裴兴奴，当居易郊游时曾遇之，不料因事离别，直至浔阳江上听琵琶，二人方克谐老。

叶宪祖（一作祖宪）字美度，一字相攸，号桐柏，亦号懈园居士，余姚人，官至工部郎中。所作传奇凡五种，其中《鸾镝记》一种，有《六十种曲》刊本。《鸾鎞记》凡 21 出，叙唐时杜羔曾以碧玉鸾鎞，聘赵氏为妻。后为奸人所怒，经历失意之苦。终得佳人之激勉，良友之相助，得中高第。中间插入温飞卿与鱼玄机之姻缘遇合，牵拢得很可笑。

沈鲸号涅川，平湖人，著传奇 4 种，以《双珠记》为最著。《双珠记》凡 46 出，叙王楫与妻郭氏同到郧阳军中，为奸人所陷，酿成冤狱。幸得减刑调戍边土。郭氏鬻子全贞，后来其子弃官访求父母，终得合家团圆。鲸的作风也是受了骈绮派的影响的。

徐复祚字阳初，常熟人，著《红梨记》《宵光剑》《梧桐雨》等传奇 4 种，以《红梨记》为最著。《红梨记》凡 30 出，叙赵汝州与谢素秋的姻缘离合事。汝州与歌妓谢素秋相恋，为王黼所逼而分离。正遇金人围汴，征歌妓送入北邦。素秋亦预其列。赖有花婆设计保护素秋潜避至他地。后汝州成名，终得娶素秋。此外尚有《东郭记》一种，亦传为复祚所作。《东郭记》凡 44 出，叙《孟子》中的“齐人有一妻一妾者”的一段故事。出目皆取《孟子》之文句以为之，很具别致。中插攘鸡者，於陵仲子及王驩事。纸背后隐透着玩世嘲讽之意。

周朝俊字稊玉，鄞县人（《曲录》作吴县人，误），著《红梅记》，袁宏道曾为之删定。《红梅记》凡 34 出，叙裴禹与卢昭容事，而以贾似道事穿插其中。

单本字槎仙，会稽人，著《露绶记》及《蕉帕记》2 种。《蕉帕记》最流行。此剧凡 36 出，叙龙骧与胡小姐之遇合，中插入妖女之变形与仙真之显法。因妖女将蕉叶变为罗帕，赠给龙骧，故谓之《蕉帕记》。

许自昌字元祐，吴县人，作剧 4 种，以《水浒记》为最著。《水浒记》凡 32 出，亦为依据于《水浒传》而写的剧本。剧中人物，以宋江为中心，叙他娶妻孟氏，家无别人（这与《水浒传》大异）。后遇阎婆媳，引起了许多风波。亏得梁山泊诸英雄，救他入山聚义，同时且把孟氏也接了来，与江相聚。

陈汝元字太乙，会稽人，著传奇 2 种，以《金莲记》为最著。《金莲记》凡 36 出，叙苏轼以奇才邀帝宠，特赐金莲归第。章惇设计使轼外调。于时得遇朝云，偕合鸾俦。复为奸人所陷，几成诗狱，幸其弟辙疏救，得谪守黄州。后来二子成名，合家证果修真。

王玉峰，松江人，佚其名，著《焚香记》，凡 40 出，叙王魁、桂英事。王魁负桂英的故事为向来作剧家所常叙写的悲剧，宋、金院本中已有此名。此故事原见张邦几《侍儿小名录拾遗》，叙王魁下第，与桂英誓为夫妻。后魁唱第为天下第一，乃负桂英之约。桂英持刀自刎。其鬼魂竟报仇追魁入冥。此剧则力翻原案，改为大团圆的局面。以为王魁并不负桂英，其中搆陷桂英者乃为奸人金垒。后冥司对案，桂英还阳，复得与魁偕老。此种翻案的作品，颇减少了悲剧的崇高的趣味。然玉峰对于人物的描写能力颇高，故称许此剧者甚多。

谢谠号海门，上虞人，著《四喜记》。《四喜记》凡 42 出，叙宋杞因编竹桥渡蚁，获享厚报，二子宋郊、宋祁皆中状元，富贵显达。高濂字深甫，号瑞南，钱塘人，著《玉簪记》及《节孝记》。今传《玉簪记》一种。《玉簪记》凡 33 出，叙陈妙常与潘必正事，此故事为民间盛传的“情史”之一。妙常与必正本已指腹为婚。后因兵乱，妙常托身尼庵，恰遇必正，重缔姻缘。中经阻难、别离，终得团圆偕老。汪錂字剑池，钱塘人，著《春芜记》，凡 29 出，叙宋玉事，依据《登徒子好色赋》，而加以恁空造作的女主人翁。玉与季清吴缔结良缘，不料为奸徒设计阻隔。后荷君王赐姻，克谐夙愿。朱鼎字永怀，崑山人，著《玉镜台记》，凡 40 出，叙晋代温峤事。此故事关汉卿亦曾写为杂剧，此剧则放大至 10 倍。杨埏字夷白，钱塘人，著《龙膏记》及《锦带记》。今仅传《龙膏记》，凡 30 出，叙张无颇与元载之女湘英缔姻事，亦不脱才子佳人离合悲欢之陈套。史槃字叔考，会稽人，著《梦磊记》及《合纱记》。《梦磊记》曾被冯梦龙改定，刊入《墨憨斋传奇定本》中。沈嵊字孚中，钱塘人，作《绾春园》(《曲录》作《幻春园》，似误)《息宰河》等三种，亦甚为时人所称。《绾春园》有谭友夏，钟惺评刻本。

周螺冠，张午山，徐叔回，名里生平俱未详，各著有传奇一种。螺冠著《锦笺记》，凡 40 出，叙梅玉与柳淑娘之离合事。张午山著《双烈记》，凡 44 出，叙梁红玉与韩世忠之事。徐叔回著《八义记》，凡 41 出，叙程婴存赵孤事。

明之末年，有冯梦龙与阮大铖二大家殿于后。梦龙为当时文坛的中心，尝增补《平妖传》，编著《警世通言》《喻世明言》《醒世恒言》3 种（皆短篇小说集），尤注意于戏曲，刻《墨憨斋传奇定本》10 种，多改削他作家之剧本，如改汤显祖之《牡丹亭》为《风流梦》，改陆无从，钦虹江叙李夔事之二剧本为《酒家佣》，又改余聿云之《量江记》，改李玉之《永团圆》。其自作者，有《双雄记》《万事足》《新灌园》三种。

阮大铖字集之，号圆海，又号百子山樵，怀宁人，官至兵部尚书。大铖初附魏忠贤，忠贤死，坐废。后复起用，为诸名士所嘲骂，于是捕逐诸公子，大为奸恶，论者多不齿之。然其所著《燕子笺》《春灯谜》《双金榜》《牟尼合》《忠孝环》5 种传奇，则即与之为敌者，也莫不推许之。他所取的题材，不能逃出陈腐的圈套，然描写殊细腻有情致。《燕子笺》凡 42 出，为大铖 5 种曲中最有名者。《桃花扇》中曾叙及侯方域，陈慧生诸人观演《燕子笺》，殊为感动。剧中故事是如此：霍都梁至京师会试，与妓华行云相恋，执笔为她画像，把自己也画入。画好后，送到裱装店里去。同时，礼部尚书郦安道有女名飞云，貌肖华行云，亦将吴道子画之观音像一幅送到同一裱装店里去。不料，二画裱好后，店中人却互送错了，把华行云与霍都梁的画像送给飞云，却把观音像送给都梁了。飞云见画上题“茂陵霍都梁写赠云娘妆次”，又见画中二人，一个面貌与她酷肖，一人，却是风度翩翩的少年，不禁惊骇不已，便秘密的藏了起来。某一春日，作词一首，咏此事，为燕子衔去，恰落于都梁之前。后来都梁为其友鲜于佶所陷，逃于他方，那时安禄山反，天下大乱。飞云与母在逃难途中相失。行云亦逃难在外，与飞云母相遇。母见其酷肖己女，便认她为义女，一路同行，恰逢安道。飞云则为其父执贾南仲之军所收容，亦认为义女。这时，霍都梁改名为卞无忌，入贾南仲幕中，献奇策，灭了禄山。南仲以飞云妻之。二人相见惊异，细诉衷情。不久，行云亦归于都梁。《春灯谜》亦名《十认错》，凡 40 出，亦得盛名。中叙宇文学博有二子义、彦。彦随母赴父任，泊舟黄河驿。适韦节度之舟亦泊于此。时为元宵，彦上岸观灯，韦女改装为男，亦去观灯，二人同猜灯谜，赋诗唱和。各执一诗笺而别。会风起，二船各泊他所，女误入宇文舟，彦误入韦舟。旋各扬帆行。彦母认韦女为己女，彦则被韦节度投于水。又被误为贼，捕入狱中。会兄义大魁天下，被唱名者改为李文义，授巡方御史。同时，彦亦更姓名，为卢更生。义不知更生即为弟，释之出狱，彦亦不知御史即为其兄。后彦登第，韦节度为执柯，与李氏女结婚，乃不知李氏即己父之家。到了结婚时相认，方才明白种种的错误。因共有十错，故谓之《十认错》。

这时期无名氏之作品，传于今者颇多。其著者有:《玉环记》，叙韦皋与张琼英事;《寻亲记》叙周羽被奸人所陷，其妻守节，遣子寻父事;《金雀记》，叙潘岳与井文鸾事;《霞笺记》叙李彦直与张丽容事;《投梭记》，叙谢鲲与文缥风事;《琴心记》，叙司马相如与卓文君事;《飞丸记》，叙易弘器与严玉英事;《赠书记》，叙谈麈与魏轻烟事;《运甓记》，叙陶侃运甓事;《节侠记》，叙裴伯先与卢郁金事;《四贤记》，叙孙泽娶妾生子事；此外尚有不少，未能一一在此列举。

当明末天下大乱，流寇杀人如麻，清人又继之而入关，兵马倥偬，自不遑文事，剧坛遂如垂萎之花，樵悴可怜，如经霜之草，枯黄无生气。然当清人勘定中国时，传奇作者却又联臂而出，其盛况不亚于正德，万历之时，为这个时期戏曲史的光荣的殿军。大抵这些清初的作家，俱为经阅沧桑之变者。其中如袁于令、吴炳、李玉诸人，在前朝且都为已享盛名之作家。

袁于令原名韫玉，字令昭，号箨庵，吴县人，官荆州府知府。作剧凡 5 种，即《金锁记》《玉符记》《珍珠衫》《肃霜裘》及《西楼记》，而以《西楼记》为最著。相传于令一日出饮归，月下肩舆过一大姓门，其家方燕宾，演霸王夜宴。舆人曰："如此良夜，何不唱绣户传娇语，乃演《千金记》！"于令狂喜，几堕舆。《西楼记》凡36出，叙于鹃与穆素徽事。于生与素徽在西楼相恋，不幸为人所拆后于生闻素徽别嫁他人，一病几死。素徽误闻于生死耗，亦自缢以殉。但二人实俱未死，赖侠士玉成其事，将素徽夺来送给于生，完此一段痴情。

吴炳字石渠，宜兴人，少年登第，有才名，作剧凡5种，即《画中人》《疗妒羹》《绿牡丹》《西园记》及《情邮记》。《新传奇品》谓："吴石渠之词，如道子写生，须眉毕现。"五剧皆写佳人才子事，而《西园记》名最著。《西园》撰于万历末年，叙张继华与王玉真事。中间并不串插苦难逃避，奸人播弄，仅以空想的恋爱，误会的痴情，反复细写，很足动人。

范文若字香令，号荀鸭，又自称吴侬，松江人，作剧凡9种，以《鸳鸯棒》《花筵赚》《倩花姻》及《梦花酣》为最著。薛旦字既扬，号沂然子，无锡人，作剧凡10种。以《书生愿》《醉月缘》《战荆轲》《芦中人》《昭君梦》等为著。马佶人字更生，吴县人，作《梅花楼》《荷花荡》《十锦塘》3种，以《荷花荡》为最著。刘晋充字方所，苏州人，著《罗衫合》《天马媒》《小桃源》3种。叶稚裴字美章，吴县人，作《琥珀匙》《女开科》《开口笑》《铁冠图》（一名《逊国疑》）等8种。朱佐朝字良卿，吴县人，作《渔家乐》《万花楼》《太极奏》《乾坤啸》《艳云亭》《清风寨》等30种。邱园字屿雪，常熟人，著《虎囊弹》《党人碑》《百福带》《蜀鹃啼》等9种。

李玉字玄玉，吴县人，作剧凡33种，在当时作家中，他为最受人赞许者。《新传奇品》谓："李玄玉之词，如康衢走马，操纵自如。"冯梦龙亦为之删定《人兽关》及《永团圆》二剧。论者谓他的"一、人、永、占"四剧，可以追步汤显祖。所谓"一人永占"，即玉之《一捧雪》《人兽关》《永团圆》《占花魁》四剧。《一捧雪》凡三十折，叙莫怀古以一玉杯名"一捧雪"者召祸，几被严世藩所杀，赖义仆代死，良友救援，方得脱。后其子莫昊，改姓名，为大吏，复得"一捧雪”，且与父母完聚。《人兽关》凡33折，叙施济好周济穷苦，尝遇桂薪，欠官债，欲鬻妻女以偿，乃代为之付款。薪感激知遇，将女献他为妾。不料后来薪获金暴富，便负心失约，一夕，梦入冥中，历经因果报应，乃大悟悔。《永团圆》凡32折，叙蔡文英与江兰芳幼年订婚。因江翁悔婚，起了许多波折。但后来二人终得团圆。《占花魁》凡28出，叙卖油郎秦钟与花魁（莘瑶琴）事。花魁与秦钟的遇合故事，曾见于《今古奇观》，已成了盛传于民间的一个传说。此剧言金人侵宋，各处大乱。秦钟为一个统制官之子，因乱逃避异乡。莘瑶琴亦宦家女，因乱为奸人掠卖，入勾阑。后来二人相遇，情好至笃。秦钟父升了枢密副使，二人也各得封赠。相传当宏光即位南京时，尝观演此剧，见剧中“泥马渡康王”一折，因恰合于时事，对此剧极加欣赞。

朱素臣，以字行，吴县人，作剧凡18种，其中以《振三纲》《未央天》《聚宝盆》《十五贯》《瑶池宴》等为最著。《十五贯》一种，至今还盛演于剧场。此剧系依据于南宋人小说《错斩崔宁》而略有变异。《错斩崔宁》言崔卖丝得钱十五贯，偶与二娘子同行，乃蒙被不白之冤，竟被屈斩。此剧则换了人名，言兄弟二人各被冤狱，后得贤官昭豁，得以释出。《新传奇品》谓：“朱素臣之词，如少女簪花，修容自爱。”

周坦纶号果庵，里居未详，作剧14种，以《火牛阵》《绨袍赠》2种，为他最得意之作。张大复字星期，一字心其，号寒山子，苏州人，作剧凡23种，以《如是观》《醉菩提》《海潮音》《钓鱼船》《天有眼》等为最著。高奕字晋音，一字太初，会稽人，著《新传奇品》，作剧凡14种，以《风雪缘》《千金笑》《貂裘赚》为最著。盛际时字昌期，吴县人，作剧4种，以《飞龙盖》及《双虬判》为最著。史集之字友益，溧阳人（一作吴县人），作《清风寨》及《五羊皮》2种。朱云从字际飞，吴县人，作剧凡12种，以《石点头》《别有天》《赤须龙》《儿孙福》为最著。陈二白字于令，长洲人，作剧3种，以《双官诰》为最著。陈子玉字希甫，吴县人，作《三合笑》《玉殿元》《欢喜缘》3种。王香裔名里未详，作《非非想》《黄金台》2种。丁耀亢字野鹤，曾作《续金瓶梅》，（见上章）所作剧凡 4 种，即《蚺蛇胆》《仙人游》《赤松游》及《西湖扇》，曾于顺治时进呈。

吴伟业字骏公，太仓人，官祭酒，有《秣陵春》传奇一种。《秣陵春》凡 41 出，叙徐适与黄展娘事。事迹殊离奇，不亚于《牡丹亭还魂记》，却隐寓着深意。伟业自序道：“是编也，果有托而然耶，果无托而然耶，即余即不得而知也。”

尤侗字同人，一字展成，号西堂，长洲人，官翰林院检讨。作《钧天乐》1 种，凡 32 出，叙科场之黑暗，为一班文士抒写失意悲郁的情怀，较那些写佳人才子的无生气无情感的戏曲，自然胜过无数倍。侗自序谓：“逆旅无聊，追寻往事，忽忽不乐，漫填词为传奇。率日一出，出成则以酒浇之，歌哭自若，阅月而竣。”后几因之而获罪。狱虽得解。而每“登场一唱，座上贵人未有不色变者”。可见其动人之深切，讽骂之尖刻。

李渔字笠翁，兰溪人。作《十二楼》小说，已见上章。他为当时极负盛名之戏曲作家。《新传奇品》谓他的词“如桃源笑傲，《万年欢》《偷甲记》《四元记》《双锤记》《鱼篮记》及《万全记》，则知者较少。笠翁的剧本，以绵密快利著；文词极通俗明显，结构极精密适当。然一般正统派的文人对于笠翁却有微词，盖以其太‘俗’。演奏者却多喜欢他的作品。他对于戏曲的见解，也很高明，他的《闲情偶寄》中，有词曲部，论结构、词采、音律、宾白、科诨、格局等，都有独到之语。如谓不应以剧本为泄怨报仇之具，别有天地。”作剧凡 16 种；其中《奈何天》《比目鱼》《蜃中楼》《美人香》《风筝误》《慎鸾交》《凰求凤》《巧团圆》《玉搔头》及《意中缘》10 种，最为流行，其他 6 种，曲文宜显浅平易，宾白务须各肖其人，科诨须戒淫亵及恶俗之言语举动等等，俱为切中时弊者。

四

这个时期的杂剧，其盛况自比不上传奇，然作者却未尝衰落；康海、杨慎、徐渭、汪道昆、王衡、许潮、沈自徵、来集之诸人，且专以杂剧著；传奇作家，如梁辰鱼、梅鼎祚、徐复祚、汪延讷、尤侗、吴伟业诸人也都尝作杂剧。杂剧之高潮，在元代极汹涌澎湃之致者，至此第二时期实未尝退去。

当这个时期之后半，即当明、清之交，沈泰编刊《盛明杂剧》2集，凡载杂剧60种，（内有周宪王2种为第一期作品）邹式金又编刊《杂剧新编》（一名《杂剧三编》），继于《盛明杂剧》之后，凡载杂剧34种。在这三部书中，本时期杂剧的重要作品差不多已完全被收入了。兹将这三部书所载的杂剧的作家及其作品列一表于后。（凡剧名下注①者，指《盛明杂剧》一集所载，注②者，指系二集所载，注“新”者，指系《杂剧新编》所载。）

作家	作品
康海　字德涵，号对山，武功人。弘治十五年状元，授翰林院修撰。	东郭先生误救中山狼①
徐渭　字文清，一字文长，山阴人。	渔阳弄①翠乡梦①雌木兰①女状元①此四剧总名四声猿
梁辰鱼　见前。	红线女①
汪道昆　字伯玉，号南溟。歙县人，官至兵部左侍郎。	高唐梦①五湖游①远山戏①洛水悲①
冯惟敏　字汝行，号海浮，临朐人，官保定府通判。	梁状元不伏老②
陈与郊　字广野，海宁人，官太常寺少卿。	昭君出塞①文姬入塞①义狗记①
梅鼎祚　见前。	昆仑奴①
王衡　字辰玉，太仓人，官翰林院编修。	郁轮袍①真傀儡①
许潮　字时泉，靖州人。	武陵春②兰亭会②写风情②午日吟②南楼月②赤壁游②龙山宴②同申会②
叶宪祖　见前。	北邙说法①团花凤①易水寒②夭桃纨扇②碧莲绣符②丹桂钿盒②素梅玉蟾②

作家	作品
沈自徵　字君庸，吴江人。	鞭歌妓①簪花髻①霸亭秋①
凌初成　苕中人。	虬髯翁②
徐元晖　里居生平未详。	有情痴②脱囊颖②
汪廷讷　见前。	广陵月①
王应遴　字云来，里居不详。	逍遥游②
孟称舜　字子若（又作子适），会稽人。	人面桃花①死里逃生①英雄成败②眼儿媚（新）
卓人月　字珂月，仁和人。	花舫缘①
陈汝元　字太乙，会稽人。	红莲债②
祁元儒　里居生平未详。	错转轮②
车任远　字柅斋，上虞人。	蕉鹿梦②
徐复祚　见前。	一文钱①
徐士俊　原名翙，字三有，号野君，仁和人。	春波影①络冰丝②
王澹翁　端居生平未详。	樱桃园②
孙源文　字南，无锡人。	饿方朔（新）
陆世廉　字超顽，又号晚庵，长洲人，宏光时，官光禄卿，入清，隐居不出。	西台记（新）
茅维　字孝若，号僧昙，归安人。	苏园翁（新）秦庭筑（新）金门戟（新）双合欢（新）闹门神（新）
僧湛然　一号寓山居士。	曲江春②鱼儿佛②（或以曲江春为王九思作）
秦楼外史　名里未详。	男王后①
蘅芜室　名里未详。	再生缘①
竹痴居士　名里未详。	齐东绝倒①
吴中情奴　名里未详。	相思谱②（一云王百穀撰）
袁于令　见前。	双莺传②
吴伟业　见前。	通天台（新）临春阁（新）
薛旦　见前。	昭君梦（新）
郑瑜　字无瑜，西神人。	鹉鹦洲（新）汨罗江（新）黄鹤楼（新）滕王阁（新）

作家	作品
周如璧　号芥庵，里居未详。	孤鸿影（新）梦幻缘（新）
查继佐　字伊璜，号东山，海宁人。	续西厢（新）
堵庭棻　字伊令，无锡人。	卫花符（新）
尤侗　见前。	读离骚（新）吊琵琶（新）
黄家舒　字汉臣，无锡人。	城南寺（新）
张来宗　里居生平未详。	樱桃宴（新）
张龙文　字掌霖，武进人。	旗亭宴（新）
南山逸史　名里未详。	半臂寒（新）长公妹（新）中郎女（新）翠钿缘（新）京兆眉（新）
士室道人　名里未详。	鲠诗谶（新）
碧蕉轩主人　名里未详。	不了缘（新）
邹式金　字仲愔，号木石，明进士，入清，官泉州府知府。	醉新丰（新）风流冢（新）
部兑金　子叔介，式金弟。	空堂话（新）

作在上表里，有几个作家应该特别提出一说的。康海的《东郭先生误救中山狼》，与马中锡的《中山狼传》，当是同时之作，所以事实都极相同，无甚出入。这是一篇很有趣的“寓言剧”，叙中山狼被赵宣子所猎，东郭先生救之出险。及猎者去远，狼却想吃先生以充饥。先生大恐，要他先问三老，批评是非，然后再吃他。狼许之。先问老杏树及老牛，俱言可吃。先生益恐。最后遇杖藜老人，乃设计把狼骗入囊中，用刃刺死。在高丽及南斯拉夫的民间，也俱有与此相类的民间故事。海所叙或也为当时的一个民间故事的重述。但相传海之所以作此剧，乃因刘瑾当权时，他曾救李梦阳，而梦阳得势后，却不肯对他一援手，故比之为“中山狼”，以示深恶痛绝之意。这种传说，现在已不能知道其真确与否，我们可以不必研究。然本剧把狼、牛、杏都人格化了，写其性格，谈吐俱极活泼有趣，在中国的剧坛上，实为很难得的好剧本之一。

徐渭为中国文学史里最奇怪的人物之一。他的生平的言动，曾流传于民间，成了许多很有趣的智慧故事。他尝为胡宗宪之幕友。胡被杀后，他郁郁不得志，流落于各地，以狂名。曾以杀妻下狱，得免死放出。又尝以巨锥自刺两耳，深入寸许，乃亦不死。其诗与文，俱很诡奇而飘逸。总名《四声猿》之四个杂剧，乃他生平最著之作品。《四声猿》虽亦用题目正名，似为一剧。然实乃不相连贯之四剧。《渔阳弄》叙祢衡在冥中，复演击鼓骂曹之故事，曹操这时已为不赦之囚，乃暂得高坐以重现其生前的威严，领受祢衡的谩骂。《翠乡梦》叙玉通禅师因妓女红莲而破戒体，念偈坐化。其灵魂投入柳宣教家为女。后来做了妓女，唤名柳翠。他的师兄月明和尚前去度她。柳翠乃大悟，复去修真。《雌木兰》叙花木兰替父从军事。事迹都依据于著名的《木兰辞》，仅末后添出一个王郎，为木兰之夫。《女状元》叙黄崇嘏改换男装，考中状元。周丞相欲将女儿嫁她，崇嘏作诗辞谢，自明为女。后周丞相子凤羽又中了状元，乃娶崇嘏为妻。

吴伟业为明末遗臣，虽仕于清，而心中不免郁郁。在他的诗文中，常可看出他的悲愤无告的隐衷来。他的《通天台》，叙梁元帝时左丞沈炯，身经家国覆亡之痛，一日，登汉武帝通天台遗址，醉而歌哭无端，痛诉情怀。第一出之末，有一段：

> 你看云山万叠，我的台城宫阙不知在那里，只得望南一拜。（生拜介）
>
> 〔赚煞尾〕则想那山绕故宫寒，潮向空城打，杜鹃血拣南枝直下。偏是俺立尽西风搔白发，只落得哭向天涯，伤心地付与啼鸦，谁向江头问荻花！难道我的眼呵，盼不到石头车驾，我的泪呵，洒不上修陵松櫝，只是年年秋月听悲笳！

这不是沈炯，乃是伟业他自已，在哀诉，在悲悼，在愤懑的高歌！第二出叙炯醉睡台上，汉武帝指示他一番。他因悟得，兴亡荣衰，“到头来总是一场扯淡，何分得失，有甚争差。倒为他扰乱心肠，捶胸跌脚，岂不可笑。”他虽是如此的强自宽慰，然无声之泣，强解之愁，较之痛哭绝叫尤为可悲！他的《临春阁》，凡四出，叙女节度使冼夫人及陈后主妃张丽华事。冼夫人以女子典军，声威远震，张妃为后主掌文诏，瘁心国事。某日，赐宴临春阁，极一时之盛。后隋兵灭陈，丽华死之。冼夫人闻之，悲愤异常，遂了悟一切，解甲散军，入山修道去了。此剧文情至佳，与《通天台》同为这时期罕见之作。第四出，冼夫人梦见张妃一段尤好。

尤侗作杂剧凡 5 种，《杂剧新编》录其《读离骚》《吊琵琶》2 种。其他三种为《桃花源》《黑白卫》及《清平调》。《读离骚》叙屈原事，第一折写原呵壁问天，及问卜于郑詹尹，第二折写原作《九歌》以祭神，第三折写原见渔父，投江自杀。第四折写宋玉赋《高唐》及《招魂》。隐括《楚辞》诸篇，写成一剧，很见作者的技巧。《吊琵琶》叙王昭君出塞事。第一折写昭君远嫁，第二折写她投江自杀，第三折写她魂回宫阙，第四折写蔡琰入塞，过青冢吊祭文姬。《桃花源》本于陶渊明有名的《桃花记》而作，而以渊明为主人翁，言他尸解后，真个人桃花源，与群仙为侣。《黑白卫》本于唐裴铏《传奇》里的《聂隐娘》一则而作，在当时极得盛名，实则没有什么深挚的情趣，远不如《读离骚》及《桃花源》。《清平调》亦名《李白登科记》；中叙唐明皇叫杨贵妃为主考，定天下举人试卷的等第。她以李白为第一，赐状元及第，杜甫为第二，孟浩然为第三。白所作乃《清平调》三章。这不合于史实，且很可笑，但也与侗的传奇《钧天乐》一样，背后隐藏着的乃是当时黑暗的科场所酿出的悲哀心境。《钧天乐》从正面写，此剧则从反面写李白之登科，正是故作快意之语。

这时期里的重要杂剧作家，其作品未见录于《盛明杂剧》诸书中者，尚有数人。

杨慎（生于 1488，死于 1559 年）字用修，号升庵，新都人，以第一人及第，官翰林院修撰，后谪戍云南。慎才华盖世，著作之方面极广，作剧凡 3 种，即《宴清都洞天元记》《兰亭会》及《太和记》。《太和记》凡 6 本，每本 4 折。

黄方儒号醒狂，金陵人，作《倚门》《再醮》《淫僧》《偷期》《恋童》《惧内》6 种，总名《陌花轩杂剧》。王九思字敬夫，作《杜甫游春》《中山狼》2 种。《中山狼》似为康海同名之作的改本。

来集之号元成子，萧山人，作杂剧 6 种：《蓝采和》《阮步兵》

《铁氏女》3种，总名《秋风三叠》。其他3种为《挑灯剧》《碧纱笼》《女红纱》，都传于世。

叶小纨字蕙绸，吴江人，适同县沈永祯，著《鸳鸯梦》一本，见《午梦堂十集》中。

王夫之（公元1619年—公元1692年）字而农，号船山，衡阳人，为明遗民中生活最艰苦者之一，有全集，作杂剧一本，名《龙舟会》。

五

在本章的最后，须略述本时代的诗人与散文作家。本时代的重要作品为小说与戏曲，诗与散文则殊呈寥落不振之状。明人以摹拟古人为务，以互相标榜诋谋为习，或流于浅率，或故为僻涩幽诡，可传之作殊少。到了末叶，有钱谦益，吴伟业出，风气才为之一变，而诗与文亦入于精莹浑厚之境，开始了以下两个世纪的波涛汹涌、气象万千的文坛。

永乐之际的作家，有杨士奇、解缙、杨溥诸人，他们是政治家，而非文人。及李东阳起，倡宗杜之说，乃开了拟古之端。东阳字宾之，号西涯，茶陵人，生于公元1447年，死于公元1516年，著有《怀麓堂集》。继李东阳之后者为李梦阳、何景明、徐祯卿、边贡、康海、王九思及王廷相，当时号为七子，以复秦汉文、盛唐诗相号召，其影响波及于天下，成了后来文坛争执的中心。李梦阳（公元1472—1529年）字献吉，号空同子，庆阳人，著有《空同集》。何景明（公元1483—1521年）字仲默，号大复山人，信阳人，著有《大复集》。徐祯卿字昌穀，吴县人，边贡字廷实，历城人，王九思字敬夫，鄠县人，王廷相字子衡，仪封人。七子以李、何为领袖，然梦阳之作品，拟古之作而已，景明则能自抒性灵。当时，未受七子影响，而以清快谐奇，所谓“才子之文”著称者，有唐寅、祝允明、文徵明三人，唐寅（公元1470—1523年）字伯虎，一字子畏，号六如，吴县人。祝允明字希哲，号枝山，长洲人。文徵明号衡山，长洲人。他们三人的行为，正与他们的诗文一般，以放荡惊俗，为世所訾。然其所作亦间有清逸可喜之作。

继李、何七子之后者又有后七子，为李攀龙、王世贞、谢榛、宗臣、梁有誉、徐中行及吴国伦，皆扬复古之波者。李攀龙（公元1514—1570年）字于鳞，号沧溟，历城人。王世贞号憎州山人，有《憎州四部稿》。谢榛（公元1495—1575年）字茂秦，号四溟山人，临清人。宗臣字子相，扬州人。梁有誉字公实，顺德人。徐中行字子舆，长兴人。吴国伦字明卿，兴国人。后攀龙死，谢榛又被摈于他们，于是改称为“五子”，以世贞为首领。继之者有后五子、广五子、续五子之称，俱为无甚可注意的作家；最后有末五子者，为李维桢、屠隆、魏允中、胡应麟及赵用贤，较之前人，殊为杰出。李维桢（公元1547—1626年），京山人，以诗著，屠隆则以作剧名，胡应麟字元瑞，兰溪人，亦以切实之学问著。

未被列于七子五子者，有王守仁、王慎中、唐顺之、杨慎、徐渭诸人。王守仁（公元1472—1528年）字伯安，馀姚人，世称阳明先生，倡良知之说，影响极大，在当时诸文人中，功业最盛。诗文不依傍古人，而格律整严。王慎中（公元1509—1559年）字思道，晋江人，号遵岩居士，以淡永条达之古文著。唐顺之（公元1507—1560年）字应德，号荆川，武进人，与慎中齐名，亦善拟作唐、宋人之“古文”。杨慎以诗著名，所作极多，于诗文集及剧本之外，又著诗话，编《词林万选》。徐渭（公元1521—1593年）以作剧著，诗文亦奇僻有逸气。

在五子七子极盛之时，明显的出与他们对抗的有归有光、茅坤诸人。归有光（公元1506—1571年）字熙甫，崑山人，世称震川先生，提倡唐、宋之古文，以清顺有情致，为文章之极轨，不尚诡怪，亦不尚绚丽；所极力摹拟者为司马迁，韩愈、柳宗元、欧阳修、苏轼诸人之文，影响于后二世纪甚大。茅坤（公元1512—1601年）字顺甫，别号鹿门，归安人，刊唐、宋八家古文，后来所谓古文宗匠之“唐宋八家”，其名即始于坤，然坤之文殊疏浅，不能自立为一家。

明之末叶，有袁氏兄弟及钟、谭、张、陈、钱、吴诸人，各趋一途，各有一部分的势力。袁宏道字无学，公安人，与兄宗道，弟中道，并著名于世，被称为“三袁”，其文殊诡怪，号为“公安体”。钟惺（公元1574—1624年）字伯敬，竟陵人，与同里谭元春（字友夏），并驰声于世，其诗文被号为“竟陵体”。元春之诗，较为深挚。

张溥（公元1602—1641年）字天如，太仓人，复社首领，所编有汉魏百三名家集。陈子龙（公元1608—1647年）字人中，又字卧子，华亭人，几社首领，善为骈文及词。此二人皆欲复振李、王之绪余者。

以上诸人，主张虽各不同，然其伤于拟古与空疏，无独特的浓挚的风格则一。钱谦益与吴伟业为明代文人之鲁灵光殿，为清代文人之开山祖，其诗文独高出于上述诸人，如泰山之峙于土阜之中，如白鹤之立于鸡群。钱谦益字受之，号牧斋，常熟人，在明末为文章宗匠。清兵入关，谦益迎降，以是颇为世人所讥弹。乾隆间曾下诏焚弃其诗文集。吴伟业之诗悲惋凄丽如其曲，故国之思，时时流露。又常作咏歌时事之长诗，时称之为“诗史”。

顾炎武、王夫之、黄宗羲三人为明之遗老，入清，不仕，夫之且遁入深山。宗羲（公元1628—1699年）少以义侠著，及明亡后，著《明夷待访录》，独到之见极多。顾炎武（公元1613—1682年）著《日知录》，为最负盛名的笔记之一，在那里我们可以看出他的真恳的为学的态度。

侯方域、魏禧、汪琬，亦为明之文人而入清者，齐名于当时，衍“古文家”之绪。方域（公元1618—1654年）字朝宗，河南商丘人，有《壮悔堂集》。禧（公元1624—1680年）字冰叔，宁都人，与兄际瑞，弟礼并名为“宁都三魏”。琬（公元1624—1690年）字苕文，号钝庵，长洲人，为宗归有光之古文作者，著《钝翁类稿》。

清之诗人，以施闰章，宋琬为宗，时称“南施北宋”。闰章（公元1624—1689年）字尚白，号愚山，江南宣城人，著《学余堂集》。琬字玉叔，号荔裳，山东莱阳人，著《安雅堂集》。略后于施、宋而较他们为伟大者为王士祯、朱彝尊，他们的诗在当时影响极大，卓然足以自立。士祯（公元 1634—1711 年）字贻上，号阮亭，又号渔洋山人，山东新城人，力倡神韵之说，为后来诸诗人开辟了一条大路，论者称之为清代第一诗人。著有《带经堂集》。彝尊（公元 1629—1708 年）字锡鬯，号竹垞，秀水人，著作的方面极多，于诗词外，古文亦自成一家，编《词综》及《明诗综》，又著《经义考》，俱为当时很重要的著作。他的词尤为后人所宗式。

纳兰性德与泰清君为清初两个重要的“词人”，而皆为满洲人，性德（公元 1655—1685 年）字容若，为明珠子，以清才著，其词缠绵清婉，为当代冠，著《饮水诗词集》。泰清君为清代女诗人之最著者，作《东海渔歌》。时人谓性德，泰清君之词，为“男中后主，女中清照”。性德之挚友顾贞观，亦以词名，著《弹指词》。同时有徐釚（公元 1636—1708 年）字电发，亦以词名，著《词苑丛谈》，为最重要的“词话”。

查慎行，陈维崧亦为当时著名诗人。慎行字悔馀，号初白，海宁人，著有《敬业堂集》；维崧（公元 1624—1682 年）字其年，号迦陵，宜兴人，其词与骈文，殊有名于世，骈文气度豪放，开后来诸作家之先路，著有《湖海楼集》。

金圣叹以文艺批评家著称。在这个时代，没有一个著名的批评家，所可称者，仅圣叹一人而已。圣叹本名张采，长洲人，有奇才，与徐渭同为中国文学史上最奇特的人物。以科场失意，乃绝意进取，更名金喟（又名人瑞），字圣叹，拟着手取天下才子文遍评之，所评者有《水浒》《唐诗》《西厢》等，在当时影响极大，言论亦极大胆，言人所不敢言，不能言，颇有许多可以永传者。文字亦犀利而能深入，纡曲而能尽情，如水云之波荡。但他中了当时评选时文之习气过深，每把原文句评字赞，迁就己意，有如支解鳞割，反使读者不能见原作之真意。这是他的大病，后来评家中此病者最多，皆为衍他的绪余者。入清，因事被官吏所杀。

参考书目

1. 这个时代的传奇，载于《六十种曲》中为最多。《六十种曲》凡70册，为阅世道人编，汲古阁印行，今尚可得，亦有翻刻本；然无论原刻翻刻，木板俱甚模糊断烂，初印完好本绝少见。

2.《红梅记》有玉茗堂评刻本（不在《六十种曲》内）。

3. 陆采的《南西厢记》，有暖红室刊“西厢十则”本（不在《六十种曲》内）。

4.《灵宝刀》有万历间刊本（不在《六十种曲》内）。

5. 史槃的《梦磊记》有《墨憨斋传奇定本十种本》。

6. 沈嵊的《绾春园》等有原刊本。

7. 冯犹龙的《墨憨斋传奇定本十种》有原刻本。

8. 阮大铖的《燕子笺》《春灯谜》有暖红室刊本，又《燕子笺》《春灯谜》《双金榜》《牟尼合》四种有武进董氏刊本。

9. 吴炳的《画中人》等有原刊本。

10. 范文若、薛旦诸人的剧本，俱有刊本，但都不甚易得。

11. 马佶人的《荷花荡》有暖红室刊本。

12. 李玉的“1. 人、永、占”四种曲，有原刊本，有乾隆翻刻本。

13. 朱素臣、周坦纶诸人的剧本，俱有刊本，但都不易得。

14. 吴伟业的《秣陵春》有武进董氏刻全集本。

15. 尤侗的《钧天乐》有全集本。

16. 李渔的十种曲，刻本极多，亦有石印本，《偷甲》《鱼篮》等六种曲，亦有金陵坊刻本，但不多见。

17.《盛明杂剧初集》有武进董氏翻刻本，又有中国书店石刻本。

18.《盛明杂剧二集》，董氏已在刊印，尚未出版，原刊本不易得。

19.《杂剧新编》有原刊本，不易得。

20.《四声猿》有暖红室刊本。

21.《通天台》《临春阁》有《梅村全集》本。

22. 尤侗的《读离骚》等五种，有全集本。

23. 杨慎之《太和记》等，未见，不知是否已佚。

24. 明人文集俱有原刻或翻刻本，难得者不多。

25. 吴伟业的《梅村家刻稿》，有武进董氏刻本。

26. 钱谦益的《初学集》《有学集》有铅印本。

27.《带经堂集》及《曝书亭集》刊本极多。

28.《饮水诗词》有《粤雅堂丛书》本，有石印本。

29. 泰清君的《东海渔歌》，有木版排印本。

30. 清初人诗文集俱有传本，易得。

31. 金喟评刊之《水浒》《西厢》，俱甚易得，有石印、铅印本，《唐才子诗》仅有木版本，然亦不难得。

第二十五章

18 世纪的英国文学

一

18 世纪的英国文学，开始于大诗人蒲伯。

蒲伯（Alexander Pope）生于 1688 年，是当时一个最伟大的诗人，也是英国各时代最伟大的诗人之一。他的父亲是一个富裕的麻布商人。当他出生之后，他父亲便歇业，移家于一个美丽的森林旁边。这个小诗人在美景中长成；他的身材很矮小，然而他的天才却很伟大。他的诗才在孩提时即已流露。他的教育的大部分是在牧师那里受来的。到了 16 岁的时候，他的诗人的声誉便传遍于当时社会。以后他发表了一篇《批评论》（*Essay on Criticism*），又发表了一篇《鬈发的被劫》（*The Rape of the Lock*），后者使他成为当时诸诗人的领袖。他又译了荷马的大史诗《依里亚特》（*Iliad*），这是一部异常成功的译品，然对于原文却不甚忠实；中间蒲伯他自己增添了好些原文所没有的诗句。他父亲死后，他与母亲迁住于特委金汉（Twickenhand）。他在文坛有了许多仇敌；他的性子本是易怒的，便做了一篇大刺讽诗《但西亚》（*The Dunciad*）以攻击当时大的、小的诗人，便连彭特莱

（Bentley）及狄孚（Defos）也被攻击在内。这可算是一篇最利害的讽刺诗，在任何文学中都少有看见。他的最后的作品是《人论》（*The Essay on Man*）及《拟贺拉士》（*The Imitation's of Horace*）。他的身体很虚弱，这也许是他易激怒的原因之一。后来，他的病使他不能写作，于1744年5月死去。

在英国诗人中，他的诗仅次于莎士比亚而为人所常常的引用（虽然常是误引）。《鬈发的被劫》出现于1714年，虽是他的初年作品，却充分的表白他的美整的诗才，有的人竟说，这是他最好的作品。此诗是一篇小史诗，凡五章，叙一个美丽的女郎的一束鬈发被盗事，中有许多超自然的神踪，显出他的异常丰富的想像。《但西亚》的第一个完全本子出现于1729年。当时小诗人攻击他的，讽刺他的文字极多，然至今，受了时间的淘汰，都一一的逐渐的消灭不见了，只有这位大诗人一篇的《但西亚》却永在着。《人论》的价值也是很高的，这使他在欧洲得了大荣誉，福禄特尔（Voltaire）及其他著名的人都热烈的赞美它。有人称之为英国文学中最高贵的哲理诗。然他的真价值并不在此，乃在真切的动人的写出平常人所想的人生大问题。

约翰·格（John Gay）是蒲伯的朋友中最可爱的人。他写了不少喜剧及寓言，但《乞丐的歌剧》（*The Beggar's Opera*），使他著名。他死时葬于威士敏斯特教堂。

二

这是很有趣的，在英国，在18世纪、19世纪及20世纪的初期，杂志的论文都非常的发达。于这三个时代中，爱迭生（Addison）及史狄尔（Steele）是最初出来的论文作家，且是最初使论文流传于社会之中，使之进入日常生活中，使之为多数人所熟悉，所愉悦的。这时，杂志报章极少，且其影响也极小；自史狄尔及爱迭生的杂志出来之后，普通社会才引起看报纸的兴趣。相传伦敦的贵妇人，每于晓妆时等待着要看爱迭生的《旁观报》（*Spectators*）。

史狄尔是这种新体的论文的创始者。他于 1672 年，生于杜白林（Dublin）。他与爱迭生是同学，两个人的岁数，只相差二月。后来，他们在牛津大学里，又是同学。史狄尔离开了大学而入军队。他写了他的第一本书《基督教的英雄》（*The Christian Hero*），然而此书的道德与宗教的观念并不能动人，后来又改而作剧本。这时，爱迭生的经验，较之史狄尔为更好。爱迭生生于 1672 年，初写拉丁文的诗，后又作英文的诗。他的朋友们供给他款项，使他得到法国及意大利，认识了法国大作家鲍哇留（Eoilean）。在 1702 年由德国及荷兰回到英国。后在爱尔兰做一个贵族的秘书。在这个时候，史狄尔创办的《太特劳报》（*Tatler*）（1709 年出版）出现了。这个报纸，每星期出版三次，立刻得了很大的成功。爱迭生开始为它的一个投稿者；有不少最好的爱迭生的论文是登在这个《太特劳报》上的。后来此报因事突然的停版了。爱迭生与史狄尔商量再出一个报纸，便于 1711 年 3 月，开始出版了《旁观报》（*Spectator*）。这个报是每日发行一次。登在上面的文字，以《劳琪爵士》（*Sir Rogen de Coverley*）的一篇连续文为最著名；这是一篇叙述的喜剧，论文式的故事，叙写这个爵士的经历与伦敦的种种琐事及景色。这是一部很成功的作品，一部世界的名著。《旁观报》停版后，他们又出《保卫报》（*Guardian*），然此后他们对于政治的兴趣又渐渐的浓厚起来。爱迭生成了爱尔兰的秘书长，史狄尔进了国会。他们二人的友情不幸于 1718 年破裂而不能再合。第二年（1719 年），爱迭生即死去，年仅 47。他葬于威士敏斯特教堂。史狄尔较他的朋友后死了 10 年。

三

史惠夫特（Jonathan Swift）是英国文学中最伟大的的名字之一，他的《木桶的故事》（*Tale of a Tub*）及《高里弗游记》（*Gulliver's Travels*）是英国文学中最伟大的讽刺作品。史惠夫特虽被称为“伟大的爱尔兰之爱国者”，然他并不是爱尔兰人；他的父母都是英人，他不过生于杜白林而已。他的父亲很穷苦，死后更一无所遗，所以史惠夫特幼时便与贫苦相争斗。他初在杜白林的三一院（Trinity College）受教育，后来又到牛津大学读书；后来，他在他的一个亲戚谭朴爵士（Sir W. Temple）那里做秘书，但这位爵士待遇他并不较胜于仆役。他自然是很生气的。他曾出入于当时二大政党，然所遇都不如意。他在爱尔兰很著名，因为他继续的反抗英国政府对待爱尔兰的政策。他的晚年很悲惨，他憎恶一般人类。在他生命的最后二年，他心力似乎全失了，在二年之中，没有说过一句话，好像什么事也没有感觉到。他死于1745年。他曾与一个他名之为施特拉（Stella）的女子发生了一段很悲惨的恋爱。他初见施拉时，她仅是一个聪明美丽的幼女，后来成了妇人时，他却真挚的恳切的恋爱着她。史惠夫特如天上的月的神秘，只有一面是向着世界的，这一面乃是冷酷的、讽刺的、憎恨的，至于其他一面却除了施特拉之外，没有别的人看见过。然他们的恋爱并不是快活的。传言他们已秘密结婚，然他除了有第三人在座外，却永不曾与她独自在一屋或谈话。后来，她死了，他却感到极深的悲切。他又与一个名叫凡妮莎（Vanessa）的女子恋爱，凡妮莎热烈的爱他，然当他在凡妮莎与施特拉之间选择一人时，他却舍了凡妮莎而爱施特拉。

史惠夫特是一个有威力的诗人，然他的散文使他更著名。从文学的立足点看来，《木桶的故事》是他一切作品中的最好的。据说，他自己在晚年时，常自叫道："呵，上帝，当我写那本书时，我是怎么一个天才呀！"但《高里弗游记》却为一切读者所更为欢迎。他虽以锋利的讽刺，写出他的幻想的游历，然少年的读者却为他的有力而逼真的描写所捉住，不觉得它是幻想的，是讽刺的，只当它是一部极有趣的童话或冒险故事读。全书共包含四部，叙一个水手的游历故事；第一部叙小人国（Lilliput）及它的小人民的事；第二部叙大人国（Brobdignag）及它的庞大人民的事；第三部写飞岛、魔术岛诸地的事；第四部叙霍因（Houyhnhnms）国的事（在这个国里，马是高贵而有知识的生物，人类却是禽兽了）。在这第四部里所写的人类的情形，我们可以看出史惠夫特是如何的憎厌在他的周围的人类。史惠夫特在他的书中，在他的生活中都显出他的最低下处及最高超处。理性（十八世纪所知道的理性）在他身上是已自杀了。

四

狄孚（Danial Defoe）是英国小说的创始者。中世纪的传奇及以前的小说，所叙的是神异的事迹，是非人间的故事，直至狄孚起来后，才把“小说”用来写人间的故事。他于1659年，生于伦敦。他的父亲是一个屠者；当他是孩子时，米尔顿乃是他的邻居之一。他受到很好的教育，他父亲欲使他成为一个传道者，然他志不在此。他后来开始著作，一直到了他的死时。他死于1730年，那时已是一个年龄很高的老人了。大家都记住狄孚是著名的《鲁滨孙飘流记》的作家，忘记了他还有许多别的著作。在实际上，他竟著作了250种书呢！小说除了《鲁滨孙飘流记》之外，还有《甲必丹杰克》（*Captain Jack*）、《洛桑那》（*Roxana*）等，描写那个时候的伦敦的平常生活。他还写历史与传记、游记与诗歌、政治论文与讽刺文等等。在他生活中，有一个时期，他用自己的手写一种新闻纸，每星期三次。他挣得不少钱，但又都失去了；他的一生的大部分生活于恼扰的海中。他很热心于政治，又勇于攻击当时的政府；他作了不少讽刺的论文，因此，引起了许多的困恼，时时的被罚款，被囚禁。他的政治理想有好些是值得赞赏的，如农业银行以及国家救穷等等近代的制度，在他的著作时，都已预示了出来。

狄孚的《鲁滨孙飘流记》出版时，他年龄已近60。这个名作的题材是取之于1904年时，一个水手西尔考克（Alexander Selkuk）的四个月住在弗南地兹（Juan Fernandez）岛上的孤独生活的经验。鲁滨孙的的性格，有些像狄孚他自己的性格——勤勉、不畏屈、勇敢、敬信上帝。《鲁滨孙飘流记》并没有什么神秘的，超人间的或滑稽的地方。它与《天路历程》一样，是以最简朴的、不雕饰的笔写下的；而作者的描写力却极可惊，能吸引住无论老幼的无数的读者。他作成这部小说，要拿去找一个出版家去印行，寻遍了许多家的出版公司，却都被他们所拒绝。后来，终于得到一个青年出版家为之印行。立刻得到了极大的成功；在四月出版，在八月，已经有了第四版了。至于每个老妇人都有了这部小说，把它与《天路历程》等放在一处。不久，又被译成无数国的文字，中国也有了译本，便连在沙漠中的阿剌伯人也有了机会去读此书。此书的大成功，不全在于事实的奇异，乃在于描写的逼真；如一个真实的人在描述他的真实的经历给你听，他的说话，句句都是实在的活的人的说话。实在的，狄孚的大成功，乃在“创造真实”；他的《伦敦大疫记》(*Journal of the Plague Year*)，完全是小说，然当出版时，却被读者认为事实，历史家们也竟引之为实事的记载。实则当大疫之年，狄孚不过是一个五岁的孩子。

《鲁滨孙飘流记》可以说是一部最早的写实的小说；而在他的《一个骑士的行述》(*Memoirs of a Cavalier*)，狄孚又创造历史小说，在那里，真实的与想象的人物同时被引进，后来的大作家史格得(W. Scott)及大仲马(A. Dumas)都是用这个方法来写他们的历史小说。狄孚的小说共有六部，都是很成功的。

狄孚虽然于小说有大成功，然英国近代小说的创始，却不得不推出版于1740年的李查得孙(Samuel Richardson)的《巴米拉》(*Pamela or Virtue Rewarded*)。小说的诵读，在那时的英国道德家眼中看来是一件不好的事，然《巴米拉》却是一部以道德教人的小说。李查得孙原是一个道德家。约翰生(Johnson)说，他指导“热情在道德的命令底下活动”。李查得孙生于1689年。11岁时即能写信。17岁时为一家印刷店的学徒。但他下笔写《巴米拉》时，年已50。《巴米拉》是这部小说的女主人翁，是一个天真的，忠厚的村女，被她的淫佚的主人所引诱，最后却得到胜利，做了他的妻子。继于《巴米拉》之后而写的是《卡拉丽莎》(*Clarissa*)，或名《一个少妇的经历》，出版于1748年，再继于其后的是《格蓝狄孙爵士的历史》(*History of Sir Charles Grandison*)，出版于1753至1754年。李查得孙是当时中产阶级的伦敦人的代表，道德观念偏而狭小。他怕惧自由思想家，在他的小说中，即最坏的恶人也不写成一个宗教的反抗者。他的故事俱以尺牍的体裁写出，这比《鲁滨孙飘流记》之用自叙传的文法更容易表现出他的人物们的心理。他的小说在民治观念的发达上也很影响。在 18 世纪的时候，乃竟以一个女仆为小说中的女主人翁，这实可使人打破阶级的观念。《巴米拉》与《卡拉丽莎》都译成了法文，在欧洲大陆有很大的势力。狄特洛（Diderot），一个 18 世纪的法国大哲学家，他以李查得孙为足以挤列于摩西，荷马，优里辟特及莎福克里士。史的尔夫人（Mme de Staël）及卢骚都热烈的称赞他。卢骚的《新埃罗以斯》（*La Nouvell Héloïse*）且是以《卡拉丽莎》为模范的。后来，法国诗人缪塞（Alfred de Musset）竟宣称《卡拉丽莎》为世界上最伟大的小说。还有一段很有趣的故事。史的尔夫人特的从巴黎旅行到伦敦来，欲临哭于李查得孙的墓。她住于金十字旅馆，第二天早晨，人家却见她在别一个李查得孙的墓上哭得很悲切，而这个李查得孙却是一个与文艺一无因缘的屠夫。

如李查得孙是给英国以最初的近代的小说，那末费尔丁（Henry Fielding），便给小说以文学上的超越地位。当费尔丁开始写作时，他已得到他的时代的生活的完备知识，他亲身与各种各样的人接触，他自己也是一个典型的英国人。他生于 1707 年。在 1727 年到伦敦来。有几年，他从写作剧本得些生活费。他父亲给他的钱不多，他的生活很困苦。结婚后，仍不能改变他的向日生活。他的第一部小说《约赛夫·安特留》（Joseph Andrews）出版于 1742 年，他从出版家那里得到 83 镑 11 先令的报酬。第二年又出版了《大约那生·维尔特的历史》（*The History of the Late Mr.Jonathan Wild the Great*）。1749 年出版了《汤姆·琼士》（*Tom Jones*），1751 年出版了《阿米丽加》（*Amelia*）。他尝做了法官，写过很有价值的小册子。因为身体病了，辞职到里斯奔（Lisbon）去。在 1754 年 8 月到了这个地方，隔了二月，死于此。

李查得孙的小说是为妇人写的。费尔丁的小说是为男人写的。李查得孙是一个感情主义者，费尔丁是一个写实主义者。这两个作家恰是相反的。一般批评家都赞许费尔丁的天才。大历史家琪彭（Gibbon）曾有一个很有趣的预言，他说，《汤姆·琼士》的生命将超过依士丘莱（Escurial）的宫殿及奥大利的皇鹰。果然，依士丘莱在1872年半毁于火，而奥大利的皇鹰也于1918年变了尘土，而世界却仍在读着《汤姆·琼士》。

史托痕（Laurence Sterne）的名著《特里斯特兰·桑台》（*Tristram Shandy*）也为不下于《汤姆·琼士》之作。史托痕于1713年生于爱尔兰。18岁时，以亲戚的帮忙，进了剑桥大学。《特里斯特兰·桑台》的第一二卷出版于1759年，立刻使史托痕成了著名的人，其后，在1761年，1762年及1765年时，又出了几卷。这部书结构不大好，有人评之为“简直非一部叙述的文字”，然它究竟是英国大滑稽家之一的作品，所描写的托倍叔父（Uncle Toby）也是一个不朽的人物中之一。《特里斯特兰·桑台》的目的原欲写特里斯特兰·桑台的生平，然结果却不同。在开始，真实的英雄是桑台前辈。然写到后来，托倍叔父竟成了书中的英雄。卡莱尔（Carlyle）比史特痕于西万提司。别的作家又比他于拉倍尔。然不喜欢他的人也不少。1765年，史托痕作意大利及法国的长旅行，结果产生了他的著名的《感情的旅行》（*Sentimental Journey*）。这部书出版于1768年，出版后三天，他便死了。

史摩勒特（Tobias Smollett）生于1721年而死于1771年；他也与费尔丁一样，是死于国外的。他初为医生，服务于海军，直至于1744年。娶了亲后，自己挂牌做医生。但结果却失败了。他的《兰顿的经历》（*The Adventures of Roderick Random*）出版于1748年，《辟克尔（P. Pickle）的经历》出版于1749年，《菲狄南（Ferdinand）的经历》出版于1753年，葛莱夫（Sir L. Greaves）的经历出版于1762年，《克林考的旅行》（*The Expedition of Humphrey Clinker*）出版于1771年。在这些小说之外，史摩勒特还作剧本、游记、诗歌、医学论文及一部英国史。他的《兰顿的经历》是有些受法国赛格（Le Sage）的影响的。《辟克尔的经验》有许多地方与《兰顿的经历》相似，而更为自叙传的。史格得以为史摩勒特的最可爱的小说是《克林考的旅行》。这是一部用尺牍体作成的小其叙写使批评家都很称许。

在这时候，女小说家之著名者有拉克里夫夫人（Mrs. Radcliffe），她是《乌杜尔福的神秘》（*The Mysteries of Udolpho*）的作者，她还作了别的故事。史格得很称许她，近代的中篇小说（Novelette）的体裁也是甚受她的影响的。她所写的是人生的夜的一面，是恐怖的情感——无论是天然的危险或迷信的暗示所引起的。她的叙述能使人血为之冷。这是她的作品特长之点。

五

继蒲伯之后的诗人有查托登（Thomas Chatterton），他是英国诗史上极悲惨的人物之一。他生于 1752 年，他的家庭有好几代是礼拜堂的司祷人。到查托登之时，他的叔父在接做这个职务。查托登在幼童时常从他叔父那里闻得武士们与僧侣们的故事。这些人的墓都还在礼拜堂中。他是一个孤寂的早熟的童子，在 12 岁之前已会写聪明的讽刺诗。他苦志的研究古代的文稿，与他对中世纪英国的奇异知识，使他能写作一种奇异的古英文。这个儿童诗人知道，如果他用自己名字出版他的诗集，将无人读他们。于是他想出了一个方法。他假说他的诗集真是洛莱（Thomas Rowley），一个 15 世纪的教士诗人所作的，并说他在一个箱中发现了这个稿本。他写信给瓦尔甫（H. Walpole）谋出版这个诗集。瓦尔甫最初对之是很有兴趣。除了几个人外，一般人也都相信这实是古代诗人作的，因为他们都以为十几岁的人怎么会作如此的诗呢？但后来查托登托他在伦敦谋事时，他却发现了这个诗集实是近代的，是这个儿童诗人自己的著作。瓦尔甫便冷淡的劝告他先求幸福，后再做诗。1770 年的春天，查托登抱着很大的希望到伦敦来。有好几个月，他以投稿、做报章上的政治的短文为生。在 18 世纪时，这种工作的报酬是极薄的；查托登每做一篇短文，只得到一个仙令，至于诗呢，还不到 18 个辨士，他异常的失望，又太骄傲了，不愿求人帮助或回转家中，于是他于 1770 年的 8 月 24 日，悄悄的购了信石，服毒而自杀。他的稿纸撕碎于地上。这时，他只有17岁另9个月。他的实在的成功是没有什么大价值，然而他的天才是谁都承认的。只要他的生活较好，他不早夭，则他的成就的伟大是可断言的。他的诗最美丽的几段是在《阿拉》(*Aella*)中的歌者之曲，兹译其首四段如下。

查托登之死
唉，唱我的重叠曲呀；
唉，偕我落着泪呀；
不要再在放假日跳舞，
如一个流着的河水一样了；
我的爱死了，
到他的死床去，
在那柳树之下。

他的发如冬之夜的黑，
他的颈如夏之雪的白，
他的脸如晨光之红，
他现在冷冷的躺在下面的墓中；
我的爱死了，
到他的死床上去，
在那柳树之下。

他的口音如画眉的歌调，
他跳舞之快捷可比得上思想；
他的手鼓整齐，手棒粗大；
唉，他现在是躺在柳树之旁了。
我的爱死了，
到他的死床上去，
在那柳树之下。
听呀！乌鸦在拍他的翼，
在下面多荆棘的谷中；
听呀！死鸱高声的唱歌着呢，
当他们到梦魔中之时。

我的爱死了，
到他的死床上去，
在那柳树之下。

格莱（Thomas Gray）生于1716年，他的母亲是一个制造女衣饰者，然能送她儿子入剑桥大学。后来格莱在这个大学里做了近代史的教授。格莱是第一流的学者。他所作的诗非常的少，没有一个人曾进入诗人之群而手里拿着如他之小的诗本的。如果依普通的意见，这本小诗集中还仅只有一首诗，即《墓地诗》（*The Elegy Written in a Country Churchyard*）。此诗是得着极高的声誉的。然此外，实未尝无好诗。他与柯林（William Collin）都是反抗模拟蒲伯的雕饰的作风的小诗人们的。柯林生于1721年，他的诗以《黄昏歌》（*Ode to Evening*）为最著名。

汤麦孙（James Thomason）也是反抗当时以瓦尔甫（H. Walpole）为首领的雕饰的诗风的。他的《四季》（*The Seasons*）真朴而不染当时的风习；他的《懒惰之堡》（*The Castle of Indolence*）费了15年的工夫去写，算是他的最完美的诗篇。他是一个苏格兰人，生于1700年，受教育于爱丁堡大学。初欲为教会服务，后乃决意至伦敦为一个诗人。《四季》的第一部《冬》，出版于1726年，四年后，全诗才告成。他还写些剧本，然他们俱已被忘记。他的诗是后来史格得及华兹华士（Wordsworth）诸人的先驱者。

考卜（William Cowper）生于1731年，被称为汤麦孙与华兹华士间的连锁者；他弃去蒲伯的雕饰之作风，而歌咏大自然的美景。他生活于最沉静的乡村生活中；他爱小孩、猫、兔与花，然而他所爱的自然却只爱其外形，未必感觉到物的神秘的生命与精神，如华兹华士之所感觉到者。然考卜的诗，自有一种真朴的美。使之温和而有生气。他的咏他母亲的遗照一诗尤为动人。他曾犯神经昏乱病，关在医院中一时；愈后，很信仰宗教，却又时时使他困恼，宗教有时安慰他，有时又使他绝望。但考卜虽为最悲苦的诗人之一，他却也有时是快乐的时候。

克拉蒲（George Crabbe）生于1754年。他的诗是模仿蒲伯的，然较其他模仿者为近于自然。所以论者以他为雕饰派与自然派间的连锁者。

六

18世纪中叶的英国文坛是约翰生（Samuel Johnson）的时代。他是他的时代的最伟大的文人。他没有葆尔克（Burke）、高尔斯密士（Goldsmith）、琪彭（Gibbon）诸人的天才，然而他的人格、他的影响，却使他成为当时文人的领袖。约翰生生于1709年，他的父亲是一个书贾。他亦学为书店事业，且能自己装订书本。然他对于他父亲很少帮助，因他以读书来代替卖书。后来，他到牛津大学读书。26岁时娶了一个比他年龄长20岁的寡妇为妇，她带了1000镑来。他在伦敦，极为贫困，曾作一诗《伦敦》，所得报酬极少。他为书贾作评论、序文及翻译；又投稿于英国第一个月刊《绅士杂志》（*Gentleman's Magazine*）。然他虽然工作不息，而所得仍极少，甚至有时终夜在街上流浪而不能求一夜的安眠。他的勇敢的心，不因此而稍受打击，仍努力的做去。自1747年至1756年，他的著名的《字典》（*Dictionary*）完工了，又在这个时候，写成了一部好像小说的散文著作《拉赛赖士》（*Rasselas*）。说来可怜，他写《拉赛赖士》乃是因为欲筹得他母亲的葬费呢，他的苦作本不是没有成功，他的天才终于为当时一班最好的文人所承认，而成了他们的领袖，英王也每年送他年俸三百镑。他的生活自此较为安逸，又到国外游历。他以75岁的高年，死于伦敦。他是一个奇怪的人；他的相貌很丑，常受侮而傲慢不屈，也不屑求权贵的帮助，且还尝拒绝过他们。他自己虽穷，而家中常养活几个孤苦的妇人。他善谈论，在辨难时从不为他人所屈服。他所写的最好的书是《希白里特游记》（*Tour to the Hebrides*）及《诗人传》（*Lives of the Poets*），这些都是他在处境宽裕时所作的。

高尔斯密士（Oliver Goldsmith）是约翰生的朋友，他少于约翰生 19 岁（他生于 1728 年）。他的父亲是爱尔兰的一个穷苦的副牧师。1745 年，高尔斯密士进了杜白林的三一院。他为欲得小款，写些“街歌”（Street Ballads）去卖，每首得五个仙令。后来又到爱丁堡去学医。1754 年，他到国外去游历，二年后才回来，储蓄了十年后所出版的著名的《旅客》（*The Traveller*）的材料。他回国时，衣袋中连一个辨士也没有。不久，他为一个出版家所雇用。这时是著作者最苦的时期；为文人东道主的贵族既已过去，公众又没有来。他的第一部成功之作品是《世界的国民》（*The Citizen of the World*），叙一个中国的学者游历伦敦，给他北京的朋友许多信，讲到他的伦敦及英国生活的印象。其实这个中国学者的意见，便是他自己的意见。此后，高尔斯密士的生活渐渐的好了；约翰生与他成了很亲密的朋友。1764 年，他几因欠租而被捕，亏得约翰生立刻来解这个围，并介绍他的小说《威克菲尔牧师传》（*The Vicar of Wakefield*）卖给一个出版家，得了 60 镑，而以一部分付清了房租。《威克菲尔牧师传》不仅感动英国人，且感动了德国人与法国人。他还写了几篇喜剧，如《好心人》（*Good Natured Man*）及《卑谦求胜》（*She Stoops to Conquer*）。他的诗歌也极著名，《旅客》及《荒村》（*Deserted Village*）使他成了一个不朽的诗人。《旅客》记述他旅行时所见的各国的景色及风俗，叙写得很可爱。《荒村》是一篇非常柔和美丽的诗，叙一个旅客回归了故乡，而这个乡村却已荒芜了。他在村中漫游，回忆以前的一切的花园、住屋、学校等，都毁废了；当他发见了他的想在他出生的故村中消遣黄昏的希望不能实现时，他心中充满了悲感。高尔斯密士的作品，无论小说、剧本或诗歌都真朴可爱，流丽明白。他的最后 6 年的生活，已不如前之穷苦，但也并不见得富裕。他是约翰生所创立的文学会中最为朋友们所爱的人。他死于 1774 年 4 月。他的死耗传出时，朋友们都很悲伤，葆尔克竟哭了。

葆尔克（Edmund Burke）是约翰生文会中最伟大的人物。他是一个政治思想家，以文学来装饰他的演说与著作的。他的《美洲收税演说》（*Speech on American Taxation*）、《解仇演说》（*Speech on Conciliation with American*）等作，不仅与当时政治很有关系，不仅他的见解异常的高超，即他的文字也是散文中最不易得的美丽的文字。论者谓他是以第一流的诗人的想像应用在人生的事业上。他的《法国革命的感想》(*Reflections on the French Revolution*)也使我们赞美。

李查得孙及琪彭也是约翰生文会中的人物，还有第一流的女小说家蒲尔耐(Fanny Burney)也是受约翰生的鼓励的。她后来成了亚白莱夫人(Madame d' Arblay)。她的小说《依文里那》(*Evelina*)，出版于1778年，立刻得了大成功。但她的以后的几部小说，却没有同样的风行。她的《日记与尺牍》(*Diary and Letters*)是一部记载那个时代的佐治第三宫廷及约翰生文会的事的很好的书。

琪彭(Edward Gibbon)生于1737年。他受教育于牛津大学。后到瑞士去过一次，回后，在军队中服务。1764年，他旅行到罗马；这个古城的游历，使他决心去写不朽的大著《罗马兴亡史》(*Decline and Fall of the Roman Empire*)。这部著作，费了他13年之久的工夫。此书的出版，使他立刻受无数人的赞颂，连他的同时大历史家休谟(Hume)、洛保孙(W. Robertson)诸人也在内。此书所包范围甚广，自安东尼(The Antonines)的伟大时代起，直叙到君士坦丁堡为土耳其人所攻下止。每至叙到战事的地方便是叙述最活跃的地方。

休漠(David Hume)生于1711年，是当时的大历史家及大哲学家；他的大著是《人性论》(*Treatise on Human Nature*)及《英吉利史》。洛保孙(William Robertson)生于1721年，以所作三大史书著名于世，此三书即《梅丽及琪姆第四时代的苏格兰史》《查利第五时代史》及《美洲发见史》。同时的散文作家还有亚当·斯密(Adam Smith)作《原富》(The Wealth of Nations)；瓦尔甫(Horace Walpole)及查斯特菲尔(Lord Chasterfield)的尺牍集也是著名的书。但本书不能详细的叙述他们。

鲍斯惠尔(James Boswell)也是约翰生的密友，以作《约翰生传》著名，在这个传中，鲍斯惠尔把文会中的几个重要的作家都活跃的写在纸上，是一部很重要的传记。他的风格清洁朴实。《与约翰生同游希白里特记》(*Journal of a Tour to the Hebrides with S. Johnson*)

一书也很可使读者称许。

七

18 世纪的英国作家中，还有一个伟大的乡村作家惠特（Gilbert White），他生于 1720 年。他的一部使他本乡著名的小书，直至 68 岁的时候才出版。他受过高等教育，在本乡为牧师。1767 年，他开始写《西尔奔的自然史》（*Natural History of Selborne*），是给他一个相识的自然学家的书信，其初并不想付印。其叙述非常的自然而率真，并不像他人之夸写得过度。

1769 年正月至 1772 年正月，在一个报纸上登载了好些攻击英王及政府的公开的信，文学史上称之为《求尼尺牍》（*Letters of Junius*）；这些尺牍始作者，初未能明，或以为葆尔克，或以为瓦尔甫，或以为琪彭等等，其后乃相信是法朗西士（Sir P. Francis）所作的。这些尺牍的有力的责备，几可与史惠夫特的激烈的讽刺相比。

八

葆痕士（Robert Burns）是英国最伟大的诗人之一，生于 1759 年。论者称之为“苏格兰的莎士比亚”。他父亲有小小的田产。葆痕士所受的学校教育的时候很短，因为他父亲要叫他在家帮助他做农工。然他非常用功，能于所得到的很少的书中求到知识。当他跟在犁田器后口里吹啸着时，一面却想念到自然界及它的美丽，想念到爱情及它的温柔的情绪，渐渐的把他们形成为文字及韵律，正合于他所吹啸着的调子。因此，他的诗的最初努力便是作歌。当他的心胸更广拓时，他对于农夫的生活却感得厌倦而不喜欢，最后竟绝对的不能忍耐了。他憎恶一切围绕他的东西，便决意离开了苏格兰到西印度去。他想筹备船费，便集了他的诗去出版。这部诗集一出版，立刻得了许多钱，且得了大声誉。因此，他便打消了去国的念头。有许多人请他到爱丁堡去，受热烈的欢迎。以后，他做了征收国产税员。这个职务与他极有害，因他原是喜欢喝酒的，而这个职务却使他得有许多机会去喝酒。还有许多人时时请他宴会。在实际上，这些都是助他到坟墓中去的。1796 年正月的一夜，他受了凉，就此不起。享年 37，遗下一妻六子，在贫苦中生活。他的诗差不多都是用苏格兰语写的，其中最长而且最好的诗是《泰摩》(*Tam O' Shanter*)。所叙的是：泰摩与他的朋友欢宴后，骑马回家。夜是黑漆如墨。他经过一座荒废的教堂，那里却烛火明亮。原来有许多女巫在那里欢乐跳舞。泰摩停马而观，很喜欢她们的跳舞，最后，竟欢呼起来。女巫们因被发见而大怒了。她们要去捉他。泰摩飞奔的逃命。女巫渐渐的追近了。他上了一座桥，最先追到的女巫已抓住马尾了。然他终于得逃走，因女巫们是不能走过桥顶的。《快乐的乞丐们》(Jolly Beggars) 也是很著名的。我们在他的较短的诗中，见出他的温和而富于同情的性情，对于一只伤兔，或犁头扒翻了鼠穴或雏菊，他都是很伤感的。他尤以抒情诗人著名。他的歌所咏的是恋爱、爱国与欢乐。他把人类心中的情绪微妙的动人的表白在他的诗中，如清弦之拨动，如明月之夜的洞箫的弄响，如百灵鸟在阳光照着的旷空中歌唱。

霍格 (James Hogg) 也是当时的一个抒情诗人，他与葆痕士之由农夫出身一样，最初是一个牧童。他著名的诗是《女皇的足迹》(*The Queen's Wake*)，他的抒情诗《云雀》(*Skylark*) 也是无人不读的。他死于一千八百三十五年。

勃莱克 (William Blake) 于 1757 年生于伦敦。他的父亲是开布店的。他并不留心于包扎领巾与袜，却常在发票之背面，画着画儿，写着诗句。在他的少年时，他已时时得到灵感，见到种种的幻像——他看见上帝由一个窗中伸出头来，天使栖于一株树上，先知者依赛结 (Ezekid) 坐在绿荫之下。他父亲见他那样的喜欢艺术，便把他送到一个木雕家那里做学徒，那时他是 14 岁。1782 年，他娶了一个侍女，她一个字也不认识，却是一个好内助。此后，他被诗人海莱（Hayley）所雇，为他的《考卜传》作插图，在那里住了三年，常于黄昏时走到海岸，幻见了摩西与但丁，幻见了仙人的葬礼。他的幻像一年年的增见；鬼往楼下走，海蛇扭曲着，许多鱼在吃着尸体，等等。他的诗，有时是粗犷的，有时却具着最温柔的美，使人们第一次窥见一个传奇的王国，如后来雪莱与济慈之所写的，他的第一部诗集《诗的杂记》（*Poetical Sketches*）出版于1783年；他的《天真与经验的歌》（*Songs of Innocence and Experience*）继之而出，都是风格柔和而音调谐朴的，如一滴露水那样的清莹。在他的诗集的每一页中，都有音乐的美，如他的《摇篮歌》（*Cradle Song*）：

> 睡吧，睡吧，在睡里，
> 小忧愁坐那里哭着。

原文：

> Sleep！ Sleep！ In thy sleep
> Little Scorrows at and weep.

他的生活如他的诗一样的忠实。他生于穷苦，死于穷苦，却并不怨恨。他和他的妻，常住在伦敦或其附近。他死于1828年，留下一大堆的画稿，据说，还有100册的诗稿，现在这些都散失了。

参考书目

1. 对英国文学为一般的研究，可读剑桥大学出版部出版的《剑桥英国文学史》（*The Cambridge History of English Literature*），共14册。

2. 蒲伯的诗集，麦克美伦公司（Mac Millan）有出版，蒲柏的《批评论》，有柯林（J. C. Collins）编的一本，亦麦克美伦出版。

3. 麦克美伦公司出版的“英国文人”丛书（*English Men of Letters Series*）中，有《蒲伯》（*Pope*）一册，为史特芬（Sir Leslie Stephen）所

著。

4. 约翰·格（John Gay）的《乞丐的歌剧》，有马丁·谢甲（Martin Seeker）公司出版的一本。

5. 史狄尔的著作，现在最流行的本子有下列三种：（1）《太特劳报》《旁观报》《保卫报》选粹（*Selections from the Tatler, Spectator, and Guardian*），为杜卜生（A. Dobson）所编，牛津大学出版部刊行。（2）论文集：（Essays）为 L.E.Steele 编，麦克美伦公司出版。（3）《史狄尔剧本全集》（*The Complete Plays ofRichard Steele*）在菲萧·思文（丁 . Fisher Unwin）出版的 *Mermaid* 丛书中。

6. 爱迭生的全集共 6 册，有赫特（Bishop Hurd）的注释，在《彭氏丛书》（*Bohn' s Library*）中（Bell 公司出版）。

7.《旁观报》，共 4 册，在邓特公司（Dent）出版的《万人丛书》中。

8. 麦克美伦公司出版的"英国文人"丛书中，有《爱迭生》1 册，为考索甫（W. J. Courthope）所作。

9. 史惠夫特的《高里弗游记》在《万人丛书》中。又《木桶的故事》《书之战争》（*The Battle of the Books*）等，合为一册，亦在《万人丛书》中。

10."英国文人"丛书中，有《史惠夫特》1 册，为史特芬（L. Stephen）所作。

11. 英国小说的启源，可参考桑次保莱教授（G. Saintsburg）著的《英国的小说》（邓特公司出版）。

12. 狄孚的《鲁滨孙飘流记》《甲必丹辛格里登》（*Captain Singleton*）《一个骑士的行述》及《伦敦大疫记》等，《万人丛书》中俱有之。

13. 明托（W. Minto）著的《狄孚》在"英国文人"丛书中。

14. 费尔丁的《汤姆·琼士》（2 册），《阿美里亚》（2 册），及《约赛夫·安特留》（1 册）皆在倍尔公司出版的《彭氏通俗丛书》（Bohu' s Popular Library）中。

15.《费尔丁》，杜卜生（A. Dobson）著，在"英国文人"丛书中。

16. 李查得孙的《巴米拉》《克拉丽莎》等，洛特莱格公司（Messrs. Routledge）俱有出版。

17. 史摩勒特（Smollett）的重要作品，洛特莱格公司也俱有得出版。

18. 奥斯丁（Jane Austen）的著作，版本极多。麦美伦公司出版的一部是很好的，《爱麦》《曼斯菲尔园》《骄傲与偏执》《感觉与感觉性》《劝说》等已在内。

19.“英国文人”丛书中有《考卜》《克拉甫》（*Crabbe*）、《格莱》《汤摩生》数册。

20. 考卜、克拉甫、格莱、柯林诸人的作品在牛津大学出版部刊行的《牛津标准作家》（*Oxford Standard Authors*）及《牛津诗人》（*Oxford Poets*）二丛书中有之。

21. 鲍斯惠尔（Poswell）的《约翰生传》（*Life of Johnson*），牛津大学出版部刊的一部共六册，在《万人丛书》中的一部共2册。

22.“英国文人”丛书中有《约翰生》1册，为史特劳作。

23. 约翰生的《英国诗人传》（*Life of the English Poets*），共2册，在牛津大学出版部发行的《世界名著》（*World Classics*）丛书中。

24. 高尔斯密士的《威克菲牧师传》在《万人丛书》中。

25. 高尔斯密士的诗与剧本，共一册，亦在《万人丛书》中。

26. 白拉克（W. Black）著的《高尔斯密士》，在“英国文人”丛书中。

27. 葆尔克（Burke）的《法国革命的感想》等，在《万人丛书》中。

28.《葆尔克》，莫莱（Viscount Morley）著，在“英国文人”丛书中。

29. 蒲尔耐（F. Burney）的《依文里那》（Evelina）在《万人丛书》中有之。

30. 琪彭的《罗马兴亡史》，版本极多，《万人丛书》中的一部，凡六册。

31.《琪彭传》（*Life of Gibbon*），莫里孙（G. C. Morison）作，麦克美伦公司出版。

32. 查斯特菲尔（Chesterfield）的《给他儿子的信札》共2册，缪西恩公司（Methuen）出版。

33. 休谟的《人性论》，共2册，《万人丛书》中有之。又他的《论文集》，牛津大学出版部的《世界名著》中有之。

34. 瓦尔甫（H. Walpole）的《尺牍选》在Cassell的《国家丛书》（National Library）中。

35. 亚当·斯密的《原富》，共2册，在《世界名著》中。

36. 鲍斯惠尔的《与约翰生同游希白里特记》，在《万人丛书》中有之。

37. 惠特的《西尔奔的自然史》有《万人丛书》本。

38.《“求尼”的尺牍》，1 册，洛特莱格（Routledge）公司出版。

39. 葆痕士（Bums）的诗集，版本极多，不能遍举。

40. 批评葆痕士的文字，可举卡莱尔（Carlyle）的论文为例。

41. 霍格的诗集，为瓦拉士（W. Wallace）所编，辟特门公司（Pitman）出版。

42. 勃莱克的《天真的歌及其他》（*Songs of Innocence and Other Poems*）有牛津大学出版部的 *Oxford Moment Series* 本。

43.《勃莱克诗集》（*Poetical Works*）在倍尔公司出版的《彭氏通俗丛书》中，附有罗赛底（W. M. Rossetti）写的一篇纪念文。

第二十六章

18 世纪的法国文学

一

法兰西经了路易十五的长久的统治，很可怜的为酷政及重税所苦；他没有他曾祖父的统治能力却有他的一切坏处。对于穷人没有公道，人民言论也不自由，贵族们已失了他们的对于文艺的兴趣，教堂也放弃了他们的神的使命，军队是挨着饥饿，因此，17 世纪所得的许多胜利，跟着的是 18 世纪的常常的失败。在这种空气之中，反抗的文学乃崛然而起。这个文学开始于孟德斯鸠（Montesquieu）（公元 1689—1755 年）的《波斯尺牍》（*Letters Persanes*），这部书是一集托名为一个波斯人游历巴黎时所写的尺牍。这些尺牍，机警的描写着法国生活的腐败，而时时揭示出应有更满人意的政府。孟德斯鸠还有一部更重要的著作，即《法意》，但在文学上不算重要。

福禄特尔（Voltaire）年幼于孟德斯鸠五岁。他的真姓名是法朗哥士·阿洛依特（Francois Arouet），他于 1694 年生于巴黎。他的父亲是一个富有的书吏，他的教育是在耶稣教会中受的。他的学生时代是不守分的。他的早年成绩之一是写了一首诗，诗中竟称摩西为一个欺诈者。他和他父亲不和，被他的教父介绍入巴黎的淫奢社会，那时是奥林士（Orleans）公爵代路易十五摄政的时代。福禄特尔开始他的文学工作，写些讽刺诗，这使他于1716年被捕入巴士提尔（the Bastille）监狱，监禁了一年。以后的六年，他都在欧洲游历，走遍了半个欧洲，1725年，他又到巴士提尔监狱中了，这一次是因为他与一个有势力的公爵因争论而挑战之故。监禁了六个月，福禄特尔被逐出巴黎，于1726年5月中旬，到了英国。这次的旅行，对于他将来的作品大有影响。此时之前，福禄特尔曾写了好些诗，然今日已无人读之，还作了些使人动感情的戏曲，然也不过是当时流行于某地方而已。18世纪的法国，以为福禄特尔的史诗《韩利特》（*Henriade*）足与荷马、委琪尔的成绩相比肩；但桑次葆莱却批评得很对，它不过是一篇“情调夸饰，动作厌烦，人物平常”的东西而已。福禄特尔在英国，遇到了瓦尔波尔（Walpoles）、波林蒲洛克（Bolingbroke）、孔格里夫（Congreve）及蒲伯。他精密的考察英国的生活。在他写到法国的信札里，描写着兄弟会的仪节及新的种痘防病法。他学着读英文，不仅读莎士比亚、特里顿及史惠夫特，并且还研究牛顿（Newton）及陆克（Locke），陆克是民治主义的哲学的先导者。他见着英国人思想的自由及对于文人的尊敬，大大的受感动。福禄特尔在英国三年。慕莱（Lord Morley）曾说道：“他离开法国时是一个诗人，他回到法国时，成一个圣人了。”他的英国尺牍在他回国不久时刊行于巴黎。他在尺牍中间有批评到法国的政治及其他，因此又得到捕拿的警告。这一次，他躲避于洛莱（Lorraine），在那个地方，他过了许多时候，直至1740年时才离开，在这些时间中，他忙着写作戏曲与诗歌。在这一年，他第一次与普鲁士的菲里特里克大帝（Frederick the Great）相见，以前，他们已通信很久了。五年以后，福禄特尔又在巴黎住了一个短时间。逢巴铎夫人（Madame de Pompadour）成了他的朋友，因她之力，他得到国家修史官的地位，年得2000利弗的薪金。但路易十五本不是一个傻子，对于福禄特尔的讥嘲的谦恭，终不至被欺瞒，因此，福禄特尔宫廷的宠遇，不久即告终了。1751年，他离开巴黎，到柏林的菲里特里克大帝那里去住。菲里特里克是历史上最不可爱的帝王之一，他喜欢邀致文人到他宫廷里来，但那些文人的生活却不是很快乐的。麦考莱（Macaulay）道："那时候伦敦的最穷苦的著作家，比之菲里特里克宫中的文人还要快乐些。"这时，福禄特尔是57岁。他在本国的声望极高，然而他的剧本，人家却以为不足与孔耐尔及蓝辛的剧本相比肩，这使他很不高兴。在柏林，他相信可以得到更好的赞赏。他被王家所接待，然这欧洲的最有力的帝王与这最伟大的天才的友谊却不长久。菲里特里克是俭吝的，福禄特尔却是贪婪的；这两个人同时又俱有妄冀非分的脾气。有一次，国王把他的几首诗给福禄特尔看，叫他修改批评。福禄特尔道："看国王给我那么多的龌龊衬衫来洗涤。"后来，福禄特尔离了普鲁士到日内瓦湖边来住，直至于死。他死时，年已84。他后半生的最著名的作品为一部小说《刚地特》（*Candide*），是一种旅行的日记，表白出各时候的罪恶与野蛮，其锋锐的讥嘲在文学上没有可以与之相比肩的。慕莱说道："福禄特尔是一个奇异的威权，不仅因为他的表白是无比的明晰，也不仅因为他的眼光是异常的尖锐清楚，乃是因为他看见了许多新的东西，这些东西，都是别人的精灵无知觉的摸索着，哑子似的呻吟着以寻求之的。"他在法国被称为是他们所有文人中的"最法国的"。他的风格是法国的理想著作，清晰而有色彩，有力而简朴，常常带着最机警，最飘逸的笔触，然又能用高尚的题材，抬到高尚的地位。无论他写什么，他都用这个风格。他得到了伟大的讥嘲者的称号，他讥嘲着他所憎厌的东西——教士、帝王、专制者、压迫人者；他为上帝、爱、怜、思想、行动的自由、人权而奋斗。他虽被称为无神论者，然他却常与许多同时代人的无神论的训条相战，他所建的礼拜堂是刻着"福禄特尔献给上帝"的；他说道："别的礼拜堂没有献给上帝的，不过献给圣者们而已。我要为主人做事，不为仆人们做事。"福禄特尔有些地方可以称为法国的史惠夫特。他像史惠夫特，讥嘲着；他像史惠夫特，有大部分的著作，现在已没有人去读；他又像史惠夫特，最流传的作品是以故事的形式写的讽刺。《高利弗游记》与《刚地特》及《柴地格》（Zadig）（这部小说也是福禄特尔所作）是相比肩的东西，英、法的语言不灭，这三部大作也将永久为人所诵。福禄特尔也写着最美丽的“客室诗”，这里是一个例：

昨夜睡梦中，我似为一个帝王，一顶金冠成了我的，而我还有一件更可喜的事——我爱上一个神洁的女郎；

一个女郎，我爱，正像你一样；呵，当睡神走了时，他却留下最好的一件东西给我——我所失的只不过我的皇位！

在《刚地特》里，在《柴地格》里，所写的都是极有趣的，使人喜悦的，也许，时代过去了，这个伟大的讥嘲者，将益成为伟大的娱悦者。

二

新的观念，新的知识，以及反抗暴政与迷信的全部精神，都表白于著名的《百科全书》（*Encyclopaedia*）的字里行间，这部《百科全书》第一册在巴黎出版，其时是1751年，最后一册出版时，是1772年。这个伟大工作完全由于狄特洛（Denis Diderot）的努力与勇气而告成。狄特洛生于1713年。他与福禄特尔一样，也是受教育于耶稣教会的。他生平的工作是多方面的，写过剧本，作过小说，又是一个哲学家，然这些工作的重要与有趣，都次于福禄特尔及卢骚，《百科全书》乃是与他的姓名永联在一处的。他编辑此书的动机，乃由于一个出版家的提议。他说，狄特洛可以编辑一部法文版的谦葆的《百科全书》（*Ephrarin Chamber's Encyclopaia* 这是用英文写的）。但他的工作却远出了这样的范围。这部书包括了人类思想与活动的全部，特别注重于科学的胜利与民治主义的训条，这个训条就是说，国内的普通平民的幸福乃是政府第一要顾到的。狄特洛招致了一群的著名的合作者，其中最有名的是自然科学家蒲封（Buffon）及福禄特尔。这个巨大的工程，福禄特尔曾有一封信给狄特洛，说得极有趣：“你的工作是一种巴比尔（Babel）塔的工作！所有好的、坏的、真的、假的、喜的、悲的东西，全都跳了拢来。有的文章似是一个客室中的豪华公子写的，有的却似是厨房中的夫役写的。读者被从最高超的思想带到使他要生病的平凡事物。”这部《百科全书》天然的违忤了在上的旧秩序的维持者，因此，为了惧怕警察的干涉，后面的几册竟秘密的出版。《百科全书》是一部大成功，但狄特洛从此所得的报酬，每年平均不过120镑，一直做了20年。他是一个知识的使徒。他不相信默示的宗教，如福禄特尔一样的彻底，较卢骚尤为彻底。他以为世界能为知识与道德所救。他把《卡拉丽莎》（*Clarissa*）译为法文，李查得孙小说在18世纪后半在法国之流行，他是有大力的。除开巨作《百科全书》以外，《蓝摩的侄儿》（*Le Neveu de Rameau*）是他的最伟大的成功。这部书是讽刺当时的习俗的，以丰富的机警与一种悲悯写出。歌德在1805年把此书译为德文。他又是一位舞台与图画的批评家，史的尔夫人（Stael）的母亲尼克夫人（Necker）说：“在狄特洛之前，我所见的图画都只有沉闷无生气的色彩，更不见别的东西了。这是他的想象给他们以慰安与生命，这差不多是一得新的意识，我感谢他的这种天才。”他是一个文学著作很多的人，一个写得很快而不细心的作家，他的见解是独特而不随俗的。虽然狄特洛相信的很少，他的希望却很多；虽然他被当时所压迫，他却信任着将来。他带有些拉培尔的乐观及生活的愉快。

在大革命爆发之前五年，即在1784年时，奥古斯丁·卡龙（Pierre Augustin Coron）的《仆人的婚姻》（*The Marriage of Figaro*）在法兰西剧场上出演。卡龙更普通的名字为博马齐（Beaumorchais），他的父亲是一个制钟表者。他很有幸运，很快乐，常常到英国及西班牙去游历，尽力激起法国人对于美国独立运动的热心，因输运军队到美国而得到好些钱。他死于1799年。晚年因有不忠于新的法国共和国的嫌疑，被逐出国外一时。在出演《仆人的婚姻》之前，博马齐曾以写《赛委尔的理发匠》（*Barber of Seville*）而著名，《仆人的婚姻》即此剧的续编。《仆人的婚姻》叙一个公爵与他的仆人争一个女郎，因为公爵夫人的干涉，仆人的婚姻始得成功，它里面是讽刺着贵族们、官吏们。最初曾被禁止开演过。它在酿造革命的文学上已有定位——拿破仑尝称之为“演唱里的革命”。

三

卢骚（Jean-Jacques Rousseau）的《民约论》（*Social Contract*）尝被称为革命的圣经。他的父母都是新教徒，他的生地是日内瓦，生时是1712年。卢骚是福禄特尔的一个反对者。福禄特尔的生活自幼即很豪奢，都在上流社会中，卢骚则为一个钟表匠的儿子，早年即四处飘游，亲身阅历过当时人民所受的疾苦。福禄特尔是一个理智主义者，一个知识与艺术的牧师，卢骚则是一个感情主义者，他惧怕知识，相信人如果要快乐，他必须不被迫向前，而要回归到原始社会的质朴。没有一个伟大的作家，他的生活有卢骚那样奇怪的。他起初为一个书吏的学徒，后来又为一个雕刻匠的学徒。当他16岁时，他离了家庭出外漫游。三年以后，他安居了一时，受富有的瓦伦（Worens）夫人的款待。她出钱叫卢骚去完成了他的教育。但卢骚是一位不能安居的人，常常离开了她而去。有一次去做了一个希腊主教的秘书，又有一次，去教一个少年妇人以他所知不多的音乐。1741年，卢骚在巴黎想要求科学院采取他发明的一种新式的音乐符号。后来，他又到委尼斯去，当法国公使的秘书。1745年，又回到巴黎，加入以狄特洛为中心的文学团体，投稿于《百科全书》。1749年，他正37岁，做了一篇论文，发表他的野蛮人比文明人为高超的理论，这是他第一次文学的成功。以后，他又做了两篇剧本，这个工作的结果却使他得了法庭的拘捕状。他不服从这个拘捕。1754年，他回到日内瓦。有一次，他自己忏悔为一个新教徒。两年以后，他又在巴黎，写着一部《新埃罗以斯》（*La Nouvelle Héloüse*），这是一部感情主义的小说，明白的受了李查得孙的《卡拉丽莎》的暗示。同时他与狄特洛争论不和。卢骚真具着喜争斗的天性。他刚和狄特洛破裂了不久，又出版一部小册子攻击福禄特尔。此后十年之中，他著了著名的《民约论》及第二部小说《爱弥儿》（*Emile*），这些使他同时受着法庭与教会的愤怒。他不得不急急的离开法国，先到瑞士，以后到普鲁士，这两个国家都不大欢迎他。1766年，休谟（David Hume）邀致他到英国来，他在英国做了《忏悔录》的大部分。1767年夏天之前，他与休谟不和，又回到巴黎来。他死于1778年，与福禄特尔的死是同年，他在晚年写完了《忏悔录》，又写了《答问》。他在死之前，与一个旅馆的女仆结婚，她既不美，又未受教育，且很横虐。他们生了五个孩子，据卢骚自己说，他们一生出来就送到育婴堂里去。卢骚的两部小说，都没有什么文学上的价值，然《爱弥儿》却是教育上一部不朽的大著。在《民约论》里，卢骚表示他自己是陆克的从徒。他坚持的说，人生两件最要紧的事，就是自由与平等。震动了几个时代，影响了全世界的这部《民约论》开头的几句话是："人出生时是自由的，而到处他都是被锁链系住的。"他追述到野蛮时代，建立了那时的人是自由之理想。《民约论》的原理是如此：每个政府都要以被治的人民的允许为基础。人民是主权者，为人民所选的执行官长不过是实行人民的意志而已。18世纪的国家就是国王，这必须是人民才对。国家的义务之一，应为留心人民，教育人民。这个福音的宣传，使世界起了一个大变化——由个人的专制变到全民的政治，由压迫的生活变而为有意义的自由的生活，现在还在走着这条大路呢。第一声唱着这幸福之歌的便是卢骚，第一次大声的宣传这人类的福音的便是卢骚。但卢骚在文学上的最大成功，却不在这极伟大的《民约论》，而在他的《忏悔录》。在一切文学中，这是一部最有名、最奇怪的自传。卢骚是他自己的英雄。他痛快的承认他的罪过，我们所得的许多他的生平都是由这部自传中得到的，然他却相信没有一个人没有"隐藏些讨厌的罪过"。比较的他是一个可赞美的人物，他决意要完全的表现出他自己，相信如此的以他的真面目与大家相见，可以使大家觉得，他虽坏，他们却是更坏。除了他的恳挚的叙述，《忏悔录》之使人爱悦，是它的描写景色与表白对于自然的美的喜愉。在诗歌里，爱自然的歌调弹奏得很熟了，但在法国散文中，在欧洲的散文文学中，弹奏这个歌调的，《忏悔录》的作者却是一个新鲜的琴手。桑次葆莱教授批评卢骚，以为他是"一个人心的热情及自然的美丽的描写者……他是制造法国革命的人们的直接感兴者，他的《民约论》里的理想，比之别的更接近于约柯伯（Jacob）政治的根。他的热诚宣传的平等与一体，以及他的感情的共和主义，乃是一样地适合于孟德斯鸠的理想的国会主义所不适合的泥土的种子”。

四

除了上面的几个大名的作家，或者可以说是酿造大革命的作家以外，18 世纪的法国，还有以下的好些有名作家。

芳特那尔（Bernard Fontenelle）是这个世纪的一个先导的作家，他生于 1657 年，死于 1757 年，恰好活了 100 岁。他曾作剧本及文艺评论一类的作品，最著名的是《神示史》。

圣彼得（Bernardin de Saint Pierre）是卢骚的信徒，他生于 1737 年。见了卢骚后，大受他的影响，与他共同传布自然主义。所作以小说《保罗与委琪尼》（*Paul et Virginie*）为最著名，这部小说的情调与卢骚的《新埃罗以斯》差不多。

莱沙琪（Le Sage）生于 1668 年，死于 1747 年，是当时一个很著名的小说家，他的小说以《琪尔白拉斯》（Gil Bias）为最有名。

教士甫里浮士特（I' Abbé Prévost）生于 1697 年，死于 1763 年。他可称是 18 世纪最好的法国小说家，他的大著《漫郎 · 摄实戈》（*Manon Lescaut*）是 18 世纪法国小说中的最特创者，一切摹拟李查得孙的小说，在它前面都黯然无色了。《漫郎 · 摄实戈》写一个少年与一个欣慕现世豪华的女郎的恋爱，经了好几次的变幻，读者只觉得它的情绪的益益紧张，只觉得一次一次为书中的热情的英雄所吸引，所感动，而毫无烦厌之感。他虽曾译过李查得孙的小说，却没有受他多大的影响。

马利阿（Pierre C. Marivaux）于 1688 年生于巴黎，是当时的一个著名喜剧家，所著有《忠诚者》《失意》等。他又作小说，以《马里安》（*Nie de Marianne*）及《幸运的乡人》为最著。他生平很穷苦，死时年75。

18世纪的法国是理智的散文的法国，所以抒情诗歌极不发达，只有一个查尼叶（André de Chénier）可称是一个很好的诗人。他于1762年生于土耳其京城，他父亲是一个驻土耳其的法国领事，他母亲是一个希腊人，所以他生平很喜欢希腊文艺，他的诗歌的情调也与希腊的相近。他努力于革命运动。然大革命后，他却反对罗伯斯比（Robespierre）他们的残暴，因此，在1794年3月被捕而上了断头台。

参考书目

1. 孟德斯鸠的《法意》，有严复的中译文。商务印书馆出版。

2. 福禄特尔的《查尔第十二的生平》（*Life of Charles XII*），有邓特（Dent）公司出版的《万人丛书》（*Everyman's Library*）本。

3. 福禄特尔的《柴地格及其他故事》（*Zadig and Other Tales*）有倍尔（Bell）公司的《彭氏通俗丛书》（*Bohn's Popular Library*）本。

4. 慕莱（Morley）的《福禄特尔》，由麦克美伦（Macmillay）公司出版。

5. 狄特洛的《早年哲学著作》（*Early Philosophical Works*）有Open Court Publishing Co.出版的一本。

6. 狄特洛的《蓝摩的侄儿》，有Hachette公司出版的一本英译本。

7. 慕莱的《狄特洛及百科全书家》（*Dederot and the Encyclopaedists*）共二册，麦克美伦公司出版。

8. 博马齐的《赛委尔的理发匠》有邓特公司出版的The Temple Dramatists本；又他的《仆人的婚姻》有牛津大学出版部的英译本。

9. 卢骚的《忏悔录》共2册，Hachette公司出版。

10. 卢骚的《爱弥儿》，有Appleton公司出版的一本，又有邓特公司的《万人丛书》本，近有中文译本，为魏肇基译，商务印书馆出版。

11.《民约论》及别的论文，《万人丛书》中亦有之。《民约论》亦有中译本，近已绝版。

12.《新埃罗以斯》有邓特公司出版的一本。

13. 慕莱的《卢骚》，共2册，麦美伦公司出版。

14. 柯林斯（J. Churton Collins）的《福禄特尔、孟德斯鸠及卢骚在英国》（*Voltaire，Montesquier，and Rousseau in England*）Nash公司出版。

15.《漫郎·摄实戈》有商务印书馆出版的《说部丛书》本，未注译者姓名。

第二十七章

18 世纪的德国文学

一

17 世纪的德国文学，没有什么可称的；她如美树嘉木，还在秧苗的时代，毫无动人的地方，也毫无可注意的伟作；实不足与英、法二国相比肩。但到了 18 世纪，这株树却到了成长的时代，绿荫四布，佳果散缀于枝头，一时遂有凌驾前古，与英、法并霸于欧洲的样子。在 18 世纪的后半叶，至 19 世纪的初叶，尤为光华绚烂，为全德国文学史中最可注意的时期。

这个时期的造成，德皇菲里特里克大帝（公元 1740—1786 年）也略有些劳绩。我们在上面已经说过菲里特里克是历史上最不愉快的帝王之一，然他却爱招文士，自己也喜欢文学；法国的大作家福禄贝尔等，尝到德国来过。暗淡的德国文学界，因此渐渐的有生气起来，大作家莱新、歌德、席劳诸人俱相继而出。

在这个世纪中，最先出的作家为歌特息台（Gottsched，公元 1700-1766 年）及波特麦（J. Bodmer，公元 1698-1783 年）。歌特息台在 1730 年时，发表他的《批判诗法》，欲范围当时的一切作家于一定规则之中，其所说大抵依据于法国的批评家薄哀留（Boileau），他还著了好些剧本，也都是深受法国剧作家的影响的。波特麦却反对歌特息台的主张，排斥理智主义，不肯守一定的规则；他以为文学上最重要的是感情，并不是理性。他是德国的瑞士人，深受英国的影响，曾把米尔顿的大著《失乐园》译为德文。

克洛卜斯笃克（F. G. Klopstock）是18世纪德国文坛上的第一个出来的重要的作家。他生于1724年，卒于1803年，那时英国李查特孙的著作，正盛行于德国，他的小说《克拉丽莎》，赚得不少德国读者的泪珠，克洛卜斯笃克也很受其影响。克洛卜斯笃克最初以短歌著名，丹麦王菲里特力第五很称赞他，每年给他以俸金，他遂住于丹京库平哈金。到了1770年，菲里特力第五死时，他才回到德国。他的大著《救主》（Der Messias）曾于1748年出版一部分，直至1773年才完全脱稿；全诗共分20章，主人翁是耶稣。

委蓝（C. M. Wieland）是努力介绍莎士比亚入德国的人，他以六十余年的工夫介绍了二十余种的莎士比亚剧本；这使他在德国文学上占得了一个地位。他自己也作小说及诗，但没有他的介绍的重要。当时研究文学及介绍大作品的风气甚盛，委蓝之外，尚有福士（Voss）介绍荷马的大史诗《奥特赛》及《伊里亚特》，他自己的田园诗也甚著名。莱新也在这个时候出来，努力于文艺批评的事业，自此德国文学乃开始有新生命了。

二

莱新（G. E. Lessing）生于1729年；他曾为一个报纸的编辑员，又被请为某舞台的评剧家，最后为一个图书馆的主任，死年是1781年。莱新在文艺批评上所建的功绩，与歌德在创作上是同样的。他生平很注意于舞台及戏剧史的研究。1750年，他出版了一部《戏院史》，五年以后，又出版了一部悲剧《参卜逊女士》（*Miss Sara Sampson*）；这两部东西的影响是使德国人弃了法国的戏曲模范而从事于希腊古剧及英国剧的研究与注意。他的《戏剧杂论》至今还有重要价值。他在那里，又攻击法国的古典悲剧，他以为希腊的剧本及莎士比亚的，乃是德国剧作家所应该跟从的。实在的，莎士比亚在德国的大流行，莱新是有大功的。

莱新的大著《拉奥孔》（*Laocoon*）出版于1766年，这是一部18世纪中最伟大的批评著作。在那里表白出批评的原理，歌德、席劳都很受其感化。歌德曾说道："莱新的《拉奥孔》使我们由枯窄可怜的观察点转移到自由思想的田地。"莱新的主要见解就在于把当时所未明了其分别的诗歌的功用，与雕绘的艺术的功用，立了一个分别出来。原来莱新所以名此书为《拉奥孔》者，因为他的立论系以著名的拉奥孔像为出发点；拉奥孔是一个预言者；当希腊人攻打特洛伊之时，希腊人将兵士藏于大木马肚中以愚特洛伊人，他们都惊以木马为神物，欲迎接入城。独拉奥孔知道这是希腊人的诡计，竭力阻止特洛伊人去迎接木马。因此激怒大神约芙；当拉奥孔赴海边祷告时，神便使大蛇把他及他的二子绞绕死了。拉奥孔像即表现当时他们父子三人被蛇绞绕时的神情。这一段故事，罗马大诗人委琪尔也曾以其诗表现过。但委琪尔所表现的却与雕像不同。莱新因此推论雕绘的艺术，与诗的艺术的不同；雕绘是表白一瞬时的以空间表白出某事状的，诗歌却能把长时间的经过情状都原原本本的描写出来。所以雕绘的艺术家所不能做的事，诗人却能做。这个区别是他所主持的。然我们读《拉奥孔》时，却在每页中都觉得出他思想的忠实。他永不会立训条。他差不多时时自相矛盾、辨解。这就是莱新的全性格；他尝说道："如果上帝在他右手中握着一切的真理，在左手中握着那简单的追找真理的冲动，即使我是在必须永留于误错中时，他对我说道：'选择'，我也将谦下的跪于他左手之前，说道：'父亲，给我！因为纯粹的思想是只属于你一人有的！'"这些名句，歌德必定记在心上，当他写这些话论到莱新时："只有一个同样伟大的人，才能了解他；对于凡庸的人，他是危险的。"

莱新著作很丰富，批评论文还有许多，这里不及详述，剧本也不少，除了《参卜逊女士》外，还有《美娜女士》（*Minna*）等剧，都很有影响于德国戏剧界；他的《寓言集》也是很著名的。他在当时德国文坛，功绩实在不少。

海尔特（J. G. Herder）较后于莱新，生于1744年，也以批评著名于当时。他尝为教员与牧师，死于1803年。他竭力提倡民间文艺的重要，以为诗歌出于民间及野蛮民族者为最自然而真挚；遂寻集本国各处的民歌并翻译世界各国的同样作品，选为六卷，名之为《民歌集》。这使大家对于民间文艺的研究的兴味大增，并使大家对于世界文学高兴探讨，这是海尔特最有功的一点。他又宣传莎士比亚的作品，自己也有几本作品。但此外，德国的狂风暴雨（Sturmund Drang）时代的造成，与海尔特也很有关系。歌德与海尔特相见时，即受了海尔特的狂风暴雨的思想的感化。后来，海尔特就去结合了好些青年，立一个文学社，社名为狂风暴雨，盖即以社员中的一个克里格（M. Klinger）的一部戏曲的名称为名，他们主张用自由的放纵的语言，写创造的豪放的情思与印象，斥去前半世纪歌特息台们所主张的理智的和严格的规则；因此，遂来了歌德与席劳的大时代。

三

歌德（J. W. Goethe）生于1749年，他幼年时常喜欢听他母亲讲种种神话与故事。他父亲叫他去学法律，但他却不喜他的功课。他在学生时代，兴味很广泛，做了许多论文，什么都高兴读，还画着画图，学做雕刻，经营剧场，还译了几篇著名作品。他在那时又经了好几次的恋爱的变幻；有一次，他和一个朋友的未婚妻绿蒂（Lotte）相爱，终于悲痛的结局；这使他十分苦闷，遂以种种的材料，作了一部有名的小说《青年维特的烦恼》，其结局却用了当时一个青年因恋爱而自杀的结局。此书用的是尺牍体。自此书出，他的名誉即确立了。多少的青年男女读了此书而唏嘘流涕，不能自释；因之“维特”便成了他们的一个模范人了：当时青衣黄裤的维特式的衣装也大为流行，为了受此书的感诱而自杀的也有。这实是狂风暴雨时代的一部代表作品。这部大作出版时，歌德才 25 岁。此后 12 年间，歌德写成了他的三部最好的剧本；第一部是《埃格蒙》(*Egmont*)，叙荷兰自由军的将官埃格蒙为自由而奋斗的事踪；第二部是《伊弗几尼》(*Iphigenia in Tauris*)，叙希腊戏剧家欧里比特所叙写过的伊弗几尼的事踪；第三部是《泰沙》(*Torquato Tasso*)，叙意大利文艺复兴时代的诗人泰沙的事踪；在最后的那个剧本里，歌德借了泰沙，表白出他自己在委麦公国做首相时的诗人与政治生活的突冲。

歌德的最大著作是《浮士德》(*Faust*)，这书共有两卷，第一卷出版于 1808 年，第二卷出版于 1831 年；而在第一卷出版前之 30 年，他已经着手编此作。其第一卷的初稿今尚存在，别人称之为"*Urfoust*"。盖歌德之作此书，前后共耗去 58 年的时光，差不多是以毕生之力成之的。浮士德是中世纪德国传说中的英雄，相传他因求无上的智慧之故，把他的灵魂卖给魔鬼米非士托弗（Mephistopheles）了。这个传说在歌德那个时代还很流行，先乎歌德，已有英国的戏剧家麦洛委把它编为剧本。但经了歌德的大手腕，这个故事却完全改观了。歌德把他自己的热情、自己的失望，以及一切都敷染在《浮士德》上；以前的浮士德是一个怪人，歌德的浮士德却是一个平常人，一个周历世间之苦闷的人。以前的浮士德的故事传述者，以他的死为责罚，歌德却以为浮士德终于得救，和上帝在一起，快乐而平和。在未入本文之前，有一段序幕，述剧场经理及诗人讨论这剧的本事，然后继之以天国的景色。安琪儿们正在天上歌颂创造的光荣，魔鬼米非士托弗却出现在他们当中，讥笑人们，说他可以引诱上帝的仆人浮士德而使他服从于他。上帝允许他去诱惑浮士德，但预言：浮士德虽然将失败，但他将终于得救。现在是浮士德出场了；他是一个著名的学者与科学家，不满意于一切的书本与智慧；他去研究魔术的书，但他们更以宇宙的玄秘与不可测示知了他。他失望了，正欲饮毒自杀，忽听见复活节的钟声锵然而鸣，一缕余剩的宗教热情，把他牵引住了。第二天，他出去郊外散游，混杂于快乐的群众之中。魔鬼米非士托弗幻形为一个旅游的学者，进了浮士德的书室。他又使浮士德的心中充满了失望，想诱引他答应以他的灵魂换得魔鬼的帮助。浮士德已放弃了一切的信仰与希望，决定与魔鬼立约，说，如果浮士德有一个瞬间，觉得心满意足，而对时间说道，“等一等我”时，他的灵魂便是魔鬼的了。这个合同成立了，他们二人便同到世界上去。其先是游历欲望与热情的世界上（这在第一卷里叙述），然后再到事业的大世界上（这在第二卷里叙述）。浮士德先被恋爱的快乐所拥抱，然后又为权力及艺术的快乐所占据。米非士托弗引浮士德到魔镜上看一个绝世的美人，又用药使他吃了复变为少年。不久，浮士德遂遇到了一个美丽的少女格丽卿（Gretchen）从礼拜堂中出来；他为这个少女的美貌所捉住，立刻向前致爱念，但她拒绝了。这更使浮士德燃着爱慕欲望的火，要求米非士托弗助他，把她得来为情人。他们隐身入她的房内，放下了一匣珠宝在那里。后来，格丽卿果然爱上了浮士德，把自己献给他了。过了几个月之后，她的兄弟瓦伦丁从战场上回来，知道她快要做母亲了，便拔剑与浮士德决斗。浮士德以米非士托弗的帮助，杀了瓦伦丁，立刻离开了那个城。格丽卿悲伤情人的离别，哀痛兄弟的被杀，便发了狂，杀了她生出的孩子，被捕入狱。浮士德知道了她的入狱，便要求米非士托弗设法进狱去看她。她立刻认识了浮士德，回忆到以前甜蜜的日子与罪恶。浮士德要求她出狱，但她见了米非士托弗，害怕了，便不肯出狱，向上帝祷告，求他赦罪。当米非士托弗与浮士德离开时，她死了。她被上帝所救了。《浮士德》的第一卷便告终于此。

第二卷中的浮士德是被引入广大的世界上去了，他到了功业与政务的外面世界，又到了古典及浪漫的艺术之美的内面世界。开场之后，浮士德被米非士托弗引入一个皇帝的宫廷中，以魔术去娱悦他，并指示他们藏宝的所在地，以救国内财政的破产。因为皇帝的要求，浮士德在镜中现出了巴里斯与海仑的幻像。但他为海仑的美所惑了，他正想捉住她，那个幻像却灭了。浮士德要想与这个理想的美联合，便与米非士托弗同到了弗莎里阿的地方，希腊神话中的种种人物，美的丑的俱出现于他们二人之前。海仑复活了，为浮士德及米非士托弗所救得；浮士德把她带到一个中世纪的古堡，守之以一阵北方武士。海仑与他生了一个孩子优弗龙，这个表示古典与浪漫联合后的生出的诗歌的精神。后来，他想变更天然以为人类服务了。他与米非士托弗把海岸边的地方，变了陆地，引百姓们去垦殖。浮士德现在年纪已经很老了，事业快要成了。他的土地上住了无数的人；但还有一块污泽没有开垦。他以自己牺牲的精神，为人民谋幸福，终于把这个泽地开垦成功了。当他告成了这个最后的事业时，他实现：快乐的存在不是在热情的满足上，不是在智慧的发展上，也不是在艺术的修养上，乃是在不自私的为他人的服务上。他带了这个信仰，宣言他已十分满意，叫道："等一等吧，真好的时间"而死去。因此他与米非士托弗的打赌输了；这个魔鬼立刻命令小鬼们带走了浮士德的灵魂。但浮士德所得到的快乐，乃非米非士托弗权力所能给的，这个为他人的牺牲与努力，乃将他从魔鬼掌握中救出，而被天使们迎接上天去，在那里，他与格丽卿重复相见。

《浮士德》有许多注释的本子，但如为了欣赏歌德的诗的美，却都用不到他们。在这个大著中，我们见到了无数的景色，感到了无数的人间的苦闷；歌德把我们从天堂的美境中带到可怕的监狱，又把我们带到了古代的希腊；使我们见到了最动人的恋爱、最惊人的惨剧，以及最可赞的英雄举动。在这部巨大的书中，我们还时时可以遇到最可爱的抒情诗歌。但它的第一卷，却较第二卷为更动人，有的批评家说，在各方面看来，此书的第二卷都比第一卷坏。他的第二部大著《威廉先生》（*Wilhelm Meister*）也是如此，是第二部比第一部坏。

《威廉先生》所耗费的歌德的时光也不比《浮士德》少，它开始于作《浮士德》后的四年，告成于歌德死前的三年，共费了52年的时光！《威廉先生》是歌德散文中的最巨著作，是仅次于《浮士德》的名著，包含了许多他的人生哲学在内。《威廉先生》之重要，乃在于它为"有主义的小说"的先锋，是最初用小说来宣传道德与文化的教训的一部。它的主旨是说一个人选择他的正当职业的重要。德国的生活与社会，在《威廉先生》中写得极有伎俩。它的续编《威廉先生的漫游》与《浮士德》的第二卷极有关联，在那里，我们知道浮士德是经过了种种的文化、政治、科学、艺术以及战争，最后乃知为他同胞服务的。在《威廉先生》中，情形也很相似。

歌德在德国文学中，乃是一个杰出的前无古人的作家。他与英国的莎士比亚不同，莎士比亚之前，英国已有了许多大作家，莎士比亚同时，又有许多伟大的同伴，但歌德却不然，他之前没有却赛，没有史宾塞，他之时没有莎士比亚之时所呼吸的诗歌的空气。他之到德国文学上来，是赤裸裸的，是无凭藉的，是穿了他自己织的衣服而出来的。莎士比亚加冕了英国文学，歌德却建立了德国文学。

歌德的死年是1832年，那时，他已经是83岁的高龄了。他的著作，除了上面所述的以外，还有许多，这里不能一一的说了；他对于自然研究的成绩，使大家对他更觉得有兴趣。

四

席劳（Friederich Schiller）生于1759年。他父亲是一个军医，因此他幼年进过军医学校；后又去学法律，再后又去学医，都因与他的性情不合而弃去。他飘游各处，力与贫苦争斗，为军医，为编辑者，为剧场经理，为历史教授。与歌德相见以后，彼此成了最密切的朋友，席劳的文学工作遂渐渐为世人所认识。席劳的最成功者为他的剧本，他的一切剧本，技术都很精密，情节都极动人，且都蕴蓄着他的热情，他的为自由而争斗的热情，所以舞台上至今还扮演着他的作品，不仅在本国，在别的国也是如此。1781年，他出版了第一本的剧本《强盗》（*Rauber*）。剧中的英雄是一个伯爵的儿子摩尔。他因被他的弟弟所谗间致受父亲的斥逐。因此他不得已而入了盗群中，做了他们的首领，欲以暴力纠正世间的不平。他的弟弟在家中做了许多恶事，将父亲囚禁而欲饿死他，又迫摩尔的情人亚玛丽亚嫁他，致她遁入尼庵中为尼。摩尔恰好回到本乡，知道了这些事，便到了家中救出父亲，杀死弟弟。又去杀死他的情人以解脱一切束缚。但他终于悔恨了，便自己投到法官的面前去受审判。

像这种在狂风暴雨期内所作热情解放的作品，他还有好几篇，这里不能细述。1799年，他的三部剧《瓦伦斯丁》（*Wallenstein*）出版，使他在戏剧上得到了大成功。这部三部剧的第一部是《瓦伦斯丁的营》，写剧中英雄瓦伦斯丁在30年战争中的影响和关系。第二部是《皮柯洛米尼》（*Piecolomini*），写瓦伦斯丁脱离德皇关系及被皮柯洛米尼欺骗的情形。第三部是《瓦伦斯丁之死》，将这个大人物的最后，写得极有声色。在德国一切历史剧中，这是最著名的一部。英国批评家卡莱尔（Carlyle）称之为“18世纪中所可自夸的最大剧本”。此后，席劳又出版了好几部名剧：《马丽·史豆特》（*Mary Stuart*）出版于1800年（叙苏格兰女皇马丽被杀事），《奥丽安女郎》（*Die Jungfran Von Orlean*）出版于1801年（叙法国的爱国女郎贞德事），《美西娜的新娘》（*Die Braut Von Messina*）出版于1803年，《威廉·退儿》（*Wilhelm Tell*）出版于1805年。其中以《威廉·退儿》为他最有名的巨作，也是他最后的巨作。

《威廉·退儿》的产生由于他和歌德的谈话；当席劳写完了《马丽·史豆特》及《奥丽安女郎》时，歌德正想写一篇史诗来歌咏那个瑞士革命中的半传说、半真实的英雄威廉·退儿。但歌德的计划，终于不成，而席劳因受了歌德许多次谈到这个题材的激动，便决定动手去做一篇剧本。这个剧本一出来，立刻得了大成功，震动了一时的耳目；它的为国家自由而奋斗的精神，激起了不少人的灵感，不仅在全德国，即在别的许多国也都受感动了。威廉·退儿的名字与他被迫用箭射他自己儿子头上的苹果之事，至今是每个小学生都知道，然在席劳剧中，他却表现得更有声色；这个大胆无畏的英雄，为国家的自由而奋斗，当他在舞台上出现时，每每不禁的挑动无数人的崇高的为国而献身的灵感。在席劳的剧中，更有许多抒情的美歌，与伟大无比的背景使读者移神。当瑞士三邦人民在红日将升时，于阿尔卑斯山之顶互抱立誓反抗暴政，或当牧人樵夫歌声悠扬，山雨欲来时，或当威廉退儿在射苹果时，或当他们在黎明的红光中报告胜利的消息时，不知怎样的总使读者感到一种莫可言说的感动。

席劳的叙事诗也是极著名的；当他与歌德初相会时，他们共同出版了一册叙事诗，他所作的却大部分超过于歌德所作的。

歌德与席劳每年都于元旦互相致贺。1805年元旦，歌德写贺信给席劳时，无意中写上了“最后之一年”一句话，他重新写过，这句话仍然出现。他说道：“我觉得我们二人之中，今年总有一个是最后之年。”果然，在那一年席劳死了。他的死耗，使伟大的平静的歌德大改其常度；他双手掩脸，如一个妇人似的啜泣着。几天之内，没有人敢在他面前提起席劳的名字。他有一次，在一封信上写道：“我的一半生命已经离开我而去了。”

席劳死时的年纪很轻，但他的成功，已是不朽的了。他的剧诗，在德国是无可比肩的；他不仅为他本国人所最爱的诗人直至于今日，即在世界上，他的剧本也仍占据着极崇高的地位，至今日仍有人演奏着。

参考书目

1. 莱森的戏剧全集，英译本共2册，倍尔（Bell）公司出版。

2.《莱森寓言》，中译本，文学研究会丛书之一，商务印书馆出版。

3. 歌德的英译全集，共14册，在倍尔公司出版的《彭氏丛书》（Bohn’s Library）中。

4. 歌德的《诗歌与真理》（*Poetry and Truth from my own Life*）共2册，在倍尔公司出版的《彭氏民众丛书》中。

5. 歌德的《浮士德》，有《彭氏民众丛书》本，还有好些别的英译本。

6. 歌德的《少年维特的烦恼》有中译本，泰东书局出版。

7.C. H. Düntzer 的《歌德传》（*Life of Goeth*），有英译本，恩文（Unwin）公司出版。

8. 卡莱尔的《歌德论》（*Essay on Goeth*），Cassell 公司出版。

9. 席劳的全集，英译本共7册，在倍尔公司出版的《彭氏丛书》中。

10. 席劳的《威廉·退儿》，有中译本，中华书局出版。

11. 卡莱尔作的《席劳传》，有 Chapman 公司出版的一本。

第二十八章

18世纪的南欧与北欧

一

18世纪的欧洲文学，自以英、法、德三国为中心，但南欧的意大利在这个时代也重新从沉睡中苏醒，北欧的文学，向未有什么伟大作品的，在这个时代也渐渐的露出曙光来。现在先说南欧诸国，然后再说到北欧的斯坎德那维亚半岛上的瑞典、挪威、丹麦三国，以及俄国。

意大利在文艺复兴时代是欧洲诸国精神上的领袖，但后来却渐渐的不振了；在政治上，她是陷于很不幸的境地，奥大利的势力盘据不去，在文学上，则自泰沙（Tasso）死后，久未有重要的作家出现。直到了18世纪的中叶，文坛上才渐渐的有了生气。至于政治上的外来势力，则直到了1860年，才由加里波地（Garibaldi）把他完全推倒。

始初为欧洲的智慧中心的意大利，现在却需要别的国家的影响以复兴她自己了。她在英国、法国以及德国的大作家中求她的模范。戏曲是她的这时最著名的文体。这时的大作家有郭尔杜尼（Goldoni）和阿尔菲里（Alfieri）。

郭尔杜尼生于1707年，死于1793年。常被称为“意大利的莫里哀”。这是不错的，他是欲以这位法国的大戏剧家为导师，并且他也实有莫里哀所有的几个同样的特点。他在80岁的时候，曾作了一部传记，叙述他自己的一生，读来很有趣，但因为他是由于一层传奇的纱幕，而回看他自己的过去的，所以他的记载，有的地方未免不大真实。他是和善、快乐而好自由的人。他的家在委尼斯，他之成功为伶人、戏剧家及作家，也都在委尼斯。在他晚年时代，他迁居于巴黎，用法文来写剧本，后来，在惊怖的大革命时，他以穷苦结束他的一生，没有什么人注意到他。郭尔杜尼的一生写了160本喜剧，其中只有几本曾被译成英文。这些剧本都是健全的、和爱的、温厚的；他们的目的，仅仅的在于娱乐。歌德于1786年在委尼斯时，曾去看郭尔杜尼的一个戏剧，说起听众对于它的欢迎的程度，他说，自始至终，笑声喝采声继续不断。他没有见过比这次更喧哗的快乐了。

郭尔杜尼的同时人巴里尼（Giuseppe Parini）是一个具有喜乐的人格与诗人的天才者。他生于1729年，死于1799年。他写了一篇长诗《一日》（*Giorno*），是一篇社会的讽刺诗，有些拟仿英国诗人蒲伯的模式。全诗分朝午夕夜四部分，述贵族弟子一日中的行动，全用高雅的诗体写成。

阿尔菲里（Alfieri）是意大利最重要的悲剧诗人。他生于1749年，死于1803年。在他之前，从16世纪的初叶起，曾产生了一大串的悲剧作家，然而除他之外，却没有一个世界上重要的戏剧作家。阿尔菲里的家在辟特蒙（Piedrmont）的阿史底（Asti），但他却完全是一个意大利人。他的少年都在意大利北部以及英、法、荷兰消耗过，没有什么成绩，他后来说起很后悔。但从26岁起，到了他的死年，他却专心的献身于文学。他大概都住在弗洛伦司。他所写的，除了他的悲剧之外，还有六本喜剧及短诗，牧歌等，又写了一部自传，坦白的叙述出他的生平，有深厚的兴趣。他的悲剧，共有19本，都是写极沉痛的故事的。阿尔菲里从希腊及法国的悲剧中，取他的模式，他的材料则从历史及神话中得来。他所写的，大概都是人生的最恐怖的情景，与历史及传说中的最恐怖的事实。他所写的热情都是些不自然的恋爱，父子间的嫉妒，责任与爱自由之心战胜了亲子之爱的束缚等等。没有一个剧本不使人悲伤碎心。阿尔菲里写出人类的错误与压迫。他想保存国家的精神，他想借剧本以传达给别人，他的爱自由、恶专制的热情。他有一本戏剧是写着献给美国的伟大人物佐治·华盛顿的，于此很可以看出他的意思来。

在阿尔菲里的时代，还有几个重要的作家。一个是蒙底（Vincenzo Monti），生于1754年，死于1828年，他的杰作是一篇史诗；这篇史诗共分四部分，表现出他是受有但丁的影响的。还有一个是福士考洛（Niccolò Ugo Foscolo），生于1778年，死于1827年，是当时文坛上的一位爱国而多历风波的人物；他写有悲剧、诗歌及论文等。

二

西班牙文学，自西万提司之后，作家继出。委珈（Lope de Vega）生于1562年，死于1635年，是一个极著名的诗人与戏剧家。他的少年曾为几次贵族的秘书，后来告退了，专从事于写诗及剧本。很少人有他那末样的得到同时代人的赞颂的。他共写了1800多本戏，存者有300本以上。他给与当时的西班牙及别处以很大的影响，拟仿他的人极多。据说，在他死之前，在卡斯底尔（Castile）一个地方，已经有76个戏剧作家。

卡尔狄龙（Pedro Calderon）生于1600年，死于1681年，是十七世纪中一个最重要的作家。他生于马特力（Madrid），曾过着一个时期的兵士生活，以后，他的全生，便大部分用在文学及演剧上。他在1651年，被任为牧师。他的生活可算是模范的生活，慈善、谦抑、和爱。我们称他为戏剧作家，不如称他为诗人，他缺乏力量，直捷，但他的想像非常的丰富，他的结构非常的精巧。他最擅长于写西班牙流行的，象征的宗教独幕剧。信仰的神秘似乎印在他心极深——

他是象征主义者，而非一个写实者。他共写了100本的喜剧，其中有不少是著名的。英国诗人雪莱曾译了他的*Magico Prodigioso*一剧，菲兹格拉也译了他的八本的戏剧，在其中，以《萨拉米的县长》（*The Mayor of Zalamea*）为最好。这个剧本共有3幕，15场，叙一个农夫Crespo后来成为县长，处死了曾污辱他的女儿的一个军官。在这本剧中，与在别的剧中一样，引进了不少美丽的抒情诗。实在的，他是西班牙最著名的抒情诗人之一。诗人洛威尔（LoWell）写了一诗《书室中的夜莺》以歌咏他，称他为“我的卡尔狄龙，我的夜莺，我的披了西班牙羽毛的阿刺伯灵魂”，并不是过奖。

在这个时代，除了委珈与卡尔狄龙之外，还有重要的诗人，一个是龚郭拉（Lius de Gongora），一个是吉委杜（Don Francisco Quevedo）。龚郭拉是一个技巧的作家，在当时影响很大，有不少的拟仿者，吉委杜是西班牙最伟大的讽刺诗作家，他的散文与诗都很成功。

18世纪的西班牙是一个堕落的时代，无论诗歌、戏剧或其他文学作品，都没有什么特殊的光彩。莫拉丁（Nicolas Fernandez de Moratin）是那时主要的诗人，也是一个喜剧及悲剧的作家。在他的许多剧本中，有一本是西班牙中第一本跟从法国戏剧的模式的剧本。他的最著名的诗篇是《考底斯的船毁灭了》（*The Ships of Cortes Destroyed*），可算是西班牙最好的史诗之一。

与西班牙在同一个半岛上的姊妹国葡萄牙，在16世纪时，也产生了一个大作家，这里应附带的说一说。这个大作家名卡蒙士（Camoens），是葡萄牙诗人之王。当16世纪时，葡萄牙执掌着伟大的海上势力，无数的英雄俱以小舟冲激于无垠的碧涛之上，卡蒙士也是这样的一个水手。他写了一篇伟大的史诗，叙第一个航过好望角的葡萄牙航海家加玛（Vosco da Gama）的事。加玛死于1524年，是卡蒙士的生年。这篇史诗名《露昔亚特》（*Lusiads*）（葡萄牙的传说的国名是Lusitania），论者称之为荷马的《亚特赛》以后最有力的海的诗歌。葡萄牙最初能在欧洲文坛中占一个地位，便因了这篇大史诗。

三

斯坎德那维亚半岛上的文学，在17世纪之前，除了他们著名的《伊达》与传说及民歌、民间故事之外，简直没有大作家出现。丹麦（挪威）的第一个大作家乃产生在18世纪。这位作家就是霍尔堡（Ludvig Holberg），生于1685年，死于1754年。他生在挪威，但以后却住在丹麦，且在丹麦作事（在19世纪之前，丹麦与挪威是联合成一国的，且文字也很相同）。他在英国牛津及大陆上受了教育之后，成了科平哈京大学的一个教授，把拘陋的丹麦思想引来与欧洲文学发生密切的接触。他的作品很多，使他成为戏剧作家、哲学家、历史家及讽刺家。他的剧本尤为成功，被称为“丹麦的莫里哀”。霍尔堡把农民写进了丹麦文学中。他的农人喜剧 *Jeppe of the Hill* 及 *Erasmus Montamus* 到了现在还如初写成时之真切动人，引人发笑。

霍尔堡是丹麦的喜剧作家，奥连契拉格（Oehlenschlager）却是丹麦的悲剧作家。他生于1779年，死于1850年。他用韵文写他的作品，是浪漫派的丹麦诗人的领袖。

18世纪后半的丹麦被称为启明时代，戏剧家依瓦尔特（Johannes Evald）是那时最重要的作家。他生于1743年，死于1781年。在1770年时，他第一次发表他的成绩 *Rolf Krange*，是一篇用散文写的悲剧。但使他不朽的却是两本三幕的诗剧，一本名《波台尔之死》（*Balder's Death*），一本名《渔夫》（*The Fishermen*）。《渔夫》中包含有一首丹麦的国歌《克里斯丁王站在高桅旁》（*King Christian Stoodby the Lofty Mast*）是极著名的诗歌。

瑞典的第一个著名诗人是史脱乾尔姆（George Stjernhjelm），他生于1598年，死于1672年，他的史诗《赫克尔士》（Hercules）在当时极著名，他还写了喜剧及短歌，也都得相当的成功。此后，瑞典的作家继出者不少，但都受英、法文学的影响，没有什么著名的大作家。达林（Olof von Dalin）之出现于18世纪，使这个委靡不振的文坛又现了生气。他生于1708年，死于1763年。他是一个新闻记者、批评家及诗人。他的英雄的诗篇《瑞典的自由》（*Freedom of*

Sweden)，他的悲剧 *Brynhilda* 以及他的四册的《瑞典国史》乃是他的主要作品。他是那个时代瑞典的最大文人。我们在那时举不出一个可与他并肩而立的作者。

在 18 世纪的末叶，瑞典开始显出长足的进步。国王歌士太瓦三世（Gustavus III）是一个有才能的文艺保护者。他建设了瑞典学院，瑞典剧场，他自己写的剧本也不坏。在那时的许多作家中，有三个占着主要的地位：开尔格林（Johan Henrik Kellgren）是一个批评家、诗人及抒情剧本的作者；李奥甫特（Karl Austaf at Leopold）是一个讽刺家及古典的作家；倍尔曼（Karl M. Bellman）是一个国民诗人，著名的赞诗作者，是瑞典平民所深爱的作家。

四

俄国在 18 世纪之前，没有什么著名的作家，除了史诗及史记以外，也没有什么大作品。罗门诺索夫（Lomonosov）生于 1711 年，死于 1765 年，是第一个俄国的重要文人；他曾被派遣到德国去留学。他的最大功绩是改订国语，以莫斯科方言为准的，并作俄国文法。同时还有甘底麦（Kantemir，公元 1709–1744 年），以作讽刺诗著名，修麦洛加夫（Sumarokov，公元 1717–1777 年）以善作戏曲及讽刺诗著名，论者称之为“俄国的莱新”。加德邻二世（Catherine II）她自己很喜欢文学，曾写了喜剧数本，并创刊一种月报。当时最著的作家有方委真（Fonwijin，公元 1745–1792 年），以喜剧名，梅加夫（Maikov）及陶泽文（Derzhavin）以诗名。又有拉特契夫（Radischev），作一部《从圣彼得堡到莫斯科的旅行》，攻击奴制的残忍与政府的黑暗，被加德邻所流放，自杀而死，是俄国文学史上的第一个牺牲者。

在 18 世纪的最后，大作家卡伦辛（Karamzin）出现，他生于 1766 年，死于 1826 年。他的八大册的《俄国史》，影响极大，《国外通信》在当时也极有势力。他的《可怜的丽莎》（*Poor Liza*），一部出版于1792年的小说，也曾引起读者热烈的同情。其中叙的是一个农女被她所恋的一个贵族所弃，投池而死。当时竟有许多少年被其感动，很远的跑至书中所说丽莎自杀之池旁去凭吊他。

参考书目

1.《彭氏丛书》（*Bohn's Library*）中，有英译的《阿尔菲里集》。

2.Fitzgerald译的《卡尔狄龙的八剧》，有麦克美伦公司出版的本子。

2. 在J.B. Lippincott Company出版的《外国名著丛书》（*Foreign Classics for English Readers Series*）中，也包含有卡尔狄龙的作品。

4. 纽约的American Scandinavian Foundation出版了好些斯坎德那维亚半岛的文学名著的英译本，霍尔堡的作品，也有在内，共包含他的名剧2种。

第二十九章

18 世纪的中国文学

一

18 世纪的中国，是近代中国的全盛时代；这时代包含康熙的后半，至嘉庆的前半。外则平西藏，平准噶尔，平金川，内则开博学鸿词科，开四库全书馆；圣祖（玄烨）与高宗（弘历）又数次南巡。百数十年来宇内未经丧乱，民间富力有余。在这全盛时代，天然的，文艺界的情况是十分的灿烂。虽然在这时代曾发生过好几次极残酷的文字狱，但对于重要的文人，还没有什么大打击。有人说，清代的文化，是以前中国旧文化的总结束，以前所有的种种的东西，在那时无不一一的重现。这句话用来形容 18 世纪的中国，却是再恰当也没有的了。这里不必提起别的，即以文学而论，所谓“汉赋”、“六朝骈文”、“唐宋古文”、“唐诗”、“五代宋词”、“元曲”、“明传奇小说”，在这个时代，莫不一一的重现于文坛，且不仅仅模拟而已，作者的个性，与时代的精神且深深的印在那些作品里；这实与明人之模拟的作品，有明显的差异。

二

戏曲作家在这个时代站的地位很高。无论杂剧，无论传奇，都有很好的不朽的成绩。而孔尚任、洪昇、舒位、杨潮观、万树、蒋士铨、桂馥诸人之作品特别的表现出一种新鲜的趣味，以整炼秀丽的曲白、浓挚真切的叙述及婉曲特创的风格动人，如孔尚任的凄丽激昂的悲剧《桃花扇》，与杨潮观、蒋士铨之或以锋利的讥刺，或以沉痛的诉告，或以隽永的情趣著的短剧，皆为元明人所未尝有的名作。

孔尚任字季重，号东塘，又号云亭山人，曲阜人，孔子之后，官户部郎中，作《小忽雷》及《桃花扇》二剧，《桃花扇》使他得了不朽的荣名。他与洪昇齐名于康熙的末叶，有“南洪北孔”之称。《桃花扇》的主角为侯方域与李香君，所述诸事皆有确据。他虽自云：“独香姬面血溅扇，杨龙友以画笔点之，此则龙友小史，言于方训公者，虽不见诸别籍，其事则新奇可传，《桃花扇》剧，感此而作者也。”然实则剧中随处沁染着亡国的余痛。读至诸镇之争，权奸之误国，史可法之死，都要使读者，悲而零涕，怒而奋拳击案，到了《余韵》一出，则无不废书而叹，而深长思者。它虽然以侯、李为贯珠的串绳，然全剧真是一部明亡之痛史，与以前及以后诸传奇之以生、旦的离合悲欢为主眼者截然不同。《守楼》《寄扇》《题画》诸出，虽足以动人，而远不如《移防》《誓师》《沉江》《余韵》诸出之慷慨激昂，蕴着一腔悲愤之气，足以使人低徊忧叹，不能自已。我少时尝读之，一再读之，至鄙夷《西厢》《拜月》，不欲再看，至于《燕子笺》，则直抛掷之庭下而已。这些书的气氛与《桃花扇》完全不同，任怎样好，所引起的读者的情绪，总远不如《桃花扇》崇高，之伟大，之能博得热情少年的狂爱！

《桃花扇》凡 40 出，又加之以“闰二十出”及“续四十出”，共 42 出。开场即介绍侯方域，吴应箕，及陈贞慧诸公子于听众。以阮大铖之欲结交诸公子，致方域得与名妓李香君相见。美人才士，一见倾心。然诸公子鄙薄大铖，两方之仇恨愈酿愈深。那时左良玉欲移兵就食，赖方域遣柳敬亭修书止之。恰好北京陷落，崇祯帝死之，于是南都迎立福王为主，大铖乘机握了权。逮捕贞慧，应箕入狱，方域幸得脱。同时抚臣田仰欲以300金买李香君为妾，香君不屈，倒地撞头，血溅一把扇上。杨龙友取了此扇，就血渍缀点起来，画成一枝桃花于扇上，寄给方域。这是全剧的顶点。这时，明之国事益不堪问。清兵将次南下，而诸镇还常以小故相争杀。虽然有一个忠心耿耿的史阁部（可法）也挽回不了这崩颓的大势。终于史阁部沉江自杀，清兵统一了江南，方域、香君俱避难于山，做了修道的僧尼。柳敬亭诸人也都以隐遁终。这与一般传奇之以生旦团圆为结束者完全不同。

《桃花扇》在作者的时代，即奏演极盛。作者在附于《桃花扇》卷首的《本末》上，已详记之。某一次，有故臣遗老见演此剧，掩袂独坐。“灯灺酒阑，唏嘘而散。”

《桃花扇》之描写人物，个个都有他或她的个性，乃至柳敬亭、蔡益所、阮大铖、马士英、苏昆山等等，都真切的活泼的在纸上现出。而写大铖之老羞成怒，甘于下流的心境的变换，尤为曲肖。但他并不酷责大铖。他对于他的一切人物，只有照实的描写，毫不加以批评或以爱憎的色彩烘染上去。他的文字，自始至终，毫没有草率之处。“其艳处似临风桃蕊，其哀处似著雨梨花”，其激昂悲壮处，如燕士之歌“风萧萧兮易水寒”。他的《余韵》中的《哀江南》一曲，尤为数百年来无比的美文：

> 净　那时疾忙回首，一路伤心，编成一套北曲，名为《哀江南》。待我唱来：（敲板，唱弋阳腔介）俺樵夫呵，〔哀江南〕〔北新水令〕山松野草带花挑，猛抬头秣陵重到。残军留废垒，瘦马卧空壕。村郭萧条，城对着夕阳道。〔驻马听〕野火频烧，护墓长楸多半焦。山羊群跑，守陵阿监几时逃？鸽翎蝠粪满堂抛，枯枝败叶当阶罩。谁祭扫，牧儿打碎龙碑帽。〔沉醉东风〕横白玉八根柱倒，堕红泥半堵墙高。碎琉璃瓦片多，烂翡翠窗棂少，舞丹墀燕雀常朝，直入宫门一路蒿，住几个乞儿饿殍。〔折桂令〕问秦淮旧日窗寮？破纸迎风，坏槛当潮，目断魂消！当年粉黛，何处笙箫！罢灯船，端阳不闹，收酒旗，重九无聊。白鸟飘飘，绿水滔滔。嫩黄花有些蝶飞，新红叶无个人瞧。〔沽美酒〕你记得跨青溪，半里桥，旧红板，没一

条，秋水长天人过少。冷清清的落照，剩一树柳湾腰。〔太平令〕行到那旧院门，何用轻敲，也不怕小犬哰哰。无非是枯井颓巢，不过些砖苔砌草。手种花条柳梢，尽意儿采樵。这黑灰是谁家厨灶？〔离亭宴带歇拍煞〕俺曾见金陵玉殿莺啼晓，秦淮水榭花开早，谁知道容易冰消！眼看他起朱楼，眼看他宴宾客，眼看他楼塌了。这青苔碧瓦堆，俺曾睡风流觉。将五十年兴亡看饱；那乌衣巷不姓王，莫愁湖鬼夜哭，凤凰台栖枭鸟。残山梦最真，旧境丢难掉，不信这舆图换藁！诌一套《哀江南》，放悲声，唱到老！

同时有顾彩者，字天石，无锡人，为尚任之友，曾将《桃花扇》改作为《南桃花扇》，使生、旦当场团圆。这把全剧的新隽可爱的风度，一变而为陈腐，真可谓点金成铁。但《南桃花扇》今未见，似已佚；即在当时亦未能与云亭之伟作争席。真的，读者之好恶，有时未始不足为定评。

尚任尚有《小忽雷》一剧，凡40出，叙一件以名琴小忽雷为线串的生旦的悲欢离合的故事，远不如《桃花扇》之著名。

洪昇字昉思，号稗畦，钱塘人。著杂剧《四婵娟》，又作《回文锦》《回龙院》《锦绣图》《闹高唐》《节孝坊》《舞霓裳》《沉香亭》及《长生殿》等传奇八种。《四婵娟》凡四折，每折叙一事，效《四声猿体》。第一折《咏雪》，叙谢道韫咏雪诗事；第二折《簪花》，叙王右军学书于卫夫人事；第三折《斗茗》，叙李清照与赵明诚烹茶检书事；第四折《画竹》，叙赵子昂与管夫人泛舟同游，见溪上修竹万个，便于舟中作画事。《回文锦》，叙苏若兰织《璇玑图》，凡题诗二百余首，计八百余言，纵横反复，皆成章句，寄以感动其夫窦滔事；《回龙院》叙山阳韩原容，及其妻以智勇避难平贼事；《闹高唐》则叙“水浒”故事之一则。在这些作品中，以《长生殿》为最著名。

《长生殿》凡50折，系依据于唐白居易的名作《长恨歌》及陈鸿的名作《长恨歌传》而写的唐明皇与杨贵妃的故事。凡后来《太真外传》诸书之过于写太真之秽事者皆不录。在这里，绝代的美人太真妃被写成只是一个痴情的可怜的少妇，并不是什么可怕的亡国败家的妖孽，这是作者的大成功处。如果有什么人为妲己、妺喜诸名妇人作剧者，恐怕也只能写成如太真似的娇妒的可怜可爱的绝世美女子而已。如此的，一雪数千年被压抑于冷酷的历史家以亡国罪归于她们的不平的论调，倒是一件快事（吴伟业的《秣陵春》里所写的张丽华，也可使她由史家的酷论底下释出）。自元以来，写明皇太真故事的戏剧作家，殊不少，白朴有《梧桐雨》，明人有《惊鸿记》；屠隆的《采毫记》里也有附带的叙及，然俱不如《长生殿》之感人。作者在这个剧里，写二人之绸缪绻恋，以及遭变后，生者之睹物伤怀，死者之魂灵依恋，无不运以深刻的真挚的笔调。全剧的顶点，则为《密誓》一出，即所谓“七月七夕长生殿，夜半无人私语时：在天愿为比翼鸟，在地愿为连理枝”者是，剧名即取于此。有了此出，后半的生死不解的悲情，乃能凑接得上。

全剧中最感人的文字的例子，可举《闻铃》里的一段：

〔生〕呀，这铃声好不做美也！

〔武陵花〕淅淅零零，一片凄然心暗惊。遥听隔山隔树战，合风雨，高响低鸣，一点一滴又一声，一点一滴又一声，和愁人，血泪交相迸。对这伤情处，转自忆荒茔。白杨萧瑟雨纵横，此际孤魂凄冷，鬼火光寒，草间湿乱萤。只悔仓皇，负了卿，负了卿！我独在人间，委实的不愿生！语娉婷，相将早晚伴幽冥。一恸空山寂，铃声相应，阁道崚嶒，似我回肠恨怎平！

〔眉声〕迢迢前路愁难罄，招魂去国两关情。望不尽雨后尖山万点青。（第 29 出，《闻铃》）

当然的，《絮阁》《窥浴》《密誓》诸折，是多么腻丽，然而讲到真挚的深切的情感，却要以后半部的《闻铃》《见月》诸折为较胜。可惜作者为了求结构的完整与抱有大团圆的结束的信念，遂生生的把隆基，玉环二人在天上扭合做一处，被上帝“命居忉利天宫，永为夫妻”。致后半所努力布造的悲剧的空气完全的重复消失了。

《长生殿》在当时演奏之盛，不下于《桃花扇》。某一次，诸伶人演此剧为作者寿，都下名士毕集。适有忌者告发，谓那一天是国忌，设宴张乐，乃大不敬。于是作者被编管山西，诗人赵执信，查嗣琏被削职。时人有诗道："可怜一曲《长生殿》，断送功名到白头"，便是咏此事。但这个文字狱，虽然断送了他们的功名，却使《长生殿》流传得更广远些。

万树字花农，一字红友，宜兴人。吴兴祚总督两广时，尝延其入幕。每树脱稿传奇一种，兴祚即令家伶捧笙璈按拍高歌以侑觞。前后所作有杂剧《珊瑚珠》《舞霓裳》《藐姑仙》《青钱赚》《焚书闹》《骂东风》《三茅宴》《玉山宴》之8种，传奇《风流棒》《空青石》《念八翻》《锦尘帆》《十串珠》《万金瓮》《金神凤》《资齐鉴》之8种，以《风流棒》《空青石》《念八翻》3种为最著。又编《词律》20卷，亦有名于时。他是吴炳的外甥，于韵律殊有精密的研求。

在他们的同时，有周稺廉与卢见曾亦以作传奇甚有声于世。周稺廉字冰持，华亭人，别号可笑人（《曲录》著录既有可笑人，又有周稺廉，误）。所作传奇数十种，今多不传，最著者为《珊瑚玦》及《双忠庙》。《珊瑚玦》凡28出，叙卜青与妻祁氏，遭遇兵乱，碎珊瑚玦为两半，各怀半枚而分离。后祁氏生子成名，二人复得相见。《双忠庙》亦为28出，叙舒真与廉国宝以忤刘瑾被杀，赖义仆抚孤，使忠臣有后。当义仆王保救孤时，在祀公孙杵臼与程婴的双忠庙中拜祷，忽然生乳，变为女子，以逃搜者之眼目。太监骆善亦生了长须。后来刘瑾处死，舒真之子与国宝之女成为婚姻，王保复改为男装。

卢见曾字抱孙，号雅雨山人，德州人，官两淮盐运使，著《旗亭记》及《玉尺楼》2种。《旗亭记》所叙为王之涣与王昌龄、高適，集饮于旗亭。诸伶递唱昌龄、適之诗。之涣指诸伎中最佳者道："此子所唱必为吾诗。"果然那个双鬟发声唱道："黄河远上白云间，一片孤城万仞山。羌笛何须怨杨柳，春光不度玉门关。"恰是之涣的诗，因大谐笑。此事见《集异记》，见曾演之为传奇，凡37出，以之涣所遇之伎为谢双鬟。自旗亭相遇后，遂订盟为夫妇。经安禄山之乱失散。后双鬟杀了安庆绪，之涣成了状元，二人终复合。以天子赐宴于旗亭为结束。这件故事本是富有诗趣的，但硬把双鬟与之涣团圆在一处，未免减杀原来故事的趣味不少。

杨潮观是当时最好的短剧作家。潮观字宏度，号笠湖，无锡人，乾隆元年举人，曾为四川邛州的知州，与袁枚为友，著《吟风阁》，凡四卷，包含短剧32种。卷首附小序，自叙作剧的意旨。焦循《剧说》谓："《吟风阁杂剧》中，有《寇莱公罢宴》一折，淋漓慷慨，音能感人。阮大中丞巡抚浙江，偶演此剧。中丞痛哭，时亦为之罢宴。"实则《吟风阁》中感人的作品不止这一折。《快活山樵歌九转》《穷阮籍醉骂财神》《鲁仲连单鞭蹈海》《偷桃捉住东方朔》诸剧亦极可注意。《偷桃》一剧尤满含着极冷隽的讽刺。当王母讯问被捉的偷桃的东方朔时，那一段对话，是全剧最漂亮的，是我们在许多的传奇杂剧中所很难遇得到的：

（旦）你怎敢到我仙园偷果！

（丑）从来说，偷花不为贼。花果事同一例。

（旦）这厮是个惯贼，快拿下去鞭杀了罢！

（丑）原来王母娘娘这般小器，倒像个富家婆。人家吃你个果儿也舍不得，直甚生气！且问这桃儿有甚好处？

（旦）我这蟠桃非同小可，吃了是发白还黑，返老还童，长生不死。

（丑）果然如此，我已吃了二次，我就尽着你打，也打我不死。若打得死时，这桃又要吃他做甚！不知打我为甚来？

（旦）打你偷盗！

（丑）若讲偷盗，就是你做神仙的，惯会偷。世界上人那一个没有职事，偏你神仙避世偷闲，避事偷懒，图快活偷安，要性命偷生。不好说得，还有仙女们在人间偷情养汉。就是得道的，也是盗日月之精华，窃乾坤之秘奥。你神仙那一样不是偷来的，还嘴巴巴说打我的偷盗！我倒劝娘娘不要小器。你们神仙吃了蟠桃也长生，不吃蟠桃也长生，只管吃他做甚！不如将这一园的桃儿，尽行施舍凡间，教大千世界的人，都得长生不老，岂不是个大慈悲，大方便哩！（锁南枝）笑仙真太无厌；果然餐来便永年，何得伊家独享！不如谢却群仙，罢了蟠桃宴，暂时破悭结世缘，与我广开园，做个大方便！

（旦）你倒说得大方。

（丑）只是我还不信哩。你说吃了发白变黑，返老还童。只看八洞神仙，在瑶池会上，不知吃了几遍，为何李岳仍然拐腿，寿星依旧白头？可不是捣鬼哩，哄人哩！

（旦）既如此，你为何又要来偷他？

（丑）我是口渴得很，随手摘二个来解解渴，说甚么偷不偷！

桂馥也是一个很好的短剧作家。馥（公元1736-1805年）字未谷，曲阜人，官永平知县。杨潮观所作半是以嬉笑怒骂的态度，来抒写自己的郁愤，馥所作则多为缠绵悲恻之恋情，轻喟着无可奈何。他所作《后四声猿》，凡包含短剧4种；《放杨枝》叙白香山年老病风，乃欲遣去素所爱马及10年相随之名妓樊素。那样的别离，那样的暮年衰颓之感，在此剧里写得很动人。后来，旧情难舍，新愁满怀，骆马卖不成，杨枝放不去，这位乐天的诗人遂又叫马夫牵马还槽，又只好与素娘共醉低歌了。《谒府帅》叙苏东坡为凤翔判官时，屈沉下僚，上谒府帅不见事。《题园壁》叙陆放翁娶妻唐氏，伉俪甚笃，因唐与母不相得，遂出之。唐改适赵士程。某一日，相遇于沈氏园，唐以语赵，遣致酒肴于陆。陆怅然久之，为赋《钗头凤》调，题园壁。唐见而和之，未几怏怏而卒。这件故事殊是一幕悲剧的好题材，此剧也把它写得很悲楚。《投溷中》叙有名的锦囊诗人李长吉死时，遗稿俱在他的中表黄生处，不料他却因宿恨把这些诗稿都投在溷中了。

夏纶为诸剧作家中最晚年才开始作剧者，当他做第一剧时已六十余。到了73岁时，戏剧全集才出版。纶字惺斋，号臞叟，钱塘人，作曲凡六种，都是有目的之教训主义的作品；《无瑕璧》题“褒忠传奇”，叙明成祖杀铁铉事；《杏花村》题“阐孝传奇”，叙王孝子舍身杀父仇于杏花村事；《瑞筠图》题“表节传奇”，叙章贞母未婚寸节，教子成名事；《广寒梯》题“劝义传奇”，叙王生倾囊助人，终获高第事；《花萼吟》题“式好传奇”，叙姚居仁与弟利仁同居友爱，利仁被陷狱，赖居仁力救出之，二人俱得显名事；《南阳乐》则题“补恨传奇”，叙诸葛亮与司马懿战，并未死于五丈原，以其努力，终得灭了魏、吴，使蜀汉统一了天下。这些有目的之教训传奇，不容易做得好是当然的。《南阳乐》强使死者复生，违背了最显明的史实且不说，而这种强盗式的大团圆的结局，即使表演得好也是很无深味的。

在这时左右者有蒋士铨（公元 1725–1786 年），字清容，一字心余，号苕生，又号藏园，铅山人，乾隆二十三年进士，官编修。诗文在当时并享盛名，有《忠雅堂集》，与袁枚、赵翼并称为乾隆三大诗人。卒时，年 61。他的戏剧较诗文尤为著名，其《红雪楼九种曲》之流行于民间，与《笠翁十种曲》之流行的盛况正相同，不过笠翁的曲近于粗率，有时且邻于卑鄙，藏园的曲则细腻而秀雅，雍容而慷慨，高出于笠翁不止数倍。九种曲中，《香祖楼》《空谷香》《冬青树》《临川梦》《桂林霜》《雪中人》六种为长剧，《四弦秋》《一片石》《第二碑》3 种为短剧。尚有《忉利天》1 种，亦为短剧，今传本少见。《香祖楼》凡 32 出，叙仲约礼与他的妾李若兰离合事；《空谷香》凡 30 出，叙顾瓒园之妾事。这二剧都是写真挚的恋情的，以绮腻悲婉之笔出之，殊为动人。他自己说，曾在舟中，击唾壶而歌他所谱之《空谷香》，回视同舟之客，皆唏嘘，泣数行下。又说，他在剧中之刻画小人，摹写世态，乃 20 载飘零阅历所助。所以一切都写得很自然，很深刻。《冬青树》凡 38 出，据宋末之史实，文天祥、谢枋得、赵子昂、汪水云诸人事。在诸传奇中，这一剧是他的最后作，于落叶打窗，风雨萧寂中，以三日之力而写成。题材是遗民的悲痛，孤臣的失意，以及帝陵植树，西台恸哭，文词是凄丽而怒，悲愤而浩莽，所以激动了不少人的眼泪与壮气。《雪中人》凡 16 出，叙吴六奇对查继佐之报恩事；《临川梦》凡 20 出，叙《四梦》的作者汤显祖事，他追慕玉茗的名作，因作此以写这个大戏剧家的生平，把《四梦》中的人物，一一都搬出来与那位大作家相见。《桂林霜》凡 24 出，叙清初马文毅合家死广西之难事；这是在疟中以 20 日之力成之的。他自己曾言，有人对他说，“读君《空谷香》，如饮吾越酝，虽极清冽，犹醇醴也，此文则北地烧春，其辣逾甚。”《一片石》凡四出，《第二碑》，一名《后一片石》，凡 6 出，皆叙明宁王朱宸濠妃娄氏事；娄妃以谏王谋叛，投水死。当时墓地荒废，作者与诸人乃为修茔立碑。《四弦秋》，凡 4 出，演白居易之名作《琵琶行》。元之马致远与明之顾大典尝前后谱此故事为《青衫泪》（马作）及《青衫记》（顾作），俱以弹琵琶之商人妇为居易旧识，因事离散，至此不意相遇，后乃终得团圆。这样的说法，真是“画蛇添足”之类，直把乐天的原文全污损了。士铨之《四弦秋》则完全洗涤这种生旦团圆的恶习，以乐天听商妇弹琵琶，致引起自己之伤心为全剧的骨架，很可使不满于《青衫泪》诸作的读者高兴。

舒位也是本期后半叶的作家，与蒋士铨同以诗人著称于时。位字立人，号铁云，大兴人。他的诗集名《瓶水斋集》，很流行于当时。他的剧本凡 5 种：《卓女当垆》《樊姬拥髻》《酉阳修月》及《博望访星》4 种，总名《瓶笙斋修箫谱》，尚有《人面桃花》1 种，我未见。位能吹笛、鼓琴、度曲、不失分刌，所作曲脱稿，老伶皆可按简而歌，不烦点窜。《卓女当垆》叙卓文君奔司马相如，开张酒店，男亲涤器，女自当垆。赖县令王吉令文君父分家财之半给他们，二人始闭了酒肆，向成都去。《樊姬拥髻》，叙伶元与樊姬同话汉宫故事，因写《飞燕外传》。《酉阳修月》叙吴刚聘请诸仙修月事。《博望访星》叙张骞探河源，逆流而上，乃至天河，见牛、女二星事。

唐英字隽公，号蜗寄居士，官九江关监督，作剧 14 种；《双钉案》《梅龙镇》《女弹词》《面缸笑》《英雄报》等 12 种，总名为《古柏堂传奇》。而上举数种尤为舞台上所极欢迎的剧本，也有改为皮黄剧本的。《双钉案》又名《钓金龟》，叙张仁别母，仕于他乡。母念之，命第二子义去看望他。义钓到了一个宝物——金龟。仁妻见而欲夺之。以钉乘义睡时，贯入其顶而死之。母久候义不归，欲自到仁衙去。一夜梦义归来诉告。这个梦境写得极阴惨。后母至衙，知义冤死，赴上级官府控告。卒以仁妻抵命。问官初检验不出义致死之伤痕何在，迫忤作说出。忤作忧闷的回家；其妻告以恐怕系钉贯顶。因此，问官又连带的讯明了忤作妻杀死前夫之罪。故谓之“双钉案”。《梅龙镇》系叙明武宗微行遇李凤姐，纳之为妃事。此剧写市井的琐事与酒女的情态很有趣，且充满了诙谐的气氛，是一出很好的喜剧。《女弹词》写天宝宫人以弹琵琶、卖唱糊口，某一日，便把太真故事弹唱出来。听客中恰有前在御桥上偷闻霓裳谱的李谟，便把老宫人收留了，要她传授霓裳全谱。在这剧里，作者使在那衰年的老宫人的琵琶里，弹唱出最动听的开天遗事，颇有以少许胜人多许的效力。《英雄报》叙韩信兴刘灭楚后，以千金报漂母一饭之恩，又授在淮阴市上辱他的少年以官职。项王乌江自刎的悲壮的故事，作者又把它放在信的口里唱出。《面缸笑》也是一篇很通俗，很可发笑的喜剧。二个客人在阌乡县妓女周蜡梅处吵闹，为巡夜者捉去。蜡梅不堪其扰。她的义母劝她从良。第二天，她便到县衙要求从良。县官把她嫁给差役张才。当夜，张才即被差出县勾当，于是几个差役，及王书办、典史、县官等俱到了张才处，求蜡梅续旧好，但却互相躲避，书吏躲于灶中，典史躲于面缸中，到了张才忽然而回，县官却又躲到床下去。曲白都极通俗，一般人都可懂得。英之剧本，半是自己的创作，半是改作旧本，这一本便是把梆子腔改为昆调的。

张坚，字漱石，江宁人，老于秀才，尝入唐英之幕，相得甚欢。作剧四种，名《玉燕堂四种曲》。《梦中缘》叙钟心与文媚兰，阴丽娟的遇合事；《梅花簪》叙徐苞幼与杜女以梅花簪订婚。后苞游学于外，杜氏受了无数的苦，终得团圆，御命成婚；《怀沙记》叙屈原沉江事；《玉狐坠》叙黄损与裴玉娥之遇合事。或把这四种曲合称为“梦梅怀玉”。

三

在这一世纪里，著名的小说，出现了不少，最著名者如《红楼梦》，如《儒林外史》，如《绿野仙踪》皆为前无古人之作。所谓短篇的笔记小说，也有袁枚与纪昀之名盛一时的两部作品——《子不语》与《阅微草堂笔记》。

《红楼梦》凡120回，与《水浒》《西游》《金瓶梅》并称为中国小说中的四大杰作；《西游》写仙佛鬼怪，写英雄历险，事迹繁多，易于写得长；《水浒》写108个好汉陆续的聚于梁山，每个人都有一段故事可写，故也易于写得长；惟《金瓶梅》与《红楼梦》则惟写一家一门之事，既无足惊听闻之奇迹与历险，又无战争与艰苦之遭遇，乃能细细的写到了那么长，那么动人，真是不容易。而《红楼梦》只写十几个世事不知的富于情感的女郎，环境又复多相同，较之《金瓶梅》之写市井无赖，与十余处境各各不同，阅历各各不同之下中级妇人，其难易又不可同日而言。《红楼梦》描写之细腻，如以最小之画笔，写数十百美人于一纸，毛发衣襞，纤毫毕现，而姿态风韵一无雷同，实为诸作中之最有描写力者。

《红楼梦》之作者为曹霑，字雪芹，一字芹圃，镶黄旗汉军。祖寅，父頫俱为江宁织造。寅曾作《楝亭诗钞》，著传奇二种，并刻书十余种。清世祖（康熙）五次南巡，曾有四次以寅之织造署为行宫。故霑幼年乃生长在豪华之环境中。后頫卸任，霑随父归北京，时约10岁。后曹氏忽衰落。中年时之霑，乃至贫居西郊，啜馇粥。作《红楼梦》大约即在此时。乾隆二十九年，霑卒，年四十余（公元1719？-1764年）。

《红楼梦》之别名至多，或名《石头记》，或名《情僧录》，或名《风月宝鉴》，或名《金陵十二钗》。初为80回，当乾隆中出现于北京，立即风行一时，博得了极盛的赞声。然80回之《红楼梦》本为未完之书，于是续之者纷起，以高鹗所补120回本最流行。高本出现于乾隆五十七年（1792），用木版排印。其他续书多泯灭。其后又有续高鹗增补之120回本的《红楼梦》者，如《后红楼梦》《红楼梦补》《续红楼梦》《红楼圆梦》《红楼再梦》《绮楼重梦》等凡十余种，大都皆欲将《红楼梦》的结束改造为大团圆的局面者，故都不足注意。

今就百二十本的《红楼梦》，述其故事之大略如下。

在石头城，有一座贵族的大第宅，是为贾府，乃功臣宁国、荣国二公后人所居。袭宁公爵者为其孙敬；敬弃家学道，其子珍袭爵，殊纵欲恣横。又有一女，名惜春。珍生一子，名蓉，娶秦可卿。荣公有二孙，一孙女，长孙名赦，次名政，女名敏。赦生一子，一女，子名琏，娶王熙凤，家政都由熙凤主持。女名迎春。政妻王夫人，即熙凤之姑，生二子，一女，长子珠早卒，曾娶妻李纨，次子宝玉，即本书之主人翁，长女元春，选入王宫为妃，次女名探春。敏嫁给林海，中年卒，遗一女，黛玉，即本书中最重要的女主人翁。贾府中之最尊者为史太君（贾母），即赦、政之母。本书开场即叙林黛玉到了贾府寄住，与她的表兄弟宝玉相见。又有王夫人之戚薛母及其女宝钗亦来寄住。远亲史湘云亦时来。尼妙玉，则住于后园中。

宝玉生时有奇迹，口衔玉，玉上有字。贾母极钟爱之。他殊聪慧，性格亦缠绵而多情，喜在女郎的丛伴中生活。当黛玉来贾府时，她与宝玉俱为 11 岁，宝钗则较长一年。宝钗性格浑厚而深沉，黛玉则为肺病患者，性殊偏急而多愁。宝玉依昵于二人之间，而视黛玉为尤厚。当元妃回家省亲，贾府特辟大观园以款宴之。大观园结构之曲折弘幽是后人所希慕不已的。宝玉及诸姊妹俱迁入园中居住。他日与黛玉、宝钗、李纨、王熙凤、史湘云、探春、惜春乃至妙玉，赋诗宴乐，生活于轻纱红幛之中，极富荣豪华之概。许多侍儿如袭人、晴雯、紫鹃等，亦为他所昵爱。这样的一个多情的美少年，这样的消耗青春于美景与女郎、舒逸与情恋之中，使他益益的增长了温润缠绵的柔情。而因此，亦时时为那柔情而生了苦闷。

但继着这样的煊赫的美满的场面之后的便是日趋颓败的景象。贾府之排场仍然不小，而内囊却已渐渐的感着空虚了。先之以秦可卿的自杀，随之以金钏之投井，尤二姐之吞金，宝玉所爱之侍儿晴雯，又因犯“女儿痨”而被遣出去，不久即死。于是悲凉的轻雾，渐渐的笼罩于煊丽无比的大观园，渐渐的幕上了多情的宝玉的心头。

80 回的《红楼梦》在这样的灰色雾中闭幕。高鹗的续本，便继续上去写着这一家贵族的颓运。宝玉失了他的通灵玉，大病了一次，黛玉的肺病也一天天的深。元妃在宫中也染了病，不久即死。贾政欲为宝玉结婚，以黛玉羸弱，乃与宝钗订婚。这样的婚事计划，密不使宝玉知之。宝玉还以为与他对亲的一定是黛玉。不料成婚之夕，乃知新妇却是宝钗，便又病了。同时，黛玉听了宝玉结婚的消息，病益甚，日咯血。到了贾府喜气弥漫，宾客喧贺着宝玉时，凄凉的居于潇湘馆里的黛玉却凄凉不堪的死去了。后来贾赦犯了“交通外官，倚势凌弱”之罪名，奉旨查抄贾府。虽结果没有得到什么大罪，却使这个大府邸中益现出落日穷途的景象来。不久，史太君又一病而亡，妙玉则遭盗劫，不知所终。王熙凤也忧愤的死去。但宝玉的病，却为一僧所治愈。愈后，他便奋志读书，次年应乡试，以第七名中式。宝钗也有了孕。于是宝玉便亡去，不知所往。贾政葬母后回京，雪夜泊舟毗陵驿，见一人光头赤足，披大红猩猩毡斗篷，向他下拜。审视知为贾玉。方时说话，忽来一僧一道，引他而去。120回的《红楼梦》便在此告了结束。

曹霑的描写力、想像力俱极丰富，高鹗的续笔也不弱。所描写的人物，凡男子235人，女子213人，个个都有极浓挚的个性，写贾母便活画出一个偏爱的席丰履厚的老妇人来，写黛玉便活画出一个性情狭小、时时无端愁闷的有肺病患者的少女来，写王熙凤也便活画出一个具深沉的心计的能干少妇来，甚至于不重要的焦大、薛蟠、刘姥姥、板儿以及几个仆人的“家的”，也都写得很活泼，如我们所常遇到的真实的人物。在全书的结构方面也完全摆脱了向来小说的窠臼，与那些“开口文君，满篇子建，千部一腔，千人一面”的才子佳人书截然的换了一个世界。我们看厌了那些才子佳人书，只要一翻开了《红楼梦》，便如从灰色壁墙，粗白木椅桌，可厌的下等广告画的小室里逃出，逃到了绿的水、青的天、远望无边际的开着金花的田野，天上迅飞着可爱的黑衣燕子，水边低拂着嫩绿的柳丝的美景中似的。一般小说，所用的文字，书中人物所说的话，往往“之乎者也，非理即文，大不近情，自相矛盾”，而我们在《红楼梦》见的却是最自然的叙述，最漂亮的对话。

喜读《红楼梦》者既多，便有一般文人来用种种的眼光去看它，去探讨它，以为它里面必蕴藏着许多历史上的珠宝。所谓“红学”之兴，便是由此。这是《红楼梦》的大不幸，也就是读者的大不幸。我们只要一染上了这种研究的色彩，一戴上了那些索引式的眼镜，对于《红楼梦》便要索然的感着无味了。正如一位无端自扰的侦探一般，苦闷的摸索着，而得到的却是“空虚”！大抵诸说中有力者凡三：一、谓《红楼梦》系叙康熙朝之宰相明珠家事，贾宝玉即明珠子纳兰成德（俞樾诸人主张）。二、谓宝玉系指清世祖，黛玉即指董鄂妃（王梦阮，沈瓶庵主张）。三、谓系叙康熙时代之政治史，十二钗即指姜宸英，朱彝尊诸人（蔡元培主张）。这三说之外，尚有以为系演明亡痛史者，以为系演和珅家事，或以为系演清开国时六王七王家姬事者，俱极无稽。自胡适作《红楼考证》，以《红楼梦》里所叙的事迹，与作者曹霑的家世及生平相对照，乃扫除以上诸说，决定此书乃为作者的自叙传。“红学”之研究至此乃告一结束。作者在本书的开始，即自言：“今风尘碌碌，一事无成，忽念及当日所有之女子，一一细考较去，觉其行止见识皆出我之上……当此日欲将已往所赖天恩祖德，锦衣纨绔之时，饫甘餍肥之日，背父兄教育之恩，负师友规训之德，以致今日一技无成，半生潦倒之罪，论述一集，以告天下，知我之负罪固多，然闺阁中历历有人，万不可因我之不肖，自护己短，一并使其泯灭也。”又有一诗：“满纸荒唐言，一把辛酸泪。都云作者痴，谁解其中味！”作者固已明白的告诉大家以此书为他的自传了！

《儒林外史》没有《红楼梦》那么婉柔的情调，没有《红楼梦》那么细腻周密的风格，然它却是一部尖利的讽刺小说，一部发挥作者的理想的小说。此书作者为吴敬梓（公元 1701–1754 年），字敏轩，安徽全椒人，幼颖异，精于《文选》。然性豪迈，又不善治生产，不数年资财俱尽，时或至于绝粮。雍正间，曾一度被举应博学宏词科，不赴。移居金陵，为文坛之中心。晚客扬州，自号文木老人，乾隆十九年卒，年 54。所著于本书外有《文木山房集》及《诗说》。

本书凡 55 回，为敬梓在南京时所作，后发刊于扬州。他一面指击当时颓败的士风，一面发挥他自己的理想社会与理想生活。书中人物大抵为实在的，如杜少卿，即为他自己，杜慎卿为其兄青然，庄尚志为程绵庄，虞育德为吴蒙泉，余皆可指证。敬梓的文笔很锋利，描写力很富裕，惟见解带太多的酸气，处处维持他的正统的儒家思想，颇使读者有迂阔之感。又结构也很散漫。论者谓：“其书处处可住，亦处处不可住。……此其弊在有枝而无干。……无惑每篇自为篇，段自为段矣。”这是极确切的批评。本书刻本颇多，有排列全书人物为“幽榜”，作为 1 回，加入篇末，统为 56 回，又有补作 4 回，合为 60 回者。

《红楼梦》与《儒林外史》俱为写现实社会的小说，人物也多是实在的，《绿野仙踪》则一反之，专写怪幻的神仙异迹，然其笔墨之横恣可爱，却使人决不至以其荒唐无稽而弃之。《绿野仙踪》凡 80

回，作者仅知为百川，而不知其真姓名，成书之时，则在乾隆二十九年（公元 1764 年）。书中之主人翁为冷于冰，叙他修道降怪诸奇迹，并叙其弟子温如玉、连城璧、金不换、猿不邪诸人事，也都极神奇变幻之致。全书最可爱的地方，乃在：（一）首数回叙冷于冰为严嵩客，见不惯那势利的官场，又看着忠臣杨继盛的被杀，觉着富贵功名都为飘风疾雨，因决心去修道。作者写龌龊之官场，虽不过寥寥的 2 回。却已可抵得南亭亭长之《官场现形记》一部。第 4 回叙杨继盛之死，极为动人，远胜于《鸣凤记》及《表忠记》诸剧本。（二）全书中叙温如玉嫖妓受欺；作者在那里把妓院的情景写得极真切，一切假情的妓女、爱钱的鸨儿、帮闲的食客，个个都写得生动异常。《花月痕》中把妓女写得太高尚了，未必是真实的人物，这书里的金钟儿、玉磬儿却是真实的人，我们随时可以遇到的。较之一般所谓“青楼小说”之《九尾龟》之流，作者所写，只有更真实。（三）最后数回，叙诸弟子各入幻境，历受诱惑，作者确是用着大力量，写得异常的紧张，能使读者迷惑而随了他们入那幻境，直至最后才突然的明白。此书因有几处猥秽的描写，曾被禁止发售，近来新印本，都已将那些地方删去，然却连带的把好些描写的细腻而并不淫秽的地方也删去了，真是本书的厄运！

在以上三大作之外，屠绅的《蟫史》也应一叙。绅（公元 1744–1801 年）字贤书，号笏岩，江阴人。年 20 即成进士，后为广州同知。年 58，卒于北京。《蟫史》凡 20 卷，主人翁为桑烛生，即作者之自况。中叙桑烛生佐甘鼎筑城，于地穴得异书三箧，因此，鼎乃得平定邝天龙之乱，并灭交趾。功成，二人俱身退。此书喜写幻奇之神迹，而又杂以亵语，颇平凡，没有什么可观，然好用硬语，摹古书，“成佶屈之文，遂得掩凡近之意”。而实远不如前面三部小说之伟大。

袁枚（公元 1716–1797 年）字子才，号简斋，又号随园老人，为乾隆三大诗人之一。他的《子不语》（又名《新齐谐》）凡二十四卷，又续十卷，包含怪异之故事 672 篇，又续 278 篇，俱用洁明的文体以写之，但却大抵为片段之作，可成为短篇的有隽永的情味的小说者至少。

可与《聊斋志异》相拮抗者为纪昀（公元1724-1805年）之《阅微草堂笔记》。昀字晓岚，直隶献县人，官至侍读学士，因事被谪戍乌鲁木齐。后召还，为四库全书馆之总纂官，他的毕生精力都用在《四库提要》上。嘉庆十年，拜协办大学士，加太子少保，管国子监事。同年卒，年82，谥“文达”。《阅微草堂笔记》凡五种，即《溧阳消夏录》《如是我闻》《槐西杂志》《姑妄听之》及《滦阳续录》。风格质峭简淡，与《聊斋志异》之丰腴的风格恰相反。他喜于纪事之间杂以议论，又多述因果之论，更时时托鬼狐之言谭，以致其尖利的讥刺。

同时之笔记作者至多，最有名者为吴门沈起凤之《谐铎》，凡10卷，满洲和邦额之《夜谭随录》凡12卷，长白浩歌子之《萤窗异草》，凡12卷，临川乐钧之《耳食录》，凡20卷。

四

这时期的诗人至多，各有所树立，袁枚、蒋士铨、赵翼并称为三大家，而厉鹗、沈德潜、赵执信、翁方纲、黄景仁、舒位、郭麟、郑燮亦博得同时的盛誉。

袁枚，钱塘人，为人通脱佚荡，颇为当世所谓学者所诃责。然在当时影响极大，俨为当时东南文坛的大领袖。他的古文与骈文俱畅达而有才气。诗主性灵之说，以为：诗者人之性情也，性情之外无诗。故任情而言，以轻洁明白动人。因此颇被讥为浅露。所作有《随园三十六种》，今犹盛行于世。

蒋士铨之《忠雅堂诗集》，以叙事诸作见称。他能用秀丽凄郁之笔，写惊人激楚之故事，故殊动人。论者谓他的“古诗胜近体，七古尤胜。苍苍莽莽，不主故常。正如昆阳夜战，雷雨交作，又如洞庭君吹笛，海立云垂。”今举一例：

仙官来往天台里，父老趋迎男妇喜。居民捧舆度岩崿，绛节桃花相迤逦。老藤蟠屈寒蛟僵，万古甲子不可量。始为绕指柔，渐成百炼刚。脱身未肯附松柏，定性久已忘冰霜。敛肉入皮筋入骨，混沌花叶皆收藏。山鬼惊看避神物，飞仙偶踏行石梁。不知岁月冉冉过，但觉年命迢迢长。仙官游金庭，碧林瑶草香，不觅胡麻饭，不携采药筐，长揖天姥云：吾友有母寿且康，愿乞此藤作鸠杖，庶几筋力如藤强。天姥愿之笑，美哉公意太阳电池。益臧神人斤斧乃，一举截藤九尺直以方。仙官拜赐去，洞天阒寂山苍茫，携藤归遗小人母，堂北老亲开笑口。仙人之贻我则有，敢不拜嘉同稽首。童孙代杖可释肩，看云数雁藤周旋。掷空真化老龙去，倚壁不扰慈乌眠。老安少怀见公志，忠信作杖扶危颠。公身健劲比藤健，野狐敢近天龙禅。此藤托根本福地，由公归我数则然。摩娑后世见手泽，母寿愿与藤齐年。(《天台万年藤杖歌谢陈象臣梦说观察》)

赵翼（公元 1726-1813 年）字云崧，号瓯北，阳湖人，著《瓯北集》。其诗横恣倜傥，以议论、以机警的讽刺胜。或谓他"虽不能为杜子美，于杨诚斋则有过之无不及。"他傲然的答道："吾诗自为赵诗，何知唐、宋！"中国本少像他那样的诗，正自可独称为"赵诗"。他亦善为考证之学，著《廿二史劄记》及《陔馀丛考》。今举其诗一首：

纸窗凉逼露华清，愿影萧然感易生。渐老鬓毛搀黑白，就衰筋骨验阴晴。将车送鬼穷难去，食字求仙侯未成。手剔寒灯清不寐，阶前落叶报秋声。(《漫兴》)

厉鹗（公元 1692-1753 年）字大鸿，号樊榭，钱塘人（1692—1753），著《樊榭山房集》。诗品殊清高，如绝壁孤松，自甘清泊。亦善词，清俊雅秀，为当时一大家。

沈德潜（公元 1673-1769 年）字确士，号归愚，长洲人，为江南老名士，年 66 始举于乡。后为编修。相传他曾代高宗为诗，《御制集》中，半是他的代作。死年 97。他的诗讲究格律，而伤于摹拟，规行矩步，无豪迈之气。著《矢音集》及《竹啸轩诗钞》又编《古诗源》及《五朝诗别裁集》，在当时影响极大。

赵执信（公元1661-1741年）字伸符，号秋谷，晚号饴山老人。山东益都人，为王士祯之甥婿，而颇不喜士祯的神韵说，著《谈龙录》力攻之，又著《声调谱》以发诗秘。他的诗，纪昀称为“以思路镜刻为主……才力锐于王，而末流病纤小。”他的诗集，名《饴山堂集》。他最服膺常熟冯班，班字定远，号钝吟，也是反对士祯之诗论的。

翁方纲字正三，号覃溪，大兴人，少年登第，功名显达，常数典乡试。他精于金石书画之学，诗宗江西派，出入山谷，诚斋间。他的论诗，谓：“渔洋拈神韵二字，固为超妙，但其弊恐流为空调，”故特拈肌理二字，盖欲以实救虚。著《复初斋集》。今举一例：

步出长松门，犹听松涛响，路滑不容去，俯侧潭深广。奇哉玉渊字，其气雄千丈。建瓴东北来，直泻势莽莽。到此一洄漩，小作圆折养。然后万珠玑，滚滚横摩荡。划翻水晶宫，神龙击蛟蟒。精灵来会合，虚无出惚恍。谁识中粹温，玉烟浮盎盎。拈破鲵桓机，何如求象罔。(《玉渊潭》)

黄景仁（公元1749-1783年）字汉镛，一字仲则，武进人。生平殊清苦，年35，卒于远乡之客舍。诗亦如其人之清苦，洪亮吉评之为“秋虫咽露，病鹤舞风”。著《两当轩集》。又工骈文，与洪亮吉齐名，时称“洪、黄”。今举其诗一首：

五剧车声隐若雷，北邙谁见冢千堆。夕阳劝客登楼去，山色将秋绕郭来。寒甚更无修竹倚，愁多思买白杨栽。全家都在风声里，九月衣裳未剪裁。(《都门秋思》)

舒位著的《瓶水斋集》，与黄仲则之《两当轩集》俱曾为读者所热烈的赞颂过。但黄诗清峭，他的诗则婉妙而含蓄。他与秀水王昙、昭文孙源湘有“三君”之称。

郭麐（公元1767-1831年）字祥伯，号频伽，吴江人，著《灵芬馆集》。他的诗清幽秀峭，情趣隽永，词尤缠绵悱恻，与厉鹗同为大家。

郑燮字板桥，福建莆田人，乾隆元年进士。有《板桥集》。他在中国诗坛上的地位很奇异；他是一个通俗的诗人，说起郑板桥来，几乎人人都知道，但正统派的文人却很看不起他，正如他们之看不起张采、李渔一样。如今我们却不能不给他一个地位。他的诗，当然不是金镶玉砌，反之，却是明白如话，清澄如水的。在这些最浅易的诗中，他没有的是缤纷的辞华，有的却是向来诗人不常有的博大的人道精神。他为农夫呼吁，为童养媳呼吁，他反对胥吏的私刑，反对人间的一切暴政。“岂无父母来，洗泪饰欢娱。岂无兄弟来，忍痛称姑劬。疤痕掩破襟，秃发云病疏。一言及姑恶，生命无须臾。”（《姑恶》）这写得受苦无告的养媳是如何的动人。这是中国诗人向来不曾踏到的地域！

张惠言，亦以“词”名于时。曾编《词选》，择取极精，其自作亦卓立足以自然。“常州词派”遂由他而造成。此派源深流远，至下一世纪还流风未泯。惠言字皋文，有《茗柯词》。同时，黄景仁有《竹眠词》；左辅字仲甫，阳湖人，有《念宛斋词》；恽敬有《蒹塘词》；钱季重，阳湖人，有《黄山词》；张琦字翰风，阳湖人，有《立山词》；李兆洛有《蜩翼词》；丁履恒字若士，有《宛芳楼词》；陆继辂字祁士，有《清邻词》；金应城字子彦，歙人，有《兰簃词》；金式玉字朗甫，歙人，有《竹邻词》；郑善长，名抡元，歙人，有《字桥词》；此皆列于常州词派之内者。这一派的作风，可以惠言的《玉楼春》一首为例：

> 一春长放秋千静，风雨和愁都未醒。裙边馀翠掩重帘，钗上落红伤晚镜。朝云卷尽雕阑暝，明月还未照孤凭。东风飞过悄无踪，却被杨花微送影。

绮腻哀艳，宛曲柔和，是他们的特色，而其失，则个性不大鲜明，少豪迈磊落之声容，无浩莽伟壮之气魄。惠言有甥董士锡，亦善于为词。士锡字晋卿，有《齐物论斋词》。又有长洲宋翔凤著《香草词》《洞箫词》，祥符周之琦，著《金梁梦月词》，皆可属于这一派。

于上述诸诗人外，张问陶、王文治、王鸣盛、王昶、钱大昕、吴锡麒、金农、杭世骏诸人也很有诗名。张问陶（公元 1764–1814 年）字仲冶，号船山，四川遂宁人，著《船山诗集》，王文治字禹卿，号梦楼，丹徒人，著《梦楼诗集》。王鸣盛亦工于考证，著《廿一史考异》，王昶，尝增补朱彝尊之《词综》，又编《清词综》。钱大昕亦长于考证，他的《十驾斋养新录》为后来学者所珍。吴锡麒以骈文著。杭世骏（公元 1696–1773 年）字大宗，号堇甫，仁和人，为当时甚得称誉之大作家，其散文也很有名，著《道古堂全集》。

五

骈文在这个时期是经了久疲之后的中兴。自宋以后，作骈文而工而有才气魄力者，几于绝无仅有。至此时期，则作者蜂起，而各有所长，工夫深厚而才藻缤纷，为唐以后所未有之盛况。在前世纪，已有吴兆骞、陈其年、吴绮开创风气于前。这时期则胡天游、邵齐焘、刘星炜、吴锡麒、曾燠、洪亮吉、孙星衍、孔广森、汪中、吴鼒诸人。各各虎踞着骈文的高坛的一角，气壮而文达，辞丽而理明。胡天游（公元 1695–1757 年）字稚威，号云持，山阴人，著《石笥山房集》，其文奥博而奇肆，气象很广大。邵齐焘（公元 1718–1769 年）字荀慈，号叔宁，昭文人。著《玉芝堂集》，能于绮藻丰褥之中，存简质清刚之制。刘星炜字映榆，武进人，著《思补堂集》吴锡麒字圣徵，号榖人，钱塘人，著有《正味斋集》。曾燠字庶蕃，号宾谷，著《赏雨茅屋集》。此三人皆与邵齐焘同时，星炜之文光洁而明显，锡麒之文深厚而委婉，宾谷之文则清莹而华妙。游齐焘之门下者则有洪亮吉。亮吉为文，气势甚阔大，内容亦殊充实。著《卷施阁集》。他长于经学，史学，为当时有名之学者。孙星衍与亮吉齐名，亦以经学著，时称“孙洪”。星衍（公元 1741–1806 年）字渊如，阳湖人，其为文风骨遒劲。著《问字堂集》及《岱南阁集》。孔广森（公元1752-1786年）字撝约，号巽轩，曲阜人，亦以经学著，有《仪郑堂集》，为文亦宛曲达意。吴鼒尝选以上八人之文，为骈文八大家。汪中不预于八家之列，而其文却高出于他们远甚。中（公元1744-1794年）字容甫，江都人，有《汪容甫集》。他的骈文为工至深，而才气纵横，指挥藻典，无不如意，使我们读之，如读清澈明朗之文章，而深为之感动，毫不觉得其为艰深之骈文。这真可谓之特创的“汪体”了！吴鼒字山尊，号抑庵，全椒人，著《夕葵书屋集》，为文沉博绮丽。亦可自成为一家。

六

衍前期归有光之绪余的桐城派的古文，在这时期也显着异常的光芒，给后一世纪以很大的影响。桐城派古文家之中心为姚鼐，在鼐之前者，有方苞、刘大櫆。这三人皆为安徽桐城人，故世号之为桐城派。方苞（公元1668-1749年）字灵皋，号望溪，著《望溪文集》。他的古文稳重而淡远，所缺的却是才气。刘大櫆字耕南，号海峰，其文较苞为尤下，无足称。

姚鼐（公元1730-1814年）字姬传，一字梦穀。曾受业于大櫆。自他出来，所谓桐城派之古文始光大而有影响于世。他著《惜抱轩集》，又编《古文辞类纂》，以示所谓古文之准的。鼐的古文也未有多大的才气，而醇厚清远是其特色。当时汉学之威风披靡一世，学者竞事考证，诋斥宋需，鼐则颇与这个潮流相抗，以为义理、考证、词章三者不可阙一。义理为干，然后文有所附，考据有所归。后来桐城派诸作家皆守此训言而无违。

当时即受桐城派之影响而别成一支流者有阳湖派。这一派的中心为恽敬及张惠言。敬（公元1757-1817年）字子居，阳湖人，他著《大云山房集》，文亦清远有情致。故谓之阳湖派。惠言（公元1716-1802年）字皋文，武进人，著《柯茗文集》。他是多方面的作家，才气殊横逸，于经学则有特长的研究，于骈文则成一大家，于词则亦成为一派而有很大的影响，于古文，亦雄伟有气魄，高出于当时古文诸子。

不以古文家著称，而善于条畅明达之风格叙写事理者，有蓝鼎元、全祖望、戴震、崔述、章学诚、焦循诸人。蓝鼎元（公元 1680–1733 年）字鹿洲，漳浦人，为官有能名。世俗所传《蓝公案》（小说）即为叙述他的政绩者。著《鹿洲集》。全祖望（公元 1705–1755 年），字谢山，鄞县人，著《鲒琦亭集》，其中史料极多。戴震，字慎修，一字东原，休宁人，为当时经学大师，影响极大，著《戴氏遗书》。崔述（公元 1740–1816 年），字东璧，大名人，著《崔东璧遗书》，以谨慎的不苟信的态度，去研究古书古史，发现了不少前人所未见到的疑点，改正了不少前人所疏忽的错误。当时未有什么影响，近来始为时人所推许甚至。章学诚（公元 1763–1820 年），字实斋，会稽人，以《文史通义》一书博得了不朽的荣名。尝以儒者的眼光，痛诋袁枚。焦循字理堂，甘泉人，为当时经学专家之一，著《雕菰楼集》，他的《剧说》，在戏剧研究上是一部很有用的书。

参考书目

1. 孔尚任的《桃花扇》刊本至多，有原刊本，有暖红室刊本，有石印本。

2.《小忽雷》有暖红室刊本。

3. 洪昇的《长生殿》，刊本至多，有原刊本，有暖红室本，有石印本。

4. 万树的《空青石》《风流棒》《念八翻》有原刊本。

5. 周稺廉的《珊瑚玦》及《双忠庙》，有原刊本。

6. 卢见曾的《旗亭记》及《玉尺楼》有原刊本。

7. 杨潮观的《吟风阁杂剧》，有原刊本。

8. 夏纶的《惺斋六种曲》有原刊本。通常为 5 种，《花萼吟》是续加上去的。

9. 蒋士铨的《红雪楼九种曲》有原刊本，甚易得。

10. 舒位的《瓶笙馆修箫谱》有汪氏振绮堂刊本。

11. 桂馥的《后四声猿》有上海聚珍仿宋印书局印本。

12. 唐英的《古柏堂传奇》，有原刊本。

13. 张坚的《玉燕堂四种曲》，有原刊本。

14.《红楼梦》有正书局影印之 80 回本，有乾隆间排印之 120 回本，有亚东图书馆的铅印本（附胡适的考证）。此外坊刊本极多。

15.《儒林外史》有齐省堂评刻本，有商务印书馆铅印本，有同治间大字刊本，有亚东图书馆本，此外坊刊本极多。

16.《绿野仙踪》有同治间刊袖珍本，有石印本，但石印本多删节的地方。

17.《蟫史》有申报馆铅印本。

18.《子不语》坊刊本极多，但《随园三十六种》本为完全未加删节者。

19.《阅微草堂笔记》坊刊本极多，《谐谈》等也都有坊刊本。

20. 袁枚的《随园三十六种》有铅印本。

21. 蒋士铨的《忠雅堂诗文集》有藏园自刻本，有广东翻刻本。

22. 赵翼的《瓯北集》，有《赵瓯北全集》本，又《瓯北诗钞》，有原刊本。

23. 厉鹗的《樊榭山房集》，有乾隆四年刻本，又有翻刻本。

24. 沈德潜的《归愚文钞》《矢音集》《竹啸轩诗钞》俱有原刊本。《古诗源》及《五朝诗别裁》则坊刻本很多。

25. 赵执信的《谈龙录》及《声调谱》有《艺海珠尘》本，又有《花薰阁诗述》本。他的《饴山堂集》有乾隆时因园刊本。

26. 翁方纲的《复初斋集》，有原刊本，有光绪间重刊本。

27. 黄景仁的《两当轩集》有乾隆间刊本，有石印本。

28. 舒位的《瓶笙斋集》有原刊本，有杭州重刊本。

29. 郭麐的《灵芬馆全集》有原刊本，《灵芬馆杂著》有《花雨楼丛书》本。

30.《船山诗集》有原刊本，有坊刻本。《船山诗选》，有士礼居刊本。

31.《梦楼诗集》，有食旧堂原刊本。

32. 杭世骏的《道古堂集》有乾隆间刊本。

33. 胡天游、邵齐焘诸人文集，俱有原刊本。

34. 汪中的《汪容甫集》，近中国书店印本最完备。

35.《望溪集》有乾隆十一年程氏刊本。

36.《惜抱轩集》有嘉庆间刊本，有《惜抱轩十种》本。

37.《大云山房集》有原刊本。

38.《茗柯文编》有《花雨楼丛书》本。

39.《蓝鹿洲集》有原刊本。

40.《鲒埼亭集》有原刊本，有翻刊本。

41.《崔东壁遗书》有《畿辅丛书》本，有日本铅印本，有石印本。

42.《章氏遗书》(《文史通义》在内）有近人刘氏刊本。

43.《雕菰楼集》有阮氏原刊本，《剧说》有《曲苑》本。

44. 本期的词，可读谭献的《箧中集》，有《半厂丛书》本。

第三十章

19 世纪的英国诗歌

一

当 19 世纪之初叶，英国的重要诗人出现了不少，华兹华士（Wordsworth）、柯尔律治（Coleridge）、沙赛（Southey）三人，被称为湖上诗人（Lake Poets）、拜伦（Byron）、雪莱（Shelley）、济慈（Keats）继之，开创了前所未有之诗坛的灿烂局面。到了维多利亚女皇的时代（Victorican Age），跟着英国的政治上的光明与国外侵略政策的成功，伟大的诗人们相继的产生，正如繁花如锦、绿荫满布的时光，好鸟各各的停在枝头，任情啭唱一样。丁尼生（Tennyson）、白朗宁（Browing）夫妇、罗塞底（Rossetti）兄妹、亚诺尔特（Arnold）、慕里士（Morris）、史文葆（Swinburne）、美莱狄斯（Meredith）、哈提（Hardy）诸人，便是这个光荣的时期内站在前头的作家。

二

在1798年的时候，柯尔律治与华兹华士二人共同出版了一部《抒情诗集》(*The Lyrical Ballads*)，在那部诗集里面，柯尔律治只供献了他的著名《古舟子咏》(*Ancient Mariner*)，其余的都是华兹华士所作。这部《抒情诗集》的出现，许多人都以为是英国诗史里一件很重要的事实，是英国诗歌的一个转变点，是英国浪漫主义文学的宣传者，它的前面的一篇著名序文，尤显示着新的改革的精神。也许这些话是过分些，然至少这部《抒情诗集》是介绍了两个新的诗人，两个很伟大的诗人给当时的文坛。

华兹华士(WilliamWordsworth，公元1770-1850年)是一个律师的儿子，受教育于康桥大学(Cambridge)。当1790年时，他到欧洲大陆去游行。那时，正是法国革命的时代。他满腔的表同情于革命者。第二年，便又到了法国，与吉伦特党人(Girondists)为友伴，与他们同住了15个月。后来，他家里的人不供给他的费用了，他才回到英国。不久，吉伦特党亦沦灭。当他回时，很以他自己的生活为忧虑。他的朋友们要他在礼拜堂里做事，但这事却与他的性情不合宜。他一心要成一个诗人，可惜诗人却是不能得到什么报酬的。于是他便决心要做一个律师，一个新闻记者。正在这时，他的一位少年朋友死了，留给他900镑的遗产，恳切的要他专心去做个诗人，这个供献正是恰得其候。于是他住到温台美湖(Lake Windermere)边的山上，与柯尔律治及沙赛两个诗人，时时对着那秀美的湖山，互相咏吟；他们二人这时正住在华兹华士的邻近。因此，时人便称他们三个为湖上诗人。后来，华兹华士的景况，益益的好起来，得到了父亲的遗产，得到了很好的位置。到了1842年，又得到政府所给的每年300镑的年俸。沙赛死后，他又得到“桂冠诗人”(Poet Laureate)的封号，直活到满80岁才死。

华兹华士为自然与人生的诗人；他爱自然的一切景色，他以溢充的同情心来观察人生，他爱重自由，他喜悦真朴自然的生活。所以他所吟咏的多为儿童时代与田家风物。前世纪的诗人考卜(Cowper)

等也爱好自然，也赞颂自然的景色，但都只爱好它的外面的美，赞颂它的秀丽的山川与景物；华兹华士则以内心的同情，洒遍于自然的美景上，他所爱的、所赞颂的乃是自然中的生命，乃是与人生融合而为一的自然。像他那样的具有那么广大同情心的诗人是世界诗坛上所绝少见的。我们读他的诗，所感到的是微笑，是宁静，是一种说不出它的美的淡甜而隽永的醴味。

华兹华士的大著是《散步》(*The Excursion*)，一篇哲理的诗。在这诗里，叙我们的诗人出去散步，起初遇见一个苏格兰的负贩，他谈到真理、美丽、爱情与希望；又说起一个可怜的女郎，因她丈夫常常远出，忧郁成病而死。二人向前走去，又遇到一位孤僻的人，这人因为常遇失望之事，性情遂变为怪特。于是三人同去访问一位牧师，他对他们叙述出生死在那个地方而葬在近旁墓场中的人的有趣故事。最后，他们同到邻近的一个湖边去游览，全书遂以告终。这诗没有什么故事的兴趣；却因散步的机会，而不绝的描写着景物，同时并讨论到各种重要的问题。

他的抒情短诗较之《散步》，更为读者所爱。他喜欢一切的朴实，他的题材是朴实的，他的思想是朴实的，而他用以表白他的思想与题材的文字也是朴实。他没有惊人的奇思，他不写诡异可怪的事物，他不用艳丽浓郁的辞采，他只是用最朴素的文句朴朴实实的写出最平常的故事；小猫和落叶玩着；孩子读着寓言；一个顽童的故事；一个少女的天真的对话；这些都是他的好题材。而他却从这些最平常的事物，最平常的日常生活中，引出感人无涯的思想来。如《我们是七个》一诗，写不知死生之变的孩子，如何的真挚呀，读之真是触着人世的凄惋而柔和之情绪的极端了。

柯尔律治(Samuel Taylor Coleridge)生于1772年，死于1834年。他的父亲是一个副牧师，但他当孩子时即已成了孤儿，被送到伦敦的基督教医院，在那里受教育。他在这时，已是一位勤恳异常的读者，无论什么书到来，他总是贪婪的捧读着。后来，到了康桥大学，读了两年书。他疏忽了正当的功课，却游心于宗教、哲学与政治的大书堆中。最后便离了大学，入伍为骑兵。幸而不久便脱离了兵队生活。以后，他与沙赛及别的青年们，想在北美洲建立一个极乐园。因为资本的缺乏，这个乌托邦的计划终于没有实现。这时，他娶了沙赛妻子的姊妹为妻，写了不少最好的诗。因为友人的帮助，他到德国游历了一趟。1804年他在麦尔泰（Malta）岛住了九个月，为岛督的秘书。回到伦敦后，发表他著名的《莎士比亚论》。在这个时候，他吸起鸦片来，成了一个梦想者。1810年，他把妻和子都寄在沙赛家里，独自到了伦敦，以后19年中都过着惰性的梦想者的生活，却也时时的写些重要的东西。但他的诗才却终于因他的懒惰，梦想，而未能充分的发展。他的大部分的诗都只是一个美丽的开始，如一朵一朵的未绽的玫瑰蓓蕾，始终没有开放为绚烂的花朵过。他不断的计划着要写伟大的诗篇，却往往一行也不曾写下去。他早年所作的《古舟子咏》是一篇最好的最完美的作品；这篇诗叙的是：一个老水手，对一个赴结婚宴的客人讲述他的可怕的故事，客人想走开赶快去赴宴，却为老水手眼中的特殊表现所引住，不得不立在那里把这故事听完了。老水手和同伴们坐了一只船出海去，一路上很平安。然后遇到了一阵暴风，暴风过后，这位水手却射杀了一只航海者所认为好运的象征的海鹅。因此，厄运又降临了。船驶入静海中，那里，没有风也没有浪；太阳如火球似的照耀着；海水绿绿的满浮着腐物。船停在那里不动。杀海鹅的这位水手被视为这次厄运的造因者。水手们都渴得要死去。仿佛有一只船要驶近救他们，却又消失不见了。那是一只幻船。水手们一个个的都死于甲板上，每个死者的眼光都注定在这位杀海鹅者的水手脸上，全船的人，只有他不曾死。后来，他对于他所做的恶事觉得悔恨，于是天使们可怜他的悲苦，使死尸站了起来，仍去做水手们的职务。他们升上了帆。虽然没有风，船却渐渐的移动，到了有风的地方。于是这船便一直驶到了水手的故乡。一个领港者离了海岸出来迎接：

但在他到这船之前，它却突然的沉下了，留下这位水手在海波中与死神挣扎着。他为领港者所救。后来，他一想起那时所受的言之不尽的痛苦，便不能忍，他的心在他身内烧着，一直到了把这可怕的故事告诉了出来，方才觉得舒服。

在柯尔律治没有完的诗篇中，《克里斯泰白尔》（*Christabel*）与《忽必烈汗》（*Kubla Khan*）两首是最著；《克里斯泰白尔》写中古事，只成一卷；《忽必烈汗》则为他梦见忽必烈汗宫殿而作者。他的短诗，可讽诵者他不少。《爱》（*Love*）的一诗，论者以为是英国文学中最可爱最和谐的小诗之一。

柯尔律治写的是怪诞的故事，用的是浓郁的文句，他的想像是一位梦想的诗人心胸中所生的杂乱而丰伟绚丽的想像，与华兹华士的恬淡明洁的风格是不同的。

沙赛（Robert Southey）生于1774年，死于1842年，是一个布商的儿子，初进一个学校，因在校中出版物上反对鞭挞制度而被斥退，后来进了牛津大学。他也与柯尔律治一样，对于正式功课毫不注意。他要创立一个“乌托邦”（名“Pantisocracy”），因出版一部诗集以集款，却失败了。此后，他很穷苦的过了一时。他的文誉渐渐的大了。据说他出版过109册的书。因为用力过度，后来脑子便衰弱了。1813年，他成了“桂冠诗人”，1835年，他得到每年300镑的年俸。他的诗可分为两部，一部是他的史诗，如《贞德》（*Joan of Arc*）等，一部为抒情诗。他的史诗很用力写，批评者曾称之为“诗的陈列所”，故不大使人感动。抒情诗却短而真朴，有华兹华士的风格。

史格得（Sir Walter Scott）于1771年生于苏格兰的爱丁堡，就在那里的大学读书。他学法律，但他的志向不在于此。他自幼就喜故事，尤其喜“古昔的勇敢时代”。有一次，当他13岁时，得了一部书，低头的读书，竟忘了吃饭。后来，他做着诗与小说，成了一个大诗人与大小说家。晚年，负了很重的债，且工作过苦，身体日弱，便到意大利去养病。不久，又回英国，于1832年死去。史格得的著名的诗有三篇，一为《古歌人咏》（*Lay of the Last Minstrel*），一为《马美安》（*Mormion*），一为《湖上夫人》（*The Lady of the Lake*），都是以古韵文传奇为模范的。他们的思想之新鲜，描写的活泼，使他们于当时大为流行。有人说即使史格得只有这些诗，他已可成为一个著名的人了，何况他又是一个写了不少的伟大小说的小说家呢。

与他们同时的还有两个很有名的诗人：一个是刚倍尔（Thomas

Campbell，公元 1777-1844 年），他生于格兰斯哥（Glasgow）。在大学时，以译腊丁诗得名，后来出了一部诗集《希望之乐》（*Pleasures of Hope*），诗人之名，更以确立。死后，葬于威士敏斯礼拜堂（Westminster Abbey）。一个是慕尔（Thomas Moore，公元 1780-1852 年），他生于杜白林一个很苦的家庭中，是当时一个最机警的诗人。他的短歌至今犹为爱尔兰人民所唱咏，人称之为爱尔兰的葆痕士（Burns）。他还写了好些讽刺诗，也以活泼、机警、整洁著。

三

拜伦、雪莱，与华兹华士、柯尔律治同样的爱慕自由，反抗压迫，而他们二人却始终维持着他们的反抗精神，与压迫者宣战，与旧社会宣战，不似华兹华士之终于遁入恬淡，也不似柯尔律治之终于成了一个梦想者。

拜伦（George Gordon-Lord feyron，公元 1788—1822 年）生于伦敦，他父亲是一个浪子。他早年与母亲很穷苦的生活着。后来，他袭了爵位，受教育于康桥大学。他常破坏校规，忽于正当功课而喜读游记诸书。21 岁时，他游历了西班牙、希腊、土耳其，产生了《赫洛尔游记》（*Childe Harold*）头二卷，立刻得了大名，成了当时诸诗人的一个王。他自己说我早晨醒来，已声名扬溢，成为诗坛上的拿破仑了。” 1815 年，他结了婚，一年之后，他们便离婚了。社会上的人因此大指谪他。他大怒，离了英国，立誓不再回来。他到处游历着，做完了《赫洛尔游记》及其他的诗。他的最后的著名作品是《唐裘安》（*Don Juan*）。

后来，希腊独立了，他所梦想的事，居然实现了，他所悲悼的没落的古代的光荣，将由长睡中复苏了。当然，如他那样一个热情人，一定是要跳起来帮助他们了。他尽他的力筹款，并亲自去帮他们打仗。不幸在那个地方，他竟得了一场热病，以 36 岁的青年而死去。他的著作，无处不显出他的真切磅礴的热情，他的独立不羁的精神。

他的《唐裘安》《海盗》《曼弗雷特》（*Menfred*）与《该隐》（*Caine*）反抗宗教的虚伪，绝叫个人的自由，尤足以震骇一世的耳目。所以英国的论者，每以他为不道德的，为危险的，而在欧洲大陆上，他的得名，却远过于当时一切作家；无论德、法、意大利、俄罗斯，都以他为最伟大的诗人，从他那里得了极大的影响。他们一讲起英国作家，莎士比亚与拜伦是先要屈指数到的。

他的《赫洛特游记》计共 4 篇，其首二篇与末二篇，著述之时，相距有八年之久。首二篇所述，系记载葡萄牙、西班牙、希腊、阿尔巴尼亚、多岛海等地；而末二篇则记述比利时、来因河、瑞士、威尼司、拉凡那、弗洛林斯、罗马等处。全诗实可以说矞皇典丽而含悲愤抑郁之气。其追怀西班牙古代的全盛，纪述地中海的风景，瑞士的山色，与乎歌咏繁星满天夜色森然时的感慨，几没有一语不发自视觉及心情之感动。

《海盗》（*The Corsair*）是一篇故事诗。其背景系在地中海中。因为陆地上常有种种制度及支配者以压抑人束缚人，若在海中，则海阔天空可以逍遥自由。主人公为海盗康拉特（Conrad），系一个有高尚纯洁的理想的人物，只以受社会的嫉遇，致愤而为盗。他初时颇有意为善，欲为人谋福利，然而一般人的性质，多背恩忘义，对于善意，反嫉妒而加以迫害。于是他从前善良的性情，遂变成冷淡了，憎厌人类，只求其自我的满足。他凭藉他的船和剑，对神明、对人类开始战斗，他所爱的只是其妻梅陀拉（Medora）一人。后来，康拉特以袭击太守齐特（Seyd Pacha），致被捕获，系于狱中。齐特有一爱妾名古拉娜（Gulnare），在狱中见康拉特英勇之貌，不禁倾慕备至，遂杀其夫以与他偕遁。当他被救时，爱妻梅陀拉业已逝世。康拉特悲伤之余，虽有美丽的古拉娜，但却毫不置意，心之所向，只在其已亡之妻。他从此便不知所终了，而全诗也于此终结。此诗初版于 1814 年 1 月 2 日，在当时反对派的诽谤嫉妒正达于顶点的时候，其所销售，竟至 14000 册之多。于此，当可见其价值之一斑。

《曼弗雷特》系一种剧诗，实则不能表演。此诗成于 1816 年至 1817 年 2 月，拜伦自瑞士阿尔卑斯以抵意大利这时期间。背景为阿尔卑斯山，主人公则为厌世主义者曼弗雷特。拜伦由这诗剧一般人乃称之为世界大诗人，然而也因这篇作品，大为社会所咒诅。那时，歌德的《浮士德》正出版不久，故人有以之比为欧洲文学界的二兄弟者。歌德之评《曼弗雷特》谓“这是系仿我的《浮士德》而作的，但却另有一种新事物了”。虽然，拜伦此作，与《浮士德》实则毫无关系，他的取材系自波斯，巴比仑之太古传说与二元哲学而流传于西欧的东西。且其主人公的性格，亦完全不同。法国文学家泰恩（Taine）评论道：“我们若将浮士德和曼弗雷特加以对比则浮士德实不过凡庸的、折衷妥协的人物。我们若从浮士德以观察世界，啊，浮士德是什么人？他果真当得起称为英雄么？如其可以，也不过是一个可悲悯的英雄罢了，他只遂着自己的感觉之影，遍历诸地；且其恶行，也只是诱惑年青女子，与损友在夜间跳舞饮酒罢了。这是德国学生的二桩大事。总之，《浮士德》实并无特殊的性质，如德国一般的事一样。至于《曼弗雷特》则真不愧是‘男子的’作品，他也是‘男子的’。除‘男子的’以外殊无适当的评语。他虽立于鬼神之前，但仍能信其傲慢不逊的精神，确固不拔的意志，临死而丝毫不屈。真可说是‘男子的’，英雄的！故歌德虽是普遍的，而拜伦则为个人的——有最独特的感情的。”

曼弗雷特有一继妹，名曰安絮泰蒂（Astarte），容颜状貌都与曼弗雷特极相肖似。他因与她发生恋爱关系，把她杀却。以后，他自己受良心的谴责，痛苦异常。但是他是一个极端的个人主义者，自我的观念非常之强，因是，无论如何，不肯去依赖宗教求脱罪过。他在居于阿尔卑斯山时，有七个精灵（Spirits）来问他所祈求是什么，就是权力，他们也可用以给他。这时，他答说自己并无他望，只求能忘掉自己。这忘掉自己便是他所始终祈求的，因为自己忘了，则一切苦闷也忘掉了。精灵们因问他忘掉自己可就是死。他答说，不，因为死要是灵魂不灭的话，那末仍旧不能真正的忘记自己。一天，他从岩崖跳下想谋自杀，但为一个猎户所救。他这时，烦闷真是达到了极点。后来，他向安絮泰蒂的幽灵，请求宽恕，可是仍旧无用。这时，有一个恶魔，来要他服从，但是曼弗雷特是自我主义极强的人。俨然回答恶魔道："你没有比我以上的能力，也不能左右我，这是我明白的。我所要做的事都已做了。我对于自己所作的苦痛是甘心忍受的。心，本来就是自己的恶及苦痛的根源。你决不能诱惑我，使我灭亡。去吧！现在'死'在我的手上了，但并不是你的手。"曼弗雷特以为"我"是绝对自足毫不假借他事物的，谁都不能赏罚我，左右我。我所为的善恶，我自已能评判赏罚的，无劳他人。鬼神、人们，实丝毫不能加我。这便是拜伦精神的表现，是根本上不能妥协的，不若歌德的浮士德般可以由女子而得救，得到解决。这也便是现代特有的自我主义者的代表。因自我的极度扩大，不能妥协所以遂悲观绝望，成为19世纪的一种厌世病及怀疑病。

《该隐》与《曼弗雷特》一样，亦为一种剧诗，不能表演。史各得评之为"伟大的剧本"，雪莱对于此剧，至称拜伦为"密尔顿后无敌的大诗人"。汤麦司摩尔对于此剧，作书于拜伦道："《该隐》真可惊恐，令人不能忘情。倘我所见为无误者，这剧一方虽以不敬神而被排斥，但却能永久存在于世界人的心底，使人俱感佩其雄伟而拜到于《该隐》之前。"德国大诗人歌德称此为空前的大作，在英文学殊无可与比并者：甚至劝其友人爱克曼去读英文，因为《该隐》这部大作的原本是用英文写的。剧中主人公名该隐，为亚当与夏娃的儿子，亚当夏娃以窃食乐园中的禁果，致触上帝之怒，被谪尘寰。二人堕世后，生二子，一名该隐，一名亚伯（Abel）。该隐从事耕种，亚伯牧畜群羊。一日，奉祭耶和华，该隐以果物为供，亚伯则特杀一初生之羊，鲜血淋漓，以为牺牲。耶和华怒该隐之失礼，拒不之纳；然于亚伯的供物，则竟安然承受。因是，该隐对之，不胜愤慨，遂举火加以烧却。又因为人生无异受罪，遂并杀其弟亚伯使一切罪恶、苦痛，都得一身负之。神为惩其罪起见，烙印于该隐之额，放逐旷野，不许其再入乐园，永久受人的咒诅。该隐看见他自己的幼儿，正天真烂漫地酣睡着，心里想他也是和自己一样为受苦痛而生的么？要是这样，把这种小儿养育起来，这实是一种罪过。他于是把幼子击杀，这实是为其幸福而杀的。因为生而受罪固不如此。且养育应死之儿至于成人，这也是一种罪过，然归根结底，这罪系来自种智慧果树于乐园的神明。

所以在这剧开始时，家人们正对那永远、无限、全智的神举行祷告，独该隐则目视他处，不作祷告也不感谢。其父亚当因问他道，你难道不赞美神明么？该隐默然。他对于不祈祷不感谢等事只报之以 No！因为这样无理的神明，有什么可以感谢可以赞美呢？拜伦藉着该隐，以这样刚杀不屈的精神，反抗到底的态度，怀疑一切咒诅神明，无怪英国的顽固社会要目为恶魔了。其结果，甚至出版的书肆亦大受人攻击，别人翻印，政府亦不之禁。

《唐裘安》是拜伦最后而尚未完成的作品，计共 16 篇。这本是一篇讽刺的诗篇，系取材于西班牙，所以攻击英人的伪善的。其主人公唐裘安，本为古时有名淫逸的男子。唐裘安美丰姿，在 16 岁时，忽见爱于年已 50 的亚尔丰琐（Don Alphonso）之妻杜那·裘丽亚（Donna Julia），于是遂发生事变。他为避免耻辱计，即整装游历海外。中途，所乘的船遇难，他以能泅水，得至一小岛。哈伊提者，美貌若仙，为海盗之女，时济助唐裘安。二人恩好，亦殊笃。其后为海盗所知，把唐裘安卖为奴隶。他乔装女子，入土耳其宫中，起居坐卧，与宫中妇女一样。后以事发，潜遁入俄国军中，大得女王加泰邻的宠任，受命为使，赴英视察。对于英国因袭的交际社会，真是骂得痛快淋漓。

雪莱（Percy Pysshe Shelley，公元 1792–1822 年）与拜伦一样，也是一个古贵族之后。他有袭爵及承继大财产的前途。在他 21 岁之前，因勇敢的宣布他的无神论，而被牛津大学所斥退；又因与一个非贵族的女郎结婚而被他家庭所弃逐。但这个结婚却他没有好结局，他们不久便离异了，他的夫人且自杀而死。他憎厌一切宗教，不顾一切的社会习惯，因此不容于英国，也与拜伦一样，永久的离开了祖国而去。在瑞士，他遇见了拜伦。这两个热情诗人的会见，是如何的愉快，我们不难想见。以后。他大都生活于罗马。在 1822 年的夏天，他由里霍（Leghorn）到罗马。他的船坏了，这位大诗人便被溺死。他的尸身在海岸上，当着他的两个朋友，拜伦与韩特（Leight Hunt）之前而火化了。他的最好的长诗是《阿拉斯托》（*Alastor*），最好的短诗是《云》（*The Cloud*），《西风歌》与《云雀歌》（*Ode to a Skylark*）。以诗论诗，他的诗实较之拜伦为高；其秀雅与谐和，都非拜伦所及。

与拜伦，雪莱同时而齐名者为济慈（John Keats，公元 1795–1821 年）。他生于伦敦，15 岁时做了一个外科医生的学徒。但诗歌与医药是不能并容的，所以济慈便弃了医药而专心于诗歌。他完全以自修自学的力而进于诗坛。他的叙述古典的神话的诗篇《安特美恩》（*Endymion*）初出时，大为批评家所斥责，他几乎因此而愤怒得发狂起来。后来，他的名誉渐渐的大了。他的名字也与雪莱并列在一处了，而致命的肺症却侵袭了他。他移到温暖的气候中养病，也不见瘥，便于 26 岁时死于罗马。他的诗，与雪莱一样，秀丽而富于想像，音节也极柔和，人称之为诗的花。但他的思想却与拜伦，雪莱不同，他所赞颂的只是美，对于世上的一切纷扰，他都不萦心。

四

自拜伦、雪莱、济慈之后，至 19 世纪之末，便是维多利亚时代。这时代首出的诗人是丁尼生。

丁尼生（Alfred Tennyson，公元 1809–1892 年）的父亲是一个牧师，他有三个儿子，丁尼生是最幼的一个。当丁尼生在康桥大学三一院时，曾因做了一首诗而得到奖牌。同时，他与一个哥哥共同出版了一个诗集，名为《两个兄弟的诗集》；1830 年时，丁尼生又独自出版一个诗集；三年以后，他又出版了一册诗集，但都不能引起社会的注意，批评家且严刻的批评了他。自此九年之间，他都销声匿影，不出什么东西。到了 1842 年，他又出版了两册诗集，这一次是成功的，名誉与幸福的门向他开了。他的诗续续的由他笔端涌出，他的名望益益的高了。华兹华士死后，他被任为“桂冠诗人”；1884 年，他得到了爵位。他的一生，没有什么惊波骇浪，他的生活都是平稳安静的。他的长诗有《公主》《思念》（*In Memorian*）、《美特》（*Maud*）、《亚述王歌》（*Idylls of the King*）、《亚定》（*Enoch Arden*）、《圣格里尔》(*Holy Grail*)及《格勒士与丽尼特》(*Gareth and Lynette*)。

《公主》(*The Prin cess*)是一篇用自由诗写的幻想的故事。南方的王有一个美丽的公主名伊达。她在孩提时，便与北方的一个王子订婚了。结婚的时代到了，但公主伊达却以为女子在结婚之外还有别的事更要办。于是她建立了一个大学，一切教授与学生都是女子。她拒绝结婚。北方的王子见过她的画像，惊眩于她的美丽，立意要战胜了她。他遂与两个朋友都乔装为女子到这个大学里当学生。后来，在一次野餐会中，他的一个朋友却忘形高唱着醉歌，因此遂被她们识破了，逐出校门之外。以后，北方与南方起了战争；王子在战中受了伤。伊达把她的大学改为医院，师生们都变为看护。公主她自己在看护王子。当王子伤痊时，他却见伊达已变为一个仁厚而热心肠的妇人，非复是严肃的大学主办者了。《思念》是一个挽歌集，丁尼生写来追念他的好友，又是妹夫赫兰(A. H. Halam)的，那里蕴蓄着深挚的悲惋与同情。《美特》叙的是一个男子深爱着美特，她也爱他。某一夜，他在她的玫瑰园中等待她，忽为她的兄弟所见，便侮辱他。他们决斗了一场，美特的兄弟被杀了。她恐怖的离开了她的情人，不再见他。他逃到法国，但心里却映着美特的幻影，又回到伦敦来。他在迷糊中做了一个梦，觉得他自己是死了葬在街道之下，隆隆经过的街车震撼着他的骨骸，的的之马蹄声，打在他的脑髓上，行路者的足步使他烦扰不堪。他祈祷着，希望有好心的人把他葬埋得更深一点。但后来，他醒了，他去报名加入军队，去和俄国打仗，在战争的激昂中，忘记了他爱情上所受的伤痕。《亚述王歌》《圣格里尔》及《格勒士与丽尼特》三篇都是叙一个中世的英雄故事的，即著名的亚述王与圆桌武士的故事。这个故事的大概，在本书中世纪的欧洲一章中已有叙及了。《亚定》也是用自由诗体写的，其故事很足动人。大凡丁尼生的诗都是纯洁、温和、高尚的；如晶莹的绿玉，如皎白的琉璃，没有一点的瑕斑，没有一点的杂质。他所写的妇人是英国诗中最优美的。他的文句极秀雅，他的音节极合于韵律。在他晚年时，他又着手做了好几篇的戏曲，其中多半是以历史上的故事为题材的，如《女皇马丽》(*Queen Mary*)、《林人》(*The Foresters*)等是其较著者。但这些戏曲却没有他的诗那样的成功。他享着高大的年寿，于 1892 年 10 月死去，葬于威士敏斯特教堂。

白朗宁（Robert Browning）与丁尼生是当时诗坛的双星。他于 1812 年生在伦敦的邻地，受教育于伦敦大学。他的生活也是宁静的生活，没有什么可叙述的。他早年的努力是戏剧，但没有很大的成功。以后便专心于诗，出了一册诗集，名《钟与石榴树》（*Bells and Pomegranates*）。《男人与女人》（*Men and Women*）继之而出，包含叙写意大利景色的许多好诗。他的《指环与书》（*The Ring and the Book*）是英文中最长的诗之一。最后著作《阿莎兰杜》（*Asolando*）之刊行，正在他将死之前。他的死年是 1889 年。白郎宁是一个忠实的思想者，乐观而爱人，诗中包含着不少的哲理，往往于淡远简朴中见深邃的思想。因此，他的诗便有些隐晦难明之处，非一般读者所能领悟。

他的夫人伊丽莎白·巴勒特（Elizabeth Barrett，公元 1809—1861 年）也是一个大诗人，是英国最大的一个女诗人。她生于伦敦，所受的教育极广博，希腊文、拉丁文、哲学以及各种科学，她都学得很好。她最初的重要工作，是译了阿斯齐洛士的《囚禁的柏洛美沙士》为英文。以后，陆续的出版了别的几部著作，渐渐的得名了。1839 年，她的爱弟与两个朋友用小船到海上去游览，不幸被海浪所带去。她受了这么大的刺激，好几年隐居着不出来，读了不少的书，也写了好些诗。1846 年，她和白朗宁结婚，同到意大利去住，一直到她的死。她的长诗是《被逐的剧曲》（*Drama of Exile*）、《卡莎·琪台之窗中》（*Casa Guidi Windows*）及《奥洛拉·赖夫》（*Aurora Leigh*）。《被逐的剧曲》叙亚当、夏娃被逐出乐园事；写夏娃的悔恨，欲以自己的牺牲的生活来赎罪的心理，极为细腻。《卡莎·琪台之窗中》是一篇政治诗，是叙她从卡莎·琪台的窗中所看见的 1849 年意大利争自由的运动。《奥洛拉·赖夫》是她最大的著作，被称为“韵文的小说”，叙一个少年女诗人奥洛拉·赖夫与她的表兄弟的恋爱事，她在那里，描写女子的心理极为周至而深切。她的短诗，《孩子们的哭声》（*The Cry of the Children*），抒与苦作于矿中及工厂中的童工的痛苦，极有感人之力。她的感情、思想、想像都极富丰，惟韵律的不正确，颇为论者所訾议。

阿顿（William Edmonstoune Aytoun，公元1813-1865年）、虎特（Thomas Hood，公元1799—1845年）与麦考莱（Lord Macauly，公元1800—1859年）诸人，皆为这个时代上半期的有名的诗人。阿顿的名作为《苏格兰骑士歌》（*Lays of the Scottish Cavaliers*），是好几篇的诗，可成为一部苏格兰的韵文史书。这些诗都是爱国的，易于激动人的。他又写些讽刺诗，亦轻妙可爱。虎特是这个时代最大的机智的诗人。他先学商业，后来做了伦敦杂志的副编辑。他的诗集出版后，诗名立即确定。他所经营的商业不幸失败了，也与史格得一样，不得不苦作还债。麦考莱是英国最大的历史家之一，但他也有很高的诗名，他的《古罗马歌》（*Lays of Ancient Rome*）是最通行的英国诗之一；以气势的雄伟与韵律的谐和著。

马太·亚诺尔特（Matthew Arnold，公元1822-1888年）与克洛夫（Arthur Hugh Clough，公元1819-1861年）是牛津大学的同学，同是怀疑者，与丁尼生与白朗宁之恬静与乐观异其趋。他们在理智与信仰的冲突潮流中，不得不到了怀疑的路上，却并没有至于自弃，至于绝望。亚诺尔特很早的开始写诗，出了好几册诗集。在牛津大学做诗歌教授，继续十年之久。1885年，他刊行了他的诗歌全集。他于诗歌外常写着论文、批评及其他散文著作。他的诗人之名几为他的批评家之名所掩。克洛夫把在牛津大学时所受的宗教的冲突的感触都印在诗上。他曾到过美国，后来死于意大利。他的抒情诗并不多，但晶莹的诗的珠玉却不少。

五

怀疑是不能永久的，于是有一派诗人于1860时出来，对于一切的理智与信仰的冲突都淡漠置之。什么神学、科学、政治问题、社会问题，他们都不感到趣味。他们走济慈所走的路。他们所求的只是美的、浪漫的东西，只是古代中代的英雄主义，远远的离开了近代的烦琐的世界，远远的离开了一切恼人的问题。罗赛底（Rossetti）兄妹乃是这一派的首领。远在 1848 年时，罗赛底（Dante G. Rossetti）已与两个朋友。创 P. R. B.（Pre -Raphaelite Brothrehood），以改革英国的绘画，反抗拉菲尔（Raphael）派的作风为宗旨，以后乃推广而及于文学，当时大作家如慕里斯（Morris）及史文德（Swinburne）等都集于这个旗下，其极盛时代乃为 1860 年左右。

罗赛底（公元 1828-1882 年）生于伦敦，他父亲是意大利人。他是大诗人，同时又是大画家。他的名作为《早期意大利诗选》（*Translations from the Early Italian Poets*）、《诗集》《歌谣与十四行诗》（*Ballads and Sonnets*）等。他的十四行诗，是英国诗坛中的最好者。他的诗，与他的画一样，是美秀动人的。他的妹妹克利斯丁娜（Christina Georgina Rossetti，公元 1830—1894 年）也以诗名，与白朗宁夫人并称当代二大女诗人。她的作品最著者为《鬼市》（*The Goblin Market*）。

慕里斯（William Morris，公元 1834—1896 年）与罗赛底一样，也是诗人与画家，同时又善于建筑。他真是一个多才多艺的人，一只手画着墙纸的图案，一只手写着诗，口里却又谈着社会问题。他曾作《约逊的生平与死》（*The Life and Death of Jason*），系取材于希腊的有名传说，又有叙亚述王故事的一诗。而《乐土》（*The Earthly Paradise*）尤为一部极伟大的著作。全诗凡 24 章，仿《刚脱白莱故事》，叙有一群人避疫航海，至西方一岛。岛为希腊逸民所居。他们留在那里一年，互述故事以相娱乐。自序谓意欲人在艺术中，得暂时之安息。以后，他的散文名作《虚无之乡》（*News From Nowhere*），《理想国》《乌托邦》诸作相似，乃叙述他的理想的乐园者。他的思想是社会主义的思想。或称他为艺术的社会主义的创立者。他的文辞很朴拙，乃努力模拟 15 世纪英文的结果。

史文堡（Algernon Charles Swinburne，公元 1839-1909 年）与雪莱一样，是一个热情的反抗者，他爱重自由，诗多希腊思想。1864 年，他出版了《亚泰冷他在卡里顿》（*Atlanta in Calydon*），这时不过 27 岁。两年以后，又出版了《诗歌集》(*Poems and Ballads*)。他的热情的青春，他的反抗的火焰，与他的驾御韵律，无往而不如意的才能，使他超越于同时代的诸作家，并肩于前代的诸作家；一切后来的诸作家，除了作自由诗的以外，也都受有他的影响。他的诗意层出不穷，一半由于他知识的广博，一半亦由于他热情的磅礴。他的抒情诗常常不自然的写得很长很长，没有一个作家能像他这样。他不仅为一伟大的抒情诗人，且为一个伟大的叙事诗人。他的 *Tristram of Lyonesse* 在许多叙述亚述王故事的诗中，是最有气势的。

美莱狄士（George Meredith，公元 1828-1909 年）是这时代中不能忽视过去的诗人。他所接触的诗的范围，较史文葆为小，而迷人的魔力却不下于他。他的诗赞颂大地，及人与自然的交接。他的恋爱歌是十分的美丽的。丁尼生曾说起他的《谷中的爱》(*Love in the Valley*)一诗，以为自己不能想得出，什么人听了这样的好诗，要忘记也是不能的。他又为一个大小说家，这一个方面的他，将在下一章里讲到。

史的芬生（Robert Louis Stevenson，公元 1850-1894 年），王尔德（Oscar Wilde，公元 1856—1900 年），哈提（Thomas Hardy，1840-）及吉白林，亦俱与美勒狄士一样，不仅以诗名。

史的芬生生于爱丁堡，初学机械及法律，后乃从事于文学，作小说极多。他的诗人之名乃被他的小说家之名所掩。他的最好的诗为《儿歌集》(*Child' s Garden of Verse*)，王尔德为一个多方面的作家，为英国文学史上的最怪特的人物之一。他作戏曲，作小说，作童话，都有很大的成功。他的诗《莱顿监狱的歌》(*Ballad of Reading Gaol*)也是不朽的名著。他进过牛津大学，到过希腊与美国。他是一个唯美主义者。1895 年，他因事被囚于莱顿监狱，《莱顿监狱的歌》即在狱中所作，还有一部《狱中记》，也是同时的作品，也得了极大的赞许。他还写些散文诗。

哈提是生存的英国诗人中的最伟大者。他在 83 岁的高龄，还出版了一部新的诗集。他的小说的写作，至今也未休止。但他的心他的热情，他的可怜而痛苦的心却都印在诗上而不在他的小说。他是英国文学中最愁苦的诗人。他与华兹华士一样的爱好自然，却不像华兹华士之能于自然中得慰安。他的诗殊精美，但有些艰邃，这个艰邃不是由于音律，乃是由于他的思想。他本是学建筑的，却放弃了去从事于文学。他的小说，好的很不少，都待在下一章再讲。

与哈提同样的以愁苦深情之音著的，是汤摩生（James Thomson，公元 1854–1882 年）。他早年孤露，历尽艰苦，后来，以纵酒死。他的诗集名《幽夜的城市》（*The City of Dreadful Night*）。英国诗人像他这样倾于极端于悲观者绝少见。

陶孙（Ernest Christopher Dowson，公元 1867–1900 年）也是一个唱着哀歌的诗人。他曾学于牛津的王后学院；常常的到法国去。他曾与一个酒店主人的女儿有了恋爱，后来这女子却嫁了别人。他便与汤摩生一样，终日终夜的纵酒，一直到了死。他的作品不多，除了几十首短诗外，还有一篇诗剧《参情梦》（*The Pierrot of the Minute*），但我们在那些作品里却已可见他全个的心与他美好的诗才。

吉卜林（Rudyard Kipling，公元 1865– ）生于印度，但回到英国受教育。他在很早的时代便写了不少的诗与小说。1888 年时，就有人说道："一粒光彩绚烂的新的文星在东方升起了。"但当时注意者却不多。到了他的《东与西之歌》（*A Ballad of East and West*）诸作出版后，他的真的天才，他的新辟的诗土，他的新鲜的精神，才大为人所称许。他以后的诗集，有名者为《七海》（*The Seven Seas*）及《五国》（*The Five Nations*）等。

维多利亚时代的诗人，要一一的叙讲，正如要一一的叙讲一个大园囿中的一切花草一样，非本书所能办到。但在最后，有一个诗人却要提起一下。这个诗人是菲兹格拉（Edward Fitzgerald），他的得名不是由于他自己的作品，而且又是偶然的。以一个翻译的文人而能在文学史上站一个坚固的地位，这实是一件很奇异的事，而菲兹格拉却是如此。他于 1859 年从波斯文中，译了亚摩客耶（Omar Khayyám）的《鲁拜集》（Rubáiyat），当时几乎没有一个人注意到这部小小的诗集，连译者自己也没有想到它是如何的伟大。直到了后来，罗赛底与史文葆发现了它，才渐渐的有人知道。至 19 世纪之末，《鲁拜集》乃成了少年文人无一不手执一册的诗歌圣经了。这时菲兹格拉却已经死了。这部诗集实不仅是翻译，菲兹格拉使它成了一部超出于翻译以上的英诗的名著了。

参考书目

1.《牛津的华兹华士诗歌全集》(*The Oxford Wordsworth*)一册，牛津大学出版部出版。

2.《华兹华士的短诗》(*Wordsworth' s shorter Poems*) 邓特公司(Dent)出版的《万人丛书》(*Everymen' s Library*)之一。

3.《华兹华士的长诗》(*Wordsworth's Longer Poems*) 亦在《万人丛书》中。

4.《华兹华士》麦耶 (F. W. H. Meyers) 著，麦克美伦公司(MacMillan)出版的《英国文人丛书》(*English Men of Letters Series*)之一。

5.《华兹华士诗选》(*Poems of Wordsworth*)，马太·阿诺尔特(Matthers Arnold)编，麦克美伦公司出版的《金库丛书》(*Golden Treasury Series*)之一。

6.《柯尔律治诗集》(*Complete Poetical Works of S. T. Coleridge*)牛津大学出版部出版。

7.《柯尔律治诗集》(*Poems*)，牛津大学出版部出版的《世界名著丛书》(The World' s Classics)之一。

8.《柯尔律治》，特莱尔 (H. D. Traill) 著，《英国文人丛书》之一(麦美伦公司)。

9.《沙赛诗集》，麦克美伦公司出版。

10.《沙赛》，陶顿 (Prof. E. Dowden) 著，《英国文人丛书》之一(麦美伦公司)。

11.《史格得诗集》牛津大学出版部出版。

12.《慕尔诗集》(*Poetical Works of T. Moore*)，牛津大学出版部出版。

13.《拜伦诗集》(*Poems of Lord Byron*)，牛津大学出版部出版。

14.《拜伦全集》(*Complete Poetical and Dramatic Works*)，共3册，在

《万人丛书》中。

15.《拜伦》，尼考尔（John Nichol）著，《英国文人丛书》之一。

16.《雪莱诗集》（*Complete Poetical Works of Shelley*），牛津大学出版部出版。

17.《雪莱诗集》，共2册，《万人丛书》本。

18.《雪莱文集》（*Complete Prose Works*）有《圣麦丁丛书》（*St. Martin's Library*）本，Chatto and Windus 出版。

19.《济慈诗集》，有牛津大学出版部印本，有《万人丛书》本。

20.《济慈》，柯尔文（Sir Sidney Colvin）著，《英国文人丛书》之一。

21.《丁尼生全集》（*The Complete Works*）共8册。麦美伦公司出版。又《万人丛书》中有他的诗集2册，牛津大学出版部有他的诗集1册。

22.《丁尼生：他的家庭、朋友与作品》（*Tennyson: His Home, His Friends and His Work*），卡莱（E. L. Carry）著。又《丁尼生》《英国文人丛书》之一，Afred Lyall 著。

23.《丁尼生：他的艺术及与近代生活的关系》（*Tennyson: His Art and Relation to Modern Life*），蒲洛克（Stopford A. Brooke）著。

24.《白朗宁全集》A. Birrell 与 G. Kenyori 编，John Murray 出版。

25.《白朗宁夫人诗集》，共1册，John Murray 出版。白朗宁夫妇的诗集，本子极多。

26.《白朗宁》，查斯脱顿（G. K. Chesterton）著。《英国文人丛书》之一。

27.《白朗宁夫人与她的诗》K. E. Royds 著。在 Harrap 公司出版的 Poetry and Life 丛书中。

28.《亚诺尔特诗集》，有《万人丛书》本。《诗歌全集》，有麦克美伦公司本。

29.《亚诺尔特》赫尔德特·保罗（Herbert Paul）著。在《英国文人丛书》中。

30.罗赛底兄妹诗集，版本甚多。兄有牛津大学出版部的一本，妹有麦美伦公司的一本。

31.《罗塞底》，彭孙（A. C. Benson）著。在《英国文人丛书》中。

32.《罗塞底兄妹》，卡莱（E. L. Cary）著。

33.《慕里斯全集》，凡24册，Messrs. Longmans 出版。他的诗集，版本甚多。牛津的世界名著中亦有之。

34.《慕里士》，诺衣士（Alfred Noyes）著。《英国文人丛书》之一。

35.《克洛夫诗集》，有麦克美伦公司的一本，有 Routledge 公司的一本。

36.《史文葆诗集》，凡 6 册。Heinemann 公司出版。

37.《史文葆传》（*Life of Swinburne*），哥斯（Edmund Gosse）著。

38. 美莱狄士的诗集版本甚多。

39. 王尔德与陶孙的诗，近代丛书（*Modern Library*）中俱有之。王尔德著作，版本极多，中译本亦不少，陶孙的《参情梦》，亦有中译，见《小说月报》。

40. 哈提与吉白林的诗，也甚易得。

41. 菲兹格拉译的《鲁拜集》，版本极多。

第三十一章

19 世纪的英国小说

一

19 世纪的英国小说，也与她的诗歌一样，已到达了绚烂之极的境地，如最好的春日之玫瑰园，如三月时之铺满金黄色的菜花的田野；那里，有无数迷人的名作，有无数读之使人笑、使人哭、使人深思的各式各样的小说，那时的小说家是史格得、是奥斯丁、是狄更司、是沙克莱、是李顿、是佐治·依里奥特、是金斯莱、是美莱狄斯、是史的芬生、是哈提、是吉卜林，他们都是属于世界的，而非属于英国的一国的。

19 世纪英国小说的开场，是一个女流作家爱特加华士（Maria Edgeworth，公元 1767-1849 年）。她生长于爱尔兰，终身不嫁，以服侍她的父亲。1801 年，她的第一部小说《拉克林特堡》（*Castle Rackrent*）出版，描写地主之凶恶与贫民之弱点与好点。她的其余的小说，也都是显示社会的坏处而求其改善的。《缺席者》（*The Absentee*）曾被马考莱称为妇人所写的最好小说之一。她所写的给少年男女看的故事，如《哈莱与露西》（*Harry and Lucy*），《天真的沙珊》(*Simple Susan*)等，都是带着浓挚的趣味，蕴着忠恳的道德训言的。史格得是她的一个很大的称许者。她死时，已是83岁的一个老妇了。

史格得(Sir Walter Scott，公元1771-1832年)是一个诗人，又是一个小说家。当1814年时，他隐名出版了他的第一本小说《华委莱》(*Waverley*)；因为他那时诗名已高，不知这部小说能否也得到同样的成功，所以不让读者知道那是他做的。不料《华委莱》一出版，读者却发狂似的欢迎它；那样的狂热的欢迎，在文坛上是不常见的。于是史格得便继续的做了29部同样的小说，总名为《华委莱小说》(Waverley Novels)，一部一部的都得到读者同样热烈的欢迎，批评家赞不绝口的称许。这29部的《华委莱小说》，可分为四部分：第一部分是关于苏格兰历史的，如《华委莱》；第二部分是关于英格兰历史的，如《爱凡荷》(*Ivanhoe*)；第三部分是关于欧洲大陆的历史的，如《昆丁·杜瓦》(*Quentin Durward*)；第四部分是描写私人生活的，如《考古家》(*The Antiquary*)。

史格得的历史知识极丰富，文笔也极舒卷自如之致，虽有时是匆促草率，却使读者为他的雄伟的描写力所捉住而不觉得。他的人物，写得最好的还不是李却王等历史上的大人物，而乃是平常的人民，平常的男女。他所写的苏格兰的生活与景色，是无比的好文字。歌德说道："在《华委莱》小说里，无一而不伟大；材料、感应、人物、制作。"

他的晚年很贫苦，以过度的工作来偿还他的债务，而这些债务却可以不一定要还的。他是忠实的、伟大的。他的叔叔尝说道："上帝祝福你，瓦尔脱，我的人，你已成了伟大的人，但你却始终是个好人。"他的最后有力的著作是《卜斯的美女》(*Fair Maid of Perth*，1828)。直到了死的前一年他还工作着。

奥斯丁(Jane Austen，1775-1817)是史格得同时代的一个最大的小说家。她是一个女作家，生前几乎没有什么人知道她。直到了她死后，才为大家所知。她做了六部小说，即《诺山格寺》(Northangen Abbey)、《劝服》(Persuasion)、《感觉与感觉性》

（*Sense and Sensibility*）、《骄傲与自私》（*Pride and Prejudice*）、《曼斯菲尔公园》（*Mansfield Park*）及《依玛》（*Emma*）。每一部都是完美的；凡是喜爱她的宁静的讽刺，她的简朴而秀美的人物分析的，对于这六部书都可不必有什么拣选。她的小说里，都是平常的人，平常的生活，没有英雄的热情，也没有惊人的奇遇。她是以后描写不重要的中产阶级人民的小说的始创者。她的风格是平易而不见斧凿之力，却细腻，深入而动人。史格得极称许她的作品，以为她所写的日常生活是他以前未曾遇到过的。

二

当史格得与奥斯丁在写他们的小说时，鼎峙于19世纪英国小说界的三大作家，狄更司、李顿、沙克莱正相续的出生于世。

狄更司（Charles Dickens，公元1812—1870年）生于朴资毛斯（Portsmouth）的兰卜特（Landport）。他父亲其初是在海军军饷局里办事，后来又在国会里做记录员。狄更司的早年生活是很困穷的。有一时曾被雇为贴黑玻瓶的招纸者，又常常到监狱中去看视他父亲，那时他父亲正因负债而下狱。这种困苦的生活，使他得以与最下流的社会接触，是他后来把这种经验写入他的小说里的好机会。他没有读过什么书，没有进过什么学校，他所得的学问，完全由于他的自修。后来他一父亲把他送进伦敦一家律师的事务所里，但他不喜欢那样的工作，改业为记录员。这使他有很多的机会去练习文字和文章的剪裁，因为记录员的职责不仅在单单的记录他人的说话，而还要于漫无头绪的话里选出精要的话来写下。在他闲暇之时，他常到伦敦街上去漫游，注意民间的滑稽行动或他所见的地方。于是他便最初用蒲兹（Boz）这个名字，发生几篇杂记于《晨报》上。不久，他被约去写《辟克威克故事》（*Pickwick Paper*），其重要目的是在说明一部连续的图画，在那里，图画是主要的，而狄更司写的说明不过附属品而已。不料第一卷出版后，大家发现：读者却更喜欢狄更司所写的文字。他们看到了那滑稽的人物，那发松的对话，那可笑的故事，都忍不住要发出笑声来。柔心肠的辟克威克先生、老年的威劳先生、以及他的儿子萨姆，立刻成了家家户户的熟悉而亲近的朋友了。狄更司第一次的成功，真可算是偶中的。自此，他的名誉便立定了。然这时他却不过是25岁。以后一部小说继着一部小说的出版，都得到热烈的欢迎。1843年，他到美洲去旅行，也受到很盛大的欢迎。后来，他想自己经理、出版一种日报，但这与他不很相宜，便仍旧放下了去做他的小说。他的小说常是一月出版一部分。又创设了一种周刊，他的小说及杂记大都在那里发表。在他的晚年，狄更司常把他自己的作品朗读给大众听。几千个人都来看来听这久享盛名的和爱的作家的朗读。1870年的夏天，他突然的死了。这时正在忙着写他的最后一部小说《爱特文·特洛台》(*Edwin Drood*)，却终于没有告成。他的死使全世界的人都悲悼。

他的主要作品是《辟克威克故事》《尼古拉斯·尼克尔贝》(Nicholas Nickleby)、《握利佛·忒委斯特》(*Oliver Twist*)、《古玩铺》(*Old Curiositty Shop*)、《巴那培·露格》(*Barnaby Rudge*)、《马丁·察兹尔委特》(*Martin Chuzzlewit*)、《东贝与其子》(*Danbey and Son*)、《大卫·考贝菲尔》(*David Copperfield*)、《芜废之屋》(*Bleak House*)、《劳苦世界》(*Hard Times*)、《二城记》(*A Tale of Two Cities*)及《我们的互友》(*Our Mutual Friend*)。其中以《辟克威克故事》《尼古拉斯·尼克尔贝》《握利佛·忒委斯特》《古玩铺》《东贝与其子》《二城记》及《大卫·考贝菲尔》为尤著。《辟克威克故事》中的人物及其性格，已成为英语中的成语，读者看了一页，没有不欲笑的;《尼古拉斯·尼克尔贝》(中文有译本，名《滑稽外史》)描写当时私塾的可怕，与一个教师的奇诡举动，其描写之深切，使人人读了无不切齿，因此那可怕的私塾便被废了。《握利佛·忒委斯特》(中文有译本，名《贼史》)叙一个孤苦之童子在孤儿院中长成，受打、受饿、受种种的虐待。以后，经了许多的艰苦，曾沦落于伦敦的贼穴中一时，终于得救，发见他是一个富家之子。英国孤儿院的设施，因了他这部小说之出版，也改善了不少。《古玩铺》(中文有译文，名《孝女耐儿传》）写一个很老的人，在很老的老年还在消耗他的时力于赌博，他的孙女小耐儿，却是孝顺而天真的小女郎。后来不幸夭折了。狄更司写她的死的那一段，是世界一切文学中最感人的一段。《东贝与其子》（中文亦有译本，名《冰雪姻缘》）写一个冷酷、骄傲的商人的生平。后来，他经了许多的不幸，才变成了和善的人，态度、心肠都与前大不同了。《大卫·考贝菲尔》（亦有中译本，名《块肉余生述》）是狄更司所写的小说中最好的一部。这是一部自传，包含许多狄更司他自己在童年，在成人时所受的困厄的经验。我们随了那位主人翁大卫，经历着他的童年、壮年，经历他的愁苦、恋爱，以及后来的安乐，非终卷几乎是不能放手。《二城记》是记法国大革命时的一个故事，也写得异常的动人。

他的关于圣诞节的几篇故事，如《圣诞节歌》（*Christmas Carol*），如《马利歌尔博士》（*Dr. Marigold*），都是异常的可爱而动人，几乎没有一国的人不曾读过他们的，狄更司他自己也很喜欢这几篇，常在他的朗读会中对着公众朗读。

他的小说所写的故事与人物都是在于英国中下级的社会里的，这与沙克莱不同，他是写上流社会的。他把他们写的如此翩翩欲活，竟使他们成了人人口中的名字；他的许多好句也都成日常的成语。狄更司常常的讥刺，但他并不像沙克莱之讥刺；他是好心的，是有更高更大的目的，不仅仅讥刺而已；他不讥刺个人，他所骂的乃是社会的制度与组织。他的仁心与柔和的性格，使人读了都感动。平常人所不注意到的琐事末节，他也捉入小说中，写得异常的可爱。他的风格，是真切而朴素；全篇的结构，看来是无秩序的，却能有一种力量把读者捉住，使他不得不一直看到末页。他还有力量，使你把种种的感情，都显露出来，在看第一页时是笑，看第二页却时要不自禁流下泪来，再看底下几页，却又要切齿的痛恨起来。他的人物有两种，一种是好人，一种是坏人，坏人的结果总是坏的，好人如可爱的女郎，勇敢的青年们，却都有一个好的或安静的结局。这是他的范式，只有《二城记》是除外。在他的小说里，空想的人物也有，还有别的缺点，但好处却言之不尽。沙克莱说："我感谢《大卫·考贝菲尔》的作者把天真的笑与温柔而光洁的篇页给我的孩子们。”应该感谢他的，当然不止沙克莱一个人。

沙克莱（William Makepeace Thackeray，公元1811–1863年），生于印度的加尔加答，他父亲那时正在东印度公司里办事。七岁时，他被送去英国受教育。后来，进了康桥大学，因为立志要成一个艺术家，便中途退学。到欧洲大陆旅行了一次，回到英国之后，因为种种的损失，不得不以文学为维持生活之具，于是写了不少诙谐的故事及杂记等等。那时，大家都以他为一个很好的杂志文章的作者。直至他的第一本小说《虚荣市》（*Vanity Fair*）出版后，他的伟大的天才方为大家所认识。《盘特尼士》（*Pendennis*）继之而出。1851年时，他又成了讲演家，以《18世纪的英国滑稽家》（*The English Humorists of the Eighteenth Century*）为题，在伦敦博得很多人的欢迎，后来在苏格兰及美洲又把他们重讲了一次。以后他又出版两部小说，即《依士曼》（*Esmond*）及《纽康氏传》（*The Newcomes*）。不久，又讲演一次，讲题是《四个佐治》（*The Four Georges*）。从美洲回来之后，他又著了《佛琪宁人》（*The Virginians*）。他的最后作品是《鳏夫洛委尔》（*Lovel the Widower*）及《菲力的经历》（*The Adventures of Philip*）。

《虚荣市》写两个妇人的故事，沙克莱在题下写着“没有英雄的故事”，但却不是没有女英雄。一个是倍该（Becky Sharp），聪明而无顾忌，颠倒了不少的男子，一个是爱美利亚（AmeliaSedley），是娴静而不大有头脑、不大活泼的女子。这两个女子是同学而亲密的朋友，沙克莱把她们对照的写来，极细腻动人。《盘特尼士》叙的是一个少年的故事，他与一个女伶相爱，所得的却不是真爱；他负了债，在大学里不大有名誉；他成了一个学法律的学生，却又不高兴；最后下笔去写小说与诗歌，终于得了成功，被欢迎的出现于交际社会中。《依士曼》是一部自传的式样，假说他是写作于女皇安的时代的。主人翁依士曼是一个军人，曾向卡士伍特夫人（Lady Castle wood）的女儿求婚，她不理会他，后来他却娶了她的母亲，定居于佛琪尼里。这部小说引进了不少名人，如史惠夫特、安特生、史狄尔诸人。《依士曼》在沙克莱小说中虽不是最流行的，却被视为最完美的一部。《纽康氏传》写和善的胸无成府的纽康，因恶人的诡计而破产，贫穷而死。依色尔·纽康（Ettel）是这书的女主人翁。沙克莱所写的女性中，以她为最写得好。《佛琪宁人》写的是依士曼孙儿们的故事，时代是约翰孙之时。美洲战争也在书中叙及。《鳏夫洛委尔》叙他娶西西丽亚·倍高（Cecilia Baker）为妻，八年之后，她死了，留下两个孩子，请了一个女管理人依丽沙白·辟里奥（Elizebeth Prior）为他们料理一切。洛委尔的岳母倍高夫人是一个专制的人，当她知道了依丽沙白以前曾为舞女，便要驱逐她出门。正当这时，洛委尔回家了。立刻向她求婚。她答应了，于是他不复是一个鳏夫。倍高夫人在这里是被作者写成了一个不朽的人物。

沙克莱的小说，叙写的大都是上流社会的人物，他的人物没有一个不是真的男人或女人。在小说的结构上与描写上，他是当时无比的，较之狄更司与李顿都精密而完美。他的作品，讥刺得很利害，有的人且以为他是含有恶意的。但在实际上，他的讥刺决不是像史惠夫特那么样的刻毒而含有恶意，他的讥刺乃是如父母所给与孩子们的扑责，是要叫他们走上道德与名誉的路的。

李顿（Edward Bulwer Lytton，公元 1805–1873 年）是一个很早熟的作家，从他母亲那里受到很好的教育。当他仅有六岁时已会做诗了。他的第一部著作，是在 15 岁时出版。在康桥读书时，也曾因作诗而得奖。在他暇时，曾步行过英格兰及苏格兰，又到过法国。以后，便住了下来，勤苦的写着文学的作品；在他的后半生，30 年间，几乎没有一年没有诗、戏剧或小说从他多才的笔尖产出。1838 年，他得到了勋位。他曾在国会中许多年，以善于演说著名，又曾入内阁。他死于 1872 年，那时刚好完成了他的最后小说《开宁·齐林莱》（*kenelm Chillingly*）。

他的全集，凡 30 大册，包含诗歌、戏剧、小说、论文、历史、政治论文以及翻译，但他的永久名誉却在他的小说上。他在小说里，所取的材料范围极广：从意大利到希腊，从法国到德国，从古代的英国到近代的英国，从高等生活到下等生活，从城市生活到乡村生活，这些都是他选材的所在。这许多小说，情调、风格每多不同，在英国许多大小说家中，叙写的范围那么复杂、那么丰富的，除他以外恐怕没有别个了。他的第一本小说《柏尔汉》（*Pelham*）是写 19 世纪的贵族生活的。以后，又做了许多历史小说，如《彭贝的末日》（*The Last Days of Pompeii*）便是其中最著名的一部。《彭贝的末日》写的是公元后 1 世纪，彭贝被火山毁灭前几天的事。两个希腊的男女，格拉考（Glaucus）与爱安（lone）互相爱恋着，却有一个恶人在那里竞争。一个盲女，也恋着格拉考。正当火山爆发之前，她引了他们到海上，因此救了他们。这小说不仅是一部有趣的小说，而且有许多学问上的考证，如古代的风俗，其如角力、大宴、浴房之类，都很仔细的写着。他还著了几部关于罪犯描写的小说，那是《欧勤・阿兰》（*Eugene Aram*）之类，显然受有法国作家的影响。《欧勤・阿兰》是叙 18 世纪英国学者欧勤・阿兰的事的。这人是一个很有学问的学者，在语言学上功绩不少。1759 年因犯谋杀罪被刑。李顿在这里却说这个谋杀，实际上并不是阿兰犯的，并加进一段恋爱的故事。他描写复杂的心理是很成功的。在英国，这部小说的出版，曾引起一场大争论，且有许多人攻击他。他还写着别一类的小说，那是写中等阶级的家庭生活的，如《卡士顿》（*The Caxton*）等是。再有一类是讲神秘的、超自然的、妖奇的故事的；这样的故事，写的人是很不少，他却可算是最成功尚一个，如《查诺尼》（*Zanoni*）及《奇异的故事》（*A Strange Story*）都是。他更著了别一类的小说，那是如现代威尔斯所著的《空中战》一类的小说，所谓“科学小说”的一样。这个小说名《未来的人类》（*The Coming Race*）。那时电和磁力都未发明，而他已经在这书有种种的预示了。他的想像之丰富与无比的机警，不可及的高超的思想，都可使他成为一个大作家。

三

19 世纪后半的英国小说，也与 19 世纪的开场一样，也是由一个女作家领头，那是蔡洛特·白朗特（Charlotte Bronte），她还有姊妹二人，一个名为安尼（Anne），一个名为爱美莱（Emily），连她共是三个，都是富有文才的。她们的父亲是一个爱尔兰教士，性情偏狭而好怒。她们姊妹三个都终生不嫁，自谋生活。蔡洛特的小说《琪恩·伊尔》（*Jane Eyre*）一出版，立刻得了大成功。她在佳人才子的普通恋爱小说之外，另辟了一条路，就是写两个面貌丑陋、性情固执的男女，相恋而又相拒，竭力把爱情抑制着，后来终于爱情战胜了意气而相结合。这个新鲜的路，立刻有许多模仿者来走，但俱没有她的成功。她又出版了两篇小说《维莱特》（*Villette*）与《休莱》（*Shirley*），也都得成功。安尼与爱美莱，则所成就不如蔡洛特，但至少各有一部好书，安尼有她的 *Agnes Gray*，爱美莱有她的 *Wnthering Heights*。

与蔡洛特同时而较她为尤伟大的女作家是佐治·依里奥特（George Eliot，公元 1820–1880 年）。她的真名是马丽·安·依文士（Mary Ann Evans）。她进学校的时候不多，差不多是自学的；她懂得希腊、拉丁、希伯莱、法、德、意诸国的文字；她早年的工作是译史特拉士（Strauss）的《耶稣传》为英文。因为她的宗教见解与她父亲不同，便离了家，到国外去旅行。后来，她住伦敦，寓于《魏士敏斯特杂志》（*Westminster Review*）编者的家里，做了不少的稿子投在这个杂志上。她的第一本小说是《牧师的生活》（*Scenes of Clerical Life*），只引起一部分读者的注意。到了她的《亚当·皮特》（*Adam Bede*）出版，才把大众的好奇心激动了，他们探问着、猜测着，做了这么伟大的一部小说的，自署为佐治·依里奥特的，到底是谁呢？狄更斯却猜出是一个女子的手笔。于是大家更要探出她究竟是谁。后来，他们才晓得，原来她就是依文士女士。她这时与一个评论家刘埃士（G.H.Lewes）相识，由友谊进而为夫妻。刘埃士是有妻子的人，但守旧的伦敦人对于这个结合却也不大责备。刘埃士的思想，在伊里奥特后来的作品里，有很深的影响。刘埃士死后，她再嫁于克洛士（John Cross），他也是她的旧朋友。她的老年时的作品没有早年的那样的秀嫩。她死时，年已 60 岁。

伊里奥特的作品，除了《亚当·皮特》外，如《福洛斯的磨坊》(*Mill on the Floss*)、《西拉斯·马纳》(*Silas Marner*)、《弗里克·何尔特》(*Felix Holt*)以及《罗摩拉》(*Romola*)都是没有受到刘埃士的影响的，受到他的影响的乃是《中军》(*Middlemarch*)与《但尼尔·迪朗达》(*Daniel Deron-da*)。在《罗摩拉》以前，她的作品都是质朴而热烈的，所描写的人物与人生也都是真朴单纯的，《罗摩拉》却不同。这部小说，费她的时间最多。她自己说，自她为女郎时，已着手去写，到了1863年她做老妇时才告成。这篇小说是叙文艺复兴时的意大利的一个故事，她因为做此书，曾参考了意、法、英、德的书籍不下五百余种，所以那里包含不少文艺复兴时代的艺术与风俗与其他一切的研究。有人说她的《罗摩拉》是失败了，然却不足为定论，也有人认为这乃是她的最伟大的著作。书中女主人翁罗摩拉嫁了一个希腊人梯多(Tito)，他是一个异常使人爱而又异常自私的人，负了不少人的恩与情，后来终于被他从前的义父所杀。其中与他陪衬的人物，乃是殉教而死的教士萨瓦纳洛拉(Savonarola)。在《罗摩拉》里，这位教士殉教的故事乃是很重要的骨干之一，不仅仅是穿插而已。她的《中军》是一部很悲哀的著作。她的《但尼尔·迪朗达》有人也以为失败，写的是一个女子因救其父母之故而嫁给一个非她所爱而性情冷酷的富人，那样的惨郁的情调却很足以动人。

她的小说，在英国诸女作家中可算是最伟大的，却因为未必没有瑕点，因之许多人对于她的数种作品毁誉不一。她又有一册诗集，在那里也有不少的好诗。

依里奥特之外，金斯莱兄弟在那时也很有名望，两个金斯莱之中，尤以哥哥查理士(Charles Kingsley，1819-1875)为有势力。他的父亲是教士，他也以教士终其一生。他曾在伦敦、康桥二大学里读过书，后来，到了康桥为近代史教授。他的著作，种类很复杂，有许多历史的浪漫的小说，又有许多纯粹的科学研究的文章。他是当时最忙的一个人，“懒”的一字在他字典里是没有的。他的诗也很好，却以小说为最有名，先后共发表了35册，其中最著的为《圣者的悲剧》(*The Saint's Tragedy*)、《阿尔顿·陆克》(*Alton Locke*)、《酵母》(*Yeast*)、《希柏蒂亚》(*Hypatia*)、

《向西方去》（*Westward Ho*！）、《二年前》（*Two Years Ago*）、《水孩》（*The Water Babies*）、《英雄们》（*Heroes*）及《散文牧歌》（*Prose-Idylls*）等。《二年前》是描写英国当时的生活的,《水孩》是一部有名的童话,《英雄们》是一部神话，此外都是历史的小说；《阿尔顿陆克》是英国大宪章时代的故事,《希伯蒂亚》是以埃及、亚历山大府为背景的5世纪的故事,《向西方去》是16世纪英国与西班牙大海战的故事。

《希伯蒂亚》的故事很恐怖：希伯蒂亚是一个美丽的希腊妇人，在亚历山大府以博学及美貌著名。她常在大学里讲演新柏拉图哲学。一班的基督教徒却愤怒起来，到了她的教室里，把她很残酷的处死了，于是中世纪的无知便掩蔽了希腊的知识的光明，于是亚历山大府便永沦入长眠里。《向西方去》乃是很有力量的战事小说，写依丽莎白女皇时代英国绅士们的冒险，在海上为英国争得了大势力；他们的口号是歼灭西班牙人。他们一遇着便打仗。后来西班牙的海权果然被英国人所夺去。

《水孩》是一部没有一个英国孩子不读的童话：叙写一个孩子，名叫汤姆，为通烟突的学徒，受了无数的虐待，后来做了水孩，因为仙母的教训，而成了一个好孩子。作者把这故事写得异常的美丽而有趣，水里的动物都活泼泼的现在儿童们的想像里，是许多童话中有数的名作。《英雄们》叙写的是希腊神话里的故事，在同类的著作中，这是最好的一部。

他的弟弟亨利（Henry）生于1820年，曾肄业于牛津大学，后来到澳洲去谋生，没有什么成就，只得复回至英国，以卖文为生。他作了三部小说，以《拉文肃》（Ravenshoe）为最好，是欧洲文学中描写战争的有数作品。

安东尼·特洛陆甫（Anthony Trollope）、委克·柯林斯（Wilkie Collins）及查理士·李特（Charles Reade）是与依里奥特及金斯莱不同的另一类的作家，他们在当时也很受读者的欢迎，却不是什么很伟大的小说家。特洛陆甫（公元1815–1882年）所写的小说都是描写英国中流社会的，这是新辟的一条路。他把当时中等阶级的思想、情感、风俗、习惯，都忠实的捉在纸上；他的想像力是异常的丰富。他所作小说极多，都是忙里偷闲作的，以旅行时写的为最多。有人说，他究竟作了多少小说，连他自己也不知道。《守卒》（*The Warden*）及《白西夏史记》（*The Chroincles of Barsetshire*）是他最有名之作。柯林斯（1824-1889）的小说，以情节的巧妙而奇异胜人。他常写恶人，把他们写得极凶恶，却不至使人厌恨他们，反足以使人生羡慕之思，正像人之钦慕虎的威力、豹的美斑一样。《白衣女子》（*The Woman in White*）及《亚玛兑尔》（*Armadale*）是他的代表作。李特（公元1814-1884年）共作了20册左右的作品，有的小说是不朽的，有的却是不经意之作。他的描写的范围极广，文字的风格也很好。最有名的是《拱廓与火炉》（*The Cloister and the Hearth*），叙的是文艺复兴时代的大学问家依拉斯摩（Erasmus）的事；李特于此，曾费了不少历史上的探讨的工夫。还有《亡羊补牢》（*It's Never Too Late to Mend*），描写掘发澳洲金矿的狂热；《可怕的诱惑》（*A Terrible Temptation*），叙写游民的性质很好。

李维士·卡洛尔（Lewis Carroll）的《爱丽思漫游异境记》似较金斯莱的《水孩》为尤得儿童们的欢迎，在实际上也真是更好。他生于1832年，真名是杜格孙（Charles Lutwidge Dodgson）。他曾为牧师，尝于友人家中，作他的《爱丽思漫游异境记》（*Alice in Wonderland*），以娱乐他所爱的儿童们；出版后，结果却异常的好，立刻风行于各地，无论哪一国都有译本出来。这部书写的是一个女孩子爱丽思，坐在她姊姊身旁，忽然睡着了，梦见一只兔子穿着背心，拿出表来看，她便跟了他去。经历了种种的异境，遇见了种种的奇物怪事。后来，她醒了来，她姊姊正叫她去吃茶。作者在这里写儿童心理与他们脑筋中所有的梦想，飘忽错乱，若有理，若无理，又滑稽，又怪诞，真是一部无比的杰作。以后，他又出版了一部《镜中幻影》（*Through the Looking Glass*）写爱丽思又入梦了，这一次梦见的是象棋中的人物，那样的颠倒错乱的梦想，写得也与那第一部书一样的动人。他又作同样的书二部，一名《西尔委亚与白鲁诺》（*Sylvia and Bruno*），一名《行猎记》（*The Hunting of Snark*）。卡洛尔除此以外，没有什么别的大作了，然即此已足以使他不朽，已足以使他在不朽的文学天才里占一个很高的位置了。

勃拉克穆尔（William Blackmore，公元 1825–1900 年）所描写的范围与题材又自创一格。他的著名作品是《罗那·杜尼》（*Lorna Doone*，1869 出版），以极真切的描写他的乡土被赞称。杜尼是一个暴虐的贵族，他的女儿罗那却是一个美貌而好心的女郎。青年李特（John Ridd）恨老杜尼之杀其父，却不由的不恋着无辜的罗那。故事的骨干是如此，作者把他写得非常的惊心动魄，非复是以前的柔和的家庭小说与梦想的童话了。在这一方面，史的芬生（Stevenson）的成就较之他为尤伟大。

讲起史的芬生（公元 1850–1894 年）来，大约没有一个少年人不曾读过他的《金银岛》（*Treature Island*）、《新天方夜潭》（*The New Arabian Nights*）与《被拐》（*Kidnapped*）的吧。他也以诗名，却远不如他的小说家的名字之为人注意。他早年的小说就很得成功，伟大的名作很不少，《被拐》这部小说出版时，他只 36 岁，而这部东西却已是他的第七部小说了。他死的前八年，因体弱多病，不得不离开英国而居于太平洋中的萨毛亚岛（Island of Samoa）。他的作品很丰富，论者每推许他的尺牍，以为是杰作。此外与人合作的东西也很不少，如《新天方夜谭》便是与他夫人合著的。《金银岛》是他最有名的小说，《被拐》却是他自许为最好的。他的这两部小说，都是写冒险的故事，可以令人惊心动魄的。《金银岛》写一个孩子，偶然发现一个海盗藏金的所在。有几个绅士带了他去掘藏。海盗也正带着同样的目的到那里去。两方面经了好久的战斗。在其间，这个聪明的孩子也尽了不少的力。终于歼除了恶盗而得到他们的藏金。他写海洋生活，写强盗生活，写紧张的情绪，都到了很高的地位。难怪它是少年们最喜读的一部东西。《被拐》写大卫·巴尔福（David Balfour）的冒险故事。他因父亲之死，到他叔叔那里去。这位恶叔却把他拐上了船，要卖他美洲去。他在船上结识了阿兰（Alan），这个人是史的文孙写的人物中最活泼、最有精神的一个。他与阿兰经了不少有声有色的动人的冒险。以后，他回了家，也愚弄了他的恶叔。在这些冒险小说，史的芬生并没有什么恋爱的故事，也没有令人难堪的悲剧，这两个东西原是一般动人的小说的双柱，他都摈斥不用，却也能依然的动人。他并不是不会描写女子，在他后来小说中写的女子却也很成功。他的《新天方夜谭》拟仿《一千零一夜》，而以现在的大都市的背景，写出不少令人挢舌称怪的故事。他的短篇小说也很有成功。他的运用英文的才力是没有人能够及到的；他的表现，是一种新的有弹性的表现。

美莱狄士（George Meredith），杜·马里耶（George Du Marier）与吉白林（Rudyard Kipling）三人的小说又各自有特殊的风格，与前人不同。美莱狄士（公元1828–1909年）有诗名，却也与史的芬生及哈提一样，小说家之名却更高。他的小说以《维多利亚》（*Vittoria*）及《利查·弗佛莱的酷刑》（*The Ordeal of Ricard Reverel*）为最著。他的描写力很深刻而高超，文笔却有些隐晦，所以他的东西，是好的，却不是最流行的。杜·马里耶（公元1834–1896年）本是一个画家，常在画报上写些具有深意而有趣的讽刺画。在他的最后几年间，才开始做小说，却立刻得很大的成功。《彼得·依白逊》（*Peter Ibbetson*）里，写的东西异常的新颖，文笔也异常的新颖，差不多是法文的调子而不是英文的；那里并附插着他自绘的插图。《特里尔贝》（Trilby）继之而出，出版时便销去了50万册。（1895年出版）。作者在那里叙的是一个美丽的女郎，特里尔贝便是她的名字，在巴黎做艺术家的模特儿。某天，一个奥大利的犹太人，一个大音乐家，在画室里看见了她，以为她可以成极好的歌者，便用催眠术，指挥她去唱歌，立刻得到了大名。某一次，特里尔贝正在唱时，那位施催眠的大音乐家突然的死了。她因此失去了唱歌的能力，立刻失败，也死了。她有一个旧时的情人，那时也在场，便也殉情而死。

吉白林比之美勒狄士和杜·马里耶都伟大。他与沙克莱一样，也是生于印度的。他的生年是1865，生地是孟买。他是一个早熟的作者。当他23岁时已著名于世。他的第一册短篇小说集出版于印度，而受到印度人及英国人的同样的注意。他的短篇小说，在英国是无可与并肩的。即史的芬生，也不能及得上他。他的感觉非常的锐敏，写的东西又是很新颖的。他“有两种惊人的力量，一是能使人发出惊恐骇异的心意，而他却不必用神奇不可能的事迹，只须用可能的事的描写，这是非寻常作家所能几及的。还有一种是解释极复杂纠纷的社会情态，他只须选几件非常有力的事变，便能暗示一切即详细陈述即不能明白的事。”（小泉八云语）。

吉卜林的短篇小说集，以《平原的故事》(*Plain Talfe*)、《三兵士》(*Soldiers Three*)、《林莽之书》(*The Jungle Book*)、《胜者威廉》(*William the Conquerer*)等为最著。有的人以为他不会做长篇，然而他的《光亮熄了》(*The Light That Failed*)及《勇敢的军官们》(*Captains Courageous*)的出版，却足以表示他们的话的错误。他是一个热情的作家，写的东西，都是赤热的，非冷血的读者所能读得下。有时，他所描写的却过于残忍。所以有许多批评家都视他为一个彗星。他后来出版的《凯姆》(*Kim*)，也是一部杰作。

哈提的短篇小说以《威赛克斯小说集》(*Wessex Tales*)为最著，威赛克斯因为他的描写，成了有名的地方。他的长篇小说，第一次引人注意的是《在绿林树下》(*Under the Greenwood Tree*)。《推斯》(*Tess of the D' Urbervilles*)与《难解的裘特》(*Jude the Obscure*)是他不朽的大著。他所写的都是人生的黑暗面，他的情调是悲观的，但却带有愤懑与热情，和那些冷酷的悲观主义者不同。《推斯》叙的是一个美丽的村女推斯的一生。她偶然的遇到一个自私的男子，被他蹂躏了而回家。她生了一个孩子，不久又死了。她一次做了那个男子罪恶的牺牲，自此以后便永久做了他的习惯道德的牺牲了。她离开了本乡，又遇到一个少年克拉尔（Clare），他们互恋的结果是结婚。当他们结婚的一天，推斯告诉克拉尔她从前的事。他却立刻把天女似的看待她的心肠变做冰冷了，立刻离开了她。她遂在贫穷、失望病苦之中，遇到她的结局。《难解的裘特》也是同样悲惨的小说。那里写的是少年人裘特，想到牛津去，去成就为一个学者。但因环境的关系，因一个天性卑下的妇人爱她，与他爱一个淑雅而体弱的妇人之故，而不能向前去。前一个妇人拖他下泥水中去，后一个妇人又要他一同翔翱于星空。在这两种地与天的恋爱中，裘特便毁坏了。他离开牛津一天一天的远。后来，私生子出来了，爱情没有结果，贫穷又捉着他，使他不得不以死为结局。哈提所作的小说，大都告成于19世纪之中，到了20世纪，他于专心于他的诗，不做小说了。在1913年，他才再出版一部名为《变T的人》(*A Changed Man*，*The Waiting Supper and Other Tales*)的短篇小说集。但他至今还健在，也许他更会有大名作出世呢。

基新与王尔德应该在最后叙述一下。

基新（George Gissing，公元1857–1908年）也与奥斯丁一样，他的名誉在死后才渐渐的大了。他是一个化学药品商的儿子，14岁进欧文学院（Owens），以特异的才能，得到不少次奖。他欲专心研究学问，却于19岁时，与一个妇人相恋，因此毁坏了他的终身。他和她结婚，因她的需用过奢，他不得已去偷窃同学的东西，因此被捕下狱。后来，他到美国去，做些短篇小说卖钱，却不得到什么成功。他困苦万状的回到伦敦，这时他开始做小说。他之做小说，却也是生活关系而逼出来的。但结果到底成就不少好的东西。《不入流者》(*The Unclassed*)、《狄摩士》(*Demos*)、《漩涡》(*The Whirlpool*)三部是他的最好的著作。他的《狄更司评传》(*C. Dickins: A Critical Study*)也很著名。

王尔德的小说以《狱中记》为最著，以《格雷的肖像》(*The Picture of Dorian Gray*)为最引起辩论，很多人以此书为不道德之作而咒骂不已。他的短篇小说和童话也都很成功。童话集《安乐王子和其他故事》(*Happy Prince and Other Stories*)更可表白他的广大的同情心。但他的重要作品，大概都是戏曲，如《沙乐美》(*Salome*)、《遗扇记》(*Lady Windermere' s Fan*)、《一个不重要的妇人》(*A Woman of No Importance*)及《理想的丈夫》(*The Idela Husband*)等都是近代剧场上最常演奏的戏，也是世界各地读者手中最常看见的剧本。

参考书目

1. 史格得、奥斯丁、狄更司、沙克莱以及以下诸人的重要小说，在邓特（Dent）公司出版的《万人丛书》(Everyman' s Libray)中大概都可得到。史的芬生、哈提、吉白林诸人的小说，也甚易得。

2.《史格得传》（*Memoirs of the Life of Sir W.Scott*），陆卡特（F. G. Lockhart）著。

3.《史格得》（*Scott*），赫顿（R. H. Hutton）著，在《英国文人丛书》中。

4.《史格得》，安特留·兰（A. Lang）著，在《文学家传》（*Literary Lives*）中。

5.《奥斯丁传》（*Life of Austine*），奥斯丁·莱夫（J. E. Austine Leigh）著。

6.《奥斯丁》（*Jane Austine*），皮卿（H. C. Beeching）著，在《英国文人丛书》中。

7.《狄更司传》（*Life of C. Dickens*），福斯特（J.Forster）著。（Chapman and Hall 出版）

8.《狄更司》，瓦特（A. W. Ward）著，《英国文人丛书》之一。

9.《狄更司：他的生平、作品及人格》（*C. Dickens，His Life，Writings，and Personality*），吉顿（F. G. Kitton）著。

10.《沙克莱》，特罗格甫（A. Trollope）著，《英国文人丛书》之一。

11.《沙克莱传》（*Life of Thackeray*），Merival 与 Marzials 合著。

12.《佐治·依里奥特传》（*Life of George Eliot*），克洛士（J. W. Cross）著。Messrs. W. Blackwood & Son 出版。

13.《佐治·依里奥特传》，史特芬（L. Stephen）著，《英国文人丛书》之一。

14.《美莱狄斯：小说家，诗人，改革家》（*G. Meredith：Novelist，Poet，Reformer*），韩特孙（M. S. Henderson）著。

15.《史的芬生传》（*Life of R. L. Stevenson*），巴尔福（G. Balfour）著，Methuen 出版。

16.《哈提的艺术》（*The Art of T. Hardy*），约翰生（L. P. Johnson）著。

17.《哈提传》（*The Life of T. Hardy*），白林尼克（E. Brennecke）著。

18.《哈提评传》（*T. Hardy，a Critical Study*），L. Abercromb 著，Martin Seeker 出版。

19.《吉卜林评传》（*R. Kipling，a Critial Study*），Cyril Falls 著，Martin Seeker 出版。

第三十二章

19世纪的英国批评及其他

一

19世纪的英国评论开始于两个杂志，一个是《爱丁堡评论》(*Edinburgh Review*)，发刊于1802年，一个是《每季评论》(*Quarterly*)，发刊于七年之后，是反抗前者的。这是近代的评论与杂志的起源，在文学史上是一件很重要的史实。跟着他们之后的，又有两个相反抗的重要的杂志出现，一个是《黑木的爱丁堡杂志》(*Blackwood' s Edinburgh Magazine*)，一个是《伦敦杂志》(*London Magazine*)，前者成立于1817年，后者略晚些。兰姆(Lamb)、夏士勒德(Hazlitt)、狄·昆西(De Quincey)以及卡莱尔(Carlyle)诸名人皆为《伦敦杂志》的投稿者，狄·昆西又是《黑木的爱丁堡杂志》的投稿者。这些文学上的新势力，颇有风靡当代之概，不仅重要的散文家为他们的重要投稿者，即小说家也常在那里发表他们的作品，即诗人也是如此。就散文而论，这些评论或杂志的产生，至少有了两个重要的影响：其一是给一种鼓励于当代作家，使他们努力于一种随笔评论或絮语散文的写作，因此作整部大书的人不多而作零篇的絮语或随笔者日众；其次，它给一块新的领土于文学批评。当时批评者分成了新的与旧的两派，互相攻讦，互相辩论，而使批评的文学成为有力的、热烈的、有声有色的东西，无形中变更了前代爱迭生与高尔斯密的宁静可爱而缺乏变化与热力的作风。

在19世纪的前半，一般的散文家，可分为三派，一派是属于两个《爱丁堡杂志》的，一派是属于《伦敦杂志》的，再一派是不属于这两派的。《爱丁堡评论》的创办人约弗莱（F. Jeffrey，公元1773–1850年）是当时最有影响，虽然不是最伟大的批评家。他是偏于守旧派的一方面的，他的合作的人史密士（Sydney Smith，公元1771–1845年）是一个很好的讽刺作家。到了现在，这两个人的文字却已很少人读了。威尔孙（John Wilson，公元1785–1854年）是《黑木的爱丁堡杂志》的创办者，他体格强健，是一个拳术家，著作不少，然现在也已没有什么人去读他们了。

狄·昆西（Thomas De Quincey，公元1785–1859年）是投稿于《黑木杂志》，同时又投稿于《伦敦杂志》的人，他是威尔孙的朋友，但在文学上的地位却较之上述的几个人都重要得多。他的全集，共17册，大多数是讨论各式各样的事物的论文与随笔，有的时候失之于隐晦，有的时候却非常有力而动人。他的叙述力与描写力极大，此可于他的《贞德传》（*Joan of Arc*）、《英国的邮车》（*English Mail Coach*）及《梦的追逸曲》（*Dream Fugue*）见之。在他的《谋杀是美术之一》（*Murder Considered as One of the Fine Arts*）他把严肃的滑稽与恐怖联合在一处是很成功的，这一篇讽刺文学，连史惠夫特也要为之怡悦。但他的最有名的著作，还是《一个英国吃鸦片者的忏悔录》（*The Confessions of an English Opium Eater*），是一篇奇异的自传一类的作品，是一篇世界文库中的不朽的名著之一。洛克赫特（J. G. Lockhart，公元1794–1854年）也与狄·昆西一样，是两个反对的杂志，伦敦与爱丁堡的联络者，他也写了四部小说，但他的最有名的东西是两部传记——《葆痕士传》（*Life of Burns*）与《史格得传》（*Life of Scott*），他的妻子乃是史格得的女儿。

《伦敦杂志》那方面的人才可不少，最著名的，最得现代人的敬爱的是查尔士·兰姆（Charles Lamb，公元 1775–1834 年）。他的父亲是一位书记，他在 17 岁时也成了印度局（India House）里的一个书记，专心去看护他的发狂的姊妹马丽（Mary），有一次，她竟杀死了她自己的母亲。他非常爱伦敦，偶然远去便不快活。他的性质非常的和善，认识他的人没有不爱他的，柯尔律治是他的最亲密的朋友之一。在他晚年，他得了一笔退俸金而退休了。他与他姊妹同著的《莎士比亚戏曲里的故事》（*Tales from Shakespeare*）是一部最流行的英文书，但他最好的著作却是《依里阿的随笔》（*Essays by Elia*）。他非常喜欢古的作家，在他的许多作品上，似乎曾印上了他们恬静的风格的痕迹。他是当时最可爱的作家，能够很技巧的把滑稽与愤慨、渊博与素朴混合在一处。

夏士勒德（William Hazllit，公元 1778–1830 年）是兰姆的同时人，曾去学过画，但他批评图画的能力却比作画的能力好，于是遂放下了画笔而拿起墨水笔来。他贡献许多关于当时艺术与文学的批评给主要的文艺与政治的杂志。他的最重要的著作是《莎士比亚戏曲的人物》（*Characters of Shakespeare's Plays*）及《英国诗人论》（*Lectures on the English Poets*）与《桌话》（*Table Talk*），在其中，《桌话》是尤为著名，足以见他的风格。他的文字、思想是清晰的，常是同情于所批评的作品，表现出广阔而复杂的学问，他的风格是活泼如画。他曾被称为“批评家的批评家”（*The Critic's Critic*），对于新派与旧派同样的给他们以公道。

韩德（Leigh Hunt，公元 1784–1859 年）是一个批评家，同时也是一个诗人。他与雪莱与济慈是很亲密的朋友。他的重要著作却是散文。他的风格是深印着他自己的随便而不负责任的性情，他的轻如蝴蝶似的才能及他的个人的可爱。他依赖他的笔为生活，所以许多书都是写得太快些，但他的随笔却机警异常而想像丰富，常常是可读的，他的爱文学，是忠恳而深挚的。他的名著是《自传》（*Autobiography*），卡莱尔很称许它。

不没身于以上两派或其他社团的深渊中者，有考贝特（William Cobbett，公元 1762–1835 年）诸人。考贝特是政治改革家、新闻家，还是一位写了不少本书的人；他是具有最动人之个性者之一，他的影响在当时很大。他的《乡间的骑行》（*Rusal Rides*）是具有永久之趣味的；他的《英文法》（*English Grammar*）是许多文法中无与比肩的一部，因它全部是可娱悦的。许多人列他于彭扬、狄孚和史惠夫特之林。兰杜（W. S. Landor）的风格恰与考贝尔相反，他的名作是《想像的谈话》（*Imaginary Conversations*），以过去的大人物为谈话的主人翁。沙赛（Southey），在本书的上面一章中已经举过，他是一位勤力的散文作家，与他的作诗一样，他的大作是《奈尔孙传》（*Life of Nelson*）。有人说，他的散文比他的诗还重要。但柯尔律治却与他不同，他的散文不过是诗歌外的零片。然柯尔律治的批评力却极高，常是暗示的与刺激的。他的《文学传记》（*Biographia Literaria*）是一部不朽的大作，他的分析力与解释力充分的表现于此。此书论诗的原理，乃是一切同样东西中可占最高位置者。

二

卡莱尔（Thomas Carlyle，公元 1795–1881 年）是 19 世纪后半叶最伟大的作家，他的给与当时的影响，没有一个人能比得上。他的父亲是一个石匠，略略有点田产。他从苏格兰的破衣旧履的农民丛中跃出，进爱丁堡大学。没有等到授学位，他便离开大学去教书。他的父母要他入苏格兰教堂办事，但他因宗教观念突然的变迁了，因此不能进去。他经过一会儿的怀疑与痛苦，但后来终于得到勇敢与信仰。不幸他精神的信仰得到了，他的身体却成了急性胃病的牺牲者，这个病自此使他的生活可怜，且使他的思想染上了不少色彩。他以私家教读与勤苦的著作维持他的生活，到了 1825 年，他才出版了一本重要的书《席劳传》（*Life of Schiller*）。1826 年，他结了婚，好几年以后，都以作稿投登杂志为生，所做的东西，大都是关于德国文学的——德国文学是他在那里发见到“一个新天与一个新地”的一种文学。他的第一本书《Sator Resartus》是一部很奇异、很重要的书。

1837年的夏天，他的大作《法国革命》(*French Revolution*)出版，1841年，他的演集《英雄与英雄崇拜》出版，1843年，他的很有影响的书《过去与现代》(*Past and Present*)出版，1850年，《晚年的论文》(*Latter-Day Pamphlets*)出版。《菲力特里大帝史》(*The History of Frederick the Great*)是他的最重要作品，出版于1858、1862及1865年，每年出版二册。他的妻在1866年死去，这个打击，他受到后，永不能得恢复，他只是失望的悲观着，他的余年是充满了灵的忧愁与痛苦。他死于1881年，他遗嘱要葬于本乡，果然照此实行了，不如大家所料的葬于威士敏斯德寺。卡莱尔的风格，因为它辞藻的丰富，句法结构的奇异，以及章法的古拙等等，成了英国散文学中无比的精美。我们在他的奇异的“散文史诗”《法国革命》，可以看出他的描写力与抒写个性的能力。他的恳挚的精神与美好的想像，给他以一个位置在预言家与诗人中。在所有他的哲学的精要里，他归根结底的是一个清教徒中的清教徒。他以为无情与淡漠是当时最坏的罪恶。他的教训的钻孔是忠恳。他憎恨习惯与非真实。他的使命是：我们必须在社会、政治与宗教里寻求真实，无论用什么价钱。在他看来，历史是“更伟大的圣经”，表现上帝的对于人们的正直行为。他在过去所读的教训，他带了来，应用到现在。他的位置在近代的世界，是他的绝对反抗近代的一切最有特质的理想与趋势。他对于民主主义没有信仰，他以为大多数的民众需要“英雄”或“能人”的引导与领袖。他最恶因商业急速发达而生之乐观。他反对科学的物质主义与实用主义（或“猪的哲学”）。当然，卡莱尔未必真能挽转当时的潮流，然却不能否认他在当时竟没有影响。

路斯金（John Ruskin，公元1819-1900年）是卡莱尔后之第一人；他的作品之多而广博，他的有力与天才，他的在艺术、文学与生活上之影响，及他的风格之高尚与美丽，都足以使他成为卡莱尔的后继者而执当代文坛的牛耳而无愧。他生于伦敦，但是苏格兰人，他的父亲是一个富裕的酒商。当他在童年与少年时，凡一切财力所能供给的快乐，他都享受过，然而他的早年教育，却如卡莱尔一样，是严格的清教徒的，他的家庭环境也使他成了一个清教徒。1839年，他在牛津大学因做一诗而得奖。四年之后，他发表了《近代画家》（*Modern Painters*）第一册，最后的一册则出版于1860年。同时，他又专心的注意于建筑，如他之注意于图画一样，于1849年发表了《建筑的七盏灯》（*The Seven Lamps of Architecture*），1851—1853年发表了《威尼司之石》（*The Stones of Venice*）。但在《威尼司之石》及《二路》（*The Two Paths*，1859年）里，他的艺术史之研究却引到社会情况的研究。他的兴趣因此到了他的当代实际问题的方面去。他在这里，受到了卡莱尔的灵感，而自己称他为师，完全的由艺术批评家转迁到仁人与改革家。他的晚年，在牛津为教授，仍继续他的艺术史与原理的工作，但他大部分的时间与力量却专注在社会的宣传，即他的在课堂上的发言也深染上他的新热忱。他的这一类的著作颇不少，在几集"给英国工人的信"名为*Fars Clavigera*的，以及其他几本书里，他建立了他的经济学及他的教育的理想。他的更普通的伦理的训条可以在《胡麻与百合》（*Sesame and Lilies*，1865）里看出。在路斯金的数量那么多性质那么杂的书里，大约总可以分二大类；他的关于艺术之作品，大约都在1860年之前作的，他的在1860年之后所作的，却都是关于社会、经济、伦理的问题的书。这两方面的关系之密切，远非我们初料之所能及。他的后来的实际的教言乃是由他的艺术的训言的伦理的结果与发达。他的美学完全建立在道德的基础上。他说，真的艺术，仅能产生在一个为高尚的国家目的所感化，有着一种纯洁、正直与快乐的生活之国家里；所以，他以为，在19世纪沉沦的英国，富的阶级享用过奢，而大多数民众乃在穷苦中生活，艺术的教导是无用的。一种全个社会制度的完全纯洁化——一种"心的全变"——是英国在艺术复兴之前所应该先做的。因此，他的结论是：即使是一个艺术的爱好者，他的最好的工作在这一刻是应该在社会服务的地域里。如此，他成了卡莱尔的跟随者，如此，他又成了慕里斯（W. Morris）的主要师长。

亚诺尔特（Arnold，公元1822-1888年）是一位诗人，却也是一位重要的批评家。他是路斯金的同时人，他的气质虽与卡莱尔或路斯金不同，却做了不少工作，继续他们对于近代生活的物质主义的攻击，虽然是走着他自己的路。他受教育于牛津，即已杰出于同辈；在1857——1867年之间，他是牛津的诗歌教授，在1883——1886年，曾到美国游行讲演。他的散文天然的分为两部分：一部分是关于文学的，一部分是关于人生的。他的关于文学的作品，可于他的二册《批评论文集》（*Essays in Criticism*）、《杂论》（*Mixed Essays*）及《荷马译文论》（*Lectures on Translating Homer*）诸书中见之。他以文学为“人生的批评”，常论到作者的道德的价值。他的文学批评是可惊异的充实、暗示与光明。他在人生批评的一方面，其工作是欲打倒了“酷硬的非智慧”而增大最大多数英国公众的心灵与道德的水平线；此可在他的《文化与无政府》（*Culture and Anarchy*）及《友谊的花圈》（*Friendship's Garland*）见之；在《文学与训条》（*Literature and Dogma*）、《上帝与圣经》（*God and Bible*）里，他又进入了神学的范围，要在纯洁的自然主义的基础上，重建基督教。他的散文，流利、庄美而可爱，为当时最刺激人的作家之一。

路斯金等人之后，最重要的文艺批评家是配脱（Walter H. Pater，公元1839-1894年），他以精纯美好的风格（有人批评他太雕斫了），慢慢的、很努力的发表他的文字。他的《文艺复兴》（*The Renaissance*）与《希腊研究》（*Greek Studies*）二书包含他的最好的批评，但他也写些美好而不可及的哲学的传奇，如他的《想像的图像》（*Imaginary Portraits*）和《马里奥斯》（*Marius the Epicurean*），在当时，他可算是一个最好的批评家。

女的批评家有琪美孙夫人（Mrs. Jameson，公元1794-1860年），她的父亲是一个画家。她的婚后生活似乎很不快活，后来她与她丈夫分离了，自己专心于文学。在她的许多作品中，《意大利画家的回忆》（*Memories of Italian Painters*）及《神圣的与传说的艺术》（*Sacred and Legendary Art*）等书是可以注意的。此外，写了很好的论文与批评的作家还有不少，法洛特（James A. Froude，公元1818-1894年）有他的《大事物的小研究》（*Short Studies on Great Subjects*）；施的芬（Leslie Stephen，公元1832-1904年）有他的《在一个图书馆里的时间》（*Hours in a Library*）；诗人史文葆

（Swinburne）也写了不少的文学批评；小说家史的芬生（Stevenson）所写的东西，如《回忆与图像》（*Memories and Portraits*）、《人与书的研究》（*Familiar Studie' s of Men and Books*）等，在散文中也是很重要的著作；李委士（George H. Lewes，公元 1817–1878 年）也写了他的很重要而有兴趣的《歌德传》（*Life of Goethe*）。此外还有不少的人，这里却不能一一举出了。

三

历史的著作，作者很不少，而以马考莱（Macaulay，公元 1800–1859 年）为最著。马考莱在近代得一般人的注意，远过于卡莱尔与路斯金；他在康桥大学成绩极好，1825 年，以在《爱丁堡评论》上著了一篇《米尔顿论》，得了很大的成功。他进了国会，以演说家与政客著名。1834 至 1838 年，他都在印度，时时还为爱丁堡做文章。回到英国后，又去做政治活动，得到了爵位。他的主要著作是《英国史》（*History of England*），首二册出版于 1848 年，立刻引起了极大多数人的注意，得到了自有史书以来所未有之荣誉。后来，他身体虽衰弱了，却还著作着，第五册至他死后才出版。他的文字又美丽又通俗，天才很高，而用笔极细微而有趣，所以会把干燥的史书写成了一部最通俗的书。他没有写过一页沉闷的文字，他可以与当代最伟大的小说家相比，有力、活泼，而精细如画。即他的纯粹的文学论文，也为最大多数人所爱读，这些人都是向来没有想到要读批评的。他的通俗，除了他的才气之外，还有一个原因，他本是当代的一个典型的英国人，所以会愉悦一般的人；他所表白的，所有力的表白的，乃是一般的人对于事物的见解，并不想改变它或攻击它。他是实际的、积极的性格的人，并不怀疑，且毫不注意到什么人生的"神秘的担负"。他憎厌朦胧的与神秘的，对于他的时代的"快活的物质主义"却有很深的信仰。因此，他与卡莱尔与路斯金恰立于反对的地位，因此，他不是一个大思想家，也不是一个大的文学批评家。他的传记与历史可真不坏，却又以叙述不正确而喜横恣的记载见讥。但他的成功却仍是很大的，因为他的论文，把文学的趣味民众化了，他的《英国史》永远是一切史书中最引人注意的一部。其他史家著作有一举的价值者，如蒲克尔（Henry T. Buckle，公元 1821–1862 年）的《英国文化史》（*History of Civilization in England*）显示出物理学的重大影响；弗里曼（E. A. Freeman，公元 1823–1892 年）的《诺曼人侵略史》（*The History of the Norman Conquest*）是一部整片的作品；法洛特（J. Froude）的《英国史》（*History of England*）是一部很不坏而不大正确的史书；高狄那（S. R. Gardiner，公元 1829–1902 年）的一部从史豆慈（Stuarts）时代至内战的《英国史》，与莱该（W. E. H. Leeky，公元 1838–1903 年）的《18 世纪的英国史》都是很用苦功的著作；格林（John Richard Green，公元 1837–1883 年）的《英国人民简史》（*Short History of English People*）与以上各史都不同，这是一部表白当时的强大的民治主义的影响的史书，一部人民的，而非帝王的与战争的史书，这一类史书不少，而此书实为最好。

西蒙士（John Addington Symonds，公元 1840–1893 年）的七大册的《意大利之文艺复兴史》（*The Renaissance in Italy*）是一部为史书与美术批评的联锁的书，功力真费了不少，也实在是一部价值很高的书，只可惜辞句太冗长，太华丽了。

四

19 世纪的英国是一个为经济的、宗教的与科学的事件之冲突所煎熬的时代，当时文人的领袖，如卡莱尔、路斯金诸人以及小说家们也都加入了这个战争，或响应他们的呼声。一般经济的、宗教的与科学的专家自然是争辩得更利害了。有许多专家，其文章也写得很不坏，在英国文学史可以有位置留给他们。

密尔（John Stuart Mill，公元 1806–1873 年）是一位新时代、新思想的领袖，他的《经济学》（*Political Economy*）是失了时

效，而近代发生的事实，也早已把许多19世纪的经济学原理送入废字篓中了。但密尔的书却是一部专家著作的模范。他的《女权论》（*Subjection of Women*）因了近来女性的解放，也已成了废纸。但他的《自由论》（*On Liberty*）却是永久生存的，即在今日，即在今日之后也还是新鲜而刺激人的。

19世纪之中叶，新教徒与旧教徒又生了辩难，牛曼（J. H. Newman）是旧教徒中的最有力的作家。他的作品，即他的敌人也承认其有文学上的价值。他的*Spologia Pro Vita Sua*是一部可爱的智慧的自传；他的心虽倾向于实际问题，他的本能却是艺术的；他又是一位教师，他的略带些滑稽的《大学的意义》（*Idea of a University*）中的一段，论到英文作法的，每个教师及每个想去写东西的人都应该拿在手里看。

达尔文（Charles Darwin，公元1809–1882年）是一位极重要的科学家，开创了近代自然科学的新局面，其影响极大，但他虽是如此的一位专家，却也把文学做了他的仆人。他的《物种由来》（*Origin of Species*）、《人类起源》（*Descent of Man*）及《壁格尔（*Beagle*）游记》都可以证明他的风格是可爱而能动人的，他的文学力使他的作品不朽，不管将来进化论的原理发展到如何的程度。在别一方面，达尔文的朋友史宾塞（Herbert Spencer），也是一位进化论的哲学家，却与他大不相同。史宾塞因为不知道写作的技术，所以他的作品读的人便少了。

在所有19世纪的科学家中，在文学上最足以自立者是赫胥黎（Thomas H. Huxley）。他是一位专门的生物学家，是这门学问的大师。他以他的杂论及讲演，永生于文学上，超出于继续的科学与宗教之争之外。他的作品是在专门的讨论之上的，他们要的是自由考察与寻求真理的权利。《人在自然中的地位》（*Man ’s Place in Nature*）及《讲演》（*Lectures and Lay Sermons*）是这一类作品的代表，即在没有科学训练的读者看来也觉得非常清楚，他们在一般人的见解上是有非常巨大的影响的。他把科学的知识与文学的艺术。很显著的联结在一处了。

参考书目

1. 狄昆·西的《一个英国吃鸦片者的忏悔录》，通行本极多，《万人丛书》及《世界名著》（*World' s Classics*）中俱有之。

2.《狄·昆西》，马逊（D. Masson）著，《英国文人丛书》之一，Macmillan 出版。

3.《狄·昆西：他的生平与作品》（*T. DeQuincey: His Life and Writings*），约甫（A. H. Japp）著。

4. 兰姆的作品，俱极易得。Miithuen 出版兰姆兄妹的全集，共 6 册。

5.《查尔士·兰姆：一部回忆录》（*Charles Lamb: a Memoir*），康瓦尔（B. Cornwall）著。

6.《马丽与查尔士·兰姆》（*Mary and Charles Lamb*），夏士勒德（W. C. Hazlitt）著。

7. 夏士勒德的作品，《万人丛书》中大都有之。

8.《夏士勒德》，皮勒尔（H. Birrell）著，《英国文人丛书》之一。Macmillan 出版。

9.《韩德》（Leigh Hunt），蒙克侯斯（C. Monkhouse）著，《大作家》（*Great Writers*）之一，W Scott Publishing Co. 出版。

10. 柯尔律治之《文学传记》，《万人丛书》中有之。

11. 卡莱尔的作品，《万人丛书》中不少。其他通行本亦多。

12. 卡莱尔的《回忆录》（*Reminiscences*）曾由诺登（C. E. Norton）重编。

13.《卡莱尔传》（*Life of Carlyle*），法洛特（J. A. Froude）著，Longmans 出版。

14.《卡莱尔》，尼可尔（J. Nichol）著，《英国文人丛书》之一。

15. 路斯金的作品，《万人丛书》中大都有之，GeoAllen and Unwin 也出版了好几种本子。

16.《路斯金传》（Life of Ruskin），柯林伍特（W. G. Colling wood）著。

17.《路斯金》，赫里逊（F. Harrison）著，《英国文人丛书》之一。Macmillan 出版。

18.《路斯金：社会改革家》（*John Ruskin: Social Reformer*），霍布孙

（J. A. Hobson）著。

19.《路斯金的作品》（*The Work of John Ruskin*），瓦尔士丁（C. Waldstein）著。

20. 亚诺尔特的《批评论文集》《史格得丛书》（*Scott's Library*）中有之。

21.《亚诺尔特》保尔（H. Paul）著。《英国文人丛书》之一，Dent 出版。

22.《近代英国作家》（*Modern English Writers*）中有桑次保莱（G. Saintsbury）著的《亚诺尔特》，又《文学家传记丛书》（*Literary Lives*）中有拉赛尔（G. W. E. Russell）著的同名的书。

23. 配脱（Pater）的作品，牛津大学出版部有得出版。他的《文艺复兴》《近代丛书》（*Modern Library*）中亦有之。

24.《配脱》，彭孙（A. I. Benson）著，《英国文人丛书》之一。

25.《配脱》格林士勒特（F. Greenslet）著，《现代文人丛书》（*Contemporary Men of Letters*）之一。

26. 马考莱的《英国史》，通行本很多。Messrs. Longmans 出版他的著作最多。

27.《麦考莱》，莫里逊（J. C. Morison）著，《英国文人丛书》之一。

28. 密尔、达尔文、赫胥黎诸人的作品，通行本甚多。

第三十三章

19世纪的法国小说

一

19世纪的法国文学，开始于史达埃尔夫人（Mme. Stal，公元1766-1817年）和察杜白里安（Chateaubriand，公元1768-1848年）二人。这两个人向来大家都承认为新的反对者，但却是新的时代的曙光，我们不能不把他们与新时代的诸大家联合在一处。史达埃尔夫人本名尼考（Germaine Necker），生于巴黎，长于繁富的家庭之中，因此智力发达得极快。她最喜欢卢骚的书，一生都印着他的影响。1786年，她嫁给瑞士驻法公使史达埃尔，不久便与他分离了。后来因为反对拿破仑，被逐出境，住于瑞士，时时游历英、德、俄诸国。到了拿破仑失败后才复回巴黎。她有两部小说，《狄尔芬纳》（*Delphine*）出版于1802年，《柯里纳》（*Corrinne*）出版于1807年，又有《文学论》（*De LaLittéature*）出版于1800年，《德国研究》（*De L，Allemague*）出版于1810年。她的文章，条理明白，而不善于修辞，远不如察杜白里安之精美。

察杜白里安（Frangois de Chateaubriand）曾被称为法国的最

大的文人，又曾被批评家称为罗曼主义运动之父。他是一位宗教信仰者，旧的信仰的赞美者，然而文章却开创了后来的路。他的作品很不少，都是半为叙述的半为宗教的作品。《基督教的美质》（*Le Génie du Christianisme*）为一半自传的一半艺术宣传的东西。这部卫护或赞美基督教的大作，不是以辩论或神学的辞句见长，那些东西，书中固是不少，而其长处却在他色彩与美的文句及象征主义。《殉道者》（*Les Martyrs*）是一部叙基督教早期的故事。《莱纳》（*Rene*）是一篇叙一位忧愁的少年寻求者的传奇，流行于全个欧洲。《坟前的回忆》（*Les Memoeires d'ourtre-tomble*）是他最重要的著作，在他死后才出版，他的真性格，完全在此书表白出，正与卢骚的《忏悔录》一样，当出版时，颇有许多人至此才明白他的为人，自悔以前太赞许他了，而此书却实是一部真实的忏悔的书，表现他的弱点不少，惟此，乃使我们更觉其可爱。

二

接着察杜白里安之后的，是雨果（Hugo）、巴尔札克（Balzac）、大仲马（A. Dumas）、佐治·桑特（George Sand）诸人的时代，即所谓罗曼主义之时代者是。

雨果（Victor Hugo，公元1802–1885年）是一个很伟大的诗人、戏曲家，又是一位很伟大的小说家，批评者都称他为近代法国的最大作家。他的父亲是拿破仑的军官。当他17岁时，即已为一个杂志的重要投稿者。1827年，他的《克林威尔剧引》出现，便成为罗曼运动的领袖。曾被任为上议院议员，极力主张民主，因此，当拿破仑第三称帝时，他便逃亡出去。拿破仑第三败后，他才回来，虽已高龄，却还帮助国民抵御德人。1885年，他死于巴黎，举行国葬。法国文人像他那样的受到全国的赞颂与爱感是很少的。雨果的诗与剧本，将在下一章叙述，这里只说他的小说。他的小说中的名著，是《巴黎的圣母寺》（*Nortre Dame de Paris*，1831）、《哀史》（*Les Misérables*，

1862）及《九十二》（*Quatrevingt treize*，1874）。《巴黎的圣母寺》叙的是有关于这个巴黎有名的建于 11 世纪的大教堂的传奇，自始至终，雨果都把这座弘大的教堂放在他的幻想中。书中的英雄是一个怪人，名为甲西慕杜（Quasimodo）的一个又聋、又驼背、又盲了一眼的寺中撞钟者。《哀史》在未出版之前，已译成了九国的文字，震动了巴黎、伦敦、柏林、巴得力、纽约、圣彼得堡等诸大城。这部书与《巴黎的圣母寺》不同，《圣母寺》叙的是中世纪的传奇，这部书却是一部 19 世纪的小说。在这篇故事的五大册之中，中心人物是瓦尔琴（Jean Valjean），一个朴实苦作的农夫。他因为看不过他姊姊的孩子们的饥饿，去偷了面包给他们吃，因此被捕，判决监禁五年。为了他的几次图逃，刑期却加长到 19 年；这使他成了一个厌恶的人；到了他被释放时。他求乞着，却无人肯施给他。后来，遇到了一位牧师，他给他吃，请他过夜。在夜间，瓦尔琴却偷了牧师的银子而逃去。中途为警士所捕，押回牧师家里。这位牧师是一个圣人，他声明这银子是他赠给他的，因此救了他。瓦尔琴自此大受感动，完全变了一个人，努力去做好事。以后，他的生活便是继续的自己牺牲。他成了一个富人，做了一城的市长。在许多善事之中，他与一个为她情人所弃之做工的女子芳丁（Fantin）为友，要帮助她的女儿。芳丁死时，恰好瓦尔琴为一个侦探所认识，知道他是逃犯。瓦尔琴虽然逃过了他，后来为了免得有别的误会，又自首而投于狱中。他又逃了，从残酷的店主人手中，救了芳丁的孩子，小柯赛特（Cosette）。她长成了一位美丽可爱的女郎，成了他生命中的慰安。青年马里斯（Morins）与她发生了恋爱。瓦尔琴预备他们的婚事。但马里斯却误会了他，以为他是一个龌龊下流的人。为了柯赛特之故，老人不得不离开了她。但他却不能活着没有她。当马里斯晓得了自己的错误，偕同柯赛特匆急的去寻他时，这位忍耐的英雄正将死了。这部小说，事实是如此的复杂，人物是如此的众多——尤多的是穷苦的不幸的人物——却写得异常的动人。其中描写滑铁卢战役的一节，也是很有名的。他在这里，表白对于现在的意见，同时贡献对于将来的暗示。他同情于弱者，他的仁心善念，充溢于纸上。读此书而被感动得泣下的，不知有多少人。有的批评者说，这部小说缺乏统一，材料太多而排列无序；但他的对于人生的渊博的知识，他的丰富的想像，他的有力的描写，却给它以永久的崇高的位置而一无疑问。《九十三》本是一部“三部曲”的首部，其后却没有继续下去，叙的是战争的故事，时代是大革命的前后，1793年的大事件，但东·罗伯士比诸人的谈话都在这位大作家的手下写出。论者公认此书为雨果天才的最高成功之一。

大仲马（Alexandre Dumas，公元1803–1870年）是一个大戏剧家与一个大小说家。他的祖先是黑人之后。百年之内，他的小说读者之多无可与比。他的小说，题材是取得很动人，但如果没有他的惊人的艺术，却也不过成了平常的传奇，一时即消灭无踪的东西而已。他不但能捉住惊人的文局，且会运用他的艺术，创造了各种的人物，会用他们自己的足来走路、驰马，会如活人似的说着话。他有许多的合作者，据说有200个帮手。他为一个“小说制造所”（fiction factory）之首领，为他们的中心与头脑。他写的小说真不少，据说有1200余种，剧本及史书诸作都在外，其中好的也真不少，至少有两部是不朽的作品：一部是《三个火枪手》（*Les Trois Mousquetaires*），一部是《蒙狄·克里斯多伯爵》（*Count of Monte Cristo*）。《三个火枪手》是大仲马著名的“三部曲”的第一部，其第二部名《二十年后》（*Vint Ans après*），其第三部名《十年之后》（*The Vicomte de Bragelonne*）。这个三部曲的故事，经历的时间是1625——1665年，写的中心人物是一个乡间的武士达唐安（D’Artagnan），由他衣冠不整的到了巴黎起，至他成了火枪手队的队长，达唐安伯爵而死为止。其中还有三个武士，皆以他们的假名阿助士（Athos）、波助士（Porthos）、阿拉米士（Aramis）著。第三部《十年之后》最长，也是三部之中最有力的一部。至今，全个欧洲与美洲的少年人，差不多没有一个不晓得这几个武士之姓名、性格与行为的，正如我们的少年之熟悉武松、秦琼等人一样。《蒙狄·克里斯多伯爵》（一名《水晶岛》）出版于一八四四年，这是这个大作者的作品中，唯一的取近代事实为材料的小说，其流行之广不下于《三个火枪手》，“蒙狄·克里斯多的宝藏”一句话已成了成语。故事发生于1815年，主人翁是少年但特士（Dantes）。他在船上做事，正要升为船长，且要与他的情人结婚，忽然一个敌人（也要为船长与娶这个女士的）假说他是替幽居荒岛的拿破仑带信给他的党人的。法官虽知其冤，却有别的原因，也要陷害他。于是他遂被送入一个黑狱中，幽禁了20年，最后，他逃了出来，且由一个熟识的犯人那里，知道了蒙狄·克里斯多岛上富于宝藏的事。于是但特士发见了这个宝藏，过着新的生活，自称为蒙狄·克里斯伯爵以震眩世人。他立意要报仇，而他的仇人们现在都已居高位，有资产。然他终于一个个的把他们除去了。这部小说，前半是骇人的奇异的冒险，后半却是另一个调子，是痛快的报仇的故事，有许多人不喜欢如此，但这部书却是一口气到底的，读的人一被它所捉住，便要不暇呼吸的一直看到了底。

大仲马的小说写的是古代的传奇，写的是奇情异事，一个与他同时的女作家，笔名为佐治·桑特（George Sand，公元1804–1875年）的，却不在这个同一的地方着她的笔锋，她写的是恋爱的故事，写的是农人的生活，写的是社会的黑暗。桑特本名杜宾（Lucile Aurore Dupin），早年无父母，为祖母所养育，过的是田家的生活，为她以后储蓄材料的预备。1822年，她嫁给一个贵族，却不久便与他分居，带了两个孩子住在巴黎，以著作为生，常用她的笔名佐治·桑特署于文端，于是桑特的名字，盛传于众口。1839年后，退居本乡，过她的宁静的生活，不再出来，死时年已72。她也写历史小说，但她的最好的小说却是她写乡村生活的一流。她爱那恬静的乡间的太阳与明月、花木与田野、禽鸟与家畜，她自己也努力要分享这种恬静的幸福。其中以《小法狄特》（*La Petite Fadette*，1848）为最著，批评家都以为这是她的最优美的作品，她童年的可爱的回忆，写在这里的不少，事实并不奇特，却把读者深深的带入家庭故事与农家日常生活的中心去。有一对夫妻，住于一个小农场中。生了一对孩子。这两个孩子非常的友爱，他父亲怕他们要因此发生忧愁。于是他把其中的一个分离出去到别一家去做事。这个孩子的性格是自立的，离家倒并不觉得什么难过，那一个为他母亲所爱的，却把这个分离当做苦事，又嫉忌他兄弟有了新朋友。后来，两个兄弟又同爱了一个女子，即小法狄特。这件事是这部小说的中心。《小法狄特》之外，还有《漂泊者法兰西士》（*Francois le Champi*）及《魔池》（*La Mare au Diable*），也都是与《小法狄特》同类的小说。

巴尔札克（Honoré de Balzac，公元 1799–1850 年）是从罗曼主义到写实主义的联锁者。他的小说已开了写实主义小说之先驱。他曾经营印刷业，不幸失败了，这与史格得一样，不得不以勤苦的著作生涯，得些资财以偿还债务。因此，过度的工作，把他的生命促短了，到了 51 岁便死了。他身体长大，时人上了一个“快活的野猪”的尊号给他，他自己又自称为“文学界的拿破仑”。真的，他著作的勇敢，实不下于拿破仑赴敌之勇敢。他立定了一个计划，要把所见的社会生活的各方面，都写了出来，成为一部《人类的喜剧》（*Comèdie humaine*），虽然这部大著作到了他死时还没有全部告成，却足以使他不朽了。在他已出版的许多《人类的喜剧》中，大约可分为数类，一类是个人生活，一类是巴黎生活，一类是乡村生活，此外还有外省生活及政治与军事生活之数类。他所写的范围非常的广阔，其中最著者，有《爱琪美·格朗狄》（*Engeme Grandet*），写一个天真烂漫的乡女所遇到的厄运；有《塞沙·皮洛多》（*Cesar Birotteau*），第一次把商业与金钱的故事引进了小说中，这乃是把他自己在商界的困恼的经验放在里面的；还有《逢斯表兄》（*Le Cousin Pons*）、《白特妹妹》（*La Cousine Bette*）及《老戈里奥》（*Le Père Goriot*），都是描写巴黎生活的。他的小说，描写得太细腻了，有时至于太累赘了，因此读起来，便没有雨果、大仲马诸人之动人。有人说，巴尔札克的小说，再读一遍的人恐怕没有。然他的影响却远较雨果、大仲马诸人为大，后来的写实主义者大都是跟随在他的后面的。他也作短篇小说，风格亦似其长篇。

史丹台尔（Stendhal）和梅侣米（Merimée）二人虽不如以上四个大家之伟大，却也自有其地位，不能不一述的。史丹台尔（公元 1783–1842 年），本名亨利·倍尔（Henri Beyle），他的小说《红与黑）（*Le Rouge et Le Noir*）及《巴尔门之小修道院》（*La Chartreuse de Parme*）俱以善于分析性格著名。这两部小说都在 19

世纪前半叶出版，却到了史丹台尔死后，方才有人注意。巴尔札克称赞他，以后的法国作家又宣言受他的影响，颂扬他的天才。他的名望，正与时俱增。

梅侣米（Prosper Merimée，公元 1803-1870 年）的名望系于他的《嘉尔曼》（*Carmen*），这部小说的盛行，一半由于皮塞特（Bizet）的大名的歌剧。《嘉尔曼》是一个吉伯色的女子，性格极浪漫，梅侣米把她写得很活泼。《柯龙巴》（*Colomba*）是一篇完美的叙事，事实与《嘉尔曼》同样的可激动人，其风格也与《嘉尔曼》一样，清晰而充满了诗的色彩。

三

大仲马、雨果、巴尔札克诸作家都是乐生的、快活的，而一到了写实主义的时代，福路贝尔（Flaubert）、左拉（Zola）、莫泊桑（Maupassant）诸作家却完全换了一个样子。他们生在黑暗的空气中，1870 年的普法战争，刺激他们太利害了，于是他们便大都带有悲观的色彩。在艺术方面，发端于巴尔札克的写实之描写，正流行于当时，使他们在题材方面，叙写方面，都与 19 世纪的前半有了很大的差别了。

福路贝尔（Gustave Flaubert，公元 1827—1880 年）初在巴黎学法律，而他的性格却更近于文学。以后到南欧、非洲及东方诸国游历，回来时，便动手写他的《波华荔夫人》（*Madame de Bovory*），于 1857 年出版。此书一出版，写实主义的时代便跟着开始了，他立刻得到了极大的声誉。他的文辞写得非常细腻而美好，结构又极完整。他的冷静的客观态度，他的秀美的风格，他的真切而活泼的叙写，都足以使他成了一个很高崇的作家。所以他的小说虽写得不多，却没有一部不是好的。大约他的小说可以分为两大类，一类是纯粹写实主义的作品，如《波华荔夫人》《一个简单的心》（*Un Coeur Simple*）及《感情的教育》（*L' Education Sentimetale*，1870），一类是“罗曼的写实主义”的作品，如《萨郎波》（*Salommbô*，1862）

及《圣安东尼的诱惑》（*La Tentation de Saint Antoine 1874*）等。《波华荔夫人》是弗罗倍尔最伟大的著作，写外省的绅士生活，非常的真实，一看就知道那是真的事、真的人、真的说话、真的行动，而并无一句虚夸的话，一段空想的叙写。《波华荔夫人》是一个不安于平庸生活的妇人，她梦想着那浪漫的时代、浪漫的行为，于是背了她的丈夫，沉浸入浪荡不羁的情爱之中；结果是以她的自杀了结全书。这部书不仅因文学史上可划一时期的关系而重要，其艺术之完美，亦为法国自有小说以来之第一部。《萨郎波》是他的别一方面的大著作，写的古代斐尼基的事，凡10年才告成功。这种的传奇，或历史小说，却仍用他的写实的方法去写它，考据极精密，一语一物，俱有所本。有人谓其描写太细如披阅考古学之图籍。《圣安东尼的诱惑》，则记埃及圣者的觉醒，他本因痛苦而不想再生存，乃忽为艺术所动而终身从事于此，这正是他自己寄托之言。他的短篇小说，以《一个简单的心》为最著，写一个老仆的单纯朴质的心理，极为微妙。

弓果尔兄弟（Goncourts）与福路贝尔同时，兄名爱特蒙（Edmond，1822-1896），弟名裘尔（Jules，1830-1870），家产富裕，为当时文坛的领袖，死后捐了他们全部的财产，设立了一个弓果尔学会。他们以为文学是作者将他所见的社会现象，如样的写了下来，以成人生的纪录。他们自己便实行了这话，随时随地的精密的去观察社会情况，而尤注意于平民生活。1865年，爱特蒙所作之《极米尼》（*Germinie Lacerteux*）即为法国的一部描写下层的平民生活的最早的小说。他们兄弟二人作小说及其他作品，大都是合撰的，描写与风格极相近，分不出什么痕迹来。

左拉（Emile Zola，1840—1902）较福路贝尔更进一步而提倡自然主义，几乎把文学当作一种科学，为仔细的研究社会生活的结果的纪录。此与弓果尔兄弟又略不同，弓果尔兄弟写下的尚为自己对于所见事物得到的印象，左拉为纯粹的客观的研究态度，他取世间之形态，人类的情智，一如化学家之分析一石一木，经历化验之手继而究其真相。论者或别名之为左拉主义（Zolalism）。他生于巴黎，家世贫苦，故对于平民生活都曾亲身经历过。后来到了一个书局，为发行员，始于余暇作短篇小说，投登日报，渐渐的有名，被任为某报的副编辑。其后以勇敢的批评旧派被逼去职。生活虽苦，却仍专心于著作。晚年，震动一时之大尉狄莱弗（Dreyfus）事件发生，他为了人道，力出主张公理。与法朗士（A. France）同冒举世之不韪而不少屈。后为煤气所毒死。他的大著作为《洛根·马加尔特丛书》（*Rongon Macquart*）20卷，《三大名城》（*Les Trois Villes*）三卷，及《四福音书》（*Les Quatre Evaugiles*）四卷。《洛根·马加尔特》一名《第二帝政时代一个家族的自然与社会的历史》，始作于1871年，至1893年才告成。此书类巴尔札克的《人类的喜剧》，把社会上的各式各样的人物都捉入其中。第一卷名《洛根家的运命》，叙洛根家娶一女为妻，有心疾，后此女又重嫁马加尔特家。以后各卷便分叙二家子孙之行事；同受恶劣的遗传性，各应社会的环境，造成种种悲剧。第二十卷，则叙柏斯卡尔（Pascal）博士据遗传之说，寻求此二族之系统，究其原因，以为结束。这部大著作中，写得最好者为第七卷《酒店》，写巴黎工人之纵酒淫佚之状，第九卷《娜娜》（*Nana*），叙女优之生活，第十三卷《萌芽》，叙矿工之困苦。他的《三大名城》写的是伦敦、罗马及巴黎。他的《四福音书》以《茂盛》《工作》二卷为最著。左拉的作品，大都写社会之黑暗面，如《娜娜》等，尤为论者所讥。然他不过以忠恳的态度据实的描写社会现状而已，因此以他为不道德是完全错误的。但他的叙写的艺术，实远不及福路贝尔，时时把他的文辞，写得太冗长，或写得太夸张过度了，不复是严格的一个自然主义者了。

都德（Alphonse Daudet，公元1840–1897年）的艺术却较左拉为精进。他幼年很贫苦，身体又弱。后以作短篇小说得名，住在巴黎以著作为生。在他的《小物件》中，我们可以看出他自己的生平来。他的小说，在看厌了冗长的巴尔札克和左拉之作后，再去看它，却如服了一帖清凉剂，非常的舒服。他所写的都是他锐敏的感觉感到的印象。他并不如左拉之以小说为记载什么学理，他是以作小说为作小说的目的者；他的作品都是恰恰好的，并不过长，也不有意的要简短，并不板冗，也不过分的热烈。他的风格是自然、细腻而生动，有时又带些有趣的刺，这使他的作品无一不格外的动人。就是短篇，也足以与短篇小说之王的莫泊桑相匹敌。他的名作为《小物件》（*Le Petit Chose*）、《磨房书简》（*Les Lettresde Mon Moulin*）、《那巴卜》（*Le Nabab*），《莎孚》（*Saphe*）及《达拉斯公的狒狒》（*Tartarin de Tarascon*），而最后的一部尤为不朽之大著。《达拉斯公的狒狒》以诙谐微妙之文章，如画似的写出夸口的“狒狒”的可笑的经历。这是一部法文中最美好的诙谐作品之一。叙的是达拉斯公地方的一位绅士名“狒狒”的，他素以同伴的谄媚为生命的呼吸，立志要想成一个大猎者和爱冒险者。某一个星期日，他和达拉斯公的一班猎人，到了镇外去打猎，但他却什么也不会，什么也没有获到，仅把他自己的帽子抛在空中，以枪击之为戏。颇有人开始怀疑他的无能力，于是他立志要到阿尔其士（Algiers）去猎了一只真的狮子来。他带了不少箱子，满装着火药、医品之类，一到阿尔其士，便孑孑的到郊外开始打猎。每次都失望而归，连狮子的影子也没有见到。后来，才动身到南方去寻求狮子。在沙漠中经了许多冒险，最后才打死了一只他所见的唯一的狮子——一只可怜的盲目的老驯狮。他把狮皮先送到达拉斯公，自己随后回来。全镇的人都发狂似的欢迎他。他在这个地方的猎人之王的位置是永久保存了。在这里，他写法国南方的风俗和人民性格写得异常的细腻。

他不是一个冷酷的自然主义者，他用的是写实的方法，却对于苦人有极丰富的同情；因此，便有许多人把他比作狄更司。真的，他是一个狄更司，同样的能以轻妙可爱的描写引人的微笑或眼泪。他的《小物件》乃是狄更司的《大卫·考贝菲尔》，他的《狒狒》乃是狄更司的《辟克威克故事》。

莫泊桑（Guy de Maupassant，公元 1850-1893 年）是福路贝尔的弟子，在叙写的精美方面，完全承继了弗罗倍尔的遗产，而其全局的结构与题材的剪取，却较他的老师为更精进一步。他的作品以短篇小说为最有名。在全个世界的短篇小说的作家中，在他之前的没，一个是发现过他那样的写法，在他之后的，直到现在为止，及得上他的却还未有过一人，至多只可说有一个俄国的契诃夫（Tehekhow）。论者每称他为短篇小说之王。而他的长篇的成功却也并不在别的大作家之下。他与别的自然派作家不同，他写的不仅是外面的，而且更进一步是内在的，是深入人的精神与灵魂中而写出其秘密的。他的文辞是如此的正确、明澈与自然，他的描写是如此的深入、随便与生动，他的题材是如此的拣选得好，如此的是以激动人，简直是没有一个作家曾追上过他。他的风格真是完美之极，已经到了自然主义所能达到的最高峰了，因此自然主义自他之后，便几乎成了强弩之末，不能再有什么发展了。莫泊桑的短篇，凡 200 余篇，散见于各报，经后人掇拾编辑之后尚时时有遗漏未编入之作品发见。其中最有力者为《菲菲小姐》《羊脂球》《颈圈》之类，一时也数不尽。长篇的最有名者为《一生》(*Une Vie*) 出版于 1883 年,《漂亮朋友》(*Bel Ami*) 出版于 1885 年,《彼得与约翰》(*Pierre et Jean*) 出版于 1888 年。《人心》(*Notre Coeur*) 是他的最后的长作，出版于 1890 年。《一生》写一个女子的生活，事实非常沉痛,《漂亮朋友》写的是一个美男子的幸运，都写得很动人,《人心》尤足以代表他的晚年的作风。《彼得与约翰》的序，是一篇作者自己对于小说的宣言。

黑斯曼 (J. K. Huysmans，公元 1848–1907 年) 是自然主义的最后作家，他深受弓果尔兄弟的影响，却自有其独特的地方。他应用了自然派的叙写方法，去叙写另一方面的东西，即宗教的生活与神秘。他著名的作品是《在家务上》(*En Manage*) 与《小礼拜堂》(*Le Cathedrale*)。他的风格，独特的色彩极浓烈，叙写的气概，非常的勇猛与豪迈。有人说，他在将来，一定可以在法国及别的国里得到更大的名望。

四

自然主义到了 19 世纪的末叶，已使人习见生厌，于是有一班独特不群的大作家便出来另辟了一个新局面，敷设了另一条大路给后来的作家走；为 19 世纪作一个结果，为 20 世纪树一个先端。在这些的作家中，法朗士（Anatole France，1844-1924），蒲尔格（Paul Bourget，1852—1923）及洛底（Pierre Loti，1850—1923）三人是最先使我们想到的。

法朗士以法国的国名为名，论者以为这个名字给他是最相称的，因他的作品是异常的法国的，带了极浓挚的法国的风味。他生长于巴黎，他父亲是一个旧书商人，因此，他便染了一种好古之癖。在中学里，便对于希腊文学有了很深厚的兴趣。他的文辞别有一种细腻的情调，别有一种可爱的风趣，是非一个伟大的作家不办的。他曾与左拉同为大尉狄莱弗的事件而奋斗，以正直与公道震于国中。当1914年，欧洲的大战开始时，他也曾发表反对的言论，大战后，他与巴比塞（H. Barbusse）组织光明社，高呼和平与正义。他的勇气到将死时还不衰退。他的作品有一部分写上古的故事，如《钿盒》（*Etui de Nacre*）之类，有一部分写近代的事，如《红百合》（*Le Lys Rouge*）及《趣史》（*Histoire Comique*）之类。论者以为，我们只要读了他的书，我们便好像能够从他们里面晓得他的国家，他的时代及最完美的法国语言了。他是一个怀疑派；他的《潘琴岛》（*Penguin Islande*）是一部文明的讥刺的历史。《现代史》（*Histoire Contemporaire*）共包含四部小说，是一部"写实小说"而带着微妙的讥讽的。《西尔浮斯特·蒲那特之罪》（*Le Crime de Sylvestre Bonnard*）是一部传奇。他的思想是常常革命的。他的风格是清澈如水而素朴如白练的，他憎恨虚伪的君子，但他的憎恨却是中庸的、讥讽的、有泪的微笑的，哲学的，而并不热烈愤怒。他的小说，便是装载他的思想与意见的最好的工具。

蒲尔格是摆脱了冷酷的自然主义而倾向于理想主义的一个很有力的人。他曾以诗及批评家著名，最后，才从事于小说的创作。他的小说是史丹台尔以后的第一个心理解析的作家。他把他的英雄的性格分析得真细入毛发，与自然派的作品一比较，真要觉得他们的粗率了。他的大著是《门徒》（*Le Disciple*），在这本小说里，他对新的少年人，攻击唯美主义与唯物主义的罪恶，而大张理想主义的旗帜。此外，他的作品描写上中流社会的心理是最多，如《近代爱情心理学》

（*Psychologie de I'amour Moderne*）、《一个妇人的心》（*Un Coeur de Femme*）及《一个离婚》（*Un Divorce*）等，都是写他们的最变幻、最复杂的心理的。

洛底的真姓名是裘连·委特（Jixlien Vimid），少年在海军中任事，因此，经过了不少的地方，近东如波斯、埃及，远东如中国、日本，乃至北方的冰天雪地，都曾任他流连过。他把他的经验，写为小说与回忆；他的艺术，如此的可爱，竟使任何类的读者都会觉得喜欢他。《洛底的结婚》（*La Marrige de Loti*）是写南方的海上的事的；《菊夫人》（*Madame Chrysanthème*）是写他在日本的经历的；《冰岛的渔夫》（*Le Pecheur d'Islande*）是写北方的一件故事的。他与蒲尔格不同，蒲尔格是一个正确的心理观察者，带着道德家的人生观，洛底则是一个印象主义者。在他看来，世界不过是色彩、感动、经验，全不管什么道德上的善与恶的问题。

还有几个后期的小说家，也应该在此一提。这几个人都是多少的受有俄国的影响的。路特（Edouard Rod，公元 1857-1900 年）是瑞士人，但他在法国文学上的地位却很重要。他不是一个冷酷的自然派，他乃是一个充满了仁心热肠的作家，与俄国的托尔斯泰诸人一样，把他的对于平民的同情寄托在他的小说中。他著名的小说有《二个心》（*Les Trois Coeurs*）、《无益的用力》（*L'inutile Effort*）、《火灾》（*L'incendie*）及《静默》（*Le Silence*）。和居依（Melchion de Voglie，公元 1850-1910 年）译了不少俄国的小说到法国来，他的功绩即在于此。有了这许多俄国的小说，那好心肠的充满了对于下层人民及不幸者的同情的小说，使法国文坛，变更了一个样子。他自己的著作很好，《海上主人》（*Le Maitre de la Mer*）是一个代表。他的批评著作却更为著名。马格里特（Paul Marguerite， 1860-1918）也是受到俄国的影响而著作的。他本来是一个纯自然派，及到受到俄国的新光，作风却变了，不期然而然的竟把严冷的观察者换成了一个哀矜的作家。他的风格很明洁，所作有《物力》（*La Force de Choses*）、《暴风雨》（*La Tourmente*）及《活泉》（*Les Sources Vives*）等。

参考书目

1. 史达埃尔的《柯里纳》，在Burt公司的《家庭丛书》(*Home Library*)中有英译本。

2. 雨果的小说，极易得，有英译全译本。中译本有《孤星泪》(即《哀史》)《活冤孽》(即《巴黎圣母寺》)等。

3. 大仲马的小说，亦极易得，有英译全集本。中译本有《侠隐记》(即《三个火枪手》)、《续侠隐记》(即《二十年后》)、《法宫秘史》(即《十年后》)等种。

4. 乔治·桑特的小说亦有多种英译本,《漂泊者法兰西士》及《魔池》,《万人丛书》中均有之。

5. 巴尔札克的小说，伦敦邓特公司有英译全集，共36卷。

6. 梅侣米的《嘉尔曼》《柯龙巴》，英译本极多,《嘉尔曼》有中译本,《文学研究会丛书》之一。

7. 弗罗倍尔的《波华荔夫人》《萨郎波》《圣安东尼的诱惑》，Collins公司的《荷花丛书》(Lotus Library)中，均有英译《波华荔夫人》有两种中译本(一、李青崖译,《文学研究会丛书》; 二、李劼人译,《少年中国学会丛书》)。《一个简单的心》亦有中译本，名《坦白》《小说月报丛刊》之一。

8. 左拉的小说，英国Windus， Greening等公司均有英译本。

9. 都德的小说，英译本亦甚多，中译本有《小物件》及《达哈士孔的狒狒》两种，均《少年中国学会丛书》。

10. 莫泊桑的小说，英译本全集本，美国St. Dunstan Society出版。中译本有莫泊桑小说集(一)(二)(三)、《一生》《遗产》《漂亮朋友》(将出版)，均见《文学研究会丛书》;《人心》《少年中国学会丛书》;《髭须》《霜枫》之一。《东方文库》内有《莫泊桑传》。

11. 法朗士的小说，Lane公司的英译全集。中译有《艺林外史》《波纳尔的罪》(均见《东方杂志》),《红百合》(将由文学研究会出版),《蜜蜂》(创造社丛书)等;《小说月报丛刊》内有《法朗士集》及《法朗士传》各1册。

12. 蒲尔格及洛底的小说，英译本甚多。

13. 《万人丛书》《荷花丛书》《近代丛书》(*Modern Library*)及《袖珍名著丛书》(*Illustrated Pocket Classics*)中，均有19世纪法国大小说家的作品多种，极易购得。

第三十四章

19 世纪的法国诗歌

一

19 世纪的法国诗歌，大略的可分为三派：即罗曼派、高蹈派（Parnassian）及象征派（Symbolic）。罗曼派的诗歌跟了罗曼主义的运动而起，在法国，与在英国一样，势力都极大，把旧的一切习惯与格律都扫除了，形式是新的，题材是新的。他们的取材，近之取于他们的灵魂的深处，远之取于远古、中古，高之取于天空的星辰。高蹈派却为罗曼派的反动，他们反对罗曼派的粗率与自我的表现；他们所要求的诗歌，是客观的、非自我的，不是粗冷如云石，而是纯洁、坚固，美丽如雕像的。这是一种新的古典主义，连莎士比亚和但丁，他们也要以为是“野蛮的”。然后又来了象征主义者，他们却又反抗高蹈派的客观的主张。他们坚持：诗歌必须是个人的，必须是歌唱自我的，除了“忠恳”以外，不能做别的事。他们的批评家古尔蒙特（Remy de Gourmont）说道，人之所以要去写东西者，就因为要表白他自己的人格。但这三派及其他许多附属的派别（据说，法国每 15 年，便有一个新的诗派出来），并不是根本上互相仇视，互相排斥，因为诗歌归结总是诗歌。高蹈派的台李尔（De Lisle）所做的诗与魏伦（Verlaine）同样的是个人的。高蹈派主张形式的美、音节的美，而魏伦，一个象征派的大诗人的大标语便是“音乐在一切东西之前”。象征主义者表白他自己的心，他自己的情调，用暗示的方法，把他的情思传达给读者，在这一方面，与早期的罗曼主义者真的可以说没有两样，拉马丁（Lamartine）的诗还不是如此么？在小说上、在批评上，罗曼主义与写实主义有的是严格的区别，但诗歌却未必是如此。我们如果必定要坚持的把某诗人归在某派，某诗人归在某派，那么，我们将不能完全明白他们了。

二

法国罗曼派的诗歌，开始于一个有名的少年诗人查尼叶（Andre Chenier，公元 1762–1794 年），他于 32 岁时，死于断头台上。他从希腊与罗马，得到他的灵感，虽然罗曼派诸诗人称他为先驱，他却完全是一个古典主义者。但他的古典主义，却不是迂腐，乃是有结果的古典主义，不是借来的，或有意研究来的，乃是他的天性的一部分。他的诗柔和可爱，乃是真的而非做作的，自然的而非堆积的，所以罗曼派称之为他们的父。他的诗的一部分，简直可以放在希腊诗选中。

罗曼派所十分赞许的诗人，还有一个，那就是皮伦格尔（Beranger），那个伟大的民谣及民歌的作家。他不属于罗曼派，乃是独自有他的地位的，但他的充满力量的歌，却真的是与他的同时代的罗曼派诸诗人没有两样。他的民歌，有力而素洁，忠恳而可唱，如不是最伟大的诗歌，却总是这一类诗歌中的最完全者。

但真的罗曼派的第一个大诗人却是拉马丁（Alphonse Lamartine，公元 1790–1869 年）。他幼年喜欢卢骚和史达埃尔夫人之作品。曾去从军，不久，复归。因所恋的妇人病死，便郁郁的把他的一腔热烈的情思都发为诗歌，于 1820 年出版了《默想》（*Les Meditations*），立刻得了极大的成功，登上了大诗人之花坛。过几年，又发表了《新默想》等几部诗集。七月革命时，他为临时政府首领之一。不幸帝政复活，他只好退休于本乡，从此不再出来。他的作品很多，于《默想》诸诗集外，还有小说及杂记、史书多种，却俱无他的《默想》那样的重要。他的诗是那样的和谐，有人说，自 17 世纪以后，法国久已不曾听见过这种好听的诗歌了。他们都是感情弥溢，情调新鲜而有独创之格局的。他的悲郁，他的柔和的愁情，他的“微光与记忆”的情调，是完全忠实的。他的感情的范围是很小的，他的诗歌的色彩，并没有雨果他们的浓烈。他的最有名的诗是《湖》（*The Lake*），兹译其二节如下：

啊，湖呀！现在已经过了一年了，
再没有她的眼来欢迎那熟悉潾潾的水波了，
看呀！我独自坐在这块圆石，
你知道这块圆石原是她所常坐的。

如此的你在你的石湾里微语着，
如此的你散碎在它的岩石的胸上，
如此的你把风吹的浪沫溅在雕纹的沙上，
那沙纹呀，原是她可爱的足所印上的。

雨果（Hugo）是诗歌的王，他坐了 50 年的王位。他的作品是如此的复杂与繁富，有小说，有戏曲，而诗歌尤其是他的重要作品；他总之是一个诗人，即他的别的作品，也充满了诗的趣味与气氛。他的抒情诗与叙事诗，都是有力而富于色彩，热烈而忠恳。他是一个伟大的歌者。他的诗的音节，弘伟而为创造的。他的短诗的集子一册一册的出来，在这些短诗之里面，隐藏着的乃是我们的诗人的灵魂。这些诗集的尤有名者为《秋叶》（*Les Feuilles d'Automne*）、《光与影》（*Les Rayon et les Ombres*）、《静观》（*Les Contemplations*）及《街头林内之歌》（*Les Chansons des Rues et des Bois*）。他的叙事诗有《历代传说》（*La Legende des Siecles*）三卷，为法国文学中最大的史诗，叙上帝之创世至末日裁判止的世界大事。他的诗歌中，赞美自然，称扬民主，而厌恶专制。底下是他的诗的一片：

孩子在唱着；母亲在床上，呼吸快停止了。
她将要死了，她的美丽的目，在阴影之上俯下了；
死正翱翔在她上面的云端；
我听见那死的响动，我听见那歌声。

孩子是五岁，他立在窗边，
他笑着游戏着，发出可爱的声音；
母亲在那个终日唱着的可怜的美丽孩子之旁，
终夜的咳嗽着。

母亲在礼拜堂的石下睡着了；
孩子又开始唱起来——
悲哀是一个果子；上帝不使它生在
太柔软了不能载得起它的枝上。

这首诗，可以证明他的乐天的思想。这样的信仰和思想使他经过许多悲苦的经验而不为所屈，并使他与同时代的悲观作者不同。他的所有作品中，都织上这样的伟大的怜恤之情在内。全个世界的人，虽有人对于他的艺术表示不满意的，却始终是尊敬他的为人。

没有怀疑，也没有希望能够把
“地”的高举的头低弯下去，他的头是高抬到底的。

委尼（Alfred de Vigny，公元 1797–1863 年）也是这时代的重要诗人，他没有雨果那么样的富于作品，也没有雨果那么样的乐观。他的作品虽少，却都很精湛，他虽悲观，却能强抑着他的悲苦。他以为人生之辛苦、悲痛，不必去怨天，也不必去尤人，但安静静的听凭运命的支配以待尽而已。如他的有名的诗《狼之死》（*Le Mort de Loup*），叙老狼负伤忍苦，默然而死，实可表现他的斯多噶派的厌世哲学。他是世袭的公爵，早年从军；1828年后，即退出军队，专心从事于文学。他的戏剧和小说都很著名。他的诗集有二册，《古诗和今诗》（*Poémes Antiques et Modernes*）是他的第一部诗集。他在法国诗歌的进步上占一个很重要的地位，因为他的诗并不停止于少年时，他的年龄愈老，他的诗便愈有思想，形式也便愈整齐了。他与拉马丁同样的悲观，但拉马丁以上帝为痛苦之父，委尼却以痛苦为人生之不可免者，须勇敢的去对待它；且他的悲观也非个人的，而为人类全体的，因此遂生了悲悯之念，在这里，他是与雨果同道了。

缪塞（Alfred de Musset，公元1810–1857年）是一个完全的诗人，生平并没有做什么事，除了酒与妇人。他是一个极富于情感的人，诗中的悲观的情调，并不弱于拉马丁和委尼。当他20岁时，发表了他的《西班牙和意大利的遗事》（*Contes d'Espagne et d'Italie*），此后10年之中，继续发表重要的诗歌及戏剧、小说不少。曾与小说家佐治·桑特夫人相识，感情很却不久便离开了，这使他很痛楚，也使他产生了不少抒情诗。大约他的抒情诗，都为狂热的、豪放的，如拜伦一样；他是很崇拜拜伦的，但他的艺术的精深，却超过于拜伦的粗率。在他有名的《给拉马丁书》（*Lettres a Lamartine*）里，他把他自己与他那个时代的精神，它的悲哀与希望，都写进去了。底下是一首诗《忧愁》，可以给读者以缪塞的哀音的一斑：

力量与生命已远远的飞去了，
朋友是没有了，欢乐是死了；
从前喂养的荣誉也去了，
信仰是在我的脆弱的星上了。

有一次我祝福一个真理的朋友，
在我知道她变更了服色之前；
当我的双眼上的掩蔽物落下时，
唉，痛切的怜悯呀！
她的权力是无终止的，
所有的人经过她而不窥看时，

他们短促的生命的时间，
是没有结果的。
上府说着话，听的人
必须要回答；所有生命
给我的好的东西，
乃是慰安我泪的心的洪水。

从罗曼主义的波涛汹涌的海中，戈底叶（Théophile Gautier，公元1811–1872年）是一只小舟，它的白色的帆，在许多大船中，很鲜明的显出他自己来。他初为一个画家，到了巴黎，受罗曼派的影响，乃改而学诗，不久，即声望甚高。他最注意于艺术，他的诗集《珐琅与螺钿》（Emaux et Cam è es）是雕斫得极工致的，真的如珐琅与螺钿一样；他的散文，也和他的诗一样是用细漆漆起来的。他并不能算是一个很伟大的诗人，也不是思想家，他却自有他自己的路；他创造了"为艺术而艺术"（artforart' ssake）的标语，高呼着美：

所有的东西都要回到尘土中去，
除了那齐整秀出的美的东西。
半身像
比之炮台更为永久。

因此他便带领了高蹈派（Parnassian）向前走，为他们一个最老的同志。高蹈派的标语，也便是"为艺术而艺术"，他们所追求的也便是美，他们所努力于表现也便是外物的精细的形状。在这个时代，还有三个很好的诗人，如果这个时代没有那末多的伟大人物，他们的声望也许可以更大些。这三个诗人乃是白里修克士（Brizeaux）、巴比叶（Barbi è r）与台尼瓦尔（Gerard de Newal）。白里修克士的诗是乡土的、忠实的、世间的。他曾把但丁的《神曲》的全部译为法文。巴比叶是一个讽刺诗人，他和查尼叶（Chénier）一样，乃是以有力的讽刺，来责备当时的众恶。台尼瓦尔是一个很优美的抒情诗人，他保守了前世纪秀美的形式，而染以罗曼的色彩。他的《浮士德》的译本，使歌德在法国著名。他的散文故事集，包含他的一篇杰作《西尔委》(*Sylvie*)。

三

高蹈派继罗曼派而起，以戈底叶为先锋，而以台里尔（Leconte de Lisle）为中坚。当1866年时，有一部很重要的诗集出来，那就是《今日的巴那斯》(*Parnasse Contemporain*)，巴那斯为希腊的东北部的一个山，为希腊神话中文艺之神聚居之处。其中的作者有台里尔、卜鲁东（Sully-Prudhomme）、台赫莱狄亚（Jose Maria de Heredia）柯贝（Franoiz Coppee）诸人，非其派中的诗人如魏伦及麦拉尔梅（Mallarme）亦有诗歌在内。所谓高蹈派（Pamaissian）者，即得名于此。

台里尔（Leconte de Lisle，公元1820-1894年）生于法属非洲，少年游历印度诸地。回国后，曾加入法里叶（Fourier）的共产社会组织，二次革命时，亦曾在政治上活动一时。以后，便专心于诗歌的创作及古典的研究了。他译了荷马的二大史诗，《伊里亚特》与《亚特赛》，还译了西奥克里特（Theoerite），此外便只有几部诗集，更无别的东西了。他的诗集，有《上古之歌》(*Poemes Antiques*)、《野蛮之歌》(*Pomes Barbars*)、《悲歌》(*Poemes Tragiques*）及《最后之歌》(*Derniers Poemes*)。他与叔本华（Schopenhauer）一样，也是一个勇敢的悲观者。他对于古典文学极有研究，是一个专门的希腊学者。所有高蹈派的诗人都是崇慕往古的，他便是一个代表。在他的诗里，也可以看出他所受于的古人的灵感。他反对现代的机械生活，他赞美死，但他对人类全体的痛苦也不免要动心。不管他态度是如何的客观，如何的非个人的，然而总不由得要表现出自我来。他的大功绩乃在于艺术上面。他的完美的艺术，他的诗歌形式之优雅、整洁、光彩与谐和，当代没有一个人及得上，所以有人批评他的诗如大理石，洁白有光，细腻可爱，而又坚实异常。至今，他的影响还是很大。

卜鲁东（Sully-Prudhomme，公元 1839-1908 年）是研究科学的，后来却弃了工程师的生活而专心于诗歌。同时又潜心于哲学。他的客观乃带有科学与哲学的形式。除了别的著作以外，他的诗集很不少，最有名的是《公平》（*Justice*）与《幸福》（*Bonheur*），这两部都是用诗体写下的伦理与哲学的讨论。但他并不是完全抽象的，他对于人民的疾苦还有柔和的同感。他具有真的诗的情绪，遣辞用韵又是很精美的，适当的。自他出来之后，法国的哲学诗便建立成功了。

台赫莱狄亚（Jose Maria de Heredia，公元 1842-1905 年）是高蹈派中最讲究形式的诗人，是高蹈派最“非个人”的作家，最忠实的信徒。他的客观是历史的。他以他的诗集《战利品》（*Les Trophees*）著名，其中都是以人类过去的故事为题材的，从希腊、罗马一直到文艺复兴；他的咏歌，并不参入个人的情感，只是工细的写出古代的图画。他对于古学是用过苦工的。《胜利品》都是用十四行诗（Sonnets）写的，所以这部诗，可算是法国极有名的十四行诗集。他的同时代诗人柯贝称它为“十四行诗写的历代的传说”。论者以为自莎士比亚以来，在无论哪一国的文字里，没有见过如他那末样美好的十四行诗的。

柯贝（Fransois Coppèe，公元 1842-1908 年）以诗人及戏剧家著名，生世很穷苦，一生所过的都是平民窟中的生活。他初受雨果及卜鲁东诸人的影响，多作史诗；后来却专心于写巴黎的平民生活。这使他辟了一块特殊的园地，这使他得了成功。他以高蹈派写实的功夫，细细的写出工人、小商贩、贫女以及其他无告的平民的生活与心情，写得真足可以动人。平民们读了他的诗，也都赞叹其能如真的一样。

与高蹈派诸诗人同时而没有把他们的作品放入《今日之巴那斯》集中者，有鲍特莱尔（Charles Baudelaire，公元 1821-1867 年）和班委尔（Theodore Banville，公元 1823—1891 年）。

鲍特莱尔是有名的恶魔诗人。他不属于任何派别，只向他自己的黑暗而诡奇的道路上走去。他的诗集有一部《恶之花》（*Fleurs du Mai*）。在那里，已足完全的表现出他自己来。他与台里尔一样，赞美死；他对于色、味、声等有特殊的感触。他追求着新与奇的东西，曾服食鸦片和印度大麻等刺激品，以寻求幻怪的境地。他所咏的东西，不是英雄，也不是哲理，不是良辰美景，也不是婉约的恋情，乃是一般人所认为丑恶的东西，如鸱鸮、如尸、如游魂之类。有人以为他是但丁；以为但丁游过地狱，而他则是从地狱中来的。他深喜美国作家爱伦·坡（Allan Poe）的著作，曾译了他的《非常的历史》及《新非常的历史》到法国来，当然，他自己也是很受坡的影响的。他的诗，在艺术上是很精美，对于嗅觉及味觉等，尤有极深入之描写，这一点他是与高蹈派同调，而且有影响于他们的；在他思想的颓废与诡异，他的完全表现出他自己，表现出自己的灵魂来的几点上，则又开了后来象征派的先声。

班委尔（Banville）是戈底叶的弟子。他在运用诗歌的音韵上，与戈底叶有同样的成功。他的诗集《雕柱》（*Les Cariatides*）等，都是音节极谐美的。论者谓，他说的话不多，但他一说，却总是很完美的。他复活了法文的古诗式，却把他们变得更华丽了。

一个有诗才的作家，也与鲍特莱尔一样不适宜于任何派别，而自有其独特之地位的是李查宾（Richepin，1849-）。他是一个过着漂泊生活的人，思想怪特而有力。他的第一本诗集《光棍之歌》（*Chanson de Gueux*）是那样的惊世骇俗，当它一出版，法国人便以为有背公众道德而把他囚禁起来。但他的笔却并不因此而遂停止，法国遂渐渐的与他相习了，承认他的天才与忠实。以后，他的作品也渐渐的更聪明了。他的小说与戏剧，俱以精于心理的描写著名。

四

当高蹈派正在全盛的时代，象征派便也开始崛起。什么是象征主义呢？这是很简单的。譬如爱伦·坡的《乌鸦》诗，其中所咏的乌鸦，如果是代表运命或他灵魂的黑暗方面的，那么在这诗的表面之下，便有了双重的意义了；这样的诗便是象征派的，常以一物代表或象征他物，常以其他观念，代表某种观念。象征主义是与诗歌一样的古老了，在很早的时候已有人用此法了。不过法国的诗人却提倡着这样的叙写法。但有的时候，象征派作家却是写了很隐晦的东西；他很用心的写下第二个思想或想像，使我们完全寻不出他的原意是什么。这乃是文学上新的奇异的表白法，即颂扬他们的人也会为之迷惑。鲍特莱尔和麦拉尔梅诸人的诗，有时就是如此。托尔斯泰对于他们曾痛加以攻击。

象征派的第一个领袖是魏伦（Paul Verlaine，公元1844–1896年），他家世很贫苦，很早的就出来谋生。但他青年时代的生活却充满了爱情与诗意，后来因为他的感情太热烈了，又好使酒生气，便与他的妻反目，弃家而为一个漂泊者，游历英、比诸国。曾在比利时因事被捕下狱。1881年，回到巴黎。这时，他的名望已震于全国，少年诗人群推为象征派的领袖。不久，他乃死于巴黎的一间破店小屋中。魏伦的著作很多，少年时代唱的是《美满的盛会》（*Les Fetes Galantes*），到了他过着漂泊生活以后之作品却都是悲苦之歌，如《今与昔》（*Jadis et Nagriere*）等。在这些诗里，可以看出他的生活与细密而热烈的情绪。他自己曾在某处说，“这本书没有一篇不是生命”。实则，他的全部的诗，也就可以算是他的一生的歌咏。凡是他的感觉、他的恋爱、他的憎厌、他的希望、他的失意，都如盈盈的绿水，满盛于湖中一样的储于他的诗里。他遣辞用句，完全不管法国诗的旧格律，只凭他自己内部发出的柔美的音调。他在他的有名的《诗学》（*Art Poetique*）里，他把他的原理告诉给大家；第一个原则便是音乐超于一切别的之上，不必有清晰，不必有机警，不必有论理，常要有的乃是音乐。他自己的诗便如此的实行着。他把他的歌散于晨风中，他的歌是自然得如鸟之啭歌的。音乐家常喜把他们谱入音乐中。他常不能自制其感情，但他的制御艺术的能力却极大。在他囚于比利时狱中时，他由异教者变成了一个旧教徒，写了一册法国文学中最优美的宗教诗歌。他如雪莱，如海涅（Heine）一样的触动读者心的深处，但其情调却与他们完全不同。他不仅是法国最伟大的诗人之一，且是近代欧洲的最伟大诗人之一。

麦拉尔梅（Stephane Mallarme，公元 1842-1898 年）与魏伦是象征派的双璧。他的生活和性格却与魏伦都不同。他的生活完全是艺术的生活。他以为文艺是人生的最终目的，也是唯一的目的，他之作诗，乃为作诗而作诗，随自己的意思作去，并不求普通人的了解。他的诗乃如音乐，别的不能接触到的，它会接触到，别的不能深入的，它却会深入；能被它感动的，便真的是感动得最深挚的。他因此非常注意于音乐的节奏，常常和音乐家在一处，以帮助他的诗的创作。他的诗因此有许多地方很隐晦，连他的门人也不大明白；但有许多诗却明白得如日光一样。他与鲍特莱尔一样，也是爱伦·坡的崇拜者，并译了不少这个美国诗人的诗进来。他的名著为《完全的诗》（*Poesies Completes*）及《篇页》（*Pages*）。因为他的诗与音乐是如此坚固的联结着，所以在法国以外的人读到他的诗的人却很少，即在法国也只有极少数的人懂得。

林博特（Arthur Rimbaud，1854-1891）是麦拉尔梅和魏伦的好友，与他们并称为象征派的三杰。他感情很热烈，又喜欢漫游，这使他与魏伦成了很亲密的朋友。他又喜欢音乐，这与麦拉尔梅是同好。他成名的时候很早。当他与魏伦在一处时，还是一个童子。论者每以与英国的童年诗人查托顿相比，实则他的诗较查托顿为尤高一等。他曾和魏伦同游于比利时。魏伦喝得大醉，取枪击他，亏得他的枪法太不高明，林博特才不至有性命之忧。魏伦之被囚于比狱，即因此故。他的著作有《灵光》（*Les Illuminations*）及《地狱中的一季》（*Une Saison en Enfer*）。他的诗，音韵极自然，而神秘的气氛很重。

在这个时期的最后，还有两个作家，亦可谓为属于象征派者，一个是拉福格（Jules Laforgue，公元 1860-1887 年），一个是有名的批评家古尔蒙特（Gourmont）。

拉福格是一个早熟的作家，与林博特一样，但他却死得很早。他是一个怀疑派的哲学诗人，十分崇拜叔本华与康德（Kant）。他的大作为《平民悲歌》（*Les Complainte*）。他感觉极锐敏，凡人所见不到的，他却能看到，且能深切的写出。梅特林（Maeterlinck）是很赞许他的人中的一个。

古尔蒙特于他的散文外，他的诗也是很有名的。他的名作是《西蒙》（*Simone*），凡13章，自称为“田园诗”。他的诗注重于抒写情调，不落于其他象征诗人之比喻一流。

同时代的大小说家法朗士（A. France）及蒲尔格（P. Bourget）亦为有名的诗人，诗意清澈而辞笔明洁。有重活古典主义之倾向。或归之于新古典主义的一个新派中。但他们的诗都不很多，且比起他们的小说来，诗歌不过是附庸之作而已，故不详述。

参考书目

1. 法国诗人作品译为英文者不多。雨果的诗集有英译全集本。

2. 缪塞的《一个近代人的忏悔》（*A Modern Man's Confession*）有《荷花丛书》本，（Collius 出版）。

3. 戈底叶的 *Capitaine Fracasse* 有《荷花丛书》本。

4. 鲍特莱尔的《散文诗》及《恶之花》。英译本有 Elkin Mathews 出版的一本。

5. 《鲍特莱尔诗集》有史格得公司（Walter Scott）出版的 *Canterbury Poets* 本。

6. 西蒙士（A. Symons）的《鲍特莱尔》，Elkin Mathews 公司出版。

7. 《魏伦诗集》，在 *Canterbury Poets* 丛书中。

8. 《魏伦：他的生平与作品》（*P. Verlaine, his Life and his Work*），E.Lepelleptier 著，T. Werner Laurie 公司出版。

第三十五章

19 世纪的法国戏曲及批评

一

19 世纪法国戏曲的开始，是跟了罗曼主义而俱来的。自大仲马的《亨利第二及其朝代》(*Henri Ⅲ et sa Cour*)及《奥托尼》(*Automy*)上台排演后，罗曼主义在法国才完全胜利。他们把古典主义者所信仰的“三一律”，打得粉粉碎碎。此后，剧场上的戏剧便活泼有生气得多了。

大仲马是这时代很重要的戏剧作家，也许他的戏剧，比他的小说还重要。他写了百余剧，《亨利第三及其朝代》与《奥托尼》二剧是最重要的。《亨利第三》叙一个公爵疑心他的妻与某人有秘密行为，便强迫他的妻写信约了他来，伏兵把他杀了。《奥托尼》叙奥托尼爱一个女子，却因种种的关系，不能娶她。后来，她嫁了别一个人。他却于某日又强迫她与他恋爱。正在那时，她的丈夫追来了。奥托尼却立刻杀了她，对她丈夫说，因为她不从，所以杀她。在这些戏曲里，其题材与表演都是激烈粗暴，足以倾动一时的。所以自从这些戏曲开演后，自然而然的古典主义是绝踪了。

雨果，与诗人委尼及缪塞也各写了好些剧本。雨果的戏曲也以事迹的诡异见称。如《赫尔那尼》（*Hernani*）写一个贵族的女子不爱一个王子，却把她的恋情寄在一个强盗的身上。《吕依白拉斯》（*Ruy Blas*）叙皇后对于她的仆人，一个为她仇人所遣来的侦探，却发生了恋爱。雨果的成功，便在能把这些浪漫的事迹，运以抒情诗似的文笔，成了异常的华婉动人的东西。委尼所写的剧本，却没有大仲马与雨果那末样的辣烘烘的。他的有名的剧本为《查托顿》（*Chatterton*），写的是英国有名的童年诗人查托顿的事，查托顿富于天才，终于因穷困失望，服毒自尽。委尼用细腻的文笔，把这个幼年诗人及与他有关的人物，都写得十分的活泼动人。缪塞的剧本，完全为任性的创作，毫不顾到剧场的习惯。但在舞台上成绩却并不坏，他的好处乃是对话的漂亮，剧中每个人物的说话都逼真而响亮，不加一点的做作。他的有名的剧本，为《马利亚纳之恶习》（*Les Caprices de Marianne*）及《莎伦萨契奥》（*Zorenzaccio*）等。

小仲马（Alexandre Dumas fils，公元 1824—1896 年）是大仲马的私生子，为写实主义戏剧的始创者。他初以作小说，有名于时。后来，把他的《茶花女》（*Dames aux Camelias*）改编为剧本，一上场便得了极盛的彩声。此后，他便专心于作剧了，所作凡二十余种，虽不及大仲马之多，却精粹远过于他的父亲。他的剧本大多为社会问题之研究，如《私生子》（*Le Fils Naturel*）、《一个阔绰的父亲》（*Un Pere Prodigue*）等都是如此。他的戏剧，除了他们的思想与所储匿的问题外，艺术也是极高崇的，对话之恰如各个人物的身分，结构之完密，人物性格之真切，都足以使它们不朽，且使它们至今犹为各地剧场所扮演。《茶花女》更为世界剧场上最常见到的一部戏曲。

与小仲马同时的剧作家有奥琪叶（Emile Augier，公元 1820–1889 年），萨都（Sardou）诸人。奥琪叶家世富裕，专心于作剧。所作有诗剧与散文剧二大类。论者每以他的戏曲与巴尔札克的小说并称，因为《人类的喜剧》里，包含的是社会上各式各样的人，各式各样的生活，奥琪叶的戏剧也是如此。他又与小仲马一样，很注意于社会问题的叙写。对于婚姻问题尤为注意。如在《波里叶先生的女婿》(*Le Gendre de Mr. Poirier*)里，叙一个富商仰攀名门，把他的女儿嫁给一个贵族，因此毁坏了他女儿的一生。如《一个美满的婚姻》(*Un BeauMariage*)叙一个很有才能的工程师，赘于一个富翁之家，结果也到了饱受那富翁家族的侮辱的境地。如《穷的母狮》(*LesLionnes Pauvres*)叙的是一个寒士娶了消耗甚大的妻子，终至于悲惨的结果。这些都是对于当时社会上最习见的现象加以攻击而促其反省的。他的文笔平易而忠实，不为过度的夸张，这使他的剧本更易为人看来受感动。因为逼真的平叙较之夸张的烘托，是更易动人的。

萨都（公元1831—1908年）以善作喜剧著，文笔非常的灵活可爱，除喜剧外，他还著些历史剧与悲剧。他的名作为《苍蝇的脚爪》(*Les Pattes de Monche*)等。此外还有好几个喜剧作家，如那赫克（Neilhac，公元1831-1897年）与赫莱委（Halevy，公元1834-1908年）等，他们的名作大都为小歌剧场（Operette）中常演的戏曲。

二

小仲马之影响弥漫于法国的剧场者很久，到了倍克（Henri Becque，公元1837—1899年）的名剧《老鸦》(*Le Corbeau*)出世后，才脱出了他的窠臼。倍克也是一个自然派的戏剧家，但他并不如小仲马他们一样，念念不忘的在他们的戏曲里讨论着社会问题。他的剧曲完全把他自己直接观察的结果，不加烘染的写了出来。听众见了这样的耳目一新的素描的作品出来，一时甚为之感动，开了近来法国自由剧的风气。

继倍克而起，提倡自由剧的，有安东尼（André Antoine，1852-）。他要把平常的人生，切了一片一段来，毫不加点染的表演在剧台上。但这时，写实主义的怒潮已衰落了，他的剧本却不能鼓起大家的兴味。这时足以吸动听众的乃是具有哲学的与象征的意味的自由剧。做这些剧本的，有梅特林（Maeterlinck），他虽是比利时人，却用法文写他的剧本，在法国剧坛上占很重要的位置。（他将在第四十章中讲到，这里不说。）此外，有居莱尔（Frangois Curel，1852-），也编了不少这一类的剧本，但他却把理论太多的装载于他的剧本中，使演者很感困难，使听众觉得无味。

社会剧或心理剧，在这时非常的引起听众的注意：他们写的是巴黎的中流社会，对话与结构都极漂亮而精致，因此风行了一时，为19世纪最后极有力的剧作。这一类的作家，有白里安（Brieux）、赫尔委叶（Hervieu）及拉夫顿（Lavedan）、路斯丹（Rostand）诸人。

白里安（Engène Brieux，1858-）是一个社会问题的研究者。他的剧本都是严正而有气魄，他以他的锐敏的观察，看出近代社会之众恶而以细腻深入的辞笔写出之。他的《红衫》（*Le Robe Rouge*）诸剧，在近代剧场上是常演之作。

较白里安的态度更为严重的是赫尔委叶（Paul Hervieu，公元1857-1915年）。他捉住了一个恶点，便用全力去攻击，攻击得异常的勇猛。如他之攻击法律，便是如此。他的名作有《钳子》（*Les Tenailles*），《人的法律》（*La Loi de I' homme*）等。他的文笔流利而痛快。“公道”在他剧里是一个重要的要素，读他的剧本，自然会生出一种有力的情绪，连气都透不出。

拉夫顿（Henri Lavedan，1859-）与白里安他们不同，他是以轻快微妙的笔调来写社会的心理的，对于心理的解剖，细密之极，使读者或听众不期然的会进入那最深远的人心的深处。他的语气有时也很滑稽。他的名作为《决斗》（*Le Duel*）、《服侍》（*Servir*）等。

路斯丹（Edmond Rostand，公元1868-1918年）以《小莺》（*L' aiglon*）一剧震动全个欧洲。他的剧情带些讽刺的情调，文笔却是新鲜的；以明洁的笔迹，写出他所特有的青年的愉乐的趣味。

批评家勒马特（Jules Lemaitre，公元1853-1914年）也以戏曲著名。他的剧本是诚诚恳恳的细致的把社会心理写给大家看，并不参入什么哲理的讨论，所以甚得听众的欢迎。所作以《反抗者》（*Les Re voltes*）、《白婚姻》（*Le Mariage Blanc*）等为最著。

三

19世纪的法国批评，开始于一个杂志名《地球》(*Globe*)者，这个杂志，创设于1824年，有六年之运命，在这六年间，对于新的文艺势力却给以鼓励与欢迎，在当时伟大的文艺运动上有指导的功绩，同时并介绍了不少外国的大诗人进来。

委尔曼(Villemain，公元1790–1867年)是19世纪法国的第一个重要的批评家。他以为文学是人类心灵的表现。他并不把自己囿于规则的解释，美的文句的颂赞上，他乃是把文学的研究，当做一种历史知识的工具的。他的大作为《法国文学讲义》。

尼萨(Nizard)是一个与委尔曼立在反抗地位的批评家。委尔曼是表示科学的方法的，尼萨却表现那理想的、教训的方法。他把文学批评当做一种理性的结构。他给教训。他把关于时代的、关于个人的一切事都放开了，他仅要知道永久的美。在他看来，仅有具着不为时地所限的，以完美的文字，表白真理——人类理性的实质——之作品，乃可算为伟大的作品。

到了伟大的批评家圣·皮韦(Sainte Beuve，公元1804–1869年)出来，尼萨的主张，却为他所打破，他是反抗尼萨而与委尔曼的见解相近的。他初在巴黎学医，后与雨果等为友，乃弃了医生的职业，而加入文艺界中。他所专心的不是小说，不是诗歌，也不是戏曲，乃是批评。他在各有名日报上，做批评主任，著作很不少。主要的作品便是那有名的每礼拜写一次的《星期一谈话》(*Causeries du Lundi*)，接连的做了十几年。他的批评，完全是客观的态度，不参加一点自己的感情和意见。他的心思非常的细密，善于搜讨古籍，善于繁征博引，而组成有条有理的文章。他的批评方法是：在研究一种作品，必须先知道那个作家的家世、生平和性格。他自己说，常常一个人闭门15日，同着一个有名死人的著作，研究他，玩味他，并且爱去问讯，如同把他放在面前的一样。后来，便渐渐的把这个作家的恰切的真实处发现出来。因此认识了这个作家，因此，认识了他的作品。这样的科学的态度，他曾应用在他的《文人写照》(*Portrait*

Litteraire）上。他想由这种的方法，总有一天，可以建立一种批评家的科学来，如生物学一样，可以把人类的精神，照天然的分别，分起类来。这当然是一件很伟大，也许竟是不可能的工作，所以他终于没有成功。但他的影响却是极大的，他开创了后来的写实主义的大路，并为泰耐（Taine）的老师，至今还有许多人在接踵的用圣·皮韦的方法去研究某个文学家，去批评某部作品的。

泰耐（Hippolyte Taine，公元1828—1893年）继于圣·皮韦之后，创立了较圣·皮韦更进一步的科学的批评法。他曾为教员，后来，弃了职，专心去研究学问，实行了“生活着是为了思想的”一句话。他的著作很多，以《英国文学史》（*Histoire de la Litteature Anglaise*）为最伟大，此外还有《拉芳登论》（*L'Essai sur la Fontaine*）等较为不重要。他的批评原则，在有名的《英国文学史序言》上，说得非常明白。他以为研究一国文学史，须由三个地方去考察，一是种族，二是时代，三是环境。每个国家的文学的潮流，总不外因这三个大影响而有所起伏，每个作家的作品与性格也极受这三个大影响而有所不同。法国的种族与英国不同，英国的又与东方诸国不同，因此所产生的文学和作家便截然的两样了。某个时代的文学与作家，又常受时代的思想和政治、社会、经济状况的影响；莎士比亚的戏曲不能产生于12-14世纪，拜伦的狂热的诗也不能产生于17-18世纪，这就是一二个例证。至于环境之有关于作家和文学的全部，乃更是了然。他用了这种归纳法，去批评历史，去批评文学，很得些成功。《英国文学史》便是他的最好的试验的成绩。但有许多批评者，却对于他这样的太科学了的批评法大为不满。无论如何，照他这样的方法去批评文学，总逃不了太机械的弊病。所以他的信徒，终于不至有圣·皮韦那样的多——原因是圣·皮韦的方法不是如他那样的机械的。

莱南（Ernest Renan，公元1823-1892年）与泰耐恰是立于相反的地位，他虽是很信仰科学的，而他的批评却完全是理想的，不似泰耐之立有一种固定的方式。他有些是怀疑论者，但却对于宗教有很深湛的研究。他所喜爱的只是殉道者、高尚的心灵者、不可能的朋友。他常专心于宗教，常以为自己是一个牧师。后来，他虽脱离了宗教的束缚，却仍旧承认宗教的价值与理想。他游了叙利亚与耶路撒冷之后，便有意于做《耶稣传》（*Le Vie de Jesus*），这部大传记出版于1862年，立刻震动了世人，引起了很激烈的宗教上的辩论。后来，他又著了一部《基督教的起源》（*Les Origines du Christianisme*），也是一部大著。此外还有许多别的关于宗教、哲学和历史的著作。他的文笔是异常的娇媚可爱的，把他的思想及感觉，都能细细的写出，把往古的奇迹和故事也都能惊人的、动人的、正确的写出。他承认宗教的理想，却根据于历史的研究，而打破一班人的迷信，尤其反对的是教堂。在这里，他的影响是极大的，他的《耶稣传》的伟大，也就在于此；于表现这个大教主的伟大人格外，却同时把攀附于他身上的种种灰尘和藓苔都铲除下了。

四

自泰耐、莱南之后，到了19世纪之末，批评的作家，重要的很不少。古尔蒙特是应该第一个数到的。古尔蒙特（Remy de Gourmont，公元1858–1915年）作诗歌，作小说，还有好些关于哲学，生物学，言语学之著作多种，而以批评之作《假面集》（*Livre des Masques*）二卷为最重要。《假面集》乃评论象征派诗人之论集，解释象征主义之意义至为明晰，对于象征派诸诗人都极有研究，论者因称他为“象征派的发言者”。他尊重个性，尊重现世，可为近代异教精神复兴之代表。他以为人当爱重自我，寻求幸福。人仅此一生，生复有限，故必须及时求乐。故贤者唯一之信仰即为自我，唯一之祖国，即为人生。

勒马特（Jules Lemaitre，公元1853–1914年）与古尔蒙特不同，他并不宣传么主张，并不解释什么派别，他仅以自己读书时所得到的印象，随了他的对于那个作品的解析，同时写出。他的笔调很美秀可爱。他的批评作品不少，以《时人》（*Les Contermporaeno*）为最重要。

勒马特不注重主观的批评，也不立什么信条或方法。白鲁尼特（Ferdinand Brunetiere，公元 1849—1907 年）却是一个主观的批评家，他有他的道德信训，他执了这个信训，对于自然主义，“为艺术的艺术”大肆攻击。他可以说是泰耐的后继者，因为他应用了进化论的学说，到文学的批评上来。他以进化论来解释文学种类的变迁，如研究生物种类之变化一样。他有名的著作是《法国文学史》《法国文学评论》《抒情诗的变化》及《自然派的小说》等。

法格（Emile Faguet，公元 1847–1916 年）与白鲁尼特一样，也反对自然主义，也提倡道德；同时，他并追踪圣·皮韦，应用他的批评方法来研究文学的作品。他的著作很多，以《18 世纪》《19 世纪》等为最有名。

此外如法朗士，也曾写过高妙的批评，因为这种批评，比起他的别的大著作来不过是零片，所以这里不说到了。

参考书目

1. 大仲马的戏剧可在英译的他的全集中找到。英译全集有 Charles Scribner’s Sons 出版的一部。

2. 雨果的戏剧在英译的全集本可找到。又有 Bell 公司出版的《彭氏丛书》（*Bohn’s Library*）本。

3. 小仲马的《茶花女》，小说有林纾的译本，商务印书馆出版，剧本有刘复的译本，北新书局出版。

4. 白里安的《红衫》的中译本（名《红衣记》）泰东书局出版。

5. 圣·皮韦的《星期一谈话》，E. J. Trechmann 英译，Routledge 公司出版。

6. 圣·皮韦的《论文集》（*Essays*）有史格得出版公司（W. Scott）出版的一本（在 Scott Library 内）。

7. 泰耐的《英国文学史》有 H. Van Laun 的英译本，Henry Holt and Company 出版。

8. 莱南的《耶稣传》及《论文集》在史格得公司（W. Scott）的 Scott Library 中有英译本。

9.《莱南》William Barry 著，在 Hodder & Stoughton 出版的《文学家传》(*Literary Lives*) 中。

10. 法格的《法国文学史》，英译本由 T. Fisher Unwin 公司出版。

第三十六章

19世纪的德国文学

一

大诗人歌德死于1835年，然实际上德国的古典时代乃终止于席勒之死。到了19世纪的开始，罗曼主义的新潮便渐渐的弥漫了德国的文坛，与英、法诸国的罗曼主义相映照。罗曼主义之在德国，其起因，当然半由于外来的影响，然政治上的大变动却促进了这个新的潮流不少。德国在那时是很衰弱的，拿破仑的马足一到，便成了法国的势力所及的被保护国了。在这样的被异族所征服的情况之下，自然而然的会发生了两种动力，一种是景慕中世的伟大的德国与她的文学，史诗、行吟诗人乃至教堂与弘丽的建筑，一种是促成了国民及诗人的爱国心，高喊着要求自由。这都是德国罗曼主义的特点。但在罗曼主义的第一期，却只是做着诗人的梦。并没有什么很大的天才出现。到叔本华、克莱斯特（Kleist）诸人崛起之后，德国的文坛才现出蓬蓬勃勃的活气来。

二

第一罗曼时代的主要人物是迭克（Ludwig Tieck，公元 1773-1853 年）。他生于柏林，他的功绩乃在引起这个新的运动，而不在他的作品上，他的诗才并不怎么样的高。他的重要著作是他的童话。希莱格尔（Friedrich Schlegel，公元 1772-1829 年）是这个新派的批评的领袖，他建立了罗曼主义的理论的基础。他的哥哥威廉（August Wilhelm Schlegel，公元 1767-1845 年）译了莎士比亚的戏曲到德国来，这个劳苦的工作是不朽的。诺瓦里斯（Friedrich Novalis，公元 1772-1801 年）是这一派的诗人，他在 29 岁时便犯肺病死了。他的《零片集》（Fragments），虽不过是零片而已，却有不少好的东西。

这一派的生命很短，到了 1804 年便告终止了。这个时代的德国政治与国家的生命都暗淡无色。1806 年时，神圣罗马帝国渐渐的邻于没落之境，拿破仑把它打得、分得零零碎碎的，再取来作为他自己的掳掠物。这把德国诗人的国家意识与爱国心很强烈的引起了。这些诗人有亚宁（Ludwig A. von Arnim，公元 1781—1831 年），白伦泰诺（C. Brentano，公元 1778-1842 年）与歌莱斯（J. Grres，公元 1776—1848 年），他们把第一罗曼主义时代的梦，带到地上来。他们写当代的国民生活，或追写过去的历史——是真的过去的德国人民历史，而不是如诺瓦里斯所写的想像的，他们最大的成功，是亚宁和白伦泰诺所编的国民民歌集，《孩子的魔角》（*The Boy's Magic Horn*），与格林兄弟（The Brothers Grimm）（Jacob，公元 1785—1863 年）（Wilhelm，公元 1786-1859 年）所搜集的民间故事集。格林兄弟的成功，也许是出于他们意料之外，是异常的伟大的。他们编的故事集，成了世界上每个孩子都高兴读知书，而且也是一部为研究民俗学者所珍视的东西了。

1813 年，莫斯科被焚，拿破仑由俄国狼狈的退回。这时，德国有许多爱国诗人高唱着爱国的抒情诗，如柯纳（Theodor Korner，公元 1791-1813 年）、亚伦特（Arudt，公元 1769-1860 年）以及兴金杜夫（Schenkendorf，公元 1783–1817 年）等。他们的诗颇有影响于当时，却都不是很高的诗才。

克莱斯特（Heinrich von Kleist，公元 1777–1811 年）的戏曲乃是这时期的光荣。他于很轻的年龄时，即自杀而死，留下不少精美的剧本与中篇小说。他是 19 世纪德国第一个大戏剧家，可与席勒相比，引起了新的国民的自觉心。他开手作了《西洛芬斯顿的家族》（*Die Familie Schroffenstein*），18 世纪的“狂风暴雨”是染上了罗曼的色彩而复活了；他的《洪堡王》（*Der Prix vonHomburg*）是一篇历史剧，普鲁士的国民的戏曲；《海曼斯拉特》（*Die Hermannsschlacht*）是一部悲剧，穿上远古的衣服，而有力的表现出当代的真实之政治冲突的。克莱斯特还写了一部很好的小说，《科尔赫士》（*Michael Kohlhass*），写 16 世纪的一个故事，对于克莱斯特死后二年之反抗拿破仑的运动很有影响。

克莱斯特不是当时唯一的戏曲家，却是当时唯一的伟大的戏曲家。当时的戏曲家，还有委尔纳（Z. Werner），他是所谓“运命戏曲”的作者，带些悲观的色彩，所作有《二月二十四日》。

查米莎（A. von Chamisso，公元 1781–1838 年）与爱秦杜夫（J. von Eichendorff）及慕劳（W. Muller）是当时三个重要的诗人。查米莎是法国的人，居于柏林的，他写的是很真朴的德国抒情诗。他本是一个植物学家。他于抒情诗外，又作了一篇名《彼得·希莱米尔》（Peter Schlemihl）的故事，得了全国的赞许，这是一篇可爱的神仙故事，叙一个人把他的影子卖给魔鬼。查氏居德国，一切习惯如德人，回法以后，痛恨法人的习俗，却又不便改隶德籍，这一篇即是写他无祖国的内心苦痛的。爱秦杜夫（公元 1788–1857 年）是罗曼派诗人中最伟大者之一，也是德国所有的最能感发人的抒情诗人之一。他是与德国森林中大神潘（Pan）同住的，大自然的景色，原野的漫游，都一一的印在他的诗里。除他的诗外，他还有一部《一个废人的生活》（*From the Life of a Good for Nothing*），这是一篇短篇故事，但却也是用散文来表白抒情诗的情绪的。慕劳死得很早，只活了 27 年。他与爱秦杜夫一样，歌咏的是自然，却所咏的范围更广；他还作些民歌，以及政治的歌；他的《希腊人之歌》是德国自由战争之后，第一部有名的政治诗歌。

当时的诗人，受有东方的很深的影响者，是鲁卡特（F. Riickert，公元 1788-1866 年），他出了好些部的诗集，大部分都是印上东方的波斯与阿刺伯诗的色彩，幻想微妙，而音调可爱的。

在小说的范围内，有福沟（F.Fouque，公元 1777-1843 年）、霍夫曼（E. T. Hoffmann 1776-1822）及赫林（W. Haring）工作着。福沟以他的名作《涡提孩》（Undine）著称，他终身都在中世纪与骑士时代的小说的活气中著作着。《涡提孩》是一个水的精灵，她爱恋了一个武士，而这个武士却又被别一个人间的妇人恋着。其婉恋可爱而渗和着悲戚的苦味的情调，至今还为全个世界的人所喜爱。但他对于后来的时代，还有别的影响，他第一次把《尼泊龙琪歌》的故事放在近代剧场上。他的《北方英雄》（Held im Norden）乃是赫倍尔（Hebble）的《尼泊龙琪》及魏格纳（Wagner）的《尼泊龙琪之指环》的先驱。

霍夫曼是后期罗曼时代的有力作家。他的小说是属于德国的伟大的小说作品之内的。他有异常的天才，却不能没有缺点。他写的大都是超自然的故事、午夜的魔影、怪异的语声，他都有声有色的写出，而他自己的生活却也是为酒呀，妇人呀所侵入的魔的生活。

赫林是一个极力摹仿史格得的人，他写得是那么样的像，据说，曾有一次，他的著作被译成英文了，英国人都惊以为真的是史格得一部未刊的小说！

所以他被称为“德国的史格得”。在实际上，他却有许多不及史格得处。他的小说，大部分是普鲁士的国民小说。

罗曼派的最后一期由乌兰特（Ludwig Uhland），慕里克（Eduard Morike）、莱奴（Nicolaus Lenau）诸诗人告了结束。乌兰特（公元 1787-1862 年）是一个有名的中古研究者，曾为大学教授，后又从事于政治活动。他以作抒情诗及民歌，得名于文坛。慕里克（公元 1804-1875 年）的诗才是很高的，在德国诸诗人中是可以列在第一流的。他还写过几篇短篇小说和一部长篇小说《画家诺尔顿》

（*Maler Nolten*）。

莱奴（公元1802-1850年）是奥大利人，他是奥大利近代最伟大的抒情诗人。他有着悲观的天性，曾因厌恶本国而到了美国，不料这个“自由之土”却完全不是他想像中的一个，于是他废然的复回欧洲。回来之后。他的悲观主义却愈深沉了，他成了不可救药的狂人。他的诗，是他的这个时代的欧洲之悲观主义最中心的表白。他的悲观，是纯粹的情绪的悲观，是主观的悲闷，与拜伦一样的。同时还有一个不幸的诗人赫尔特林（H·lderlin），他的境遇也和莱奴一样的悲惨，但无论如何，却总没有莱奴那么样的触于绝望之深处。莱奴还写了史诗和史诗的戏曲（如*Die A1bigenser*及*Faust*），其气势之弘伟与想像之富裕，远非一般仅仅善于写抒情诗之诗人可比。

奥大利在这个时代，不仅出了莱奴，还有好些个戏曲作家呢。格里尔柏曹（Franz Grillparzer，公元1791-1872年）是其中最伟大的一个。他与莱奴之在诗坛一样，是奥大利剧坛的一个最伟大的作家。他的第一剧《女祖先》（*Die Ahnfrau*）产生于1817年，是属于受定命论的影响的“运命悲剧”的。《莎孚》（*Sappho*）是他的第二剧，是一部古典的模式的恋爱悲剧。这剧里充满的娇秀可爱的罗曼派的色彩。他的大著《金羊毛》（*Das Goldene Vlies*）是一部三连剧，其最后的一剧《美狄亚》（*Medea*）尤为他的重要贡献。他把这个曾吸引住无数诗人的古代神话，用近代罗曼派的主观重写出来，写得那么样的美丽与生动，乃非纯粹的古典剧作家所曾梦见。他的《亚图克王的幸运与结局》（*Konig Ottokars Glück und Ende*）是奥大利的国民悲剧的代表。与他同时的剧作家不少，大都是跟随于西班牙诸大剧家及莎士比亚与德国大作家之后的，在这里都不能提起。西班牙卡尔特龙（Calteron）诸人的戏曲，这时在奥大利影响是极大，连格里尔柏曹也不免多少的受到些。

浪漫主义仅有的真的好戏曲，乃是抒情的歌剧，如惠伯（Weber，公元1813-1894年）与马契纳（Marschner）的歌剧，萧葆特（Schubert）及萧曼（R. Schumann）的音乐，都是罗曼主义的最中心的精神，都是世界上极伟大的创作。

大哲学家叔本华（公元1788-1860年）也生于此时。他是不朽的悲观主义的哲学家，其影响极大，尤其在罗曼主义以后的德国。他的重要著作是《意志与表现的世界》（*The World as Will and Representation*），在文学上最有影响的乃是他的用很优美的散文写下的《杂作》（*Miscellanies*）二册。无论在文学上、哲学上、艺术上，音乐上，他都有极丰富的启示。

伊莫曼（K. Immerman，公元1796-1840年）与柏莱顿（A. von Planten-Hallermünde，公元1796-1835年）乃是罗曼主义最后的双柱。伊莫曼是一个著作极多而头脑清晰的批评家，他无论什么都写，小说、戏曲、诗歌、批评。他的小说《苗裔》（*The Epigoni*）是“有主义的小说”之先锋。柏莱顿是一个很有力的讽刺作家，他由本国迁居于意大利，中年即死了。他以为诗歌是一件艺术品，不是忏悔录。所以在他眼中看来，主观的真实还不如外面的技巧为要紧。他的讽刺诗极机警，他的十四行诗尤为著名。《从委纳司的十四行诗》（*Sonnets from Venice*）是19世纪德国形式的诗中很高的作品。

三

1830年7月的巴黎革命，震动了全个德国，诗人受其感动尤深，遂有所谓“少年德意志”（Young Germany）的一派新的文学运动出现，他们较前代为更写实的，为更倾慕自由的。

“少年德意志”的最重要的诗人是海涅（Heinrick Heine，公元1797-1856年）。他是德国的犹太人，生于1797年，是罗曼主义的儿子，也是革命的儿子，一个梦想者，又是一个写实者，充满了要求人类自由的热情。他歌唱仙岛的美景，又咏写平民的痛苦，他的人格如拜伦一样，影响了全个欧洲。他到今日还是德国的争辩之潮的中心，有许多人极热诚的拥护他，有许多人却酷刻的攻击他；全个欧洲的近代诗人，恐没有一个像他这样的受人更甚的攻击或拥护的了。他是一个伟大的抒情诗人，这是一个定论，但他的著作，却还不如他的人格与影响之更为重要。他早年沉浸于罗曼派的影响之中，但有几个原因，使他不能不脱离了罗曼派的：其一，他是犹太人，本是没有祖国的，所以世界主义是深印在他身上，对于罗曼派的极端的德意志主义自然要不满意了；其次，海涅的生地，早已属于法国所管辖，所以对于拿破仑并没有别的诗人那末样的厌恨。再则，他对于现实的罪恶，实在看不惯了，便不得不高声叫着反抗。这些使他走离了罗曼主义。然他却终于不能远离。

1827年，海涅的《歌集》（*Book of Songs*）出版了，凡在1827年以前他所写的抒情诗，都已在收内了。这是一部当时德国最流行的诗集。他所歌咏的乃是夜莺，玫瑰与紫罗兰，完全是罗曼派的东西。他的伟大在于他的写法，而不在于题材。他的技术就在于把他们取来表白他自己个人的情绪。但他之用眼看自然，态度却不大忠恳。这是反对他的人的大口实，也实有一部分是对的。但他后来的作品，如《北海之歌》（*North Sea*）却是极忠恳诚实之作，题材是真实的，艺术较早作亦更为成熟。

当七月革命爆发时，一线新光落于海涅身上。有一个时候，他把法国当作新耶路撒冷，为当时政治与智慧破产中的唯一的存身处。他便与当时的一般少年政论作家，联起手来，执笔去攻击旧的恶政治，且为新的政治理想而努力。他把家移居于巴黎去。在这时，他作的散文不少，虽不如他的诗之有名，却是有声有色，丰富明快，雄辩而机警的。他自己说，他是一位为人类自由而战的一位好战士，这些散文便是记载那战事的。他的后期的重要作品是《阿泰·特洛尔》（*Atta Troll*），是一部半抒情诗半史诗的、半罗曼半讽刺的传奇；论者以为自拜伦以后，欧洲没有产生过与此同样的作品。他病了好几年，于1856年，死于巴黎。

蒲尼（Ludwig Borne）也是少年德意志的有力的分子，与海涅一样，也是一个犹太人。他是一个有名的急进政论家，视巴黎为欧洲的救主，为她的政治桎梏的解放者。他的《巴黎通信》（*Briefe aus Paris*）是当时智慧运动上一部重要的作品。同时还有一个劳甫（H. Laube），终生以介绍法国的文化与文学入德国为职志，在把德国剧场放在法国的近代社会剧的影响之下，他是有大功的。

少年德意志的一群文人中，最超越的纯粹素朴的作家是古兹歌（Karl Gutzkow，公元 1811–1878 年）。他也是一个具着急进的政见的人，但政治在他的作品上比别的作家少有影响，他的全力在小说与戏曲。他的戏曲并不是什么杰作，小说却是他的大著作。他是小说界有天才的先驱之一。在伊慕曼的作品中，已见其影的社会小说，在他的《精神的武士》（*Knights of the Spirit*）上却完全现出真形来了。旧的罗曼派的主观，在这里，在实际的社会问题之前，是看不见的了。德国小说家自此不复以写一个英雄的故事为目的，而竟欲把当代的全个社会放在他们的读者之前了。可惜古兹歌的描写力不够，他自己却并没有成就了什么伟大的作品。

少年德意志的运动之后，德国却又突然的复响起爱国的歌声来。来因河被歌颂为德国的伟大的象征。这个歌声由少年革命者赫委夫（G. Herwegh）发出，响应者不少。弗莱里格拉（F. Freiligrath，公元 1810–1876 年）这时正以早期的罗曼派的风格作诗歌，染以很浓的东方色彩。赫委夫却反对他，以为不足道。这两个人领导了当时的全体诗人走着。

基倍尔（Emanual Geibel，公元 1815–1884 年）在当时的诗人群中最可注意。他也与革命者有关连。他的抒情诗，并不弹新调，乃纯粹罗曼派的复活，然他对于音乐的感觉极敏锐，他的辞句，润饰得极光艳，所以他又是“曼尼契”（Munich）派诗人的老辈。曼尼契派的主张与法国的高蹈派相同在 1850 至 1870 年中出现。小说家海斯（Paul Heyse）亦加入这个运动。

1870—1871 年，乃德国的军事胜利时代，全国的人都为这个胜利所感悦；这时的诗人，基倍尔之外，以少年作家史特拉委兹（M. von Strachwitz）与一个女流作家名安尼特（Annette von Droste-H ü lshoff）者，为最著。史特拉委兹天才极高，可惜到了 23 岁即死了。安尼特是德国最伟大的女诗人。她早年的叙事诗是很受拜伦的影响的；她的抒情诗与宗教诗，贝超出于罗曼派的泥泽之外。

四

19 世纪中期的前后，是德国小说极光荣的时代。小说在德国的古典时代不过是附庸之物，在罗曼时代也不见有什么不朽的大作。到了这个时代，小说家却非常的活动，在各方面活动着，如镜似的把当时社会的生活都映入了。这时的小说，约分为二大派，一派是所谓有意义的小说（novel of ideas），一派是描写乡村生活的。第一派以古兹歌的《精神的武士》为领导，第二派以伊慕曼的描写农民生活的短篇小说《奥皮霍夫》（*Der Oberhof*）为领导。继着古兹歌之后的是史比尔赫根（F. Spielhagen）。他的小说在当时很可动人，虽然现在已是过时了。他的最好著作是《怒潮》（*Sturmflut*）。

讲起小说的技术来，法莱泰（Gustav Freytag，公元 1816-1895 年）却较史比尔赫根高明得多了。他的大作是《资产与债务》（*Soel und Haben*）出版于 1855 年，是一部写 19 世纪中叶德国社会生活最有趣的小说。他很受英国的影响，技巧很好。是用工夫的作品，而非如宣传着呼喊着的主义的小说，时效一过，即无所用的。

海斯（Paul Heyse，公元 1830-1914 年）是这时极重要的作家。他的大作《世界的孩子们》（*Kinder der Welt*）出版于 1873 年。这部小说很有力量，把他的时代都写在里面了。虽然海斯是对于短篇小说的写作，最有研究，然这部长篇却仍显出他的天才来。《世界的孩子们》还有很深高的意思，她是表白当时“知识荒”的情形的。

第二派的乡村小说的作家，有皮西士（A. Bitzius），他是一个瑞士的作家。他把瑞士的农民生活细细的如真的写下。他的《仆人乌里》（*Uli der Knecht*）和《农夫乌里》（*Uli der Pachter*）是近代农民小说中有数之作。奥巴契（B. Auerbach，公元 1812-1882 年）是德国的南部人，他写的是黑林的生活，在当时，他的名望较皮西士为尤大。他的大作《黑林村故事集》（Black Forest Village Stories）至今还为许多人所读。路托（Fritz Reuter）也写下不少乡村小说，《我耕田的时代》（*Ut Mine Stromtid*）是其最著之作。

这个时代还有别一类的小说，虽然只有一部小说可拿来作代表，我们却不该忽视。因为这部小说是这一类中无比的好的。这就是克劳（G. Keller，公元 1819-1890 年）作的《绿亨利》（*Green Henry*）。克劳是近代瑞士的最伟大的作家，在欧洲看来，也是第一流的。《绿亨利》写他早年的生活，表白得极恳挚，都是作者由内心流出的。但克劳的精力却并不放在长篇小说而放在短篇小说上。短篇小说是德国文学中最好的散文作品。如果德国的长篇，常陷于结构与形式的不完美，那么，他们的短篇小说的形式却是一无疵病了。克劳是这些短篇作家中占主要的地位的。克劳的短篇，并不特别的美或有刺激性或感觉极敏锐，如他的同国人马耶（G. F. Meyer）和短篇之王莫泊桑一样。他只是淡淡的不知不觉的写去，读的人也常常的于不知不觉中会受到他的一种不自知的力量之感动。

与克劳齐名的作家是封泰耐（Theoder Fontane，公元 1819-1898 年），他初为商人，后为报馆记者，最后才作长篇小说。他是一个为写实主义及自然主义先驱的作家，作品细腻而确实，如《依菲·白莱斯特》（*Effi Briest*）及《生命的错乱》（*Life's Confusions*）是其代表作。

史托姆（Theodor Storm，公元 1817-1888 年）的短篇，其情节却与克劳不同。他是一个散文的诗人，他的小说大都是浴于罗曼主义的柔光中的。他们是一个罗曼时代的表现，非常美丽的表现。如《意门湖》（Immensee）即属于此。他的后半期的小说却采取了写实的方法为他的叙写的艺术。

马耶（Conrad F. Meyer，公元 1825—1898 年）与克劳一样，也是瑞士人。在以上好几个短篇作家中，他的艺术是最高超的。马耶写的东西不多，到晚年尤少。他写的东西非常的谨慎，他的风格是明白、修整，有时是很客观的，几乎到了冷酷的地步。像他之这样的注意于艺术，是德国散文作家中不常见到的。他极端赞爱文艺复兴的大时代，他在这个大时代或其前后，寻求他的题材的参考。

奥大利在这时也有几个短篇作家，但俱不大重要。

五

19世纪中叶前后的戏曲，可以三个人为代表，这三个人都是生于同年的，即1813年。赫倍尔（F. Hebbel，公元1813—1863年）是第一个，其次是鲁特委（Otto Ludwig，公元1813-1865年）及魏格纳（Richard Wagner，公元1813-1882年）。在这三个人中，魏格纳的年寿最长。

魏格纳是乐剧（Music Drama）的改革者，在今日，世界上没有一个人不知道他，他的剧本也时时在歌场上演唱。他早年的著作都是罗曼派的歌剧，用纯粹的罗曼派的方法，写罗曼派的情调，充满了罗曼的感伤与罗曼的幻梦。这一期的名作是《冷齐》（*Rienzi*）等。第二期的更伟大的魏格纳，也不能离开罗曼派，他的心沉浸于悲观的罗曼主义中，比无论谁都深。这时的名作是《特里丹》（*Tritan*）与《尼泊龙琪的指环》（*Der Ring des Nibelungen*），还有《恋爱诗人》（*Die Meistersinger*），是曼尼契派的文学运动中所产出的最好的一篇喜剧。到了1882年，《巴西法尔》（*Parsifal*）出来后，他的悲观时代才告终止。他在近代德国剧场的进化上所占的地位没有一个人可以与之相比。

赫倍尔是近代戏曲全部运动的先锋。他的第一剧《犹狄士》（*Judith*），出现于1840年，是一个重要的界石。这里，他无疑的是受了少年德意志派的影响，这个影响，攀附于他的身上，终生不脱。他之喜以心理的地位与社会的问题混杂在一个大的象征的风格中写来，乃是出于少年德意志的。但赫倍尔之所以能成为文学上的一个势力，却完全是他自己的力量。他以异常的原创力去看人生；他由人家向来没有看过的一个角度上，去考察人类；他以为戏曲上只写外面的行动的时代，已经过去了，剧场的真正事业，是表现灵魂的运动。他的重要著作是《基诺委瓦》（*Genoveva*）、《赫洛特与马利亚》（*Herodes and Mariamne*）、《尼泊龙琪》（*Die Nibelungen*）及《白那约》（*Agnes Bernauer*）；他们都是表现人格的神圣权利与社会秩序之冲突的戏曲。他不是一个写实主义者，他不是超等的戏曲的诗人；但他有他的极重要的地位。他是近代从罗曼派悲观主义的残灰中燃起的个人主义的先驱者，这个个人主义在易卜生（H. Ibsen）及别的近代作家中是可显著的看出的；这个个人主义把戏曲的全部潮流都改了方向。19世纪的文学中，没有比赫倍尔的戏曲更具有原创力的。

赫倍尔的同时代人鲁特委（Otto Ludwig）在这方面是比较得不重要的，他是那班常常不能把他工作弄到结局的不幸作家中的一个。他的作品是很少的，但却有一篇很好的小说。《在天与地间》（*Between Heaven and Earth*），这是一部很用苦功的写实主义的作品；还有两篇很好的剧本。这些作品，在德国以外，也许不闻名，且也没有赫倍尔作品之重要。但他在德国文学上做了很好的补助赫倍尔的工作。赫倍尔所缺乏的写实主义，却是鲁特委作品的特质。

六

普法战争以后，叔本华的势力，在青年中还很大。到了80年代，悲观思想才为康德（Kant）所转移。同时，写实主义的桎梏亦脱了下来而为重生的理想主义所代。

在这个复兴的背后的主力，是一个伟大的思想家，以猛勇的精神反抗过去的哲学家尼采（F. Nietzsche，公元1844–1900年）。他一开头，便和沉重的压在德国人心上的传统思想争斗；他舍弃了叔本华，同时，却和他最亲密的朋友魏格纳破裂了，他打翻了旧的东西的秩序，而代以他的充满精力的乐观主义。他的《柴拉助斯特拉如此说》（Also Sprach Zurathustra）是德国新时代文学中的杰作。尼采宣言道，要做生活的主人，不要做它的奴隶；任何传统的东西，都不要相信或承认它，不管它背后有如何大的权力。尼采思想之重要在它的积极的建设主张者少，而在它的激动力的伟大者多；它给那少年时代以勇气，去独自的与人生对面；去从它自己个人的观察点，去看一切东西。因此，他使新的德国文学成了一种反对传统的文学。

这个新时代，是打破一切旧的时代；那时，公众看的是摹仿奥琪叶（Angier）及小仲马的戏曲，读的是感伤的小说，与无精无彩的诗。于是“极端的自然主义”（Consistent Naturalism）以兴，立下了一个有力的文学活动的基础。何尔兹（AmoHolz，公元1863-）以批评及诗歌，首先鼓吹着；李连克隆（Detlevvon Liliencron，公元1844—1909年）以他的诗歌，霍卜特曼（Gerhart Hauptmann，公元1862年-）以他的戏曲，相继的给崇高的模范与大家看。于是新的文学遂产生出来。

李连克隆早年过着军人的生活，到了40岁时，始把他的诗歌发表出来。他的抒情诗，是德国文学的光荣。他以真实的、细腻的文笔，写目前的情景。在他的歌和民谣中，土地、酒与面包的生气是非常强烈的喷出。他的诗歌的形式又是很讲究的，涂饰得非常华美。

霍卜特曼是一个诗人，是近代唯一的以用美的风格，写诗的戏曲而得成功的一个戏曲家。他最初写自然主义的戏曲。1889年，他的《日出之前》（*Vor Sonnenaufgang*）一剧出演于柏林，他的名望遂大震于当世。《孤独的人》（*Eilsame Menschen*）、《织工》《獭皮》（Beberpelz）都是极有力量的自然剧。到了1893年之后，他的方向却改了，不复执笔写自然派的戏曲，如《沉钟》（*Die Versunkene Glock*），《白色的救主》（*Der Weisse Heiland*）等的象征剧，乃为他所喜写的东西。然无论是自然派的戏曲，是象征派的戏曲，他却都装载着一种向光明与美走去的愿望与精神。他写的都虽是黑暗的情况，虽都是受苦的人，却总带着一线未来的希望的光明。他的最伟大的成功乃在人物的创造。他所创造的世界中充满了有呼吸的灵魂，在这一层，没有一个生存的作家能及得上他。后来的人，将能在这个世界里，看出一个时代及一个国家的真实的生活来。

苏特曼（Hermann Sudermann，公元1857年—）与显尼志劳（Arthur Schntzler，公元1862年-）在戏曲上的成功，也不下于霍卜特曼。

苏特曼先以小说著名，他的大作为《忧愁夫人》（*Fmu Sorge*）。1889年，他的戏曲《名誉》（*Die Ehre*）出演于柏林，遂又成功为一个大戏曲家。此后继续的出版了《苏妥姆之结局》（*Sodoms Ende*）、

《故乡》(*Die Heimat*)等剧。他的戏曲大都对于现前的社会加以攻击。但他的声望，到了后来，却一天天的陷于落潮之情况。他后期的作品不复为写实主义的，而另辟了几条路出来，或为心理的悲剧，或为戏剧的童话，或为半古典的诗剧，攻击他的人因此益多。但无论在什么作品里，我们却仍旧只看见那同一的苏特曼——那具着近代观念与讨论近代社会问题的苏特曼——不过时时穿上了化装的衣服而已。不管近来的人对于他如何的不满意，他却已经对于德国的戏曲与小说尽了不少的力，却已经写了好些不朽的作品了！

显尼志劳是奥大利的作家，他以描写维也纳的社会著称。在他的戏曲里，我们没有看见如在霍卜特曼戏曲里所见的“力”，但他却是优雅的，娇媚而轻妙的。他的最好的戏曲《爱情的光》(*Light of Love*)、《神仙故事》(*The Fairy Tales*)、《寂寞的路》(*The Lonely Way*)、《阿那托尔》(*Anatole*)等，都是把忠实和柔秀的忧情与精神的娇媚连结在一块的。他的故事也是如此写得又流利，又是音乐的。

七

继着自然主义之后的是象征主义。在李连克隆及霍卜特曼的作品上，我们已见到象征主义的光明。而完全浴身于这个光明中者则有下面的几个人。

佐治(Stefan George，公元1868年-)是主张象征主义最力的诗人。他的诗，音调极自然，而艺术亦无懈可击。李尔克(R. M. Ritke，公元1875年-)也是一个重要的诗人，曾在巴黎为大雕刻家罗丹(Rodin)的书记。他的诗形式极秀美齐整，而有神秘的意味，为后来一班少年表现主义的抒情诗人的先生。

一个同时代的重要诗人德美尔(Richard Dehmel，公元1863—1920年)却并不投身于象征的潮流中，他在李连克隆的活泼精致的描写上，加上了哲学的幻想。他写着民歌，写着素朴如中世纪的歌，但他的最大的成功，乃在于他的诗集《两个灵魂》(*Two Souls*)；他创造了写近代男人与女人的诗歌。一次自由车的旅行，一回电话中的谈话，一个妇人在隔室里弹钢琴，都捉在他的诗里，写得又明洁，又崇高。

霍夫曼司答尔（Hugo von Hofmannsthal，公元 1874–1914 年）也是一个奥大利人。他的象征剧，可以《愚人与死》（*Der Tor und der Tod*）为代表。他的名望与霍卜特曼及苏特曼他们一样，已是世界的，但他的作品，却不大容易译。因为他们——译者——不能够把他的诗的光彩、神秘及魔术，同样的译出。

最后，还要一提这个时代的小说。小说在德国，总是落在抒情诗与戏曲之后。然这时期却有不少有名望的小说家。如法伦辛（Gustav Frenssen，公元 1863 年 –），初为牧师，以写德意志北部的农民生活著称；最近的著作，是一部叙写欧洲大战的小说《兄弟》（*Die Brüder*，1917）。委皮格（Clara Viebig）以写柏林的贫民生活，及来因河的较快活的孩子们的生活著称。赫克（Ricarda Huch）是一个有天才的女作家；她是一个学者、诗人及小说家，艺术极精纯而想像极丰富。这几个人的名望都正在逐渐增高之中，已立在他们之上的，是下面两个人。

马恩（Thomas Mann，公元 1875 年 –）是一个很严肃的作家。他的作品并不多，一部长篇小说，《蒲登白洛克斯》（*Buddenbrooks*），两本的中篇小说及短篇小说，还有些论文及随笔，这就是他的全部作品了。但《蒲登白洛克斯》，讲一个留白克（Ltibeck）家的盛衰的故事的，乃是一本非常完美而厚大的书，有热情而态度严正；他的短篇小说及中篇小说，特别是《在委尼司之死》（*Death in Venice*）是不可及的美丽与淡泊的。在这个时代所写的散文，没有比他更高贵的了。

瓦赛曼（Jacob Wassermann）曾被比于狄更司与俄国的杜思退益夫思基（Dostoevsky），他是接触于幻想之国的。他的大作《世界的幻觉》（*The World's Illusion*）是一部神秘的作品。他的创造力很强，热情很烈。在他许多年的努力中，他得到了流利的诗的形式与风格，恰宜于写他的对于各种事物的热情的幻象。瓦赛曼在他的血中，有些先知的权力。他与显尼志劳及霍夫曼史笞尔一样，是一个犹太人。在他与马恩之不同处，（正像显尼志劳之与霍卜特曼不同一样）乃在绘写出情愿与劳苦，快乐与上帝之寻求。那也就是现在许多少年的德国诗人，戏曲家、小说家的作品上所深印上的色泽。

参考书目

1.《德国文学》（*Literature of Germany*），洛葆生（Robertson）著，《家庭大学丛书》（*Home University Library*）之一，亨利·福尔特公司（Henry Holt and Company）出版。

2.《19世纪文学主潮》（*Main Currents of 19th Century Literature*）勃兰特斯（Brandes）著。其中第二册，为《少年德意志》。麦克美伦公司（The MacMillan Company）出版。

3.《德国文学史略》（*Brief History of German Literature*），柏莱斯特（Priest）著，史克里卜纳公司（Charles Scribner' s Sons）出版。

4.《德国文学》（*German Literature*），汤姆士（Thomas）著。阿卜里登公司（D. Appleton）出版。

5.《近代德国文学》（*Modern German Literature*），威尔士著，洛保兹公司（Roberts Bros.）出版。

6.《近代德国文学研究》（*Studies in Modern German Literature*），海劳（Heller）著，琪姆公司（Ginn and Company）出版。

7.《19世纪德国文学研究》（*Studies in German Literature in the 19th* Century.），柯亚（Coar）著，麦克美伦公司（MacMillan）出版。

8.《德国文学论丛》（*Essays German Literature*），博益孙（Boyesen）著。史克里卜纳公司（Charles Scribner）出版。

9.《为社会力所决定之德国文学史》（*History of German Literature as Determined by Social Forces*），法兰克（Francke）著，亨利·福尔特（Henry Holt）公司出版。

10.《德国文学史》张普传编，中华书局出版。

11.《近代德国文学主潮》《小说月报丛刊》之一，商务印书馆出版。

12.《德国文学史略》唐性天编，商务印书馆出版（将出）。

13.《洛林童话集》(*Grimm's Fairy Tales*)，英译本极多，亦有中译本。

14. 福沟的《涡提孩》有中译本，徐志摩译，商务印书馆出版。

15. 叔本华的著作，英译本很多。

16. 海涅的诗集，有英译本。在Bell公司的《彭氏丛书》(Bohn's Library)中。

17. 史托姆的《意门湖》，有中译本，唐性天译，商务印书馆出版；又泰东书局亦出版另一译本，名《茵梦湖》，郭沫若译。

18. 尼采的《柴拉助斯特拉如此说》，有英译本，T. N. Toulis 出版。

19. 霍卜特曼的戏曲，大都已译为英文。中译本有《日出之前》，耿济之译；《织工》，陈家驹译；《獭皮》《火焰》，杨丙辰译。他的小说《异端》，郭沫若译，均商务印书馆出版。

20. 苏特曼的《忧愁夫人》有中译本，胡仲持译，商务印书馆出版。

21. 显尼志劳的戏曲，英译本有一册，在《近代丛书》(*Modern Library*)中；他的《阿那托尔》已译成中文，郭绍虞译，商务印书馆出版。

第三十七章

19 世纪的俄国文学

一

俄国文学实际上之开始，乃在 19 世纪。而在仅此的一个世纪中，她却继续不断的产生了无数的不朽的作家，无数的光荣的作品。她的年龄比无论哪一国都幼稚，而她的成就与精神，却比无论哪个先进之国都伟大。以前的人，每迷惑于俄国的黑土的秘密，到了她的小说一大册一大册的介绍出去后，他们却才完全明了她。她的文学，开头是受先进诸国的影响的，到了后来，却给与很大的影响于世界的文坛；无论法呀、德呀、英呀，乃至东方的日本呀、中国呀，都受到她的感化；最近的世界的文坛由她的不朽的作品的感兴，却也产生了好几部重要的作品出来。

在 19 世纪之初期，最有力的作家是助加夫斯基（Zhukovsky，公元 1783-1852 年），他是罗曼派的诗人，介绍了不少英、德的重要诗歌进来，如拜伦、如席勒，都经过他的手而引进于俄国。以后俄国的漫烂的文坛之造成，他是有大功的。这时，恰有十二月党于 1825 年，在圣彼得堡竖了革命的旗帜，虽然失败，死了不少最优秀的青年，罗曼的空气却鼓动得益为利害。为这次革命运动的牺牲者，其中有一个诗人，即李列夫（Ryleev，公元1795-1826年），不幸夭死，致其诗歌没有达到成熟之境。

二

在这样的罗曼的空气弥漫之下，有两个大诗人便产生了出来，不仅他们的作品是浴于罗曼主义的强烈的日光中的，即他们的生活也充满了罗曼的意味。这两个人便是普希金（A. Pushkin，公元1799-1837年）和李门托夫（Lermontov，公元1814-1841年）。

普希金是俄国第一个用纯粹的俄文来写美丽而伟大的著作的。他的诗才极高，他的影响极大。自从他出来了之后，俄国才有自己的不朽的文学，才进入了一个伟大的文学时代。他生于莫斯科贵族的家庭中，在大学时，即已有很惊人的诗名。助加夫斯基送给他一张照片，上面写道："给一个学生，从他失败的先生。"他和十二月党中的人物都是好友，因此，深受其影响，写了《自由歌》，及其他歌颂革命思想及讽刺政府的诗。因此，当他20岁时，便被政府放逐到一个小乡镇上去。后来。回到莫斯科，和一个法国人决斗，被杀，年仅37。但他生存的时间虽短，却已有了不少的不朽的成绩。他很受拜伦的感兴，但其艺术却似较拜伦为尤好。在他的《亚尼征》（*Evghnig Onyeghin*），一部韵文的小说里，我们可以完全见到了他的诗才。这部大作，叙的是亚尼征与一个少年诗人同恋着一个女郎；他在一次决斗中，把这诗人杀了。因此不得不与女郎离开。但这个女郎还有一个姐姐泰台娜（Tatiana），却是恋着他的。她写了不少信给他，他却全不理会。后来，泰台娜嫁了。亚尼征于无意中遇见了她，却不知她就是从前的泰台娜，这时，却是他写了不少信给她求爱了。某次，他到她的家里，正见她在读他的信，眼里充满着热泪。他热烈的向她求爱，却被她拒绝了。她拒绝他的一段话，曾博得无数俄国妇人的眼泪。普希金还曾写了几部长篇小说——《甲必丹之女》（*The Captain's*

Daughter）及《杜博洛留薄夫》（*Doblolubov*）是其中最著的——及短篇小说。在俄国散文上也很有影响。

李门托夫以作诗悼普希金之死，得大名，亦因此，被政府把他放逐到高加索去——因诗中有攻击政局的话。他最喜拜伦与雪莱。他也有了拜伦与雪莱的超越时代的独立精神，歌颂自由而爱重平民，反抗一切的非人道的威权。在这里，他是比普希金更伟大了。在《密希里》（*Mtsyri*）里，我们看出他是如何的渴慕自由呀！密希里是一个孩子，被养于修道院中。牧师们以为他的心已忘了世事，实则他是每夜梦着他的家乡，梦着他的常把他自己躺在他们身上，听他们对他唱催眠歌的亲人。某夜，大风雨，牧师们正在祈祷，他却乘机逃出了这个囚笼似的修道院，以寻求他的自由。他在森林中漫走了三天。当牧师们寻到他时，他已经因和豹斗，受了重伤而将死了。但他却已得着他的自由了，虽然时间是极短促。在这几天自由的时候，他才真是生活着！他的散文小说《当代英雄》（*The Hero of Our Own Time*）是后来许多把“时代的众恶的影响”作为人物的型式的小说之先驱。他死时，只有 27 岁，较普希金为尤年轻；与普希金一样，他也是死于一次的决斗中。

在这时代，有不少的诗人，受普希金的影响而兴起，但俱不大重要，这里不能一一说及，只有一个克鲁洛夫（Kiylov，1768–1844），却自有他自己的地位和价值。他的不朽的工作是寓言，其初译伊索和拉马登的，后来自己去创作。他把很深邃的哲理，放在寓言世界的各种活动里，他的诗又是轻妙秀美，而音节极为铿锵的。因此，博得世界的，不仅是本国的名誉。现在的儿童，都把他的寓言和伊索及拉马登的同读。他的作品，实较普希金和李门托夫的尤为流行。

三

俄国的写实主义时代，开始得比无论哪一国都早；李门托夫之后，接着便是歌郭里（N. Gogol，公元 1809–1852 年）的时代，他乃是一个被称为“写实主义之父”的小说家。自他出来之后，俄国的灿烂无比的大时代便开始了；俄国文学之大势力和大影响，不在她的罗曼主义时代，乃在她的写实主义时代；俄国文学的黄金时代，完全是一个为写实主义所支配的时代，俄国的许多不朽的博得全个世界的深挚的同情的作品，也大都是写实主义的作品。而这个大时代，却常被人称它为“歌郭里时代”。

歌郭里是小俄人。19岁时，到了圣彼得堡，欲为一个伶人而不可得；后来，在一个部局里为一个不重要的办事员。这当然与他爱好文学的天性不合的，所以，不久，便弃去了，专力于文学的工作。1829年他的两部描写小俄乡村生活的小说集出版了，助加夫斯基和普希金立刻张开了两臂欢迎他。他的《狂人日记》和《外套》，虽是两篇短小说，给与后来的影响却很大。《狂人日记》写狂人心理极为深入而逼真，开后来心理分析的小说之先路。《外套》写一个穷苦的小官，好容易储蓄了钱，做了一件新外套。不料，第一天穿了去赴宴，却即为一盗强剥了去。他去报告一个警部官长，反被他威吓了一顿。这位小官员又急又怕，不久即死了。同时，在他外套被盗所劫的地方，却出现了一个鬼，那就是那位小官员的鬼，专在那里夺取过往行人的外套。直到了后来，剥去了那个警部长官的外套之后，这个鬼才不再出现。在《外套》里，歌郭里的描写，虽带着笑容，却是含着不可见的泪珠的微笑。这乃是俄国以后作者所特具的气质，所以屠格涅夫（Turgenev）说：“我们都是从《外套》传下来的。”他的长著《死灵》（*Dead Soul*）及他的喜剧《巡按》（*The Inspector General*）也是不朽的大作；《巡按》至今还常见其在世界各处的剧场上演唱着。

在这个时候，重要的作品，可比于歌郭里的《巡按》者，有格利薄哀杜夫（Griboedov，公元1795–1829年）的有名喜剧《聪明误》（*Gore ot Uma*）；可比于歌郭里的《死灵》，而较其势力为尤大者，有龚察洛夫（Ivan Gontcharov，公元1812—1891年）的《阿蒲洛摩夫》（*Oblomov*）。

格利薄哀杜夫死得很早，作品也不多，但《聪明误》一剧，已足使他不朽了。他曾为俄国驻波斯的公使，不久，便为波斯的暴动的群众所杀死。《聪明误》是一篇强有力的讽刺剧，攻击当时莫斯科的贵族社会。剧中的英雄是查兹基（Tchatzky），他新从国外归来，肆意的批评当时的社会，人家却当他为疯子，没有一个人去听他的话。此剧最好的地方曾为检查官删去不少，但仍不失为好戏，到后来还常常在剧场上演。他所用的对话是纯正的漂亮的莫斯科话。

龚察洛夫的文学生涯，有45年，但他的作品却很少，如晶莹的珠玉似的，并不以多为贵。除了几部杂记和游记之外，他的小说只有三部：《阿蒲洛摩夫》《日常的故事》（*A Common Story*）及《悬崖》（*The Precipice*），都不坏，而《阿蒲洛摩夫》尤为有名。《阿蒲洛摩夫》完成于1858年，是俄国小说中最伟大的作品之一，论者常以它与屠格涅夫的《父与子》及托尔斯泰的《复活》及《战争与和平》、杜思退益夫斯基的《罪与罚》并举。这部小说的英雄，就是阿蒲洛摩夫。他生长在使奴唤婢的家庭里，农奴有六七百个，什么事都有人代办，连袜子也不必自记动手去穿。后来，他进了大学，仍有仆人跟随在旁边。大学里热烈的讲演，青年朋友们如火如剑的激刺的谈话，也能在他胸中燃起了暂时的热情。但他的惰性却又立即把这可贵的热情的火星弄熄了。到了毕业之后，还是如此的过着昏惰的生活。太阳已射到室里，他还高睡着，几次想起来。想了一会，又懒懒的躺下了。他的评判力并不坏，他也有思想，他也有同时代青年们所同有的热情和理想，他也羞做一个管理许多农奴的地主。他很会说话，但他却不能立起来做。他竟懒得怕离开沙发一步。他的朋友史托兹（Stolz）很替他忧愁。后来，为他介绍了一个女友亚尔加（Olga），想把他从懒惰的泥泽中拖起。其初，他也很受感动，想竭力从沙发上挣扎的立起。但不久，却又安安静静的躺在沙发上，仍然做他的旧梦去了。亚尔加只得离开了他，和史托兹结婚。这部小说一出版，立刻震动了俄国的全个知识阶级，什么人都拿着一本《阿蒲洛摩夫》读，“阿蒲洛摩夫气质”（Oblomovism）成了一个熟悉的名词。大家都觉得自己血管里有些阿蒲洛摩夫的成分在内，都想极力的把这个有毒的成分排斥出身体之外。这一帖兴奋剂，正是俄国当时最对症的良药，所以龚察洛夫的功绩是非常伟大的。但《阿蒲洛摩夫》实不仅是一部俄国的书，“阿蒲洛摩夫气质”实不仅在俄国人的血管中。因此这部小说的价值与影响便不限于俄国，这一帖兴奋剂便为一切有阿蒲洛摩夫气质的毒液在血管里的人所需要的了。

四

以后，便是俄国文学的黄金时代了，这个黄金时代的造成，是由于三个有力的农夫，那就是屠格涅夫（Ivan S. Turgenev，公元 1818–1883 年），杜思退益夫斯基（Feodor Dostoevsky，公元 1821–1881 年）和托尔斯泰（Leo Tolstory，公元 1828–1910 年）。这三大小说家，不仅是俄国的，乃是世界的。

屠格涅夫的家庭是贵族的家庭。大学毕业后，到过德国一次。1852 年，以作悼歌郭里的一篇文字得祸，几乎被送到西比利亚，亏得有人救护，才把他禁锢于家中二年。此后，他便离开了本国而漫游于欧洲，巴黎尤其是他常住的地方。他在那里有了不少朋友，俄国文学最初之得西欧人的注意，完全是他宣传与介绍的功绩。他寿至 65，死于巴黎，归葬于圣彼得堡。他的小说，在艺术上是完美的著作，在思想上是影响到当时的全个俄国。他的文学工作继续了 30 年之久，在这 30 年中，俄国的社会和青年思想急骤变迁的痕迹，都在他作品里映出，如照在镜中之影，如留在海岸沙滩上的潮痕。他的最不朽的地方，是他的叙写，满含着诗的美，无论长篇、中篇、短篇的东西，其全局的结构，与遣辞用字，都极为精密，当时的作家，这一方面无一能及得上他，即杜思退益夫斯基和托尔斯泰也远逊之；在欧洲，与他有同样的精美的艺术的也不过几个人而已。他最初把他写农民生活的故事集为一册，用《猎人日记》的名字出版。俄国农奴制度之得废除，这部小说是很有功的。正如美洲之黑奴，因史拖活夫人的《黑奴吁天录》一书而得解放一样。以后，他接着写了两部很可赞美的描写他自己的小说《初恋》和《春潮》。这两部小说里面，诗意是要泛溢出纸外。再以后，他便专意去写纯客观的表现时代精神的小说了。这样的小说，共有六部。恰恰的表现出俄国自1844年至1876年间知识阶级生活的各方面。《路丁》（*Dmitri Rudin*）写的是俄国19世纪中叶能说不能行的青年；《丽萨》（*Liza*，一名《贵族之家》），写的是能说能行却又力量太薄弱了的青年；《前夜》（*On the Eve*）里的英雄，却已完全换了一个样子，她不仅能行，而且意志非常的坚强。以后的许多为自由运动而牺牲的俄国女子，受着书中英雄——女英雄——海仑的感兴不少。《父与子》是这样的小说的第四部，写的是俄国当时新旧思想的冲突。新的英雄，即子代的英雄巴札洛夫，是有勇气、有主张的人；他不屈服于任何权威之下，不相信一切没有证明的理论。他的信仰是科学，是物产主义。他要把俄国的一切不合理的旧习惯、旧风俗、旧制度，都加以否认，都加以攻击。因此，便有人上了“虚无主义者”（Nihilist）的尊号给他。但这个“虚无主义者”却不是后来的一班袭用这个名称的“恐怖党人”一样；他是现实的，不是虚无的；是有信仰的，不是破坏一切的；他只是要把他的新信仰来代替旧的而已。在这时代之后，有一个大改革运动发生，结果是失败，于是这样的小说的第五部《烟》（*Smoke*），便充满了失望的愁情。最后的一部小说《荒土》（*Virgin Soil*）却叙写着俄国青年在70年代于失望后所发生的“到民间去”的新运动。在欧洲，这几部小说差不多公认为研究俄国青年运动的最重要的参考资料。在俄国，名望却没有这样好，因为他们以为屠格涅夫在国外已久，凭着个人直觉去写，未免有缺乏真实的地方。然而不管他们如何不满，屠格涅夫的高超的艺术，却已足使这几部伟大的小说不朽了。他的《韩莫雷特与吉诃德先生》（*Hamlet and Don Quixote*），是一篇讨论这两部伟大戏曲（韩莫雷特）与伟大小说（吉诃德先生）的论文，在文艺批评上，也是很重要的作品。他的散文诗，意味深邃，而文辞婉媚，虽是用散文写，却真的都是最好的诗歌。其中《老妇》《狗》《乞丐》《自然》诸首，尤足动人。

杜思退益夫斯基是许多为恶政治所残踏的不幸的文人之一。他初到圣彼得堡时，一无人知，但当他的《穷人》（*Poor People*）告成时，诗人尼古拉莎夫（Nekrasov）却半夜的来叩他的门，庆贺他的成功。四年以后，他为参预一种自由运动，被政府判决死刑。已于 12 月冰雪满地之时，牵到刑场，却又得赦令，改流于西比利亚。这使他的精神刺激得太厉害了，以至终生都受其影响。到了 1859 年，他才被赦回来，因为生活的穷困，便以卖文为生。他写得非常快，差不多一脱稿就上印刷机。因此，在艺术方面看来，他不仅不如屠格涅夫，亦且不如托尔斯泰。但他的伟大处并不在此。艺术之粗率并不能损及他的伟大之分毫。他的伟大，乃在他的恳深的人道精神，乃在他的为被侮辱的人，为被人不齿的上帝之子说话。从前的作家，写的都是英雄，都是贵族，都是高雅的人，就是恶人，也是一个伟大的恶人。至于那世间的细民，如乞丐，如酒徒，如小窃之类，却非他们的笔尖所屑赐顾的。杜思退益夫斯基把他们的留下的地域发现了。他用力抒写这一班被损害、被侮辱、被不齿者的生活，内在的与外面的生活。他更发现：他们的为虽极龌龊，而他们的灵魂的光明却并未完全丧失。人的气息，在这些人当中是更多的存在着的。于是他不禁的蕴着满腔同情去写他们。他有了这伟大的爱的精神，而他的小说，便自然而然的在字里行间潜伏着一种最感人的感动力，使读者完全忘记了他艺术上的缺陷。所以当这些大著作一介绍到法、德、英诸国时，他们都不禁的惊诧为一种新的发现，而立刻上杜思退益夫斯基以当代最伟大作家及“最能表现神秘的斯拉夫族灵魂”的大作家的尊号。屠格涅夫的名字几被他蔽盖着，托尔斯泰也被人忘了一时。他的重要的著作是《被压迫者与被侮辱者》《死屋的回忆》《罪与罚》《白痴》《少年》《魔鬼》及《客拉马助夫兄弟》（*The Brothers Karamazov*）等，而《罪与罚》尤为震动一时的大作。它的外国文的译本极多，连日本和美洲也都有了。《罪与罚》可以作为他的著作的代表，英雄是一个穷学生拉斯加尼加夫（Raskolnikov）。他为了穷苦不堪，为了社会的不平心，去杀死了一个放债为生的无心肠的老妇人，并杀了她的一个姊妹。这是一幕极动人，极骇人的戏剧，杜思退益夫斯基写来如把这一件谋害案完全放在你面前走过一样的逼真！拉斯加尼加夫虽把老妇人杀了，却为血所惊住，忘记了他来的目的。他一点财物也不取的跑了出来。心灵里自此永远的负着痛苦与惊恐的重担，这个重担压得他非常难过，一刻也没有安逸！后来，他到妓女莎尼亚（Sonya）那里去，把这事向她倾吐了。莎尼亚乃是一个生活卑下而灵魂纯洁的妇人，极力劝他自首。他去自首了，判决流放于西比利亚。当他走时，莎尼亚也跟了去。终于在罪恶的海中，把拉斯加尼加夫救了起来。在这里，许多读者和批评家都赞美作者能把拉斯加尼加夫的心理分析得如此真切。克洛巴特金（P. Kropotkin）以为："拉斯加尼加夫的背后，乃是作者他自己。他设想，如果他自己或如他那样的人，处在拉斯加尼加夫的地位，也去杀人，如拉斯加尼加夫所做的一样，那么，心理上所起的变化将如何呢。"因此，他所写的乃是他自己的心理的变化，因此，他所写的乃会如此的动人。但克洛巴特金又说："然而像这样的人是不会谋杀的。"所以在这一点，杜思退益夫斯基是失败的。然而他在写卑下的社会生活与卑下的向为人所不齿的人物一点上，却完全是不朽的。

托尔斯泰与屠格涅夫一样，也生于贵族的家庭中。他的父母都死得很早，他的少年是在罗曼的生活中过去的。他曾到过高加索，在军队里服务，那时写的是《幼年》《童年》与《少年》诸作。他回到都城后，于1862年结婚。他的家庭生活是很快乐的。这时写的是两部大作，《战争与和平》及《婀娜小传》（*Anna Karenina*）。《战争与和平》写的是拿破仑攻掠俄国的事，人物那样的多，背景那样的复杂，有时是悲壮的战事生活，有时是炉火微红，家人聚话的恬静生活，有时是弘宫伟殿，有时是废瓦颓垣，有时又是农村草舍，而他写来却都丝毫不苟，笔笔都是精彩异常。在艺术上是可以不朽的。平常的历史小说，主人翁总是大人物，《战争与和平》却轶出了这个常规之外，以一个朴讷的农人白拉顿（Platon）为主人翁。他写拿破仑，写亚历山大一世，都当他们是平常人看待，并不特别夸大的去描写。他以为历史上的所有大变动都是不可知的群众运动所造成的，每个人都有造成这个运动的力量，而每个人又都为一种不可抗抵的潮流所驱迫。《战争与和平》真是一部大帙的著作，但据说，他的夫人却曾为他手抄了七次。《婀娜小史》写的是婀娜嫁给一个老官吏，境况很好而精神很痛苦。她爱了另一个青年，却始终没有勇气和家庭脱离关系，因此投身于铁道上而死。在这个悲惨故事里，托尔斯泰把他的艺术锻炼得更精致。到了70年代之末，他的精神忽起了大变动，突然的由一个艺术家变成了一个道德家。最后的一年，他且突然脱离了家庭而去寻求另一个更好的、更安心的生活，不料走至中途，却犯肺炎而死。在他的后半生，他都宣传着他的福音，为民众而服务，做了不少的事。以后所作的小说，已不复为一种艺术的创作，如《战争与和平》诸书一样，而成为一种宣传主义的工具了。但因为他的艺术根底真不坏，所以即便是宣传式的小说，却也写得很精致、很动人。他的不朽，即在于此。这样的小说，可以《复活》（*Resurrection*）为代表。复活的主人翁是尼希留道夫。他早年曾恋爱一个女郎。后来又弃去不顾。她因此堕落。到了后来，尼希留道夫做了某法庭的陪审官时，恰好她也因犯了杀人罪的嫌疑，到法庭上来。他见了她，突然的由灵魂里榨出极痛苦的苦液来。他于是开始变了，竭力要挽回以前的过失，把她从堕落的深渊里救起。她被判决，流放到西比利亚，他牺牲了一切，也跟了去。他要求和她结婚，但她拒绝了，另嫁了别一个人。同时，尼希留道夫便在爱与怜与自忏中得救了。这部大作，有两重价值，一重当然是小说中所蕴的他的博大的思想，一重却是艺术的精美。他的短篇小说不少，有大部分是很鲜明的鼓吹他的无抵抗与爱的主义的。他的戏曲也不少，《黑暗之势力》《活尸》《黑暗之光》是最有名的。他的艺术主张，完全放在艺术论上，也是宣传他的主义，反抗唯美的空幻的文学，而欲以艺术为宣传一种宗教之目的。这个主张是“为人生的艺术”的极端的主张，恰好与同时盛唱于德、法的高蹈派，曼尼契派的“为艺术的艺术”的呼声相对抗，这两个派别至今尚为两种对峙的势力。

五

在这个时候，另有一派小说家，以叙写民众生活的小说著称。第一个是格里各罗威契（Grigorovitch，公元1822-1899年），他与英国的罗塞底一样，也是一个同时努力于绘画与文学的人。他初以《擦机械者》一篇小说有名于时。以后则动手写一部描写乡间生活的小说《乡村》（*The Village*），把农民的艰苦和奴制的恐怖都和盘托出；《不幸的安东》（*Anton the Unfortunate*）对于以前奴制的废除的功绩，与屠格涅夫的《猎人日记》是要平分的。这真是另一部的《黑奴吁天录》，知识阶级的男女读了无不替不幸的安东流涕，而因此对于农奴，遂另换了一付好心肠。但他的农人还带些理想化。至于丕赛姆斯基（A. Th. Pisemsky，1820-1881）写的小说《千人》（*A Thousand Souls*）及剧本《悲惨运命》，却把真实的农民表现出来。勒谢尼加夫（Ryeshetnikov，1841—1871）较丕赛姆斯基更进了一步。他是一个“极端的写实主义者”。幼年的生活极为穷苦而且多险途，所以对于民众认识得更为真切些。他的小说，《格鲁摩夫》（*The Glumoffs*），写铁匠的生活，《何处是较好的地方》（*Where is Better*）写到都城求工作之穷妇的困苦，都是平淡朴质的。如日记似的，把他们阴郁的生活写出，一点也不加以修饰。列维托夫（Livitov，公元 1835-1877 年）的生活，与勒谢尼加夫同样的悲惨，他的作品，以《草原杂记》为最有名。乌斯潘司基（Gleb Uspensky，公元 1840-1902 年）也属于这一派，其叙写的态度与方法却与他们不同。他的小说，是政论与艺术的混合物，如《土地之力》（*The Power of the Soil*），即为其代表。这一派的作家，除了上面几个人外，还有不少，但艺术最高的，还要算最后的一位作家高尔基（M.Gorky），他将于下面讲及。

六

诗歌在这个黄金时代却是很落后，正如小说之在德国的文坛上的衰微的情况一样。尼克拉莎夫（N.Nekrasov，公元 1821-1878 年）是这时最大的诗人，但有许多人对于他的诗才与他的诗歌的价值却很怀疑。他的生活非常穷苦，他自己说：“整整的三个年头，我没有一天不是挨饿的。”后来，以努力于文坛的结果，境况渐好。他的诗另有一种精神和色彩，许多诗人的诗神，大都是欢愉与恋情的，他的却是“复仇与忧愁的诗神”，这些诗如果是不朽的，他的不朽也是无可疑的。他不仅忧愁，却还要复仇。不仅悲哀，却还要奋斗。他的题材，乃是关于农民的痛苦的。他的对于民众的爱，成了一串红丝，串着他的全部作品。他的名作是《赤鼻霜》（*Red Nosed Frost*）及《农家的儿童》（*The Peasant Children*）。许多人以为他的音节不很和谐，但他实是俄国民众最崇拜的诗人，他的诗已成了全俄国的财产。读他的诗者不仅是知识阶级，而且是最贫苦的农民，只要是认识几个字的。

尼克拉莎夫同时的诗人，有加尔莎夫（Koltzov，公元 1808–1842 年），他也是一个平民诗人，唱的是悲伤的调子。有尼吉丁（Nikitin，公元 1824–1861 年），他也与加尔莎夫一样，死得很早，他的诗，也是染上很浓的灰色的。

不唱悲歌与愁曲者，有一群“唯美派”或“为艺术的艺术”派的诗人。邱采夫（T. H.Tyuttchov）是这一派的代表，屠格涅夫很称许他；他的诗虽不多，却都是些珍宝。梅依加夫（A. Maykov，公元 1821–1897 年）的诗是很音乐的，早期的作品，充满了争自由的精神。他的《三死》，是一部大作，表现的是古代异教思想与基督教思想间的冲突。善辛（A. Shenshin，公元 1820–1892 年）以他的笔名孚特（A. Fet）著，他的诗，自始至终，都是保持着“唯美派”的特色的。他还著了一部《回忆录》，凡二册。是一部很有趣味的书，那里记载着不少托尔斯泰与屠格涅夫的生活与行动与谈话，因他与这两位大作家是很好的朋友，这使这部《回忆录》更有名。

同时以作“回忆录”得大名者还有一个阿克莎加夫（Serghei J. Aksakov，公元 1791–1859 年），他写了《一个猎人的故事》与《回忆》及《家史》（*A Family Chronicle and Remembrance*）都是很有名的，能把当时的全个社会反映在这些作品里，且能进而创造出那时代的人的真范。

台尔（V.Dal，公元 1801–1872 年）也以这样的随笔或杂记著名；他的一部描写民间生活的杂记《俄民生活的影片》，甚得屠格捏夫及倍林斯基（Bylinsky）的赞许。但他的全力乃用在他的人种学与语言学的研究上，而不在于文学。

七

自歌郭里的《巡按》与格列薄哀杜夫的《聪明误》之后，阿史特洛夫斯基（Ostrovsky，公元1823–1886年）的戏曲，即占了俄国剧坛上极重要的地位。他在戏曲上的地位，正如托尔斯泰、屠格涅夫及杜思退益夫斯基之在小说上一样。他生于莫斯科。年轻时，即为莫斯科剧场的一个热心的顾客，和人家谈话也总是关于戏剧的事。自他由大学退出后，即为商人公庭的书记，因此他初期的戏剧，大都是写他所熟悉的商人的。他开手作喜剧，第一部是《家庭幸福》。以后作《破产》（*The Bannkrupt*），初登于一个杂志上，全国的人都为他所感动了，而莫斯科的商人却大为震怒，上控于尼古拉二世。故此剧直到许多年之后，才准加以修改而开演。在此剧未演之前，他又作了三剧：《他人之车不可坐》（*Don't Take a Seat in Other People's Sledges*），写的是一个富商之女，跟了一个贵族私逃，后来那个贵族知道她不能得到她父亲的钱，却便虐待她，舍弃她；题材是不大新鲜的，在阿史特洛夫斯基的灵活的笔锋之下一渲染，却成了一部名剧；《贫非罪》（*Poverty No Vice*）更为有名，几乎全个俄国都受其感动；剧中叙的是一个富商要把他女儿强嫁给一位她所不欲嫁的人，她所恋着的乃是书记米底亚。全家的人都反对这件婚事，只有父亲是坚持着。恰好他的一个兄弟，即她的叔父，来了，揭发这位未婚夫的前罪，他逃避去了，她始得与米底亚结婚。全家复为欢愉所照耀。他在这剧里，写每个人物的性格与行动，真是逼真。当时批评界曾施以很热烈的欢迎。

较《贫非罪》为尤动人的是继出的《雷雨》（*Storm*）。有名的批评家杜薄罗留薄夫曾用《黑暗之国》的题目，写了两篇长文，解析阿史特洛夫斯基的剧本。对于《雷雨》，他乃称之为“黑暗之国里的日光”。剧中的主人翁是一个可怜的女子，受着他婆婆的虐待；同时有一个小商人，也受他主人的酷逼。他们处在同一的境况之下，自然而然的生出同情来。他们很懦弱，没有勇气去与强者对抗，他们婉转委曲的避免了与他们的冲突，却结果仍免不了牺牲。后来女子为其夫所弃，自投于船头而死。全剧一幕紧似一幕，没有一个地方不动人，真的是一篇大成功的作品。阿史特洛夫斯基所作剧凡 50 本，都是适宜于舞台上的演作的。他并不把他的人物分为“善”“恶”两型，如一般的作家一样。我们知道，在日常生活，实际生活里，“善”与“恶”是永远混在一起，不能截然分开的。阿史特洛夫斯基便是表现如此真实的日常生活与实际生活。这是他的较别的作家伟大处，这是他的不朽处。

阿史特洛夫斯基晚年曾做历史剧，但不大成功。做历史剧而成功的是阿里克塞·托尔斯泰（Count Alexei Tolstoi，公元 1817–1875 年）。他是一个很有名的诗人。他的历史剧《恐怖伊凡之死》《依凡诺威契帝》（*The Tsar T. Ivanovitch*）及《波里士·各特诺夫》（*Boris Godunov*），乃是一部伟大的三连剧。为了受历史的拘束，有的地方不能放胆写去。虽是写实剧，又有些地方带些罗曼的气息。但他所写的《伊凡诺威契帝》，却是一个活泼泼的人，因为伊凡诺威契与当时的皇帝亚历山大二世，性格恰是十分相像。阿里克塞和亚历山大二世是很亲密的朋友，所以能写得如此的好。同时的戏剧家还有巴特金（A. A. Potyekhin）写了他的《丁塞尔》（Tinsel）及《混水》（*In Muddy Water*）；柏尔姆（A. I. Palm）写了他的《老贵族》（*The Old Noblemen*）。此后便入了柴霍甫的时代。

八

在这时期，俄国的批评是很极端的，完全是“为人生的艺术”派占了胜利。自倍林斯基之后，都是沿了这条路走去的；直到了本世纪（指 19 世纪）的最后，趋向才转变些。倍林斯基（Bylinsky，公元 1810–1848 年）在大学时，曾因仿席勒的《海盗》的风格，做了一篇悲剧而被斥退。此后，便力与传统的势力相战，直到于死。他的文艺批评的主张，是以后一切为人生的艺术派的批评的开始。他不谈崇高的理想，他不坐在象牙塔里研究技巧问题，他乃立在现实的社会中，以批评指导青年的。他以为，真的诗就是现实，文艺是要有益于人生的。在文艺思想之外，他还在他的政论上努力。他的作品同时并为具着美与热情的散文，这使他的主张，更为青年们所欢迎。

周尼雪夫斯基（Tchernyshevsky）继于倍林斯基之后，努力于发挥光大倍林斯基的主张。他以为人生是超于艺术的。艺术的目的就在解释人生，批评人生，对于人生表白一种意见。他辟除了一切流行的美学原理，而立下了他的写实主义的“美”的界说。他以为：美所引起的感觉是一种快乐的感情如同我们在一个亲爱者之前所引起的一样。所以美的里面，必含有与我们很亲切的东西，而这种亲切的东西就是人生。所以，艺术的美决不是超于人生的美。艺术的真实目的，就是要我们记起人生中有趣味的事，教导我们，人是怎样生活着，及他们应该怎样生活着。这个主张到了杜薄洛留薄夫（Dobrolubov，公元 1836-1861 年）尤为发挥到彻底，走到了极端之境。

杜薄洛留薄夫的家庭负担很重，年纪很轻，只有 25 岁，便死了。他的批评论文共四册，其中如《黑暗之国》《何谓阿蒲洛摩夫气质》等，尤给当时青年以深刻的灵感。他的伟大乃在于他的人格的伟大。他在批评一切东西之前，先要问：“他们对于劳动阶级有什么用处呢？”或是问：“他们将怎样帮助造成那种目光注着这条路上的人呢？”总之，他所要的、所赞许的，乃是那些有益于民众，或有益于从事民众运动的人的文艺。这样的彻底主张，托尔斯泰在他的艺术论里也坚持着，不过态度更为坚决，而目的却变到宗教的了。

此外几个批评家如皮莎里夫（Pisarev）等，也都很有功于当时文艺界。格里各里夫（A. Grigoriv，公元 1822-1864 年）乃是反抗“为人生的艺术”派的批评家，他主张“唯美”的艺术观，否认当时以艺术为工具的应用主义，虽于当时未生影响，却于后来有“开风气之先”的功绩。

俄国的政论，曾分为西欧派与斯拉夫派，互相攻讦，前一派主张西欧文化的输入，后一派则要保存斯拉夫的旧文化。后来，二派竟互相携手，同为自由与人权而奋斗。此二派的争端遂消灭了。在当时两派争斗正烈时，最重要的作家是赫尔岑（Herzen，公元 1812-1870 年）与周尼雪夫斯基（Tchenyshevsky，公元 1828-1889 年）。这两个人都是属于西欧派的。赫尔岑在国外宣传他的主张，周尼雪夫斯基则在国内。赫尔岑的小说《谁之罪》也是一部名著，叙一个青年与他一个同学的夫人恋爱着，丈夫晓得了，心里非常的痛苦，遂狂饮以消愁。这个青年预觉到那悲剧的结局，便离开了他们。但丈夫与他的妻的爱情终于冰冷，丈夫终于以酒丧其生。周尼雪夫斯基主办《现代杂志》，其对于青年的影响，不下于赫尔岑。他在监狱中作了一部小说《怎么办呢》，在艺术上，它未免有些缺点，而它的影响却极大，青年们之欢迎的热诚，几达于沸点。它叙的是一对青年男女私逃出去组织家庭。不久她又倾心于别一个青年。丈夫遂假装自杀，离家到美洲去。他们俩遂结了婚。后来，丈夫在美洲又娶了一个妻子回来。他们仍维持朋友的关系。作者在这里把旧的伪道德和家庭罪恶打得粉碎，而另谋一个解决的方法。它所以会受到极热烈的欢迎，其原因大约即在于此。

讽刺作家在俄国是极少，只有一个莎尔条加夫（Saltykov，公元 1826-1889 年）是很有名的这一类的作家。他常以他的笔名谢特林（Schedrin）写东西。他的讽刺名作《吏治杂记》，给与读者的印象很深，全个俄国都在谈论着它，模拟的著作纷纷而起，但没有一个及得上他的。奴制解除以后，农民又苦租税的压迫。这个资料，给莎尔条加夫以许多讽刺作品：《无辜的故事》（*Innocent Tales*）《一个城市的历史》《圣彼得堡的日记》等都可归于这一类。

九

黄金时代告了终止后，俄国文学却并不衰落。柴霍甫、克洛连科、高尔基、迦尔洵、安特列夫诸大作家又继屠格涅夫、杜思退益夫斯基及托尔斯泰而出，给许多不朽的作品于世界的文坛。他们也与黄金时代的三大作家一样，不仅是俄国的，且是世界的。

柴霍甫（A.P.Tchekhov，公元1860-1904年）是一个戏曲家，又是一个短篇小说家。他的戏曲已成了世界各处剧场上常演的东西。他的短篇小说，是与短篇小说之王莫泊桑并称为双柱的。他生于南俄，他的父亲是一个奴隶，后来自赎出来。他自己没有受什么教育，对于柴霍甫的教育，却异常的留心。柴霍甫初在莫斯科大学研究医学，后来在一个医院里做了一年事，又接连的做了与此相类的事许多次，这使他对于各种各式的人类都有了一个亲密的观察的机会。他的天才发展得极快，在大学一年级时，即已执笔为小说了。以后，出版了他的第一集短篇小说，批评家都诧为新生的乳虎。其初，他的小说是滑稽得使人笑的，后来，却渐渐成了俄国文学所特具的“含泪的微笑”，再以后，灰色的空气却更弥漫着。他的小说，用笔是节省的，却似尖利的刃，语语刺入人的心中；看来本是一片一段的小小记载，却可使人回想了三日。他的短篇，乃真的是日本的盆松，是疏朗朗的几笔的漫画，最能以少须胜人多须。他的长篇小说却不大成功，所以他一生做的长篇最少。

他的戏曲《伊文诺夫》（Ivanov）、《凡尼亚舅舅》（*Uncle Vania*）、《海鸥》《樱桃园》《三姊妹》，没有一篇不是很好的作品。俄国人以他为阿史特洛夫斯基以后最大的戏剧家。他的《海鸥》曾成为莫斯科一个大剧场的名称。《海鸥》写一个女郎，梦想着著名作家的伟大，以为他们的生活必定是最有趣的，超出于平常人之上的。他的热情、他的举动，也一定同平常人两样的。但后来她遇到了一位向来崇拜的有名作家，却把这个信念，完全打破了。他向她显示出作家的痛苦与真实，她才知道作家的生活原来并不殊于平常人，也许是更苦。剧中那一段作家的自白，是所有文艺中表白作家的甘苦最尽致而且最剀切的文字。他的《樱桃园》写新旧人物的观念，写的真是好。古老的樱桃树被人丁丁的斫伐着，樱桃园是卖去了，父辈的人记起了从前的快乐，不禁沉痛的嗫泣着。而子辈的人却喜悦着，他们相信，他们将有新的生活，新的园林与幸福了。可知柴霍甫虽常为灰色雾所包围，却始终并没有弃却对于将来光明的信仰。他之后，曾来了一大群摹仿者。然无论在戏曲，在短篇小说方面，他终于是维持了不可及的地位。

迦尔洵（V. L. Garshin，公元 1855–1888 年）少时即有狂疾。1876 年俄土战争时，他深感战争的痛苦，死亡者的众多，便欲投军以分受这个人为的残虐。他的《懦夫》一篇，即写当时的心理的。但他终于不是一个懦夫。他在战场受了伤回来，做了《四天》和《目兵伊文诺夫日记》，这两篇都是战争文学中有名的大作。1887 年，他由狂人院楼上跳下，受了重伤，第二年，死在医院，年仅 33 岁。《红花》是他最后的著作，描写狂人心理极为细腻，是心理学家最好的研究材料。

科洛林科（Korolenko，公元 1853–1920 年）曾被俄国政府流放于西比利亚，到了 1886 年，被赦回来，即发表了他的名作《马加尔的梦》，立得到了大成功，许多人都以他为屠格涅夫的一个真的后继者。他蕴在这篇作品之后面的愤慨与悲哀，正是当时全个俄国所要写而写不出的愤慨与悲哀，所以同情于它的、读了它而感泣的所在都有。以后所发表的是《林语》《恶伴侣》《森林》《盲乐师》等，也都是很精妙而具有深意的作品。

高尔基（Maxin Gorky，公元 1868 年 –）的呼声却与上面几个作家都不同，柴霍甫是潜着泪珠，迦尔洵是狂叫着，科洛林科是气愤愤的不平，高尔基却不同了，他是一个强固的人，如在高山绝顶之青松，无论什么大风雨，都不能把他屈服；他是奋斗着的，不诉苦，不失望，只是以弥漫的精力，坚决的气魄，向前走去。这恰足以代表 1905 年革命前的俄国青年的气概。于是他遂为他们狂热的欢迎着。他少年时，生活极困苦。父母早死，养育于别人家里，因为受不住虐待，便逃走了，到一个商船上做事；以后，过着漂流的生活，做过烘面包者、侍役、卖苹果者、书记等等不同的事。他初作一篇小说，在科洛林科编辑的一个杂志上刊出，立刻引起大家的注意，要知这个新的作家是谁。原来高尔基是他笔名，他的真名是彼西科夫（A. Pyeshkov）。1900 年他的小说集出版了，初版数日内即售尽，他的文名立跻于柴霍甫和科洛林科之列，有的人且以他为托尔斯泰的后继者，我们如读了他的《二十六男与一女》《我的伴侣》等，我们便可以知道他之成名如此的迅快，决不是偶然的。他辟了一个新天地，他的英雄是平常人，是下等人，是流荡者和草屋的居民。在一切文学上，再没有一个比高尔基把平凡的人，在平凡的境地上，写得更新鲜更特创的了。同时，他的坚固的意志、反抗的精神，绝叫着生活的权利的声音，又如阵雨似的把读者捉住了。当 1905 年的俄国革命的乌云弥漫于天空时，高尔基的著作，乃是夏雨之前的雷声。他的长篇小说，与柴霍甫一样，是不大成功的。他的戏曲《沉渊》（*At the Bottom*）乃是一本不朽的作品。1917 年的俄国大革命告成后，许多生存的作家大都避居于国外，独有他是与多数党合作的，且在文化运动上，帮助了他们不少。

安特列夫（Leonid Andreev，公元 1871–1919 年）与高尔基一样，少年时也极贫苦，也与高尔基一样成功得极为迅快。他做过画家、律师，都没有成功，到了他的第一篇创作刊出时，高尔基立刻极力的赞许他。自此，他便登上了光明之域了。当 1905 年的革命失败后，俄国的青年复为悲哀、失望所笼罩。那时，高尔基的意志强烈而精神勇毅的作品，已不复为他们所喜爱，他们所喜爱的乃是安特列夫灰色的作品。安特列夫曾寻向人生的根本问题，而得到的答案，总隐隐的是“疯狂与恐怖”几个字。人的生活，人的动作，哪一件是有价值的。于是他便凄然的啜泣了，在他的《到星中》和《人的一生》，我们可以见到他的这样的思想。《七个绞死者》却是写的各个的人对于在“死”之面前的态度。此外，《海洋》《阿那西玛》及《墙》《黑面具》等，也都是类此的灰色的作品。《红笑》《大时代中小人物的忏悔》《比利时的悲哀》则是写战争的罪恶的。《红笑》可与迦尔洵的《四天》相比肩，同为战争文学中不朽的大著。

梭洛古勃（F. Sologub，公元 1863 年 –）也是一个悲观者，他较安特列夫更为彻底，他歌诵的是“无生”之乐。他见做着美梦之失败，便连他们也与“生”同样的诅咒着。他的作品以《小鬼》《创造的故事》《比毒药更甜美》等为最著。他的抒情诗的情调也是如此。

科布林（Kuprin，公元 1870 年 –）的对于人生的态度却与他们完全不同了。他是一个强者，是高尔基之流。他肯定人生，他有很美好的希望，他对于将来很乐观，如《马盗》《生命之河》《贺筵》《皇帝之公园》《决斗》等作都是如此的。他的文笔极劲强，正如他的思想一样。

阿志巴绥夫（M. Artzybashev，公元 1878 年 –）也是一个强者，但他却不赞颂人类的将来，如科布林一样。他所赞颂的乃是个人，乃是个人的神圣权利。在他的大作《沙宁》中，这个思想是充分的发挥着。批评家常将这部小说举来为近代强烈的个人主义的代表。他在 1905 年革命时所作的《朝影》与《血痕》也极有名。竟因此得祸，几被强暴的政府所杀。大革命后，他得了不救之病，至今还是痛苦的活着。

洛卜洵（V. Ropshin，公元 1880–1925 年）与阿志巴绥夫一样，也是绝叫着个人的自由的，却更渗上了很重的无所不怀疑的色彩。《灰色马》是他的代表作。在那里，英雄佐治是一个以暗杀为生活的青年。他杀人，乃如猎人之枪杀野兔，并不动情，也并无什么目的。他虽是社会党员，却对于社会主义，所谓实现地上乐园的主义，他也怀疑着。终于，暗杀成功，他也自杀而死。这个佐治正是作者他自己。他本名萨文加夫（B.Savinkov），也是一个以暗杀为生的著名恐怖党。大革命后，他被捕入狱，自投于狱墙外而死。

除了以上几个作者外，活动于这个 19 世纪末叶的文坛上者，还有：波塔宾加（Potapenko，公元 1856 年 –）、波波里金（Boboykin，公元 1836—1921 年）、奥特尔（Oertel，公元 1855–1908 年）、蒲宁（I. Bunin，公元 1870 年 –）、契利加夫（E. Chirikov，公元 1864 年 –）、莱美沙夫（A.Remizov，公元 1877 年—）诸人。他们都各有所成就。使我们不能忘记。

十

在这个世纪末的时代，狂喊于俄国的为人生的艺术派的批评，似乎呼声略低了，于是有了一派新的作家出来，扬起反抗的旗帜来。在其中，美列兹加夫斯基（D. Merezhkovsky，公元 1866 年 –）是一个领袖。他是一个多方面的作家，写着诗、小说、批评。他拥护个人的权利，信奉尼采的话，崇拜着“美”，反抗以艺术为宣传工具的主张。他的大著是一部“三连的小说”。要表现古代异教思想和基督教思想的冲突。第一部名《背教者求连》（*Julin the Apostate*），第二部《文西》（*De Vinci*），第二部名《彼得与阿里克赛斯》。他的批评著作不少，以《托尔斯泰与杜思退益夫斯基》一书为最有名，他的妻子系比丝（Z. N. Hippius，公元 1867 年 –）也是树起唯美派的旗帜的。她说：“我是我的奇异而神秘的词句的奴隶。”她曾和巴尔芒（C.D. Balmont，公元 1867 年 –）合作着。巴尔芒是近代俄国的抒情诗之王。他的诗集：《让我们像太阳》《火烧着的房屋》《在北方天空之下》及《只有爱》共四册，把他自己，把他的艺术完全显现在大家之前。卜留沙夫（V.Bryusov，公元 1873–1924 年）与巴尔芒是同调，也是一个极端的颓废派。后来，他的作风变了，把近代人的感情，放进纯洁美好的古典文句中。他的诗集共七册。

布洛克（A.Block，公元 1880–1921 年）也是这时一个重要的诗人。有一个批评家说，布洛克的耳特别敏锐。他能听见绿草的生长，能听见“安琪儿”在以太中鼓翼，并能听到毒龙在海底翻身。他的大作为《美之歌》《俄国之歌》等，在 1917 年左右所作的长诗《十二个》，曾博得不少人的同情。

伊文诺夫（V. Ivanov，公元 1866 年 –）与皮莱（A. Byele，公元 1880 年 –）也是美列兹加夫斯基的信徒。伊文诺夫的学问极为广博，有人称他为一个“苍老的术士而带有婴儿的灵魂的”。皮莱的抒情诗非常的优美，即巴尔芒和皮留沙夫也难得及他，但有时颇隐晦。他的大作是《银盒》（小说）、《彼得堡》（小说）及诗集等。

参考书目

1.《俄国文学的理想与实质》(*Ideals and Realities in Russian Literature*)，克洛巴特金（Kropatkin）著，克纳夫公司（Alfred A. Knopf）出版。

2.《俄国文学史》(*A Literary History of Russia*)，白鲁克纳（Bruckner）著，史克里卜纳（Charles Scribner）公司出版。

3.《俄国文学》(*Russian Literature*)，瓦里萧夫斯基（Waliozewski）著，阿卜里顿公司（D. Appleton and Co.）出版。

4.《俄国文学》(*Russian Literature*)，巴林（Baaing）著，《家庭大学丛书》(*Home University Library*)之一，亨利·福尔特公司（Henry Holt）出版。

5.《俄国文学的界石》(*Landmarks in Russian Literature*)，巴林著，麦克美伦公司（MacMillan）出版。

6.《俄国文学指南》(*Guide to Russian Literature*)，奥尔金（Olgin）著，Harcourt， Brace and Company 出版。

7.《俄国小说》(*The Russian Novel*)，乎古伊（Vog ü e）著， George H. Doran 公司出版。

8.《俄国小说家》(*Essays on Russian Novelists*)，菲尔甫士（Phelps）著，麦克美伦公司（Mac Millan）出版。

9.《俄国文学选》(*An Anthology of Russian Literature*)，魏纳（Weiner）著，共2册，第2册为《19世纪的文学选》。G. P. Putnamt’s Sone 出版。

10.《俄国文学史略》郑振铎编，商务印书馆出版。

11.《俄国四大文学家》，耿济之编，《小说月报丛刊》之一，商务印书馆出版。

12.《俄国文学研究》沈雁冰编，为《小说月报》12卷之号外，商务印书馆出版。

13.《俄国印象记》(*Impressions of Russian*)，勃兰特斯（Brandes）著，其中下半册，为论俄国文学者；英译本的出版公司为史格得书局（Walter Scott）。

14.《俄罗斯的精神》(*The Spirits of Russian*)，马沙里克（Masaryk）著，共2册，以俄国文学来解析她的精神的变迁，英译本由 George Allen

& Unwin， Ltd. 出版。

15.《近代俄国文学》(*Modern Russian Literature*)，莫史基（Mirsky）著，克诺夫（AlrfredA. Knopf）公司出版。

16.《现代俄国文学》(*Contemporary Russian Literature*)，莫史基著，克诺夫公司出版。

17. 英译的俄国小说及剧曲诗歌，很多，不能一一具举。

18. 中译的俄国小说及戏曲，商务印书馆出版的《文学研究会丛书》及《共学社丛书》中有不少。

第三十八章

19 世纪的波兰

一

波兰文学到了最近半世纪，才为世界所注意。立刻，她的重要作品便译出了不少；瑞典的诺贝尔奖金委员会，也两次的把文学奖金送给了波兰两个近代的大作家显克威兹与莱蒙脱。

在 19 世纪之前，波兰的重要作家有：莱依（Rey，公元 1515-1569 年），被称为波兰诗歌之父；克拉西基（Krasieki，公元 1739-1802 年），被称为波兰的福禄特尔；此外，重要的作家却不多了。波兰文学之黄金时代，实际上乃为 19 世纪。这个时代，正是波兰被俄、奥、德所宰割，沦于政治上最黑暗的时代。中间，在拿破仑的胜利时代，曾见了一闪的光明；在 1830 年革命之前，也很有些鱼肚白的微光可见，但拿破仑的失败与革命的没有告成，却两次使波兰陷入更恐怖、更黑暗的境地。直到了 1917 年欧洲大战告终止之后，波兰才复成了一个独立的完全的国家。黑暗的时代，既然是 19 世纪的全部，于是这时代的作家们便自然而然的产生了一种具有特殊的色彩的文学了。

二

19世纪的第一个老作家是南西委兹（J. U. Niemcewicz，公元1767–1846年）。他的生活年代很长，前半生见了18世纪的波兰生活与作家，后半生又见了1831年革命的失败，并与大诗人美基委兹（Mickiewicz）及其他作家，同寄住于巴黎。因此，他乃是近代波兰史的两个时期的连锁者，他的作品也是18世纪的古典主义与19世纪的罗曼主义间的连锁者。他的后期作品《波兰史咏》（*Lays of Polish History*）在波兰，有麦考莱的《古罗马咏》在英国的一样的势力，没有一个学童不曾于学校中读到。

真正开始了19世纪波兰文学的黄金时代的乃是美基委兹（Adam Mickiewicz，公元1798–1855年）。他是波兰最伟大的诗人，与但丁之在意大利，莎士比亚之在英国，杜甫之在中国一样。他的第一部作品《短歌与传奇》（*Ballads and Romances*）之出现于1822年，使波兰文学的罗曼主义期跟了他而开始。他把以前传统的辞藻和题材，都变更了一个面目。他的生活可分为三个时代，这三个时代与波兰的国家悲剧的程序恰是一样。第一个时期是囚禁，他和许多大学的同学都因反抗神圣同盟而入狱。第二个时期是流散于俄国内地。他接触了新异的环境，便充分的明白他国民的特点。第三个时代，是他在西欧寄住着，这时，他是沉入默想中了。在美基委兹心灵上的国家与宗教的信仰，受了这三个时代生活变迁的影响，充分的以不同的样子，表白在他的许多诗歌作品里。他在少年时，歌咏是玫瑰色的恋爱。但到了他在狱中时，他的歌声却变了。他由一个歌唱个人不幸的恋爱，变到歌唱千百万国民的不幸的运命。在1830—1831年的反对俄国的革命战争时，美基委兹虽不亲身加入，却以诗歌歌咏兵士们。他歌咏他们的勇敢，歌咏他们的死，最后，在《兵士之歌》的几首中，他却与几千个失败后被送到异国的兵士们同受其苦了。他自己也逃到西欧去，住在巴黎，眼见波兰逃民之不快乐，及无可救药的自己争闹，他便作了《进香者的书》（*The Pilgrims Books*），以鼓励他们。没有一个寄居于外之波兰人，读了这书而不觉得自己是有力、高贵的；他激动他们的自尊与希望心了！同时，他又作了一部伟大的史诗，这成了波兰的国民史诗——《泰达士先生》(Mr. Thadd·eus)。这部史诗，不咏波兰的大英雄，也不咏波兰的大史迹，却咏的是他儿童时代的景色。他为什么如此的写，他自己曾告诉过我们。他以为：不幸的云，罩在国家上面，罩在人的心上，诗歌的想像是不忍翱翔于如此可怕的景象中的；没有别的，只有失望在着，于是安慰是需要的，那就是求之于过去时日的回忆。从想家的寄住于外的波兰人在火炉旁谈到幼年的梦境的话里，这史诗便产生了。这是惟一的未被毁的幸福的影，仍挂在波兰人心上的。这故事，名为“乡中绅士生活的故事”，中间插以拿破仑战争的回响，每个人都希望这次战争之得胜。这诗终止于拿破仑大军之经由波兰而到莫斯科。波兰人是心里充满了波兰复活的希望。这个希望，美基委兹他不仅在梦想，而且要见之实行。当意大利人反抗奥大利之侵略时，美基委兹立刻起来帮助他们，一半为争自由者之助，一半亦因奥大利乃波兰三仇之一。他到了意大利，组织了一队波兰军，虽然没有结果，却已足以鼓动不少人的心了。过了几年之后，克里米战争（Crimean War）开始了，俄国乃是波兰的主仇，于是美基委兹又起来，到了东方，第二次组织了一队波兰军去反对俄人。不幸，如拜伦一样，没有身临前敌，他却先病死了。他死时是1855年，死地是君士坦丁。他不仅是一个诗人，也不仅是一个先知者，他乃是他国民的一位永久的统治者与领袖，波兰的所有罗曼主义者，大都要经过一个路线，乃是由文学，经国家主义而到宗教。美基委兹却更为崇高，他乃是由文学，经预言，而到实行的。在这个地方，他之指导波兰，乃远在文字与思想之上。

恰好与美基委兹的英雄事业相映照的，是这时代第二个大诗人史洛瓦基（Julius Slowacki，公元1809–1849年）的文学的事业与艺术的成功。他以文学的教育与文学的艺术为出发点，而以完美的音节谐和，想像丰富的诗歌来装载高尚之国家的与宗教的哲学。他在国外之文名在美基委兹之上，在波兰，他乃被视为“诗人中之诗人”，如雪莱之在英国。他诗中的题材，包括人类的感情极多而广，从自然与妇人之爱到父亲对于将死孩子之失望的爱，与年老丈夫对于他少妻之妒忌。他的戏曲，有类于莎士比亚，范围亦极广，自历史剧以至幻想剧无所不有，直到了今日，他还是波兰悲剧之王。他又是一个讽刺诗人。这个方面的诗，乃是美基委兹及其他同时诗人所未开辟的领土。他的大作是一部长篇而迄未完工的史诗《彭尼夫斯基》(*Beniowski*)，他在这里，把许多国家的与国际的、文学的与社会的、宗教的与哲学的问题都讨论到。在他的《海上的夕阳》(*At Sunset on the Sea*)或《阿加米农的墓》(*Agamemnom's Grave*)里，他对于他所爱的国家的衰落，到处都表白出悲哀的沉思。他的悲哀转入了神秘的热情，这在他后期的历史剧《父亲马克》(*Father Mark*)及《莎洛米亚之银色梦》(*The Silver Dream of Salomea*)更容易看出。他最后的一部大作乃是《国王精灵》(*The King-Spirit*)，这是一部未完工的弘伟史诗，叙的乃是波兰国家之灵魂，表现于各个相继的统治者身上的。他的剧本的题材一部分取之于国外，一部分乃取之于波兰。他有时做着幻想的梦，为一个神秘的诗人，有时却为他的国家感情所激动，而做比美基委兹更写实的东西。在他的《柯狄安》(*Codian*)里，他写的乃是1830年革命时代的波兰；在他的《安希里》(*Anhelli*)里，他写的波兰罪犯在西比利亚所受的地狱似的痛苦；这种恐怖的景色都是美基委兹他们所不敢写的。

这时代第二个大诗人是克拉辛斯基(Sigismund Krasinsky，公元1812-1859年)。他是一个严肃的诗人，对于人类历史大事件而加以哲学的深思的。他在很早的时候，即有苍老的哲学家的面目。他在21岁时所作之《非神的喜剧》(*Undivine Comedy*)，是一部想像的表现专制与民主之冲突的；他把两方面的对与不对，理想的高贵与实际的卑鄙都表现出来。他所表现的这样的阶级斗争，正是今日乃至以后的阶级斗争的写照。他的比譬剧《伊里狄安》(*Iridion*)是写智慧与美丽的古帝国之降落，与奴隶的宗教，即基督教的胜利的。他的哲学诗《黎明》，也是具着历史的背景的。他的后期的大作《将来的祈祷歌》(*Psalms of the Future*)，充满了抒情诗的与宗教的呼吸。《信仰的祷歌》(*Psalm of Faith*)回叙波兰的过去和她的历史的使命。《希望的祷歌》(*Psalm of Hope*)则预测着她将来的大功业之告成。《爱的祷歌》（*Psalm of Love*）写的是：在革命与恐怖的时代，爱是必须要的。在《悲哀的祷歌》（*Psalm of Grief*）里，他悲叹着在这时代真正的基督教精神之缺乏。在《善念的祷歌》（*Psalm of Good Will*）里，他祷求的是最崇高最重要的祝福——我们心上的善念。他是以他的默想与宗教的祝福来慰安他的国人的。他还写着拜伦、史格得似的传奇，还写着哲学的论文和小册子，以及许多抒情恋歌。

在这三个罗曼主义时代的大诗人之外，同时还有好几个诗人：马尔西夫斯基（Anthony Malezewsky）的“乌克兰故事”《马丽》（*Mary*），是一部诗的传奇，可与拜伦诸作相比美的。柴莱史基（J. B. Zaleski）的短歌是不朽的珍宝，他几次想作伟大的史诗，却都没有成功。如他的歌《战前别他的情人》（*Farewell to His Love Before a Battle*）等，至今还常在一般人的口中重唱着。郭兹胜斯基（S. Goszczynsky）与马尔西夫斯基及柴莱史基一样，也是以乌克兰为他的题材的。他的悲愤的诗的传奇《卡尼奥夫堡》（*Kaniow Castle*）是写高傲的波兰贵族与困苦的乌克兰农民间的可怕的历史上的真实之妒恨的。郭兹胜斯基感情很热烈，当然1830年的革命，他是首先加入的。但他的晚年，却在他的本乡度过，与其他文人之逃避国外者不同。他死于1876年，为罗曼主义的最后留存的一个文人。西洛公拉（W. Syrokomla）是一个生年较后者，他的真名是孔特拉托威兹（L. Kondratowicz）。他的诗所咏的是鲁森尼亚的乡间景色。它的田野森林、湖光山色，都在诗里映出，如华兹华士诗中所反映的英国一样。莱那托委兹（T. Lenartowicz）是一个雕刻家诗人，他的诗是咏他本乡的农民的，他的农民是带有他的理想化的。蒲尔（Vincent Pol）是一个地理学家的诗人。他的祖先是外国人，他在18岁时还不会说正确的波兰话，在大学里教德国文。到了后来，他却成了一个波兰的伟大诗人了。他的《祖国之歌》（*The Song of Our Land*）是一部不朽的名波兰的每个学童都熟悉它。

三

波兰的写实主义乃开始于一个哲学诗人阿史尼克（Adam Asnyk）。他写作的范围很广，独有他的哲理诗是不朽的。

郭诺甫尼加（Mary Konopnicka）是波兰的最伟大的女诗人，正像美基委兹之为一个最伟大的男诗人一样。对于穷人与被压迫者，苦作者与被损害者的同情，是串于她的全部作品中的线子。她以为工人与农民的地位是一天天在社会上重要了。她把他们写入诗里，虽然有时是艺术的秩序混乱些，然事实是在那里。高蹈派的作家，唱的是为“艺术的艺术”的歌，她却先注意于社会的改革而后才注意于艺术。她的《白尔沙先生在皮拉西尔》（*Mr. Balcer in Brazil*）写的是波兰农民们移住于森林中的事，景色与人物，写得都异常的逼真；她的对话《柏洛米修士与西西弗士》（*Prometheus and Sisyphus*）虽是用象征主义者想像的风格写下，却仍讨论着她所爱说的社会问题。她的散文也很谐和可爱；她于写诗之外，也常写些文艺评论。她和佐治·依里奥特（George Iliot）一样，爱情的调子在她的琴上是不弹的。她的作品有爱在，但那是对于工人农民的爱，对于本乡的农村景色之爱。她的作品里，同狄更司一样，具有民主主义的气息。

较之郭诺甫尼加更近于狄更司的是卜鲁士（Boleslaw Prus，他的真名是 Alexander Glowacki），他不仅有狄更司同样的民主的心胸，与对于平民的沉厚的同情。且有了他同样的题材与风格。郭诺甫尼加是最爱村间和农民的生活的，卜鲁士却像狄更司，是一个最好的一个文学上的城镇之人。他是短视的，不喜欢旷野的，他的眼看惯了那沉闷而统一的灰色街道与公园中之棕色树木，却不能有趣味于大自然的新鲜颜色。他处置他的题材，用的是科学的方法与自然主义者的正确细腻的描写。如他的历史小说，写古埃及的故事的《法老王》（*The Pharaoh*），完全是考古学的研究，是死的古代的僵石，并不是什么活泼的人生。这是他的缺点。然他写的近代的生活，杂以他的人道的呼吸与同情的，却使他成了伟大的作家、伟大的人。他的心是广大而热烈的。他所写的孩子们是波兰以前的作家所未见到的。在这里，他的观察已非科学的而为同情的了；在《小安琪拉》（*Little Angela*）里写的是12岁女孩子在交际世界上的观察；在《孩子们的罪恶》（*Sins of Childhood*）里，写的是一个十岁的孩子在道德世界上的观察；《小史丹尼士拉斯的历险记》（*The Adventure of Little Stanislas*）里，写的是一个一岁的婴儿在物质世界里的观察。他还以同样的有魔力的同情，在他的长篇小说《解放的妇人》（*The Emancipated Women*）里，忠实的写出一个近代世界的少年妇人求得一个独立的社会地位的竞争，及她之力与个人恋爱的感情相战的情形。这是一部男人写的分析妇人心理的书中无比的成功之作。此外他的《偶人》（*The Doll*），他的最后之作《孩子们》（*The Children*）也都是真实之气扑人鼻管的小说。他的短篇小说比之长篇的写得尤多。在他的无数的短篇小说里，他的对于社会的同情是完全的展布出来。在这些故事里，我们见到环绕于他左右的活泼泼的波兰社会，孩子与学生，地主与书记，理想主义者与玩世者，心地轻松的少女与饱经世故的老人。他以最谦下的心对待他的题目；他把他们的灵魂看到底，但他是微笑的读着他们；他有的是无所不在的滑稽的精神，如太阳似的什么地方都照到。在波兰，别的滑稽作家不少，却没有如卜鲁士那样的可列于高等的：他即在讲到最严重的问题，亦未完全免除了他的滑稽的情调。

与卜鲁士之深挚的人道观念不同者，有史委托查夫斯基（Alexander Swietochowski），他的真名是奥孔斯基（Okonski）。他以冷静的理性与光明的机警著。他生活时代很长，直到现在还活着。史委托查夫斯基在少年与成人时所持的福音，是由一般道德之提高而得更好的社会的与政治的将来。他的一生都从事于新闻事业。他也从事于戏曲与小说的活动，尤是喜欢的是如古代柏拉图所悬式的对话；然他大部分的精力，乃在新闻事业。

卜鲁士注意的是人间，他是短视的，看不见或不注意到人间以外的世界；在狄加辛斯基（Adolf Dygasinski）里，我们却见到更广大的世界。卜鲁士写到狗与牛，所给与于他们的乃是滑稽的人的心理。狄加辛斯基却不然，他不仅把动物如真似的表现出来，且还用诗的光荣与哲学的兴趣的弘伟，把动物国里“生存竞争”、“适者留存”的戏剧的事业，充分的表白出来。这都是在他的《生命之宴》（*The Feast of Life*），他的最好且最后的著作里，所写着的。他在那里，重新苏生了已被忘记了的斯拉夫的神话与民间故事的象征。他还以锐利的观察，把动物世界里最亲近于人的“狗”之内在生活，活活泼泼的叙写着，给他同时代人以许多有趣的狗社会的故事。《生命之宴》所写的范围尤广，他把他本省的森林中、田野中、空中的全部野兽生活，从鹰到鷦鷯，从熊与狐到兔与黄鼠狼，把他们永存的死、饿、恋爱以及残酷的竞争，一日间的喜与愁，完全都显示给我们看，这实是一部近代文学中最伟大的自然书之一。

四

以史格得为领袖作者的近代小说流传各国，影响甚大。波兰便也受到此种影响，译进了不少他的作品。同时克拉士西夫斯基（J. L. Kraszewski），“波兰的史格得”，便也乘时崛起，产生了五百余册的小说。这样多量的作品没有一个人曾自夸完全读过。他所包含的内容是如此的复杂，乃同时为守旧者与急进者，乐观者与悲观者所赞颂，所攻击。他的初作是罗曼派的作品，然自始即有写实主义的影子在内。他的成功之小说是《诗人与世界》，表示理想主义者对于社会的物质主义的厌恶，同时，又照耀着对于艺术的高尚使命的影响。他的《人面狮身像》（*The Sphinx*）写一个宫廷画家的故事，其技巧的表现画室与其空气是很有名的。他写了不少关于白俄及小俄的农民生活的小说，其最后的成熟作品为《村梢头的草屋》（*The Cottage at the Village End*），把被压迫的农民和活泼鲁莽的琪卜赛人（Gipsies），以同样的温热的同情写出。然有的时候，在克拉士西夫斯基的小说里又持着社会的与宗教的反动的见解，大似俄国的大斯拉夫主义者，以本国为最好的，而西欧乃是“破败的西欧”。然不久，他因到了西欧旅行了一次后，他的态度却又完全变了。他变得和急进派携手而行。在1863年革命之时，他竟联合“红”的，以反对“白”的。他发表着激烈的革命的文章。到了后来，革命失败了，他只得与当时的一般重要的波兰人，同到外国去。他的后半生便在国外过着。在这时候，他没有别的事业分心，便专心从事于文学，除了著作以外，还译了但丁。他的 28 部叙写波兰史迹的小说，只有头一部《一件旧故事》（*An Old Tale*）是成功的。但他的古典的故事小说《尼禄时代的罗马》（*Rome in the Time of Nero*）却得了很大的赞许，为显克威兹的大著《你往何处去》（*Quo Vadis*）的先驱。

与克拉士西夫斯基同时代的作家，没有一个有他写得那么多或著作范围那么广的。但在出品之技巧与风行于当时这二点与他相同者，则有高西诺夫斯基（Joseph Korzeniowsky），他也与克拉士西夫斯基一样，在罗曼主义时代著作着，而预示着写实主义的先声的。虽然他的死年是在那新时代的门口——1863 年，但他却比克拉士西夫斯基更为有近代性，即他所有的小说，都是取之于当代生活的。他还是一个有技巧的戏曲家。他的作品，大都有机警的喜剧的意味的，他的《邻人》（*The Neighbourhood*）、《漫游》及《驼背者》都是如此。

克拉士西夫斯基是近代的崇拜者，为卫护新潮而攻击旧的东西，同时却有一个小说家，恰与他相反，乃崇拜旧的“国故”而反抗新潮者，这人就是莱西吴斯基（Henry Rzewusky）。他是一个大贵族的儿子，生长在旧的光荣的微光中的。他的大作是《十一月》《沙卜里加的日记》，都是写旧时代与其风俗习惯的，当时摹仿之者纷起，惟查特士歌（L Chodzko）是一个有特性而非盲从的作家。

卡西加夫斯基（S. Kaczkowsky）是当时第三个历史小说作家，足与克拉士西夫斯基及莱西吴斯基相拮抗的。他与克拉士西夫斯基一样，著作的范围甚广，且所作甚多，又与莱西吴斯基一样，他的题材乃取之老年男女的真实回忆而非取之于远古的。他早年投身于革命潮流中，是一个红热的急进者，后来仔细的研究了历史之后，却成了一个守旧党。他的大作是一群的以委尔西爵（Vilczuja）家族中一个绅士所说的故事为题材的小说。当显克威兹出来，初得大名时，他颇想与之抗衡，但终于不能及得上。

这时，有一个作家，他的漫游生活却较之他的文学作品为尤动人，他直活到1915年才死，起初在罗曼主义时代，后又眼见写实主义的兴衰，他就是米尔加夫斯基（S. Milkowski），曾三次从军，为波兰的自由而奋斗。他的人格在他作品中活泼泼的现出。当他在晚年时，他的创作力衰弱了，却写着过去日子的回忆。

五

自克拉士西夫斯基起到他同时的几个历史小说家止，没有一个有后起的作家显克威兹（Henry Sienkiewicz）那么样的伟大。克拉士西夫斯基占据了19世纪中50年的文坛，到了最后的25年，却是显克威兹的世界了。他的叙写力，比上面所说的几个小说家都大得多。自他出来后，自他的历史小说产生后，在他之前的几个历史小说家的作品几乎没有什么人过问了。

显克威兹在写实主义已泛溢于波兰文坛之时，而以历史与传奇得他的大名。他的少年时，在华沙以新闻记者及文学者为生，用李特胡士（Lituos）之名发表东西。1863年的乱事使他注目于现实政治及社会问题。在这个灰色光中，显克威兹的短篇小说第一次引起大众的注意。《炭画》（*Charcoal Sketches*）里悲观的情调与精巧的艺术，激动了读者的心，其所写之古村生活里的无助之黑暗与无目的之受苦的悲剧图画，到今日还深印在读者眼帘。在《音乐家约尼》（*Johnny the Musician*）里，在《老仆》里，在《安尼》（*Annie*）里，其情调亦是如此。其表现波兰在外族的压迫之下的情形，则有《一个校长的日记》（*The Diary of a School Master*），他本意要写俄国的压迫，在俄国检查官的眼中则以为写的是德国人的罪恶。其实是易地则皆然。在《得胜者巴特克》（*Bartek the Conqueror*）里，国家主义的色彩也很鲜明。巴特克是波兰的农民，在1870年时，很勇敢的为普鲁士去打法国，所得的报酬却是被德国人逐出自己之家。在动人的短篇小说《灯塔守者》（*The Lighthouse Keeper*）里也深潜着亡国的悲哀。一个波兰的逃出国外的人民，在西印度看守灯塔，因读着美基委兹的诗，沉入故国的思念中，而忘记了点灯，因此，被免职。《在马里波沙》（*At Mariposa*）写的是一个奇异的老年波兰人，住在美国的加里弗尼亚，他天天读十六世纪的波兰文圣经，用圣经上的波兰话和一个祖国的游历者谈话。这乃是作者本身的经验。他的美洲之行，对于他极有影响。他的《美洲通信》是波兰最好的旅行书之一。

后来，他又到非洲去，写了一部《在沙漠与森林中》（*In the Desert and in the Forest*），叙的是一个波兰的小孩子，和一个英国的小女儿在非洲荒漠里的冒险，在波兰文学中，立刻成了儿童的名著之一。

然他的悲观，在他的长篇大著里却为新生的国家的乐观主义所代替，他写成了十三册的“三连小说”。《火与剑》（*Fire and Sword*）写的是波兰的乌克兰边境防卫科萨克人之侵略的故事；《洪水》（*The Flood*）写的是波兰从瑞典占据的洪水中救解出来的故事；《瓦洛特约夫斯基先生》（*Mr. Wolodyjowski*）写的是防守前线以御土耳其人的诸人之勇敢行为。这些书都是为全国的人所气也不透的读着的，没有一部波兰书有那样的流行的，即美基委兹的大史诗《泰达士先生》似也难有此盛况。在波兰的黑暗时代，在被三个强国把全国土地分裂的占据着的时代，重演古代的光荣的书，如上面之三部者，当然可以给他们以慰安。他们忘记了现在的困苦，为这部小说所警醒，知道自己是以前曾为一个强盛的国家的后裔，因此，心里点着了对于祖国复活及一个伟大之将来的崇信的火。所以这部伟大的“三连小说”不仅在艺术上有价值，且为国家的重要的产品。在这一部大作之后，他又写了一部三册的写当代生活的小说。《没有训条》（*Without Dogma*），以日记的形式，深刻的写一个极端的近代英雄之心理的图像。这部小说立刻达到了法国以心理分析之小说著名的蒲尔格（Paul Bourget）的最高点，但在《波伦尼基家》（*The Polaniecki Family*）里，显克威兹却由一个怀疑派变成了倾向于宗教的人。这部小说也是写近代生活的。他的《漩涡》也是如此。

显克威兹在国外的名望，完全寄在他的大著《你往何处去》（*Quo Vadis*）上。这是许多近代人所写的将没落的罗马帝国与新兴的基督教势力间之冲突的许多小说中，一部最成功的作品。其背景之弘，其色彩之丰富而活泼，其一群一群的基督教人物与罗马人物之逼真的描写，如活人似的行动，凡是读到它的人，无论他是哪一个人，无不热烈的称许。在那里，他把基督教的真精神充分的表现出，在那里，他把光荣的罗马，重活于我们的眼中。写这同类的故事的作家不少，而他的艺术却高出于一切的他们，使这部小说成为近代的一部最伟大而且不朽的小说之一。

他最后又作了一部叙写过去的伟大事迹，以慰安当时受普鲁士人之压迫的心志堕暗的读者。这就是他的《十字军武士》（*The Knights of the Cross*），写的是十五世纪之初，波兰人战胜了德国势力之事。他在这里与在《你往何处去》及“三连小说”里一样，把古代活泼泼的重生在我们的面前。他把波兰人与德国人，如在《你往何处去》中的基督教人与罗马人一样，当做两个极端。一端是精神上的道德力量，一端是肉体上的体格之力。显克威兹在晚年又写两部小说：《在光荣之地上》（*On the Field Glory*）及《骑士》（*The Legions*），可惜都没有完成，因为欧战把他的笔夺了下来，叫他去到各处募捐以救济波兰人。在这时，他却不幸的为死神所召，这两部大作遂终于没有告成。

在显克威兹专心写他的许多伟大著作时，他仍旧没有放弃了写短篇小说的笔。滑稽的日光，在他的许多大作的一部分篇幅中时时照耀着，如由浓密的绿叶之隙中透射下来者，却在他的短篇小说《第三个》（The Third One）中，完全晒照着。这篇小说与的是华沙画家的生活，其中充满了喜剧的与浪漫的美。在他晚年时，显克威兹又常常把他的政治意见写在短篇小说里，最动人的是《老年的撞钟者》（*The Old Bell-Ringer*）。

六

显克威兹时代的作家很不少。前面讲的卜鲁士，也生在这个时代，而女作家奥西斯歌（Eliza Orzeszko）则略生于卜鲁士及显克威兹之前。当她已把她的大作刊布时，他们方才渐渐的有名。她起初写关于妇女解放问题的小说，其中之一，《马莎》（*Martha*），连德国人也引起注意。其后，她又动手写犹太人的生活，她对于他们的受人歧视，受人嫉忌，是很表悲怜的同情的。她写的《在尼曼河岸上》（*On the Banks of the River Niemen*），是一部描状鲁萨尼亚景色的小说，写得是无比的好。

在这时代，后于奥西斯歌，而以写农民生活著名的有莱蒙脱（W.S.Reymont），他自己是生于乡间的人，曾过着一时的农人生活，他的少年的大部分光阴是耗费在做游行演剧者及铁路小职员的生活上。他早岁的几部著作，便是写他自己的这种生活的。其后，《允许之地》（*The Promised Land*）出版，他便成了一个名家。这个故事是以波兰的工业中心洛兹（Lodz）城为背景的，其中写工厂里如蚁堆似的工人，写暴富之犹太、德国及波兰人之穷奢极欲，写得真是动人。于是莱蒙脱立刻成了第一流的波兰小说家了。正在这个时候，他却把他的成熟的技术突然的回转到农人描写的一方面了。他的四册《农人》（*The Peasants*），是一部用故事的形式写出在俄国治下的波兰农民之苦作与快乐、习惯与恋爱及嫉恨、个人的热情与社会的冲突的百科全书。它写的是一个女英雄（其悲剧的运命，有类于哈提的推斯），及一家父与子间因为她的恋爱而引起的嫉视。它分为四卷，《秋》《冬》《春》《夏》，把一年间的农民生活与波兰自然界的景色完全写出。他并不把在这部大作里讨论什么问题，悬示什么教训，他只是用强烈的写实之笔，把他的故事及其背景写出，使大家自然的感到其中的悲剧的情调，与一种强烈的乡间泥土的气味。诺贝尔奖金委员会，因为他的这部大作，而赠给他以文学奖金，那是很公允的。

奥甘（W. Orkan）写的短篇小说及他的长篇小说《洛兹托基谷》（*The Vale of Roztoki*）与莱蒙脱一样，题材是农民的生活，而用尖刻的写实主义写出，他的诗集《从这忧愁之国》（*From This Sad Land*）也是如此。

在莱蒙脱的晚年，他转他的笔锋去写一部历史小说《一七九四年》（*The Year 1794*），表现着独立之波兰之最后一年。他还勇敢的去写异国情调之东西，如《吃鸦片者》(*Opium Smoker*)之类。

这样的异国情调，使我们记起同时的作家，西洛西夫斯基(W. Sieroszewski)，他曾被俄国遣戍到西比利亚的极东北部，度过12个年头，因此，把他的经验写为《耶科兹》(*Yakouts*)及许多短篇小说，其艺术之精美，可与俄国之作家科洛林科相拮抗。我们又记起一个现在还生存着的最优美的文艺作家倍伦特(Waclaw Berent)，他并不写异国与新异的人民的故事，他写的乃亦是富于异国情调的辽远而浪漫的中世纪，在《活的石块》(*Living Stones*)里，他重现了中世纪的城市与乡间的生活。还有尼契夫人(Mme. Nitsch，她的笔名是J. Pawalski)，她也把中世纪的日常生活很精巧的写在她的小说里。

以绝端的自然主义、以科学的精神，去写她的小说的，有女作家柴波尔斯加(G. Zapolska)。她和奥西斯歌夫人很不同，她先为女伶，过着好几年不规则不安定的生活，后来，在本国，成了一个小说家与戏剧家，在年龄很老时死去。她的许多戏剧与小说都是讨论"问题"的。有时很技巧，有时很粗率。她的《别一个人》(*The Other Man*)写的是爱国的情绪，是1905年波兰少年参预俄国革命的悲剧之故事。当1915年时，此剧在华沙连演了数百夜。较柴波尔斯加的艺术更为精深的自然主义小说家为卜西皮西夫斯基(S. Przybyszewski)，曾被人攻击为不道德的恶魔。他在德国与俄国，读者很不少。他的小说如《萨丹之子》(*The Children of Satan*)之类，一见其题目，即知为如何性质之物。他与在柏林的同学史特林堡(A. Stringberg)同为妇人厌憎者。他的《金羊毛》(*Golden Fleece*)，一部剧本，乃以妇人为可怕之物，为吸人之生命血者。他的题材，范围很狭，然技术却极完美，为波兰近代作家中风格最优美者之一。他是一个音乐家，所以在《萧潘》(*Chopin*)里写音乐之批评及音乐家之性格至为精审。

七

波兰近代的喜剧，以法莱特洛(Count A. Fredro)为大家。他少年时曾在拿破仑属下波兰军中与俄国打仗。在19世纪的前30年内，他刊布他的好作品不少。他的喜剧，在剧场上占极大的势力。波兰人称他为“波兰的莫里哀”。他的大名的喜剧《丈夫与妻子》（Husband and Wife）写的原是熟悉的滥调的夫、妻与情人，却很有力的又加上了一个客室的女仆。这个女仆，剧中的两个男人都向她求爱，因此，发生了好些可笑的事，而终于和平。全剧只含四个人的谈话，却有三幕之长，使人毫不觉其沉闷，这可见作者技术之高超。《马尼亚之于外国的东西》（*The Mania for Things Foreign*）亦是一部很好笑的喜剧，与的是一个极端崇拜外国东西的人，尤其崇拜的是英国的。他常常说了许多可笑的话，如已成为各国所通行的东西，他却常常要加以外国的冠辞，如：“我们去坐车游一次吧，只要走一个英国的里左右！”之类，都是要使听众不禁得要发笑的。他的一部后期的剧本，到死后才刊印出来的，《一个大人物之对待小事》（*A Great Man for Little Affairs*）乃是各个时代各个社会所共有的可笑故事。一个忙碌的人以为他自己是他周围的人每件事的中心与发源者，其实呢，他在他们眼中，乃是一个不足轻重之人，事情之进行，并不受他深谋弘算的影响。他的著名独幕剧《憎人者与诗人》（*The Man Haters and the Poet*），写一个少年的热心的理想者，对抗旧的玩世与冷笑之态度。在这里，法莱特洛现出他自己乃是一个热心的罗曼主义者。

自法莱特洛之后，波兰没有产生与他同样伟大的作家；但同时的小说家高西诺夫斯基（J. Korzeniowski）也是一个很好的喜剧作家。当欧洲的喜剧由莫里哀的变为小仲马诸人的讨论社会问题的喜剧时，波兰作家的风尚亦为之一变，如法莱特洛之子，如白里辛斯基（J. Blizinski），都是在这个风气中的。如巴鲁基（M. Balucki），则以高明的天才，专门讽刺、讥笑当时的社会，尤其是当日奥大利的波兰之缺乏公众精神的新自治。

在严肃的悲剧一方面，史洛瓦基的伟大成绩，在上面已说到了，其后则有魏斯潘斯基（S. Wyspianski），在20世纪之初年，得到很大的成功。他又是很好的画家，这将在以后提到。

参考书目

1.《波兰文学史略》，用英文写，诃勒温斯基（J.de Holewinski）著，一九一六年出版，为《波兰报告委员会甲种丛书》之一。

2.《波兰文学史的各时期》（*Periods of Polish Literary History*），狄薄斯基（Roman Dyboski）著，为著者在牛津大学之讲演稿，牛津大学出版部出版。

3.《近代波兰文学》（*Modern Polish Literature*），著者及出版处俱同上，亦为著者在牛津大学之讲演稿。

4. 卜鲁士之小说，英译本，世界语译本及中译本俱有。

5. 显克威兹的《炭画》，有周作人译本，北新书局出版。

6. 显克威兹的《你往何处去》，有徐炳昶、乔曾劬的译本，商务印书馆出版。

7. 显克威兹的其他著作，英译本不少。

8. 莱蒙脱的《农人》，有英、日译本。

9.《波兰短篇小说集》，倍那克（Else Benecke）英译，牛津 B. H. Blackwell 出版。

10.《波兰短篇小说续集》，倍那克（Else Benecke）英译，牛津 B. H.Blackwell 出版。

11.《波兰文学一瞥》，共 2 册，为《小说月报丛刊》之一种，商务印书馆出版。

12. 在周作人译的《域外小说集》《点滴》及《现代小说译丛》里，有波兰作家的短篇小说的译文不少。

第三十九章

19世纪的斯坎德那维亚文学

一

丹麦的19世纪文学，以奥连契拉格（Oehlenschkger，公元1779–1850年）为前半的重镇。他与华兹华士一样，为罗曼派诗人之领袖，其生活时代亦甚长。他受着歌德与席劳的影响，但其风格与材料却毫不相袭。他回到他祖先的古旧传说那里，把他们变成了罗曼派的悲剧或叙述。他的作品，充满了诗趣；他的对于古之崇拜与古诗之热心，有类于史格得。在30岁之前，他即成为最重要的丹麦诗人，他的诗名传到斯坎德那维亚的其他诸国以至德国，被称为"斯坎德那维亚之歌王"。他的大著《赫根·乔尔》（*Hakon Jarl*）是取之于古代传说的，凡五幕，是一部悲剧；他的美丽的恋爱剧，《阿克赛尔与淮尔葆格》（*Axel og Valborg*），是以中世纪的一个故事为题材的。他的《阿拉定》（*Aladdin*），一部极优美的抒情诗剧，其题材乃取之于《天方夜谭》中之有名故事《神灯记》。与他同时的诗人及散文作家有下列几个人，有的是受他的感兴而起的，有的是与他反对的。

巴格森（Jens Baggesen，公元1764–1826年）是转变时代的一个诗人，曾与奥连契拉格以批评互相攻击。格伦特委（Grundtvig）是一个诗人，又是一个很有势力的宗教作家与宗教领袖，在历史与神话方面也很有成绩。蒲特超（L. A. Bodtcher，公元 1793–1874 年）是北方诗人中最完美、最成熟的一个，他的诗并不多，与格莱（T. Gray）所有的诗分量差不多，但几乎每一首都是珍珠，以最技巧的艺术、最细致的笔墨，写作成功的。英格曼（B. C. Ingemann，公元 1789—1862 年）是一个诗人，又是一个小说家，论者称之为“丹麦的史格得”。他的血管里是完全的罗曼派的血液。巴鲁顿·慕劳（Paludan Muller）是一个沉思的哲学家，又是一个诗人，他的诗才很高，把古今文学、圣书以及神话都融化入他的热情里。温曹（Christian Winther）是一个很好的抒情诗人。白里超（Steen Blicher）是草原的故事作家。歌尔特契米特（Aaron Goldschmidt，公元 1819–1887 年）是一个小说家，其作品曾传译于国外。海伊堡（Heiberg）写了 20 册以上之诗与散文，还有剧本与歌剧。海尔兹（Hertz）是一个抒情诗人，还作了不少的重要的韵文的喜剧。最后，还有一个开尔吉格（Soren Kierkegaard）是一个富于想像的基督教哲学家，在北欧的势力是很大的。

在这个时代，罗曼主义的时代，丹麦的诗歌是极盛，然到了 19 世纪的中叶，诗歌的作品却突然的减少了。但是却有了安徒生（Hans Christian Andersen，公元 1805–1875 年）的富于诗趣的童话。在这时，丹麦的诗神实在未曾潜踪他往。

安徒生是北欧最重要、最有名的文人之一，我们一讲起北欧的文学，他与易卜生乃是第一要想到的。世界上哪一处的孩子，不曾读过他的童话？哪一国的文字没有他的童话的几部译本？他的童话，有一部分是根据古旧的传说而改作的，有一部分是创作。如《无画的画帖》，如《丑小鸭》，如《拇指姑娘》，哪一篇不是深蕴着他的温柔的情绪，美妙的诗趣的。真朴而杰出的风格，乃是他所特具的。他并不堆砌美字，并不有意的拣着华贵的辞句写下，然他的文字却于平易素淡之中，自有一种精光，自有一种美彩射出，如素洁的玉，如白色的大理石像，不必假大红大绿以及碎金细银，而自足动人。因此，他的童话，一方面为儿童最好的读物，一方面却亦为成人所深喜的作品，一方面为有趣的故事，一方面却为用散文写的最优美的诗。所以安徒生归根结底的说，乃是一个诗人，一个比他同时代的诗人都伟大的诗人。有人说，如果你们不知道安徒生的好处，只要先取格林兄弟编的童话集及其他童话，如安特留·兰（Andrew Lang）所编之《红神仙书》（*Red Fairy Book*）、《青神仙书》《黄神仙书》来读，然后再去读安徒生的童话，你们便可以知道安徒生之有异于他们，便可以知道安徒生之可爱处何在了。这是真的，一点也没有夸说过度。安徒生在童话之外，还写了不少的东西，诗歌、游记、小说以及自传。他的《我一生的童话》，是一部极有趣的自传。如《即兴诗人》，如《弹弦者》，如《O.Z.》也都是很好的小说。但他也与西凡提司一类的作家一样，因为他最伟大的作品是太伟大了，竟使我们忘记了他所写的别的好东西。

二

19世纪的中叶以后，即当60年代时，欧洲的思想突然的大变。达尔文的《物种由来》和《人类起源》相继的出现，于是人类的知识眼为其所照而得看见了过去的一切，科学上起了一种大改革，而文学上也引了写实主义的运动。把欧洲的写实主义介绍到丹麦，把他们的前进的思想介绍到丹麦的，是一个近代大批评家佐治·勃兰特（George Brandes，公元1842年－）。他是一个少年的急进思想家，于1871年时，在库平哈京大学讲演，以其充满精力且具有深湛之研究的《19世纪的文学主潮》（*The Main Currents of 19th Century Literature*）唤醒了许多沉睡的丹麦作家。他以为丹麦文学是死了的，是太技巧了，太辽远于人生了。文学一定要与人生直接有关，而解释人生的问题；文学必须大胆无畏的表现出社会的实际问题。它可以是热情的、技巧的，甚至于想像的，但必须有时代的科学的精神，而根据予客观的考察。他崇拜拜伦，赞颂一切急进的思想家、文艺家。但他的急进思想，却引起反动了；大学辞退了他，他移居到柏林去。然过了几年之后，勃兰特的思想却在丹麦开出花来，他遂成了他们最大的一个思想家与批评家，其势力笼罩了一切。他知识的范围极广，他似乎全读了欧洲人所写下的作品。他于大作《19 世纪文学主潮》六册之外，对于各个作家还有湛深的研究，其中“莎士比亚”、“易卜生”、“尼采”、“法朗士”（A. France）都是很有名的。此外还有《俄罗斯印象记》《法兰印象记》《近代之精神》《人与作品》等。在这些多量的著作里，都可见勃兰特的富于理智而同时又富于热情的性格，其作品精力弥漫，而又观察精细，其风格则流利可爱，而又力量沉重。至今，他已不是丹麦的批评家，而为全个欧洲最重要的批评家了。他不是丹麦的本土人，乃是一个丹麦的犹太人，犹太人如有成功，往往是很伟大的成功。

三

受勃兰特的感兴而起的作家不少，最著的是特拉契曼（Drachmann），约柯伯生（J. P. Jacobsen）及亨杜洛夫（Schandroph）诸人。最有声望于世界的是约柯伯生。

特拉契曼（公元 1846–1908 年）先以图绘海洋画著名，后来，却放下了画笔，改执着墨水笔，把他的“海”画在文字中了。他作品中的英雄都是水手与渔夫。他写着爱国、爱人民的有力的诗剧，成了丹麦剧场上的一个领袖。他远涉重洋，去研究海与其人物的各方面的特质。因此，他的文字是有力而逼真的。他的代表作品是《海与海岸的故事》。他的抒情诗，是富有天才的。他很勇敢，为当时急进思想家的重要者之一。

约柯伯生（公元 1847–1885 年）先以研究植物学著名，后来离开了他的显微镜，以高超的风格，创造了一种新的丹麦散文。他死得很早，作品并不多，然他却已成了一个丹麦最伟大的散文艺术家。勃兰特说：“在他以前，北方文学中，永没有如他一样的用字语绘成的图画。”他如法国的弗洛贝尔一样，他费了不少时间去寻找适当的字、适当的韵，且以非常的谨慎去写他的一切作品。他的小说《尼尔士·林纳》（*Niels Lyhne*）是一部社会问题的研究的作品；《马丽·格鲁蒲》（*Marie Grabbe*），写的是一个16世纪的妇人的故事，她为许多的求婚者所包围，后来因为社会上的地位忽然低落了，才复得到她的自由。这两部是他仅有的小说，此外还有一部短篇小说集《莫干斯》（*Mogens*）。他也写些抒情诗，然写得极少，如女诗人莎孚似的，一句一行都是珍珠。他的《伊米林玫瑰》（*Irmelin Rose*）是丹麦抒情诗中无价之宝。总共他所作的，不过二册而已。然他的作品的影响却极大，所有丹麦与挪威的作家，求散文之美与风格与艺术者，胥以他为标准。

亨杜洛夫（公元1836–1901年）为约柯伯生死后之领袖的小说家。他是一个写实主义者，以善于描写乡间人民与城中下中等的阶级著称。他的最有名的小说为《小人物》（*Little Folk*），他的最好的短篇小说集，是《乡村生活》。

彭格（Herman Bang，公元1858年–）也与亨杜洛夫一样，是属于自然主义一派的。他的写实的手腕，论者以为较亨杜洛夫为尤高。他的最好小说《路旁》（*Near the Road*）是一部深沉有力之作。他如弗洛贝尔的弟子莫泊桑一样，以深刻细腻的风格著，凡有材料，无论是如何的平常的，一到了他手上，一经过他的剪裁，便变成了不凡的动人的东西。《路旁》写的是一个丹麦的妇人，在一个几乎毫无色彩的环境中的故事，恋爱进来了一次，却又是忧愁的闭了门。还有一部小说《丁尼》（*Tine*）是一部恋爱的故事而纬以1864年丹麦人与普鲁士人战争的炮花的。一个军官，在炮火的间停时，很疲倦的由战场走到近旁的村中，蹂躏了一个美丽而天真的农女。这故事的悲剧，乃是赤裸裸的自然主义。他是一个沉郁的定命论者，他的厌世主义是自然派作家的厌世主义。

爱德华·勃兰特（Edvard Brandes，公元1847年–）也应在此一举，他不幸为佐治·勃兰特的弟弟，因此，他的名字乃为他哥哥的大名所掩。其实，他亦是一个有力量的批评家，一个戏剧家，还写了两部很有名的戏剧。

此外，同时还有好些作家，应该一提的。史克兰（Erik Skram，公元 1847 年 –）曾被勃兰特称为丹麦“自然主义文学的正宗”。盖莱鲁泼（Karl Gjellerup，公元 1857 年 –）是一个诗人、小说家，又是一个生物学家，他的杰作是《条顿人的教训》。南生（Peter Nansen，公元 1861 年 –）是近代文笔最美秀的丹麦作家，以善于写波希米都市生活著名，他的大作是《马丽亚》。伊瓦尔特（Carl Ewald，1856–1908）以写童话与自然的比譬有名，他的《四季》，已有了英译本。克纳生（Jakob Knundsen，公元 1858 年 –）是一个急进派，常在内心的智慧与宗教的冲突中。白鲁安（Laurids Bruun，公元 1864 年 –）以小说《永久》（*The Eternal*）著名，讲的是近代社会的冲突。米查理士（Sophus Michaelis，公元 1865 年 –）如约柯伯生一样，风格极秀美，爱美心极热烈，所作以《死之跳舞》（*Dance of Death*）为代表。尼克莎（Martin Andersen–Nexö，公元 1869 年 –）以他的社会传奇《胜者彼尔》（*Pelle the Conqueror*）得名，一半是他的自传。彭孙（Otto Benzon，公元 1856 年 –）是一个有名的化学家，却也以作剧有声于文艺界。但以喜剧著名于当时，最能逗人发笑的，还要算是魏特（Gustav Wied，公元 1858 年 –）。他性格之滑稽，有类于狄更司，他所表现的乃是广漠的中等阶级。他的《二二为五》，充满了讽刺之意，曾征服了德国剧坛。又著好几部小说。此外，伊士曼（Gustav Esmann，公元 1860—1904 年）、兰格（Svan Lange，公元 1868 年 –）、洛特（Helge Rode，公元 1870 年 –）、倍格斯特隆（H. Bergstrom，公元 1868–1914 年）诸人，也都以戏剧著名于时。倍格斯特隆的两部问题剧，《卡连・波尼曼》（*Karen Bomeman*）及《林格特公司》（*Lyngaard and Company*）尤其有影响；前一部写的是性的问题，后一部写的是一件跨越了劳动与资本的战线的恋爱故事。

但负最近丹麦文坛之重望者，除了勃兰特、彭格外，还要算波托辟丹（Henrik Pontoppidan，公元 1857 年 –），兰尔生（Karl Larsen，公元 1860 年 –）及约生（J.V.Jensen，公元 1873 年 –）。

波托辟丹以得诺贝尔文学奖金，才为国外的人所知。他是一个自然主义者，以无情的、写实主义的、明晰、冷静之风格，描写丹麦的农村生活。他的杰作是《李克泼》(*Lykkeper*)，写一个少年历经了许多职业，寻求他的幸福，却终于无望之事，是一件平常的事，却写来极动人。有人以为他的作品，可以列入屠格涅夫的名作里面而无愧。

兰尔生也是一个严肃的写实小说家，他的小说是立在科学调查的结果上面的。他不倦不息的收集人类的经验。如植物学家之收集花草而分类一样，兰尔生也把许多尺牍、日记以及儿童，兵士们之涂壁物都收下来，以备织入他的客观的小说中。他的近作《从远处来》(*From Out Yonder*)是用一束真的尺牍组合成功的。

约生是一个个性极强的人；他也与别的写实主义者一样，是以科学的方法去写小说。他为了要预备写《冰河》(*The Glacier*)，专心一志的去研究地质学，且到挪威的白雪掩盖的深山中去考察。这部小说叙的是在大冰河时代遗留下来的原人的生活的。

妇人作家在丹麦是没有在瑞典那样的多，但近代却有一个，以作喜剧《金鸟》(*The Gold Bird*)有名，这就是格特夫人(Madam Emma Gad，公元1852年－)。她还写着诗、政治论文等。

诗人在这时代虽没有19世纪上半叶之发达，但也有好几个在诗坛上努力。莫劳(Niels Moller，公元1859年－)的诗，声调高旷，是受有英国的影响的。史托金堡(Viggo Stuckenberg，公元1863—1905年)是一个纯粹的抒情诗人，有古典派的明莹的作风。约格生(J J·rgensen，公元1866年－)是一个罗曼派的作家，其诗富于宗教的象征色彩。洛丹(V.Rordam，公元1872年－)曾写着爱国的诗，(当1864年普鲁士战争时)许多丹麦人都晓得背诵。阿克约(J. Aakjaer，公元1866年－)是一个诗人，又是一个小说家，他的诗是写农民生活的，他的歌声是如钟声似的洪亮。尼尔生(L.C.Nielsen，公元1871年－)以作乐歌著名，曾到过美国，受到很盛大的欢迎。

批评家、论文家，在勃兰特之外，丹麦也并不是再没有。安特生(Vilhelm Andersen，公元1864年—)、尼尔生(Harald Nielsen，公元1879年－)、特洛尔·隆特(Twels-Lond，公元1840年－)、汤生(V. Thomsen，公元1842年—)、尼洛卜(K. Nyrop，公元

1858 年 –）、约士泼生（Otto Jespersen，公元 1860 年 –）及奥里克（Axel Olrik，公元 1864 年），都是勃兰特同时有名的作家，而哲学家霍夫定（H. H·ffding，公元 1843 年 –）尤为丹麦人所爱，为丹麦以外之世界所闻名。他的哲学是关于温热的人类的问题的，并不全是冷静的分析。当 1890 年，勃兰特介绍尼采而极力崇赞其超人之主张时，霍夫定曾与之打过很激烈的笔战。

四

挪威的文学，初与丹麦是分不开的；到了 19 世纪之初，便有建立一种挪威的独立文学的运动。近代挪威文学，自有独立的地位以后，可分为三个时期，第一期是前驱者，第二期是易卜生时代，第三期是新运动。

重要的前驱者有三个人。魏格兰（Henrik Wergeland，公元 1808–1845 年）是力量弘伟，性情热烈的诗人，是一个实际革命者，是一个爱国的热忱者。或称他为北方的卢骚。他的抒情诗，有一部分是很美丽的。他死得很早，但他的著作分量却很不少。他的妹妹柯莱特（Camilla Collett，公元 1813–1895 年）在这时代的地位也很重要。她是一个小说家，是第一个提倡忠实的描写日常生活的人。她的杰作《省长之女》（The Governor's Daughters）为女权运动的有力的先锋。委尔哈文（S.G.Welhaven，公元 1807–1873 年）与魏格兰是反对的；魏格兰严持他的国家主义，委尔哈文则以为挪威的文化，定要与丹麦及其他诸国相合的。委尔哈文的作品有文学批评、传奇及很崇高的抒情诗。

在同时，还有阿兹般生（Asbjörnsen）及慕依（Moe），以搜集挪威的民歌及民间故事著名。他们的收集是很重要的。

五

易卜生时代，是挪威文学的黄金时代。除了大戏剧家易卜生外，般生、约那士·李（Jonas Lie）、开兰（Kielland）诸大作家，都出现于这个时代。

易卜生（Henrik Ibsen）是近150年来，欧洲的一个最伟大的戏剧家。无论何国的大作家都比不上他。他是与阿斯齐洛士、莎士比亚及孔耐尔（Corneille）在一处的。他生于1828年，儿童时代的生活很苦。少年时，为一个药店的学徒。他的学问与写作的能力都是自己养成的。1850年，他认识了般生，与他一样，也卷入革命的理想中。同年，他发表了第一剧《卡特林》（*Catiline*），这是一部用无韵诗写成的悲剧。在易卜生的剧中，这位罗马的叛徒卡特林乃成为一个革命的英雄。同时，波尔（Ole Bull）在倍尔根（Bergen）开创了一个剧场。他认识了易卜生的天才，便请他为戏剧顾问。其义务之一，是一年要作一篇新剧本。这件事使这少年作家渐渐的成熟了他的天才。他的文学生涯，大部分不是在挪威度过的。1857年，他离了倍尔根，他的位置，便由般生继续了下去。他有时住在罗马，有时住在马尼契（Munich）。到了他的晚年，才回到国内，度他的余生。在他发表了最后一剧之后的六年，死于1906年。从易卜生在1848年初作革命的诗歌起，至他在新世纪的曙光中写他的最后一部象征剧止，他写了不少的剧本，在其中，可以看出时代精神的变迁。综计一下，他的剧本共有22部，可划分为四个时期：第一个时期是六部的罗曼主义的剧本，第二个时期是四部的转变时代的剧本，第三个时期是六部写实主义的剧本，第四个时期是六部象征主义的剧本。易卜生并不像他的同时代作家左拉、史特林堡（Strindberg）、萧伯纳（B. Shaw）及梅德林（Maeterlinck）诸人一样，持执着文学方式之一极端的；他是以很平允的艺术的批判，由想像经理性而到直觉的。

他的早期作品的一部分是用韵文写的，有几节是载着抒情诗之美的，其题材都取之于古代的北欧传说，正与当时流行的梦想着英雄的过去光荣之国家的倾向相合的。如《莎尔霍之宴》（*The Feast of*

Solhoug），如《恋爱的喜剧》（*Love's Comedy*）等剧，虽然外面的读者不大晓得，对于挪威人，却都是很亲切的剧本。

跟着来的是转变的时代，是早期历史的罗曼剧及散文的写实主义剧的中间时代。在这时代，易卜生产生了四部很伟大的剧本：*Brand* 出版于 1866 年，《辟尔·金特》（*Peer Gynt*）出版于 1867 年，《少年党》（*The League of Youth*）出版于 1869 年，《皇帝与高里留》（*Emperor and Galilean*）出版于 1873 年。*Brand* 写的是一个挪威的牧师把对于上帝的义务，放在恋爱，妻与子之上；在《辟尔·金特》里，写的是挪威人及他自己的弱点。辟尔（Peer）有许多好才能，但不自知去用他们。在这剧的后半，辟尔几乎经历了许多的人生经验，如浮士德之在歌德剧中后半的所经验的一样，最后，为一个妇人莎尔委（Solveig）的爱所救。《少年党》是他用散文写的第一部剧本。《皇帝与高里留》费了易卜生不少的时间，他自己以为这是他最伟大的著作。这剧描写罗马皇帝裘连（Julian）在 4 世纪时，欲寻找一个第三帝国以继续罗马与教会，但没有成功。在这里，易卜生显然的把他自己的对于将来社会革命之梦包含于内了。

1877 年之后，易卜生完全弃了诗歌与传奇，专心去做他的六部写实主义的散文剧。这些剧本，写的都是近代生活。这六部剧本使他得了世界的名望，并给极大的影响于近代的剧场。勃兰特，丹麦的批评家，以为文学必须表现人生问题以供讨论，这主张在易卜生这些剧本里是完全实现了。《社会栋梁》（*Pillar of Society*）出版于 1877 年，揭白出社会上以为他是栋梁的人，却原来是一个伪善者，在这里，他刻毒的骂着社会上一般占高等地方、享高大名望、而实是一个自私心极重者的人。《傀儡家庭》（A Doll's House）出版于 1879 年，写一个女子，诺拉（Nora），初为救她丈夫之故，犯了假冒签字之罪，后来，她丈夫合尔麦（Helmer）知道了，却完全不能原谅她，对她反变了一个样子。她因此看穿了男子的自私心，看穿了家庭的黑幕。后来，这件事和平的过去，她丈夫又要把向来如小鸟似的、如玩偶似的对待她的手段去敷衍她，然而这时，她已经变了另一个人了。她离了家，要做一个独立的人，不欲永远做傀儡下去。这剧的影响极大，多少女权运动者是执着这剧的！《群鬼》出版于1881年，表示罪恶的父亲对于他儿子的遗传，是如何的可怕。好好的一个青年，竟为他父亲的花柳病毒的遗传而葬送掉了。这几部社会剧接连的出来得罪了不少的人，于是非议纷起，对他下了不少攻击。在1882年，他便写了《国民公敌》（*An Enemy of the People*）以寄其愤慨。医生司铎尔发见了本地浴场里有传染病菌，要设法改良。然而他的这番好意却反为自私的"社会栋梁"及一般盲目百姓所反对。他在大会里乃被视为"国民公敌"。司铎尔却并不灰心，他坚信："世间最强有力的人就是那最孤立的人。"他是骄傲的，因为他是站在"对"的一边，虽然是最孤立。这就是易卜生自己的骄傲与自信！《雁》（*The Wild Duck*）出版于一八八四年，写的是一个失时的理想主义者的不幸。《海妲传》（*Hedda Gabler*）出版于1890年，写的是一个妇人的悲剧，他自己说，在这剧里，并不讨论什么问题，乃忠实的描写人生——情感、运命、处境等等。他相信环境的势力是极大的。

但易卜生不仅止于"社会学的戏剧家"，他实在还是一个诗人。在他的晚年，继续于热烈的写实主义的剧本之后的，乃复为富于想像，富于诗意的剧本，如在*Brand*与《辟尔·金特》中所见的一样。这些剧本乃属于象征主义的，凡六部，《洛士慕萧》（*Rosmersholm*）出版于1886年，《海上夫人》（*The Lady from the Sea*）出版于1888年，《大匠》（*The Master Builder*）出版于1892年，《小爱约夫》（*Little Eyolf*）出版于1894年，《博克曼》（*J. Gabriel Borkman*）出版于1896年，《当我们死人复醒时》（*When We Dead Awaken*）出版于1899年，都是精细的心理剧，人物是神秘的、象征的。

易卜生的艺术极高，他的对话，没有一句是可省的，他的字语，没有一个是多余的。他也写些抒情诗，以后曾集为一册，然他的全力乃用在戏剧的技术上。他不像般生，不像史特林堡那样的分心于他务或他种文学的形式。在易卜生之前，挪威剧场上做的戏，都是丹麦文的，自易卜生与般生之后，才有挪威的戏曲，且立刻即是极高超的戏曲。易卜生所创的问题剧，乃是戏曲上的另辟一新面的作品，为阿斯齐洛士与阿里斯多芬，为莎士比亚与莫里哀所未之梦见的。他的影响极大，立刻各国都有了继起者，且大都是很伟大的继起者，不仅为摹仿者而已；如瑞典有史特林堡，如丹麦有爱德华·勃兰特，如德国有霍甫特曼，如意大利有琪亚柯莎（Giacosa），如英国有萧伯纳。

般生（Bj·rnstjerne Bj·rnson，公元1832—1910年）也与易卜生一样，是随了时代而变迁的，先由罗曼派而入写实派，以后又由写实派而转到象征派，但他不像易卜生一样，专心致志于一种文学的方式；他的方面是极广，戏剧、诗歌、小说及至政论，无不涉笔及之，而作品虽多，却不如易卜生之精审。他的剧本，以《新结婚的一对》（The Newly Weded，1865）为最有名，写一个由女儿到妻子的新婚妇人之性格。此外，还有《挑战的手套》等。他的小说，大都是描写挪威的本乡的，这很有影响于德国的乡土文学。他最好的短篇小说是写他少年时代的，以传奇的情调去写耕种于雪峰之旁的农民生活的。其中，《莎尔巴金》（*Synnove Solbakken*）与《奥尼》（*Ame*）两篇恋爱故事是最有名的。他还写了不少爱国的与抒情的诗，还写了不少演说与论文。但他不仅是一个著作家，乃是挪威的国民生活剧中的主角；他的人格之影响较之他的作品为尤大。他是一个牧师的孩子。传袭了讲演、教训、指导他的人民的天性。他以如火的热烈的感情去演说，去写论文，他的爱国心是极坚定的。挪威在1905年得到新独立，他的号呼，是异常有功的。他曾被称为“无冠之王”。在晚年，又被呼为老熊。真的，他的高大身材，他的无惧的精神，他的白而上指之发，他的大眼，他的长眉毛，大家都会想到他乃是一个北极的熊。他曾好几次到过国外，美国也去过，他的死年，乃是在巴黎经过的。他是第一个斯坎德那维亚的作家得到诺贝尔文学奖金的（1903）。他是属于挪威的，恰与易卜生之属于世界的，成一个对照。许多人都以他为“挪威的席劳”。他总之是一个国民作家。

约那士·李（Jones Lie，公元1833—1908年）是仅次于易卜生与般生的作家。他的童年，在最北的海岸上，在渔夫与海滨居民中度过，以后他们便成了他的短篇小说与传奇中的人物。他做了律师，但在35岁时即开始从事于文学。50年来，他始终不懈的以罗曼派的笔法去写东西，不管外面写实派的潮流是如何的凶猛。到了1883

年，才跟了易卜生和般生去写“问题的文学”，但在1891年出版的两册民间故事集《特洛尔》（Trold）里却又回到神秘的元素。他的小说，写的是挪威家庭生活的平静的内部，并没有易卜生与般生那样的严肃与英雄的情调。他的大作为《提督之女》（*The Commodore's Daughter*）、《舵工与其妻》（*The Pilot and His Wife*）及《生命的奴隶之一》（*One of Life's Slaves*）。他也与般生一样，在巴黎住了许多年。

开兰（A. Kielland，公元1849–1906年）具有崇高与讽刺的散文风格，以同时法国写实派的精神，非常谨慎的技术，去写他的剧本与中篇小说。他的许多小说都是指示学校、教会与国家的改造的。30岁时，他的短篇集才出版，其中深印着莫泊桑之影响。长著有《劳动者》《雪》《卡鲁曼》等。

六

第三时代，即新运动时代的作家，非常的多。在80年代时，自然主义在挪威非常的发达，有类于法国之赤裸裸的无所不谈的作品，出现了不少。

爱马丽·史克兰（Amalie Skram，公元1847–1905年）是丹麦作家史克兰之妻，风格很讽刺，其作品善于叙述不幸妇人的生活。

柏里兹（Alvilde Prydz，公元1848年–）也是一个女小说家，有些罗曼的感情，写的是孤寂妇人的争斗生活，她们自闭于家庭环境之外，以求得她们智慧的自由。她的大作《北海之心》（*The Heart of the Northern Sea*）曾被译成了好几国的文字，其他作品也俱有别个文字的译本。

格尔波（Arne Garborg，公元1851年–）是一个多方面的作家，写着小说、诗歌、论文、剧本。他的第一部著作是批评易卜生的《皇帝与高里留》的，他的第一部重要作品是《一个自由思想家》（*A Freethinker*）。他的文字是一种新的国家的文子，名为兰特麦尔（Landsmaal）的；他的许多作品都曾译成了别国的文字，只有名为

《赫杜莎》(*Haugtussa*)的一部抒情诗剧，是太美丽了，难得有成功的译文。

他的妻赫尔达（Hulda Garborg，公元1862件–）也是一个很有名的女流作家，写的是近代妇女的生活的，所作有小说，有剧本。

包尔（Jacob Breda Bull，公元1853年–）以忠实而活泼的描写他的本乡的荒旷社会著名，他的短篇小说集《山原之民》(*Fell Folk*)写乡间家庭生活极为细致。

海依堡（Gunnar Heiberg，公元1857年–）是一个戏剧家，他的作品以无顾忌的攻击习俗著称。他的《国王美达士》(*King Midas*)讽刺许多有名的作家，引起全个斯坎德那维亚的注意。他的《洋台》(*Balcony*)，有许多节抒情诗的美，然其道德之观念却震骇了当时的习俗。

哈姆生（Kunt Hamsun，公元1860年–）是这个新时代最伟大的作者，论者都以为他是文学巨人易卜生、般生、李及开兰的精神的后继者。他的动人的文字，于矿屑中杂了无数的金块。有许多小说与剧本，他是在冷酷的自然主义者的范围内写下的，但有许多东西，却注重心理，富于同情，有似于俄国的作品。他的笔，是刀一般的尖利，一划一划都深入纸里。他是一个浪游者，少年时曾到过美国，过了许多冒险的生活。他是一个独立不群、个性极强的人。他常以自己个人的立点去批评社会的现状。他的《近代美国的知识生活》(*Intellectual Life in Modern America*)有一部分是表白他自己的穷困的经验的。《饿者》(*Hunger*)也是一部半自传的东西；写的是科平哈京一个文士的贫苦，写其因饥饿以至发狂之心理至为深刻而逼真；《土之生长》(*Growth of Soil*)是他的大作之一，叙述极有力量。《维多利亚》(*Victoria*)是一部有声有色的散文的牧歌，写的是未能实现的恋爱。他的大作已译成了好几国文字。他所作共有40部小说，好的真不少。他与般生一样，也得到诺贝尔文学奖金。

安路特（Hans Aanrud，公元1863年–）是以方言写滑稽故事的作家，他的人物是农场与孩子们。喜剧也为他著作之一部分，尤有名之剧本为《鹳》(*The Stork*)。

克拉格（Thomas Krag，公元1868–1912年）的主要作品《克尔特》（*Gunvor Kjeld*）描写一对情人的悲剧的经历，以非常的忠恳的笔写来，使人觉得这一对情人的结合，即不是由社会结婚的习惯，却也是很对的。他的《威尔特》（*Ada Wilde*）也很有名。

伊格（Peter Egge，公元1869年–）是一个纯客观的作家，他的小说《心》（*The Heart*）写的是一个旧村镇上的一对不相称的结婚者的生活。

威廉·克拉格（Vilhelm Krag，公元1871年–）是上述的汤姆·克拉格的兄弟，是一个抒情诗人，属于新罗曼主义时代，而把写实主义弃去的，他曾为一时的国家剧场的经理。

包以尔（Johan Bojer，公元1872年–）是哈姆生外，现代最有名的挪威作家，他的重要作品都已陆续的译成他国文字。他的大著《谎言之力》（*The Power of a Lie*）最有名。

奥拉夫·包尔（OlafBull，公元1882年–）是上述的包尔的儿子，是近代很杰出的一个诗人，他的恋歌，以优秀的字句，写近代的情调。

除了上面的小说家、戏剧家及诗人外，这时代还有不少的学者及批评家。他们不仅以勤苦的研究著，亦且想像力很丰富，文字很深入。莎尔士（Johan Sars，公元1835年–）是一个历史家，写挪威国家的发展史的。薄格（Sophus Bugge，公元1833–1907年）是一个言语学家，收集民歌，编订“诗的伊达”。莫伊（Moltke Moe，公元1859–1914年）是一个有名的民歌研究者，且曾讲演中古文学。西格尔特·易卜生（Sigard Ibsen，公元1859年–）是一个外交家、出版家，是大戏剧家易卜生的儿子。他的妻是般生的长女。他的大作《人类菁华》（*The Human Quintessence*）是一册的论文集，《法兰克》（*Robert Frank*）是一部剧本，这几部东西都曾译为英文。南生（Fridtjof Nansen，公元1861年–）是一个冒险家，深海的自然学家，作了一册《北方的雾》（*Northern Mists*），写早年北极探险的事。西士（Jens Thus，公元1870年—）是一个艺术批评家，曾作了一册论文西（L. da Vinci）的作品。亚历山大·薄格（Alexander Bugge，公元1870年－）是上述薄格之子，以写中世纪的斯坎德那维亚之历史有名。柯林（Christen Collin，公元1857年－）是般生的朋友，曾作了一部大名的《般生传》。他是一个心胸广宽的理想主义的批评家，他反对冷酷的自然主义与勃兰特所提倡的"极端的理性主义"。他的《爱与艺术之战》（*Battle Over Love and Art*）引起与勃兰特及自然主义信徒的新辩论。他的影响也很不小。其论文所讨论的，哲学、社会学以及艺术批评都有。他以为文学乃是人类理想的发展的记录。

七

瑞典的文学，在19世纪之初，亦与其他欧洲诸国一样，为罗曼主义所弥漫，罗曼派中的大诗人是脱格纳（Esaias Tegner，公元1782–1846年）。他生于农家，父亲又早死，亏得有一个朋友帮助他入学。他得名甚早，1811年，即为希腊文教授。朗弗罗（Longfellow）曾说道："瑞典有一个大诗人，且只有一人。这人就是脱格纳。"他曾把脱格纳译为英文。脱格纳的题材，亦与其他罗曼派作家一样，是在古代传说中取来的。他的大作是《法里西奥夫传说》（Frithiof' s Saga），这使他在欧洲得了大名望，且使他得了牧师的地位，但这个地位，却与他不甚相宜。他是很乐观的，很有力的，在忧愁之前是向不低头的。

白莱麦（Frederika Bremer，公元1801–1865年）是19世纪初期一个很著名的女小说家与诗人。她的小说《日常生活杂记》（*Sketches of Everyday Life*）、《H家》（*The H.Family*）、《邻人》（*Neighbors*）及《总统之女》（*The President's Daughter*）都能捉住她同时代人的心，且盛传于欧洲。她与佐治·桑特一样的忠恳。对于妇女解放运动，她是一个极有力量的人。

白莱麦女士是芬兰人。19世纪中叶的一个最大的诗人鲁尼堡（J. Ludvig Runeberg，公元1804–1877年）也是一个芬兰人。他早岁受养于叔父家中。1830年，发表他的第一部抒情诗集。第二年，他的爱国的史诗《在辟尔荷的墓》(*The Grave in Perrho*)出现，得到了瑞典学会的奖金。他的大作是《史达尔的故事》(*Stories of Ensigh Stal*)，写的是1808至1809年芬兰人民反抗俄国而失败的事。这些诗歌都是热情充溢而辞韵晶朗的。他大半生住在芬兰，在一个小村中为教师，而成了瑞典的桂冠诗人，成了瑞典的脱格纳以后最大的诗人。

阿尔委斯特(Ludvig Almqvist，1793-1866年)是一个传奇作家，作品很不少，但没有白莱麦女士那样的重要。

与鲁尼堡同时的诗人，有李特堡(Viktor Rydberg，公元1828—1895年)，他写了不少想像丰富而音调优美的抒情诗；史诺尔斯基(Count Carl Snoilsky，公元1841-1903年)，他作着写景诗、民歌及许多很好的抒情诗，他的一生大半在国外度过。

但瑞典的散文在这个时代却没有什么生气，比之挪威与丹麦，瑞典是远不如了。但到了19世纪之末，受了法国写实主义的影响，受了挪威的易卜生戏曲，丹麦的勃兰特之批评的影响，瑞典的散文，却复兴了。这时代最重要的作家是史特林堡(August Strindberg，公元1849-1912年)。他是一个具有无限力气的作家。性情怪僻，而想像极富。据说，易卜生看了史特林堡的一张照相，说道："这个人将来要比我更伟大。"但易卜生与史特林堡对于人生的观念却完全不同。易卜生在他的剧本里，表满腔同情于妇人之求解放者；史特林堡则为"妇人憎厌者"，极力反对妇人运动。他的大著《红屋》(*The Red Room*)写艺术家与著作家的与穷苦争斗的生活，其中说到男人失败之原因，总是说由于妇人。他的短篇小说集《结婚》(*Married*)写的都是妇女与婚姻的故事，大都为讽刺妇人运动者。他的作品很不平均，有时是很粗率的，有时是很优秀，具有无比的诗的美的。然而无论在他的什么作品里，却总有一个好处，即忠实的去看一切东西，而大胆无畏的把他们写下。他的戏曲很有不少著名者，《父亲》(*The Father*)及《裘丽亚小姐》(*Miss Julia*)，与《红屋》一样，也都是写妇人之牵引男子入堕落之海或灭亡之路的。他的晚年，写了些象征剧，《复活节》(*Easter*)是其中最著者。他一生持着急进的思想，过着无数风波的生活，如一只舟，在大海中与两块岩石，上帝与妇人，相对抗，幸不曾沉没。到了死时，却和平的，在他女儿面前，执着圣经在手，微语道："这是唯一的真理。"丹麦诗人特拉契曼（Drachmann），称他为"大风雨之王"（Storm King）。他的著作一共50册，56部的戏剧，不过是其中一小部分而已。他把近代流行之独幕剧，成了一个戏剧的正式的种类，正如莫泊桑之于短篇小说一样。

在女思想家爱伦开（Miss Ellen Key，公元1849-1926年）的作品里，其急进之主张，有一部分不下于史特林堡。她为20年的女教员，后来，在1889年，发表了她的演讲论文集，其中都是关于言论自由与妇人解放的，立刻引起了全国的注意。到了1895年，她却退出了妇女解放运动的潮流，而竭力主张母性之高尚与对于母性的功用的精神解释。她出版了《儿童的世纪》（*The Century of the Child*），及《爱情与结婚》（*Love and Marriage*），这两部都是她的大著。她的著作曾译成了不少国的文字。

当史特林堡厌恶女性，而爱伦开拥护女性时，有一个作家，却离了这个方向，而去写作苦的工人与穷人。这人乃是格约史顿（Gustaf of Geijerstam，公元1858—1909年）。他在短篇小说里，在喜剧里，在讽刺诗里，在社会问题的论文里，都以写实主义的手腕，尖锐的同情心，写了那极苦的人民的生活。在晚年，他却专心于心理分析一类的作品。《我的孩子们》（*My Boys*），是他自己家里儿童生活的研究，《小兄弟的书》（*Book of Little Brother*），是一部异常亲切的家庭传记与他自己结婚生活的印象的，或有时是神秘的历史。

格约史顿以外的写实主义作家是托尔·海特堡（Tor Hedberg，公元1862年-）是一个戏曲家。自1900年来，写了不少戏曲，其中以《乌尔弗斯丁那》（*Johan Ulfstierna*）为尤著，写的是芬兰争自由时的故事。还有苏特堡（H. Söderberg，公元1869年-），他也是一个戏曲家，讽刺时人很尖刻，又是一个法朗士（A. France）的翻译者；倍尔根（Henning Bergen，公元1872年-），他是一个诗人，一个小说家，专写近代工业主义的；英史特隆（Albert Engström，公元1869年-）是一个滑稽家，有时受史特林堡的影响，有时受吉卜林（Kipling）的影响。

写实派的重要诗人有巴士（A. Bààdth，公元 1853–1912 年）和法尔史特隆（Daniel Fallström，公元 1858 年 –），后者是一个波希米人，有特拉契曼新鲜有力的抒情风格。

在 80 年代自然主义的潮流中，主要的文艺批评家为莱法丁（Oscar Levertin，公元 1862–1906 年）。他如英国的亚诺尔特（M.Arnold）一样，不仅是一个批评家，而且是一个诗人，其诗思路清晰而辞笔洁净。到了 1890 年，他完全离开了写实主义与同时诗人海滕斯顿合出了一册《配辟泰的结婚》（*Pepita's Wedding*）。此后，直至于死，他都是理想主义的中心人物。

海滕斯顿（Verner von Heidenstam，公元 1859 年 –）是第一个对弥漫于瑞典文坛的写实主义下攻击的诗人。他方由南方回来，他的想像里深染上埃及的及东方的色彩。他的第一诗集是《进香与漫游》（*Pilgrimage and Wandering*）。他的大作《阿丽纳士》（*Hans Alisenus*，1892）是用散文写的史诗，共三部分，叙的是各时代各地方的对于美的追求。以后，海滕斯顿又转笔去写小说与杂记，其题材大都取之于瑞典史的英雄时代。

如《卡洛林士》（*The Carolines*）就是写卡尔一世与彼得大帝之战争的。他的人民与自然的描写，乃是吉卜林（Kipling）的同类；他的人物表现出瑞典国民之无畏的体力与恳切的理想主义的联合。

堪与海滕斯顿相匹敌的诗人是法洛定（Gustaf Fröding，公元 1860–1911 年）。他乃是专门的诗人，一个异常的用韵者。他的灵感是得之于罗曼主义的黄金时代的斯坎德那维亚诸诗人的。他把威兰（Vermland）地方罗曼的人民的情绪都写入歌里。

如法洛定之歌咏威兰一样，卡尔弗尔特（Erik Karlfeldt，公元 1864 年 –）是歌咏他的达里卡里亚（Dalecarlia）的，他的诗笔是动人的滑稽的，感情是热烘烘的。

在短篇小说的地域内，赫尔史特龙（Per Hallström，公元 1866 年一）是一个最大的作家。他其初为一个化学家，但并没有毁灭了他的理想主义。他自 1891 年后，差不多每年都出书一册。《死》

(Death)是最著的短篇小说集之一。1908年，他发表讽刺剧《伊洛狄孔》(Erotikon)。他的散文文笔精致而结构严密。以他的不休的努力，他成了瑞典学会中十八个不朽学员之一。

法洛定在威兰写他的抒情诗时，同一个地方，出来了一个近代瑞典文学中最伟大的罗曼作家拉绮洛敷(Selma Lagerlöf)。她是一个近代最大的女作家之一，生于1858年。她起初试作诗剧与戏曲，虽失败了，却毫不灰心，又转而作散文，然仍不见成功。最后，她才找到她自己独立的风格，一种合于论理的抒情的散文，不依据于观察，而依据于直觉。她于1891年，应人家的悬赏征求而著了《歌史泰·巴林士传说》(Gösta Berlings Saga)，立刻得了大成功，随了圣经而进入每个瑞典的家庭，在国外，译成了12种文字。在结构上，这部作品是有类于亚述王传说及其他中世传奇的。在她的《耶路撒冷》(*Jerusalem*)里，她从冰岛故事中借用他们的有力而朴素的风格。而在她的《尼尔士的奇游》(*The Wonderful Adventures of Niles*)却又回复了她的抒情诗似的风格。她在这里，写一个瑞典的孩子，骑在野鹅背上，翱翔过瑞典的全境；如一部把读本和地理联合在一处的教科书一样，然而其成就却极伟大，连童话大家安徒生恐也要为其飘逸之叙写所吸引住。1909年，瑞典学会给她以诺贝尔文学奖金，并说，这奖金之给她，是因为她作品之高尚的理想主义，丰富的想像及深入灵魂的风格的。1914年，她被选入瑞典学会，在那里，18个会员中，只有她一个是女人。

拉绮洛敷的朋友伊尔甘夫人(Madame Sophie Elkan，公元1853年－)是一个以写历史小说有名的女作家。她的传奇之一《国王与真理》(*The King and the Truth*)，曾有了好几国文字的译本。

参考书目

1.《斯坎德那维亚人的史坎德那维亚》(Scandinavia of theScandinavians)，Henry Goddard Leach著，为Charles Scribner公司出版之《国家与人民丛

书》之一，其中有一部分是论到他们的文学的。

2.《斯坎德那维亚文学论》（*Essays on Scandinavian Literature*），博益孙（Boyeson）著。

3.《北欧研究》（*Northern Studies*），哥斯（E.Gosse）著，史格得公司出版的《史格得丛书》（*The Scott Library*）之一。

4.《丹麦诗选》（*A Book of Danish Verse*），本书为美国及斯坎德那维亚学会（The American Scandinavian Foundation）出版的书籍之一。

5.《瑞典的抒情诗选》（*Anthology of Swedish Lyrics*）出版的地方同上。

6. 安徒生的童话，英译本极多，全译的本子，有牛津大学出版部出版的一种，名 *Fairy Tales and Other Stories*。他的著作全集的英译本，有美国米弗林公司（Houghton Mifflin Co.）出版的一种。

7. 佐治·勃兰特的著作，英译本多由伦敦的 Heinemann 公司出版，他的《19 世纪文学主潮》六册，亦为这个公司所出版。

8. 约柯伯生的《尼尔士·林纳》及《马丽·格鲁蒲》俱有美国及斯坎德那维亚学会出版的英译本。后者又有 Boni and Liveright 出版的一本。

9. 倍格斯特隆的《卡连·波尼曼》等剧本，有纽约的 Mitchell Kennerley 公司出版的英译本。

10. 阿兹般生与慕依合编的《挪威神仙故事集》（*Norwegian Fairy Tales*）有美国及斯坎德那维亚学会出版的英译本。

11. 易卜生的戏曲，英译本极多；其早年的戏曲，知者较少，美国及斯坎德那维亚学会出版有一本，名《易卜生早年戏曲集》（*Early Plays*）。

12. 般生的著作，英译者有"In God' s Way"及"The Heritage of the Kurts"二种，皆在伦敦 Heinemann 公司出版的《万国丛书》（*International Library*）中。他的《新结婚的一对》有中译本，刊载于 12 卷《小说月报》中。他的《诗歌集》（*Poems and Songs*）有美国及斯坎德那维亚学会出版的一本，又 *Arnljot Gelline* 亦为这个学会出版。

13. 约那士·李的著作，英译者有《提督之女》及 *Niobe*，皆在 Heinemann 公司出版的《万国丛书》中。

14. 哈姆生著作的英译本，如《饿者》《土之生长》《维多利亚》等，俱由纽约的 Alfred A.Knopf 公司出版。

15. 脱格纳的《诗集》（Poems）有美国及斯坎德那维亚学会出版的英译本。

16. 史特林堡的戏曲集及短篇小说集（《结婚及其他》）在《近代丛书》（*Modern Library*）中俱有之。又美国的 Charles Scribner 公司出版有他的戏曲集四册。

17. 格约史顿的《小兄弟的书》有美国及斯坎德那维亚学会出版的英译本。

18. 海滕斯顿的诗选 *Sweden's Laureate* 及《法洛定的诗选》（*Selected Poems*）俱为 C. W. Stork 所英译，由耶鲁大学出版部（Yale University Press）出版。

19. 赫尔史特龙（Hallström）的《短篇小说集》（*Selected Short Stories*）有美国及斯坎德那维亚学会出版的英译本。

20. 拉绮洛敷的著作，英译者不少，有好几种皆由纽约的 Doubleday, Page & Company 出版，《尼尔士的奇游》即为其中之一种。她的《歌史泰·巴林士传说》有美国及斯坎德那维亚学会出版的一本英译本。

21.《小说月报丛刊》中有好几种关于北欧文学的，如《北欧文学一脔》《近代丹麦文学一脔》《包以尔》及《瑞典诗人海滕斯顿》等（商务印书馆出版）。

第四十章

19 世纪的南欧文学

一

19 世纪的意大利文学开始时，亦为风靡全欧的罗曼主义的潮流所卷入。有两个大诗人，可以为这个时代的代表。一个是蒙底（Vincenzo Monti，公元 1754–1828 年），他不能为热烈的革命时代的代表，却有些受其影响，正如当时意大利之情形有些相同，她受革命的暴风雨所震撼，在潮流中摇来荡去的，她的帆向天展开，她的锚却仍固着于地。他作了好些歌咏自然之美及其他题目的抒情诗，还贡恭着拿破仑。他的史诗《巴士委连那》（*Bassvilliana*）乃是当时第一篇史诗。他还译了荷马的《伊里亚特》（*Iliad*）。一个是福士考洛（Vgo Foscolo，公元 1778–1897 年），他恰与蒙底的性格相反，他是热烈的，是罗曼的，他常常为热情所奴使；他乃是卢骚的感伤主义，自然主义的信徒。当意大利歌唱国家之乐与光荣时，他是很被他们所崇拜。他的传奇《奥底士》（*Jacopo Ortis*）是他最有名的作品，表现出意大利在奥大利与拿破仑的双重压迫下的痛苦。他写的诗不多，《墓诗》（*Poem of the Tombs*）是一篇凄美的抒情诗。他是英国人所熟知的意大利人之一。许多英国人都住到意大利去，他却是常住在英国的。

为19世纪前半意大利文学之重镇者，为曼莎尼（A. Manzoni，公元1785—1873年）及李奥柏特（Giacomo Leopardi，公元1798-1837年）。曼莎尼是一个多方面的作家，天才非常的高。蒙底和福士考洛都是怀疑派，而他则为宗教的信仰者。他的性格异常的温和，虽为一个真心的爱国者，却没有实际去反抗外国的统治者。他的最大著作是《已订婚者》（*The Betrothed*，1825），意文原名为*I Promessi Sposi*，《神曲》以后没有一部别的意大利作品比它更流行的。在抒情诗方面，在戏曲方面，有可以与他相拮抗的作家，在小说方面却没有可以追得上他的。这是第一部伟大的意大利传奇，至今还是最伟大的。它的情节很简单：是17世纪时米兰（Milan）郊外发生的一件故事；一个少年农人，已与一个天真农家女郎订婚了，而这个女郎却又为一个盗首所劫去。但结局却是团圆。其中写意大利的强盗生活，写英雄的牧师与教会生活，写各个人物的性格，都是很美丽而迫真的。他把人性写得恰如其实，不多也不少。歌德说："它如完全成熟的果子一般的使我们满足。"但他写完了此书之后，却不再进一步去写别的重要东西了。他说道："从前诗神是跟在我后面的，现在，我却要跟在他后面了。"他的戏曲也很成功，在《已订婚者》未出现之前，他曾著了两部悲剧，《卡马诺拉》（*Carmagnola*）与《阿特尔齐》（*Adelchi*）都是有很好的抒情诗在内。他的抒情诗也是第一流的，如闻拿破仑死时写的一诗*Il Cinque Maggio*，凡是知道意文的地方，便没有不知此诗。他还写了一册的"赞歌"，供教堂之用。他虽不实际参预于意大利复国运动，然当意大利全国统一时，国民却同样的给他以最高的敬礼，因为他已尽力为意大利做了他所能做的了。当他以88岁之高龄病死时，全国都哀悼着，近代之作家很少有如他一般的得到他们国人之敬爱的。

李奥柏特（Leopardi）较之曼莎尼，其生活与性格都不同，他的生活是一个悲剧而不安稳的生活，时时现出灵肉之冲突来。他是贵族家庭之子，一生依靠其父母，而他父母却不是他自由思想与热情的同情者，常常不许他出外，而把他囚于家中。他家中图书极富，他自幼便潜心于古典的研究。他的才能真是异常的伟大，当 19 岁时，已能译很好的作品，且假作不少已佚的希腊作家之作品，连专门的古典学者也为他所欺瞒。他常常由家中逃出，不久却又被迫回家。他两次堕入了恋爱之渊，却都没有结果。他想到英国、法国去，却都为父母所禁止。最后，在 1833 年，他住到尼泊士（Naples），有一时身体很好，但不久，即复衰弱，于 1839 年死去。他的一个朋友批评他说："早年是一个伟大的语学者，以后是一个伟大的诗人，最后乃成一个伟大的哲学家。"伟大的诗人，这是谁都不能否认他的，他的最大成功，乃在于此；他的古典研究是很好的，他的哲学论文也是很优美而有精深之研究的（虽然范围太狭小了），然比起他的诗来，却不能有相等的伟大。他始终是一个诗人，一个意大利近代最伟大的诗人。他的诗，情调凄楚，而辞意秀美，虽然常常是不协韵的，动人之力却不下于那些最谐和的好诗。他的《给意大利》（*To Italy*），《法弗林丁的但丁纪念碑》（*On The Florentine Mounment to Dante*）及《发见西塞罗共和国论给安琪罗马依》（*To Angelo Mai on the Recovery of Cicero De Republica*），是最有名的诗篇，其情调是爱国的。他的无韵诗（Blank Verse）是意大利文学中之最好者。他的有名的散文著作，除了哲学论文之外，是许多对话。这些对话都是以人类的无终止的忧苦为题材的，其幻想之丰富与辞句之美丽，有类于屠格涅夫的散文诗。有人把他比于英国的拜伦；他没有拜伦的豪放有力；而文辞却较拜伦为优美完好。

与这两个作家同时的，还有尼柯里尼（G.B.Niccolini，公元 1789-1861 年）以他的爱国的戏剧著名；辟里柯（Silvio Pelleco，公元 1789—1854 年）以他的伟大作品 *Le Mie Prigioni* 著名；居史底（G. Giusti，公元 1809-1850 年）与李奥柏特之不同，恰如喜剧与悲剧之不同，他写了不少讽刺诗；倍里（G.Belli，公元 1791-1863 年）以用罗马的方言，有声有色的写罗马之悲欢与滑稽著名；乔达尼（Pietro Giordani，公元 1774-1848 年）以他的有趣味的尺牍著名，且为当时文艺运动之主源；然最有影响于当时者，却要推乔葆底

（V.Gioberti）与马志尼（G. Mazzini），他们都是最尽力于意大利的复兴运动的。乔葆底以哲学的著作，闻名于全欧，马志尼则尽力于文字的宣传，使人知意大利解放之重要。而马尼志尤为人所爱，或以他与但丁及米查朗琪罗（Michaelangelo）并称，而送他以“第三个意大利先知”的尊号。

到了 19 世纪的中叶，意大利的文学却现着不振之象，作家虽不少，而没有一个是很重要的；直至后半叶时，卡杜西（Carducci）及唐南遮（D' Annunzio）出来后，意大利文坛才重复现出生气来。

卡杜西（Giosue Carducci，公元 1836-1907 年）在一群诗人中，如一个高塔似的，耸出于天空，他弃了罗曼派，而引进了新的写实主义。他有两个性质，古典的与罗曼的。所谓罗曼的，乃是他反抗传统的精神，所谓古典的，乃是他对于古代形式的崇拜。他把新血灌入意大利将涸的血管中；他的情调与题材是极广漠而且复杂的；他的乐队可以把每一种乐器都加入他，并不从咏史诗与剧诗，他的诗才完全寄托于抒情诗上。他的第一册诗集出版于 1857 年；到了 1865 年，他的《萨坦的赞歌》（*Hymn to Satan*）出版，却引起了不少的反响；但他的萨坦，实不是永住于地狱中的罪恶之王，而乃是反对社会的与教会的专制之精神。他的大部分抒情诗，大都以极流利的，平易的韵写出，每一首都是人人耳中所熟的，尤其是写日常生活的诗，如《夏天的梦》《母亲》《牛》等，都是用这种熟悉的韵写的。他又是一个文学批评家。卡杜西的影响，创造了一派的诗人，有许多是很伟大的，但与他比起来，却都多少如学生之与先生，只有一个人是要与他平分诗的王国的，这人乃是唐南遮。

唐南遮（Gabriele D'Annunzio，公元 1863 年 -）是一个诗人、戏剧家、小说家，各方面都现着异常的天才。他是追求于“美”之后的，他还应用不常见的字句，如科学与自然史上的名辞之类；他的作品乃是极为美丽的“砌石”（Mosaic），但却柔和生动，没有“砌石”之涩执。自他第三册诗集《食莲花者》（*Lotus Eaters*）出版后，他不仅成了意大利的诗人班首，而且成了欧洲诗人的班首。他的大著为《死之胜利》（*The Triumph of Death*）及《火》（*Fire*），都可以列入不朽的名作之列的。他又是一个飞行家，一个政治家。他的气魄是异常的浩大。当委麦问题发生时，他率领一队兵，以强力占领了委麦，为近代惊动一时的事件之一。虽然后来是被强迫的撤退了，然他的勇气却已为许多人所骇异。这时代著名的抒情诗人为格里尼（Olindo Guerrini），他的政治诗是很有名的；拉辟莎地（Mario Rapisardi），他是一个社会革命的诗人，且与卡杜西反抗；尼格里（Ada Negri），她是一个表现穷人之忧苦的女诗人；法格莎洛（Antonio Fogazzars），他是一个希望与信仰的诗人；阿美西士（Edmondo de Amicis），他是一个有名的旅行家，以作写景诗著称。他的大作为《心》。此外还有许多作家，不能一一在此举出了。

这时代有名的小说家，当然要推唐南遮，在这一方面足以与他相匹敌者，有委尔加（Giovanni Verga，公元 1840 年 – ）。他在欧洲其名望与唐南遮是相等的，也与唐南遮一样，是写实派的领袖。但他的写实主义，乃是别一类的，并不是左拉的，或莫泊桑的。他是欧洲乡土小说家的最杰作的代表，抒写出一个特殊地方的情境、特况及活气的。他是西西里人，这个意大利南部的岛，便是他的小说的背景。经了好几个世纪的不法的政府之统治，西西里的人民的困苦达于极点，积成了不少悲剧的材料等人去写。委尔加便以不动热情的观察、高超的艺术家的手腕去把他们写下来。他的小说，不仅激动了当时的人，且足为西西里最有价值的社会史。《路斯特卡那》（*Ca valleria Rusticana*）乃是其中的最著者，且为马士卡尼（Mascagni）的流行歌剧之底本。

二

西班牙自委珈与卡尔狄龙这两个大诗人、大戏曲家出现之后，久未有足以承继他们的作家。到了 19 世纪之初叶才有不少热情的诗人出来。

昆泰那（M. Jose Quintana，公元 1772–1857 年）以他的爱国诗

《武装起来去打法国人》(Call to Arms against the French),及他的西班牙古代名人之传记如《西特》(The Cid) 等,著名于时。拉路莎 (F.M.De La Rosa,公元 1788–1862 年) 曾有一时被欧洲人视为西班牙的文学代表,大半因他在西班牙政治地位上之重要。他是第一次把法国的罗曼主义引入西班牙的。李瓦士 (Duquede Rivas,公元 1791–1865 年) 是一个急进的贵族,最崇拜拜伦诸人。他把国民传说写入诗里,把粗率的散文变为抒情诗的,以此,很有贡献于新派。他的大作,是一部剧本《阿尔瓦洛先生》(Don Alvaro)。

依士卜龙西达 (Jose de Espronceda,公元 1810–1842 年) 是当时一个从事于实际革命运动的诗人。在 14 岁时即加入一个秘密党会,为自由平等而奋斗。曾到处为政府所捉捕,遂逃到伦敦,后来到了巴黎,在 1830 年的 7 月,三天光荣之日之内,他都伏在防御物后,为自由而战。他回到西班牙,也想推翻皇室,不幸他的同伴被杀,此事终于失败。此后到了 1833 年,他都从事于新闻事业。他死时,年才 33。但他虽早死,他在诗坛上的贡献,却已比老年的诗人少得不多。他的生活与作品都很受拜伦的影响。他在西班牙近代诗人中是最足感人的一个。

依士卜龙西达的后继者是莎里拉 (Jose Zorrila,公元 1817–1893 年),他的生平,可在他自己的《旧时回忆》中见之。他不幸从事于与性情不合的政治,因此一生穷苦。到了晚年,有年俸可拿,才略略的快乐。他的诗,急促、粗率的缺点是不免的,然却有许多特点:国家的精神,戏曲的观省与抒情的感觉。他乃是西班牙的史格得,他的《格拉那达》(*Granada*) 与史格得之《湖上夫人》,有同样的流行,以真朴而又如画的形式把国民的传说重活起来。他的戏剧也是很著名的。与他同时的作家都没有他那么伟大,只有白克宽 (G.A.Becquer,公元 1836–1870 年) 是杰出的。他十岁时,即成孤儿,受抚养于祖母。18 岁时,到马得力,生活极苦,以致缩短寿命。他后来以译外国小说为生活,于其间,著了有名的大作《李马士》(*Rimas*) 凡三册。

19 世纪的散文,有名的作家不多,而拉尔拉 (M. Jose De Larra,公元 1809–1837 年) 在其中是杰出的。他先从事于戏曲,再从事于小说，都不成功，最成功的乃是新闻上的论说，没有一个西班牙作家在这方面曾超过他的。不幸，因用脑过度，到了28岁，即死了。他的论说里充满了悲观的语调，然而他的流利而有力的散文，读者却没有不为之移情的。

西班牙的小说，虽曾中断了一时，其精神却未曾死灭，到了19世纪的中叶，果然又中兴了。第一个小说家乃是一个女作家，自署为卡巴里洛（Fornan Caballero，公元1796-1877年）的，她的本来姓名乃是法贝尔（Cecilia Bohl de Faber）。她的第一部小说*La Gaviota*是这个世纪中西班牙作品中最流行于国外者，她在这里，把本乡的生活很真切的写在很自然的文字中。

亚拉康（P.A.de Alarcon，公元1833-1891年）以他的较短的而不大用力的故事永生于西班牙的文坛。他的别的东西，都混入当时政治的潮流中，没有什么可称的。他的大作乃为*EI Sombrero de treo Picos*，一部以充满了欢愉与滑稽去写农村生活的作品。

瓦里拉（Juan Valem，公元1827-1905年）的生活极有趣，少年的故事，差不多已成了传说。他先学法律，后学外交，曾好几次为驻外公使。他的诗艺术很精美，他的批评显出他的渊博与其风格之美，然其最大之成功还在他的小说。他是一个直觉的天生的神秘者，一个环境与教育所造成的怀疑者。他的伟大的小说是《极米尼兹》（*Pepita Jimenez*），自这部小说出现后，西班牙小说才开始中兴了。它并不受法国的影响，乃是受本国作家的感兴的。他的艺术常在进步，《杜那·鲁士》（*Dona Luz*）较前作尤为深沉，尤细于心理的分析。他在短篇小说上，也很成功。后来，他年龄高大了，便以口诵来代替手写。他的名作是与西班牙文学之存在同其不朽的。他不仅是一个艺术家，一个有天才的小说家，乃是一个国家的复兴的领袖，乃是国民的天才的表白者。

他的同时人柏莱达（Jose Maria de Pereda，公元1834—1906年）也是一个大小说家。他初学土木工程，后转投于文坛。他的小说《桑契兹》（*Pedro Sanchez*），写的是城镇生活，《莎特里萨》（*Sotileza*）写的是海洋生活，然其人物却都是地方色彩很浓厚的。他的观察是极精密的。他的缺点在多用方言与常混入道德的目的。然此乃太阳上的黑子。大体讲来，他写他所看见的人物，乃会动的，乃如生的；在描写山谷与雪峰与汹涌的海之风景，没有一个人及得上他。

格尔杜士（B.Perez Galdos，公元 1845 年 –）第一次出版他的小说 *La Fontana de Oro* 即著名于时。到了他的大作“Episodio Nacionales”写成，其丰伟的气魄却惊骇了不少人。这部小说共 20 册。他是以小说的形式去创作近代的国民史诗的，这些小说的背景有的在独立战争，有的在 20 年来内乱相仍之时代，其中的人物，不下于五百余个。他把写实主义与幻想，把平实的散文与诗歌的想像联合在一处。同时还有好些小说家，兹举其最著者如下。阿拉士（Leopold Alas，公元 1852 年 –）以批评家著，但他的小说 *La Regenta* 却为近代西班牙最好的小说之一，分析犯罪的热情最为细腻。

瓦尔特士（A . Palacio Vald es，公元 1853 年—）是极受法国人的影响的。他本性是一个优好的艺术家，他比之一切西班牙作家对于法国的关系都密切些。他的《水沫》（*Espuma*）及《信实》（*La Fe*）是近代生活的写实的研究，以优美的讽嘲情调出之的。巴桑（Emilia Parde Bazan，公元 1851 年 –）是近代西班牙最有名的女作家，她是西班牙的佐治·桑特，也与桑特一样，热心于国家与国民。她的大作《我的国》（*de Mi Fierra*）是活泼泼的把北方西班牙表现出来的；这一部小说与其他一部《自然母亲》（*La Madre Na turaleza*）都是在写实主义中出色之作。她还创办了一种批评杂志，大部分是自己执笔，肆意发表对于人生及艺术的个人的见解。

19 世纪中叶的西班牙诗人中，康波摩（Ramon de Campoamor，公元 1817 年 – ？）是最著的一个。他初学医，后乃从事于政治及诗歌。他是一个极端守旧的人，用口与笔，力与民主主义之潮流相抗。他在文学上的大功绩乃在创造了一种新的诗体，所谓短诗者是。他是属于象征派的。

达里奥（Ruben Dario，公元 1867—1916 年）乃是 19 世纪末叶西班牙诗人中之最重要者。他在当时诸诗人中是一个真的艺术家，他发起了象征主义的运动——有些像法国的堕废派——这个运动在西班牙本土与西班牙的美洲都极流行。

19世纪的西班牙戏曲很不发达，只有一个大作家爱契格莱（Jose Echegaray，公元1832年-）是真的伟大。他先以算学家、经济学家、革命的演说家、短命的共和国的政务官著名，直到了1874年，他才从事于戏曲。他不是卡尔狄龙一类的天才，乃是可列于易卜生、霍卜特曼及萧伯纳之群的。他是一个严肃的作家。他的最好的剧本《唐裘安之子》（*The Son of Don Juan*）及《大格里托》（*The Great Galeato*），完全是以西班牙人的眼光去研究人性，然却为全个世界所懂得。对于他，毁誉很不同，有的很攻击他，以为他是不足注意的，誉之者却列之于世界大作者之林。然他为一个具有异常天才的人，却是无可疑的。

亚西（G. Nunez de Arce，公元1834年-）也着手于写作剧本，他的“Haz de Lena”是19世纪西班牙最杰出的历史剧，其雄伟优美，在近代西班牙舞台是很少可比的。但后来，他改做了一个政治诗人，却不大写作剧本了。

三

葡萄牙文学，在欧洲是最少人注意到的，然好几个世纪以来，可列入世界文坛的作家却也不少。19世纪中尤为其很光荣的时代。不过比起同在一个半岛上的姊妹国西班牙及隔一带海的意大利来却究竟差些。

格莱特（Almeida-Garrett，公元1799-1854年）是19世纪葡萄牙文学中最伟大的人物。他是一个诗人、一个戏剧家、一个批评家，又是一个演说家、一个外交家、一个政治家。他把他的天才用在那末广漠的区域，于是便成了很难得集中的现象。然如他的用全力写的悲剧 *Frei Luiz de Sousa* 及抒情诗集 *Folhas Gahidas* 却是很可赞美的。底下是他的一首抒情诗。

我知道群星美丽的升落的天空，
群花耀放着神灵的色彩；
但，我爱，我却没有眼去看星与花：
在自然的伟大里，
我没有看见美，
只有你，仅只有你！
在浓荫与绿树之间，
精妙的发出柔和而清脆的声音；
但我没有听见夜莺的叫声，
没有谐和的声音，
也没有别的美调，
只有你，仅只有你！

格莱特之后，葡萄牙陆续的出现了三个大诗人。拉摩士（Joao de Deus Ramos，公元1830-1896年）是一个乡土诗人，他的心全是系在他的本乡的。他完全是一个诗人，不大预闻外事。他具有高尚的抒情诗才，其诗的音律，谐和得如民歌似的。他的诗大都是在葡萄牙的民歌里得到感兴的。他的最好的诗，轻妙灵巧，有如雪莱《云雀歌》之动人。如：

当我见了我的情人，
似乎太阳是升上来了；
唱吧，对着曙光唱吧，
唱吧，天空中的诸鸟。

便是一个例。他的同时代诗人菲莱拉（T. A. R. Ferreira，公元1831-1901年）却与他不同。菲莱拉的诗是坚实而沉重的；他属于罗曼派，最有名的诗是《一个葡萄牙人》。他又作了几册短诗，几篇剧本，及政治论文。他是一个政客，还编辑了好几种报纸，然而他的生活却仍是诗的。

昆泰尔（A. de Quental，公元1842–1891年）是除了格莱特之外，最为葡萄牙以外的人所知之诗人。他的生活很浪漫，性格又是很活动的。但他的深沉的悲观，却一天天的浓厚了，虽力欲摆脱了，却终于又罩在他头上。最后遂自杀而死。他的诗无疑的是很精纯的，有的地方却类法国诗人缪塞，但缪塞是天鹅绒般的，是黄昏的光；昆泰尔的，却是青铜般的，如熊熊的火炬般的。在思想上与表白痛苦上，他的诗，又有些像鲍特莱尔，却灰色气较少而光与声较多。在19世纪欧洲的大诗人中他是可以占一席地的。

当19世纪的后半，小说在西班牙文学上占很重要的地位时，葡萄牙也产生了两个很重要的小说家。白兰歌（Castello Branco，公元1825–1890年）初以作诗作剧著名，自1851年，他的第一部小说《阿那西玛》（*Anathema*）出版后，他遂成了一个小说家。以后40年内，他很勤力的写着，共写了150册，有时一年出了好几册。晚年，他得到政府所赠的年俸。他因为受有遗传的影响，于1890年自杀而死。他的小说恰恰忠悬的表现出一个性格浮动、神经衰弱的人的作品。他曾受左拉的感化而作写实派的小说；但他却是极端的罗曼的。他的小说完全是动作与情绪。

凯洛兹（Eca de Queiroz，1843–1900）与白兰歌有几点相类，但大体却显出很不同的特质。他的短篇集，受有海涅、鲍特莱尔及爱伦坡的影响。他的第一部小说 *O Crime de Padre Amaro* 是写葡萄牙乡间旧教堂之黑暗的。颇有人讥他系摹仿左拉的，他虽极力申辨，然法国自然派的影响却很明白的印着。他自己是时时要摆脱了一切影响与摹仿而自趋于伟大之途，这个努力有一部分是达到的。我们并不怀疑他是不能入于近代大作家之群的。

参考书目

1.《意大利文学》（*Italian Literature*），格纳特（Garnett）著，阿卜里顿公司（D.Appleton and Company）出版。

2.《近代意大利文学》(*Modern Italian Literature*)，慕莱(Collison Morley)著，Little，Brown and Company 出版。

3.《意大利诗人》(*The Italian Poets*)，格里罗(Grillo)著，白莱基公司(Blackie and Son，London)出版。

4.《意大利散文作家》(*The Italian Prose Writers*)，著者及出版公司同上。

5.《意大利传奇作家》(*The Italian Romance Writers*)，开耐特(Kennard)著，白伦泰诺(Brentano)公司出版。

6. 曼沙尼的《已订婚者》有 Harcourt，Brace & Company 出版的《彭氏丛书》中的英译本。在《哈佛名著》(Harvard Classics)中亦有之。

7. 卡杜西的诗，有西瓦尔(Sewall)译的英文本，Dodd，Mead & Company 出版。

8. 阿美西士的《心》，有夏丏尊君的中译本，名《爱的教育》，开明书店出版。

9.《西班牙文学史》(*History of Spanish Literature*)，开莱(Fitzmaurice-Kelly)著，阿卜里顿公司出版。

10.《西班牙文学之数章》(*Chapters on Spanish Literature*)，著者同上，G. P. Putnam' s Sons 出版。

11.《西班牙文学的主潮》(*Main Currents of Spanish Literature*)，福特(Ford)著，Henry Holt and Company 出版。

12.《西班牙文学史》，狄克诺(Ticknor)著，共三册，Houghton Miffin Company 出版。

13.《西班牙文学选读》(*Cambridgs Readings in Spanish Literature*)，康桥大学出版部(Cambridge University Press)出版。

14.《西班牙的散文与诗》(*Spanish Prose and Poetry*)，法耐尔(Farnell)著，牛津大学出版部(Oxford University Press)出版。

15.《近代西班牙戏曲杰作集》(*Masterpieces of Modern Spanish Drama*)，克拉克(Clark)编，Duffield and Company 出版。

16.《葡萄牙文学研究》(*Studies in Portuguese Literature*)，倍尔(Aubrey F. G. Bell)著，牛津 B. H. Blackwell 出版。

17.《现代西班牙文学》(*Contemporary Spanish Literature*)，倍尔(A.F.G.Bell)著。出版公司为纽约的 Alfred A. Knopf.。

第四十一章

19 世纪的荷兰与比利时文学

一

荷兰的大人物依拉斯摩（Erasmus），我们在文艺复兴时代已讲过他了，虽然他是用拉丁文写他的著作，然无疑的在荷兰文学上是第一个重要的人物。此后有史宾诺莎（Spinoza），他是一个近代很重要的哲学开山祖，与培根、狄卡儿等在一处的人物，他与依拉斯摩一样，也用拉丁文写他的文章，明白正确，而不大有文学的趣味。荷兰的民间文学，可以自豪的是中古最有名的禽兽史诗《列那狐的历史》，其最古的诗本之一，乃为行吟诗人威廉（Willem the Minstrel）所作之《荷兰文本》，这一本是很著名的。14 世纪时，还有一个教士洛依史白洛克（Van Roesbroec）写了好些宗教的作品；现代比利时诗人梅德林（Maeterlink）曾把其中的一种，*Ba Beauté des Noces Spirituelles* 译为法文。

最伟大的荷兰作家，乃是诗人汪特尔（Vondel），他生于 16 世纪之末，而死于 17 世纪的后半叶。他把戏剧的力与抒情诗的美联结在一处，来写他的悲剧。他的剧材大多数取之于圣经中的英雄故事。他的大作《洛西发》(*Lucifer*)是可与米尔顿的《失乐园》与《得乐园》二大作相比的，题材之弘伟相似，风格之崇高亦相似。不过二人所用的文学方式却完全不同，《洛西发》是抒情诗的与戏剧的，米尔顿的诗，则为史诗的叙述。这书是世界的大名著之一。

自汪特尔之后，荷兰文学却现着萎靡不振之象。18 世纪的许多著作都是很沉闷的。到了 18 世纪之末，19 世纪之初，才有了复兴之气运。新时代的先驱者乃是皮尔特狄克(Bilderdijk)，一个教训诗的作者，他的聪明的诗，在荷兰是非常的流行的，但在国外却知者不多。他很博学，却反对着德国新兴的诗歌。然不管皮尔特狄克之反对，德国的罗曼主义终于输入了荷兰。这当然大部分因为歌德的影响极大，没有一国能够自外；同时，当代的英国罗曼主义亦给荷兰以影响，尤其是史格得的小说。但这个新时代却并没有很伟大的作品出现，荷兰的文学成为传统的。到了一个少年诗人辟克(Jacques Perk)出来后，才把那固定的诗式打破。他死时，年只 20，然他的势力却很大。他的遗诗表现出原创的天才，与深厚的感情，引起了后一代的向往而成为一派。

现代荷兰文学最杰出的人物是柯辟劳士(Louis Couperus)，他的诗表现出他是与少年诗派表同情着，而他的小说尤为著名。有好几部小说，是译成了好几国的文字，而流传于国外。由了他，荷兰的文学才复在欧洲的文学地图上占一个地位。他的大作是《小灵魂的书》(*The Books of Small Souls*)，乃以四本小说组成的一大部小说。曾传译于国外。

二

比利时与荷兰本同是一国，到了 1839 年，才脱离了荷兰，而另成为一国。他们反对荷兰的一切东西，文字也是以法文与法莱米文(Flemish)为宗，而排斥荷兰文。法文的作品，成就得很伟大，如梅德林便是一个世界的作家，法莱米文的作品，也有了不少的好作品。

他们的年龄虽少，他们的精神与能力却是很伟大的，较之荷兰尤为伟大，尤为光荣。

第一个用法莱米文写他的东西的大作家是康馨斯（Hendrik Conscience，公元 1812–1883 年）；在他之前，比利时没有流行的文学产生。他是一个小说家，比人称他为近代法莱米文学之父。当 1830 年革命起来时，他也身预与役，为革命而奔走于枪林弹雨之中。他的《1830 年的革命》（*De Omwenteling van*，1830）把他自己的这次经验写得很活泼。他的大作是《法兰特的狮》（*De Leeuw van Vlandrerem*），一部历史小说。

这时的诗人是李特甘克（k.L. Ledeganck，公元 1805–1847 年），继之而起者有格西尔（Guido Gezelle，公元 1830–1899 年）。李特甘克为人所敬，格西尔则为人所爱。李特甘克被称为“比利时的拜伦”。他的有名的诗《三个姊妹城》，是法莱米文的诗中最为人所歌吟者。格西尔被称为“法兰特的灵魂”。他的诗不仅为法莱米之瑰宝，亦为荷兰文化之瑰宝。此外，有用法文写他的诗的诗人赫赛尔特（A.van Hasselt，公元 1806–1874 年），他到了巴黎，见到雨果与圣·皮韦，遂成了一个罗曼派，他的大作是一部哲理的史诗。考司脱（Charles de Coster，1827–1879）也是一个很重要的作家，他的大作《法兰曼传说》（*legendes Flamandes*），曾受不少批评家的赞美。

莱曼尼叶（Camille Lemonnier，公元 1844–1913 年），最近代比利时最大的小说家，在从前，也没有一个可与他相比肩的。他是比利时作家中用法文写东西的一个中心人物。在 21 岁时，他即欲靠他的笔为生活，其初写艺术批评，以后乃作小说。他的第一朵美花 *Un Mâle*，出现于 1881 年，立刻使他成了一个第一等的小说家。他共写了 60 册的书，然大多数的人，只知他是 *Un Mâle* 的作者。它把森林中的生活，把林中捕鸟者的生活写得异常仔细，其结局是很悲惨的，但却不是一部使人伤心坠志的书，他是赞美一切强健与有力的东西的。《死》，他的别一部小说，却恰恰相反；*Un Mâle* 是生之赞诗，《死》却是死之赞诗。他写了不少心理分析的小说，“L ’ Hysterique”是第一部。他是一个伟大的乐观主义者，是一个康健之人的乐观主义。

伊克霍特（Georges Eckhoud，公元1854年-）是莱曼尼叶以外，比利时最重要的小说家。他父亲早死，叔父欲使他成为工程师，成为军官，都失败了，便不再理他。后来亏得他的祖母把他收养下来。祖母死后，遗下不少财产，他都拿去置买田地。他自己天天四外的跑，因此得到了农民与农村生活的丰富知识，为后来写故事之用。不久，他的农事失败，又成了一个穷人，便只好以笔为生了。1884年，他的 *Les Kermesses* 出版，是一部有力的描写地方风俗的故事集，文字却有时生涩如译文。*Kees Dovrik*，是他的第一部长篇小说；以后还出版了不少部好的作品。

最为世界所知的比利时诗人，只有魏海依伦（Emile Verhaeren，公元1855年-）了，他与梅德林一样，乃是世界的，而非比利时一国的。他的作品，连日本也有了译本，西班牙、俄国都译得不少。他把"力"的训条，引入文学路上，把日常生活的史诗似的弘伟，引入诗歌坛上。他是始终用法文写他的作品的，当小孩时，即已用法语说话了。魏海依伦是第一个且是最大的一个诗人，能尽量的把近代的机械的发明物用进诗里的。向来，在诗坛上，有一种流行的见解，以为，工厂、汽车以及其他一切丑恶之物，在人类进化上是必要的，然在诗歌里却用不到他们。诗歌是"美"的表白，所以丑恶的东西，便不能表白在诗里。近代的发明物与其结果都是丑恶的，不能写入诗里的。在诗里，我们必倒回到古典的、罗曼的、牧歌的过去。山青水绿是可以入诗的，市井喧扰却不可以入诗；板桥草舍是可以入诗的，烟尘蔽空之工厂却不可以入诗；小舟容与于中流，是富于诗意的，东冲西突、机声扎扎的小汽轮却是与诗无缘的。但这个倾向的虚伪，却为魏海依伦所揭破了。他以他的高尚的诗，证明了这话的完全不对，他也于过去时代求他的灵感，然他却并不拒绝去看现代的世界。他把所见的近代都市，写了下来。他发见了美的新理想：一件东西的美，原来并不在外表，乃在其表白的力量。魏海依伦之诗的动源是力。许多诗人求的是谐和；现在魏海依伦求的却是力量。在旧诗人看来，工厂之喧扰是避之欲浼的；在魏海依伦看来，弘伟的厂屋，整齐的机械工作，乃是富有诗意的。所以，他以为，现代的诗人，不仅要与现代的环境相合，且必须发现其史诗似的弘伟处，如古代诗人之歌咏大战的胜利似的去歌咏机械的发明。《乡间的幻想》（*Les Campagnes Hallucinees*，1893）及 *Les Villes Tentaclaires*（1895）二部诗集便是他赞颂新都市的歌。他们乃是他的最重要的作品。《乡间的幻想》写的是乡间人民之群趋于都市。在每夜里，乡人可以在地平线的尽处，见到城市所放出的光明。

魏海依伦完全是一个男性的诗人，女人是不明白他的。到了他结婚后，他才开始写他的优美的情诗。他彻头彻尾的是一个抒情诗人，他每在诗之外，着手做别的东西，却归结总是失败。他的文艺批评是忠厚而且从大处着笔的。他的戏曲未能征服了剧场里的观众，但《黎明》（*Les Aubes*，1898 年）一剧，却特别的有名，因他是预言着大战终结后社会主义之胜利的。魏海依伦是世界的诗人；因为他的热情是世界的。但有一部分的作品，又可以使他本国的人称他为国民诗人。他常被人比为雨果。

梅德林（M. Maurice Maeterlinck，公元 1862 年 –）是近代世界的，不仅比利时的，最大的戏剧家及散文作家之一。他的名字，差不多没有一个地方不知道，连小孩子也晓得他是《青鸟》（*The Blue Bird*）的作者。他是近代最大的象征派的代表。他的作品无论哪一国文字都有译文。有的法文本一出来，别一国即已有译文了；有的很平常的随笔的东西，人家也常以为它必有深沉的哑谜在内。他的学校生活很苦，他自己说，如果再住七年，便不能有生望了。1886 年，他到了巴黎，和麦拉尔梅（Maliarme）相识。1890 年，他和一个朋友，在手印机上，印了 30 本的《马丽尼公主》（*La Princess Maleine*）出来。这是他的第一部戏剧。有一册是放在麦拉尔梅的书室里，恰好为一个批评家见了。他取去读，立刻发表了一篇极赞颂之能事的批评，梅德林便自此闻名。或称他为“比利时的莎士比亚”。自《马丽尼公主》之后，他继续的出版了不少剧本，《闯入者》（*L' Intruse*）、《盲人》（*Les Aveugles*）、《丁泰琪之死》（*La Mort de Tintagiles*）、《七公主》（Les Sept Princesses）、《柏莱士与马丽莎达》（*Pelléas et Melisande*）以及《青鸟》（*L' Oisean Bleu*，1909）、《莫那凡那》

（*Monna Vanna*，1912）等，都是不朽的名作。梅德林他自己在 1902 年出版的戏曲全集的序上说："在这些剧本里，信仰是在那些不可见而致命的各种势力上。没有人知道他们的意向，但戏曲的精神以为，他们是恶意的，注意于我们的一切行动，而为微笑、人生、和平、快乐的仇人，运命是一个无辜而不自觉的敌人，而加入了他们之内，参预于毁坏一切，但却一点也不能变更了爱与死在生人中所做的残酷固执的游戏，这都是呈在聪明的人的忧愁的眼光之前的，他预见了将来。"梅德林他自己便是那最聪明的人，他预见了将来。他以锐敏生动之笔，把忧愁之眼所见的都写了下来，于是便成了《闯入者》《盲人》《丁泰琪之死》诸作，这些作品，其情调差不多都是一样的。《盲人》写的是六个盲男、六个盲女，坐在一个老牧师的周围，那牧师是他们的向导。他带他们到森林中。他们以为他是走开了一会，即将回来带他们回家。他们怕他失了路。这是黑夜，他们听见风森森的吹过树顶，海水澎湃的打在岩石上。死叶上有走路的声音。那是一只狗。这狗把一个盲人带到牧师的身旁。他摩着牧师的脸，却觉得那向导是死了。这剧的象征主义并不难懂。我们都是一个小岛上的囚人，我们能听见无限之海的有力的波涛澎湃声。我们有一个向导——宗教——虽似乎还在我们那里，其实已死了……我们是迷失在哑谜的深黑森林中了……

《七公主》之寓言却没有《盲人》之易懂。七个公主睡在一个门户锁闭的云石大厅里。一个王子从外面久游归来了。他从窗中看着七公主中的最美丽的一个，那是他从少就爱她的。他由地道，经过死人之墓到了厅内。六个公主都醒了，只有那个最美丽的，却已因久待而死了。这大概是说灵魂有七个元素，而中心的一个真我，却是不可知的，没有地上的理想能够把它从睡中叫醒。《柏莱斯与马丽莎达》的意思是如此：运命驱赶着人类，如一群羊似的，经由"爱"之草地而到达了"死"之境。《丁泰琪之死》是梅德林所有剧中最可怕的。在深谷的旧堡中（死影之深谷）住着一个老女王。她叫人去取丁泰琪来。丁泰琪是个小孩子，他有两个姊妹，知道她召他的意思是要杀他。于是她们非常严密的看护他，即在睡梦中，也把他抱得紧紧的。

不料在她们熟睡时，女王的使者却把丁泰琪抱去了。一个姊姊紧追了去。铁门闭了，她听见孩子的哭声，有人把手放在他喉上，然后，她听见一个小身体倒地之声。“死”是谁都不能拒绝的。

《青鸟》与《莫那凡那》二剧是后出的，却是离开了这样的运命与死的象征的。《青鸟》写两个孩子，在梦中要找寻青鸟，在记忆之土，在将来之国、在月宫中、在森林中，到处的找，都没有找到。后来，他们醒来了。邻居的一个孩子生病，要他们养的鸟玩。他们给了他。这鸟却真的变成青的了。但当他们把它放出来玩时，鸟又飞得不见了。青鸟乃是幸福的象征。只有从自己牺牲中才能得到。但幸福是非永久可以在握的。所以青鸟不久即飞去了。《莫那凡那》并没有什么象征的意义，却也在宣传着“自己牺牲”的主张。这是一部历史剧，写古时意大利之披沙与弗洛林斯二邑之战争。在那里，梅德林极力反抗传统的英雄主义，他以为最大的英雄行为，乃是牺牲了小节与成见以救护一城的人民。全城的人民是比之任什么英雄的行为与气概都重要的。这个剧本，在英国曾被禁止开演。

梅德林又是一个很伟大的散文作家，他写了好几部论文集，如《谦卑之宝库》（*Le Tresor der Humbles*），如《智慧与运命》（*Sagesses et Destinée*），如《蜂之生活》（*La Vie des Abelles*），如《死》（*La Mort*），如《生命与花》（*Life and Flowers*）等，都是极好的作品，可以激引起世界上无数的读者之感兴的。

19世纪之后半叶，与梅德林、魏海依伦同时，比利时还有许多象征派的诗人，他们都与这两个大诗人有些关系，如洛定巴（G.Rodenbach，公元1855年－）是魏海依伦的同学，如莱葆夫（C.van Lerberghe，公元1861–1907年）与莱洛依（G.Le Roy，公元1862年－）是梅德林的同学，此外还有莫克尔（A. Mockel）、依尔斯康（Max Elskamp）等，皆为象征派之巨子。自莱曼尼叶与依克霍特之后，以法莱米文作小说者，又有狄莫尔特（Eugene Demolder），这一切人，还有其他许多人，这里都不能一一的详说。

参考书目

1. 柯辟劳士的《小灵魂的书》有 A.T. De Mattos 的英译本，凡四册，伦敦 William Heinemann 公司出版。

2.《现代比利时文学》(*Contemporary Belgian Literature*)，皮赛尔（J. Bithell）著，T. Fisher Unwin 出版。

3.《现代比利时诗歌》(*Contemporary Belgian Poetry*)，皮赛尔编辑，《刚脱白莱诗人丛书》(*Canterbury Poets*)之一，史格得出版公司（Wo Scott Publishing Co.）出版。

4.《现代法莱米诗歌》(*Contemporary Flemish Poetry*)，编者及出版公司同上。

5. 魏海依伦的《黎明》，有西蒙士（Authur Symons）的英译本，《近代戏剧丛书》(*Modern Plays*)之一。伦敦 Duckworth 公司出版。

6.《魏海依伦诗选》(*Poems by Emile Verhaeren*)，史特莱特尔（Alma Strettel）译，伦敦 John Lane 公司出版，共 2 册。

7.《魏海依伦戏曲集》(*The Plays of E. Verhaeren*)，伦敦 Constable 公司出版，《黎明》及其他剧本都在内。

8. 梅德林戏剧，中译本不少。《青鸟》，傅东华译，《梅脱灵戏曲集》，汤澄波译，均商务印书馆出版。《莫那凡那》，徐蔚南译，开明书店出版。

9. 梅德林的论文集大都已译为英文。

第四十二章

爱尔兰的文艺复兴

一

爱尔兰人（Irish）是一种克尔底（Celtic）族的人民，他们自有其文化，自有其艺术，与英国不同。他们曾屡次的求独立，求自由。这样的自由战争，在近代引起了好几次，引起了好许多人的注意。同时，他们的文学，也有复兴的运动。爱尔兰的文艺复兴，乃是近代文艺界里一件大事。复兴运动的中心人物，如夏芝（Yeats），如爱依（A. E.），如新格（J. Synge），其所成就都有足以在世界的永久文坛占一席地的。所以我们不能不在此把她叙述一下。

爱尔兰人是一种心胸热烈而忠恳的民族，他们对于超自然是比任何民族都感得亲切的。他们虽信着基督教，却也并没有把他们的古代异教所遗留的好神道推出门外。他们把这些神道，放在可爱的神仙世界里，那神仙乃是可见与不可见的世界的联链者。许多小妖魔神，为厉于路上、溪中、山洞与海旁者，到今日还与远古一样。夏芝说道："我们与前面的世界交换文化。"他们真的是"西方世界里的嬉戏的儿童"。

爱尔兰的早期文学，乃以古代传说为其宝库。我们不知道这些传说的作者，也不能确定为何时所出，大约最古者总在耶稣纪元之前。这些传说，内容极丰富，现在所留下的，不过一小部分而已，然已足写成了几千页。这些传说，可分为三个大系，第一系是神话系，传说的数目较少，叙的是诸神冲突之事，如《莫杜拉之战》(*Battle of Moytura*)、《李尔之子》(*Children of Lir*) 之类；题材是有些纷乱的，人物是巨伟的，人物的性格是粗率无定形的。第二系是红支 (Red branch) 系，普通称为英雄系，事实大都发生于耶稣纪元之初期。这是三系中最优美的。人物性格很明晰。事实很有秩序而且很有组织。其中考超林 (Cuchlian) 系是最有名的。第三系是法宁系 (The Fenian Cycle)，事实约后于红支系二百年，其中主要人物是芬·马克·孔海尔 (Einn Mac Cumhail)，与他的儿子奥尔安 (Ossian)，他们是武士又是诗人，是一群法宁武士的中心，有类于亚述王之圆桌的故事。这三系的传奇，其形式大都把散文与韵文离在一处，这是无疑的，其初本是韵文，后来乃把散文插入。

在丹麦人统治时代 (公元 795–1014 年)，爱尔兰出了好几个诗人：高摩丽 (Gormly) 是美兹 (Meath) 王的女儿，是一个很有天才的女诗人；马克莱格 (MacLaig) 以歌咏 1014 年克隆泰夫 (Clontarf) 之大战著名。11、12 世纪，是编订古代传说的时代。许多重要的传说都在此时被其保存。但同时，英国人乃略取了爱尔兰。好几个世纪继着下去。爱尔兰没有产生一个好作家。到了 17、18 世纪，乃为"法宁系"传说编订之期。古典期之最后光荣，为鲁希·奥克莱 (Lughaidh O' Clery)、奥修赛 (Eochaidh O Bussey) 及奥希金 (Teig Dali O'Higgin)。奥希金乃为其中最有名的。到了 18 世纪之前半，爱尔兰的诗体突然的很快的变了，旧的古典的形式消灭了，代之而起的乃是新的近代的韵文。这一班的新诗人，有约翰·奥尼顿 (John O' Neaghtan)，以杂诗著；奥卡洛兰 (Turlough O' Carolan)，以美丽的歌谣著；米台里 (Brian Macgioll Meidhre) 以写可爱之神仙幻想《中夜之宫》(*The Midnight Court*) 著；奥文·奥莎里王 (Owen Roe O' S ullivan) 以讽刺诗著，拉夫脱莱 (Anthony Rafteny，公元? -1835 年）以短诗著，他乃是一个盲诗人。

19 世纪的爱尔兰作家，有名者颇不少，如高尔斯密（Goldsmith），如葆尔克（Burke），如王尔德（O. Wilde）都是爱尔兰人而有不朽的文名者，但他们却于英国文学史上有地位在着，大家都以他们为英国的，而不当他们是爱尔兰文学上的人物。大部分的 19 世纪的爱尔兰，都为争自由、争独立的政治运动所占，而文学运动反现着退步之象。19 世纪的初期，无名诗人所作之许多爱国诗歌，非常的流行。到了 1840—1860 年之间，有一群“少年爱尔兰”的诗人活动着。曼甘（James Clarence Mangan，公元 1803-1849 年）独自显出很高的天才，会自由运用旧爱尔兰文学的宝库。他乃是爱尔兰文艺复兴的先驱。复兴运动中的诸诗人都以他为精神上的同系，为复兴运动的父。他的诗与他生活的几方面，有些像爱伦坡（E. A. Poe）。还有法格孙（Sir S. Ferguson），诗才没有曼甘好，而以博学著，他的《西高尔咏》（*Lays of Western Gael*），是依据红支派的传说而写的。

复兴运动之前的小说家，有许多可以一提的。爱特加华士（M.Edgeworth）女士（公元 1767-1849 年）以写爱尔兰生活的小说著称，她乃是属于英国文学史中，我们在前面已经提过。李弗（Charles Lever，公元 1806-1872 年）在他的《奥马莱》（*Charles O' Malley*）诸小说里，写爱尔兰少年放浪者之生活；洛弗（Samuel Lover，公元 1797-1868 年）在他的《汉特安特》（*Handy Andy*）及其他小说里，写爱尔兰农民生活。这几个作家都写得很仔细。巴宁兄弟（John and Michael Banim）把他们的热情寄在爱尔兰生活的历史与爱国一方面，及英人治下的农民之痛苦生活上。他们的最好著作为《奥赫拉家的故事集》（*Tales of the O'Hara Family*）。卡莱顿（W. Carleton，1794-1869 年）是这时代爱尔兰生活的最好最真实的解释者之一，大部分的题材乃取之于农民生活、教员生活等。他的大作是《爱尔兰农民的特性与故事》（*Traits and Stories of the Irish Peasantry*）、《黑先知者》（*The Black Prophet*）等。写这时代的中产阶级生活的最重要的小说家是格里芬（Gerald Griffin），他的大作是《大学生》（*The Collegians*）；他的诗也很可爱，尤其是他的情诗。吉克汉（Charles Kickham）写农民性格与农村生活很有力量，曾因努力于少年爱尔兰运动而被捕下狱，囚禁了四年。他的最好小说是《莎莱·卡文那》（*Sally Cavanagh*）及《为了故国》（*For the Old Land*）。

奥格莱特（Standish O' Grady）及西格孙（George Sigerson）二人对于爱尔兰文艺复兴都有功伟，他们首先使爱尔兰回过头去望古代的光荣。奥格莱特在1880年时，出版了一部《爱尔兰史）（A History of Ireland），在这样的一个普通题目之下，他把红支系及法宁系的英雄传说叙述出来。他以诗的热忱，把这些老传说穿在如此的丰富想像的衣服之下，使后来的作家得了不少的感兴。我们说爱尔兰文艺复兴运动诸作家得有奥格莱特的大影响，是不大过夸的，在他们作品里，这些影响是可以看得出的。西格孙的《曼史特的诗人与诗》（*Poets and Poetry of Munster*）及《高尔与格尔的诗人》（*Bards of the Gael and Gall*）二书在古与今的深沟之上架了一道桥。他的功力在于他的收集的材料之丰富，他的善于吸取原作的精神与情调，及他的把古诗人的诗译为今文之精巧。他是堪与奥格莱特分一小半诱起复兴运动的荣誉的。

二

克尔底的复兴（the Celtic revival）或爱尔兰的文艺复兴，乃开始于1888年出版的一部诗集:《少年爱尔兰的诗歌》（*Poems and Ballads of Young Ireland*）。在1892年，便有爱尔兰文学会（Irish Literary Society，伦敦）及爱尔兰国民文学会（Irish National Literary Society，杜白林）成立。爱尔兰文字之复兴运动亦伴之而起，希特（Douglas Hyde）对此尤为活动，他的最好作品，有诗，有故事，有短剧，都是用高尔文（Gaelic）写的。然他也有不少的东西是用英文写的，其中包含许多民歌与故事的翻译，如他最有名的《康那契的情歌》（*Love Songs of Connacht*）之类。此外还有好几个人，这里不能一一的举出了。

为爱尔兰文艺复兴运动的最有力的人物乃是夏芝（*William Butler Yeats*，公元 1866 年 –）。他早年的作品有些受史宾塞及雪莱的影响，但到了《奥森之漫游》（*The Wanderings of Oisin*，1889）出版时，他却进了创造的时代，成了正式的爱尔兰诗人了。夏芝的大部分的诗，都是写爱尔兰的传说时代及民众的信仰与风俗的。这是具着很浓厚的国家色彩的，不过是诗的，而非政治的色彩而已。他最使人满意的诗为 1895 年出版的《诗集》（*Poems*），都是为山川、为乡间的农民故事所感兴的。他早年诗里的直接而美的叙写，到了后来，却为神秘主义所代替。《芦中之风》（*The Wind among the Reeds*，1899）乃是其代表，这一册诗集及其后出版的几册，都为平常的读者所不易领悟。夏芝的剧体，与其说是剧曲的，不如说是诗的。他们都是很印象的，具着奇异而深沉的意义，而动作则只占很小的一部分。《心欲的国土》（*The Landof Heart's Desire*）是叙一个年轻新妇为妖仙所盗去事；*Cathleen in Honlihan*，写 1798 年的暴风雨时的爱尔兰，少年格兰（M. Gillane）在他结婚之夕，应了这个更高的号召。《荫水》（*Shadowy Waters*）、《狄尔特》（*Deirdre*）及《在倍尔的滩岸》（*On Bailees Strand*）三剧都是写英雄时代的故事的。狄尔特是爱尔兰的海仑（Hellen），其恋爱与悲剧是古代传说中最有趣的一节。《在倍尔滩岸上》写的是古代大英雄考超林（Cuchulain）之死。夏芝不仅把这些传说重述了下来而已，他把他们写下，供应了求“美”的或高超之真实的灵魂之永久的要求。这些剧本都是用韵文写的，充满了诗的可爱。夏芝的散文著作也很重要，包含民间故事的重述及论文学及神秘的东西的文章。《克尔底的微光》（*The Celtic Twilight*）是一册神异故事集，那些故事都为夏芝自己在爱尔兰农民口中收集下来的。这些故事的题材与对话都有他的 1895 年的《诗集》的可爱。《善与恶的观念》（*Ideas of Good and Evil*）乃是夏芝论文中最好之集子。夏芝之重要，与其说在文艺复兴及国家剧场的直接影响上，毋宁说是在他的把爱尔兰的诗歌从英国影响之下解放了出来而证明他乃有他自己的歌声的。他不仅为爱尔兰近代最大的诗人，且是世界生存的诗人中最伟大者之一；他的地位不仅在爱尔兰是重要的，即在世界上也是重要的。

自署为 A. E. 的一个神秘诗人，亦为复兴运动中之有力人物，他的真姓名乃是鲁赛尔（George W.Russell，公元 1867 年 –）。他的神秘主义与夏芝又不同；他的幻象在他乃是真实的，并不是想像的图画用来象征一个意思的。他的诗把进入神灵生活的直接耽溺的情调表白出来。他爱的是微光的边境，常住在未发见之国的前线。他是一个真的诗人，常把平平常常的东西照在“无限的光明”中。在下面他的抒情诗《隐士》（*The Hermit*）之二节里，很可以看出他的这个倾向：

古代的神秘，
天天伸出它的手来，
拿了一把椅子，坐在我的
土屋之旁，与我喃喃的谈着。
当黄昏的阴影翱翔着时，
在烟突的角上，我看见
那年老的有巫术者坐在那里，
微笑着，摇着手，招我打招呼。

夏芝与鲁赛尔之外，复兴运动中之诗人还有不少，奥莎里王（Seumas O' Sullivans）是现代爱尔兰诗人中最有名的。他于 1912 年出版的《诗集》，是现代爱尔兰诗歌作品中最使人满意的一部。康倍尔（Joseph Campbell）在描写鄙野的农夫生活与农村风景方面，其诗是很成功的，于写农民心上的基督教信仰尤为亲切而为别的作家所不及。麦克曼纳士夫人（Mrs.S. MacManus； Ethna Carbery）以她的诗集《依林的四风》（*Four Winds of Erinn*）著名于时，她的诗是少年爱尔兰国民诗人的感伤的情调与夏芝及鲁赛尔之一群的暗示与象征的性质中间之联锁。我们不能说复活运动的诗人与爱尔兰的国家运动不表同情，但他们的热情是寄托之于吟咏罗曼的过去时代的。至于新芬运动（The Sinn Fein）却自有其诗人。在 1916 年复活节的革命运动里，新芬党人死者不少，于其中，有三个著名的诗人亦及于难——辟尔士（Padraic Pearse）、麦克杜纳（T. MacDonaph）及柏隆克特（Joseph Plunkett）。

爱尔兰的文艺复兴运动，最有力量的是戏剧方面。其初，在杜白林成立了爱尔兰文艺剧场。夏芝、慕尔（G.Moore）、格里各莱夫人（Lady Gregory）、麦尔丁（Edward Martyn）诸人是她背后的助力。他们为她著作剧本。于夏芝外，马尔丁是最著名的戏曲作家。《马夫》（Maeve）、《草地》（The Heather Field）、《幻海》（*The Enchanted Sea*）是他最有名的剧本。他的作品大多为农民以外爱尔兰现代生活的社会的与心理的研究。格里各莱夫人的名作很不少，特别是喜剧。她最好的喜剧是独幕剧，能表白出爱尔兰人的几种特有的性格，如《消息之传布》（*Spreading the News*）、《乌鸦》（*Jackdaw*）、《工厂守护人》（*The Workhouse Ward*）等都是。然其中最重要的大作剧家还算是新格。

新格（John Millington Synge，公元1871—1909年）的作品，有一部分，比之夏芝尤为重要。在1903年到他死之六年间，他写了好几部戏剧史上无比的剧本。在其中，最好的是《在格伦的影里》（*In the Shadow of the Glen*）、《海上的骑者》（*Riders to the Sea*）、《西方世界的嬉戏的儿童》（*The Play Boy of the Western World*）、《圣人之井》（*The Well of the Saints*）等。新格引用了爱尔兰农民的真实的口语，而把它变成了罕见之诗的性质的媒介物。他的剧本虽用散文写，而诗意却很丰富。因他的描写爱尔兰农民生活的方法，有人称他为一个写实主义者，但他乃是那些对于现实比之写实主义更有兴趣的稀有作家之一。

讲起以写实主义的方法去写农民生活来，柯伦（Padraic Colum）的戏曲却比之新格的更为写实些。柯伦以尖锐的眼光、坚实的笔触、谨慎而平均的结构、深厚而恳切的同情，写出了他的《土地》（*The Land*）、《马史克莱》（*Thomas Muskerry*）及《弹提琴者之家》（*The Fiddler's House*）。这些都是农民爱尔兰的动人的图画，有一种力在其中的。柯伦并不像新格似的要写出问题剧，当然，在他的剧本的根上有些问题在着，但他所第一要求的是把爱尔兰乡间生活的戏曲写出来，为人类经验的显示。柯伦的诗，特别是他的《荒土》（*Wild Earth*），是具着土地的强壮之力的——亲切、浓挚、活泼，表白出人与自然的深厚的力之竞争及他在日常经验中的苦与欢乐。

此外还有好几个戏剧作家，如包依尔（William Boyle）以他的《建筑基金》（*The Building Fund*）一剧著，依尔文（St.John Ervine）以写爱尔兰日常生活里的悲剧著（他还写了些小说），瓦台尔（Samual Waddel，即 Rutherford Mayne）以他的《转路》（*The Turn of the Road*）著；更有奥开尔（Seumas O' Kelly）及菲兹马里斯（George Fitzmaurice）二人，亦于剧坛有很好的贡献。

小说在爱尔兰复兴运动中，没有诗歌与戏曲那样的为人重视。作家之重要者亦不多。劳勒士（Emily Lawless）与巴洛（Jane Barlow）显出些特异的才能，在描写卑下生活方面，麦克曼纳士（Seumsa MacManus）及蒲洛克（Shan Bullock）在把小说带到与诗歌及戏曲的一条线上来，很有力。慕尔（George Moore）贡献了一册很高尚的短篇小说集——*The Untilled Field*——及一部很有力的小说《湖》（*The Lake*）。希汉（Canon Sheehan）的小说结构虽不周密，却是一个尖锐而有巧能的爱尔兰各样生活的解释者，特别是爱尔兰牧师生活，写得尤好。邓萨尼（Lord Dunsany）写了一群神奇故事，如《辟加那之神》（*The Gods of Pegana*）、《时间与神》（*Time and the Gods*）及《一个梦者的故事》（*A Dreamer's Tales*）等，创造了有目的之他自己的奇异神话。他的著作，有一部分是用剧本的形式写下的，如《山之神》（*The Gods of the Mountain*）及《神之笑》（*The Laughter of the Gods*）等。史特芬（James Stephens）的可爱的幻想，如《金甏》（*The Crock of Gold*），如《半神》（*The Demi Gods*），都是具有克尔底的在天与地界线间的活泼的特质的。他也写些小诗。

近来的小说家，都由罗曼主义而到写实主义骋驰于诗的弘丽及古代的伟大者，都未着眼及于真实的穷人生活，及又粗犷、又不可爱的环境；这乃是他们，近来的小说家，如约依士（J. Joyce）、李特（F. Reid）等，把这些诗人所未惠顾的题材捉起来写为小说。但他们还没有很大的势力与成就，这里且不提。

参考书目

1.《爱尔兰文学史》(*A Literary History of Ireland*)，希特（D. Hyde）著，Charles Scribner's Sons 出版。

2.《爱尔兰的文艺复兴》(*Ireland's Literary Renaissance*)，博依特（E.A.Boyd）著，伦敦 Blackie and Son 出版。

3.《现代爱尔兰戏曲》(*The Contemporary Drama of Ireland*)，著者同上，Little, Brown and Company 出版。

4.《新格与爱尔兰剧场》(*J.M.Synge and the Irish Theater*)，步济时（Bourgeois）著，麦克美伦公司（MacMillan）出版。

5. 新格的戏曲集，有中译本（郭沫若译），商务印书馆出版。

6. 夏芝诸人的著作，原本俱甚易得。中译的夏芝剧本及格里各莱夫人的短剧，曾散见于各日报杂志上。

7. 夏芝的《爱尔兰神仙与民间故事》(*Irish Fairy and Folk Tales*）有《近代丛书》(*Modern Library*）本，Boni and Liveright 出版。

8.《爱尔兰诗选》(*A Treasury of Irish Poetry*）夏芝编，Methuen and Co. 出版。

9.《爱尔兰诗选》(*Dublin Book of Irish Verse*)，柯克（Cooke）编，牛津大学出版部出版。

10.《近代爱尔兰诗选》(*Modern Book of Irish Verse*)，柯伦（Colum）编，Boni and Liveright 出版。

第四十三章

美国文学

一

自一群的清教徒乘了“五月花”踏到美洲的大陆上时，美国的文学便开始了，那时是 17 世纪的初期。但殖民时代（公元 1607—1765 年）的文学，却没有重要的价值，那时的作品大都讨论荒原的开辟与征服、社会的实际问题，以及其他事件，亦有宗教的文学，但富于想像与创造力的诗歌、小说及剧本则完全不见踪影。到了 1776 年，美人脱离了英国而宣告独立时，重要的文学作品才开始一部一部的出版。革命时代的第一篇不朽的文字，就是《独立宣言》（*Declaration of Independence*），那是约菲生（Thomas Jefferson，公元 1743-1826 年）所作的，其中充满了雄辨与勇气，气魄浩大而理想崇高，是近代最重要的文件之一。

然这时代的代表作家乃是法兰克林（Benjamin Franklin，公元 1706-1790 年）而非约菲生。他是美国的典型人物，由穷苦出身，而跻上了名望之坛。一生所历的经验，所做的事业，不知有多少，他曾为印刷者、出版家、政客、公使，又是一个科学家、哲学家。在科学方面，他是首先发明近代文明之母的“电”的。他的政治论文及其他论文，都是议论蹈实而见解切当，足以感发一般的读者的。他的《自传》(*Autobiography*) 是美国不朽的作品之一，是说英文的世界里没有人不知道的一部书。他的人格，他的经历，都在这里完全的反映出来。有无数的人是在那里得到感兴的。

以后便入了19世纪的黄金时代了。这在黄金时代里，出现了不少的不朽作家，如欧文，如爱伦坡，如朗佛罗，如惠得曼，都是世界的作家，而非美国所独有的。他们的影响，不仅及于美国，而且及于世界。他们使自来不能厕身于世界文坛的美洲文学，在那里占了一个很重要的地位，与英，与法，与德，与俄，共为近代文学的“天之骄子”。

二

美国的小说，以白朗（Charles B.Brown，公元1771–1810年）为第一个作家。他乃爱伦·坡与霍桑的先驱，以善于描写恐怖的心理著，如他的《汉特莱》(*Edgar Huntly*)，即为睡行者与疯狂的研究的小说。但美洲的第一个重要的小说家，还要算欧文（Washington Irving，公元1783—1859年）。

美国没有文学，这句话乃是欧洲人所常常说的；真的，自美国的殖民时代以来，乃至自1776年美国宣告独立以来，已经好许多年，而迄没有一部惊人的大作出现，即法兰克林，也不是一个足以动世界之听闻的大作家。直到了华盛顿·欧文出来后，美国文学才不复为人所轻视。他也与他所仰慕而同名的华盛顿一样，乃是美国的开国元勋，不过一个是在政治方面，一个是在文学方面而已。沙克莱（Thackeray）欢迎欧文为“第一个新世界的文坛派遣到旧世界来的公使”。他的文学事业之开始，乃为一部诙谐的作品《纽约史》(*History of New York*)，他假称这部作品是一个古时的荷兰居民的后嗣克尼考蒲克（Diedrich Knickerboker）写的。他的第二部大作是

《杂记》(*The Sketch Book*)，这是使他得大名的著作；以轻妙诙谐之笔，活活泼泼的写出美国的生活。其中最有名的是《李迫》(*Ripvan Winkle*)及《睡洞的传说》(*The Legend of Sleepy Hollow*)。李迫是一个荷兰人，一个不做事的少年。他很怕他的妻子，有一天，不敢回家，带了他的狗和枪到山上去。在那里遇到了魔怪。他吃醉了酒，一睡醒来，狗已不见，枪管已锈坏，胡须已长到肚下，到了自己的村中，已无一个认识的人。原来他已睡了20年了。这是一篇无人不知的故事。但其题材乃为根据一个德国传说的，欧文把他穿上了美国的衣服，变成了美国本地的传说。他所遇见的那些魔鬼，乃是赫特生(Hendrik Hudson)和他的水手；当雷声在赫特生河两旁作响时，大家便以为是他们在云中玩球了。欧文又曾作了一篇《华盛顿传》，把这个美国国父的一生，写得非常真切动人，是一切华盛顿传记中，最能把他的伟大传达出来者。在许多《传记》中，这是不朽的一部。

但欧文的心胸却是广阔的，并不被限于国家的界限。他在英国住了好几年，在西班牙又住了好一时。他的《旅行述异》(*Tales of a Traveller*)写他的在英国的经验，又滑稽、又轻松，特别有一种动人的风趣。他的在西班牙的成绩，乃是两部很动人的小说：《格拉那达之陷落》(*The Conquest of Granada*)与《阿尔罕白拉》(*The Alhambra*)，都是写慕尔人(Moors)与西班牙人间之英雄故事的，充满了浓厚的彩色与冒险的故事。欧文写此二书之报酬之一，乃为被任命为美国的驻西班牙公使。

欧文是一个很和蔼、很宽厚的人，到处的受人欢迎，受人敬爱，性格恰恰与他相反的，是他同时代的有名小说家柯甫(James Fenimore Cooper，公元1798—1851年)。柯甫乃是一个躁急的坏脾气的人，在他的为人，及他的文字的风格上，都可看出他的严肃的恶狠狠的神气来。他和他的邻人斗嘴、说话和做文章，都是死板板的脸孔，一点诙谐的火星也没有。然而这个坏脾气的人，却把世界上传奇的读者的想像捉住了一个世纪。他为欧洲人所知，且为亚洲人所知。哪一个美国的学童没有读过他的《奸细》(*The Spy*)及《最后的一个莫希根人》(*The Last of the Mohicans*)呢？柯甫乃是一个惊人的说故事者。他有创见的能力，他有陆上海上的生活的一等知识，所以他的冒险会写得那样的使人惊心动魄。他生于纽约省的中部，现在，那里是一个极繁盛的地方，但在柯甫的时代，那里却是一片的荒原；红印度人与白种的探险者、林人、猎人等环城而居。他熟知他们，便把观察所得的写入小说中。他又是一个到过海上的，他熟知美国的水手和他们的船。所以，他的小说，写海上事是无比的好。他的力量有如此的大，当欧洲的孩子，读了他的小说后，每以为可在纽约城的左近，看见红印度安人的出没。其实，他们是早已不见了，荒原与森林，在一世纪内，已变成了世界最繁盛的都市与村镇之一了。然而讲到海，情形却还似以前一样的汹涌澎湃着。柯甫捉到了伟大海洋的永久的性质，凡是英文中写海的故事的作家，都要以他为全海军的领袖。康拉特（Joseph Conrad）——他也是一个最有名的海洋小说作家——说道："柯甫爱海，以最高的了解去看它……夕阳的色彩，星光的和静，晴天与暴风雨的情形，海水的伟大的寂寞，看守着的海岸的沉默，以及……"无不在他的小说中写出。他的海洋小说以《海盗》（*The Pilot*）及《水巫》（*The Water Witch*）为最著。

柯甫与欧文把人生的外面的冒险与奇遇写成为他们的传奇。两个较他们后辈的小说家霍桑（Nathanial Hawthorne，公元 1804-1864 年）与爱伦坡（Edgar Allan Poe，公元 1809-1845 年）写的却是人生的内面的事件，他们的心灵的冒险与奇遇。他们俩都是愁郁的作家，没有欧文那样的诙谐与微笑，也没有柯甫的雄伟的力气。

霍桑忠恳的写着人们的灵魂的变化。他是新英兰（New England）清教徒的后裔，他自己虽不是清教徒，却生性是注意于良知的问题，且又是一个艺术家，所以把他祖先所不能写出人性的冲突，都写出来。他在这一方面，成就是很伟大的。他在大学毕业，就以写短篇小说为生，他的风格是很修洁的。其中有几篇是小的杰作。但好久，好久，美国的读者却并不甚欢迎他。只有几个文人，爱伦坡也在内，称赞他的才能。霍桑称他自己为美国文坛里最隐晦无名的人。但到了他的第一部大作《红字》（The Scarlet Letter，1850）出版后，他的文名却飞扬于美国的全国了。这个不意的成功，使《红字》的作家和出版家都很惊骇。霍桑以为这部作品“缺少阳光”，不会得大多数人的同情。出版家也只印了5000部书，印完了，版子就拆了。不到几日，书已售毕，只得又重排一次。《红字》如果缺的是日光，那末，它所有的乃是紫云与黑影及神秘的月光。《红字》的主人翁是柏里尼（Hester Prynne），她和一个少年恋爱，生了一个孩子；她的丈夫由别的地方来时，看见她立在罪人架之前，手里抱着一个婴儿，她胸前有一个红字A，乃是“奸妇”（Adulteress）之意，这个红字，她是判定终身要穿着的。她不肯说出奸夫的姓名，自己住到荒地的边界去，尽力做些慈善事业，她的孩子渐渐的大了。她丈夫还在镇上。她情人的心上却激烈的苦痛着。柏里尼知道了，要和他同逃。但他决意留在城里，把他的罪状公开了。当他忏悔了一切时，他死在柏里尼的手臂上了。霍桑把宗教的不可见之力与柏里尼及她情人的心灵的变迁与痛苦，写得那样的迫真，竟感动了无数的人，有许多人竟写信给霍桑，如对着神父忏悔一样，把他们的痛苦和诱惑告诉了他，要求他的帮助。他乃是美国文学史上第一个写悲剧的人，这部小说乃是19世纪贡献于“文库”中的几册“名著”（Classic）之一。他的第二部长篇小说是《七个屋翼的房子》（*The House of the Seven Gables*），是一部神秘的故事，为许多喜读鬼谈奇闻者所爱；许多同类的作品都陆续的死了，这书是不会死的。他的《大石脸》（*The Great Stone Face*）又是一部杰作。在一个山上，有许多岩石，合看起来很像一个人，霍桑便把这山老人写成了这部东西。在霍桑作此之前，新英兰并没有什么古迹和神话，自他写了这部东西之后，新英兰乃也有了传奇了。霍桑还写了好些故事，如《怪书》（*A Wonder Book*），如《林莽故事集》（*Tanglewood Tales*），都是把希腊神话用他的有技能的笔重新写出，而成为英、美儿童们最熟悉的书的。

柯甫、欧文与霍桑都是在他们的生前看见他的作品为无数人所欢迎，得到他们所应得的名望与荣誉的，他们的生活很安逸。只有一个爱伦坡，一个比他们更伟大的作家，却没有他们那样的幸运。他死在他们之前，在他的短促的一生里，没有一日不是与穷苦相挣扎的。直到了他死后，世界才承认他是美国最伟大的作家。没有一个美国作家在欧洲文学上有他那样之有力的影响的。欧文使欧洲文坛认识了美国的文学，爱伦坡却使欧洲文坛受着美国文学的重大影响了。在1909年的爱伦坡的百年生忌时，全个欧洲自伦敦到莫斯科，自克里斯丁那（Christiana）到罗马，都声明他们所得到的他的影响，且颂歌他的伟大与其成功。他是超于传奇作者之上的。他是一个诗人，一个批评家，且是一个新的有力的短篇小说的创造者。爱伦坡完全是一个自学成功者，在24岁时，曾写了一篇小说《瓶中所得的稿本》（*Ms. Found in a Bottle*）得到100元；这是坡一生所写的东西得到最好之报酬的。坡的困苦生活，不靠他最好的小说，也不靠他不朽的诗，却靠的是他辛苦异常的新闻事业。他是一个谨慎而自好的人，他不敢因为求他所极需要的金钱而去写匆匆写成的作品。文学史上记载着许多为艺术而得穷苦及牺牲的事件，但在文学事业上却没有一个如爱伦坡那样的光荣的例子。他是一个骄贵的人，知道自己的天才与其作品之不朽。他曾为几个月的陆军学校学生。16年之后，当他妻子将死时，她床上所有的唯一的被盖物乃是他的军衣。坡的短篇小说叙的是神秘的事件，他的小说与故事是被称为心理的。他远在柯南道尔（Connan Doyle）诸人之前，创造了侦探小说。在他看来，一篇侦探小说，不是一个犯人究竟捉到或被罚与否的问题，这完全是一个心灵的论理部分，在一件事实之前怎样的动作的问题。此类小说最好者为《鲁莫格的谋杀者》（*The Murders in the Rue Morgue*）及《被盗的信》（*The Purloined Letter*）。如坡那样的一个诗人与梦想者，他的智慧是如此崇高的发达在它的求纯理性的能量内者，我们在文学上罕见其匹。理性与诗歌并不是敌视的。但丁、莎士比亚与歌德都能够容在思想的各部分。但所有各种的能力都给与一个人的脑中，那却是很罕见的。时候过去愈久，我们益益的知道坡乃最少数的高超的智慧者之一。坡的技巧的理智的神秘故事，不过是聪明的玩意儿。然一个世纪的四分之三，没有一个作家是超过了他的。他的最美丽的散文，乃在很短的散片，这些散片，如诗歌或音乐似的有立刻引起情绪与感觉之能力。如《来琪亚》（*Legeia*）及《影》（*Shadow*）是其中最优美者。这一类的散文诗，如不能以坡为最初作家，却是一个无与比肩的作家。史文葆（Swiburne）——他也是一个神秘诗人一以坡为“最完美的才人”，“他常把他的意思完全的写出，写出些坚实、圆满及永久的东西”。他的短篇小说已足以使他永久与著名了；但即使没有了他们，他还是个批评家与诗人，他的文学评论，即使为报纸而写的，也有些永久的文学价值的思想。他们是光明而有学问的，表示出1850年以前美国的文艺思潮。他能把他自己及别的好作品在群众所不喜的时代维持着。他独自奋斗着，他同时的人很少有他那样的勇气与力量的。这是很奇怪的事，一个大天才能够生在任何环境中，而无人能解释怎样或为什么这个天才会产生出来。爱伦·坡就是一个例。

在19世纪前半叶的小说家中，除了霍桑、柯甫、欧文、爱伦·坡诸人以外，在当时为最重要者之一，而至今尚为人记忆住者，有史拖活夫人（Mrs.Harriet Beecher Stowe，公元1812—1896年）。她的大作《黑奴吁天录》（*Uncle Tom's Cabin*）所生的大影响乃非作者初写此作能梦想到的。林肯称她为“引起这次大战争的小贵妇”。托尔斯泰是常常着眼在小说的道德的出发点上的，把它列入他所称为真实的艺术的最少数书籍的表中。这是一部写美国南部虐待黑奴的故事的。她表满腔的同情于当时的被制于白人奴使鞭打之下的黑奴生活与其悲痛的遭遇，写得真使人动心荡魄，不由得不生出怜恤与不忍的心肠来。因此，引起美国空前的大战，所谓“放奴战争”来。它乃是历史上最有名的书之一。在艺术上讲来，这部大作的结构并不这样好，然而写得也并不坏，喷薄的热情，随了故事而向前去，紧紧的捉住了读者。她还有一部写新英兰生活的小说，《古镇的人》（*Old-Town Folks*），却并没有什么特别的动人处。

三

在南北美大战（公元1861-1865年）之后，美国的小说界，出现了三个一等重要的作家及好几个很有才情的作家。那三个大作家是马克·特文（Mark Twain，公元1835-1910年），霍威尔（William

Dean Howells，公元1837–1920年）及亨利·乾姆士（Henry James，公元1843–1916年）。

马克·特文是最深沉而博大的美国人，他的真名字是克里曼斯（Samuel L.Clemens）。霍威尔称他为美国文学的林肯（Lin coln），没有一个美国作家有他那样知识之广博，与熟知那末多方面的美国生活的。他为美国中西部而又近于南方的人，又有好几年住于东部。他旅行过全个世界，知道各式各样的人与其情况的。没有一个作家比他更适宜于解释他所住之国的，也没有一个国家有他那样的一个作家更适宜的去解释它的。他全说出他所要说的话，他知道怎样的说，而环境又培养他的天才。他初始为新闻记者，以“滑稽者”著名。他的报馆派他到欧洲及圣地去旅行，他的通信后来成了他的第一部重要的书《海外的呆子》（*Innocents Abroad*）。这不是一部好笑的书。不错，其中有不少可笑的地方，然其大部分乃是忠实的、独立的、严刻的观察与实在经历的报告。散文是高等的，没有一部比它更好的旅行报告书，他的锐眼看穿了一切的东西。在小说上，他的大作是《赫克莱培莱·芬》（*Huckleberry Finn*）。其叙述的景色之范围的广大，其叙述的趣味之复杂，都是美国小说之无比者。《赫克莱培莱·芬》超过了一个孩子的故事，也并不是给孩子们看的书，虽然少年的读者喜欢它，如他们之喜欢《高利弗游记》而不知其深意一样。从赫克（Huck）的天真的眼中，我们看见全个文化（或缺乏文化），这乃是美国生活的有力的研究，乃是在密西西比河（Mississippi）上的亚特赛（Odyssey）似的冒险记。写的是两个孩子赫克与汤姆（Tom），由家里逃出，与他们老朋友黑人乾姆（Jim）在一个木筏，沿着密西西比河游去。经过了不少的经历，有时惊人，有时可笑，后来，他们又回到了家，他们朋友们的焦急告终了，冒险故事也告终了。他的《汤姆·莎耶》（*Tom Sawyer*）也是一部大作，马克·特文自己以为比《赫克莱培莱·芬》更伟大，其实是不如它。此外，最好的著作是两篇讽刺的故事，《毁坏了赫特莱堡的人》（*The Man That Corrupted Hadleyburg*）及《神秘的客人》（*The Mysterious Stranger*）。他有些像史惠夫特，尖刻的讽刺着人，他所憎厌的便狠狠的讥嘲着。

霍威尔是19世纪后半的美国文坛的领袖，是马克·特文的朋友与有似于亲切的教师的人，又是后一代的文人的奖进者。他的人格很崇高，自顶至踵都是艺术家的气氛，从他第一部作品到最后一部，其风格都是整洁如一的，在霍威尔文章里找到一个恶句，如在弗洛贝尔或阿那托尔·法朗士（Anatole France）的文章里找出一句恶句一样的可惊怪。然而霍威尔是懦怯的。他缺乏力量，理智制牵着热情。他写了不少小说（他乃是最勤快、最谨慎的作家之一），其中不过三四部是天才之作而已。他的《一个近代的例子》（*A Modern Instance*）是美国小说中完全新的东西，《西拉士·拉潘的兴起》（*The Rise of Silas Lapham*）是第一部以一个平常的商人为英雄的小说。《吉顿人》（*The Keutoms*）乃是他最好的一部作品。他以为，他是受托尔斯泰的影响的，其实在他小说中并没有托尔斯泰的踪影。霍威尔是一个惊人的读书者，他批评书籍的文章写得很好。他乃是完全的文人。

亨利·乾姆士除了生地是美国以外，几乎难说他是美国人，因为他的成人生活，大部分在欧洲度过。他是19世纪有数的艺术家之一，但他的知识范围却太狭小了；他的人生的知识仅得之于旅店的客室，艺术馆及图书馆中。他被称为国际小说的创造者，因为许多他的人物都是在欧洲的美国人，大凡美国人在欧洲的常是一个游惰者，乾姆士知道的就是这个阶级。他的作品可分为二期；第一期有《赫特生》（*Roderick Hudson*），写一个意志薄弱的美国雕刻家的事；此外还有《雏菊磨者》（*Daisy Miller*）、《一个贵妇的肖像》（*The Portrait of a Lady*）及《美国人》（*The American*）。他的第二期的杰作是《鸽之翼》（*The Wings of the Dove*）及《金钵》（*The Golden Bowl*）。他还是一个短篇小说的有力的作家；他批评法国、英国文学的论文是很深入的。如果他不从事于小说，他也可以算一个文学批评的重要作家。

三个大作家之外，同时还有不少的作家，应该一举的。哈特（Bret Harte，公元1838–1902年）以写美国西方的冒险生活著。他的浪人及矿工都写得很好。他的散文很好，他知道短篇小说的艺术；有许多他的作品已被人忘记了，然而如《法拉特的斥逐》（*The*

Outcasts of Poker Flat）等，却仍是新鲜的。他的两册《简练的小说》（*Condensed Novels*）也是不会被人忘记的，它是具着优美的诙谐与第一等非直接的文学评论的。阿尔特里契（T.B. Aldrich）是一个杰出的诗人，曾写些可爱的短篇小说，其中《马格里的小鸦》（*Margery Daw*）是最好的。史托克顿（Frank Stockton）的短篇小说，亦很有名，以《贵妇乎虎乎》（*The Lady or the Tiger*）为最有名。南方的生活，也在几个作家的作品里活泼的写出。开倍尔（Cable）在新亚兰士老居民的生活中找出罗曼的材料。赫里斯（Harris）把黑人在《李摩士叔叔》（*Uncle Remus*）中不朽了。依格莱士顿（Edward Eggleston）的《荷西亚[①]教师》（*Hoosier Schoolmaster*）是第一部把方言谨慎的写在文字里的小说。在委尔金·弗利曼（Mary Wilkins Freeman）及裘委特（Sarah Orne Jewett）的小说是把新英兰的人民与景物写得很优美杰出的。委尔金·弗利曼夫人的《母亲之革命》（*Revolt of Mother*）是一部写得真不坏的小说。克兰（Stephen Crane，公元 1871–1900 年）死得很年轻，却是那时代最有天才的作家。他的写南北美内战的故事《红色勇章》（*Red Badge of Courage*），其艺术之精美，是不能为人所忘的。诺利士（Frank Norris）也死得很早，他是一个忠实的写实主义者，他曾显出能够运用大题材的手腕。

奥·亨利（O. Henry，公元 1862–1910 年）本名泡脱（William Sydney Porter），为短篇小说的有名作家，其艺术是很秀美而深入的，他有真的天才与高妙的诙谐，但有时是太新闻化了，这是他的缺点。他的大作是《四百万》（*The Four Millon*）。

在生存的小说作家中，可称为最优好的艺术家者，我们要举瓦尔登夫人（Edith Wharton，公元 1862 年 –），她的作品的背景常是纽约城或富裕的纽约人去避暑的乡间。她的《夏天》（*Summer*）是写新英兰乡间的悲剧的；她的《天真烂漫之时代》（*The Age of Innocence*）是写 70 年代纽约城的交际社会的。她还以写短篇小说有名。

① 印地安那州居民的诨号。

四

美国的诗人，在革命时代，有一个法莱纽（Philip Freneau，公元1752-1832年），他是美国第一个诗人，具有情绪与艺术者。他的《印度安人的坟场》（*The Indian BuryingGround*）及《野生的耐冬》（*The Wild Honeysuckle*）二诗是很有名的。第一个美国的重要诗人，乃是白利安特（William Cullen Bryant，公元1794—1878年）他先学法律，后住于纽约，为《纽约晚报》的编辑五十余年；他是一个论文家、批评家，而诗人之名最著。他一生所写的诗都是好的，技术成熟而思想清新。他的最好的诗是《莎那托西士》（*Thanatopsis*）、《给一只水禽》（*To a Waterfowl*）及《晚风》（*The Evening Wind*）之类，于描写景物之中寄以深思的。他还译了《伊里亚特》和《亚特赛》。

美国文坛最怪的人物爱伦坡曾在白莱安特的事务室左近的一个编辑室里做过事。坡的诗不过薄薄的一小本，却表现着最优美的形式，最铿锵的音节，而又有最深秘的意思。他的《乌鸦》（*The Raven*）一诗，是世界文坛上最有影响，最使人感兴的诗。《乌鸦》大约是运命或其他黑暗东西的象征。我们读了《乌鸦》的诗，仿佛是置身于不可知的一个黑地，听着巫术者在说话。他以富于色彩及暗示的力，以美及阴暗及恐怖的暗示，用神秘或象征的笔法，刺激着人的情绪。他在诗歌方面影响最大。法国的两个大诗人鲍特莱尔及梅拉尔美都译他的诗而显然的受有他的启示及感兴。《乌鸦》以外，《给海伦》（*To Helen*）及《依士拉菲尔》（*Israfel*）二诗是最有名的。坡始终是一个诗人，便在他的散文、小说与评论上，也都充满了诗意。

最有影响于世界文坛的美国诗人是坡，而美国的桂冠诗人，一生享着盛大名誉者则为朗佛罗（Henry Wadsworth Longfellow，公元1807-1882年）。他坐在平民的座坛上，说着最谦和的话，他乃是人类中最和蔼谦虚的人之一。他曾为霍桑的同学，游历到国外很久，曾译了、介绍了不少欧洲文学到美国来，特别是德国的与斯坎德那维亚的。他写了许多美国的传说，如《希亚瓦莎》（*Hiawatha*）之类。而他的平淡而坚朴的诗，尤为无时间无地域之间隔的最好作品。他是乐生的，是欢愉的，在一切歌咏人生的诗中，他的《生命之歌》（*Psalm of Life*）是足使人感兴的。他的《村中铁匠》（*Village Blacksmith*）写的是最平常的事，而技术却是极高的。他的作品，晶莹可爱，如夏日之甜冰水，看来很素朴平淡的，却有无上的美趣。他的叙事长诗，如《伊文格林》（*Evangeline*），如《一个路旁旅店的故事》（*Tales of a Wayside Inn*）是最著的。他译的但丁的《神曲》是很艰苦的工作；又自己作了一部相仿佛的《神的悲剧》（*The Divine Tragedy*）。

继续了朗佛罗之讲座，而执教鞭于哈佛大学（Harvard）者，是有名诗人洛威尔（James Russell Lowell，公元 1819–1891 年）。他又曾为《大西洋月刊》（Atlantic Monthly）及《北美评论》（North American Review）之编辑，为美国的驻西班牙及驻英国的公使。他早年的诗，是受英国罗曼派诗人华兹华士、雪莱诸人的影响。其咏写自然的诗，如《柳下》（*Under the Wi liows*）之类是很可赞美的；他的讽刺诗《皮格罗杂记》（*Biglow Papers*）是他最好的大作，没有一部美国的讽刺诗有它那样的动人，且至今还是新鲜的。

洛威尔的朋友何尔摩士（Oliver Wendell Holmes，1809—1894），也是一个大诗人。他初学法律，后学医，为解剖学的教授。他曾写了三部小说，还有不少的散文，然诗是最有名；《狄根的杰作》（*The Ducon' s Masterpiece, or the Wonderful One-Hoss Shay*）是他的最好的诗。他的文学及政治上的见解是很守旧的，但他却是反对神学的有力的人。

爱摩生（Emerson）是一个最大的美国散文作家，但他也写着诗。如他的《蜜蜂》（*The Honey Bee*）充满了快乐的乐天的情调；如他的《婆拉马》（*Brahma*），是一首深沉的哲学诗；这都是他所击出的真诗的调子；然其他的诗，却没有他的散文那样的富于想像。

委特叶（John Greenleaf Whittier）是一个教会中人，他写了不少宗教的诗，这恰与何尔摩士成一个对照。他反对奴制最烈，如《奴隶的船》（*The SlaveShips*）等都是发表他的见解的，却没有什么艺术的价值。他的杰作是《雪地》（*Snow Bound*），写出新英兰的冬日的寒冷气象，使人有如亲见。他有诗才，有发表的欲望，有强烈的道德与宗教的感情，但他的缺点却是音韵的不大谐和。

当以上诸诗人已老了，盛名已立定了之时，有一个年龄也不很轻的大诗人，方才为人所发现、所赞颂。这人就是“和善的白发诗人”惠特曼（Walt Whitman，公元 1819–1892 年），因为在他的后半生，他乃真的是一位白发苍苍的人，然他的《草叶集》（*Leaves of Grass*）却是最年青的诗，强壮而充满了精力的诗，在美国诗坛上，那样雄伟的作品是最少见的。这部诗集很奇怪的把精美与粗率的东西混杂在一处。时有最好的地方，也时有最坏的地方。然《草叶集》却是一部全集，是一个人许多年来的诗的生活。他乃是世界上最伟大的一个散文诗作家。他歌咏民主，他歌咏自我。他的势力在思想界也是很大的。在他中年，他曾写了很好的诗以赞颂林肯。在他最好的地方，惠特曼乃是歌咏海与太阳与在地上的千百万人的真确诗人。惠特曼他以为自己发见了一种新式的诗——散文诗——把一切旧的韵律的拘束完全打翻了。他真的是如此。但他的伟大还不在创造了一种新的诗式，而在他自己乃是一个新的伟大的诗人，具有无限的力与弘伟的思想的。

惠特曼之后，美国大部分的诗是低落了；然而如有一部选本，却也可以收得不少的好诗。麦劳（Bayard Taylor，公元 1825–1878 年）以他的《东方之诗》（*Poems of the Orient*）著，又译了歌德的《浮士德》。狄金生（Emily Dickinson，公元 1830–1886 年）以富于想像而奇异的人生的默想诗著名，如《禁果》《我为美而死》之类。阿尔特里契（Thomas Bailey Aldrich，公元 1836–1907 年）以他的《婴孩的铃及其他诗歌》有名。拉尼叶（Sidney Lanier，公元 1842–1881 年）以壮丽的诗著称，如他的《朝阳》之类，是很绚丽的。李莱（James W.Riley，公元 1849–1916 年）的诗使一般的人感兴，如他的《我的老情人》之类乃是传诵于众口之作。此外还有不少诗人，难得一一的列举。

五

19 世纪美国的论文家，以爱摩生（Ralph Waldo Emerson，公元 1803–1882 年）为领袖。他的家庭，好几代是清教徒的传道师；他也是一个伟大的传道师，却不是属于宗教的。他所讲述的德性，是很简单的：自赖乐观主义而并不忽略了人生的粗涩面；信人，信住于人心的上帝；但他的上帝却不是形式的宗教。爱摩生的论文与演说都是如牧师之讲稿；他一生都是一个传道者。他的讲稿不是陈陈相因的，也不是沉闷的；他们乃是雄辨滔滔的，自然而且忠恳；他们的思想与知识乃用诗的解释、比喻、警策的句子及诙谐来润饰着的。有无数的爱摩生的句子，是已成了日常的成语，而常常为人所引用。他思想之丰富是善于选择及融化别的作家的意思而恰恰的给他来用。但他却不是一个摹仿者或引用人者，他把他所接触的一切东西都爱摩生化了。他的可爱的声音与人格，感动了他同时代的人的，现在是已消灭了，然而在他的文字中，却有一种同样的动人之力。我们一翻开了《自然》（Nature）、《论文集》（Essay）、《人生的行为》（Conduct of Life）及《代表的人》（Representative Men），便可以听见一个人在那里说着话，清晰而如音乐，雄辩而富想像。爱摩生并不注意于秩序及论理的方法，有人说，他的论文是没有什么结构的，可以倒读上去。他们是一串的珍珠，从无论哪一头计数去都可以。然而珍珠是可宝贵的，有不少崇高而有条理的哲学家，有不少艺术更优美的艺术家，然而爱摩生的伟大却是不可否认的。这是他自己。反映于艺术作品里的乃是他的品性。

爱摩生的朋友与同住者莎留（Henry David Thoreau，公元 1817–1862 年）在当时没有人注意，而近来则一天天的益为人所知。他的大作《瓦尔登》（Walden），为他在森林中二年的生活，一种孤寂而自赖的经验。他证明他能独立生活，他与自然已足相活了。“每一天早晨，是一个欢乐的邀请，把我的生活成为平均的真朴者，我可以看见天真与自然她自己。”他所崇拜的乃是朴素与天真。他的观察自然的态度，乃是直接原始的，并没有如职业的自然学者那样的呈显其专门的知识。他的文字也是很精美而流利的。他的思想是很急进的，革命的。他以为当政府是有组织的压迫者时，这是忠实的人的义务去反对他。有一次，他自己实行抗付租税，被捕下狱，赖有朋友代他偿付，才只囚禁了一天就出狱。他死后，爱摩生以为世界还未知道他果是如何的伟大。

爱伦·坡，在上面已讲过，也是一个第一流的论文家，他的论文是充满了诗意的。还有上面说过的洛威尔和何尔摩士两个诗人，也都是很好的论文家。何尔摩士的《早餐桌上》（*The Autocrat of the Breakfast Table*），至今已有60年，然还新鲜如初写作时，这部作品使他厕身于曼唐（Montaigne）与却尔士·兰（Charles Lamb）之列。洛威尔的散文比他的韵文还要悦耳，他的论却赛（Chaucer）的文字是异常的好。

在许多大政治家之中，约菲生的《独立宣言》是使他不朽的，他还写些记事与通信。韦蒲史脱（Daniel Webster）的政治生活，至今还为人所记住，他的演说是具有崇高的天才的。许多事件都被人忘记了，而他的演说却还活着，有好几篇，是美国学童们所熟知的。他的文字，条理清晰而坚实明白。他是在世界少数大演说家之中的。

林肯（Abraham Lincoln，公元1809–1865年），一个历史上的伟大人物，在早年时，即有文名。他的文字不是因为他的政治上地位而得传诵的，乃是因为真的是属于文学的。他的有些平静的演说，只要几句话，却会生出大影响，有的如一篇短的散文诗，一件艺术品。

美国的历史家所做的工作也有可以注意的。柏里斯格特（W. H. Prescott，公元1796–1859年）是一个半盲的作家，以写墨西哥的历史著名，其后又写《秘鲁被占史》（*The Conquest of Peru*），又写了一部《菲力第二》（*Pilip the Second*）。他的历史都是清顺可读的，他乃是一个文学者。

把文学的可爱的色彩染上了历史的是柏克曼（Francis Parkman，公元1823–1893年）。他写的是美国未成立之前的美国西北部及英法人之战争。有的是更详确，更有学问的历史，然却没有如《拉西尔》（*La Salle*）及《曼卡尔摩与胡尔夫》（*Montcalm and Wolfe*）之动人的；他们如果不是每一件事都正确，那末，他们乃是每一句都秀美动人的。

参考书目

1.《美国文库》（*Library of American Literature*），史特曼与赫庆生（E. C. Stedman and E. M. Hutchinson）合著，Houghton Miff in Company 出版。

2.《剑桥美国文学史》（*Cambridge History of American Literature*），共4册，G. P. Putnam' s Sons 出版。

3.《美国文学史》（*A Literary History of America*），温特尔（B. Wendell）著，Charles Scribner's Sons 出版。

4.《美国文学史》（*History of American Literature*），特伦德（W. P. Trent）著，D. Appleton and Company 出版。

5.《美国文学的精神》（*The Spirit of American Literature*），J. Macy 著，在《近代丛书》（Modern Library）中。

6.《美国文人丛书》（American Men of Letters），包含有许多重要的作家的研究，Houghton Mifflin Company 出版。

7.美国的小说、诗歌及论文集，通行本甚易得，在《万人丛书》（Dent 出版）、《河边文学丛书》（Riverside Literature Series，H. Mifflin 出版）及《标准英文名著》（Standard English Classics，Ginn and Company 出版）中尤多。

8.美国文学，中译者不多，仅欧文的作品，译得不少，大都在商务印书馆出版之说部丛书中。又《黑奴吁天录》，林纾译，有魏氏原刊本，有文明书局铅印本。又《玉虫缘》（即爱伦·坡之《金甲虫》）有周作人译本，文明书局出版，今已绝版。

第四十四章

19 世纪的中国文学

一

19 世纪的中国文学，颇呈衰落之象，已不复有前一个世纪文坛之如火如荼，浩浩莽莽的气势。戏曲作者尤少，佳作更不多见，如《桃花扇》，如《红雪楼九种曲》，如《长生殿》等之名著，俱不可更睹。戏曲作家以黄宪清、周文泉、陈烺、余治为最著，实则亦仅此数人而已。

黄宪清字韵珊，海盐人，著《倚晴楼七种曲》。七种者，即：《茂陵弦》，叙司马相如、卓文君事；《帝女花》，叙明庄烈帝女长公主与周驸马事；《脊令原》叙曾友于事，此故事原见于《聊斋志异》；《鸳鸯镜》叙谢玉清与李闲事，此故事亦见于《池北偶谈》；《凌波影》叙曹子建遇洛神事；《桃谿雪》叙烈妇吴绛雪事；《居官鉴》叙王文锡居官清正，且善绥乱事。在这七种曲中，以《茂陵弦》及《帝女花》为最动人。相如、文君事，古来戏曲家取之为题材的不知凡几，而韵珊此作，在那些作品中却可算是上乘的。汪仲洋说："尝读《琴心记》，恨其曲词白口，不与题称，而又抹却谏猎一节，添出唐蒙设陷，文君信诳，相如受绁诸事，可谓痴人说梦，了无理绪。读韵珊此本，不觉夙心为之一快。”此剧或名《当垆艳》，乃坊贾擅改者。《帝女花》写明末丧乱，颇尽缠绵悲恻之致；若终于《殡玉》一出，却不失为一部很好的悲剧。试读下面一曲：

（摊破金字令）（换头）只见那东风摆柳，春寒逼绮罗，只见花啼脸粉，山蹙眉蛾，看将来无一可，料荒土垄中，也应念我。使今夜梦魂相过，还怕他更漏无多。黄昏近也人奈何！唉，灯影溶银荷，夜香散锦窝，独自个被角寒拖，枕角虚摩，回头细看，那曾见他。

那是很不坏的。不料他却再加上了一出《散花》，以最通俗的佛教观念为结束，未免枉用了好题材。他的剧本，大抵雄伟之气概不足，而绮腻清俊之风韵有余，在19世纪中国戏坛，他实是无比的一个作家。

周文泉号练情子，嘉庆末，为邵阳县知县。曾于因公务上京之途间车中，著《补天石传奇》八种。这八种是：《宴金台》（《太子丹耻雪西秦》），叙燕丹兴兵灭秦之事；《定中原》（《丞相亮祚绵东汉》），叙诸葛亮灭了吴魏二国，而统一天下；《河梁归》（《明月胡笳归汉将》），叙汉将李陵得机会，复归汉而灭了匈驭；《琵琶语》（《春风图画返明妃》），叙出塞之王昭君复归于汉宫；《纫兰佩》（《屈大夫魂返汨罗江》），叙屈原复苏生而用事于楚延；《碎金牌》（《岳元戎凯宴黄龙府》），叙秦桧被诛死，岳飞终成灭金之大功；《纨如鼓》（《贤使君重还如意子》），叙邓伯道终于复得有子，并不绝嗣；《波弋香》（《真情种远觅返魂香》），叙荀奉倩夫妇终得偕老。这些戏曲都与夏纶之《南阳乐》一样，欲竭力以文字之权威，来弥补历史上、人心上许多最足遗恨的缺憾。这种努力，当然是不足道，而且近于儿戏，而其风格与文词自亦不会很崇高的了。

陈烺字叔明，号潜翁，阳湖人，以盐官需次于浙江，浮沉下僚，甚不得志。所做剧本，有《玉狮堂十种曲》。这十种分为前后二集，前五种为：《仙缘记》《海虬记》《蜀锦袍》，（燕子楼》《梅喜缘》；后五种为《同亭宴》《回流记》《海雪吟》《负薪记》《错姻缘》（后五种多以《聊斋志异》中之故事为题材）。其中以《燕子楼》为最有名；《燕子楼》叙的是唐时张建封与其爱妓关盼盼事；此故事亦为向来剧作家所喜写者；元曲中曾有《关盼盼春风燕子楼》一种，今已不传。

黄宪清、周文泉、陈烺三人皆为传统的剧作家，以明人所用之戏曲式样与曲文来写他们的著作的，余治则是一个不同样的作者，他并不用传统的“昆曲”来组成他的剧本。他的剧本的唱白，乃采用的是当时流行的“皮簧调”的式样。这是他的足以自立于中国戏剧史上的一端。自他以前，所谓“今乐”的剧本，一无所有（《缀白裘》里录乱弹调剧本仅三出），自他之后，所谓“今乐”的剧本，亦一无佳者。他这部《庶几堂今乐》虽不是什么伟大著作，在皮簧戏的历史上，其重要却是空前的，在中国戏剧发展史上，其地位亦甚重要。向来皮簧戏的剧本，不是把昆曲的流行戏，改头换面，就是将梆子腔的剧本全盘抄袭。自己创作的剧本，除了这部《庶几堂今乐》，是绝无仅有的了。此书原有 40 种，今传于世者凡 28 种。如《朱砂痣》等，在今日剧场上还时时演唱着。惟作者下笔时，教训的意味太重，戏剧的兴趣未免为之减削不少耳。

二

这一时期的小说作家，杰出者殊不少，其作品在近日社会上都有很大的势力。他们各自有其独创之描写地域，这些地域乃是前人所未曾踏到的。如李汝珍的《镜花缘》，如陈森之《品花宝鉴》，如文康之《儿女英雄传》，如韩子云之《海上花列传》都是不袭取前人一丝一线之所遗的。

《镜花缘》所写的人物，以女子为中心。中国小说，很少以女子为主人翁的，虽说有一生一旦，然生的重要恒较旦不啻倍之，只有弹词中的《天雨花》之类，女子乃为作者所注重，其原因则以作者亦为女子。《镜花缘》作者却非女子，而处处乃为女子张目，这实是值得使我们看重的。

《镜花缘》之作者为李汝珍，字松石，直隶大兴人，曾师事凌延堪。于音韵及杂艺，如土遁星卜象纬以至书法弈道，都很有研究。但不甚得志，以诸生老。晚年努力作小说以自遣，历十余年才成功。道光八年有刻本出来。这部小说就是《镜花缘》。不数年，他就死了，年六十余。在《镜花缘》中，也与在《野叟曝言》中一样，作者几乎把他一生的时间都庋放在其中了。那里有一大段论音韵的文字，那是他最擅长的学问；那里有许多论学、论艺的文字，那里还有许多诗文及酒令之类，那也是他所喜的或所欲谈的东西。他把这部小说的历史背景，放在初唐武则天时代。徐敬业讨武氏失败，忠臣子弟四散避难于他方。有唐敖者，与敬业等有旧，亦附其妇弟林之洋商舶至海外遨游。途中经历了、遇见了无数奇象异人。作者在这里几乎把全部《山海经》《神异经》都搬上书中了。后敖至一山，食仙草而仙去。敖女闺臣又去寻父，不遇而返。值武后开科试才女，诸才女乃会聚京都，大事宴游。不久，勤王兵起，诸女伴又从戎于兵间，致力于讨武氏之事业。其结果，则各才女各有不同，大抵其命运都已前定。但这部小说，并不是很纯美的晶莹的水晶球；其中有的地方很不坏；有很深刻的讥刺，很滑稽的讽笑，甚至有很大胆的创见，如林之洋在女人国历受种种女子所受之苦楚，为尤可注意者；而有的地方则极疏忽，讲学问处也太冗长寡味。最坏的是后半部与前半部完全不调和。我们始读此书时，完全不会想到诸才女乃能拈刀执枪，呼风唤雨以从事于破阵杀敌的工作的，不过像这样的一部书，近代的中国却已很少见了！求全的责备也可以不必。

《儿女英雄传》与《镜花缘》一样，也是以女子为女主人翁的。但二书的情调却完全不同。《镜花缘》以人物的繁杂，景物的诡怪著，《儿女英雄传》则人物不多，仅疏朗朗的三五个人，背景也是一个平平常常的社会。在结构上看来，《儿女英雄传》较之《镜花缘》却缜密得多。《儿女英雄传》的作者为道光中的文康。文康为满洲镶红旗人，费莫氏，字铁仙。大学士勒保之次孙。曾为郡守，为观察。后丁忧旋里，又特起为驻藏大臣。以疾不果行，卒于家。此作凡 53 回，后散佚，仅存 40 回。今流行本亦有 53 回者，皆后人所补缀者。内容的大略是如此：侠女何玉凤，假名十三妹，欲对大官纪献唐报仇，因他曾杀其父。她武技至高，在各处行侠。某日，遇安骥受厄，救之出险。后纪献唐为朝廷所诛，玉凤遂归骥为妻。同时，她又媒介了张金凤为他的妻；她乃曾与他同遇难，而又同为玉凤所救者。骥后为学政。二妻各生一子。这完全是一部传奇，虽以当时社会为背景，人物却都是理想的，传奇的，如十三妹，安骥那样的人，现实的世界上是不会有的，恐仅有存于作者想像中而已。全书处处都顾及传统的道德，时时以传道者的面目与读者相见，颇使人不快。所以这部书实不是一部怎么伟大的书。或以为书中之纪献唐乃清初之怪杰年羹尧，而安骥之父乃作者之自况。人物并不虚假。然而十三妹却无论如何不会是一个真的人。但此书之特点却未尝没有，那就是：全书都以纯粹的北京话写成，在方言文学上是一部很重要的著作，那样流利的京语，只有《红楼梦》里的文学，可以相比。《儿女英雄传》亦有续书，那也与一般续书同样，自然较原本更劣，更不足使我们注意。

续书而自有其独立的价值与地位者，在这时期内，却有俞万春的《荡寇志》。说来可怪，这部书却也是以一个女子陈丽卿为主人翁的。万春，字仲华，号忽来道人，山阴人。续70回本《水浒传》而作《结水浒传》71回，亦名《荡寇志》。万春卒于公元1849年（道光己酉），但此书则至公元1851年（咸丰元年）始由其子龙光刻出。此书本惩盗之意，由作者想像中，创造了许多人物，专为擒杀荡灭梁山泊诸英雄而来。《水浒传》里的虎跳龙啸的一百单八人遂在此非死即诛，情景至为凄怖。我每读此书，总有些不愉快之感。但万春笔力颇雄健深刻，全书结构亦殊严密而浩壮，如没有那么伟大、那么活气腾腾的《水浒传》在前，这书却也可算是一部不可及的著作。

《镜花缘》《儿女英雄传》，都是叙“儿女”而兼叙“英雄”的，《结水浒传》，则本为叙“英雄”之书，而亦间及“儿女”。《燕山外史》《品花宝鉴》《海上花列传》《青楼梦》则为专叙儿女者。

《燕山外史》为陈球作，共八卷。球字蕴斋，秀水人，诸生。家贫，以卖画自给。工骈俪，喜传奇。《燕山外史》即他以骈四俪六之文写之者。小说中，除唐张鹭之《游仙窟》及此书外，恐更无以骈文为之者。此书成于嘉庆中，以明冯梦桢所作之《窦生传》为题材。永乐时，有窦绳祖与贫女李爱姑恋爱同居。后其父迫令就婚宦族。二人遂相绝。爱姑坠落妓家，因一侠士之玉成，遂复归绳祖。绳祖妻待之甚暴虐。二人乃相偕遁。值唐赛儿乱，又中途相失，生复归家，家已贫苦，妻亦求去。这时，爱姑忽复归，乃为其妻。是年绳祖中第，官至山东巡抚。其前求去之妻却反堕落为乳媪。最后，绳祖与爱姑皆仙去，书亦遂止。光绪初，永嘉人傅声谷曾为之作注释。此书不过如《平山冷燕》一流之佳人才子的小说而已；而又出之以骈俪，其叙写更觉处处板涩。

《品花宝鉴》为陈森作。森字少逸，常州人，道光中居北京，常出入于伶人之中，因掇拾所见所闻，作为此书，刻于咸丰二年（公元1852年）。当时，京中士大夫，每以狎伶为务；使之侑酒，歌舞，一如妓女。此风至清末始熄。在此书中，描写此种变态的性爱，极为详尽。本为男子之伶人，如杜琴言辈，乃温柔多情如好女子，而所谓士大夫之狎伶者，则亦对他们致缠绵之情意，一如对待绝代佳人。《儒林外史》中亦有叙及伶人，取以较之此书所写者，真可见是两个截然不同的时代。在小说中保留这个变态心理的时代者，当以此书为最重要的一部，也许便是唯一的一部。不过，事实是不近人情的事实，人物是非平常的人物，虽作者尽力的去摹写，读者却难得有如对《红楼梦》诸正则的书同样的那么感到兴趣。

《青楼梦》题慕真山人著，其真姓名乃俞达。达字吟香，江苏长洲人，生平颇作冶游。光绪十年（公元1884年）以风疾卒。《青楼梦》成于光绪四年，书中人物多为妓女，实为后来诸青楼小说之祖。其故事略如下。金挹香，工文辞，颇致缠绵于诸妓女。后掇巍科，纳五妓，一妻四妾。为余杭知府。不久，父母皆在府衙中跨鹤仙去。挹香亦入山修真。又归家度其妻妾，尽皆成仙。曩所识之三十六伎，原皆为“散花苑主坐下司花的仙女”，今亦一一尘缘已满，重入仙班。故事实太偏于传奇，没有什么真实的趣味。《海上花列传》亦叙写青楼事，较之此书却高明得多了。一如木雕的佛像，板涩而无生气，一则是活泼泼的现实社会的写真，个个都是活的人。一是天上无根之浮云，一则为地上着实有据的人间写照。中国近代小说，到了像《海上花列传》之类，乃始脱尽传奇的虚妄无根的摹写，其发达实太缓慢。本来，在有了《金瓶梅》《红楼梦》之后，传奇之风便不易重炽，而不料中间乃复有许多年，许多年的传奇时代之存在！

《海上花列传》凡64回，题“云间花也怜侬著”，其真姓名为韩子云，松江人。善弈棋，嗜鸦片，旅居上海甚久。为报馆编辑，沉酣于花丛中。阅历既深，遂著此书。书中故事，大都为实有的，不复如传奇作家之向壁虚造，且人物也都是实有的，至今尚可指出其为某人，某人。此书初出现于公元1892年（光绪十八年），与他书二种合印为《海上奇书三种》，每七日出一册，每册中，有此书二回，甚风行，为上海一切小说杂志之先锋。此书全用上海方言写成，大约是用上海话著书的第一部，在方言文学上，占的地位极重要。此书结构极散漫，全局布置，似无预定，故事若断若续，每随社会上新发生之事故而增长其题材。此绝无结构之书，又无一定之主人翁之书，所以能吸引住读者，不使其兴趣低落者，完全由于其叙写手段之逼真。说的话，是在上海的人常听见的，说话的人也是我们所常看见的。此书在近二十余年的影响极大，至今，此种结构散漫而随时掇拾社会新事以入书之小说尚时时有得出现。

《三侠五义》《施公案》《彭公案》诸书，则为专叙“英雄”者。《三侠五义》，原名《忠烈侠义传》，出现于光绪五年（公元1879年），凡120回，为石玉昆作。此书在社会上影响甚大，《彭公案》诸书皆继其轨而作者。书中之主要人物为宋包拯，即所谓包龙图者。有三侠展昭、欧阳春、丁兆蕙，及五鼠卢方、韩彰、徐庆、蒋平、白玉堂左右之，到处破大案，平恶盗，并定襄阳王之乱。全书结构甚完密，而事迹复诡异而多变化，文辞亦极流利而明白，因此，人物虽非真实的，事实虽为传奇的，却甚足引动读者。俞樾见此书，以为：“事迹新奇，笔意酣恣，描写既细入毫芒，点染又曲中筋节，正如柳麻子说‘武松打店’，初到店内无人，蓦地一吼，店中空缸空甏，皆瓮瓮有声；闲中着色，精神百倍。”乃略为改订，易名为《七侠五义》而重刊之。后又有《小五义》《续小五义》，相继出现于京师，皆124回，亦皆称石玉昆原稿。

《施公案》一名《百断奇观》，凡8卷97回，未知作者姓名，叙康熙时施世纶事；其出在《三侠五义》之先（道光十八年），而文辞殊拙直。然在一般社会上，势力亦甚大。今人无不知有黄天霸者，即无不知有《施公案》也。

《彭公案》为贪道人作，叙康熙时彭鹏事，凡24卷，100回，光绪十七年（公元1891年）出版，至今尚有人在续写，已至30续，其文辞亦甚枯拙，远不及《三侠五义》。此外，同类的书，在这时期的末年，出版了很不少：如《万年青》《永庆升平》《七剑十三侠》《七剑十八侠》《刘公案》（刘墉事）、《李公案》（李秉衡事）都是这一流的名臣断案、侠客锄奸的小说。这种传奇的盛行，在社会上的影响是很不好的。往往使愚民倾仰空想的英雄，而忘了实际的社会的情况。

《花月痕》与《镜花缘》是同类，亦为兼及“男女”“英雄”之小说。其写缠绵悱恻之恋情，则有类于《品花宝鉴》，其写多情之妓女，则有类于《青楼梦》。《花月痕》凡16卷52回，题“眠鹤主人编次”，实乃魏子安所作。子安为福建闽县人，少负文名，尤工骈俪。中年以后，乃折节治程朱之学，乡里称长者。此书出现于咸丰戊午（公元1858年），或谓其人物皆有所指。或谓其中主人翁乃作者自己之写照。上半部叙韦痴珠，韩荷生游慕并州，各有所恋，亦皆为妓女。韦恋秋痕，韩恋采秋，后韦夭死，秋痕殉之。后半部则叙荷生与采秋结为夫妻，富贵显达，冠于当世，正与痴珠、秋痕之薄命成一对照。作者于前半部，写情写事，殊为着力，时时有悲凉哀怨之笔，“哀感顽艳”之评，足以当之。后半部则叙写荷生、采秋之战功，殊失之夸张，且更杂以妖异，益与前半不称。正与《镜花缘》一样，后半乃足为前半之累，使莹洁的美玉，无辜的染上了许多瑕点。

三

诗人在这时期殊为落寞，虽有梅曾亮、张维屏、龚自珍、何绍基、郑珍、莫友芝、曾国藩、金和、黄遵宪、王闿运、李慈铭诸人相继而出，而其活动的范围与气魄，影响之切深与浩大，皆不及前一时期。

梅曾亮（公元 1786–1856 年）字伯言，江苏上元人，道光壬午进士，官户部郎中，有《柏枧山房集》，善古骈文，诗则简练明白如其古文。如“满意家书至，开缄又短章。……尚疑书纸背，反覆再端详”。(《得家书口号》) 这是很挚情的文字，很逼真的情境。

张维屏（公元 1780–1859 年）字子树，一字南山，番禺人，道光中进士，曾官黄梅，广济知县，权南康知府，有政声。著《听松庐诗钞》及《国朝诗人徵略》。岭南颇多诗人。有冯敏昌，胡亦常，张锦芳，号为三子，后锦芳又与黄丹书，黎简，吕坚并称为岭南四家。而维屏则这时名尤著，与林伯桐、黄乔松等七人，筑馆吟诗，号曰七子诗坛。

龚自珍（公元 1792–1841 年）号定庵，仁和人，有《破戒草》，亦以散文有名于时。才气殊纵横，意气飞扬而声色磊落不群，其诗亦如其为人，非规绳所能范则，少年喜之者极多。下举二例：

> 刘三今义士，愧杀读书人。风雪衔杯罢，关山拭剑行。英年须阅历，侠骨岂沉沦。亦有恩仇托，期君共一身。(《送刘三》)
>
> 黄金华发两飘萧，六九童心尚未消。叱起海红帘底月，四厢花影怒于潮。(《梦中作》四首之一)

何绍基（公元 1799–1873 年）字子贞，号东洲，道光中进士，官编修。精于小学，诗则颇崇拜东坡，山谷，为后来宗宋诸诗人之的先声。有《东洲草堂诗钞》。

郑珍（公元 1806–1864 年）字子尹，遵义人，晚号柴翁，道光中举人。其诗沉郁整严，为当时一大家，《巢经巢诗集》乃是这时最重要的诗集之一。论者称其“历前人所未历之境，状人所难状之状”。今举一例：

前滩风雨来，后滩风雨过。滩滩若长舌，我舟为之唾。岸竹密走阵，沙洲圆转磨。指梅呼速看，著橘怪相左。半语落上岩，已向滩脚坐。榜师打嫩桨，篙律遵定课。却见上水路，去速胜于我。入舟将及旬，历此不计个。费日捉急流，险状胆欲懦。滩头心夜归，写觅强伴和。(《下滩》)

贵州僻在西方，向少文人，在这时，乃有郑珍，复有莫友芝，二人齐名，而友芝之诗实不如珍。友芝（公元 1811–1871）字子偲，号郘亭，贵州独山人，道光辛卯举人。有《郘亭遗诗》。

曾国藩以起乡兵平洪秀全得大名，而于诗于文，亦有相当之努力。在这时期的后半，他乃成了一个重要的文人保护者与文学提倡者。国藩（公元 1811–1872 年）字伯涵，号涤生，湖南湘乡人。道光戊戌进士。官至两江总督，武英殿大学士。有《曾文正公诗集》，又编纂《十八家诗钞》，以示其对于古代诗人之宗向与意见。

金和（公元 1818–1885 年）字弓叔，号亚匏，江苏上元人，邑增生，有《秋蟪吟馆诗钞》。论者谓可与郑珍并称为二大家。“其一种沉痛惨澹，阴黑气象，又过乎少陵。”此乃评其长歌，即经洪氏乱后之作品，其在乱前之作却甚妩媚可爱，如下面《雨后泛青溪》一首，即可为后者之一例：

青溪雨过湿濛濛，画舫轻移似碧空。芳草生时江水绿，春山明处夕阳红。榜边帘影低迎月，楼上箫声暗堕风。最是乱莺啼歇后，卷帘人在柳花中。

黄遵宪为金和、郑珍后之一大家。欲在古旧的诗体中而灌注以新鲜的生命者，在当时颇不乏人，而惟遵宪为一个成功的作者。遵宪（公元 1848–1905 年）字公度，广东南海人，同治癸酉举人，官湖南按察使，有《人境庐诗集》。他的《杂感》道：“大块凿混沌，浑浑旋大圆，隶首不能算，知有几万年。羲轩造书契，今始岁五千。以我视后人，若居三代先。俗儒好尊古，日日故纸研。六经字所无，不敢入诗篇。古人弃糟粕，见之口流涎。沿惯甘剽盗，妄造丛罪愆。黄土同抟人，今古何愚贤！即今忽已古，断自何代前。明窗敞琉璃，高炉爇香烟。左陈端溪砚，右列薛涛笺。我手写我口，古岂能拘牵。即今流俗语，我若登简编，五千年后人，惊为古斑斓。”这是他的宣言，这是他的精神！在他之前，敢说这种话有几个人！更举一例；

……缅昔百年役，裂地争霸王。驱民入锋镝，倾国竭府帑。其后拿破仑，盖世气无两。胜尊天单于，败作降王长。欧洲好战场，好胜不相让……（《登巴黎铁塔》）

那里面有许多词句，都是崇古的诗人们所不敢用的。

王闿运、李慈铭同为骈文的大作家，亦同为有名的诗人。闿运（公元1832–1916年）字壬秋，湖南湘潭人，咸丰乙卯举人。入民国，为国史馆馆长。有《湘绮楼诗》。慈铭（公元1829–1894年）字炁伯，号莼客，浙江会稽人。光绪庚辰进士，官至监察御史，有《越缦堂集》《白华绛跗阁诗》。此二人皆专意拟古者，闿运尤力追汉魏六朝之作风，较之遵宪之有高视古人，独辟门户的气概者，自当为之低头。但慈铭之作，却颇雍雅有情致，如：

茗芋情怀黯淡中，熏衣生怕熟梅风。分明襟上离人泪，并向今朝发酒红。(《梅雨中至申江》)

此外小诗人至多，如一一列举，决非本书之所能。

诗之别派号为“词”者，专门的作者在这时也颇有几个，大都是继于张惠言他们之后的。龚自珍之词，亦甚有名，其作风豪迈而失之粗率。项鸿祚、戈载、周济、谭献、许宗衡、蒋春霖、蒋敦复、姚燮、王锡振诸人，则或绮腻，或哀艳，或婉媚，皆未必有伟大的气魄如定庵。项鸿祚（公元1798–1835年）字莲生，钱塘人，著《忆云词》。周济，字保绪，号止菴，荆溪人，官淮安府教授。有《味隽斋词》。戈载字顺卿，吴县人，著《翠微雅词》。谭献（公元1832–1901年），号复堂，仁和人。许宗衡字海秋，著《玉井山馆诗馀》。蒋春霖号鹿潭，著《水云楼词》。蒋敦复字剑人，著《芬陀利室词》。姚燮字梅伯，著《大梅山馆集》。王锡振字小鹤，著《茂陵秋雨词》。今举项鸿祚一词为例子：

> 西风已是难听，如何又著芭蕉雨。泠泠暗起，澌澌渐紧，萧萧忽住。候馆疏砧，高城断鼓，和成凄楚，想亭皋木落，洞庭波远，浑不见愁来处。此际频惊倦旅，夜初长，归程梦阻。砌蛩自叹，边鸿自唳，剪灯谁语。莫便伤心，可怜秋到，无声更苦。满寒江剩有芦万顷，卷离魂去。

四

散文作家，在这时也与前代一样，仍可分为古骈二派。古文派则衍桐城派之绪余，虽曾国藩气魄较大，眼光较高，而亦不能自外。骈文作家，亦皆承继前代之作家而无大变动。

姚鼐为桐城派古文家之中心，其弟子有陈用光、梅曾亮、管同、刘开、方东树、吴德旋、姚椿、毛岳生、姚莹，其再传弟子，则有邓显鹤、邵懿辰、鲁一同、吴嘉宾、朱琦、龙启瑞等。陈用光（公元1768-1835年）字硕士，江西新城人，著《太乙舟文集》。管同字异之，与曾亮同邑，著《因寄轩文集》。刘开字方来，号孟涂，著《刘孟涂集》。方东树字植之，著《仪卫轩集》。皆桐城人。吴德旋字仲伦，宜兴人，著《初月楼诗文钞》。姚椿字春木，娄县人，著《通艺阁集》。毛岳生字生甫，宝山人，著《休复居文集》。姚莹字硕甫，亦桐城人，著《中复堂文集》。邓显鹤字子立，湖南新化人。著《南村草堂文钞》。邵懿辰字位西，浙江仁和人，有《半岩庐遗集》。鲁一同字通甫，江苏山阳人，著《通甫类稿》。吴嘉宾字子序，江西南丰人，著《求自得之室文钞》。朱琦字廉甫，号伯韩，广西桂林人，著《怡志堂文集》。龙启瑞字翰臣，广西临桂人。著《经德堂文集》。

曾国藩、吴敏树，亦当附于桐城派，而颇自立异。国藩曾选《经史百家杂钞》，以矫正姚鼐《古文辞类纂》之浅狭。敏树字南屏，湖南巴陵人，才力较国藩为弱。继国藩之后者，有张裕钊、黎庶昌及吴汝纶。裕钊字廉卿，湖北武昌人。庶昌，贵州遵义人，编《续古文辞类纂》，即全依曾氏之论以续姚氏者。汝纶字挚甫，桐城人。在这时，中国局势已大变，新的潮流已如山崩海倒的挤进来，然而受其影响以自新其生命者则无一人。

古文家刘开与梅曾亮，亦善为骈文，且卓然成大家。前时，古骈文字为敌视之二体；这时则二派已不复互相攻诋，而各自认定自己的路走去，且更有骈古兼长如梅、刘者。后来之作家，如王闿运，李慈铭，王先谦亦并皆如此。其专以骈文著称者有董基诚、祐诚、方履篯、傅桐、周寿昌、赵铭等。基诚字子诜，有《子诜骈体文》。祐诚字方立，有《董方立遗书》。二人并阳湖人。方履篯字彦闻，大兴人，有《万善花室文集》。傅桐字味琴，泗州人，有《梧生骈文》。周寿昌字荇农，长沙人，有《思益堂集》。赵铭字桐孙，秀水人。

此外，不自附于某派之作家，尚有李兆洛、包世臣、俞正燮、魏源、龚自珍、俞樾、谭嗣同诸人。李兆洛字申耆，有《养一斋文集》。包世臣（公元 1769-1841 年）字慎伯，著《安吴四种》。二人并名于时，兆洛撰《骈体文钞》，为提倡骈文甚力之一人。俞正燮字理初，著《癸巳类稿》。龚自珍之散文亦甚有名，浩莽不羁如其诗。魏源字默深，与自珍齐名当时，著《古微堂内外集》及《海国图志》等。俞樾（公元 1821-1906 年）字荫甫，号曲园，德清人，有《春在堂全集》。谭嗣同字复生，湖南人，为戊戌政变时被害六君子之一。著《仁学》等，颇有新颖之意，大胆之言。

参考书目

1.《倚晴楼七种曲》有原刊本。其中《茂陵弦》一种，有石印本及铅印本，被书贾改名为《当垆艳》。

2. 周文泉的《补天石传奇》8 种，有原刊本。

3.《玉狮堂十种曲》以前5种为最流行，前后10种合印者较少。俱原刊本。其中《燕子楼》1种，有石印本。

4.《庶几堂今乐》28种，有光绪庚辰刊本，分前后二集。

5.《镜花缘》有坊刊本，有石印插图本，有商务印书馆铅印本，有亚东图书馆铅印本。

6.《儿女英雄传》有光绪四年聚珍堂木板排印本，有光绪十三年斐英馆石印本。坊间流行之小字石印本，有续编。

7.《荡寇志》有原刊本，有咸丰七年重刊本，有同治辛未重刊本，坊刊本及石印本均甚多。

8.《燕山外史》坊刊本附傅声谷之注释。

9.《品花宝鉴》有坊刊本。

10.《青楼梦》有申报馆铅印本，有进步书局石印小字本。

11.《海上花列传》有《海上奇书三种》本，有石印大字本，有亚东图书馆铅印本。

12.《三侠五义》有亚东图书馆铅印本。

13.《七侠五义》《小五义》《续小五义》有商务印书馆铅印本，此外坊刊本甚多。

14.《施公奇闻》有同治丙寅刊本，有石印本。其续本名《清烈传》。

15.《彭公案》有文汇书局石印本，其续书题葛惠甫撰，已至30续，亦皆为文汇书局出版。

16.《万年青》《永庆升平》等，坊间俱有通行本。

17.《花月痕》（亦名《花月姻缘》）有光绪癸巳上海书局铅印本，又有石印本。

18. 梅曾亮的《柏岘山房集》有咸丰六年刊本。

19. 张维屏的《听松庐诗稿》有原刊本。

20. 龚自珍的《定庵文集》《定庵续集》，有原刊本，有《四部丛刊》本，有坊间流行之铅印石印本。

21. 何绍基的《东洲草堂诗钞》，有长沙无园刊本。

22. 郑珍的《巢经巢诗钞》有原刊本，《诗钞后集》及《遗文》有贵筑高氏刊本。

23. 莫友芝的《邵亭诗文集》有《影山草堂遗书》本。

24. 曾国藩的《曾文正公全集》有光绪丙子刊本，又《求阙斋文钞》

有金陵刊本。

25. 金和的《秋蟪吟馆诗钞》及黄遵宪的《人境庐诗集》俱有铅印本。

26. 王闿运的《湘绮楼全集》有原刊本，又《湘绮楼诗文集》有石印本。

27. 李慈铭的《越缦堂集》有原刊本。

28. 项鸿祚的《忆云词》有原刊本，有正书局石印本。

29. 戈载的《翠微雅词》有道光壬午刊本。

30. 周济的《止荠词》，谭献的《复堂类集》，许宗衡的《玉井山馆诗馀》俱有原刊本。

31. 蒋春霖的《水云楼词续》，有光绪丙子严州重刊本，《水云楼诗词》有铅印本。

32. 蒋敦复的《芬陀利室词》及王锡振的《茂陵秋雨词》俱有原刊本。

33. 姚燮的《大梅山馆集》有咸丰甲寅刊本。

34. 陈用光的《太乙舟文集》，管同的《因寄轩文集》，方东树的《仪卫轩文集》，俱有原刊本。

35. 刘开的《刘孟涂文集》，有童赓年刊本。

36. 吴德旋的《初月楼诗文钞》，有《花雨楼丛书》本。

37. 姚椿的《通艺阁集》，有坊刊本。

38. 鲁一同的《通甫类稿》有咸丰己未刊本。

39. 姚莹的《中复堂全集》有原刊本，又《硕甫文钞》有嘉庆戊寅刊本。

40. 毛岳生的《休复居文集》，邓显鹤的《南村草堂文钞》，邵懿辰的《半岩庐遗集》，吴嘉宾的《求自得之室文钞》，朱琦的《怡志堂文集》，俱有原刊本。

41. 龙启瑞的《经德堂文集》，有刊本。

42. 吴敏树的《柈湖文集》，有原刊本。

43. 张裕钊的《濂亭文集》有查氏木渐斋刊本。

44. 吴汝纶的《桐城吴先生诗文集》，有原刊本。

45. 董基诚的《子诜骈体文》有原刊本。

46. 董祐诚的《董方立遗书》有同治己巳蜀中重刊本。

47. 方履篯的《万善花室文集》，有《云自在龛丛书》本。

48. 傅桐的《梧生骈文》，有原刊本。

49. 周寿昌的《思益堂集》有光绪戊子刊本。

50. 李兆洛的《养一斋文集》，有原刊本，有光绪戊寅重刊本。

51. 包世臣的《安吴四种》坊刊本甚多。

52. 俞正燮的《癸巳类稿》，有原刊本。

53. 魏源的《古微堂内外集》，有淮南书局刊本。

54. 俞樾的《春在堂全集》有原刊本。

55. 谭嗣同的《旧学四种》，有光绪乙酉金陵刊本，《仁学》有铅印本，《寥天一阁文》有坊刊本。

56. 这一时代的诗歌总集，有陈衍的《近代诗钞》，商务印书馆出版。

57. 这一时代的词总集，有谭献的《箧中词》，在《半厂丛书》中。

58. 这时代的古文选本，可读王先谦及黎庶昌二人选的两部《续文辞类纂》，都有原刊本及商务印书馆铅印本。

第四十五章

19 世纪的日本文学

一

日本文学自平安朝以后，因受世变的影响，不复如前代的辉煌。镰仓室町时代，文运均在武士与僧侣之手，文人描写，不外乎武士的战绩侠骨或佛家的避世无为，是为文学之中落时代。但文学思潮，恒如波浪起伏，衰后必盛，到了江户时代（公元 1603-1867 年），文艺中兴，成为文学史上的重要时期。

江户时代指庆长五年至庆应年间，此时代的文学颇复杂，和歌、俳句、小说、戏曲，极一时之盛。歌坛之香川景树，俳坛的松尾芭蕉，小说家井原西鹤、山东京传、泷泽马琴、戏曲作家近松门左卫门，皆为杰出的作家。支配这时代的思想，则为儒家、伦理之说，颇为当世所重。

松尾芭蕉一号桃青，他是一个旅行的诗人，足迹遍全国。所作俳句，（十七字，五七五调）极富闲寂之趣，下列是他的名句。

一、古池ヤ蛙飞コムノ水ノ音

青蛙，跃进古池，水的音。

二、枯枝二乌卜秋ノ暮

乌栖在枯枝上，秋日的黄昏。

三、年暮レヌ笠キテ草鞋ハキナガラ

戴着斗笠，穿着草鞋，不知年之暮。

芭蕉的门人很多，其著者有榎木其角、服部岚雪、森川许六诸人。平民文学的勃兴，亦为江户文学的特长，故散文颇发达，当时流行民间的类似小说的散文，有下列各种。

一、假名草纸，二、浮世草纸，三、赤本，四、黑本，五、黄表纸，六、读本，七、洒落本，八、人情本，九、滑稽本。

“假名草纸”，与后来所出的夹有汉字的草纸相异，全用假名缀成。当时著名的作家，有如偏子（作随笔《可笑记》5册、《百八町记》5册），铃木正三（作《二人比丘尼》《因果物语》），浅井了意（《御伽婢子》13册），岗元邻（作随笔《身之上》6册，《小扈》6册）诸人。

“浮世草纸”，意即今之写实小说，浮世为佛家言，为“人生”之意。始创者为井原西鹤。西鹤生于元禄朝，大阪人氏，从西山宗因习俳谐，独具只眼，观察现世，知人心之秘密、市井之罪恶。为日本小说界之鼻祖，初期的著作，描写恋爱，中期描写武士，后期描写町人社会。他的处女作为《好色一代男》，初意只为游戏，并借以换升斗，不意竟受世人的欢迎。其后又作《二代男》《三代男》（5卷），《好色一代女》《男色大鉴》8卷，曾被官厅禁止发行，因改其作风，著《武道传来记》《小夜岚彼岸樱》《日本永代藏》《世间胸算用》《本朝樱阴比事》等。他的思想的特色有五：一、平民的，二、物质的，三、讥刺的，四、细微，五、本能满足（酒、色、财）。死于元禄六年八月十日（公元1693年，当我国清圣祖三十二年），年52岁，墓在今大阪南区上本町八丁目，誓愿寺之后。

西鹤以后，草纸的内容与外形，逐渐变化。当时有一种草双纸流行，封面表纸赤者称赤本，黑者称黑本，至安永年又改为黄封面，称黄表纸。初本为一种绘图的“伽噺”，赤本夹以妖怪谈，黑本杂以实录物，黄表纸则纯为讽刺、滑稽、机智、轻笑的文字。恋川春町为黄表纸的有名作者，所著有三十余种，中以《荣华梦》《高慢斋行脚日记》《鹦鹉返文武二道》《楠无益委记》《悦赑负虾夷押领》等作为杰出。

读本作者为泷泽马琴，以劝善惩恶为主旨。所作小说、传记、随笔漫录等合计 260 余篇，有名者如次。

《椿说弓张月》30 册	《三七传南柯梦》6 册
《俊宽岛物语》10 册	《梦想兵卫胡蝶物语》5 册
《皿皿乡谈》6 册	《南总里见八犬传》106 册（最有名）
《朝夷奈巡岛记》31 册	《近世说美少年录》25 册

《洒落本》一名《蒟蒻本》，以半纸截为二三十页订为一本，而以土器色之唐本表纸为封面，形如蒟蒻，故名。作者为山东京传，以花街柳巷见闻为题材，最初之作为《容众冰面镜》《息子部屋》。其后有《吉原杨枝》《白川夜船》《通义粹语》等二十余篇，后以紊乱风俗被禁。

人情本较《洒落本》之写狭巷谈更进一步，为有头尾系统的描写。作者为永川春水，所写仍为妓院的见闻。《滑稽本》作者为十返舍一九，杰作有《道中膝栗毛》《江之岛土彦》《金比罗道中》。式亭三马著《浮世风吕》《浮世床》，描写武士、町人、农夫、学者、隐士、青年、妇女各阶级，其手腕在一九之上。

江户时代的特产为“净琉璃”，创始者即近松门左卫门（公元 1653-1724 年），一号巢林子。原姓杉森，名信盛。生地无定说，或说在京都，或说越前，三河。“净琉璃”为日本的诗剧，有古净瑠璃与新净瑠璃之别。古净琉璃自织田信长时代已有，新净琉璃则创自近松。他的作品共有百余种，共分四类，兹举其杰作如下。

（一）时代物（史剧）

《倾城佛之原蝉丸》《一心二河道》《国姓爷合战》。

《用明天皇职人鉴》《雪女五救羽子板》《大职冠》《曾我会稽山》《出世景清松风村雨束带鉴》《兼好法师物见车》《棋盘本平记》。

（二）世话物（社会剧）

《长町女腹切》《女杀油地狱》《淀鲤出世泷德》《夕雾阿波鸭门》

《山崎与次兵卫门寿门松》。

（三）心中物（情死剧）

《曾根心中》（阿房德兵卫）、《心中重井筒》、（阿房德兵卫）。

《心中二枚绘草纸》《阿米久米之助高野万年草》。

《阿龟与兵卫卯月之红叶心中宵之庚申》、（阿千代半兵卫）、《阿散茂兵卫大经师昔历》《阿夏清十郎五十年忌歌念佛》《次郎兵卫阿基沙今宫心中》《心中两冰之朔日》《梅川忠兵卫》《冥途之飞脚》《嘉平次加生王心中》《心中天纲岛》。

（四）折衷物（时代物与世话物兼有者）

《博多小女郎浪沈》《萨摩歌》《倾城反魂香》《朵常盘》《源氏冷泉节堀川波之歌》《鎗之权三重帷衣》《倾城酒吞童子》《三世相》《丹波与作》。

坪内逍遥博士，以近松比英国的莎士比亚，谓相类似的地方颇多，他列举二人相同之点，其主要者为：

（一）二人所处之时代相同，（二）传记均不明，（三）出世时的经历同，（四）皆为演剧未成熟时代的伟人，（五）取当时流行的各种有关系的演艺之特长，（六）二人均产生于演剧的原始时代，（七）替有关系的舞台写脚本，（八）有好伶人演他们的戏（近松有义大夫，莎翁有力查·巴白吉），（九）均有竞争者，（十）其著作刊行于生时，刊本均有数种，（十一）博得当代后世无二的赞赏，（十二）作家的特质相似，（十三）检讨他们诗的内容，知其艺术上的态度相似，（十四）表现于作品中的个性相同。

俳句、小说、戏曲，在江户时代都有相当的进步，此外散文也为当时的文士所注意，如村田春海的拟古的文章，新井白石、贝原益轩的和汉混淆的文字，俳文、狂文、口语文之发达，亦为此时代的一个特色。

二

明治、大正时代，是文学最进步的时期。此时政治经济学术方面，虽然也有相当的进步，但和文学的进步比较起来，相差很远。这时的文学，决不劣于欧美，其中优美的部分，都有独创的内容与形式，许多作品，确已脱离欧美文学的模仿状态了。这样的现象，在日本文学史上可算是空前的，如平安朝时代、江户时代的文学都赶不上。

明治、大正时代精神的伟大，在日本国史上，求一个差足比作的，只有元禄期（公元1688-1703年）。元禄期可算日本光明时代之一，这时那些被抑压的民众，得到了解放，能尝着“生之悦乐”的滋味，民众文艺之花，开遍一时。如近松巢林子、松尾芭蕉、井原西鹤诸人，都是从元禄时代的民众的新兴精神里产生出来的作家，他们的艺术，在今日尚保持着伟大的生命，后起的人受了绝大的影响。

明治、大正时代的文学，既然这样的进步，其原因在什么地方呢？约言之，就在他们能够继承传统的江户文学，同时又能吸收其长处。如近松、西鹤、马琴、京传、一九、三马、春水、芭蕉、芜村、真渊、景树等人的文学，都影响后来。尤以芭蕉、西鹤、近松给日本近代文学的影响最大。例如幸田露伴、樋口一叶等，便学西鹤的简劲的文章。如尾崎红叶，不特与西鹤的文章共鸣，并且明明受了他的《好色本》的感化。不仅此三人，又如自然主义的提倡者田山花袋，也研究西鹤，所得很多，这是他自己在《西鹤小论》里说过的。

西鹤的影响　花袋关于西鹤的《胸算用》曾说：“其中隐藏着怎样深的他的悲痛呵！其中潜伏着智慧聪明的大阪人的苦痛，他在其中描写金钱，描写金钱的悲剧。我们作者的愿望，想充分理解‘妇人’与‘金钱’，脱离仅以金钱为物质的简单心境，而至金钱即心，金钱即妇人之境，更进一步，以人物质即心之境，我们想到这种境地去。可是想是尽管这样想，终难达到。妇人虽可以描写，金钱则不易描写。因为‘妇人’是‘诗’，而‘金钱’不是‘诗’（注：意谓‘妇人’可以咏于诗，‘金钱’不常咏于诗也）。描写非‘诗’的‘金钱’，便不容易达到‘真’。西鹤在《胸算用》《永代藏》里所描写的真正的‘金钱’，他的本领在莫泊桑、柴霍甫之上。近松的艺术里虽则也有‘金钱’，不过是戏台上所见的金钱而已。又如梅以忠兵卫（近松作品里的人物）的金钱，也决不是渗透心中的金钱；不是‘妇人即金钱’的金钱。可是《永代藏》里的《拾取的金》（篇名）的悲剧，便深刻的与人心接触。据我想来，日本文坛中，真能取‘金钱’做题材的作者，除西鹤外，没有谁人。至于《胸算用》里所写的大晦日之苦痛，到现在还在我的心里作响，冲动我们的生活。一切善、美、思想、理想等，都在他作品中的各处明灭着。”观此言，足见田山花袋，是一个西鹤的崇拜者了。

岛村抱月也赞美西鹤，他的小说，受西鹤的戏曲的影响很深。自从他参加自然主义运动以后，对于西鹤的艺术，更有同感。他在《由五个女人所见的思想》一文中说：“西鹤的人生，乃由个性、快乐性，感情性之企图向上，而发生的寂寞与不满之感。由这意味，西鹤的思想，在各方面，与近代欧洲文艺里所见的思想接近。”这也足以证明西鹤的作品，有很深的永远性，给现代的文学家以新影响及感化。此外红叶、露伴、一叶等人所受西鹤的感化，也表现在他们的作品里。

芭蕉的影响　西鹤之次，影响明治文坛者，便是芭蕉。芭蕉的作品，不特感动正冈子规，革新明治时代的俳句，他的艺术，对于北村透谷、岛崎藤村等人的《文学界》一派，也深刻的感动他们。如透谷的哀世思想，藤村在放浪时代的思想与表现受芭蕉感化的痕迹，极为显著。藤村的新体诗与小说，在明治、大正文坛能有不变的生命力，不能不说是芭蕉给他的影响所致。同时说芭蕉潜伏的给目前的文学以新影响，这种可能是可以肯定的。

近松的影响　近松巢林子于明治文坛也有相当的感化。自坪内逍遥在明治二十三年的《日本评论》上发表《评释天的纲鸟》以后，便有仿效他著作的。高山樗牛曾于明治二十八年，在《太阳》《帝国文学》等杂志上，发表《近松巢林子》《巢林子之女性》《近松巢林子之人生观》诸文。又于二十九年在《早稻田文学》上，连载《近松研究》一文，于当时都有相当的影响。岛村抱月也著有《近松之艺术及人生》《近松与东西心中》(《情死》)《剧之比较》，论巢林子的作品。他的小说《城荒玉蔓》《处女波》等，也有学近松的布局的地方。田山花袋在《明治小说内容发达史》一文里说："抱月之作，以布局整齐出色，可以认为受近松的感化。"由以上叙述，足见明治文坛确受近松的戏曲的感化。

明治文学的发达，实渊源于江户时代文学的伟人芭蕉、西鹤、巢林子。此外也受马琴、春水、三马、一九、真渊、景树的几分影响。高山樗牛在《明治小说》里说："明治十年以前的小说，不过仅啜德川时代的冷肴而维系其余脉……由文体上看来，仅尝着马琴、春水、三马、一九的糟粕而已。"这是真确的事实，明治文坛初期，以轻笑者知名的飨庭篁村，他受三马、一九的影响也很多。此种色调，在明治二十五、二十六年左右，还残留在一部分作家的身上。不过他们受马琴诸人的影响，不及西鹤、近松、芭蕉等人的多。

三

明治文学发达的原因，可分为五：第一是时势的改革，第二是欧美文化的流入，第三是民众生活的进步，第四是中日战争、日俄战争的胜利，第五是人材频出。有这五个原因，日本文学的进步，几有一日千里之势。明治大正的文学，可以说是维新革命所产生的，以前江户末期的颓废文学，已经到了山穷水尽的时候，到了此时，不能不开拓新局面，乃必然之理。而勃发于此时的新运动，更有明治维新革命，此次革命的性质，虽然没有如19世纪的法兰西革命那样的激烈，可是在日本史上，乃是空前的。因为此次革命，颠覆了封建制度，当时的文化，也有一半以上被破坏了，于是到了动手建造新文化以代旧文化的时代。当时旧文化的形式，虽然尚存留于一部分的社会，但大部分却能够建筑在新的地盘上。如政治、经济、教育、学术等，都带着新的色彩，革新者不仅文学而已。明治文学的萌芽，便是维新革命所带来的新文化的一部分。

日本明治维新创作新文化时，他们唯一的典型，就是欧美文化。日本自战国时代起，渐有欧洲文化输入，但很微弱。幕府时代末期，从荷兰语得与欧洲文化接触，所得的也微弱不足道。欧美文化如急潮般流入日本的时候，以明治维新为始，自此便接续不断的输入。促进明治、大正文学进步的绝大势力，也是欧美的文化。

最初流入日本的，以英、美文化为主，其后法兰西、德意志文化也流入。欧美各国的文学思潮，给文坛诸人的印象颇强。在明治文学黎明期，有寝馈英国文学的坪内逍遥博士，有对于德意志文学造诣很深的森鸥外博士诸人。又有崇拜法兰西思想的中江兆民，倾倒俄罗斯文学的长谷川二叶亭、内田鲁庵等，因为有这些人，日本文学的思想，才有迅速的进步。此后自私淑左拉的小杉天外、永井荷风的写实主义，与欧洲大陆文学接近的田山花袋、岛崎藤村的自然主义始，以至目前的文坛的新运动，大抵皆以从欧洲文学得来的新印象为原动力。不特小说界如此，即如戏曲、新体诗等，也是受了欧洲文学的影响与刺激而始发达的。后来的日本文学，虽有大半是继续独创发达，而以前的文学，却大都在欧美文学的影响之下。

中日战争、日俄战争二役，日本都得了胜利，国民经济较有余裕，生活向上进展，因而影响及文学的进步。譬如德意志在七年战争胜利之后，便出莱新、克洛卜斯笃克等文豪、法兰西路易十四强盛之际，便有拉希奴、莫里哀、歌涅尔等作家；日本文学也是如此，因为这两次战争之后，国民生息的环境起了变化，遂促进国民思想与文学的进步。

明治文学既然有这些错综的原因，于是小说、长诗（新体诗）、短歌、俳句、戏曲、评论，都出了不少的人物，犹以作评论文，在明治时代为最进步。从福泽谕吉起，以后文艺批论家续出，如坪内逍遥、森鸥外、石桥忍月、北村透谷、高山樗牛、乔藤绿雨、田冈岭云、纲岛梁川、金子筑水、上田敏、大町桂月、大西操山、岛村抱月等都是。此外明治文坛的一个特色，便是出了科学的批评的文艺评论家，如坪内逍遥、森鸥外二人，即文艺评论的最初的典型。

在明治文坛中，以小说家出色者极多，有尾崎红叶、幸田露伴、樋口一叶、小栗风叶、泉镍花、广津柳浪、小杉天外、川山眉山、柳川春叶、后藤宙外、江见水荫、德富芦花、山田美妙、国木田独步、岛崎藤村、正宗白鸟、岩野泡鸣、永井荷风、夏目漱石、高滨虚子、德田秋声、田山花袋等。作长诗的有岛崎藤村、土井晚翠、薄田泣堇、蒲原有明、北原白秋、三木露风等。作短歌的有落合直文、佐佐木信纲、与谢野晶子、与谢野宽、金子薰国、若山牧水、尾山柴舟、窒田空穗、石川啄木、土岐哀果、伊藤左千夫等。作俳句的有正纲子规、内藤鸣雪、高滨虚子、河东碧梧桐、荻原井泉水等。作戏曲的有坪内逍遥、福地樱痴、河竹默阿弥、中村吉藏、秋田雨雀、冈本绮堂等。评论方面有生田长江、片上伸、相马御风、中泽临川、田中王堂诸人。

以上都是明治时代的著名作家。其中在大正时代活动的也不少。到了 20 世纪时代，新人物添加很多，如谷崎润一郎、上司小剑诸人，很能发挥特色。

在上述的各种原因，与及江户文学的传统的影响之下，便促进了明治文学的发展。发达的原因，其重要者，不外上述各端。此外如普通教育，中等教育的普及与进步，人民读书的力量增进，又如对于文艺知识的灌输，各大学增设文科，文坛先进的扶掖后进，以及新人物之自辟径路等等，都是促进文学的原因。

明治文学的进步，前后连续，保持有机的关系，欲明进步的径路，必先假定区划。明治初年至大正十年的文学，就其进步趋势，可分为五期：第一期自明治初年至十八九年（公元 1868–1885 年），第二期自十八九年至中日战争（公元 1886–1895 年）前后，第三期自中日战争前后至日俄战争前后（公元 1896–1905 年），第四期自日俄战争前后至明治末年（公元 1906–1912 年），第五期自大正元年至大正十五年（公元 1913–1926 年）。第一期为守旧时代，第二期为新文学发生时代，第三期为写实主义的过渡时代，或称罗曼主义时代，第四期为自然主义时代，第五期为各派分立的时代。

第一期的前半为明治文学的黑暗时代（明治初年至明治十年），正当明治维新开始的时候，时代动摇，内乱频起，思想方面，有新与旧，保守与进步诸派之争，文学方面殊无创制，不外模仿江户时代的一九、三马、春水、马琴诸人。小说家仅有假名垣鲁文，他的杰作为《西洋道中膝栗毛》，剧作家有河竹默阿弥，他的代表作为《三人吉三》《村井长庵》，发挥他的“白浪作者”的特色。

第一期的后半为准备时代（明治十一年至十八年顷），此时平民阶级的势力渐增，国乱已平，文学与思想均带几分苏生的色彩。此期以科学小说，政治小说为最发达，多系翻译英、法小说家的著作，创作仍极缺乏。

到了第二期，是为日本近世文学的黎明时代，明治十八年坪内逍遥刊行他的大作《小说神髓》，提倡写实主义，不殊暮鼓晨钟。其后他又作写实小说《当世书生气质》，影响日本文坛的力量最大，《小说神髓》的内容如次：

一、小说总论{何谓美术（今日之艺术）
小说为美术之理由}

二、小说之变迁{小说与历史之起源
小说与戏剧之差别}

三、小说之主眼（唯人情为小说之主眼）

四、小说之种类{描写小说与劝惩小说之区别
时代物语世界物语等}

五、小说之裨益（论小说之四大裨益）

卷下

一、小说法则总论{小说法则之必须
各种文件之得失}

二、小说脚色之法则{快活小说与悲哀小说
脚色之十一弊}

三、时代物语之脚色{正史与时代物语
时代物语创作之心得}

四、主人公之评置{主人公之性质
主人公之二假设法}

五、叙事法（叙事之阴阳二法）

坪内逍遥崛起后，当时的文学界共分三派：

一、砚友社　以尾崎红叶为中心

二、民友社　以德富苏峰为中心

三、早稻田派　以坪内逍遥为中心

三派以外，尚有森鸥外、内田鲁庵、高山樗牛诸人。

第三期文坛的作风转变，由写实转为观念小说，此时期有名的作家为广津柳浪、泉镜花、川上眉山诸人。柳浪于明治二十八年作《黑蜥蜴》，颇有名，后又作《河内屋》《今户心中》《畜生腹》《青大将》等，声名压倒红叶。泉镍花为红叶的门人，以《外科室》《巡查》二作，最能代表观念小说的特色。川上眉山作《里表》，亦为观念小说中之优秀者。

观念小说"碰壁"之后，社会小说、家庭小说代之以起，如德富芦花的《不如归》，菊池幽芳的《自己的罪》，中村吉藏的《无花果》都是应时而生的通俗小说。

第四期为自然主义文学兴起的时代，在文学史占重要的位置。这期的作家以国木田独步为先驱，他的《独步集》的影响甚大。其次如岛崎藤村的《破戒》，田山花袋的《棉被》，正宗白鸟的《红尘》，真山青果的《青果集》皆有名。岛村抱月、长谷川天溪、岩野泡鸣诸人均加入自然派。后藤宙外等则非难他们。自夏目漱石的《我们是猫》《三四郎门》等作出后，自然派的运动，可算达到顶点。

评论文学有相马御、片上伸、生田长江诸人，皆能发挥他们的特色，诗歌方面，有蒲原有明、三木路风、北原白秋、石川啄木、吉井勇、前田夕暮、若山牧水、金子薰园、土岐哀果诸人，使诗坛放了异彩。戏剧则以坪内逍遥为最努力，逍遥有《新曲赫哉姬》《孤城落月》《新曲浦岛》《妹脊山》诸作，同时又译了英国莎士比亚的剧曲甚多。当时有一种新剧团发生，名曰文艺协会，演员有松井须磨子等人，表演的成绩最佳。

第五期比较前一期的文坛较为复杂，新理想派代自然主义而兴，文艺与社会的关系极为密接。大约可分为四派。

一、人道主义派　以武者小路实笃、志贺直哉、有岛武郎、长与善郎诸人为中心，曾刊行《白桦》《不二》等杂志，发表作品。

二、享乐主义派　以永井荷风、长井勇、长田干彦、近松秋江为中心。

三、唯美派　以谷崎润一郎、北原白秋为中心。

四、社会主义派　以小川未明、加藤一夫、江口涣、岛田清次郎等人为中心。

这期的戏剧颇形发达，如菊池宽、山本有三、长田秀雄、秋田雨雀、岸田国士诸人所作均有世界的价值。剧场的发达极盛，有近代剧协会、舞台协会、艺术座、狂言座、新时代剧协会、新国剧社等团体。

最近的日本文坛，作家辈出，其中有许多作家的作品，都具有独创的风格，具有世界的价值。近五六年来的成名作家，有德田秋声、谷崎精二、铃木三重吉、藤森成吉、中村星湖、吉田弦二郎、加能作次郎、久保田万太郎、久米正雄、里见弴、加藤武雄、室生犀星、前田河广一郎、宇野浩二、白鸟省吉、江马修、百田宗治、崛口大学、藤井真澄、南部修太郎、水守龟之助、木下奎太郎、宫地嘉六、中村武罗夫、宫岛资夫、细田民树、小岛政二郎、三上于兔吉、细田源吉、小山内薰、森田草平、丰岛与志雄、日夏耿之介、崛口大学、千家元麻吕、广津和郎等。近二年来的新进作家，则有今东光、横光利一、川端康成、金子洋文、今野贤三、犬养健、石滨金作、佐佐木茂索、片冈铁兵、吉屋信子、十一谷义三郎诸人。

参考书目

1.《日本文学全史》，三浦圭三著，文教书院出版。
2.《新国文学史》，五十岚力著，早稻田大学出版部刊行。
3.《江户文学研究》，藤井乙男著。
4.《江户文学史略》，内藤耻叟著。
5.《近世文学史论》，内藤湖南著。

6.《日本近世文学十二讲》，高须梅溪著，新潮社版。

7.《近代文艺史论》，同上，日本评论社版。

8.《明治文学史》，岩城准太郎著。

9.《明治时代之文学》，服部嘉香著。

10.《近代的小说》，田山花袋著，新潮社版。

11.《明治小说内容发达史》，同上。

12.《近世日本小说史》，铃木敏也著。

13.《近代小说史》，藤冈作太郎著。

14.《明治文学十二讲》，宫岛新三郎著。

15.《近代文艺之研究》，岛村抱月著。

16.《日本文学史》，谢六逸著，复旦大学讲义（本章多取材于此）。

17.《大正文学十四讲》，宫岛新三郎著，新诗坛社版。

18.《明治文学讲话》，相马御风著，新潮社版。

19.《现代日本文学讲话》，同上。

20.《明治大正文学之轮廓》，加藤武雄著，新潮社版。

21.《现代日本小说译丛》，周作人译，《世界丛书》之一，商务印书馆出版。

22.《日本的诗歌》《武者小路实笃集》《日本小说集》，均在《小说月报丛刊》中，商务印书馆出版。

23.《近代日本小说集》《东方文库》之一，商务印书馆出版。

24.《一个青年的梦》，武者小路实笃著，鲁迅译，《文学研究会丛书》之一，商务印书馆出版。

25.《国木田独步小说集》，夏丏尊译，《文学周报社丛书》之一，上海开明书店出版。

第四十六章

新世纪的文学

一

20世纪已过了四分之一，在这二十六七年间，文学界也与世界的政治经济状况一样，起了一个很大的变化，与前个世纪很不相同；尤其是自1914年的欧洲大战，和1917年的俄国大革命之后，更为具有特异的色彩。未来主义在欧洲大陆上曾绝叫了一时，无产阶级的文学现在却正在建设之中，不仅俄国，连日本也响应着这个呼声。许多的战争文学，在欧战时代及其后几年间陆续的产出，这个潮流，现在是过去了，然在这些作品中，却有好些不易为我们所忘记的。

老的作家，在这四分之一的新世纪中，殂谢了不少，但在努力的工作着的也还有。新的作家，各式各样的，也产生了不少；有的已成了大名，有的还在建造他的不朽之塔，有的走来了不久，即已过去了。

在其中，变化得最厉害的，要算是中国。在前个世纪，中国的文学差不多是全盘承受了二三千年前的旧惯，一无更张，也毫没有受到世界文学的影响，到了这个世纪，却另有了一个崭新的面目了。开头是受到了英、法的小说的影响。七八年前，却因白话文学的提倡而蓬蓬勃勃的现着新的气象。如今正在走着这一条新的途径。虽然还没有什么伟大的作家，伟大的作品出现，然气象却是很好。开了窗纳进了新鲜的空气与辉煌的太阳光之后，室内的陈旧气息，一定会为之一扫而空的。

底下是略略的将这过去的四分之一的新世纪的文坛状况讲述一下，当然是很简略的讲述；要想详述，恐怕一大册子的书页还不够叙载呢。

二

新世纪的英国小说家，除了哈提与吉卜林之外，最活跃的便要算是康拉特（Joseph Conrad，公元 1856-1925 年）与威尔士（Wells）了。康拉特是一个特创的艺术家，他的作品异常整炼有力，虽然并没有如威尔士和吉卜林那样的通俗。他并不是一个英国人，他乃是波兰人。他在波兰的不幸的国运中生长。父母死后，即由他舅舅抚养。他有一个很好的教师教育着，但他从少即有到海上去的渴望。到了 17 岁时，他便由马赛登了船。此后二十年间，他都过着深海航行者的生活。1884 年，他入了英国籍。再十年之后，他因病不能再航海了。于无意中，他将写成的一部小说《阿尔马耶的愚笨》（*Almayer's Folly*）送给一个出版家，而他却接受了，且于 1895 年出版。此后，他便住在英国过着和平的著作者生活了。在《那西修士的黑奴》（The Nigger of the Narcissus）的序上，他如莫泊桑之在《彼得与约翰》的序上一样，叙讲出他对于文学的，尤其是近代小说的理论与艺术。他早年的著作，太注意于形式与句法之整美了，显然是受有法国的影响的。以后诸作，虽已没有这种有意的做作，然大家都觉得不是纯然的英国风味。他是一个写实者，他的小说，并不批评，并不教训，并不暗示着改革。他只是一个艺术家，以他的叙写的活泼与有力见长，他写着海，那海便整个的浮泛在我们之前。他的最初四部小说都是叙关于东方之故事的。此后一部小说《诺士特洛摩》（*Nostromo*）乃是康拉特最成功之作之一，写的是近代的生活，故事很复杂，人物很夥多；有的是成功与失败、爱与恨、爱国与自私、仁慈与酷虐，几乎完全表现出近代生活之全部来。继于此作之后的三部小说，《神秘委员》（*The Secret Agent*），《在西方眼光之下》（*Under Western Eyes*）及《机会》（*Chance*），都是写欧洲的生活的。在《机会》与继其后之小说《得胜》（*Victory*）里，罪恶的阴影是掩蔽着阳光的天空。《得救》（*The Rescue*）出版于1920年，是他最后之作，但他初写此作之时，却在1898年，中间已隔了二十年了。这是康拉特最完美之作。他的短篇故事，也极成功，如《青年》（*Youth*）乃是一篇最富于诗意之作。

威尔士（H. George Wells，公元1868年－）出身于中等阶级；他对于谋生和求教育，都用了很大的奋斗。他曾在有名的生物学者赫胥黎教室里听讲，得益不少。他初从事于新闻事业，且写了些生物学书。在1895年，他才第一次刊行他的传奇，立刻得了成功。在《时间车》（*The Time Machine*，公元1895年－）到《当睡者醒来时》（*When the Sleeper Wakes*，公元1899年－）之间，他曾把他的想像的范围从3000万年减缩到一个世纪前的事。在1896年之早，他即已开始把他的视线从辽远的将来回到现在了。《机会之轮》（*The Wheels of Chance*，公元1896年－）写的是现代的生活。《爱情与李委香君》（*Love and Mr. Lewisham*）也是走着同一方向。中间刊了两部传奇：在《月球上的第一次人类》（*The First Men in the Moon*）及《诸神之食物》（*The Food of the Gods*）之后，威尔士又写了他的叙述现代生活的社会学小说（the Socialogical Novel）的《犊皮》（*Kipps*，1905）。1906年出版的《在彗星的时代》（*In the Days of the Comet*）又有一部分回到他的老式样，然其主要点却是社会学的，它把作者当时心胸所有之问题都现出。用传奇式样来表白社会问题，当然是不很适宜的。他的小说《结婚》讲的是两性问题；《热情的朋友们》也是这样。在欧洲大战的时候，威尔士出了一册《白里特林君看得透》（*Mr. Britling Sees it Through*），是写大战前后英国中产阶级的社会的与知识的状况最好的一部小说。他的叙写，非常的忠恳动人，这部书，遂得了更大的流行。在1922年，威尔士曾在某大学对学生说，他很想不再写小说了。《不灭之火》与《心之神秘处》实未能满人意，好几年来，真可以说是没有写了一部。他的《历史大纲》无疑的是一部杰作；虽然好些专门家不大满意，且指其错误，然而材料之布置，叙述之能力，见解之崇高，却足以使它为读者所深喜。他的最近之小说是《如神之人》（*Men Like Gods*）。如果社会学的小说是新世纪英国特殊的文学产品，那末，威尔士便是一个最可代表的作家了。

勃奈特（Arnold Bennet）是一个写实家，他的好的小说可以列入新世纪的最好作品中。他写一群小说关于五镇的，正如哈提之写他的威赛克斯（Wessex）的故事。其中以《五镇的安娜》（*Anna of the Five Towns*）为最好。更好的是《老妻们的故事》（*The Old Wives Tales*）和*Clayhanger*。但他不重要的平凡的作品是太多了，比起他的杰作，那杰作真是寥寥可数的几部。

此外，小说作家还有好几个人。高斯委绥（Galsworthy）是一个戏剧家，同时又是小说家。但在戏曲上他却更能充分的表现他自己。他是将他的意见用故事的衣服穿了上去的。如《法利西岛》（*The Island Pharisees*），如《有产业的人》（*The Man of Property*），如《村屋》（*The Country House*），都是讨论社会的与经济的问题的。瓦尔浦（Hugh S. Wolpole，公元1884年－）作了不少的小说，最成功者为《里克士之公爵夫人》（*The Duchess of Wrexe*）。当欧战时，他加入俄国的红十字队中，其结果产生了一部《黑林》（*The Dark Forest*），那是叙述他在俄国前线之经验的。战后之作品《秘密城》（*The Secret City*）也是由这次经验中产生出来的。肯南（Gilbert Caiman，公元1884年－）是一个有名的翻译者，他译了不少俄国的作品，又译了法国罗曼·罗兰（R. Rolland）的大作《若望·克利司朵夫》。他自己的小说，以《转角》（*Round the Corner*）及《小犬与孔雀》（*Pugs and Peacocks*）。麦金西（Compton Mackinzie，公元1883年－）在离开大学之前，即已成为编辑者。几年之后，写了一部喜剧、一本诗集。他的第一部小说《热情的私奔》（*The Passionate*

Elopement）曾送了好几个出版家，而俱遭拒绝，最后，乃得于一九一一年出版，而立刻即得成功。《祭坛之阶级》（*The Altar Steps*）是他最近之作，显示出他的新路。罗连斯（D. H. Lawrence，公元 1887 年 –）以第一部小说《白孔雀》有名，然其艺术却并未成熟。其名作乃为《儿子与情人》（*Sons and Loves*）及《虹》。他最近的小说《阿龙的杖》（*Aaron's Bod*）显着思想与风格的长足的进步。

佐治·慕尔（George Moore，公元 1852 年 –）曾在伦敦，巴黎学画，后乃弃画笔而作小说。他的早作如《一个近代的爱者》（*A Modern Lover*）等，是很受左拉之影响的。其中以《一个优人之妻》（*A Mummer's Wife*）为最好。他的《伊打水》（*Esther Water*）是以一个女仆为主人翁的。其故事之讲述，不蔓不枝，恰到好处。他近年来之杰作，为 *Brook Kerith*。

此外，约柯伯士（W.W.Jacobs）以写河岸边的人物著名，他的风格有类于狄更司。辛格威尔（Israel Zangewell）是一个犹太人，早年以写犹太生活之亲切的作品著名。赫勒特（Maurice Hewlett）以他的可爱的幻想《林中恋人》（*The Forest Lover*）著名，这几个人也都是不易使人忘记的。

近 30 余年，其作品极风行于世间，而不尽能为第一流的不朽的小说之作家，尚有不少。其中最著名者为柯南道尔（Anthur Carman Doyle）、哈格特（H. Rider Haggard）、贺迫（Anthony Hope）诸人。柯南道尔以侦探小说著名，哈格特则善写神怪之作，贺迫之《山达之囚人》（*The Prisoner of Zenda*）亦不失为一部很动人之作。还有卡纳（Hall Caine）、委尔曼（Stanley Wey-man）、彭孙（E. F. Bensen）、菲尔泼特（Eden Phillpotts）、克拉福（Marion Crowford）及马里曼（H. S. Merriman）等，其作品也甚流行。

女小说家在这时也有几个。瓦特夫人（Mrs. H. Ward，公元 1851–1920 年）在 1888 年，以她的小说《依尔士慕》（Robert Elsmere）得名，在这部小说，集拢当时宗教、哲学与科学间之战争。她还写了不少关于社会及政治问题的小说。她的努力时代，几近 30 年。但瓦特夫人还是旧式的作家，新的女作家却以更坦白更写实的态度去写社会的、两性的与宗教的问题。萧莱纳（Olive Schreiner）的《一个非洲农场的故事》（*Story of an African Farm*）即是一个新的例子，这一部小说可以建立女子小说史上的新时期。萧莱纳（即 S. C. Crowbright 夫人）在 1882 年，由南非洲到了英国来，带了《一个非洲农场的故事》的稿本。第二年此书即出版。仅有此一作，她已可使人记住她了。格兰特（Sarah Grand）写的是有目的之小说及两性小说。《阿特南的果园》（Adnam' s Orchard）是她的杰作。此外，还有几个女作家如罗宾士（E.Robins）、辛克拉女士（Miss May Sinclair）及曼菲莱特（K. Mansfield）等。曼菲莱特尤有特殊的风格，她死得很早（仅 34 岁），作品虽不多，而俱甚精湛，如《祝福》（*Bless*）与《园会》（*Garden Party*）等，皆短篇小说集。

前世纪的英国剧坛，非常的寂寥，好些诗人所作之诗剧，都是不能在舞台上表演的，不过是很好的剧诗而已。当时流行者皆为法国的喜剧一类之作品。仅有萧里顿（Richard Brinsly B. Sheridan，公元 1751–1816 年）在那时代的初期显出很高的成就。与高尔斯密之作品为当时最好之喜剧。他与高尔斯密一样，也是爱尔兰人。他的幸运很好，娶了一个素有美名的妻，很年轻时，即得大名。他写了七篇的剧本，其中以一部喜剧《造谣学校》（*The School for Scandal*）为最有名。此外《敌人们》（*The Rivals*）诸作，亦为重要之好剧。他死时，葬于威斯敏士特寺中。自他之后，久无大戏剧家出来，直到了前世纪末，王尔德出来之后，方才复入戏剧之复兴期。

新世纪英国剧场的老作家为琼斯（Henry Arthur Jones，公元 1851 年 –）及辟内罗（Pinem）。琼斯第一部成功之作为《银王》（*The Silver King*）。自《犹大》（*Judah*，1890）出版之后，他立刻置身于第一流英国戏剧作家中。他在剧中很勇敢的反对传统的势力与罪恶。《马加尔及其失去之天使》（*Michael and his Lost Angel*）即为一例。且在舞台上，其艺术也极好。入了新世纪之后，琼斯至少写了一打的新剧，其中以《杜里改良她自己》（*Dolly Reforming Herself*）为具有最好的喜剧的精神。

辟内罗（Authur Wing Pinero，公元 1855 年 –）与琼斯在近 30

年来，差不多是齐名，各有不少的跟从者。辟内罗的剧本，在舞台是没有不合宜的，他的技术极为精纯。他的第一部重要的戏剧为《金钱纺织者》（*The Money Spinner*）。他的剧本不一定是创作的，如《贵族与平民》一剧便是由瑞典的一个故事改写的。《更弱的性》（*The Weaker Sex*）写的是母女同爱一人之事。《唐加莱的继妻》（*The Second Mrs.Tangueray*）是使他有名之一剧。他还写了不少喜剧，如《电》（*The Thunder Bolt*）和《不一笑的妻》（*A Wife Without a Smile*）等。他的剧本，其性质之复杂，较之任何戏剧家俱甚。没有一个同时的作家有他那样广的写作范围的。

萧伯纳在文学上是一个“生来的孤儿”，无所依傍的；赞许他者以为他是没有一句话非原创的。即反对他的人，也承认他的天才。他生在杜白林的中产阶级家庭中。他自己说：“我是一个典型的爱尔兰人。”他的第一次印在纸上的东西乃是刊于新闻纸上的一封信。他的学校生活，据他自己说，是他一生中完全耗费而且最无味的一段。1876年，他跟了他母亲到伦敦。他有一时在一个电话公司里办事，后乃靠笔墨为生活。这时，他常到不列颠博物院去，更入革命社团，与急进思想家交结，读着马克司的书，到海地公园（Hyde Park）去演说。他的第一部书出版者是《易卜生的菁华》（*The Quintessence of Ibsen*），他的第一篇剧本是《鳏夫之屋》（*Windower's House*），《华伦夫人之职业》（*Mrs. Warren's Profession*）继之而出。这部剧本讨论的不仅为一个娼妓问题。自此以后，他又写了37部剧本，大多数是很流行的读本而不曾见之于舞台上的。《华伦夫人之职业》也为检查者所禁止，未在英国表演过。他的最好之剧有《人与超人》（*Manand Superman*）、《约翰·保尔之他乡》（*John Bull's Other Land*）、《心碎之屋》（*The Heart-Broken House*）、《武器与人》（*Arms and Men*）等。《回到米莎赛拉》（*Back to Methuselah*）为后期之大作，叙述人类之历史，自亚当、夏娃之时起，至“思想所能想得到的时代”止。他的剧本往往对话极长，而没有动作，然在对话中，却充满了不可及的可爱的机警。

与萧同时的戏剧家，差不多都是对现社会下批评下攻击的，他们的作品或可称为“社会学的剧本”。白高（Gramville Barker，公元 1877 年 –）是如此，他的作品比较的少，以《瓦赛的遗产》（*The Voysey Inheritance*）、《废物》（*Waste*）等为最著。汉金（St. John Hankin，公元 1869–1909 年）是如此，他的成名，在白高之后，其第一次成功之作为《浪子归来》（*The Return of the Prodical*）。高斯委绥（Gal sworthy）也是如此，他的剧本，较之他的小说更有影响。他表满腔的同情于被压迫、被侮辱的下层阶级。他写的是写实的剧本，他表现于舞台上的是人物与人物间的冲突，阶级与阶级间的斗争，穷人与富人之对抗。他的剧本的重要不在他的艺术的能力，而在他的道德的与伦理的力量与见解，及为下层阶级张目，求公平之一方面，如他的有名著作《银盒》（The Silver Box）、《争斗》（Strife）、《公平》（Justice）都是如此。

上面的戏剧家，自萧以至高斯委绥都是受有易卜生之影响，叙近代生活，讨论社会问题的，他们在舞台上所宣传的，正如威尔士在小说上所宣传的一样。

不持严肃的攻击态度，而以写喜剧著名者有马格汉（Somerset Maugham，公元 1874 年 –），他是王尔德的同类。他的《菲里特力夫人》（*Lady Frederick*）是他的成功作品之一，《潘尼洛甫》（*Penelope*）与《加洛林》（*Caroling*）较此剧为尤好。但他的后来之作品《乐土》（*The Land of Promise*），对于社会之罪恶，态度却很严正。这个变更大概是受有同时人萧伯讷与高斯委绥的影响之故。他现在却还在写着旧式的喜剧与笑剧。

巴蕾（Sir James Barrie）是一个很重要的戏剧家。他也写小说与故事，却没有他的戏剧那末重要。他是苏格兰人，生于农家。在爱丁堡大学毕业后，即为当日之报纸写些东西。他初在伦敦之三年，很穷苦。后乃渐渐的有名。《小牧师》（*The Little Minister*），一部真的大规模的牧歌，《小白鸟》（*The Little White Bird*），一部给儿童读的故事，立刻显出他的最好的天才。还有《为辛特里拉的一吻》（*A Kiss for Cinderalla*）及《感伤的汤姆》（*Sentimental Tommy*）都是极美丽的文字，富有诗之趣味的。他有的是天真的儿童，有的是飘逸的小神仙，有的是清隽绝伦的名句，有的是可爱的幽默。这便是他的大成功处。他的剧本，亦俱充满了这种的他所特具的可爱之风格。《彼得·潘》（*Peter Pan*）是他的代表作，最足以表现出他的神奇的幻想与充溢的诗趣。《亲爱的白鲁托》（*Dear Brutus*）也是在仙林之美影下写的名剧，随处都可拾着最晶莹的名句。但他有的剧本，如 *The Admiral le Crichton* 之类，却也是批评社会的，与萧他们差不多，而终没有他们那般的辛辣。

新世纪的诗人，老的新的很不少。哈提与吉卜林是高耸的双峰。然底下的许多诗人却各有其好处，各有其可以自立之点。

白里琪（Robert Bridges，公元 1844 年－）是一个桂冠诗人，享着极高的荣誉。他以艺术深湛，音律谐和见称，尤深于英国音韵的研究。他的不朽之作为一部十四行诗集《爱之生长》（*The Growth of Love*）及五册的《短诗》（*Shorter Poems*）。而在《短诗》中，有些抒情诗，如《冬夜之类》，尤为他的最好的作品。他的最近之作为《十月与其他诗歌》（*October and Other Poem*，1920），其中亦有不少美诗，他的写英国之日常生活与自然风景之诗，是无比的清秀真朴与可爱的。

瓦兹－邓顿（W. T. Watts-Dunton，公元 1836-1914 年）以他的十四行诗著名。他曾与史文葆同住了三十余年。但他的重要作品，《爱之来》（*The Coming of Love*）到了 1897 年方才出版，那是以富于浪漫意味的琪卜赛（Gypsy）生活为背景的。

哥斯（Edmund Gosse，公元 1849 年－）是一个很有学问的诗人，又是一个很有名的批评家与编辑者。他的诗技术是很精的，如《新诗》（*New Poems*）、《秋园》（*The Autumn Garden*）等都有很好的诗在内。他很受丁尼生、史文葆诸人的影响，他并不有特创的新的诗品，然而却是很美的很谨慎的作品，值得一举的。

阿尔菲力·奥斯丁（Alfred Austin，公元 1835-1913 年）是一个赞颂拜伦的人，是一个热情的爱国的诗人，写着诗剧，如《白比尔塔》（The Tower of Babel），哲理诗如《悲观主义者》，还有几册的抒情诗等。他继着丁尼生为桂冠诗人，他之后，这个地位便为白里琪所得了。比之奥斯丁为尤近于拜伦者有白伦特（W. Scawen Blurt，公元 1840 年 –），所作有《风与旋风》（The Wind and Whirlwind）等。

瓦特生（William Watson，公元 1858 年 –）以作《华兹华士的墓》（*Worth worth's Grave*）等挽歌有名。他的“*Lacrimoe Masarum*”在丁尼生死后写的，乃是他最美丽、最富热烈色彩、最和谐的诗。西蒙士（Arthur Symons，公元 1865 年 –）与哥斯一样，亦以他的智慧之能力有名而他的诗亦甚可称，《日与夜》（*Days and Nights*）开始显出他的才能，《伦敦之夜》（*London Nights*）包含了他的好些佳诗。《善与恶之影像》（*Images of Good and Evil*），是他已有诸作中之最高秀者。

达委生（John Davidson，公元 1857–1909 年）与西蒙士相同，开始即写日常生活的见闻。他与西蒙士不同者则为力之崇拜与唯物史观哲学之信仰。《诗歌集》（*Balland & Songs*，1894）是他的最流行之作。如《女尼之歌》《天之歌》等都是极佳美之作。此后又继之以《新歌》（*New Ballad*）等。《新歌》中之《工人之歌》等作也很好。

亨莱（William Ernest Henley，公元 1849–1903 年）身体之衰弱，类于达委生。他的《医院的诗》（*Hospital Verses*）便是他躺在爱丁堡的一个医院中之记载。他的主要之作为《刀之歌》（*The Song of the Sword*）及《为英国之故》（*For England Sake*）等。他能以寥寥几行，把一个人物活现在纸上。

梅司菲尔（John Masfield，公元 1874 年 –）是现代最大的诗人之一。他早年到海上去。他的初期的诗是好几小册的“盐水歌谣”，然他的主要之作，乃为后来的长篇叙事诗。第一篇便是《永久之怜恤》（*The Everlasting Mercy*），在诗歌上弹出一个新调，因此，有许多守旧的批评家便以它为非诗。然这些批评都死了，而《永久之怜恤》却仍巍然的存在着，为新世纪最伟大诗篇之一。他后期的最美的诗为《列那狐》（*Reynard the Fox*），写英国村间一日的猎狐之事，富于村乡的声与色及气味。

此外，尚有霍斯曼（A.H.Housman，公元 1859 年 –）以写《一个萧洛夏童子》（A Shropshire Lad）有名，他以为神们在游戏中杀死我们，生命不过是一个讥嘲。他的诗是最可存在的，没有一句不富于诗意，没有一诗是没有意义的。特伦契（Herbert Trench，公元1865年-）也是一个精美的作家，他的第一作《特尔台威特》（*Deirdre Wedd*）出现于他36岁时。他写得不快，《新诗》（*New Poems*）在第一作六年后才集成。其中包含他的最美丽之诗一首《阿波罗与水手》（*Appollo and the Seaman*）。菲力甫士（Stephen Phillips，公元1868—1915年）早年曾为伶人，曾复兴诗剧于英国剧场，但他的才能却为诗的而非剧的。他的诗剧有名者为《宝洛与法兰昔斯加》（*Paolo and Francesca*）、《优莱赛斯》（*Ulysses*）、《大威之罪》（*The Sin of David*）及《尼禄》（*Nero*）等，《大威之罪》为尤好。皮尼安（Lawrence Binyon，公元1869年-）是菲力甫士的表兄弟，曾有人称他的才能为史诗的，所作有《伦敦的幻像》（*London Visions*）等，欧战也曾留影在他的诗集《四年》（*The Four Years*）内。杜特（C. M. Doughty，公元1843年-）以作《不列颠的黎明》（*The Dawn in Britain*）著名。极甫孙（W. Wilson Gibson，公元1878年-）以作抒情诗集《生命之网》（*The Web of Life*）及诗剧《每日的面包》（*Daily Bread*）及《火》（*Fires*）著名。阿蒲克隆比（L.Abercrombie，公元1881年-）在生存诗人，得名最快，所作以《盲人》（*Blind*）、《马丽与荆棘》（*Mary and the Bramble*）等为最著。劳伦司·霍斯曼（Lawrence Housman，公元1867年-）是上述霍斯曼（A. E. Housman）的兄弟，是诗人，又是一个小说家、批评家、戏曲家。他善作神秘的诗，其作品可以《绿毡》（*Green Arras*）为代表。皮卿（Dean Beaching，公元1859—1919年）以他的《在花园里》（*In A Garden*）一部诗集有名。格尔（V.R. Gale，公元1862年-）与皮卿相同，是一个以学力造成的诗人。他的名作有《九月里的歌》（*Song in September*）。

邱劳·柯契（Authur Quiller-Couch，公元1863年-）是一个文学教授及小说家，也写了很好的诗，如《科伦布在西委尔》（*Columbus at Seville*）及《同伴》（*The Comrade*）等。纽博特（Henry Newbolt，公元1862年-）以他的动人的海歌集《全体是海军大将》(*Admirals All*)有名。他的诗很不多，至今，如整理起全集来，也不过是一册而已。

诺依士(Alfred Noyes，公元 1880 年 -)是一个写得很快的诗人，四年之中，出了四部诗集。他的想像不出于平常人能理解的范围之外，他的见解也是大多数人的见解。所作有《古日本的花》(*The Flower of Old Japan*)等。莫尔(T.Sturge Moore，公元 1870 年 -)是一位诗人，又是一位艺术批评家，所作有对话诗、诗剧及长短篇的抒情诗等。其中以《潘的预言》(*Pan's Prophecy*)为最好。

皮洛克(Belloc，公元 1870 年 -)和查士脱顿(G.K.Chesterton，公元 1874 年 -)二人都是新闻记者、乐观主义者，当时的先知，传统信仰的维持者。皮洛克的讽刺诗很好。查士脱顿的《白马之歌》(*Ballad of White Horse*)是很成功的。

大威士(W. H. Davies，公元 1870 年 -)是一个真实的自然诗人，他的诗差不多都是新鲜的，由自己心里发出的。所作有《新诗》(*New Poems*)、《自然诗》(*Nature Poems*)及《快乐之歌》(*Songs of Joy*)等。特林瓦德(John Drinkwater，公元 1882 年 -)不是与大威士一样的抒情诗人，他乃是一个挽歌作者，他的诗是智慧的与默想的。他的诗集有《爱情与地的诗》(*Poems of Love and Earth*)及《克伦威尔及其他》(*Cromwell and Other Poems*)等。

在最后，有四个抒情诗人是很可注意的。马尔(Walter de la Mare，公元 1873 年 -)是一个青年与罗曼的世界的歌者，尤其是一个儿童的歌者。他的《孩时之歌》(*Songs of Childhood*)可以算是代表作。雷格生(Ralph Hougson，公元 1871 年 -)的作风与马尔很相同，所作有《最后之黑鸟》(*The Last Blackbird and Other Lines*)等。白鲁克(Rapert Brooke，公元 1887-1915 年)是一个很重要的新世纪诗人，不幸死于欧洲大战的炮火之中；这是欧战的大牺牲之一。他自出版第一诗集至战死之间，不过三年余而已，然其天才则已在此短促之时间内为大众所认识。他的作品，于第一诗集外，尚有《一九一四年及他诗》(*1914 and Other Poems*)。弗里克(S.E. Flecker，公元 1884-1915 年)死于白鲁克死的那一年，相距不过数月。他是一个古典派的诗人，反抗当代的英国诗坛之潮流的。他以法国的高蹈派为师，他的诗的理想是如珠似玉的句法，是锵铿和美的律韵，是晶莹可爱的篇页。他的诗集有《到萨马甘的金程》（*The Golden Journey to Samarkand*）、《火桥》（*The Bridge of Fire*）、《四十二诗》（*Forty-two Poems*）及《古舟》（*The Old Ships*）等。

英国的新世纪的散文作家，有杜卜生（Austin Dobson，公元1840-1921年）诸人。杜卜生是后期维多利亚时代论文作家中之最动人者。莫莱（John Morley，公元1838-1923年）则为当时极有名的批评家。他的后半生专意于政治，其前半生则为好几个有名杂志的编辑者，写了好些有名的关于法国18世纪哲学家的批评论文。小泉八云（Lafcadio Hearn，公元1850-1904年）也是这新时代初期的一个著名的散文作家。他父亲为一个军医，和一个希腊女子同逃，生了他。当他19岁时，在纽约等处为新闻记者。1890年他到了日本，那是他所爱的地方；他在帝国大学为英文讲师，娶了一位日本女子，归籍日本，改信佛教。他的书，第一次把日本很活泼的表现给西方读者；又是把西方文学介绍给日本文坛的很有力的人。他的名作有《鬼的日本》（*In Ghostly Japan*）、《文学与人生》（*Literature and Life*）等。此外，史特芬（Leslie Stephen，公元1832-1904年）和阿得留·兰（Andrew Lang，公元1844—1912年）也都是很好的批评家。史特芬以作《18世纪英国思想史》（*The History of English Thought in the 18th Century*）有名；阿得留·兰是一个荷马史诗的译者，一个诗人，一个传记作家，一个有权威的神话研究者。他写了一部英国文学史，一部很可赞美的《贞德传》（*Joan of Arc*）。

在生存的英国散文作家中，刘客士（E.V.Lucas）的文誉是已经固定了的。他曾写了一部最好的查里士·兰（Charles Lamb）的传记，而他自己也具有许多兰的性质。

三

新世纪的美国作家很多，有的已享盛名，有的正在创建自己的荣誉的花坛。这里只能叙说那些已公认为重要的作家的十几位。

贾克·伦敦（Jack London，公元 1876–1916 年）生于旧金山。他游过半个世界，足迹走遍全美。他是一个赞颂生命的、称许力量的作家。这在他的大名的故事《野犬吠声》（*The Call of the Wild*）里可以表现出。

刘委士（Sinclair Lewis）的《大街》（*Main Street*）之出版，是美国新世纪文坛上的一件大事。这是一个写实的、真挚的图画，写的就是隔壁邻人的事。这是与一班流行小说不同样的作品，在美国小说史上可以划一个时代，且是这个时代的开始。继《大街》而出者为《白比特》（*Babbitt*），这又是形容尽致、逼真逼实的写状美国平常人，一个平常的生意人的生活的一部好作品。在别的国里没有可以寻到同一类的小说。

瓦尔顿夫人（Mrs.Elith Wharton）以写“Ethan Frome”及《泥屋》（*The House of Mirth*）二作著名，新近出版的战争小说《一个儿子在前线》（*A Son at the Front*）也是她的很好的作品。她是乾姆士的跟从者。为法国的文雅的写实主义的信徒。特里塞（Theodore Dreiser）则是一个比她更为深刻粗野的小说家。他写的是美国的求财者。他们以求财为唯一目的，一心一意的从财富之鹄走去，有如鸷兽之捕捉食物，那就是特里塞所要描写的。他的《理财者》（*The Financier*）及《铁登》（*The Titan*）可以作为他作品的两个代表。在他最近的著作《美国的悲剧》（*American Tragedy*）里，其风格也并未变更。他至今还在很努力的写作着，其成就正未可量呢。他的同省人、同时人泰金顿（Booth Tarkington）也是如此。泰金顿的作品，其风格很动人。他还是一个戏剧作家。

在刘委士诸人之前而第一个起来，反抗镀金时代美国的光明而微笑的图画，反抗那虚伪的罗曼主义，小说家把他绣在荒野、边界及西方的严肃的真实生活之上的，乃是格兰特（Hamlin Garland）。

他的作品有《旅行的大道》（*Main Travelled Roads*）等。卡比尔（J.B. Cabell）也是一个独立不群的作家。他的最引人注意的作品为*Jurgen*，这是一部传奇，一篇弘丽的散文诗，一部写人的灵魂寻求传奇与美的冒险记。他不满意于现在的生活与状况，他要求“逃脱”生活，他的小说乃是一个想像世界的诗的传奇。

安特生（Sherwood Anderson）与特里塞一样，乃是一个较年轻的美国写实家，然较特里塞却又不同。他的客观乃更染以观察者的人格。他的内心的呼声，乃是反对美国近代生活之无秩序、混乱与无用的。

雀契尔（W. Churchill）是一个很发财的小说家，但并不是第一流的。当历史小说盛行时，他的这一类的著作是销路最大的。

奥卜顿·新克拉（Upton Sinclair）是一个急进党，一个社会主义者，以一部小说《林莽》（The Jungle）得大名，然他的作品却很多很多。人称之为美国的威尔士（H.G. Wells）。

海格萧莫（Jeseph Hergesheimer）以叙写真切，观察正确著称，他的风格，因过于装饰，显得有些沉闷。

奥司金（John Erskine）新近以《海伦的家常生活》（*The Private Life of Helen of Troy*）及《格拉哈特》（*Galahad*）之作者得大名，这两部书读者极多。此外，还有好几个小说家，如格拉司歌（E.Olasgow）、惠特（W.A.White）、奥斯丁（Mary Austin）等，都曾为当代批评家所尊许，这里却不能一一详说。

美国新世纪的诗人很不少，这里不能一一列举，仅以沙特堡（Carl Sandburg）和爱米·洛威尔（Amy Lowell）几个诗人为代表来说一下。沙特堡可算是惠特曼以后美国诗人中之主角。他的父亲是一个铁路工人，他到了13岁时才进学校。而在17岁之前，为了生活，做过种种的工作，如拖牛乳车、割麦、拉舞台上之布景、洗盆子等等。但后来终于进了大学。1916年出版的第一册诗集《支加哥的诗》（*Chicago Poem*）其浩莽革命的气魄，立刻引动了读者的注意。群许以为惠特曼之后继者，后又出了《烟与钢铁》（*Smoke and Steel*），其艺术益臻高境。

爱米·洛威尔是美国新世纪最伟大的女诗人，她曾译中国的诗歌到美国去。她自己的好几册诗集，也都是有力而且有趣，其中的一册《男人、女人与鬼》（*Men, Women and Ghosts*）尤为可以注意。还有一个女诗人海令娜·杜里特尔（Helena Doolittle，公元1886年–），也应一举，她的诗隽峭稳练如短铭。

马斯脱士（E.L. Masters，公元1869年–）在一九一五年刊行他《爱河诗选》（Spoon River Anthology）之前，曾出了好几册的诗集，剧本和论文，都不大有人注意，但自《爱河诗选》一出版，第二天便得了大名。林特赛（V.Lindsay，公元1879年–）是一个乐观的诗人，所作于《中国的夜莺》诸诗里可以见其功力之所在。

四

在法国，新世纪的初期是洛底及法朗士诸作家在活动着。罗曼·罗兰（Romain Rolland，公元1866年–）是新作家中最为人所知的，他在做他的伟大小说《若望·克利司朵夫》（*Jean Christophe*）之前，曾写了好几部有趣的音乐家传，其中以《贝多芬传》为最有名，又作《托尔斯泰传》《米勒传》等。《若望·克利司朵夫》凡十大册，无疑的是世界文学中最长的一部小说。这是写一个德国音乐家的故事。罗曼·罗兰是一个国际主义者。在欧战时，他住在瑞士，独自在清醒的反对这次的战争，曾受到不少的毁谤。

与罗曼·罗兰的非战及国际主义恰恰相反者，乃为当时狂热之国家主义及主战的呼声。这样的空气，在大战前即已酿着了。在这时，法国文学发生了一个新的精神，完全与19世纪的法国精神两样，完全与莱南及法朗士之怀疑主义两样。正如一个批评家所说的，崇拜正理、正义及自由的时代是过去了，跟着来的是一个崇拜勇敢、活动、自制、信仰的时代。法朗士在1914年时也自认道："怀疑主义是不合时宜了。"在莱南的孙子辟西查里（Ernest Psichari）的小说里，这种情调的变更完全可以看出。他以军国主义、天主教、神秘派，代替了他祖父的和平主义、怀疑主义与理性论。在巴里士（Maurice Barres）、马拉士（Charles Maurras）及柏格生（Henri Bergson）的著作里，这个新精神更可充分的表白出。巴里士在1870年，正当他八岁时，眼见德兵之蹂躏荣华的法国。这一星忿恨之火许多年后熊熊的燃着在他的小说 *An Service de l'Allemagne* 及 *Collatte Baudoche* 还有其他讲爱国主义的作品中，这些著作无疑的是激动了国民的勇气。当欧洲苦战之时，马拉士也是如此的宣传着，且也很有影响。非直接的影响则为柏格生的哲学。早在1889年之时，柏格生已出版了他的“造成时代”的大作“*Données Immédiates de la Conocience*”，这乃是史宾塞哲学的反动。柏格生的理性的直观法，他的分别心灵与物质，他的活力主义的理论，极有影响于少年作者，他们崇视他为一个先知者，以他的哲学为新的福音，他们时时的读他，远出于这位哲学家之所能料。有一个说：“我在每一页中觉到上帝。”

在别的于欧战前已得了名誉的法国作家中，有几个人是可以一举的：如博里修（R é ne Boylesve），他作了不少可爱的故事；鲍特克士（Henri Bordecus），他的火炉边的小说是极流行的；巴森（Réné Bazan），他的新近著作 *Charles le Foncauld* 是神秘派文学的重要的新产品。此外，还有两个诗人，乾米（Francis Jammes）与克洛台尔（Paul Claudel）。

当欧战发生时，除了几个清醒者外，其余的都发狂似的去从军，共计有九百多个作家死于这次大战中。在这些牺牲者中，小说家辟琪（Charles Peguy）是一个，他曾写道：“祝福那些死于大战役中的”，而他不知这个祝福却也临到了他。

许多战争文学在这时产生出来，然很少有永久价值的，只有巴比塞（Henri Barbusse）及杜哈米尔（Georges Duhamel）的战争小说，乃是法国文学中的重要的添加品。

1916年出版的巴比塞的《火》（*Le Feu*）可以说是任何国出版的战争著作中最伟大的一部。他在暴风雨的中心，乃能正确的、忠实的、以动人的文字，写出他所见的恐怖。在战前，巴比塞还实际上是一个无名的作家，他的两部诗集，一部短篇小说集、一部小说，都未能有多数的读者。当战事起时，他虽是一个和平主义者，且已过军役年龄，身体又坏，然他却加入了军队，参预实际活动，因为他相信他是参预了一次以战灭战的战争。然读者在他的《火》及后出的小说《光明》(*Clarté*)中，可以看见他不久便很苦闷的失望了。《火》是曾被写下的文字中控诉战争最有力的著作。巴比塞以深切的写实主义来写战争的可怕，他把恐怖的事实，赤裸裸的写出。《光明》的出版，正在议和之时。他在那里宣传着非战的原理。这一部小说的名称成了一个非战团体的名称，这个团体里，巴比塞是一个主要的人物，他们曾发布了重要的光明运动的宣言。

杜哈米尔是一个科学家，以医生为业，然在战前，已以文学著名，他写了两部诗集，三篇剧本。但两部他的最伟大的战争作品《殉难者》(*Vie des Martyrs*)及《文明》(*Civilisation*)却使他得了大名。他与巴比塞一样，有描写他所见的能力，但他却从别一角去看它。巴比塞是一个使徒，一个社会改革家，相信人类可以和平主义来改造的。杜哈米尔却是诗人、梦想者、哲学者、科学家、怀疑者，对于人类之改造并没有多大的信仰。

柏洛司特(Marcel Proust，公元？-1922年)的一套小说，总名为*A la Recherche du Temps Perdu*者之出版，是法国现代小说界一件最重要的史实。这套小说的第一部出版于1914年，那时作者是42岁。读者立刻分为相反的两派，一派是赞成柏洛司特的，一派是反对柏洛司特的。赞成的人大抵以国外居多。然即在国外，也颇有以其描写了太细腻，太冗长见讥者，如他分析一个妇人的微笑，乃费了六页的篇幅。这大部的小说丛，写的是一个中年人，回忆到他孩提及少年时的交游之地与交游之人。只要有耐心去读，柏洛司特是很值得读的。

在战前，立体派(Cubist)的诗人在法国很活跃。起初，这一派是占着图画之域内，后乃侵入诗坛。阿波林那(Apollinaire)、约柯伯(Max Jacob)及莎尔蒙(Salmon)三诗人是这个运动的中坚。他们以为向来的艺术只是模拟，现在要的是创造。他们不是把自然的现象翻译到画架上或诗句里来，乃是拿来表白诗人或艺术家的生活的情绪经验的。他们是“超写实主义”者。阿波林那说道：“当人要模拟步行时，他创造了车轮，车轮是不像一只腿的。他如此的不自知的超写实的创造了。”立体派的诗人，与这一派的画家一样，不顾一切的传统习惯，而自由用字造句。但阿波林那却并不是一个大诗人，有人批评他的诗的情绪都是由书本上得灵感的，所以显得很枯窘。

未来派（Futurism）也许可以不大正确的说是立体派与达达派（Dadaism）之间的一个阶级。在1912年，未来派的名人马里那底（Marinetti）宣言说：“未来派是要以机械美的观念代替了向来的文学上的妇人与美……要以机械代替恋爱。”但也没有多大的成功，达达派较之他们尤为革命的，尤为勇敢的。他们自己说：“达达不是立体派，也不是未来派，达达是没有什么意义的。”他们又说：“达达主义者是爱酒与妇人，夸大广告的现实主义的人，他的文化以肉体文化为主。”但他们也未必都是一派别。他们的名人有柯克杜（Jean Cocteau）及台尔米（Paul Dermèe）诸人。

五

新世纪的德国文学，除了苏特曼、霍卜特曼几个老作家在活动之外，新派的作家也就不少，有新古典主义的高唱，那是由耶隆斯特（Paul Ernst）和威特金特（Weidkind）所主持着的；有表现主义（Expressionism）的运动，那是凯撒（Georg Keiser）及哈森克列夫（Hasen Clever）所代表着的。表现派以为“我们人的精神不是单单吸收印象的，这精神里面还藏有具备微妙作用的自我。所以一定要溶化了这由外界吸收来的东西，依了自我的理想，改造为新的东西才行。这就是表现主义的方向。”表现派之出现，正在大战之后，于是他们就吸收了那因战争而始觉醒的人道主义和世界主义的倾向。凯撒的作品尤为世界的读者所注意；他的《加列的市民》（*Die Bürger von Calais*），不仅为表现主义的名作，也是新世纪德国戏曲中不常有的剧本。凯撒在这剧里，写出新旧英雄之精神的争斗。英、法交战，法军失败。被英军包围着的加列市忽来了一个英使说，如果加列能够牺牲市民六人，在明天送到英王那里，便赦免全市的人民。加列人民为了这事召集市参议会。一个代表军国主义的军官，力斥英王的提议是不名誉，情愿大家死战。一个代表人道主义的参事会员爱斯泰修却从更高尚的立足点，主张接受英军的条件，且自愿为这六人中的一个。旁的人为他所感动，也都要为市民而牺牲，这样的自愿牺牲者共有七人。爱斯泰修提议，第二天早晨在某处集合，来得最后的一个牺牲者，便留在市中，不必去。第二天，六个都来了，只有爱斯泰修不来。大家都疑惑着。不久，代替爱斯泰修而来的却是他的尸体。这六人十分感动的上牺牲之路走去。但英军却因英王诞生王子，表示祝意把六个市民赦了。最后的结局是爱斯泰修同受了市民与敌人的敬礼。

哈森克列夫的有名作品为《儿子》(*Der Sohn*)，这是表现派最早的戏剧之一。后来又作了一篇《安廷宫》(*Antigona*)，把希腊大戏曲家沙福克里士所写的安廷宫，写成了一个宣传博爱者，一个人道主义的殉教者。

在这个表现派大家之外，还有温鲁(F. von Unruh)，他作了《一个时代》，反对军国主义；乔林(R. Goering)，他作了有名的剧本《海战》(*Seeschlacht*)，也是反对战争，对国家主义起了怀疑的大作。

六

自1917年的第二次大革命以来，俄国的文坛完全换了一个样子。老作家或者搁笔，或者到了国外去；一般人民也差不多忘记了他们，或以为他们已不足以表现新的俄国与新的生活了。新的文人与新的文派如潮涌似的出现。未来派在这时曾绝叫着。未来派的创始者为克莱卜尼加夫(Khl6bnikov，公元1885–1922年)，他死于穷苦，然他的朋友们却都享着盛名高位。马耶加夫斯基(Mayakvosky，公元1893年–)是未来派中最重要的代表人物。平常的人都以为未来派与马耶加夫斯基的诗，是一而二，二而一的。当马耶加夫斯基十三四岁时，他即为共产党的党员。1911 年时，他才与未来派诸前辈相接触，且开始作诗。他的诗渐渐的与他们不同了。他的诗不是合于书室中人，乃是为街上的人写的。1916 年，他的第一诗集出版，立刻得到成功。大革命之后，他成了半官式的共产党诗人，许多的诗都是为了政治的宣传而作。1923 年后，他为《李夫》（*Lef*）杂志的负责编辑。在这一派的诗人中，除了马耶加夫斯基，便要数到柏斯特那克（Pasternak）了。柏斯特那克在 1917 年写了一册的抒情诗集《我姊姊的一生》（*My Sister Life*），这时，此诗册并不曾付印，仅以抄本流传着，而已有模拟他风格的诗出版了。不仅未来派的诗人受其影响，即别的派别的诗人也受其影响。此诗集直到了 1922 年方才出版。

大革命前后的散文著作，大都受着莱米莎夫（Remizov）的影响，直到了 1921 年之后，小说方才复兴。第一个引起大众注意的是皮涅克（Boris Pilnyik，公元 1894 年 – ）。他在革命前已写小说，但 1922 年出版的他的小说《赤裸之年》（*The Bare Year*）方才显出他的才能，立刻模仿他的风格的人纷纷而起。他的短篇小说也很好，如《荒原的故事》之类都是很有力的著作。他去年曾到过中国来。

巴倍尔（I. Babel）是所有革命后小说家中最成功的一个。他的第一篇小说曾于 1916 年见于高尔基编的一个报上。然后沉默了七年。1923 年，他的短篇小说复出现于报纸上时，立刻被承认为第一流的作家，且为青年作家中的领袖。他的小说，很短很短，都不过几百个字，然而寥寥的几百个字中却有深沉的刺激人的力量。他的故事都是些血与死、冷血的罪、英雄主义与残酷的故事。

七

意大利的新世纪文坛，最重要者仍为唐南遮。但柏辟尼（*Giovanni Papini*）的《耶稣传》（*Life of Christ*）却是新世纪意大利作品中震动了全欧读者的著作。他是一个批评家，一个小说家。《耶稣传》把《圣经》中的故事加以许多注释而重述出。他是一个勇敢的作者，毫不信仰传统的批评与偶像。他所最爱重的是尼采，以为他是近代人中最高贵纯洁，最悲苦、寂寞、绝望的人。

这里并不论到哲学，然而意大利的大学者克洛士（Benedetto Croce）却不得不一举。他的地位是在全欧的。他的《美学原理》（*Theory of Aesthetic*）曾改革了现代欧洲的批评思想。

在生存的西班牙作家中，依伯尼兹（V. Blasco Ibanez，公元1867年－）是一个最为人所知道的。他曾有一时为急进派的新闻记者，曾因政论而被监禁。他有一时住到阿根廷去，他的文学工作就在这个地方起头。在他所有小说中，只有一部 *La Maja Destenda* 是描写个人的心理的，其余的都是写大规模的实业或战事的活动的。他的战争小说 *Mare Nosturn* 及《启示录的四骑士》（*The Four Horseman of the Apocalypse*）曾震动了全个世界，不久，便译成了好几国文字。这两部作品，色彩都很明亮，又有动人的戏剧力。《血与沙》（*Blood and Sand*）也是如此，那是很好的一部叙述一个西班牙斗牛者的生活的。

与依伯尼兹在小说上一样，培那文德（Jacinto Benavente，公元1866年－）是最有名的西班牙新世纪戏剧家。他先学法律，后弃而作小说与抒情诗，最后乃专心于作剧本。他是一个实写主义者，是易卜生、萧伯讷之流，许多剧本都是对西班牙社会加以讽骂的。名作有《出名的人们》《知县之妻》《土曜之夜》《热情之花》及《从书中学了一切的王子》等。共计有八十余篇，其中译为英文的很不少。

八

久在沉睡中的民族，在新世纪的前后，也都觉醒了，复从已久熄的火灰中，燃着一星的文艺的火，竟至于现出灿烂之火光。这如新犹太、印度诸国都是，而匈牙利在这时也产生了好些世界的作家。

犹太的文学，到19世纪的后半方才有复兴的气象。好几个作家都是用 Yiddish 来写他的作品。阿布拉莫维奇（Abramovitch）是第一个重要的作家，他的名作为《跛者菲希克》(*Fishke the Lame*)。此后还有好几个诗人与小说家。潘莱士（Perez）是最好的新犹太短篇小说家，是一个写实主义者，或称他为“犹太的都德”。拉比诺维奇（Rabinowitch）是一个诗人，一个小说家，又是一个戏曲家。他被称为“犹太的马克·特温”。佛洛格（Frug）是一个大诗人，生长于农间，多咏写自然之诗。然为新世纪的文坛上的中坚者则为宾斯奇（David Pinski）、阿胥（Sholom Ash）、考白林（Leon Kobrin）三人。

宾斯奇是一个大戏曲家。自 1910 年，他的《宝藏》在柏林公演后，立刻得到了世界的名誉。他的思想，近于安特列夫，是到处的怀疑着。写的是犹太人的生活，其实却说的是人类全体。阿胥则与他不同。阿胥完全是一个犹太人，他的作品的背景是犹太的，思想也是犹太的。这可于他的《复仇神》里见出。自阿胥的一部小说《乡村》出版时，他便得到了“犹太的莫泊桑”之名。然后来他的剧本出了不少，而他又成了一个头等的戏曲家。考白林以长篇小说的作者著名。他是一个自然主义的作家，其大作有《觉醒》《立陶宛乡村》等。

匈牙利的近代作家，诗人可以辟托菲（A. Pétöfe，公元 1823–1849 年）为代表，小说家可以育珂·摩尔（Jókai mòr，公元 1825–1904 年）为代表。辟托菲是一个热情诗人，但他不仅是一个诗人，还是一个民众所共知的英雄。他正在 27 岁时，忽然的在为祖国而战的战场上不见了，没有人晓得他死在何地。于是许多人相信他还活着。他曾译了不少外国的作品，他写着剧本及一部小说《绞者之绳》，但他的抒情诗却是他真天才之所寄，又纯熟，又莹美，又自然。1848 年时，因出版自由会之公布，他的第一册诗集才得出版。他的《起来》《马格耶人》(Talpra Magyar）乃是匈牙利的《马赛歌》。

育珂·摩尔是近代匈牙利最伟大的小说家。他的生活是文学的与政治的活动同时并进的。在 1848 年匈牙利大革命之前他已出版了一部很成功的小说《工作之日》(*Hétköznapok*)。革命之时，他与大诗人辟托菲一样，是极热忱的从事于这个伟大工作。不幸失败了。此后，便致力于文学著作，一册又一册的出版，致得了“匈牙利的史格得”之称。他的最有名之作品为《一个匈牙利富翁》（*A Hungarian Nabob*）《我们为什么老了》《爱情的愚夫们》《黑钻石》《如海水的双眼》《二二是四》《没有恶魔》及《黄蔷薇》（*Asraya Razsa*）等。

现代的匈牙利的作家，也可以莫尔纳（F. Molnar，公元1878年－）及拉兹古（Andreas Latzko）二人为代表。莫尔纳是一个戏剧家，拉兹古是一个小说家。莫尔纳于18岁时即开始文学著作。自他的剧本《恶鬼》（*Az Ordog*）发表后，立刻得到了盛名。此后，又发表了《李僚》（*Lilion*）及短剧《盛宴》等。拉兹古是一个军官。欧洲大战时，在意大利战线上受伤。后来就做了一本战事小说，名《战中的人》（*Menshen im Krieg*），1917年在瑞士出版。在这里，拉兹古是非常激烈的反对着战争。立刻得到了许多人的注意。罗曼·罗兰立刻有一篇长评论发表。这书描写军士们的肉体痛苦，极为逼真而刺激，是不朽的一部非战的大作，与巴比塞的《火》是欧战的产品中的双璧。

希腊与犹太一样，在这时也从长睡中醒来。在美国，曾有一部英译的《近代希腊短篇小说集》（*Modern Greek Stories*）出版，共有九个作家，如杜洛西尼斯（Droasinis）、克色诺普洛斯（G. Xenopoulos）诸人。此外，尚有物蒂拉斯（D. Voutyras）诸人，不在这个选本中。物蒂拉斯是青年小说家中负盛名者，所作有《兰加斯》（*Langas*）等。诗人在这时亦有不少，兹不能一一的说及。

保加利亚的文学向不为人注意，但自跛佐夫（Ivan Vazoff，公元1850–1920年）出现后，却不由得不使读者向这个向不注意的小西诧异的望着。跛佐夫是保加利亚近代最伟大的小说家，是保加利亚的国民诗人。他作了好些抒情诗，热烈的蕴蓄着他对于不自由的祖国的悲感与希望。他一直住在自由的罗马尼亚，直到了保加利亚从土耳其羁轭下脱离了，他方才回到本国。他的散文也极有名，其小说《羁轭之下》（*Under the Yoke*）尤为保加利亚无人不读的书。

古印度的文学上的荣誉，在新世纪也是重复恢复了。其中最重要的最为世人所知的作家是太戈尔（Rabindranath Tagore，公元1860

年 –），他写着诗、小说、剧本，但他却是一个大诗人，在他的剧本，小说里也都充满了诗意。在他的本土，他的诗歌是为人所常歌诵着。他的作品，曾由他自己及他的朋友们译为英文。他的英译的颂歌集《吉檀迦利》（*Gitangali*）一出版，立刻惊诧了全个欧洲的人，那样的崇高而莹洁的情绪，乃是近代所不常见的。此后，《园丁集》《新月集》继之而出，其娇秀而可爱的诗句，其纯朴自然的文字，都使读者得了一个新鲜的感动。

九

中国的文学，在新世纪是一个大变动的时代。一方面是旧式的作家在并不衰颓的写作着；一方面，新的作家，努力于西洋文艺的介绍，努力于新的作品的创造，这些崭新的著作与介绍引起了古旧文坛的全盘的扰乱。

新世纪之小说家，承袭了传统的文格者，有李宝嘉、吴沃尧诸人。李宝嘉字伯元，号南亭亭长（公元 1867–1906 年），江苏上元人，曾在上海办《指南报》《游戏报》及《海上繁华报》。所作小说有《文明小史》及《官场现形记》，而《官场现形记》尤为有名。《官场现形记》第三编刊行于 1903 年，体裁似《海上花列传》，结构极松懈，然其叙写却皆为日常的生活，其人物却皆为我们日常遇见的人物，故特能逼真动人。清末为吏治最昏暗之时代，平民正苦于官，此书尽量揭发官之罪恶与私行，极讽骂之能事，故一出版即倾动一时。

吴沃尧（公元 1867–1910 年）字趼人，号我佛山人，广东南海人。1903 年时始为小说，成《九命奇冤》《二十年目睹之怪现状》等，刊于《新小说》中。后又作《恨海》《近十年之怪现状》等。这两部“怪现状”，亦为《官场现形记》同类，乃揭发现社会之种种黑暗者，而所写范围较广，不仅限于官场。

这一类结构松散、以讽骂世人、揭发黑暗为能事的小说，在这时候发现了不少，大都皆模拟《海上花列传》《官场现形记》与《二十年目睹之怪现状》者，无特叙的必要。

其超出于这时的讽骂小说范围之外者，有《老残游记》及《孽海花》。《老残游记》题洪都百炼生著，实为刘鹗的作品，出版于1906年。鹗（约公元1850–1910年）字铁云，江苏丹徒人。《老残游记》叙铁英号老残者之经历，并述其言论与所遇见的人物，时有很好的描写，时亦落于空想的叙述。《孽海花》称东亚病夫编述，实乃曾朴所作。朴字孟朴，江苏常熟人。《孽海花》以洪钧（改名金沟）与傅彩云为主人翁，多叙当时文士逸事，叙事严整，描写也很真切，有异于当时单以讽骂为能事之小说。惜仅成20回（一本有24回，至洪钧死时为止）。后有续作者，然不及原书远甚，作者曾声明过反对这些续作。

旧的戏曲在这时作者绝少，但戏曲的研究在这时却极发达。不易见的古剧本在翻刊着，剧曲研究的资料，在传播着，如王国维之《曲录》，吴梅之《顾曲麈谈》《词馀讲义》等，皆为很好的参考资料。王国维字静安，浙江海宁人，是新世纪中很重要的一个文艺批评家，其所作《人间词话》，很有特见。吴梅亦善于作剧，乃是这时代里作古剧的文士的中坚。

诗人在这时代却不少，其造就也很有可述者。如郑孝胥、陈三立、陈衍、沈曾植诸人是一派，都是宗向宋诗的。此外，易顺鼎、樊增祥，却是另一派的诗人。郑孝胥字苏龛，号太夷，福建闽侯人，有《海藏楼诗》，思精笔健，与陈三立同为旧诗人中之双璧。三立字伯严，号散原，江西义宁人，有《散原精舍诗》。陈衍字石遗，福建闽侯人，有《近代诗钞》及《石遗室诗话》。沈曾植字子培，号乙盦，浙江嘉兴人，为近代有名的学者。易顺鼎字实甫，号哭庵，湖南龙阳人，与樊增祥齐名。增祥字嘉父，号樊山，湖北恩施人。此二人之诗，皆以清丽婉秀著，无宋诗派之沉着深刻，而时有佳句。“词”的作家，在这时亦不少，而朱祖谋、况周颐、冯煦、曹元忠、王国维等为最著。祖谋字古微，编《彊村丛书》。周颐字夔笙，广西临桂人，冯煦字梦华。江苏金坛人。王国维之词，作品不多，而皆为珠玉。元忠字君直，江苏吴县人。在散文作家中，桐城派作家已成强弩之末，无甚可称之作家。林纾颇欲重振古文之颓波，然其功绩乃在翻译，却不在他的古文。纾的译文，凡一百五十余种，以小说为最多，史格得、狄更司、大仲马诸人，皆由他的介绍而始为中国读者所知，可惜他不懂外国语，他的译文皆由另一人口译后由他笔述的，所以有时不大与原文吻合。缪荃孙字筱珊，号藝风，江阴人，有《藝风堂文》。经他编辑的书亦不少，在当时很有影响。严复字又陵，号几道，侯官人，以译《原富》《天演论》诸书著，在中国思想界的改造上是很有功的，他的文字亦谨严不苟，畅顺秀美。康有为字长素，号更生，广东南海人，以提倡新学著名，在新世纪头几年的思想界上很有势力。章炳麟字太炎，浙江余杭人，著《章氏丛书》，在文坛上亦为有力的人物之一。刘师培字申叔，江苏仪征人，善作古拙之文，其古学亦甚为人所称。梁启超字卓如，号任公，广东新会人，有《饮冰室文集》。启超为有为之弟子，其文字流利畅达，声气灏大，勇于采用新语，顿使拘谨的古文界，为之放一线新的光明。其论列时事之文尤为明白易晓，可为中国新闻文学之祖。

自一九一七年，胡适在《新青年》月刊上发表他的《文学改革论》后，中国的文坛起了一个大变动。文字从拘谨的古文、对偶的骈文一变而为活泼泼的运用现代人的言语的语体文；文体从固定的小说、戏曲、诗、词的旧格律下解放了，而为自由的尽量发挥作者个性，尽量采纳外来影响的新的文体。这是一个极大的改革，中国文学史上的一件大事。现在这个新运动正在进行。新的诗人、小说家、戏曲家，都在努力于写作他们的著作。虽然没有什么大杰作可见，然这条新路，却无疑的是引他们进了成功之宫的一条大路。新世纪的中国文学将必为空前的一个灿烂的新时代。本书即终止于这个希望，这个预言中。

参考书目

1. 康拉特的全集，共 25 卷，Doubleday 公司出版。

2. 威尔士的作品，麦克美伦公司出版甚多。

3. 勃奈特的作品，均为 Doran 公司出版。

4. 佐治·慕尔的全集，Boni 公司出版。

5. 萧莱纳、曼菲莱特的小说，均有中文译本，北新书局出版。又《小说月报丛刊》内亦有曼菲莱特的小说集。

6. 琼斯的戏曲，麦克美伦公司有出版，《文学研究会丛书》中有中文译本。

7. 辟内罗的戏曲，Baker 公司有出版，《共学社丛书》中有中文译本。

8. 萧伯纳的全集，Brentano 公司有出版，《文学研究会丛书》及《共学社丛书》中，均有中译的萧氏剧本。

9. 高斯委绥的作品，均为 Scribner 公司出版，有几种中译本商务印书馆有几种出版。

10. 巴蕾的作品，大都为 Scribner 公司出版。

11. 梅司菲尔的诗集，大都为麦克美伦公司出版。

12.《小泉八云全集》(英文本)，日本出版。《文学与人生》，商务印书馆有选印本。

13. 贾克·伦敦的作品，麦克美伦公司和 Grosset 公司均有出版。

14. 爱米·洛威尔的诗集，均 Houghton 公司出版。

15. 罗曼·曼兰的《若望·克利司朵夫》及其他著作之英译本，由 Henry Holt 公司出版;《若望·克利司朵夫》《文学研究会丛书》有中译本。

16. 巴比塞的《火》，Dutton 公司有英译本。

17.《近代德国文学主潮》，海镜等译，《小说月报丛刊》之一。

18.《雾飙运动》，李汉俊等译，《小说月报丛刊》之一。

19. 依伯尼兹的小说，Dutton 公司有英译本多种。

20.《培那文德戏曲集》，张闻天等译，《文学研究会丛书》之一。

21.《新犹太文学一脔》，沈雁冰等译，《小说月报丛刊》之一。

22.《新犹太小说集》，沈雁冰等译，《小说月报丛刊》之一。

23.《犹太小说集》，鲁彦译，《文学周报社丛书》，开明书店出版。

24.《宾斯奇集》，冬芬等译，《小说月报丛刊》之一。

25. 育珂·摩尔的小说，商务印书馆有中译本两种。

26. 拉兹古的《战中的人》《近代丛书》中有英译本。

27. 太戈尔作品的英译本，均由麦克美伦公司出版，《文学研究会丛书》及《小说月报丛刊》中，俱有中译本多种。

28. 这时期的中国文学参考书均有印本，均甚易得，不列举。

年表

（公元1501年——公元1926年）

公元1506年——归有光生。

公元1510年（？）——吴承恩生。

公元1514年——李攀龙生。

公元1515年——意大利诗人亚里奥斯托的大著《奥兰度的狂怒》写成。

公元1516年——慕尔的《乌托邦》出版。李东阳死。

公元1521年——何景明死。徐渭生。

公元1523年——唐寅死。

公元1526年——王世贞生。

公元1527年——马查委里死。

公元1528年——王守仁死。

公元1529年——李梦阳死。

公元1533年——亚里奥斯托死。法国作家曼唐生。

公元1535年——英国作家慕尔死。

公元1536年——荷兰作家伊拉司摩死。

公元1544年——意大利诗人泰沙生。

公元1547年——西班牙大作家西万提司生。李维桢生。

公元1550年——汤显祖生。

公元1552年——英国诗人史宾塞生。

公元1553年——法国作家拉培莱死。

公元1554年——英国诗人西特尼生。

公元1559年——杨慎死。

公元1560年——英国哲学家培根生。

公元1562年——西班牙诗人委珈生。意大利作家彭特洛死。

公元1563年——英国作家特莱顿生。

公元1564年——英国大诗人与戏剧家莎士比亚生。

公元1570年——李攀龙死。

公元1571年——归有光死。

公元1576年——德国作家沙克士死。

公元1580年——吴承恩死。

公元1586年——英国诗人西特尼死。

公元1590年——德国作家费士查特生。王世贞死。

公元1591年——英国诗人赫里克生。

公元1592年——曼唐死。

公元1593年——英国戏剧家马洛被刺死。英国作家瓦尔顿生。徐渭死。

公元1595年——泰沙死。

公元1596年——法国哲学家狄卡尔生。

公元1598年——瑞典诗人史脱乾尔姆生。

公元1599年——史宾塞死。

公元1600年——西班牙大戏剧家卡尔狄龙生。

公元1605年——西万提司的《吉诃德先生》第1部分出版。英国诗人白朗生。

公元1606年——法国戏剧家孔耐尔生。

公元1608年——英国大诗人米尔顿生。

公元1610年——《金瓶梅》刊行于是年。

公元1611年——汤显祖死。

公元1613年——顾炎武生。

公元1616年——西万提司死。莎士比亚死。

公元1618年——侯方域生。

公元 1619 年——王夫之生。

公元 1620 年（？）——丁耀亢生。

公元 1621 年——法国寓言作家拉芳登生。

公元 1622 年——法国大戏剧家莫里哀生。

公元 1623 年——法国作家柏斯歌尔生。

公元 1624 年——施闰章生。

公元 1626 年——培根死。李维桢死。

公元 1628 年——彭扬生。黄宗羲生。

公元 1629 年——朱彝尊生。法国大主教李查留创立法兰西学院。

公元 1630 年——蒲松龄生。

公元 1631 年——特莱顿死。

公元 1634 年——王士祯生。

公元 1635 年——西班牙作家委珈死。

公元 1636 年——法国批评家鲍哇留生。

公元 1637 年——英国作家琼生死。

公元 1639 年——法国大戏剧家蓝辛生。

公元 1644 年——李自成入北京。明庄烈帝自杀。

公元 1645 年——清兵陷南京。执福王。

公元 1650 年——狄特洛死。

公元 1651 年——米尔顿失明。法国作家法奈龙生。

公元 1654 年——英国作家特里顿生。侯方域死。

公元 1655 年——纳兰性德生。

公元 1659 年——英国小说家狄孚生。

公元 1661 年——赵执信生。

公元 1662 年——柏斯哥尔死。

公元 1667 年——英国讽刺作家史惠夫特生。

公元 1668 年——法国小说家莱沙琪生。

公元 1672 年——英国批评家散文家史狄尔及爱迭生并生于是年。瑞典作家史脱乾尔姆死。

公元 1673 年——莫里哀死。沈德潜生。

公元1674年——米尔顿死。赫里克死。

公元1681年——西班牙戏剧家卡尔狄龙死。

公元1682年——顾炎武死。英国作家白朗死。

公元1683年——英国作家瓦尔顿死。

公元1684年——法国戏剧家孔耐尔死。

公元1685年——纳兰性德死。丹麦作家霍尔堡生。

公元1688年——彭扬死。英国诗人蒲伯生。

公元1689年——施闰章死。英国小说家李查得孙生。法国大作家孟德斯鸠生。

公元1691年——丁耀亢死。

公元1692年——王夫之死。厉鹗生。

公元1694年——法国大作家福禄特尔生。

公元1695年——法国寓言作家拉芳登死。

公元1696年——杭世骏生。

公元1697年——法国小说家甫里浮士特生。

公元1699年——法国戏剧家蓝辛死。黄宗羲死。

公元1700年——英国作家特里顿死。

公元1701年——吴敬梓生。

公元1705年——全祖望生。

公元1706年——美国作家法兰克林生。

公元1707年——英国小说家费尔丁生。意大利戏剧家郭尔杜尼生。

公元1708年——朱彝尊死。

公元1709年——英国作家约翰生生。

公元1711年——王士祯死。法国批评家鲍哇留死。

公元1712年——法国大思想家卢骚生。

公元1713年——英国作家史托痕生。法国作家狄特洛生。

公元1715年——蒲松龄死。法国作家法奈龙死。

公元1716年——英国诗人格莱生。袁枚生。

公元1719年——爱迭生死。《红楼梦》之作者曹霑生。(·)

公元 1721 年——英国小说家史摩勒特生。

公元 1724 年——德国作家克洛卜斯笃克生。纪昀生。

公元 1725 年——蒋士铨生。

公元 1726 年——赵翼生。

公元 1728 年——英国作家高尔斯密士生。

公元 1729 年——史狄尔死。德国批评家戏剧家莱新生。

公元 1730 年——英国小说家狄孚死。姚鼐生。

公元 1731 年——英国诗人考卜生。

公元 1736 年——桂馥生。

公元 1737 年——英国历史家琪彭生。

公元 1740 年——崔述生。

公元 1741 年——赵执信死。孙星衍生。

公元 1743 年——丹麦戏剧家依瓦尔特生。

公元 1744 年——英国诗人蒲伯死。汪中生。

公元 1745 年——英国讽刺作家史惠夫特死。

公元 1747 年——法国小说家莱沙琪死。

公元 1749 年——德国大诗人歌德生。意大利诗人阿尔菲里生。黄景仁生。

公元 1752 年——英国童年诗人查托登生。

公元 1753 年——厉鹗死。

公元 1754 年——英国小说家费尔丁死。丹麦戏剧家霍尔堡死。吴敬梓死。

公元 1754 年——意大利诗人蒙底生。

公元 1755 年——孟德斯鸠死。全祖望死。

公元 1757 年——英国诗人勃莱克生。

公元 1759 年——英国诗人葆痕士生。德国诗人与戏剧家席劳生。

公元 1761 年——张惠言生。英国小说家李查得孙死。

公元 1762 年——法国诗人查尼叶生。

公元 1763 年——法国小说家甫里浮士特死。杭世骏死。焦循生。

公元 1764 年——曹霑死。

公元1765年——舒位生。

公元1766年——法国作家史达埃尔夫人生。俄国作家卡伦辛生。

公元1767年——郭麐生。

公元1768年——史托痕死。法国作家察杜白里安生。德国寓言作家克鲁洛夫生。

公元1769年——沈德潜死。

公元1770年——查托登死。英国诗人华兹华士生。

公元1771年——史摩勒特死。格莱死。英国诗人小说家史格得生。

公元1772年——英国诗人柯尔律治生。西班牙诗人昆泰那生。

公元1773年——德国诗人迭克生。

公元1774年——高尔斯密士死。英国诗人沙赛生。

公元1775年——英国女小说家奥斯丁生。英国作家兰姆生。

公元1778年——卢骚死。福禄特尔死。意大利作家福士考洛生。

公元1779年——丹麦悲剧家奥连契拉格生。

公元1781年——德国批评家莱新死。丹麦戏剧家依瓦尔特死。德国诗人查米莎生。

公元1782年——瑞典诗人脱格纳生。

公元1783年——黄景仁死。美国作家欧文生。

公元1784年——法国作家狄特洛死。约翰生死。

公元1785年——英国作家狄昆西生。意大利小说家曼莎尼生。德国童话家约柯伯·格林生。

公元1786年——蒋士铨死。梅曾亮生。德国童话家威廉格林生。

公元1788年——英国诗人拜伦生。德国哲学家叔本华生。

公元1789年——美国小说家柯甫生。

公元1790年——法国诗人拉马丁生。法兰克林死。

公元1791年——奥大利戏剧家格里尔柏曹生。

公元1792年——英国诗人雪莱生。龚自珍生。

公元1793年——郭尔杜尼死。

公元1794年——汪中死。琪彭死。法国诗人查尼叶被杀。

公元1795年——英国诗人济慈生。英国批评家卡莱尔生。

公元1796年——英国诗人葆痕士死。

公元1797年——袁枚死。法国诗人委尼生。德国诗人海涯生。

公元1798年——项鸿祚生。波兰诗人美基委兹生。意大利诗人李奥柏特生。

公元1799年——法国戏剧家博马齐死。何绍基生。法国小说家巴尔札克生。俄国诗人普希金生。葡萄牙诗人格莱特生。

公元1800年——英国诗人考卜死。

公元1801年——屠绅死。白莱麦生。

公元1802年——张惠言死。雨果生。

公元1803年——阿尔菲里死。大仲马生。梅侣米生。爱摩生生。

公元1804年——桑特生。圣·皮韦生。鲁尼堡生。霍桑生。

公元1805年——李顿生。安徒生生。席劳死。桂馥死。纪昀死。

公元1806年——孙星衍死。郑珍生。

公元1807年——郎佛罗生。

公元1809年——丁尼生生。白郎宁夫人生。达尔文生。歌郭里生。史洛瓦基生。爱伦坡生。何尔摩士生。林肯生。

公元1810年——缪塞生。倍林斯基生。

公元1811年——戈底叶生。克莱斯特死。古兹歌生。莫友芝生。曾国藩生。

公元1812年——白郎宁生。狄更司生。龚察洛夫生。赫尔岑生。克拉辛斯基生。史拖活夫人生。

公元1813年——赵翼死。阿顿生。赫倍尔生。鲁特委生。魏格纳生。

公元1814年——张问陶死。姚鼐死。李门托夫生。

公元1816年——法莱泰生。萧里顿生。崔述死。

公元1817年——奥斯丁死。史达埃尔夫人死。史托姆生。莎留生。恽敬死。

公元1818年——屠格涅夫生。金和生。

公元1819年——克洛夫生。金斯莱生。路斯金生。克劳生。封泰耐生。洛威尔生。惠特曼生。

公元 1820 年——焦循死。依里奥特生。台里尔生。奥琪叶生。

公元 1821 年——济慈死。鲍特莱尔生。弗罗倍尔生。杜思退益夫斯基生。尼克拉莎夫生。俞樾生。

公元 1822 年——拜伦死。雪莱死。亚诺尔特生。大弓果尔生。霍夫曼死。

公元 1823 年——班委尔生。莱南生。阿史特洛夫斯基生。辟托菲生。

公元 1824 年——小仲马生。

公元 1825 年——马耶生。白兰歌生。育珂·摩尔生。

公元 1827 年——福士考洛死。瓦里拉生。

公元 1828 年——罗塞底生。美勒狄士生。泰耐生。托尔斯泰生。周尼雪夫斯基生。易卜生生。蒙底死。

公元 1829 年——格利薄哀杜夫死。李慈铭生。

公元 1830 年——罗塞底女士生。夏士勒德死。小弓果尔生。海斯生。拉摩士生。

公元 1831 年——菲莱拉生。

公元 1832 年——歌德死。史格得死。般生生。爱契格莱生。王闿运生。谭献生。

公元 1833 年——约那士·李生。

公元 1834 年——柯尔律治死。慕里斯生。兰姆死。柏莱达生。

公元 1835 年——马克·特文生。项鸿祚死。陈用光死。

公元 1836 年——亨杜洛夫生。卡杜西生。

公元 1837 年——倍克生。普希金死。李奥柏特死。霍威尔生。

公元 1838 年——查米莎死。哈特生。

公元 1839 年——史文葆生。卜鲁东生。

公元 1840 年——哈提生。左拉生。都德生。委尔加生。

公元 1841 年——李门托夫死。龚自珍死。李兆洛死。

公元 1842 年——台赫莱狄亚生。柯贝生。麦拉尔梅生。勃兰特生。昆泰尔生。

公元1843年——沙赛死。福沟死。凯洛兹生。亨利·乾姆士生。

公元1844年——刚倍尔死。法朗士生。魏伦生。尼采生。李连克隆生。克鲁洛夫死。莱曼尼叶生。阿得留·兰生。

公元1845年——虎特死。格尔杜士生。爱伦·坡死。

公元1846年——白郎宁结婚。南西委兹死。特拉契曼生。脱格纳死。

公元1847年——法格生。约柯伯生生。

公元1848年——察杜白里安死。倍林斯基死。黄遵宪生。

公元1849年——史洛瓦基死。开兰生。史特林堡生。爱伦开生。俞万春生。哥斯生。辟托菲死。

公元1850年——华兹华士死。史的芬生生。巴尔札克死。莫泊桑生。洛底生。奥连契拉格死。小泉8云生。跋佐夫生。刘鹗生。

公元1851年——柯甫死。《荡寇志》出版。琼斯生。

公元1852年——慕尔死。蒲尔格生。安东尼生。歌郭里死。《品花宝鉴》出版。

公元1853年——勒麦特生。迭克死。科洛林科生。

公元1854年——林博特生。格莱特死。伊克霍特生。

公元1855年——迦尔洵生。美基委兹死。魏海依伦生。辟内罗生。

公元1856年——王尔德生。海涅死。梅曾亮死。康拉特生。

公元1857年——缪塞死。爱秦杜夫死。苏特曼生。波托辟丹生。

公元1858年——白里安生。古尔蒙特生。彭格生。格约史顿生。拉绮洛敷生。《花月痕》出版。

公元1859年——麦考莱死。《鲁拜集》译成英文。狄昆西死。拉夫顿生。小格林生。克拉辛斯基死。海滕斯顿生。欧文死。张维屏死。

公元1860年——叔本华死。柴霍甫生。兰尔生生。哈姆生生。法洛定生。太戈尔生。

公元1861年——白郎宁夫人死。克洛夫死。

公元1862年——乌兰特死。霍卜特曼生。显尼志劳生。莱法丁生。梅德林生。奥·亨利生。莎留死。

公元1863年——沙克莱死。委尼死。大格林生。何尔兹生。德美尔生。法伦辛生。梭洛古勃生。唐南遮生。

公元1864年——霍爽死。郑珍死。

公元1865年——阿顿死。吉白林生。白莱麦死。林肯死。

公元1866年——美列兹加夫斯基生。伊文诺夫生。赫尔史特龙生。夏芝生。罗曼·罗兰生。培那文德生。

公元1867年——陶孙生。鲍特莱尔死。巴尔芒生。A.E.生。依伯尼兹生。李宝嘉生。吴沃尧生。

公元1868年——路斯丹生。佐治生。高尔基生。威尔士生。

公元1869年——拉马丁死。圣·皮韦死。

公元1870年——狄更司死。大仲马死。梅侣米死。小弓果尔死。赫尔岑死。科布林生。

公元1871年——安特列夫生。新格生。莫友芝死。

公元1872年——戈底叶死。格里尔柏曹死。包以尔生。何绍基死。曾国藩死。

公元1873年——李顿死。卜留沙夫生。约生生。曼莎尼死。

公元1874年——霍夫曼司答尔生。梅司菲尔生。

公元1875年——金莱死。桑特死。马恩生。安徒生死。

公元1876年——贾克·伦敦生。

公元1877年——鲁尼堡死。

公元1878年——古兹歌死。尼克拉莎夫死。阿志巴绥夫生。莫尔纳生。

公元1879年——《3侠5义》出版。

公元1880年——依里奥特生。福路贝尔死。路卜洵生。布洛克生。皮莱生。

公元1881年——卡莱尔死。杜思退益夫斯基死。

公元1882年——罗塞底死。达尔文死。朗佛罗死。爱摩生死。

公元1883年——屠格涅夫死。

公元1884年——俞达卒。

公元1885年——雨果死。约柯伯生死。金和死。

公元1886年——阿史特洛夫斯基死。

公元1888年——亚诺尔特死。史托姆死。迦尔洵死。

公元1889年——白郎宁死。奥琪叶死。周尼雪夫斯基死。

公元1890年——克劳生。白兰歌死。

公元1891年——班委尔死。林博特死。龚察洛夫死。昆泰尔死。洛威尔死。《彭公案》出版。

公元1892年——丁尼生死。莱南死。惠特曼死。《海上花列传》出版。

公元1893年——莫泊桑死。泰耐死。马耶加夫斯基生。

公元1894年——罗塞底女死。史的芬生死。何尔摩士死。李慈铭死。皮涅克生。

公元1895年——法莱泰死。黄遵宪死。

公元1896年——慕里斯死。大弓果尔死。魏伦死。小仲马死。拉摩士死。史拖活夫人死。

公元1898年——麦拉尔梅死。封泰耐死。马耶死。

公元1899年——倍克死。

公元1900年——王尔德死。陶孙死。路斯金死。尼采死。凯洛兹死。

公元1901年——亭杜洛夫死。菲莱拉死。谭献死。

公元1902年——左拉死。哈特死。

公元1904年——台里尔死。柴霍甫死。小泉8云死。育珂·摩尔死。

公元1905年——台赫莱狄亚死。瓦里拉死。黄遵宪死。

公元1906年——易卜生死。开兰死。柏莱达死。俞樾死。李宝嘉死。

公元1907年——都德死。白鲁尼特死。卡杜西死。

公元1908年——柯贝死。特拉契曼死。约那士·李死。

公元1909年——史文葆死。美莱狄士死。卜鲁东死。李连克隆死。新格死。

公元 1910 年——托尔斯泰死。般生死。马克特文死。奥·亨利死。吴沃尧死。刘鹗死。

公元 1911 年——法洛定死。

公元 1912 年——斯特林堡死。

公元 1913 年——莱曼尼叶死。安德留·兰死。

公元 1914 年——勒马特死。海斯死。霍夫曼司答尔死。

公元 1915 年——古尔蒙特死。

公元 1916 年——法格死。亨利·乾姆士死。王闿运死。贾克·伦敦死。

公元 1918 年——路斯丹死。

公元 1919 年——安特列夫死。格约史顿死。

公元 1920 年——德美尔死。科洛林科死。霍威尔死。跋佐夫死。

公元 1921 年——布洛克死。

公元 1922 年——史特林堡死。

公元 1923 年——蒲尔格死。洛底死。

公元 1924 年——法朗士死。卜留沙夫死。

公元 1925 年——洛卜洵死。康拉特死。

公元 1926 年——爱伦开死。

跋

本书以四年的工夫写成。发表于《小说月报》后，曾随时加以补正，然仍嫌在单行本付印之前，无充分时间去修改它。一切的不安与疏漏之处，只好都待将来改动了。

本来预备在第四册之末附刊中英文索引，也因为时间匆促而暂阙，只得在再版时加入，这是特别要求读者原谅的。

为本书帮忙最多者，为谢六逸与徐调孚二君。本书中关于日本文学的一部分，几乎全为谢君的手笔，而最后一册的校对，及年表四等等，则全出于徐君之手。此不能不慎重声明，表示无量感谢者。

郑振铎

1927年6月10日在Athos船上